U0657640

冯俐剧作选 上

谭霈生题

冯俐◎著

作家出版社

目　录

出版说明

这是一套热热闹闹的书，其中包含大大小小 67 个剧本，题材、体裁、风格各式各样。其中，大多上演过或播出过、有“声”有“色”过。

全书剧本部分约 70 万字，是我近 40 年完成作品的约六分之一（还有三四百万字的电视剧剧本，几十万字的散文、杂文、评论，几十万字的小说等）。

上卷收入话剧、音乐剧、歌舞剧、清唱剧、舞剧 10 部舞台剧和 1 部最新的广播剧。

中卷收入各种短剧（广播短剧、音乐短剧、综艺短剧、电视短剧）43 部和 2 部电影剧本。

下卷收入 11 部儿童剧，也是各式各样的。

2015 年以后创作的作品，同时收入了珍贵的评论。

除了 2 部电影剧本、2 部电视短剧和一大一小两部广播剧，这套“剧作选”中的作品，基本上是“舞台”概念的。即使是电视台播出的作品，也是符合舞台剧要求的。

书中会时时出现长短不一的“今语”，都是在整理旧作的过程中，忍不住想说、脱“口”而出的内容。我写作的领域和风格有点“四面八方”，其间颇多故事。趁机随手记下，权作剧本的注脚，也是时间的注脚。

2020 年疫情带来一段相对集中的居家时间，让我有机会整理几十年来的一部分成果。整理过程中的最大欣慰：一是没有虚度时光；二是写作动机和艺术标准，没有违心过、马虎过，虽然能力有限，但都真诚、认真。

我的生命时光，因为醉心写作而单纯，因为醉心写作而丰盈。

感恩谭霈生先生为我题写书名。

作为戏剧美学大师，从八十年代初的《论戏剧性》到近年的《戏剧本体论》，谭先生的理论体系影响到了 40 多年来的几乎每位中国戏剧家，广泛且深远地影响着中国当代戏剧的发展。

当年，素不相识的谭先生“破格”为我打开了走进戏剧的大门，如今又为我的戏剧作品结集题写书名。感恩先生的提携爱惜！更感恩有先生的著作，终生指引着我在专业道路上不断进取。

冯　俐

2020 年 12 月

又：各种原因导致书稿出版已迟了三年半。感谢作家出版社，感谢责任编辑艺方！这套剧作选最终由作家出版社出版，令我如此称心如意。

冯　俐

2024 年 5 月

自序

保持好奇

（发表于《新剧本》2016年增刊）

冯　俐

有人问我："如何保持原创活力"。我于是想到了这四个字：保持好奇。

一个人，如果对世界、对人类、对社会、对他人、对自己始终抱有好奇，而不是成见，始终愿意为好奇去寻找答案，然后，还总有欲望去表达自己的发现，他大概有可能成为一个写作者。

这是我从自己的创作经验中发现的。我一直是个好奇的写作者。我十来岁的时候，第一次强烈的写作冲动就缘于好奇：为什么一个曾经被全城尊敬的老中医突然落魄得几近乞丐？为什么人们可以从过去的争相讨好巴结突然就变成漠视轻薄（短篇小说《医生》）？写第一部大型话剧的时候，我好奇一个被称作"劳模"的人，为什么宁可放弃去国外继承遗产，而选择留在矿区继续做井下机电工（话剧《人跟人不一样》）。写第一部长篇连续剧《北京夏天》的时候，是即将告别青春的我突然好奇什么是青春。写话剧《中华士兵》的时候，我好奇究竟是什么样的精神力量，可以令中条山下的中国士兵们放弃生命、选择投河，继而好奇那个年代数以千万计的个体生命，为什么会选择抵死抗争。写《木又寸》的缘由，则是我走在森林公园里，看着从天南海北移栽来的不同的树木，好奇它们是从哪里来的，好奇它们在人类世界辗转的过程中都遭遇过什么……

人类不是唯一拥有好奇的动物，但人是唯一有能力去思想、探究这种好奇的动物：我们对世界好奇，于是产生了自然科学；我们对身体的好奇，产生了医学；我们对精神的好奇，产生了哲学、艺术、心理学等人文学科。

艺术包括戏剧的出发点，或许都源自我们对自身精神的好奇和探究。

每一个人，终其一生，都会自觉或不自觉地以不同的方式，不断地追问：

我是谁？从哪里来？到哪里去？如何到我要去的地方？如何成为我自己？于是，古往今来的写作者们，以文学、戏剧的方式，描画出各种人和人生。而古往今来的读者和观众便借着阅读（通过文字、通过舞台形象），看到别人，从中寻找关照、寻找认同、寻找慰藉。

作为戏剧人，我们常常会思考我们的原创作品与世界经典作品、与当代世界戏剧的差距。也许，我们是在创作出发点上，少了些好奇，多了些成见和定论？也许，我们并不缺少“大处着眼”——大事件、大题材俯拾皆是，但往往忘记了“小处着手”——独特的人在独特情境下的独特心灵体验。也许我们过度习惯强调共性而忘记了“理会个性，描写个别是艺术的真正生命”（歌德）。

“文学即人学”，戏剧亦然。从古希腊戏剧到现代戏剧，剧作家们不断好奇着、发现着、表达着人与神、人与社会、人与人、人与自己的关系，并在这些关系中，以深刻的洞察力和非凡的想象力，刻画着人性，塑造着拥有不同心灵的人。卡西尔在谈到人的丰富性时说：“有些事物由于它们的微妙性和无限多样性，使得对之进行逻辑分析的一切尝试都会落空……这种东西就是人的心灵。”

个性、心灵……这恰恰是属于艺术（包括戏剧在内）探索的无限空间。这种探索，一定是一次次从好奇开始的独特发现和表达。

好奇，是灵感之泉的入口，虽然最终结果会因人而异：洞察、思辨、想象等能力不同，收获不同。但好奇之下的灵感之泉，也许亦是创造活力之泉，无限广阔，取之不尽，用之不竭。

特以此文，作为自序，可以表达我每一次写作的理由和冲动。

话　剧

人跟人不一样

编剧　冯　俐

首演时间：1996 年 11 月

首演地点：北京首都剧场

演出单位：中国煤矿文工团

导演：娄乃鸣

舞美设计、灯光设计：易立明

主演：许文广　杜宁林等

获奖："乌金奖"戏剧一等奖

（中国戏剧家协会和中国煤矿文联主办）

时　　间： 1996 年秋天里的某一天（演出时间）。

此前，至二十世纪七十年代的许多个瞬间。

地　　点： 剧团租用的小剧场。

矿区各处及八百米井下。

人　　物：

苏天林　山东枣庄山家林矿矿工——机电科长。劳模。原籍新加坡。

何　萤　年轻的女导演。

大个儿　扮演苏天林的演员。

玲　子　扮演杨瑞贞的演员。

（杨瑞贞：苏天林之妻，山家林矿幼儿园老师）

朱　南　扮演李大川的演员。

（李大川：山家林矿掘进队队长——副矿长）

金友成　扮演刘伯秀的演员。

（刘伯秀：山家林矿掘进工区区长——矿长）

胡广山　扮演苏天林父亲的演员。兼任舞台监督。

（苏天林的父亲：新加坡老板）

团　长　煤矿文工团领导。

演员丁　年轻女演员。

演　员　十至十五人。

（他们将在不同的时候，充当不同的角色）

陈　卫　舞台美术设计。

美工三人　（在下半场中他们也是群众演员）

［一九九六年秋天里的某一天。

［“中国煤矿文工团”租来排演话剧《一个矿工的故事》的小剧场里。

［舞台被布置成了一个有四面观众的小剧场模样，以台口为界，前来看戏的观众自然被当成了“小剧场”中的“第四面”观众。

［舞台的中心演出区就是“小剧场”的中心演出区，呈圆形。圆形演出区之外，是小剧场观众席的座位——带有一定坡度依次摆放的一排排黑色的木块。这“座位”一直上升着延伸到天幕附近。

［有三条放射状的过道从中心演出区通向舞台上的观众席。

［沿着舞台上的观众席的外围，是美工们正在制作的开放性的黑色穹形通道用以模拟井下的巷道。还没有完工。

［中心表演区的地上散放着一些可随意搬动、组合的大小不一的平台。

［观众从进入剧场到走出剧场的这两个多小时中，大幕一直是拉开着的。大家看到的好像是一场可以随便观看的排演。

［观众走进剧场的时候，散坐在台上的演员们正在吃盒饭。他们都穿着剧组统一发的长袖 T 恤衫，T 恤衫的前胸和后背上印有“话剧《一个矿工的故事》”的字样。有的 T 恤很干净，有的已经穿脏了，有的人挽着袖口，有的人将下摆系在裤子里……一样的衣服，大伙穿得很随意。

［在演出正式开始之前，舞台上亮着工作灯，演员们三三两两地吃着饭，聊着天儿，随意地出入（上下场）。

［开演的铃声响过，观众席上的灯光渐暗。

［台上的演员们听到铃声，纷纷将吃完了的饭盒放在一个塑料桶里，伸着懒腰站起身来。导演何萤夹着剧本，捧着盛满茶水的大“雀巢”杯子匆匆走来。演员们纷纷跟她打招呼。

［何萤坐在右侧幕前的“观众座位”上，先顺手拧亮了权作桌子的平台上的台灯，一边给自己点着一支烟，一边问：“都到齐了吗？”

［“到齐了。”演员们零零散散地回答着。

何　萤　那我们开始吧……继续排演刚才没排完的那一场。(问胡广山) 景没有问题吧?

胡广山　(正在舞台中央检查搭制好的平台) 没有问题。

何　萤　(大声问) 各部门的人都到齐了没有?

[音响控制台等方向传来回声:“到齐了。”

何　萤　请大家准备好……

[这时,何萤包里的BP机响了起来,何萤一边伸手去摸BP机,一边对演员们说着——

何　萤　我再重复一遍:排练的时候,请大家一定关闭你们的BP机,否则……(何萤看了一眼BP机,掐灭了手里的烟站起身) 对不起,我去回个电话。(见演员们的脸上正露出不以为然的表情) 我这可不是私事,团长呼的,有公务。(下)

[见导演离开了,演员们像是老师不在的小学生一样活跃起来。

演员甲　(大声唱着) 东边我的美人,西边黄河流……

演员乙　(对甲) 求你了,来点新鲜的行不?

[演员甲看着演员乙,直眉瞪眼地继续唱着刚才唱的那两句:“东边我的美人,西边黄河流……”演员乙无可奈何。

演员乙　完了,我看你是“做”下病了……

[扮演女主角的玲子心事重重地坐在一旁,扮演男主角的大个儿走过来。

大个儿　想什么呢,玲子?

玲　子　(心情欠佳地) 去去去,我烦着呢。

大个儿　(假眉三道地) 生活中再有什么不痛快的,也不能把坏情绪带到排练场,上午本来我挺有感觉的,一看您那一脑门子的“官司”,我这点儿“火花儿”也没了……

玲　子　烦不烦呢你!我演戏的时候,你小子看没看过话剧我都怀疑。居然给我上起课来了!

[大个儿想嚷嚷,看了对手的表情,把嘴边的话咽了回去,悻悻地走到一旁大喝了几口水。

[金友成一头大汗地跑进来。

金友成　来晚了，对不起，来晚了……

演员丙　没事儿，导演还没来呢。

朱　南　怎么啦，玲子？

玲　子　去去去。

朱　南　（想不通地）我招谁惹谁了？

演员戊　没事没事，（把朱南拉到一旁）玲子这两天心情不好……

朱　南　（嘟哝着）我还心情不好呢！为了这个话剧，我今儿刚推掉了一个二十集电视剧……

演员甲　真的？男一号还是男二号？

朱　南　那倒不至于。不过也是个特有戏的角色。

演员甲　咳，你这算什么呀，（指金友成）人家金老师刚推了一部三十集的，男主角！

朱　南　（半开玩笑地对金友成）真的？

［金友成笑了笑，没说什么。

［这时，导演何萤走了回来，对大伙拍了拍手示意安静。

何　萤　刚才团长说，今天有一位特别的观众要来看我们的排练。知道是谁吗？

［大伙看着导演都没有说话。

何　萤　瞧瞧你们，一点好奇心都没有！算了，开始排练。咱们从第一场开始从头理一遍。第一场“游子归来”。场景——苏天林在新加坡的家。正好还用这个景。演员准备，场上人物有苏天林，苏天林的父亲苏老先生，苏天林的哥哥苏天森……

演员甲　导演……

何　萤　什么事？

演员甲　“苏天森”今天……恐怕得晚来一会儿。

何　萤　为什么？他跟谁请假了？我怎么不知道？

演员甲　他以为今天没他的戏……

何　萤　（发火）他以为！他还以为他不是个演员呢！你告诉他，这是最后一次，别以为他在外面弄点三流四流的电视剧、跟着打打杂就能发财……

演员甲　咳，总得混口饭吃……

何　萤　混什么饭吃？回头你们全都出去混饭吃了，我看咱们也就真的快没饭吃了！

［不少人表现出不太爱听何萤的话的样子。

何　萤　（看看表，对大个儿和胡广山）那就先来那场“父子分别”。灯光准备好了吗？（有人应“OK”。何萤念着剧本中的“舞台提示”——）“苏天林在客厅的窗前看着新加坡的夜景，心潮起伏，这时，父亲悄悄走了进来，他想再做一次努力，说服儿子留在新加坡。”音乐——（有人应“好了”）开始。

［扮演苏天林的大个儿背身站在“客厅”里，“窗”外闪烁不定的霓虹灯，时明时暗地照在没有开灯的“客厅”里。画外音是徐小凤唱的《明月千里寄相思》“夜色茫茫照九州……”。

何　萤　（大喊）音乐停！（冲音响操控台方向）朱自清的《荷塘月色》读过吗？这里的效果一定要处理成“仿佛远处高楼上传来的渺茫的歌声”一样。这是一种情绪，（说戏）苏天林离别新加坡二十年，二十年中他怀念自己的家，怀念自己的父母兄弟，然而今天他已经身在新加坡了，他的父亲也再三挽留他，但他还是决定要回到大陆，回到煤矿。明天他就要再次离开父亲了，此时，这首歌既像是父亲对他的挽留，又像是远方妻子儿女对他的呼唤……

［音乐又响了起来，音响师问：“这回怎么样，导演？”

何　萤　（认真听了听）好一些。各部门注意，现在正式开始。

［音乐灯光同时重新开始并且延续，直到观众开始进入“客厅”这场戏的情绪里。

［胡广山扮演的父亲上，默默地站在扮演苏天林的大个儿的身后。大个儿做“身后有人状”回过头来。

“苏天林”　爸爸，您……还没睡？

［“爸爸”摇了摇头，慢慢地坐在了沙发上。“苏天林”走了过来，拧亮台灯。

［大个儿在下面的戏中一直在过火表演。

“爸　爸”　东西都收拾好了？

“苏天林” 都收拾好了。

“爸　爸” 天林……你真就不肯留下来吗？（大个儿一脑门官司地点点头）爸爸知道爸爸对不起你……想当年，是爸爸做主把你送回大陆读中学，爸爸想得好好的，等你一毕业就接你回来，谁想到……送走的是个十四岁的孩子，回来的已经是中年人……更没有想到的是你竟然流落到了煤窑……

“苏天林” （纠正）爸爸，是煤矿……

“爸　爸” 差不多差不多。（叹息）二十年来，爸爸一直想设法找到你，可又怕反倒给你添了麻烦，就像六六年你妈妈回大陆找你，结果……反而连累你成了小特务……

“苏天林” 别说了，爸爸。

“爸　爸” 你妈妈去看你的时候，正赶上红卫兵去你舅舅那儿抄家，本来她是想去把你接回来的。可是……那会儿你已经出不来了。（声泪俱下地）你妈她到死都没闭上眼睛呀……

［大个儿做难过状。

“爸　爸” 天林，留下来吧，啊？爸爸算不上百万富翁，可这点家产也够你们吃用一辈子了。爸爸知道，无论如何都没有办法弥补你三十年的生活，你恨我也是应该的……

“苏天林” 您别说了，爸爸，我从来没有恨过您。

“爸　爸” 那你为什么一定要回去呢？放着好好的日子不过，非要回去下井，去挖煤，你、你不就是要用你的苦日子来惩罚爸爸吗？

“苏天林” （用“唱高调”的表情和声音说）不，爸爸，煤矿虽然比较艰苦，但煤矿并不是您想象的那么可怕的地方，我在那里生活了二十年。我热爱煤矿。我热爱我的工作。如果没有我们煤矿工人，这世界上，就会缺少许多光明和温暖。我决定回去，是因为那里需要我……

［“停！”随着喊声，何萤冲进表演区。

何　萤 （冲着大个儿嚷着）拙劣的表演！拙劣的表演！你能不能用点正常人说话的表情和声音来演这一场戏？

大个儿 （不服气地嘀咕着）怎么不正常了……

何　萤 你以为有激情就要大喊大叫？激情应该是在你心里的……

大个儿　没有！实话说，我心里什么都没有。

何　萤　那你根本就不配做一名演员！

大个儿　（翻脸）挤兑人是不是？我还跟您说，就您写的这本子，甭说我演不好，您就是把那些个已经作了古的表演大师们叫醒，他们也演不好这戏。

何　萤　（反而冷静下来）哦，为什么？

大个儿　我根本就理解不了我要演的，这个叫苏天林的人！（对现场所有人）你们想想啊，我，本来生长在国外，日子过得好好的，结果我那华侨爹一高兴、一爱国，非把我送回青岛老家上学，结果，没过三年，我就成了有家不能回的“黑五类”“小特务”，完了之后，上山下乡接受再教育，完了之后，被招到煤矿上当矿工，一干就是二十多年，完了之后，我亲爹从新加坡找着我，让我去继承家产、去国外定居，我竟然坚决不去！我就不明白“我这个人”究竟是有病还是脑袋瓜子里进水了！

金友成　（劝解）话也不能这么说……

大个儿　（抢白）您明白？那您跟我们讲讲，我演的这个苏天林他是怎么回事？

金友成　我总觉得呀，这人跟人，还是不太一样……

大个儿　（继续抢白）怎么个不一样呀？

金友成　（想说，又怕有说教之嫌）我……我也说不太清楚。

大个儿　（对所有人）煤矿！在座的各位下矿的次数还少哇？哪年不得下去慰问演出几十场？天底下没有比煤矿工人更苦的工作了，可一个月下来，还没有卖冰棍的老太太挣的多……

何　萤　单凭这些你难道不觉得他们了不起？单凭这些你难道不觉得他们值得歌颂？什么叫“孺子牛”精神？吃的是草，挤出来的是牛奶，这就是煤矿工人的写照！要是没有他们常年工作在地下几百米深处，就不会有你生活里需要的光和热！

大个儿　何导，您说的这些咱都明白，但明白不等于理解。

何　萤　既然是明白的事情，就应该能够理解！

大个儿　（不买账地）您既然这么理解这么热爱这个行业，那您自个儿干吗不干脆去矿上工作呢？您不是下去待了十天就回来了吗？您不也说那不是人待的地方吗？

［何萤看着大个儿，半天没有说话。

大个儿　要说，这苏天林他平常如何积极肯干，包括他当了机电科长以后，怎样科学管理，搞技术革新；怎样以身作则，在矿上资金周转不过来的时候，拿自己的积蓄为矿上买材料；怎样廉洁奉公，宁可得罪自家的亲戚，也不肯低价处理矿上的废旧钢丝绳……这些做法不管怎么说，总还是可以理解的，就像金老师您刚才说的，人跟人不一样。现在这种人虽说不多，但也还是不少——这种有觉悟的人！

朱　南　煤矿上这种人很多……

大个儿　别打岔！（对何萤）您是要塑造一个爱矿敬业的人，这我明白。我想说的是咱这个剧的结果：这个在矿山干了二十多年的苏天林，当他的父亲为他把什么路都铺好了，让他到新加坡定居，而他却死活不肯，非要……非要什么来着？

朱　南　“不圆国外黄金梦，甘在矿山写春秋”！

大个儿　对，就是这一点，怎么我都觉得不真实。凭什么他就那么留恋矿山？任何一个神志健全的人，都有过好日子的愿望……

何　萤　（无力地）事实上，苏天林就是没有走嘛，又不是我杜撰的……

大个儿　所以我才说理解不了……

［一直没有说话的胡广山突然怒气冲冲地在一旁喊道——

胡广山　你们能理解什么？

［众人吓了一跳，互相做了个怪脸。

胡广山　（长叹一声，先是对着金友成，后对着大伙）我早就说过，这隔了一代人，就好比隔了一座山！咱们这个戏、这个戏里的苏天林，啊，多有光彩的人物！有什么不能理解的？他不就是不贪图享受、不贪图金钱吗？不就是对工作有献身精神吗……要是放在我们那个年代，只有极少数“落后层”的人，才理解不了这样的好同志！

［年轻人们彼此看看，有的耸耸肩，有的做个鬼脸，对于“老古董”的激动予以宽容的表示——不予理睬。

[金友成将一杯水递到胡广山手里。

金友成　您别激动，胡老师。喝口水。

胡广山　（接过水）你说我说得对不对？

金友成　（扶胡广山坐下）您说得对。不过……毕竟时代不同了，就连观众也比从前的要求多……

大个儿　没错，就算是写好人好事，咱也总得让人家相信吧？这事还不像是跳到河里救小孩、在大街上斗歹徒……在见义勇为和见死不救之间，的确有一个是与非的界限。可谁也不能说，苏天林如果去了新加坡，就有错吧？

[众人看着大个儿，懵懵懂懂地点头。

大个儿　问题就是，直到现在，我们谁也不明白这个苏天林，为什么一定要留在矿山！要是我自己都不相信我扮演的这个人，我又怎么能指望让观众相信这个人呢？到时候，就怕是咱在台上喊破嗓子，来看戏的观众也照样退场……

演员甲　（顺口说）没事儿，到时候让部里下个文件，凡是部属单位都得组织人来看戏，不来的算旷工，退场的也算旷工，旷工就得扣工资、扣奖金。再不就干脆把剧场的大门锁上，戏没演完就不开门……

[演员乙拉了演员甲一把，向何萤那边努了努嘴。

[刚还跟着笑的何萤，此时用手捂上了脸。

演员甲　（打住话头）嘿，这不都是瞎说着玩嘛。

大个儿　这是艺术探讨……

胡广山　探讨个屁！何导，别听这班小子胡说八道，我看这戏就不错！人家苏天林事实就是这么做的——谁要是不相信，谁自己去山家林矿打听打听……

[何萤放下手，甩了甩头发。大家看她没有哭，好像都松了一口气。

何　萤　不，胡老师，也许大家说的是对的，我的剧本写得没有说服力。生活的真实，不等于艺术的真实……

大个儿　（没想到何萤如此坦率，忍不住要反过来安慰何萤）您别这么说，咱这不在一起探讨嘛。您也下去采访过，您也见过苏天林本人，他对这事儿是怎么说的？

何　萤　他说得很简单：一是他在矿上生活惯了，觉得一切都很好；再一个，他说他爱人不愿意，就像咱戏里面写的那样，苏天林回到新加坡以后，收到他妻子催他回来的三封信——苏天林说，他一辈子也不应该做对不起他爱人的事。

［一直坐在一旁的玲子突然开口议论。

玲　子　就凭这一点，这个苏天林就够得上是个好人。好男人！

演员乙　（对玲子）听老婆的话就叫好男人？

玲　子　你懂个屁！我说的是知恩图报，珍惜感情。

演员甲　这有什么难的……

玲　子　（不屑地）是吗？我看换了你就未必做得到——男人一旦开始走运，十有八九都会变得不是东西！

演员甲　（小声地）变态！

玲　子　（白了演员甲一眼，对何萤）我一直觉得你应该加重“爱情”这条线。目前这个戏的结构还行——从苏天林回到新加坡，到他最终还是要离开新加坡，通过苏天林跟他父亲、跟他哥哥还有朋友们的对话，倒叙出来他在大陆三十年的生活，主要是在煤矿的二十年……

胡广山　要说这一点，我正好跟你的看法不一样。小何，我的说法仅供你参考啦，咱这个戏的名字叫《一个矿工的故事》，可将来演出说明书印出来，大伙那么一看，总共三幕六场，地点全是“新加坡，一座花园别墅”，这个……是不是有点跑题了？我的话仅供你参考啊。

何　萤　（皱着眉头，很是苦恼地说）这并不是最主要的，关键的问题是怎么能让大家明白：苏天林为什么一定要留下来。

朱　南　对，您说他为什么要留下来？

玲　子　我说是为了爱情。把这一点说充分了，肯定会有说服力，而且还特别有人情味……

大个儿　仅有这一点是不够的……

胡广山　那当然，咱这是煤矿题材的戏，又不是爱情故事。

大个儿　何导，您在写这个剧本的时候，您自己心里明白吗？

何　萤　我心里……好像明白，可总是说不清楚……我觉得我理解他，但我却没能让别人也跟我产生同样的感受。

大个儿　（还是想安慰何萤）其实……看得出来……您写这个本子还是挺动感情的……

何　萤　（点点头，随后又自嘲地笑了笑）可惜，我大概只感动了自己。

［大家看着何萤，一时都不知道应该说些什么。

演员丙　让我说吧，可能本来就没有什么复杂的原因，就像奥尼尔写的《天边外》，同是亲哥俩，哥哥安朱天生就喜欢在乡下种地，弟弟罗伯特天生就渴望去看看外面的世界——所以呢，咱们这位苏天林，天生就喜欢挖煤……

何　萤　（宽容地笑道）你说的肯定不对，小老弟。（指演员丙和丁）你们都是刚分来的，还没下过矿，所以你们不了解……按照人的正常天性，没有人，会喜欢当一个煤矿工人。

演员丙　那您也没给我们讲过，煤矿到底是什么样的？

演员甲　去坐一次罐笼你就知道了！那罐笼，就像是个没有封闭的电梯，从地面，沿着几百米的井壁垂直升降，上下左右全都黑咕隆咚，罐笼边擦着滴答着水的岩石……

演员丁　怎么感觉像是下“地狱”似的？

演员乙　别说那么难听。井下的大巷里面还行，灯火通明的，像隧道。就是走起路来有点吃力。听说是因为气压的问题——在负几百米的井下空手行走，相当于在地面背多少公斤的重物行走……哎，何导，您下过井吗？

［何萤点点头。在何萤下面的叙述中，舞台上可能出现相应的近乎“默片”的画面。

何　萤　我去过的那个矿是个老矿——苏天林所在的山家林矿也是老矿——全国的煤矿里头，多半都是这样的老矿。在那里，工人们每天要在井下步行一两个小时才能到达工作面。我下了罐笼，还要乘一段“乘人车”，站台附近是个风口，那里的风像蛇一样——湿漉漉、黏糊糊、冷冰冰，缠得人浑身发紧。当时地面上正值盛夏，可站台上负责发信号的老工人却穿着棉裤。据说，这个工作在井下几乎算是最轻省的了，但我当时却想，宁可做十回噩梦也不愿意在这里站一个钟头。下了“乘人车”，还得深一脚浅一脚地走一个多小时，这一路不再都是灯火通明的大巷，更多的时候像是在钻地洞，空气稀薄，气压很低，湿闷的感觉就像是夏天大暴雨来临之前。除了矿灯所能照到的地方，前后都是空空洞洞的黑暗。在掘进工作面，我看到，几个赤裸着上身的工人正抱着风钻打眼，风钻在坚硬的岩石上钻进着，发出震耳欲聋的声响。在这种环境下，不要说干活，就是每天只是来这儿走一圈，我觉得都得折寿。

［三个工人抱风钻工作的造型，风钻声压倒一切，几乎要超出观众对于声音的承受力。

［何萤掩住耳朵。声音渐小，三个工人的身影随灯光的消失而渐渐消失。

［何萤说下面的话时，可有戴矿灯帽的演员，将天幕前的那片黑色座位当作“掌子面”，在上面做摸爬滚打状，做出挖煤的形体动作。

何　萤　我去过掌子面，那儿的巷道只有（用手比画出不到一米见方）这么宽，这么高，下面还有十几公分高的渗水，必须手脚并用，才能爬进去。在顶板不到一人高的工作面上，工人们拿着铁锨攉煤，有的趴着，有的蹲着，有的跪着……很少有能站起来的时候。每天要这样工作八小时以上。因为出汗和井下的潮湿，他们的衣服总是湿的；为了安全，他们在井下抽不了烟，甚至喝不上一口热水……每天他们下井的时候，天还没有亮；等干完活升井，差不多天已经黑了……煤矿工人的岗位在井下，那里没有阳光，没有新鲜的空气，那里只有一样好东西，煤！煤能发光发热，但这些挖煤的人却享受不到这光和热。他们面对的永远只有井下的艰苦和危险——瓦斯、煤尘、冒顶、能让人得上硅肺病的岩石的粉尘，还有井下恶劣的自然环境……你们知道吗，如果把一块木头扔到井下，顶多三年它就完全朽烂了，可所有的煤矿工人在井下一干就是一辈子！（凑到演员丙面前）你能想得出，还有比矿工更苦的职业吗？

［演员丙摇了摇头。何萤沉浸在自己的情绪中，继续说着。所有人

都认真听着。

[说下面的话的时候，拿矿灯的演员可随何萤的叙述站成一排，缓缓地向“灯房”走来。也许这里应该有音乐。

何　萤　在井下，能给矿工带来光亮的只有矿灯。我在矿上的灯房发过灯，从那个小窗口里，每只领灯的手都是白的、干净的，而来还灯的手却都是乌黑的，指甲缝、皮肤上的每一道皱纹全都是乌黑的……有很长时间，我眼前总也拂不去那在窗口前摸索着的乌黑的手的影子……煤就是这样被挖出来的！过去总说“谁知盘中餐，粒粒皆辛苦”。到了矿上，才发现，我们从来都离不开的“炉中炭”，比我们从来都离不开的“盘中餐”来得更辛苦！其实，我们每一个人都欠着煤矿工人的情。正是他们，在一年四季见不到太阳的阴暗潮湿的地表深处，弯着腰，弓着背，一锨一锨地从地下挖出煤来，合着自己应该得到的那一份光和热一起，给了包括我们在内的许多人，单凭这一点，他们就应该得到赞美和歌颂——我觉得——怎么歌颂，都不过分！

胡广山　你们都听听，这种真实的感情！有了这种对煤矿工人的感情，我就不信排不好这出戏！

[大伙都不再说什么。

何　萤　（有点恍惚地拿起手边的剧本）我们继续排练……

[一个声音，再次打破刚刚建立起的情绪。

演员丁　导演，我跟您商量点事……

何　萤　什么事？

演员丁　我……咱能不能先排我那场戏？因为……下午我答应别人去拍个广告……（何萤看着她没有说话，像是正压着不让自己发火）您别不高兴，您也说过我从来没有耽误过排练。人总得吃饭是不是？凭我那一个月二百来块钱工资……我就接了这么一个小活儿，一两个钟头就完了……

何　萤　（叹了一口气）我很想准你的假，但是，今天肯定你是走不了了。对了，大个儿，苏天林的哥哥“苏天森”怎么还没来？（大个儿耸耸肩）你最好去呼他一下，让他赶快回来……

演员丁　（突然冲何萤嚷了起来）为什么？为什么我不能早走一会儿，就一个小时！我的要求过分吗？

何　萤　（开玩笑地）要说也不是太过分，至少你是去拍广告，而不是去卖菜！

演员丁　（气）我是演员！卖的哪门子菜呀？

何　萤　（受这句话的启发，对众人）听见了吗？她这么年轻，如果只是想着生活得好一些，完全可以有更好的职业选择……但她却牢记着自己是演员！如果大家能够理解这一点的话，就应该能够理解苏天林为什么宁可做矿工，而不肯去国外做别的……也许这个比喻不是十分地准确……（对演员丁）我不准你假，是因为今天有特殊情况——一会儿，咱们戏中的真正主人公要来看咱们排练。

胡广山　苏天林？

何　萤　苏天林。

大个儿　苏天林要来看排练？

朱　南　大个儿，你这“冒名顶替”的，马上就要见到真人了。

大个儿　怎么说话呢？我这叫艺术形象！

演员甲　怎么不早说呀？

金友成　现在给人家看……成熟吗？

何　萤　没关系，我们正常工作就是了。

演员丁　他是专门来看我们排戏的？

何　萤　不，他是来参加劳模会……

金友成　对对对，苏天林是咱们部劳模。

何　萤　继续排练。舞台监督，（指“观众席”四周的黑色穹形通道）井下表演区怎么样了？

胡广山　还差一点，下午舞美队来……

何　萤　（一摆手）先那么着吧。接着刚才那场戏，各部门准备——（演职员们都恢复了方才的状态）开始！

［大个儿与胡广山在台上继续“父子对话”。

“苏天林”　……我决定回去是因为那里需要我……

“爸　爸”　这不是真正的理由。人只有作为家庭成员的时候，才是不能缺少、不可替代的。除了家庭，地球离开谁都照样会转……

“苏天林” 是啊，矿上需要我，我的家庭也需要我。

“爸　爸” 我愿意让他们都来。我早说过，我愿意让我的儿媳妇、孙子孙女都来这里过好日子。

“苏天林” 可是……你明知道杨瑞贞不愿意来……

“爸　爸” 还是不愿意来吗?

“苏天林” （拿出一封信）这是她刚寄来的信，您看看吧。

［胡广山接过信，扮演杨瑞贞的玲子的画外音：“天林，这几天不知道为什么，我总是想起我们第一次见面时候的情景，那时候你刚刚当上掘进工……”

［一阵尖锐的“风钻”的轰鸣声先响了起来，几盏矿灯在“观众席”后面的还没有完全搭制好的黑色穹形通道——井下巷道里亮了起来。这是苏天林记忆中的时空。

［朱南扮演“队长”、三名演员扮演成工人，头戴矿工帽，正抱着风钻打眼。

［同样矿工打扮的金友成扮演“工区长”，带着玲子扮演的“杨瑞贞”和演员丁扮演的“姑娘”，从“巷道”的另一头走了过来。“工区长”一路走，一路关照着两个女子。

［“工人甲”先发现有人来了，告诉同组的工人。因为风钻的噪声很大，只能看见他的口型：有人来了。

［“队长”关掉风钻，向来人处张望。

“队　长” （大声地）那是谁呀?

“工区长” 大川呀，是我。

“队　长” 师父。

［其余两人也看清来人，纷纷招呼道：“刘工长。”“刘工长来了。”

“工区长” （指他带来的人）矿上号召“支援高产”，这是我给你们带来的“增援部队”。

“队　长” （点点头）行啊，让他们帮着运矸石吧。

“杨瑞贞” 拿什么运?

［“队长”等人闻声大惊。

“队　长”　怎么还来了一个女的？

“姑　娘”　两个！还有我呢！

［“队长”等人一下子变得局促起来，不知该说些什么才好。

“工区长”　这两个姑娘都是矿上才招来的知青，她们是自愿要求到第一线的。

“队　长”　（不好意思地低着头）欢迎！欢迎！（又对“秀才”说）董秀才，你去带他们运矸石。

“秀　才”　（迟迟疑疑地）我？

工人甲　（哧哧地笑着）快去吧秀才！嘻嘻……

“队　长”　笑什么？干活！

“工区长”　（突然发现了什么）哎，大川，你们组今天少了一个人吧？

“队　长”　您眼真毒！我们昨天出了一个工伤。

“工区长”　（顿时严肃起来）怎么回事？

“队　长”　放炮的时候，一块矸石崩起来了，正好砸在苏天林头上。

“工区长”　伤得厉害吗？

“队　长”　流了点血，送到矿医院，大夫说没事，今天让他在家休息。

“工区长”　苏天林……是那个小华侨？（朱南点点头）一会儿我去看看去……

“队　长”　师父……

“工区长”　回头我再跟你算账！

“队　长”　我知道。

“工区长”　还有什么事？

“队　长”　您……可别当面叫他“小华侨”……

“工区长”　叫他“小华侨”怎么了？

“队　长”　他就怕别人这样叫他，这身份可没少让他吃苦头。唉，要说表现，小伙子真是没的挑，下井第一天就抢着抱风钻，干活不惜力，为人也厚道……

工人甲　（拉了拉“队长”）师父，你听……

［“队长”住了声，先是听到口哨声，接着看见戴着矿工帽的大个儿沿着深深的巷道走过来。大个儿扮演的“苏天林”吹的是《明月千里寄相思》，节奏很是轻松欢快。

［所有的人都望着走过来的“苏天林”。

“杨瑞贞” （悄声问）什么曲子这么好听？

“秀　才” 好像是支老歌。

“队　长” （大声喊）苏天林，谁让你下来的？回去休息！

“苏天林” 待在宿舍也没意思……（吓一跳）怎么这么多人呀？

［“苏天林”走到了众人面前，先看到了“工区长”，顿时紧张起来。

［“工区长”过来摘下“苏天林”的帽子察看，他头上还缠着绷带。

“工区长” 伤口不疼了？

“苏天林” 不疼了。

“工区长” 轻伤不下火线，嗯？（“苏天林”笑了起来）我听说，你不愿意别人叫你“小华侨”？（“苏天林” 脸上的笑容顿时消失了）小华侨怎么了？华侨又不是“地富反坏右”，你问问董秀才，（“秀才”走了过来）他可是戴着右派的帽子下来的，那又怎么样？这么多年，谁不说他是好工人？咱们在这儿替国家挖煤，谁肯干、谁肯为了多挖煤吃苦谁就是好汉；要是偷奸耍滑，就算他十八代根儿正，我也不说他苗红！（拍拍“苏天林”的肩）是华侨不丢人，大家都知道你是好样的！

［“苏天林”感动地望着“工区长”，一时说不出话来。

“工区长” 好啦，快干活吧。（对“队长”）今天你们有“增援部队”，得超额完成进尺才行！

“队　长” 您放心吧。干活！

“杨瑞贞” 我的锨呢？

“苏天林” （被这声音吸引）咦？

“杨瑞贞” 你也是青岛人吧？（“苏天林”不好意思地点点头。“杨瑞贞”大大方方地走过来）那咱俩是老乡。我叫杨瑞贞。

“苏天林” （有些腼腆地跟“杨瑞贞”握了握手）我叫苏天林。

［周围响起了一阵善意的起哄的声音。所有的矿灯，都照在了他们两个人的身上。“杨瑞贞”不好意思地捂住了脸。（切光）

［一阵短促的、轻快的音乐。

“杨瑞贞”　（独白）我们就是这样认识的……后来，就谈上了恋爱。可咱俩的恋爱谈得多不容易呀……

［“矿革委会办公室”。演员乙坐在桌前，桌上有一块说明性的牌子：“矿革命委员会”。

［听到敲门声，演员乙摆出“打官腔”的架势。

演员乙　进来——（“杨瑞贞”走了进来）

“杨瑞贞”　主任，您找我？

演员乙　（扬了扬下巴）坐。

［“杨瑞贞”坐在了他的对面。

演员乙　小杨呀，听说——你正在谈恋爱？

“杨瑞贞”　（不好意思地垂下头）没有……

演员乙　你是一名共青团员，可不能欺骗组织呀。

“杨瑞贞”　没有，我们现在还没有正式确定关系……

演员乙　没有正式确定？（突然站起来大声说）等你确定了，再说就晚了！

［一声重重的音乐，这种声音常用于表示噩运降临，像是一只手砸在钢琴上。切光。

［“矿区一角”。声效：蟋蟀的叫声，仿佛将人们带到了夏夜。

［“苏天林”在一张长椅前，焦虑不安地等待着“恋人”的到来。

［“杨瑞贞”上，一面警惕地四下张望，一面用嘴巴学布谷鸟的叫声：“布——谷”。　“苏天林”也一面四下张望，一面回应：“布——谷”。看上去两个人像是秘密接头的地下工作者。

［两人正在小心地慢慢走近，突然，从“小剧场”的座位上，传来了几经压抑但终究还是没有被压抑住的笑声。

［“苏天林”愣了愣，想装作没听见，继续演戏。但他刚刚很不自信地比画了两下，终于忍不住自己也笑了起来。

玲　子　（生气地一叉腰，指着大个儿）大个儿，这可是你笑场了……

［大个儿已经笑得跌坐在椅子上。玲子一屁股坐下，看着大个儿，终于忍不住也笑了起来。

［何萤从一旁冲了上来，怒不可遏地大喊：“停！”

［舞台上亮起工作灯。

何　萤　（怒不可遏地）为什么笑场！

玲　子　（收不住笑地）这不怨我，是他（指大个儿）先笑的。

大个儿　（更是收不住笑，前仰后合地）也不怨……不怨我，是……下面……先有人……笑……笑起来的……哎哟呵呵……

［何萤转向“台”下，突然看见团长正笑着站起来。他身边站着一名中年男子，那男子一副腼腆的样子。

何　萤　团长……

团　长　小何呀，你这场“约会”，处理得实在太像“特务接头”了。

［团长话音刚落，众人像是被“解放”了似的放声大笑起来。

大个儿　（捂着肚子，指着何萤）我早说了吧，我早说了吧，何导，这场戏怎么演怎么不对劲儿！

团　长　来来来，我给大家介绍一下，这位贵宾就是咱们戏里的主人公——部级劳模，苏天林……

［一束追光打在了苏天林身上，如同推出一位明星。大家鼓起掌来。

［苏天林本来就是低着头站在团长身后的，这一下更是局促不安了。

团　长　（对苏天林指着何萤）这位年轻小姐就不用我介绍了。（苏天林已经跟何萤握过了手，闻言点点头）我给您介绍一下剧组其他成员。（指金友成）这是我们的老同志，金友成……

金友成　（与苏天林握手）向劳模学习。

苏天林　（高兴地）我看过您演的电影……

胡广山　您好，我叫胡广山……

苏天林　您好您好,我女儿就喜欢看您演的电视剧。

团　长　胡老师刚退休,本来说是要出去疗养的，一听说这次排的是我们煤矿题材的戏……

胡广山　责无旁贷。我在咱们煤矿文工团干了一辈子了，说什么也得用一台咱们自己的戏来给自己画个句号！

团　长　天林同志，（用手在人堆里划拉了一下）您看看这里面的，还有哪些眼熟的？

苏天林　（有些不好意思，只是仓促地扫了一眼，礼貌地）都眼熟，都眼熟。煤矿文工团很有名……电影电视里面，经常有煤矿文工团的人……

玲　子　（小声地对大个儿说）哎，我开始还当是导演美化劳模形象呢，没想到，真人比你小子帅多了！

团　长　（指大个儿和玲子，对苏天林）戏里面，他们俩扮演您和您的爱人。

［苏天林有点不好意思，玲子和大个儿走上来跟苏天林热烈握手。

团　长　（指玲子）这可是我们团的实力派女演员，在社会上也很有影响。现在，有好几家专业文艺团体在抢着要她。

大个儿　（对团长）差不多您就把人家放了吧，常言说强扭的瓜不甜，留得住人留不住心……

玲　子　（不买账地）有你什么事？团长，我的请调报告，您到底批不批呀？

团　长　这事儿，下星期一开会的时候，我们再研究。不过原则上讲，恐怕是批不下来。

玲　子　为什么？

团　长　因为，煤矿工人需要这么一个煤矿文工团，文工团需要精兵强将。

［话音未落，美术设计陈卫，带着三名美工，拿着各种工具走进排练场。陈卫没有看出这里有什么“特殊情况”，一进门就大声嚷嚷起来——

陈　卫　让一让，让一让，导演，我今天总算是借到了几把冲击钻……

团　长　谁这么大的嗓门？

陈　卫　哟，团长大人！

何　萤　来，我给你们介绍一下，（把陈卫拉到苏天林面前）这位是苏天林同志。

陈　卫　哎哟哟，您好，（同苏天林握手）我叫陈卫，是这个戏的美术设计。

团　长　你们这是要干什么？

陈　卫　（指未完成的景）那儿不是还耷拉着的吗？总得把这点活儿干出来……

何　萤　改日吧……

陈　卫　就十来分钟的事……

团　长　你们十来分钟就能干完吗？（陈卫点点头）那你们先干吧，（对苏天林及大伙）我们先去会议室，跟咱们的劳模座谈座谈。怎么样？

［苏天林及众人纷纷点头，并且准备往外走。

何　萤　（看看手表）十五分钟。十五分钟以后，我们正式回来排练。

［除陈卫及三位美工外，众人下。

［陈卫向观众挥挥手："大伙先休息十五分钟，我们这点活儿一会儿就得了。"示意——观众休息。

［舞台上，四个人"乒乒乓乓"地干了十来分钟，把未完工的工作完成。

［演出的铃声响的时候，他们四人也坐在了台上的"观众席"上。

［下半场开始。

［何萤和众演员们，陪同着苏天林重新回到舞台（排练场）上。

何　萤　（对陈卫）干完了吗？

陈　卫　（做了个手势）OK！

玲　子　（带头提问）天林同志，您是一到了矿上，就跟杨瑞贞开始恋爱了吗？

苏天林　刚到矿上的时候，我们在一个组参加劳动，又是青岛老乡，处得挺好，可我真没敢多想别的。杨瑞贞跟我不一样，人家出身好，三代贫农，共青团员，真正是根正苗红……

玲　子　所以，您和您爱人的恋爱就很不顺利？

苏天林　还行。开始的时候有人劝过杨瑞贞，后来被刘工长听说以后，他就跑去骂人家，说是"宁拆十座庙，不破一桩婚"。还给人家扣帽子，说，谁破坏一线工人恋爱，就是破坏一线生产。

何　萤　（笑道）上次去矿上，我见到刘矿长了，的确是个特别爽直的人。

演员丙　是刘工长吧？

苏天林　后来当了矿长，现在已经退休了。

何　萤　现在的矿长是当年天林同志的师父——掘进队长李大川。

演员甲　这不错，大家都是亲的热的，平常在一起肯定都有个关照。

苏天林　（笑道）一点不假。自打我调到机电科，老矿长和矿长骂我的次数比骂谁的次数都多。

［大伙一愣。

胡广山　机电科可不好干，这我知道，我当年下放的时候，就在京郊煤矿机电科当干事，井下大到风机、水泵，小到一根电线，所有的安装维修都归机电科管。煤矿上有句行话，叫“出炭不出炭，关键在机电”，它还不像别的部门，是超额完成任务还是提前完成任务，都能看得出来。机电科的最大成绩就是保证井下一切正常，正常就是什么也看不出来，只要看出点什么，那就是出问题了，只要出了问题，首先挨骂的就是机电。

苏天林　（惊喜、佩服）真没想到，您对我们这一行这么了解。

胡广山　那可不，咱们是一家人嘛。

大个儿　苏劳模，我想问的是，为什么您宁可在矿上“挨骂”受累，也不愿意回您父亲家呢？那边什么都有……

苏天林　有也是我爸爸的。再者说，我在这边待惯了，到了那边怎么待都不自在。

大个儿　（刨根问底地）怎么个不自在呢？

苏天林　说不好，反正就是想家，想矿上的人。

玲　子　听导演说，当时您接到父亲来信的时候，是您爱人先不愿意走的？

苏天林　（点点头）那会儿，我们已经结婚了，她被矿上送去读了中专，回来在矿幼儿园当了老师……

［大个儿的声音把观众的视线带到另一表演区。大个儿和玲子再次成为“苏天林”和“杨瑞贞”。

［矿区幼儿园院内。

“苏天林”　瑞贞——杨瑞贞——

“杨瑞贞”　（迎上，示意他别大声嚷）嘘——孩子们正午睡呢！不在家好好睡觉跑这儿干什么？晚上不下井了？

“苏天林” 我爸爸来信了！

“杨瑞贞” 你爸爸？

［“苏天林”点着头，把信递给“杨瑞贞”。“杨瑞贞”看信，“苏天林”兴奋地在一旁说着。

“苏天林” 我爸爸让我们全家回新加坡定居，说可以再另外给我们全家买一栋洋房……我只记得小的时候，我爸爸给青岛老家捐过几台拖拉机，没想到我爸爸现在居然称有百万家产……

“杨瑞贞” 看你嚷嚷的，一会儿是不是还要去广播站去广播？

“苏天林” （压低声音问）怎么样？前两天你还说要攒钱买自行车呢，现在别说自行车，想要花园洋房都有了！（调侃地）我早说过你嫁给我不会“赔本”吧？

“杨瑞贞” 去！（继续看信）

“苏天林” 咱们，新加坡的“干活”？

“杨瑞贞” （撇撇嘴）这会儿来劲，又不怕别人叫你“小华侨”了？

“苏天林” 你看看你这个人，怎么还是老脑筋。

［“杨瑞贞”没有说话。“苏天林”自己在一旁感慨着。

“苏天林” 我爸爸今年……都六十八岁了，不知道是不是还像从前那样脾气暴躁，想当年，临送我上火车之前，还差点揍了我一顿呢。还有我的那三个最要好的同学，四个人里头我最大，我最厉害，什么时候都是我保护他们。老二叫阿福，要不是为了他，我也不会去跟欺侮他的几个英国孩子打架，那也就不会惹得我老爸一怒之下，把我送回老家受教育——一下子就教育了这么多年。真想看看他们现在都是什么模样了，看看那个笨头笨脑的阿福……我爸爸信上说，阿福现在在一家日本公司里当经理，这小子，居然当上经理了！

“杨瑞贞” （受了“苏天林”的情绪感染，斜着眼睛逗他说）对，你还应该回去看看，从前你们开……开什么来着？

“苏天林” “PARTY”？

“杨瑞贞” （点头）你们开那个的时候，不都带女伴吗？你去看看你当年的小女伴是不是都已经嫁人了。

“苏天林” （故意地）想当年，我可是有名的小靓仔，女伴太多了！没准她们现在都没嫁人，都在等我呢！

“杨瑞贞” 美死你！

“苏天林” 真没有想到，我这一辈子，还会有回家的一天……

“杨瑞贞” 你真打算回去？

“苏天林” 你的意思呢？

“杨瑞贞” 是回去看看，还是一去不复返？

“苏天林” 你说呢？

“杨瑞贞” 这是你的事，你自己拿主意。

“苏天林” 这是我们俩的事……

“杨瑞贞” 我不去。

“苏天林” 为什么？

“杨瑞贞” 矿上刚送我学习回来……再说，我也不愿意离家太远，我爸爸妈妈都上岁数了……

“苏天林” 这倒不是问题，你随时都可以坐飞机回来看看……

“杨瑞贞” 可万一要是回不来了呢？

“苏天林” 怎么会回不来……（突然明白了“杨瑞贞”的话，声音低了下来）不会的，再也不应该有我经历过的那种时候了……

“杨瑞贞” 谁说得准？

[“苏天林”低下头，没再说话。光渐暗。

[随着胡广山的声音，回到排戏现场。

胡广山 （问苏天林）您爱人是怕政策再有变化，才不肯去的，是吗？

苏天林 我想是。后来，我们决定我先回去探亲，住一段时间看看。临走的时候，杨瑞贞的感觉就像是生离死别。

何　萤 （笑道）她是不是认为，您再也不会回来了？

苏天林 （点头）所有的人都这样认为。我记得我第一次在海关签证的时候，海关工作人员让我填辞职书，他说：“自从实行探亲政策，凡是出境的没有几个回来的，你还是一次办完算了，免得再补办手续。”

玲　子　可您还是回来了。天林同志，我特别想知道，您在外面的时候，您爱人给您写的那三封信的内容。

苏天林　那三封信可是真厉害。她在信里说："有人跟我说你不会回来了，在那边就是擦皮鞋，也比在这边当掘进工强，更何况你父亲有百万家产……可那边再好，是你父亲和哥哥挣的，属于你的一切都在咱这个小屋里……"

［玲子进入角色，在"写"信。

"杨瑞贞"　昨天，我不小心摔坏了一只暖瓶，心疼了老半天，那是你第一次被选上矿标兵时候的奖品……你还记得你第一次当先进的时候吗？（暗转）

［欢天喜地的"苏天林"跑上，拉着"杨瑞贞"去看光荣榜。

"苏天林"　快点走呀。

"杨瑞贞"　你干脆让我飞着去得了，瞧把你美的，不就是当了回先进嘛！

"苏天林"　这可是件不简单的事。

"杨瑞贞"　嘁，先进我年年当。

"苏天林"　我哪能跟你比呀！（扳着手指头）你听着啊，十四岁之前（四下看了一眼），我在新加坡上学。刚来大陆的时候，班上的同学都是少先队员，一开队会老师就给我放假，就我一个人，你想想，教室里所有的人脖子上都系着红领巾，就我的脖子上什么都没有，那是个啥滋味？我找老师表示我也想入队，老师说我都快够退队年龄了，让我争取入团……

"杨瑞贞"　（笑道）就你？

"苏天林"　有好多年，大家都叫我"小华侨"，我不穿洋装皮鞋，让我二叔专门给我找了补丁衣服穿上，别人还叫我"小华侨"。那会儿当"小华侨"倒不像后来似的，那么让人抬不起头，可自己总觉得别扭，总觉得我跟别人不一样。为了跟别人一样，我学着做好人好事，每天跑到一个大坡下面，等着帮别人推车，完后也学着别人一样，做好事不留名，可只要我一开口说话，别人就得盘问我半天。学校里知道了点名表扬我，还是忘不了要说"华侨同学苏天林"……过了好几年，好不容易觉得自己快要跟大家一样了，突然，我又成了……

“杨瑞贞” （爱怜地替他说）小特务？

“苏天林” （点点头）打那以后，我就更跟别人不一样了……有好多年，我老觉得我是一个怪物，就像是——你别骂我，我老是做梦自己没有穿衣服就跑到外头，越想躲越没地方躲，提心吊胆的，总怕谁会抓住我打一顿。谁都能抓住我打一顿。

“杨瑞贞” （动容地看着他）现在，你觉得好多了吧？

“苏天林” （一下又高兴起来）那当然了，我都能当先进了！

“杨瑞贞” （爱惜地）德行！

［在他们的前方，出现一群正在看“光荣榜”的人。

“苏天林” （停下脚步）那么多人！你去看吧，右上角第二行，第一个名字。

“杨瑞贞” 你怎么不跟我一起去？

“苏天林” 刚才我在那儿站着看了半天了，再去，别人该笑话了。

“杨瑞贞” 你在这儿等我。

［“杨瑞贞”走上前去，原先围在“光荣榜”前的人自动为“杨瑞贞”让出了一条道。“杨瑞贞”用她殷切的目光，一遍又一遍地寻找着苏天林的名字。

［“杨瑞贞”的画外音：“天林，我怎么找不到你的名字？”

［“杨瑞贞”不解地望着周围的人，周围的人都躲开了她的目光。“杨瑞贞”又去“光荣榜”上找——

［“杨瑞贞”的画外音：右上角第二行第一个……不，那里只有一大块墨迹……

［切光。

“杨瑞贞” 那是我们认识以后，你的情绪最低沉的几天。无论我怎么劝你，你都说你的身份永远也改变不了了，就像让人在脸上刺了字的犯人一样……

［随着一声“炮声”，舞台上出现了烟雾弥漫的“井下巷道”。

［“队长”带领工友们拿着铁锹冲进去抢运矸石。铁锹铲撮矸石、矸石落入矿车的声效。烟雾（打眼放炮掀起的岩石粉尘）渐渐散尽，人们看到“苏天林”正抱着锹坐在一旁发愣。工人乙正要喊“苏天林”，被“队长”拦住。他对身边的人使了一个眼色——

“队　长”　明天咱们倒班，今天升井以后，咱们去县城看电影怎么样？

工人甲　不睡觉了？（见“队长”冲着“苏天林”的背景努嘴，马上明白过来，连声响应道）听队长的，好不容易赶上倒班，说什么也得去县城逛逛。

工人乙　去县城看电影！

“队　长”　（喊道）走哇，天林，要去都去。

“苏天林”　（没精打采地）不去，我想睡觉。

工人乙　谁没睡过觉呀！

“队　长”　就是，回来再睡也是一样的。

“苏天林”　我真不想去……

工人甲　咱哥儿几个好不容易要一起出去乐乐，你敢说不想去？

工人乙　真不仗义！

“队　长”　我是队长，听我的，今天就算是“集体行动”，想去不想去都得去！

“苏天林”　（还想找借口）我、我没有自行车……

“队　长”　我们有哇。我们仨都有，带着你就是了。

“苏天林”　不行不行，来回可是八十里地呢……

“队　长”　八百里地今儿咱们哥儿几个也要去！

［一阵清脆的自行车铃声。

［“苏天林”、队长等人一起坐在小酒馆里。他们喝着酒，不时有人拍着“苏天林”的肩膀。

［排练场里，苏天林在对何萤讲述。

苏天林　那天，我师父和我的两个工友用自行车载着我，到四十里地以外的县城看了一场电影，之后又在一个小酒馆吃饭。他们知道我心里不好受才这样做的……你们也许不知道，一个工休日对于我们有多么珍贵，我师父家里的麦子正等着他去收，老徐的爱人刚生完孩子还没出满月……但他们却整整陪了我一整天。

何　萤　（不解地）没当成先进，就让你那么消沉吗？

苏天林　（看着何萤）你今年有三十岁吗？

何　萤　没有。快了。

苏天林　所以你不了解“政治生命”这个词在那个年代的意义。到煤矿之前，我一直知道自己的脑门上有一个标记，这个标记让我永远得不到一个公民应该有的人格、自尊；无论自己怎样努力，只要有这个标记在，我就永远不能像个人一样地活着……

何　萤　我理解。我看过一些反映那个时代的书……

苏天林　煤矿工人的种种超出别的行业的辛苦，是我到煤矿之后才体会到的，但我却发现自己能够心甘情愿地忍受这些，因为在这里我觉得自己没有被当作“怪物”看待，只要我努力工作，就会得到大家的承认，这种感觉真是太好了。当我在“光荣榜”上看到我的名字的时候，那种幸福的感觉差不多就像是重新获得了一次生命！可是……不到半天的工夫，我的名字就被从“光荣榜”上抹去了……杨瑞贞理解这一点。当时她从人群里走回到我面前，什么话都没说就哭着跑开了，我挤到前面，看见盖着我的名字的那块墨汁，真是万念俱灰……要不是我师父他们硬拉着我去看电影……

何　萤　（拿起笔）我记一下，那片子叫什么？

苏天林　（笑了）不是电影对我起了什么教育作用，而是我师父和两个工友，他们所做的一切，让我从中感受到了他们对我的全部感情，我心里一下子亮堂起来，我突然意识到，只要有他们，我就再也不会是从前的那个孤独的苏天林。他们会永远拿我当朋友、当弟兄……

何　萤　您刚才好像还提到了一个词——“政治生命”……

苏天林　（从怀里取出一张已经发黄了的纸片）你们刚才演的带伤下井的那一段，实际是发生在我们看电影回来之后。那一阵子我就像是个刚刚找到家的孩子，只有在班上跟师父、工友在一起我才踏实，所以我宁可带着伤下井干活，也不愿意一人躺在宿舍里。第二天，喏，这是那天出的工区简报……

何　萤　（读苏天林递过来的纸片）“二队三班掘进工苏天林，轻伤不下火线，以煤矿工人特别能战斗的精神，缠着绷带下井，全班同志在他的精神感召下，干劲倍增，超额完成日进尺……”

苏天林　这一小段字，是当年在刘工长坚持下印发的。我一直保留着，它是我有生以来得到的第一份表扬……

［大个儿突然嚷嚷着闯入，其他演员也纷纷走过来。

大个儿　我找着感觉了！您这么一说，我总算是找着感觉了！

何　萤　（白了大个儿一眼）你嚷嚷什么呀？吓人一跳！

大个儿　咱这戏排了这么长时间，您原先编的那么多哭哭啼啼的故事都没说明白，今儿苏劳模一来，讲了这么几个小细节我就什么都明白了。

苏天林　（突然不好意思地）咳，我这都是瞎说。

大个儿　如果我的理解没有错的话，您之所以能这样热爱煤矿，是因为在您最艰难的时候，矿上的领导、工友给了您人世间最珍贵的友情（苏天林点头），并且，这种友情的分量可以说已经远远超过了优越的生活以及金钱的分量……

演员乙　所以你就回来了，是吗？

［苏天林点头。

［玲子的声音将大伙带到了“苏天林家”。

“杨瑞贞”　天林！你总算回来了！

“苏天林”　杨女士三道“金牌”，我当然得赶紧往回跑了。（从箱子里取出一堆花花绿绿的衣服）看，这些都是我爸和我大哥送给你的。

“杨瑞贞”　我哪穿得了这么花的衣服！给女儿留着吧。家里都好吗？

“苏天林”　好，就是我爸爸不舍得我走。

“杨瑞贞”　他要是愿意，咱们接他来过春节怎么样？

“苏天林”　这主意不错。我爸爸肯定会高兴的。

“杨瑞贞”　你回去还见着哪些人了？

“苏天林”　（调侃地）一大群老姑娘，全是我当年的小女伴……

“杨瑞贞”　（笑道）吹牛不上税！你的那三个小弟兄怎么样？

“苏天林”　（没有太大热情地）还行吧，就跟他们见过一两面：刚到的时候，他们来看过我一次，走的时候，本来说要再聚聚，结果只有老四来了，那两个忙得没顾上。咳，那里的人跟咱们这边的还是不一样……

“杨瑞贞” 你是不是觉得他们对你冷淡？

“苏天林” （淡淡地）没有。

“杨瑞贞” 你信上说那个阿福娶了个日本老婆，他们在一起能过惯吗？

“苏天林” 他来家里坐了不到二十分钟就有事走了，根本来不及说什么。这家伙，小的时候跟块年糕似的，天天黏着我，他一挨打，我就得替他“报仇”。这么多年我真是一直挺想他的，可他倒好，跑来叫了声“林哥”就再也没影了！

［这时，四处响起“天林”“天林”的呼唤声。“队长”“工区长”和一些工友一起拥了“进来”。“苏天林”和“杨瑞贞”忙起身招呼。这时的“队长”“工长”已经成了“李工长”“刘矿长”。

“李工长” （将一个饭盒递给大个儿）这是你嫂子给你包的羊肉馅饺子，她说你在那边再怎么山珍海味，也吃不上这一口。

“刘矿长” （拍着大个儿的肩膀）你小子，我都以为你回不来了呢！

“苏天林” 哪能呢？（边说边给大伙发烟）

“刘矿长” 好样的！

工友甲 天林，这回出去算是开了眼了吧？

工友乙 （对甲）你以为都跟你一样，人家苏师傅本来就是那边的人，什么没见过！

工友丙 （对苏天林）苏师傅，新加坡好玩吗？

“苏天林” 要是你们都在那儿就好玩了……

工友甲 天林，你们家的那大厂子大不大？

“苏天林” 有……好几百号工人……

“李工长” 你爸爸正经算上是“资本家”了。

“苏天林” 现在是我大哥当家。他说过一阵子还要再开一家厂子。

“刘矿长” 嘿，要是早几年咱知道这情况，你可就不光是“小华侨”的问题了，当个“狗崽子”绝对有富余。

［众人说着笑着……

［排练场，苏天林讲述。

苏天林　又过了几年，我哥哥真的在深圳开了一家合资厂，他一个人同时管理两家工厂，开始觉得力不从心，于是三番五次地叫我过去帮忙。我哥哥说，只要我在深圳帮他守守摊子就行，自己的家业交给谁，也不如交给自己的亲兄弟更放心。

何　萤　您还是没去。

苏天林　那会儿我已经被调到机电科了，本来就是因为机电部门缺人才把我调上来的，刚能独当一面工作，我怎么好意思说走就走。为了这个，我哥哥气得，有一年多时间都不愿意给我写信。

大个儿　后面的事情我们都知道。

金友成　你们矿，井下战线长，占用设备多，为了保证生产，您几乎每天下井，有时候一天连下几口井，赶着紧张的时候，在井下一干就是几十个小时。

演员甲　自打到了机电科，您就没有休过一个班……

苏天林　（不好意思地）哪里，我回新加坡探过一次亲……

胡广山　您带领着科里的同志在一无经验、二无技术指导的情况下，自行安装了山家林矿第一个高档普采工作面。真了不起。

朱　南　遇到井下设备坏了，急需配件，您就亲自出发，赶上公家暂时没有钱，缺个三千五千的您就拿自己家的钱先垫上。有时候走得急，连工作服都顾不上脱……

演员乙　饭也顾不上吃，经常就随身带几份班中餐。有一次您买材料花完了身上的钱，在火车站遇到一个要饭的，就把自己带的饼子给了他，结果那人咬了一口，说硬得狗都啃不动，顺手就给扔了。

大个儿　从山家林火车站到矿区，总共有十四里地，那段路没有公共汽车，所以，您经常是背着几十斤重的材料步行回来……

苏天林　（大吃一惊）你们怎么什么都知道？

金友成　这些细节，还真都是我们何导演下了功夫搜集来的。

苏天林　（摇着手）矿上的人，换了谁也都是这样做……

朱　南　您就别谦虚了。

苏天林　（诚恳地）真的真的。在矿上，我就怕别人叫我“劳模”。本来大家都是一样的，结果，就是因为我新加坡有个家我没回去，我就成了劳模。其实还有好多比我干得好的同志，但我这边一占指标，他们就要失去一个机会。这让我心里老跟做了小偷一样……

大个儿　不管是什么原因，就您肯放弃那么优厚的生活条件，铁了心地在矿上工作这一点，就不是一般人做得到的。

苏天林　要说“不一般”，那煤矿上不一般的人太多了！煤矿上了不起的人太多了！我这个，只能说是沾了家庭的光。要是比起那些豁出性命干的人，我还差得远呢……

何　萤　您那块“抗洪抢险模范”的奖章，难道不是豁着命挣来的吗？（苏天林正要说什么，何萤对他摆了摆手）您来看看这场戏。各部门准备，“抗洪救灾”一场，演员——灯光——音乐音响——

[随着何萤的话，整个舞台开始暗了下来。随着何萤一声“开始！”，舞台上出现了骇人的电闪雷鸣。

[“观众席”上方的黑色穹形通道里，有许多顶着矿灯的人的身影在忙乱地跑动穿梭。

[滚滚雷声中，是此起彼伏的电话铃声。

[舞台上出现好几处追光，金友成、朱南扮演的“刘矿长”“李矿长”以及其他干部在同时接电话。他们每个人都在大声说话，声音参差但内容相同：“什么？井下进水了！什么时间？最大涌水每分钟一百三十吨！什么原因？地面洪水溃漏？……”

[高音喇叭里，广播员在重复播音：“紧急通知。紧急通知。井下出现险情，各部门领导马上到矿调度室集合待命！”

[舞台上出现奔跑的人影。

[不时有人声传来，又消失在雷电交加的夜空里——

“洪水正沿着六号下山涌入380泵房！”

“二水平泵房进水，关闭泵房防水门——”

[“矿生产调度室”，以“刘矿长”为首，正在召开紧急会议。

“刘矿长”（神情严峻地）同志们，因地面积洪通过地方砖厂取土坑和地方煤井开采通道溃入我矿井下，我们赖以生产和生存的二水平正面临被淹没的危险。为了抗洪保矿，党委会紧急会议制定以下决定：

第一，机电科迅速启用第三台备用泵，在泵房管子道筑堤防水，最大可能地延长二水平泵房排水时间，坚持强排到最后一分钟。第二，在二号暗斜井突击安装一路十寸排水管路和一台高扬程大流量水泵……

［金友成的声音被雷声盖住。

［“井下泵房”出现大个儿和工人们的身影。他们正在修筑水堤。

工人甲　洪水水位已高出泵房地坪八米，超出警戒水位！

“苏天林”　（头也不抬地）知道了。

工人乙　洪水压力太大，泵房峒内及管子道多处透水，封堵无效！

“苏天林”　继续封堵！只要我们保住大泵房，就能保住二水平不被淹没。

［李矿长带人来到“泵房”，四下查看。

“李矿长”　（喊着问）怎么样，天林？

“苏天林”　还能坚持。李矿长，你怎么下来了？

“李矿长”　你去休息一会儿，这里有我。

“苏天林”　不，你应该在上面坐镇！

［电话铃响。大个儿操起电话。

“苏天林”　380泵房。

［“矿生产调度室”。“刘矿长”在讲话。

“刘矿长”　是天林吗？下面怎么样？

“苏天林”　正常。

“刘矿长”　下面的温度高吗？

“苏天林”　有六十多度。

［一声闷响。

工人丙　二号泵电源开关跳闸停止运转。

工人乙　水位正在迅速上升！

［又是一声闷响。

工人甲　不好，三号泵短路跳闸！

“刘矿长”　出了什么事？

“苏天林”　（对话筒）二号三号水泵跳闸。怎么办？

工人乙　泵房周围水位在急剧增高。

“刘矿长” 天林，强行开泵。

“苏天林” 明白。

“李矿长” 我来。

“苏天林” 我来！

［“苏天林”边说边赶在“李矿长”前面去手动合闸。又是几声闷响。

“刘矿长” 喂，喂！

“李矿长” （上前抓起话筒）电源受潮短路，强行送电失败。

［“刘矿长”沉默着，只能听到一阵阵雷声。

“刘矿长” （声音低沉地）大川，请大家迅速撤退。

“李矿长” 刘矿长命令，立即撤退。

“苏天林” （伤心地大喊）不！

“刘矿长” 天林，380 泵房已经连续运转了六十八个小时，这在全省煤炭系统都是少有的，你们的工作创造了奇迹，全矿职工感谢你们！

［“李矿长”放下电话，看着“苏天林”。

“苏天林” 师父……

“李矿长” 严密观测水位，其余的同志用最快的速度，撤出两台新水泵，然后迅速撤出！

［“苏天林”带领工人们投入紧张的工作。井下一片矿灯在闪烁着。

［风声雨声雷声中，一群打着雨伞的矿职工家属纷纷拥到了“井口”，她们在井口默默伫立着。“杨瑞贞”和“女儿”“儿子”也站在人群中。

“女　儿” 妈，爸爸没事吧？

“杨瑞贞” 没事。肯定会没事的。

“儿　子” 爸爸怎么好多天都不回家？

［“杨瑞贞”搂住儿子没有说话。这时，人群里出现一阵骚动，有担架从井口抬了过来。有人喊“让一让，让一让”。所有的家属都在打听：“怎么了？”有人说：“李副矿长累昏过去了。”

“杨瑞贞” （一下子冲到了担架前）李矿长！

“李矿长” （挣扎着从担架上下来，跌跌撞撞地走开）我没事……

众　人　李矿长……

“杨瑞贞”　（问抬担架的人）看见天林了吗?

“李矿长”　放心……天林、好样的。

抬担架的人

苏科长他们用了七十二个小时安装了两台大泵，已经开始抽水了。

[说着，担架走开了。

“杨瑞贞”　天哪……

儿　子　怎么了，妈?

“杨瑞贞”　安装两台大泵……从前他们最快的一次，还用了二十天……

[水泵的轰鸣声。所有的家属欢呼起来：“大泵抽水啦！矿井保住啦!”

[“井下”。所有的领导、工人也都欢呼跳跃起来。

[剧中的欢呼声中，排练场中的何萤走到了苏天林身边。苏天林发现何萤，忙伸手抹了一下眼角。

苏天林　（不好意思地）那段日子太不容易了……

何　萤　这是舞台，有一定的局限性。如果是电视剧的话，我一定要表现您跳到离巷道顶板只有几十公分的冰水里，冒着生命危险去清除龙头上的杂物，保证水泵运行的悲壮场面。当时稍不小心，随时都有再也上不来的可能，您真的就不害怕吗?

苏天林　怎么能不害怕？但当时，跳下去的不止我一个人。

何　萤　我知道。

苏天林　你不知道！如果开始没有老矿长的冒死营救，我根本就不可能有机会成为你所说的英雄。

何　萤　老矿长?

苏天林　就是我们刘矿长。

[有几名演员走过来，围坐在苏天林面前。

苏天林　在灾情还没有发生之前的头一个小时，我下井检查设备情况。刚到迎头，就有工人告诉我风管子没有风。我正纳闷……

[“井下”。“苏天林”正在查看风钻，突听有人大喊：“不好了，

发水了！”

［工人甲跌跌撞撞地跑了过来。

工人甲　水、水！巷道里的水已经没腰高了！

［“井下”一阵骚乱。工人们四散奔跑。有人在打电话，但电话已经打不通了。

“苏天林”　不要乱跑，跟我来！

［大家闻言迅速跑到“苏天林”身边。这时又有人喊：“所有的出路都被水堵死了！”

“苏天林”　赶快退到 223 下扒沟！

［大家沿着“苏天林”说的方向跑去。

［“矿生产调度室”。干部们个个神色严峻。

“刘矿长”　大川，你在这里指挥，查清井下人数。我带副总工以上领导兵分十一路，组成小分队到井下探险救人，要不惜一切代价解救被洪水围困的职工脱险！

“李矿长”　还是我去吧……

“刘矿长”　这是命令。马上行动！

众　人　是！

［“井下”，“苏天林”等人蜷缩在巷道里，寻找出路。他们身边正升腾起一股股蓝烟。

工人甲　到处都是水啊……

工人乙　这下完了，咱们算是没救了！

“苏天林”　大家戴好“自救器”，防止有害气体。老王，我在前面走，你跟在我后面，保持一定距离，万一有什么有毒气体，要是我被熏倒了的话，你就赶紧带着大伙往别处走！（说着便率先向前冲去）

［刚往前走了几步，“苏天林”又折了回来。

“苏天林”　前面也没路了。翻过风墙，沿家具房和下溜子道走走试试。

［一群人又往另一个方向走。

“老　王”　再往前走恐怕水就要没过脖子了。

“苏天林”　也只有硬闯了。咱们应该是往南异方向。

“老　王”　可我也不认识去南异的路线……

[身后突然有人喊："救命呀！救命呀！"一个工人跌倒了，在地上挣扎。

["苏天林"忙反身去救他。

[他们互相搀扶着向前走……

["矿生产调度室"。干部们在报告找人情况：

"采煤三区全部到齐！"

"采煤五区全部到齐！"

"掘进一区全部到齐！"

"掘进二区全部到齐！"

"掘进三区……还差一个小组，五个人。"

"下井记录中，苏天林还在井下。"

"李矿长" 继续寻找！

干部甲 刘矿长一直在下面寻找。

["井下"，"苏天林"一行人又来到另一个地方。

"老　王" （小声地）老苏，我们好像是迷路了。

工人丙 （坐在地上，带着哭腔地）我再也走不动了，要死就死在这儿吧！

"苏天林" 别说泄气话，我们肯定能出去。

[工人们看着他，谁也没有说话。

"老　王" （大叫）看，好像是有人过来了。

众　人 有人来了！有人来了！是刘矿长！刘矿长救我们来了！

["刘矿长"走了过来。

"刘矿长" 可找到你们了，我前边带路，赶紧辙！

[一群人在"刘矿长"的带领下，手拉着手，走出大水的围困。

[排练场，何萤和演员们都听呆了。

苏天林 刘矿长带人下井的时候，大巷里的水已经超过一米五，他们又绕到泵房，当时洪水离水泵高压开关柜只剩下十公分。一旦洪水淹没高压柜造成水泵短路跳闸，水位马上就会上升，那样的话，不光救不出我们，他们谁也别想生还。可是，如果他们不来，我们几个人就找不到出路，再耽误半个小时，我们也就死定了。

［这时，小剧场里的工作灯亮了起来，所有的人都被晃得用手遮住了眼睛。

［团长和一司机模样的人走了进来。

团　长　天林同志，今天部长们要宴请你们劳模，这不，派车接您来了。

苏天林　嗯，嗯。（边站起身边说）煤矿是个艰苦的地方，但煤矿留得住人。因为那里的人不仅能够共患难，还能共生死。上哪儿还能找到这样的朋友？

团　长　（笑道）明天再说，就等您一个人了。

［所有的人起身送走苏天林。

玲　子　（追着团长）团长，我的请调报告……您先别急着讨论呢……

何　萤　（回过身来，搓了搓脸）今天的排练就到这里。

［大家三三两两地收拾东西离去。

演员丙　（一边同几个演员往外走一边说）回头我真得去矿上看一看……

何　萤　（对走到自己身边的演员丁说）今天没能让你去拍那个广告片……

演员丁　我一点也不遗憾。

金友成　（举着剧本在演员丁后面喊）你的剧本！

演员丁　谢谢。（接过剧本同金友成一起下场）

何　萤　各部门收拾好自己的东西，关好灯，锁好门。（对胡广山）胡老师，休息吧。

胡广山　嗯。

何　萤　（像是对其他还没走掉的同事，又像是对观众）晚安，朋友们。

［只有大个儿，独自久久地站在小剧场的中央，若有所思……

剧　终

今　语

话剧《人跟人不一样》是我的第一部原创大戏。首演时，我三十岁。

从中央戏剧学院毕业后，我被分配到了中国煤矿文工团，是创作室的创作员。

成立于1947年的中国煤矿文工团，“面向矿山，服务矿工”是建团的宗旨。这个团有很好的传统：演职员长年坚持下矿演出；所有大学生进团后都要下矿体验生活。

我是文工团大学生下矿体验生活纪录的保持者：分到团里两个月之后，我便独自一人到了淮南谢家集一矿，在那里“体验生活”整整两个月，在灯房当了两周灯房姑娘；多次下井，下到八百米井下的采煤“掌子面”、掘进工作面；跟矿上的人们大声聊天，大口喝酒……那是个老矿，条件非常艰苦，最远的采煤工作面，下了罐笼要走四五十分钟；条件最差的工作面，是要爬进去的，高不过一米多，宽也差不多，脚底下是积水，矿灯照到的地方，是光着膀子干活的采煤工人……在灯房窗口，因为矿工取灯还灯的时候喜欢跟灯房姑娘们嬉闹，所以窗口外又专门隔了一层铁栅栏。还灯领牌子的时候，灯房姑娘们一般会把牌子直接扔到窗口，工人往往要探进手来，在桌面上摸索灯牌……

我看到，所有来领灯的手都是白的，还灯的手都是黑的。

我在那里发灯不到一周，矿工们就开始纷纷打听：灯房来新人了？只因为，我每次都会将灯牌放在他们的手心里……

我离开谢家集一矿不到一个月，那里发生了一次特大事故：井下瓦斯爆炸。我曾经走过许多次的巷道塌了，近二百名矿工罹难……又几年之后，那个矿宣布破产。

在煤矿文工团工作的二十四年中，我大概是下井最多的人。每到矿山，无论是前期采访准备创作，还是演出间隙、开会参观，只要有时间，我都会不惜“麻烦”自己、“麻烦”别人地要求下井看看。二十多年中，我看遍了各种先进程度不同的矿井和工作面，乘坐过各种不同的下井工具：罐笼、乘人车、猴杆儿……

文工团在各种工业广场演出的时候，我总能在上万甚至两三万人的人群中认出哪一个是一线工人——他们是人群中最白的人。想不到吧？因为下井的人必然每天洗澡，更因为下井的人常年晒不到太阳，他们上班的时候，往往太阳还没有升起；他们工作的地下深处没有阳光，也没有自然的风；他们升井的时候，太阳已经下山了……所以我总会真心又深情地说：煤，给人们带来光明和温暖，那是采煤的人们把属于自己生命的光明和温暖也一起付出了。所以我总会真心又深情地说：我愿意为煤矿工人说话，愿意为他们歌唱……

说这些，是表示我创作这个作品的时候，有着真实的情感积累。

1995 年，当时的煤炭部进行了全国煤矿劳模评选，并希望煤矿文工团可以根据劳模事迹创作一部话剧作品，这个任务，落在了我的身上。

在所有劳模事迹中，都写满了感人的吃苦耐劳，其精神都如同二十世纪五十年代的全国劳模、开滦矿工侯占友的名言“太阳转一圈，我转一圈半”。

只有一份材料有些特别，我至今还记得材料的题目是《不圆国外黄金梦，甘在矿山写春秋》，写的是山东枣庄山家林矿的机电科科长苏德福，他的身份很特别，父母是香港企业家、爱国华侨，新中国成立初期给内地多次捐过拖拉机等物资。因为苏德福淘气，二十世纪六十年代初，父亲特意将他送回来接受国内教育。结果，“文革”开始了，尚未成人的苏德福不仅回不去了，而且一夜之间从人人羡慕的“小华侨”，变成了“黑五类”，开始经受各种歧视和磨难。后来，偶然的机会，苏德福被矿山招工，成了一名煤矿工人，一干就是十几二十年。改革开放后，父亲从香港回来找到他，带他回去继承家产，可他回去了一趟香港，又回来了，选择继续在矿山生活工作，并且一路干得更好，直到当上了机电科长……

1995 年年底，煤矿文工团例行的“年终总结大会”上，团长瞿弦和向全团宣布了这项创作任务，并且强调其重要性——很多年来，文工团一直没有直接反映煤矿生产生活的艺术作品，希望这次能够不负煤炭部和全国八百万煤矿工人的希望。然后，他突然点名刚刚接受了编剧任务的我，叫我上台发言。那时候我虽然进团已经四年，但因为不坐班，所以与团里人都不熟悉。后来很多人告诉我，说我站在台上一边说话一边像钟摆一样地左右晃动。那应该是有点紧张吧。

我还记得我当时说的内容：我说这个事迹很特别，但我目前想不出来他为什么会选择继续留下来。我会去山东进行采访，如果我能够找到他留下来的理由，这个剧本就可以写出来了。

然后我就去了枣庄矿务局的山家林矿。第一次就在那里“扎”了一个月，天天就是“苏科长”的影子，包括每天的下井巡视。

苏劳模本人是位高高大大的山东汉子，初见面的时候，他比我还紧张。大概是被记者采访多了，回答都成了“套路”。几天后，我们熟悉起来，苏劳模就“活”了，香港话和英语突然开始从这位山东大汉、一线煤矿工人的嘴里成串地蹦了出来——那是他的少年时代。我俩下井走路，上井抽烟，下班去他家吃饭，跟他爱人一起讨论他们的两个孩子是该叫我“阿姨”呢还是“姐姐”，成了非常亲近的朋友。

这个戏演出后，得了奖。去矿区包括苏劳模工作的矿区演过许多场，我相信，演这个戏的时候，“原型人物”本人没有感到太多尴尬。后来我多次带队去枣庄演出、开会，带中央电视台的人以另外的题目采访他们，做专题片……直到今天，山家林矿宣布破产也已许多年了，但我与他们全家依然保留着互相拜年的习惯。

这个戏的首演是在北京的首都剧场，来了许多人。有位非常有性格的戏剧前辈，应该是娄乃鸣导演邀请来的，估计进来前也像许多观众一样，知道是“劳模戏”而不无“被教育”的戒备和抵触，但结束时却说：开演后十多分钟，居然忘了是来看“劳模戏”的。

难忘与导演娄乃鸣的合作。中戏最著名的班是出了若干位当代顶尖导演艺术家的“导79”。我在与宫晓东（合作电视连续剧《北京夏天》）、查明哲（合作话剧《中华士兵》《山羊不吃天堂草》）合作之前，第一个合作的偶像级导演就是“导79”的娄乃鸣。那个时候，娄乃鸣有令我们仰视的《初恋时我们不懂爱情》等特别有影响的戏剧作品了。当我坐在排练场看她执导我的剧本，第一次享受：一个好导演原来是编剧不言而喻的知音——所有我想说而没有写出来的话，她全替我说出来了，还总有办法把它们更形象更充分地表达出来，好幸福！还有舞美设计、灯光设计易立明，在那个“戏中戏”结构的舞台上，他完成了两个空间包括地下八百米深处的设计……

还有一件事情值得一记：1996 年首演后，团里组织过一次专家阵容豪华的作品研讨会，其中有胡可、刘厚生、赵寻等老一辈戏剧家，他们都给予了非常多鼓励。2014 年，我调入中国儿艺，第一次参加中国话剧协会“金狮奖”评奖活动，九十多岁的胡可老人来了。我与老人家的交集，仅限于当年的现场看戏和第二天的研讨会现场。其间差不多二十年我都没有再见过他。胡可老人的到来，引来参会院团长和戏剧家们的夹道欢迎，大家都充满感情地上前跟他打招呼。当他走到我面前的时候，我觉得应该向他致意，于是我说：“您好，胡可老师，您应该不认得我，但二十年前您看过我的戏，那个时候我在煤矿文工团……”我的话只说到这里，胡可老师已望向我并且接过了话头：“煤矿？《人跟人不一样》？”我惊呆了，当时有人拍下了我瞠目结舌的表情：“天哪！是的！没想到您居然记得……”他马上又说：“当然记得。那是我看过的最好的煤矿题材的戏。”

胡可老人的褒奖之语，我不敢照单全收，那是仁厚长者对认真创作的晚辈的鼓励和爱护。但，他记得！一位九十多岁的老人，真是令人感动，更令人敬佩。

时隔二十多年，我再一次读这个剧本，觉得它并没有显出太多时代局限性，其中对煤矿工人的情感真挚而真实。同时，它又不只讲了矿山和劳模故事，同时也一直在心理层面讨论着一个普遍性问题：人对逃避孤独、获得同类接受的渴望……

2020 年 4 月

话　剧

高山巨人

原著　皮兰德娄［意大利］

翻译　吕同六

改编、完成　冯　俐

首演时间：1995年12月

首演地点：北京中国儿童剧场

演出单位：中国煤矿文工团

导演：丁瑞华

舞美设计：周海平

主演：瞿弦和等

获奖：中国煤矿文工团赴意大利参加“皮兰·德娄国际戏剧节”演出，

获“皮兰·德娄艺术大奖”

1996年4月15日，中央电视台播出演出实况

人　　物

时间和**地点**不确定——介于童话与现实之间

伯爵夫人的剧团

伊尔丝——伯爵夫人

伯爵——伊尔丝的丈夫

迪娅曼特——剧团的第二号女演员

克罗莫——性格演员

斯皮兹——青年男演员

巴塔利亚——配角演员

卢马吉——负责拉车和吹响喇叭招集观众

柯特隆内——魔术师

山庄居民

夸奎奥

杜乔·多齐亚

斯格莉齐娅

玛拉－玛拉

木偶们

（加木柱一共六个——两个木柱、四个木偶：水手、妓女、老头、咖啡店的女老板。）

幽灵们

（除“两个女邻居”外，其余幻影，如“101天使及其卫队”可用投影代替。）

第一幕

魔术师柯特隆内和他的随从们居住的山庄。

几乎在舞台的中央，有一棵古老的柏树。山庄的淡红色墙皮已经斑驳，右侧有一处带四级台阶的入口，两边是两座圆形的、突出的凉廊。凉廊带有小石柱的栏杆和圆柱支撑的圆顶。门的右侧和左侧开着两扇同门一样高的玻璃窗，朝着凉廊。山庄前面是一块长着青草的空地，左侧有一条长椅，一条倾斜的小路一直通到柏树跟前，然后向左延伸，经过小桥。

小桥位于舞台的左侧，清晰可见，桥两侧有栏杆。在小桥后面，可以望见高山的丛林。

幕启时，从山庄里传出各种奇特的乐器伴奏的歌声。歌声时而爆发为突如其来的尖叫，时而化为颤音的歌唱。随后形成一股急速的声音流，直至像一匹受惊的马遽然逃逸。歌声应当造成这样的印象：人们正在克服某种危险，在我们还难以认为这危险已经结束的时候，一切都归于平静。正像有时我们不知因为什么缘由经历了短暂的狂热之后一样。

［大幕升起时，已是傍晚。从山庄里传来的奇特声响以及透过凉廊窗户可以看到的奇特灯光（按原剧本中提示）所展示出的“非现实”色彩，开门见山地将这个“介于童话与现实之间”的山庄的奇异氛围展现在观众面前。

［奇特的光线和奇特的歌声中，出现在凉廊里的山庄居民斯格莉齐娅和多齐亚显得神秘而又平静。

［歌声刚一结束，夸奎奥从柏树后面上场，异常惊慌地嚷道——

夸奎奥　有人来了！有人来了！快，闪电、打雷，打开屋顶上的绿灯光！

斯格莉齐娅

（起身向山庄里面大声尖叫）大祸临头！大祸临头！有人来了！

（随后从凉廊里探出头问夸奎奥）什么人来了？夸奎奥，什么人？

多齐亚　晚上来人？我看也许是白天迷路的。你瞧着吧，他马上就会往回走的。

夸奎奥　不！不！他们正朝我们走来！就在下边！好多人！有十来个！

多齐亚　嘿，好多人，胆子够大的。（边说边跳过凉廊的栏杆，从台阶上走到柏树前，跟夸奎奥一起望）

斯格莉齐娅

（尖叫）闪电！闪电！

多齐亚　别嚷嚷！闪电很费钱！

夸奎奥　他们还有一辆车子，一个人驾辕，两个人在后边推。

多齐亚　也许他们是上山去的。

夸奎奥　哦不，看样子他们是冲我们来的！车上还躺着一个女人！瞧，瞧！车子里装满干草，女人就躺在上面。

多齐亚　快叫玛拉，她在小桥上……

［玛拉－玛拉从山庄的门里跑出来。

玛拉－玛拉

（喊道）我在这儿！他们会怕我这个苏格兰女人的！

［玛拉－玛拉的打扮看上去像个女巫，身上还斜背着干粮袋和水壶，手里拿一把小遮阳伞。

玛拉－玛拉

快用屋顶的灯给我照亮！我可不想摔断我的脊梁骨！

［山庄里射出了一束束灯光，犹如夏天的闪电，还伴着雷鸣。

［玛拉－玛拉跑上小桥站在栏杆上忽前忽后地走动，山庄的绿色探照灯投在她身上使她看上去活像是个幽灵。

斯格莉齐娅

（问夸奎奥和多齐亚）他们停住了吗？

夸奎奥　快叫柯特隆内！

多齐亚　（大喊）柯特隆内！柯特隆内！

［柯特隆内不慌不忙地从山庄里走了出来。

柯特隆内　怎么回事？你们不知道害臊吗？害怕了？惊慌失措了？

多齐亚　有一支人马上来了，足有十来个人。

夸奎奥　不对，是七个，七个人，我数过了。

柯特隆内　别婆婆妈妈的！我们无须冒任何风险，谁说空话谁是胆小鬼！好极了，黑夜已经降临，现在是我们的天下了！

夸奎奥　可是，如果他们不相信……

柯特隆内　你难道需要别人先相信你？

斯格莉齐娅

他们还往上走吗？

夸奎奥　闪电和玛拉都没有吓住他们！

多齐亚　如果没有什么用处，快把灯都熄掉吧，太浪费了！

柯特隆内　对，把上面的灯熄掉，光这些灯光就够了。玛拉，你过来，如果他们一点都不怕，说明是我们的人，那彼此就很容易明白。（忽有所悟地）等等，（对夸奎奥）你说，他们是七个人？

夸奎奥　是的，七个。

柯特隆内　七个……也许是他们？

多齐亚　他们？是谁？

夸奎奥　他们来了！

［闪电和照在小桥上的玛拉身上的探照灯熄灭了。显露出来的月光使舞台笼罩于一片朦胧的夜色之中。

［从柏树后面的小路上走出了伯爵、迪娅曼特、克罗莫和巴塔利亚。

克罗莫　啊，谢谢，朋友们！你们实在是太棒了！

多齐亚　（莫名其妙地）谢谢？谢什么？

克罗莫　感谢你们打信号为我们指路，我们终于到达了目的地！

柯特隆内　哎呀，这么说真是他们来了！

巴塔利亚　（指玛拉－玛拉）夫人，您真勇敢！

克罗莫　（赞叹地）太出色了——站在小桥的栏杆上，还拿着了把小阳伞！

迪娅曼特　还有那闪电，还有那屋顶上的绿灯光，真是美极了！

夸奎奥　（哭笑不得地）得，他们把这些都当成演出了！可我们是在装作幽灵……

多齐亚　他们觉得很开心！

迪娅曼特　幽灵？什么幽灵？

夸奎奥　哦，是我们假装的，吓唬陌生人，不让他们靠近山庄。

柯特隆内　请安静！（问克罗莫）是伯爵夫人的剧团吗？我正念叨着……

克罗莫　我们就是！

多齐亚　剧团？

巴塔利亚　……就剩下几名残兵败将……

迪娅曼特　（对巴塔利亚）不对，是精华！你应当说，幸运的是留下了剧团的精华。第一位就是伯爵先生。（拉着伯爵的手，像对待小孩子一样地牵着他往前走）请往前来。

柯特隆内　（握住伯爵的手）欢迎您，伯爵先生！

克罗莫　（用朗诵的调子）可他既没有伯爵的封地，又不领伯爵的薪俸。

迪娅曼特　（生气地）什么时候你们才能收起这一套不顾体面、丢脸的……

伯　爵　（厌烦地）不，亲爱的，说不上让我丢脸……

巴塔利亚　我这么说只是开开心，为了驱除疲劳和饥饿……

柯特隆内　你们会在这儿得到休息的……

玛拉–玛拉

（对柯特隆内）可你至少告诉我们……

多齐亚　对，这些先生是什么人……

柯特隆内　我这就介绍。（对伯爵）伯爵夫人呢？

伯　爵　在那儿。可她如此疲惫不堪……

巴塔利亚　都站不起来了。

夸奎奥　躺在车子上的那位，可是伯爵夫人？（见柯特隆内点头，夸奎奥兴奋地做了一个滑稽的动作，拍拍手）你出其不意地给我们导演了一场演出！

柯特隆内　他们几乎也属于我们这个大家庭……（对伯爵）需要帮伯爵夫人一把吗？

伯　爵　不敢劳驾，下面还有两个人。我倒是想请您告诉我，这儿（环顾四周。茫然地），看来是个大山谷，在高山的山坡上……

克罗莫　有旅馆吗？

巴塔利亚　有饭店吗？

迪娅曼特　我们该在哪儿演出？

柯特隆内　请允许我向我的同伴们，也向你们，一一道个明白。我们大家都误会了……

［这时，从小路上传来斯皮兹和卢马吉的声音：

——使劲，加油！

——嘿，轻一点！

［所有的人都转过身来张望。车子出现在舞台上。

克罗莫　夫人来了！

伯　爵　小心！小心！

［伯爵和柯特隆内一起跑过去帮忙。

［卢马吉把车拉到山庄前的空地上停稳。所有的人都呆呆地看着躺在车上的伯爵夫人。

夸奎奥　上帝，她的脸色多么苍白！

玛拉－玛拉

像个死人！

斯皮兹　安静！

［停顿片刻，伊尔丝从车上坐起来，把这里当成了街头广场，异常激动地开始朗诵她在诗剧《儿子被换掉的故事》中的台词。

伊尔丝　倘若你们愿意

倾听这新奇的故事

请相信我

一个可怜的女人的身份

但请更相信我

一个母亲的哭泣

为了一桩悲惨的灾难

为了一桩悲惨的灾难

［此时，照着《儿子被换掉的故事》剧中的安排，伯爵、克罗莫以及剧团所有的演员齐声发出不同的，但全都是充满怀疑的笑声，又戛然而止。伊尔丝继续诉说。

伊尔丝　所有的人都这般狂笑

即便有教养的人

亲眼看见

我掩面哭泣
竟也无动于衷……

柯特隆内　（恍然大悟）哦，原来你们是在表演！

夸奎奥　太美了！

玛拉－玛拉
是演戏！

斯皮兹　请安静！她已经进入角色，别打扰她！

伊尔丝　（继续演戏）
甚至感到厌恶
“蠢货！蠢货！”
他们冲我叫嚷，因为
他们不相信这是真的
我的儿子
我的心胆被换掉……
可你们应当相信我；
我能向你们提供凭证：
我的邻居
全是像我一般
不幸的女人
不幸的母亲
我们相互认识，彼此了解
那是真的
［伊尔丝挥手似乎是要呼唤谁。

伯　爵　（向她俯下身去，温柔地）别说了，亲爱的……

伊尔丝　（迷乱而又不耐烦地挥挥手）女人们……女人们……

伯　爵　可眼下找不到她们……

伊尔丝　（仿佛醒悟过来）找不到？这是什么地方？

伯　爵　我们到了……

夸奎奥　她演得真棒！

斯格莉齐娅

我太喜欢了。

多齐亚　（指剧团的人）他们干吗要这样笑？

夸奎奥　（对柯特隆内）这真的是演出？

柯特隆内　当然，他们在演戏！他们是戏子！

伯　爵　请别在我妻子面前这样说！

伊尔丝　（从车上下来，头上还挂着几根干草）没什么，你只管这么说吧，我很高兴！

柯特隆内　请原谅，夫人，我并不想冒犯……

伊尔丝　（仿佛是在呓语）戏子，是的，戏子！（指丈夫）他不是，可我是，我有演戏的天性。如今，他也跟着我堕落了——从他的大理石别墅，堕落到流浪街头……（环顾四周，极度狂乱亢奋地）卢马吉，你在哪儿？快，吹起喇叭来！招呼观众！（突然恐惧地躲到斯皮兹胸前）啊，上帝，我们这是在哪儿？

克罗莫　（对一脸困惑的山庄居民解释）她发烧了，在说梦话。

多齐亚　（对身边的人）我觉得他们像疯子！

斯皮兹　你们压根儿不会明白伯爵夫人高尚的献身精神！

伊尔丝　（推开斯皮兹，不满而激动地）不许你这样说话！斯皮兹！（走向克罗莫，因愤怒而声音颤抖地）我是天生的演员，明白吗？你以为出卖自己就能得到那些报纸的下流吹捧吗？

克罗莫　（茫然地）你干吗冲我说这些？

伊尔丝　因为你这么说的！

克罗莫　我？我说什么了？什么时候？

伯　爵　（恳求妻子）别说这些伤害自己的话……

伊尔丝　不，亲爱的，这样说出来有好处，如今我们已经走投无路……（对柯特隆内）您知道，我们所有的人挤在一起……睡在马厩里……

伯　爵　那不是马厩，你是睡在火车站的一条长凳上。

克罗莫　三等候车室。

伊尔丝　（对柯特隆内）翻身伸懒腰的时候，胡说八道的脏话就冒出来了……（对克罗莫）你以为黑暗中谁也看不见谁，我就听不见你说的话？

克罗莫　（莫名其妙地）可是我说什么了？

伊尔丝　……黑暗把一股股寒气扑打在我的脸上，我正在发烧……是的，呼吸困难……（对克罗莫）一听到你的声音，我便这样放声大笑，咿嘿嘿，咿嘿嘿。可立刻我又浑身发抖，整个身子缩成一团。我使劲咬紧牙关，免得自己会像被打的狗那样叫起来……你没有听见像狗一样的叫声？

克罗莫　没有……

伊尔丝　你肯定听见了！只是在黑暗中，你以为是另一个人的声音。你不相信那可能是我……

克罗莫　我什么也不记得！

伊尔丝　我可全记得！

斯皮兹　可他到底说了什么？

伊尔丝　……哦，他说，为了不再受这高尚的献身精神的罪，也不让你们所有的人受这份罪，最好……

克罗莫　（恍然大悟，为自己辩护）啊，我明白了！不过，不光是我，大伙都这么说的。有人虽然没有说，可也是这么想的。我敢发誓……

伊尔丝　（向克罗莫）“干脆吹灯拔蜡”，嗯？你正是这么说的。

克罗莫　（索性）干脆吹灯拔蜡，吹灯拔蜡！是的，这样我们大伙儿也不会挨饿了。

伊尔丝　（用手在克罗莫的额头上比画着）我本可以给你安上两个漂亮的犄角……呸！（她抑制不住心中的愤怒和厌恶，反手给了克罗莫一记响亮的耳光）

［伊尔丝摇摇晃晃，跌倒在地，因又哭又笑而全身颤动。克罗莫抚摸着挨打的脸颊发呆。所有的人因这突如其来的一切而感到惊讶，同时开始讲话。场上的人分成了四组：第一组是伯爵、迪娅曼特、柯特隆内，三人救护伊尔丝；第二组是夸奎奥、多齐亚和玛拉－玛拉；第三组是卢马吉、巴塔利亚和斯格莉齐娅；第四组是斯皮兹和克罗莫。

伯　爵　啊，上帝，她疯了！伊尔丝，伊尔丝，求求你！不能再这样继续下去了！

迪娅曼特　镇静，镇静，伊尔丝！至少看在你丈夫的分儿上！

柯特隆内　伯爵夫人……伯爵夫人……快，我们把她抬到那边去，这样更好……

伊尔丝　不，放开我！放开我！我要让所有的人都明白！

夸奎奥　演了一场什么破戏！他们是打哪儿逃出来的？

多齐亚　她演得真棒！嘿，毫不含糊！

玛拉－玛拉

她把他们都献给了那个神圣的上帝！

巴塔利亚　她带着我们自掘坟墓……

卢马吉　我看大可不必为这点屁事发狂！

斯格莉齐娅

（在胸前画着十字）我好像陷入了一群狂人的包围。

斯皮兹　（逼近克罗莫）胆小鬼！

克罗莫　（推开他）走开！该结束这一切了！

斯皮兹　“干脆吹灯拔蜡！”为了大伙都不挨饿……你恐怕连自己的老婆也要出卖了！

克罗莫　胡说什么，傻瓜！我这么说是为了那个自杀的人……

［伊尔丝挣脱阻拦她的人，走上前来质问大伙。

伊尔丝　你们可都是这么说的？

斯皮兹　不！这不是真的！

迪娅曼特　我什么也没说过。

巴塔利亚　我也没说。

伊尔丝　（对丈夫）你也这么想的，是吗？

伯　爵　不，伊尔丝！你简直是想入非非！当着这些陌生人的面……

柯特隆内　如果因为这个缘故，伯爵先生……

伊尔丝　正是因为这个缘故！我们就这样来到……

柯特隆内　我们在这儿隐居，伯爵夫人……

伊尔丝　伯爵夫人？我是演员！（指克罗莫）我应当提醒他这光荣的称号，他跟其他人一样，也是演员。

克罗莫　不，我并不为此自豪！在我面前，你也没什么可以骄傲的，明白吗？因为在某个时候，你曾经不想再当演员了！

伯　爵　（维护妻子）不，是我硬让她退出舞台的。

克罗莫　（对伯爵）你做得太好了，亲爱的！（对伊尔丝）你嫁给了一个伯爵，（对众人指伯爵）他是一位富翁！（又对伊尔丝）你曾经从舞台上隐退了，成了伯爵夫人！

伊尔丝　是的，是这样！

克罗莫　我的上帝！其实你尽可以给他（指伯爵）戴绿帽子！伯爵夫人应该更加豪爽大度的。这样的话，那个可怜的人也就不至于自杀，而你本人，可怜的他，我们所有的人今天也不会沦落到这个地步。

伊尔丝　（先是僵硬地站着，随着内心的颤抖，她的身体动了动，发出神经质的大笑）咿嘿嘿，咿嘿嘿，咿嘿嘿……（她举起手，在额前比画出两只长长的角，用严峻的声音）就像蝴蝶的触角，一对天线……

夸奎奥　谁自杀了？

斯格莉齐娅

他们当中的人？

伊尔丝　（对斯格莉齐娅）不，亲爱的老太太，他们当中谁也没有自杀，而是一位高贵的人，一位诗人。

柯特隆内　啊，不可能是诗人……

斯皮兹　是《儿子被换掉的故事》的作者，这出戏我们已经演了两年了。

柯特隆内　我猜到了……

克罗莫　是因为爱上了她（指伊尔丝），诗人才自杀的。

柯特隆内　啊，原来如此。是夫人忠于丈夫，不能回报那个人的爱。不过……诗人应该写诗，何必自杀呢。

克罗莫　要知道夫人也爱那个人！

伊尔丝　我？

克罗莫　是的，是的，你也爱他！你早应该承认这一点，这样你在我的眼里倒显得更值得尊敬。

[克罗莫的话仿佛是触到了始终没有人敢触及的问题的关键，大家静了下来，所有的人都望着伊尔丝。

伊尔丝　（愣了愣，自言自语似的）倘使问心无愧，你尽可以敞开你的心灵，就像一个赤身裸体的小孩子……（环顾四周）这是乡村，我的上帝……面对这乡村的夜色和这些人……（毅然转向丈夫）是的，我爱他！你明白吗？是我酿成了他的死亡。但是，亲爱的，他从我这儿真是一无所获。（走向柯特隆内）先生，这一切仿佛是一场梦……那是他（指伯爵）的朋友，一位年轻诗人，有一天，他给我朗诵他正在写作的一个剧本，他说，这是专门为我写的，但他不抱希望，因为我当时已经退出舞台。我觉得这个剧本写得好极了，（转向克罗莫）是的，我立即兴奋起来。（又转向柯特隆内）不过，我很清楚，他想用这部作品的魅力吸引我重返舞台，但他这样做，并不是为了作品，而是为了自己，为了获得我的爱……我知道，倘使我马上让他失望，他的创作一定会半途而废。为了维护这部作品的美，我不仅没让他失望，反而自始至终鼓动他的幻想。剧本完成的时候，我退却了——但此时我已被那火焰撩拨得难以自已……（指克罗莫）他说得对，我不应该再置身局外——诗人献出了自己的生命，我要把这生命赋予他的剧本。（指丈夫）他也理解这一点，他同意我重返舞台去履行这神圣的义务。

伯　爵　我没有理由嫉妒。

克罗莫　可你难道没有感觉到，对于夫人来讲，诗人并没有死？她希望诗人仍然活着！她把自己，也把大伙折腾得死去活来，是因为她希望……

唉，诗人仍然活着！

迪娅曼特　相反，他吃醋了！

克罗莫　是的，你猜对了！

迪娅曼特　你们统统都对她动了情！

巴塔利亚　心灵的地震……我完全晕头转向了……

伊尔丝　（对克罗莫）不错，我正折腾得死去活来！我把他作为一份遗产接受了下来！我承认，起初我并没有料到，他会用他的作品给我带来这样的痛苦，这痛苦就包含在作品里，我品尝到了……

柯特隆内　把一位诗人的作品介绍给观众，怎么竟使你们倾家荡产？啊，我明白了！我非常明白……

巴塔利亚　从第一场演出开始……

卢马吉　所有的观众都起哄！

克罗莫　口哨吹得地动山摇！

迪娅曼特　连那无与伦比的舞台布景也毫无效果！

巴塔利亚　还有灯光，多美妙的灯光！

克罗莫　一场非凡的演出本应当产生而又没有产生奇迹！我们，演员和跑龙套的，本来有四十二个人……

柯特隆内　就剩下这么几个人？

克罗莫　（指伯爵）全部家产都赔光了！

伯　爵　我并不因此追悔！我心甘情愿！（看伊尔丝）只要她依然是高尚的，只要我们的处境至少因为这部作品的美和伟大而受到人们的尊敬……

柯特隆内　可我憎恨这些人！伯爵先生，所以我在这里隐居，宁可做一个野蛮人……难道人与人之间除了彼此仇恨，就不能有一些理解吗？

伯　爵　那倒不是，我们在各个地方都找到了朋友……

斯皮兹　他们充满热情……

迪娅曼特　（阴冷地）……但少得可怜……

克罗莫　戏院的老板们，说我们没有道具、没有服装，废除了跟我们的合同。

伯　爵　事实上我们的行装足以满足演出的一切需要。

巴塔利亚　戏装都在那些麻袋里……

卢马吉　……在干草下面……

斯皮兹　何况，这些并不是必不可少的。

克罗莫　布景呢？

伯　爵　总会有办法的……

巴塔利亚　（带着抱怨的怪声）演员不够也有法子补救：我既演男的，又演女的。

克罗莫　那都是无足轻重的角色！

巴塔利亚　（做出女人的手势，用细声）讨厌！

迪娅曼特　我们从不放弃任何机会。没法在舞台上表演的东西，我们就朗诵。

斯皮兹　这部作品是如此美妙，以至于谁也不去注意演员不足、道具缺少。

伯　爵　什么也不缺少！（对柯特隆内）您别相信，什么也不缺少！这都是自己人给自己抹黑的坏毛病，改不掉！

柯特隆内　我欣赏您的个性，伯爵先生。但请相信，我实在不需要您向我证明这部作品的美。你们是由我远方的一位朋友介绍来这儿的，他可能没有来得及向你们转达我的劝告，我要他们劝阻你们，别上这儿来冒风险。

斯皮兹　（不甘心地）这里什么也干不了吗？

克罗莫　（泄气地）我不是提醒过你们吗？

卢马吉　嘿，我早想到了，在这深山野坳！

伯　爵　难道镇上就没有剧场？

柯特隆内　有，可成了耗子窝了，伯爵先生。即使开了门，也不会有人去。

伯　爵　（有些不知所措地）可是，这里荒无人烟……

迪娅曼特　我们落到了什么地方？

斯皮兹　我们受人指引，专程来投奔您的……

柯特隆内　请别泄气，我和我的朋友们愿意竭诚为你们效劳。待我们好生商量一番，总会找到法子的。现在，如果你们愿意进山庄……你们一定累坏了，今天晚上将就睡一夜，山庄容纳得下。

巴塔利亚　……唉，可有一碗饭吃……

柯特隆内　最好入乡随俗。

巴塔利亚　那是什么意思？

多齐亚　放弃一切，一无所求。

夸奎奥　别吓唬他们！

柯特隆内　请进，请进！

巴塔利亚　（嘟哝）……什么都没有，还能干什么呢……

柯特隆内　伯爵夫人……你不想……

［伊尔丝独自坐在长凳上，摇头。

夸奎奥　（对多齐亚）瞧见没有？她不想进去。

伯　爵　她再歇一会儿。（对柯特隆内）你先照顾其他人吧。

迪娅曼特　（问克罗莫）你以为我们应当接受他们的邀请吗？

克罗莫　至少躲躲风寒。你难道想在这潮湿的露天待一夜？

巴塔利亚　总得给点吃的。

柯特隆内　当然，会有的。玛拉－玛拉，你安排一下。

玛拉－玛拉

好的，请过来！

卢马吉　反正我是不打算走回头路。

柯特隆内　（对多齐亚）杜乔，你分配一下房间。

斯皮兹　给伯爵夫人留一间！

克罗莫　但愿每一个人都有一张床。

夸奎奥　（热情又开心地）有，都有。房间还有富余。快点走！我们好好乐一乐！

［众人走进山庄，伊尔丝、伯爵和柯特隆内留下。

（短暂的间歇）

第二幕

［黄昏的余晖消失了，舞台上的灯光减弱，渐渐升起月亮的光晕。

［柯特隆内等待所有的人都走进山庄，一阵短暂的沉默之后，他用很平静的语调同伯爵夫妇交谈。

柯特隆内　我为夫人准备了一间房，从前山庄主人住的，是这里唯一配有钥匙的房间……

［伊尔丝仍然坐在长凳上，默默不语，全神贯注。然后，用几乎是遥远的声音朗诵——

伊尔丝　五只公猫，机灵敏捷
团团围住一只母猫
它们彼此虎视眈眈
盯着忍受剧痛的母猫
只要一只稍稍动作

其他四只便扑将上去

抓啊，咬啊，扯打成一团

它们一溜烟跑开，又回来……

柯特隆内　（轻声问伯爵）她在背台词？

伯　爵　（轻声对柯特隆内）不，这不是她的角色。（随后，以另一种颇为烦恼的声音，对上伊尔丝的台词）

当然，当然……

伊尔丝　莫非猫儿在孩子的脑袋上

也玩这样的游戏？

您瞧！您瞧！

伯　爵　要我瞧什么？

伊尔丝　瞧这儿，头发蓬乱的

一根小辫子

［随后，伊尔丝用另一种声音——一个把孩子搂在胸前，保护着他的脑袋的母亲的声音：

伊尔丝　不，我的宝贝儿子！

［又恢复最初的声音：

伊尔丝　你们瞧见他了吗？

如果用梳子

梳他的头发

用剪刀

剪他的头发

那就大祸临头

孩子必定一命呜呼……

柯特隆内　伯爵夫人的声音真有魅力……我想，如果你们进山庄里去，也许会觉得轻松一些。

伯　爵　起来吧，亲爱的，你至少应该歇一会儿。

柯特隆内　我们这儿的生活必需品也许少了点儿，可没有用处的东西却绰绰有余……请注意瞧那面。那是一堵墙，只要我喊一声……（用双手在嘴巴周围做喇叭状，呐喊）哦——啦！

［随着这声呐喊，山庄的墙突然被神奇的灿烂晨光照亮。

柯特隆内　这些墙都会闪闪发光！

伊尔丝　（像孩子一般陶醉）哦，太美了！

伯　爵　您施的什么魔法？

柯特隆内　人家叫我魔术师柯特隆内。我就靠这些魔法勉强为生。请看——

［柯特隆内又用双手在嘴巴四周做喇叭状，呐喊——

柯特隆内　黑夜！

［墙壁上的灿烂星光消失，又显出原来的月亮的光晕。

柯特隆内　这黑暗仿佛是为萤火虫制造的。这些萤火虫飞来飞去，飘忽不定，在空中留下它们的绿色闪光。好，再请看：啦……啦……啦……

［柯特隆内一边喊，一面用手指向三个不同的地方，从他手指的地方直到山坡，显出三道绿色光带，犹如瞬间即逝的幽灵。

伊尔丝　啊，上帝，这是怎么回事？

柯特隆内　我，魔术师变出来的。让一些平常肉眼看不见的、只发生在梦幻中的情景在人们清醒的时候出现……

［斯格莉齐娅一脸恼怒地出现在山庄门口。

斯格莉齐娅

柯特隆内！你等着瞧吧，101 天使再也不会来了！

柯特隆内　哦，不，他会出现的。过来，斯格莉齐娅……

斯格莉齐娅

（生气而又不安地）我听见新来的那些人在胡乱议论！

柯特隆内　不应当害怕别人讲话。（把她介绍给伯爵夫妇）这位是 101 天使的斯格莉齐娅。教会一直不肯承认 101 天使为她创造的奇迹，所以她就来和我们生活在一起。

伊尔丝　101 图诺天使？

柯特隆内　是的，他照管着 100 名幽灵，每天晚上带领他们去从事神圣的事业。斯格莉齐娅，你给伯爵夫人讲讲。

斯格莉齐娅

（皱皱眉头）你不会相信的。

伊尔丝　不，我会相信的。

柯特隆内　夫人会相信的。（对伊尔丝）她刚从邻近的市镇过来，那儿住着她的姐姐……

［这时，天空中响起一个平淡而清晰的声音：

声　音　那个臭名昭著的地方。遗憾的是，在这野蛮的岛屿上，这样的地方太多了。

［伯爵夫妇惊诧不已。

伊尔丝　（恐惧地）上帝！谁在讲话？

伯　爵　（同样惊慌地）从哪儿来的声音？

柯特隆内　（安抚他们）别害怕，这只是声音……

斯格莉齐娅

（虔诚地）上帝可是无所不能的。

柯特隆内　（故意引着斯格莉齐娅讲述她的“故事”）本来像她这样虔诚的人，自然不会害怕夜里上路……

斯格莉齐娅

（忍不住纠正柯特隆内的话）什么夜里！我不用夜里上路，只要天亮动身就行。我不过是向我的邻居借了一头驴。谁知道他把月光当成了黎明。我立刻就看出天还没亮，但我画了画十字，还是骑上驴动身了。当我踏上大路……周围是乡村……黑暗中闪动着各种可怕的影子……一片寂静，甚至连毛驴的蹄声也在尘埃中消失了……那月亮……那长长的泛着白光的路……真可怕……（她很害怕地蒙住了眼睛）

［舞台上的灯光暗了一下，接着出现了奇异的光线变化，随着斯格莉齐娅的讲述，柏树树冠上、山庄围墙上……出现了她所说的101天使的幻影。

斯格莉齐娅

忽然我觉得好像从梦中醒了过来，发现两边有长长的两支士兵……那些士兵在路两边行走，队伍前面，一位军官骑着一匹雄伟的白马。有他们做伴我可放心了。可他们为什么一声不吭？他们走路没有声音，也看不见一点儿飞扬的尘土……这是怎么回事？天亮了，我们已经来到了市镇跟前，骑着白马的军官等我的毛驴赶上来，拦住我，跟我说："斯格莉齐娅，我是101天使。护送你到这儿的，是炼狱的幽灵。你到达了目的地，便接受上帝的旨意，中午以前你将死去。"说罢，他和他的卫队就消失了。

[舞台上的幻影消失。

柯特隆内　（接着她的话继续讲下去）她脸色苍白，失魂落魄地出现在她妹妹面前——

斯格莉齐娅

"你怎么了?"她问我。

我回答说："把神父请来，我要忏悔。"

"你不舒服吗?"

"中午以前，我就要死了。"

（她张开双臂）……事实上……（她俯身盯着伊尔丝，问道）你或许还相信自己活着?

[斯格莉齐娅伸出食指在伊尔丝面前做了一个"不"的手势。柏树后面再次传出那个平静而清晰的声音。

声　音　别信她的!

[斯格莉齐娅以赞同的微笑，对伊尔丝做了个手势，好像在说："听见这声音对你说什么了?"她面带微笑，满意地走回了山庄。

伊尔丝　（问柯特隆内）她认为自己死了吗?

柯特隆内　这是在另一个世界，伯爵夫人……

伊尔丝　（瞧着柏树，恐惧不安地）什么世界?还有这些声音?

柯特隆内　请接受这一切，何必去弄个水落石出！我可以……

伯　爵　这些可是精心策划的?

柯特隆内　（对伯爵）如果这一切能帮您进入另一种真实——这真实跟您平常所说的真实截然不同……您可以对这一切保持距离，但您不妨想一想这个见到了天使的老太婆。这儿的人就是以这样的方式生活。我们一无所有，但我们永恒地拥有一种妙不可言的财富——自由翱翔的幻想。我们周围的众多事物能任意地说话、具有感觉。其实，我们生性是平静而迟钝的；我们坐在这儿，依照我们的生存状态，想象出无数神话般的，又合乎情理的东西。于是便有了这持久的、神奇的陶醉。我们呼吸着童话的空气。天使会像某个客人一样降临到我们中间。而我们身上所发生的一切，竟也会让我们自己大吃一惊：我们听见千奇百怪的话语、笑声，我们瞧见从各个角落显现的生龙活虎、五光十色的幻影。幻影不是我们创造的，而是产生于我们的眼睛的愿望。

伊尔丝　那么，这座山庄的主人是谁？

柯特隆内　我们，但又谁也不是。幽灵是它的主人。

伊尔丝　你们不会相信幽灵……

柯特隆内　是我们创造了幽灵！

伊尔丝　（感到不可思议）你们……

柯特隆内　为什么不？你们演员把自己的身体借给幻影，让幻影在舞台上活起来——它们也确实活起来了！而我们恰好相反，幻影就在我们身上，我们只要把它们从我们身上释放出来就是了。您以为幻影不在您身上活着？为您自杀的青年诗人的幻影或许就在您身上！

伊尔丝　在我身上……

柯特隆内　我可以让您看他怎样显形。瞧，他在那儿！（指向山庄方向）

伊尔丝　（站起身，恐怖地）不！

柯特隆内　就是他！

［打扮成诗人的斯皮兹出现在山庄的门槛上，他拿着一支小手电从下向上照着自己的脸，看上去活像个幽灵。

［伊尔丝见状，大叫一声，掩着面孔，倒在椅子上。

斯皮兹　（跑到她跟前）啊不，伊尔丝……我的上帝……我只是想开个玩笑……

伯　爵　你！斯皮兹！他是斯皮兹，伊尔丝……

柯特隆内　他摇身一变，只是想让你看看他作为一个幻影的样子！

伯　爵　（对柯特隆内发火）您还在说什么？

柯特隆内　真实！

斯皮兹　我开了个玩笑！

柯特隆内　我始终只是创造真实。这就是证明（指斯皮兹）。他开了个玩笑？他只是听从了使唤！服装不是偶然选择的。瞧，还有另外的证明……

[一群幻影从山庄的大门里走出来，各自被手中暗藏的不同彩灯照耀着：迪娅曼特、卢马吉、克罗莫乔装成柯特隆内将介绍的人物。其余的人跟随他们出场。

柯特隆内　（挽起迪娅曼特的手）您，看得出来，打扮成了伯爵夫人……（又指披着一身驴皮的卢马吉，对伯爵夫妇）他想到，您缺少一头驴。而您（指克罗莫）活像个大老爷，祝贺您，看得出您心地善良……

伯　爵　你们在开化装舞会？

克罗莫　那里面（指山庄）有一个密室……

卢马吉　有各种各样的衣服！可没有一个服装管理员。

柯特隆内　每个人都可以随意选择，乔装打扮！

伊尔丝　（对柯特隆内）别说了！我知道！您可是捏造事实，弄虚作假？

柯特隆内　并不是我要故意这样做，伯爵夫人。所有那些真实都是被我们的意识所摒弃的，我会从人的感情深处，挖掘出那些令人毛骨悚然的真实。我曾经无数次向人们示范过，但因此遭到迫害，最后不得不逃出来。在这儿，我尝试着把它们化为瞬息即逝的幽灵、匆匆过往的幻影……

夸奎奥　愚昧的人们害怕了，离得我们远远的……

柯特隆内　我们就这样成了这里的主人。一无所有但又拥有一切的主人。

多齐亚　唯有彻底一无所有，才可能拥有一切。

克罗莫　（对伯爵）嘿，你听见了吗？这分明就是我们现在的处境！这么说，我们拥有一切？

柯特隆内　不，因为你们现在还想得到什么。只有一无所求，才会拥有一切。

玛拉－玛拉

没有床铺也可以睡觉……

多齐亚　当上帝将好梦和疲劳恩赐给你的时候，谁能阻止你安然入睡？

柯特隆内　酒足饭饱的时候，再精美的食物，也比不过你肚子饿的时候的一块面包……

[夸奎奥做出小孩子津津有味吃东西的样子。

多齐亚　唯有你无家可归的时候，整个世界才属于你。你是一切，又什么都不是；你什么都不是，你又是一切。

柯特隆内　（指多齐亚）多齐亚是我们的银行家。他三十年来积蓄的钱远远超过许多人为了摆阔而施舍的钱。他来到这儿，为了幻想的自由，把钱捐献出来。我们的一切都由他支付。

多齐亚　哦，钱要省着花……

柯特隆内　那你就当个吝啬鬼吧。

其他山庄居民

（笑）没错！没错！

柯特隆内　或许我本可以成为一个伟人，伯爵夫人。可我超脱了。我超脱了一切！我们的灵魂像空气一样自由广阔。灵魂，这绝顶丰富、神奇奥妙的东西！它令我们的心灵升华，一直消融在神话般的远方……如果谁只在自己肉体和姓名中发现自己，那就太可悲了。好吧，先生们，让我告诉你们，从前对朝圣者是怎么说的：脱下鞋子，放下手杖，你们到达了你们的目的地。已经很多年了，我一直在等待着你们这样的来客。你们的《儿子被换掉的故事》我们也要演，它是一部能使我们获得满足的诗剧。

伊尔丝　在这儿？

柯特隆内　仅仅为我们。

克罗莫　他在邀请我们永远留在这里！

柯特隆内　没错，你们还想在人世间寻求什么呢？你们究竟得到了什么？

夸奎奥　（热情而兴高采烈地）请留下来吧！跟我们在一起！

多齐亚　（心痛将有更大的开销）哦，他们有七个人！

卢马吉　我就留在这儿！

巴塔利亚　这是个好地方……

伊尔丝　这么说，就剩下我一个人去朗诵，而不是去演出这部作品了？

斯皮兹　不，伊尔丝，谁想留下来，请便。但我要永远跟随你！

迪娅曼特　我也是。（对伯爵）你可以永远指望我的支持。

柯特隆内　我明白，伯爵夫人不能放弃她的使命。

伊尔丝　永远不能。

柯特隆内　您难道不愿意让这部作品活在您心里——只有在这儿才能这样。

伊尔丝　它一直活在我心。但这还不够！它还应当活在公众心里！

柯特隆内　可怜的作品！诗人不曾从您那儿获得爱情，同样，这部作品也不会从公众那儿获得声誉。得了，时候不早了，大家都去休息。既然伯爵夫人不肯留下来，那我还有一个主意，明天早晨我告诉你们。

伯　爵　什么主意？

柯特隆内　明天早晨再说，伯爵先生。白天令人眼花缭乱，黑夜是梦幻的时光。对于人们来说，唯有黄昏才能洞察一切。黎明通向未来，而夕阳联结过去。（伸出一只手，示意大家进山庄）明天见！

（幕　落）

第三幕

显示奇迹的密室：位于山庄中央的一间大屋子，两侧各有两扇门。屋子深处的墙壁空空的、光光的，在特定的时刻它将成为透明的。那时，透过它将如同在梦里一样，先看到黎明的天空、飘浮的白云；然后看到平缓的山坡，山坡上呈现一片柔和的绿色，树丛环绕一座椭圆形水池；最后（即在后来《儿子被换掉的故事》的排练过程中），呈现漂亮的海岸、港口、灯塔。屋子里放着各种奇怪的家具。此外，还可看到一架钢琴、一把长号、一面鼓、两个画着人形的小木柱。四个笨拙地放在椅子上的木偶：一名水手、一名妓女、一名穿制服的多毛的老头、一名粗暴的咖啡店女老板。

[幕启。一种不知来自何处的不自然的光线照着舞台上一动不动的木偶。

[伊尔丝从左侧的第一扇门跑上场，伯爵紧追在后，像是要阻挡她。

伊尔丝　不，听着，我要到外面去！（突然愣住，止步，几乎恐惧地）奇怪的光线……这是什么地方？

伯　爵　（也站住）也许就是他们说的显示奇迹的密室。

伊尔丝　（指木偶）像是真人……

伯　爵　据说是专门为我们做的。瞧，这是“弹钢琴的女人”“咖啡店的老板娘”“水手”……都是我们没有找到演员来演的角色。可是他能知道什么？

伊尔丝　你说那个魔术师？（伯爵点头）我把剧本给他看了。

伯　爵　哦，我说呢。可木偶能干什么？我真不明白我们究竟到了什么地方？也许……（走近她，温柔而腼腆地要接触她）我至少想听听你……

伊尔丝　（跳起来躲开他，喘息着）走开！我要走开！

伯　爵　上哪儿去？

伊尔丝　不知道。出去。到露天去。

伯　爵　在这深更半夜？所有的人都睡了……

伊尔丝　我害怕那张床！

伯　爵　我理解，床那么高。

伊尔丝　那条紫色的被子，被虫子咬了许多窟窿！

伯　爵　（劝慰地）可不管怎么说，终究是张床……

伊尔丝　（再次躲开他）这座房子外面，靠近大门口有一张椅子。

伯　爵　（再次跟过来，耐心地）可你独自在外面会更害怕；在房间里至少有我跟你在一起……

伊尔丝　（再也忍不住）我恰恰是害怕你，亲爱的，唯独害怕你……

伯　爵　（困惑地）害怕我？为什么？

伊尔丝　因为我了解你，我懂得你。你就像个叫花子似的盯着我。

伯　爵　可是我爱你……

伊尔丝　别这样靠近我！也别这样瞧着我！不知道怎么回事，我觉得我好像被粘住了，是的，是的，被你这种苦苦哀求、畏畏缩缩的黏糊劲儿粘住了。你的眼里、手里都是这种黏糊劲儿。（见伯爵怏怏不乐）我没有别的法子，只有逃走。我真想像个疯子一样地尖叫！唉，你的消耗战真可怕。

伯　爵　消耗战？

伊尔丝　消耗战、消耗战！你想从我身上夺回你失去的一切。

伯　爵　伊尔丝！你说什么？我什么也没有失去。我只要还有你，就不会认为是失去了一切。你说这是消耗战？

伊尔丝　糟糕透了！你总是用眼睛跟踪我。我真受不了！

伯　爵　我觉得你离我很远。我想请你……

伊尔丝　得了……

伯　爵　（生气地）不！请你重新成为从前我心目中的你……

伊尔丝　哈！从前？我身上哪里还找得到从前的影子？

伯　爵　你难道不永远是我的伊尔丝吗？

伊尔丝　我已经听不出我自己的声音了……看在上帝的分儿上不要再折磨我了！

伯　爵　（稍停顿）难道……我成了孤家寡人，你不再爱我？

伊尔丝　你说什么，傻瓜？没有你，我也寸步难行。不是吗？不过，爱情这事强求不得，你要知道——我的上帝——我唯一可以接受的时候，便是你不再去想这些。好了，你一直都说你是为别人好！

伯　爵　可有的时候也得为自己……我想说，你的感情……

伊尔丝　始终如一。始终如一！

伯　爵　不，不对。从前的时候……

伊尔丝　你很相信从前吗？你相信我的感情就不会有变化吗？今非昔比，你没看见我们都到了什么地步！可奇怪的是，伸手摸摸我们的身体，又好像什么都没少。

伯　爵　这样很好。至少我想感觉到你在我身边。

伊尔丝　难道现在我不是跟你在一起？

伯　爵　也许是吧，眼下我也不敢肯定。

伊尔丝　这儿的魔术师说：梦幻的真实比我们自身更真实。

伯　爵　我常常回想起我们最后一次离开寓所，从楼梯上走下来时的情景，那时我们是多么受人尊敬……

伊尔丝　一切都过去了，何必再去回想。

伯　爵　可我忘怀不了！在那大理石的客厅里，多少支烛台把那里照耀得如同白昼一样明亮。我们从楼梯上走下来，满怀兴奋，信心十足。然而一走出大门，迎接我们的却是凄风苦雨和严冬的黑暗……

伊尔丝　（略作停顿）不过，你应该相信，尽管我们在物质上失去很多，但我们自身失去的东西却很少很少。我们大可不必心灰意懒。

伯　爵　我一直是这样劝导你的呀，伊尔丝，你不应当心灰意懒！

伊尔丝　是的，是的。你真善良。我们回去吧，也许我现在能休息一会儿了。

［他们从进来的那个门出去。他们刚一离开，木偶们便弯下腰，双手放在膝盖上狂笑起来。

木偶们　瞧他们将事情弄复杂了！

到头来该干吗还得干吗。

［长号、大鼓等乐器也都自己响了起来，仿佛是对伯爵夫妇作讽刺意味的评论。两个小木柱原地跳跃着，木偶们前俯后仰地狂笑。当斯格莉齐娅兴高采烈地从右后侧的门走进来时，一切立即恢复原状。

斯格莉齐娅

101 天使！101 天使！他带着卫队接我来了！跪下！统统跪下！

［木偶们应声跪下。屋子深处的墙变得透明。可以看见像天使一样插着翅膀的幽灵，他们排成两行，簇拥着骑白马的 101 天使缓缓行进。轻柔的童声合唱伴随着天使的队伍：

世界沉默了
上帝，唯有你
用和平、信仰和仁爱
保佑饱经忧患的可怜人
飘零四海的流浪者

［斯格莉齐娅站起身，追随天使从左后侧的门出去。最后一队天使通过后，墙壁渐渐恢复原状，音乐也越来越弱。木偶们站起来。无力地跌坐在椅子上。少顷，克罗莫穿着戏装上。他一脸恐惧地寻找着某种他怎么也弄不清来自何处的声音。也穿着戏装的迪娅曼特从另一扇门走进来。她先看到了克罗莫。

迪娅曼特　克罗莫！嘿，你在干什么？

克罗莫　我？我在干什么？（自己也觉得说不清楚，反问）你在干什么？

迪娅曼特　（痛苦地指自己的喉咙）我的喉咙……像是有一枚别针卡在这儿……我想我是在发烧……

［巴塔利亚劲头十足地从左侧门冲了进来。

巴塔利亚　哦，上帝，我瞧见了！我瞧见了！在墙那边……

克罗莫　（终于印证了自己的感觉）如果你说“瞧见了”，我想，那我就是真的听见了。

迪娅曼特　什么？你们别吓唬我！我可发着烧呢！

克罗莫　音乐！在走廊的尽头！

迪娅曼特　音乐？

克罗莫　（拉着他们俩人的手）请跟我来。

［迪娅曼特和巴塔利亚想挣脱克罗莫，但没有挣脱。两人同时说：“不，你疯了！”“哪有什么音乐？”

克罗莫　别害怕。（拉他们一起踮着脚朝屋子的尽头走去）应当在这儿，我听见了，天国的奏鸣曲。开始是这样的：我离远了听不见；我离得太近，也听不见，后来突然一下子……嘿，（兴奋不已地）这儿！站住！听见了吗？听见了吗？

［果然有轻缓、柔和、美妙的奏鸣曲清晰地传来。三人又兴奋又害怕。

迪娅曼特　哦，上帝！果真是音乐！

巴塔利亚　是不是斯格莉齐娅在演奏管风琴？

克罗莫　什么呀，这根本不是尘世间的音乐。如果我们稍稍走开一点，就再也听不见了。（果然，他们刚一挪动，音乐戛然而止。）

巴塔利亚　（迫不及待地）听我说，请听我说，我看见那面墙打开了，刚才。

迪娅曼特　墙打开了？那或许是窗子……

巴塔利亚　不，我对面没有窗子。是墙打开了，露出了天空。哎呀，从来没有见过那样的月光……亮得可以数出草丛里的叶片……

克罗莫　（突然冒出一个念头）等一等，你们在这儿等着，我回一趟房间，马上就回来！（急下）

迪娅曼特　他干吗要回自己的房间？

巴塔利亚　不知道……我直打哆嗦……你不觉得这些木偶在动吗？

迪娅曼特　你瞧见它们动了？

巴塔利亚　有一个，我觉得他在动……

迪娅曼特　没有，他们全都原地没动。

［克罗莫上，兴奋得如同发现了“新大陆”。

克罗莫　终于被我证实了！这儿的我们千真万确不是我们！

巴塔利亚　你说什么？

克罗莫　太有意思了！去，去你们的房间里瞧瞧——你们还在自己的房间里！（见两个人还要问什么，推了他们一把）去瞧瞧就知道了！真可笑！

［将信将疑的迪娅曼特和巴塔利亚刚一离开，木偶们便伸着懒腰站起来。

众木偶　天哪，总算明白了！

幸好你们明白了！

还指着我们说三道四！

再也受不了啦！

克罗莫　（先是惊奇，随即认可）哦，你们？是啊，有什么不能？可以理解。

木偶之一　让咱们的两条腿活动活动，怎么样？

［众木偶和克罗莫拉起手，一边转圈一边歌唱，乐器又自动响起来，有点走调地为他们伴奏。这时，迪娅曼特和巴塔利亚返场。

迪娅曼特　我要发疯了……（突然发现木偶，尖叫）这些家伙！（抚摸自己的身体）难道这个不是我的身子？可我明明能摸到它……上帝，我要大喊……

克罗莫　（捂住她的嘴）住嘴！你嚷什么？

巴塔利亚　（问迪娅曼特）你在屋里瞧见了自己？（迪娅曼特点头）

克罗莫　我也瞧见了我的身体，他在床上睡得正香。我们正在做梦！明白吗？我的身子在那儿打着呼噜，胸口一上一下，美滋滋得像头猪！

巴塔利亚　（沮丧地）我的身子也在那睡着，张着嘴巴，活像个小天使……

木偶之一　（狂笑）活像个小天使？太妙了！

另一木偶　嘴角还流着哈喇子！

［木偶们正笑成一团，斯皮兹从左前门出现，手里拿着一根绳子。

斯皮兹　让开！让开！我再也受不了啦，我要结果自己！

克罗莫　怎么结果？用这根绳子？（他举起斯皮兹的手，众人看到那根绳子都笑了起来）傻瓜，你正在做上吊的梦！你是在梦里上吊！

斯皮兹　是吗？你们马上就会看到，我是不是在梦中上吊！（挣脱克罗莫下）

克罗莫　拜倒在伯爵夫人石榴裙下的可怜人！

［卢马吉神色慌张地跑来："啊，上帝，斯皮兹上吊了！"

巴塔利亚　斯皮兹正睡在他的床上！

克罗莫　我们都在做梦。

迪娅曼特　（说卢马吉）你也如此！

卢马吉　（气急败坏地）瞧他！那儿！真的上吊了！

［尽头的墙又变成透明的，可以看见斯皮兹正吊在一棵树上。众人惊呼，朝墙壁跑去。舞台忽然转暗，一片黑暗。演员们的梦幻形象消失。可以听见木偶的狂笑。它们返回椅子上，一动不动。舞台再次亮了起来，除了保持原状的木偶，舞台上空无一人。片刻，从左前侧门里走进来伯爵夫人、伯爵和柯特隆内。

伊尔丝　我瞧见了他！请听我说，我瞧见他吊在山庄后面的一棵树上！

柯特隆内　可山庄后面没有树！

伊尔丝　可是我瞧见了！

伯　爵　我也瞧见了。

柯特隆内　请别激动，伯爵夫人。我说过这个山庄……瞧，斯皮兹先生来了，活生生的。他不过是个做梦上吊的人。

［斯皮兹神情忧郁地上。听到柯特隆内的话，他吃了一惊。

斯皮兹　（惊奇而生气地）您怎么知道的？

柯特隆内　我们全都知道，亲爱的。

斯皮兹　（对伊尔丝）你也知道？

伊尔丝　是的，我梦见了。

伯　爵　我也一样。

斯皮兹　这怎么可能？

柯特隆内　很清楚，您不可能有秘密瞒着任何人，即使是做梦。我方才正在对伯爵夫人解释，这也是我们山庄独有的特色。瞧，天快亮了，昨天晚上我曾经许诺，我要告诉你们可以去哪里演出你们的《儿子被换掉的故事》。今天，附近的两家高山巨人喜结良缘，将举行盛大的婚礼。

伯　爵　（茫然地扬起一只胳膊比画着）巨人？

柯特隆内　这么称呼只是因为他们身材高大，体格健壮，又居住在山上。这些人胆大剽悍，他们不惜冒着种种危险去建设高山水库、工厂、道路，从事采矿、农作物种植，这难免令他们有些"四肢发达，头脑简单"，甚至有点儿野蛮愚昧。对于我来说，把你们带到山上参加婚礼演出并非小事一桩。我在想，你们怎么演出这出戏？

斯皮兹　高山巨人那里没有剧场吗？

柯特隆内　不是剧场的问题。你们只有七个人，而演这出戏需要一大帮人。

伯　爵　主要角色都齐了。

柯特隆内　我认为一出戏最重要的是要有魅力。

伊尔丝　是这样。

柯特隆内　我读剧本的时候完全入迷了。这出戏，伯爵夫人，简直就像是专门为我们——这些相信幻影的真实胜于相信肉体的真实的人写的！我对你们说过，先生们，这座山庄里居住着幽灵。我这么说绝不是开玩笑。除了人类以外，大地上还居住着形形色色的居民。它们有着精灵的本性，生活在我们中间，却看不见摸不着，一般人对它们一无所知。但我们的祖先很熟悉它们；我们在这儿也很熟悉它们。我们只消想象一下，那些精灵就会自个儿活泼泼地涌现出来。请您相信，真正的奇迹永远不会是演出，而永远是诗人的想象，永远是那些在诗人想象中诞生的活生生的人物。这些人物是如此鲜活生动，以至于他们没有血肉之躯，我们也一样能够看见他们。

斯皮兹　（不以为然，挑战地）好奇心驱使我想目睹这样的奇迹。

柯特隆内　奇迹不会为了满足好奇心而显示的，需要相信它，我的朋友。就像孩子那样相信。你们的诗人创造了一位"母亲"形象，这位母亲确信她襁褓中的儿子被调包，罪魁祸首是黑暗巫婆和狂风巫婆，也就是民间说的"女妖怪"。有教养的人们当然会对这等事嗤之以鼻，或许你们也会如此。而我要告诉你们，这样的"女妖怪"确

实存在！在狂风呼啸的冬夜，我们曾经无数次听到女妖怪从这儿飞驰而过时发出的凄厉叫喊声。（换成朗诵声）

茫茫黑夜中，她们顺着
烟囱潜进了人家
像
一缕
黑烟
可怜的妈妈怎能觉察？

伊尔丝　（惊奇地）嘿，您居然能背诵我们戏里的台词？

柯特隆内　居然？伯爵夫人，现在我们能够向您从头到尾表演这出戏！试试看，伯爵夫人，把您的角色活生生地展现出来。您的儿子什么时候被调包的？

伊尔丝　您是说在戏里？

柯特隆内　是的。或者说是在什么地方。

伊尔丝　（进入角色）

黑暗中，我在床上，在我身边摸索
儿子不见了
那哭泣声从哪传来？
我的儿子
在襁褓中
不可能自个儿走开

柯特隆内　为什么停下来？请继续。请您发问，就像剧本里写的：

难道不是这样吗？
难道不是这样吗？

［发问尚未结束，舞台突然陷入黑暗。片刻之后，像是被魔杖点化了一样，舞台上再度亮了起来。伯爵夫人身边出现两名“平民女邻居”，她们立即回答：“是这样！是这样！”“六岁的孩子，怎能自个儿走开？”

［注视着她们，倾听着她们，斯皮兹和伯爵恐惧地后退。“她们是从哪儿冒出来的？”“这怎么可能！”

伊尔丝　　（一样惊恐地）啊，上帝！她们是谁？

柯特隆内　（对伊尔丝）演下去！演下去！别破坏这迷人的魅力！我抱起……

伊尔丝　　（惊恐地顺从）

我抱起

被扔在床下面的孩子

［从高处不知什么地方，传来嘲弄的响亮声音："跌到床下面的孩子！跌到床下面的孩子！"伊尔丝惶惶然地和其他人一起仰望高处。

柯特隆内　别惊慌失措！这都是戏里的台词！接着演！

伊尔丝　　（听任奇迹的摆布）

听到我的呼喊

你们最先跑来

当时孩子是什么模样？

女邻居　　他侧着身子

另一女邻居

一双小脚

朝脑袋翘着

女邻居　　襁褓用绳子捆着……

另一女邻居

捆得很结实

女邻居　　有人攥着他的双手

把他扔在床下边

一场恶作剧

另一女邻居

也许仅仅是恶作剧！

伊尔丝　　当我抱起他……

女邻居　　孩子放声大哭

［周围到处发出不相信的大笑声。两位女邻居转过身去，仿佛为了是要抵挡这笑声，她们厉声说道：

我们可以发誓

这不是原来的孩子

这是调包计

[舞台再次陷入黑暗，那笑声延续；片刻，灯光再亮，笑声停止。克罗莫、迪娅曼特、巴塔利亚和卢马吉从不同的门走上来，他们几乎同时说话。

克罗莫　怎么啦？在演出？

迪娅曼特　排练了吗？

卢马吉　（发现斯皮兹还活着，高兴地）哦，斯皮兹！谢天谢地！

巴塔利亚　怎么回事？怎么回事？

柯特隆内　伯爵夫人，那两个活生生的幻影，直接来自诗人的想象，您和她们演得很好！

斯皮兹　全是精心策划的诡计！我们不会像傻瓜一样被迷惑的，要论演戏，我们才是行家！

柯特隆内　不，亲爱的，如果您是行家，那您就第一个站出来心甘情愿地被迷惑吧，因为这才是行家的真正标志！

斯皮兹　可那两个女人是怎么出现的？

柯特隆内　她们来得恰到好处，又恰到好处地说了她们该说的话，这就足够了。至于别的，那都无关紧要！伯爵夫人，我想给您一个忠告：您的戏唯有在这儿才能获得生命，而您想把它带到世俗的人群中去演出……那就试试看吧！离开这儿，一切可以制造魅力的神奇的力量便不存在了，只有我和我的朋友们听从您的调遣。

[这时，外面传来高山巨人骑马行进的声音，伴随着音乐声和近乎野蛮的呐喊声。山庄的墙受到强烈的震撼。夸奎奥、多齐亚、玛拉－玛拉、斯格莉齐娅异常激动地上。

夸奎奥　高山巨人！他们下山了！

玛拉－玛拉

都骑着马！

多齐亚　听见了吗？活像是皇帝驾到！

斯格莉齐娅

他们是去教堂举行婚礼。

迪娅曼特　走，我们去看看！

柯特隆内　（严厉地喝住众人）谁也不许动！谁也不得抛头露面，如果我们打算去山上演出的话，所有的人统统留在这儿排练！

伯　爵　（把伊尔丝拉到一边）你不害怕吗，伊尔丝？你听那声音！

斯皮兹　（恐惧地靠拢过去）墙在颤抖！

克罗莫　（同样恐惧地走过来）真像游牧的野蛮人的马队！

迪娅曼特　我害怕！我害怕！

［所有的人都怀着恐惧不安的心情倾听着外面的动静。音乐和喧哗渐渐远去。

（幕　落）

第四幕

以我父亲跟我的有关谈话为依据，我勾画了“高山巨人”这一幕的情节，使它具有它应当具有的含义。我把我所知道的都表达了出来，虽然它缺少必要的效应，但我希望这并非随心所欲之作。我父亲在他去世前的最后一夜，为剧中那些幻影苦苦思索了一整夜，早晨他对我说，他为了在脑海里酝酿这最后一幕耗尽了心血。如今，他正克服一切障碍，他希望能稍事休息，他还高兴地说，一旦痊愈，他只消花不多几天的时候，便可以把这些时日构思好的一切形成文字。但是，我不知道，我甚至敢说，永远没有一个人会知道，在这最后一幕中，在他的最后构思之中，他是否会以另一种方式来构建材料，他是否为情节设计了另一种的起伏曲折。或者，他是否找到了比“神话”更高一层的意蕴。那天早晨，我从父亲那儿得知，他构想出了一株阿拉伯橄榄树，他笑着对我说道：“舞台中间，安置一棵大橄榄树，有了它，我就解决了一切问题。”由于我还不太理会，他又补充说道：“用来挂一幅幕布……”于是，我恍然大悟，他或许好几天一直在思考这一细节，他为找到了解决的办法而欣喜。

——斯台芳诺·皮兰德娄

这一幕应当在山上“高山巨人”们住宅前的空地上展开。

幕启时，因行路而易疲劳的演员们，带着一辆车，由柯特隆内及其手下几个人陪同，来到这儿。这些奇怪的不速之客的到来，引起居民们的好奇（“巨人们”始终不在舞台上露面，出场的只是在他们的大型工程中干活的奴隶和工人），他们都围绕舞台尽头的盛大的宴席就座，从观众的角度看，就餐者应该设想为被安排在很宽广的场地上。舞台最近处的几位就餐者站起身来，迎上前去，他们惊讶地、好奇地向演员们问长问短，好像他们面前的这些人是从天而降的外星人。柯特隆内向一位威严的管家表达他的同伴的愿望：他们是演员，愿为先生们献演一出一流的戏，以示对婚礼的庆贺，为正在进行的庆典增添光彩。

丰盛的宴席，暴食狂饮，喧哗与歌声，然后是舞蹈，热烈的气氛中开动酒的喷泉，这些都使就餐者兴高采烈，这是“巨人们”施舍于他们，并由他们品尝愉悦。演员们发觉，那些人对戏剧演出一无所知，更糟糕的是，有个人听到了要演戏的消息，便引诱其他人说，演戏是很逗乐的。显然，在他们看来，他们把戏剧当作了打斗的木偶戏，或者丑角的滑稽戏，或者女芭蕾舞演员或咖啡厅酒吧间女歌手的表演。于是，演员们的情绪坏到了极点，当柯特隆内由总管陪同，去向“巨人们”建议为他们演出时，演员们心里才略觉安慰，他们指望经过努力能使事情变得顺当，而且他们演出的对象将是“巨人们”。这些先生不可能像他们的奴隶和工人们那样，趣味低下；即使“巨人们”无法理解《儿子被换掉的故事》的全部美，但他们会很礼貌地观看演出。演员们费劲地抵御围上前来的奴隶和工人的七嘴八舌的提问，却不见柯特隆内带着答复回来。

柯特隆内回来报告说，很遗憾，“巨人们”同意这场演出，并准备支付丰厚的报酬，但他们没有时间来看戏，因为在这节日里，有许许多多的事情要操心。就给奴隶和工人们演出吧，经常给这些人提供某种精神的东西，是件好事。奴隶和工人们为赐予他们新的乐趣而狂热地欢呼。

演员们意见纷纷，分为两派：以克罗莫为首的一些人说，他们觉得自己好像是送到野兽嘴边的美食，面对这种无以复加的愚昧无知，以放弃演出为上策；伯爵夫人代表的另一些人则相反，那使前者沮丧和害怕的野蛮场面，恰恰燃起他们的激情，认为面对这群愚昧无知者，正是检验艺术力量的机会，他们坚信，这出戏的美，必将征服未开化的心灵。而激动不已的斯皮兹犹如去履行神圣使命的古代骑士，摩拳擦掌，欲投入这不同寻常的演出，用事实去鼓励动摇者。至于伯爵，周围发生的如此粗野庸俗的场面，使他感到厌恶和痛苦，他想他至少要保护好伊尔丝。

柯特隆内目睹并努力向其他人指出，这两个如此奇怪的发生碰撞的世界，被不可逾越的鸿沟所隔绝：一边是演员们的世界，对于他们来说，诗人的声音不只是生活的最崇高的表现，而且简直是唯一真切可信的现实。只有在这个现实中，生存才成为可能的。另一边是愚昧无知者的世界，他们在“巨人们”的领导下，一心一意从事艰巨的工程，以获得力量和财富。他们在不停歇的、大规模的集体劳作中找到了规范。在对物质的每一次征服中达到他们生活的目的。他们当中的每一个人，和其他人一起，都为此而自豪。伊尔丝感到如此幸福，并已作好迎接挑战的准备，以至于柯特隆内认为，一切都是可能的，像她这样急不可待的样子，她甚至可能获得胜利。

伊尔丝催促，快点儿！快点儿！在哪儿演出呢？就在那些因赴宴而聚集起来的人群面前。只要挂起一幅幕布，把更衣和化装的演员们隔开就行。

在舞台中间有一株古老的阿拉伯橄榄树，在它和墙之间拉起一根绳子，支撑幕布。

演员们焦虑不安地进行准备，一些观众不断地探头探脑地窥视，并不怀好意地招呼其他人。这使他们大为惶恐。柯特隆内心想，对于这些缺少教养的公众，需要把这出戏介绍一下，便从幕布后面走出去讲话。但观众席中立即爆发出狂呼乱叫、粗野的笑声和插科打诨，还有人大做鬼脸，魔术师失望地回到幕布后面，观众压根没有让他开口。

“不必为了这点儿小麻烦苦恼，我们已经习惯了。”克罗莫尖酸地安慰他，“过一会儿您就见分晓了！”

演员们向柯特隆内解释说，他之所以被喝倒彩，是因为他缺乏同观众打交道的经验。现在，他们当中的克罗莫将出场，他已化好了装，粘好了“首席大臣”的鼻子，准备去即兴表演一番，介绍剧情：克罗莫善于用些滑稽的噱头吸引观众的注意力。果然，很快听到观众表示赞赏的震耳欲聋的笑声、掌声和煽动性的喧哗。

克罗莫受到的欢迎，多少鼓舞了泄气的演员们，以至伊尔丝、斯皮兹和迪娅曼特这几位最热心、最积极的演员，又去劝说柯特隆内打消顾虑。柯特隆内如今已经明悟，演出的结局将很糟糕，他最后一次试图说服演员们取消演出，他很伤心地要唤回他们放弃的幸福：演员们在山庄里度过了魔幻般的神奇之夜，诗的幻觉在演员们身上很顺利地获得了栩栩如生的表现，它们将继续活在演员们的身上，只要演员们愿意返回山庄，并永远留在那儿。

而克罗莫引发的观众的情绪是如此地活跃、热烈，以至竟不允许他完成自己的任务——即让观众做好观看奉献给他们的诗剧的心理准备。克罗莫浑身污浊，像个落汤鸡似的回到幕后，观众们为了寻开心，用水龙头喷了他一身水。观众们又掀起阵阵骚动，叫喊着要演员们出场，开始演出。怎么办?伊尔丝是这出戏开场时舞台上唯一的演员。她从丈夫和柯特隆内身边毅然朝幕布外面走去，她好像是要去作一次崇高的献身，决心竭尽全力去斗争，去道出诗人写下的诗句。

此刻，冲突已如箭在弦上，一触即发。艺术的狂热信徒自认为是精神的唯一捍卫者，终于遇到了那些奴隶们的不理解和嘲弄。他们不得不蔑视这些精神卑琐低下的人，不得不冒犯他们；而奴隶们则完全是另一种生活信仰的狂热信徒，他们无法相信那些木偶们的语言，演员们在他们看来就像是木偶。这不是因为演员们乔装打扮，而且因为他们清楚地感到，这些可怜的家伙如此执着于一连串愚蠢的语言和一本正经的动作，简直是脱离生活，这是一群木偶，而木偶却必须让他们开心。伊尔丝劈头遇上了表示厌恶的吼叫和粗野的质问——她是谁?她想干什么?

——随后，奴隶们要求伊尔丝停止如此充满激情地念那些莫名其妙的台词，而给他们唱些好听的歌，或者跳个舞。伊尔丝顽强不屈，奴隶们被激怒了。这一切，在幕布后演员们的激动和伯爵、柯特隆内的沮丧中也反映了出来。风暴越来越可怕，而伊尔丝斥责观众是野人时，这场风暴便在舞台上发作了。斯皮兹和迪娅曼特冲出来抢救伊尔丝，伯爵昏厥过去。克罗莫大喊，让所有的演员都跳起舞来，到幕布外去表演，以分散观众对伊尔丝的愤怒情绪。这场大骚乱的某些场面在幕布上也映了出来：巨大的手势，庞大的厮打的人影，高举起来格斗的大拳头、胳膊……但如今已为时太晚，突然出现可怕的沉寂，演员们抬着伊尔丝回来，她像一个摔坏的木偶一样被打得奄奄一息，伊尔丝弥留片刻便死去。斯皮兹和迪娅曼特冲出去抢救她，也被撕得粉碎，连他们的尸体也找不到了。

伯爵清醒过来，扑到妻子身上痛苦地呼喊，愚昧的人们摧毁了世间的诗。但是柯特隆内明白，不能把所发生的悲剧归罪于任何人。并不是诗歌遭到了摒弃，而仅仅是：沉溺于物质生活的可怜的奴隶，同那些反抗的木偶，出于无知毁灭了迷恋于艺术的奴隶们。今天，精神的声音在生活中被淹没了，但是，终有一天，精神会发出永恒的声音。艺术家们不懂得怎么样向观众说话，因为他们脱离生活，不仅满足于自己的幻想，而且企图把自己的幻想强加给忙于别的事情的人，要别人也相信它。

沉痛的总管代表“巨人们”表示道歉，并交给悲泣的伯爵一笔数目颇可观的赔款。伯爵怀着一腔愤怒说道，他收下这笔赔款，要用这血的代价为他的妻子建造一座宏伟的、不朽的陵墓。不过，看得出来，伯爵虽然悲痛不已，并表明他忠实于死亡的艺术的高贵情感，却突然好像轻松了，似乎从一场噩梦中解脱了出来。克罗莫和其他演员也是这样。

他们用原先的那辆车子，推着伊尔丝的尸体，慢慢地离去。

（幕　落）

下面是冯俐根据上面第四幕提纲完成的第四幕剧本。

第四幕

高山巨人住宅前的空地。可以想象这是一个宽大的场地。舞台的右前侧似乎有住宅的外墙（从观众席上也许看不见）。

天幕打开了，舞台上呈现出前三幕中所不曾有过的开阔。天幕前，有好几张摆满丰盛食品的桌子和几组椅子。看得出这只是一个盛大的宴会场面的一角。

舞台偏左侧有一棵长在土包上的巨大的橄榄树。土包与地面形成一定的坡度，四周还散落着几块大小不一的石头，像是一些石凳。

天幕上橘红色的晚霞，说明此时已近黄昏。柯特隆内和演员们到来的时候，奴隶和工人们还没有收工，所以舞台上的桌子都空着。

[幕启时，先是从远处传来奴隶和工人们发出的口哨声和跟女演员们打趣的粗俗的叫嚷声：

“嘿！妞儿——”

“瞧那腰身儿，让咱们一把可不就攥折了嘛！”

“哪儿有妞儿呀，我看都是些娘们儿……”

“是来参加婚礼的吗？”

“别跑呀……”

“哈哈哈哈……”

[伊尔丝及她的剧团成员在柯特隆内等人的陪同下来到高山巨人的领地。他们有些紧张地从声音传来的方向上场。脚步匆匆地走到了树下。

[卢马吉依然拉着那辆车子，听到柯特隆内说话的时候，他才停下脚步。斯皮兹和伯爵不放心地帮他把车停稳，俯身探望车子里的伊尔丝。

柯特隆内　我们到了，亲爱的朋友们。

[斯格莉齐娅和玛拉一屁股坐在地上的石头上。

柯特隆内　（指左前方）瞧，这就是新郎乌马·迪·多齐奥的庄园。

[伊尔丝被伯爵扶着从车上坐起来。

夸奎奥　（望着庄园兴奋地）多么壮观！比在山下望着还要壮观！

多齐亚　我有钱可不干这个。

伊尔丝　（指着身后摆满食品的桌子）多么盛大的宴席！

玛拉－玛拉

可惜空无一人。

巴塔利亚　但愿这是给我们准备的……

卢马吉　当心口水！

斯格莉齐娅

天使不会让我这样。

伯　爵　这儿像一座宫殿。

巴塔利亚　（对卢马吉）我把它们咽下去了。

克罗莫　（对伯爵）这跟你那大理石别墅比如何？

伯　爵　我说过我不后悔……

夸奎奥　（指场外）嘿，瞧，他们在向我们招手。

多齐亚　别理他们。

夸奎奥　这有什么，我去看看。（跑下）

多齐亚　（想拦住夸奎奥但没有拦住）嘿——

［伊尔斯在伯爵和斯皮兹的搀扶下从车上下来，环顾四周。

伊尔丝　一个豪华、侈奢的婚礼。

多齐亚　（不以为然地）花钱就为了给别人看！

玛拉 – 玛拉

爱情可是两个人的事。在两个人的心里……

柯特隆内　你能指望他们懂什么呢？（晃动着无名指）他们宁可相信一小颗冰冷坚硬的石头。在他们眼里，心，只是一个血淋淋的器官，相比之下，与其两个人在一起谈论危险的话题，倒不如在众人的欢呼声中宣布他们的正式通奸来得更实惠。

伯　爵　仪式与爱情并不矛盾。想当年我们的婚礼……

伊尔丝　（明显地不想提起往事）不，亲爱的……

克罗莫　（接伯爵的话，对众人）也是一个了不起的大场面。全城的玫瑰花都被他们买光了。（对伊尔丝）这才是我没有去参加婚礼的原因。

伯　爵　（沉浸在回忆中）世界上最美丽的一朵玫瑰，被我得到了。人们都这么说。所有的男人都围着我跟我说话，但眼睛却都在望着你……

伊尔丝　（对克罗莫）玫瑰花?！你并不是为了表示对我的指责才……哦，你这么说我太高兴了。

克罗莫　是的，就因为没有礼物……

伯　爵　（将伊尔丝对克罗莫的话听成了是对自己的）我知道你会高兴的，每当我想起那一切……

伊尔丝　什么？

迪娅曼特　（指场外的人，问柯特隆内）那都是些什么人？

柯特隆内　奴隶。还有工人。

迪娅曼特　（惊魂未定地）真可怕，他们的眼神……我感觉到自己像是被扒光了……

玛拉－玛拉
　　柯特隆内，我们什么时候才能……

多齐亚　开始？

斯格莉齐娅、多齐亚
　　结束这一切？

柯特隆内　伯爵夫人，我想我现在应该去找这里的管家……

伊尔丝　哦，是的，是的，我们已经来到了这里。

柯特隆内　请在此少候。我会向他们提出一笔数目可观的报酬，因为我们要求的报酬越高，我们的演出在他们的眼里就显得越重要。

多齐亚　（感慨地）瞧瞧！

柯特隆内　我马上就会回来。（下）

［众人望着柯特隆内离去。

伯　爵　（自言自语地）但愿一切顺利。

伊尔丝　（安慰他道）会的，会一切顺利的。

卢马吉　完了之后，也许他们会请我们参加宴会？

巴塔利亚　（对迪娅曼特）一个演员站在舞台上，无论如何都不可能是“包裹得严严实实”的……

［夸奎奥跑了回来。

夸奎奥　嘿！这样一群人！

多齐亚　你都同他们说了些什么？

夸奎奥　哦，是他们一直在对我说。他们压根不知道演戏是怎么回事，问我们这里有没有会翻跟头的丑角。

斯皮兹　难道他们把我们当成了跑江湖的杂耍班子?!

夸奎奥　他们还问（指迪娅曼特）她是不是光着大腿在台上跳舞的……

卢马吉　（苦笑着对迪娅曼特）把你当成了芭蕾舞演员。

迪娅曼特　上帝！

克罗莫　恐怕还不如这个，他们哪里会知道芭蕾呀！

夸奎奥　我看也是。

巴塔利亚　也许他们知道在酒吧里卖唱的性感女歌手……

迪娅曼特　（对伯爵）您听见了吗，伯爵先生？（见伯爵厌恶地皱了皱眉头，转而迁怒于夸奎奥）你怎么没说我们是一群会耍把戏的猴子?!

夸奎奥　（很无辜的样子）不是我说的，是他们说的……

克罗莫　（大惊失色地叫道）还真有这样的话！

夸奎奥　那个大块头，他在城里看过杂耍，他说杂耍里的猴子比人看上去更逗乐……

伊尔丝　（突然大喊）够了！

克罗莫　（凄楚地）看来，我们遇到了一群最不可能欢迎我们的人……

斯皮兹　（不甘心地，也是为了安慰伊尔丝）也许是因为他们从来没有看过我们的演出，所以才会这样乱猜……

迪娅曼特　一群野蛮人！

伊尔丝　（痛苦万状地）哦，上帝！上帝！

［所有的人都不再说话。所有的人都沮丧到了极点。

伯　爵　（突然想出了安慰妻子的话）别这么悲观，亲爱的……

伊尔丝　（心灰意冷地）魔术师说得对，在这个地方，不会有人愿意来看我们的诗剧……

伯　爵　不，我看不一定。（伊尔丝抬起头望着他）这里的主人是“高山巨人”，而他们（指远处），不过是“高山巨人”的奴隶和工人。

［伊尔丝的眼睛亮了起来，大伙也活跃起来。

伊尔丝　是的，亲爱的……

斯皮兹　伯爵先生说得对，高山巨人总会比这些奴隶们高明一些。

迪娅曼特　对呀，对呀，即使“巨人们”理解不了这部作品全部的美，至少他们会很有礼貌地观看演出的。

玛拉－玛拉

（不以为然地）如果他们看不懂……

斯格莉齐娅

让我说也是徒劳无益的。

卢马吉　你们没有过我们的经历……

巴塔利亚　只要是有观众……

多齐亚　可是，你们需要的不是理解吗？

巴塔利亚　（学着柯特隆内的腔调）最好入乡随俗。

夸奎奥　（眨着眼睛）什么意思？

克罗莫　不能要求过高，只要先有观众……

巴塔利亚　（继续学柯特隆内的话）放弃一切，才能拥有一切。

斯格莉齐娅

（指巴塔利亚）他在学柯特隆内的话。

夸奎奥　（击掌）说得真妙！

斯皮兹　（发现柯特隆内）你们快瞧呀！

［柯特隆内上，所有的人都迎了上去。柯特隆内走到伊尔丝面前。

柯特隆内　伯爵夫人……

伊尔丝　上帝保佑您给我们带来了好消息。

柯特隆内　（沉吟着）也许……我不知道……

伊尔丝　您快说吧！

［其余的人也在七嘴八舌地催促柯特隆内快说。

柯特隆内　“巨人们”同意了我们这场演出，而且也答应要付出一笔丰厚的报酬。（众人情不自禁地欢呼起来）不过……（众人安静下来）巨人们没有时间来看戏，因为在这节日里，他们还有好多更重要的事情……

巴塔利亚　（忍不住问道）那我们演给谁看呢？

柯特隆内　（指远处）他们。

迪娅曼特　（尖叫）那些奴隶！

柯特隆内　（点头）他们的管家说：能够经常给这些人提供某种精神的东西也是一件好事。

伊尔丝　（沮然跌坐在身边的一块石头上，讷讷地）他们不会看的……

迪娅曼特　他们只愿意看猴子的把戏……

斯皮兹　（也没有信心了）主人可以强迫奴隶劳动，但却不能强迫奴隶欣赏艺术……

柯特隆内　管家已经去通知他们了。（指远处）瞧，就是那个神情威严的人，他正在跟他们讲……

［这时，远处突然传来一阵阵热烈的欢呼声。

迪娅曼特　怎么回事？

克罗莫　奴隶们在欢呼……

伯　爵　（不太敢肯定地）好像是向着我们……

夸奎奥　是的，是的，是向我们！

伊尔丝　（抑制不住兴奋地）上帝，真令人难以置信。

斯皮兹　毫无疑问，他们欢迎我们！他们欢迎我们的演出！

迪娅曼特　真的！他们高兴得像过节的孩子！

伊尔丝　（一反平常病恹恹的样子，从石头上跳了起来）哦，快来准备演出吧，朋友们！（问柯特隆内）我们在哪儿演？

柯特隆内　应该就在这儿。（指舞台深处的桌子）这里都是为他们准备的晚宴，他们马上会来就座。

伊尔丝　（环顾四周）那我们只有在这里了，在这享用宴席的人群前。斯皮兹，你们大伙就在这里（从身边的树到左前方观众看不见的住宅墙壁）拉一道幕布，把更衣和化装的演员跟观众隔开……

［斯皮兹、卢马吉、巴塔利亚应着起身去车上取东西，还招呼着夸奎奥和多齐亚一起，开始执行伊尔丝的部署。

伊尔丝　（指从树到舞台右侧台口）还有那儿，挂上一小幅幕布……

克罗莫　不，伊尔丝，请等一下。（伊尔丝望着他）你不觉得我们在这儿演出，就像是把自己当作美味，送到穷凶极恶的野兽嘴边吗？

伊尔丝　（非常不爱听地）哦，克罗莫！

克罗莫　面对这种无以复加的愚昧无知，我看只有放弃演出才是上策！

伊尔丝　不，克罗莫！

克罗莫　（问站在一旁的迪娅曼特）你肯定也不赞同这场演出，是不是？

迪娅曼特　（看了伯爵夫妇一眼）我……正相反。

克罗莫　可你方才明明说过你不愿意面对这些野蛮人……

迪娅曼特　那时我还没有听到他们的欢呼，不知道他们需要我们的艺术。

克罗莫　（对伯爵）如果我是你，我不会让她（伊尔丝）冒险。

伯　爵　（似乎已经习惯了以妻子的意志为意志，只记得自己的另一个责任）我会保护好她的。我会保护好她的。

克罗莫　全都疯了！（几近绝望地转向柯特隆内）我的好先生，您真的不认为这是一次愚蠢的行动吗？

柯特隆内　（像是自语）这将要发生碰撞的是如此奇怪的两个世界。两个有着不可逾越的鸿沟的世界。伯爵夫人，对于你们来讲，诗人的声音不仅是生活的最崇高的表现，而且简直就是唯一可信的现实。唯有在这个现实中生存才是可能的。对吗？（伊尔丝点头）可是，你们将面对的，却是一个愚昧无知者的世界，他们只知道一心一意地从事艰巨的工程以获得财富；他们在没完没了的大规模集体劳作中找到了规范；在对物质的每一次的征服中达到他们生活的目的。他们从来只为这些而自豪……（柯特隆内也含糊了，不知道对这场演出应该持怎样的态度）

伊尔丝　我明白您的意思，柯特隆内先生。他们愚昧无知，但也许这正使他们有别于那些所谓“有教养的”、自以为聪明的人。我们的演出曾经屡遭失败，就是因为那些自以为见多识广的人们被已经有的见识蒙蔽了眼睛，蒙蔽了心灵，所以才会拒绝接受艺术的美妙幻影。而他们，您不觉得他们有些像是山庄里，那些被您的想象赋予了生命的木偶吗？他们（指奴隶）的无知或许就像是一张白纸，正等着我们用美去启蒙，您难道不认为，这恰恰是我们检验艺术的力量的机会？

斯皮兹　（不知什么时候已经站在了伊尔丝身边，激动不已地）是的！是的！这出戏的美，一定能够征服那些未开化的心灵！多么不寻常的时刻呀，我好像听到艺术之神正吹响号角，鼓励我们去履行我们神圣的使命！

伊尔丝　（无限幸福地）说得好，斯皮兹，我已经做好了准备。

迪娅曼特　我也一样。

伊尔丝　你呢，克罗莫？也许这是最后一次……

克罗莫　（没有激情，但却充满友情地）我是用耳光都打不走的人……

伊尔丝　（过来拥抱克罗莫）别说，我的朋友……

克罗莫　我会跟你们在一起的。

［两道幕布已经挂好，大家都走了过来。看到剧团成员的状态，柯特隆内感动之余，也增强了信心。

柯特隆内　依我看，伯爵夫人，也许一切都是可能的。

多齐亚　听，他们来了！

［舞台上，以树为顶点，扯向左右两侧台口的一大一小两块幕布，形成了一个封闭的空间。除了天幕上端的血红的晚霞之外，从观众席上只能看见这一块被幕布圈起来的“后台”。

［幕布外传来嘈杂的脚步声、碰翻桌椅的声音、盘碗落地的声音、嘴里塞满食品后的叫嚷声——“要看戏”——其气氛比起第三幕最后，“巨人们”下山时更令人胆战心惊。斯格莉齐娅在胸前画了个“十”字，咕哝了一句：“大祸临头！”其他的人也有些惊慌。

伊尔丝　大家赶快化装！

［所有的人动了起来，在幕布外如潮的喧嚣声中，穿服装、戴面具。柯特隆内四下驱赶着向幕里探头探脑的人们（观众视野以外的）。

柯特隆内　不要挤！请走开！不要往里挤！（自语）上帝，简直像是苍蝇见了血一样！（又大声地）请去前面坐好，演出马上就要开始了。

巴塔利亚　（小声问迪娅曼特）你去过动物园吗？笼子里的老虎见过吗？（迪娅曼特点头）我觉得现在是我们在笼子里……

迪娅曼特　老虎在外面。

巴塔利亚　看来我们有同感……

迪娅曼特　但愿演出一开始就好了。

柯特隆内　（走到伊尔丝面前）看来这真是一群缺少教养的观众，伯爵夫人，也许我应该先向他们介绍一下情况？

伊尔丝　是的，一般我们都是这样做的……

柯特隆内　我去对他们讲。

［柯特隆内一边说着，一边撩开幕布走了出去。外面一下子静了下来。只听见柯特隆内说：“朋友们，今天将由伯爵夫人的剧团为大伙演出，这是一部美妙的诗剧……”随着一声粗鲁的叫喊：“女演员在哪儿？”外面的观众中立即又一次爆发出狂呼乱叫和粗野的笑声、口哨声。柯特隆内的声音完全被淹没了。

［“后台”的人们互相望着，玛拉－玛拉和斯格莉齐娅交换了一个惶恐的眼色。

伊尔丝　（强作镇定地对正将“首席大臣的鼻子”粘在自己脸上的克罗莫）

克罗莫？

克罗莫　我就好。

［柯特隆内从幕布下面钻了进来。

柯特隆内　（一脸沮丧地）可怕的人们！他们压根就没有让我开口。

夸奎奥　我们都听见了，你被喝了倒彩！

伊尔丝　（安慰柯特隆内）这是我们经常遇到的事情……

柯特隆内　不，伯爵夫人，我在想，我们是不是作了一个错误的决定……

克罗莫　（尖酸地）您不必为这点儿小麻烦苦恼，我们已经习惯了。

伊尔丝　请不要介意，跟观众打交道也是需要一些经验的。

迪娅曼特　这个任务一直是由克罗莫来完成的，他擅长即兴表演……

斯皮兹　……就是先用一些滑稽的噱头吸引住观众的注意力，然后再介绍剧情。

克罗莫　（已经粘好了"鼻子"）您马上就会看到了。（说完走上台去）

［所有的人都注意地倾听着幕布外面的动静。克罗莫正用富于喜剧性的声音吸引观众们的兴趣。克罗莫的声音："站在你们面前的我，是一位像我的鼻子一样德高望重的首席大臣！"台下有了几声相应的笑声。克罗莫的声音："我的主人是伦巴第的国王，他娶了我们先帝的风骚迷人的寡妇作王后……"台下的笑声变得兴味盎然起来。克罗莫的声音："在我们的王宫里，除了我们伟大的国王，还有一个人也在疯狂地爱着我们的王后，他既不是国王的兄弟，也不是宫廷贵族……"台下有人喊："那他是谁呀？""是你这个大鼻子首席大臣吗？"克罗莫的声音："哦不，朋友们，这家伙是国王的马夫！"台下面传来开心的大笑。

［听到这里，伊尔丝同其他剧团成员一样轻吸了一口气。柯特隆内除外。

伊尔丝　（对大伙）瞧呀，了不起的克罗莫，观众的反应多么热烈！

巴塔利亚　（拍着胸口对迪娅曼特）现在总算放心了。

柯特隆内　（神情严峻地）请听我说，伯爵夫人，我们必须马上结束这一切。直觉告诉我，今天的演出，将是一场可怕的噩梦。

斯皮兹　我们会成功的，先生。

伊尔丝　是呀，方才您不是也说“一切都是可能的”吗？

柯特隆内　那是我的判断错误。直到现在我才意识到，愚昧无知不等于心灵纯洁。狗会咬人，狗的仇恨来源于它对人的偏颇的了解。而这些奴隶们，就如同野生的老虎，老虎也许对人没有偏见，但“弱肉强食”的自然规范对于老虎的驯化，就如同征服物质财富的过程塑造了这些奴隶们的灵魂，会使他们具备更加不可理喻的残忍本性！

伊尔丝　不，他们不是老虎，而是一群可怜的、只知道出苦力的人。（对伯爵）你说呢，亲爱的？

伯　爵　（皱着眉头）我不喜欢这群粗俗的人。

伊尔丝　（故作轻松地）哦，我们总不能像选择爱人一样地去选择我们的观众。

［周围的人都笑了起来。柯特隆内意识到一切都已无法挽回，伤心而又绝望地最后一次说服他们。

柯特隆内　我真不应该带你们到这儿来……

斯皮兹　您没有错，魔术师先生……

柯特隆内　还记得昨天，你们在山庄里曾经度过了一个魔幻般的神奇夜晚……

迪娅曼特　是的，神奇无比……

柯特隆内　在那里，诗的幻觉在你们身上获得了栩栩如生的生命力，它们将继续活在你们的身上，这难道不值得珍惜吗？

伊尔丝　当然，先生……

柯特隆内　我们一起返回山庄吧，只要你们愿意，你们和你们的诗剧可以永远留在那里……

伊尔丝　我们会的，等这场演出结束以后……（外面再次传来大笑声）瞧呀，了不起的克罗莫！

［以伊尔丝为首，大伙都凑到幕布前，透过幕布的缝隙向外张望。随着克罗莫的声音，天色彻底地黑了下来——

［克罗莫的声音：“这个化装成国王的马夫，就这样得到还蒙在鼓里的王后的爱情……”台下的声音：“就是说他们像一匹公马和母马

一样的……”“太棒了!”“马夫和王后!”“哈哈哈哈……”克罗莫的声音:“没想到这天马夫刚走,真国王就来了……”台下的声音:“这下有好瞧的了!”“真国王一定是在床上闻到了马圈里的臊味!”“别出声!快讲呀,‘首席大臣’!”克罗莫的声音:“你们不觉得天已经黑了吗?我都看不清你们了……”有人喊:“快把灯打开!”(导演根据舞台效果的需要,也可将灯换成火把:“快点起火把!”)

[幕布外面亮了起来,将台上克罗莫的身影打在了幕布上。

迪娅曼特　(在“后台”的黑暗中叹息)哦,粗俗的克罗莫。

伯　爵　(担心地)这可不是演出前应该有的情绪……

伊尔丝　他会做好的……

[果然,克罗莫改变了话题:“今天我们要给大伙演出的是一出诗剧,诗剧的题目叫《儿子被换掉的故事》……”有人打断他:“国王和王后到底怎么样了?”“国王干了吗?”“别吊我们的胃口”……

[克罗莫的声音:“如果你们有兴趣,我将在诗剧演完之后……哦——”从影子上看得出克罗莫被什么东西砸中了脑袋。随即,各种各样的东西扔向台上,同时还伴随着一阵阵开心的大笑。

[克罗莫捂着头从幕布下面钻了进来,他的身上满是菜汤里的菜叶、西红柿汁,帽尖上还挂着一只鸡蛋壳……

[外面的观众一阵一阵地大叫,叫演员出场。后台的人都望着伊尔丝。

伊尔丝　该我上场了。(伯爵和柯特隆内同时拦在伊尔丝面前想劝阻她)放心。(说完,毅然地从丈夫和柯特隆内身边走向迪娅曼特已经为她撩起的幕布。)

克罗莫　(如梦方醒,想阻止伊尔丝)不!伊尔丝……快拦住她!

斯皮兹　你为什么没有介绍剧情!

克罗莫　你都看见了……

伯　爵　嘘——

[幕布上出现伊尔丝的身影,像一个献身的女神。大伙屏息静气地望着。台下面静了一下,立即有人调笑她道:“嘿,这大概就是刚才说的那个王后吧!”粗野的笑声。“你给我们来点儿什么有味儿

的?”……

[伊尔丝镇定自若地站在台上，直到所有的叫声自动消失。她开始朗诵诗剧里的台词：

倘若你们愿意
倾听这新奇的故事
请相信我
一个可怜的女人的身份
但请更相信我
一个母亲的哭泣

[台下的人在喊：“我们不要你来哭丧!”“换个节目。母狗!”“来段逗乐的!”……后台的人们都呆住了，忘记了剧本里应该在此发出笑声。

[伊尔丝：“所有的人都是这般狂笑……”

斯皮兹　天哪，我们忘了发笑……

柯特隆内　没有人会注意这个……

[众人起哄：“下去吧!”“说的什么废话!”“来段大腿舞给我们瞧瞧嗨!”“会唱歌不会？唱支小曲儿给咱们解解闷儿”……

[伊尔丝在众人越来越高的起哄声中百折不挠地演下去：

伊尔丝　即使有教养的人
亲眼目睹
我掩面哭泣
竟也无动于衷
甚至感到厌恶
“蠢货！蠢货!”
他们冲我叫嚷，因为……

[台下的人大骂：“你就是个蠢货!”“你是谁？你想在咱这儿干什么?”“傻女人!”“比木头人还要傻!”……

斯皮兹　快，得赶快把伊尔丝叫下来……

[斯皮兹话音未落，忽听台上的伊尔丝大笑起来：“咿嘿嘿、咿嘿嘿……”这出人意料的声音，使台前台后都静了下来。

［从影子上可以看见伊尔丝正指着台下的人们：“你们这群野蛮人！我早该知道，你们同城里的那些庸俗的家伙一样没有心灵……”

［伊尔丝的头一句话刚一出口，就彻底激怒了奴隶们：“这个臭婊子！”“她在耍弄我们！”“给她点厉害瞧瞧！”“打她！打她！”

［幕布上出现了冲上来的人在厮打伊尔丝的身影。

［听到伊尔丝说出“野蛮人”三个字，伯爵惨叫一声：“不！”迪娅曼特在他倒地之前扶住了他，伯爵说“快救伊尔丝！”，便昏了过去。斯皮兹大叫着“伊尔丝——”冲了出去。迪娅曼特放下伯爵也随斯皮兹冲了出去。

克罗莫　（大叫）跳舞！都跳起舞来！

柯特隆内　（最先跳起来并走出幕布）对，分散他们的注意力！跳呀！

［卢马吉用力摇动“手摇留声机”，演员们在幕布前跳起了舞。而幕布上映出的却是巨大的手势、庞大的互相厮打的人影、高举起来的格斗的大胳膊大拳头——一个有音乐和舞蹈伴奏的恐怖的杀戮场面。除了影子以外，整个舞台上，只能看见昏死在地的伯爵和卢马吉——他在极度的恐惧和绝望中拼命地摇动留声机的手柄……

［突然，舞台上出现了可怕的沉寂，幕布上的影子也随之消失了。惨淡的月光渐渐地照亮了“后台”。

［克罗莫和巴塔利亚等人抬着奄奄一息的伊尔丝走了回来。卢马吉手里的留声机“啪”的一声跌落在地上。

［伊尔丝像一个被摔坏的木偶一样被放在了地上。大伙无声地围在她身边。

伊尔丝　（声音微弱地）大家都好吗？（没有人说话）请不要为我担心，没有人能够……摧毁我的……（话没说完，她的头一歪，咽下了最后一口气）

［大伙围着她叫：“伊尔丝！”“伯爵夫人！”斯格莉齐娅画着“十”字，替她合上了眼睛。伯爵这时醒了过来，一边爬起来，一边叫着“伊尔丝”，当他看见已经死了的妻子的时候，忍不住扑在她身上呼喊。

［柯特隆内和多齐亚回来了，一脸悲戚。

克罗莫　找到斯皮兹和迪娅曼特了吗？（柯特隆内摇了摇头）

伯　爵　（抬起头）他们到哪里去了？

柯特隆内　救伊尔丝的时候，被那群人撕得粉碎。连尸体都……

伯　爵　（掩面）我的上帝！

柯特隆内　一场悲剧……

伯　爵　是那些奴隶杀了可怜的伊尔丝！

柯特隆内　（沉痛而冷静地）这也许无法归罪于任何人。像许多艺术家一样，伯爵夫人也并不懂得怎么跟观众说话。他们把自己变成了艺术的奴隶，而且，又做不到只满足于自己的幻想，还奢望把自己的幻想强加给忙于别的事情的人，要那些沉溺于物质生活的奴隶也相信它……

［克罗莫恨恨地将自己的和迪娅曼特的面具扔在地上用脚去践踏。

柯特隆内　并不是诗歌应该遭到摒弃，我的朋友。（从怀里掏出一沓钱递到伯爵面前）他们的总管代表“巨人们”道歉了，伯爵先生，这是他们付给你们的一笔数目可观的赔款……

克罗莫　（低沉地）人都已经死了，还要钱有什么用呢?!

伯　爵　（接过钱）不，我要用这血的代价，为伊尔丝建造一座宏伟的、不朽的墓碑，让人们记住曾经有一个为了艺术而献身的了不起的女人，（对地上的伊尔丝）我不后悔，亲爱的，我永远相信你和你的艺术！哦，就连你的死亡都是如此美丽……

柯特隆内　比这死亡更令人痛心的是：精神的声音在今天的生活中被淹没了。

夸奎奥　（失神地问）那我们怎么办呢？

［伯爵、克罗莫等人正把伊尔丝的尸体放到车上。

柯特隆内　（望着天空）瞧那月亮，有眼睛的人就能看见，对吗？

［夸奎奥茫然地点头。

柯特隆内　当精神的声音在这个世界上被淹没了的时候，人们的心灵会变得盲目——就像是从来没有见过天日的瞎子一样……

夸奎奥　我想我们肯定不是……

柯特隆内　我们，还有他们（指演员们）之所以与众不同，正是因为我们还能够听见精神的召唤，我们是这个盲目的世界上的为数不多的几个明眼人。我们看得见那群瞎子用手能够摸得到的东西；我们还能看见他们不可能用手摸到的东西，比如太阳，比如月亮……多么美丽的月亮呀，它不会因为这是一个盲人的世界、没有人能看见它就不再存在；如同精神，也不会因为没有人相信它就不再存在。而今天死去的人们，他们错就错在不应该企图强迫瞎子们接受一个他们从来都没有见到过的东西：月亮像银盆又不是银盆；月亮像夜里的明灯又不是灯……当着瞎子非要唱月亮的颂歌，结果只会激怒那些盲目者！回山庄去吧，让我们满怀感激而又平心静气地享用这大自然的恩赐吧！要相信，我们不会永远孤独下去，总有一天，精神会发出永恒的声音……那时，人们会睁开眼睛，看见太阳和月亮的光辉……

［人们拉起了车子，缓缓无声地起身离去。月光下，伊尔丝的那充满了激情的声音从空中传来，并在这高山之间久久回荡：

倘若你们愿意倾听这新奇的故事，请相信我，一个可怜的女人的身份，为了一桩悲惨的灾难，为了一桩悲惨的灾难……

剧　终

今　语

这次创作，早于《人跟人不一样》半年。

整理自己的舞台剧剧本时，我吃惊地发现：自己的第一个“大戏”，是一次“胆大包天”的戏剧实践，也是一件应该被记录的演出事件。虽然是“狗尾续貂”，但全世界如此做过的剧院非常有限——皮兰·德娄的最后一部作品《高山巨人》共有四幕，但他写完第三幕就去世了，由他的儿子为他留下了第四幕的提纲。

——而我，续写了第四幕的剧本。

1995 年，著名翻译家吕同六先生与团长瞿弦和商定：由文工团排演皮兰·德娄作品，参加在意大利举行的“皮兰·德娄国际戏剧节”。

那年春天，瞿弦和团长把从不坐班的年轻创作员叫到办公室，告诉我：有个任务交给你——改编、完成皮兰·德娄的遗作《高山巨人》，但你不参加出国演出。然后，他就让我去找吕同六先生。

吕同六先生是中国当代最著名的意大利文学翻译家、泰斗级的学者。在中戏读书期间我就非常熟悉他的名字，如同熟悉法国文学柳鸣九的名字、俄国文学童道明的名字、美国文学施咸荣的名字……

见到吕同六先生时，我告诉他我一直非常喜欢皮兰·德娄的作品，尤其喜欢《六个寻找剧作家的剧中人》（次年，我创作大型话剧《人跟人不一样》的时候，就畅快地借鉴了“戏中戏”结构，对这种结构，我钟情至今）。当时，《高山巨人》的译文还是吕同六先生的手稿。“谦谦君子”四个字可以传神地描述其外貌及精神形象的吕同六先生，从与我“探讨”译稿开始，一路帮助着我完成了这次特殊的写作。

所谓“改编”，是对前三幕做适度删减，以保证演出时长。而“完成”，则是努力去摸索皮兰·德娄剧本的精神和走向，按照现有提纲完成第四幕剧本。

几个月中，我完全沉浸在对这部作品的感受和研究上，不下二十次地细细研读吕同六先生的译本，其间有五六次，在吕同六先生家向他请教、跟他谈我的感受和想法。他总是静静地、端正地坐在书桌后面听着……

我永远都记得，吕同六先生看完第四幕剧本文字之后的表情和声音——他看着我，那个注视的时间有点长，也许是我太紧张了，也许是他也在寻找着措辞。他望着我，说："冯俐女士，写第四幕的时候，你是不是认为，你，就是皮兰·德娄?"

我不记得自己当时的回答，却记得当时的激动——得到我所景仰的专家的如此鼓励和肯定！同时，心里的一块石头落了地。

1995 年年底，这部戏由中国煤矿文工团在意大利参加"皮兰·德娄国际戏剧节"演出，获得了那次活动的最高奖——皮兰·德娄艺术大奖。

之后，我与吕同六先生一直保持着联系。他是大师级的老师，我不敢忝称"君子之交"，但却是如水般清淡自然：他始终绅士风度地称我这个晚辈"冯俐女士"，每年春节，我会给他写一张贺年卡，他一定会回复贺卡。他有新书出版的时候，会签了名寄给我一本。每收到他的赠书，我会打电话向他致谢……有一年他主办了一个关于"皮兰·德娄戏剧在中国"的研讨会，邀我参加并发了言。那次我知道他得了癌症，但完全没有放在心上，因为他看上去状态很好。后来，知道他住院的时候，我刚刚生孩子，没能去看望他，更主要的是没有想到他病得那么重……此时，包括每次看到他的名字，我眼前总会浮现他那总是平静的面容，他的平静之下，藏着我能够感受到的谦逊、平和、善意、包容和对一些他所不认同的事情的克制和隐忍……

中国艺术家在意大利演出了"全本"《高山巨人》并得大奖这件事情，之后我跟吕同六先生似乎都没有再提起过。从我内心里来讲，更多把获奖视为意大利戏剧同行的友好表示，就如同，我们在中国办个梅兰芳戏剧节，一个遥远国度的同行认真地排演了梅派作品，来了，演了，我们给个奖，其中的友好成分和专业肯定成分不好说哪一样更多。然而，就在吕同六先生去世不久，一个陌生的意大利学者来到文工团，找到了我和瞿弦和团长（那时我已做了副团长），她是专门研究皮兰·德娄戏剧的，还起了个中文名字叫乐阳。她带给了我三张光盘，说，据她研究，至今全世界续写第四幕并完成"全剧"演出的，一共有三个国家的三个版本，而她认为，中国版第四幕，是最符合皮兰·德娄精神的。

此时此刻，我非常怀念吕同六先生！我有两个特别怀念他的时刻：一次是得知他去世时，一次是见到来自意大利的乐阳，听到她对这一中国版本的评价时，那个时候真希望能与吕同六先生分享……

收入这部剧作选的剧本，前四分之三，是吕同六先生翻译的原作和我得了他的认可做过有限压缩的剧本和提纲（方便有兴趣的读者无须再去寻找原文）。后四分之一，是我在吕同六先生指导下完成的第四幕。

2020 年 4 月

特别附录，以兹怀念

吕同六先生简介

吕同六，1962 年毕业于苏联列宁格勒大学意大利语言文学专业。吕同六从事意大利文学研究和翻译 40 余年，是意大利文学在中国的重要传播者。他对意大利中世纪文学和古典文学有精深的研究，在现当代文学研究和翻译工作方面贡献尤为突出。妻子蔡蓉也是意大利语翻译家。吕同六是荣获意大利总统颁发的骑士勋章、爵士勋章和科学与文化金质奖章三大殊荣的唯一一位中国学者。他历任中国社会科学院外国文学研究所研究员、常务副所长，《外国文学评论》常务副主编，中国国际文化书院院长，全国意大利文学学会会长等。

——摘自百度百科词条

再另：这里使用的剧本，出自当年吕同六先生的翻译手稿。正式译本译文，见花城出版社 2000 年出版的《高山巨人——皮兰德娄剧作选》（吕同六、蔡蓉、肖天佑译）一书。

话　剧

好人丛飞

编剧　冯　俐

首演时间：2005 年 11 月
首演地点：北京民族文化宫剧场
演出单位：中国煤矿文工团
导演：由二群
舞美设计：周海平
主演：郭凯敏等

为“首届全国慈善大会”演出
2005 年 11 月—2006 年 8 月在北京、广东等地演出多场
中央电视台《心灵俱乐部》演出、播出电视音乐短剧版

时　　间： 当代。
人　　物： 丛飞——歌手
邢丹——空姐，丛飞后来的妻子
丛飞妻子——离异
丛飞爸爸
丛飞妈妈
男孩山犊——山区儿童，后来上了大学
女孩金凤——山区儿童，后来上了大学
男孩付义——山区儿童，后来也上了大学
大哥——丛飞的朋友
丛飞的朋友们
山区孩子们
群众演员若干

[演出钟声敲响。

[全场压光。

[大屏幕轰然推出一组电视新闻媒体关于丛飞的报道画面。

[中央电视台《新闻联播》片头及罗京的新闻播报。

罗　京　他是一名著名歌手，家里却一贫如洗。他只有一个女儿，却是一百五十多个贫困孩子的代理爸爸。他十年里参加了四百多场义演，却捐赠钱物三百万元。

如今身患晚期癌症的他，想得最多的还是奉献社会，帮助别人……

[中央电视台《面对面》片头。央视解说员的声音，真实画面与丛飞本人接受采访的画面。

解说员　他是一名职业歌手，曾经有令人羡慕的歌喉。他可以成为百万富翁，却甘心过着清贫的生活……

丛　飞　（真人访谈）我感觉有饭吃了，衣服能穿得像点样了，什么都好了。

解说员　他只有一个女儿，却是一百五十多个孩子的代理爸爸。

丛　飞　（真人访谈）他们还有很多孤儿，把我当亲爸爸了。我不能不管他们。

解说员　他被称为深圳的“爱心大使”，为了资助贫困的孩子，他四处奔波，积劳成疾……

[中央电视台《艺术人生》片头。丛飞参加各种义演及捐助的画面。丛飞演唱的《祝你幸福》。

解说员　这是丛飞从艺十几年来制作的唯一一张 CD，虽显粗糙，但这里面却记录了一个普通歌手十几年来的心路历程……

[凤凰卫视片头。吴小莉的画面。

吴小莉　2005 年的深圳，有一个名字家喻户晓。他以一个歌手的身份，捐赠了三百多万人民币，他以一个父亲的身份，捐助了一百七十八名山区孩子上学，以一个义工的身份参加了四百多场义演，但却以一个晚期胃癌病人的身份，住进医院。为了这些数字，他付出了十年的青春甚至可能是生命，他被称为“爱心大使”“五星级义工”和“中国最美丽的男高音”，他叫丛飞。

[大屏幕定格。

第一幕

（总是“嬉皮笑脸”的丛飞）

［前区四个定点光随着演员的声音依次亮起——四种声音在议论一个刚被媒体推出的公众人物。又仿佛是街头的即兴采访。说完一个切掉一个光。

群众甲　丛飞，听说过，电视里最近老放，好多人都不信，说：要么这事是假的，要么这人有病。可我信。这世上有好人！就像我家隔壁的老人家，退休金不到一千块钱，平常省吃俭用的，可他就资助着一个农村孩子上学。看到电视里头播了丛飞的事儿，老人家当时正生病下不了床，却拿出一百块钱，让我帮他寄给好人丛飞……

群众乙　我还真不记得他的名字了，可在电视里一看到他我就认出来了，当年，我们俩一起在广东火车站打过工扛过麻包。那家伙爱说又爱唱，怎么就得了癌症了呢？我没瞎编！他真跟我一起扛过麻包、睡过大桥洞子，是苦出来的！

群众丙（女）

丛飞的事儿我理解不了。电视里都说他无私，我说他自私！有钱全给别人了，那他自己的家人呢？说是他前妻跟他离婚了？该！这种人，不爱父母，不爱老婆孩子，只爱自己出名出风头！换了我，也会跟他离婚。

群众丁　你说丛飞啊，我从前跟他合作过，是个歌手，唱得不错但名气不大，很好合作又有点怪。当时他的演出费差不多两三千一场，作为歌手，这个身价不算高，但比起工薪阶层，他也应该算是高收入了。可不知道为什么，他看上去总是很寒酸。那应该是2002年的事了……

［群众丁（即演出主办人）所在演出区光域变大。

［一舞台监督模样的人，气喘吁吁地跑上来。

舞台监督　（喊）丛飞——（对演出主办人）王哥，丛飞来了没有？演出马上就要开始了，我想问问他到哪儿了，手机又打不通。

主办人　他喜欢关机。省钱。

舞台监督　这么抠门儿！怪不得成不了腕儿呢！

主办人　把他的节目往后挪吧，实在赶不到就算了，反正观众不会因为他没来就抗议。

舞台监督　那倒是。谁知道他是谁呀！

［二人下。

［丛飞风尘仆仆地背着一只重重的口袋，手里提着演出服衣袋跑上台来。

［穿保安制服的人追着、拦在了丛飞面前。

保　安　哎哎哎，你站住！你是干什么的？

丛　飞　我是参加今晚演出的演员。

保　安　你是演员？那我就是导演！去去去，别在这儿捣乱！

丛　飞　我真是演员！我叫丛飞。不信你去后台查查演出节目单。

保　安　名单上还有赵本山呢！你说你是，我就信啊！

丛　飞　你看这是我的演出服……

保　安　这是演出服？（指丛飞手里的布口袋）那个呢？

丛　飞　别人送我的礼物。

保　安　打开。

丛　飞　干什么？

保　安　安检。

丛　飞　安……

［保安拿过包，兜底一倒，滚出一堆红薯。

丛　飞　（心疼地）哎呀你轻点！你看看都让你给摔坏了……

［丛飞仔细地捡起红薯，吹吹拍拍地放回包里。

［主办人上。见了就叫。

主办人　丛飞！你怎么刚来啊？

丛　飞　对不起，王主办，长途车坏路上了……

主办人　去哪儿走穴赶场去了？

丛　飞　没有。我去看孩子。

主办人　你老家在贵州？

丛　飞　在东北。

主办人　那怎么放这边了？家里没人帮你带啊？

丛　飞　孩子太多。带不过来。

主办人　行啊你，“超生”了几个？

丛　飞　好几十个呢。

［主办人一愣。舞台监督跑上——“丛飞，丛飞来了没有？”

丛　飞　来啦！来啦！

舞台监督　快！快！

丛　飞　来啦来啦！

［丛飞同舞台监督跑下。

主办人　（望着丛飞的背影）这人，嗓子好，歌唱得也不错，就是说话不着调。

保　安　我看他是神经！

［切光。

［前区另一表演区，随着妻子的声音起光。

［妻子与母亲边包饺子边说话，父亲在旁边擀皮。

妻　子　知道的，说他神经，不知道的，还以为我神经呢！

丛　母　为什么呀？

妻　子　单位的人都知道我老公是歌手，演出一场好歹也挣两三千，比人家一个月的工资都多。可一看我，一年四季从头到脚，没有一件衣服超过五十块的。家里的家具电器全是别人淘汰下来的二手货，从来不吃别人的请，因为没钱回请别人。你们知道别人在背后叫我什么？二十一世纪的女守财奴、特区里特别想不开的女人。

丛　母　这帮人可真能瞎扯！

妻　子　我能说什么？告诉别人我没钱？钱全都被我老公送给不认识的孩子交学费买课本了？那别人就该叫我“故事大王”了！

从　母　自己的日子自己过，甭管别人胡说八道。

妻　子　可问题是，居家过日子总得有个住处吧？从结婚到现在，孩子都两岁了，我们还一直租房住，房租挺高不说，人家房东一个不高兴，我们就得随时准备搬家。我呀，现在什么都不求，就盼着能有间自己的房子。只要能交上首付款，以后每月再花钱就是供房了，等于把房租交给自己。

从　母　那就赶紧吧！首付得多少钱？

妻　子　最便宜也得四万多。我攒了两年才攒了两万八……

从　母　你再攒一阵子，回头我跟你爸也帮你们贴点。

妻　子　凭什么？他当儿子的应该孝敬父母，哪有反过来让父亲贴钱的！

从　母　没关系，你们以后有了钱再还我们。山里的孩子上不起学也怪可怜的，好在他认养的那几个孩子，眼瞅着也要快毕业了……

妻　子　几个？毕业？我跟丛飞结婚的时候，他就认养了二十个孩子……

从　母　（吓一跳）二十个！

妻　子　现在已经六十多个了！

从　父　（忍不住地插进来问）多少？

妻　子　六十多个！从小学到高中，一个孩子一学期平均三百，六十个孩子一年至少三万六。

［从父从母面面相觑。

从　父　三万六?!

从　母　他可一直跟我们说的是“没几个”。

妻　子　这年头，一般人家养一个孩子都吃力，丛飞倒好，养六十多个！而且随时都会脑袋一热，又在外头认养几个回来。说实话，要不是为了女儿，我恐怕早跟他离婚了！

从　母　可别价。等他回来，就让你爸跟他把钱要过来……

妻　子　没用。头天给我，不等焐热，第二天就又要走了……

［丛飞人没到声先到。

丛　飞　老婆——我回来了——

［丛飞一手提着装演出服的袋子，一手提着装红薯的布包上。

丛　飞　（看到父母）哎呀，我说这一路回家的感觉不一样呢，特别归心似箭！

原来是老爸老妈来啦！

丛　父　（黑着脸）去哪儿演出去了？

丛　飞　贵州。

丛　飞　（假意埋怨妻子，调剂气氛）老婆你也真是，怎么来了就让爸妈做饭呢？看咱爸不高兴了吧？都不跟我笑。（转向母亲撒娇）妈……

丛　母　你别跟我说话！

丛　父　（继续黑着脸）这次演出挣了多少钱？

丛　飞　八千。（讨好的样子）你儿子能干吧？

丛　父　（绝不受干扰）两万八加八千，我再给你添四千，首期的四万块凑齐了。（对儿媳）明天一早你们两口子就去把买房合同签喽。

妻　子　哎！

丛　飞　（有点慌）干吗呀爸，买房可不带抢购的！除非他一折大甩卖……

丛　父　少废话。让你怎么着你就怎么着，不然我可跟你翻车！听见没有？

丛　飞　可……明天……恐怕不行。

丛　父　为啥不行？

丛　飞　（看妻子）我从家里“借”了八千，给孩子们交学费了。

［父母瞪着丛飞。

妻　子　（绝望地捂住了脸）我辛辛苦苦地存了两年……

丛　飞　别摇头啊老婆，回头我多演几场不就有了嘛……

丛　父　（把手伸到丛飞面前）你把刚挣来的八千块钱，还有家里的两万块，都放我这儿，从现在开始，我替你们把着……

丛　飞　不行不行，这八千块可不能动，还有三十多个孩子的学费没寄呢，都开学好几天了！

妻　子　（对丛飞父母苦笑）你们都看到了吧，这样的日子永远没完！

丛　父　我说你小子……一万六千块哪！你小子说送人就送人啦？我跟你妈养你这么大，也没被你这么孝敬过！

丛　飞　我孝敬！我从心里孝敬你们！可你们现在不愁吃也不愁喝……

丛　父　我愁我孙女儿没房住！

丛　母　我愁我儿媳妇没钱花！

丛　飞　你们放心！房子会有的，钱也会有的，等我把这些孩子供到高中毕业……

丛　父　你是他们的爹？

丛　飞　差不多，他们都叫我爸爸。

丛　父　叫声爸爸就给钱？那咱俩换换，我当儿子你当爹，你把钱给我！

丛　母　（搡丈夫）你胡扯什么！

丛　父　（继续伸手向丛飞）把钱都给我。（丛飞摇头，父亲声音更大）把钱给我！

丛　飞　（向后躲着）爸，真的不行。这钱要是不按时交上，那三十多个孩子就得失学。

丛　父　那也比看你得失心疯强！你给不给？

丛　飞　真不能给。

［丛父作势要打，丛飞便躲，父子二人绕着丛母和妻子身边追打起来。

丛　父　今天我非把小子打明白不可！

丛　飞　爸你别生气……

丛　母　（哭笑不得）都多大了，你还追着打？

丛　父　（仍追打）多大他也是我儿子！

丛　飞　（又开始哄爸爸，边躲边说）爸你身体真好，妈你发现了没有，我爸跟从前跑得一样快。

［丛飞一家三口仿佛回到了从前，亲热打闹着。妻子独自面对观众，仿佛身边的一切早已与自己无关。

前　妻　（白）我跟丛飞恋爱的时候，家里不同意。我爸妈不喜欢演员，别说丛飞只是个谁也不知道的小歌手，就算是个大明星，他们也不赞成我嫁给他。他们只希望我能找个靠得住的普通人，踏踏实实地过日子。我没有喜欢演员，也没有不喜欢演员，但我喜欢丛飞，因为他心地善良。

他常说："人顾自己是本分，如果看到别人困难了，能觉得别人可怜，我觉得他就是好人。要是再能去搭把手，那就是个大好人。"别人成双成对轧马路的时候，小伙子会抓紧姑娘的手，我们俩轧马路的时候，丛飞却时常会突然松开我的手，让我等他“一下下”，因为有盲人过马路，他要跑去搀一把，因为有人在推车上坡，他要过去帮一下。我站在路边，看着他急急忙忙地跑过去，又满脸笑容地跑回来的时候，决定嫁给他。因为我想，他对陌生人都能那么好，对我当然会更好。

［丛飞一边跟父亲“捉迷藏”，一边对观众说——

丛　飞　（白）我老婆是个好人，刀子嘴豆腐心，跟我爹妈一样。结婚前我告诉她：咱先不买房，也不买家具电器，等过几年我资助的那些个孩子毕了业，咱们想买什么买什么，买最好的。

［丛飞被父亲追得跑出光区。母亲跟下。

［台上只剩下妻子，她接着丛飞的话，继续她的独白。

前　妻　（白）我等。就像当年我站在路边等着他，总以为他忙过这“一下下”就能回来过日子了，没想到一等就是好几年，等过春暖花开，等过盛夏严寒，又等过春暖花开，又等过盛夏严寒……等得越久，他跑得越远。

我没有力气再等下去了。我想……我该走了。

［切光。

［另一演出区光起。

［丛父拎着丛飞的耳朵，把他推到地上。像对待犯错的小孩。

丛　父　你给我蹲那儿！好好反省！我先喝口水去。

［丛父出表演区。

［丛飞面对观众仿佛在对朋友说悄悄话。

丛　飞　（白）还好，我爸跟我这一追一跑，气儿也消了不少，不然又该被我气走了。我已经气走他们一回了。怪我，本来我爸我妈没什么玩心，是我硬劝着要带他们到“世界之窗”开开眼界——不就是想尽尽孝心嘛。结果，走到门口一问票价……我们一家人玩这么一趟，足够一个孩子一年的学费……突然我就舍不得了，可这小算盘又不能说出来，结果我就站在门口瞎白话，我爸当场就跟我翻车了，扭头就走……

［另一个光区光起。

从　母　（把茶杯递给丈夫）儿子呢？

从　父　门口蹲着呢，我让他好好反省。

从　母　我都不知道该说啥，照说儿子做的是好事，可好事要是做过了头，也挺气人。

从　父　可不是嘛，我这上火！（一饮而尽）再给我倒杯水。

［两个表演区同时进行。

［从飞继续对观众“朋友”说话。

从　飞　（白）别看我爸跟我摔锅瞪眼，跟我不共戴天似的。可要照我妈的说法，我这叫随“根儿”！小时候，我们家的日子过得苦着呢，经常棒子面儿粥都不管饱。可有一回，我爸生病住院，跟他一个病房的大爷病死了，丢下了个女孩。听说女孩的妈也早死了，无依无靠，我爸就一个劲儿地跟我妈叹气，结果，我妈就把女孩领到我们家，成了我大姐。还有一回，村口来了一群半大小子流浪儿，说是头年发大水，家里没饭吃。数九寒天的，我爸看孩子们可怜，就让我妈煮了一大锅热粥，把孩子们全叫到家来喝饱了才让走。

［从飞表演区随从父的声音切光。

从　父　我那是不落忍！天寒地冻的，我给孩子们喝口粥，至少能暖和点。

［从飞走进父母的表演区。

从　飞　我也是不落忍啊！山里的孩子有多苦？冬天光着脚没鞋穿的，夏天脱不下破棉袄的，一天只吃得上两顿饭甚至一顿饭的……（从一直背在身上的布包里取出一块长了芽的地瓜）这几块地瓜，都是山里的孩子从自己嘴里省出来送给我的……

从　母　哎呀那地瓜都长芽了，快给我把它扔了。

从　飞　（护着）不能扔！不能扔，这可都是千金难买……

从　父　（没好气）没错。八千块钱买回来的。

从　飞　（依然嬉皮笑脸）你说少了，这地瓜比我那八千块钱贵。

从　父　（对妻子）我说这小子已经疯了吧？

从　飞　你想想，我拿出八千块去，家里还有富余，我不用发愁没饭吃。可山里的孩子……这块地瓜是小山犊硬塞到我包里的，给了我，他就得少吃一顿饭……这就跟蚂蚁跟大象，你说谁的力气大？大象能搬起一截树桩，蚂蚁只能搬起一根草棒。可那树桩只是大象体重的几分之一，可那根草棒却是蚂蚁体重的好几倍。

丛　母　（慈爱地）行啊，别看我儿子只读到初二，这学问可还不小呢！

丛　父　（对妻子）你别打岔！（对儿子）天底下没饭吃的人多了！别说八千，就是花上八十万你也救不过来！

丛　飞　你当年把那几个孩子叫进家喝粥的时候，不也没管天底下的其他人吗？你不落忍的时候，不也没想我们哥儿几个那天没粥喝吗？

丛　父　少喝一顿粥饿死你们了？第二天不就又有了嘛！

丛　飞　对呀。我把这笔钱先寄出去，回头再出去演一场，家里不是又有钱了吗？

丛　父　废话少说！我只要你答应我——到、此、为、止！明天你要寄出去的那笔钱是最后一笔，以后挣的就都攒下来，先给媳妇孩子买间房住，行不行？

丛　飞　你让我停下来？

［妻子的定点突然亮起。

妻　子　（不带表情地对观众模仿丛飞的话）那些孩子怎么办啊？我净顾着我自己了，你让他们找谁去？

［丛飞果然对父亲说出同样的话。

丛　飞　那些孩子怎么办啊？你让他们找谁去？

丛　父　（一声比一声高）他们找他们的亲爹！找政府！你以为你是谁啊？救世主啊？神仙哪！外国的那个上帝啊！

［听着丛飞和父亲的对话，妻子脸上露出苦涩而疲惫的笑容。

妻　子　（仍然是对观众）我猜得没错吧？白说，他听不进去。我现在终于明白了，好丈夫不一定是个好人。好人也不等于是个好丈夫。

［切光。

［丛飞在父母面前跺了跺脚。

丛　飞　你一点都不理解我！

丛　父　还要怎么理解你，我们做老人的一不要你钱，二不要你守在身边尽孝，只求你能把自己的小日子过好，别三天两头闹得老婆哭孩子叫的，这也有错啦？你媳妇算不错啦！告诉你，这么几年只有苦吃没有福享，换了我，早把你给踹了！

丛　飞　（自信满满）不能，她最理解我了。吵两句叫两声都正常。打是亲骂是爱嘛。

丛　父　你就是不听劝，对不对？

丛　飞　听！我一直都在听。

［丛飞说着，冲着父母做了个“狗熊脸”的怪相。

丛　父　小子，你麻烦大了！我可告诉你，再这么一意孤行下去，要是哪天你媳妇不要你了，害得我小孙女少爹没娘的，哼，我跟你妈就把你也变成孤儿！一辈子都不到你这儿来！

丛　飞　不会。你们不会不要我。我媳妇也不会不要我。

［妻子表演区随她的声音起光，同时，丛飞及父母表演区切光。

［妻子拖着皮箱出现在舞台上。

妻　子　我会！虽然我是因为爱你才嫁你的，我可以跟你吃苦，一年、两年，三年、五年，但不能是一辈子。

［丛飞冲进表演区，

丛　飞　你这是干什么呀，老婆？还拖着个箱子，咱不兴一不高兴就回娘家的。

妻　子　我不是回娘家，我是要跟你离婚。

丛　飞　好老婆，别吓唬我了，啊，没跟你打招呼，就动家里的钱，是我不对。可我不是着急嘛！你放心，下个月，我一定会把那个窟窿补上。你要还生气，就骂我两句，打我几下……

妻　子　我累了，没有力气发火，也没有力气吵架了。

丛　飞　咱俩是恩爱夫妻，从不吵架。

妻　子　对，每次都是我一个人嚷，你不接招。

丛　飞　我接什么招啊。只要你生气，那肯定就是我的错……

妻　子　你错在哪儿了？

丛　飞　没让你和孩子过上好日子。

妻　子　为什么过不好？

丛　飞　（想）……我挣钱太少。

妻　子　（摇头）你挣钱再多，要是还像滚雪球一样地不断地收养孩子，就算有金山银山也不够花。

丛　飞　（仍试图用玩笑来化解）你说得还真形象……

妻　子　（平静而决绝）再见，丛飞，夫妻一场，我没有什么好抱怨的。离婚协议书在女儿的枕头边儿上。

丛　飞　别闹了，好老婆，我不信你会说再见。就算是舍得下我，你也舍不得孩子……

妻　子　既然打算走，我就什么都舍得了。再说，孩子交给你我也放心，你能对千里之外、八竿子打不着的孩子好成那样，对自己的亲生女儿，当然会更好。

丛　飞　我不放你走。

妻　子　（心平气和又义无反顾）放不放我都会走的。

丛　飞　我不签字。

妻　子　那我就去法院起诉。

丛　飞　你拿什么理由起诉？

妻　子　……因为夫妻感情破裂。因为……我有了外遇。

丛　飞　（吓一跳）你说什么？

妻　子　（始终表情平静）这是我编的理由，但肯定所有的人都会相信。如果我说真实原因，反倒没有人信了。真的，丛飞，你做的事，不会有人相信。你对别人那么舍得，对你自己……多一套演出服你都不舍得买。丛飞，你要么是个疯子，要么是个圣人。而我，只是个普通女人。

［说完，妻子拖着箱子离去。

［前妻平静地表达出的决绝，令丛飞无法追上去，只有眼看着她离去。

［大屏幕出现《面对面》《凤凰卫视》王志、吴小莉采访病中的丛飞画面。

**** 幕间转场。请导演处理 ****

第二幕

（被挤到墙角的抑郁而固执的丛飞）

[中心表演区。是一个客厅一样的地方。

[丛飞的朋友甲、乙、丙、丁出现在舞台上。另外一个是邢丹。其中两个朋友在轻轻地交谈。

朋友丙　这阵子可真够他受的，他老婆为了离婚跟他上了两回法庭。宣判的时候，丛飞哭得话都说不出来。说真的，这么多年来，我头一次看到丛飞哭。

朋友乙　是啊，夫妻一场到最后，人家是真的放下了，所以走得义无反顾，走得轻松。倒是丛飞，因为被动所以受伤。

[朋友甲出现。

朋友甲　大家都是丛飞的朋友，对不对？

[众人点头。

朋友甲　丛飞跟你们借过钱吗？

朋友乙　借过。不止一次。

朋友丙　上回去福利院义演，丛飞是演一场，捐一百，十几场下来，不仅把自己身上的钱捐光了，连我口袋里的钱也都被他借去捐光了，害得我们连吃饭的钱都没有。

朋友丁　但有一样，丛飞特别有信用，说什么时候还，就什么时候还。

朋友丙　他那两下子我最清楚了。到了时间如果没钱，就拆东墙补西墙。也说不定哪回跟我借钱的时候，就为了还上欠你的钱。

朋友乙　（对甲）你干吗？想替丛飞写文章？

朋友丙　还真应该有人为丛飞写写文章。这么多年，除了我们身边的朋友、受他捐助的人还有义工联以外，社会上还真没有人知道他的这些善举。

朋友丁　的确应该有人宣传他。

朋友甲　不宣传也好，不然来找他的人会更多。前阵子闹“非典”，所有的商演都停了，丛飞瓢底了，可孩子们的学费还等着他交，结果他就来跟我借钱，被我拒绝了。

朋友丙　为什么？你又不是没钱。

朋友甲　再有钱我也不想借给他！而且我希望，你们也不要再借给他钱。不然的话，我们借给他越多，他花出去的就越多，负担就越重。再这样下去，他非把自己压垮了不可。所以，我们要想办法遏制他——让他因为弹尽粮绝而不得不停下来，绝不能再帮着在他身上拉口子了。

邢　丹　（对乙）真没想到，丛飞大哥居然是靠借钱帮助别人的！

［大家望向邢丹，发现多了个陌生人。

朋友乙　哦，我忘了给你们介绍，她是我的好朋友，邢丹，是位空姐。

朋友甲　怪不得这么漂亮。

邢　丹　谢谢。

朋友乙　丛飞去他们那演出过，还跟航空公司的义工组织联欢过，所以她很崇拜丛飞。

邢　丹　我一直觉得他很了不起，却没想到这么了不起！他这么做有多少年了？

朋友乙　应该是从（19）94 年开始的吧？

朋友丙　没错。（19）94 年。那会儿，丛飞在四川的一家歌厅里唱歌，一晚上能挣八十块钱。那时候我们俩就在一起，用他的话说，出来工作以来，从来没这么阔过。头一月拿到工资以后，请我吃饭，出门打车，大方！我跟他开玩笑说：“丛飞，跟你做朋友真幸福，而且我相信，你挣钱越多，你的朋友越幸福。”

朋友乙　我可没吃过丛飞的饭。他不舍得。在外面点的菜他咽不下去，说那一碟菜就是一学期的书本。

邢　丹　（对丙）后来呢？

朋友丙　拿到第二个月工资的那天，丛飞参加了在市中心广场举办的“为失学儿童重返校园义演”……

［丛飞演唱的主题歌前奏起。

[另一演出区。穿演出服（但不是那件白色演出服）的丛飞，手持麦克唱着，走上舞台表演（丛飞原声环音）。

丛　飞　（热情洋溢地）亲爱的观众朋友们，大家好。（冲台下）小朋友们，你们好！我叫丛飞，非常高兴在这里为大家演唱。愿我的歌声能够为你带去快乐。

（唱）无论你走大路，还是走小路

一个人走路，好孤独……

[歌声在第一段结束后渐弱。光渐弱。

[中心表演区。朋友丙继续讲述。

朋友丙　那天，主办单位把需要资助的孩子都组织到了现场。在等待谢幕的时候，丛飞一直站在侧幕边上看着那些孩子。

[丛飞演出区光渐强。

丛　飞　（独白）同样的年纪，城里的孩子个个活蹦乱跳无忧无虑，可你看看这台下的孩子，破衣烂衫，还上不起学，一个个看上去好像都不会笑……当你面对面地看到他们，就会忍不住想把他们抱在怀里，就想从口袋里掏出哪怕是一块糖，放在他们的小手上……

[丛飞伸手在演出服的口袋里摸着，想到什么，离开演出区。

[除朋友丙和邢丹以外，其余三个全都跑进丛飞表演区，角色转换为记者及现场人员。

记者（朋友乙充当）

下面我要向大家隆重介绍今天捐款金额最多的一位，他也是参加我们义演的演员，他叫丛飞。

[掌声欢呼声，灯光打在丛飞身上，人们拥上来把花束塞进丛飞怀中。丛飞一边开心地笑，一边答谢人们。记者将话筒递到丛飞面前。

记　者　感谢你今天捐助的两千四百块钱，它将使二十名贫困小学生完成三年的学业。

丛　飞　（带有惊喜地）真的？两千四百块钱这么有用！

记　者　能不能谈谈你此时的感受。

丛　飞　高兴！

记　者　还有呢？

丛　飞　还有……我从前也知道两千四百块值钱，可今天才知道，它居然这么值钱！

记　者　还有呢？

丛　飞　还有……我其实也是个刚吃饱饭的人。可跟这些山区的孩子比，我发现自己很幸福：我在歌厅里，风吹不着雨淋不着地唱上五天歌，就能挣出两个孩子读完小学的学费。可他们的父母劳苦一年都做不到。

记　者　那你现在的感觉是不是特别好？特别像个大英雄？

丛　飞　没错。

记　者　有没有觉得自己像个大款？

丛　飞　我觉得……我像个救世主，手一挥，就能让二十个孩子三年不愁学费。

记　者　大家刚才的掌声是不是也让你特别感动？

丛　飞　感动。我觉得我好伟大。从小到大我还从来没受过这么多的欢迎、这么多的掌声。谢谢大家！

记　者　那你愿意不愿意，把这学费亲自交到孩子手中？我们会留下你的地址，把孩子们的学习成绩报告给你。

丛　飞　好。

［掌声、欢呼声中，丛飞表演区光渐收。

［另三个人纷纷走回这个表演区，并恢复“朋友们”的角色。

朋友甲　那是（19）94年的事？

朋友丙　没错。

朋友丁　那个时候，二百块钱就能让一个孩子念完五年小学。

朋友丙　后来，受到资助的孩子还真给丛飞来了信，丛飞心里一高兴，就要去山里看望他们。

［另一演出区光起。丛飞背着个大背包站在路边。

丛　飞　（白）小时候，我舅舅是我们家最受欢迎的人，因为他总会带着好东西来。哪怕只是二两糖块儿、三支铅笔，也能让我们兄弟几个高兴得像过节一样。我也想让那二十个孩子享受一下过年的感觉。

于是，我就买了文具、糖果，高高兴兴地去了山区的那所小学。只是，到了那里我才发现，这里最需要的还不是文具和糖果，而是更多的学费。因为还有好多上不起学的孩子……

［男孩山犊背着柴篓从丛飞身边走过。

丛　飞　小朋友，去金寨小学怎么走？

［男孩朝前方指了指。

丛　飞　咱俩一路吗？

［男孩点头。

［这时，另有一女孩迎面跑来，看到丛飞就站住了，不知道该怎么说话，只是对他笑。

丛　飞　（指着小女孩）你是小金凤，对不对？

［女孩使劲点头。

丛　飞　说话呀。

女　孩　（不好意思地）叔叔……（扭头对山犊）山犊，他就是供我们上学的那个会唱歌的叔叔。

［男孩看了女孩和丛飞一眼，一声不响地低下头走开了。

丛　飞　（逗孩子）他怎么不理你呀？是不是这些小男生都不愿意跟你们这些小女生说话呀？

女　孩　（摇头）他退学了。他爸爸死了，没人供他了。

［丛飞愣住。

女　孩　我们去城里听你唱歌的那回，他爸爸还没咽气，他得在家守着。他爸爸死了以后，他不上学了，也不跟我们说话了。

［切光。

［另一演出区光起。

［山犊在闷头劈柴。丛飞出现在他身后。

丛　飞　山犊——

［山犊回头看了丛飞一眼，继续劈柴。

［丛飞过来帮忙。山犊听之任之。

丛　飞　你知道，我像你这么大的时候在干什么吗？放学后我就去捡破烂。还帮别人卖冰棍、卖土豆，就是为了挣学费。

［男孩有些意外地看了他一眼，之后又垂下了眼睛。

从　飞　（拍拍脑门儿）算我没说，这大山里头，也没有破烂可捡，也没有冰棍可卖。

［男孩继续劈柴。

从　飞　你爸爸打过你吗？

［男孩点头。

从　飞　我也挨过打。上初一的时候，我为了交上两块五毛钱的学费，偷了家里的一个铜烛台去卖钱，结果被我爸打得——满地找牙。

［男孩脸上露出笑容，但转眼即逝。

从　飞　我爸是怕我学坏。不管因为什么，偷东西都不对，是不是？

［男孩短促地点了一下头。

从　飞　到了初二，我也是实在没辙了，只能退学。

［男孩又一次有些意外。

从　飞　到现在，我都记得一个人背着书包，从学校出来时候的心情。那会儿不是放学时间，外面没有孩子，人家都在学校上课呢，学校门口的路上只有我一个人……真孤独、真伤心……你现在的心情大概跟我当年差不多。

［男孩点头。

从　飞　我听说你的成绩一直不错。我当时的成绩也不错，可我下面还有两个弟弟，我不愿意再让我妈为难。

［男孩垂下头。

从　飞　还想上学对不对？

［男孩不语。

从　飞　明天开始就去上学吧，叔叔已经替你把学费交上了。

［男孩不敢相信的表情。

从　飞　你放心，只要你好好学，以后，所有的学费，叔叔都替你出了。

［男孩望着从飞。

从　飞　叔叔只上到初二，你要答应叔叔，一定要用好成绩替叔叔上到高中毕业，上到大学，怎么样？

［男孩用力点头。

丛　飞　拉钩盖章。

［男孩同丛飞“拉钩盖章”。

［男孩突然蹲在地上捂着脸抽泣起来。

［丛飞蹲下搂住男孩。

丛　飞　别哭，啊，以后，你就把我当作你的爸爸，不管有什么困难，都对我说……

［男孩哭着，趴在了丛飞的肩膀上。

［远处，传来的是琅琅读书声。

［切光。

［一个定点光。

朋友丙　（白）山犊的事不一会儿就传遍了整个村子，很快，村里没学上的孩子都来了，他们只是远远地站着，眼睛看着丛飞，不走也不说话。丛飞回来对我说：当你面对着那些清亮亮的眼睛，面对着那些小脸儿——啥都别说啦！明明都是孩子，凭什么帮他就不帮他？他说换谁，在个时候都不敢假装没看见，要是敢一扭头，把这些孩子们的那点盼头给推开，良心上肯定过不去，回来肯定睡不着觉……结果，这所学校的刚管完，又去义演又见着上不起学的孩子啦，又不忍心，管了一个还想再管一个……

［随着朋友丁的声音，中心演出区光亮。朋友丙走回中心演出区。

朋友丁　丛飞——

［丛飞背个大包袱，出现在众人面前。

［比起第一场，此时的丛飞显得落寞而抑郁。

朋友丁　你又去收别人不穿的旧衣服去了？

丛　飞　哦。闲着也是闲着。你们怎么都在这儿？

朋友甲　今天正好是我的生日，所以邀大伙一起过来聚聚。

丛　飞　生日快乐。我明天再来吧。

［众人把丛飞拦了回来。

邢　丹　（悄悄问朋友丁）他收旧衣服干什么？

朋友丁　洗干净寄给山区的孩子。你们家要是有穿不上的衣服也可以拿来给他。

[从飞被朋友们拦了回来。

从　飞　我还是改天来吧，哪有在人家生日的时候，管人家借钱的。

朋友甲　那倒没关系。只是，我刚才把这事跟他们念叨了一遍，大家也都说我不应该再借钱给你。

[从飞意外地望着朋友们。

朋友乙　从飞，我们大家伙的意思是，你真的不能再这样下去了。天底下肯做好事的人不少，可没听说过谁为了帮助别人，弄得自己倾家荡产，更没听说过自己倾家荡产了，还要借着钱去帮人……

从　飞　我会还。

朋友乙　我们当然知道你会还……可是，别人都说你是疯子、是神经病……

从　飞　爱说什么说什么吧，我又少不了二两肉。

朋友丙　从飞，你就听大家一句劝吧！八九年了，你尽力了，现在就是停下来不做也不会有人说你。

从　飞　我良心上过不去。停？供了好几年的孩子突然不供了？你让他们心里怎么想？我答应过他们！说话得算数！要是从飞爸爸说话都不算数，那他们还能相信谁？

朋友丙　从飞，我其实早就想劝你了，凡事都应该量力而行，就算把你累死，天底下上不了学的孩子，你也帮不完，这事儿你做不到，政府也做不到，联合国也做不到。

从　飞　帮一个是一个吧。

朋友甲　没有人要求你这样做！

从　飞　都是我自己乐意！

朋友丁　从飞，你得知道自己有多大的能力！

朋友甲　你要搞清楚自己是谁……

从　飞　（激动起来）我是从飞！说好听了算歌手，说难听了，我只是个卖唱的。而且一没户口二没固定工作三没固定收入，是个没有什么社会地位的“三无人员”，唯一登记在册的身份，就是义工 2478 号。所以我看到残疾人爱听我唱歌我就高兴，贫困孩子管我叫爸爸，我就有成就感！

朋友乙　丛飞你理智一点……

丛　飞　理智不了！你们谁也别再劝我了！

［见朋友们都吃惊地望着自己，丛飞放缓了语气。

丛　飞　对不起，我真的停不下来。你们谁也不要再劝我了。这两天，我满眼前都是那些孩子，四川的小金凤、小山犊，贵州的李泉泉，山东的陈小蒙……一百多个孩子个个在我眼前活灵活现。比起我刚认识他们的时候，他们的变化都那么大，长高了，长大了，爱笑了……如果我的钱不能按时寄到，他们就得辍学。一旦离开校园，再想回去可就难了。

我这边耽误一下，对于那些孩子耽误的也许就是一生啊！那个小山犊，现在是大学生了，当年如果耽误一下，国家就少了个人才，山里就多了个山民。还有小燕语，本来是孤儿，因为没有钱上学又不知道自己的父亲是谁，一直受别人欺侮。可是现在，自打有了我这丛飞爸爸，孩子终于能挺起腰杆进学堂了……如果我突然停下来，不管他们了……那我打碎的不仅是他们完成学业的梦想，我还打碎了他们对人生的梦想……后面这种感觉更重要。说实话，我也不想借钱，可这“非典”闹得，几个月没演出了，我真是弹尽粮绝了。

［众人互相看着、犹豫着。

丛　飞　你们都知道，我吃过苦，刚来广州的时候，我洗过盘子，当过搬运工，住过大桥洞子，吃过别人的剩饭。为了挣十五块钱，我一个人饿着肚子把七个沙发送到六楼，“丛飞”这个名字，就是我累得浑身发抖、瘫倒在了草地上的时候，给我自己起的。那是为了鼓励自己能顽强地活下去。那段日子我了解最多的是挨饿的滋味、是绝望的滋味、是一分钱难倒英雄汉的滋味。我都忘了自己还会唱歌……直到那次歌手大奖赛，直到，我遇上了那个好心的女孩。

［另一演出区亮。一群背着“歌手大奖赛”绶带的礼仪小姐，在忙着向来来往往的人发放报名表、收报名费：“欢迎您参加歌手大奖赛。”“这是报名表。请拿好，请去那边填表。”“请在这里交报

名费。”……

[穿着得像民工一样的丛飞上场。

丛　飞　请问……我也想报名……

女　孩　（意外）你？我们这里是歌手大奖赛！

丛　飞　没错，我就是想参加这个。

女　孩　你会唱歌？

丛　飞　会，我在音乐学院听过课。

女　孩　（笑）没看出来。

丛　飞　给我一张表。

女　孩　五块钱一份。

丛　飞　还要钱？

女　孩　当然喽。待会儿报名的时候，还要交五十块报名费呢。

丛　飞　还要五十块！

女　孩　怎么啦？

丛　飞　我没钱。

女　孩　我就知道你是乱说的。你根本就不会唱歌！

丛　飞　我当然会唱。我真的在音乐学院听过课……

女　孩　那你唱一句给我听听。唱啊。（完全是开玩笑）说不定里头的老师听到了，还能让你免费参加呢。

丛　飞　（一派天真地）真的吗？

女　孩　你不唱怎么知道。

[女孩一直是在跟丛飞说着玩，丛飞却当真了。他深吸一口气，唱了《乌苏里船歌》。

[女孩惊奇地睁大眼睛，原先在周围忙着的女孩们也都停下了手里的工作，望向丛飞。

[切光。《乌苏里船歌》音乐延续。

[中心表演区前区定点光起。

[丛飞在前景讲述。朋友们坐在后面倾听。

丛　飞　（白）这个跟我素不相识的女孩听我唱完歌，便带我过去报名。她说她是那里的工作人员，可以免费，可实际上，是她悄悄地替我垫了钱。从初赛到复赛到决赛，整整两个月！是她供了我整整两个月的盒饭，养活了我两个月！不然饿也把我饿跑了。决赛那天，主办单位要求歌手穿正式演出服，我又作了难。除了工作服，我没有一件像样的衣服，也没有钱去买。这个时候，又是她花了她一个月的工资——整整六百块钱，给我买了一套西装。穿着那套西装，我走上了决赛现场，拿到了第一名，从此，我终于有资格做一名歌手了。

邢　丹　后来呢？

丛　飞　后来，我跟一家文化公司签了约，去了四川。

邢　丹　那个女孩呢？

丛　飞　不知道。等我从四川回到广州的时候，她已经不在那儿，那个时候，很少有打工妹能买得起呼机，更别说手机了，所以我再也没有找到她。但是，我永远都不会忘记，没有这个好心的女孩，就没有我的今天。对于山区的那些孩子，我给他们的不仅仅是上学的机会，还可能是一次命运的转机、一个美好的人生。因为，我曾经得到过这样的幸运，所以我愿意再为别人创造同样的幸运。我喜欢这种感觉，好像自己也成了天使——就像那个女孩一样……

［邢丹走过去，将钱放进了丛飞手里。

邢　丹　丛飞大哥，这是我身上所有的钱，你拿去吧。

丛　飞　你是……

邢　丹　我叫邢丹。看过你的演出，也听说过你的事儿。咱俩还是老乡呢。

丛　飞　谢谢你！（数手上的钱）这是……五百六十块钱，等我一有演出挣了钱就马上还你。

邢　丹　不着急。

［丛飞看朋友们，朋友们看朋友甲。

丛　飞　大哥，本来我最少需要一万两千块，现在，还差一万一千五。

［另外三个人也都看着朋友甲，仿佛在跟他商量。

朋友甲　你们又都被丛飞说动了是不是？我没有。

朋友丁　那……我还是借给你吧。这是五百。

朋友丙　我有六百五。

朋友乙　我身上只带了三百……

从　飞　谢谢！谢谢！我保证一有演出就还钱……

［从飞说着，突然痛苦地捂住了腹部，半晌没有直起腰。

［众人关切："怎么了，从飞？"

从　飞　（强笑）胃疼。没事儿。我这破胃跟我闹腾了好几年了。

邢　丹　有没有去看过？

从　飞　我最不爱去医院。有钱咱干什么不好，干吗非去买药吃。（转向朋友甲，锲而不舍地）还差一万。大哥，你的好意我都懂，可是……能说的话我都说了，求你，再借给我一万块钱。

朋友甲　（叹了口气）我可以借你钱，但有一个条件。

从　飞　一万个条件我都答应。

朋友甲　你坐下说。

从　飞　（马上开心起来）没事儿。你快说什么条件，让我给你唱个歌？

朋友甲　你现在供着多少个孩子？

从　飞　七十八个。

朋友甲　你不用跟我打埋伏。

从　飞　真的是七十八个。另外那八十七个已经毕业了。

朋友甲　（深深点头）除了把现在这七十八个孩子善始善终地供到毕业，你要答应我，绝不再去领回第七十九个。只要你答应我这个条件，我就借给你钱。

从　飞　我……不敢保证。好多次我也下过这个决心，可每回一看到没学上的孩子，我就会不由自主……

朋友甲　那你就答应我不要再去山区。只按时寄钱就是了。

从　飞　可……我答应过孩子们每年都去看他们……再说，（找说服对方的理由）我也需要下乡体验生活。

朋友甲　体验生活干什么？

从　飞　这对我唱歌有好处啊。知道老百姓最想说什么，唱出来就有感情，能声情并茂。那才算是把歌唱好了。

朋友甲　歌唱好了以后呢？

从　飞　请我去演出的人就会越来越多啊。我就能挣更多的钱啦。

朋友甲　挣那么多钱干什么？

丛　飞　（天经地义地）供孩子上学啊。

［意识到自己又绕了回来，笑起来。

丛　飞　我怎么又绕回来了！

［大家也都笑。

丛　飞　大哥，我说服你了吗？

朋友甲　你越说，我越钦佩你。但是，我越钦佩你，就越不愿意把钱借给你！对不起，丛飞……

［朋友甲说着，决绝而仓促地起身要走。

［丛飞抢上一步，跪在了朋友甲面前。

丛　飞　大哥——求你了！

［停顿。切光。

［另一个演出区光起。

［邢丹抱着洗衣服的盆，准备去晒衣裳。

邢　丹　（白）那天，大哥借给了丛飞一万块钱，却只要他还五千。大哥说，那五千，算是他替丛飞给孩子们的。怎么样？跟好人在一起的，也都是些好人！也就是在那一天，我也找到了我爱的人。现在，我除了当班，每天做得最多的，就是帮我爱人，给孩子们回信，帮我爱人，把收来的旧衣服洗干净……

［丛飞抱着另一盆衣服跑过来。

丛　飞　丹丹！

［音乐起，两人在音乐里凝视，走近，相亲相爱、富有舞蹈性地晒着衣服。

第三幕

（打不垮的丛飞）

［舞台上有大幅的赈灾义演海报。海报的醒目位置有丛飞的照片和

“爱心大使”的字样。

[朋友丙跑上。

朋友丙　从飞——从飞——（迎面而来的朋友乙）看见从飞了吗？

朋友乙　从飞？不是跟你一起参加义演去了吗？

朋友丙　（跺脚）他病倒，倒在义演现场！

朋友乙　什么？

朋友丙　他在台上唱歌的时候我就觉得不对，结果他一回到后台就倒下了，大口大口地吐血。

朋友乙　啊？那快送去医院啊！

朋友丙　送去了，可一转眼他就溜了！

[朋友丁跑上。

朋友丁　我找到从飞了！

朋友丙　在哪儿？

朋友乙　他跑什么呀？

朋友丁　大夫让他住院检查，可是……（抹眼泪）丹丹悄悄告诉我，他们俩总共只有不到一千块钱，可住院押金得六千……

[另一表演区光起。病房。

[穿着孕妇装但体形变化不大的邢丹，拉着要下床的从飞。

从　飞　（挣扎着）我没事儿，花这冤枉钱干什么呀！

邢　丹　你刚做完手术！

从　飞　手术做完回家养养就好了。快走快走，别让大家再凑钱了！

邢　丹　求求你了，从飞！就算不为你自己，你总得想想……我们的孩子……你的身体要是出了问题，你让我跟孩子怎么办？

从　飞　别哭，丹丹，怀孕的时候不能哭。

邢　丹　那你就答应我，好好看病治病！

从　飞　那也不用住院啊！往这儿一躺，什么都得要钱……再说了，这多耽误时间哪，耽误时间就是耽误演出，这不里外里赔钱嘛……

[邢丹佯作生气地背过身。

从　飞　丹丹？生气啦？好啦，好啦，别生气，我都听你的，好了吧？

邢　丹　你要真能听我的就好了！平常让你好好吃饭，你总是对付，天天就忙着赶场赶场。有钱的商演要保，没钱的义演也要保，就靠一瓶矿泉水一块面包……人是铁，饭是钢，不好好吃饭怎么行？

丛　飞　你不懂，我们这一行讲究饱吹饿唱，空着肚子是为了有足够的空间容纳气息，让声音完美。你老公可是爱心大使，不管是商演还是义演，都不能糊弄。

邢　丹　你就会糊弄你自己！糊弄到吐血。

丛　飞　只是胃溃疡。

邢　丹　我想辞职。

丛　飞　为什么？空姐可是个人人羡慕的职业。

邢　丹　我不用别人羡慕，我想多挣钱。

丛　飞　……还想买车？你放心，车会有的，等我病好了，多找几场演出就全有了。

邢　丹　（摇头）我不要车。我只要……能替你还上欠朋友们的钱，替你分担几个孩子……

丛　飞　丹丹……你只要安心地保重自己和肚子里的孩子就好了。你是上天给我的最好的礼物，我已经让你吃了很多苦，所以才会有今天的这种报应……

邢　丹　（捂住他的嘴）我不许你瞎说。

［医生出现。

丛　飞　你好，医生，我什么时候可以出院？

医　生　短时间内恐怕不行。

丛　飞　别呀，大夫，老不上台，我心里痒痒着呢。

医　生　你恐怕……上不了台了。

丛　飞　你说什么？

医　生　（摇头、严肃地）活检的结果已经出来了，你得的是胃癌，而且一条声带也已经被癌细胞破坏，很难恢复。你真应该早点来……

［刺耳的噪声——仿佛耳鸣、仿佛音响里的巨大杂音。只见医生说话却根本听不到他的声音。

［丛飞呆住了。邢丹无声地哭倒在丛飞怀里。

［突然切光。噪声戛然而止。舞台上一片黑暗和静寂。

［黑暗中，有人在轻轻地喊着："丛飞——丛飞——"

［两处定点光。丛飞与"死神"在两个表演区里的对话。

［"死神"的外形上并不需要特别夸张的造型。

［扑倒在地的丛飞抬起头来，在空中寻找着。

丛　飞　你是谁？

死　神　你不是正在想我吗？

丛　飞　我这会儿谁也没想，只想死。

死　神　那就是我。

丛　飞　你是……死……

死　神　恭喜你，答对了。

丛　飞　我怎么办？我要死了……

死　神　人总有一死。其实，死亡并不是大家想象的那么可怕。甚至……比活着轻松多了。人要在这几十年里头，让自己活下去、活得像样，就已经够累了，何况还要为别人活，更何况你还要为那么多人活。

丛　飞　照你这么说，我赚啦？

死　神　我没学过算术，不知道什么是赚，什么是赔，但我对所有想到我的人，总是心怀友善。来啦，请跟我来，我会帮你忘掉一切，从此一了百了……

丛　飞　不！我不要跟你走！我走了，我们家怎么办？我爸我妈我女儿、我的丹丹，还有丹丹肚子里的小生命……他们怎么办？我没有死的权利……

［丛飞的另一个"自我"出现在丛飞身后。"死神"表演区切光。

［"自我"跟丛飞穿同样的衣服。

自　我　你这会儿才想到这些？

丛　飞　你是谁？

自　我　我是你心里一直被你压抑的那个内疚的丛飞。那个被父母女儿包括从前的老婆千呼万唤，却又总被你压着不许出声的丛飞。你现在的感觉是什么？

丛　飞　我好害怕。我不想死。

自　我　说实话了？不死扛了？

丛　飞　都这会儿了。

自　我　后悔吗？

丛　飞　后悔。

自　我　后悔什么？

丛　飞　不该得病。

自　我　还有呢？

丛　飞　后悔没早点治病。

自　我　对家里人呢？你不后悔这么多年来你从来都没有好好照顾他们？

丛　飞　我哪想到我会得癌症啊！现在我怎么办？我们的家人怎么办？那八十九个孩子怎么办？我的嗓子——再也唱不了歌怎么办？我不想死，我不能死！

[光渐弱。

[电话铃声，另一演出区光起，一张桌子一部电话。

[自动答录的电话：您好，这里是《深圳特区报》新闻热线，欢迎您向我们提供新闻线索……

[又一表演区光起。

朋友丙　我有一个朋友，他叫丛飞，是名歌手，也是咱们深圳义工联文工团的团长，十年当中他帮助了一百七十八位失学儿童，捐款捐物好几百万，现在，他病了，得了胃癌，却没有钱为自己治病……

[女记者冲进有电话的表演区抓起电话。

记　者　喂？我是特区报记者，你刚才说的这位丛飞现在在哪儿？

[两个表演区切光的同时，大屏幕上轰然推出《深圳新闻》《移动新闻》《新闻联播》等对丛飞事迹的报道。

[舞台上没有灯光，所有的孩子们和群众演员一个接着一个地走到台上，默默地凝望着大屏幕——在大屏幕下构成剪影。

[定点光依次亮起。

朋友乙　从飞的家里有个上锁的柜子。当他病重的时候，他的父母赶来深圳，想从那里面找出点钱来，可打开柜子才发现，里面一分钱都没有，满满一柜子都是这些年来山区的孩子写给他的信。在丛飞心里，那就是财富。

父　亲　我告诉丛飞，你最大的不孝顺，就是敢生这种病！从现在开始，你要老老实实地给我治！你要是敢走到我跟你妈头里，我……我打你！（掩面）

母　亲　谁说我儿子不孝顺？这孩子，从小到大都知道哄着我们高兴。只要看到我们脸色不好，他就想办法逗我们开心。做化疗的时候，别人都吃什么吐什么，可我儿子，就为了不让我们难过，不管自己怎么反胃，都是一口口地硬往下咽，一边咽，一边还强努着跟我们笑，做鬼脸……

朋友丙　前两天我跟丛飞嚷了一次，实在是忍不住了，他都那样了，居然还从别人捐给他的钱里头，拿钱要寄给孩子们。我说你要是再这样，我就再也不理你了！

邢　丹　没住院的时候，他已经胃疼得直不起腰了，可他还总为我揉背，自己吃不下东西，还总想着给我做蛋羹……可我没有办法接受的是……第二次动手术前，他居然劝我把肚子里的孩子打掉……

朋友丁　第二次手术的头天晚上，丛飞把我叫到床前，他知道自己也许下不了这个手术台，所以，就叮嘱了我四件事，算是他的遗嘱——

丛　飞　如果我没下了手术台……有四件事就拜托你了。第一，我现在的房子虽然还没付完按揭，但也能卖些钱。还有我家里所有的东西，包括我的演出服，如果能拍卖的话，就拿那些钱替我还给朋友们。第二，请义工联朋友和领导们帮忙，也向社会上呼吁呼吁，继续替我照顾那些还没毕业的孩子。第三，帮我说服我父母，把我五岁的女儿带回老家。我父母有退休金，老家的生活标准低一些，他们能把孩子养大成人。最后一条，帮我劝丹丹……打掉肚子里的孩子……她以后的路还长着呢，我没有任何财产可以留给她，也不想留给她任何负担，我希望……有一天她能遇到一个好人，好好地爱她……

朋友丁　那天晚上，在场的所有的人都哭了，却没有人肯答应丛飞。所有的人都期盼着丛飞能够挺过来。丛飞真棒，他真的挺过来了。

［电话铃响。病房光起。丛飞躺在病床上，邢丹依偎在他的身边，四周放满鲜花。

［与丛飞穿同样衣服的“自我”在他周围游荡。除了丛飞，谁也看不到他。同样，丛飞跟“自我”对话的时候，别人也听不到。

丛　飞　喂？

［另一演出区光起。一个学生家长（破衣烂衫、带着醉态）在打电话。

家　长　你是丛飞吗？王良这个学期的钱怎么还没寄到？我娃儿把家里的毛竹都砍光卖了！

丛　飞　对不起，我病了……

家　长　生病也不能耽误寄钱哪。你可是答应过我们，要把王良娃儿供到高中毕业上大学……你要是说话不算数，那你就是个骗子！

丛　飞　我……

［对方挂机。切光。

自　我　干吗不说实话？你根本没有钱，如果不是人民医院为你免费治疗，如果没有朋友和社会上关心你的人们，你也许早死了！

丛　飞　他不会相信的。

自　我　这就是你这么多年舍家弃业去帮助的人吗？

丛　飞　我帮的不是他，是那个叫王良的孩子。

自　我　王良的爹并不是没钱，而是个酒鬼！有一回他连你寄去的学费都喝掉了！

丛　飞　所以我才更要帮着小王良。王良很用功，很好学，只有上学才能帮他摆脱那个环境。

自　我　在那个酒鬼的眼里，你其实只是个傻子。

丛　飞　我不在乎。

自　我　那个名叫付义的——你将他从小学四年级一直供到上大学的孩子，他说的话你也不在意吗？

［另一个定点光起。付义一身廉价西装，一脸愤世嫉俗。

付　义　没错，你是帮过我，可一个农村孩子上学能花你几个钱？要真像你说的那样，当你是我的亲爸爸，那我刚毕业找不到工作的时候你为什么不肯继续帮我？只要五千块我就可以跟别人合股，可我求到你面前的时候，你却说你没钱。嘁，五千块对于你这样一个一场就能挣两三万的大歌唱家来说算什么？现在你终于出名了，你是靠着我们这些穷孩子出的名！前几天有记者找我，我不承认认识你！我跟你不一样，我不打算借着你出名，好名恶名都不要。所以以后你也不要再对别人说你认识我！

［切光。

［回到床房。

自　我　你真的一点都不在乎吗？在记者面前，你甚至说你并不难过……

从　飞　我难过。

自　我　那为什么不肯承认？

从　飞　我不愿意别人误解。我不愿意别人以为我是个在乎回报的人。

自　我　可你明明就是难过了。

从　飞　我难过……不是因为他不肯认我，而是……我虽然帮助他完成了学业，却没有更多的时间和精力去教他学会做人。我希望我的那些孩子们长大以后，不仅能够成为对社会有用的人，还应该成为一个乐善好施的人。

自　我　可你为什么就不敢把这句话大声地说出来呢？别人会懂的。这是另一项“希望工程”。不需要花钱但却更有意义。

［一直伏在从飞身边的邢丹替他擦了擦汗，安慰他。

邢　丹　从飞，我知道你心里不好受，别激动，那种人毕竟是少数。

从　飞　（握住邢丹的手）好丹丹，你说得对。

［一个男孩出现在病房门口。

男　孩　从飞爸爸……

从　飞　小王良?！你怎么来啦？

男　孩　我听说你病了，就卖掉了家里所有的毛竹，搭车来看你。

丛　飞　快来快来，到爸爸身边来。

男　孩　本来，小强、陈亮、刘毛毛他们所有的人都要来看你的，可车票太贵了，所以就把钱全都凑给我……还有，大家给你摘的山果……

丛　飞　太好啦，我最爱吃你们给我摘的山果……

［孩子从包里拿出山果，都坏了。

男　孩　怎么都坏了？怎么……怎么都坏了……

丛　飞　没关系，爸爸虽然嘴馋，可大夫说了，不许爸爸吃水果……

［男孩闷着头，“呜呜”地哭了起来。

［丛飞把孩子搂进怀里。

［一个大女孩跑进来。

金　凤　丛飞爸爸——

丛　飞　金凤！

金　凤　（扑到床前拉着丛飞的手，哭了起来）丛飞爸爸——你怎么了？啊？丛飞爸爸……

丛　飞　别哭，爸爸没事儿。你都当了老师了，怎么还能哭鼻子？让你的学生看到了，非笑话你不可！

金　凤　（不好意思地抹着眼泪，叫了邢丹一声）邢丹妈妈。

丛　飞　王良，这是金凤姐姐。

金　凤　山犊还在酒泉工地，一时走不开，但他把参加工作以来的所有积蓄都寄到了我那儿，让我拿来给爸爸看病。这是山犊的，这是我的……

丛　飞　不，爸爸不能收。

金　凤　为什么？因为我们不是您的亲生儿女？我们知道你从一开始帮我们就没有想过回报，可如果你真像你自己说的那样，把我们都当作是你亲生的孩子，那就不要拒绝我们的心意，就好像，如果你的父母病了，你会看着不管吗？

丛　飞　金凤……

［男孩走过来，手里拿着一把二胡。

男　孩　爸爸，我没有钱给你买好吃的，也不知道能为你做什么。同学们让我做代表来看你，就是因为我会吹笛子，我把他们想唱的歌吹给你听。

［丛飞点头。

［男孩吹起笛子，是《让世界充满爱（二）》。

［静静的笛声在所有的人心中流淌。

［头四个乐句结束。音乐跟进，少女们捧着千纸鹤出现在舞台上。

歌　声　轻轻地捧着你的脸，为你把眼泪擦干，这颗心永远属于你，告诉我不再孤单。深深地凝望你的眼，不需要更多的语言，紧紧地握住你的手，这温暖依旧未改变……

［舞台上依次亮起定点光。

农村女孩　丛飞爸爸，昨天晚上我做了一个梦，梦见一个天使可以满足我的一个愿望。我就请求她：让我的丛飞爸爸好起来吧，只要丛飞爸爸能健康地活着，就是用我的命去换我也愿意。

农村男孩　丛飞爸爸，如果我能考上大学，如果有一天我能走出这大山，我一定会像你一样，再回头来帮助这山里的孩子。

群众甲　谢谢你，丛飞，我虽然不认识你，但我真的敬重你，你给了我们一份久违了的震动和感动。

群众乙　也许我们还应该想一想，如果丛飞没有得胃癌，我们会不会像现在这样关注他？

城市女孩　我从来不知道伟大可以这样具体，从来没有被教过人生可以活得这样博大无私。我会像你一样，去做一名义工，成为一个可以给别人带来快乐和希望的人。

［主题歌《愿你幸福》前奏起。

［后区演出区光起。

［丛飞身穿白色演出服，手持麦克走上舞台。

丛　飞　亲爱的观众朋友们，大家好！我叫丛飞，是深圳义工联文工团的演员兼团长，我的义工号码是2478，能够在这里为大家演唱，我很快乐，也希望我的歌声带给你们快乐……

［丛飞演唱（用丛飞原唱环音）：“无论你走大路，还是走小路……”

［大屏幕出现《财富故事会》中使用的画面——接受过化疗后的丛飞躺在病床上，听着广播里自己的歌，跟着唱着，但却只有口型而不再有甜美的嗓音。

丛飞流着眼泪笑着……妻子邢丹的眼泪。一旁摄影师的眼泪。

［凤凰卫视中，丛飞面对镜头说：“我想对孩子们说：爸爸尽力了。真的尽力了。”

［配合画外音的一组感人画面——

［丛飞做着“胜利”的手势被推进手术室。

［化疗期间的丛飞被隔离在病房里，隔着玻璃与邢丹凝望。

［丛飞摘下口罩，乐观地对着镜头做“狗熊”怪脸。

［躺在病床上的丛飞看着父母给他做“狗熊”怪脸。

［丛飞接受各界朋友及领导探望……

画外音　丛飞以他坚强的毅力与病魔搏斗着。在党和政府以及社会各界的关怀下，丛飞正在创造着一个生命的奇迹。民政部李学举部长在写给丛飞的信中说：“您的善心，感动了中国。您倾其所有、扶困助弱的博大爱心和慈善情怀，您对人生的价值取向和思想境界，您做好人、善人的一举一动，已将一个普通人的责任尽到了极致。在构建和谐社会的今天，我愿社会上的每个人都与您站在一起，与您共同感受对他人爱心的快乐，与您共同承担对他人的责任，是爱心在人与人之间汇成一条爱的河流，让这个社会处处飞扬爱心天使洒下的银辉。”

［大屏幕出现凤凰卫视吴小莉的画面。

吴小莉　丛飞入院后，各方捐助了二十多万的费用，关心他的人络绎不绝，同时深圳的义工联越来越受到重视。现在每天有十五到二十人加入到义工的行列，到 8 月份，深圳注册的义工、临时义工和志愿者总数近五十五万人。而深圳共青团和义工联还特别设立了丛飞助学计划，把丛飞负责的一百多名山区的孩子接管过来，负责他们的学费，直到孩子们毕业。

［大屏幕出现央视《新闻会客厅》《面对面》记者王志接受采访的画面。

王　志　我觉得这像一个神话，一个道德精神领域的神话，怎么会有这样一个人呢？他怎么会做出这种事情？你见过无私的，但是没见过这么无私的；见过勇敢的，但你没见过这么勇敢的；你见过快乐的，但你没见过这么快乐的。

主持人　你觉得这个神话可以复制吗？

王　志　每个人不一样，但这种精神的内核被扩散后，会影响很多人。

［丛飞的歌声继续。

剧　终

附　录

邂逅丛飞

——话剧《好人丛飞》编剧手记

（发表于《文化月刊》2006 年第六期）

冯　俐

1. 丛飞？听说过（2005 年 7 月）

民政部《中国社会报》的苑先生来团里找我，希望能够合作一部关于丛飞的话剧。“丛飞？听说过，广东那边的一个歌手吧？资助了好些山区的孩子上学，现在自己也得了癌症。”我说。

对方首先希望由我来担任编剧，之后再由我们团来排演。我没有答应写。

我向团长汇报这件事的时候，办公室里有不少人。差不多都从报纸、电视上知道了丛飞这个名字，但反应各异。大多数人的反应是：要么这人有病，要么这宣传是假的。一个并不出名的歌手拿三百万送人？谁信啊！

其实我信。我相信这世界上会有好得让人不可思议的人，就像我也相信这世上有坏得令人难以理解的人一样。只是，我也并不了解丛飞。

团长对我说：“冯俐，丛飞的那个戏我看可以做，我不是说官话，文艺工作者应该有政治敏感，再者说丛飞是咱们文艺界的，咱文艺界也有好人哪！这个事儿要上就要短、平、快，正好配合当前的宣传，他们也是希望我们能在 11 月在北京召开的首届慈善大会上演出。作者让他们自己找，但剧本还是得由你来抓。”

头几天，我刚在家看了一个电视节目：记者采访一个被丛飞资助的孩子，叫燕语悄悄。那是个被父亲遗弃的孩子，她之前是什么样子，没有留下过画面，只说她受人欺侮、内向自闭。但看看此时的她，虽然吃住的条件都简陋得令人心酸，但却因为有了“丛飞爸爸”，小姑娘的笑容是如此阳光。她与丛飞见面时，彼此间的那种亲切亲近所传达出来的感染力，也远远超出解说词。

当小姑娘流着眼泪说，自己愿意用自己的命去换丛飞爸爸的健康，当小姑娘再度一脸笑容满眼憧憬地说："我希望我能上大学，我希望将来能像丛飞爸爸一样，再回过头来帮助这些大山里的孩子。"那一刻我突然意识到，丛飞给了那些孩子的，不仅仅是每个学期的学费，更是希望，是崭新的精神生命。他在那一百多个贫困孩子心中种下的希望，早已远远超出那三百万学费的价值。

因为这样一层新的认知，我欣然点头，答应负责抓这部话剧。

9 月中旬，报社请了一位年轻编剧，并火速陪同她南下采访丛飞、体验生活。那个时候我们在媒体里看到的丛飞已经做过手术、头发掉光、声音嘶哑。

剧本初稿出来后，团里紧急开会讨论剧本，最后还是慎重地否定了剧本。

2. 我决定"堵枪眼"（2005 年 10 月 23 日）

苑先生又找回来，"首届中华慈善大会"将于 11 月 20 日举行，他们还是希望能为大会演一台话剧。团长对我说："你再看看材料，再想想办法。"报社人说："哪怕做个'音诗画'形式的作品也行。"我于是向他们推荐了曹勇（诗人，著名词作家，歌曲《我们是黄河泰山》作者），结果，半小时不到他们又回来了，说曹勇老师推荐的人是我！团长说："冯俐，想做不想做都得做！"我明白了，这回必须要"堵枪眼"了。

我拿回了报社提供的四盘 VCD，里面集中了中央电视台《焦点访谈》《新闻会客厅》《艺术人生》，以及凤凰卫视、深圳电视台等多家主流媒体对丛飞的各种访谈和报道。

周末，我在一次次的感动中看完了这四张光碟。这个用十年时间和三百万元血汗钱帮助了一百多个孩子、自己身患绝症却无钱治疗的人，人们对他有一个共同的疑问：一个人做好事应该在自己的能力范围里，为什么丛飞宁可向别人借钱，也要不断地去助人？为什么他不能适可而止？看到他带着钱、衣物，去山区看望那些孩子的画面（据他说每年他都去），我理解了他面对王志、吴小莉同样追问时说的那句："我停不下来。"

很多人包括我自己都参与过"希望工程"，都做过"自己少在外面吃一顿饭就能帮助一个孩子完成五年学业"的小小善举。那么多人都能够"适可而止"，除了"境界"不同，还有一个更具体的原因，就是我们谁也没有不断地跟那些需要帮助的孩子一对一、面对面。我们只是把钱寄给有关机构，而没有与那些接受了帮助和希望接受帮助的人发生联系。我们没有看到过那感激的目光，也没有看到过那渴求帮助的眼神。而丛飞，却不断地走到他们身边，留下了钱物，也留下了自己的心。当一个人的眼前总是浮现出一张一张有名有姓的孩子们的小脸，而不是一纸慈善机构的收款发票的时候，原本没有负担的捐助就变成了沉重的责任。所以，他会在没有演出没有收入的时候，宁可成千上万地借朋友们的钱，也无法以客观的理由原谅自己让“他的孩子们”失学。他知道一时失学就可能永远失学，自己误一时孩子们可能就会误一世。“那打碎的，不仅是求学的梦想，更是改变一生命运的梦想！”再说了，“同样都是孩子，为什么帮他就不帮他呢？”孩子一茬儿接着一茬儿，没完没了，丛飞的捐助也一茬儿接着一茬儿，没完没了……

散落在四张光碟里的点点滴滴帮我找到了感觉——

丛飞的家很穷，小的时候经常全家喝粥，然而，寒冬腊月，父亲却从村口领回来一群流浪儿，让母亲熬了一大锅粥给孩子们暖暖肚子。丛飞家的孩子不少，但在父亲生病住院，同病房的病友去世丢下孤女，丛飞的母亲居然就把女孩收养下来，让她成了丛飞的“大姐”。丛飞在接受采访时一直说父母到现在都不理解他捐钱的事，有两回都是因为这事生气走了，然而我看到丛飞病中的一张图片：丛飞虚弱地躺在床上，妈妈坐在床前，而爸爸则站在妈妈身后捏住她的两颊给儿子做鬼脸。这个动作也是丛飞常做的。我因此而想象出丛飞与家庭父母的关系：乐善好施、古道热肠的家风，打是亲骂是爱直来直去的亲情模式。

还有一个至关重要的真实情节：当年丛飞来到深圳，只是个底层打工者，扛过麻袋、睡过大桥洞、吃过别人的剩饭，直到十多年前的一次广东省歌手大奖赛，路过报名点的丛飞想报名，却掏不出五十块钱的报名费，一个在报名处打工的女孩见他破衣烂衫，不相信他会唱歌，就拿话激他。为了证明自己，丛飞想都没想张嘴就唱，女孩发现他真的会唱歌，便自己掏钱给他付了报名费。丛飞一路过关斩将闯进决赛，是那个素昧平生的女孩买盒饭养活了他两个月。决赛那天，组委会通知选手必须穿西装打领带，身无分文的丛飞几乎要放弃了，又是那个女孩子，用自己整整一个月的工资六百块给丛飞买了西装、领带、皮鞋。丛飞就是穿着那身衣服走上决赛舞台、拿了金奖，从此才有资格成为一名职业歌手。

可以想见，一个善举创造一个机遇、一个机遇改变一个人命运的经验，丛飞是切身体验过的，可以说，他曾经是个被一滴水救活了的濒死的人，所以他最知道那一滴水的价值。更可贵的是，他将当年的一滴水变成一眼井，用自己漫长的未来，毫无保留地涌泉相报；用被那女孩温暖过的一颗心，去温暖更多需要温暖的心。

之前，也听人议论过丛飞的举动不过是为了沽名钓誉。问题是，不要说一个普通歌手，就算是真正的富翁，肯拿出三百万块钱做好事，不用人家“沽”“钓”，那名那誉也是应该给人家的吧？要是全社会的人都以这种方式来“沽名钓誉”就好了！而实际情况却是，如果不是得了癌症，如果不是朋友们的奔走呼吁，如果不是《深圳特区报》的报道，丛飞一直都只是默默地做着这一切。换言之，如果不是丛飞快死了，他就是捐五百万，大家大概也不会知道。

周一一早，我进办公室就对团长说：这个剧本我来写！但我没有时间采访了，这将是一次完全借助“二手材料”的创作。

我知道我会以时空跳跃、散点结构的方法，截取丛飞生活中的几个重要片断，比如第一次捐款，离婚，借钱交学费，病重住院时的所思所想及感人至深的四条遗嘱等，建立戏剧情境，挖掘丛飞的精神、情感世界，在舞台上呈现他的心路历程。同时，会在开头、结尾和一些转折点，借助大屏幕，剪辑主流媒体对丛飞的客观报道和真实画面，正面介绍丛飞事迹以及社会对他的正面评价。“把新闻性和艺术性结合起来”。

主动请缨这天是 10 月 23 日，离计划中的 11 月 21 日首演只剩下二十九天了。倒计时算，我最多只有五六天时间来完成剧本，否则后面根本不可能完成排练。

我知道这个决定非常冒险：不写，我没错；写了，却写不完或写不好，则会全是我的“错”。

应该说，是未曾谋面的那个千里之外的丛飞给了我勇气、给了我灵感。我认为我理解他，我突然愿意替他说出他自己都没有说出来的话，让更多的人听到。我把那四张光盘看了五遍，每看一遍我就多一分感动、多一分激情、多一分信心。

总共五天时间——中间还有一天，因为团里一位延安时代老同志去世，我赶去家里慰问家属，安排处理后事——四天半时间，我完成了剧本创作。

3. 从0—10的二十九天

动笔之前我想我必须先确定导演。我在办公室给由二群导演打电话，邀请他来出任导演的时候，旁边正好有人听到“丛飞”的名字，随口说了一句：“丛飞？尽顾着管别人了，尽顾着自己出名了，放着自己的老婆孩子都不管，这不叫无私，叫自私！听说他前妻跟他离婚了。不离婚才怪！”

我真想去拥抱说话的人，因为他替我找到了整部戏的开场。

我的剧本就是以这样的“众说纷耘”“褒贬不一”开场的。

戏剧从来都不应该是报告会，而是沟通心灵的桥梁。它最擅长讲的不是“他做了什么”，而是“他为什么要这样做”。越是难以理解的人和行为，越需要戏剧来表现。当编剧找到众人对同一件事同一个人最共同的不解之后，以此为切入点，带着观众的质疑，当众层层剥笋，直至让所有人都看清“他为什么要这样做”的过程，就会是一个比较完美的理解和沟通的过程。

实践证明这种结构方式非常有效。很多人在进剧场之前是有硬着头皮来受教育的心理准备的，然而当台上的人一来，就像是他或他身边的人对同一件事情带着同样的态度、说着同样的话，观众会马上放下戒备、带着认同，饶有兴趣地等着看台上的这些人怎么往下说。他会带着思考跟着故事情节走，直到最后真正地被打动。

由二群是正统的戏剧导演，多部戏剧作品得过“五个一工程”奖、文华奖，又连续十四年活跃在中央电视台春节晚会上，擅长动用丰富多样的舞台手段，我们曾在电视台多次合作，是心有灵犀的搭档。他欣然接受了这次“非常任务”，并且在建组会上向全组提出了“为好人丛飞叫好！”的创作基调。为舞美设计提出了“歌者的舞台、人生的舞台”意象，并使用了“人生天梯”、千纸鹤、雪花、歌舞等多元化的舞台手段，虚实结合，不仅准确、传神地诠释了人物，更为整场演出增加了很多色彩。为了赶进度，剧组一天三班排戏。戏排到一半的时候，由导的哥哥突然大出血住院，当晚就下了病危通知书，由导在医院守了一整夜，第二天又准时来到排练场。由导自始至终没有跟剧组多说一句家里的事，也没有耽误一次排练，但我知道，他差不多每天晚上都是从排练场出来直接去医院，是他的爱人和儿子在那里替他守护着哥哥……

那一个月里感人的事还有很多——

根据导演设想，在戏剧的高潮部分，将有一万只大大小小的千纸鹤从天而降，铺天盖地。这是无法借助机械的手工活儿。为了保证数量，道具组联系了复兴门外第一小学。学校的领导当场表示愿意为好人丛飞义务劳动，整整一个星期，全校的师生几乎放弃了所有的课间休息，终于在装台前完成了这个任务。遗憾的是，三道挂满了千纸鹤的吊杆，因为防火的原因无法被剧场接受——怕纸制品离灯太近，引起火灾。虽然最后呈现在观众面前的只有喷涂了阻燃剂的一道吊杆上的“千纸鹤之幕”，但是每当那几千只千纸鹤从天而降，我都会想到那些没有见过面的老师和同学们，想到那在课间休息时间都不能休息的一双双小手。

在剧中扮演“山犊”“金凤”等受助儿童的，是煤矿文工团艺校的十一位在校学生，他们的质朴表演感人至深，其实他们都不是学戏剧的演员。在排练和演出期间，他们白天要补课，以保证不耽误学业。十个学舞蹈的孩子为了说好剧中人的台词，都下了很大的功夫。话剧团的演员们也总是利用一切时间自发地为孩子们辅导。演王良的小演员是学二胡专业的，但剧中却要求他要像个山里的孩子一样，只会拉出简单的音符。每次演出，当他用“生涩的指法”为“丛飞爸爸”拉出《让世界充满爱》的旋律的时候，台下的观众都会潸然泪下。

4. 学院派主创与主演郭凯敏

这部戏的特点虽然是“艺术性和新闻性相结合”，但却做到了戏剧手法上的创新和规范，这应该是得益于主创人员的一个共同特点：大家多是“学院派”。从艺术总监到编剧、导演、舞美设计、灯光设计、主要演员，几乎全都毕业于中央戏剧学院和北京电影学院。专业气质的主创队伍决定了这部带有很强的时事报道剧特性的舞台作品具备了严谨的戏剧品质。

扮演丛飞的是著名电影演员郭凯敏，二十年前，他是全国人民都非常熟悉和喜爱的“偶像级”演员，现在在我们话剧团。团里正在考虑男主角人选的时候，郭凯敏听说了，马上说“这个戏应该排，我愿意来演”。后来聊起来才知道，郭凯敏也是通过电视了解到丛飞的。经历过辉煌也经历过沉寂的郭凯敏已然非常成熟而淡定了，但他却被丛飞的那颗心深深感动。虽然在年龄、外形上郭凯敏与丛飞都有差距，然而他却以他的激情、他的真挚、他那不减当年的纯朴、他与丛飞这个人物的心意相通，在台上演活了丛飞。每一场演出，从序幕到剧终，郭凯敏的欢笑和眼泪都是那么发自肺腑，几近本色；为了演丛飞，他推掉了高薪的片约，还把首场演出的劳务费捐给了“丛飞助学基金”。坐在台下，每一次我都会为丛飞动心、为郭凯敏动心，就仿佛一件完美的玉雕，再好的手艺如果没有无瑕玉石，也是无法实现的——如果不是郭凯敏也同样有一颗透明的心，再好的演技也不能令台上的“丛飞”如此剔透、明亮、熠熠生辉。

5. 初见“老朋友”丛飞（2005 年 11 月 20 日）

还有一天就要公演了，正在剧场准备彩排时，有人来叫我，说丛飞来了。

我跑到贵宾室，丛飞正跟团长说话，见到我，丛飞跟我紧紧握手，说：“冯老师，谢谢你。”我看着眼前刚刚做完九次放化疗的丛飞，他虽然很清瘦，但精神非常好，更不可思议的是，他的头发全都长出来了，黑油油的小平头，而且声音也比我在电视里看到他的时候清亮了很多，仿佛老朋友一样地，我用力握着他的手连声说：“丛飞……你真棒！你真棒！”

为一个人写了一部一个半小时的话剧，而今天才是我第一次见到他。

团长让我陪着丛飞在台下看戏，说先不要惊动其他人。

我跟丛飞坐在观众席里，同他一起去看他的故事。

台上的丛飞扛着一袋山里孩子送给他的红薯赶场演出，被保安拦在门外死活不相信他是演员，演出经纪人听说他有好几十个孩子，直跟剧务嘀咕：“丛飞这人嗓子不错，歌也唱得不错，就是说话不着调。”我身边的丛飞笑出声：“真有过这种事。”

台上的丛飞为了把钱寄给孩子，跟爸爸妈妈撒娇耍赖、耍“二皮脸”，软硬兼施，气得丛爸爸追着他要打，丛妈妈一路拦。我身边的丛飞说：“（台上）两位老师这个劲头跟我爸我妈太像了。他们来过两回深圳，都被我给气走了，有一回我爸把我的一件大衣和存折里的一千五百块钱拿走了，没跟我打招呼，他跟我妈说：‘我要不拿，他也送给别人了。’有时候我爸跟我吵，说：‘你连自己人都顾不过来，哪还顾得上别人！’我说：‘我连别人都顾不过来，哪还顾得上自己！’不过，他们现在都理解我了。”

台上的丛飞没想到妻子会跟自己提出离婚，妻子说：“我是因为爱你才嫁给你的，我可以跟你吃苦，一年、两年、五年，但不能是一辈子。”妻子说：“丛飞，你要么是个疯子，要么是个圣人，而我，只是个普通女人。”妻子因为丛飞不肯在离婚协议上签字，说要起诉离婚，台上的丛飞依然嬉皮笑脸地问：“什么理由？”妻子突然说出：“我有了外遇！”台上的丛飞震惊了，妻子则泪流满面地说：“这是我编的理由，但所有的人都会信，如果我说出真正的原因（丈夫不断地捐助别人，自己连房子的首付款都交不起），反倒会没有人相信了……”我身边的丛飞泪流满面。我告诉他我没有任何关于他与前妻的资料，只是凭着揣摩，写了这样一段“恩爱夫妻的无奈分手”。丛飞一边擦眼泪一边说：“我们真的很相爱。她离开我是因为受不了，没有女人受得了。”丛飞指着台上说：“当时我们俩就跟这一样，一前一后地在院子里转了一晚上，说了一晚上……”接着，他跟我讲了他与前妻的初识、恋爱以及后来为了不破坏前妻的平静生活，一直不向任何媒体提及前妻的名字、职业等线索，只说自己对不起她，但又没有办法。

台上出现被丛飞供到大学毕业却不肯承认是丛飞帮助了自己的“付义”，出现在丛飞病重的时候仍在催要孩子学费的不明事理的家长，我身边的丛飞说：“我不怪他们，他们其实是不理解我，一万块钱一场演出费，在他们眼里是天文数字，他们会认为我很有钱，我说我住院了他们不相信，以为我是想找借口不帮他们。”

台上的丛飞在向朋友们讲述自己如何遇到了那个帮助他参加歌手大奖赛的女孩，讲自己帮助那些孩子通过读书来改变命运的时候，会觉得自己像个天使，就像那个女孩。台下的丛飞轻声地告诉了我那个女孩的名字，他说：“我再也没有找到她，但我永远也忘不了她。”

台上，“死神”在诱惑丛飞：“人为自己活着就已经很累了，何况还要为别人活，何况你还要为那么多人活？来来来，跟我来，忘掉一切，一了百了……”我身边的丛飞捂住了眼睛。那一刻我突然意识到台上的这一幕对他有多残忍，毕竟，几个月来他一直都在与死神抗争着，为此，他忍受了常人难以忍受的治疗的痛苦，而且至今他仍然没有摆脱死亡的阴影。看那场戏时，我身边的丛飞一直捂着眼睛，一边喃喃地对我说："对不起，我有点受不了，真的受不了……"我指着台上告诉他："你看，你把死神推走了。"

台上，丛飞的另一个"自我"在与台上的丛飞对话："现在你怕了？怕什么？你后悔吗？"台上的丛飞承认自己后悔，但后悔的是自己没有早一点来治病，担忧的不是自己的生死，而是万一自己死了，父母、妻子和妻子肚子里的孩子怎么办？那些没学上的孩子们怎么办？我身边的丛飞告诉我："我的小女儿已经满月了！"

台上的丛飞在进手术室之前留下了四条遗嘱：一是卖掉房子偿还欠朋友的钱；二是请朋友们呼吁社会各界争取把那些还在上学的孩子供到毕业；三是请父母亲带着大女儿回老家抚养，老家生活标准底，好养活；四是劝妻子邢丹打掉肚子里的孩子，因为，自己没有留给她任何财产，也不想留给她负担，希望将来她能找到一个好男人好好爱她……看着这段在后来的演出中，每次都令现场观众唏嘘不已的戏，丛飞似乎犹豫了一下，终于还是对我说："其实当时我还有一条遗嘱……"我轻轻点头："我知道，但我不忍心再写，观众也会不忍心。"丛飞点头。

丛飞的最后一条遗嘱是——捐献遗体！为了让父母接受，他甚至给父亲跪下了。我在写剧本的时候真的是再也不忍心写下这一笔。

彩排就要结束了，我叫丛飞跟我去后台。路上，他握了握我的胳膊说："冯俐姐，谢谢你，戏里80%以上的内容和感觉跟我的生活完全一样。真的很神奇！"

我告诉丛飞："听到你这样说，我很欣慰。"

来到侧幕，台上的戏已近尾声，昏暗的光线下第一个跟丛飞打照面的是扮演妈妈的老演员狄凤荣老师。狄老师盯着丛飞有几秒钟，突然长长地伸出手来，缓缓地抚摸着丛飞的脸，丛飞搂住了狄老师，两人几乎是同时喊着："儿子！""妈妈！"透过模糊的眼，我看到丛飞和狄老师如同亲母子一般地互相替对方擦着眼泪，同时，扮演邢丹的年轻演员白蓓突然瞪大了眼睛，之后一下子冲过来搂住了丛飞的脖子，泣不成声地喊："丛飞大哥！"丛飞则抱着她喊："丹丹！"我的眼泪已经无法控制了，这时，十一名小演员发现了丛飞，顿时一拥而上，抱着丛飞哭喊着："丛飞爸爸"……

彩排还差最后一分钟没有完成，所有的演职员在与丛飞拥抱，虽然都是初次见面，但却情同亲人。

丛飞与郭凯敏拥抱，说："谢谢你，郭老师，你就是我，你就是丛飞！"

6. 别了，丛飞（2006 年 5 月）

首演结束后，丛飞与我拥抱告别，也同剧组所有人员拥抱告别。那之后的元旦、春节、正月十五，我们都以手机短信互致问候，每一回他的落款都是"傻子丛飞"或是"你的傻弟弟丛飞"。

我不给他打电话，也不让给我打电话，怕他费力伤气，一再叮嘱他要静养。

春天，他被评为"感动中国十大人物"，我们都为他高兴。我很后悔没有给他发短信祝贺，还是因为怕他又要劳神回复，仿佛相信他一定知道我们的心意。

4 月 20 日下午，话剧团乘火车赴山东演出《好人丛飞》，晚上我得到消息：丛飞去世了……

我在网上看到：他去世前十天要求停止治疗，在他去世后，医务人员遵照他的遗嘱，摘取了他捐献的眼角膜……丛飞真的做到了彻底。

团长让我草拟唁电，我代表文工团、全部剧组成员给邢丹写去了这样一段话：

"《好人丛飞》的话剧使我们更多地了解了丛飞，他的爱心、他的质朴、他的真挚都令我们永难忘记。我们会永远怀念他。丛飞是个快乐的人，无论在什么地方，他都会是个快乐的歌者。"

"五一"期间，中国文联在北京民族文化宫大剧院举办主题演出活动，话剧《好人丛飞》应邀参加，为此，我再次写下了一段演出前的话，由主要演员在开演前说给到场观众："下面将要演出的话剧《好人丛飞》是根据感动中国十大人物的丛飞的真实事迹创作的。而丛飞本人，已经永远地离开了我们。丛飞生前曾倾尽所有帮助那些需要帮助的人，而他的最后一份捐献——丛飞的一对眼角膜，已经令四位盲人重见光明。今天的演出既是我们献给丛飞的赞歌，也是我们怀念他的挽歌。"演出结束后，台下的观众们眼睛红肿着，久久没有人肯离开座位，他们长时间地鼓掌，把这份感动献给这部因丛飞而创作的话剧，更献给丛飞。

今 语

丛飞去世的时候，留下了年轻的妻子邢丹和他们一岁左右的女儿。后来我随《同一首歌》在广东现场，又见到年轻而美丽的邢丹，她如丛飞一样叫我“冯俐姐”，说她仍在继续着丛飞的事业——帮助那些贫困的孩子们。

再得到邢丹的消息，是2011年春天的一个早晨，正准备上班去的我接到一个电话——我已经不记得给我打电话的人是谁了——得知邢丹去世了……

网络摘文：

2011年4月13日23时45分，一辆正在高速公路上行驶的深圳号牌小汽车疑为被飞石击中前风挡玻璃，致车内乘客邢某（女）受伤，经送医院抢救无效死亡。惠东县公安机关对该事件展开调查后表示，在惠州境内发生，她和朋友去惠州吃海鲜，回来时遭到扔石头打劫，破窗后，石头或者车窗玻璃击中左眼角动脉，今天凌晨在医院不治身亡。邢丹早前是空姐，后来在丛飞去世后被提拔为深圳教育局团工委的一个领导。

深圳市教育局相关负责人证实，邢丹已于2011年4月13日晚遭遇意外不幸去世。邢丹同事和亲友对其去世感到意外。

丛飞遗孀邢丹在高速公路被混凝土块击中致死案件，2011年4月16日凌晨4时破获。三名疑犯被抓获，均为十多岁的青少年。16日上午，《羊城晚报》记者从惠州市公安部门获悉，三名疑犯均来自惠东一村庄，分别出生于1996年、1994年、1992年。据称，三人因贪玩向车上扔石块等硬物，以击中为乐。击中邢丹所乘车辆者为1996年出生。

那天，我上班迟到了。接了电话之后，我原地不动地坐了很久，止不住的泪水和说不尽的悲哀……想不通这到底是什么样的“因果关系”——三个贪玩而没什么可玩的贫穷孩子，以掷石子为乐，偏偏给前赴后继地帮助着他们的人，造成了致命伤害……

这个世界，需要我们去改变的太多了。而我们……都做得太少……

想起那句话："为众人抱薪者，不可使其冻毙于风雪"……至少，我会铭记，也希望更多人能够跟我一起铭记：曾经有一个好人叫丛飞、一个叫邢丹……

2020年4月

话　剧

天使的祝福

编剧　冯　俐

首演时间：2008年12月
首演地点：北京解放军歌剧院
演出单位：中国煤矿文工团
导演：由二群
舞美设计：周海平
主演：郭凯敏等

为第二届全国慈善大会演出

时　间：“5·12”地震之后。
地　点：天使之国——人间。
人　物：金天使——真正的天使。仿佛是天使之国的向导。看上去是中年男子形象。
天使甲——在生命的最后时刻坚持救灾工作，病逝后还将自己的眼角膜捐给了灾区。中年男子。
天使乙——生前是电信工人，名叫小秋。为抢修光缆而遇难。青年男子。
天使丙——生前是成功人士、徒步旅行者。为救一对夫妇遇难。青年男子。
美丽天使甲——生前是小学老师。为救学生而遇难。青年女子。
美丽天使乙——生前是位年轻的母亲。为救孩子而遇难。
少女天使——生前是高中学生。小名娇娇。父母都是民政干部。
妈妈——县民政局局长。少女天使的妈妈。
爷爷——天使乙的爷爷。
小王——福利院职工。负责照顾爷爷的人。青年男子。
老奶奶天使——福利院职工小王去世的母亲（只有一次短暂的出场）。

小杨——孤儿院里的民政干部。青年女子。

小杨丈夫——年轻的公安干警。

新娘——天使丙的妹妹。震后嫁给了殡仪工人。青年女子。

大姐——殡仪馆馆长的爱人。福彩中心主任。中年妇女。

新郎——殡仪工人。青年。名叫建都。

妻子——天使甲的爱人。震后替丈夫来到灾区。中年妇女。

女孩——接受民政干部眼角膜的灾区少年。名叫明明。

女孩妈——女孩的母亲。

爸爸——民政局军供站干部。少女天使的爸爸。

第一场

场　　景：天使之国。

人　　物：金天使、少女天使、众天使。

［天使之国。

［如梦如幻、充满幸福感的音乐。

［金色光芒穿过云层，变得五彩缤纷。云雀的鸣叫声。

［音乐声中，云雾散去，几位穿洁白长袍、有洁白翅膀的天使浮现出来。

［这里，仿佛是另一世界的“街心花园”，有两个年轻美丽的天使头戴花冠、背着翅膀，在云中荡着秋千。有几位天使在其中徜徉。

少女天使　这是哪里？这是什么地方？

金天使　这里是天使之国，有人把这里叫作天堂。

少女天使　天使之国？

金天使　人们总是热爱生命，惧怕死亡。世俗的故事里讲的总是不同的活法，而在美丽的童话或传说中，人间之外还有另一种景象。

天使甲　离开了生我养我的土地，我们来到了这里，天使居住的地方。

天使乙　我真想把这个奇妙的事情，告诉给人间的亲人。

美丽天使甲

我多想告诉他们：我还在，如果他们知道，一定会非常欣慰。

天使丙　如果他们知道，就不会再日夜忧伤。

金天使　拥有爱的人进天堂——这是天堂的座右铭。付出爱的人都将成为天使——这是天使之国的通行证。

天使乙　其实，早就有人告诉过我们，人间之外还有这样的地方。

美丽天使甲

对呀，在童话里，好人都会成为天使。天使都有一双翅膀。

少女天使　他们都是谁？

金天使　他们都是为别人付出了爱、付出了生命的人。（指美丽天使乙）她用身体救了自己的孩子，（指美丽天使甲）她救了自己的学生，（指天使乙）他用自己的生命为千家万户按通了生命热线，（指天使甲）他在献出了生命之后，还献出了自己的双眼……

少女天使　这就是您刚才说的：付出爱的人将成为天使——这是天使之国的通行证？

[金天使点头。少女天使继续困惑地提问——

少女天使　可是，为什么我会成为天使呢？在生命的最后一刻，我什么都没有做过。

美丽天使甲

怎么会呢？

美丽天使乙

那你在做什么？

少女天使　那天，我只是跟平常一样上课，突然间天翻地覆，我就被倒塌的楼房埋没了，后来，不知道过了多久，我的眼前突然一亮，我看到了很多穿着橘红色衣服的消防战士和他们伤痕累累的手，接着，是穿着白衣服的医护人员围着我忙碌，我想跟他们说话却发不出声。再后来，我像是突然被一双大手轻轻地托起来了……

美丽天使甲

然后，你就顺着一条光的隧道一直上升……（少女天使点头）

美丽天使乙

然后，你就睡着了。

少女天使　对呀。醒来后我很吃惊：自己居然一点都没有受伤，还到了天使之国。我既没有机会救自己，更没有机会去救别人，为什么我却成为天使了呢？并不是每一个人都能成为天使，对吗？

金天使　你说的没错。也许，是你的爸爸妈妈给了你成为天使的资格。

少女天使　你是谁？

美丽天使甲

他是金天使。

美丽天使乙

他知道过去、现在和将来的一切。

美丽天使甲

他是我们的引导者。

金天使　（对少女天使）因为你的爸爸妈妈帮助很多人，做了很多好事，所以，你成为天使，是对他们的一种回报和补偿。告诉大家，你爸爸妈妈是做什么的。

少女天使　（依然懵懂地）我爸在离家很远的军供站，我妈是县上的民政局长。（突然想起来，急切地）他们现在在哪儿？是不是也像我一样……（不敢往下问）

金天使　放心吧，他们都活得很好。（少女天使不相信的表情）很快，你就会亲眼看到的。

少女天使　（难以置信）我还能见到我妈妈？真的吗？

金天使　（点头）你们中的每一位，其实都还没有成为真正的天使。你们都还有一次机会：回到人间去完成最后一个心愿，之后，你们会经过忘川，之后，你们会忘记过去的一切、忘记自己的亲人，甚至，忘记自己是谁。再之后，你们才会成为真正的天使，进入天堂。

少女天使　我什么时候可以回去？

金天使　等你准备好了的时候。

少女天使　准备好了？准备什么？

金天使　准备好回去做什么。

少女天使　我准备好了！我就是想回去看看他们，也让他们看看我。我要让他们知道，离开他们以后，我成了天使，而不是他们想的那样。

美丽天使甲

我也这样想！我要去看我的爱人，让他看到我现在的模样……

少女天使　（天真地）你也想让他看到你的翅膀吗？

[美丽天使甲微笑摇头。

金天使　（对少女天使）这位美丽的天使是位小学老师，结婚还不到一个月。地震发生的时候，她一次又一次地冲回教室，救出了十几个孩子，教室完全坍塌的那一刻，她用身体护住了怀里的两个学生。孩子得救了，而她……亲人们最后看到的，已不是她生前的美丽模样。

美丽天使甲

现在好了，亲人们会在梦里看到，我比从前更漂亮。

天使甲　对于活着的亲人，这已经是最大的安慰了。

天使丙　可是，金天使，为什么，真正的天使就必然忘记曾经的一切呢？

金天使　人在活着的时候，总会以“过得好不好”来权衡生命的价值。结果这就成了一个很复杂、很物质的问题。衣食住行要达到什么标准才叫过得好呢？其实，生命的质量只有两个字：快乐。你快乐吗？你给别人带来快乐了吗？

少女天使　我很快乐。我也给我的爸爸妈妈带来了快乐。我妈说，我是她的心肝儿，我是她的生命……（急切地）金天使，求求您让我早一点回去吧，我要让爸爸妈妈知道我在哪儿，不然我怕我妈会伤心得活不下去的……（敦促）金天使。

金天使　去吧孩子，你只要全身心地想着自己最想见的人，头冠就会把你带到他（她）的身旁。

［音乐起——

少女天使　再见！

众天使　再见。

［舞台上云雾翻卷，所有的天使都被掩在云雾后面了。

［少女天使的歌声响起（画外音）。

少女天使　（歌声）我来了，我日思夜想的亲人！

我来了，我日思夜想的故乡！

我要去完成个心愿。

我要去化解亲人的忧伤。

少女天使　（画外音）妈妈，别难过，妈妈，我来了……

第二场

场　景：山区。未知空间。

人　物：妈妈、少女天使、金天使、天使乙。

［舞台上烟雾散尽，仿佛到了山区——震后的山区。

［空山里稀疏的鸟鸣、流水声和妈妈的歌声。

［妈妈背着一个鼓囊囊的双肩背包，深一脚浅一脚地跋山涉水，一边放开嗓门唱着歌，为孤身的自己壮胆。

妈　妈　（大声唱）我在仰望，月亮之上，有多少梦想在……

［长着翅膀、戴着金冠的少女天使，出现在妈妈身后，吃惊地望着妈妈的背影，不敢确认这是妈妈。

［妈妈仿佛感觉到什么，突然住了声，回头张望——当然，她什么也看不见。

少女天使　（情不自禁地叫了一声）妈妈！

［妈妈在空气中感觉着，完全没有把握地——

妈　妈　娇娇？

［少女天使默默地望着妈妈。

［妈妈什么也没有看见，轻叹了一声，回身赶路，一边继续把中断了的歌唱下去。

妈　妈　（唱）……有多少梦想在自由地飞翔。昨天遗忘，风干了忧伤，我要和你重逢在苍茫的路上……

［妈妈走远了（从舞台上消失了）。

［天使少女哭着蹲在了地上。

［金天使出现在少女身边。

金天使　为什么不去追上妈妈？

少女天使　（赌气地）她根本就看不见我！

金天使　只要你用心去靠近，她就会感觉到你。

少女天使　（闷闷地）怪不得你告诉我说，她活得很好。她真的很好。

金天使　你不高兴？

少女天使　我从来没见过我妈这么大声地唱歌。

金天使　所以？

少女天使　（言不由衷）没什么，只要她好就好了。我该去做天使去了。

金天使　就这么走？什么话也不跟妈妈说？

少女天使　不用了。就让我妈把我遗忘了吧，这样挺好。

金天使　你妈妈一刻也没有忘记你！只是，大灾之后，有太多的事情需要她去做……你看看这大山，一半郁郁葱葱，另一半却像被刀劈掉了一样，还有那边，那边原来有座山，被震平了。还有那边，原来是两座小山，地震中，两座小山合成了一座大山。

［少女天使瞪大了眼睛。

金天使　知道你妈妈为什么会在大山里吗？她要到每个村镇去核查灾情。

少女天使　核查灾情？

金天使　作为民政局长，她必须了解这里的老百姓，有多少人，受了多大的灾，多少人遇难，多少人没房子住，多少人没饭吃，这里最急需什么样的救灾物资……你看看这四周，除了大山就是河床，你妈妈一个人，孤零零地走在这几十里的山路上，她扯着嗓子唱歌是在给自己壮胆！

［少女天使心有所动，她望向母亲离去的方向。

金天使　去吧，你比谁都清楚，失去了你，妈妈的心有多痛。尤其是，她甚至没能看你最后一眼。

少女天使　（意外）没看我最后一眼？那我妈她一直在哪儿？

金天使　地震的时候，你妈妈所在的政府办公楼倒了，很多人都遇难了，你妈妈和活下来的那些叔叔阿姨，从废墟里爬起来的第一件事，就是集合去学校，救你们这些孩子。

少女天使　来救我就是了，干吗还要集合？

金天使　因为，你妈妈不仅是学生家长，还是民政局长！

少女天使　那我妈怎么会没看到我？

金天使　因为，你妈妈没有一直守在那里。天黑的时候下起了大雨，很多群众无家可归，很多群众受了伤，到处停水停电，上千人急需临时安置，所以，你妈妈必须离开。

少女天使　（哽咽着）我不相信她就这么走了！她怎么舍得丢下我？

金天使　她的心并没有离开你。

［少女低头不语。

金天使　跟你妈妈在一个办公楼里的小罗叔叔留下来了，负责组织大伙继续救人。

少女天使　小罗叔叔的儿子跟我一个学校，比我低一级……

金天使　没错。小罗叔叔甚至看到了他儿子的一只脚，可他却没有吭声，更没有要求大家先去救自己的儿子，而是按照救援计划施救。结果，更多的孩子得救了，他的儿子却跟你一样……

少女天使　金天使，这就叫舍己为人吗?

金天使　这就叫舍己为人！如果你只是一个普通人，你可以只顾自己的家人，但如果你是救灾一线的战士，你就要考虑怎样才能救更多人，怎样才能给更多的人带来希望。这就是沉重的选择。

[少女天使不语。

金天使　你妈妈组织大家自救互救，为受灾群众找来东西搭帐篷，让受伤的人少淋点雨；想尽办法找来干净的水和食物，让老弱病残维持生命；找来棉衣棉被给大家御寒……那不休不眠的三天三夜，你以为她的心不是被撕扯成两半吗？虽然，她心里一直存着一丝幻想——也许你会得救，可等到第四天的凌晨，她终于独自走到学校，看到那片已经被翻找过一遍的废墟……她才腿一软……昏倒在当场。可是第二天，她拔掉输液的针头又回到了她的岗位上。

少女天使　……我爸呢?

金天使　你爸爸忙着为救灾部队提供军需保障，直到现在……你妈妈都没有告诉你爸爸……

[少女吃惊地望着金天使，之后无限怅然。

少女天使　我明白了，我是被我舍己为人的父母舍出去的那一部分，所以，作为补偿，我成了天使！

金天使　（不赞同地）孩子……

少女天使　（悲怆地）我知道他们都是大家眼里的好人，可作为他们的家人，不是有点太可怜了吗?!

[少女天使用力地抹着眼睛，扭头跑走。

[金天使起身追赶。

金天使　娇娇！

少女天使　（头也不回地）不要叫我的名字，从现在开始，我会把从前的事情全都忘掉——

金天使　孩子……

［这时，金天使听到了天使乙的声音。

天使乙　（画外音）金天使——

金天使　（看到天使乙）怎么？要去跟爷爷告别了吗？

天使乙　是。我是爷爷一手拉扯大的。我想早一点见到他老人家，可又不舍得马上用掉这唯一的机会。金天使，您还没有回答我的问题：为什么真正的天使就一定要忘掉一切呢？

金天使　你曾经是个快乐的人吗？

天使乙　我想我是。

金天使　地震发生的时候你做什么？

天使乙　我正在山区做“村通工程”。我是一名电信职工。

金天使　当你意识到发生了什么，你的第一个念头是什么？

天使乙　赶回家，救爷爷。

金天使　结果呢？

［少女天使远远地听着。

天使乙　进城以后，我先回了电信局。当时，很多同事也都赶来了，领导正在组织抢修突击队。您知道，那个时候，通信就是生命线哪！我想，爷爷那边肯定有街坊邻居帮忙，而我的工作却没有人能代替。所以，我二话没说，就站在了队伍里。

金天使　修通生命线，给更多的人带去生的希望和福音。你的选择令你快乐吗？

天使乙　我的心……好像被撕成了两半，一半为自己能尽职责而安心，一半为自己不能尽孝心而痛苦。直到我打通了邻居大哥的手机，知道爷爷平安的那一刻，我才真正是天底下最快乐的人。只是，没有想到，就在下一分钟，巨大的滑坡带下来的大石头击中了我……

金天使　人跟一切生命最不同的地方，就是人总要面临选择。不同的人性决定不同的选择，但无论你是个高尚的人，还是个卑鄙的人，还是个一般的人，选择的过程，都一样是沉重的。

天使乙　是的。如果当时我选择回到爷爷身边，我就不会参加突击队，我也不会死。可是，在今后的日子里，我还是会不快乐，因为我知道：自己曾经放弃了另外一份也许是更重要的责任。

金天使　所以，真正的天使就轻松多了，因为他们再也不需要选择。当天下众生在你眼里都具有同样的情感分量的时候，给别人带去安慰的同时，自己收获的只有快乐。

［天使乙深深地点头。

金天使　去跟你的爷爷告别吧。再见。

天使乙　再见。

［天使乙告别离去。

［舞台上云雾翻卷，云雾中传来天使乙的歌声（画外）。

天使乙　（画外歌声）我来了，我日思夜想的亲人！
我来了，我日思夜想的故乡！
我要去完成个心愿。
我要去化解亲人的忧伤。

［天使乙的歌声中，金天使找回少女天使，一边轻声地跟她讲着什么，一边带着她走到高处。他们所在表演区域的光在“福利院”的戏开始后，一直保持着。

第三场

场　　景：福利院、未知空间。

人　　物：爷爷、小秋（天使乙）、小王、金天使、少女天使。

［云雾散去。台口出现福利院房内一角。一床一椅一床头柜。

［爷爷静静地靠在床上。

［天使乙出现在舞台上，他轻轻地走向床边，深情地望着爷爷。

天使乙　爷爷……

［爷爷仿佛听到了，奋力地坐起身，呼喊着。

爷　爷　小秋?

[天使乙跑到爷爷身边，跪下。

[爷爷看不到孙子，但神情很兴奋，声音也大了起来。

爷　爷　小秋！小秋！

[福利院职工小王夹着理发工具包跑进来。

小　王　我来了，爷爷！

[小王也看不到天使乙。他一直走到爷爷跟前，轻轻地拍着他的后背。

[金天使和少女天使站在舞台后部高处看着这里的一切。

少女天使　（指小王）这个人是谁?

金天使　他是福利院的工作人员。

小　王　怎么了爷爷？是不是不舒服？想喝水吗?

[爷爷木然。

小　王　来，咱们该理发了，我扶您坐到这边。

[小王扶着爷爷坐到椅子上。爷爷有些行动不方便。小王给他围上理发的围布，开始给他理发。

金天使　这位老爷爷，在知道孙子牺牲的消息之后，一滴眼泪都没有掉，只说了句："我没有白养活这个孙子。"可是这个打击毕竟太大了……老爷爷脑中风后，就由这位小王叔叔照顾他。小王叔叔跟你妈妈应该算是同行。

少女天使　我知道。福利院里那些没有亲人的人，都归民政管。

金天使　（点头）这些天来，小王叔叔一直假装他就是老爷爷的亲孙子……

[随着"现实部分"的表演，天使表演区光渐隐。

[三个人在两个空间交错中的对话。

爷　爷　（又感觉到孙子）小秋……

小　王　（答应）我在这儿呢，爷爷。

爷　爷　（向着天使乙的方向）我刚才好像看到你了。

小　王　对呀，我刚才就在这儿。喂你吃过饭，我去看了看另外几位老人家，现在我又回来了。

爷　爷　（茫然地望着小王）刚才……你没有这么老。

小　王　（下意识地摸了摸下巴）您的眼神真好，我这胡子好几天没顾上刮了。

［天使乙看到爷爷神志不清的样子，难过地低下了头。

天使乙　爷爷，您这是怎么了？

爷　爷　（突然大声回答冥冥中的孙子）我也不知道我是怎么了！

［天使乙跪在爷爷面前，抱着爷爷的腿。

小　王　（耐心地絮叨着）您哪，没事儿，好好休息休息就好啦！

［小王给爷爷理发。三个人继续在两个空间里交叉对话。

爷　爷　（对着冥冥中的孙子）小秋……

小　王　我在这儿呢，爷爷。

爷　爷　（对着冥冥中的孙子）这么多天你去哪儿了？

小　王　不是跟您说过了嘛，去做“村通工程”，铺光缆。

爷　爷　（对着冥冥之中的孙子）你怎么不说话？

小　王　啊？我说话了。

天使乙　（确认爷爷是在问自己）我……我去了你从前给我讲过的、好人待的地方。

爷　爷　（对着冥冥中的孙子）好人待的地方？

小　王　啊，是啊，那些山区里的人都好得很，纯朴得很。

天使乙　对。所有为别人做过好事的人，死后就去了那里。那个地方就叫天堂。

爷　爷　（笑了，对冥冥中的孙子）我早说过吧，打小我就告诉你：好人有好报。好人上天堂。

［天使乙笑着点头。

小　王　（应和）您说得对，好人有好报，好人上天堂。

［爷爷的注意力被小王的话打断，他回头愣愣地望着小王。

爷　爷　你是谁？

小　王　我是小秋。

爷　爷　你不是小秋。我不认识你。

小　王　我就是小秋！

［小王绕到爷爷面前，在走动过程中，他避开爷爷的视线，迅速将

早准备好的胶布条贴在自己的额头上。

小　王　（凑到爷爷面前，拨开头发给他看自己额头上的胶布）你看这块疤，这不是小时候我淘气，上树掏鸟的时候摔的吗？

［天使乙下意识地摸自己的额头。

［爷爷摸摸小王的额头，之后放下心来。

爷　爷　你这个淘气包！爷爷差点就认不出你来了。幸亏有这块疤！

小　王　对呀，您不早都说过嘛，添了这块疤，一辈子也丢不了小秋了！

［爷爷点头。

［小王继续回去给爷爷理发。

［天使乙感动地望着小王。

天使乙　好人哪，谢谢！

小　王　（以为是爷爷在说话）不谢。

爷　爷　你说什么？

小　王　我说，不用谢！抚养孩子、赡养老人，这都是天经地义的事！

爷　爷　没错。将来，你还得给我养老送终呢！

小　王　放心吧，都包在我身上。

爷　爷　那你就不能死在我前头！不管因为什么都不行！

小　王　（答应）唉！

爷　爷　人哪，临了临了，盼的只有一样：就是在咽气的时候，能有个亲人守在身边、能有个连心连肉的子孙哭自己两声。亏着我还有你啊，小秋。不然，我也跟那些个无儿无女的孤寡老人一样，到死，也是游魂孤鬼啊！

天使乙　（难过地跪倒在爷爷脚下）爷爷……

［小王也停住了手，难过地垂下了头。

爷　爷　（自顾自说下去）人哪，就是这样，出生的时候，知道有很多亲人都笑着接自己，所以会哇哇哭着，要人来疼。到了死的时候，知道有很多亲人都哭着送自己，所以才会心满意足地笑着离开啊。

天使乙　（伏在爷爷膝前，哽咽着）对不起，爷爷，孙子不孝啊……

［爷爷身后的小王也掩面而泣。

［天使乙闻声，抬起头吃惊地望向小王。

［这时，金天使带着少女天使出现在他们身边。

天使乙　（看到他们）金天使？这位好人……他怎么了？

［金天使走到小王身边。

金天使　他在想念他的奶奶。地震的时候，他和这里的几位工作人员一起，冒死抢救出院里的一百多位老人，有人来给他报信，说他的奶奶受了重伤，叫他速回，他没有离开。晚上，又有人给他报信，说他的奶奶去世了，他还是没有离开，直到老人下葬，他一分钟也没有离开过这里……

爷　爷　小秋？小秋？

［小王连忙擦干眼泪，扶住爷爷的肩膀。

小　王　我在这儿。

爷　爷　头发剪好了吗？

小　王　还没有，快了。

［小王忍住悲伤，继续给爷爷理发。

［爷爷舒服地微闭着眼睛。

［金天使在小王跟前轻轻地说着话，这些话仿佛是发自小王的心里，令他变得平静。

金天使　其实，儿女孝敬父母的方法很多，彩衣娱亲、卧冰求鱼是孝；建功立业、光宗耀祖是孝；舍已为人、利国利民同样是孝，是大孝。孝感动天。来，闭上眼睛，做个深呼吸，你就会看到你最想看到的……

［奇异的音乐中，舞台后部高平台上的“天使之国”光起——

［金天使、天使乙、少女天使都抬头仰望——

［只见一块彩云上面，美丽天使乙正在为一位同样长着翅膀的老奶奶梳头。那姿态和神情跟小王与爷爷一样和谐温馨。

［小王则一直闭着眼睛，用心在“看”——

奶　奶　（慈爱而空灵的画外音）孩子，别难过，奶奶一点也不怪你。生前身后，奶奶一直都有人照顾，现在，奶奶也是在享你的福呢……

［音乐延续。

［小王依然闭着眼睛，轻轻点头，脸上露出了欣慰的微笑。

［唯一浑然不觉的爷爷又在说话了。他的话令小王睁开了眼睛。

［但，两个画面继续同时存在着——

［地上，孙子在为别的老人理发，天上，天使在为他的祖母梳头。

爷 爷　小秋啊。

小 王　（声音开朗地）唉。

［天使乙出神望着这天上人间的两个温馨画面。

［金天使示意少女天使，两个人悄然离去。

爷 爷　我刚才一直在想一件事儿。就是不知道你肯不肯。

小 王　您说。

爷 爷　回头啊，你去跟咱村里的那几位无儿无女的老人认个干亲，以后，你也是他们的亲孙子，也要为他们养老送终。行吗？

小 王　放心吧，爷爷！我是您的亲孙子，我也是咱们这儿所有老人的亲人！

［天使乙闻言，深情地向小王深深鞠躬。

爷 爷　（心满意足）我就知道，我没有白养活你这孩子！

［音乐渐弱。两边演出区光渐切。

第四场

场　　景：未知空间。

人　　物：金天使、少女天使。

［少女天使的声音，“天使之国”光起。

少女天使　我不知道，老奶奶也能成为天使。

金天使　天使是永生的。比起永生，几十岁的年纪又算什么？

少女天使　当时，那个叔叔就抽不出一小会儿时间，去跟他奶奶最后告别一下吗？

金天使　（缓缓摇头）叔叔知道，这一百多位身体虚弱又受到巨大惊吓的老人，比奶奶更需要自己。他别无选择。

少女天使　其实，叔叔他们也是受灾的人。

金天使　没错。可他们还是民政系统的人！其他受灾群众可以选择远离、逃生，而他们却必然以救灾为己任。有位叫王洪发的民政局长，甚至失去了包括儿子在内的二十位亲人，可他自己却一分钟也没有离开过岗位……你说得对，他们也是受灾的人，可是危急时刻，他们却要强忍着遭受灾难和失去亲人的痛苦，不顾家人先救他人，不顾家庭先顾职责，承受着巨大的压力甚至种种非议和责难，拼着性命，组织大家在第一时间展开生命救援、安全转移和应急安置，用自己的坚守，恢复着人们活下去的信心。你妈妈……跟他们一样。

［少女天使听得出了神。

［这时，远处传来美丽天使乙的歌声。

美丽天使乙

（画外音，唱）我来了，我日思夜想的亲人！

我来了，我日思夜想的故乡！

我要去完成个心愿。

我要去化解亲人的忧伤。

少女天使　（向远处眺望着）是那位年轻的妈妈，她用自己的身体救下了自己的孩子……

金天使　（意味深长地）其实，天下的妈妈都是一样的……

第五场

场　　景：福利院婴儿房。

人　　物：小杨、丈夫、美丽天使乙（婴儿母亲）、金天使、少女天使。

［小杨哄孩子睡觉的哼唱声起，台前“福利院婴儿房一角”光起。

［金天使演出区光渐切。

［小床上有个婴儿，小杨坐在床边轻轻地拍着婴儿。

［美丽天使乙出现了，她奔到床边，却无法抱起女儿，只能扑在床上长久地拥抱着孩子。

［小杨对这一切浑然不觉。

美丽天使乙

宝宝……宝宝，妈妈来了。妈妈多想抱起你来呀，可妈妈做不到……让妈妈看看，嗯，妈妈就知道你是个好孩子，没有妈妈的奶，你也一样能吃得饱饱的……你怎么睁开眼睛了？你能看到妈妈吗？

［婴儿发出“牙牙”儿语。

小　杨　（闻声起身查看，疼爱地）小家伙，刚睡怎么就醒了？还笑！还笑！小淘气……

［轻轻的敲门声，小杨的丈夫轻手轻脚走进来。他是位民警。手里拎着个大旅行包。

［小杨边迎向丈夫，边不放心地回头看婴儿。小杨走路时，腿有点瘸。

［夫妻俩小声地对话。

丈　夫　小家伙还没睡着？

小　杨　突然就醒了。

［孩子在母亲面前不时地发出“咯咯”笑声。

［美丽天使乙索性跟孩子并排躺在床上，亲着孩子的脸和手。孩子笑声更大了。

丈　夫　多好的孩子。

小　杨　是啊。我们的儿子呢？

丈　夫　爷爷陪着他，在院里跟小朋友们玩呢。（看手表）是你去看他，还是我叫他进来？

小　杨　不不不。你就直接送他跟着爷爷走吧。

［丈夫看着她。

小　杨　（突然捂住脸）我不忍心跟他当面告别。我怕我会当着他的面流泪。

丈　夫　（轻轻点头）那好吧。

［丈夫欲走，小杨轻声叫住他。（整个跟丈夫说话的过程，小杨都

没有忘记关照床上的婴儿）。

小　杨　老公……你不会怪我吧？

丈　夫　怪你什么？为了别的孩子不管自己的孩子？要是放在从前，我会怪你，可是，经过这场大灾，我们都学会了承受和接受。

［小杨点头。

丈　夫　来，到窗口看看儿子。腿还疼吗？

小　杨　还好。幸亏砸下来的是房梁，不是预制板，不然最少也得骨折。

［丈夫扶着小杨来到窗口，两人向外面看着。

［外面传来孩子们的嬉戏声。

小　杨　我真不舍得把儿子送到奶奶家，可是，我又怕把他留在身边照顾不好他。这孩子从小爱生病，吃饭睡觉都得特别细心才行……

丈　夫　放心吧，爷爷奶奶会把他养得跟我一样棒的！

小　杨　我知道，我知道。可这心里，就像刀割的一样……

丈　夫　怎么说呢，比起你现在管着的这些地震孤儿，咱儿子已经够幸福了！

小　杨　（使劲点头）我也是这样劝自己的。唉，想同时照顾好这些可怜的孩子和自己的儿子，我只能选择把儿子送走……（流泪）

［美丽天使乙听到这儿，起身望向他们。

丈　夫　（替小杨擦去眼泪）你呀，当年真不该选择民政这行。

小　杨　（更伤心了）你到底还是怨我了吧？

丈　夫　不是，我的意思是说，你本来就爱哭，民政这工作让你更爱哭了。

小　杨　谁说的！

丈　夫　你看，最早你负责婚姻登记，看人家幸福地来结婚，你会跟着高兴地流眼泪，看到人家痛苦地来离婚，你又会流眼泪。后来让你负责低保，看到人家的日子过得艰难，你也会哭。现在，天天跟这些孤儿在一起，你比孩子哭得还多。

小　杨　（不好意思地）没有吧——

丈　夫　对了，我昨天执行任务回来的路上又遇到滑坡……

小　杨　（紧张地）啊？

丈　夫　听我说完啊。当时好多车都堵在了路上，想离开的话只能从田里绕道。可农民正在抢收庄稼，车要过去的话农民肯定会受损失。

有人下去跟农民商量，他们一看打头的是民政局的车，马上回头喊了一嗓子，接着就过来了好多村民，他们上来搬石头的搬石头，推车的推车，第一个就把你们民政局的车送到了大路上。后面那些社会车辆的司机一路向他们道谢，可他们却说：“你们就沾了民政的光！”怎么样，你们民政在老百姓的心目中形象很高大吧？

［小杨笑了。

［这时，床上的婴儿因为离了母亲突然哭起来了。美丽天使乙和小杨同时奔向孩子。

［小杨把婴儿抱在怀里哄着。

小　杨　哦，哦，哦，宝宝不哭，宝宝乖，阿姨没有离开你，阿姨只是在旁边跟叔叔说两句话。哦哦哦……

［丈夫也凑过来温柔地哄着婴儿。

丈　夫　小帅哥，来，跟叔叔笑一个。

美丽天使乙

（对婴儿）快，给叔叔阿姨笑一个。

［婴儿果然“咯咯咯”地笑了起来。

丈　夫　真可爱！

小　杨　这个宝宝就是被他妈妈用身体护着，吃着妈妈的奶活下来的。每次看到他，我都会想到儿子。比起宝宝的妈妈，我常常会觉得……自己不配做母亲……

丈　夫　别这么说。在我眼里，你是最有母爱的人，真的。

小　杨　（不好意思地）我知道你是在安慰我。（举起婴儿）是不是啊，宝宝？叔叔是在安慰阿姨对不对？

［小杨这样说的时候，美丽天使乙在对婴儿耳语。小杨的话音一落，婴儿突然发出“momo”的声音。

［小杨一愣，定定地看着婴儿，又望向丈夫。

小　杨　（难以置信地）宝宝在说话？

丈　夫　没错。他在叫你妈妈。

小　杨　不可能，他才这么小……

［婴儿在美丽天使乙的“教导”下，连续地叫着：“momo”“momo”

“momo”……

［小杨紧紧地把婴儿抱在怀里亲吻着。

小　杨　宝宝！妈妈的好宝宝！

丈　夫　我去送儿子了，杨妈妈，再见！

［丈夫向小杨敬礼，提着旅行包离去。

［小杨抱着婴儿目送着丈夫。

［美丽天使乙则从身后拥抱着小杨。

美丽天使乙

（对小杨耳语）谢谢你，你就是世界上最好的妈妈！

［小杨感觉到了，用目光四处寻找。

［宝宝“咯咯咯”地笑着。不停地牙牙学语：“momo、momo。”光渐切。

美丽天使乙

（甜蜜而空灵的画外音）没错，你是世界上最好的妈妈……你是世界上最好的妈妈……

第六场

场　　景：未知空间。

人　　物：金天使、少女天使、天使丙（哥哥）。

［少女天使的声音，天使之国光渐起。

少女天使　（感情复杂地低语）我妈也是世界上最好的妈妈。

金天使　（欣慰地点头）是的。

少女天使　我……我想去看我妈，还有我爸。

金天使　（笑）你会看到他们的，但是……

少女天使　（聪明地）要排队。

［两人都笑了。

少女天使　（指不远处）那个叔叔已经拿到金头冠了，为什么还不走？

[金天使望去，只见天使丙正拿着金头冠低头沉思。

金天使　这个叔叔生前是位徒步旅行爱好者，地震的时候，他在大山里。本来，他是可以独自逃生的，但为了把中途遇到的一对新婚夫妇带出来，他放慢了脚步，结果……他们三个都没有走出来……

[金天使走了过去。

金天使　在犹豫什么?

天使丙　因为只有一次机会，我有点拿不准该去哪里。我想去看我的父母，也想去看我的女朋友，顺便，告诉他们我最后的方位，不然，活不见人死不见尸，亲人们受不了。再者，我是热爱环保的人，我可不想自己死都死了，躯壳却成了污染源。

金天使　（赞赏地）你真是个彻底的环保人士。

天使丙　（笑）只是，我父母的年纪都大了，我的女朋友很善良、很可爱，但也很胆小，连夜路都不敢走，所以，我大概只能去找我妹妹。

金天使　你妹妹很勇敢吗?

天使丙　还行。跟我有点像。只是，如果爸妈知道我用最后一次机会去看妹妹，他们不会怪罪吧?

金天使　我想不会。

天使丙　那好。我走了。再见。

[话音未落，天使丙已经跑走了。

少女天使　他怎么都没唱歌?

金天使　（笑了）没有人规定一定要唱歌。

少女天使　哦。

[这时，有天使丙惊讶、夸张的声音传来——

天使丙　（画外音）不会吧，老妹，你居然要结婚!

[金天使和少女天使对望一眼，扭头向舞台前台望去。

[天使之国切光。

第七场

场　　景：板房里的婚礼。

人　　物：新娘、新郎、天使丙（哥哥）、大姐、金天使、少女天使、众天使。

［舞台前区，“板房里的新娘化妆间一角”光起。

［大姐（殡仪馆馆长的爱人）正陪着新娘整理妆容。天使丙坐在新娘面前的桌子角上。

新　娘　（感觉着）我怎么觉得……我哥就在这儿？

大　姐　有你这么好的妹妹，他一定会在天国祝福你的。

新　娘　我相信。也许，我的婚事，就是我哥送给我的最后的礼物。

天使丙　什么呀？我什么都不知道！

新　娘　您知道吗？我从小到大最佩服的人，就是我哥，他是个……永远都知道自己应该做什么，并且会克服一切困难去做的人。作为成功人士，别人的假期也许会选择去国外消费、休闲，而他，却坚持徒步旅行，去亲近大自然。没想到这次……一听说地震的消息，我就开始拼命地打他的手机，一直打不通。后来，所有的通信都恢复了，他的手机还是打不通……再后来，我就决定过来找他……结果，我真的找到了我哥，也找到了我可以托付一生的爱人。

天使丙　居然让你找到我了！谢天谢地！

大　姐　是啊，我们这儿的人都说新郎官儿好福气。作为殡仪工人，他做梦也想不到，能找到你这么出色的新娘子。

［天使丙闻言，一下子站了起来。

天使丙　殡仪工人！

新　娘　（笑）您这么出色的人，不也嫁给李馆长了吗？

大　姐　我可没你勇敢。我跟老李结婚的时候啊，他是民政局的普通干部，后来他才调来殡仪馆当馆长的。说实话，好长时间我都适应不了，每天下班，我都得看着他把外衣脱掉才准进门，然后洗手、洗脸、洗头发。就是这样还是觉得心里别扭。所有的亲戚朋友，我也都一直瞒着，有一回他表弟结婚，我说什么也不答应去参加婚礼，我怕人家回头知道了，会觉得晦气，结果你猜怎么样？他表弟开始气我们不给面子，过了好长时间之后知道了实情，又打电话来真心实意谢我！你也要做好这方面的精神准备才行啊……

［新郎敲门进来。

新　郎　大姐。

大　姐　新郎官儿，客人们都来齐了吗？

新　郎　我们那儿的和你们福彩中心的人都到了，就差我们馆长还没到。

大　姐　啊？他怎么还没来啊！我看看去！

［大姐下。

［新郎过来亲昵地搂着新娘。

［天使丙在旁边打量着新郎。

天使丙　看上去倒是挺顺眼的，可也没帅到让人神魂颠倒嘛！

新　娘　我没让我爸我妈过来，你们这儿的人不会有看法吧？

新　郎　不会。我们这儿的人结婚，双方家属来全的时候不是很多。

新　娘　回头我们家请客的时候，我如果只说你在民政局工作，你不会不高兴吧？

新　郎　不会。

新　娘　你真好。

新　郎　你真好。

［两人亲吻。

天使丙　（做回避状，还调侃）少儿不宜啦！

新　郎　嫁给我，以后你会受很多委屈的。

新　娘　不会。

新　郎　我可没有你这么乐观。

新　娘　你就说我傻呗。

新　郎　说实话，我经常觉得，逝者的世界比生者的世界安静得多，也单纯得多。总跟遗体打交道，我反倒很怕走进活人的世界。

新　娘　你也会有怕的事情吗？在我心目中，你是最勇敢的！两年前，你一个人就打跑了三个拿着刀子的坏蛋……

新　郎　你一个弱女子都敢站出来为弱者打抱不平，我一个大男人哪能袖手旁观。

新　娘　周围的大男人有好几个呢，除了你以外，别人可都躲的躲、闪的闪了。所以我总说，勇气其实跟性别无关。

天使丙　（自语）难道，他就是妹妹两年来念念不忘的那个人？

［金天使带着少女天使出现在天使丙身边。

金天使　恭喜你，答对了。

天使丙　金天使？我妹妹的事您也知道？

金天使　（点头）两年前，你妹妹在外地出差，遇到几个流氓在讹诈一个民工，就出头替弱者打抱不平，上去跟他们理论。

天使丙　我妹妹从小就像男孩，总想成为主持正义的侠客。可那回遇上了真流氓，我妹妹的话不仅没能劝阻他们，反而激怒了他们。周围看热闹的人都不肯施以援手，危急时刻，一个小伙子冲上来护住了我妹妹。后来，流氓被打跑了，小伙子也受了轻伤。

金天使　那个小伙子就是这位新娘官。

天使丙　明白了，怪不得后来他会悄悄离开，不肯给我妹妹留下姓名。两年来，我妹妹一直对他念念不忘。

新　娘　（对新郎）我暗恋着一个不知道姓名的人，那个人的影子令我身边的所有的男孩都黯然无光。

新　郎　你真傻。

新　娘　对呀，所以才会让那个人从我眼前逃走，一定是他不喜欢我却发现我喜欢他，怕我会对他缠住不放。

新　郎　我当然喜欢你！喜欢到……不敢让你知道我的身份。我宁愿永远记得握着我的手的你的小手的质感，我宁愿永远记得你搀扶我时留在我呼吸里的温馨。我怕……我怕听到……惊恐的尖叫，我怕看到嫌弃的表情，我怕看到你也像别的女人那样，跑到水龙头边拼命地洗手，仿佛跟我握过手就如同触摸过致命的病毒。

新　娘　（拉过新郎的手）我不知道，放在两年前，当我听到“殡仪工”这三个字，会不会出现你说的那些反应，但我肯定现在我不会。再次遇见你，是在震后的水库边，你们正在打捞无名遇难者的遗体，我看着你用这双手，为一个个遇难者打理最后的姿态，给他们告别人世的尊严；我看到你用这双手，像在照顾熟睡的孩子一样替遇难者清洗、拍照、装殓，我突然发现这是世界上最圣洁的双手！你们的工作帮我找到了哥哥，给那些寻找亲人的人带来最后的安慰，令生者安心、逝者安息；你们夜以继日地安葬遗体，保证在地震中幸存下来的人，不再受到疫情的威胁；你们在那些家长们的要求下，含着眼泪，让那些夭折的孩子手拉着手离去……你们站在人生的终点、担当最后一个送行人，这个职业有多寂寞，又有多浪漫……

新　郎　（意外）浪漫？

新　娘　嗯。当时我心里冒出来的，就是我在一部电影里听到的这句台词："革命就是爱情，爱情就是革命"……反正就是一种感觉啦！

天使丙　（竖起大拇指）老妹，你比你哥还棒！

新　郎　（痴情地望着新娘）你真的就像……天上掉下来的仙女！

新　娘　（调皮地）你就像……被仙女爱上的人，又勇敢又坚强。

新　郎　对于我来说，你就像是一个梦。我从来没有这么胆怯，生怕这真是个梦。

新　娘　就当是个长长的美梦吧！一直做到我们生命终结的那一天。你看这几天结婚的人有多少！经历了这场大灾难，很多人都像我们一样，突然之间学会了热爱生命、珍惜今天。

新　郎　珍惜生命中的每一天。

新　娘　你相信有天堂吗？

新　郎　我不知道有没有天堂。但我一直觉得……可能我说的不对……死亡，其实就是……原来的这个人去了另一个地方，就像……金蝉脱壳，留下的只是躯壳而已。

新　娘　我见到我哥的时候，也是这种感觉。所以我没有哭，我相信，真正的他一定早都跑到另一个更精彩、更快乐的世界去了，我面对的，不过是他的……就像旧衣服……

天使丙　（竖起两个大拇指）老妹，我俩真是心有灵犀啊！

新　娘　（对新郎）我好像听到我哥在夸我……老妹，我俩真是心有灵犀啊！

[天使丙吃惊地瞪大了眼睛。

新　娘　（对冥冥中的天使丙）哥哥，我知道，无论在什么地方，你都一定是潇洒的、快乐的。

[天使丙深深点头。

新　郎　如果哥哥在天有灵，他一定会为你感到欣慰的。

新　娘　为我们！

［有人敲门。

新　娘　请进。

［大姐走了进来。

新娘、新郎

大姐。

大　姐　（将一个漂亮的礼品盒送给新人）这是我们福彩中心的同志们送给你们的礼物。

新　娘　谢谢你们！

大　姐　你们馆长啊，刚才就是买花去了！我们本来商量好，想为你们铺一条鲜花大道，可今天还真是个好日子，结婚的人太多，花店的花都用光了……

新　郎　没关系。

大　姐　当然有关系！这么重要喜庆的日子说什么也得有花！你们再稍等一会儿，我再去让大家想办法。

新　娘　真的不用了，大姐，生生死死的事情都不在话下了，还在乎这些？

［新娘说话的时候，少女天使突然出现在天使丙的身边向他耳语，天使丙一边点头，一边跟少女天使离开。

大　姐　（感动地）好姑娘，那就听你的了！新郎官儿，拉起新娘子的手，咱们结婚去！

［一对新人拉起手。《婚礼进行曲》蓦然响起。

［舞台上亮起美丽的灯光，仿佛他们从屋里走到了外面。

［包括金天使在内的许多天使手持开满花的树枝，为新人搭起一条花荫走廊。天使们令花雨纷纷而下。仿佛是有风吹过花丛。

［三个人面对这个景象，禁不住发出惊叹。

新　郎　（对新娘）瞧，这阵风，这片花雨，一定是你感动了老天爷。

新　娘　不，一定是被你送行过的人们，借了这阵风和这花雨来向你致谢的。

大　姐　我真不敢相信自己的眼睛。

［天使丙在新人前面一路撒下鲜花。

天使丙　好妹妹，你已经成倍地圆满了哥哥的心愿，谢谢你！这铺满鲜花的路，是哥哥送给你的最后的礼物和最真挚的祝福！祝你们一生幸福！

金天使　今后还会有很多好运在等着你们！可敬的新郎和你的新娘，还有你的同事们，今后一定会有很多很多的好运在等着你们！无论什么时候都要相信那句话：好人好报！好人——好报！

［《婚礼进行曲》中，所有的天使陪着新郎新娘横穿舞台，走进侧幕里的欢呼声中。

［新人走进的侧幕边上，露出蓝色帐篷的一角。角上有明显的民政标志。

第八场

场　　景：居民安置点。

人　　物：妻子、天使甲（丈夫）、女孩、女孩妈妈、美丽天使甲、金天使、少女天使。

［一位中年妇女提着小小的旅行包，出现在舞台上。天使甲静静地陪在她的身边。

妻　子　我来到了灾区，我是替你来的。

天使甲　我知道。

妻　子　一踏上这里的土地，虽然明知道你从来没有来过，我也依然有一种说不出的亲切……

天使甲　我知道。

妻　子　你是在全系统最繁忙、任务最繁重的时候，在组织捐赠、协调救灾物资接收发放的工作岗位上倒下的。

天使甲　社会捐赠接收是一项汇集爱心、传递真情的工作，很高尚，但干起来却特别琐碎辛苦。每天要办理成千上万个单位和个人的救灾捐赠，接收上千万元现金物资，填写捐赠物资审批单，确定物资分配去向，调度运输、押运物资、接收回单、录入信息、填发捐赠证书……

妻　子　地震发生之后，病重的你从医院跑了出来，日日夜夜地守在民政厅的大堂里，谁也劝不住你。

天使甲　人终有一死，能用最后的时间做有意义的事，我很满足。

妻　子　有人说你是最彻底的民政人，活着，为群众做好事，死了，还为群众做好事。你知道吗？你捐献的眼角膜，已经让灾区的两个孩子重见光明。

天使甲　主观地说，这就叫好事，客观地说，这其实就是物尽其用。要是有更多的人想通这个道理，就会有更多的人获得重见光明的机会。

妻　子　我来到了灾区，我原来以为，在这里我看到的会是痛苦和眼泪，可实际上，我看到的却是平静的安居乐业，甚至是热闹的婚礼。

天使甲　这就是生命的力量。大灾大难之后，人的坚强往往超出我们的想象。

妻　子　一路上，我留意着每一样救灾物资的来源地。无论是帐篷还是板房，无论是衣服、被褥还是饮料食品，随便走一圈，就能数出全国所有的省市地名。

天使甲　不然怎么叫“一方有难，八方支援”呢！

妻　子　你看这随处可见的“民政蓝”……每当看到我们的省名，我就会忍不住上去摸一摸，仿佛就能摸到你留下的指纹。

天使甲　（笑）那些肯定都是从省民政厅调配来的，就算是跟我有关系吧。

［金天使和少女天使出现在舞台上。少女天使指着民政标志问金天使。

少女天使　金天使，这个标志是什么意思？

金天使　这是中国民政标志。这个标志的总体轮廓是圆形，正面由双手、人像、太阳和光线组成。这双手，象征民政部门“俯首甘为孺子牛”的奉献精神；这人像，是由“民政”汉语拼音的第一个大写字母M和代表太阳的圆点组成，象征着广大人民群众；太阳，象征光明和温暖；太阳两侧的这十二道线条，既象征太阳的光芒，又代表一年十二个月份。总的意思是，民政部门时刻代表党和政府给人民群众送温暖、全心全意为人民服务。

少女天使　（调皮地）恭喜您答对了。（金天使一愣）您忘了我爸爸妈妈是什么人了吗？他们早都跟我讲过。

［金天使笑着拍着脑门儿。之后，指着天使甲和妻子，跟少女天使耳语。少女天使点头，两人下。

妻　子　你知道吗，这次地震后，人们是这样评价你们的：没有明显的身份标志，却承担着最艰巨的任务；没有特殊的装备，却有最快的救援速度；没有特殊的执法权力，却有着为民解困的重大职责。

天使甲　灾难越惨烈，就越能检验政府的行政能力。民政是什么？民政是人民和政府中间的两个字，是人民和政府之间的一座桥。民政是人民群众的组织部！上为中央分忧，下为百姓解愁。救灾是民政部门的天职！

妻　子　其实，我这次坚决要求随对口支援队来到这里，还存着一份私心，你也许会觉得可笑……

天使甲　我猜，你是想看一看得到了我的眼角膜的那两双眼睛。

妻　子　我知道这不符合规定，所以我并没有向组织上提出来，我也知道，如果没有安排，既使真有机会跟那双眼睛面对面，我也不会知道……

天使甲　你会知道的。

妻　子　你说什么？

［天使甲笑而不语。

［这时，有个小女孩追着少女天使手里的蝴蝶跑过来。一直跑到妻子身边。

女孩妈　（画外）明明，你莫跑！

［女孩回头看的时候，撞到了妻子的旅行包上，差点摔倒。

［妻子连忙扶住了她。

［金天使同美丽天使甲上，并向少女天使招手。少女天使跑了过去。

［下面的两组对话同时进行。

女孩妈　（跑上，对妇女）哎呀对不起，没有把你的东西撞坏吧？

妻　子　没有。

女孩妈　跟阿姨说对不起。

女　孩　对不起。

妻　子　没关系，没关系。（从包里掏出糖果玩具递给女孩）来，送给你。

少女天使　（对美丽天使甲）姐姐，你怎么来了？

金天使　（指女孩）这个孩子，就是她用身体救下的学生之一。

少女天使　真的?!

［美丽天使甲点头，眼睛始终慈爱地看着女孩、走向女孩。

［金天使和美丽天使甲暗下。

女　孩　谢谢阿姨。

女孩妈　谢谢！你是从东北来的吧？

妻　子　对呀，你怎么知道？

女孩妈　我们这儿刚好归你们对口支援嘛！来的人都跟你一个口音。谢谢你们喽！

妻　子　不谢。你们受苦了。

女孩妈　全国有那么多人关心我们，我们不苦！

妻　子　你们太坚强了。

女　孩　阿姨，你能教我说东北话吗？

妻　子　教你说东北话？为什么？

［女孩回头看妈妈。

女孩妈　因为有一位给了她第二次生命的恩人，是她的老师，还有一位给了她第二次光明的恩人，是东北的一位民政干部。

［妻子一震。

女　孩　我的眼角膜是一个东北的民政叔叔的。

［妻子手里的玩具应声落地。

女孩妈　对不起哦，吓到你喽。

妻　子　不不不，我没有被吓到。我……

［天使甲在轻轻摇头。

妻　子　我能不能……能不能让阿姨看看你的眼睛？

［女孩走过来，妻子长久地看着女孩的眼睛。

天使甲　（微笑）我说你会看到吧。

妻　子　（喃喃地）好美的眼睛……好漂亮的眼睛……

女孩妈　所以我一直告诉她，因为这双眼睛，她就算是半个东北娃娃、半个民政娃娃。

女　孩　（调皮地用东北口音说）我是半个东北银（人），半个民政银（人）。

女孩妈　（拍手）要得，这回总算说得像喽！

女　孩　阿姨，你怎么哭了？

妻　子　没有。阿姨只是……感动……

女孩妈　是撒，在我们灾区，比啥子都多的就是感动！我们感动全国人民，全国人民感动我们！明明，告诉阿姨，你的理想是啥子？

女　孩　我将来要去东北上大学、去东北工作。我还要当老师，我还要当个志愿者，全国各地，不管哪里遇到困难，哪里有需要，我就到哪里去！

［美丽天使甲欣慰地搂住了女孩。

女　孩　阿姨，你好漂亮，跟我的老师一样漂亮。

妻　子　谢谢……

女　孩　阿姨，你也是老师吗？

妻　子　我不是老师。

女　孩　那你肯定是民政的人吧？

妻　子　我……是的。

女　孩　那走嘛，去我们家吃饭去！

妻　子　不了不了……

女孩妈　（也过来拉着她）走嘛，到我家里去歇一下。

妻　子　真的不去了，我还有别的重要的事情要做，谢谢你们！（从包里拿出更多的糖果和玩具给女孩）拿着。

女　孩　（知足地）我已经有了……

妻　子　替阿姨送给其他小伙伴。

女　孩　谢谢阿姨。

女孩妈　谢谢！

妻　子　（快速地拥抱了女孩一下）再见。

女　孩　再见，阿姨！

女孩妈　再见喽……

［天使甲站在女孩及妈妈的旁边，也在向妻子挥别。

天使甲　　亲爱的，带着坚强回去吧，带着感动后的快乐，好好地活下去。

第九场

场　　景：天使之国。

人　　物：金天使、少女天使。

［天使之国光起。

［金天使倚坐在高台上绣着一颗心，一边轻声哼唱着（罗大佑曲，词作者为克里斯蒂娜）。

金天使　　（唱）当我死去的时候，亲爱的你别为我唱悲伤的歌，
我坟上不必安插蔷薇，也无需浓荫的柏树，
让盖着我的青青的草，淋着雨也沾着露珠，
假如你愿意请记着我，要是你甘心忘了我……

［少女天使拿着金头冠来到金天使身边。

少女天使　您在做什么？

金天使　　我在修补良心。

少女天使　良心可以修补吗？

金天使　　是的。任何一次重大灾难，都是一次对生命的历练，心灵的洗礼……（看到少女手上的金头冠）你要去看你的爸爸妈妈了吗？

［少女天使点头。

金天使　　不怨恨妈妈了？

少女天使　我再也不会那么不懂事了。我想，一定是那些叔叔阿姨修补了我的良心。

金天使　　（笑）你还是个孩子，心地很单纯。

少女天使　谢谢您，金天使。

金天使　　去吧。

少女天使　再见！

金天使　　再见！

第十场

场　　景：海边。

人　　物：妈妈、爸爸、少女天使、金天使。

［海涛声。海鸥的叫声。

［“海滨一角”光起。少女天使的爸爸和妈妈相对而立。妈妈身上仍然背着那个双肩包。

［少女天使悄悄地走上来，走到他们身边。

少女天使　爸爸，妈妈。

［爸爸妈妈都没有听到。

妈　妈　（异常平静地对丈夫）我以为，见到你的时候，我会号啕大哭。

爸　爸　想哭就哭吧，哭出来会好受些。

妈　妈　经过这么多日日夜夜，眼泪已经干了。你会怪我……没有告诉你吗？

爸　爸　（摇头）娇娇走的那几天，我跟军供站的同志们完成了十六趟专列、七千多官兵的饮食保证。高峰时，每二十分钟就有一列进入灾区的军车通过。所以，即使当时你告诉我，我也不能赶回来。

妈　妈　（拉起爸爸包着纱布的胳膊）你的胳膊……怎么了？

爸　爸　为部队供应开水的时候，不小心摔倒，烫伤了。

妈　妈　我看看……

爸　爸　没事儿了。比起那些在灾区奋战过的子弟兵，这点伤算不了什么。

妈　妈　是啊，那些战士，要是脱了身上的军装，其实都还是些孩子，有的，比咱们娇娇大不了两岁……

爸　爸　所以，一想到他们中间有人，也许一去就再也回不来了，一想到我们送上车的，也许就是他们吃到的最后一份热汤热饭……我这心里呀，就揪着、就想不顾一切地替他们多做点什么……（突然悲从中来）只是我做梦也没有想到，娇娇就这么走了，临走的时候，我们都不在她身边，哪怕让我给她擦把脸呢……

［爸爸捂着脸，蹲在了地上。

妈　妈　（压抑着痛苦，苦笑，缓缓地）我跟你想的一样，这么多天，我一直在想……这是一场天灾啊，如果是战争，我们至少还可以有个仇恨的对象，而这次，我们连个可以抱怨的人都找不到。我就算是一直守在学校，恐怕也救不了娇娇，可要是最后……能有机会让我给我女儿擦把脸，梳梳头……我这心里就会好受得多。

爸　爸　我们俩这一回啊，唯独对不起女儿。

妈　妈　（点头，叹息般）唯独对不起女儿……我们局里的同事们也都说：这一回，我们每一个人都无愧于民政人的称号，但我们每一个人都有愧于自己的家庭。这……也许就是我们必然的选择吧。

爸　爸　我跟你一样。如果娇娇在天有灵，但愿她能理解我们。

少女天使　（含泪）我理解你们。

［爸爸妈妈心有所感，但都不敢相信，都没有把感觉说出来。

［海涛阵阵。

妈　妈　我也从来没有见过大海。

爸　爸　我没有想到，你会向领导提出这个要求。这次部领导下来看望遇难民政干部职工和家属，几乎没有人向组织上提出任何要求。好多人也跟我们一样，连慰问金都不肯接受，而只接受了慰问信。

妈　妈　我只要求一个共同的假期。我就是想跟你一起到海边来一趟。娇娇从没有见过大海。我们答应过她，高考之后一定要带她来看大海的。

爸　爸　（再次悲从中来）可是娇娇她已经……

妈　妈　娇娇来了。

爸　爸　娇娇？

少女天使　（一愣）妈妈？你能看到我吗？

［妈妈缓缓地将双肩包抱在怀里。（在山路上的时候背的也是这个包）

妈　妈　娇娇在这儿。这么多天，我一直把我的宝贝女儿背在身上，一分钟也没有跟她分开过。

少女天使　（扑过去抱住妈妈）妈妈——

爸　爸　（扑过去接过双肩背包，把它紧紧抱在怀里）娇娇！娇娇……我的好女儿……

妈　妈　（由着女儿抱着自己，感觉着）娇娇？

少女天使　妈妈，我就在你身边，你能感觉得到我吗？

妈　妈　（分不清她是在对少女天使还是在对背包里的女儿）娇娇，也许……在你最需要妈妈的时候，妈妈没有留在你的身边，不要怪妈妈，好吗？

少女天使　好妈妈，我再也不会怪你了。

妈　妈　（脸上露出笑容，对丈夫）你能感觉到吗？娇娇就在这里。

爸　爸　（老泪纵横地安慰着妻子）娇娇在。娇娇在。娇娇，你是爸爸妈妈最心爱的女儿，不论你走到哪里，都走不出爸爸妈妈的心里！

少女天使　（同时拥抱爸爸）爸爸！

爸　爸　（对妻子）我听到娇娇在叫我。

［妈妈向爸爸点头。

爸　爸　娇娇，真的是你吗？

少女天使　是我，爸爸，是我，妈妈，你们看到我了吗？

［少女天使往后退着，仿佛要为爸爸妈妈拉开一个更适合观看的距离。

［真情所至，爸爸妈妈终于看到女儿了。

爸　爸　我看到你了，娇娇，你的头发披散着，像每次刚洗过澡的时候一样。

妈　妈　我看到你了，娇娇，你穿着一件漂亮的白裙子，背后还有一双白色的翅膀。

爸　爸　头上、头上还有一顶金色的头冠，像个真正的公主一样漂亮。

妈　妈　你的脸蛋还是那么美，美得像花儿一样。

少女天使　（一边不由自主地继续向后退去，一边大声地说）你们知道吗？是你们无私的选择，给了我天使的翅膀！听到了吗？爸爸妈妈，是你们无私的选择，给了我天使的翅膀——

爸爸妈妈　听到了！

少女天使　我就要去做一个真正的天使了，去天堂。

爸　爸　去吧，去吧，好女儿。

妈　妈　去天堂里继续快乐地成长吧！

少女天使　再见了，爸爸妈妈，谢谢你们给了我生命，谢谢你们给了我天使的翅膀。记住我现在的样子吧，再也不要忧伤。你们并没有失去我，有一天我们一定还会见面的，不是在大海边，而是在天堂。

［金天使出现了，他微笑着，牵住了少女天使的手。

少女天使　我爱你们，爸爸妈妈，永远！就像你们爱我一样！（下）

［爸爸妈妈追着少女天使离去的方向，下。

爸　爸　再见，女儿！

妈　妈　一路走好啊，娇娇——

［少女天使空灵而甜美的声音回荡在空无一人的舞台上。

少女天使　（画外音）再见，爸爸——再见，妈妈——我爱你们，永远！就像你们爱我一样……

尾　声

人　物：　全体。

［音乐声中，所有天使依次出现在舞台后部的“天使之国”，他们在向亲人们最后告别。

天使甲　刚才，我遇到了不少同事，包括北川民政局的那些遇难的同人，他们都到了天使之国，虽然他们没有机会在这次地震中舍己救人，但他们从前做过的好事，早已够得上功德无量！谢谢你们，亲爱的同事们，因为你们的忘我工作，让我们在天堂都个个面上有光！

美丽天使甲

亲人们，一定要好好地活下去，重建美好家园，靠的是勤劳、勇敢和坚强。让自己多一些幸福，给别人多一些快乐！人在精神在，爱心总能够把生活照亮！

天使乙　谢谢你们，替我们照顾老人的兄弟，还有小王！

美丽天使乙

谢谢你们，替我们照顾孩子的姐妹，还有小杨！

天使丙　谢谢你们，令生者安慰、令逝者安息的无名英雄们！

少女天使　谢谢你们，爸爸妈妈，还有你们的同事们！

金天使　谢谢你们，大难之中付出大爱的有心的人，了不起的人们！

全　体　让自己多一些幸福，给别人多一些快乐，人在精神在，有爱心就会把生活照亮。好心的人们，拜托啦——

剧　终

附　录

感谢生活

——话剧《天使的祝福》创作谈

（刊发于《中国艺术报》2008 年 12 月）

冯　俐

11 月 17 日，北京降温，天气骤冷，街上行人的脸蛋和鼻头都被寒风吹得红红的。

当晚九点钟，位于北二环积水潭桥边的解放军歌剧院剧场的门打开，刚刚看完演出的观众从温暖的剧场里走出来，也都鼻子红红的、眼睛红红的——不是因为寒冷，而是因为感动。

这里刚刚上演的是一出话剧，名为《天使的祝福》。这个戏的编剧是我，导演由二群，艺术总监瞿弦和，主要演员是郭凯敏、贾雨岚、何音、楚建等中国煤矿文工团的三十多位演员。演出单位，当然是我所在的中国煤矿文工团。

这是一部与“5·12”大地震有关的戏，通过天堂与人间的超时空对话，讲述了一组情真意切而又如梦如幻、哀而不伤的故事，并探讨了关于选择、关于快乐、关于生命与死亡、关于爱与牺牲、关于行善与尽孝、关于生命的价值等问题。

序幕拉开，呈现在观众面前的不是惨烈的废墟瓦砾，而是光影斑澜、鲜花烂漫、祥和宁静的天使之国。“5·12”大地震中的逝者——那些为了别人的幸福而付出了自己生命的逝者，离开人世后来到了“天使之国”，在这里，他们将有最后一次机会回去人间、与亲人们告别……带着对好人的感念与赞美、带着对种种舍己为人行为动机的思考和探究……充满诗情画意的哲理诗剧由此展开。

很多看过戏的观众朋友，包括刚拿到剧本时的演职员们，对这个戏的结构和样式都给予了充分的肯定。都说没有想到可以用这种方式表现这个题材，都说这个“天堂与人间”的切入角度很独特。很多演员在第一次对词的时候就泪流满面了，整个排练过程都是汗水与泪水交织的过程。但是大家说：这个戏让人流泪的原因从来都不是悲伤，而是感动。比如，少女天使在崎岖的山路上，一声声地呼唤着独自行走的妈妈，妈妈却看不到她；在得知妈妈忙着安置群众，甚至没能见自己最后一面，爸爸忙着为奔赴灾区的战士提供军需保障，至今都还不知道自己离世的消息，少女天使含泪质问金天使：“这就叫舍己为人吗？我知道我的爸爸、妈妈是大家眼里的好人，可是，作为他们的家人不是有点太可怜了吗？原来我就是被我那舍己为人的父母舍出去的那一部分，所以作为补偿，我才会成为天使。”比如，在抗震救灾中牺牲的电信工人回来看望自己的爷爷，看到的是福利院职工小王在冒充自己照顾着脑中风的老爷爷，而在天使之国，成群的天使们在照顾着小王在地震中去世的奶奶。金天使告诉小王：“孝敬老人的方式有很多，彩衣娱亲、卧冰求鱼是孝；建功立业、光宗耀祖是孝；舍己为人、利国利民更是孝，是大孝，孝感动天！”小王听到奶奶对自己说：“孩子，奶奶生前身后都有人照顾，就是在享你的福啊！”比如，那位用身体救了自己孩子的天使来到孤儿院，看到的是保育员为了照顾好地震孤儿正忍痛把亲生的儿子送回老家，为了抚慰这无私的好姐妹，冥冥中的母亲教婴儿呼唤保育员“妈妈”。比如，牺牲在山里的环保人士回来看望妹妹，却发现妹妹正在准备结婚，新郎是帮着妹妹搜索无名遗体，以巨大的勇气坚守岗位令生者安心、死者安息的殡仪工人。比如，婚礼上那从天而降的花雨和天使的祝福：“今后还会有很多好运在等着你们，因为，好人好报！”比如，一位在工作岗位上殉职的民政干部捐献的眼角膜令几位灾区的孩子重见光明，他的妻子带着深深的怀念，加入到“对口支援”的队伍，来到灾区，受着冥冥中那份爱的指引，她看到了接受爱人眼角膜的孩子和孩子那双美丽的眼睛。比如，同为民政干部的少女天使的父母，在完成繁重的救灾工作后在大海边相逢，妈妈肩上的学生书包里是女儿的骨灰，她是带着负疚和巨大的思念来完成对女儿的许诺——全家人一起来看大海。在海边，他们终于听到了女儿的呼唤：“爸爸妈妈，是你们无私的选择，给了我天使的翅膀。谢谢你们给了我生命，谢谢你们给了我翅膀，我爱你们，爸爸妈妈，就像你们爱我一样……”

作为编剧，在结束了这场动人的首演之后，我想要说的是感谢生活。今年5月下旬，我有幸随中央抗震救灾采访小分队来到灾区，走了五个市县十几个乡村。之前，通过新闻，我日日夜夜被巨大的灾情和如火如荼的救灾过程牵动着，到了灾区，我则是时时被灾区人民顽强的生命力量和面对灾难时的坚强感动着。那十多天我真正看到：就是那一个个最普通民众用他们的身心构成了坚不可摧的“民族的脊梁”。那十多天，我真正地理解了两个词：承受和担当。

到达四川刚刚经历过 6 级、4 级余震之后，我接到了来自民政部、中国社会新闻出版总社的电话约稿，希望我写一个反映抗震救灾、表现中国民政的舞台剧。当时我并没有应允，因为我想不出还有什么样的舞台样式可以超越电视新闻画面对人的震撼。同时我也想不出有什么样的表现方法可以抚慰那些失去了亲人和家园却仍坚强屹立着的生命中的英雄们。

我想，假如我要写点什么的话，它一定要像一只抚慰的手，可以为受创的心灵疗伤。

十六岁的时候，我失去了父亲，那种痛最初是钝的、是茫然的，但时间越长，那种痛就越尖锐，那种锥心的思念就越是溢满胸襟无处寄托，直到我在二十一岁那年读到了梅特林克的童话剧《青鸟》，那里面有个情节，一对思念着爷爷奶奶的孩子有一天来到了一个地方，那个地方叫作“思念之土”，所有去世的人都住在那里，那里千好万好，但是，如果没有亲人的思念，那里的人们只能一直沉睡，只有被亲人想念的时候，他们才会醒来，享受那里的一切……这个故事令我第一次甚至从此心中释然，我相信所有失去过亲人的人都愿意相信：在人间之外，还有另外一个地方，那个地方，一般人叫它天堂……

再回头观照传统文化中“好人有好报，好人上天堂”的愿望，于是，我选择了这个温暖的创作初衷：“拥有爱的人将成为天使，付出爱的人将进入天使之国”。我想这个理念既可以表达活着的人对那些牺牲者的感念和祝福，同时也可以借着他们的眼睛来审视我们习以为常的某些并不正确的价值观，借着他们的声音来颂扬某种弥足珍贵的精神，来祝福天下所有善良的人、有爱心的人。

特别要说的是，这个戏是应了民政部的邀请创作的，正是因为接受了这个任务，我才第一次将目光投向与我们每一个人有关又往往被忽略掉的一个政府职能部门，也让我在解放军、公安、消防、医务人员，甚至志愿者等众所周知的抗震救灾光辉形象之外关注到了更加无处不在的“民政蓝”……

这是一部来源于生活又超越了现实生活的诗剧，我力图可以微笑着讲述这种种动人的故事，并通过这些细小故事和身份平常的人物，表现我们刚刚经历过的那场伟大的抗震救灾，表现为抗震救灾做出了巨大牺牲和贡献的、可歌可泣的当代中国人。

这应该是一部关于人性美的众生像，是一部爱的礼赞。

今 语

这个剧本是围绕着“民政人”写的，但实质上写的却是无数个了不起的人的“两难选择”，忽略“民政”二字，人物、故事仍然动人。剧中不断充满痛感地讨论的“选择”的话题，依然具有一定的永恒性。重读剧本，也会回想起我在灾区搜集到的许多珍贵的一手资料，是对那个时代、那场大灾中的人心、人性的记录。

我在中国煤矿文工团工作了二十四年，十二年是创作员，十二年是团领导。为文工团创作过七八十台大大小小的演出和晚会，但只为文工团创作过三部话剧（不算《高山巨人》的改编完成），原因就是单位没有创作经费。1996年首演的《人跟人不一样》，是上级单位拨给文工团的最后一笔创作经费。从那以后，文工团不再有这笔专项了。而《好人丛飞》和这部《天使的祝福》，经费都来自民政部。“丛飞”是民政部找到团里，我“赤膊上阵”地当了“救场”编剧，团里因此有了制作经费可以生产一出大戏。这部《天使的祝福》则是民政部邀我本人写抗震救灾剧本的，我跟民政部的同志提出唯一条件：这个项目要拿给中国煤矿文工团来做。

从《好人丛飞》到《天使的祝福》，我的身份不仅仅是一名编剧，同时还是六百多号人的文工团的唯一副团长，创作之外，要为团的生存谋、为业务建设谋……还好，我并没有因为管理者的责任心而放弃艺术家对写作本身的根本要求。

在中国煤矿文工团的二十四年中，如果单位有更多创作资金支持，或许，我会有更多创作戏剧作品的机会……

2020年4月

歌舞剧

魔幻仙踪

（根据同名动画片改编）

编剧　冯　俐

首演时间：2010 年 4 月
首演地点：浙江杭州
演出单位：浙江省歌舞剧团
总导演：邬纯芳　邓锐斌
作曲：张朝　竹青
主要演员：金瑶　陈真军 等

2010 年 4 月，于杭州“首届国际动漫节”开幕演出
2010 年 7 月，在北京解放军歌剧院参加文化部“全国民营艺术院团剧目展演”

人　　物：海婴
默默
明慧仙子
烈焰魔王
平平和安安
烈焰魔王的九只爪牙、精灵们、海族们、冰凌们、动物们……

序　幕

［郁郁葱葱的美丽世界，森林的远处是仙女城。

［狂风突起，山摇地动，火球飞至。

［大难临头，所有生灵都在仓皇逃亡。

［节目一：舞蹈、杂技《逃亡舞》。

［随着可怕的狞笑，火光四起。有九只烈焰魔爪的魔王九头龙出现了。

烈焰魔王　明慧仙子，交出仙女城，我饶你不死。

明慧仙子　如果魔王摧毁了仙女城，万年冰川就将被他融化，那个时候，所有陆地上的生灵都将不复存在……不，决不可以……

［面对不断逼近的魔王，明慧仙子合起双手，闭目凝神，集聚着全身能量。

［一股烈焰向明慧仙子烧去，可是就在烈焰接近明慧仙子的那一瞬间，空中竟然飘扬起雪花来。婴儿飘浮到了空中。婴儿大哭，飞离。

明慧仙子　孩子，你必须离开，妈妈的心将与你同在……

［魔王一愣，马上发现自己的四肢开始僵硬。

烈焰魔王　你、你想冻死我?!

［明慧仙子双手合十、凝神发力。

［魔球飞出。

魔　球　明慧仙子，你冻住了我的身体，却冻不住我这不死之心！

［伴着刺眼的一道光和震耳欲聋的轰响，仿佛是冰与火的终极碰撞。暗场。

第一幕　神秘呼唤

［海婴家一角，四周架上、地上摆满各种玩具。

［窗外传来欢快的歌声。

［节目二：歌曲《渔火节》——合唱、海婴独唱。

合　唱　渔火节、渔火节
妈妈给我平安结
戴在胸前多温暖
妈妈总在我身边（可反复）

海　婴　每一个渔火节，我都感到孤单
没有平安结，没有妈妈在身边
只有这两条小鱼
终日把我陪伴
亲爱的妈妈，你在哪里
为什么，只有在梦中
我才能看到你慈爱的脸

［海婴孤单地与玩具们玩着。有些玩具是可上发条的。

海　婴　每一个渔火节，我都感到孤单
躲开所有人，躲开快乐的同伴
趁着没有人注意
躲藏在玩具店
沉默的朋友，你孤独吗
就让我，做你们妈妈
把你的寂寞分给我一半

［平平、安安从玩具中走出来

平　平　（热情地上前拥抱）海婴公主——

安　安　你不孤单，平平安安来陪你了。

海　婴　你叫我什么？

［魔球飞过来，也发出耀眼光芒，一阵强光后，玩具变成了默默。

默　默　（画外音）她叫你海婴公主！

海　婴　你是谁？

［带有魅惑感的音乐响起。

［看上去年轻、帅气、时尚的默默，以一种非常酷的亮相，出现在海婴面前。

［节目三：幽默歌曲《我是默默》。

默　默　哈啰，我是你神秘的访客

来自神秘的魔法王国

给你三次机会

猜猜我来到这里是为什么

不要害怕

一个陌生的面孔

不要躲避

一次神秘的机遇

海　婴　你是谁？

默　默　我是你哥哥。你叫海婴，我叫海默，我是你的亲哥哥。

平　平　海婴的哥哥吗？他真的长得好帅哦！

安　安　再帅也是个人，又不是一条帅鱼，你激动什么！跟动物世界一样，越漂亮的越有毒！

海　婴　可我根本不认识你。

默　默　但我认识你。你没有发现你和我长得很像吗？

［海婴注视着默默，摇头。

默　默　看带给你的平安结，那是我们妈妈给你的礼物，是一件神奇的宝物。

海　婴　宝物？

默　默　我就让你见识一下平安结的神奇。

［默默施展魔法。

［奇幻的光中，编织平安结。

［节目四：杂技《妈妈的平安结》——合唱。独舞。

合　唱　平安结，平安结

神奇的平安结
集合天地灵气
助你实现渴望的一切
平安结，平安结
妈妈的平安结
凝聚爱心无限
守护你无论白天黑夜（可重复）

海　婴　这真是妈妈给我的平安结?

默　默　对，这就是妈妈亲手编织的平安结

［节目五：男女对唱《你不是没有妈妈》——默默、海婴。

默　默　你不是没有妈妈
也不是没有家
哥哥为了找你
走遍天涯

海　婴　如果你是我哥哥
为什么我们从来没有见过
如果你是我哥哥
又是凭什么来认出我
跟我一样年纪的女孩有很多
你怎么知道自己没有认错

［默默指着海婴脖子上挂着的“平安结”。

默　默　就凭你胸前的平安结
仙女城的平安结
唯你独有，天下无双

海　婴　（吃惊地）仙女城?

默　默　仙女城，住着你的……我们的妈妈……

［节目六：歌曲《难道这是真的》——海婴独唱、合唱。

海　婴　难道这是真的
我在世上还有亲人
还有哥哥

难道这是真的

那梦中的美丽幻影

就是妈妈，住在遥远的仙女城

合　唱　美丽的明慧仙子是你的妈妈，也是我们的守护神。

海婴、默默

（合）妈妈就在仙女城，我们一起去找到她。

神奇的平安结，引导我们找到她。

[平安结发出光芒，让所有的玩具活起来，跳起欢快的舞蹈

[节目七：卡通舞蹈《玩具总动员》。

[切光。

第二幕　海底世界

[幽深而五彩斑斓的海底世界。

[换了装束仿佛美人鱼一样的海婴在珊瑚丛中游动，胸前的平安结在闪闪发光，在波光中形成奇幻的波影。

[节目八：优美的歌舞《好神奇》——海婴独唱、海族合唱。

海　婴　好神奇，好神奇，我来到了海洋世界里

好神奇，好神奇，我能在水中自由呼吸

每一双注视我的眼睛都这样温柔

仿佛是老朋友，对我如此亲切如此熟悉

[歌声中，是不同海族不同风格的舞蹈。

海　族　水波荡漾，水草摇晃

平安结散发出柔美光芒

海婴小公主来到海底世界

带来平安吉祥的波浪

[海婴向海族询问妈妈。

[节目九：活泼俏皮的歌舞《我的妈妈在哪里》——海婴领唱、海族合唱。

［三种海族是三种音色的小合唱。

海　婴　你见过我的妈妈明慧仙子吗？

她长得什么模样？

海族一　（合唱）她美极了，天下无双

心像海绵一样柔软善良

她的嘴唇比最红的珊瑚还鲜艳

长发飘飘比最长的海带还要长

海　婴　你见过我妈妈明慧仙子吗？

我长得跟她像不像？

海族二　（合唱）你们很像，一模一样

笑容温暖有亲切的面庞

你们的身体像美人鱼一样美丽

你们的眼睛比星星还要明亮

海　婴　你知道我妈妈住在哪里吗？

仙女城在哪个方向？

海族三　（合唱）我们向往，那个地方

那里是生命成长的故乡

它无处不在仿佛空气雨水阳光

它驻在我们每一颗纯净的心上

［所有的海族给海婴送来各种好东西。

合　唱　把最闪亮的石晶花戴在你头上

把最光洁的珍珠挂在你身上

让聪明的海豚陪你旅行

让威猛的鲨鱼为你保驾护航

无论你走到哪里，无论路有多长

平　平　（白）还有我们俩呢！

安　安　（白）我们才是贴身护卫！

合　唱　水波荡漾，水草摇晃

平安结散发出柔美光芒

陪伴我们的海婴小公主

让她开心啊为她护航

［变得很大的魔球对同样换了装束的默默小声耳语。

魔　球　你得抓紧时间，不然他们会唱到下一辈子！

平　平　（看到魔球）哇，这个球怎么变得这么大了?!

［安安伸手去捅了捅魔球。

魔　球　干什么?!

安　安　我们在关心你。你真像泡面一样——发了啊！

魔　球　（没好气地）请尊重一下！我是魔球，想变多大就多大！

［海婴正指着默默告诉海族。

海　婴　这是我的哥哥海默。你们一定也知道他吧?

［所有的海族都望着默默，互相看着，没有人回答。

［节目十：幽默歌曲《我是默默》——默默独唱。

默　默　哈啰，你们还不太熟悉我

我真是海婴的亲哥哥

因为想做魔法师

从小就被妈妈送去魔法国

瞪大眼睛

看我变一个魔术

瞪大眼睛

奇迹马上就发生

［默默袖子一挥，台上一下变得光怪陆离，仿佛穿越时光隧道，海族们都趴下。

海　婴　（质问默默）你变的这是什么魔术?

默　默　嘘——你看，仙女城到了。

［顺着默默手指的方向，舞台高处出现冰雪中的仙女城轮廓。而他们面前是一扇冰封的玄冰之门。

安　安　（惊叹）哇哦！仙女城！

平　平　美呆了！

海　婴　（怀疑地）妈妈会住在这里吗?

默　默　妈妈就在里面。只是，除了你以外，没有人能打开仙女城的城门。

海　婴　我？可我什么都不知道。

安　安　（摸着玄冰之门）这是一扇冰门！

［海婴看着高大的玄冰之门，惊呆了。

魔　球　这万年玄冰比钻石还坚硬。要想打开这扇门，首先要以最虔诚的心……

［沉重的脚步打断了他们。大龙虾驾到。

［节目十一：幽默歌曲《龙虾歌》——龙虾独唱。

龙　虾　我是超级大龙虾
只做卫士不称霸
仙女城门前来巡逻
忠于职守责任大
我是超级大龙虾
身手不凡又潇洒
仙女城门前站好岗
坏人见我都害怕

海　婴　大龙虾，我要进去找妈妈，你能把门打开吗？

龙　虾　四个字——绝对不行！

默　默　我们有非常重要的事。

龙　虾　两个字——不行！

［平平、安安和所有的海族大笑。龙虾要发怒。

［这时，一个深沉、巨大的声音传来。

鲨　鱼　（画外音）谁在大声喧哗？

［一条鲨鱼在海族的头顶上缓缓抬起巨大的脑袋，海族们惊呆了。

龙　虾　（向鲨鱼报告）老大，是他们！不听劝告，要擅闯仙女城。

鲨　鱼　什么人这么大胆？

龙　虾　（哭诉）他们还取笑我！

鲨　鱼　（威严地扫视大家）嗯？

［见所有人都很害怕。

鲨　鱼　原来是群不知天高地厚的小娃娃。你们都给我听好喽——

［节目十二：歌曲《离开这里》——鲨鱼独唱。

鲨　鱼　我是守门将军大鲨鱼

负责保卫仙女城圣地

这城门谁也不能打开

快到别处玩要离开这里

海　婴　你好，鲨鱼将军，我是来找妈妈的。

鲨　鱼　找谁也不行！

默　默　她可是明慧仙子的女儿！

鲨　鱼　那也不行……什么？明慧仙子的女儿？

［节目十三：歌曲《睁大你的眼睛》——海族合唱。

海　族　睁大你的眼睛

站在你面前的是公主海婴

她是明慧仙子的亲生女儿

天下无双的平安结出自仙女城

睁大你的眼睛

站在你面前的是公主海婴

所有的生灵都知道这传说

她胸前的平安结是最好的证明

［鲨鱼看到海婴的平安结发出柔和的光芒。

鲨　鱼　（唱）啊，果然是海婴公主，向你致敬。

（白）既然是小主人回来了，这大门……应该可以打开。请跟我一起唱出开门咒语——

［节目十四：歌曲《菠萝菠萝蜜》——领唱、合唱。

鲨　鱼　follow follow me，菠萝菠萝蜜……

海　婴　follow follow me，菠萝菠萝蜜……

［鲨鱼又示意所有的海族加入到开门歌的歌声中。

海　族　follow follow me，菠萝菠萝蜜……

［现场观众也被发动起来一起唱。

所有人　follow follow me，菠萝菠萝蜜……

［奇异的事情发生了。冥冥中传来呼唤“海婴”的声音。

［所有的人都安静下来。

海　婴　（吃惊，喃喃地）妈妈？

［一道绚丽的光芒之后，玄冰之门上出现了明慧仙子的幻影。

海　婴　妈妈！

明慧仙子　海婴，不要打开玄冰之门。危险！危险……

［明慧仙子说着，影像变得微弱直至恋恋不舍地消失。

海　婴　（喊着）妈妈，妈妈……鲨鱼将军，妈妈说的危险是什么意思？

鲨　鱼　我也不知道。因为从来没有人要把城门打开。

魔　球　危险的意思就是——你妈妈不想让你有危险。

海　婴　什么意思？

魔　球　其实唱歌根本没用！要想打开城门，只有用你的体温把玄冰融化。

平　平　海婴公主的体温？

安　安　就算有一万个人的体温也很难融化这玄冰之门！

海　婴　我不怕，只要能跟妈妈在一起，我死也不怕。

［海婴毅然决然地贴在了玄冰之门上，仰望高大的玄冰之门，眼神坚定。

［节目十五：歌曲《我不怕》——海婴独唱、海族合唱。

海　婴　我不怕
什么也不能阻止我见到妈妈

海　婴　我不怕，
为了妈妈我要把这玄冰融化

海　族　啊，燃烧生命救妈妈

海　婴　妈妈……
第一次看到您美丽的脸
仿佛我从来都没有离开过您
慈爱的视线

海　族　啊，海婴公主真勇敢

海　婴　妈妈……
我知道您一直把我挂牵
无论千山万水无论地冻天寒
我要回到你身边

海族甲　　她的体温降到了冰点

海族乙　　她在挑战生命的极限

海族丙　　她的脸颊没有了血色

海族丁　　她的嘴唇变成了苍白的花瓣

海族合　　为了妈妈，无悔无怨

［冰块崩裂之声。玄冰之门发出耀眼的白光，在海婴面前崩塌，升腾起巨大的白雾。

［切光。转场。

第三幕　母女情深

［仙女城神殿内。雾气笼罩，断壁残垣，冰凌丛生挡住海婴、默默的去路。

［节目十六：舞蹈《冰凌舞》。

［默默和海婴终于来到神殿的中央，雾气散尽……

［神殿中央，明慧仙子和烈焰魔王变成的玄冰雕塑在对峙。

默　默　（长长地吹了声口哨）明慧仙子、烈焰魔王都在这儿……成了冰雕……

海　婴　（潸然泪下）妈妈——

［海婴冲上去刚刚抱住妈妈的雕像，就筋疲力尽地晕倒在妈妈身边。

魔　球　主人——

［魔球闪着耀眼的绿光，凌空飞向烈焰魔王。魔王僵硬的身体开始活动。

魔　球　（围绕着魔王转动着，高喊着）复活吧，我的主人！

［绿光闪烁着，魔王复活了。他伸了一个大大的懒腰，九个头以不同的姿态扭动着。而魔球则化作一缕青烟消失了。

魔　王　哈哈哈哈，我烈焰魔王又复活啦！明慧仙子，你永远都不是我的对手！

［节目十七：歌舞《魔王复活》——魔王独唱。

魔　王　（歌词大意）自私自利是我的信条
为所欲为是我的原则
只要是我想要的
就毫不犹豫地去抢去夺
别人的死活与我无关
我是魔王我是唯我独尊的烈焰
穿别人的鞋走自己的路
我就是世界主宰法力无边
正义永远不可能战胜邪恶
我把“恶魔”二字当作是对我的称赞
在我看来，只有坏人
才可以为所欲为肆无忌惮

默　默　（不太自信地冲魔王）嗐，我没有想到，那魔球……其实是你的灵魂。

魔　王　（装糊涂）你是谁？

默　默　得啦。你应该知道。

魔　王　（无赖地）那怎样？

默　默　我们都是男人。说话要算数。

魔　王　（眼珠一转）好吧，不过……你要替我完成最后一个任务。

默　默　什么？

魔　王　打碎这个该死的冰像！

［默默犹豫了。

［节目十八：二重唱《默默的挣扎》——默默、魔王。

默　默　那只是一尊冰雕
于你无害与我无关

魔　王　（变出一本巨大的魔法书）
难道你不想成为最伟大的魔法师
难道你不想得到这本魔法大全

默　默　可是

我不想用这双手把邪恶成全
我不想用这双手
把美丽的仙子变成碎片

魔　王　光明前程就摆在你的眼前
过了这个村可就没有这个店

［默默最后挣扎一下，终于上前推倒了明慧仙子的冰像。碎裂的声音。

魔　王　天下之大，唯我独尊！
（狂笑着把书推倒在默默身上）
给你吧，被我利用到头的笨蛋！

［魔法书倒下，把默默完全压在了下面。

［魔王狂笑着扬长而去。

默　默　（唱）我真是瞎了眼
相信这个恶魔
私欲令我作茧自缚
悔恨蔓延
我的心正堕入永远的黑暗

［海婴醒来，看到满地的碎片，海婴悲痛欲绝。

［节目十九：独舞、独唱《妈妈，怎么会这样》。

海　婴　妈妈，妈妈，怎么会这样
第一次依偎着你，竟然
是以我一颗破碎的心
望着你破碎的脸庞
妈妈，妈妈，怎么会这样
我不顾一切的结果，竟然
是我无法面对的噩梦
是无法弥补的遗憾
我要从此守护你
永远陪伴在你身旁
我要用妈妈的平安结
来温暖妈妈的心房

［海婴边哭边取下平安结，把平安结放在了妈妈的碎片上。

［节目二十：歌舞《妈妈的平安结》。

合　唱　平安结，平安结

神奇的平安结

集合天地灵气

弥合难以弥和的破裂

［碎片在空中拼成雕像，明慧仙子复活了！

［母女俩深情地对视着。海婴一下子扑到妈妈怀里。

明慧仙子　海婴……

海　婴　（泣不成声地）妈妈……

［节目二十一：二重唱《爱的翅膀》。

明慧仙子　爱的力量把你带到我身旁

千难万险隔不断母女情长

海　婴　爱的力量把我带到你身旁

有了这份信念我才不绝望

二　人　孩子（妈妈）

我终于能够跟你拥抱在一起

脸贴着脸

感受着妈妈（女儿）的体温和分量

把思念化作酣畅的泪水

洒在妈妈（女儿）的心上

［明慧仙子捧起海婴的脸，在她的额头上深深地留下妈妈的吻。然后带着海婴飞向空中。

二　人　妈妈为我（我为女儿）插上翅膀

天高海阔再也没有阻挡

从此我是（你是）妈妈的仙子（女儿）

带着妈妈的爱去自由翱翔

爱的翅膀，飞翔的翅膀

爱的翅膀，飞翔的翅膀

［切光。

幕　间

［魔法书下传来痛苦的呼救声。

默　默　救命！救命啊！

［平平、安安掀起魔法书。

平　平　咦，大魔法师变成小海马了？

安　安　这个造型也不错。

［明慧仙子和海婴从空中下来，海婴摘下平安结在默默的头上一晃，默默站了起来。

默　默　为什么要救我？

海　婴　因为你需要帮助。

默　默　可之前我明明……做了对不起你们的事……

安　安　不好的事！

平　平　那是坏事！

海　婴　我相信你不会再做了。

［默默低下了头。

［这时，传来魔王的声音。

魔　王　（画外音）我要接管整个魔幻森林！我要融化万年玄冰！我要让滔天洪水淹没整个世界！我要成为唯一的主宰！哈哈哈哈……

明慧仙子　海婴，我必须去阻止魔王，去地心之门敲响平安大钟，才能彻底制服他。

海　婴　我跟妈妈一起去。

平平、安安

我们也去！

默　默　（也在一旁默念）地心之门？等等。你们知道去地心之门怎么走吗？

［海婴一愣。

默　默　（在海婴面前转过身）我的背上，就有去地心之门的地图。

安　安　怎么可能呢！

明慧仙子　地心之门的地图？难道……你是魔王的儿子？

默　默　你说什么？

［海婴望向妈妈，明慧仙子扶住默默的双肩，望着默默的眼睛。

默　默　您说我是……

［明慧仙子点头。

默　默　（不愿意面对地）我不相信！

明慧仙子　魔王是被贪婪的欲望之心控制住了。一起去吧，只有敲响地心之门的平安大钟，才能拯救你父亲的灵魂。

［切光。

第四幕　爱的力量

［紧张的音乐。

［海婴等人奔跑。魔王在去往平安大钟的路上设置了许多障碍。

［节目二十二：景表演《破迷阵》。

［海婴和默默穿过黑森林、巨石阵、火海山和海浪阵等，终于来到平安大钟前。

［魔王飞速赶到，九个爪子飞舞张狂，要把海婴和默默抓住。

［魔王正要抓住海婴，默默冲过去，用身体保护海婴。没想到却把后背亮给了魔王。

［魔王看到默默背上的地图，再次愣住了。

魔　王　儿子？臭儿子？

［节目二十三：独唱《我的儿子》——魔王用本真的声音独唱。

魔　王　我的儿子，我的心肝
你是爸爸唯一的挂牵
你不是早就葬身火山口了吗
怎么会再一次出现
爸爸以为只有世界主宰的宝座
才是留给你的最好遗产

所以爸爸一心在外面打拼

总是对你疏于照看

听说你是出来找爸爸的时候

不小心掉进了火山口

失去了你，爸爸其实

已经不想拥有这个世界了

只想把这个世界……

把它打个稀巴烂

臭脚丫子不吃饭

臭脚丫子团团转……

[这时，那只魔球再次“灵魂出窍”。

魔　球　那不是咱儿子，咱儿子早都烧死了！

魔　王　可他明明有我儿子背上的胎记。

魔　球　假的！

魔　王　假的？

魔　球　全是山寨版！

魔　王　难道，我又上当了？

魔　球　最重要是成为世界主宰啊，主人！（撞击着魔王）你快醒醒吧，主人！

[魔球再次回到魔王身上。魔王又恢复了穷凶极恶的样子和声音。

魔　王　哼！我差点就被这群笨蛋给骗了！

[魔王舞动着，满台的火焰。明慧仙子呼唤水精灵，把魔王团团缠住。明慧仙子把力量传递给海婴。

明慧仙子　海婴！带着我的力量，快去敲响平安大钟！

海　婴　妈妈？

[节目二十四：二重唱《爱的翅膀2》（曲同前一首《爱的翅膀》）。

明慧仙子　想着妈妈接受妈妈的力量

千斤重担也都落在你肩上

海　婴　热流源源不断涌到我身上

妈妈的力量让我勇气高涨

二　人　孩子（妈妈）
我们已经成为最完美的整体
你要替我（我会替你）
凝聚起全部的力量和勇气
敲响平安大钟战胜强敌
爱的力量，勇气的翅膀……
爱的力量，勇气的翅膀……
［海婴和默默一起来到平安大钟前。
［此时许多海族等高高跳跃起来撞向平安大钟，却没有一个能成功。
［节目二十五：杂技《飞鱼撞钟》。

明慧仙子　（画外音）只有团结一致才能用平安结敲响钟声……

海　婴　我来！

默　默　我们一起来！
［节目二十六：合唱、舞蹈、杂技《妈妈的平安结》。
［海婴把平安结向空中抛去，平安结化为长长的红绸垂下来。
［海婴沿着红绸向上爬。

合　唱　平安结，平安结
神奇的平安结
集合天地灵气
把一切丑恶消除化解
平安结，平安结
妈妈的平安结
凝聚爱心无限
从此创造万物和谐

默　默　海婴我来帮你！

平平、安安
海婴公主，快敲钟！

平平、安安
大家一起加油啊！
［在众人的呐喊声中，平安大钟发出震耳欲聋的声音。整个世界都

在颤动。

[魔球再次“灵魂出窍”，从魔王的身体里拱出来，发出痛苦的惨叫。

魔　球　啊——啊——不——不……

[魔球被钟声震碎，散落一地。

[同一瞬间，魔王的九个头也分崩离析。

[平平和安安激动地拥抱在了一起。海婴扶起妈妈。

[节目二十七：领唱、合唱《爱的力量》。

海　婴　世界上有一样珍宝
可以超越智慧和力量
世界上有一种珍宝
可以化作智慧和力量

海婴母女　那珍宝叫作爱
用爱的心去面对世界
世界一片阳光

尾　声

[转台转动，出现绿色的充满了生机的仙女城和美好的世界。百花盛开。

[魔王脱去了盔甲，以温和的神情望着默默。

魔　王　儿子，我的儿子……

默　默　爸爸……你终于清醒了。

魔　王　（羞愧地）可我……看看我都干了些什么……

[魔王和默默面对平安大钟肃然站立。

默　默　谢谢你，平安大钟。

魔　王　谢谢你，海婴，你的钟声让我的心恢复了清明。

[所有的精灵、海族等都加入歌声中。

合　唱　爱可以战胜黑暗

爱让你我变得坚强

爱能唤醒天地万物

爱是生命的信仰……

海　婴　（喃喃地）妈妈，我们胜利了……

明慧仙子　好孩子！将来，你也会像妈妈一样，坚守正义，保护万物生灵。

海　婴　放心吧，妈妈，我一定会的！

合　唱　冰雪融化，万物复苏

和谐美丽是我们永远的期望

爱的力量、善良的力量

爱的力量，正义的力量

爱的力量……

剧　终

音乐剧

六祖惠能（文学本）

编剧 冯 俐
作词 冯 俐

首演时间：2013 年 8 月
首演地点：广东广州
演出单位：南方歌舞团
导演：谢晓泳
作曲：温中甲

人物表

（按出场顺序）

讲述人

由三个时尚女孩（流行唱法）担任。分别是讲述人 A、讲述人 B、讲述人 C。她们的身份好像是寺院导游。她们的讲解时分时合：有时是各说各话，有时是互相争论、探讨、补充，有时是异口同声。

主要人物（按出场顺序）

六祖惠能
弘忍大师
神　　秀
惠　　明

其他人物（按出场顺序）

释迦牟尼佛、达摩祖师、梁武帝、二祖慧可、三祖僧璨、四祖道信、五祖弘忍（年轻时代）、各种香客、惠能的舅舅、惠能的母亲、众村民、众僧人、牧羊女、香客、印宗禅师等。

序

［序曲合唱。

［舞美意象：一盏油灯、精神的隧道、智慧的光芒……

合　唱　春有百花秋有月
夏有凉风冬有雪
若无闲事挂心头
便是人间好时节

［转入寺庙（宝林寺）场景。三位讲述人出现。《开场白》。

讲述人 A　走进寺庙的人越来越多

讲述人 B　烧香拜佛的人越来越多

讲述人 C　许愿还愿人来人往，却很少有人询问佛是什么

讲述人 A　这里是曹溪宝林寺

讲述人 B　六祖惠能曾在这里，把“禅宗”的大智慧传播

讲述人 C　这里是曹溪宝林寺

讲述人合　请听我们，把关于佛和禅宗的故事，从头述说

［三位讲述人以“拉洋片”式的舞美、戏剧表演《从头说起》。

［这一段中，讲述人以歌唱叙事之外，人物以台词的方式表现。

讲述人 A　两千五百年前，在古代的印度国
有位年轻的王子，名叫乔达摩·悉达多
王子拥有华丽的宫殿、精美的食物
青春、美貌、无上的权力和高贵的家族
但他却发现，这一切并不能令人感到幸福
为了寻找答案，王子离开王宫和家人
可是他走的路越多，看到的却是人间越多的痛苦

讲述人 B　“怨憎会”苦

讲述人C　憎恶怨恨的人躲不开

合　唱　痛苦——

讲述人B　“爱别离”苦

讲述人C　相亲相爱的人不能相聚守

合　唱　痛苦——

讲述人B　“求不得”苦

讲述人C　想要的一切总得不到

合　唱　痛苦——

讲述人A　苦苦、坏苦、行苦

讲述人B　寒苦、热苦、饥苦、渴苦

讲述人C　不自在苦、自逼恼苦、他逼恼苦……

讲述人A　纵然有金山银山、纵然是九五之尊
一样摆脱不掉血肉之躯，生、老、病、死之苦

讲述人B　王子四处访师问友，长年苦行独修
一心要为众生寻求解脱之道

讲述人C　经历了十五个春秋之后
王子终于在菩提树下悟道成佛
［佛祖在莲花宝座上大声感叹。

佛　祖　奇哉！奇哉！大地众生皆有如来智慧德相！佛，其实就是已觉悟的众生，众生，是未觉悟的佛。

讲述人A　佛，意为智慧

讲述人B　佛，意为觉悟

讲述人C　这位来自释迦族的觉悟者就是“释迦牟尼”
［阿难出现在佛身边。

阿　难　如是我闻——

合　唱　教化众生远离贪嗔痴慢，获得生命的大智慧

阿　难　如是我闻——

合　唱　教化众生解脱烦恼，获得永恒的安祥、喜悦

讲述人A　很多年以后，佛将心印衣钵传给迦叶尊者
从此，法水长流，灯灯续焰

合　唱　南无阿弥陀佛……
讲述人A　心印衣钵直指单传，从阿难
一直传到了第二十八代祖师
讲述人合　菩提达摩，菩提达摩把佛法心印带到了中国
讲述人B　一千五百年前，菩提达摩航海东来
带着佛法心印来到中国
被笃信佛教的梁武帝请进皇宫
讲述人合　满朝文武毕恭毕敬，诚惶诚恐
梁武帝　请问禅师，朕自继位以来，笃信佛法，大发菩提之心，兴庙度僧、抄写佛经，大弘法化，不知，这究竟有多大的功德？
达　摩　没有真功德。
［梁武帝拂袖。达摩淡然离去。
讲述人合　话不投机、机缘不合，形同陌路，擦肩而过
讲述人B　有缘千里来相会，无缘对面不相识
踏一枝芦苇渡长江，达摩来到了嵩山少林寺
在那里，达摩大师面壁九年，深入禅定
九年面壁图破壁，至今
达摩洞中仍有达摩身影
［慧可和尚出现在面壁的达摩身后，虔诚肃立。
讲述人C　一位中国和尚受到感召
来到少林寺参礼达摩
大师孤身只影面壁、静坐修行
和尚求法心切，亲侍服劳执役
日复一日，祖师自顾参禅，一言不发
年复一年，和尚左右相伴，毫无怨言
直到第九个严冬、大雪纷飞
门外虔诚肃立的和尚几乎被大雪掩埋
达　摩　你这样一直站在雪地里，不冷吗？
慧　可　求道之人，为法忘形。
达　摩　你有什么心愿？

慧　可　请大师为弟子开释诸佛法印。

达　摩　……

慧　可　大师，弟子的心总也不能得到安宁，乞求大师为弟子安心。

达　摩　把你的心拿来吧。

慧　可　我……我找不到我的心。

达　摩　那么，我已经替你安心了。

慧　可　（跪倒）谢师父！

讲述人合　和尚当即明心见性：真心本来无相无形

讲述人C　达摩为和尚改名慧可
在即将离开中土的时候
留下了法印衣钵

达　摩　不立文字、教外别传、直指人心、见性成佛。

慧　可　慧可谨记。

达　摩　吾本来此土，传法度迷津，一花开五叶，结果自然成。

［达摩飘然离去。

讲述人合　吾本来此土，传法度迷津，一花开五叶，结果自然成

讲述人A　二祖慧可弘扬佛法，广度众生
有位名叫僧璨的居士前来膜拜

［僧璨出现在慧可身边。

僧　璨　大师，弟子定是前世作了孽，才这样百病缠身，请大师为弟子忏罪。

慧　可　把你的罪拿来我为你忏悔。

僧　璨　我找不到我的罪在哪儿。

慧　可　我已经替你忏悔过了。

僧　璨　大师……弟子不知什么是佛，什么是法。

慧　可　是心是佛，是心是法，法佛无二，僧宝亦然。

僧　璨　（跪倒）师父在上，受弟子一拜。

［合唱哼鸣。

讲述人B　二祖慧可将衣钵传给僧璨
僧璨完成《信心铭》六百余言
普度众生，至今流传

［道信出现在僧璨身边。

道　信　小沙弥道信久仰僧璨大师，愿和尚赐弟子解脱的法门。

僧　璨　有谁捆着你吗？

道　信　没有。

僧　璨　既然无人捆绑，那为什么还要求解脱呢？

道　信　谢师父！

［合唱哼鸣。

讲述人 C　道信开悟，追随僧璨
机缘成熟，衣钵得传

道　信　花种虽因地，从地种花生，若无人下种，花地尽无生。

讲述人 A　四祖道信更得精进
等来了行者弘忍
素有慧根

［弘忍走到道信身边。

弘　忍　请教禅师，佛法妙道，鄙人可得一闻？

道　信　你姓什么？

弘　忍　我姓佛。

道　信　原来你没有姓氏。

弘　忍　性空故所以无姓。

讲述人 A　四祖顿知此人佛缘深厚
弘忍三十多年不离左右

合　唱　弘忍，尽得道信禅法心印

讲述人 A　五祖弘忍，大弘法化
弟子一千，云集东山

弘　忍　有情来下种，因地果还生，无情既无种，无性亦无生。

［音乐转向颂歌。

合　唱　啊——啊——啊——

［惠能从观众席最后排一直走上舞台，一路朗声弘法。

惠　能　一切万法，不离自性，何期自性，本自清净；何期自性，本不生灭；何期自性，本自具足；何期自性，能生万法。

合　唱　啊——啊——啊——

惠　能　弟子惠能拜见弘忍禅师。

合　唱　惠能，惠能，惠能

讲述人合　未来的六祖惠能
今天故事里的主人公

合　唱　六祖惠能。六祖惠能。

［在颂歌式的合唱中，序幕结束。

第一幕　第一场

［歌舞《如意不如意》。人们载歌载舞、庆祝丰收。

合　唱　大唐盛世，国泰民安，丰衣足食，好年景五谷丰登

［始终着时装的三位讲述人穿行在唐朝的民众中间。

讲述人A　惠能生长在大唐盛世

讲述人B　这是中国最富强的时代

讲述人C　这是中国最繁荣的时代

讲述人A　只是

讲述人B　只是

讲述人C　只是

讲述人合　最富强最繁荣不等于最幸福

［载歌载舞的人们依次转过身来，露出愁苦的面目和愁苦的声音。（歌舞中的笑脸不过是戴在后脑勺上的笑脸面具。或者原来是戴着笑脸面具，现在摘下来了露出愁苦真面目）。矛盾的合唱与领唱。

合　唱　大唐盛世

群众甲　大唐盛世为什么我的儿孙不能科举及第

合　唱　国泰民安

群众乙　国泰民安为什么我的买卖不能一本万利

合　唱　五谷丰登

群众丙　五谷丰登为什么我总生不出儿子延续香火

合　唱　丰衣足食
群众丁　丰衣足食为什么我娶不到如花似玉小娇妻
甲乙丙丁　为什么别人都心满意足
偏偏只有我处处不如意
讲述人合　烧香诵经，拜佛还愿
布施供奉，修造福田
在最富强最繁荣的时代
到寺院寻求解脱的，依然人海人山
［转而来到寺庙前，香客如织，香火旺盛。
合　唱　烧香诵经，拜佛还愿
布施供奉，修造福田
在最富强最繁荣的时代
到寺院寻求解脱的，依然人海人山
［惠能挑着柴担穿过人群。《求佛的人们》曲。
惠　能　每一个求佛的人都有一脸虔诚
虔诚的面孔上面，都藏着贪求的眼睛
病痛折磨的时候祈求健康平安
年迈无力的时候祈求获得善终
艰难困苦的时候祈求时来运转
行走仕途的时候祈求官运亨通
合　唱　烧香，烧香，烧香
求佛祖慈悲佛光普照菩萨显灵
惠　能　每一个求佛的人都有一脸虔诚
虔诚的面孔上面，都藏着贪求的眼睛
一帆风顺的时候祈求好景常在
春风得意的时候希望好花常开
身强力壮的时候祈求长命百岁
衣食无忧的时候祈求万贯家财
合　唱　拜佛，拜佛，拜佛
求佛祖保佑好日子千年万年长

讲述人A　这个名叫惠能的年轻人
　　　　肩上总挑着一副柴担
讲述人B　他的母亲吃斋念佛
　　　　他从不烧香许愿
讲述人C　只有诵经的声音
　　　　能令他停下脚步、凝神倾听
　　　　一切喧嚣仿佛都离他很远、很远
　　　　［在惠能眼中，每一个烧香磕头的人都现出他们的贪婪——心里生出好多只手在向佛祖乞求。
惠　能　听到庙里传来的诵经声
　　　　我心里就会平静
　　　　看到庙前众生拜佛祈祷
　　　　心里会生出怜悯
　　　　大千世界，八万四千种烦恼尘劳
　　　　大千世界，人人求现世安乐天天福报
　　　　没有的，想得到；得到的，怕失掉
　　　　［舞蹈、合唱《祈福》。一群戴着微笑面具的人在上香、叩拜、祈祷。
合　唱　行善布施，种下福田
　　　　佛祖保佑，万事如愿
　　　　［有六人依次祈祷，形成三组对应关系的表演性唱段，充满夸张的喜感。
　　　　［一声钟磬。年轻妇人甲、乙在拈香祷告。
年轻妇人甲
　　　　求佛祖赐我一段好婚姻
　　　　让奴家嫁个有钱的郎君
　　　　过怕了缺吃少喝的苦日子
　　　　女人嫁对就像鲤鱼跳过龙门
年轻妇人乙
　　　　奴家夫君有财又有貌
　　　　姐妹们都羡慕我前世修来福气好

求佛祖让他改改性情定定心

三妻四妾里头只把奴家当作掌中宝

惠能与讲述人合

高香一炷，高香一炷

是虔诚还是人心无足

[一声钟磬。男人甲、乙在拈香祷告。

男人甲　我佛慈悲，请赐我金榜题名

读书三代未能登科，我佛慈悲请赐我耀祖光宗

男人乙　我佛慈悲，请赐我高官厚禄

熬白头发才做上知县，我佛慈悲赐我当上知府

惠能与讲述人合

人心无足，人心无足

需要多少好处才会满足。

[一声钟磬。一老妇人在拈香祷告。

老妇人　佛祖啊，观音菩萨啊，我好悲惨

我有两个儿子一个卖鞋一个卖伞

原以为我家晴天雨天都有钱赚

却发现老天总是跟我们对着干

害得我们下雨的时候卖不掉鞋

晴天的时候卖不出伞

佛祖啊，观音菩萨啊

可怜我晴天也愁雨天也愁

只好来把救苦救难的菩萨求。

[一老翁在老太太旁边也准备拜佛，闻声忍不住插话。

老　翁　晴天愁，雨天愁，施主倒要菩萨怎么帮你呢？

老妇人　求菩萨保佑我儿出门捡个金元宝，从此吃喝不愁活到老。

老　翁　捡到金元宝就解脱了吗？

老妇人　对呀。但至少要捡到两个……哦不，三个。（扳手指）我大儿子一个，我二儿子一个，还有我一个……

老　翁　你呀，你要是真捡到金元宝，你就更惨了！

老妇人　（一脸不解）怎么会呢？

［一声钟磬。老翁开始祷告。

老　翁　大慈大悲的如来佛祖啊

快救救我这最可怜的人吧

我无儿无女无依无靠，却也知命乐天

有一天，我挖地挖出了一尊金罗汉

我的好日子就算到头了

说什么有了它我三辈子不用发愁吃穿

从那以后我就睡不着觉也吃不下饭

老妇人　是怕歹人来借走了你的金罗汉？

老　翁　不是。

老妇人　是怕这金罗汉为你招来世人的纠缠？

老　翁　也不是。

老妇人　那老哥哥的烦恼为哪端？

老　翁　你想想，罗汉应该有十八位呀

另外的十七个到底埋在哪边

这份惦记比忍饥挨饿还让人坐卧不安

大慈大悲的佛祖救救我

让我快点找到它们吧

凑不齐这十八座金罗汉

我死都不能闭眼

［老妇人捶胸顿足，绝倒在地。

［三位讲述人在一旁放声大笑。

惠　能　可笑？可怜

是什么遮挡了我们的双眼

是什么让我们丧失了纯净清明的心

为什么众生总在遭受折磨

丰衣足食也无法拥有宁静和平安

［合唱、舞蹈《祈福》。

合　唱　行善布施，种下福田

佛祖保佑，万事如愿
可为什么万事总也不能如愿

［音乐突然一转，上香、叩拜、祈祷的人们突然摘下面具，露出一张张愁苦得狰狞的面孔。

［合唱、领唱《呼号》。人们绝望地呼号着。

合唱领唱　痛苦——生苦、老苦、病苦、死苦
痛苦——寒苦、热苦、饥苦、渴苦
痛苦——纵然有金山银山、纵然是九五之尊
也逃不掉五欲六尘的八万四千种痛苦——痛苦——

［这一片痛苦的声音令惠能掩住双耳。

［这时，一香客手持经书，一边诵经一边走过人群。

香　客　“是故，须菩提，诸菩萨摩诃萨如是生清净心，不应住色生心，不应住声得味触法生心，应无所住而生其心……”

［众人戴回面具，重新回到拜佛的状态，有口无心地跟着诵经，像诵经一样地无伴奏合唱。

众　人　是故，须菩提，诸菩萨摩诃萨如是生清净心，不应住色生心，不应住声得味触法生心，应无所住而生其心……应无所住而生其心……应无所住而生其心……

［惠能若有所悟，众人的合诵在他的心中，声音变得越来越洪亮。

［随着一种清亮的声音从天际飘来，一切世俗景象在惠能眼前消失了。他的身后，佛门（原先的庙门）洞开，天地清明、无限风光。

［惠能的咏叹调。

惠　能　有一个声音，我寻找了很久
这个声音，让我心中一片清明
五欲六尘中塞满
真心本性，被种种的欲念羁绊
“应无所住”，这“无”是无边、无量、无限
应无所住才能“无所不住”
这声音照亮我如同一道闪电
小鸟一样，破笼而出

从此再无羁绊

合　唱　养深积厚，等待因缘

万事具备，因缘具足

一朝闻道，顿时开悟

［惠能追向香客寻问。

讲述人 A　一句经文，令惠能茅塞顿开

他追上香客，问此经从何而来

讲述人 B　香客告诉惠能，黄梅东山寺

讲述人 C　弘忍大师

讲述人合　但持此经，即自见性

［昂扬的音乐中，惠能向香客施礼致谢。

惠　能　这声音照亮我如同一道闪电

小鸟一样，破笼而出

从此再无羁绊

第一幕　第二场

［讲述人与惠能舅舅的对唱、重唱。与歌词相关内容的表演。

讲述人 A　传说惠能刚一出生

门外就来了两名游僧

说是卢家与佛宿昔有缘

为这孩子取名叫惠能

仁爱、恩惠，将来定能普度众生

舅　舅　我早说过当年那两个和尚来得不是时候

不然他个打柴的苦孩子不会有这些怪念头

讲述人 B　现在惠能发心要去黄梅东山寺

却遭到了他舅舅的坚决反对

舅　舅　小子我告诉你不要胡思乱想

你爹死得早全靠你娘把你抚养

好好在家里打柴卖柴尽孝道
别学着有钱人烧香拜佛太荒唐
就算你娘答应你我也不会把步让
就像这村口的大青石堵在路中央
靠着发心大愿你要是能把这石头拜开
我就相信真有救世的佛祖菩萨在上

［一群村民跑上。歌舞《拜石头》。

［舞台上出现村口巨石。惠能跪拜在石头前。

［舞蹈一《群舞·村民看热闹》。村民们围着惠能看热闹，没有人相信他能拜开石头，不时有人在学着他的样子逗众人发笑。

讲述人 C　惠能跪在村口，不念经也不磕头
他只说心诚则灵，要用心念拜开石头

［舅舅生气地数落惠能，被村民劝开。

舅　舅　你跪了一天两天三天，我不信你腰不疼腿不酸
就算你跪一年两年三年，石头不会开但你的腿会跪断

［电闪雷鸣，大雨瓢泼。

［舞蹈二《群舞·风雨考验》。狂风卷着暴雨向惠能袭来，众人散去，狂风暴雨仿佛是想让他知难而退。但惠能纹丝不动。

舅　舅　这风好大这雨好大，一定是来处罚你的不孝你的顽固不化

惠　能　好大的风好大的雨，一定是来考验我的心意

［风雨中，由演员堆叠组成的巨石开始动起来。三名讲述人置身为石头的一部分，在跟惠能对话。

［舞蹈与对唱《心诚则灵》。

讲述人 A　你冷不冷？

惠　能　也冷也不冷。

讲述人 B　你腿疼不疼？

惠　能　也疼也不疼。求道之人，为法忘形。

讲述人 C　石头可比人的心肠还硬。

讲述人合　石头从来无情。

惠　能　精诚所至，金石为开

我相信石头也有灵性

讲述人 A　其实你的心肠比石头还硬，忍心丢下孤苦的母亲

讲述人 B　你的母亲养育你含辛茹苦，吃斋念佛用心虔诚

讲述人 C　此去经年到东禅山高水长，皈依三宝割断人子情

讲述人合　只可怜老母亲无人养老送终

［这段对唱的时候，惠能母亲来到跪拜石头的儿子身边，默默地为他披上蓑衣。

［母亲望着儿子，静静地在他身边陪着。

［惠能纹丝不动地跪在原地，却不断有很多个自我，不安地起身，跪倒在母亲身边。与母亲恋恋不舍，形成以母亲为支点的舞蹈。

［跪在原地的惠能与静立一旁的母亲形成二重唱《母子情深》。

［二重唱中间可以加入“帮腔式”的合唱，由三位讲述人完成。

母　亲　二十多年来，我的眼睛从没有离开过你

娘在替你疼，娘在替你腿疼

惠　能　二十多年来，娘的眼睛从来没有离开过我

我想的是娘，舍不下的是娘

母　亲　儿子，这千万雨点从天降

那云彩可曾阻挡

鸟儿注定要高飞

因为它生来就有翅膀

儿有大志向，儿有大志向

儿的心思娘最懂

成全儿子的人该是娘

惠　能　娘！

母　亲　石头，你让开路

石头，你硬不过我儿意志坚强

惠　能　娘！

母　亲　石头，我让你让开路知子莫如娘

［母亲以儿子的愿望为愿望，更以佛祖的愿望为愿望，决定同他一起跪石头。母亲毫无保留的爱令石头为之动容。

［当母亲在惠能身边向巨石跪下身来时，巨石轰然崩塌。

合　唱　精诚所至，金石为开……

［云开雾散，云蒸霞蔚。莲花遍开。

［惠能扶着母亲站起身来。

［闻声而来的舅舅和村民面对这一神迹，全都折服地匍匐在地。

第二幕　第一场

讲述人合　精诚所至，金石为开

精诚所至，金石为开

惠能离家的故事，就是这个成语的由来

［讲述人的讲述配合相应的场景转换和表演。

讲述人 A　翻山越岭、风餐露宿

惠能来到黄梅，前来拜见五祖弘忍

讲述人 B　当年，五祖弘忍被四祖道信收留，三十多年不离道信禅师左右，白天搬柴运水，夜间习禅修行，他触事解悟，深得顿渐禅法，道信圆寂前，付法传衣给他

讲述人 C　僧俗道众仰慕弘忍是达摩正统，遵弘忍禅学为东山法门

［钟鼓齐鸣，诵经声声。僧人们围坐弘忍周围诵经。风尘仆仆的惠能穿过僧众走向弘忍。

讲述人合　惠能走进东山寺……穿过一千多位参学的僧众门人

［惠能的独唱《我来了》。

惠　能　是一种不可抗拒的呼唤，引导着我一路走来

学佛，认识本自具足的佛性

相信自己、相信自己的如来种性无缺无余

学佛，远离烦恼，超越生死

获得智慧走到彼岸

我为般若智慧而来

我为证悟正果而来

我为立地成佛而来

［惠能虔诚地跪在弘忍面前。诵经声停了下来。

惠　能　弟子惠能拜见弘忍禅师。

弘　忍　你是谁？来见老衲有什么事？

惠　能　弟子是岭南新州人，远道而来，只为成佛。

［四周一片嗤笑声（因为是在禅师面前，所以声音不会过于放肆）。

弘　忍　岭南？那里地方荒蛮，人都尚未开化，怎么可能成佛呢？

［四周一片嗤笑声。

惠　能　禅师，人有南北之分，佛性却没有南北之分。人有贫富贵贱的差别，本自具有的佛性却没有差别。

［语惊四座。所有的僧人都望向惠能，又望向弘忍。

［弘忍与惠能对望，视线的交流中，四周的一切仿佛都不存在了——整个舞台压光，只留两束光。弘忍和惠能以心灵彼此走近。

［惠能与弘忍短暂的男声二重唱《我要寻找的人》。

弘　忍　这是怎样的回答

难道，眼前就是我最终要寻找的人

素有慧根，已自悟本性

惠　能　这是怎样的目光

没错，读懂我的心你是引领我的人。

般若智慧，透过你的双眼正照亮我的心

惠能弘忍合

你就是我要寻找的人

你注定是度我走向彼岸的引路人

（你或许是佛法心印的未来传承人）

［两人完成灵魂交流，再次回到了原先的位置。

弘　忍　说的倒也有些道理。那就先留下来吧。神秀，先带他去槽厂干些粗活吧。

［神秀起身，很有大弟子风范。

神　秀　惠明，带这位行者去槽厂。

［惠能深施一躬。随惠明离开。

［神秀对僧众做了个手势，诵经声再起。

［大殿上的弘忍将视线投向惠能离去的方向。《我要寻找的人》曲继续。

弘　忍　这是怎样一个人

究竟，他是浅薄轻狂大愚若智

还是慧根深厚，自性清净

［诵经声大作。

第二幕　第二场

［讲述人的说唱。

讲述人 A　惠能进了东山寺，每天只是扫地舂米、搬柴运水，只是寺里的一名杂役。没有人教他念经修行，他跟从前卖柴的时候一样，顶多能在远处听经

讲述人 B　惠能毫无怨言，每天埋头干活乐在其中。碓米的时候，为了弥补身形瘦小，他把一块青石系在腰间

讲述人 C　正所谓扬眉瞬目无非是道，搬柴运水无非是禅。行也禅，坐也禅，语默动静体安然。惠能每天劈柴舂米，听经悟道，心平气和地体悟着禅的境界

［舞台一角，惠能在负石碓米。可有碓米的音效。

惠　能　稻米不断地挣脱稻壳

就像人的本来面目从五欲六尘中获得解脱

粗糙的稻壳是五蕴和合的众生肉身

雪白的稻米如芸芸众生的本性佛心

沉重的石头像佛法僧宝戒定慧的百般修行

捶打着稻壳就像智慧去除众生七情六欲的蒙蔽

稻子脱去稻壳就是白米

众生远离欲望就找到本性

求佛何须上下求索，能看清真实自我众生就是佛

［配合惠能的歌唱，可以有形象的《米与稻壳》的舞蹈。

［钟磬声声。

［舞台中央，神秀等众僧在打坐入定。

［合唱：《参禅》。

合　唱　眼观鼻、鼻观心
参禅打坐入定，观想静止
心念不起，虔诚修行精进

［羊群的叫声，舞台高处表演区出现牧羊女的身影，牧羊女一边放羊一边唱着山歌（可用黄梅地区民歌调）。

牧羊女　东山寺旁山坡高，高高坡上长满草
草坡青青水甜美，美美的羊儿满坡跑

［《参禅》的音乐变了调。僧人身边出现了种种奇异形象，有美女有恶魔有爬虫有怪鸟……每一个僧人都奋力想要驱走异象。

［怪异的舞蹈《心魔》。同时，伴随着讲述人歌唱。

讲述人合　心魔、心魔、心魔
贪念、妄念、执念、怨念
都是修行途中常会出现的心魔
要想战胜心魔先得战胜自己

［舞台高处表演区的牧羊女仍在唱歌。

牧羊女　东山寺旁山坡高，高高坡上长满草
草坡青青水甜美，美美的羊儿满坡跑

［随着歌声，一只蜘蛛也出现在了一直安然静坐的神秀面前。

［神秀尽力让自己无视蜘蛛的存在，但却做不到。

［僧人们和异象交战。三束定点光逐渐圈定三个局部的表演区，而把众僧人隐去——惠能在专心碓米、牧羊女搂着羊儿小憩、神秀则在与蜘蛛作战。

［鼓声传来，神秀像是被这鼓声叫住了一般。蜘蛛的动作变得慢了。神秀回到“入定”的坐姿。蜘蛛随着钟声悄然离去。

［钟声仿佛是收功的信号，光渐起，神秀身边的僧人们纷纷起身互

相看着，人人心中忐忑，但谁也没有说什么。

[发现神秀仍坐在原地，僧人们合唱《大师兄最用功》。

合　唱　大师兄最用功，学识渊博，用心虔诚，他是弘忍禅师最器重的门生……

[神秀缓缓起身，表情有些愣怔。

[他没有更多理会众人的赞赏，心中充满疑问、自省。独唱对唱《究竟》。

神　秀　究竟是什么
在我入定的时候出现
令我心神不宁

[弘忍出现在神秀身边，注视着他。神秀及众人向弘忍施礼。

[弘忍望着神秀，感觉到了神秀的不安。

弘　忍　你心神不宁
像一只迷途的羔羊
我一直担心你
不是你不用功
而是你太用功

神　秀　我心神不宁
持戒多年本以为心如止水不动
怎会魔障又生
那多腿的爬虫究竟是魔高一丈
还是我的宿业障重

[牧羊女的歌声再度传来。

牧羊女　东山寺旁山坡高，高高坡上长满草
草坡青青水甜美，美美的羊儿满坡跑

弘　忍　（问众人）今天的功课做得怎样？

[众人面面相觑。只有惠明直言。

惠　明　回禅师，弟子今天入定的时候看到了一条八爪鱼，不知是何方魔障。

弘　忍　（看向神秀）神秀上座怎么说？

神　秀　（恭敬地）请禅师开示。

弘　忍　老衲又没有看到，自然也不知道。（对惠明）下次入定之前，你不妨准备一支朱砂笔，待那魔障再次出现的时候，你就用朱砂笔在它肚皮上做个记号，看看到底是何方神圣。

［众人称诺。

［不远处传来碓米的声音。

弘　忍　（颇有兴味地询问）是谁还在干活？

惠　明　是那个蛮子。

弘　忍　他要求过参禅念佛吗？

神　秀　没有。

惠　明　他不过是个粗人，天天有活干有饭吃，高兴着呢。

［弘忍点头，离去，边走边吟唱出四句偈语。

弘　忍　佛在灵山莫远求，灵山只在汝心头，人人有个灵山塔，好向灵山塔下修。

第二幕　第三场

［讲述人的说唱。

讲述人 A　惠能没有参禅念经，却在这平凡的生活里不断地体悟生命的禅意

讲述人 B　在他眼里，世间上的一切无一不是禅

讲述人 C　花开了，是禅，花谢了，也是禅

讲述人合　生灭是禅，不生不灭也是禅

［寺后山坡上，一片秋色。惠能一边砍柴，一边陶醉在这秋天的景色之中，物我两忘。

［秋叶雪片似的落向他，惠能仰头承受。《生活禅》曲。

［草木全都活了起来——舞蹈演员扮演的秋叶在惠能身边翩翩起舞。

惠　能　秋天正在离去，再过一年又到秋天

秋天走了也未曾走，秋天来了也未曾来
片片秋叶萧萧下，化作泥土来年又会在枝头发芽
太阳每天从东边升起又从西山落下
第二天它又会再度在天边高挂
世间万物起起落落，生生灭灭，生命永恒
春有百花秋有月，夏有凉风冬有雪
若无闲事挂心头，便是人间好时节

［惠能随手摘下一朵小小的菊花。

讲述人 A　一花一世界，一沙一菩提

讲述人 B　这一朵花，风替它传播生命的种子
雨水浇灌阳光照耀，空气土地把它滋养

讲述人 C　这一朵花，集合了天地宇宙的万种力量

讲述人合　可以小到无形，大若虚空
一朵花，一个世界，一个世界，一朵花

［歌声中有相应的舞蹈，仿佛我们身边浮动的微尘、沙石……最后所有的演员聚在一起，在舞台上聚合成一朵巨大的菊花。

［惠明在背诵《心经》。

惠　明　色不异空，空不异色，色即是空，空即是色……

惠　能　（请教）惠明师兄可知所诵经文是什么意思？

惠　明　说了你也不懂。

［惠明转了个身，背对着惠能，表示没有心思与他啰嗦。

惠　明　色不异空，空不异色，色即是空，空即是色……

［惠能一边捆柴一边思忖着。《生活禅》曲。

［同时可形成绳子与柴薪的舞蹈。

惠　能　色即是空，色是大千世界森罗万象是众生
空即是色，空是宇宙的真实模样
空，房子空了才能住人，空中有色
耳朵、鼻子、嘴巴是空的才能装进声音、味道和食品
空即是色
绳子一根是色，绕个圈圈就有了虚空，色即是空

有了虚空才能拢起柴薪
大千世界若不虚空，森罗万象何处安放
森罗万象若不存在，如何叫作大千世界
空即是色，色即是空
一切依空而立，有空才能承载一切

［惠能张开双臂，畅快地呼吸着悟道、解脱的轻盈。

惠　能　空、虚空，我的心中一片清明
烦恼如波涛汹涌，菩提之心如海水广阔平静
海水波涛本无二致，海水是波涛永恒的本色自性
迷失的海水是烦恼的波涛，一念之转，波涛就是海水，平静
我的心如同喜悦的虚空
足以容纳古往今来上下四方
容纳三千大千世界万物众生

［惠能唱到最后，有一群羊一只接一只地挤到了他和惠明身边，几乎把周围挤满了。所以，惠能唱到最后一句的时候，情不自禁地微笑着加了个尾句。

惠　能　容纳这群长角的生灵

［一声清脆的羊鞭，惠能循声望去。惠明也抬起头来。

［舞台后上方表演区出现牧羊女。她正因为害怕而裹足不前，但又很担心羊群。

惠　明　那位女施主在干什么？

惠　能　她想过来照看羊群。

惠　明　她为什么不过来？

惠　能　大概是不敢走那个独木桥。

惠　明　怎么会有独木桥？

惠　能　前些天大雨山洪，把原来的小桥冲垮了。

［惠能一边回答，一边向牧羊女方向走去。

惠　明　你要做什么？

［说话间惠能已经走到牧羊女面前，并向她伸出手来。

［牧羊女高兴地让惠能牵着手，侧着身子，一步一步走过独木桥。

［这时候的音乐可以是牧羊女经常唱的那首山歌。

［惠明身边出现了一大群八爪鱼伴着山歌的节奏“群魔乱舞”。惠明望着惠能方向呆若木鸡。

第二幕　第四场

［紧接上场。

［场景转换为寺院一角，一群僧人正围着神秀七嘴八舌议论纷纷。领唱合唱《大师兄你得管一管》。

僧人们　大师兄，你得管一管

学佛之人应守戒

不杀生，不偷盗，不淫邪

出家人慈悲为怀，出家人更要守戒

［惠明被推到神秀面前告状。

惠　明　他这样，拉着女施主的手，一个人退一个人走，走下独木桥。

僧人们　大师兄，你得管一管

一个带发修行的人

一个想要成佛的人

见了女人应该走远避嫌

大师兄，你得管一管

他不懂规矩不要紧

这会坏了东山的名声

让人笑话我们禅院

［众人戛然止声。

［惠能出现了，身上背着小山一样的柴捆。

惠　明　小蛮子……

神　秀　（用手势制止惠明，彬彬有礼地）卢行者。

惠　能　（止步、安祥地）神秀上座。

神　秀　今天在山上，虽然……你还没有剃度出家，但那样做终归是不妥的。

惠　能　不妥？

神　秀　不妥。要知道出家人应该不近女色。所谓持戒……

惠　能　女色？（恍然，同时淡然一笑）咳，惠能早都放手了，大师兄却抓住不放了。

［惠能说得云淡风轻，神秀如雷贯耳。

［惠能说完挑着担子离开了，声音却留在了神秀的头脑里。

混声画外音　“惠能早都放手了，大师兄却抓住不放了。惠能早都放手了，大师兄却抓住不放了。”

［《究竟》曲中的一个乐句。

神　秀　一句话直指人心

我难道不如这打柴的行者明心见性

第三幕　第一场

讲述人合　惠能的一句话，令神秀受到前所未有的震动

讲述人A　在精神的世界里，神秀突然发现

眼前出现了一座高高的山峰

讲述人B　神秀是弘忍的首席弟子，多年虔诚修行，深受弘忍看重

讲述人C　惠能所言却令他对自己的修为道行不再自信

诚惶诚恐

讲述人A　紧接着弘忍禅师就召集了所有门下弟子，对大家训诫一通

［弘忍在向僧众门人讲话。

弘　忍　世间的众生在生死苦海里不能解脱，你们整天只知道修佛，又如何能够得度？老衲近来气力不继，想来大概世缘时限快到了。

［讲述人站在弘忍身旁，面对众僧，成为弘忍的“代言人”。

讲述人B　你们各自回去观照自己的智慧，看取自己的般若自性

讲述人C　如果有人悟得佛法大意，我就传付衣法

讲述人A　谁能成为禅宗六祖，全看谁能作出这首合格的偈颂

［僧人们全都愣住了，弘忍径自离去。

［音乐骤起。大家议论纷纷，自然地将神秀围在了中央。

僧人甲　大师兄，禅师要传位了吗？可他明明看上去红光满面。

僧人乙　大师兄，是不是每个人都要写出偈颂？

僧人丙　总听说衣钵相传，这下可以亲眼看见了。

僧人丁　猜一猜，我们当中究竟谁会被选中。

惠　明　当然是大师兄！

神　秀　不要妄言……

惠　明　说错了我就不叫惠明！

大师兄，最用功

悟性最高有修行

你我之辈不必费心不必争

衣钵传人除了大师兄还是大师兄

（白）大师兄……大师兄人呢？

［众人发现神秀不知何时已经离开。

［木鱼声。轻声的合唱仿佛神秀境界里的声音。

合　唱　一切佛法，自心本有；心体清净，体与佛同。

［舞台后上方出现神秀独自静坐的身影。神秀的主题。

神　秀　都说我是最有资格的传承人选，每个人都在拭目以待

如果我不呈偈，禅师怎么知道我见解深浅

如果是为了追求佛法，呈偈的用意是善

可是，若是为了觅求祖位，呈偈的用意就是贪

不作偈不能印证得法，又顾忌禅师有趋利的承诺在先

左不是右不是，实在令人左右为难

［随着怪异的音乐，一只斑斓猛虎突然跃到神秀面前，神秀大惊。

［猛虎紧追不舍，舞蹈《神秀与虎》。伴随着讲述人的歌唱。

讲述人合　心魔、心魔、心魔

贪念、妄念、执念、怨念
要想战胜心魔先得战胜自己
战胜自己心中的杂念

［眼看着那猛虎已将神秀扑倒在地，神秀突然从随身的笔袋里掏出笔点向老虎的额头。老虎像是被击中了一样一下子就不动了。

［音乐终止。切光。

［舞台前区。寺内庭院。

［惠明等人拿着扫帚、水盆一边打扫庭院，一边议论着。领唱合唱。《大师兄最用功》曲。

合　唱　（歌词大意）大师兄最用功……为作偈语修禅定……

［弘忍出现。众人行礼。

弘　忍　神秀又在闭关静修吗？

惠　明　是。

弘　忍　（摇头，自语）不开悟不住山，不破参不闭关。（唤）惠明。

惠　明　弟子在。

弘　忍　去找些砖头来，从明天开始，每人拿一块砖到这门口石板上磨砺，什么时候把砖磨成了镜子，什么时候你们就悟道了。

惠　明　是。

［弘忍离去。

［望着弘忍离去的背影，惠明万分不解。

惠　明　砖头？能磨成镜子吗？

［众人皆不解，面面相觑。

［突然，门一响，神秀出来了，他的脑门上有一个鲜红的圆圈。

惠　明　大师兄！大师兄你额头上是什么？

［神秀不解地抚着自己的额头，惠明端起水盆递给神秀。

惠　明　大师兄你自己看。

［神秀就着水盆倒影望着自己额头上的记号。独唱。

神　秀　这记号出自我的笔，刚才在入定中救过我的命
那只可怕的猛虎是我的妄念，正所谓魔障由心而生

这记号默然无声，却震耳欲聋
人生最大的困扰往往来于杂念丛生
佛性人人本具，却总被六尘覆蒙
只有时时拂尘除垢，才能得到无上的智慧和修行
身是菩提树，心如明镜台，朝朝勤拂拭，莫使惹尘埃
［神秀边唱，边挥笔将这份心得写在了墙上。
合　唱　身是菩提树，心如明镜台，朝朝勤拂拭，莫使惹尘埃

第三幕　第二场

讲述人A　神秀的四句偈，语惊四座
讲述人B　人们奔走相告，说神秀已经悟道
讲述人C　外面的居士香客也闻讯而来
讲述人合　就连弘忍禅师也要僧人们早晚念诵，依此修行
［有神秀偈语的墙壁前，人们来来往往，赞不绝口。
［合唱（《大师兄最用功》曲）。
合　唱　东山寺又出大德高僧，大师兄一首偈语明心见性……

［舞台后上方出现弘忍与神秀。
神　秀　（行礼）禅师。
弘　忍　我已告知僧众：依此修行，即不坠落，悟此偈者，方能见性。
神　秀　禅师喜欢，说明神秀与佛法有缘……
弘　忍　其实……距离无上菩提，你只算是走到了门口，还没有进门。
神　秀　（跪下）弟子……宿障深重，一时不能得法，还请师父开示。
弘　忍　回去再作一偈，若真正悟道见性，老衲就会把衣钵印信传给你。
神　秀　再作一偈？

［前区光起，大伙仍挤在神秀偈语前。（《大师兄最用功》曲）。
合　唱　东山寺又出大德高僧，神秀上座出偈语明心见性……

［集合的鼓声响起，僧人们纷纷离去。唯剩下一名香客还在抄写墙上的偈语。

［担着柴担的惠能与僧人们擦肩而过。

［那香客拿着纸笔仍意犹未尽，摇头晃脑地吟诵着。

香　客　“身是菩提树，心如明镜台，朝朝勤拂拭，莫使惹尘埃。”好偈！好偈！

［惠能闻声停下脚步。

惠　能　这位施主，你刚才念的是什么？

香　客　我在念神秀和尚的偈语。东山寺果然名不虚传，又出了一位得道高僧。

惠　能　可否请施主为在下再念一遍。

香　客　“身是菩提树，心如明镜台，朝朝勤拂拭，莫使惹尘埃。”听懂了吗？

惠　能　（点头）施主，在下也有一偈，可否请施主帮忙写在墙上？

香　客　你为什么不自己写？

惠　能　在下不识字。

香　客　哈哈，大字不识一个的人居然要写偈语，荒唐！

惠　能　不识字的人就一定没有佛性吗？

香　客　……

［惠能伸出手，指向天空。

惠　能　施主，你看。（香客看着惠能的手）不是在下的手，是在下手指的太阳。

［香客望向太阳。

［《生活禅》曲。

惠　能　顺着我的手指你能看到太阳
没有我的手指你也能看到太阳
熟读佛经可以得道，大字不识也不会把般若智慧阻挡
会认字会读书，未必最终开悟
就好像眼睛只盯着我的手而把手指的太阳遗忘
欲学无上菩提，不得轻于初学，若轻人，罪过无边无量

［听了惠能的话，香客一揖到地，觉得惠能很有说服力，但还没有

真正折服，所以他的回答是半真半假的。

香　客　听你一席话令我羞愧难当
请把偈语念诵出来在下替你写上
倘若小伙子你能得道法力无边
定要记得先来度我到达彼岸

惠　能　（白）菩提本无树，明镜亦非台，本来无一物，何处惹尘埃。

［香客在墙上写下偈语，四句偈语发出耀眼的光。

［惠能挑担而去，香客却因为震惊而面对着那二十个字半天回不过神来。

香　客　（念念有词）“菩提本无树，明镜亦非台，本来无一物，何处惹尘埃。”东山寺不仅出了一位高僧，还出了一位活佛，活菩萨——

［香客回头纳身要拜，却发现身后已空无一人。

［香客似有顿悟，突然朗声大笑，潇洒地掷笔而去。

香　客　好一个“本来无一物，何处惹尘埃”……谢活菩萨点化。哈哈哈哈……

［轻声的合唱《分个高低》。舞台上可以空无一人，但这声音却像是所有人的目光正从各个角落投向墙上的两首偈。

合　唱　两首偈语，孰高孰低……看禅师如何评说

［弘忍缓步走向写着两首偈语的墙前。

［轻声合唱《分个高低》。

合　唱　两首偈语，孰高孰低……看禅师如何评说

［弘忍在惠能的偈语前，缓缓地脱下鞋子擦去了惠能的偈语。

弘　忍　尚未悟道！

［轻声合唱变成了正常的合唱。众僧从不同的方向拥到墙的前面，仿佛都松了一口气。《分个高低》。

合　唱　一个是上座高僧，一个是蛮子仆役……怎么会分不出高低

［舞台一角。惠能还在负石碓米。《生活禅》曲。

惠　能　稻米不断地挣脱稻壳

就像人的本来面目从五欲六尘中获得解脱
粗糙的稻壳是五蕴和合的众生肉身
雪白的稻米如芸芸众生的本性佛心
沉重的石头像佛法僧宝戒定慧的百般修行
捶打着稻壳就像智慧去除众生七情六欲的蒙蔽
稻子脱去稻壳就是白米
众生远离欲望就找到本性
求佛何须上下求索
能看清真实的自我众生就是佛

[弘忍走近惠能身边，意味深长地看着他。

弘　忍　行者背的是什么？

惠　能　一块青石。

弘　忍　背青石做什么？

惠　能　弟子身小体轻，怕不够碓米的分量。

弘　忍　行者是来求佛的呢？还是来碓米的？

惠　能　凡人求佛不求心，圣人求心不求佛。

弘　忍　总是妄言。（探身抓起一把米）米碓好了吗？

惠　能　就欠筛了。

[弘忍点点头，以禅杖在木杠上敲了三下，离去。

[惠能目送弘忍离去，脚下碓米的动作没停。

第三幕　第三场

讲述人A　中国人都看过《西游记》，都知道孙悟空
师父曾在悟空头上敲了三下
谁都不懂只有那石猴心知肚明
当晚三更天他去找到师父
从此学会七十二变的神通
这个故事其实就来自生活中的惠能

讲述人 B　弘忍用禅杖敲击了三下
最后一次考验惠能的悟性

讲述人 C　惠能懂了，当晚来到弘忍禅房也在三更
弘忍虚席以待，向他传法传授了达摩祖师带来的《金刚经》

［舞台行为配合讲述：弘忍在灯下打坐，惠能进门行礼，肃立。弘忍示意他坐在对面，翻开经书为他讲经。

［有一束光从翻开的经书中发出，光晕逐渐扩大、明亮，弘忍的身体和惠能的身体仿佛被逐一点亮，整个斗室由这三点光源构成一片佛光普照。

［弘忍合上经书，望向惠能。

弘　忍　惠能，这部《金刚经》我讲完了，你听懂了吗？

惠　能　一切万法，不离自性，何期自性，本自清净，何期自性，本不生灭，何期自性，本自具足，何期自性，能生万物。

弘　忍　（深深点头）不识本心，学法无益，若识本心，见自本性，即名佛陀。

惠　能　弟子明白！

［取出袈裟印信递到惠能面前。

弘　忍　这衣钵自如来手中传下来
已历经三十二位活佛高僧
今天我把它们传给你，是为得法的凭证
自古佛佛唯传本体，师师密付本心
昔日达摩大师初来此土，人未之信
帮传此衣，以为信体，代代相承
法则以心传心，皆令自悟自解
今天你已获得证悟，从此，你就是禅宗六祖

［惠能接过衣钵。

惠　能　灭除万年愚痴只需刹那转念
破除千年黑暗只需一盏明灯
悟时众生是佛，迷时佛是众生
净心中有三宝功德

自性中本具足三藏十二部经

[弘忍示意惠能随自己起身离开。

弘　忍　请速随我离开此地

你一直是寺里的仆役苦力

蓦然成为宗门祖师

弟子们定然不会服气

出家人的我执破除，法执不破，为我不争，为法要争

从现在开始，你要高飞远行

栋梁之材需要时间成长

理上有顿悟，事上要渐修

悟了以后要继续修持，修道以后还要不断体证

前面的路还很长很长

要含而不露养晦韬光，等待机缘再把佛法弘扬

[说话间两人来到渡口，弘忍拿起船桨示意惠能上船。

弘　忍　快快上船，你不熟水性，老衲渡你过江。

[惠能动情地握住弘忍的手。

惠　能　师父！（唱）迷的时候师父度，悟了就要自己度

承蒙师父传授心法，从此以后只应自性自度

只有自度，方能安住。

[弘忍赞许地将船桨交给惠能，看着他上船离去。惠能向弘忍深深礼拜。

弘　忍　去吧，划着智慧的船，用你的心

从此度人自度……随心而住

任运逍遥，随缘放旷，随所住处，皆是净土

就如天上的太阳、月亮

无论晴空万里还是乌云密布

太阳、月亮都逍遥自在，悠游于虚空之中

照耀万物众生，随心而住

[转为一段短暂却非常动情的二重唱。

弘忍、惠能

三分师徒，七分道友
心心相印，精神相依
灯灯续焰，传法不息
不向佛祖菩萨求消灾、求增福、求长寿、求如愿
愿度天下众生，把一切众生的苦难来承担

第四幕　第一场

［奇异的摩擦声引出讲述人。

讲述人 A　铁链子可以束缚人，金链子也能把人锁
学佛修行，沉溺于世俗的烦恼妄想固然不好
执着于正道菩提、执着于修行得道也会成为觉悟的障碍

讲述人 B　不想成佛的人固然不能成佛
一心只想成佛往往也不能成佛
烦恼妄想的乌云固然可以遮蔽心灵
菩提正见的白云也一样可以遮蔽心灵，成为执着

讲述人 C　铁链子可以束缚人，金链子也能把人锁

［配合讲述，东山寺禅院内，惠明等众僧在以不同的姿势磨砖头。

［领唱、合唱《砖头能磨成镜子吗?》（还可用《大师兄最用功》曲）

众　僧　大师兄最聪明，砖头怎能磨成镜

［神秀拿着一块砖头端详着，沉思着……

神　秀　难道我错了吗
深入经藏，智慧如海
怎样才能得到证悟
佛性人人本具，但为客尘所覆
须时时修习，拂尘除垢，才能成佛
难道我错了吗
勤修戒定慧、熟背三藏十二部经
一心精进如登九层塔顶

如琢如磨欲将铁杵成针欲使铜板成镜
难道是我缺少般若根性
就像这砖头……磨到头也无法获得悟境

［弘忍远远望着。弘忍《总有一天》。

弘　忍　如来以一音演说法，众生随类各得解
法无顿渐，人有利钝
神秀养深积厚，因缘具足
只差一个机缘，一个破茧而出的机缘
发现自己的本心，在电光石火之间
总有一天，他也会成为一代宗师将正法弘传

［看到弘忍，众僧纷纷起身。

弘　忍　你们在做什么？

神　秀　弟子愚钝。砖头能磨成镜子吗？

弘　忍　你说呢？

神　秀　磨砖不能成镜。

弘　忍　你说对了。

惠　明　（不解地）可是师父，明明是你让我们……

弘　忍　我是要让你们知道，只靠坐禅、念经不能明心见性。

惠　明　（生气地）请师父开示。

弘　忍　参禅学道的人，如果忘记自己佛心本具，而只知心外求法，心外觅佛，除了生出许多妄执之念，只会离正法越来越远。

［惠明等人表情不服气，但也不敢多说什么。

弘　忍　神秀，你的偈作好了吗？

神　秀　还没有，请禅师再给些时间……

弘　忍　佛法一经思量就不中用！如果是觉悟自性的人，一言之下自能得见。即使在挥刀作战的紧急关头，也能于言下立见自性。（转对众人）我的衣钵已经找到了传人，现在已随惠能南下了。

［所有的人都惊呆了。

惠　明　禅师，你糊涂了吗？那蛮子连和尚都不是，怎么可以继承衣钵！

弘　忍　佛法僧三宝，不一定出家人才有。每个人的清净自性中早已三宝

足具。

［三个讲述人出现在弘忍身边，成为弘忍的“代言人”。

讲述人 A　你我自性的法身，就是佛宝

讲述人 B　自性的真理，就是法宝

讲述人 C　自性的清净，就是僧宝

讲述人合　所谓皈依三宝，其实就是皈依自己

惠　明　照禅师的说法，难道我们都白白出家了吗？

弘　忍　佛陀有言：“知我说法，如筏喻者，法尚应舍，何况非法。”

［三个讲述人在弘忍身边。

讲述人 A　学佛修行的一切形式，对于一个尚未见性悟道的人来说，就像过河需要船筏一样

讲述人 B　可一旦过了河，就要放弃船筏

讲述人 C　你会在过河之后还背着船走吗

惠　明　可是……

弘　忍　如果能够生起真正的般若观照，一刹那间，妄念即能完全熄灭；如果能识得自性，这一悟便可以直入佛地。

［惠明无言以对。

弘　忍　迷时三界有，悟时十方空，欲知成佛处，会是净心中。

［弘忍高诵四句偈，离去。

［众僧愤怒，唯有神秀若有所思，表情平静。

［合唱《愤愤不平》。

合　唱　愤愤不平，愤愤不平

惠　明　一定是那南蛮子蛊惑了禅师

祖师衣钵绝不能落入蛮子手中

（白）大师兄你倒是说句话呀！

神　秀　看来，惠能已无师自悟佛智，得最上乘佛法，不然禅师不会亲付衣钵。神秀愚钝，需要去继续修持反省。

［神秀说完离去。惠明更气了。

惠　明　一定是那蛮子迷住了年迈的禅师

气昏了慈悲的大师兄
我舍出这副躯体把佛祖供奉
让我成了那蛮子的门下绝对不行
那蛮子应该还没有走远
我要去追回衣钵，你们谁愿与我同行。

［众人响应。

［急促的音乐，众僧在惠明的带领下，追赶惠能。

第四幕　第二场

［场景转换，山路上，怪石嶙峋。惠能正独自行走，身后传来惠明的吼声。

惠　明　南蛮子你给我站住！放下衣钵，否则我宁可破戒要了你的命。

［惠能将包袱从肩上取下，轻轻地放在地上。

［惠明小心翼翼地靠近。

惠　明　老老实实地待在原地
皈依佛门前我是四品大将军
还我衣钵饶你不死
不然我宁可破戒也要取你性命

［惠明抓住包袱却拿不动，几次尝试，他不甘心地望向惠能。

惠　能　这衣钵是传法的信物，哪里是凭着武力就可以得到的？

惠　明　（大叫）惠明是为护法而来！

［说完又去拿衣钵，依然拿不动。

［惠能在一旁的大石头上坐下。

惠　能　既然是为法而来，不知你想得什么法？

惠　明　我……我想成佛。

惠　能　你就是佛！

惠　明　我？怎么可能？

［音乐跟进。

惠　能　成佛成魔全在一念之差
从佛、菩萨到天、人、阿修罗到地狱、畜生
十法界具足，全在你的一念之中
一念向善就是菩提
一念生恶就是地狱
我们的心时而天堂，时而地狱
时而佛祖时而畜生
一天当中不知来去了多少回在十法界中

惠　明　（跪倒）活菩萨，请告诉我如何才能解脱得法？

惠　能　摒弃一切外缘，断绝一切思念
不要想到恶，不要想到善
只要回过头来，反观自照，面对自己的心田
每个人的心里，都有佛的本性，与生俱来
空华乱坠，只因一翳在眼
若离诸相，即见诸佛容颜

惠　明　就仿佛一锅生米，因为最后一根木柴变成了熟饭
就像一只凤梨，表皮没有改变味道却由酸变甜
以往的一切修为，突然在这一刻变成了一只有力的手
提升着我的灵魂，一飞冲天
我的眼睛仿佛是第一次看到这个世界
充满喜悦安详，莲花开遍
[随着惠明的歌声，惠能坐着的石头变成了莲花台，四处的乱石也变成莲花。晴空万里，仙乐飘飘。

二人合　菩提自性，本来清净，但用此心，直了成佛

第四幕　第三场

讲述人A　惠能得到五祖衣钵，在佛教世界引起了天大的震动
很多佛门弟子无法理解，认为这是外道旁门

讲述人 B　只有神秀，什么话都没有说
只是静静地思考继续修行

讲述人 C　然而，越是这样
弘忍的门人弟子就越为神秀没有得传衣钵而愤愤不平

讲述人 A　都说修行的人我执易破，法执难除
他们可以割肉喂鹰、舍身饲虎
却无法放弃自己所悟的佛法
把信仰看得比生命还重

讲述人 B　所以一直有人不顾一切地要找到惠能
想夺回衣钵，把六祖的地位否定

讲述人 A　东山寺外风起云涌，东山寺内却是一片安详宁静
在惠能离开的三年之后，又逢玉露秋风

[弘忍拄着禅杖独自伫立。有落叶不断地飘落下来。

[神秀迎面走来，恭敬行礼。弘忍指着身旁一枯一荣的两棵树。

弘　忍　这两棵树，一枯一荣，到底是繁荣的好呢，还是干枯的好？

神　秀　（安详地）繁荣的任它繁荣，干枯的任它干枯。

[弘忍微笑点头。

弘　忍　老衲近来气力不继，想来大概世缘的时限到了。时限若到，老衲是去好呢，还是留好呢？

神　秀　（安详行礼）去也好，留也好，一切随缘任它去好了。

弘　忍　（开怀大笑）老衲心里要讲的话，什么时候被你偷听了去了？

[两人相视大笑。

[弘忍笑着顺势坐下，就此圆寂。

[神秀虔诚地跪下。

讲述人 A　弘忍大师圆寂了，走时面带笑容

讲述人 B　因为神秀终于与他两心相通

讲述人 C　像五祖所期盼的那样，神秀在渐悟中明心见性
终成为一代大德高僧

讲述人合　迷时三界有，悟时十方空
欲知成佛处，会是净心中

第四幕　第四场

［舞美转换。

讲述人 A　惠能离开黄梅东山寺，隐居山林十五年
韬光养晦、等待机缘

讲述人合　隐居山林十五年，韬光养晦、等待机缘

惠　能　与猎人为伍隐居山林十五年
历经沧桑痴心不曾改变
侮辱不以为耻，卑屈不以为贱
艰难不以为苦，度众不以为难
纵然阻障千万重，誓为众生带来生命的喜悦和圆满

［法号声声、鼓声阵阵。僧人云集。

讲述人 A　直到有一天

讲述人 B　直到有一天

讲述人 C　直到有一天

讲述人合　在广州法兴寺举行的盛大朝会上，一位身着布衣的行者，
在人群中出现

讲述人 A　当时，有两位僧人正在争辩
各执一词，说不清摇动的是清风还是旗幡

［两位僧人正仰着头争执。

僧　甲　是风动。

僧　乙　是幡动。

僧　甲　风动！

僧　乙　幡动！

僧　甲　没有风动怎么会有幡动？是风动不是幡动。

僧　乙　没有幡动怎么知道有风在动？当然是幡动。

惠　能　阿弥陀佛，不是风动，也不是幡动，是两位仁者的心在动。

二　僧　禅师！

［惠能顺着二僧的目光回头，法兴寺住持印宗正站在他身后。

印　宗　（对惠能）这位行者言简理当，深有禅意，可否请教是何方同道？

惠　能　我乃一介布衣，来自山林，很多年前曾在黄梅东山寺闻经听法。

印　宗　听说，五祖在世时，只讲见性，不论禅定解脱，是这样的吗？

惠　能　是。

印　宗　为什么不论禅定和解脱呢？

惠　能　因为讲禅定和解脱，就有能求、所求二法，就不是佛法。佛法是没有分别对待的不二之法。

印　宗　行者如何看待不二法门？

［印宗以台词提问。惠能以歌唱作答。

惠　能　就好比太阳每天从东边升起
从西边落下，第二天又会再度升起
朝升夕落，升也未尝升，落也未尝落
起起落落，生生灭灭，但太阳只有一个

［随着俩人的对话，僧众不断围过来，侧耳静听。

印　宗　请教行者，什么是“过去之心不可得，现在之心不可得，未来之心不可得”？

惠　能　对过去的境界不要追忆
对现在的境界不要贪着
对未来的境界不要幻想
不追忆是为“修定”
不贪着是为“持戒”
不存幻想是为“修慧”

印　宗　何为无念？

惠　能　不执着有，也不执着无
“无”是无限、无量、无边
无念不是什么都不念，而是“不念而念，念而不念”
在“无念”的境界里，对人没有爱恨，对境界没有贪着
能够“无念”，则自能“随喜”“随心”“随缘”

印　宗　何为无住？

惠　能　所谓“无住”，就是“无所不住”
如同月亮、太阳住在“虚空”里
所以才会随着“虚空”无所不住

印　宗　何为自性？

惠　能　一切万法，不离自性
何期自性，本自清净
何期自性，本不生灭
何期自性，本自具足
何期自性，能生万物
自性若悟，众生是佛
自性若迷，佛是众生

印　宗　行者！我很早就听说黄梅五祖的衣法已经传到南方，那位布衣六祖，莫非就是行者吗？

惠　能　不敢担当六祖之名。

印　宗　大师的话，句句都像精纯真金，
请出示衣钵，受我等膜拜。

[惠能打开包袱，一道金光，一件袈裟横空出世，变得巨大无比，笼盖天地。

[庄严而恢宏的音乐，所有的人全都顶礼膜拜。惠能走向神坛。

尾　声

讲述人 A　在法兴寺的菩提树下，印宗法师为惠能剃度
之后，印宗拜惠能为师

讲述人 B　这是佛国中的一个特别的故事
没有出家惠能先自成为六祖禅师

讲述人 C　在惠能出世以前，禅宗也讲求顿悟成佛
但直到惠能这里，禅宗才真正实践了

“直指人心、见性成佛”

讲述人 A　与六祖惠能出于同一师门的神秀，武则天时代被封作国师，受到顶级尊崇。在中国的禅学史上被尊为“二京的法主，三帝的老师”

讲述人 B　神秀对六祖惠能始终极为尊重，常指示弟子们到南方去亲近惠能，甚至三番两次地建议朝廷迎请六祖惠能到北方弘法、供奉。

讲述人 C　六祖婉拒了皇室的邀请，留在岭南普度众生。他的言行被弟子们编辑成书，成为中国和尚所写的、唯一被奉为“经”的佛学著作，叫作《六祖坛经》。

讲述人 A　六祖惠能，一个精神世界中的传奇

讲述人 B　他以最普通的身份完成了最有创造性的体验

讲述人 C　他以最原始的方式完成了佛学的最高悟境

讲述人合　惠能、神秀，神秀、惠能

一南一北，一顿一渐

开创了中国佛学的新体系

开创了传播至今的中国禅宗

［舞台上高处是惠能、旁边是神秀，都着大红袈裟。

［一位年轻的和尚从惠能的方向走向神秀。

神　秀　你去见过惠能禅师了？

和　尚　是。

神　秀　有什么收获吗？

和　尚　弟子即使不去也不会缺少什么。

神　秀　那你为什么要去呢？

和　尚　若不见惠能，怎么会知道自己不缺少什么呢？

神　秀　说得好、说得好啊！正所谓“何期自性，本自具足”，不见惠能，怎知自己不缺少什么呢?！呵呵呵呵……

［神秀笑着离去。

［宏大的合唱哄然而起。

［合唱中，惠能面向观众，朗声布道。

惠　能　一切万法，不离自性，何期自性，本自清净，何期自性，本不生灭，何期自性，本自具足，何期自性，能生万物。自性若悟，众生是佛；自性若迷，佛是众生。认清你的本性，你，就是佛！

剧　终

今　语

音乐剧《六祖惠能》有两部同名作品，都是广东做的。

之前的那一部，是请上海方面的主创做的。后来，广东方面决定拿这个题材重新做一部，于是找到了我。

大约是 2010 年，南方歌舞团谢晓泳团长邀请词作家阎肃先生、作曲家温中甲先生和我，去了广东采风。

回来后我开始认真研读《六祖坛经》，之前对这部禅宗经典的阅读，开始也止于蔡志忠漫画。虽然非常喜欢但也只停留在了喜欢上。准备创作的那半年时间，因为阅读《六祖坛经》，延伸阅读了《金刚经》以及各种佛门“公案”，同样的生活，我居然时时生出前所未有的澄明之感。

阎肃老师写了首开场歌词之后，没有继续。我则一直在写，写得兴致勃勃。

下地排演前，谢晓泳导演对剧本进行了整合，并且征得我同意，邀请了词作家王晓岭先生担任作词，在我的文字本基础上，进行了专业的歌词创作。我跟词作家王晓岭老师很熟，但这次合作我俩始终没有碰上面，所有交流、融合，都由导演主导、代劳了。谢晓泳导演对剧本提炼、整合后完成的舞台呈现简洁大气，首演现场激动人心。温中甲老师的音乐完成得非常棒，我相信他是在这次创作中找到了可以寄情、可以充分施展音乐才华的载体。

只可惜，这个戏没有更广泛地演出。期待未来能有机会吧。

几经踌躇，我还是决定在此选用由我独立完成的“文学本”，虽然文学本中的“歌词”只是在为词作家提供“词义”，与演出本比起来，也略嫌冗长，但它是编剧独立完成的文字，蛮有趣，也是我对唯一一部中国“佛经”《六祖坛经》和中国禅宗着迷研究后的一次饶有兴味的戏剧转化。

2020 年 8 月

歌舞剧

在那遥远的地方

——这是关于音乐、关于生命、关于理想、关于寻找的故事

编剧　冯　俐

首演时间：2010 年 1 月
首演地点：北京天桥剧场
演出单位：中国歌剧舞剧院
作词：宋小明
导演：夏广兴
作曲：张宏光
主要演员：郑棋元等

发表：《戏剧文学》2010 年第四期
获奖：文化部首届“国家艺术剧院优秀剧目展演”
优秀剧目、优秀编剧等多项重要奖项

人物表（按出场顺序）

王歌——年轻的音乐人。战乱中辍学的大学生。原来的理想是出国深造声乐。来到西部后，被这里的民歌迷住了，留下了。最终成为一名伟大的传歌者。

玉珊——王歌的大学同学，爱人。因共同的理想走到一起，又因不同的理想而分手。

剧团伙伴们——同王歌、玉珊一起来到西部的“西北抗战剧团”的成员。

飞天——遍及“丝绸之路”的石窟壁画形象，以敦煌最为著名。本剧以两组飞天作为丝路文化的精神象征和传歌人的精神引导，同时，也构成歌、舞的元素。两组飞天为“散花飞天”和“伎乐飞天”。

散花飞天主要承担舞蹈和营造气氛的任务，所谓“天花乱坠满虚空”。

伎乐飞天则承担着歌队、乐队任务，同时承担“讲述”“议论”的任务。

伎乐飞天在剧中最初出现时，衣饰几近无色。但随着王歌对当地歌曲的采撷，她们的衣饰也随之鲜艳起来——意味着她们所代表的西部音乐从几近尘封的状态中被发现和发扬。

伎乐飞天在全剧中始终与王歌如影随形，时隐时现。观众可以看到她们，王歌可以感觉到她们。剧中的其他人则是看不到她们的。她们是王歌追求民族音乐的引导者、守护者、受益者。

歌飞天——歌飞天是伎乐飞天中最特殊的一个，也是最如梦如幻的一个。很多时候，她是歌飞天，但有时她又会幻化成不同少女形象出现在王歌面前，比如维吾尔族少女阿拉木罕、哈萨克族少女塞地玛丽亚、藏族少女卓玛……

从某种意义上说，歌飞天是本剧真正的女主角。

歌飞天是失声的，所以她才是最需要有人来发现和挖掘的。

她将由优秀的舞蹈演员担任。当她终于找回了自己的声音之后（卓玛唱），她的歌声应是华美质朴的民族唱法。

刘先生——旅居西北的汉人。温文尔雅的富贾。对玉珊一见钟情。

各族群众——剧情需要的群众演员们。

音符——音乐家音乐创作的外化形象。由舞蹈演员承担。这个形象在剧中会很特别。

序　曲

字幕：

成群的飞天和光同尘，守望在漫长的丝绸之路上，歌声如梦如幻。

一群投身民族救亡运动的文艺青年一路向西，走进了这片神奇的土地。

年轻的音乐家王歌与妻子玉珊跟随“一路向西”的队伍走到这里，冥冥之中，王歌被一种神秘的美妙声音深深吸引。

他仿佛看到了沉默的飞天，仿佛听到了生命的召唤……

第一场

［这是一片广袤、壮阔而苍凉的土地。

［延绵不绝、缓缓起伏着的巨大沙丘。高天如洗。

［空中传来缥缥缈缈、如梦如幻的歌声。仿佛是听觉里的海市蜃楼。

［散花飞天出现了——她们看起来影影绰绰，若隐若现。几千年来，她们一直飘散、逡巡在漫长的丝绸之路上，和光同尘，守望着这片神奇的土地。

［散花飞天漫天飞舞，衣袂飘飘，歌声如梦如幻。

［女声合唱与女子舞蹈《飞天》。

（引唱）　飞天……飞天
多少白天，多少夜晚
我们守候着孤独——默默无言
岁月冻结了我的双眼
风沙吹断了我的心弦
飞天的梦，深深印在岩石上边

太阳也圆，月儿也弯
我们祈盼着一天 —— 慢慢出现
脚步惊醒了我的冬眠
呼吸吹动了我的心田
飞天的爱，轻轻印上你的指尖
绿洲蔓延……蔓延……生命呼唤……呼唤
等一个人等得这么久、这么难
知音走近……走近……故事很远……很远……
等你、等你、等着你，我要飞天

[跟随飞天的飞舞，我们看到了一处石窟。壁画上出现更多的散花飞天和手持琵琶、笙、箫、箜篌、笛子等乐器的伎乐飞天。

[散花飞天们飞舞着，而伎乐飞天们则纹丝不动。比起散花飞天的绚丽，伎乐飞天的衣着几近无色，面目则要黯淡很多，整体形象看起来几近破败。

[路边传来一阵驼铃声，散花飞天们望向伎乐飞天。

[一名手持琵琶的伎乐飞天被散花飞天们簇拥着走出来，奏起琵琶。

[独舞与群舞《飞天》。

[然而，琵琶声并没有打断驼铃声——路过的人们听不到她们的声音。驼铃声远去，琵琶飞天落寞地停止了弹奏。

[又有歌声从另一个方向传来，强健而昂扬。

[飞天们循声望去。

[男女混声与男女声二重唱《一路向西》。

[随着歌声由远而近，一队风尘仆仆的年轻人背着简单的行装出现。他们的行李上插着“西北抗战剧团”的小旗，看上去体力疲惫但精神饱满。队伍里最醒目的人，是背着一把小提琴的王歌和他的爱人玉珊。

[《一路向西》曲中，第一次出现王歌的主题和玉珊的主题。

合　唱　　一路向西，烽烟四起

家国破、山河泣、故乡千万里
一路向西，风卷红旗
男儿血，女儿泪，点点留足迹

王　歌　一路向西，青春无敌
梦还在、心还在、悲中歌一曲

玉　珊　一路向西，追索神奇
唐蕃路、汉家山、浪漫故事里

合　唱　浩浩黄沙，茫茫戈壁
大漠孤烟我们一路向西
猎猎寒风，声声马蹄
长河落日我们一路向西

[伎乐飞天们对王歌背上的琴盒发生了兴趣，她们一改前面的冷漠，纷纷由静态而动态——走上前来，围绕着他和小提琴，充满好奇和某种期待。（她们在两人的歌声中形成“好奇”的舞蹈。）

[王歌的目光很快就被壁画上的飞天们吸引住了。

[望着壁画上的飞天，王歌仿佛与之产生了某种感应。他像是得到了某种暗示，鬼使神差地取出小提琴，轻轻拨动了几下。

[伎乐飞天们发出一片惊喜的叹息，全都莫名地兴奋起来。

[琵琶飞天试探着用手里的乐器奏出短暂的旋律。

[王歌鬼使神差地用小提琴重复出那个旋律。

[小提琴与民族器乐的乐舞《飞天·重叠》（短暂的乐句进行独奏对话——快乐的、游戏感的。既而形成一段舞蹈音乐。小提琴与民乐都由乐队完成，台上的演员只做表演）。

[伎乐飞天们对王歌的反应表现出巨大的惊喜。她们分头以各自手中不同的乐器奏出不同的短暂旋律。

[王歌以小提琴飞快地模仿着、回应着。

[伎乐飞天们忘情地演奏起来，曲调简单而优美。

[散花飞天随着琴声起舞，舞姿曼妙、充满欢欣。

[玉珊和伙伴们奇怪地望着王歌——在他们的眼里，并没有什么飞天，只有独自沉醉在琴声中的王歌。

[听到同伴们的掌声，王歌如梦方醒地看着大家，又看着手里的小提琴。

玉　珊　你拉的什么曲子？

[王歌怔怔地看着手上的琴，又望向眼前的壁画——伎乐飞天们又回到了画中静态。

王　歌　不知道。好像……突然就有了这些灵感。也许，给我灵感的，是这画上的飞天……

[王歌的话仿佛构成了某种呼唤。随着更加缥缈而深邃的旋律（歌飞天的主题），舞台上的光不再现实而变得越发神秘起来。

[男独《面壁》。（王歌唱）

王　歌　冥冥之中我追寻着你
你是我的发现和惊喜
沉沉之中我凝视着你
你是我的陌生和熟悉

茫茫之中我见到过你
你是我的梦幻和记忆
芸芸之中我爱上了你
你是我的故事和传奇

风在说：匆匆过客无留意
云在说：千年万年等着你
想着你……想着你……我听到了
动人的旋律生命的主题

[由舞者担任的歌飞天从舞台深处显现出来。

[女子独舞与女子群舞《歌飞天》（歌飞天的主题）。

[在歌飞天的眼睛里，只有王歌。而王歌，则只是静静地感受着隐约中的一切。那种感觉似是而非，但又美丽。

[美丽的歌飞天超凡脱俗、绝世而独立，在散花飞天们的簇拥下，

她带着怀疑和希冀，一步步走向王歌。她的眼睛和肢体语言仿佛在一遍一遍地询问：“真的是你吗？我一直等待着的那个人？真的就是你吗？”

［随着一声“出发了”，灯光效果以及所有的感觉回到现实。《一路向西》的音乐起。所有的飞天四散离开。

［玉珊过来拉了拉王歌。

王　歌　（望着歌飞天的方向）好美的一片云彩。

［众人起身准备离开。

［众飞天如影随形地追随着王歌，充满感情和希望地轻唱。

［混声合唱《一路向西》与女声合唱《飞天》，中间不时飘出支声部的“歌飞天”主题女高音。

［歌飞天深切注视着王歌的身影，久久地伫立着。

众人合　一路向西，烽烟四起
家国破、山河泣、故乡千万里
一路向西，风卷红旗
男儿血，女儿泪，点点留足迹

飞天合　一路向西，心潮迭起
飞天外、知音觅、恍然在梦里
一路向西，多彩神奇
短相守、长相忆、终于等到你

女　声　（歌飞天主题）啊————

［《一路向西》音乐延续。

第二场

字幕：

在各族群众聚居的集市，王歌沉浸于丰富多彩的民族音乐，忽略了身边的爱情。

落寞的玉珊令旅居西北的刘先生一见钟情。

[西部各族群众聚居的集市。

[王歌等人忙着张贴抗战标语、支起“西北抗战剧团”的横幅。王歌身上依然背着小提琴。

[随着吆喝声，卖布的大婶推着一车五彩缤纷的花绸布出现在集市上。她一路走一路吆喝（这种吆喝声是《半个月亮爬上来》的原始素材。节奏可能有些不同）。

卖布的大婶（吆喝）

咿啦啦夏依格。咿啦啦夏依格。（同“半个月亮爬上来，咿啦啦夏依格”中的后半句）

[王歌被这吆喝声吸引住了。

[一群爱美的少数民族姑娘也闻声围到大婶车前。

[一对马车夫远道归来。人未到声先到（用《达坂城的姑娘》曲）。欢快、热烈、调皮。

[男歌“马车夫与姑娘们”与男女情境群舞。

[这段以《达坂城的姑娘》为主旋律改编的音乐，它应该是一段特别适合情节性舞蹈的、有趣的音乐。节奏上也许跟大家所熟悉的《达坂城的姑娘》版本有些微不同。

维吾尔族小伙子们（唱）

哎——达坂城的石头硬又硬啊，西瓜大又甜啊，达坂城的姑娘辫子长啊，不知有没拖到地上。如果你要嫁人不要嫁给别人，定要嫁给我，带着你的妹妹带着百万家产赶着那马车来……

[车夫们一边唱歌，一边与买绸布的姑娘们打招呼、献殷勤。其中，年龄较大的马车夫大叔显然跟卖布大婶是老熟人，两人互相打趣着。马车夫小伙子们则与买花绸的姑娘们形成不同的人物关系，构成不同的男女双人舞或男女群舞。（根据现在歌词，这段舞蹈可以尽显少数民族的奔放性格和热辣辣的毫不遮掩的表达爱情的方式）

[被这欢快、有趣的歌声吸引，王歌兴致勃勃地从口袋里掏出笔和

本子，席地而坐记起了谱子。

［王歌记谱的时候，伎乐飞天们出现了——仿佛她们是追随着王歌来的，随歌声舞动。歌飞天却轻轻走到王歌身边，观察着他。

［玉珊来叫王歌，但全神贯注的王歌浑然不觉。

［受到冷落的玉珊不高兴地转身离去，却与一位带着亲随的汉族男子（刘先生）险些撞上。刘先生彬彬有礼地侧身让路，玉珊匆匆离去，惊艳得刘先生久久地望着玉珊的背影。

［恰在此时，《达坂城的姑娘》曲终，伴着玉珊与刘先生的擦肩而过……

［又一个更欢快、熟悉的旋律响起——《掀起你的盖头来》。一群维吾尔族群众随着迎亲的队伍，载歌载舞地拥上街头。

［《掀起你的盖头来》的原始主旋律，欢快的维吾尔族迎亲歌舞。

［欢快的人群把玉珊和其他团员挤到了一边。王歌情不自禁地融入迎亲的人群，并且用小提琴拉起同样的旋律，得到维吾尔族群众的欢呼。

［王歌的琴声再度引起伎乐飞天们和歌飞天的惊喜。

［玉珊兴味索然地想离开人群，结果再次撞到身后的刘先生。玉珊抱歉地笑了笑，刘先生彬彬有礼地向玉珊伸出手。

［男独《旧世前缘》(短歌——刘先生的主题)。

刘先生　和你目光相对，好像梦中曾见
与你擦肩而过，注定旧世前缘
是你掀起了我心中的盖头
你就是我今生今世的爱恋

［玉珊大方礼貌地与刘先生握手。

［音乐再次回到《掀起你的盖头来》。

［迎亲的人们再度掀起歌舞的高潮后，裹挟着王歌，潮水般地涌去。只剩下了刘先生和玉珊。

［刘先生陪玉珊离去。

第三场

字幕：

追寻着歌声，王歌走进牧场，却在恍惚中，无法分清眼前究竟是维吾尔族少女的倩影抑或是歌飞天的化身，整个灵魂都仿佛被一种无形而迷人的力量攫住。

［维吾尔族牧民聚居地。充满风情、人丁兴旺的牧区。

［一群少女簇拥着新娘，唱起了颂扬新娘的歌。女合与女子群舞《阿拉木罕》。

少女们　（唱）阿拉木罕什么样，身段不肥也不瘦。阿拉木罕住在哪里，吐鲁番西三百六。她的眉毛像弯月，她的身腰像杨柳，她的小嘴很多情，眼睛使你能发抖。阿拉木罕什么样，身段不肥也不瘦。

［新郎则被小伙子们簇拥着，上前表白心迹。

［男领与男合《阿拉木罕》。

小伙子们　（唱）为她黑夜没瞌睡，为她白天常咳嗽，为她冒着风和雪，为她鞋底常跑透。阿拉木罕住在哪里，吐鲁番西三百六。

［情境舞蹈《婚礼上的姑娘和小伙子们》。音乐可根据《阿拉木罕》。

［这是所有婚礼上都会出现的一幕：未婚男女借着守护和获得新娘而互相斗智斗勇，并从中产生着新的情侣和爱情。

［飞天们在年轻人中穿梭着，仿佛是另一种形象的“麦琪”——顽皮地促成着年轻的爱情。

［欢乐的歌舞中，少女们捧上美酒美食。

［一位维吾尔族少女捧着食盘来到一直不忘记谱的王歌面前。王歌抬起头来，看到的是跟歌飞天长得一模一样的美丽少女。

［歌飞天的主题。歌飞天独舞。

［四目相对。歌飞天凝望着王歌，如同凝望年轻的神。面对这样一位美丽脱俗的维吾尔族少女，王歌眼前和耳边的一切仿佛都消失了。仿佛整个灵魂都被摄住了。

［定点光区放大，放大，仿佛王歌此时的内心空间在被无限放大了。大到不再有婚礼，不再有人群，放大到了整个舞台上只有他和飞天（维吾尔族少女）。

［闻声而来的飞天们发现了维吾尔族少女与歌飞天惊人地相似，想要确认她到底是歌飞天还是维吾尔族少女。

［但少女始终把多情的目光和舞姿投向王歌。对飞天们的存在置若罔闻。

［在少女的舞蹈中，王歌情不自禁豪饮，物我两忘地歌唱起来。《一起去飞》A 段。

王　歌　人如花痴，心如酒醉
巧合诱惑着我们——再次相会
心跳述说着我的惊喜
呼吸吹动了你的花蕾
西行的爱，悄悄绽放我的玫瑰

［王歌一曲唱罢，在众人的欢呼声中，婚礼上的人群再度出现。

［欢快的音乐中，少女面带羞涩地跑走。王歌则被当地群众抬了起来——他们喜欢这个能够用他们的歌声表达感情的汉族青年。

［王歌用眼睛四处寻找着阿拉木罕。惊喜的伎乐飞天们发现她们原本无色的衣服上出现了一道淡红的颜色。

［她们欢快地起舞。《一起去飞》B 段。

王　歌　色彩啊色彩
飞天们　蔓延……蔓延
王　歌　生命啊生命
飞天们　回归……回归
王　歌　这个地方竟然这么大、这么美
飞天们　心灵啊心灵
王　歌　走近……走近
飞天们　向往啊向往
王　歌　很远……很远
王歌、飞天　（合）是你、是你、就是你，一起去飞

第四场

字幕：

荒凉漫长的生活令玉珊在意起刘先生的热情。

王歌用采撷来的动人情歌消解玉珊的怨怼。

[“西北抗战剧团”的驻地。朦胧夜色中，舞台上一头露出一个带小阳台的二层小楼一角。远处，是依稀可见的“大清真寺”的剪影。

[玉珊倚在阳台上等待着王歌，想着心事。

[女独《漫长……荒凉……》，玉珊的主题。

玉　珊　漫长……漫长

重复着无味的白天和晚上

荒凉……荒凉

奔走在无尽的山中和路旁

故乡远在记忆当中

梦想飘向异国他乡

我的爱情、我的浪漫、我的音乐

被西风慢慢蚕食，暗淡无光

漫长……漫长

重现着无限的心驰与神往

荒凉……荒凉

品味着无奈的失落和彷徨

激情过后手会冰凉

热闹走远人该散场

我的未来、我的理想、我的心愿

被黄沙悄悄掩埋，一片苍茫

想一想……想一想……好好想一想

也许我该离开这个地方

［王歌远远走来，手里拿着热瓦甫，身上背着冬不拉。一路不成曲调又自得其乐地叮咚弹拨着。

［回答王歌的是重重关上的阳台门。

［王歌沮丧地站在原地。

［两名队友走过来，示意他去安慰玉珊。

［王歌摇了摇头。队友笑着离去。

［圆圆的月亮从屋角升起来。音乐起，断断续续的，仿佛是一些乐句在王歌心里一点点地汇聚成歌。王歌开始是自说自话式地唱，很快就变成了有诉求对象（玉珊）的情歌。

［男独《半个月亮爬上来》。

王　歌　半个月亮爬上来，咿啦啦爬上来……半个月亮爬上来，咿啦啦爬上来，照着我的姑娘梳妆台，咿啦啦梳妆台，请你把那纱窗快打开，咿啦啦快打开，咿啦啦快打开。

［被歌声唤来的飞天们哼鸣着，在月光下翩翩起舞，仿佛是夜空里的精灵。她们带着感激之情，将手上的鲜花和葡萄丢过来——仿佛那都是被风吹落下的。

［王歌捡起葡萄接着唱。

王　歌　再把你那葡萄摘一颗，轻轻地扔下来。

［更多的葡萄扔了下来。

［王歌快乐起来，边舞边唱。

王　歌　半个月亮爬上来，咿啦啦爬上来，照着我的楼前常春槐，咿啦啦常青槐……

［被歌声呼唤出来的玉珊出现在树下，王歌的脸上露出了孩子般的笑容。

王　歌　你想吃那葡萄莫徘徊，大树下站下来。大树下你站下来，等那树叶落下再出来，咿啦啦我的常春槐……

［王歌举着葡萄，单腿跪在玉珊面前，玉珊含笑扯过葡萄。

［早已聚拢过来的团员们拍手起哄。

［充满柔情蜜意的夜色里，传来惊喜的叹息声——它来自伎乐飞天，她们发现，歌声令她们的衣裙上的淡红浓烈为大红。

［天幕前的定点光亮起，同样在衣裙上多了颜色的歌飞天充满欢欣地舞动着。合唱《今生有缘》（沿用《飞天》曲调。众飞天合唱）。

飞天们　色彩蔓延……蔓延……生命重现……重现

这一个人真的这么好、这么美

心灵走近……走近……梦境很远……很远

是你、是你、喜欢你，今生有缘

［伎乐飞天们进入歌飞天表演区。舞台上再度成为飞天的世界。

［歌飞天的舞蹈充满了欢欣和渴望。

第五场

字幕：

寒夜中，活跃的音符陪伴着王歌徜徉在音乐世界。

寒冷令一对爱人相拥起舞，彼此温暖。

歌飞天再次出现在王歌的精神世界，牵引着他走出玉珊的怀抱。

［夜空下的雪山。遥远的羌笛随着风声，断断续续地传来。

［王歌盘腿坐在屋里，就着微弱的灯光在本子上写着什么。

［钢琴的单音阶，仿佛作曲家在钢琴上寻找着灵感——这些声音是存在于王歌的脑海中的。

［每当一个单音阶响起，都会有一个黑色的音符出现。这些音符形象将由舞蹈演员担任，中性，是王歌音乐创作灵感的外化形象，它们的跳跃、聚合，充满了艺术的生命力。

［音符越来越多，个个顽皮不羁。它们不时地三两个聚在一起又快速分散。如同作曲家脑海里活跃异常却又无法马上形成的乐句和音符。

［它们像群淘气的孩子一样围绕着王歌，捉弄着王歌，令王歌烦恼而无奈。音符的群舞《不听话的小家伙们》。

［王歌沮丧地将纸从本子上撕下来，揉成一团。音符们四散纷逃。

［玉珊裹着披肩出现在王歌面前。

［王歌起身拥抱玉珊。两人相拥起舞，彼此温暖。

［男女对唱、二重唱《抉择》。这段对唱，情绪上有矛盾，但更多的仍是两人的温情。

二人合　轻轻握住你的手，
我的爱人，我的朋友；
当夜空已经熟睡的时候，
让我们说一说心中的感受。

玉　珊　我想走——我真的想要走，
来到西部只是我们短暂的逗留；
漫漫的行程不知哪里是尽头。
我的青春花季，我的艺术成就，
正在黄沙旷野中一点一点生锈。

［随着王歌的坚持，歌飞天出现在他身边。

［歌飞天华美空灵的支声部加入二重唱。

［虽然王歌和玉珊都看不到歌飞天，但在观众耳中、眼中，二重唱变成了某种意义上的“三重唱”，原来的双人舞变成了三人舞——其实，对于所有钟情于某种事业的人，在他们的生活和生命中，永远都存在着一个无法排除的、精神上的“第三者”。这位“第三者”令我们的生命充满了世俗生活之外的痛苦和欢欣。

王　歌　不要走……我请你不要走，
走进西部正是心灵苏醒的时候；
热情的人们正在向我们招手，
我的青春冲动，我的创作灵感，
正在长天旷野中一点一点成熟。

玉　珊　我要走……也让你跟我走！
走出西部我们告别死亡的沙丘，
浪漫的巴黎才是圆梦的方舟；

我的音乐风帆，我的人生彼岸，
就在漂洋过海充满希望的那头。

王　歌　不要走……我求你不要走，
走进西部我们发现生命的绿洲，
这里的生活蕴藏艺术的源流；
我的音乐天空，我的人生翅膀，
要在这片天地中迎风起飞遨游！

玉　珊　我要走……这一切无法忍受

王　歌　不要走……求你……不要走

王　歌　不要走……让一切重新开头

玉　珊　我要走……真的……我要走

玉　珊　我要走……心已经不肯停留

王　歌　不要走……为何……不能留

王　歌　不要走……让我们手拉着手

玉　珊　我要走……让我……自己走

玉　珊　我要走……我要走……我要走

王　歌　不要走……不要走……不要走

玉　珊　我——要——走

王　歌　不——要——走

［王歌被牵引着，离开玉珊，走向歌飞天的方向。

［《一路向西》的旋律进，与歌飞天主题形成牵引王歌的力量。令他走出玉珊的怀抱。

第六场

字幕：

王歌追随着音乐召唤，一路向西，走过千山万水、春夏秋冬。

可怕的暴风雪吞噬了王歌，他被哈萨克族少女塞地玛丽亚和族人所救。

一份深沉的爱、一份痛心的爱、一份纯真的爱令王歌、玉珊和刘先生同时迷失在爱的世界。

带着一颗失落的心，玉珊终于无奈地离开了王歌。

[《一路向西》与歌飞天主题引导着王歌走向遥远。

[音乐随着场景的变化自然转到女声、男声、混声合唱和男声领唱《感恩天地》，同时是舞蹈、情境表演。

[王歌一路西行，西部不同的地貌风情呈春夏秋冬四季变化，像拉洋片一样地从观众眼前滑过。比如雄伟的白色雪山、动人的金色胡杨林、醉人的紫色薰衣草花海、辽阔的绿色草原、苍凉的戈壁滩……

[王歌一路向西，既不是一个人，随行的也不再是“西北抗战剧团”的队友们，而是——前方有歌飞天引导，身边有伎乐飞天簇拥，身后则是不断壮大的音符的队伍。这个场景令我想到舒婷的著名诗句，记录在此作为一种感觉的提示：“你相信了你编写的童话/自己就成了童话中幽兰的花/你的眼睛省略过/病树、颓墙/锈崩的铁栏/只凭一个简单的信号/集合起星星、紫云英和蝈蝈的队伍/向没有被污染的远方/出发……”王歌则是集合起了歌飞天、伎乐飞天和音符的队伍。这段歌舞是有现实根基的音乐精神的飞扬。

[王歌一路向西，现实的部分是他不断地遇到不同民族的人，跟他们交谈、歌舞，用自己的水壶、干粮，甚至帽子、外衣等随身的东西与人们交换。

[每当对方接过王歌的东西，就会有一群音符跑到王歌身后——成串的音符在他身后形成了越来越长的队伍。以此作为王歌采集民族音乐的外化行为和形象。

[衣服上不断多出颜色的伎乐飞天一路跟着，舞着、唱着。领唱、合唱《感恩天地》（王歌、众飞天合唱）。

合　唱　一路向西，风光四季，
红花谷，青草地，雪山千万里
一路向西，人生足迹

胡杨高，黄沙细，背影是戈壁

王　歌　一路向西，感悟天地

太阳雨，冰霜月，走在神话里

一路向西，收获雄奇

人间曲，山河气，一路走下去

众飞天　情如花期，心如花蜜

色彩诱惑着他啊——一路采集

音乐指引着丝绸之路

歌声吟唱着西域之谜

贪心的人，正悄悄走进黄金宝地

王　歌　多么丰饶，多么美丽

我已爱上了这里——不再离去

山川给了我生命的旋律

人们给了我永恒的主题

贪心的我，要好好感恩这片天地

王歌、合唱

浩浩苍天，茫茫大地

不愧人生我要一路向西

猎猎长风，声声马蹄

狂歌一曲我要一路向西

［音乐陡转，天色突变，乌云翻滚。狂风暴雪冲散了王歌和他的队伍。短暂但却强劲的男子舞蹈《暴风雪》。

［王歌昏倒在风雪中。飞天们围绕着他，但却束手无策。

［这时，一声鞭子的脆响——

［王歌扎挣着抬起头，看到伸在面前的鞭梢，奋力抓住爬起来。

［歌飞天主题中，鞭子的那一头出现了披着白色皮斗篷的哈萨克少女塞地玛丽亚，长得跟歌飞天一模一样。

［四目相对，《可爱的一朵玫瑰花》曲进。王歌看到了一双似曾相识的眼睛。他凝视着她，想说什么，但终于筋疲力尽地仆倒在地。

［玉珊表演区光起，玉珊怀抱着一束玫瑰花，心神不定、充满矛盾地一片片地揪着花瓣。

［刘先生走进玉珊表演区，深情地望着玉珊。

［荒山脚下，王歌守着一堆篝火，思念着心中的玉珊。

［三重唱《心爱的人》。（王歌、玉珊、刘先生）。

王　歌　想起你，心爱的人
像雪花融化在我的手心
这一路我们也许太艰辛
心爱的人，你让我爱得深沉

玉　珊　离开你，心爱的人
像风沙眯住了我的眼睛
这一切我们也许太认真
心爱的人，你让我爱得痛心

刘先生　认识了你，心爱的人
像清泉滋润了我的心灵
这一世我们注定有情分
心爱的人，你让我爱得纯真

王　歌　心爱的人，我要给你最深的一吻。

玉　珊　心爱的人，我要给你最终的一吻。

刘先生　心爱的人，我要给你最初的一吻。

三人合　心爱的人，看着我的心让爱情做证。

王　歌　回来吧——

玉　珊　回来吧——

刘先生　快来吧——

三人合　我是你心爱的人

［玉珊表演区骤然切光。只剩王歌孤独一人。

［这一段歌舞应该是王歌试图放下对音乐的追寻，回到正常生活中去——他不断地驱赶着与他朝夕相处的那些音符。

［音符们离开了，伎乐飞天们又赶来了。

［伎乐飞天推着歌飞天出面挽留，歌飞天在王歌身边舞动，苦苦挽留他，开始的时候，王歌看不到她，后来似乎看到了，离去的心开始动摇了。

［王歌独唱与合唱《一生守候》。

王　歌　难道就这样分手？
我的爱人，我的朋友；
当爱情走向交叉的路口，
我身后风正寒，心中很难受。

跟她走——我是否应该走？
也许艺术不是人生唯一的追求；
浩浩的时空何处不能展风流？
我的真心爱人，我的亲密朋友，
我们风尘结伴一步一步牵手。

不该走——我知道不该走，
相信感动才是心灵震撼的时候；
沸腾的生活给了我全部的感受，
我的知心爱人，我的知音朋友，
该在星河灿烂中伴我身边左右！

不能走——我决定不再走！
我的西部给我唱响明天的歌喉；
我的新生注定一生地奔走，
我的所有爱人，我的所有朋友，
将在这片热土中书写传奇今后！
在那遥远的地方，
我将一生守候——

［另一表演区随着玉珊的歌声起。王歌离开了歌飞天。

［舞台上只有三个人，两个空间里的三颗矛盾的心。

［玉珊、王歌、刘先生三重唱《迷失》。

玉　珊　迷……失……

王　歌　迷……失……

刘先生　迷……失……

三人合　迷……失……

玉　珊　迷失了爱情和理想的方向

王歌、刘先生

迷……失……了方向……

玉　珊　亲爱的，我们走到了终点的地方

王歌、刘先生

迷……失……的地方……

刘先生　迷失在幸福和惊喜的身旁

王歌、玉珊

迷……失……的身旁……

刘先生　亲爱的，我们走向那梦想的天堂

王歌、玉珊

迷……失……的天堂……

王　歌　迷失在想你和忘我的路上

玉珊、刘先生

迷……失……的路上……

王　歌　亲爱的，我们走上了不同的方向

玉珊、刘先生

迷……失……的方向……

三人合　爱，就是这样

有时很冷，有时很烫

有时很短，有时很长

刘先生　扫落一路的尘埃和迷茫

抬起头望着我、相信我

心情和明天一样晴朗
我愿迷失在为你一生奔走的路上
玉　珊　剪断昨日的缠绵和惆怅
抬起头望着你、向何方
心情埋藏在寂寞他乡
我愿迷失在和你一路前往的远方
王　歌　走进一路的风霜和苍茫
抬起头望故乡、向远方
心胸和前方一样宽广
我愿迷失在独自一路求索的异乡
三人合　爱，就是这样
有时很远，有时很近
有时很苦，有时很香……
玉　珊　迷……失……
王　歌　迷……失……
刘先生　迷……失……
三人合　迷……失……
玉珊、刘先生
迷失在热恋和失恋的晚上
王　歌　迷……失……的晚上……
玉珊、刘先生
亲爱的，我们来到了起点的地方
王　歌　迷……失……的地方……
王　歌　迷失在得到和失去的身旁
玉珊、刘先生
迷……失……的身旁……
王　歌　亲爱的，我们走向那梦想的天堂
玉珊、刘先生
迷……失……的天堂……
三人合　迷失在想你和忘我的路上，

亲爱的，我们走进了想去的远方……
迷……失……心……上……

［玉珊决定跟刘先生离去。离去前，禁不住再次回首，无限落寞。另一个空间的王歌也心有所感。两人以心声作别。男女对唱《别了》。

王　歌　别了——我的爱人
记住我

玉　珊　你的皱纹、你的胡须
你聪明可爱的前额

玉　珊　别了——我的爱人
记住我

王　歌　你的秀发、你的明眸
你精灵敏锐的耳朵

王　歌　忘不了送给我的定音笛
让琴声悠扬，诉说情意

三人合　流淌着水和燃烧着火

玉　珊　忘不了送给我的歌曲集
让歌声依稀，往日依旧

三人合　清纯的你和年少的我

玉　珊　你说你喜欢无言的骆驼
它穿行沙丘，纵横戈壁

三人合　禁得住渴来耐得住饿

王　歌　你说你向往永动的大海
它抚摸沙滩，撞击岩壁

三人合　不停地呼喊不停追逐

玉　珊　别了——我的爱人
忘记我

王　歌　你的笑容、你的沉思
你多愁善感的柔弱

王　歌　　别了——我的爱人
　　　　　忘记我
玉　珊　　你的背影、你的轮廓
　　　　　你真诚坦率的性格
王　歌　　既然走不到一起又何必强迫
　　　　　爱，没有对也没有错
　　　　　当薰衣草的香气梦中飘飘落落
　　　　　我会祝福远方的那片云朵
　　　　　——毕竟我们曾经真心相爱过
玉　珊　　纵然走到了海角也不会湮没
　　　　　爱，因为你也因为我
　　　　　看骆驼草的足迹梦中稀稀落落
　　　　　我会相信远方的那段传说
　　　　　——毕竟我们彼此小心珍藏着
三人合　　从此一别——我的爱人
　　　　　多年以前和多年以后
　　　　　你和我

[玉珊听凭刘先生为自己披上大衣，感伤而无奈。

[刘先生提起箱子，揽着玉珊的肩膀，在王歌痛切的目光下离开了。

[王歌痛苦地蹲在了地上。

[突然，音乐陡转。所有的音符都跑回来了，还有王歌的各族朋友，他们在王歌身边，以一种抵死狂欢、一醉方休的方式陪伴痛苦的王歌。男合唱与舞蹈《青春舞曲》。

朋友和音符们

太阳下山明早依旧爬上来，花儿谢了明年还是一样地开，美丽小鸟一去无影踪，我的青春小鸟一样不回来，我的青春小鸟一样不回来。别的那呀呦，别的那呀呦，我的青春小鸟一去不回来。别的那呀呦，别的那呀呦……

[只是，痛苦的人早在不知不觉中离开了，只留下狂欢的人们。

第七场

字幕：

在银色的月光下，痛失爱人的王歌再度消沉。

但当他看到了那双与歌飞天相似的美丽的眼睛，出神入化的旋律从他的心底里飞出——在那遥远的地方，有音乐，有梦想，有人生中最值得去追寻的一切一切……

出神入化的旋律令一直沉默的歌飞天获得重生。

[青海湖边。金色的沙滩上，一片水鸟的鸣叫声。

[王歌脚步踉跄地沿着湖边走着。独唱《在银色的月光下》与水鸟的群舞。

王　歌　（唱）在那金色的沙滩上，洒着银色月光，追忆往事踪影，往事踪影迷茫。往事踪影迷茫，犹如幻梦一场，背弃我的姑娘，你在何处躲藏。飞吧飞吧我的马，箭一样地飞翔，飞向无尽宇宙，摆脱人世沧桑。

[半醉半醒之间，王歌跌跌撞撞地走进湖水。水鸟惊飞，似乎想阻止他却无能为力。

[这个时候，又有人扬起鞭子抽在他的背上。

[一声鞭子的脆响。

[王歌回头，看到是一位藏族姑娘，依然长得跟歌飞天一模一样。

[四目相对——王歌身体一软，姑娘扶住了他。飞天们簇拥上来。切光。

[草原上的羊群。“咩咩咩”的音效。

[羊群温顺地听从藏族姑娘卓玛的指挥。舞蹈《羊群与牧羊女》。短暂、安详。

[王歌来了，他穿着藏袍，举着一把野花来到卓玛跟前，卓玛欣然接受。

[卓玛拿出王歌的衣服递给他，衣服后襟被鞭子抽破的地方已经缝好了。

[四目相对，王歌在卓玛的眼睛里仿佛看到了——似曾相识。男独《最美的眼睛》。

王　歌　啊……这一双眼睛……
这是一双怎样的眼睛……
在白杨树干上见过你
那一路注视的眼睛，
在紫葡萄架下见过你
那忧伤酒醉的眼神，
在彩虹草地上见过你
那一望无边的泪水，
在死亡沙海里见过你
抬起头
那漫天眨眼的星星，

在飞歌炫舞中见过你
那忘记痛苦的欢欣，
在坎坷弥漫时见过你
那天边雨后的初晴，
在火焰烈日下见过你
那一片清凉的绿荫，
在久经磨难后见过你
挺起胸
那一腔热血在喷涌，
多么纯洁的眼睛
你像宝石晶晶的透明
你像山泉闪闪的清莹，

多么热情的眼睛——

王　歌　你是篝火阵阵的温暖，
你是太阳冉冉的初升。
多么深情的眼睛
啊……
你是母亲临别的转身
你是爱人相见的温存，
多么动人的眼睛——
你是熟悉陌生的幻影，
你是我今生永世的钟情。

二人合　这一个世界
给了我一双最美的眼睛
这一双眼睛
让我看到一个最美的世界
最美的眼睛

［随着欢呼和尖叫声，一群藏族姑娘簇拥着三位不同民族的青年汉子来到卓玛面前，他们抬着青稞酒、捧着哈达来向卓玛求婚。混声小合唱，短歌《求婚》（青年们）。

青年甲　天上白云追赶着地上的羊群，
三人合　美丽的萨耶卓玛——我的亲亲；
青年乙　地上羊群追寻着湖水的倒影，
三人合　美丽的萨耶卓玛——我的亲亲；
青年丙　湖水倒影照亮了美丽的眼睛，
三人合　美丽眼睛撩动了我们。
青年甲　我们的心追赶着美丽的眼睛，
三人合　美丽的萨耶卓玛——我的情人；
青年乙　美丽眼睛追寻着湖水的倒影，
三人合　美丽的萨耶卓玛——我的情人；

青年丙　湖水倒影照出了地上的羊群，

三人合　地上羊群就像那天边的白云。

拉索——

[青年甲首先上前行礼。卓玛发现王歌离开了，着急地用眼睛四下寻找。青年甲知道自己完全没有引起卓玛的注意。

[青年乙走上来表达对卓玛的爱慕。卓玛扭过头去不理他。

[青年丙走上来表达对卓玛的爱慕。卓玛躲闪着。

[这时，换回自己的衣服、背着行装的王歌远远地走来，卓玛迎了上去。

[《一路向西》的旋律再次出现，虽然这一路向西的队伍只剩下了王歌一个。

[王歌跟卓玛告别。他把自己的帽子戴在恋恋不舍的卓玛的头上，转身准备离去。

[就在他刚刚迈步的时候，卓玛突然再次抡起皮鞭，抽打在他的后背上。

[一声鞭子的脆响。仿佛王歌心里的回声，清脆的鞭声一遍一遍地响成一片。

[停顿。舞台上的声音、动作全都停顿了——这震耳欲聋的一鞭子打在了王歌的心上，令王歌在生命和音乐的王国中获得顿悟，完成了所有美丽音乐和所有好姑娘对一个音乐家的精神生命的救赎，让他找到了那个“遥远的地方”。

[王歌缓缓回过头来，久久地望着卓玛。一支最深情的歌终于从他的心里飞了出来。独唱《在那遥远的地方》。

王　歌　在那遥远的地方，有位好姑娘，人们走过了她的帐房都要回头留恋地张望。

[飞天们再次出现，同卓玛一样恋恋不舍地围绕着王歌，仿佛在替卓玛挽留他。

王　歌　她那粉红的笑脸，好像红太阳，她那美丽动人的眼睛，好像晚上明媚的月亮。

[歌声中，王歌的眼前除了卓玛，还幻化出飞天簇拥着的阿拉木

罕、塞地玛丽亚和歌飞天的身影。

王　歌　我愿放弃那财产，跟她去放羊，我愿每天看她的笑脸和那美丽金边的衣裳。

[卓玛（歌飞天）凝望着王歌，发出清澈辽远的歌声。这歌声仿佛天籁，来自天际又直冲霄汉。

[所有的飞天都愣住了。她们由意外而惊喜而激动。

卓　玛　啊——啊——啊——

[王歌被卓玛美妙的声音深深地感染了，加入其中。美丽的二重唱仿佛两只比翼的云雀。

王　歌　啊——啊——啊——

[在两人的和声里，伎乐飞天的衣服终于有了最绚丽的颜色（这一段应该达到音乐上的高潮）。面对终于找回了声音的歌飞天，面对被重新找回的颜色，飞天们全都虔诚地跪倒在了王歌面前。

尾　声

[多声部合唱《在那遥远的地方》——

[在依次出现的定点光的光影中，不同年龄、不同民族（汉族、维吾尔族、哈萨克族、藏族等）直至不同国家的人，以不同的唱法演绎《在那遥远的地方》。此起彼伏，最后形成宏大的合唱。

[音乐仿佛在升华，歌飞天挽起了王歌出现在不同的歌者身边，他们如同一对精神上的爱人，穿过不同的歌唱者们、穿过飞天们为他们组成的美丽夹道，走向天边，走向遥远。

剧　终

今 语

连续担任“文化部春节晚会”主创工作，让我有机会比较深入地认识两位大词作家：阎肃老师和宋小明老师。于是知道什么叫好歌词。于是因为“有知”而“有畏（敬畏）”：很多年里都轻易不敢写歌词。于是就有了与词作家的合作模式——主要是跟宋小明老师（合作）。

宋小明老师会说我“总能提供很好的词意”。而我则会惊叹：他怎么能把我想说的意思，提炼成如此瑰丽的歌词。

我跟宋小明老师以编剧与作词的方式，合作了这部歌舞剧、之前的微型音乐剧《今夜的星空》《雨夜小站》和后来的清唱剧《黄河入海流》。

这种合作真是很难：作为编剧，等于我要放弃台词，而把本该用台词表达的意思提示给词作家。而词作家出手时，则要在对剧本结构、人物情感的理解上，与编剧完全吻合。

与宋小明老师的合作中，我们会不断探讨“戏剧的音乐性”“音乐的戏剧性”“歌词的戏剧性”等问题。也许，在中国的歌剧、歌舞剧包括音乐剧的剧本创作中，这都是值得不断去研究和解决的问题……

当年推荐我为中国歌剧舞剧院写这部戏的，是位大文化人。剧本完成后，这位推荐人看过给了四个字的评价：“如梦如幻”。

这部戏的演出令我有不少遗憾。虽然它得了剧目奖也得了编剧奖……

2020 年 4 月

舞　剧　（舞剧与声乐套曲）

歌飞天

（剧本发表于《新剧本》2019年第四期）

编剧　冯　俐

时　　间： 无限的时空之中

二十世纪三四十年代

地　　点： 无限的时空之中

中国西部、少数民族地区

人　　物：

歌飞天——来自对敦煌壁画的想象。

歌飞天是伎乐飞天中最特殊的一个，也是最如梦如幻的一个。

因为她所司掌的当地的歌曲没有流传开来，作为歌飞天，她几近失声。随着洛宾对当地歌曲的采撷，她重新获得了最美的声音。

很多时候，她是歌飞天，还有很多时候，她会幻化成不同的少女形象：维吾尔族少女阿拉木罕、哈萨克族少女塞地玛丽亚、藏族少女卓玛……不断地出现在洛宾面前，引领着他。

洛宾——年轻的音乐人。

他原来的理想是出国深造，成为世界著名的音乐家。因参加抗日救亡，来到西北，被当地民歌迷住、留下。后成为伟大的传歌者。

他为这块土地，留下了属于这里的永恒的音乐。自己也随那些音乐而永恒。

玉珊——洛宾的恋人。

因共同的理想走到一起，又因不同的理想而分手。

永光——洛宾、玉珊的战友。照顾着他们，也照顾着玉珊。

本剧以两组“飞天”——“散花飞天”和“伎乐飞天”，作为丝路文化精神象征和传歌人的精神引导。

（注：佛教中的飞天，是乾闼婆和紧那罗。乾闼婆的任务是在佛国里散发香气，为佛献花、供宝，栖身于花丛，飞翔于天宫。紧那罗的任务是在佛国里奏乐、歌舞，但不能飞翔于云霄。后来，乾闼婆和紧那罗相混合，男女不分，职能不分，合为一体，变为飞天。把早期在天宫奏乐的叫“天宫伎乐”，把后来持乐器歌舞的称“飞天伎乐”

——摘自“百度”《飞天是敦煌艺术的代表和象征》一文）

伎乐飞天们——歌飞天的追随者。

随着洛宾对当地歌曲的采撷，她们手中的乐器，从断断续续到婉转悠扬。

伎乐飞天最初出现时，衣饰几近无色。但随着洛宾对当地歌曲的采撷，她们的衣饰也随之鲜艳起来——意味着她们所代表的西部音乐，从尘封中被发现、被发扬。

伎乐飞天在全剧中始终与洛宾如影随形，又时隐时现。观众可以看到她们，洛宾可以感觉到她们。剧中的其他人则是看不到她们的。她们是洛宾追求民族音乐的引导者、守护者、受益者。

散花飞天们——她们像空气一样，在“丝绸之路”上无处不在。在剧中承担舞蹈和营造气氛的任务。所谓“天花乱坠满虚空”。

音符们——音乐家音乐创作的外化形象。一群像孩子一样淘气、可爱的音乐符。

各族群众

序　曲

第一场

［河西走廊，丝绸之路。

［广袤、壮阔而苍凉的土地。

［巨大的沙丘延绵不绝、缓缓起伏。高天如洗。

字幕：

大漠岩壁上，无数“飞天”，和光同尘、寂寂无声地守望着曾经繁华的丝绸之路。

飞天中的女神——歌飞天，已久失了自己的声音，变得衣袂黯淡、神色颓然。

一群投身民族救亡的年轻艺术家，走进了这片神奇的土地。

冥冥之中，年轻的洛宾，被一种神秘的力量深深吸引了……

他看不见沉默的歌飞天，却仿佛听到了召唤……

［空中传来缥缥缈缈、如梦如幻的乐声。仿佛听觉里的海市蜃楼。

［散花飞天出现——影影绰绰，若隐若现。几千年来她们一直飘散、逡巡在漫长的丝绸之路上，和光同尘，守望着这片神奇的土地。

［散花飞天漫天飞舞，衣袂飘飘，如梦如幻。

［石壁上，是手持琵琶、笙、箫、箜篌、笛子等乐器的伎乐飞天。

［比起散花飞天的绚丽，伎乐飞天的衣着无色，表情黯淡。

［黯淡、颓然的歌飞天立于伎乐飞天中央。

[一阵驼铃声——有人来了。

[手持琵琶的伎乐飞天，被散花飞天们簇拥着，用琵琶奏响简单的旋律，如同呼唤。

[然而，琵琶声并没有打断驼铃声——路过的人们听不到她们。

[驼铃声远去，伎乐飞天落寞地停止弹奏，望向歌飞天。

[歌飞天不抱希望地木然着。

[一支轻快的口琴声远远传来——也许是《毕业歌》的旋律。

[一队风尘仆仆的年轻人，背着简单的行装出现。

[他们的行李上插着“西北抗战剧团”的小旗。

[走在最前面的，是吹着口琴的永光。

[伎乐飞天们循（口琴）声望去；散花飞天们更是飞奔而去。

[永光放下口琴，招呼着大家休息。

[队伍中的洛宾，放下肩上的小提琴盒，照顾着爱人玉珊。

[散花飞天们围着会吹口琴的永光，希望他继续。永光没有感觉。

[伎乐飞天们则对小提琴盒发生兴趣。她们上前围观，充满好奇和期待。

[在散花飞天们的引导下，玉珊身边的洛宾，被吸引到了壁画前。

[望着壁画上的伎乐飞天，洛宾仿佛感受到某种呼唤，鬼使神差地取出小提琴，轻轻拨动……

[伎乐飞天们发出一片惊喜的叹息。

[琵琶伎乐试探着，用各自的乐器奏出短暂的旋律。

[洛宾居然鬼使神差地用小提琴重复出那些短暂的旋律。

[洛宾的准确重复，带给伎乐飞天们巨大惊喜。她们继续分头奏出不同的旋律。

[洛宾以小提琴飞快地模仿着、回应着。

[伎乐飞天们忘情地演奏起来，曲调简单而优美。

[洛宾如痴如醉地用小提琴应和着。

[散花飞天随着琴声起舞，舞姿曼妙、充满欢欣。

［远处，年轻的伙伴们奇怪地望着兀自沉醉在音乐里的洛宾。

［玉珊走过来，仿佛在问洛宾："你在奏什么？"

［洛宾如梦方醒。他看看玉珊、看看大家、看着手里的小提琴，又怔怔地望向眼前壁画，自己也不知道刚才奏响的是什么。

［缥缈而深邃的旋律（歌飞天的主题）传来，舞台上的光线越发神秘起来。

［洛宾被一种力量吸引着，一步一步地迎向歌飞天。

［歌飞天从舞台深处显现出来，神态超凡脱俗、绝世而独立。

［在散花飞天们的簇拥下，她带着怀疑和希冀，一步步走向洛宾。

［她的眼睛和肢体语言，仿佛都在一遍遍地询问："真的是你吗？我一直等待着的，真的就是你吗？"

［洛宾感受着虚空中歌飞天对自己的凝视，似是而非，如梦如幻。

［永光的口琴声再次响起。年轻的人们该出发了。

［玉珊拉着洛宾，再次踏上征途。

［众飞天如影随形地追随着这一队年轻人，满怀某种强烈的希望。

［远去的口琴声，与飞天、歌飞天主题交织着。

［洛宾像是在冥冥中受到召唤，缓缓驻足，再次回头眺望——

［虚空中，歌飞天也在深深地注视着他……

第二场

［西部少数民族地区的热闹街市。

［一队马车夫远道归来。人未到声先到（可能有《达坂城的姑娘》的音乐元素）。

字幕：

飞天们活在这块土地上的歌舞中，只是，载歌载舞的人们看不到她们……

洛宾置身于各族群众中间，如同置身在民族音乐的河流之中。

他一路追随着那些歌声，犹如一条逐浪的小鱼，常常忘记了身边的一切。

［热情、有趣的音乐中，马车夫们一路与街市上的姑娘们打招呼、献殷勤。形成不同年龄男女的双人舞或男女群舞。

［舞曲声引来了伎乐飞天们，她们穿行在人群中，却为人群所不能见。

［一位大婶吆喝着，推着一车五彩缤纷的花绸布穿过。（这吆喝声是《半个月亮爬上来》的原始素材。同“半个月亮爬上来，咿啦啦夏依洛”中的后半句）

卖布的大婶

（吆喝）咿啦啦夏依洛，咿啦啦夏依洛……

［背着小提琴的洛宾，一路跟在卖布大婶身后，在本子上记谱。

［口琴声传来，是玉珊和队友们在呼唤洛宾。

［洛宾跑过去，跟着张贴抗战标语、支起“西北抗战剧团”的横幅。

［旋律更加欢快起来，人们跟马车夫们载歌载舞。

［欢快的人群把玉珊和队友们挤到了一边。洛宾却融入人群，用小提琴拉起同样的旋律，得到群众欢呼。

［伎乐飞天们一起追随着洛宾的琴声。

［歌飞天也出现了，她默默地望向与当地音乐融为一体的洛宾。

［玉珊在远处召唤着洛宾，却被再次跳起舞来的人们阻断了去路。

［人们唱着跳着，潮水一样涌来又退去。

［那位大婶吆喝着，推着五彩缤纷的花绸布，再度从玉珊身边走过。

卖布的大婶

（吆喝）咿啦啦夏依洛，咿啦啦夏依洛……

［玉珊不高兴地跺跺脚。

［永光过来，发现洛宾不在，连忙安慰玉珊。

［两人一起走向临时搭起的舞台。

卖布的大婶

（吆喝）咿啦啦夏依洛，咿啦啦夏依洛……

第三场

［维吾尔族牧民聚居地。美丽的牧区。

字幕：

追寻着不同的歌声，洛宾从集市到牧场，追寻着不同的歌声，洛宾的整个灵魂都仿佛被一种无形而迷人的力量攫住……

洛宾不知道，他找到的不仅有歌，还为飞天们找回了颜色……

［一群少女簇拥着新娘，唱着舞着（《阿拉木罕》的音乐原素）。

［新郎被小伙子们簇拥着，上前向新娘表白心迹。

［这是所有婚礼上都会出现的一幕：未婚男女围绕着新娘新郎，斗智斗勇，从中产生着新的爱情（音乐可根据《阿拉木罕》发展）。

［洛宾跟着记谱。

［散花飞天在年轻人中穿梭着，仿佛另一种形象的“麦琪儿”，顽皮地促成着年轻的爱情。

［洛宾用小提琴，相对完整地重复出《阿拉木罕》的主旋律。

［一位维吾尔族少女捧着食盘，来到一直记谱的洛宾面前。

［歌飞天的音乐主题。这少女跟歌飞天长得一模一样。

［四目相对。那少女（歌飞天）凝望着洛宾，如同凝望年轻的神。

［面对这样一位美丽脱俗的维吾尔族少女，洛宾眼前和耳边的一切仿佛都消失了。整个灵魂都被摄住了。他的眼前不再有婚礼，不再有人群。

［舞台上只有他和少女（歌飞天）。

［散花飞天们围了过来，她们发现维吾尔族少女与歌飞天如此相似，挥手召唤来伎乐飞天们，想要一起确认她到底是维吾尔族少女还是歌飞天。

［但少女（歌飞天）始终把多情的目光投向洛宾。对飞天们的存在置若罔闻。

［在众人的欢呼声中，婚礼上的人群再度出现。

［少女（歌飞天）消失了。

［洛宾四处寻找着消失了的少女（歌飞天），却被当地人抬了起来——他们喜欢这个热爱音乐的汉族青年。

［少女（歌飞天）出现在人群后边，远远望着洛宾。伎乐飞天们陪在她身边。

［被人们举在肩头的洛宾看到了少女（歌飞天），马上拉起小提琴，再次奏响刚才的旋律向她致意。

［少女（歌飞天）和伎乐飞天们惊喜地发现：她们原本无色的衣服上出现了一道淡淡的红色。这令她们陶醉。

［欢快的群舞中，不再能够分清谁是当地群众谁是飞天……

第四场

［玉珊的音乐主题。

［“西北抗战剧团”的驻地。远处，是依稀可见的“大清真寺”的剪影。

字幕：

洛宾在音乐中忘情，却令恋人玉珊备受冷落。

洛宾将采撷来的音乐化作动人情歌，消解着玉珊的幽怨。

同时，洛宾的歌声，也不断为歌飞天和她的伙伴们继续找回着颜色。

［傍晚时分，玉珊在二楼阳台上孤独地感受着漫长与荒凉。

［洛宾走来，拿着热瓦甫，背着冬不拉。一路不成曲调又自得其乐地叮咚弹拨着。

［玉珊扭身回屋，并重重关上阳台门。

［永光和两名队友迎上来，示意洛宾去安慰玉珊。

［洛宾没有叫开门，一脸沮丧。永光和队友笑着离去。

［卖布大婶疲惫地推着车准备回家，歌飞天突然出现在她身边，在感觉上诱导着她。

［卖布大婶突然调过头来，吆喝着，从洛宾身边走过：“咿啦啦夏依洛……”

［圆圆的月亮升起来。

［卖布大婶在歌飞天无形的“引导”下，再一次从洛宾身边走过，吆喝着：“咿啦啦夏依洛”……

［月亮下面，一些断断续续的乐句，在洛宾心里汇聚成歌。

［洛宾轻声地唱起来——（《半个月亮爬上来》）。

洛　宾　半个月亮爬上来/咿啦啦爬上来……

半个月亮爬上来/咿啦啦爬上来

照着我的姑娘梳妆台/咿啦啦梳妆台

请你把那纱窗快打开/咿啦啦快打开/咿啦啦快打开

［洛宾的歌声一出，伎乐飞天们便闻声出现。

［伎乐飞天们配合着洛宾的歌声，弹奏着乐器，在月光下翩翩起舞，仿佛是夜空里的精灵。

［散花飞天也来了，开心的她们，将鲜花和葡萄投向洛宾——仿佛，那都是被风吹落下的。

［洛宾捡起葡萄，接着唱着。

洛　宾　再把你那葡萄摘一颗/轻轻地扔下来

［更多的葡萄扔了下来。

[洛宾快乐起来，边舞边唱。

洛　宾　半个月亮爬上来/咿啦啦爬上来

照着我的楼前常春槐/咿啦啦常春槐……

[玉珊被歌声呼唤出来，出现在树下。

[洛宾的脸上露出了孩子般的笑容。

洛　宾　你想吃那葡萄莫徘徊/大树下站下来

等那树叶落下再出来/咿啦啦我的常春槐……

[洛宾举着葡萄，单腿跪在玉珊面前。

[玉珊含笑扯过葡萄。

[早已聚拢过来的队友们拍手起哄。两人相拥回屋。

[柔情蜜意的夜色里，传来惊喜的叹息声——它来自伎乐飞天。她们发现，洛宾的歌声，令歌飞天衣裙上的淡红浓烈为大红。

[天幕前的定点光亮起，衣裙上多了颜色的歌飞天，充满欢欣地舞动着。

[伎乐飞天们进入歌飞天表演区。舞台上再度成为飞天的世界。

[歌飞天的舞蹈充满了欢欣和渴望。

第五场

[风雪交加。羌笛呜咽。

[夜空下的雪山，在远处晶莹剔透地闪着冷光。

字幕：

寒夜中，洛宾抵御着寒冷，同时抵御着乐思冻结。歌飞天唤来活泼的音符陪伴洛宾。

寒冷令一对恋人相拥起舞，彼此温暖。

歌飞天出现，牵引着洛宾，走出了玉珊的怀抱。

[遥远的羌笛随着风声，断断续续地传来。

[洛宾就着微弱的灯光，在本子上写着曲谱。

[钢琴的单音阶，仿佛作曲家在钢琴上寻找着灵感——这是洛宾脑海中的旋律。

[音阶重复着，像被冻住的水一样不能畅流。

[洛宾烦恼地起身搓手、挠头。

[北风呼啸着，令夜晚更加寂静。

[一个单音阶在洛宾心头响起，同时，有一个黑色的音符出现。

[这些音符，是洛宾音乐创作灵感的外化形象，它们不断地出现，直到歌飞天的主题出现——看到歌飞天牵着两个音符、把它们推向洛宾的时候，我们会知道，这是歌飞天在为洛宾送来灵感。

[音符们在洛宾身边跳跃、聚合，充满了艺术的生命力。

[音符个个顽皮不羁，不时聚在一起，又不时快速分散。如同作曲家脑海里活跃异常，却又无法马上形成的乐句。

[它们像群淘气的孩子一样围绕着洛宾、捉弄着洛宾，令洛宾烦恼而无奈。

[洛宾沮丧地将纸从本子上撕下来，揉成一团。音符们四散纷逃。

[玉珊裹着披肩出现在洛宾面前。

[洛宾起身拥抱玉珊。

[两人相拥起舞，彼此温暖。温柔而又情意绵绵。

[歌飞天远远地望着他们，对这份柔情、和谐充满羡慕。

[歌飞天主题出现，与原先的双人舞曲交织——双人舞逐渐变成了三人舞。洛宾游走于玉珊和歌飞天之间——对于所有钟情于某种事业（尤其是倾心于艺术）的人来说，在他们的生活和生命中，永远都存在着一个无法排除的、精神上的“第三者”。这位“第三者”会令他们拥有世俗生活之外的痛苦和欢欣。

[浑然不觉的洛宾，被歌飞天牵引着，渐渐离开玉珊，走向歌飞天的方向。

[望着洛宾在一旁浑然忘我地“独舞”（歌飞天是玉珊看不到的），

玉珊伤心地甩手离开。

第六场

[洛宾的主题由歌飞天的主题一路引领着。

[洛宾如夸父般，朝着歌飞天指引的方向，走向遥远——

字幕：

洛宾追随着音乐（歌飞天）的召唤，走过千山万水，走过春夏秋冬。

可怕的暴风雪几乎吞噬了洛宾，他被哈萨克族少女和族人救下。

但是，洛宾和玉珊的爱，却失落在这音乐的万水千山之间……

[西部不同的地貌风情，呈春夏秋冬四季变化着：雄伟的白色雪山、动人的金色胡杨林、醉人的紫色薰衣草花海、辽阔的绿色草原、苍凉的戈壁滩……

[洛宾一路追寻着。只是，随行的不再是“西北抗战剧团”的队友们，而是歌飞天引导、伎乐飞天们的簇拥，还有不断壮大的音符的队伍。

[洛宾集合起的，是歌飞天、伎乐飞天和音符的队伍。

[洛宾一路向前，不断地遇到不同民族的同胞，他跟他们交谈，向他们学歌。

[不断有音符跑到洛宾身后——成串的音符，在他身后形成了越来越长的队伍。此为洛宾采集民族音乐的外化形象。

[衣服上不断多出颜色的伎乐飞天一路跟着，舞着。

[音乐陡转，天色突变，乌云翻滚。

[暴风雪冲散了洛宾和他的队伍。

[洛宾在风雪中挣扎着，终于昏倒在风雪中。飞天们围绕着他，但却束手无策。

［歌飞天主题出现。洛宾挣扎着抬起头。

［他看到披着白色皮斗篷的哈萨克少女塞地玛丽亚，长得跟歌飞天一模一样。

［四目相对，《可爱的一朵玫瑰花》曲进。

［洛宾看到了一双似曾相识的眼睛。

［他凝视着她，想说什么，但终于筋疲力尽地仆倒在地。《可爱的一朵玫瑰花》曲延续。

［玉珊和洛宾的空间——一边是“西北抗战剧团”驻地，一边是哈萨克族人毡房边。

［——驻地，玉珊怀抱着一束玫瑰花，心神不定地一片片地揪着花瓣。

［永光走近玉珊，深情地望着她并向她伸出双手……

［——哈萨克族人毡房边，洛宾裹着毛毡，守着一堆篝火，思念着心中的玉珊。

［思念令洛宾和玉珊的心理空间打通，形成三人舞——一个女人面对两个男人的选择。显然，玉珊爱的是洛宾；而永光爱的是玉珊。

［与洛宾缠绵相拥的玉珊，缓缓回到自己的空间，走向永光。

［洛宾感觉到了，想要不顾一切地奔向玉珊——他试图放下对音乐的追寻，回到正常生活中去——他不断地驱赶着与他朝夕相处、此时却挡住去路的那些音符。

［音符们被驱散了。伎乐飞天们赶来了。

［开始的时候，洛宾看不到她们，后来似乎看到了她们。她们没有阻拦洛宾，却表达着对他无限的依恋。洛宾离去的心开始动摇。

［在伎乐飞天的簇拥下，歌飞天出现。

［四目相对，洛宾情不自禁地与歌飞天双双起舞，如此协调、如此难舍、如此心意相通。

［玉珊绝望地望着与歌飞天起舞的洛宾，决定离去。

［——哈萨克族人毡房边。洛宾心有所感。两人在不同的空间，彼此遥望。

[——驻地。玉珊听凭永光为自己披上大衣，感伤而无奈。

[永光提起箱子，揽起玉珊的肩膀，但玉珊却突然拒绝了永光。

[玉珊独自离去。

[永光和洛宾在不同的地方，同样不舍地望着玉珊远去的孤独背影。

[《可爱的一朵玫瑰花》音乐延续……

[——哈萨克族人毡房边。片片零落的花瓣飘落在洛宾的头上、身上、脚下。

[——驻地。同样寂寞、失落的永光，轻轻吹起口琴。

[一起来的年轻伙伴们再一次集合起来，同永光一起离去。

[远处，孤身留下的洛宾，痛苦地蹲在了地上。

[音乐陡转。

[所有的音符都跑回来了，还有伎乐飞天、散花飞天们。

[她们在洛宾身边，以一种抵死狂欢、一醉方休的方式陪伴痛苦的洛宾（《青春舞曲》）。

[这一段的感觉更加魔幻。

合　唱　太阳下山明早依旧爬上来/花儿谢了明年还是一样地开
美丽小鸟一去无影踪/我的青春小鸟一样不回来
别的那呀呦/别的那呀呦/我的青春小鸟一去不回来
别的那呀呦……

[洛宾独自离开了，只留下狂欢者们。

第七场

[青海湖边。金色的沙滩上，一片水鸟的鸣叫声。

[洛宾脚步踉跄，沿湖边走着。《在银色的月光下》旋律起。

字幕：

在银色的月光下，痛失爱人的洛宾在青海湖边沉沦，被藏族姑娘和音乐救赎。

当他看到那与歌飞天肖似的美丽的眼睛，出神入化的旋律从他的心底里飞出——在那遥远的地方，有音乐，有人生中最值得追寻的一切一切……

出神入化的旋律令一直沉默的歌飞天获得重生。

洛　宾　在那金色沙滩上/洒着银色的月光/寻找往事踪影/往事踪影迷茫
犹如梦幻一样/你在何处躲藏/背弃我的姑娘/你在何处躲藏
我骑在马儿上/箭一样地飞翔/飞呀飞呀我的马/朝着她去的方向

［半醉半醒之间，洛宾跌跌撞撞地走进湖水。

［水鸟惊飞。

［洛宾将被湖水吞没。

［这时，传来羊群的叫声。

［飞天们簇拥上来，像一群水鸟一样护住了洛宾。

［一声清脆的鞭子响，一位藏族姑娘，依然长得跟歌飞天一模一样。她救起了洛宾。

［草原上，羊群“咩咩咩”叫着，温顺地听从藏族姑娘卓玛的指挥。

［藏族姑娘长得跟歌飞天一模一样。

［康复了的洛宾来了，他穿着藏袍，举着一把野花递给卓玛。

［卓玛接过花，含笑将补好的衣服递给他。

［随着欢呼和呼哨声，一群藏族姑娘簇拥着三位年轻汉子来到卓玛面前。

［他们抬着青稞酒、捧着哈达来向卓玛求婚。

青年甲　天上白云追赶着地上的羊群，

合　美丽的萨耶卓玛——我的亲亲；

青年乙　地上羊群追寻着湖水的倒影，

合　美丽的萨耶卓玛——我的亲亲；

青年丙　湖水倒影照亮了美丽的眼睛，

合　　美丽眼睛撩动了我们的心。

青年甲　　我们的心追赶着美丽的眼睛，

合　　美丽的萨耶卓玛——我的情人；

青年乙　　美丽眼睛追寻着湖水的倒影，

合　　美丽的萨耶卓玛——我的情人；

青年丙　　湖水倒影照出了地上的羊群，

合　　地上羊群就像那天边的白云。

拉索——

[青年甲上前行礼。卓玛正急切地用眼睛四下寻找着洛宾。

[青年乙走上来表达对卓玛的爱慕。卓玛扭过头。

[青年丙走上来表达对卓玛的爱慕。卓玛躲闪着。

[这时，换好衣服、背着行装的洛宾远远走来。卓玛迎了上去。

[三位青年见状，知趣地拍着洛宾的肩膀，离开。

[浑然不觉自己已俘获了少女心的洛宾，像个大哥哥一样，跟卓玛告别。他把自己的帽子戴在恋恋不舍的卓玛的头上，转身准备离去。

[他刚刚迈步，卓玛突然抡起皮鞭，抽打在他的后背上。

[一声鞭子的脆响，在洛宾心头引起无数遍的回声。

[停顿。

[舞台上的一切全都静止了——这震耳欲聋的一鞭子，打在了洛宾心上。它令洛宾在生命和音乐的王国中顿悟。

[洛宾回过头来，久久地望着卓玛。

[卓玛扭头离去。洛宾望着卓玛的背影，最美的歌终于从心底里飞了出来。

洛　宾　　在那遥远的地方/有位好姑娘/人们走过了她的帐房都要回头留恋地张望

[飞天们再次出现在洛宾身边。

洛　宾　　她那粉红的笑脸/好像红太阳/她那美丽动人的眼睛/好像晚上明媚的月亮

[见不到卓玛，洛宾急切地分开眼前一层一层的飞天，寻找着卓

玛。寻找过程中，不断地“遇见”阿拉木罕、塞地玛丽亚……她们都像，但却不是歌飞天的面孔。

洛　宾　我愿抛弃那财产/跟她去放羊
我愿每天看她的笑脸和那美丽金边的衣裳
我愿做一只小羊/跟在她身旁
我愿每天她拿着皮鞭不断轻轻地打在我身上

［歌飞天的主题骤然传来。

［歌飞天从舞台深处再次出现，超凡脱俗、绝世而独立。而且，更加光彩照人。

［歌飞天和飞天们的衣服已经有了多种颜色。

［歌飞天凝望着洛宾，发出清澈辽远的歌声。

歌飞天　啊——啊——啊——

［歌声仿佛天籁，来自天际又直冲霄汉。

［所有的飞天都愣住了。由意外而惊喜而激动。

［洛宾被这美妙的声音深深地攫住，从屏息倾听，进而加入其中。

［华美的男女二重和声，仿佛比翼的云雀，直飞高天、云端。

洛宾、歌飞天
啊——啊——啊——啊——

［在两人的和声里，歌飞天和伎乐飞天的衣服，终于有了最绚丽的颜色（这一段也应该达到音乐上的高潮）。

［面对终于找回了声音的歌飞天，面对自己身上被重新找回的颜色，飞天们全都虔诚地伏身在洛宾面前——臣服歌王。

尾　声

［多声部合唱《在那遥远的地方》——

字幕：

洛宾为这片土地留下了属于这里的音乐。于是，他自己也成了艺术世界中永恒的歌飞天……

[在依次出现的定点光影中，不同年龄、不同民族，直至不同国家的人，以不同的唱法演绎着《在那遥远的地方》。

[歌声此起彼伏，最后形成宏大的合唱。

[音乐在不断地丰富着、升华着。

[再次出现的洛宾，已与歌飞天同样装束。因为，他也成了“歌飞天”。

[歌飞天挽着洛宾飞天，在不同的歌者身边，倾听着、欣赏着那被传下来的歌声。

[他们如同一对精神上的爱人，穿过不同的歌唱者、穿过飞天们组成的美丽夹道，走向天边，走向遥远，走向永恒……

剧　终

附　录

舞剧来敲门

——《歌飞天》创作谈

（发表于《新剧本》2019年第四期）

冯　俐

这是一部舞剧剧本。

我没有想过要写舞剧。这次，是舞剧自己来找我的——舞剧来敲门。

这个构想，似乎只有舞剧是最准确的表达方式。

动笔之前，我想知道舞剧的书写格式，但是找不到。许多人告诉我：国内舞剧多是舞蹈编导出身的导演们，根据一个基本构想或创意完成的工作台本，而鲜有“文学本”。当然，这一两年确有好的舞剧，只可惜我无缘看到文本。

好吧，那我就把脑海里的这部舞剧按照我的想法写出来吧。相信一般读者看着这些文字，会在脑海中浮现出舞剧的场面。我也相信舞剧导演们看着这些文字，会生出许多艺术想象，而不会笑话我写了个自说自话的剧本。我不会写哪里是双人舞哪里是单人舞，我也不会自以为是地描述哪一段的舞蹈形态。我想，舞剧的剧本，终究还是应该提供适合于舞剧的艺术特点的人物、故事、场面：能够提供有寓意的、相对抽象但又内涵丰满的人物形象；能够提供有思想和意味的故事；能够提供充满情感又足够生发想象的场面。简言之，是为一系列的舞蹈提供有价值的戏剧性。

这个舞剧剧本生发于十年前我为中国歌剧舞剧院创作的民族歌舞剧《在那遥远的地方》。当然是写王洛宾的。剧本完成后，得到专家的一句至高评价：如梦如幻。演出拿了当年首届“国家艺术院团展演”的几乎所有奖项——优秀剧目、优秀编剧、优秀导演等，但我一直感觉不满足，因为，没有表达出本该有的那样一份“如梦如幻”。那个剧本动笔之前，我在“王洛宾生平”和“王洛宾歌曲串烧”之外，找到了一个特别有意思的核心，即生活与理想、艺术与爱情的关系：音乐家走进西部，看到丝绸之路上的壁画，受到了冥冥之中一种力量（音乐的力量）的牵引，一路走上了追寻、挖掘、记录民族音乐的道路。荒漠寒夜，当音乐家与爱妻拥舞取暖的时候，那个音乐的精灵仍会出现（双人舞逐渐变成了三人舞。洛宾游走于玉珊和歌飞天之间——对于所有钟情于某种事业，尤其是倾心于艺术的人来说，在他们的生活和生命中，永远都存在着一个无法排除的、精神上的“第三者”。这位“第三者”会令他们拥有世俗生活之外的痛苦和欢欣。浑然不觉的洛宾，被歌飞天牵引着，渐渐离开玉珊，走向歌飞天的方向）。

这是古往今来所有艺术家以及所有以毕生精力投身于理想的人（包括科学家）都会感同身受的。人的生命有限，生活与理想、艺术与爱情难以兼得。最终能以终身建树而为人类留下遗产的人们，注定都是不断地、不知不觉地放弃了世俗幸福，从而更接近于神性者。

舞剧剧本中，我更加放大了对“飞天”的想象，将之变为主角。最后，甚至将为这块土地记录下最美声音的王洛宾也供奉到了飞天“神坛”上——一如古往今来所有为万代后世留下传播文化瑰宝的有名无名的、殿堂和民间的无数属于本民族也属于全世界的艺术家们！

王洛宾的音乐是属于全球华人的，无论在任何角落，只要王洛宾的音乐响起，华夏子孙就会彼此相认。

以敦煌为代表的丝绸之路上的壁画，是受全世界瞩目的文化遗产。其中的飞天，是全世界人民都熟悉的、充满东方神秘美感的艺术形象，令人充满好奇和想象。

王洛宾所发掘创造的音乐，与飞天的神奇结合，应会获得更多观众的理解和喜欢。

而舞剧，更可以高度提纯、高度写意、高度诗化，更容易做到如梦如幻，纯粹而唯美。同时，它是没有语言障碍的舞台艺术形式。

当我们不断讨论“文化自信”、讨论“中国文化走出去”的时候，这个结合了中国音乐、中国壁画形象、中国神话想象，同时又具有现代意识和现代艺术表现形式的作品，或许，可以像《天鹅湖》《吉赛尔》一样，成为一部属于中国也属于世界，属于过去、现在也属于未来的作品。

话　剧

中华士兵

编剧　冯　俐

首演时间：2015 年 9 月 3 日

首演地点：北京保利剧院

演出单位：中国国家话剧院

导演：查明哲

舞美设计：罗江涛

灯光设计：邢辛

作曲：邹野、薛天信

主演：何瑜、徐卫、宗平、翟小兴、王新、
李梦男、邹一正、刘丹、陈希光 等

入选：2015 年度国家舞台艺术精品工程创作扶持剧目

2015 年全国舞台艺术重点创作剧目目录

《人民日报》2015 年“年度推荐”剧目

“第二届中国原创话剧邀请展”

发表：《剧本》杂志 2017 年第五期

时　　间： 1939 年 6 月（全民抗战第三个年头）

地　　点： 山西境内（黄河东岸）中条山保卫战战地
陕西境内（黄河西岸）两处乡村

人　　物

中国指挥官——五十岁左右。

日本指挥官——五十岁左右。

宋恩九——四十多岁。少将旅长。

宋长安——十八岁。宋恩九之子。从军前是持不同政见的学生。

陈淮靖——二十八岁。宋恩九的副官、上尉。南京籍。

黑大个——三十岁左右。从军前是被释放的当地土匪。

井铭章——三十岁左右。少校团长。从军前是名牌大学学生。
秦子选——十六岁。孤儿，从军前是喜丧班子里的吹鼓手。
李如坤——十七岁。从军前是乡绅之子。反叛包办婚姻。
环　环——十七岁。如坤包办婚姻的妻子。
如坤父——四十八岁。乡绅。李如坤父亲。
柳　娥——十七岁。乡村戏班子里的“角”。众冷娃的偶像。
王抗日——二十岁。西安公署前卫兵。少尉。
张抗日——十九岁。西安公署前卫兵。东北兵。
李抗日——十九岁。西安公署前卫兵。河南兵。
何振华——十八岁。曾是逃兵。被奶奶再次送上前线。
何老太太——七十岁。曾经官宦家庭之女、之妻。
田文杞——三十七岁。中条山伤残抗日军人。团长，宋恩九的部下。
田奉先——十七岁。田文杞之子。
田　妻——三十多岁。田文杞之妻。
宋　妻——四十多岁。宋恩九之妻。
井　妻——二十多岁。井铭章之妻。
保　长——四十岁左右。退伍老兵。全面抗战初期受伤致残。
梅　瑛——十七岁。宋长安离婚妻。
集团军总司令——五十岁左右。
96 军钟军长——四十五岁左右。
96 军陈师长——四十五岁左右。
38 军赵军长——四十五岁左右。
47 军李军长——四十五岁左右。
教导团郗团长——四十岁左右。

序幕　针锋相对

1939年6月

山西中条山，中、日两军作战部

［一幅巨大的中条山地图前。日本高级军官和中国高级军官在各自空间分析、谈论着战局及这场战役。仿佛面对着各自同僚。

日本军官　中条山，如果不是这场战争，很少有人知道它的名字。它的正面，是我们占领的山西，背后是河南、陕西。现在，它正像一颗讨厌的结石，梗阻着帝国皇军占领陇海线、沿铁路西进、克陕逼川的脚步。

中国军官　九一八以来，中国的大半国土已沦亡。如果日军跨过中条山，杀过黄河，整个西北西南，乃至全部国土将会彻底沦丧。

日本军官　欲征服世界，必先征服支那……支那！看看这山，就像一只顺着黄河长出的腰果啊，就像支那人，正面对着皇军弯腰、鞠躬！（发笑）

中国军官　这匍匐在黄河边上的中条山，多么像我们那些弯着腰、弓着背、匍匐在战壕里的士兵。三百多个日夜的拉锯战，我们牺牲了两万将士，却令日寇始终不能跨过中条山！

日本军官　他们的确是在用人命，抵挡皇军的炮弹、子弹，却忘了，人命不像炮弹、子弹，可以飞快地生产出来！（嘲笑）

中国军官　我们是在用血肉，筑成新的长城！

日本军官　现在，他们很多地方已经没有“壮丁”了——按照支那的说法，年满二十才叫丁，二十岁以下只能算是娃儿。

中国军官　生死存亡关头，每一个中国孩子，都在成为保家卫国的战士！

［远处传来轰轰炮声。

日本军官　这一仗，已经打了三天三夜！我们以超出他们的兵力和强大的地空机械化部队，把这支可怜的支那杂牌军切成了九块。

中国军官　三天三夜了，我军官兵，在百里中条的三道防线之间，与鬼子拉锯鏖战，严防死守！

日本军官　只要打碎他们一颗牙齿，支那人的整个牙床就会松动！

中国军官　日军咬住了负责牵制的96军。但将士们仍在坚守，为大部队退守第三防线争取布阵时间。

日本军官　（轻蔑）牵制？无非是早死几个小时！（看地图）现在，这支部队三面都是帝国皇军，他们背后不到两英里的地方，是黄河的百丈悬崖，根本无处可退！继续炮击！

［炮弹接连落下的巨大爆炸声，即刻将人们推进血与火的战场。

一幕前　走向黄河

1939年6月

山西中条山，战地

［炮火连天。硝烟弥漫。

［炮火暂歇，宋恩九从战壕里抬起头来，抖掉身上的土块儿。

日本军官　（喊话）支那的军人们，你们已经弹尽粮绝、无路可退了！识时务者为俊杰，你们投降吧！

宋恩九　（沉声）集合！

［号兵从战壕里抬起身子，吹响集合号。

［一颗榴弹。

［号兵倒下了。被炸得变了形的军号飞出老远。

［瞬间静场。

［不远处传来汉奸劝降的声音：“弟兄们，皇军说了，最后给你们五分钟！你们早就没有子弹啦，缴枪不杀……”

［宋恩九举枪打过去，对方噤声。

［蓦地，一支唢呐吹响了集合号。

宋恩九　吹得好！

［黑大个弯着身子跑过来。

井铭章　小心榴弹！

黑大个　啥时候了还怕尿？一会儿，狗日的炮弹毒气，就都盖过来了。

［衣衫褴褛、血迹斑斑的士兵们爬出战壕，向宋恩九身边集结。

［秦子选从战壕里翻滚上来，仰面朝天，继续吹着唢呐。

宋恩九　（环顾大家）剩下的人，都在这儿了？还有多少弹药？

［士兵们互相看着。

士　兵　只剩刺刀了。

陈淮靖　还有几颗手榴弹。

宋恩九　（看表）弟兄们，大部队应该已经撤守到第三防线。只是，咱肯定会合不上了……

［现场很静。远处传来黄河的涛声和苍劲的黄河号子。

［大家互相看了一眼，心领神会地回头眺望身后黄河方向。

黑大个　好么！该上路啦！

井铭章　对！朝黄河边上走，还可以把小鬼子再拖上一阵。

陈淮靖　身体发肤受之父母，不受鬼子屈辱。死也不做鬼子的俘虏！

众　人　对！死也不做俘虏，死也不投降，死也不做亡国奴！

宋恩九　弟兄们，今天，大概就是咱的殉国之日，身后三四里外的黄河，应该就是咱的殉国之处，愿不愿意走一遭？

［众人相视而笑。

［不知从什么地方，也许是从将士们的心里，响起了苍劲的秦腔：“两狼山战胡儿，天摇地动。好男儿为国家，何惧死生。”

宋长安　（对宋恩九）你和总司令都说过，睡在黄河的水里，就像睡在亲娘的怀里……

何振华　奶奶会顺着黄河找到我……

［田奉先从怀里取出一面残破的军旗，系在自己身上。

田奉先　（向着黄河）爸，在黄河里等我！

黑大个　有驴长垫背，咱怕啥?!

宋恩九　（笑）你狗日的一直叫我驴长，别以为我听不出来。

［众人一起大笑。

秦子选　旅长，今天你是田横，我们就是田横五百！

李如坤　对！宁跳黄河死，做鬼也自由！

宋恩九　把酒拿出来……咱有流不尽的黄河水，喝不完的壮行酒啊！

［人们再次心领神会，纷纷拿出身上的水壶。

宋恩九　（举杯）报国雪耻，死而无憾！

众　人　报国雪耻，死而无憾！

宋恩九　杀身报国，舍生雪耻，落他个（吼秦腔）万古流芳。

众　人　（吼秦腔）杀身报国，舍生雪耻，落他个万古流芳。

宋恩九　出发！走向黄河！吹号！

［秦子选举起唢呐——吹出的却是《好男要当兵》的旋律。

［正要义无反顾踏上最后征程的士兵们，禁不住停下脚步。他们深情地回首眺望，目光穿越时空……

［女子们的歌声进——

第一幕　集结

"走向黄河"八天前。

陕西，黄河岸边，某征兵点。黄昏。

［一群年轻女子在柳娥带领下，载歌载舞地唱着《好男要当兵》上场。

［城隍庙的柱头上有横幅："好铁要打钉，好男要当兵！"

女子们　（唱）桃树开花叶子青，莫说好汉不当兵

当兵才算是好汉，好铁才能打好钉

柳　娥　（唱）月季开花朵朵香，好马要有好鞍装

好女要配英雄汉，拿枪前去打强梁

［报名处桌子前，是负责招兵的井铭章团长、低头记录的士兵（宋长安）和张罗着的瘸腿保长。

［刚刚入伍、穿着超大军装的冷娃们闻声聚来。

保　长　哎呀，柳娥唱得美！

柳　娥　保长叔，我们来送子选从军。子选！

［秦子选提着唢呐，从女子们身后出现。

保　长　子选可是你们戏班子最后一个男人了……

柳　娥　不咋，打鬼子比唱戏重要。你们收女子娃不？

保　长　（连忙摆手）还轮不上花木兰，先收他杨文广！赶紧！

秦子选　（到报名处）我叫秦子选，十六岁……

保　长　（向井铭章介绍）这是个孤儿。农忙帮人种地，农闲给人当吹鼓手……

［黄河对岸传来日军炮声，保长忍不住朝着炮声方向大骂。

保　长　狗日的，没日没夜地张狂得很！（对井铭章）幸亏有你们挡在黄河那边……秦子选从军！安家费……（看了井铭章一眼）一会儿就发……

［冷娃甲被众人推到了桌前。

冷娃甲　我报名。我叫刘渭生，十六咧，正学杀猪呢。

众冷娃　杀猪的冷娃！

刚好！猪圈里的小日本正叫唤呢！

保　长　刘渭生从军！

［远处传来集合号（第一次）。井铭章看表、皱眉。

保　长　哎呀，你们集合的时间到了！宋长官咋还不见人影？都两天了……（指远处）噫，还有人往这儿跑呢！你看这三天，娃们都争着自己来报名，放到从前，抓丁都抓不来……（冲远处）跑快——

井铭章　这就叫全民抗战！连千里之外的滇军、黔军、川军都自愿开到咱北方抗日来了！

保　长　对嘛！只可惜我这腿废在了平型关……不过，那一仗打得真痛快，国共合作，前后夹击……

［几名冷娃背着小包袱，气喘吁吁地跑上来。

冷娃们　叔，这是中条山招兵的地方吧？

保　长　对着呢。赶紧报名！

冷娃丙　我叫刘根柱，十八岁。

冷娃丁　我叫马维新，十七岁。

冷娃戊　我叫樊玉杰，十五岁……

［井铭章和保长互相看了一眼。

井铭章　十五？刘根柱、马维新、樊玉杰，从军！

保　长　（对三个冷娃）安家费一会儿就给哦……

三冷娃　没（mo）事儿！

［李如坤来到报名桌前。

李如坤　长官，我叫李如坤，十七岁……

保　长　哎呀，大少爷来投军了！

［正试穿军服的秦子选闻声，忙凑过来。

秦子选　少爷！（小声地）你爸跟我说好的，让我替你当兵……

李如坤　你当你的，我当我的！

秦子选　（更小声地）你爸把钱都给我了！

李如坤　那是你俩的事儿！照现在的兵役法，我家兄弟三个，咋都应该有人当兵……

［突见环环举着一双新鞋站在身边，如坤狼狈躲闪。

众冷娃　（羡慕不已）哎呀，还有人送鞋呢！
咋还不要呢？

［李如坤父亲追上。

如坤父　如坤，啊——如坤，小祖宗，你先跟我回去圆房……

众冷娃　（打趣）叔，跟你咋圆房呢？

如坤父　（瞪眼，指环环）是跟他新媳妇圆房！

李如坤　你那是包办婚姻！我要自由恋爱！

如坤父　把你还反了天了！小祖宗我求求你了，你先跟我回去圆房！

李如坤　打日本比圆房重要！（跑掉）

如坤父　（喊）圆房跟打日本一样重要……

［众人大笑。如坤父驻足，正色教训后辈。

如坤父　你这些瓜娃笑啥呢？小日本欺侮咱，就是想让咱亡国灭种！你们去打日本，对着呢，为的是不亡国！我让我儿圆房，也对着呢，为的是不灭种！如坤——

秦子选　东家，少爷不让我替他当兵……

如坤父　（头都不回地丢下一句话）你先把名报上！（追下）

［秦子选回头看到柳娥，一下子不好意思起来。

保　长　（追究）秦子选，你到底是替自己报名，还是替李如坤当兵？

秦子选　……是这，他李如坤要是不来了，我就算替他。他要是来了……我就是自愿投军。咋样？

柳　娥　（推了秦子选一把）你还越来越能了！这出“戏”，唱得好！

秦子选　（嘟哝）你说过我不会唱戏吗……

众冷娃　柳娥姐，子选一直想跟你唱戏呢！

你唱莺莺，他唱张生……

［柳娥用手中花杆敲打着冷娃们的头。

众冷娃　（四散）哎呀，天鹅打人呢！

秦子选　（阻止冷娃们）别胡说，咱配不上人家……

［远处传来集合号（第二次）。井铭章焦急地起身。

保　长　长官不来，你们怕是走不成吧？

［突然有人喊着跑着追上来：“站住！站住！”

［前面跑的是黑大个，后面追的是陈淮靖。陈淮靖着便装，却戴着一副扎眼的白手套。

［黑大个绕着报名的桌子跑，向井铭章求救。

黑大个　长官救命！那两个土匪要谋财害命呢！

井铭章　土匪？

黑大个　你看嘛！

井铭章　谋财害命？

黑大个　你看么……

［井铭章用手枪抵住黑大个脑门儿。

黑大个　（大叫）哎……这还真是兵匪一家！

［陈淮靖飞快地将黑大个抓住捆上。

井铭章　旅长！

［穿便装的宋恩九快步上场，样子有些狼狈。他没理会井铭章，上前直接踢了黑大个几脚。黑大个夸张地大叫着。

陈淮靖　光天化日，你就敢抢钱！知道这是什么钱？（从黑大个身上搜出装钱布包）。

井铭章　抢钱？不会是给新兵的安家费吧？

黑大个　（对众人大声嚷）你们都听到没有？他个驴长，敢拿新兵安家费去赌钱！我可是看着他们从赌场出来的！

井铭章　（震惊）旅长?！你可以不惧军法，但你要自重……

宋恩九　（把夺回来的钱布包扔给井铭章）给新兵娃发安家费！

黑大个　（对周围冷娃们）上战场前进赌场？这货，还真是个驴长！

［宋恩九脱光膀子换上军装。

宋恩九　（对黑大个）干你屁事儿！我就是从赌场出来的！我在牌桌上大战两天两夜——一包钱变两包！（掏出另一包钱拍在桌上）。

井铭章　（强忍不满）旅长，你不要影响了抗日将领的名声！

宋恩九　人招够没？

［井铭章反感，扭头下去发钱了。

宋恩九　（转而问保长）没抓丁吧？

保　长　都是自愿来的！原来以为招不上——报上都说“三秦无男丁”了！咱陕西出去打鬼子的人太多，不光中条山，哪个战场上都有……

宋恩九　“秦虽三户，挡日必秦”。咱哪怕只剩三户人家，也要挡住小日本！（对黑大个）土匪，你想好，要么跟我上中条山戴罪立功，要么让我把你给毙了……

黑大个　（大叫）我不是土匪……

［井铭章回来再次敦促。

井铭章　旅长，集合的时间……

［突然又有人追着跑上来：“站住——”

［两名士兵追着一名年轻少尉跑上。

东北兵　再不站住就开枪了！

井铭章　（上前喝令）什么人?！

［二士兵看到井铭章的军衔，忙敬礼。通过口音可知道他俩一个东北兵、一个河南兵。

东北兵　报告长官，我们在追捕逃兵……

少　尉　长官，我要上中条山打鬼子！

宋恩九　咋回事？

少　尉　前方在打仗，后方还有人……我反了！

宋恩九　（问两名追兵）他咋反的？

东北兵　他把我们长官刚娶的姨太太……

少　尉　抢的！

东北兵　是，他把长官刚抢的姨太太放走了，又把长官暴打一顿……

宋恩九　（问河南兵）真话？

［河南兵点头。

宋恩九　（暴喝）那还追！（摘下少尉的帽子丢给两人）找个没人的地方，对帽子开一枪，回去交差，说你们已击毙逃犯。

［两人互相看了一眼。

宋恩九　还不快走！少尉，改个名，跟我们走。

少　尉　我姓王，就叫抗日吧。

宋恩九　王抗日，好名字！

［一旁，东北兵对河南兵说。

东北兵　要不，我的帽子也给你。

河南兵　啥意思？

东北兵　我也上中条山呗！跟着抢姨太太的长官当兵，不如去打鬼子……

河南兵　那我也不回去了！（两人一起）长官？

井铭章　欢迎！

东北兵　我姓张，从今天开始，我改名张抗日。

河南兵　那我也改名，叫李抗日。

保　长　王抗日、张抗日、李抗日报名从军——

宋恩九　晚走一步，多了三个抗日，值！（顺手一拍低头记录的士兵——宋长安）收摊子！

［宋长安一抬头，四目相对，宋恩九愣住了。

宋恩九　（大声问井铭章）他是哪来的?!

井铭章　昨天投军的，我看他能写会画……

宋恩九　再有本事也不要！（问宋长安）你怎么……从精神病医院跑出来的？

宋长安　前线撤下的伤员太多，精神病院也在腾床位……

宋恩九　那就回家找你妈！

宋长安　那我就去……投八路！（起身欲离开）

宋恩九　站住！就说你精神有问题……你想想，你爸跟红军打过仗……

宋长安　长官放心，只要抗日，人家共产党都欢迎！不像我父亲，为了不让我上前线，硬把我在精神病院关了两年！

［众人吃惊、好奇。

保　长　你爸是啥人？

井铭章　还有这样的父亲？

［第三次集合号传来。

宋恩九　（烦躁地吩咐井铭章）去告诉他们别再吹了！

井铭章　可上级命令，三个招兵点儿要准时在城关集中……

宋恩九　（嚷）让他们稍等一会儿！咱从这几步路就到了……

［井铭章反感，但也只得敬礼、跑去执行（听声音是骑马远去）。

［宋恩九迁怒远去的井铭章。

宋恩九　名牌大学的高才生有啥用？就是上了黄埔短训班，也还是个书呆子！（转向保长）我有个事要托付你……

［田文杞的声音传过来：旅长——宋旅长——

宋恩九　（看到，惊喜）哎呀，正要说曹操，曹操就到了！——

［年轻的田奉先推着架子车上，车上是军容整齐的田文杞。身旁跟着他的妻子。

田文杞　（敬礼）旅长！

宋恩九　（回礼）抗日英雄田文杞团长！弟妹。

田文杞　总算赶上了。我看那几路新兵都在往城关集合呢。

宋恩九　我们马上就走。伤好多了吧？

田文杞　好了。也废了！活着都是别人的累赘……

田奉先　爸……

田文杞　旅长，给你送个冷娃新兵。

田奉先　我叫田奉先，十七岁……

宋恩九　不行！你就这一个儿子，他走了，谁照顾你！

田文杞　有你弟妹……

宋恩九　绝对不行！（拿起另一包钱）文杞，这里有笔钱，我本想托保长带给你……

田文杞　啥钱？有钱就去买子弹哪！我那最后一仗，全团弟兄们每人只有九发子弹，全靠拼刺刀、抡枪托，不然也不至于全团拼光……

宋恩九　我问你，你全团殉国的弟兄里，有多少是家里的独子？

田文杞　不少，我都记在这儿了……（要从怀里掏小本）

宋恩九　拿去，抚恤那些独生子的爹娘！咱把人家的独苗娃娃带走，却没带回来，这是咱欠的……

田文杞　唉，欠得太多了……可你哪来这么多钱？

黑大个　（突然出声）是长官从赌场赢来的……

田文杞　旅长！进中条山之前，你可是当着兄弟们的面发过誓：再也不赌了！

黑大个　（抢着维护）赌钱算啥？你打仗还赌命呢！

宋恩九　有见识！（给黑大个松绑）你可以走了！

黑大个　我跟你走！上中条山！

宋恩九　赌命去？

黑大个　对！你这个旅长我跟定了！进赌场能赢，厉害！赢钱当抚恤金，仁义！跟你上战场赌命，痛快！

宋恩九　你是……

黑大个　在下老黑，早年也当过国军。

宋恩九　（意外）哦？

黑大个　男子汉大丈夫谁不想报国？九一八之后去当兵，可当兵几年下来，就是没有机会打日本。心灰意冷，我就开了小差。

宋恩九　我信！报国无门么。

黑大个　对么！报国不成咱保家么，可刚拉杆子成立保乡团，又被当成土匪，下了大狱……

宋恩九　你个土匪越狱啦？

黑大个　不是！监狱解散了！（从怀里掏出一张纸）政府通告："对日作战期间，除过杀人犯，其余一律就地释放。"我出了大狱，招呼着弟兄们就赶来投军了……

宋恩九　人呢？

黑大个　都在县城里扎着呢。我说先过来探探路，只要旅长信得过……

宋恩九　信得过！明天天黑前，潼关渡口村见！

黑大个　是！没麻达（方言：没问题）！

保　长　明天，我们都去渡口村送你们。

黑大个　（要走又折回身来问宋长安）兄弟，你真的是……精神病？

宋恩九　狗拿耗子——多管闲事！

黑大个　走了！（跑下）

［田文杞把儿子推向宋恩九。

田文杞　旅长，钱，我收下发放。人，你收下带走！

宋恩九　（拒绝）这都收摊儿了……

田文杞　（激动）旅长！中条山缺兵啊！我那一个团的兄弟都没有了，这也是我欠的！奉先……（从怀里掏出一面残破的军旗）这是 303 团的旗，上面有全团弟兄的命……拿好！活着，它是你的旗，死了，它就是你的裹尸布！

宋恩九　文杞……弟妹你劝劝他……

田　妻　旅长，你就遂他的心思吧！这是他爷俩……喝酒碰杯定下的……

田文杞　（继续叮嘱儿子）还是那句话：要么荣归故里，要么战死沙场，就是别跟我一样，弄成个废人回来！进不能为国效忠，退不能替家分忧……

田奉先　爸……

宋长安　（大声地）田团长，你是真英雄！自己受了伤，还把唯一的儿子送上战场。不像我父亲……

保　长　娃，你爸到底是谁？

宋恩九　他爸就是他爸！

［一阵马蹄声，井铭章跑上。

井铭章　旅长，送我们去潼关的汽车已等候多时……

宋恩九　准备集合！

井铭章　是！

田文杞　（儿子的事情尚未解决）旅长……

［突然，所有人都被前方的景象吸引了注意力。

宋恩九　（一脸震惊）我的个天……

［年轻的何振华跟着一辆洋车上。车上放着一口上好的棺材，棺材旁坐着气度不凡的何老太太。

何老太太　（歉意地）路不好走，来晚了，请诸位担待！谁是这里的长官？

宋恩九　（迎上）第四集团军少将旅长宋恩九。老人家您是……

何老太太　我儿子的名字，你也许听说过——何桂伯。

宋恩九　（郑重敬礼）原来是何桂伯先生的母亲！

何老太太　你真的知道何桂伯？

宋恩九　当然！七七抗战之前，何桂伯先生为了呼吁政府结束内战、呼吁民众团结抗日，在黄陵撞碑自戕……他用自己的命，喊出所有人想喊的话！

何老太太　（笑了）时隔几年，还能被你们记得，我儿会含笑九泉。

田文杞　（急切地询问）老人家，在淞沪战场殉国的何桂仲将军，也是您的儿子？

何老太太　对。我就这么两个儿子。

［全场肃然，宋恩九、田文杞、井铭章等军人向老太太敬礼。

何老太太　为国尽忠，马革裹尸，是我儿得意收场！我还有四个孙子，大孙子振中，在二十九路军，跟佟麟阁将军牺牲在同一天。在南方读书的小孙子振国，去年参加了江南名将叶挺的部队。二孙子振兴，一直在家尽孝，三月初六，让日本飞机炸死在家门口。这是老三，叫何振华，因为不放心我，刚从远道赶回来……可这不是尽孝的时候，请你们收他，从军报国。何振华！

宋恩九　老人家！您身边不能没人照顾……

何老太太　你那是常理！现在哪有常理可讲？死在战乱里的多少老人是儿孙满堂的？没用！

陈淮靖　何老太太，您说得对！

宋恩九　（指陈淮靖）他全家都死在了南京……

何老太太　（动情地拍拍陈淮靖）我大儿子早就说了，国破家必亡！是好儿孙就要挡在前头杀敌，让老人们能踏踏实实死在家里，能全身全尸地躺在棺材里，而不是让鬼子挑死、烧死、活埋死，最后身首异处、暴尸荒野……（对孙子）报名吧！

宋恩九　老人家，我们招够人数了……

何老太太　韩信点兵，多多益善！除非是你嫌弃我们。（指棺材）那我老婆子现在就……

宋恩九　（妥协）老人家老人家……

宋长安　何奶奶，您就不怕你们老何家无后吗？

何老太太　（深深地看着长安）怕！可奶奶更怕老何家、老王家、老李家……千家万户的后代生下来就是亡国奴！（问宋恩九）这人，你倒是收还是不收？

宋恩九　……收！

何振华　我叫何振华，十八岁……

宋长安　（冲上前去站在何振华身边）我叫宋长安，十八岁……

田奉先　（冲上前去站在宋长安身边）田奉先，十七……

宋恩九　……都收！

保　长　（高喊）何振华、宋长安、田奉先从军——

宋恩九　集合！

井铭章　全体集合！出发！

［集合号声中，柳娥带女子们再次唱起《好男要当兵》。

女子们　（唱）提起当兵莫要愁，喝杯甜酒醉心头。

甜酒解得心头苦，当兵才会报国仇。

［歌声中，新兵们列队出发。

［何老太太望着孩子们离去的身影高喊——

何老太太　都是娃娃！都是好娃娃！我儿子说过：中国人死不尽杀不绝，四万万五千万中国人，四个人一排排成队，这个队伍就没有尽头！因为，最后一排还没有走过来，已经又有中国人出生、长大了……

［中日军官出现在各自的空间里。

日本军官　不能不承认，此刻的支那人，令我感到有些陌生……

中国军官　全世界都看到了，日寇在中国遇到了空前的、全民性抵抗。

日本军官　不用担心，没有出息的民族，活着没有出息，死也一样没有出息！

就像眼前这支垂死挣扎的残兵，不肯投降，却要像女人一样去投河！

中国军官　弹尽粮绝的时候，他们选择有尊严的死亡、选择走向母亲河……这叫士可杀，不可辱！

日本军官　我倒要看看，这种可笑的姿态能撑多久？支那军人的下场只有两个：要么，死在我们手里；要么，做我们的俘虏！不可辱？哼！紧紧咬住他们！

［枪炮声进，再次将人们推进血与火的战场。

一、二幕间　走向黄河——以死护死

1939年6月

山西中条山，战地

［枪炮声。硝烟弥漫。

［密集的枪声追击着正走向黄河的将士们。

井铭章　鬼子追上来了！

黑大个　孙子们紧着给爷送行呢！

［重伤的王抗日从张抗日身上滑了下来。

张抗日　你别乱动！

陈淮靖　（赶上）我来背你……

［王抗日伸手抽出陈淮靖腰上的手枪，对准自己的太阳穴。

众　人　（惊呼）抗日！

［王抗日毅然扣动扳机——枪却没响。

陈淮靖　没子弹了。

王抗日　（大喊）给我一枪！别拖累大伙……

宋恩九　（赶过来）背上一起走！

［王抗日从宋恩九身上夺下手榴弹高举着。

王抗日　旅长，要是一起走，就到不了黄河了……

［黑大个见状，振臂高呼。

黑大个　太白山下来的弟兄们——

［一众人从不同的角落应声。

一众人　有！

黑大个　咱打仗咋样？

一众人　“挣活”得很！

黑大个　好我的伙计！跟哥先走一步咋样？

一众人　能成！

黑大个　准备石头！跟走不动的兄弟做个伴。

一众人　好！

黑大个　旅长，带着娃们快走！我们掩护！

宋恩九　兄弟……到底是旅长还是驴长？

黑大个　驴！很驴的旅长！带了一群牛皮士兵！弟兄们，咱牛皮不？

众　人　牛皮咋咧！

宋恩九　老黑、抗日、弟兄们，来世不论做牛做驴，咱们还在一起！

黑大个　就是这句话咧！一会儿见！

［宋恩九忍痛率部离开。

黑大个　（对留下的同伴）伙计们，咱现在是个啥名分？

一众人　中国国民革命军！光荣得很！

黑大个　短腿的孙子上来了，当爷的，走，也要带上几个孙子！

一众人　（笑）对，把孙子带上！

黑大个　搬石头！

［一众人奋力将石块投向三面拥上来的敌人。

黑大个　（大喊）向我和抗日靠拢！

［所有人聚在高举手榴弹的黑大个和王抗日身边，面无惧色。

［巨大的爆炸声。

［硝烟中，出现黑大个即将离去的灵魂。

黑大个　你们看看我这额头上的包，是在我爸我妈坟上磕头磕的。头磕过，就算最后尽过孝了。当兵的时候，我爸说：什么直系奉系桂系，打来打去都是中国人，不值得！你好歹也学学岳飞杨家将。保乡团的时候，我妈说：我把我儿养到七尺长，倒养成了个“土匪”，看你将来咋进祖坟！妈！现在好了，死在这抗日战场上，咱可是顺了爹娘、光宗耀祖了。妈，儿能进祖坟了！哎，临走的时候，我把我那三个老婆叫到跟前，我对她们说：老大、老二、老三，当家的今天一走，只怕有去无回。你们只当自己成了寡妇，回娘家、改嫁、做姑子……想咋活就咋活去。万一中条山失守，鬼子进了长安城，有我留下的那包鸦片烟，宁死，也不能脏了身子。当家的活自己的人去咧！爸，妈，看看你们的儿，像不像杨家将里的七郎八虎？

［秦腔锣鼓点急进。

第二幕　离别

“走向黄河”七天前。

陕西，黄河岸边，渡口村。荷塘柳堤。夜。

［乡间小戏台。台口挂着对联：

“吼秦腔，三秦父老送亲人”“过黄河，关中冷娃杀日寇”。

［戏台上，杨继业正唱着“令公舍子”（秦腔《金沙滩》唱段）。

杨继业　（白）难煞我也——胡儿庆王，在金沙滩摆下杀人宴，万岁竟要我，在杨家八子里边选出一人，替他赴宴。（痛苦为难地搓手）哎！这……这……

［戏台下，黑大个对周围新兵们大声道。

黑大个　杨老令公为难咧！

杨继业　（唱）我出得山门用目看，八个儿子站两边……

大郎延平把兵书看，二郎延定捆雕鞍

三郎延广团团转，四郎延辉骂奸谗

五郎延昭把佛念，六郎延景不多言

七郎延嗣豹子胆，八郎延顺年幼他好打花拳……

［杨继业唱到大郎延平，黑大个已率先以大郎自居地跳上台去。

［杨继业每唱到杨家一子，台下都有新兵自比之。台上台下互动热烈。

［台下一角，田奉先任由母亲把一个鲜红的肚兜系在自己胸前。

田　母　这肚兜，是大慈恩寺的大和尚念过经的，他说：子弹不打有福的孩子。

［田母替儿子把军装穿好。

田　母　我娃穿上这军装，比你爸当年还神气！我娃的军裤长了，妈给缝几针，免得磨破裤脚。

［不远处，宋恩九默默地注视着这对母子。

田奉先　妈，我这一走，就您一个人照看我爸了。

田　母　我娃放心。到了战场上，别给你爸丢脸。

田奉先　嗯。

田　母　别听你爸说的那句吓人话，就是残了废了……妈也等着你……

田奉先　（懂事地）妈，你放心，子弹不打有福的孩子。

［田母一把搂住了儿子。

［戏台下，陈淮靖走过来，想跟宋长安说点什么。

［宋长安一副拒人千里之外的样子。

宋长安　副长官，你该跟着你的宋长官。

陈淮靖　……宋旅长是真英雄，到战场上你就知道了。

宋长安　（看着陈淮靖手上的白手套，讽刺地）英雄的副官，都戴白手套?

［陈淮靖下意识地藏手，识趣地离开。

［宋长安一回身，意外地发现不远处站着的女子。

宋长安　（吃惊）梅瑛?！你怎么来了?！

［戏台上，杨继业在点将。戏台上下的互动更加热烈。

［黑大个已应声跳到台上。

黑大个　孩儿愿去。

杨继业　大郎我儿，金沙滩分明摆下的是杀人战场。你、你竟然就来应声啊?

黑大个　　哎呀，爹爹！就是龙潭虎穴，孩子也敢闯。

杨继业　　你不怕死？

黑大个、众冷娃

　　　　　不怕死！

杨继业　　舍得命？

黑大个、众冷娃

　　　　　舍得命！

杨继业　　儿啊！（唱）我就叫一声儿啊儿，你为国家不怕死，舍得命，父将我儿——舍是舍了。舍——了——

　　　　　[戏台下。宋恩九的妻子出现在他身边。

宋　妻　　恩九……

宋恩九　　（意外）你咋赶来啦？

宋　妻　　你和儿子都要过河，我能不来吗？

宋恩九　　你养了个好儿子！

宋　妻　　看你说的，我一个人能养出儿子？

宋恩九　　（气哼哼地）他现在叫我宋长官！

宋　妻　　（想安慰，转移话题）我把梅瑛也带来了……

宋恩九　　（意外）梅瑛？那碎猴不是把人家休了吗？他还休妻！人家梅瑛哪点儿不好？

宋　妻　　他是忘不了任艾艾……

宋恩九　　任艾艾太活跃！那时候，跟持不同政见者沾边，就是天大的罪过！

　　　　　[两个空间的戏并行。宋长安与梅瑛。

宋长安　　我跟艾艾约好了，一起去延安。就在这黄河边上会合。结果刚出门，他就派人把我抓了！

梅　瑛　　爸是想保护你。

宋长安　　可艾艾死了！她是为了我才又回来的，结果，让镇压学生的军警枪杀了！

梅　瑛　　那不是你爸干的！

宋长安　　他们是一个阵营的！

梅　瑛　你和你爸不是一个阵营的，可他一直在护你！

［宋恩九夫妇。

宋恩九　当年我把他关进监狱，怕他跟持不同政见者搅到一起……

宋　妻　是为了保他的命。

宋恩九　后来我把他关进精神病院……

宋　妻　怕他上前线，还是为了保他的命。

宋恩九　更是为了保宋家的根！不知好歹的东西！他什么不明白?！当年，我那么想参加北伐，可还是等到你生下这碎猴才离家。

宋　妻　记得。当年儿子一落地，你跪在床头谢我，为宋家续上了香火……

宋恩九　谢你让我……可以忠孝两全！

［宋长安与梅瑛。

宋长安　他一心抗日，我也一心抗日，现在啥事也大不过国难当头！

［宋恩九夫妇。

宋恩九　这碎猴活活把我绑架了！宋家再是十三代单传，当着众人的面，我也说不出拦他的话！

［宋长安与梅瑛。

宋长安　听我妈说，你想去美国留学?

梅　瑛　（点头）现在你们用的汉阳造，还是洋务运动的产物。等我学成回来，也许可以制造中国的坦克大炮……

宋长安　你?

梅　瑛　我爷曾想实业救国，我爸曾想教育救国，都没成。我想试试科技救国。

宋长安　你?

［众人的欢呼叫好声起。

［戏台上，扮演杨继业的保长摘下了胡须。

保　长　这段《金沙滩》，唱得美不美？

众　人　美得很！嘹咂咧！

保　长　有道是“用不完的沧海水，调不完的杨家将”……

黑大个　（在台下）调不完的三秦冷娃！

保　长　说得好！下面，让咱的天鹅唱一段穆桂英的“责夫赔情”……

［众人欢呼。锣鼓起，穆桂英先声夺人。

穆桂英　（唱）将先行责打四十大棍……

［彩妆的穆桂英上场亮相，戏台下一片叫好声！

［戏台上，穆桂英心疼丈夫，原地打转。

李抗日　这穆桂英干啥呢？

黑大个　（讲戏）这都不知道？先行官杨宗保不服军令，让当元帅的穆桂英打了一顿尻子（方言：屁股）。

穆桂英　啊……啊……

［秦子选扮演的“杨宗保”出现在台上，做着受刑后痛苦状。

［戏台下，冷娃们兴奋地大声喊着：秦子选！秦子选！

保　长　子选这碎猴，一辈子都想跟柳娥唱戏，今天这一出，把他冷娃想死也想不来！

穆桂英　（白）我的夫哇！

［台下一片叫好起哄声。

［不远处荷塘边，如坤被环环一路跟着，终于不耐烦地猛不丁站住。

李如坤　我爸我妈让带的东西都带到了，没事儿你就回嘛。

［环环倔强地望着如坤，不说话。

［如坤又走，环环又跟上。如坤又站住。

李如坤　明天部队开拔过河，你还这么一路跟上？

环　环　明天，你走我也走。

李如坤　我都说了不用你送我……

环　环　不是送……明天你一走，我就去死呀。

［如坤被震住了。

李如坤　你说啥？

环　环　（平静地）明天，你一走，我就去死呀。

李如坤　（憋着火）为啥？

环　环　活着没用。咱爸咱妈说了，没圆房的媳妇没用处。

［如坤气得说不出话。

环　环　我知道你不愿意跟我拜堂成亲。

李如坤　不愿意也拜了！

环　环　没圆房。

李如坤　我都说了我要自由恋爱！其实……你清清白白地好……

环　环　我不改嫁！

［李如坤气得一屁股坐下。

［环环凑到跟前。

环　环　咱妈在家一直哭，说她儿子还没成人呢……

李如坤　我都十七了咋叫没成人……

［环环转身解衣襟。

李如坤　你干啥？

环　环　我答应咱妈，让你走之前做回男人……

［李如坤像被烫了一样地逃开。

［环环黯然转身。

李如坤　（有点慌）哎，你去哪？

环　环　我说过了。

［李如坤追上拉她。环环用力甩开他。

环　环　放手！

李如坤　你把话说清楚。

环　环　放手！

李如坤　你把话说清楚嘛！

环　环　咱爸咱妈不舍得你走，又说不出拦你的话。想把我娶回来把你拴住。我拴不住你，就想好歹让你活成个男人，再去送死……

李如坤　我是去打仗！不是去送死！

环　环　没想到死，就别去打仗！

［李如坤饶有兴味地望着环环。

环　环　看啥？老人们都说咧，把你这伙碎娃送去当兵，就是送死呢，可没办法……（飞快地抹泪）。

李如坤　那你还愿意嫁过来？

环　环　愿意！

［李如坤突然笑了。

李如坤　我咋娶了个瓜女子嘛！

［环环扭身又要走，被如坤抓住。环环挣扎，被如坤抓得更紧。

环　环　放手！放手！放手！

［如坤嬉皮笑脸。

李如坤　不放！我要自由恋爱呀！

环　环　（难以置信地）你说啥？

［李如坤满怀满抱地搂住了她。

李如坤　我说……咱这是先拜堂，后恋爱嘛……

［戏台上传来穆桂英的一声娇呼："我的夫哇——"

［戏台上的戏继续。

穆桂英　我的夫哇——

杨宗保　（白）怎么样？

穆桂英　（唱）棍责夫妻心疼于心不忍，险些儿当众将痛哭出声

劝将军念为妻初挂帅印，望将军念为妻女将领兵

穆桂英　夫哇,夫……哇……

［四目相对，没有了穆桂英杨宗保，周围的一切，仿佛也都不存在了，只有两颗年轻的心。

秦子选　姐，你跟天仙一样。

柳　娥　你是说，姐穿上这身行头？

秦子选　姐咋都美。

柳　娥　这身行头，是保长叔交给我的，说是有个瓜娃买的。

秦子选　……

柳　娥　这身行头贵得很。是那瓜娃，拿了替人当兵的卖命钱。

秦子选　姐穿上好看就对咧。

柳　娥　这身行头，姐想了两年。

秦子选　那刚好。

柳　娥　子选，等你回来，跟姐一起唱戏！

秦子选　（难以置信）真的？

柳　娥　愿意不？

秦子选　愿意！

柳　娥　那你给姐打个保证。

秦子选　咋打保证？

柳　娥　在姐脸上亲一下。

［秦子选傻了。

柳　娥　瓜娃！你对姐的心，姐都知道，上一回，姐不该说你配不上……

秦子选　姐……

柳　娥　姐不该伤你的心……

［柳娥突然向秦子选深施一福，回到穆桂英——

穆桂英　（唱）适才间责打你出于无奈，让为妻施一礼给你赔情。

［秦子选痴痴地望着顾盼多情的柳娥，完全灵魂出窍，他上前扶住“穆桂英”，跳出戏也跳出戏词。

秦子选　姐，你咋说都对，要打要罚都随你！

［伴奏停了，所有人都望着台上的秦子选。

［新兵冷娃们笑成一团。

柳　娥　（替子选打圆场）各位莫见笑，子选戏还不熟呢……

［台下，宋恩九远远望着这一切，心里有更深沉的不忍。

宋恩九　这些娃娃，都还没长成人、都还没活过人呢……

［荷花塘边，环环含羞披衣，李如坤缠着她。

李如坤　咱爸咱妈说得对，做男人，美得很——

［环环娇嗔地捶打他。

［秦腔锣鼓点急进。

［戏台上，何老太太拄着拐杖、拿着一只大酒碗上（《杨门女将》中佘太君唱段）。

佘太君　（白）看大杯侍候——宗保孙儿啊！今日是你五十寿辰，为国尽忠，你已不在。杨门的好孙儿，你要痛饮一杯！

［戏台下。黑大个跟身边兄弟议论。

黑大个　咱这何老奶奶，真是佘太君再世啊。

佘太君　（白）愿我儿饮此杯（唱）魂游九天——

［何老太太举着酒杯，一步步从“戏台上”，一直走到了“黄河边”。走向河边的何振华。

［黄河浪涛声声。

［何老太太走到何振华身边。

何老太太　振华孙儿，你回来……说是尽孝，其实奶奶知道，你是因为害怕，才临阵脱逃的。

［何振华“扑通”跪下了。

何振华　奶奶，鬼子有飞机大炮，还有坦克车，可我们手上的汉阳造经常拉不开栓！子弹不够用，连刺刀都比人家短一截！

何老太太　那也不能当逃兵！知道你爷爷是怎么死的吗？

何振华　我爷爷……不是病死的吗？

何老太太　（摇头）你爷爷当年是北洋水师的管代，甲午年间，日本军舰大炮一响，你爷爷……跟你一样——从炮台上跑掉了。

何振华　……

何老太太　当年，北洋水师的船比日本人的多，可就是败了。说一千道一万，就是从上到下，怕的人太多。你爷爷进门的时候，所有人都庆幸他活着回来，只有我看出来，他跟北洋水师一样，彻底完了！

何振华　就像……我进门的时候？

何老太太　（点头）那个时候，有人把邓世昌大人驾着致远号，拼死撞向吉野舰的故事编成歌，四处唱。你爷爷一听到，就会跑到黄河边上站着。有一回我跟到河边，他对我说：“我真该死，但我不会跳河，这黄河水，是几千年流不尽的英雄血，我不敢脏了这河水。”两年以后，他吞了鸦片……

何振华　我也……想过死……

何老太太　那就死在战场上！你爷爷说了，苟活比死更难受：白天不敢见人，晚上不敢闭眼，怕看到那些舍命的人！

何振华　（哭泣）奶奶……

何老太太　只可惜，八国联军打来的时候，你爷爷已经死了，不然，他一定会重返战场，洗去耻辱，从此，堂堂正正！

何振华　奶奶……我也要……堂堂正正！

［夜色中，远远地传来高亢的秦腔：“好男儿为国家何惧死生！”

何老太太　好孩子，就算咱的刺刀比鬼子短一截，不怕！咱有胸膛！

［何振华目光坚定地点头。

何老太太　顺着这黄河水，一路朝南朝东，就是中条山。你在前面守关，奶奶就带着棺材，在这黄河边上等你……

［宋妻跟着痛苦的宋恩九走到柳树下。

宋恩九　宋家十三代单传，真就传到头了？

［不远处的柳荫下，宋长安与梅瑛。

宋长安　知子莫如父，他怎么就不理解我呢?!

梅　瑛　咱爸给我下过跪……

宋长安　（震惊）你说什么?!

梅　瑛　一年前，部队要开拔中条山，妈送爸走到门口，爸突然转身跪在我面前。他对我说：“好女子，只要能给宋家生下个孙子，你就是宋家的大恩人，我宋恩九愿意下辈子给你当儿子报答你！”你不该记恨爸，他在战场上舍命，为的是尽忠。他一次次拦着你，为的是尽孝！

［宋长安无语。

［宋恩九夫妇。

宋恩九　看着别人的儿子上战场，我心里……一直有愧啊……

宋　妻　知道。这回，你拿了咱家祖屋的房契，又上了牌桌……

宋恩九　是，我又进了赌场，可两天两夜下来，不仅祖屋，连新兵的安家费都输进去了，没有办法，我掏出了手枪……赌场的三杆枪也同时顶住了我……我把枪拍在桌子说："我把那么多独苗娃娃带上了战场，却没给人家爹娘带回来，今天我这一走，也许再也回不来了……"话还没说完，输的钱就都送了回来，还多出了好多……

宋　妻　（感叹）都是中国人啊！恩九，等打完仗，我在家里给你支桌子，咱天天打牌！

宋恩九　（感动）这些年让你操心了……以后，三个女子也都交给你了……

［宋长安与梅瑛。

梅　瑛　来之前，妈把三个妹妹叫到跟前，定了一条规矩：宋家的女儿不出嫁，只招婿，所有外孙，将来都要姓宋！妹妹们都还小，你走了，我给妹妹们当姐姐！长安，也该懂得爸妈的心了……

宋长安　我好像……也从来没了解过你。

梅　瑛　我们俩，是结过婚的陌生人……

宋长安　如果能从中条山活着回来，我一定要好好的……

梅　瑛　你一定要活着回来！

［宋恩九夫妇。

宋　妻　恩九，现在是上阵父子兵，别再跟儿子顶牛了！这么多年，难得儿子在身边，亲还亲不够呢……我只盼着你们爷俩……能亲亲热热、平平安安地回来……

［宋恩九叹息了一声，拥住感伤的妻子。

［又是一阵欢呼，井铭章站在了戏台上。

井铭章　谢谢大家。我代表新兵团，给乡亲们朗诵一首新诗：题目叫作《情话》。

［新兵们一片欢呼、起哄。

［悠扬的小提琴声蓦然响起——年轻的井妻拉着小提琴走来。

［众人惊叹、议论："到底是洋学生！""这叫郎才女貌！""拉的是啥？""好听得很！"

[井妻深情地望着井铭章，琴声如诉。

井铭章　（朗诵）姑娘，你瞧，今天的阳光多好，四野的景致多美，这是春天！我在你的窗下，吹着轻快的口哨向你告别——不要惊奇，我将赶着春天去战斗……

[随着小提琴的旋律，井铭章轻轻地唱了起来（旋律如三十年代的艺术歌曲）。

井铭章　（唱）最亲的人，今天的月光如水

最亲的人，这四周的景色真美

我走过你的窗前，吹着轻快的口哨

与你告别，去赴残酷的约会，去赴残酷的约会

[两人深情地拉着琴、唱着歌，相依相伴着。

[歌声像风一样弥漫四野。

[柳树下、荷塘边，一个个年轻女子，出现在这些即将奔赴战场的年轻男人身边，情意缠绵。李如坤与环环；秦子选与柳娥；宋长安与梅瑛……

[中日军官同时穿行在这一组组群像之中。

中国军官　这就是我们的女人！深明大义又充满了爱与温柔的妻子、爱人、恋人们……

日本军官　大和民族的女人也许更伟大，甚至将军的女儿，都愿意去做慰安妇……

中国军官　中国军人只有妻子、爱人，从不需要慰安妇！

日本军官　舍生忘死的士兵，需要抚慰和鼓励。

中国军官　鼓励他们去占别人的土地、烧别人的房子、抢别人的财产、杀无辜平民？鼓励他们挑杀婴儿、吃人心肝、活人实验、强奸轮奸？鼓励他们挥舞屠刀，把别人的母亲、妻子、女儿变成所谓“慰安妇”?!

日本军官　战场上的士兵，需要女人的肉体来证明自己还活着！占有支那女人，有助于滋长他们占有支那的雄心。

中国军官　在中国土地上的所作所为，你们回去，敢告诉你们的女人吗？你们没胆！你们也没脸！

［集合号响起。

［相依偎的爱人们分开。战士们列队出发。

［歌声继续，亲人们挥手告别。

歌　　　最亲的人，今天的月光如水

最亲的人，这四周的景色真美

我走过你的窗前，吹着轻快的口哨

与你告别，去赴残酷的约会，去赴残酷的约会

何老太太　（目送孙儿和士兵们）孩子，记住奶奶的话，就算咱的刺刀比鬼子短一截，不怕！咱有胸膛！

［喊杀声进。艳阳变成了黑色。

［厮杀声继续、扩大——即刻将人们带进血与火的战场。

二、三幕间　走向黄河——迎上胸膛

1939年6月

山西中条山，战地

［硝烟弥漫中，中国士兵何振华与一名日本士兵呐喊着拼刺刀。

［舞台上的光全部聚焦在这两个士兵身上。

［两把刺刀同时刺入两个人的胸膛。

［两个人对峙着。一切都仿佛不存在了。

［何振华毅然迎上——刺刀穿透血肉的声音。

［刺刀穿透何振华的脊背，同时，他的刺刀也完全刺进对方心脏。

［两个人被两把刺刀钉在了一起。只听得见黄河涛声。

［日本士兵先委顿。何振华仍然挺立着，脸上露出笑容。

何振华　奶奶，你说的，我都记住啦。咱有……胸膛……

［何振华在涛声中倒下。

［宋恩九及将士们从四周缓缓围了过来。

将士们　（秦腔）从前有岳家军杨家将，今天有中条山英雄儿郎。

［中日军官在各自空间。日本军官已近抓狂。

日本军官　支那人全都疯了吗?！在外强面前，他们不是只会跪地求饶吗？一百年前英国军队、八十年前的英法联军、四十年前的八国联军，都不过两三万人，就可以让他们认输求饶、割地赔款；四十五年前的日清海战，打了不到一年，大日本帝国就得到了两亿两白银、辽东半岛、台湾和澎湖列岛；八年前，日本关东军几千人，就令二十多万支那军队拱手让出他们的东三省……可是这一次，我们已投入了一百多万兵力和两年时间，得到的，却是不断迎上刺刀的胸膛！

中国军官　中华民族到了最危险的时刻，每一个中国人都被迫发出最后的吼声……

日本军官　为什么？"卢沟桥"之后就再也没有"九一八"！支那，它不过是一匹人力众多、资源丰富的高头大马，我们只想用三个月驯服它，然后骑着它去征服世界。

中国军官　驯服中国？用你们灭绝人性的杀戮和"三光"政策吗？

日本军官　是你们的愚蠢激怒了我们！明知道毫无胜算，还在拼死抵抗，真不知道这该叫勇敢，还是叫愚昧？

中国军官　愚昧，是不知不可为而为之；勇气，则是明知不可为而为之。

日本军官　彻底干掉这支队伍！攻下中条山，彻底驯服支那！

中国军官　这又是你们的妄想！在这里，背水结阵的将士会誓死坚守。一年来他们最常说的话就是："死活不要紧，要紧的是保住中条山！"（走进第三幕场景里）直到大战前夕，他们说得最多的，还是这句话。

第三幕　论生

"走向黄河"四天前。

山西中条山，第四集团军司令部。

[巨大的中条山地图前，摆着长条桌椅。

[总司令刚对高级将领们做完布置。将领们的回答，跟中国军官刚刚说过的话一样。

将领们　死活不要紧，要紧的是保住中条山！

总司令　上茶！

[侍卫官端上茶来。

郗团长　总司令这是要端茶送客了？

[众将领大笑。

总司令　大敌当前，诸位还能谈笑风生，真是大将风度啊！

[众将领再度谈笑。

中国军官　战场上有句话，叫作“不怕老兵愁，只怕老兵笑”。对于久经沙场的将士，这是面临险境时的置生死于度外。

总司令　诸位，此次日军来势凶猛。各部一定要协同作战，互相策应，可以在三道防线间拉动，但绝不能让鬼子撕开口子。一旦腹背受敌，将万劫不复。

钟军长　总司令放心，这场仗怎么打，我们都明白。

赵军长　死守！

李军长　死守！

陈师长　死守！

郗团长　死守！

钟军长　我部牵制日军，死守到底！

总司令　好！我以茶代酒——兄弟同心……

将领们　其利断金！

[外面突然传来钟声：“咚——咚——”

卫　兵　（跑上）报告总司令，宋恩九旅长求见。我让他稍等，他就撞响了大钟……

[总司令望向钟军长，钟军长正与陈师长交换眼色。

钟军长　陈师长，你这员虎将又要出什么奇兵？

[宋恩九高喊着“报告!”，带着陈淮靖径自闯进来。

宋恩九　总司令、军长……

［宋恩九用探询的目光望向陈师长，陈师长气呼呼地扭开脸。

宋恩九　那我自己说！这一仗，新兵团能不能不上？

［正打算离开的将领们都意外地停下脚。

总司令　你说什么？

宋恩九　他们参军不到五天，还没练好射击、拼刺刀……

陈师长　（冲宋恩九）鬼子都打到家里了，拿烧火棍也得拼！

李军长　对嘛，本来人就不够……

宋恩九　光人够有什么用？又不是凑人送死！又不是凑人给鬼子写战报，增加中国军队的伤亡人数！

陈师长　宋恩九！

赵军长　中条山三个军都有新兵团……

宋恩九　那就把三个新兵团都撤到黄河对岸！

钟军长　宋恩九！军事委员会给第四集团军的军令是什么？

宋恩九　（背诵）"扼守中条山，阻敌南下，保卫黄河，确保陇海线，任何情况下不得回撤黄河彼岸。"

钟军长　那还说什么！难道你要违抗军令？

宋恩九　我只是想留住这些新兵……

钟军长　（想骂人了）你——

赵军长　宋旅长，只靠爱兵如子打不了仗！

郗团长　（气呼呼地）山东的韩复榘倒是爱兵如子，一枪不发就丢了整个山东。他的部下都活下来了，临时顶上去的部队，光我们独立团，就在那儿损失了十之七八！

赵军长　山西也是，开始总想保存实力，结果贻误战机！让仓促填上来的中央军、八路军付出了几十倍的代价！不然，我们38军也不会在娘子关几乎拼光！

宋恩九　我绝不是想保存自己的实力……

钟军长　宋恩九！三个月前，你部303团，三百多人的阵地，最后只剩下三个士兵。三个人把所有牺牲的弟兄，都以作战姿式摆在战壕里，然后跑动还击，就是想让鬼子以为咱还有人！你后来哭着对我说：

咱就是缺人哪！

宋恩九　现在就是都上也缺人！不如让娃们做预备队！（递给总司令一份名单）这名单里都是独生子……哪怕能晚一步上火线……

陈师长　（终于忍不住单刀直入）宋旅长，我听说，你儿子也在新兵团？

［所有人意外。

宋恩九　……是。

陈师长　我还听说，你为了不让你儿子当兵，一直把他关在精神病院？

宋恩九　……是，我家十三代单传……

钟军长　哈哈，你的儿子可以留下！

宋恩九　军长！我这临阵闯堂，如果只是为了自己的儿子，我就不配做抗日军人。

卫　兵　（跑上）报告。宋旅井团长和两位士兵求见。

总司令　请他们进来。

陈师长　（对宋恩九）看你带的好头！

［井铭章带着宋长安、田奉先进来，正要敬礼报告……

宋恩九　（劈头就问）你们来干什么？

井铭章　报告旅长，因为没给新兵团发弹药，又有传说，不让他们上阵，他们就派代表找您请战，听说您来了这里，我们就……

宋长安　宋长官，我们是打鬼子来的！请长官不要把自己的意志强加给我们！大敌当前，尽忠比尽孝更重要！

宋恩九　（拉过宋长安）各位长官，总司令，这就是我儿子宋长安。

［宋长安吃惊，没想到他会在这里承认父子的关系。

总司令　（举着宋恩九交的名单）宋旅长，这名单里有宋长安吗？

宋恩九　没有！

宋长安　什么名单？

总司令　三等兵宋长安。

宋长安　有！

总司令　说一说你们宋家的七条英雄血脉。

宋长安　（吃惊）总司令知道我家的事？

总司令　早年间，你爸跟我讲过。诸位，当年清军入关，扬州军民誓死守城。清军用红衣大炮轰倒城墙，战斗打得异常惨烈，驻守最后一道防线的，仅剩下了八名团丁，他们决定死战到底。（示意宋长安接着说）

宋长安　一只小船从他们身后划过，船上的难民想呼唤八位壮士逃生，但船上顶多还能挤上一个人。八位壮士中年纪最大的，是二十二岁的郭壮士，他指着当时二十一岁的我老祖说：八个活一个！你媳妇怀着孩子。你走！

总司令　宋壮士不肯，但所有弟兄对他说：我们都是光棍一条，无儿无女，你要带媳妇活着出去，生下孩子，他就是我们共同的血脉，就等于我们都有后了……

李军长　（听得入神）后来呢？

宋长安　七位壮士把我老祖推上船，掩护着一船人逃生，直到全部战死。从此，宋家家谱的祖位上，就记上了这七位壮士。他们的姓名，就成了宋家后人的辈分辈字。

宋恩九　清朝二百多年，宋家一脉单传……我父亲是第十一代，他参加了同盟会，战死在黄花岗……我是第十二代。十年前参加过统一中国的北伐，又参加了抗战，算是为国尽忠了。（对宋长安）有了你，我为宋家尽孝的责任也完成了……

宋长安　我知道我没有为宋家留后，但可以像老祖一样，为国尽忠。

宋恩九　好！我替老祖成全你。（再次转向众将领）诸位长官，宋家可以不留种，但关中百姓要有后！都说三秦无男丁，可危难时刻，父老乡亲还是把家里最后的儿孙送来了……（说不下去了）

[所有将领都改变了态度。

陈师长　恩九，你的心思我懂了……

钟军长　是啊……要是连三秦父老的种都保不住，我们出生入死，为的又是啥?!

赵军长　在座的每一位，都有亲人子侄牺牲在战场上。如果按宋旅长说的做，我们问心无愧了！

郗团长　总司令，要不，就让三个新兵团做预备……

李军长　要得！军人的最大实力，就是一个“死”字。有我们在前头拼死挡着，能多活下一个娃儿就多活下一个娃儿！

宋恩九　总司令……

总司令　（沉吟）中条山一年，我们先后有近两万将士牺牲在这里……我不知道，如果这样做，那些牺牲了的将士和他们的家人会怎么看，怎么想……

［一直在旁边的田奉先终于鼓足勇气出声。

田奉先　他们不会同意你们这么做的！

总司令　你是？

宋恩九　他叫田奉先，是咱田文杞的儿子……

总司令　文杞的儿子？像！你爸好吗？

田奉先　（拿出一封信）我妈刚捎来的信……我爸让人推他到河边走动，自己却……扑进了黄河……

宋恩九　（惊恸）文杞——

［总司令一脸震惊地从田奉先手里接过信，打开。田文杞的英灵出现在舞台后方。

田文杞　奉先儿，你妈去送你，我该了断自己的事情了。爸现在这样子，进不能为国效力，退不能为家分忧。死，是最好的选择。

［田奉先从怀里拿出父亲的那面旗。旗在将领们手中传递。

田文杞　把我交给你的旗收好。活着，它是你的旗，死了，它就是你的裹尸布！记住，你现在是中华士兵！放到从前，那就是岳家军、就是杨家将！只有尽忠报国，不用再想给我尽孝！告诉旅长，他留下的钱，由你妈去发。我顺着黄河来找弟兄们了！跟你们一起守中条，才是我最高兴的事！呵呵呵呵……

［田文杞的身影消失。人们肃立静默。

总司令　只有尽忠报国……文杞，你这是成心了断孩子为你尽孝的念想啊！刚才，恩九说“宋家根可断，三秦种要保”，这已经是大忠大义，可要我说，这还不够！如果每个地区都想保种，这个民族就会亡国灭种。如果每个人都想尽孝，这个国家就没有子民为他尽忠。我们必须担当断子绝孙、无颜见江东父老的大不孝，才能成全对国家对民族的大忠大孝！

[这话震动了在场所有人。沉默。每个人都在思索。

宋恩九　（痛苦地嚷着）可英雄种不能都断完呀——

[另一个一直在旁边的人突然开口，是陈淮靖。

陈淮靖　长官，英雄种是虽死犹生！不然，虽生犹死！

[陈淮靖的突然开口，宋恩九比众人更意外。

陈淮靖　总司令，我是宋旅长的上尉副官陈淮靖。（转向宋恩九）旅长，您只知道我全家死在南京，却不知道，我还曾经……是被鬼子俘虏过的南京守军……

[全场极度震惊。

陈淮靖　民国二十六年十二月十三日，我军从拼死守城，到彻底失守，到最后……被俘。几万中国军人，在不同的阵地、不同的绝境下……不得不放下武器……

宋恩九　（不愿面对）南京保卫战有多位将军以死殉国！

陈淮靖　但十万守军里更多的人还活着！

宋恩九　没了将领，你们就苟且偷生？

陈淮靖　连长阵亡了，是一位……连副，带着我们缴械的。他说：留得青山在，不怕没柴烧，只要兄弟们都活着……

宋长安　（咒骂）怕死鬼！可耻！

陈淮靖　是，可耻！只是，他这样做的理由，跟旅长要留下新兵团的理由，是一样的……

[所有人都望向宋恩九。

陈淮靖　旅长，如果你参加过那场保卫战，你会知道，满身伤痕血迹的士兵们，也都是战场上的英雄种……那个连副，就是想让更多弟兄活着……

[日本军官在自己的空间里出现。

日本军官　请问，所有守军，都是为了别人，才束手就擒的吗？

陈淮靖　就是不想死！为自己，也为弟兄。

宋恩九　然后呢？

陈淮靖　大家被铁丝穿了锁骨、掌心，被捆着、被刺刀和机枪看押着，没吃没喝，无法坐卧，被殴打、凌辱、虐杀，被往身上撒尿……

井铭章　（质问）为什么不拼？你们是军人！

日本军官　因为怕！本来我们也怕，怕他们一起冲上来，再多的机枪也抵挡不住。结果却发现，他们根本不知道什么叫作尊严！为了活着，什么样的屈辱都能忍受。

陈淮靖　更可怕的是……目睹那没完没了的残杀，那些女人、那些孩子……我们却自认……无能为力地沉默着……

日本军官　我在南京。很多支那人并不是我们杀的，而是他们几百人上千人自己挖坑、自己跳下去，然后再由他们自己人填土埋葬。我们，不过只有三五个士兵，在旁边拿枪监督着。

中国军官　有一种动物叫羚羊，面对杀戮，它们不会跑，更不会反击，直到被全部杀死。多少年了，中国老百姓一直都像羚羊一样，温顺、温良……

日本军官　那是懦弱！是自私！他们每一个人都想以温顺换来幸免！都想以听命换来好处！

陈淮靖　……第一次看到那被挑在枪尖上的孩子，有人要冲出去，是连副……那个可耻的人，死死地用肩膀顶着周围的人，小声说：那孩子已经死了！别连累了弟兄们，留得青山在……

宋长安　你想冲出去吗？

陈淮靖　想！只是……那时任何一个动作，都会引来全体被屠杀。

井铭章　结果你们都活下来了?!

陈淮靖　（摇头）不久后的一个晚上，我们被驱赶到江滩上，说是转移。可到了那才发现，四周架满了机枪……（痛不欲生）几千名中国军人，沉默着忍受着种种凌辱，最后，却被几杆枪押着，就走向了死亡……

日本军官　机枪响起之前响起的，是支那军人的各种骂声。没用的骂声！哈哈哈哈……

［日本军官的狂笑，和着震耳欲聋的机枪声骤起。血光冲天。

陈淮靖　我是第一个被打中的，枪声中，弟兄们的尸体，像山一样，一层层压到我的身上……

［陈淮靖脱下上衣转过身，露出整个后背焦黑的疤痕。

陈淮靖　当我醒来，几千具尸体在我的身上燃烧着……我身下，是漫上来的血红的江水。绳子烧断了，我的手……能动了……

［陈淮靖摘下从未摘下过的白手套，露出皮肤虬结焦黑的双手。

陈淮靖　这双手，是我活下来的理由，因为它还可以拿枪！因为它还可以雪耻！但我，却不敢让人看到它……长官，难得您一片慈父心，会珍惜士兵的生命；难得您一片赤子心，会在意父老的血脉，可是，这世上，有比死亡更可怕的，是耻辱！有比生命、比活着更重要的，是尊严！

宋恩九　（紧紧盯着陈淮靖）那个可耻的连副是谁?!

陈淮靖　……我。

［陈淮靖跪到了地上。

［宋恩九也跪下了。他久久地抓着陈淮靖的双手，四目相对……

宋恩九　（一字一句地）小有情，实无情；大有情，似无情！（奋然起身）司令，宋恩九旅全体上阵！弟兄们，走！给新兵团发枪！

［中日军官在各自空间出现。日本军官已露颓唐之色。

日本军官　在支那，以死相拼的部队并不少见，但我却从没面对过一支一心要去赴死的部队。

中国军官　走向黄河——相对于他们的坚定，这条路很短；相对于他们的艰难，这段路很长。

日本军官　他们投掷石块，来阻挡我们的追击；他们点燃身后的杂草，让烟雾妨碍我们的射击。而这样不顾一切的目的，却不是为了逃生，而是为了去死！这真是我一生都没有遇到过的……

三、四幕间　走向黄河——抵死相随

1939 年 6 月

山西中条山，战地

［枪炮声声。烟雾弥漫。

［烟雾中，一面陡坡出现在舞台上。士兵们在奋力向上攀爬。

［不时有士兵中弹滚下，有士兵扑下来相救，一路背着扶着继续朝着崖顶攀登。

［日本军官意象性地直接出现在士兵们中间，逐个劝说，眼神里的傲慢骄横已不存在。

日本军官　弟兄们，投降吧！前面是百丈悬崖！只要你们原地站住，原地站住就可以不死！原地站住就可以不死！

［士兵们神情坚定，日本军官的存在（如同对方劝降喊话）一样毫无作用。

［李如坤摔倒，秦子选跑过来扶起他。

秦子选　少爷，撑得住吗？

李如坤　能行！

秦子选　（相搀着）少爷，下辈子我还帮你家扛活，还上那笔钱……

李如坤　（打断）子选！下辈子，咱是亲弟兄！

［井铭章跑到宋恩九面前。

井铭章　旅长，你背着我上坡吧。

宋恩九　（吃惊，急切地想要查看）你受伤了？

井铭章　没有。你背我爬坡，子弹就不会打到你……

宋恩九　（感动）那不如你背着我！将来，你会比我对国家更有用！

井铭章　旅长……

［井铭章突然扑在宋恩九身上，用后背挡住一梭子子弹。

宋恩九　（同时）铭章——

井铭章　旅长，从前……我有多讨厌你，现在，就有多敬重……

［井铭章在宋恩九的怀里死去。

宋恩九　铭章……

［宋长安突然扑到眼前，同时也被打中。

宋长安　爸……

宋恩九　（抱住他）儿子……

陈淮靖　（大喊）旅长快走！我掩护！

宋长安　（忍痛）爸，这是天意，背上我吧，现在，是我尽孝的时候……

宋恩九　儿啊……

［宋恩九背起儿子，极吃力地攀爬着。

［宋长安趴在爸爸背上不断地说着平常说不出来的话。

宋长安　爸，以前是我不懂事，你别怪我。

宋恩九　嗯。

宋长安　爸，艾艾的事情我也不怪你了。

宋恩九　嗯。

宋长安　爸，等打走了鬼子，你也教我赌钱。

宋恩九　（反手拍打儿子）精神病！

宋长安　说错了，是打牌。

宋恩九　（气喘吁吁）行。

宋长安　爸……你是英雄……

宋恩九　我儿，也是！

［一梭子子弹再次打在宋长安背上。

［宋长安的手垂了下来。宋恩九像是被钉在了原地。

［留在最后掩护的陈淮靖，高举着手榴弹——

陈淮靖　旅长——这是咱最后一颗手榴弹——我用它来血耻了！

［陈淮靖跳下崖去，同时一声爆炸。整个世界一片血红。

宋恩九　（嘶吼着）吹号——集合——

［坡上的子选再次用唢呐吹响集合号。

［一片军号随之而起——集合！集合！集合！

第四幕　赴死

“走向黄河”三天前。

山西中条山，黄河岸边。

[集合号声响彻天宇。

[将领们各持大旗，率队誓师。

[总司令在对全军讲话。

总司令　在走上战场之前，第四集团军全体将士在此誓师！中条山一年，我们先后有一万八千七百六十七位将士把血洒在了这里，把命撂在了这里，中华民族所有可歌可泣的壮烈都在这黄河边上演过……一寸山河，一寸血，愿我忠勇将士以血肉之躯，不惜牺牲，立马中条，为人类张正义，为民族争生存，为家国保太平，为军人树人格！

钟军长　守土有责，保卫黄河，肝脑涂地，在所不惜！

赵军长　亡国虽生何乐，殉国虽死犹荣！

李军长　男儿欲报国恩重，死到沙场是善终！抗战到底，始终不渝！

陈师长　为救国保家抗日，哪怕拼尽一卒一弹，绝不退缩！

郗团长　死活不要紧，要紧的是保住中条山。誓与中条山共存亡！

全　体　（声音响彻山谷）誓与中条山共存亡！

总司令　上酒！

[士兵抬上两坛酒。

总司令　这两坛好酒，是三秦父老带来的。怎么喝？越王勾践率复国之师出征之前，曾把一越国老者奉献的美酒倒入江中，令全军迎流而饮。今天，我就把这家乡的美酒倒入黄河，让它与母亲河的乳汁融在一起，邀所有兄弟，包括牺牲将士共饮！

[总司令将酒倾倒在河水中。

总司令　（对死者）弟兄们，现在你们都躺在我们自己的土地上、躺在黄河的波涛里，就像躺在亲娘的怀里一样……你们的手，你们的脚，你们的身，你们的灵魂都是自由的……我们会像你们一样去打去拼！只要还有一个人，就绝不让日寇跨过中条山！绝不让日寇跨过黄河！（对生者）弟兄们，拿出你们的水壶水碗——

[刻碑的声音进。场景转换——

[黄河边，几个士兵正在一片石崖上奋力刻画着，火星四溅。

[即将奔赴前线的宋恩九部将士们高举水壶水碗。

宋恩九　我们有流不尽的黄河水，喝不完的壮行酒。干！

[众将士一饮而尽。

宋恩九　三个月前，就在这个地方，坚守到最后的九名弟兄弹尽粮绝，他们宁投黄河，不做俘虏……因为他们知道，尊严比生命更重要！

[刻字的士兵大喊：“旅长！”

[巨大的崖壁上出现了四个刚劲的大字：报国雪耻！

宋恩九　（问众将士）这四个字怎么念？

众将士　报国雪耻！

宋恩九　这是我们的誓言！也是我们的后死碑！啥叫后死碑？比起一年来牺牲在中条山的烈士们，我们是后死者——也许在许多年之后，也许在几天之后……今天，我们要把我们的姓名刻在上面，以必死之心，走向必胜的战场！

众将士　报国雪耻！

井铭章　全体报名！刻碑！

众　人　“三等兵李如坤”“三等兵秦子选”“三等兵宋长安”“三等兵田奉先”“三等兵张抗日”“三等兵李抗日”……

[一片铿锵的凿刻声和一片坚定的报名声延续，响彻天宇。

[灯光变化中，升降台起——直接进入尾声。

[画外音：“黄河！我们到黄河了！”

尾声　扑入母亲河，万古流芳

1939 年 6 月

山西中条山，黄河崖头

[随着“黄河！我们到黄河了！”的呼喊声，宋恩九背着儿子，带着九死一生的士兵们出现在高高的崖畔上。

[壮士们临河而立，如同一组壮丽的群雕。

[涛声阵阵。

[有人问：“咱陕西在哪边？”

宋恩九　（指）在西北。

［所有的人望向陕西方向，缓缓地跪了下来。

李如坤　爸，妈，我走了。环环，来世，我一定跟你早拜堂、早圆房！

田奉先　（披上父亲留下的旗帜）妈，你说得对：子弹不打有福的孩子！这面旗，会把我完完整整地带到我爸的身边……

秦子选　柳娥姐，你好好穿着那身行头，给后辈冷娃们接着唱《杨家将》！

［宋恩九放下儿子，抚摸着他的面容。

宋恩九　儿啊，我有多少年没有这样看过你了……你现在的模样，就像小时候睡着了一样，令我心醉……此时，我好像不是去赴死，而是正带着你，奔向永生……

［宋恩九面向西北跪下，朗声道。

宋恩九　国民革命军军人宋恩九，谨以至诚，昭告山川神灵：我率三秦子弟，尽忠报国。因敌众我寡，弹尽粮绝，为保民族气节，今率……所剩娃娃兵，宁投黄河，不做俘虏，为国牺牲，事极光荣。黄河做证！（向远方）亲人们，来生再见——

众将士　（向远方）来生再见——

［众人叩首，停顿，牵手起身。

宋恩九　（背起儿子）士可杀，不可辱——

众将士　死也不做俘虏！死也不投降！死也不做亡国奴——

［壮士们呐喊着，纵身一跳——

［涛声中传出苍劲的秦腔：两狼山战胡儿天摇地动，好男儿为国家何惧死生——

日本军官　（画外音）机枪扫射！对准河面——机枪扫射！

［天地间，回荡着将士们豪迈的秦腔：从前有田横五百壮士，今天有一群中华儿郎，舍生报国，杀生雪耻，落他个万古流芳。

［黄河的浪涛声。

［总司令及将领们走到崖边。神色凝重地缓缓跪下。

总司令　祭拜英灵——

［亲人们纷纷走上台来。有花瓣像纸钱一样不断地从空中飘下。

宋　妻　（与梅瑛互相依偎着）你和儿子都走了，但我并不孤单，只要听到黄河的涛声，我就知道，你们在那儿……

环　环　（抚着自己的肚子）如坤，我会告诉孩子，他爸是抗日英雄。

如坤父　儿子没了，我有孙子，中国亡不了！

田　妻　只要看到那面旗，我就知道，你们在那儿……

柳　娥　子选，来世不打仗了，咱俩好好唱秦腔，唱一辈子！

井　妻　铭章，我会用一生等你，等你在每一个晚上走过我的窗前，吹起轻快的口哨……

何老太太　好孩子，你们看到了吗？为你们送行的队伍好长啊！中国人是死不尽杀不绝的！四万万五千万中国人，四个人一排排成队，这个队伍就没有尽头！

总司令　民族英雄的队伍，永无尽头！中国人的队伍，永无尽头！

中国军官　有人说，你们应该被写入人类史。其实，不用书写，未来的每一天，每一个走到这里的人，都会因为你们而再一次意识到：这母亲河里奔流的，不是水，是中华民族几千年流不尽的英雄血！

[日本军官踉跄着，穿过人群来到崖前，手里的战刀颓然落地。

日本军官　战争的结果……或许已经注定……

中国军官　你说什么？

日本军官　大和民族总是敬仰英雄的。即使，他是我们的敌人。

中国军官　可你们刚刚还在向河面扫射！

日本军官　那是因为……恐惧。除非有一天，你们忘记了这一切……

中国军官　我们不会忘记，我们不该忘记，我们绝不能忘记！

[歌声起——

[所有的英雄都出现了，走向他们的亲人。

歌　最亲的人，今天的月光如水

最亲的人，这四周的景色真美

我（你）走过你（我）的窗前，吹着轻快的口哨

与你（我）告别去赴残酷的约会

我（你）要走了，最亲的人
不要（我不）难过，不要（我不）伤情
即使我（你）一去不复返
也会化作窗外的一缕清风
千秋万代，千秋万代，永存我心……

[涛声中出现字幕——
一寸山河一寸血，一片水花一儿郎。

剧　终

附录 1

中华士兵的追寻与塑造

——编剧创作谈

（发表于《剧本》2017 年第五期）

冯　俐

很多人知道“中条山战役”，那是 1941 年十多万中国军队在山西中条山迎战几万日军，最后以中国军队的惨败而告终，它甚至被蒋介石称作“耻辱之战”。

而《中华士兵》中的故事，也发生在中条山，却鲜为人知。它是 1938 年至 1940 年的“中条山保卫战”——中国国民革命军第四集团军（以杨虎城旧部改组的 38 军为主），从陕西过黄河，成功坚守中条山三年，在日本侵略者最气焰嚣张的时候，以低劣装备、以“一夫当关，万夫莫开”的忠勇，以近三万人的牺牲，致使日寇始终未能跨过黄河，从而保住了中国的半壁江山。

三年中，他们先后击退了日军十一次大规模进攻，在最惨烈的“六六战役”中，该部成百上千官兵，在鏖战多天、弹尽粮绝之后，宁跳黄河，不做俘虏，曾经漂满河道的遗体，在当地留下了“八百冷娃跳黄河”的民间记忆，牺牲者中，有一大批是十六七岁的娃娃兵……

这个故事，同时引起我和查明哲导演共同的创作冲动。

动笔前，我用一年多时间，在各种抗战史料中，寻找着几被风尘掩埋的真相和感动，不断感受着民族历史中血泪交织的艰难、痛苦、耻辱，以及勇气、担当，无数有名无名英雄的形象、各种动人细节不断汇聚，“母亲送儿打东洋、妻子送郎上战场”“十万青年十万兵”等文字不断变得感同身受……许多早已抽象了的词汇：尽忠报国、舍生取义、英勇牺牲、视死如归，血性、担当、气节、尊严……在对十数年抗战史、中华民族近百年苦难史、数千年文明史的重温中，无数真实的、高贵的生命个体具体起来、丰满起来……某一天，有四个字突然浮现在我的脑海。我发信息给导演：这个剧名好像应该叫“中国士兵”。导演回信：很好，但我想改一个字，“中华士兵”！

一字之差，却准确指向、涵盖了这部作品可能具有的纵深与宽广。我知道我将书写的这一群“冷娃”，不仅属于陕西、属于抗战时期的中国军人，更属于整个中华民族！

全剧有名有姓的近三十个人物，无论大小都是虚构出来的，都没有原型又都有着大量的“原型”。也许每一个人物的笔墨并不多，但每一个人物和每一组人物关系的形成，都合着对那一段历史中无数个体命运的捕捉、对当时情境的还原、对那段民族历程的思考……

全民抗战，是每一个中国人拒绝“亡国灭种”的选择。“救国”与“保种”恰恰构成了主人公宋恩九最主要的内心矛盾，同时也构成了全剧前半部分的主要戏剧线索……每一个人物的身份背景和当下言行，都带着丰富的历史依据：不同阶级的少爷和长工一起走上战场，成为生死与共的兄弟。当兵开小差、做了土匪的人，从大狱一出来，就投身到这支抗战的队伍里……不同经历、身份的人走上共同的战场，这恰是我在大量阅读中得出的明确认知：民族危难集合起了中国人的共同意志，抗战的胜利，是万众一心、同仇敌忾的结果。

每一个人物的形成，从汲取各种积累、不断集合想象，到最终完成形象，都有各自奇异的过程。

比如，娃娃兵田奉先，这个人物形象生发于阅读中的两个细节：一是当年有僧侣为新兵送护身符，上面写着“子弹不打有福的孩子”。二是一位父亲交给儿子的一面旗，“活着当旗，死了当裹尸布”。剧中的田奉先，带着妈妈从寺庙里求来的这样的肚兜，带着父亲的旗帜——已经全员牺牲的抗日部队的旗帜，走上战场。最后，这“有福的孩子”同样选择了“宁跳黄河，不做俘虏”，本该承欢膝下的少年，却一边向着家的方向高喊“妈，你说的对：子弹不打有福的孩子！这面旗，会把我完完整整地带到我爸的身边——”，一边毅然跃入黄河……

比如，同时改名叫“抗日”的三个士兵，投身这支队伍的机缘和瞬间，有趣而充满四面八方的信息量……后因演出时长考虑，编剧和导演共同忍痛割爱了，但在剧本中仍然保留了这小小的部分。

比如，娃娃兵何振华，曾经是个逃兵，后被奶奶送回部队重上战场，最后在与鬼子肉搏时，英勇地迎上胸膛。这个人物形象发生自当年的一首抗战诗歌《肉搏》（……两把刺刀刺入两个人的胸膛，两个人全都静止般地对峙着……只因勇士的刺刀比日本人的刺刀短几分，才没叫战栗的敌人倒下，我们的勇士把胸膛往前一挺，让敌人的刺刀穿透自己的脊梁，同时也把刺刀深深刺入敌人的胸膛……）。

我们的刺刀都比敌人的短几分！这个发现令我震惊。诗中的士兵形象，不仅英勇，同时具备与那个时代有关的悲壮——中国的抗战，是在各种客观劣势中，全凭坚定意志和舍生忘死的精神，才取得最后胜利的！

什么样的成长历程会令一个年轻人有如此壮举？绝不仅仅是一个勇敢的概念。于是，何振华被设计成一个上过战场的逃兵，因为“鬼子有飞机大炮，我们的汉阳造经常拉不开栓，连刺刀都比别人短半截”。

可他又被奶奶送回战场。奶奶有两个儿子，大儿子为呼吁抗战，撞碑自戕，二儿子殉国在淞沪战场。四个孙子中，一个牺牲在“卢沟桥”；一个丧命在日机对平民的轰炸；一个参加了新四军；而这一个“是刚刚远道赶回来的”最后一个孙子。那奶奶又为什么会“舍”得如此彻底？奶奶的形象，不仅有中国文化人格原型（佘太君）的借用，也有对中国近代史的观照：甲午年间，曾在北洋水师服役的爷爷也是从炮台上跑掉的。但他从逃跑的那一刻就“死”了，“因为苟活比死更难受：白天不敢见人，晚上不敢闭眼，怕看到那些舍命的人”。所以奶奶告诉孙子：“如果爷爷还活着，一定会重上战场，洗去耻辱，从此堂堂正正……”

还有两个重要手法，对士兵群像进行了精神高度上的提升和统一：一是贯穿全剧的秦腔。无论是《杨家将》，还是冷娃们吼唱到生命最后的“田横五百壮士”，都构成了独特的演出样式和风格，同时，也将所有人物共同的文化根基、中华民族几千年的精神传承，可视可听地、形象化地凸显出来。二是“走向黄河”意象的建立。“母亲河”与“尽忠报国”的中国人精神，是全体中华儿女的情感密码，从来无须言语，却又不言而喻……中华士兵“走向黄河”，是牺牲，又是投入母亲的怀抱，是欣然赴死。

群像塑造形成的史诗气质，需要独特的戏剧结构来完成。最终完成的结构，在导演阐述时被总结为“三线结绳”。

一条“现在进行时”的行动线：四个幕间，四个短促的场面——从弹尽粮绝、集体决定“走向黄河”开始，一路“以死护死”“迎上胸膛”“抵死相随”，以一次比一次更加壮烈的死亡，完成了士兵们欣然赴死的过程。

一条“过去进行时”的回溯线：形成了作为全剧主体的四幕大戏——以“集结”“离别”“论生”“赴死”为题，展开这群出身不同的士兵从参军到牺牲，短短八天中的重要回顾，塑造人物、呈现每个人“宁投黄河，不做俘虏”的心理依据，形象地阐发所有人物对家与国、忠与孝，直到对生命价值、生命尊严的思辨、选择和身体力行的回答。

一条“超时空”的中日军官“论战”线：创造了一对既抽象又具象的独特人物，他们既是旁白又是角色，在全剧进程中不时跳进跳出，叙述、议论、对话、交锋。从时局、战况的介绍，到百年历史的思考、民族性的反思……形成了贯穿全剧的“看得见”的思想，完成了两个民族之间一系列短“兵”相接的精神较量和精神对决。

“一寸山河一寸血，一片水花一儿郎”，当我们为无数远去的身影赋予姓名，使他们重获呼吸，通过“三线结绳”的戏剧结构以及多种艺术手段，完成了中华士兵群像的塑造，所有人都会从中感受到：中华士兵骨子里的、中华民族赖以生生不息的那份精神。

再次感谢中国国家话剧院周予援院长担当历史责任和社会责任的胆识！感谢查明哲导演选题的眼光和对创作全程的高度把握。感谢马也、李宝群、岳建一、章德宁、欧阳逸冰老师一路指导帮助。感谢《立马中条》的作者徐剑铭老师。感谢所有参与创作的艺术家们。

附录 2

导演阐述

本文收录进《〈中华士兵〉的舞台艺术》一书

北京出版集团北京十月文艺出版社出版

查明哲

我首先将《中华士兵》在思想上和艺术上的解读、思考、构思、创作，凝练、确立、表达为这样一颗舞台演出形象种子：“一群青春的中华生灵，在破碎山河、血火大地、生死悬崖上挣扎、攀爬、崛起、前行，走向、扑进、融入万古奔流、生生不息的母亲河……”

一、春草生黄河　相思如流波

（本剧的创作背景与故事发生的时代背景）

今天，我们在遍地春草的黄河岸边，回忆、钩沉、追思、缅怀……今年是中国人民抗日战争胜利暨世界反法西斯战争胜利 70 周年。70 年过去了，战争硝烟早已散尽，但是当年日本法西斯对中华民族的侵略、凌辱、奴役、屠杀不能忘；沉积在历史长河里那一桩桩中华儿女舍生忘死、浴血奋战的抗战伟绩不能忘。为铭记历史、缅怀先烈、珍爱和平、开创未来，我们竭力奉上一部赤诚之作，献给祖国、民族、先辈和那段峥嵘岁月。

“中条山保卫战”发生于 1938 年至 1940 年。数万陕军渡过黄河，驻守山西中条山，背水结阵，抵抗日军。本剧取材于其中最大也是最主要的一次战役，即 1939 年 6 月 1 日至 12 日的“六六战役”。经过十几天激战，在军事力量极大悬殊的情势下，陕军以巨大牺牲的代价扼守住黄河，阻止了日军以迅雷不及掩耳之势打过黄河、侵占中国的西南、西北的企图，从而守住了中国的半壁江山。

二、走向黄河　走向永生

（冲突、主题、主题思想）

剧作丰满地呈现了那个艰难的时局、众多的人群；在极端的情境、复杂的情感、深刻的思考之间，引发、激化着纷繁复杂的矛盾、冲突。

剧中不断出现着忠与孝、生与死、尊严与耻辱的选择。面对被奴役和争自由的矛盾，国家存亡与个人生死的矛盾，战争现实与和平理想的矛盾，大到国家民族情义，小到个人命运悲欢，每一个情感皱褶里都隐藏着细腻、丰富、尖锐、深刻的人性挣扎、精神博弈。

所有矛盾都笼罩在巨大的战争黑影之下，那就是：日寇侵略、占领、征服、奴役、灭亡中国；中国人团结、死战、保家、卫国、抗击日寇。冲突的实质是：日本法西斯不齿于人类的兽性、恶行和中华民族正义高贵的人性、精神的较量和对决。

本剧以一群年轻的中华士兵举生向死、投河殉国结束，带有极大的悲剧性。但中华士兵的形象象征着中国人、中国文化、中国精神里所拥有的天下兴亡匹夫有责、精忠报国、士可杀不可辱、视死如归的中国国格、人格、气节；而黄河的乳汁养育着中国人的生命、精神，黄河文化汇聚、滋润着中华民族的魂魄、气节。“一寸山河一寸血，一片水花一儿郎”，中华士兵以血肉之躯、自然生命，慷慨坦然地吼唱着走向黄河，与母亲河融为一体；同时以高贵魂魄、精神生命，庄严而默然地走向永生。

三、一寸山河一寸血　一片水花一儿郎

（人物形象分析）

我习惯将这部分工作留于和演员们共同交流、分析。

四、九曲黄河水　直上银河去

（风格、特色、体裁）

1.“三线结绳”的戏剧结构

（1）中日军官对话线：战局分析，精神对决，虚实结合，不拘时空。

（2）走向黄河行动线：走向黄河—以死护死—迎上胸膛—抵死相随—扑入黄河。贯穿全剧，现在进行时。

（3）四幕回溯情节线：集结—离别—论生—赴死。

一幕　集结（众志成城，集结抗日，守土卫国）

二幕　离别（铁血柔情，烟柳断肠，生离死别）

三幕　论生（忠孝刻骨，荣辱铭心，尊严无价）

四幕　赴死（立马中条，举生向死，报国雪耻）

主体内容，过去进行时。

三条线交替、交叉、交融、交响，边叙边议、相向而行，形变神聚、大开大合，诗化自由，形成这部戏的个性风貌和风格独特的戏剧结构。

2. 一座感天动地的中华儿女群像

还原、塑造“全民抗战”历史年代的中华儿女高贵群像，是剧作创作重点和显著特色。剧中对不同阶层的个体人物的性格、心理、情感、精神、命运都做了严谨、真实、饱满、动人的刻画。一个人物一个典型，合起来形成了一组凝聚于民族大义之下同仇敌忾、百折不挠、宁死不屈、共御外侮的人物群像，筑成了一壁表现中华民族精神底色的血肉浮雕。

3. 真实的历史风貌和现代的诗性表达

作者真实地写出我们感到遥远甚至陌生的当年的历史风貌，让我们看到中华民族及其儿女在外强的铁蹄之下、凌辱之中想了什么，做了什么，付出了什么，争得了什么。

民族、文化心理，历史风貌、气息，时代特质、情景，在剧作中有着充分展现，并充满了现代、诗性、象征化意味。在扎实写实的基础上，具备结构、演剧观念、手法表现上的现代感、史诗化、表现性的审美品质和气质。

历史风貌和诗性表达在剧中如此结合着：金戈铁马——似水柔情，惊涛拍岸——荷塘月色，凄美壮丽——苍劲浓郁，鼓晨钟暮——诗情乡音，悲歌一曲——狂飙天落……

4. 浓郁的地域文化、民间色彩和人文风情

剧中不断飘荡、回响、震撼着秦腔、陕西民歌，以及 20 世纪 30 年代艺术歌曲的动听、动情、动魄的旋律，人物的语言充满了黄河岸边的乡音、乡

情，戏中的戏曲《杨家将》也时时传达着中国浓郁的民间文化气息和人文风采。比如，一出原汁原味的秦腔《金沙滩》，不仅以杨家将一门忠烈照应着剧中中华儿女的家国情怀和民族大义，更以“戏”“戏中戏”“戏外戏”或高亢悲怆，或温婉缠绵的民间旋律，表达着一方水土上一对对生死离别的亲人、恋人、爱人的深情、爱情、豪情、真情。

五、感性浓郁与理性深入

剧作感性浓郁地表达了70年前中国人的生存状态和生命体验、历史气氛与时代环境，感情浓郁地设置了父子、母子、祖孙、恋人、夫妻等之间朴素却动人的人物关系。同时，从家国的忠与孝到个体的生死与族群的存亡，直抵民族、国格、人性、生命的耻辱与尊严，层层推进，使此剧拥有同类作品前所未有的理性思考深度，以至达到了生命哲理层面的表达。

我确定此剧——

风格：诗化现实主义战争剧。

体裁：悲美壮丽的正剧。

风格、体裁的确定，源于作者的情感态度。我以为，编剧冯俐在创作这一部作品时，她的情感态度是：当硝烟散去，历史尘封，念千古傲立之英雄魂归何处？思万劫不灭之中华艰行何方？乃前瞻古人，后顾来者，天地悠悠、生命悠悠、民族悠悠、家国悠悠、情悠悠、思悠悠、爱悠悠、忧悠悠，怆然泪下，慨然放歌……

六、这也不是河水　千百年流不尽的英雄血

（本剧演出的现实意义）

“君不见黄河之水天上来，奔流到海不复回”……当我们站在中条山上、黄河岸边，百感难禁。

《中华士兵》不仅是在塑造、缅怀抗战先烈，同时也是我们与父辈的一次彼此寻觅、认同，是两个世纪中国人的一次相见、相知，是几千年中国人精神的一次亲近、融会。此次创作，让我们能够和70多年前的先辈在心灵上、精神上达到一种共鸣共振；让年轻一代通过我们的演出，感受70年前的青春

是如何地义无反顾、瑰丽绽放……

当年的亿万中国人，用热血和生命维护国家和个人的尊严；举生向死，洗刷民族和国家的耻辱。他们的家国情怀、生命意志、人格情感，如此强烈、如此高贵、如此璀璨，在最艰难、最危险的时刻空前凝聚、空前爆发……这种伟大的民族精神，对于中国和中国人的昨天、今天、明天，从来弥足珍贵、可歌可泣，永当铭心刻骨、薪火相传！

《中华士兵》表现了中国全民抗战时期的正面战场、世界反法西斯战争重要的东方战场，表现了中国人民万众一心、同心同德，中华士兵尽忠报国、舍生雪耻的英雄形象，艺术地再现了伟大的抗战精神，即，天下兴亡、匹夫有责的家国情怀，视死如归、宁死不屈的民族气节，不畏强暴、血战到底的英雄气概，百折不挠、坚韧不拔的必胜信念，众志成城、共御外侮的大局意识。

肯定，此剧创作和演出的现实意义绝不仅如此……

七、黄河之水天上来……

（本剧的美学处理原则和对各部门的创作要求）

对于各部门及演员的创作要求由于篇幅关系，在此省略。

概括全剧的美学处理原则如下：

写意气韵中的写实；

表现意味间的再现；

假定性袒露的生活幻觉；

豪放、婉约诗性中的历史、现实……

（作者系本剧导演，国家话剧院原副院长、导演艺术家）

附录 3

震撼是这样产生的

发表于《光明日报》2015 年 9 月 14 日

欧阳逸冰

演出仿佛是处于激流之中，不尽的滔滔，不尽的冲荡，不尽的回响，不尽的翻卷，不尽的拍岸……这是怎样惊心动魄的历史场景，就在一段陡坡、一处悬崖上，不屈的灵魂正在向死而生。

这就是话剧《中华士兵》。

窃以为，其最大价值就是用戏剧形式真切而生动地诠释了什么叫“抗战精神”。令人惊异的是，这种诠释竟然不是发生在爆炸声中，尽管全剧无处不在的是战场的血雨腥风，但让观众看到最深处的却是——人的灵魂，人的内心情感是怎样熔炼成精神黄河的，这条精神黄河又是怎样地沸腾、咆哮，激扬着源自五千年中华文明的民族精神的新崛起。

这就是观众异口同声感叹的“震撼”的缘由。

一、艰难熔炼的精神再造

真实是艺术的生命。历史感的实质就是历史的真实，因此是所有表现历史生活的戏剧作品的生命。现实主义的创作原则决定了《中华士兵》的历史感具有高度的历史概括性，同时又有逼真的历史肌理，使全剧深刻厚重而又鲜活精彩。

“在鸦片战争后的 100 年间，我们反对帝国主义侵略的战争一败再败，原因不全在于‘国贫’，还在于‘失魂’……以涣散之国、慵懒之民抵御如此凶悍之敌（指具有武士道精神的日本侵略者——笔者），岂能不败！”包括涣散与慵懒在内的“失魂”是当时国民性的传染病菌，不予清除，何以言胜！

然而，在历史的进程中，“经过许多阶段才把陈旧的生活形式送进坟墓”。这就决定了《中华士兵》中的重要人物须经炼狱般的艰难熔炼才能完成精神的重造。

宋恩九是个有血性、讲义气的军人，然而在他的内心深处，至关重要的是宋氏后代香烟的延续。他家已是十三代单传，“不孝有三，无后为大”的封建意识终究使他不能成为坦荡无私的英雄。为了保住自家的独苗，他曾将投奔延安革命队伍的儿子宋长安抓起来，关进精神病院整整两年。此外，他嗜赌。尽管他在赌桌上为阵亡的冷娃（陕西方言：小伙子）们多赚了些抚恤金（赢得了众赌徒的理解和支持），却无疑是个赌徒。然而，面对日寇斩尽杀绝的残忍，看到儿子捐躯救国的赤诚，看到参军的冷娃们赴死报国的忠勇，这位处在生死关头的宋旅长发生了惊人的变化——他从牌桌上赌钱转为战场上赌命，跟日寇拼死一战；他从守护自家儿子，到献出自家儿子，却为给陕西父老乡亲留下“种”，向司令部提出晚一步上前线的独生子名单……直至在黄河边，在枪林弹雨的山坡上，部下井铭章、儿子宋长安，先后为保护他而壮烈牺牲，他背着烈士的遗体爬向河岸的悬崖……此时，他的灵魂像是被点燃的火炬，又像是破壁而出的激浪，升华为无私无畏的真英雄：“我好像不是去赴死，而是正带着你，奔向永生……谨以至诚，昭告山川神灵：我率三秦子弟，尽忠报国。因敌众我寡，弹尽粮绝，为保民族气节，今率……所剩娃娃兵，宁投黄河，不做俘虏，为国牺牲，事极光荣。黄河做证！”

宋恩九和他的士兵们化作了永远激扬、澎湃的黄河浪涛。从一个旧军官到抗日英烈，其心路历程该是怎样地艰难！

更富有戏剧性的是那位一直戴着白手套的上尉副官陈淮靖，他在剧中除了抓住那个抢钱的土匪黑大个，几乎没有个人的特别行动和台词。只有在司令部，高级军官们争论军中的陕西籍独生子要不要留下、晚一步上前线的时候，他突然挺身而出大呼，那就是虽生犹死！原来，他参加过南京保卫战，当过锁骨穿上铁丝、被鬼子押向万人坑的俘虏。他讲述了自己屈辱的心理历程：虽曾目睹了鬼子丧尽天良地残害自己的战友、同胞，甚至用刺刀挑起婴儿，但是他们却在“留得青山在，不愁没柴烧”的借口下隐忍，销蚀了自己男子汉的骨气。而最后，他们的驯顺换来的是日寇的机枪扫射，点火焚烧。他摘下白手套，露出灼烧过的黑黑的双手，像火山爆发一样，怒吼出了民族精神的最强音："这世上有比死亡更可怕的，是耻辱！有比生命、比活着更重要的，是尊严！"一个从伏地似虫豸猥琐，到挺直像泰山高耸的人才会如此掷地有声。

看到这里，观众无不迸流热泪，真如"黄河万里触山动，盘涡毂转秦地雷"！

而何老太太的家史，就是一部近百年来国人在外侮中痛苦、挣扎、奋起的历史——她的丈夫在甲午海战中临阵脱逃，却苟且不成，偷生不能，甚至自觉连跳黄河自尽都不配，"不敢脏了这河水"，竟吞食鸦片结束了自己羞耻的生命。而她的两个儿子却是生能舍己，千秋鬼雄：一个撞黄陵碑自戕，血谏国民党当局结束内战，共御外侮；另一个血洒淞沪战场，捐躯赴国难。孙子们有的随佟麟阁将军战死，有的投奔叶挺的新四军，有的被日寇飞机炸死在家门前。唯有这个孙子何振华重蹈他爷爷老路，以尽孝为名逃跑回家……何老太太亲自将其送到宋部，让其重归抗日战队，因为"奶奶更怕老何家、老王家、老李家……千家万户的后代生下来就是亡国奴！"。她豪迈地叮嘱何振华："好孩子，就算咱的刺刀比鬼子的短一截，不怕！咱有胸膛！"

好个"咱有胸膛"！视死如归，血战到底，就是抗战精神的精髓——"把我们的血肉筑成我们新的长城"，这是百年来，几代人用生命铸就的民族之魂啊！

这是多么艰难的熔炼，又是多么光彩的心史。

二、富有质感的历史肌理

逼真的历史感是这出戏产生震撼的另一个原因。

用极富三秦文化风味的秦腔演出，衬映着英雄们的报国豪情，特别是《金沙滩》中的唱词，巧妙而又准确地道出无尽的悲壮："你为国家不怕死，舍得命，父将我儿——舍是舍了，舍了……"而当宋恩九率部跃身黄河，在敌人密集的机枪声中，滔滔的河面上回荡起秦腔粗犷的歌唱，犹如母亲在天地间，给儿子们的赞颂："两狼山战胡儿天摇地动，好男儿为国家何惧死生——从前有田横五百壮士，今天有一群中华儿郎，舍生报国，杀生雪耻，落他个万古流芳。"显然，这不仅仅是在强化地域文化特色，更重要的是，在这些百姓们喜闻乐见的唱腔唱词中，象征着抗战精神源自几千年来中华民族的古老文明，犹如飞腾咆哮的黄河，源远流长。

富有质感的历史肌理更多地表现了传统生活方式在特定时代的嬗变和扬弃，从而熔炼出焕然一新的风貌——旧时代，“好男不当兵”正是“几千年封建制度，在积淀厚重农业文明的同时，也在消磨中华文明的锐气的表现之一，由此又恶化为抓壮丁，更是社会生活的丑陋。剧中那个农忙打短工，闲时当喜丧吹鼓手的秦子选，就是被李乡绅花钱雇来替儿子李如坤去当兵的。这原本是丑陋的，也是非常逼真的，却嬗变为爱国青年争先去当兵——李如坤说：‘你当你的，我当我的！’秦子选说：‘他（指李如坤）要是来了……我就是自愿投军。’”。

抗战证明：好男才当兵。

包办婚姻同样是旧时代的陋习。李乡绅逼着已经报名当兵的儿子先回家圆房，并且振振有词：“小日本欺侮咱就是想让咱亡国灭种！你们去打日本，对着呢，为的是不亡国，我让我儿圆房，也对着呢，为的是不灭种！”那个未圆房的儿媳妇环环也紧盯着丈夫，并且说出一句让男人也会感到羞愧的话：没有想到死就别去打仗！明明知道丈夫去送死，却坚决要嫁给他，给他留下“种”……

抗战证明：中国人前仆后继。

说盗亦有道，或许这是为盗为匪为窃者涂脂抹粉。然而，剧中那个土匪黑大个却是有感于宋恩九对士兵仗义，敢为国家赌命，而率领同道者参军，并且慨然赴死。其中的隐秘是：“我妈说：我把我儿养到七尺长，倒养成了个‘土匪’，看你将来咋进祖坟！妈！现在好了，死在这抗日战场上，咱可是顺了爹娘、光宗耀祖了。妈，儿能进祖坟了！”曾为土匪者，尚且如此识荣辱，这个民族岂能被征服?!

抗战证明：每个人被迫着发出最后的吼声。

还有，伤残壮士田文杞为让儿子义无反顾地投身抗日，自己毅然蹈入黄河巨浪；戏子柳娥誓言等待从军的秦子选回来，与其一同演戏；井铭章为平日厌烦的上司宋恩九挺身挡住罪恶的子弹……

这些，都令人惊异地看到：抗日战争这场炼狱般的烈火，让失魂者重获民族之魂，让涣散者凝聚到救亡洪流中去，让慵懒者抖擞起每一根神经，面对刺刀挺起胸膛，“中华儿女把民族精神发挥到了极致”。

而这些无不是从历史的肌理入手，从具体的历史生活状态入手，在赢得观众（和读者）认同之后，再让观众惊讶地看到我们民族的心理、情感、观念的巨大变化，观众激动地仰起头来，哦，中华民族精神就是这样的崛起！

话剧《中华士兵》尚待锤炼之处或许不止一二，但是，它让我们欣喜的是，话剧艺术家们在这部戏里，努力体现习近平总书记对抗战精神的科学概括："伟大的抗战精神，是一种伟大的民族精神，是中华民族源远流长的爱国主义在抗日战争中的锤炼和升华。"

（作者系著名评论家、剧作家）

附录 4

话剧《中华士兵》的双重突破

本文为《〈中华士兵〉的舞台艺术》序

（北京出版集团北京十月文艺出版社出版）

发表于《中国戏剧》2019 年第一期

马　也

2015 年，中国人民抗日战争暨世界反法西斯战争胜利 70 周年。时代给戏剧家们提供了展示才华的舞台和机遇，中国戏剧一派热闹繁华。但是在几百部戏剧作品中，真正优秀的实在不多。我们的艺术家还是缺少驾驭现代重大战争题材的能力。然而由国家话剧院出品、冯俐编剧、查明哲导演的《中华士兵》却给剧坛带来了惊喜。这部戏于 2015 年 9 月 3 日首演。初时，有人惊讶、有人质疑、有人忧虑、有人不解；不久，在有惊无险之后，赴沪展演，经三次艺术研讨，终于尘埃落定，获得空前赞誉。文化部部长雒树刚说："《中华士兵》是一部极具思想性和艺术性的力作，是一部弘扬英雄主义的经典之作，是国家话剧院的扛鼎之作。"我以为，这部作品起码在两个方面实现了重大的艺术突破，当然也可以说成是对中国话剧的创新或贡献。

一、艺术思想上的突破

抗日战争，作为艺术创作的资源或题材，对于中国艺术家来说，应该是极为巨大、极为丰富、极为深厚的矿藏；但是 70 年来，尤其是近些年来，一方面我们表现抗战的作品浩如烟海，另一方面，优秀作品却极为稀少。不是我们不重视抗战题材，而是我们不会艺术地开掘，不会艺术地发现，因此才有了"抗战无经典"的尴尬局面；更有专家指出，为了 70 周年庆典，"抗战"二字已经变成了一个巨大的文艺之筐，里面装满了近几年来蜂拥而出的抗战题材的影视剧作品。造成这种局面的原因，仍旧来自创作的概念化、模式化，这使我们的艺术表现总是处在浅表化、浅水区层次。抛开大量的所谓“雷剧”“神剧”不说，一些创作态度严肃的作品，也多半停留于表现“正义战胜邪恶”“英勇杀敌”“保家卫国”等泛泛的爱国主义层面，或是铺叙战争的过程，或是展示战争的“惨烈”，或是描绘抗战的“记忆”，或是张扬抗战的“成果”，或是歌颂领导的“英明”、思想的“正确”，很难再向“深刻”迈进一步。简言之，思想贫弱，精神贫乏，内涵贫瘠。

但是，《中华士兵》却是有内涵的，在宏大叙事里面，在战争战场外面，在故事表层的下面，蕴藏着丰富的、新鲜的、尖端的、现代的思想内涵。该剧没有拘囿于狭隘的民族主义、肤浅的民族情绪、廉价的民族仇恨等政治学框架，而是超越了历史、超越了政治、超越了战争、超越了意识形态。既发掘弘扬了五千年来中华民族向死而生、挑战苦难的英雄气节，又对我们自身的人性（包括民族性格）进行了虽然是痛苦的但也是具有深度的反思，杀身报国，舍生雪耻，表达的是我们民族的自省、民族的高贵和民族的尊严。“中华士兵”，是指每个中华民族的子民，包括孩子们学生们（戏中的“冷娃”），“到了最危险的时候”，都是士兵，都是战士。在天将塌、地将陷、国将亡之时，中华士兵的精神，可以扭转乾坤、擎天补地。这部戏，是一部真正意义上的民族史诗，同时也是一次民族精神的洗礼，是一次民族精神的冶炼，是一次民族精神的涅槃。

《中华士兵》的思想内涵，是通过“生死”“忠孝”“耻辱”“尊严”几组核心意象，在艺术情节、艺术线索的不断发展中表现出来的。在这部戏里，“死亡”（赴死）是整个故事的前提，这个前提之前还有个时代大情境，就是那四个字，“亡国灭种”。在这部戏里，亡国灭种，不再是一种预测，而是面临的现实。于是“赴死”，既是这部戏展开的具体动作过程，也被设置为结构上的序幕和尾声。全剧开场，中日高级军官的论辩，暗含着两个民族的生死对决——“九一八以来，中国的大半国土已经沦亡。如果日军跨过中条山，杀过黄河，整个西北、西南，乃至全部国土将会彻底沦丧。”“现在，他们已经没有‘壮丁’了，按照支那的说法，年满二十才叫丁，二十岁以下只能算是娃儿。”“生死存亡关头，每一个中国孩子，都在成为保家卫国的战士！我们是在用血肉，筑成新的长城！”用血肉筑成新的长城，就是集体赴死。第一幕“集结”，是八天前的事，“赴死”这件事就已经定了；而且，关中无男丁，赴死的是几百个生命尚未展开的学生兵、娃娃兵。不只是戏剧的情境有多残酷，而是当时民族命运的情境有多残酷。

整个戏要表现的，查明哲导演用“举生向死”四个字概括，极其精准。这些孩子八天前已经知道了要去死（甚至是“送死”）；他们怎样面对即将到来的死亡？他们死前干了什么（当然也包括他们的亲人）？他们为什么要去死（而不能选择生，本来是有机会有理由的）？怎么个死法？死在哪儿？这几个问号，都是这部戏的悬念。艺术地解决了这些悬念，也就有了思想上的突破——超越生死，超越伦理，为了雪耻，为了尊严。“比死亡更可怕的是耻辱，比生命更重要的是尊严。”（陈淮靖）“举生向死”的雪耻，非关个体，而是要洗刷中华民族和国家的耻辱；“举生向死”的尊严，非关个体，而是要重建中华民族和中华士兵的尊严。死亡的内涵丰富了，死亡的意义延展了。

“生死忠孝”四个字，每一个字都可以成为作品的主题，进行有效的艺术展开而到达人性的高地；但是《中华士兵》，一方面充分地表现了“生死忠孝”，另一方面还要超越这个高地。创作意图高远，下笔下手凶狠。几百个青年赴死，在悲剧意义上来说，已经可以与《这里的黎明静悄悄》相近了，都是美好的被毁灭；而且，《这里的黎明静悄悄》剧中的少女是“被”毁灭，《中华士兵》中几百个关中青年的主动赴死，是要求“毁灭”。在悲剧人物的自我选择层面上说，《中华士兵》对人物的（意志和理性）开掘更具纵深感。“生死”二字对于宋恩九来说已经不是问题，困扰他的是忠孝不能两全。个人（家族）的忠孝，对于英雄的他来说，也不是问题：十三代单传，他坦然送“独苗”参军；他自己可以不孝，可以“绝后”，但他不想让关中大地绝种，这才闯堂“论生”，恳请司令部把新兵团保存下来，为千家万户保根留种。第三幕《论生》是全剧思想开掘的关键。经过激烈而痛苦的论辩之后，总司令说：“刚才，恩九说‘宋家根可断，三秦种要保’，这已经是大忠大义，可要我说，这还不够！如果每个地区都想保种，这个民族就会亡国灭种。如果每个人都想尽孝，这个国家就没有子民为他尽忠。我们必须担当断子绝孙、无颜见江东父老的大不孝，才能成全对国家对民族的大忠大孝！”

宋恩九的“断子绝孙”，已经超越了个体“忠孝”的一般意义。三秦大地的断子绝孙（大不孝），一是为了整个国家和民族的不亡不灭，二是为了雪耻，因为我们的国家和民族确实有过耻辱。但是（在实力悬殊、弹尽粮绝后），通过集体赴死而实现为民族雪耻，找回“士兵”的个体尊严和民族的集体尊严，剧作家和导演，为了实现艺术思想的突破和超越，为了立意的“翻高”，却真的是要冒险——人性的风险和伦理的风险。当代中外作家艺术家，对生命本身的尊重和个体存在价值的张扬，已经可以成为作品表达的终极主题；而这一点对于编剧冯俐和导演查明哲来说，应该是再熟知不过。尤其是查明哲的“战争三部曲”——《死无葬身之地》《这里的黎明静悄悄》《纪念碑》，每一部经典名作都具备这种思想内涵。冯俐和查明哲的突破、超越、翻高、冒险，不是对个体存在价值和生命尊严的忽视，也不是对中华伦理的亵渎，而是对“死”（集体赴死，集体献祭）的意义，进行更加深入、更加深刻的哲理性思考，进行更高远的意义发掘和发现；是不想仅仅止于对个体生命价值的尊重，要追求的是，在看来已经是“绝对”高的思想内涵之上，能不能发现“绝对之上的绝对”。一方面，“舍生取义”的“义”，已经包含并实现了“匹夫有责”“血战到底”“宁死不屈”“视死如归”“坚忍不拔”“共御外侮”的“义”；另一方面，还要发掘“这一个”比“舍生”更为深远的大“义”，超越个体生命的尊严而上升到民族人格的尊严，超越家族伦理和族群伦理，洗刷民族灵魂、重铸民族精神、再造民族性格。这种大义，原本就是我们中华民族的文化基因，著名学者岳建一先生看戏后，称这种“大义”出自于我们中华民族的“本源精神和精神底色”；这种“大义”甚至不带有（现代）西方思想元素的影响。（戏中）田横五百壮士、杨家将、岳家军，视死如归，杀身成仁，这种中国传统文化里的“元精神”一直周流、贯穿于整个中华文明史，形成了一种时隐时现的精神元气；也正是这种精神元气，延续着、支撑着中华民族，战胜了无数苦难而生生不息。

当然，我们也可以理解为，《中华士兵》是对中国传统精神的现代阐释；或者是，在中国最本源的精神里含有最现代的元素。优秀的中国精神，本来就连通着人类的最现代的精神，优秀的中国传统文化里，本来就含有人类精神的制高点，只不过被复杂纷纭的历史、被眼花缭乱的现代生活淹没而已，只有优秀的艺术家和作品，才能扫清雾霾，重新发现并达到这个制高点。优秀艺术作品的“现代性”，不是指时间维度的现代，而是指作品思想的深度、精神的高度和照亮的强度，是一种现代品质。

中条山保卫战，中华民族真的是到了最危险的时候，可以说是命悬一线！

剧作家冯俐在占有大量抗战素材的基础上，经过长期艰苦细致的研究，对这场战争的具体状态、极端状态——（中日）民族的精神和心理状态、官兵的精神和心理状态、关中大地人民的精神和心理状态、各色具体人物的精神和心理状态，进行了最诚实的理解，进行了最深入的体验，摈弃旧有的思维模式和认识模式，重新审视、重新思考、重新认识，这才能够讲出真正的中国故事，有了真正的艺术发现和思想突破。我以为，在70年历史过程中，在浩如烟海的关于抗战的叙事文学作品中，《中华士兵》的思考成果和认识成果是最新的、最现代的、最高端的、最客观的，当然也是最有价值的。

二、艺术形式上的突破

说艺术形式上的突破，是为了方便，仍有因词害意之嫌，准确些说是艺术表现上的突破。

第一，关于本剧的结构和叙事。

《中华士兵》在结构方式和叙事方法上的突破和创新，对当代中国话剧的发展，具有重大贡献。全剧采用立体结构、板块结构、交响结构。立体结构分为三层："走向黄河"（举生向死）作为核心线索，从序幕贯穿到尾声，四段"幕间"小板块，是正在进行时的场面，最多是一个小时内的事件；编剧在"走向黄河"（赴河、赴死）的短暂过程中插入的四个大板块，是戏剧的主体部分，四幕戏是（回溯）八天之间发生的故事。四幕戏的标题也令人拍案叫绝，"集结"是为了"离别"，"论生"是为了"赴死"，既有因果联系，又是两两对仗，前后对仗；而全剧的外在统一性，由两个中日高级军官超越戏剧时空的形而上论辩贯穿，这是此剧的一条独立的叙事线索，与再现的剧情呼应，时而跳入，时而跃出，时而进戏，时而间离。全剧以日本军官的野心和狂妄起幕，以日本军官的战栗和恐惧落幕，高超的结构技巧，果然是匠心独运。

有人认为本剧是"倒叙"体，不大确切，倒叙往往是个帽子，是讲述者讲述过往故事的一种常用手法；讲述者本身在讲述时没有故事，他的功能只是倒叙发生了的故事，讲述者和实际发生的故事（再现部分）是隔离的。有人认为这个戏是"闪回"体，也不是，"闪回"多为需要时的补充回忆，是过去场景的随时穿插，不讲究穿插的均衡问题，闪回的内容更构不成故事主体。这部戏的三条情节线、叙事线，是立体交叉，是连环叙事，有交响乐一样的内在节奏和外在旋律；三线胶着，整体推进，把八天中的四幕大戏，巧妙地镶嵌在正在进行的“走向黄河”的六个瞬间，真正做到了全剧的整体有序。整部戏的结构如同一座宏伟的多层次复调式建筑，大开大合、错落有致、脉络清晰、布局合理、均衡对称、环环相扣，结构本身（形式美）就具有很高的审美价值。《中华士兵》在叙事结构上的独创性及其所显示的独特性，在戏剧史上是罕见的。

第二，关于本剧的情境设置。

天塌地要陷！亡国灭种在即，国土沦丧在即，这场战争所造成的情境，几乎相当于世界末日前的极端情境，这种情境是历史的也是这部戏剧的，是民族的也是剧中每个人物的。极端情境下，每个群体每个个体都面临着严峻的选择问题：将军、士兵、土匪、逃兵、乡绅、童养媳、父亲、奶奶等。每个个体的选择虽然并不完全一样，但又有共同的选择，自觉赴死，主动送死；“送死”，不只是于一般意义上的我自己去送死，还有奶送孙、父送子、妻送夫的“送死”。全剧的故事就是“死”前的选择：这些孩子们为什么必须死？怎么死法？为什么要“这样”死？为什么要走进黄河，魂归中华？

这部戏应了本雅明的一句话：起点就是终点。编剧冯俐曾经对采访的媒体说：查明哲导演对这个选题的感性、理性积累和敏锐的艺术感觉，总令我感到匪夷所思。目前这个大开大合的“走向黄河”的意向，是第一次讨论时就被导演提出来的。冯俐说她当时真的被震到、吓到了：震到，是因为这意向太准确、太迷人，怎么可能一下就被导演抓到了！吓到，是因为这意向太独特、太大胆也太难了。它为全剧找到了最有力量的动作和气势磅礴的诗意，同时也决定了全剧将从90度以上的高潮点出发。天哪，后面两个小时的戏都要在90度高点之上开合起伏、峰回路转，咋写呀？

《中华士兵》的核心，就是对“举生向死”四个字的展开，也可以理解为一部对“死亡”充分展开、艺术展开的戏剧。死是前提，写的就是死前八天。赴死是全剧的开头，也是结局，更是过程。极致、险峻、尖锐、奇绝、具体、有力的情境设置，足可以使戏剧动作扎实展开，使三条叙事线索有力有效推进。

第三，关于本剧的舞台呈现。

相信，对于《中华士兵》舞台艺术的呈现，会有专家做具体深入的分析和解读，这里只是谈谈总体感受。查明哲导演的舞台驾驭能力和艺术再创造的能力，确实超凡超常，他可以把整个舞台——灯光、舞美、音乐、转台、场面、人物、戏中戏和苍凉辽远的秦腔，融汇得浑然一体，浇筑得天衣无缝。整个舞台如同恢宏大气、磅礴奔涌的血色浮雕；在这流动的血色浮雕里，刻画着壮怀激烈的形象，讲述着惊天动地的故事，铭镌着对民族屈辱的苦痛记忆和思考。面对这些形象、故事和思考，我们有可能已经陈旧了的历史观、战争观和人生观，被解构、被击碎、被整合、被新生；我们有可能已经麻木了的灵魂，被震颤、被激活、被唤醒、被召回。

《中华士兵》的舞台呈现（也包括剧作），难点在于：如何处理宏大叙事与细部细节表现的关系，如何处理史诗风格与具体人性书写的关系，如何处理群像塑造与个体个性刻画的关系，如何处理立体结构与线性纵深发展的关系。我认为，以上四点，对于任何一个剧作家和导演，都构成严峻的挑战，但是《中华士兵》的舞台处理，相当成功，这无疑是对当代中国戏剧的重大突破。

全剧最饱满的是第二幕。多组人物，多样关系，多类故事，多个演区，多重视角，多种舞台艺术元素，还有戏中戏的处理，完美交融，连贯流畅，浑然天成。编剧的艺术才华和导演的艺术才能得以充分显现。这是人类史上最为罕见的也应该是不可再见的真实离别，是最壮丽的也是最浪漫的离别。这一刻（民族危难关头），此前所有的隔阂、恩怨、对立、等级、身份、名分都被化解抹平，一切都归于美丽美好，一切都归于静穆崇高。本来，生离死别，是最残酷、最撕心裂肺肝肠寸断的时刻，但是查明哲却把这“残酷的约会”和“残酷的离别”，把“赴死”（毁灭）表现得如此从容、坦然、深情、缠绵、梦幻、诗意，能把悲伤写成欣喜，让诀别披上浪漫，把苦难写出诗情，编导实在是大家风范。编导所创造的、设计的这一刻、这一别，更像是一次庄严的仪式，完成了中华民族历史上的一次民族集体体验，也是中华民族历史上的一次“大美”体验。这一夜，展现的是中华民族历史上最为光彩、最为高贵的一页，是中华文化最伟大、最自信、最深沉、最厚重的一页。

整台演出，还有其他几条贯穿的意象线索值得关注，如黄河的意象、涛声的意象、莲花的意象，还有苍凉辽远的秦腔《金沙滩》（“两狼山战胡儿山摇地动，好男儿为国家何惧死生”）的意象，以及强硬的切割状的中条山光影造型，等等。这多层意象的有机融汇，强化了该剧的主题，也使舞台演出更加丰满。

值得一提的是第二幕结尾，井铭章和妻子在小提琴伴奏中的歌唱《最亲的人》：

最亲的人，今天的月光如水
最亲的人，这四周的景色真美
我走过你的窗前，吹着轻快的口哨
与你告别，去赴残酷的约会

这首歌词，是编剧冯俐以抗战时期诗歌《情话》（作者：雪牧）为基础再创作的。这首歌词强化了全剧的思想内涵、艺术意境和艺术风格，可谓剧作家的神来之笔。此诗在全剧结尾的集体演唱，为壮怀激烈黄钟大吕的史诗风格灌注了深沉悠远的诗意。即使全剧谢幕，中华士兵高洁高贵的精神境界也如同云雾般，还在舞台甚至是剧场，弥漫、飘洒、环绕、回荡。有的观众说，全剧结尾，只听此歌就已经泪流满面。这也是导演的神来之笔。

优秀的作品，总是要有个精心打磨过程。《中华士兵》的文本虽经几年艰辛、八易其稿，但舞台公演面世至今刚半年有余，总会有需要调整之处，还有提高空间。我有几点粗浅的看法。

一是，戏剧情境的进一步强化。应该说，现在的演出本，情境已经算是具体有力了，但是还可以更极致一些：一方面是中华民族到了最危险的时候，亡国灭种在即，民族危亡千钧一发；另一方面是前线十万火急，兵员奇缺，关中无男丁。中条山保卫战几乎是决定中华民族生死命运的决定性之战，情境的紧张性、急迫性、极端性，虽然在开场的中日军官对话中已有展示，但是第一幕的“集结”中应该有所强化，场上气氛应该造足，情节应该更为具体有力。强化的必要性是，让所有知道这个情境的人，高级将领、关中父老、各阶级各阶层各色人等，包括孩子们、学生们、“冷娃”们及其亲人们都明白，上战场，集体赴死，是“非如此不可”“不得不如此”的唯一性选择。

二是，几百个青年（“冷娃”）跳河赴死的戏剧动作的合理性、必然性、逻辑性。第三幕“论生”，高级将领那里，已经解决了“死”的必要性（一般意义和特殊意义），极端情境下选择的结果，不只是残酷，甚至是残忍，“把两种正义推上最高两难”（黑格尔）。当然，这也是民族的选择、士兵的选择、英雄的选择、关中人民的选择。我的想法是，如何使这种选择，更加感性化地情节化地变成士兵们孩子们的自我选择自觉选择。当几百个孩子在自我意志的引领下，静静地走向黄河，这个场面在观众的头脑中定格，他们将终生不忘。

三是，演员的表演水平有待准确、精细、提高。群像式戏剧作品的演出，本身就对演员有极高的要求，当然也是挑战。有些重要形象（角色）不能贯穿全剧，不能反复出现，这就要求演员在台词的艺术含量、情感含量和送达技巧等方面下苦功夫。

本书收录了很多专家学者艺术家对《中华士兵》多角度高水平的精辟细致的艺术分析和评论评价，收录了编剧的创作笔记和导演的导演阐述。相信，《中华士兵》的创作经验会给中国话剧带来启示，会给中国原创话剧注入生机活力；相信中国国家话剧院的《中华士兵》会走得更好更高更远。蒙周予援院长及编剧冯俐、导演查明哲的错爱，嘱我为本书作序，其实只是一篇急就的肤浅的观后感而已。一家之言，权作代序。

（作者系中国艺术研究院研究员、博士生导师，戏剧理论家、评论家）

附录 5

（《人民日报》2015 年年度推荐短评）

史诗再现民族魂

发表于《人民日报》2015 年 12 月 29 日

马　也

2015，中国人民抗日战争暨世界反法西斯战争胜利 70 周年。表现战争的戏剧作品不少，真正优秀者不多：我们的艺术家还是缺少驾驭现代重大战争题材的能力。

然而由查明哲导演的《中华士兵》却给剧坛带来惊喜。《中华士兵》没有拘囿于狭隘的民族主义、肤浅的民族情绪，而是超越了历史、超越了政治、超越了战争。它既发掘了五千年来中华民族向死而生、不惧苦难的英雄气节，又对人性进行反思；杀身报国、舍生雪耻，表达的是我们民族的自省、民族的高贵与尊严。"中华士兵"，是指每个中华民族的子民"到了最危险的时候"，都是士兵、都是战士。这部戏是一部民族史诗，也是一次民族洗礼、一次民族炼狱与涅槃。

《中华士兵》在叙事方法上的突破和创新，对当代中国话剧有所贡献。全剧采用立体结构、板块结构、交响结构。四段幕间的小板块是正在进行时的故事，编剧冯俐在此过程中巧妙插入四个大板块即故事主体，全剧的外在统一性则由两位中日高级军官形而上的论辩贯穿。导演把整个演出浇筑得天衣无缝。整部戏如同恢宏大气、磅礴奔涌的血色浮雕，在这流动的血色浮雕里刻画着壮怀激烈的形象，讲述着惊天动地的故事。面对这一切，我们有可能已经麻木了的灵魂，被震颤、被激活、被唤醒。

（作者系著名评论家、戏剧理论家）

附录 6

“铁板铜琶”的美学源流没有中断

发表于《艺术评论》2015 年第十期

顾春芳

由中国国家话剧院查明哲导演的《中华士兵》为中国当代话剧舞台注入了一种久违的豪迈之气和阳刚之美！在 2015 年世界反法西斯战争胜利纪念的历史回望中，该戏发掘了中华民族抗日战争中一段可歌可泣的历史，聚焦了 1939 年著名的“中条山保卫战”中八百名不足二十岁的“陕西冷娃”，以血肉之躯抵挡疯狂的日寇，在弹尽粮绝后集体跃入黄河的真实故事，表现了三秦大地的儿女“若为奴，毋宁死”的铁骨柔肠，同时也为中华民族绵延千年的家国情怀以及抗日战争所锤炼铸造的民族精神刻出了新的历史维度。《中华士兵》以其趋向诗性言说的独特叙事方式，在对历史的追忆、对民族性的拷问中，体现了当代艺术家的历史视野和哲理深度；全剧以其气势恢宏的精神气质和叙事力度张扬着不屈不挠、抵御外侮的英雄情怀和民族气节；统一在导演艺术思想中的舞台艺术构成，呈现了诗学传统中“阳刚”和“豪放”的风骨，让我们深切地感受到，中国现代话剧艺术传统中“铁板铜琶”的美学源流没有中断。

就叙事而言，全剧以标题统摄幕场结构的发展，四幕标题分别是“集结”“离别”“论生”“赴死”，并设有序幕和尾声，在结构上呈现出标题交响乐的内在结构范式，四章的内在情感强度和节奏要求，也暗合着交响乐的美感特点。这种结构特点天然地决定了舞台文本的诗性叙述，它不以“一人一事”，而设以“多人多事”的情节线索并置发展，不是依据故事情节先后发展的逻辑顺序来进行叙事，而是以最有效、最凝练的方式从卷帙浩繁的史料中萃取最具冲突和张力、最具生命和情感浓度的段落，将之编织在戏剧内在心理和情感发展的序列中，从而使文本具备并呈现不同于一般戏剧体的叙事形式和美感张力。不以事件发展的逻辑为顺序，把历史的纵向发展线索编织进情感的诗行的叙事方式，将叙事和抒情和谐地统一在意识和心理的自然发展中，这是编导合一的诗性思维所致，在演出文本的构建上呈现出一种可贵的新意和突破，一方面呈现了心理现实主义的风格，另一方面也彰显出中国诗学美学的意味。中国传统诗学中有诗言志说。诗者，志之所之也，在心为志，发言为诗，情志一也。在杜甫、白居易或者李商隐的诗歌世界中无不体现着这种情志合一的特点，也就是叙事和抒情交相辉映的特点。

特别是在幕与幕之间，始终回旋往复、贯穿展现八百壮士拼杀沙场的场面，在具体表现敌我殊死搏斗的场面和形式上突出局部、以一当十、虚实结合、巧设留白，这是非常高明和巧妙的处理，也是中国艺术精神在导演手法中的体现。以转台连续动态的特性创造出类似中国绘画“历史长卷”的整体意象，并以一种“散点透视”的方式刻画各类人物的性格群像，并以倒叙、补叙、插叙等方式制造类似电影平行和交叉蒙太奇的影像语言，从而形成丰满充实、跌宕起伏的叙事织体，这一整体性艺术构思对于处理庞大的历史和战争题材提供了新的形式和方法。

要讲好这一历史故事有三个很难处理好的关键问题。一是如何以一种更高远的历史视野和民族意识来俯瞰历史；二是如何解决战争题材普遍需要回答的伦理道德问题，在这出戏中具体表现为让未成年的娃娃兵上战场赴死成为合理，而不会招致伦理道德的质疑；三是如何让今天的中国观众回到历史的真实并正视和反思当下。而《中华士兵》的成功在于以其情理交融的完整叙事本身给出了令人信服的答案，解决了过去类似题材和作品难以解决或解决不好的问题。

舞台作者从家国情怀切入，从国土濒临大部沦丧的历史险绝处切入，以一张横跨舞台的巨大地图为开端，将中华民族千年的历史、宏伟的疆域和孱弱的身躯，以及这片疆土上的曾经有过的辉煌文明和苦难屈辱，将破碎的山河大地全部凝结在一张带有象征意味的“残破的地图”之上。观众被带回到历史的具体情境之中，身临其境地和剧中人物共同直面国将不国的惨烈，就此导引出一种带有超越性的历史态度来俯瞰这段历史以及历史中的悲壮故事。在演出空间中，舞台作者把家国命运、民族耻辱、历史和个人的选择，以极快的速度真实地呈现在了观众面前，既照应了一种真实的历史节点，也定格了这场关乎中华民族生死存亡的正义之战，一场举生向死、向死而生的战争，一场融于人类历史并超越一切种族、阶级、身份、观念隔阂的战争，一场中华民族在历史的下滑坡道上重新找回自己的战争。正如导演所说："《中华士兵》不仅是在塑造、缅怀抗战先烈，同时也是我们与父辈的一次彼此寻觅、认同，是两个世纪的中国人的一次相见、相识，是几千年中国人精神的一次亲近、融会……这种伟大的民族精神，对于中国和中国人的昨天、今天、明天，从来弥足珍贵、可歌可泣，永当铭心刻骨、薪火相传！"

首幕"集结"延续着紧张的序曲的备战场面，征兵的过程有条不紊地串联起形形色色的各类人物，有将士军官、英雄逃兵、平民百姓，也有江洋大盗、知识青年、保长等，通过一组组人物、一个个家庭的出场，一个个战事和悬念（"白手套"、宋恩九赌钱、黑大个抢钱、宋长安逃离被关押两年的精神病院）的跟进，主题和矛盾逐次呈现，既渲染出国难战时的纷乱与民生，又确定了人物平凡的心理起点，这个平凡的心理起点对应着开端黄河百丈悬崖之上为国效忠的将士向死而生的精神高度，构成了戏剧的精神海拔。二幕"离别"重在抒情，以秦腔《金沙滩》戏中戏的形式，以杨家将一门忠烈照应中华民族的家国意识和民族大义，同时也渲染了大战当前那美好而又宁静的时刻。这一幕"散点透视"的手法体现得更为充分，田奉先和父母的依依惜别，宋恩久终于坦陈囚禁儿子的内衷，梅瑛和宋长安这对陌生夫妻的前嫌得以冰释，李如坤和环环又演出了一场圆房的轻喜剧，柳娥与秦子选假戏真做、私订终身……战争的无情和人间的有情、战争的死亡威胁和人间的生生不息构成了垂直落差和内在张力，这种落差和张力在"最亲的人，今天的月光如水……与你告别，去赴残酷的约会，去赴残酷的约会"的歌声中生发出令人无限惆怅的人生感和宇宙感，也令全剧充溢着如杜甫诗"三别"之沉郁和感伤的意境。三幕"论生"重在冲突和思辨，着重在伦理道德的层面解决全剧最关键的问题——战争期间，"生"与"死"孰轻孰重？在"存种"和"牺牲"的两难选择中究竟该作怎样的抉择？如何来定义"人道的"和"非人道的"？回答好这个问题，就能顺理成章地确定全剧的精神主旨，将人物以身殉国的行为逻辑合理化，才能真正解除身处现代语境下的观众的道德困惑，观众和角色的心理才会在剧场空间里从对峙趋于共振，演出艺术才能一气贯通地奔向结尾"赴死"的高潮。在这个解结的过程中，舞台作者让剧中人物以激烈的冲突突破了"偷生""存种""苟活"三重问题的困惑，最终实现了伦理道德层面的和解。何老太太教育何振华实现了第一重突破，她以丈夫当了甲午海战逃兵的往事告诫孙儿“背负屈辱地活着比死更难受”“白天不敢见人，晚上不敢闭眼，怕看到那些舍命的人”。“保人还是保国”“尽忠还是尽孝”的争论实现了第二重突破，宋恩九违反军令力争保人存种，而田奉先带来的父亲的一封遗书则力主赴死沙场。双方僵持不下的理念冲突继而引出了全剧的核心场面，陈淮靖坦陈自己在南京大屠杀时期，作为守军军官因为存有保人存种、苟全性命的想法反而致使几千中国军民束手就擒，最终被日寇的机关枪活活扫射而死的屈辱史，在血和屈辱的代价中，他渴望一场可以慷慨赴死的洗礼，以洗刷自己因偷生而犯下的罪孽，并完成对自我灵魂的救赎。陈淮靖袒露他那被火灼烧过的伤痕累累的身体，脱去了一直戴着的白手套，同时也退去苟活于世的最后一层障蔽，他向天空伸出了那双焦黑的双手，“这双手，是我活下来的理由，因为它还可以拿枪，因为它还可以雪耻！但我，却不敢让人看到它……长官，难得您一片慈父心，会珍惜士兵的生命；难得您一片赤子心，会在意父老的血脉，可是，这世上，有比死亡更可怕的，是耻辱！有比生命、比活着更重要的，是尊严！”他的每一句台词都撞击着观众的心灵，让这出戏的核心精神赢得了现场伦理道德辩论中的最终胜利，“小有情，实无情；大有情，似无情”，对峙的历史观念最终被导向统一，同时也深刻地揭示出历史上八百壮士义无反顾的壮举，揭示出在人类不屈服于强权的背后有一种神圣的信仰和精神的动因。道德的精神在于诚，在于真性情、真血性，所谓赤子之心。导演在中华士兵单衣薄体顺绝壁而飞坠的历史图景中，对中华民族的精神做出了深刻的阐释，同时也发掘出了那种包孕在历史和命运的考验中的事外有远致的力量，超越生死福祸的力量，以及镇定无畏的勇猛精神，完成了对当代群体性迷失民族精神的反思和启蒙。

这出具有阳刚之美的戏，在诗性的结构中注重历史真实形象和性格的塑造，从深刻地体悟绝境下的士兵的内心出发，把士兵的弱点、士兵的挣扎、士兵的彻悟，鞭辟入里地表现了出来。导演运用场与场之间的补叙、回叙、插叙这些场戏的联结与处理，使全剧的诗性结构实现了内在的气韵连贯与流通，使演出空间不仅成为演员的物质生活空间，更提升为心理和情感交流的空间。场面的更换紧凑流畅，节奏明快，张弛有度，干净利落。和以往的导演风格一样，《中华士兵》依然呈现出查明哲导演卓越的调度功力，尤其是转台、上下景片以及多媒体投影，完成了现实时空、回忆时空、心理时空的自由转换，整个转换过程自然流畅，水到渠成。舞台调度除平面横向调度，较多采用纵深和高低调度，强化了舞台意象的戏剧性张力，并使舞台调度显得丰富而又灵活。舞台艺术总体上呈现了导演既深谙传统又不失现代的美学精神，能从大处放笔挥写，又能在小处不忘雕琢，大气磅礴又不失精湛细致，在场面的运用及调度上，可谓别开生面，沉实畅朗，简练大气。

表演方面，我以为《中华士兵》已经培养出或者说正在培养出最杰出的演员。这个戏令人振奋的地方在于不是塑造了一个主角，而是人人都是主角。性格化的语言，形象塑造的质朴和幽默，每一个人物都是那样符合历史的情境和人物的特点。他们不是牵强生硬地在挤出一种悲剧的情调来，相反，每一个人努力地在悲剧的底色上寻找质朴生活的欢乐，并且努力地露出微笑，而正是这种微笑在熨平观众悲剧性的历史体验时释放出了一种令人动容的心酸和高贵。宋恩九、黑大个、陈淮靖、井铭章、秦子选、李如坤，几乎每一个角色都走进了属于他们的精神世界，呈现了在历史情境下的情感个性的真实和心灵世界的充实。就角色而言，没有谁衬托谁，谁是主角谁是配角，而是共同创造了一出没有名演员但却是群星灿烂的演出。演员们以难能可贵的激情、意志、信念、真挚和豪情赋予了中华士兵鲜活的生命情致和性格张力，共同创造出一种鲜活的历史场域中的真实，营造出一种净化人心的艺术氛围。演出所焕发出的整体性的艺术创造力，使整出戏最终体现了视听感觉、艺术形式上以及风格意蕴等各个层面的厚重的底蕴和魅力。

全剧还有很多可圈可点的细节，“唢呐”作为“集结号”的运用是神来之笔。作为一种文化的表征，唢呐早已与西北黄土地文化的生命形态有着深切的关联，让唢呐代替军号的呐喊，吹出那悲怆凄婉的冲锋号，这是一处点睛之笔。唢呐所吹响的集结号，直观而又艺术地照应了历史真实。质朴善良的中国人已经失去了最低限度的生存可能，战非他所愿，死也非他所愿，然而残酷的历史迫使他们必须以血肉之躯走向举生向死的雪耻之路。中华士兵唱着“两狼山战胡儿天摇地动，好男儿为国家何惧死生”的纵身一跃，如刻入岩石的浮雕一样定格并刻进了观众的记忆。据说当年最后一个跃入黄河的旗手就是唱着秦腔《金沙滩》中杨继业的这几句唱词而慷慨赴死的。

艺术家的创造力是需要自我的生命力作为支撑的。叶燮在《原诗》中曾提到："志高则言洁，志大则辞弘，志远则旨永。"就是说作品的美学风格很大程度上取决于艺术家的"志"，而"志"与艺术家的经历阅历、思想修养、道德品质有着密切的关系。此外，叶燮还指出诗人（艺术家）需要有"胸襟"，所谓"胸襟"就是指艺术家的世界观、人生观，是艺术家审美感兴的重要基础。舞台艺术并不仅是技巧的展现，更是导演审美心胸、审美修养和艺术人格的体现。我们不妨可以说《中华士兵》的舞台演出是今天国家话剧院的艺术家们审美心胸、审美修养和艺术人格的合力呈现。

如果说还存在一些有待提升的空间的话，我以为需要适当淡化叙述者的说教意味，而加强两位叙事者的情感和个性的力量。中日军官的对话虽然作为全剧最重要的穿针引线的叙事构成，但是由于他们之间的对话尚缺乏鲜活和扎实的心理和性格内容，故而显得比较类型化和脸谱化。他们的台词与全剧生动传神的角色语言相比，似乎有待深挚的人性和哲理层面的开掘，而不仅仅让人物作为政治话语的代言人。倘若能在叙述的层面进一步开掘出思想的深度，把握好两位叙述者既见证历史又作为历史的反思者的话，叙述本身将会更好地控制全剧的节奏和起伏，也呈现出更多关于心灵层面的内涵和深度来。此外，荷塘的背景色彩浓烈，显得有些过于写实和凌乱，和整体意象并不完全和谐，而投影在荷塘的穆桂英的形象太小，并不为人所注意，这一形式并没有起到应有的作用。

《吹剑录》评论苏词风格有一段话："东坡在玉堂日，有幕士善歌，因问：'我词何如柳七?'对曰：'柳郎中词，只合十七八女郎，执红牙拍，歌"杨柳岸晓风残月"，学士词，须关西大汉、（执）铜琵琶、铁绰板，唱"大江东去"。'"后来就以"铁板铜琶"，也即"抱铜琵琶，执铁绰板"，形容豪放激越的文词。而能够形容《中华士兵》的内在力量的就是这种"铁板铜琶"的精神风骨。导演让虚构时空中的人物纵身跳进历史的瀚海，昂首面对命运之车轮的碾轧，坦然迎接屠刀和牺牲，以及向死而生的自我实现，以浑厚雄壮的笔力，刻画出一往无前的铮铮铁骨和英雄典范。而这种英雄气概和民族精神正是我们这个时代所需要珍视和认识的那种中华民族在历史的荒野和废墟中，以流血的残酷代价换来的民族自尊、自省、自信、自强的精神。《中华士兵》用超越性的历史眼光讲出了一个朴素的真理，树立了一种共同的信仰——那就是"中国人"以及这三个字背后的内涵。中国国家话剧院的这部原创话剧是对历史、现实的双向回应，历史层面回应了鸦片战争以来的民族精神的问题，回应了“羚羊”一样的国民性觉醒的问题；现实层面回应了今天有的中国人，有的艺术作品疏离历史，对历史趋于淡忘的事实（不是有些戏剧人也公然在舞台艺术中鼓吹历史与我何干吗?）。

“君子忧道不忧贫。”忧国爱民的思想并由此生发出的对国家民族、生民立命的关怀，乃至对全人类的责任和使命意识，历来是中国传统哲学思想取向的主流。家国情怀的咏叹，忧患意识的呈现，仁爱精神的发扬，责任使命的担当，不仅是历代戏剧家在艺术追求和创作理念上的体现，也是贯穿在为数众多的中国艺术家的艺术和人格中的精神主线。我们感谢中国国家话剧院的艺术家们对于民族精神信仰的捍卫，也衷心祝贺中国国家话剧院诞生了一部具有“民族气象”的原创话剧力作。

（作者系著名评论家、北大教授、博士生导师）

附录7

话剧《中华士兵》观后

李宝群

一、中国话剧的重要突破

多少年来，我们国家表现抗日战争题材的话剧都是以写八路军、新四军和人民群众为主，写敌后战场为主，极少表现国民党军队在抗日战争中正面战场的人和事。这几成定势，几成必选之项，几成抗战戏写作的“常规动作”。记忆中，我只看到过两到三部话剧是写国民党将士抗战的，一是数年前的《死罪》，二是《西安事变》。

因此，这一次，国家话剧院推出的话剧《中华士兵》，可以说是中国话剧的重要突破。

抗日战争是人类战争史上，特别是中华民族反抗外来侵略战争史上一次伟大壮阔的战争，全民族都投入了这场战争，正面战场打了很多异常惨烈的战役，战死了很多很多爱国将士，牺牲者表现出来的精神气概毫无疑问也是我们的民族精神、民族气概，毋庸置疑，是抗日战争的重要组成部分。在民族危亡之际，在亡国灭种之时，他们和八路军、新四军及全国人民一起用血肉之躯筑起了新的长城。八路军、新四军的抗战，我们的文艺必须表现，贬低、诟病乃至消解国民在抗战中的作用是荒唐的，也是对历史的无知。当年，刘老庄连浴血阻击日寇，全连八十余人全数战死，无一人苟生；东北抗联在外无援兵、内缺弹药的情况下，在冰天雪地里坚持抗战十四年，其中杨靖宇、赵尚志、赵一曼和著名的八女投江都应该大书特书。但，国民党爱国将士的抗战，我们的文艺作品同样也应该表现，这才是对历史负责，对那些壮烈殉国的死难爱国将士以及他们的后人才是公平、公正的。否则，我们的艺术对历史是“欠账”的，也是失职。

国家话剧院就应该以表现国家历史，塑造国家形象，表现国家精神为己任，为天赋使命，排演《中华士兵》显示了这个剧院的历史担当意识，是对我们民族的历史负责任的表现——这件事迟早是要做的，这一未开发的题材领域迟早是要突破进去的，而且就应该由国家话剧院率先去做。由于这个戏，我对国家话剧院又多了几分敬意！想不到，勇敢地闯进这一地带进行突破，为历史“欠债”还账的，竟是一个女性作家，而且她此前电视剧等创作多，舞台剧作品较少，戏剧界对她尚有几分陌生，她就是编剧冯俐。

她为写作这个剧本准备了很久，阅读、采风、思考，数易其稿，这样的写作态度让我充满敬意。态度是一方面，关键要看做出来的东西如何，东西要好，要看写作者的全面能力，冯俐承受了一次巨大的考验，面临着一个巨大的挑战。

首先，她做出极为勇敢的选择，不写正面战场上的某某大捷，不写高层领袖高级将领，只写万千抗日者中的“陕军冷娃”，写战事惨烈的中条山，写冷娃们的惨烈牺牲。

一群大多年不满十八九岁的冷娃们，在秦川大地已无丁可招，防线一旦冲垮，半壁江山面临沦陷的危急时刻，投军入伍，奔赴战场，血战搏命，最后宁死不降，投身滔滔母亲之河——黄河。在剧中“奔向黄河”的几场戏里，黑大个带着他的土匪弟兄舍命掩护，全部拼光了；一名中国士兵和鬼子近身肉搏，用胸膛迎着对手的刺刀，杀掉对手，自己也倒下了；怀着南京大屠杀被俘被辱的巨大耻辱，一位军官拉响了最后一颗手榴弹和鬼子同归于尽……他们拼光最后一颗手榴弹、最后一颗子弹、最后一把刺刀，魂归黄河，融入黄河、融入历史……

我相信，这些冷娃，这些场景，千百次地燃烧过冯俐，煎熬过冯俐，让她欲罢不能……

艺术不等于历史，艺术家和历史学家看历史的角度也不同。艺术是人学，它要关心、关怀每一个活生生的生命。一场十四年的抗战，其间每一个士兵都是活生生的生命，都有他们的情感世界，都有他们的生命故事，他们的心路历程，都值得尊重，值得开掘，值得艺术家去表现。历史不能简单化，艺术更不能简单化，有种观点认为投黄河的士兵是溃败之兵、耻辱之兵，不值得表现。这首先是对那些死去的陕西“冷娃”的严重伤害，不公正也不公平，他们的亡魂都会因此而哭泣。他们选择这样的死去比投降变节、被辱苟生刚烈万分，比南京城中被俘后不反抗集体被屠杀的国军可敬可钦。其次，艺术关心的是人，表现的是人，任何生命都可以进入艺术家的笔下，被关心被审视被表达，戏剧史上有很多作品写了各样的战争中的人，萨特写过战败被俘的游击队战俘（《死无葬身之地》），拉斯普京写过战场上的逃兵（《活着，可要记住》），《纪念碑》写了灵魂被扭曲的法西斯士兵……他们都是战争的组成部分，都化成了艺术家的写作对象。浴血死战、惨烈投河的中华冷娃为什么不能写？

冯俐是有情怀的，对生命充满悲悯与敬畏之心，她笔下的每个冷娃都是有生命有温度的，每个出场人物都是有血有肉个性鲜明的，他们有人的血性、人的情感、人的尊严，有对生命的爱，对生活的爱，对亲人的爱，对国家民族的爱，更有对入侵者的恨，大爱大恨大生大死，构成了一个战争境遇中独特的“人”的世界，中华士兵的世界。

这个戏也不完全是写国民党军队将士的，前二幕其实是写三秦父老送子弟参军，写冷娃投军。在战事万分紧急、民族生死存亡的关头，他们表现出了民族大义，宁死不屈，宁牺牲个人，舍家舍命也不能亡种亡族——这也是中国人的传统，是中华民族传承千年的精神。我们这个民族有一个特点，那就是在最危急的时候总会迸发出惊人的精神力量，特别是每当外夷入侵国破家亡民族危难之时，便会有人挺身而出，以命相搏，中华民族能生生不息数千载，中华文化得以延续数千载，均与这一决死精神有关。冯俐感受到了这种伟大的民族精神，并把陕军将士和三秦父老身上的这种决死精神与几千年中国文化中埋藏的古老的精神“打通”了。剧中那一组组人物血管里流淌的是中国人的血，躯体里强悍着中国人的灵魂，他们是文天祥、杨家将、邓世昌的后人，是成千上万为这个民族不亡而捐躯赴死的先人们的子孙。他们名不见经传，他们是普通得不能再普通的小人物，却表现出民族的血性。

《中华士兵》要讲述的是一群陕军冷娃血战之后投黄河，在思想立意上讲述的却是中华民族大写的精神，这是编剧的苦心所在、匠心所在，而这种表达对今天的中国、未来的中国，同样有价值，我们这个民族永远需要为民族存亡而决死牺牲的伟大精神。

致力于表现中华民族的伟大精神，使得这个戏具有、占据了不同寻常的精神高地。

二、话剧舞台的大胆探索

在艺术上，《中华士兵》是编剧冯俐和导演查明哲联手进行的一次全面大胆的探索。

从戏剧创作角度看，这个题材很难写，一场惨烈的战役，敌我双方投入那么多人，战役进程也很复杂，有好几个阶段，跳黄河而死的不是五个八个，只有两小时多一点的时间，到底该怎么切入，怎么表现？一般来讲，一出戏的人物要尽可能集中，笔墨要尽可能集中，这出戏哪些人物是重点要写的，怎么提炼，怎么聚焦？戏怎么组织，怎么发展，怎么结构，怎么于中写出人物？——怎么写成了一个大问题。戏剧史上有很多写战争、写战争中的人的经典之作，写法均各不相同，而冯俐和查明哲没有沿用戏剧界常见常用的写作套路，他们选择了一条很有风险、很有难度的创作之路，采用了一个极为特殊、十分鲜见的新写法。

《中华士兵》极为突出的特点是：“大群戏”，散点，多线，立体结构。剧中有名有姓的人物多达二三十个，上至军长师长旅长，下至普通士兵、士兵家属。剧中还组织了三条线索，一是中日军官的论辩，二是战场上众多人物“奔向黄河”的战斗、行进过程，三是战役打响前的“集结”“离别”“论生”“赴死”，共四大板块。这样的构成相当复杂，各条线要互为补充，互相作用，点、线、面，组成了一个立体动态架构，这样一个写法充满了挑战难度的“野心”，也注定了这个戏是一台很特殊、很少见、很复杂的戏，编导的难度可想而知。

他们并非为形式而形式，并非刻意与众不同，做出如此选择是因为他们面对这样一个特定的题材、这样一群特定的人物，已别无选择，只能迎接挑战，直面创作上的种种艰难。

这样一个剧本构造，首先带来了一定的写作的难度，编剧必须精心组织全剧，必须把每一条线上的每一段戏写得扎实有力，还要在三条线索中巧妙转换，自然打通。而且，更为重要的是要把每一个人物塑造好，写出人物，写活人物。写人是一部戏剧作品成功与否的关键，无论什么样的结构，什么样的形式样式，人物苍白无力，戏便会失败，便会成为“新形式新样式的展览”——冯俐抓住了这个关键，专注于人物塑造，为这出戏提供了成功的基础。

这部戏虽然是“大群戏”，但它是有主要人物的，即旅长宋恩九，还有另外几个人物如邹一正演的军官，他讲述南京大屠杀中的个人经历很有力地推动了全剧的发展，李梦男饰演的那个伤残了的团长，刘丹饰演的那个老太太，戏份都很重，而其他出场人物的戏份相对有限，几分钟内人物形象就要出来，要在这样一个结构里把那么多人物的个性、身份、前史、内心、行动、精神都写出来，难度相当大，冯俐承受了这份压力，苦耕苦作，从每个人物的整体定位、每组人物关系的整体设计，到具体人物的性格、语言、细节，都下足了功夫。

这出戏在塑造人物方面可圈可点之处很多，编剧围绕“举生向死”展开笔墨，在大生大死间突显各样生命。剧中的每个人物，特别是重要人物都有相应的“闪光点”，都是鲜活饱满的“这一个”，既有很强的年代感，还有鲜明的地域性，给人留下了很深的印象。我们不会忘记唱秦腔吹唢呐的可爱后生，拼了命也要圆房、留种的陕西女子，敢玩命敢称旅长为“驴长”的黑大个，不会忘记抬棺出场的母亲，送儿子旗帜裹尸的父亲，不会忘记在南京城中备受屈辱的军官，更不会忘记背着儿子走向黄河的宋恩九，一个个人物栩栩如生，让人刻骨铭心，能做到如此地步是极不容易的。冯俐，一个区区弱女子，竟如此地笔力遒劲。

这样一个剧本，同样要求一个不同寻常的演出呈现，对导演和二度创作团队也是一次充满难度的艺术挑战。查明哲的确是具有大导演气质和能量的优秀导演，全剧整体上是大写意和大写实的结合，转台的使用，多媒体、音乐音响的使用，演员形体语言的使用等许多方面都显示了查明哲超强的驾驭和掌控能力，演出始终保持着强大的戏剧张力，既有思想的迸射、情感的流涌，也有人物性格的雕琢、人物内心的展现，战场戏激越惨烈，情感戏真挚强烈，会议戏、论辩戏高潮迭起……充分展示了他驾驭极具难度剧作的艺术才华。

这台戏是中国话剧舞台上的“这一个”，在题材上突围，在思想上高远，在艺术上具有很强的探索性、开创性特质，全体主创人员的艰苦探索，值得艺术界重视、研究和品味。

三、百尺竿头　再进一步

这个戏符合习主席纪念抗战胜利70周年的讲话精神，也符合国家对抗日战争的宣传政策和宣传口径，各大媒体的相关宣传也肯定了国民党正面战场的浴血奋战。这是历史性的进步。这个戏既是应时而生，也是创作者心声之作，艺术地表现了中华民族伟大的抗战精神，表现了正面战场国民党爱国将士的浴血牺牲，应该演下去，并在不断的演出中把戏越改越好。

《中华士兵》这样一个题材特殊、写法特殊的戏刚出来，必定存在有待修改完善的地方。一是剧本方面，全剧的戏剧情境还要尖锐化，各场的戏剧情境还要激化，特别是一、二幕开场要把规定情境、战场局势强烈鲜明地突显出来交代给观众，每个人物都在强烈的危境危势中展开他的生命，他的情感选择，这样所有人物后边的死才会更有根基，更有其必然性。

二是导演方面，建议再做些减法，再紧凑再精练。目前，整个戏的节奏很“紧”，观众缺少一些思考、感受、回味的瞬间。另外，建议加强张弛“变奏”，既有急促、紧张、强烈的重头戏，也要有让观众沉下心去的慢板、静场，乃至停顿，于张弛变化之中大开大合。

三是表演方面，青年演员的表演很真挚很质朴，很投入很认真很有激情，但功力不足，采用陕西方言时台词要说清楚，要让观众听清楚，人物要分出“个”。主要人物的表演也要打磨，要更有光彩更具魅力。“群戏”对演员的表演要求很高，人物必须一个是一个，而且每个人的戏份都有限，必须迅速出人物出光彩，既要准确鲜明，还不能单一扁平，还要耐人回味。这个戏要留下来，要演得开，表演上要有切实提高。这是一个增长点，提升空间很大。

希望这个戏越来越精致精美，越来越有力量有品位，成为国家话剧院的长年保留剧目。

（作者系著名剧作家）

附录 8

《中华士兵》的历史表达

刘　琼

对于历史研究和历史认识不足，历史视野不到位，现实指向必然不明确，文艺创作的深度和高度也就不可能产生。历史题材的创新表达，一是建立在对史料新的发现和发掘上，二是建立在史识的创新表达上，也正是在这两个层面上，《中华士兵》获得了突破。

这是话剧《中华士兵》在京的第二轮演出，这一轮演出效果比第一轮更好。

一部好的艺术作品通常首演就会引发话题。从这个角度看，话剧《中华士兵》迈出了成为好作品的第一步。首演至今，甚至首演前夕，关于《中华士兵》的议论就此起彼伏，比如世界反法西斯战争胜利和中国抗日战争胜利已经整整 70 年，当代文艺作品怎么表现中国共产党在抗日战场的中流砥柱作用？怎么描述国民党抗日战场？两者之间的关系怎么处理？这几个问题，实际上触及抗日题材文艺创作的关键部位。

以重大事件为表现对象，是文艺创作面向历史和时代的表现。发生在中国本土的旷日持久的抗日战争也是中国近现代史上的一场残酷战争，这些年围绕抗日战争产生了许多文艺作品包括舞台艺术作品，但真正有突破和有创新的并不多，一个主要原因就是对于历史研究和历史认识的不足。如我开篇所说，历史视野不到位，现实指向必然不明确，文艺创作的深度和高度也就不可能产生。历史题材创新是需要冒险的，如果新创作的作品还停留在旧素材和旧元素的剪裁复制粘贴层面，甚至连表达形式都是老一套，显然是创作中的懒汉思想。这种懒汉行为，打着“讲政治”的借口，实际上浪费人力和金钱，久而久之会形成主旋律题材创作模式化、简单化的固化印象，不停地削弱重大革命历史题材和主题性创作的公信力和影响力。但艺术创新的冒险或破冰也不能成为噱头或无知的另一个替代名词。

如前所述，历史题材的创新表达，一是建立在对史料新的发现和发掘上，二是建立在史识的创新表达上。也正是在这两个层面上，《中华士兵》获得了突破。判断历史题材作品的一个价值维度，是历史资料和历史信息的发掘和发现。中条山的黄河边，陕西八百冷娃面对日军优势兵力围堵，在子弹打完后临死不屈投江自杀的故事，在晋陕边界流传。导演查明哲和编剧冯俐感觉敏锐，他们从这个甚至还停留在传说阶段的历史事件中看到了儒家文化里一些容易被遮蔽的精神主张。

比如，“士不可以不弘毅”。有学者认为，正是儒家文化的“文弱”导致中国人懦弱、犬儒、不抵抗，以致抗日战争历时十四年之久。事实果真如此吗？这个观点准确与否暂不论，但八百冷娃面对外侮打完最后一发子弹，宁可站着死，不愿跪着生，正是“骨气”和“血气”的价值表达。剧中引进士兵对南京“破城”的痛苦反思：在法西斯的屠刀面前下跪也无法生还。正是这种清醒的文化气质支持着“刀短一寸”的中国士兵抵死坚守，致使侵华日军调动优势兵力攻下中条山的企图没有得逞。

比如，“家国相依”的家国情怀逻辑。外敌当前，国破即家亡，忠孝难全，是这部话剧“战前动员戏”的核心逻辑。什么是英雄主义？“爱国”“忠诚”“勇敢”“奉献”等等，这些义项，都指向一个关系：大我和小我。在强调“我”的价值和存在时，为什么要舍家为国、舍己为人？怎么理解“勇敢”和“奉献”？《中华士兵》把这个故事的诸多价值义项擦亮了。

当然，有人会问这部话剧以国民党士兵为主角，对表现中国共产党抗战作用是不是一种削弱？这种看法乍看很有道理，但其实缺乏历史远见。国共抗日统一战线之所以能够形成，是中国共产党积极促成的。国民党中的一部分将领和士兵也是爱国并主张抗日的，全民抗战符合整个国家和民族的利益，国共两党在维护中华民族整体利益这个层面达成了共识。今天，我们用文艺的形式纪念和表现历史，鉴古以知今，是把历史的经验与世人分享。什么是民族利益大局，什么是符合历史发展方向的逻辑和情感，这些思考，对于当下当然具有明显指向。历史题材创作是一门重要学问，历史表达和历史传播是否准确，不是一件小事。许多人接受历史教育是从文艺作品开始，人们看到文艺创作对历史的传播和表达，才会对历史的细节开始审视。

在声光电技术条件非常发达的今天，影视艺术已经把战争场面表现得惟妙惟肖、淋漓尽致，战争题材舞台艺术的出路在哪里？被称为“舞台战争戏第一导演”的查明哲，显然并不想重复既往的战争戏。这让我想起查明哲多年前导演的苏联作品《这里的黎明静悄悄》，这部作品是当代中国话剧的经典之作。在这部作品里，敌人的形象始终没有正面出现，舞台叙事视角始终是在残酷的死亡面前的红军战士。《中华士兵》的战时戏不是重点，正面遭遇战的战前戏才是这部戏的重点。士兵们是具体的人，具体的人怎么克服小我和恐惧走进英雄的长河，舞台用一个“戏中戏”和三个“现身说法”，找出人物情感和行动的逻辑。戏中戏用的是“满门忠烈杨家将”，借秦腔这样苍劲高亢的老腔曲调，表现一种质朴、坚韧又奔放的英雄美学，这是民众情感的基点。一正两反三个“现身说法”，道理简单，不战斗便无出路，这是现实环境的压力。把人物情感和行动的逻辑夯实了，残酷的战争现场反而退居其次，成为瞬间和结果。

能否把八百冷娃投黄河这个有力量的故事呈现在话剧舞台上，还需要艺术细节支撑。在此，可以看到一个女性编剧和一个男性导演的优势互补。冯俐作为女性的激情和抒情优势，使这台男人戏不干枯，戏中每个男人身后站着的母亲和爱人，虽然戏份少，但很必要，她们是具体的生命的力量来源。这些男儿从不同的感情戏走到军队里，在缠绵柔情中慷慨赴国难，这种生死抉择具有一种高贵的悲剧色彩。在和平年代，认真地探讨战争面前生和死的价值选择问题，是查明哲的导演思想，也是创作这台话剧的精神动因。剧中设置的一些关于生与死的价值辩论的桥段，富有浓厚的哲理味道和理性色彩，是这部话剧的“话眼”。看话剧艺术怎么“说话”，让我们头脑获得风暴般的涤荡，是我们走进剧场的一个目的。因此，话剧的“话”不应该是干号，也不应该是油嘴滑舌，它应该是思想的创造和交响。如今呈现在舞台上的话剧《中华士兵》，显然是艺术虚构后的艺术真实。在用大量的时间寻访线索和“线人”，追踪和挖掘被时间湮没的历史史实后，主要脉络和价值取向不变，细节部分逐渐浮出水面。至于这个故事的具体细节真实不真实，是八百冷娃还是三千冷娃，是不是都死了，等等，我认为已经不重要了。

战争也好，死亡也好，是人的极限生存环境。人们看战争戏，主要不是看怎么打仗，而是看极限生存环境下具体的个体怎么表现，看舞台上的“他们”和舞台下坐着的“我们”有没有关联，并从中获取共鸣和教益。这是不是文艺作品一直被需求的奥秘？

（作者系著名评论家、《人民日报》评论部主任）

附录 9

民族精神不朽 舞台艺术常新

——《中华士兵》的思想贡献与艺术创造

吴 戈

一

2015 年的中国戏剧舞台，纪念世界反法西斯战争胜利 70 周年的壮美文艺风景格外夺目。中国国家话剧院排演的壮丽史诗式的《中华士兵》，便是其中的一个亮点。这个亮点，是为民族招魂、为世道正本、为国家续精神、为爱好和平的人类张正气的亮点；这个亮点，是为先烈立传、为今人醒脑、为后人立心、为人格树标杆的亮点；这个亮点，是群像塑造和个体刻画水乳交融又相得益彰的亮点，是历史长河与壮烈一瞬相互联系而隽永回味的亮点，是冷娃热血和向死求生的奇妙辩证的亮点，是军民协力和民族同心的万千气象的亮点，是思想高度、艺术纯度精美结合、完美呈现的亮点。

整个演出，让人热血沸腾，荡气回肠！

当然，也有个别声音对这个夺目的舞台亮点提出异议。

有一个活跃于网络的戏剧评论者评价《中华士兵》说："过去庄严肃穆的感动，被今天的嬉笑打闹挤到了角落。可以想象从八十年代走过来的老艺术家有多么焦虑不安，他们要拯救这个堕落的艺术世界，要重整舞台的严肃性。他们需要在抗日战争胜利 70 年的这个日子里，为自己那饱满的，却在这个小时代里无处释放的大情怀、大感动找一个爆发口，要为自己的艺术高峰盖上具有历史意义的印章。"（《北小京看话剧：〈中华士兵〉——有多少自我感动需要重来》）这样的描述基本上是事实，接下来就是评论者的观点了："形式上的美，遮掩不住创作上的功利！作为一个爱好戏剧的观众，我无法认同整台戏所表达出来的自我感动与矫情，以及创作者占有国家资源却不真诚地对这个社会负起应有的艺术责任。在此，我必须送上我的失望。"这位评论者认为："真正的舞台作品，首先不应该有创作上的功利，没有向任何意识形态的屈膝与阿谀，然后，作品在对于时代的提问，人类灵魂的追索，以及艺术形式上的创新等角度上，至少有一样需要触及到人性本质或是社会意义。《中华士兵》从一开始就有主题先行的创作硬伤，为爱国主义让道，是全戏人物的首要职责，在生死抉择面前，没有人性的抉择，只看到一个比一个懂事！创作者被意识形态洗脑过后的感恩，在作品当中对当今的观众进行灌输性洗脑……"

在这样的评价中，《中华士兵》的创作者的创作动机是被"意识形态洗脑过后的感恩"心态下"对当今的观众进行灌输性洗脑"；存在的问题是"占有国家资源却不真诚地对这个社会负起应有的艺术责任"；"硬伤"是"爱国主义"的"功利"、"主题先行的创作硬伤"让作品充满了"自我感动和矫情"……

本来，饭后茶余的私人聚会话题、个人感受分享的信口开言，说说也就罢了；或者，认真的戏剧批评，说得合情在理，也应该欢迎甚至珍视。但是，评论者作为一个有"粉圈"的人在媒体上发言，而且评论的口吻和演说的内容，看起来契合了当下有一定市场的社会心理和精神症候，就应该认真思考一下他的意见了。应该让观众或读者明辨，在今天我们的戏剧舞台上，甚至在我们的整个民族精神产品中，什么是值得倡导、培育、珍视的健康有力的因素，什么是应该避免、遏制、鄙弃的内容。

二

在当下私欲滔天、娱乐泛滥的"小时代"里，艺术创作中的功利、意识形态、爱国主义这样一些词汇确已成了一些遭人调侃、备受揶揄的词汇，"大情怀、大感动"也成为"被洗脑后的感恩"的白痴行为。这种认知，在当下的社会生活中是常常可以听到的，我并不感到惊讶。

问题在于，这样的认识有多大程度的真理性，对我们的民族精神提升和对当下的社会心理引导，有害还是有益，这是应该追问一下的。

首先，追问一下，艺术拒绝"功利"吗？从古至今，兴、观、群、怨也好，"文以载道"也罢，艺术从来就不一般地拒绝功利性，有时候还需要自觉追求功利性。文艺是民族精神的启蒙之光，是搜寻社会病症的 X 光，是激发思想革命到来的先导，尤其在民族饱受磨难、浴火重生或者陷入发展绝境的时候，充分发挥、积极放大艺术聚合民族精神和推动社会变革的作用，在艺术生产当中充分发挥艺术对民族国家生存和文明社会发展的功利性，功莫大焉。一部近现代社会发展史和文化史中的中国戏剧史，充分地说明了这一点。其次，意识形态是一个中性词，可以不必人为地去贬斥它。意识形态其实就是一种主张，在我看来，不必谈意识形态色变。体现为民族利益的意识形态，在我们的文艺作品里是应该理直气壮地存在、大张旗鼓地伸张的。近现代以来的中国，最强的意识形态，就是中华民族意识觉醒的意识形态，就是国家不亡、民族不绝的意识形态。中华文明在世界文明中延绵几千年不断，创造这种伟大文明的中华民族到了近代却真正是“到了最危险的时候”。是帝国主义的轮番欺凌和日本帝国主义的吞并野心激活了中华民族的民族意识，惊醒了一个民族必须有一个独立自主国家的意志。这是中华民族求变图存、救亡自立的意识形态，政党的政治主张、治国方略可以不一样，但是睡狮的觉醒翻身，民族的重新崛起，却是民族的共同理想，是民族的集体意识。所以，通过打败日本帝国主义侵略的途径走向民族解放，走向自立于世界民族之林，是民族的共同奋斗史，是最强的民族意识，是体现为国家意志的意识形态。所以，才会有全民抗战的壮丽史诗在全人类面前展开，才会有不同党见的人搁置前嫌并肩战斗，才会有上自国家元首、下到老幼妇孺的同心协力。所以，在爱国主义的大旗之下，民族意识空前高涨，国家意志空前集中，爱国主义成为最能够团结各族民众、动员社会力量的民族认同，形成人民战争的汪洋大海，陷敌寇于灭顶之灾。

再次，爱国主义很神圣，很沧桑，很有分量。不必因为这个神圣的字眼曾经或将来，也许继续会被政客、投机家利用就丢掉或舍弃它。也许，世界上最知道国家重要性的，就是犹太人了。在世界各地人群中经历了各种各样的奇遇，因为没有国家作为民族利益和意愿的体现者，全世界的人都见证了这个民族如何悲惨、任人宰割，在傲慢、偏见与同情中蹒跚走过了许多世纪之后，终于在 20 世纪不惜代价要建立一个自己的国家。也许，中华民族也应该最深刻地认识独立、自主、强大的民族国家的重要性。从亡国、建国、爱国的历史经验、教训里，我们应该意识到，中华民族幸甚，没有在最近一次深重的危机中亡国灭种。中华民族始终坚韧不屈地战斗直至胜利，能够浴火重生地崛起走向自立，所依靠的，就是这人人心中有的爱国主义，继承的，就是传统中的“天下兴亡，匹夫有责”的担当意识。

好了，厘清一下这些概念，对《中华士兵》的评价就可以展开了，因为有一个正确认识一些概念、一些价值内容的基本前提。《中华士兵》是一部有历史气度地体现民族意志、承文化气脉地凝聚民族精神、接草根地气地讴歌英雄主义、有叙述艺术地塑造人物群像的戏剧作品。

三

《中华士兵》的题材确立，是特别的。在“抗日神剧”饱受诟病的背景下，这部以玉碎精神为表现内容的中华士兵慷慨赴死的壮美悲剧，显得格外醒目。手撕鬼子，箭射倭寇，大刀挥舞处冲杀敌阵犹如砍瓜切菜，拳脚相交时吐气扬眉所向披靡……远离战争年代的人可能在这种复仇快感或者娱乐倾向的作品中被遮蔽了战争残酷、被模糊了淋漓鲜血而淡忘了英勇壮士、民族英雄。而话剧《中华士兵》却还原了伟大的民族抗日战争那些被遮蔽、被模糊、被淡忘的内容，为民族缅怀先烈、感恩英雄搭建了一个激发壮心的公祭台。

这不是什么意识形态，而是有责任感、有艺术良心的戏剧家们为观众奉献出的真正的民族情感和有思想的历史意识。剧情中以中条山保卫战为背景的壮士集体投河事件，发生在当时的国军部队里。中国国家话剧院的艺术家没有获得所谓“意识形态”授意，也没有被国民党“洗脑”，更没有拿国民党的“党俸”，而是写中华士兵，见民族精神，从“中华民族”的大视野出发，去书写民族精神的大格局、大情怀。这种情怀、精神本也不打算安放在娱乐至死的小心胸里、拜金主义的小境界上，恰恰相反，可能是更想用这种明朗的追求、壮大的气象拓展开那种把时代都局限了、枯萎了、俗气了的“小”，去驱散民众精神家园里越积越浓、越堆越厚、越布越广的“雾霾”。

如果说这是“洗脑”，那么，我想说，应该洗脑，如果脑子里尽是勇于私斗的蛮勇、怯于公仇的软弱；应该洗脑，如果脑子里只有自私的狭隘和贪欲的污垢，没有天下的阔朗和公心的洁净；应该洗脑，如果脑子里只剩下个人享乐和家族骄横的兴奋，没有民族荣辱和国家兴衰的概念；应该洗脑，如果脑子里长满了拒绝崇高、悲壮，认同卑下、猥琐的锈斑，不相信人间正道、不正视民族大义；应该洗脑，如果自私、自利的头脑自己不奉献也怀疑别人的公心、公德、公益、牺牲的高尚和舍己的崇高，这头脑瘟疫只会把民族重新引向一盘散沙；应该洗脑，因为，东亚病夫，还不仅仅是体质的羸弱多病，更主要的是精神的病入膏肓。

为什么不呢？今天常常说的“头脑风暴”内在含义就是“洗脑”，启蒙就是洗脑。中国近现代以来民众意识的最大变化之一，就是从“普天之下只知道有天子”终于在伟大的抗日民族解放战争中最大面积地实现了“民众心中皆有祖国”，这是中国现代意识转型最大的成功之一！

这样的历史事实必须正视，中华民族的艰苦抗战对世界反法西斯战争做出的伟大贡献必须正视，中国军队与日本侵略军之间装备的巨大差距、准备的巨大差距、实力的巨大差距必须正视。在这场灭绝人性的侵略与殊死抵抗的反侵略战争中，中华儿女不屈的斗志与玉碎的气节，更应该正视。所以，抗日战争当中，双方的对抗就是武器装备与血肉长城之间的对抗，《中华士兵》引导观众走出娱乐、走出“神剧”去正视这种力量极度悬殊的对抗，更重要的是引导观众去正视中华民族最危险的时刻能够超然于现实困境之上绝地反抗、向死求生的大勇精神。

在日本侵占东三省、亡国危险日益迫近的背景下，鲁迅曾经有过一篇沉痛但是掷地有声的短文，指出：“我们自古以来，就有埋头苦干的人，有拼命硬干的人，有为民请命的人，有舍身求法的人……虽是等于为帝王将相作家谱的所谓‘正史’，也往往掩不住他们的光耀，这就是中国的脊梁。”（鲁迅：《中国人失掉自信力了吗》，《鲁迅全集》第 6 卷，第 121—122 页。）鲁迅接着指出：“要论中国人，必须不被表面的自欺欺人的脂粉所诓骗，却要看看他的筋骨和脊梁。自信力的有无，状元宰相的文章是不足为据的，要自己去看地底下。”（同上）

剧目表现的士兵及其围绕士兵的一群，就是鲁迅所说的“地底下”。他们的表现是历史的复活，他们的表现让即将娱乐至死的人睁开昏昏欲睡的眼睛，在中华文明史长河中梳理一番中华民族的英雄气；让有爱国主义过敏症、民族气节怀疑症、英雄主义疲劳症的人醒一醒混混沌沌的脑子，去思考一下独立自主的民族国家的千秋业。生活在今天的人应该感恩，对那些以决绝的赴死换来了民族新生的先驱们、英雄们报以最大的感恩，中华民族的浴火重生，中华文明的延绵不绝，幸而有人前仆后继地蹈火！幸而有人视死如归地殉道！

抗日“神剧”娱乐化地处理历史，是对伟大的民族抗战的亵渎；对抗日历史的漠然、对民族英雄的轻慢、对民族壮举贡献于人类的丰功伟绩轻描淡写或者闭目塞听，则是对民族先烈先贤的不敬不畏。《中华士兵》充满敬畏地抚摸历史、充满敬仰地塑造英雄，让先烈的英魂重新警醒一下那些在和平生活中百无聊赖、醉生梦死的灵魂。这种警醒，真是和情带泪！一个有积淀、有涵养、有出息、有前途的民族，应该在阅读历史中一次次奋起，应该在敬仰先烈中一次次感动，应该在民族精神里一次次获得激励，走向绵延的发展与一次次的辉煌。

感动可以重来，也需要重来，尤其是对淡忘历史和漠视先烈的人群，尤其是对不了解中华民族的发展曾经千回百转和不知道国家独立曾经风雨飘摇的后代。

四

在正义与邪恶的生死搏杀变成了资料与数据的历史钩沉时，《中华士兵》这部剧目鄙弃消遣性、娱乐型的复仇快感，避免考据癖、数据执的复原诉求，而是活色生香、生动感人的事件重现、场面重温、精神复活，最重要的是精神复活。

在我们今天这样的一个物欲横流的社会心理时期，特别需要一种招魂式的仪式来警醒我们的民族，求得一种强大的精神复活。这种精神是中华民族宁为玉碎不为瓦全，敢于自焚涅槃、浴火重生的精神。不必说中华民族发展史上那些俯拾即是的例子，就说在敌我双方力量极度悬殊的抗日战争中，最早沦陷的东北地区的抗战就涌现出杨靖宇的英勇、赵一曼的坚贞、陈玉华的决死、抗联战士八女投江的壮烈……全面抗日战争过程中，这种前仆后继的舍生取义、壮烈殉国其实从未间断。必须让今天的国人和世界爱好人类和平的人们清醒地认识到，英雄在中国的土地上产生，绝非一时一地，而是英雄辈出，前赴后继，如林之众；民族精神的显现，绝非某朝某代，而是从古至今，江山无限，绵延不绝。在抗日战争的壮丽图卷中以中国北方的山西中条山为基座，以孕育伟大的中华文明的奔流不息的黄河为象征，写英雄，论生死；招魂魄，祭长河！那黄河水奔流浪千叠，流淌不尽的，是万古流芳英雄血！那群山脊傲然挺立，摩肩接踵的，是器宇轩昂真豪杰！剧目造景从头到尾突出的是黄河奔流的形象，在剧目情节中的军人、百姓，男女老幼的爱国热情与捐躯忠勇的形象相重叠、相交互，让人物行动的生死选择与文化传统、家庭教育联系起来，圣人教诲、高台推崇、家教熏陶、社会倡导、学校教育……所凝结成的，就是中华民族生生不息的意象：后浪推前浪动力不缺，四季长流水沧桑莫改。那是割不断的传统，那是灭不掉的意志，那是中华文明五千年延绵不断、成为世界文明发展史现存奇迹的内在力量，那是东方神话凤凰涅槃浴火重生的现世神话！

黄河，母亲河！黄河，英雄河！黄河，民族生命河！

五

在日本当局冒天下之大不韪一次次拜鬼祭奠战争罪犯的时候，在全世界反法西斯战争胜利70周年之际，《中华士兵》剧组的创作，对外，表明国家意志，对内，搭建起了中华民族自己祭奠先烈、膜拜英雄的仪式舞台！

当一次次的抗议、照会、措施并不能阻止日本政客们的“拜鬼”行为的时候，为什么我们自己会感觉到“祭雄招魂”的剧目是老调子重弹，质疑其存在的意义和价值，调侃“有多少感动可以重来”？它的内容有多陈旧让我们觉得没有新鲜感？它的精神有多腐朽让我们觉得没兴趣？我们可不可以平心静气地思量一番，我们对那些为保全民族生存权、延续中华文明血脉而献出了自己的生存权、舍弃了自己家族血脉的民族之花做了什么？哪怕是一年一度的祭拜仪式？我们可不可以扪心自问地设想一下，在民族危亡的关头，我们是否能够义无反顾地投笔从戎、送子参军、散尽家财、慷慨赴死以共赴国难？精卫填海的恒心，夸父追日的壮色，怒触不周山的决绝，壮士断腕的勇气，张生煮海的执着……在我们的人格里还有吗？还有多大存量呢？

追问之下发现，问题可能出在我们自己身上。

太麻木、太叛逆、太追求先锋、太玩世不恭、太混淆好坏、太不分真假、太不辨善恶、太不知美丑让一部分人走到了混沌人生的地步。

毋庸讳言，国人今天一些行为的丑陋，首先是因为内心的问题，相由心生。丑陋的表现可能多种多样。其中有一种丑陋，是亵渎先烈，恶搞英雄。从互联网上可以看到这里那里不断爆出的丑闻，而且是“文图并茂”。其中就有嬉皮笑脸、猥琐淫亵地对蒙难被吊打的烈士塑像上下其手的，对圣人先贤、对领袖先烈都毫无敬畏之心、多有轻慢之举的……凡此种种，看得人心惊肉跳，不知道我们这个社会怎么了，一再出现以轻慢、亵渎、侮辱自己的历史、自己的先烈、自己的先贤、自己的族群的大不敬去颠覆、解构、破坏自己赖以生存的生命土壤和存在条件的情况。

面对抗日战争中的英烈，作为广受抗日烈士、民族英雄荫庇的我们应该感到羞愧，因为很多时候我们有愧，甚至有罪。《中华士兵》里边的投河壮士是为着反对日本侵略者的践踏和杀戮而舍生忘死的啊，是与他们一样的千千万万同胞用鲜血和生命换来了中华民族的重新崛起与文明延续，但是我们居然对赞美英雄人格、讴歌民族精神的剧作还有冷嘲热讽之声，是怎样地令人痛心啊!

六

剧目导演查明哲1997年至2003年推出的“战争三部曲”《死无葬身之地》《纪念碑》《这里的黎明静悄悄》接二连三地获得舞台轰动效应。后来，他“走出战争硝烟”，“贴近底层民生”，也就从外国剧目的排演创作转身关注国内剧作家的创作，由此展示了深厚的导演艺术功底，获得了更为广泛的艺术影响力。这次排演《中华士兵》，绝不是泛泛的应景之作，而是对抗日题材的剧目有突出贡献的剧作。在查明哲导演一贯苦心孤诣的艺术创作追求中，《中华士兵》也体现了他的过人创造力，这从思想深度和艺术创新两方面表现出来。

思想创新首先体现在民族发展历史中“长河瞬间”的洗练象征与抗日战争中“英雄群像”的高度概括上，这样一来，形象化了一个民族的生命河流，具象化了一个民族的英雄气象。

剧目选择了一个特殊题材来表现抗日战争，表现的是“玉碎”的失败英雄。这样的题材稍稍有失分寸，可能就会变成令人丧气的惨剧，因为剧情的指向是抗日军队的以弱抗强、宁死不屈。这就要把问题想深、意义表现透，那就是玉碎人格的壮美，绝对精神的追求。所以，失败战役的现实，成为捐躯壮士、国殇勇士的虽败犹荣过程表现出的壮美画卷，一页页，一幕幕，那种从容的赴死，那种冷静的舍生，只有越过了生物的可怜本能，具有巨大勇气的族群能够做到。

这种赴死的选择，对于整个民族的生存发展策略来讲也是富于选择理性和生存智慧的。这首先是一个生死辩证的问题，《中华士兵》引导观众展开的，正是一个族群“向死求生”的深邃思考。在中华民族最危险的时候，在反侵略力量与侵略力量的对比悬殊到了一望而知、令人沮丧甚至绝望的时候，在筑起血肉长城拼死地节节抵抗以阻止敌寇凭借铁蹄火器“三个月灭亡中国计划”的时候，一群又一群勇士血拼在火线前沿，一方面以不屈不挠的英勇粉碎了敌寇气势上摧垮中国的幻想，另一方面用慷慨赴死的精神激励着自己的同胞坚持战斗。他们用死，赢得时间；用死，激励同胞；用死，粉碎敌人幻想；用个体的死，换来族群的生；用小群的死，换来大群的生；用民族部分的死，换来民族整体的生！这是古代社会以来族群发展壮大中的生存策略……与世界那些伟大的民族一样，在中华民族一次次的生存危机时，部落勇士们、民族英雄们就是这样，用自己壮烈的死亡换来民族的生存。

因此，为正面、细致、热烈地歌颂这种体现民族生存智慧也充满了生命体验痛苦的壮烈，剧作家、导演和全体演职人员选择了一个特别的题材，讲述了一个特殊的故事，铺陈了中华民族最近一次危机中生死选择的特殊仪式——一种牺牲的仪式，让观众在仪式中体验自己生命中未曾经历过的圣洁与壮美。在一定意义上，戏剧就是一些大大小小、形形色色的仪式。观众在仪式中获得情感升华、灵魂净化、人性淬炼，《中华士兵》获得了这种仪式感，而且是民族性的仪式。

在今天可以看到的不少抗战时期的照片上，抗战娃娃兵也是常常令人潸然泪下的形象。在《中华士兵》中，“冷娃”就是“娃娃兵”的形象。冷娃热血，是投河壮士群像塑造当中十分感人的内容。中华民族在阻抗强敌的时候，男女老少齐上阵，大敌当前，已经没有什么是可以自己珍惜和个人留恋的了。更重要的是，剧情表现了送郎投军、送子抗日、一个英雄母亲的儿孙全部在抗战中为国捐躯。这些情节固然表现的是英雄的大地、英雄的人民，但是更主要的，剧情揭示了中华民族的军威与民心之间的天然联系。有英雄的人民，才有英雄的军队，才有英雄的群体，这是多么厚实的生活认知和多么深刻的历史探查！因此，观众看见，《中华士兵》的演出剧情中，一群穿上军装的华夏子民，吼着荡气回肠的三秦土腔，演绎了中华民族在危难中向死求生而生生不息的动人故事，真个是惊天地泣鬼神的故事。

七

《中华士兵》的故事结构，是“碎片闪回”式的“事件组接”，序幕和尾声就是交代背景和表现结局，中间四幕的剧情，展示了一支中国杂牌军在黄河边集结、赴死、敢死、弹尽粮绝时扑向黄河的过程。

双重叙述，是《中华士兵》舞台叙述的特点。为了交代戏剧故事情势并推进剧情发展，尤其是引导观众的思考焦点与价值判断，剧作设计了中、日军队双方军官的想象对话和意志较量。这样，就形成了戏剧情节的双重叙述的特征：军官对话之于剧情表现来说，是宏大叙事，外在叙事；而中间的集结、离别、论生、赴死，包括尾声的扑入黄河，都是剧情——戏剧行动的内在表现。这样的叙述结构还带来特殊的效果，那就是在剧情的关键节点上，在生死抉择的当口，在中华士兵义无反顾地走向黄河的时分……日本军官和中国军官的隔空对话，也在引导着观众的思考点和观看点，剧目创演者就可以用这样的方式牢牢控制着剧场氛围，把握着戏剧行动的节奏。

套层表现，是《中华士兵》的很重要的表现方式。象征方面，奔腾咆哮的黄河与黄河文明的子孙们在剧情表现中其实互为表里，写黄河的奔腾蹈海的气势，也是在写中华民族的性格；写民族发展史上的英雄辈出、络绎不绝，又用黄河的源远流长、浪花千叠相比照。这样，民族与黄河，成为本体与喻体之间意义、形象的套层表达。

套层表现还有文化滋养上的与精神层面传递性的对英雄主义的表现。显然，对于文盲占多数的农业人口大国来说，中国戏剧是上演着的社会百科全书。中国人的家国观念、人伦理想、社会道德、价值取向等，很大程度上是从戏剧舞台上看来的。《中华士兵》抓住了中国文化传播和民族精神生活的这种特征，在剧情中用了不少的场面表现乡亲们送郎参军、抗日杀敌的壮行活动——唱戏。唱的是杨家将、穆桂英挂帅、佘老太君百岁挂帅片段，将男女老少齐上阵的现实事件与文化生活里、精神层面上的民族生活无缝连接了。军人们扮演，家属们扮演，乡亲们扮演，在中国人的文化场域里养成了中国人这样的精神气象，集结了中华大地的遍地英雄，何等顺理成章！

剧目着眼点在于“遍地英雄”的群像塑造，但是，群像整体与个体形象之间能够分布精力，既有整体感，又有个体性，显现了艺术创造的上乘功力。

赌钱的旅长宋恩九，残废后送子参军、自己投河的英雄团长田文杞，曾为土匪的黑大个……都栩栩如生，有血有肉。尤其是南京陷落后从俘虏屠场死里逃生的陈淮靖，怀着羞愧与仇恨再次投军，从实际效果的“偷生”走向“赴死”，其心理空间展示得格外充分。因为他认识到，“留得青山在”的观念，在日本侵略者那里会变成焦土，无人生，无草长，“青山”是幻想；因为他体验到，放弃抵抗，只能沉默地任人宰割，成为日寇取乐、训练、逞凶的“杀材”；因为他身为放下武器的中国军队的副连长，曾经阻止士兵在遭受奇耻大辱、生命危险临近时奋起反抗，让大家心存幻想地“苟活保命”，结果是受尽凌辱、丢尽尊严、生不如死。在剧情连缀的作用上，他连接了戏外的南京保卫战和戏内的中条山保卫战，把战役局部变成了战争整体，他粉碎了面对凶残敌寇时民间自然会有的幻想，捡拾惨痛的碎片给人们看，他用军人的屈辱和生命的尊严论证了战争中的生与死，让“向死求生”成为理性选择，他背负着南京军队窝囊屈死的兄弟们的冤魂洗刷了自己，作为军人、作为人也重新顶天立地，是一个摔倒后站起来的英雄。要说人性的深度，宋恩九的“匿子”、乡绅家的“留种”、死过一回的军人的“雪耻”等，都是相当有深度的人性解剖和表现。

《中华士兵》是中国戏剧的战争抒情，是象征写意的铁血情怀。创演者对民族英雄怀有深情，对中华文化存有崇敬，上演了一出对民族整体励志存志、为民族精神招魂续魂的好剧作，让人精神一振；是富精神钙质、有艺术创新的好剧目，令人耳目一新。

八

最后，可以归结一下上述评论者提及的“责任”和“良心”的问题了。

中国国家话剧院选择《中华士兵》排演，奉献给中国观众，恰恰生动地体现了高度的社会责任感、充分的民族自觉性和深刻的人类良知。就查明哲导演而言，无论是透过战争硝烟探究人性可能，还是关注工厂农村探查民生疾苦，或是抚摸历史、还原事件去观照现实人生，都实实在在地扎根生活、扎根人民、扎根人性建构、扎根理想的生命状态追求。那种对艺术的执着，犹如虔诚信徒之于宗教；那种对真相的探究、对人性探查的执拗，常常会被人认为喜欢"残酷"。这就对了，不怕残酷情境下的人性追问与良心拷打而引起心志脆弱的观众的不适、不快，不怕因此而失去观众，恰恰因为，他是一个有社会良心、人类良知的导演，他周围也就有一个情感热点相近、思想共振相同的艺术家群体，不断推出具有高度社会责任感的剧目。他们绝不软性心理按摩、廉价娱乐地取悦观众，绝不放下艺术家肩上的责任，绝不抹去艺术家心头的忧伤，绝不无视艺术家眼前的缺陷，绝不标榜零度写作和拒绝崇高，绝不向"小时代"的小情怀、小情调、小格局屈就，而高张理想人性、健康人格、硬朗风格的文艺书写大纛。

我想说，幸而有这么一群坚持社会责任的艺术家，幸而有这么一群体现社会良知、人类良心的艺术家，幸而有这样一群能够将社会理想和生命追求化为感人艺术形象的艺术家，当代舞台才有了那么多的可圈可点，我们的精神世界才不会只存留下娱乐至死后的空虚和渺茫，我们的戏剧艺术才会在民族文化建设中无愧于其伟大的历史和英雄的人民。

谢谢《中华士兵》剧组！

（作者系著名戏剧理论家、评论家）

大型交响清唱诗剧

黄河入海流

（未发表作品，已版权注册）

编剧　冯　俐

作词　宋小明

作曲　孟卫东

人　　物　黄河母亲——黄河拟人。由乐队和花腔女高音担任。(简称黄河)

黄河之子——黄河守护者的化身。由男中音担任。(简称之子)

黄河儿女——世世代代生活在黄河边的人们。主要由混声合唱担任。(简称儿女)

大　　海——大海的拟人。由三个男高音和三个女高音组成的重唱合唱担任。

序曲：落天走东海

发源于青藏高原的年轻的黄河，圣女般纯洁烂漫。她由西向东，由高向低，轻盈地跳跃于四千米的水面落差，纵横五千多公里的路程，穿山越岭，一路蜿蜒舞蹈着、欢歌着，滋润、富饶着大地万物，带领着她的黄河儿女们奔向大海——

（混声合唱、女高音、男中音、男女六重唱）

儿　女　黄河之水天上来——
　　　　黄河之水天上来——
之　子　大河，大河
　　　　苍茫九天直落
儿　女　黄河之水天上来——
之　子　大河，大河
　　　　世界屋脊飞落

儿　女　大河啊大河，我的生命之河，
　　　　同样的蜿蜒血脉，同样的阳光肤色；
　　　　大河啊大河，我的岁月之河，
　　　　不同的民族部落，同一个泱泱古国；
　　　　大河啊大河，我的文明之河，
　　　　多少处山川记载，多少个美丽传说；
　　　　大河啊大河，我的母亲之河，
　　　　多少年幸福欢乐，多少代亲情恩泽。

儿　女　大河　大河，我的母亲之河，
黄　河　啊……孩子——
儿　女　大河　大河，我的母亲之河，

黄　河　　啊……孩子——
儿　女　　我们的母亲——黄河，
黄　河　　我的名字——黄河。

黄　河　　带着雪山的期待，
　　　　　带着冰川的情怀；
　　　　　一路向前、向前、向前，
　　　　　一路奔跑，一路抒怀，
　　　　　我要去大海。

　　　　　是东方的气概，
　　　　　是中华的血脉；
　　　　　带着昨天的感慨，
　　　　　带着今天的风采；
　　　　　一路向东、向东、向东，
　　　　　一路奔跑，一路花开，
　　　　　我要去大海。

大　海　　我们在海洋上想着你，
　　　　　你的归宿是大海；
　　　　　你的梦想在大海。
　　　　　我们在大河口望着你，
　　　　　你的未来在大海；
　　　　　你的永恒是大海。
　　　　　你青春年少，你充满活力；
　　　　　我们在这里等着你，等着你……

黄　河　　梦想——（合）大海——
黄　河　　归宿——（合）大海——
黄　河　　未来——（合）大海——

黄　河　　永恒——（合）大海——

黄　河　　穿峡谷，心潮澎湃，
　　　　　上高原，荡涤尘埃；
　　　　　闯关隘，真情不改，
　　　　　入中原，舒展胸怀。
之　子　　面向大海，春暖花开，
　　　　　你滋润大地，遍洒慈爱。
黄　河　　我要去大海，
儿　女　　大海——大海——
合　唱　　我们一起去大海，
　　　　　我们一起向未来。

第一乐章：乐水乐土　一路欢歌

先民们在黄河岸边狩猎、取火、耕种……择水而居、生息繁衍。

黄河之子历数镶嵌在母亲河衣袂上的璀璨，充满自豪和对母亲河的感恩之情。

乐土·择水而居

（花腔女高音、混声合唱、男中音）

儿　女　　乐土乐土，天高地阔；
　　　　　择水而居，繁衍生活。
　　　　　乐土乐土，渔猎追逐；
　　　　　伐木取火，耕种收获。

儿　女　　乐土乐土，
之　子　　你从高山峡谷走过，

黄　河　　择水而居吧，听你们唱快乐的山歌；

儿　女　　乐土乐土，

之　子　　你从草原绿洲走过，

黄　河　　草美羊肥吧，听你们唱悠扬的牧歌；

儿　女　　乐土乐土，

之　子　　你从丘陵平原走过，

黄　河　　五谷丰登吧，听你们唱欢欣的田歌；

儿　女　　乐土乐土，

之　子　　你向大海波涛走来，

黄　河　　波光潋滟吧，听你们唱幸福的渔歌。

儿　女　　乐土乐土，感恩大河；

　　　　　日落而息，日出而作……

感恩母亲河

（男中音领唱　合唱）

儿　女　　黄河……黄河……我们的母亲……

之　子　　A1　母亲的手　不知有多亲？

　　　　　　　她捧起了热泪，

　　　　　　　也温暖了寒心。

　　　　　A2　母亲的情　还能有多深？

　　　　　　　她流淌着博爱，

　　　　　　　也承载着文明。

　　　　　A3　母亲的心　不知有多沉？

　　　　　　　她养育了儿女，

　　　　　　　也养育了精神。

　　　　　B1　啊黄河，我们的母亲，光荣的母亲；

　　　　　　　我常常望着你的背影，

　　　　　　　那是天边远远的路，脚下深深的根；

　　　　　B2　啊黄河，我们的母亲，伟大的母亲；

我时时追着你的声音，
那是心中久久的爱，人间不了的恩。

黄河……我们的母亲……

第二乐章：人怨河怨　步履蹒跚

伐木、建宫殿、修陵寝、人越来越多，粮食需求更多……择水而居的人类攫取的欲望不断膨胀，进而变成贪婪的掠夺。

黄河母亲被这不断的攫取搞得疲累不堪，但她依然坚持着满足着儿女们。但，沉重的泥沙令她不堪重负，奔向大海的路途被堵断。

无路可走的黄河母亲痛苦焦躁地喘息着，步履踉跄，直到发出尖锐的呼喊。

人们在发怒的水中奔逃呼号着……大水过后，面对失去的家园，人们对黄河发出怨声，却不知道惩罚了儿女们的母亲更难过。

黄河断流使土地干涸、荒芜。黄河的千里改道给人们带来一次次的灾难，人们再次对黄河发出怨声。

儿女的苦难令黄河母亲痛苦而无奈。走投无路更令母亲痛苦而无奈。

站在黄河入海口的黄河之子仿佛听到了什么，感受到了什么，望着遍体鳞伤的黄河产生莫名的心疼。

乐土·伐木南山

（花腔女高音、合唱）

合　唱　A1　乐土乐土，　A2　伐木南山，
管吃管喝；　修我城郭；
开荒点火，　引水东岸，
广种稼禾。　饱我恩泽。

黄　河　　A1　都是我的儿女，
　　　　　　　哪个都要拉扯；
　　　　　　　都是我的子孙，
　　　　　　　哪个都该养活。
　　　　　　　孩子们，你们要什么我就给什么！
　　　　　B　　但是但是　我的秀发开始枯槁，
　　　　　　　我的肩膀有点虚弱……
　　　　　　　（以上领唱以“乐土”节奏伴唱）

乐土·任我豪夺

（花腔女高音、合唱）

合　唱	A1	乐土乐土，	A2	高山无言，
		好吃好喝；		任我巧取；
		取之不尽，		大河不语，
		由我穷奢。		任我豪夺。

黄　河　　A3　摧林毁麓？（合唱　扩我四野）
　　　　　　　开疆裂土？（合唱　供我享乐）
黄　河　　A1　都是我的骨肉，
　　　　　　　这些都是你们的。
　　　　　　　孩子们，你们到底还想要什么?!
合　唱　　我们一辈辈、一个个，
　　　　　就要过上好生活!!
黄　河　　B　你们看看，娘的汗水已经炽热，
　　　　　　　娘的泪水变得浑浊；
　　　　　　　娘的血液开始凝固，
　　　　　　　母亲的乳汁就要干涸！

失　控

（女高音、混声合唱）

（黄河独唱中，合唱始终以“乐土乐土”伴唱）

黄　河　A　如果烈日当头，
我将扑倒在地无力诉说；
如果大雨滂沱，
我会疯狂无控四野奔波！
孩子们，我的儿女：
你们到底还想要什么!!!

合　唱　我们一辈辈，一个个，
就要过上好生活!!!

黄　河　B　啊，泥沙无情地灌进血脉，
我的脚步开始虚弱；
啊，大雨无情地冲刷肢体，
我的汗水已经炽热；
儿女无限地攫取掠夺，
我的泪水汹涌滂沱。
奔向大海的路已无路可走，
上苍啊，
我从天上来，难道又向天上去？
我要挣脱！

黄河母亲走投无路，发出尖锐呼叫。所有的声音在尖锐的呼叫声中静止。短暂的静默。

（乐队与花腔女高音激烈地协奏乐段）

怨河·哭泣

（花腔女高音、男中音、合唱）

休止中，合唱团响指起，渐强，骤然，一个嘶吼：水——来——啦——

儿　女　黄河之水……天上来，
黄河之水……天上来！
天……上……来！！！
决堤！
决、决、决、决！
崩溃！！
崩、崩、崩、崩！
破土！！！
破、破、破、破！
汪洋！！！！
洋、洋、洋、洋！

儿　女　黄河为什么这样狂？！
夺我的田，毁我的房，
黄　河　我……惊……慌……
之　子　我……惊……慌……
儿　女　妻离子散去逃荒！
黄　河　我……心……伤……
之　子　我……心……伤……

儿　女　黄河为什么这样浪？！
疯狂地跑，无边地闯；
黄　河　我……无……奈……

之　子　　为……什……么……
儿　女　　河口一片白茫茫！
黄　河　　我……迷……茫……
之　子　　为……什……么……

儿　女　　黄河为什么这样黄?!
　　　　　裹着那土，挂着那浆，
黄　河　　我……爱……你……
之　子　　为……什……么……
儿　女　　拖泥带水向海洋！
黄　河　　我……是……娘……
之　子　　我……的……娘……
合　唱　　黄河黄，黄河黄，
　　　　　黄河为什么这样黄?!
　　　　　黄河狂，黄河狂，
　　　　　黄河之水天下狂!!

怨河·心痛

（合唱、男中音）

儿　女　　水来了……泛滥，水漫了……盐碱，
　　　　　水走了……荒滩，水没了……大旱！
之　子　　母亲的手　曾经有多亲?
　　　　　我曾在你的麦浪里甜睡
　　　　　我曾在你的波涛中长成
　　　　　然而如今啊如今……
儿　女　　水来了……泛滥，水漫了……盐碱，
　　　　　水走了……荒滩，水没了……大旱！
之　子　　母亲的爱，曾经有多沉?
　　　　　你绵绵不绝书写儿女的骄傲

你风调雨顺奖赏我们的辛勤
然而如今啊如今……

儿　女　河口黄龙一摆尾，
漫川河道闯南北；
千里滩涂望不尽，
河边寂寂生芦苇。
河口黄龙一摆尾，
一片泥沙伴海水；
万亩良田都不见，
黄河儿女好伤悲。
天怨地怨人也怨，
世代恩怨说与谁……

儿　子　母亲……母亲……
令我心疼的母亲……

第三乐章：战天斗地　望洋兴叹

海洋之水远远地望着奄奄一息、相距咫尺之遥却不能顺利进海洋怀抱的黄河叹息着、同情着：原本圣洁美丽健康的圣女般的姐妹——黄河正濒临消亡。

然而，穷则思变的人们却听不到母亲河的心声、看不到母亲的痛苦，一心要治理黄河、“治理黄害”，甚至要“与天斗与地斗其乐无穷”。

母亲河悲哀无助、望洋兴叹……

黄河之子面对人们施加给母亲河的粗暴治理产生疑问和不安：黄河是黄害吗？她本是哺育我们的母亲河啊……

在黄河之子的不断提问中，人们陷入沉思。

黄河之子告诉大家：爱应该是对母亲河的理解、是对长期过度索取的忏悔、是去修补我们造成的伤痛、是变治理为救治、是顺应着她的愿望——帮着母亲河顺畅地奔向大海。

与母亲河达成理解的人们，决心拯救母亲河并且找到了帮助母亲河的办法。

我们的姐妹

（6位男女高音重唱）

大　海　我们在海洋上想着你，
想你青春年少，想你充满活力；
我们在大河口望着你，
看你疯癫狂乱，看你奄奄一息；
啊，我最美的姐妹，可怜的姐妹，
我们在这里等着你，等着你……

治河·要跟黄河干到底

（男声合唱）

合　唱　哎嘿哟，哟嗬嘿，哎嘿哎嘿哟嗬嘿！

儿　女　A1　一股绳哪一口气，
要跟黄河干到底；
战了洪水战干旱，
整治你这个坏脾气！

A2　搬山头哪筑大坝，
砍树林哪修长堤；
消你个灾哪除你个害，
不信不能收拾你！

合　唱　哎嘿哟，哟嗬嘿，哎嘿哎嘿哟嗬嘿！

望洋兴叹

（花腔女高音与男中音重唱）

A

黄　河　面对海洋我无助地叹息，
之　子　面对人群我无奈地叹息；
黄　河　我不知道能不能再走近你，
之　子　我也知道一定能再走近你；

黄　河　我的梦想和归宿不应该这样，

之　子　我们的梦想和归宿不应该这样，

黄　河　就让我好好看看面前再想想过去。

之　子　就让我们好好看看面前再想想过去。

B

黄　河　啊，我的儿女，

之　子　啊，我的母亲；

黄　河　多少年来我无意地伤害了你，

之　子　多少年来我们有意地伤害了你；

黄　河　最伤心的也许就是我自己，

之　子　最应该反省的是我们自己。

黄　河　或许我再也无法带着你们一起走向大海……

之　子　或许我们无法随着你一起走向大海……

黄　河　望洋兴叹的我也许有一天会与你们永远分离。

之　子　奄奄一息的母亲我们从不想要与你永远分离。

治河·其乐无穷

（男声小合唱、合唱）

合　唱　哎嘿哟，哟嗬嘿，哎嘿哎嘿哟嗬嘿！

A1　（男声小合唱）与天斗哪个乐无边，

与地斗哪个乐无限；

与人斗来无穷乐，

你说新鲜不新鲜！

A2　与天斗，哪有个边，

与地斗，哪有个沿；

人人相斗心生怨，

你说可怜不可怜。

什么是爱

（男中音领唱、合唱）

之　子　　黄河是不是害?
儿　女　　黄河就是害！自古以来闹水害！
之　子　　黄河是不是灾?
儿　女　　黄河就是灾！多少年来有旱灾！

之　子　　多少年来她给予我们许多许多，
儿　女　　天经地义，我们要生要活。
之　子　　多少年来我们又为她做了什么?
儿　女　　物为我用，我们不假思索。
之　子　　多少年来她积劳成疾遍体鳞伤，
　　　　　多少年来她负载太多开始沉默。

之　子　　看看吧，你们看一看：
　　　　　这山林一片萧索，
　　　　　草原一片荒漠，
　　　　　湿地如此残破，
　　　　　绿野已经落寞。

之　子　　母亲累了，
儿　女　　我们应该搀着；
之　子　　母亲病了，
儿　女　　我们应该守着；
之　子　　母亲伤痕累累，
儿　女　　我们心里难过；
之　子　　母亲奄奄一息，
儿　女　　我们更加自责！

之　子　　我的父老乡亲……

　　　　　黄河她也是一个生命，

　　　　　她伟大，她磊落，

　　　　　她宽怀，她执著；

　　　　　她也有她自古的脾气，

　　　　　她更有她的不屈性格。

之子、儿女

　　　　　让我们多一点忏悔，

　　　　　多一点敬畏，

　　　　　让我们多一份孝顺，

　　　　　多一份儿女的职责！

之　子　　黄河不是害！她是母亲的胸怀，

儿　女　　黄河不是灾！她是我们的慈爱。

治河·拯救母亲河

（男中音、合唱）

合　唱　　哎嘿哟，哟嗬嘿，哎嘿哎嘿哟嗬嘿！

之　子　　人，有河海的情，

　　　　　水，有懂人的心；

　　　　　我们和母亲站在一起，

　　　　　面向大海敞开胸襟。

儿　女　　A1　河海聚力百川通，

　　　　　　　主辅固永双流定；

　　　　　　　固堤宽滩蓄洪水，

　　　　　　　高位分洪深河成。

A2　遥堤依旧娄堤新，
格堤治横临堤成；
沉沙固堤引浑水，
清水回河河自清。

合　唱　哎嘿哟，哟嗬嘿，哎嘿哎嘿哟嗬嘿！

之　子　冰，是站立的水，
凌，是布阵的冰！
我们和母亲心在一起，
面向大海充满自信！

儿　女　A3　天气骤冷河结冰，
突成冰坝塞川行；
水位暴涨破堤坝，
毁城灭乡万物惊。

A4　破冰建栅击巨冰，
以冰动力自相凌；
优化河势去折角，
爆破声声战凌汛。

之子、儿女
除弊趋利河重生，
以河治河自天成；
大河稳流兴天下，
千古梦想足下行。

第四乐章：天地人和　河清海蓝

大海向黄河伸出手。人们向海洋伸出手。黄河向海洋伸出手。

黄河入海流——欢腾的黄河终于汇入大海。汇入一望无际，汇成气象万千。

黄河与大海母亲、与海洋兄弟姐妹的亲情对话。大海是黄河生命的呼唤、自然的归宿、心灵的家园……

黄河之子欣喜地看着终于得到改变的一切，歌颂再也不受黄龙摆尾之苦的美丽河口、美丽山东。透过黄河母亲的背影，看到蓝色的大海，看到历史的必然、生命的必然。

伸出你的手

（六男女高、母亲、儿女）

大　海　　大海……伸出手——
大海……伸出手——
大海……伸出手——
大海……伸出手——
我们等你来相会。

浪花伸出手……捧起热泪，
鸥鸟伸出手……展翅高飞；
鱼儿伸出手……集群结队，
潮汐伸出手……一次次相邀不悔。

黄　河　　海水回流淘沙，我来顺流如飞！
我也是水，你也是水，
让我们亲亲依偎，

那也是大海的眼泪；
逝者如飞，来者可追，
让我们紧紧拥抱，
这才是天下的大美。

黄　河　　谢谢，谢谢你们，我的孩子们
儿　女　　看哪，母亲笑了，眼泪在飞。

黄河入海流

（乐队）

欢腾的黄河汇入大海。汇入一望无际，汇成气象万千。（可以很简短）

河恋海，黄恋蓝

（花腔女高音、男女六重唱）

大　海　　A1　黄河，我们的好姐妹，
请舒展你的双肩让我们看看，
心疼你一路的艰险，
钦佩你不舍的信念；
赞美你坚强而伟大，
还有你阳光一样的容颜。

黄　河　　B1　我喜欢这一片黄，
这是我来自中国的笑脸，
那里有一群人们可亲可爱，
那里有一片陆地活力无限。
我的伟大是黄色蓝色融汇的今天，
我的骄傲是走进大海获得永远。

大　海　　A2　黄河，我们的亲姐妹，

请舒展你的心胸放眼去看看：
这是你幸福的归宿，
这是你新生的空间；
这是你追寻的起点，
还有你心灵放飞的家园。

黄　河　B2　我喜欢这一片蓝，
就像我始终仰望的海天，
这里有无数生命可歌可泣，
这里有东方大船驶向彼岸。
我的礼赞是黄色蓝色调绘的明天，
我的骄傲是这壮阔的洋洋大观。

大　海　黄色的河——
黄　河　蓝色的海——
大　海　黄河——
黄　河　大海——
合　唱　河恋海，黄恋蓝
河恋海，黄恋蓝……

河口的风

（男中音独唱、合唱）

之　子　A1　河口的风，你吹绿一片葱茏，
我闻到湿地的清气，百花的香浓；
河口的风，你吹来谁的笑声？
我看到家乡的锦绣，城镇的繁荣；

A2　河口的风，你吹进我的心中，
我听到大河在高唱，大海在和声；

河口的风，你吹乱我的头发，
我回首万里云天，看大地纵横。

B　爱一个人就要爱得心痛，
爱一条河就要爱得沉重；
我难忘遥远的哭声，摆尾的黄龙，
我铭记母亲的背影，儿女的笑容……

C　河口的风……

合　唱　浩浩长风——
你让我心潮拍岸，泪水横空，
河口的风……
合　唱　荡荡天风——
你让我热血喷涌，大歌迎风；
之子、合唱
万川归海，世界大同，
之　子　这就是我们，
之子、合唱
我们今日中国的心声！

尾声：黄河入海流

所谓白日依山尽、所谓百川归海……所有河流的家乡和梦想都是海洋。在这里，世界上所有不同颜色的河流都将成为——我们这个星球的颜色……

我们是大海

（混声、童声大合唱）

你好……大海……
你好……大海……
你好……大海……
你好——大海——

你好，多瑙河，你好，密西西比；
你好，湄公河，你好，长江之波；
你好，达令河，你好，亚马孙河；
你好，尼罗河，你好，黄河之爱。
你好……
你好……
你好……
你好，大海的胸怀。

我们来自不同的家乡，
我们拥有共同的家园——大海；
我们都有不同的肤色，
我们拥有共同的蓝色——大海；

大海给我们宽广的平台，
让我们共同发展，亲密往来；
大海为我们高声喝彩，
祝人类共同幸福，世界友爱。

童　声　蓝蓝的天，蓝蓝的海，
蓝色的星球好可爱；

所有的生命哪里来？
你去问问蓝蓝的海。

蓝色的光，蓝色的水，
我是蓝色的小可爱；
所有的希望哪里来？
我有一片心中的海……

混声合唱　我有浪花的风采，
我有波涛的气派；
我有洋流的力量，
我有大海的情怀。
升腾……澎湃……
慷慨……豪迈……
我们就是大海，
我们就是大海，
我们……是大海……

（伴唱织体变化只有两个字：大海）

剧　终

今 语

清唱剧在国内舞台上尚少见。这是一部以黄河为主角的清唱剧，以黄河为主角？听起来有点怪，但也恰是这样的“主角”勾起了我的兴趣。

是宋小明老师带着这个题目来的。当我为黄河找到“少女”“年轻的母亲”“抓狂的母亲”“发现自己独立生命的母亲”等这一系列戏剧人物形象的时候，这部作品可以称作“剧”了。这一黄河形象由此与人类的关系有了一种崭新、生动的寓意。

仍然是我跟宋小明老师的合作。而且，全部音乐也都已由作曲家孟卫东老师完成……

期待着某一天，这部戏可以在舞台上有声有色、生动地活起来。

2020 年 6 月

广播剧

宋庆龄

编剧　冯　俐　姬　成　冯子晴

出品：中国宋庆龄基金会和中国广播电视社会组织联合会
承制：中广联合会有声阅读委员会

导演：王金兑
音乐：左春龙
录音合成：赵涛　鞠方群
音响效果：王进
责任编辑：吕卉　伍凤春
领衔主演：吕中　吴俊全　季冠霖

首播时间：2022 年 12 月 27 日。中国宋庆龄基金会“未来讲堂”首播。
全面上线时间：2023 年 1 月 3 日。
中央广播电视总台以及北京、宁夏、河南、黑龙江、新疆、
山西等多家广播电视台播出；
新媒体平台：学习强国、新华网、人民网、中国台湾网、中新社港澳台频道、
云听 APP、中国视听、听听 FM、喜马拉雅等音频平台，
以及中国宋庆龄基金会、中广联合会、
中广联合会有声阅读委员会等微信公众号上线播出。

获奖：中国广播电视大奖 2021— 2022 年度广播电视节目奖（广播剧类）

第一集

（一）

时　间　1980 年。秋天。

地　点　北京，宋宅院内。

人　物　宋庆龄、爱泼斯坦（艾培）、李姐

［北京上空。一片鸽哨由远而近。

［湖边隐约传来《祝酒歌》。

旁　白　这是 1980 年的秋天。这是 1980 年的北京。一群美丽的鸽子，飞过成片的红墙灰瓦、飞过如镜的什刹海、飞向后海北沿 46 号那座端庄的建筑，飞回它们慈爱的女主人身边。

［宋庆龄呼唤着鸽子。鸽子围着主人吃食的咕咕叫声。

旁　白　正端着吃食笑盈盈地等待着它们的女主人，名叫宋庆龄。这位全中国乃至全世界都熟悉的杰出女性，在这里工作、生活了十七年了。

李　姐　夫人，爱泼斯坦先生来了。

艾　培　亲爱的朋友，早上好！

宋庆龄　（愉快地）早上好，亲爱的艾培。真高兴一大早就见到你。哦，你带来了小雏菊，一定是亲爱的埃尔西从你家门口剪下的吧？

艾　培　是的夫人，埃尔西向您问好！

宋庆龄　谢谢！你们真是太好了！

李　姐　花瓶来了。

宋庆龄　谢谢李姐。你身体不好，去休息吧。

李　姐　没事的，我去做两杯咖啡。

［两人身边鸽子“咕咕”叫着。

艾　培　我给您带来了最新一期《中国建设》。您在去年十月号上发表的

《致读者》还在产生着广泛的反响……

宋庆龄　谢谢你艾培……

旁　白　这位被宋庆龄称作艾培的人，名叫伊斯雷尔·爱泼斯坦，出生于波兰，是位像埃德加·斯诺一样著名的国际主义战士。1938 年他就在广州参加了宋庆龄发起组织的保卫中国同盟，新中国成立后，宋庆龄又邀请他和夫人埃尔西一起来到北京创办《中国建设》杂志。不过，爱泼斯坦今天的专程前来，还有另外一个话题。

宋庆龄　（开心地）亲爱的艾培，你不知道你的回信令我多么骄傲和高兴，我最信任的朋友和同志同意为我写传记了！

艾　培　亲爱的夫人，您的友情和信任令我深深感动，之前我一直担心我已经六十五岁了，而且从来没有写过传记。尤其是我知道曾有多少人要替您作传……

宋庆龄　但是，没有人比你更了解我！从 1938 年开始我们就经常在一起工作。埃尔西也是这样认为的，不是吗？

艾　培　（笑）是的，埃尔西是您的坚定支持者。

宋庆龄　（笑）感谢埃尔西……

艾　培　亲爱的夫人。我知道这部传记写起来非常不容易，您同本世纪中国和国际上的许多重大事件都有联系……也许我们应该做一个系统的谈话计划，包括您以及同您一起工作过的许多人。

宋庆龄　好！只要有功夫，我随时都准备解答你想要问的任何问题。（兴奋地）我最信任的朋友同意为我写传记了！谢谢你亲爱的艾培，我真是太高兴了！我们用咖啡碰下杯吧！

［咖啡杯碰杯的声音。

艾　培　您看我找到了什么。

宋庆龄　（惊呼）《威斯理安女子学院校刊》！一九一二年四月号！天哪艾培，你是从哪里找到的？

艾　培　里面刊登着您为辛亥革命胜利写下的文章，《二十世纪最伟大的事件》。

宋庆龄　是的是的。见到这本杂志，就像见到了六七十年前的老朋友……

［一个年轻的、充满激情的声音由远而近，仿佛正穿过历史。

（二）过去与现实交织

时　间　1911 年。1980 年

地　点　美国，威斯康里安女子学院。宋宅。

人　物　青年宋庆龄。宋庆龄、爱泼斯坦（艾培）

青年宋庆龄的声音

这一非常光辉的业绩，意味着四万万人民从君主专制制度的奴役下解放了出来……（不同空间不同声场）

艾　培　这是一篇为辛亥革命胜利而欢呼的英文文章！出自一位十八岁中国女孩笔下。

青年宋庆龄的声音

这场奇妙的革命……已给中国带来了自由和平等。博爱是人类尚未实现的理想……

宋庆龄　我当时真是激动极了，爸爸来信中说：在孙中山领导下，清政府终于被推翻了，封建王朝结束了！

青年宋庆龄的声音

通向博爱之路的任务可能就落在中国这个最古老的国家身上……拿破仑·波拿巴说过，“一旦中国醒来，她将推动整个世界。”

宋庆龄　你知道吗艾培，当时，拿出爸爸寄来的崭新的五色旗，我一下就站上椅子，扯掉了墙上的清朝龙旗。（笑）哦，艾培，您的眼睛瞪得好大。

艾　培　因为，我仿佛看到了那个安静却又总是勇敢的小姑娘。

［宋庆龄的笑声。

艾　培　我注意到，您 15 岁到 18 岁的时候写过许多文章，谈论的都是振兴中国的强烈愿望，包括许多改良社会的设想。

青年宋庆龄的声音

……中华民族一直是热爱和平的民族……中国以它众多的人口和对和平的热爱……必将推动那个人道主义运动，即实现世界和平……

艾　培　革命、自由、平等、博爱……似乎从那个时候开始，世界和平以及中国在实现这一目标中的作用，就成为您漫长一生中所最关心的事情。

宋庆龄　是的。但怎样才能达到这些目标、需要进行什么样的斗争，我还不清楚。直到来到孙中山先生的身边，一个个信念才逐步建立、坚定起来。

艾　培　您离开美国，赴日本横滨与家人团聚，并且再次见到孙中山先生，是在1913年。对吗？

[一声遥远的长长的轮船汽笛。

宋庆龄　是的。当时，孙中山先生发动的“二次革命”失败，被袁世凯通缉，跟他一起流亡到日本的还有我们全家。

[一声真实的轮船汽笛。

旁　白　1913年，20岁的宋庆龄乘太平洋邮轮抵达日本横滨，父亲宋耀如和姐姐宋霭龄来码头接她。

（三）闪回

时　间　1913年

地　点　日本。码头，汽车内。

人　物　青年宋庆龄（20岁）、宋耀如（47岁）、宋霭龄

[轮船靠岸的汽笛声以及横滨码头上的杂声。

青年宋庆龄

（开心地呼喊）爸爸——霭龄——

宋耀如　（开心地）庆龄！我的好女儿，几年不见我都快认不出你来了！

青年宋庆龄

妈妈呢？

宋霭龄　（亲昵地）妈妈在住处为你烧菜呢！你的手好凉，这一路的海上航行累坏了吧？快上车。

［关车门声，汽车发动声。

［车内。

宋霭龄　（亲昵地）二小姐，我可真羡慕你，毕了业还能在美国玩一大圈！从波士顿到加利福尼亚，又到檀香山、伯克利、旧金山，各种舞会、酒会、戏剧，鲜花、水果、音乐……

青年宋庆龄

那不过是“生活高贵、思想简单”的生活……

宋霭龄　哈！我倒宁可过过这种“生活高贵、思想简单”的生活。

青年宋庆龄

你的生活才值得羡慕！给孙文博士做秘书，每天都在革命。

宋霭龄　（逗妹妹）我们换换？

青年宋庆龄

（高兴地）真的吗？爸爸，可以吗？爸爸？

宋耀如　我们身后的那辆车，一直都在跟踪我们。

青年宋庆龄

跟踪？

宋霭龄　在日本，我们和孙博士身边随时都有这样带着枪的“影子”。

青年宋庆龄

他们敢怎样？孙博士可是中华民国临时大总统……

宋霭龄　已经让给袁世凯了。

青年宋庆龄

那是孙博士主动让位的！为了迫使清朝皇帝退位，同时避免流血牺牲……他真了不起！

宋霭龄　结果，现在孙博士和爸爸，还有很多革命者，都成了袁世凯通缉的“逃犯”……

青年宋庆龄

爸爸，我能见到孙博士吗？

宋耀如　　他在东京……

青年宋庆龄

我有一封信要交给孙博士，是他在美国的一位朋友托我带给他的……

宋耀如　　我们很快就要去东京。

青年宋庆龄

太好了，爸爸。

[汽车驰过的声音。

艾　培　　您从前见过孙中山先生吗？

宋庆龄　　当然。在上海的时候，他是我们家的常客。只是那时我还是个孩子。而这一次，我才真正认识他。他正为推翻袁世凯、重建民主共和制，进行重新组党的工作。

（四）闪回

时　间　　1913年9月

地　点　　日本东京，秘密会馆。宋宅院内

人　物　　青年宋庆龄、宋耀如、孙中山、廖仲恺等。艾培

[日本街头的声音。

旁　白　　1913年9月，宋庆龄在父亲的带领下，来到革命党秘密集会的地方。为他们开门的是廖仲恺。

[几声“密码暗号”式的敲门声。门被轻轻打开。

廖仲恺　　耀如。

宋耀如　　仲恺。

[关门声。孙中山讲话的声音正从里屋传来。

旁　白　　远远地，宋庆龄看到了那个熟悉的身影，听到了那个熟悉的声音。

孙中山　　……现在，还不是中国革命事业宣告失败的时候！

[三人轻声地说着话，边朝里面走。

宋耀如　庆龄，快叫廖仲恺叔叔。

青年宋庆龄

廖仲恺叔叔。

廖仲恺　哎呀庆龄，你都长这么大了！我看过你的文章，《二十世纪最伟大的事件》，写得好！

青年宋庆龄

廖叔叔过奖了。

［随着宋庆龄的走近，孙中山的声音也由远而近。

孙中山　同志们，你们都知道，我是个农民的儿子，从小没有米饭吃，因为米饭太贵，到15岁才有鞋子穿。我之所以要成为一个革命的人，就是铁了心地认为中国的儿童应该有鞋穿、有米饭吃……所以我们要革命到底，百折不挠……仲恺，你有话要说吗？

廖仲恺　你的“宋财神”和他的二小姐——那篇《二十世纪最伟大的事件》的作者来了。

孙中山　（热情地）是庆龄？长这么高了！当然，现在还有了更高的思想和文才！

青年宋庆龄

（害羞地）孙博士您过奖了！

孙中山　“四万万人民从君主专制制度的奴役下解放了出来”，整篇文章都写得非常有力量！耀如你教子有方啊！

廖仲恺　耀如本人就是榜样！一个苦孩子、小劳工，独自跑到国外打拼，当过水手、接受过洗礼，在田纳西州念过大学，当了传教士，可又义无反顾地做了革命党……

孙中山　还把三个女儿都送到美国读书。

宋耀如　当然！落后的旧中国需要我们从各个方面去改变，也包括培养现代化的中国人……

孙中山　事实证明你做得对。耀如，从帮助我工作的霭龄身上，从这位笔下自有千军万马的庆龄身上，我们都看到了希望。庆龄，下一步你还打算继续去美国读书吗？

青年宋庆龄

我……我希望，可以跟……你们一起工作！

孙中山　（饶有兴味地）哦？

青年宋庆龄

是的！全世界都在关注中国的革命，许多人都把您称为中国的华盛顿……

［众人笑。

［突然一声枪响。

孙中山　大家快趴下！

窗外警卫　有刺客！

［窗外零乱的奔跑声，零星的枪声。

孙中山　（轻声地）别担心，你爸爸和同志们都有经验，不会有事。

青年宋庆龄

（小声地）我知道，危险也是革命的一部分。

孙中山　耀如，庆龄真是不同凡响啊。

宋耀如　她呀，她要是个男孩，一定是我们中的一员。

青年宋庆龄

（轻声地）女孩子也可以革命。

孙中山　革命？革命可能随时都会掉脑袋的。你不怕吗？

青年宋庆龄

怕……

孙中山　这个回答很诚实……

青年宋庆龄

我是说……我怕掉了脑袋，就不能跟你们一起革命了……

孙中山　（深沉地）耀如，你真的是为这个国家培养出了希望和未来啊……

（五）

时　间　1980 年。秋天。

地　点　北京，宋宅院内。

人　物　宋庆龄、爱泼斯坦（艾培）

［鸽子的“咕咕”声。

宋庆龄　后面的事情，大家都知道。1914 年我开始在孙先生身边工作。（轻笑）当年的日本外务省密探最清楚这一切，他们监视着孙先生的每一个行动和他所接触的每一个人，报告里也清楚地记录着我到访的次数。

［青年宋庆龄的声音同时传来——

青年宋庆龄的声音

（写信）我从来没有这样快活过。我想，这类事情是我从小姑娘的时候起就想做的。我真的接近了革命运动的中心。（不同声场）

宋庆龄　开始，我并不是爱上他，而是出于对英雄的景仰。我偷跑出来协助他工作，是出于少女的罗曼蒂克的念头——但这是一个好念头。我想为拯救中国出力，而孙博士是一位能拯救中国的人，所以，我想帮助他。后来……

（六）闪回

时　间　1915 年。春天。

地　点　日本东京。一处有鸽子的广场。

人　物　青年宋庆龄、孙中山

［鸽子在飞翔、起落。

［淡淡的音乐如同樱花飘落。

旁　白　1915 年，东京街头。樱花盛放，鸽子飞翔。宋庆龄与孙中山挽手同行，一些可疑的身影远远地监视着他们。

青年宋庆龄

先生，那些人一直在跟着我们……

孙中山　不用理会他们。这是公共场所……瞧，鸽子们来了！

［鸽子“扑棱”的振翅声与“咕咕”叫声交织。

孙中山　我把玉米和蚕豆都用温水泡好了。你看，这群鸽子里有好些幼鸽，泡好的粮食更适合它们。

青年宋庆龄

你好细心。

孙中山　来，把鸽食放到手里，别怕，鸽子性情温顺，不会弄伤你。

青年宋庆龄

看它们在身边飞来飞去，心情突然就轻松起来了。

孙中山　鸽子象征着和平。

青年宋庆龄

嗯。

孙中山　庆龄，我已与卢夫人协议离婚，正准备接她来日本，当面签署离婚协议。我会对得起她，也会对得起你。我会向所有人证明，作为革命党人，我孙文俯仰无愧天地，大到推翻满清朝廷，小到离婚娶妻，都会做到正大光明！

青年宋庆龄

（感动）先生……

［鸽子的“咕咕”叫声。

孙中山　庆龄，你看这些鸽子，尤其是这只最美的白鸽，是不是很像你？

青年宋庆龄

像我？

孙中山　是啊，纯洁、美丽、安静、温柔，可一旦飞翔起来，又是那么坚强、勇敢。

青年宋庆龄

先生……

［鸽哨声把时空再次拉回到北京。

（七）

时　间　1980 年。秋天。

地　点　北京，宋宅院内。

人　物　宋庆龄、爱泼斯坦（艾培）

艾　培　孙中山先生说得对，这些美丽的鸽子，真的很像您……

[鸽哨声，鸽子们振翅离开。

艾　培　我在埃德加·斯诺的文章中看到，在上海的时候，你的父母把你锁在屋里，你是在女仆的帮助下，翻窗户从家里逃回日本的……

宋庆龄　（笑着打断他）不，我对斯诺讲过，他的这段描写显然想象过多了。没有人锁过我。我的父母不会这么愚昧。离开家的那个早晨，我走出大门之后站住了脚，回头看到母亲的窗户开着，她就在窗帘后面默默地目送着我……

艾　培　您有非常爱您的父母。

宋庆龄　是的。

艾　培　孙先生的朋友们当时持更强烈的反对意见，是真的吗？他们担心这桩婚事有损孙先生的道德形象，进而危及革命事业。

宋庆龄　是的。在我们婚后的很长时间里，许多人都不肯称我孙夫人而坚持叫我宋小姐……所以，婚礼那天，廖仲恺一家的出现真令我喜出望外！

旁　白　1915 年 10 月 25 日，22 岁的宋庆龄与 49 岁的孙中山在东京结婚。主持婚礼的是孙中山的日本朋友梅屋庄吉夫妇。

（八）闪回

时　间　1915 年 10 月。

地　点　日本东京。梅屋家院内。

人　物　青年宋庆龄、孙中山、廖仲恺、廖梦醒（11 岁）、廖承志（7 岁）、梅屋先生及夫人。

[廖仲恺声音先到。

廖仲恺　孙博士，我喝喜酒来啦！

孙中山　仲恺！你能来简直太好了！香凝还在国内？

廖仲恺　是的。（扬声）孙夫人，恭喜恭喜！孙夫人……你简直就是仙女下凡啊！香凝托我一定把她的祝福带到！

青年宋庆龄

谢谢廖先生，谢谢你们！

廖仲恺　（开着玩笑）等等，上次你叫我什么来着？

青年宋庆龄

廖……廖叔叔……

廖仲恺　（开朗地大笑）看来现在无论如何都只能叫我廖先生了，哈哈哈哈……

孙中山　仲恺，你就别调侃庆龄了。她是个很容易害羞的姑娘。

廖仲恺　的确如此，孙夫人一向沉静内敛。来，看看我还给你们带来了一对小花童。去，向孙叔叔孙夫人做自我介绍。

廖梦醒　（女童声）我是廖梦醒，如梦初醒的梦醒！

廖承志　（男童声）我是廖承志，承前启后，志存高远！

青年宋庆龄

（亲切地）梦醒，承志，你们好！

廖梦醒　你真的好美啊。你太美啦！这串珠子也好漂亮！将来我结婚的时候，你可以把它送给我吗？

青年宋庆龄

我答应你！一定！

梅屋夫人　可以开始了吗？我们要唱婚礼歌啦。

孙中山　可以啦梅屋夫人！谢谢！

[人们唱起了日本的婚礼歌。

廖梦醒　爸爸，我可以叫新娘子姐姐吗？她只比我大几岁！

廖仲恺　当然不行！你们既然把孙博士叫叔叔，那就叫新娘子叔婆吧。

廖承志　哦。

廖梦醒　好难听。我宁可叫她孙夫人！

廖仲恺　这个称呼更好！她会更喜欢！

[婚礼歌唱罢。

梅屋先生　现在，请新人签订结婚誓约书。

孙中山　庆龄，这是我写的誓约书。

青年宋庆龄

（动容地，读）“将来永远保持夫妇关系，共同努力增进相互间之幸福。”

孙中山　这是我对你的誓言。

青年宋庆龄

也是我对你的。

梅屋先生　孙逸仙与宋庆龄正式结为夫妻！

［众人鼓掌。婚礼音乐延续。

（九）

时　间　1980 年。秋天。

地　点　北京，宋宅院内。

人　物　宋庆龄、爱泼斯坦（艾培）

［宋庆龄轻轻哼着婚礼歌，沉浸在美好的回忆中。

艾　培　梦醒对我讲过，她结婚的时候，您真把您的那串项链送给了她。

宋庆龄　当然。要言而有信啊！尤其是对一个孩子的承诺。

［鸽哨从他们头顶传来。

宋庆龄　我真想念他们啊……我的父母，我的丈夫……

艾　培　您与孙先生共同生活的十年中，经历了许多困难和危险，其中最大的遗憾是什么？

宋庆龄　最大的遗憾……是失去了我们唯一的孩子……1922 年，陈炯明反对孙先生的北伐政策，策动了兵变。叛兵包围了广州的总统府和越秀楼……

（十）闪回

时　间　1922 年。

地　点　广州，越秀楼。

人　物　青年宋庆龄、孙中山、姚副官、谭卫士、叛军们

［枪炮声骤起。叛军们高喊着“杀死孙文！”“杀死孙文！”

孙中山　没想到陈炯明真的动手了！庆龄，形势危急，我们必须马上逃出去！登上永丰舰，我就能指挥平叛！姚副官！

姚副官　有。

青年宋庆龄

先生，你先走！

孙中山　你说什么？

姚副官　宋女士，留在府里更危险。

青年宋庆龄

先生指挥军队要紧！一起逃目标太大……

［外面的喊声，“杀死孙文！”

孙中山　听听！不出去，会是死路一条！

青年宋庆龄

带着女人不好突围！先生，你先走……

孙中山　绝对不行！

青年宋庆龄

先生，中国可以没有我，但不能没有你！

孙中山　可你……你还怀着身孕……

青年宋庆龄

（不容分说地）姚副官，快把那身郎中衣服给先生换上！

姚副官　是！谭卫士！

谭卫士　有！

姚副官　你为先生换好衣服，带部分卫队护先生突围。其余跟我留下，保护夫人！

孙中山　不，卫队全都留下，保护夫人。

众　人　是！

孙中山　庆龄……这把毛瑟手枪，留给你！我教过你，还记得吗？

青年宋庆龄

记得。忠于革命，把最后一枚子弹留给自己。

孙中山　不……我问的是你还会不会用枪……

青年宋庆龄

放心吧先生，我会。我一定会来跟你会合！革命尚未成功，你一定要平息叛军，完成北伐！

孙中山　我在舰上等你！姚副官，保护好夫人！

姚副官　我以生命起誓！

孙中山　……夫人保重！

［一阵急促的脚步声，孙中山离开。

姚副官　夫人，我们五十个弟兄，只要一息尚存，就一定护孙夫人周全！

青年宋庆龄

您刚才……叫我什么？

姚副官　孙夫人！

（十一）

时　间　1980年。秋天。

地　点　北京，宋宅院内。

人　物　宋庆龄、爱泼斯坦（艾培）、李姐

［辽远的鸽哨。

宋庆龄　那天深夜，我戴着姚副官的草帽，披着孙先生的雨衣，从府里脱险而出。五十名卫兵一路阻止敌人追击……几天几夜啊，什么样的危险都遇上过了……最终在永丰舰上跟先生会合。只是，五十位忠诚的卫兵兄弟失去了生命，而我，也永远失去了我们的孩子……三年后，我的丈夫也因积劳成疾，永远离开了我……革命，总是与牺牲连在一起……

艾　培　抱歉夫人，让您重提这些……

宋庆龄　没什么，艾培。我的生命就是孙中山先生生命和理想的延续。永远如此……

［深远的音乐。辽远的鸽哨。

李　姐　夫人，艾培先生，吃饭吧。

宋庆龄　好，吃饭。李姐，你也先喝些鸡汤，你的身体需要好好补养。

李　姐　我有的，夫人，您不要总是操心我。

第二集

（一）

时　间　1980 年。秋天。

地　点　北京，廖梦醒家。

人　物　廖梦醒（英文名叫辛西亚）、爱泼斯坦（艾培）

［成片的自行车铃声和隐约传来歌声《在希望的田野上》。

旁　白　爱泼斯坦的准备工作一刻不停地进行着。除了去查阅大量历史资料，他还在抓紧时间采访那些在宋庆龄身边工作过的人们。今天他探访的人是廖梦醒。

廖梦醒　嗨，艾培，真高兴见到你！

艾　培　我也是，辛西亚！你的身体还好吗？

廖梦醒　靠维持。要知道我比你大十一岁呢艾培……

旁　白　艾培是爱泼斯坦的昵称。而当年的老朋友们也都习惯叫廖梦醒的英文名字辛西亚。廖梦醒是中国民主主义革命先驱廖仲恺与何香凝的女儿，是廖承志的姐姐。她很早就随父母一起追随孙中山投身反帝反封建运动，1915 年参加过宋庆龄与孙中山婚礼。1924 年加入中国国民党，1931 年加入中国共产党。为宋庆龄做了 11 年秘书，是宋庆龄一生的挚友。

廖梦醒　我跟她一起工作的时候，是在新中国成立之前，而你，从 1951 年到现在，一直都在她的领导下。

艾　培　我觉得你跟夫人之间更像是家人。

廖梦醒　是亲人！我的爱人牺牲的时候，她陪我一起落泪，感同身受地安慰我。她再三对我说：我理解你的痛苦，孙博士去世后我是那么孤立无援，把自己关在一间黑屋子里，拒绝见任何人……唉，你看，五十多年了，夫人极少出席每年的孙中山诞辰和孙中山逝世纪念日的活动……

艾　培　我记得 1966 年 11 月 12 日，夫人出席了孙中山诞辰一百周年纪念大会并发表演说。

廖梦醒　你说得非常准确，艾培。但似乎也只有这一次。许多人不理解，但我懂，她爱得太深了，那样的场面她怕自己支撑不住，而且……她更愿意与自己爱的人在这一刻独处、只与彼此相厮守……

艾　培　是的，我们都知道，每年的这两天，夫人什么人都不见也不会出门。而你，总会为夫人送去最美的鲜花。

廖梦醒　这也是我陪伴她的方式。她从不肯让任何人看到她的痛苦和伤心。人们总能看到她的美、她的慈爱、她的乐观、她的果敢……其实她的骨子里非常敏感、羞怯。

艾　培　恐怕只有我们这些最熟悉她的人，才会看到那种少女般的羞怯和敏感……

廖梦醒　所以她的许多做法才更加可贵。孙先生去世后，她最怕那种生离死别场面，但鲁迅先生去世的时候，她却亲自担任治丧委员会委员，亲自陪许广平大姐料理丧事。为了让上万群众能最后一次告别鲁迅先生的遗容，她花重金买下有玻璃窗口的棺木；为了不让国民党反动派破坏葬礼，她全程参加，要知道，这样悲伤的场合会勾起她心中多少痛苦，但她却始终紧紧地扶着许广平大姐的肩膀……并作了安葬演说。

中年宋庆龄的声音

鲁迅先生是革命的战士，我们要承继他战士的精神，继续他革命

的任务！我们要遵着他的路，继续他打倒帝国主义，消灭一切汉奸，完成民族解放运动！（不同的环境声。后几句可渐弱）

艾　培　鲁迅先生是她创建“中国民权保障同盟”的重要战友……

廖梦醒　对！这个组织救助了许多进步人士和革命者。夫人在其中表现出更多惊人的勇敢……

［当年宋庆龄演讲的声音。

中年宋庆龄的声音

关于全国各界救国联合会七位领袖的被捕，我以这个组织执行委员会的名义，特提出抗议，反对这种违法的逮捕！救国会的七位领袖已被逮捕，可是我们中国还有四万万七千五百万人民……（不同的环境声）

廖梦醒　为了营救沈钧儒等“七君子”，夫人毅然发起了“救国入狱运动”。提出“如爱国有罪，愿同沈等同受处罚；如爱国无罪，则与他们同享自由”。夫人真的率领着十几位救国会成员，亲赴江苏高等法院自请入狱。

艾　培　（笑）我听史良讲过当时的情形。孙中山夫人要求入狱，把当局吓坏了。

廖梦醒　（笑）没错。之前，她还和我妈妈联手，救出过我弟弟廖承志。那是 1933 年，24 岁的承志在租界被捕，同时被捕的还有秘密来上海养伤的红四方面军师长陈赓。为了营救承志和陈赓将军等人，宋庆龄亲赴南京，约见她最不愿意面对的蒋介石。

（二）闪回

时　间　1933 年

地　点　南京政府总统办公室

人　物　中年宋庆龄、蒋介石

蒋介石　夫人好！夫人莅临，敬请指教。

中年宋庆龄

请你的手下释放廖承志！你明明知道他的父亲是廖仲恺、是国民党的烈士！现在的国民党要杀害自己烈士的儿子吗？

蒋介石　既然夫人求情，蒋某只能从命。但有一个条件，他的母亲何香凝女士必须保证他以后都安安静静地待在家里！不然，必严惩不贷！

中年宋庆龄

欲加之罪，何患无辞！还有，请你的手下释放陈赓。

蒋介石　夫人！他是红四军的师长！

中年宋庆龄

国共合作是孙中山先生的主张！“革命尚未成功，同志仍须努力”是孙中山先生的遗训，而你做的是什么？叛变革命、屠杀共产党人！

蒋介石　我知道陈赓来上海治伤就是夫人安排的……

中年宋庆龄

你明明知道却还要抓他杀他？陈赓是黄埔军校你的学生，东江之役一直跟着你打仗，你打了败仗还是陈赓救了你一命，不然你也活不到今天。现在你要杀他，简直是忘恩负义，你天天说的礼义廉耻到哪里去了?!

蒋介石　夫人！……好，看在夫人的面子上，陈赓我可以不杀，但也不能放。侍卫官，护送夫人离开！

廖梦醒　那个时候，我还在香港从事地下工作。承志获释回家后，夫人突然来到我们家里。承志说他一辈子也忘不了。

（三）闪回

时　间　1933 年春

地　点　上海。廖承志家。

人　物　中年宋庆龄、廖承志、何香凝

［敲门声，开门声。

何香凝　（惊讶地小声呼喊）夫人！怎么会是您?!

［所有人说话时都压低着声音。

中年宋庆龄

我来看看承志。承志——

廖承志　叔婆！谢谢叔婆相救！

中年宋庆龄

你这精神饱满的样子真让我放心。都准备好了吗?

何香凝　您都知道?

中年宋庆龄

所以我要来看看他。

何香凝　准备好了。离开上海之后会有人接应他。

廖承志　（更压低声音）我好开心啊叔婆，我会直接去川陕苏区……

何香凝　嘘——

中年宋庆龄

还有一个好消息要告诉你们，陈赓也已经从被关押的地方逃出来了！也许，你们会在红军的队伍里见到……

［母子二人小声欢呼。

廖承志　要是罗登贤同志也能跟我们一起就好了，他才 29 岁……

中年宋庆龄

我一定要继续想办法！那么多人死在了蒋介石手里。居然未经审判就枪决了！至今我都忘不了邓演达……

何香凝　大家都知道，为了邓演达的牺牲，你在蒋中正面前掀翻了茶几……

中年宋庆龄

那是在我逼问下，他告诉我邓演达已被秘密处决……

何香凝　夫人，您是真正的女战士。

中年宋庆龄

（轻笑）哪里，我一直在向您学习。

何香凝　您说反了。

廖承志　叔婆，听妈妈说，您的处境一直非常危险，经常会接到恐吓电话和装着子弹的恐吓信……

中年宋庆龄

这些都没什么，他们吓不倒我！承志，在你应该战斗的地方好好地战斗吧。

廖承志　是！

何香凝　夫人您一定要多多保重……

（四）

时　间　1980 年。秋天。

地　点　北京，廖梦醒住处。

人　物　廖梦醒、爱泼斯坦（艾培）。

艾　培　你和承志都是在夫人身边长大的孩子，更是夫人一生的战友和朋友。

廖梦醒　是的，到了我们在香港成立“保卫中国同盟”，跟夫人一起开展国际反法西斯统一战线工作的时候，已经担任中共广东省委委员的承志也协助我们做了许多工作。你来保盟的时候，才 23 岁吧？

艾　培　是的。我还记得有一次，你带我来见夫人，正赶上夫人在举办一个募捐活动。

［留声机里在播放音乐。人声鼎沸。

旁　白　1939 年，保卫中国同盟举办募捐活动，名士名媛云集。当年香港本地富裕人家的太太和家在香港的国民党要员的夫人们都自愿为保盟义务工作——因为能同孙夫人一起工作是件光彩的事。

艾　培　我们进门的时候，夫人正在示意大家都安静下来。

（五）闪回

时　间　1939 年。

地　点　香港“保盟”活动现场

人　物　中年宋庆龄、廖梦醒、何香凝、总督、罗先生、伊娃、艾培

中年宋庆龄

各位尊敬的女士们、先生们，下面，我们有请总督先生讲话。

［掌声。

青年艾培　（小声地）人好多啊！

廖梦醒　（小声地）大家都仰慕孙夫人，不少人会为了得到夫人在捐款收据上的亲笔签名而慷慨解囊。

青年艾培　（小声地）孙夫人真的是太美了！

总　督　为了消灭法西斯，我们要有钱的出钱，有力的出力。在中国，许许多多遭受自然和战争侵害的无助的受难者，值得大家帮助，这就是这次活动的目的。请大家慷慨解囊！

［掌声。

中年宋庆龄

谢谢总督先生。我要特别强调的是，中国人民不仅仅是“受难者”，更不仅仅是无助的人，而是战士。援助这些战士就是对我们共同的敌人法西斯主义的打击！

［掌声。

廖梦醒　（小声地，笑）艾培，你看，我妈妈又在“出力”了！不管谁，只要被她抓住了写支票的手，都不免要多捐一些。

旁　白　年轻的爱泼斯坦看到，廖梦醒的母亲何香凝正用力抓着一位年轻绅士的手写捐款的数额。年轻绅士一边笑一边叫。

罗先生　廖夫人，您不能再让我加零了，不然我会破产的。

何香凝　不会。

［群杂：“罗先生大手笔！”“果然香港的中国首富！”

罗先生　香港的中国首富是我岳父大人。

何香凝　您的岳父大人一直都支持中国的抗战。

罗先生　（笑叫）夫人快来救驾……

伊　娃　（笑道）救什么驾？现在我是保盟的志愿者，你要多捐些才对。

何香凝　谢谢你，伊娃！你又在帮我们登记物资了？

［伊娃一边搬箱子，一边登记。

罗先生　瞧瞧我们家，我出钱，夫人出力。平时在家她可是连水都不用自己倒。

伊　娃　我在这里做的是有意义的事情！

［众人笑。

何香凝　（扬声）下来该哪一位了？

［群杂："我我我。""廖夫人让他也多写一个零。"

何香凝　（笑）爱国自愿啊！自愿！当然，只要孙夫人在场，大家都会比平常更慷慨的。

［众人笑。

廖梦醒　走，我带你去见孙夫人。

［穿过人群。

廖梦醒　夫人，他就是伊斯雷尔·爱泼斯坦。之前在美国合众社工作。

宋庆龄　你好，爱泼斯坦先生。

青年艾培　幸会，夫人。您可以叫我艾培。

中年宋庆龄

艾培，欢迎你。

［伊娃在不远处喊。

伊　娃　梦醒，快来帮忙。又有一批物资运到啦！

廖梦醒　来了！

青年艾培　我可以一起帮忙。

中年宋庆龄

我也来。

（六）紧接上场闪回

地　点　隔壁，保盟办公室。

人　物　中年宋庆龄、廖梦醒、克拉克夫人、青年艾培、伊娃、胡木兰、何香凝

旁　白　几个人走到只有一墙之隔的保盟办公室。比起募捐现场的光鲜、

舒适，这里则拥挤、简陋和闷热。

廖梦醒　不比不知道，咱们办公室这边可真热。

伊　娃　对呀，会场那边有风扇，地方又大，当然不一样。

胡木兰　夫人，这是刚送来的一封电报。

中年宋庆龄

谢谢木兰。（看电报，愤怒）梦醒，你看看这封电报！国际救援物资一经重庆的抗敌后援会“周转”，最后送到八路军手上的物资就没多少了。

廖梦醒　不仅如此，包括援华人员：白求恩、柯棣华大夫都到了八路军游击队，但另一批来自德国、匈牙利、捷克、波兰、奥地利的20多位医生则被分配到了国民党控制的抗日前线工作。

中年宋庆龄

这是国民党画出的一条横贯中国的虚构线，一边的抗战伤兵能受到国际力量的照顾，而另一边的伤兵则不能……

［克拉克夫人从外面进来。

克拉克夫人

孙夫人——哦，这里真热！

中年宋庆龄

嗨，我们的秘书长来啦！您好克拉克夫人。

克拉克夫人

他们怎么还往屋里搬东西？这里已经满得快爆炸了。

中年宋庆龄

保盟没有仓库。我们挤一点，就能节省些租金，把钱更多用在抗战上。

克拉克夫人

问题是，你们这样节省真的有意义吗？

中年宋庆龄

您想说什么？

克拉克夫人

请您看看我刚收到的这些照片，有人从西安黑市上高价买到的药品，上面有美国、英国捐助的标记！捐助物资是不可以进行买卖的！

［片刻沉默。

中年宋庆龄

克拉克夫人，我无法否认这种现象。这八吨药品本来是要送到延安的……但我可以保证，黑市上出现的药品和保盟无关。

克拉克夫人

我希望是您说的这样。

廖梦醒　（不满地）克拉克夫人，孙夫人的话您也不信吗？

中年宋庆龄

没关系梦醒，克拉克夫人有监督保盟工作的权力。

［敲门声。

中年宋庆龄

请进。

男性志愿者

夫人，这是今天的物资单据，请孙夫人签字。

克拉克夫人

可以让我看看单据吗？

中年宋庆龄

请。

克拉克夫人

登记得很细致……谢谢！

中年宋庆龄

克拉克夫人，凡我们经手的援助一定都是按真正的需要来进行分配。每一笔给保盟的捐款，不论数额大小，收据上都有我的亲笔签名。而且你也看到了，这些姑娘们为了省下搬运的费用，每天都这样把自己当作小伙子一样辛苦劳动，自己码放、分发供应品……

［门又开了，何香凝一进来就笑着说。

何香凝　哈，胡木兰和廖梦醒又在一起搬箱子啦！

中年宋庆龄

（笑道）我就喜欢廖夫人每次这样调侃木兰和梦醒。

克拉克夫人

你们为什么会笑？因为她两个人……一个高些一个矮些，一起搬箱子会不平衡吗？

廖梦醒　（没好气地）当然不是！

何香凝　因为，木兰的爸爸叫胡汉民，梦醒的爸爸叫廖仲恺。

克拉克夫人

什么意思？

何香凝　胡汉民是国民党右派，廖仲恺是我已故的丈夫，生前是国民党左派，他们俩当年是水火不相容的政敌。而现在，他们的女儿，却在孙夫人身边成了姐妹和搭档。

克拉克夫人

明白了。但我觉得这很正常。因为我早就发现，许多完全不同的人都可以愉快地围绕在孙夫人身边。

青年艾培　哈，我突然理解了一个词：统一战线。

何香凝　（拍手）对！统一战线！团结！

廖梦醒　艾培，你真是太聪明了！

中年宋庆龄

（笑盈盈地）看来，将要负责宣传的艾培开始真正理解我们了……

（七）

时　间　1980 年。秋天。

地　点　北京，廖梦醒家。

人　物　廖梦醒、爱泼斯坦（艾培）

廖梦醒　艾培，你记得真清楚。

艾　培　当然。从那天开始，我就真正喜欢上了保盟这个工作环境。辛西亚，你觉得，夫人一生中有无数不同国家的朋友，令她印象最深的外国友人都有谁呢？

廖梦醒　太多了。首先有你，艾培，还有埃德加·斯诺这些记者朋友。

艾　培　谢谢！我的荣幸。

廖梦醒　还有柯棣华大夫、马海德大夫、白求恩大夫……虽然她并没有见过白求恩，但这支加拿大人和美国人共同组成的医疗队最后能够到达延安，你知道的，离不开夫人的努力。

艾　培　是的。我记得白求恩大夫说：中国虽然缺少物资，但不缺少反法西斯的战士。我还记得，每次有国际反法西战士途经香港，夫人都会接见他们，会亲手为他们做吃的，还会同他们一起唱《国际歌》……

［中年宋庆龄的声音（不同声音环境）遥远地进来。

中年宋庆龄的声音

我亲爱的朋友们，我们一起唱个歌吧！

［众人："好。""唱什么呢？""《友谊地久天长》？""《当我们年轻时》？"

中年宋庆龄的声音

我们唱《国际歌》。好吗？

［短暂的停顿。

众　人　（凝重地）好。

［宋庆龄率先起唱，轻轻地——（可以唱法语歌词）

"起来，饥寒交迫的奴隶。

起来，全世界受苦的人……"

［一个又一个声音跟进……

［声音渐渐推远——

艾　培　那些年，我们跟着夫人，做了许多值得一生骄傲的事情。

廖梦醒　是啊，我们把捐款和医疗器材源源不断地送到八路军和新四军的区域，资助建立的儿童保育院，收养了许多战争孤儿和前线官兵的孩子；建在延安窑洞里的"洛杉矶保育院"，是用美国洛杉矶华人的捐款设立的；抗日军政大学和鲁迅艺术学院也得到保盟的援助……

艾　培　有个汽车商人，捐了一部大型救护车，大小像公共汽车，里面有手术台和七张病床……

廖梦醒　还有国外捐的一架大型 X 光机。那时能飞到延安去的只有美国军用机。可是这部 X 光机体积太大，搬不进舱门。夫人就去找史迪威将军。史迪威将军马上下令，改造了一架军用飞机的舱门，把 X 光机塞进去就飞去延安了。

艾　培　还有保盟帮助建立的国际和平医院。第一任院长是白求恩，第二任是柯棣华……那所医院后来被命名“白求恩国际和平医院”。

廖梦醒　其实，夫人一直在为白求恩大夫的去世而自责……

艾　培　我知道！几年前她还对我说过——

［另一个声音环境。

宋庆龄　艾培，我总在想，如果当初的医疗物资再充足些，白求恩大夫是不是就有机会活下来、看到新中国？我已经老了，艾培，答应我一件事，将来你如果有机会去加拿大，一定带一对我的和平鸽去，在白求恩大夫的家乡放飞，好吗？

廖梦醒　夫人就是这样一个人，把所有朋友都装在心里。

艾　培　所有人，无论高低贵贱，她都平等善待。还记得我们在香港发起的“一碗饭运动”吗？

廖梦醒　当然记得！

艾　培　我印象最深的是那个盲人乞丐……

（八）闪回

时　间　1941 年。

地　点　香港英京酒家。

人　物　中年宋庆龄、外国记者、酒家经理、香港市民。

旁　白　1941 年 7 月，保卫中国同盟在香港发起“一碗饭运动”，为中国工业合作协会募捐。活动规定，无论谁，只要购买一张餐券，就可以到赞助的饭店吃一碗炒饭，盈利则捐给工业合作协会。在英京酒家门口，人们热烈地欢迎宋庆龄的到来。

［香港酒家热闹的人群、背景音乐声。镁光灯拍照声。

记者们　（群声）孙夫人来了！孙夫人……请您接受采访……

中年宋庆龄

好，你们可以提问！

美国记者　我是美国记者，请您介绍一下，一碗饭运动的餐券发售情况怎么样？

中年宋庆龄

香港市民的爱国热情，超出我们的预期！也要感谢参加运动的饭店经理，认捐的炒饭比原定计划多出很多。

［众人鼓掌。突然门口传来争执声，随即音乐停止。

经　理　出去！出去！要饭不能要到这里来！快走开啦！

乞丐 2　算啦算啦，咱们进不去的……

乞丐 1　凭什么算啦？我们也是买餐券吃饭的！

中年宋庆龄

经理，发生了什么事？

经　理　孙夫人！一点小事，不用夫人费心……

乞丐 1　孙夫人？（激动地）是孙中山夫人！国母！

乞丐 2　孙夫人？在哪儿？

乞丐 1　你别忙……（不好意思地）他是个瞎子……孙夫人。

经　理　（吃惊地）孙夫人?!

乞丐 2　这是谁的手呀……

乞丐 1　这是孙夫人的手！孙夫人跟你握手啦！

乞丐 2　孙夫人！我哪敢……

中年宋庆龄

没关系的，有话慢慢说。

乞丐 2　夫人，我们今天不是来要饭的……我们听说，来这里吃饭就等于是捐钱打鬼子？

中年宋庆龄

你说得对，我们的工业强了，才能生产更多武器……

乞　丐 2　所以啊，孙夫人，我们两个就凑了钱，买了一张餐券，尽尽我们的力。我们去外头吃就行……

中年宋庆龄

经理，再买一张餐券，我付。

经　理　（惭愧地）夫人……是。

乞　丐 2　孙夫人，怎么能让您……

中年宋庆龄

听我的。每个反法西斯的战士都是平等的。你们生活得这么不容易，可心里还有抗战，还有国家。你们都来了，中国就更有希望！

乞　丐 2　夫人啊，你真是活菩萨啊……

乞　丐 1　（低声）快把你那手拿开！夫人的衣服都让你给……

中年宋庆龄

没关系。来，我领你们入座。各位记者！请你们多拍拍他们！他们是我的朋友，是香港无数的爱国者的代表！

［镁光灯声、拍照声。

经　理　孙夫人……

宋庆龄　每一个人都是平等的，都是值得尊重的。救助更需要发自内心的尊重……我知道你懂了。

经　理　我懂了。我会铭记一生。

（九）

时　间　1980 年。秋天。

地　点　北京，廖梦醒住处

人　物　廖梦醒、爱泼斯坦（艾培）

廖梦醒　你知道吗艾培，李姐得了癌症。她跟了夫人五十多年。

艾　培　知道。听工作人员说，夫人现在每天都专门让人为李姐增加营养。

廖梦醒　（缓缓地）如果李姐有不测，将来她会把李姐安葬在上海，和她一起陪伴着夫人的父母，甚至，她想到把两块墓碑做成一模一样，大小也一样……贵为国母，夫人却把一位保姆视同真正的姐妹……

艾　培　（感动，喃喃）这就是……夫人一生追求的……真正的爱与“平等”……她做到了……

第三集

（一）

时　间　1980 年。秋天

地　点　廖梦醒家

人　物　廖梦醒、爱泼斯坦（艾培）

旁　白　爱泼斯坦与廖梦醒的谈话进行了很久，对于两位老人来说，都已经很疲惫了，但他们还不想结束。关于孙夫人，几十年来，他们之间总有说不完的话。

［远处传来《东方红》报时声。

艾　培　时候不早了……

廖梦醒　没关系。艾培，每次听到这首曲子我都会想到毛主席。在重庆的时候，保盟办事处就设在夫人家里。平时房子周围有国民党特务监视，夫人总是深居简出。她最高兴的时候就是周副主席、邓大姐来家看望她。最难忘的是 1945 年重庆谈判期间，毛主席来了……

（二）闪回

时　间　1945 年。

地　点　重庆宋宅。北京廖梦醒家

人　物　中年宋庆龄、毛泽东、廖梦醒

中年宋庆龄

毛先生！您好！

毛泽东　孙夫人，您好啊！

中年宋庆龄

我们终于赶走了日本帝国主义！

毛泽东　这个胜利中有您的重要功劳。孙夫人，边区人民让我转达他们对您的问候和谢意啊，在抗战最艰苦的年代，您为边区、为八路军和新四军提供了最急需的药品和物资，这一切对我们的帮助太大了！

中年宋庆龄

那是我应该做的。

毛泽东　孙夫人，我想向孙中山先生鞠个躬。

中年宋庆龄

啊，中山先生的照片在这边，请跟我来。

毛泽东　（面对孙中山照片，郑重地）孙中山先生，润之给您鞠躬了！革命尚未成功，我辈仍须努力！

廖梦醒　（小声）夫人，您哭了？

中年宋庆龄

梦醒，刚才看着毛先生肃立在孙中山先生的照片前面，深深地鞠躬，我禁不住热泪盈眶。我知道，孙先生的革命事业有了真正的继承者……

（三）

时　间　1980年

地　点　北京，宋宅院内

人　物　宋庆龄、爱泼斯坦（艾培）

［鸽哨声从近到远。近处则是鸽子的咕咕叫声，逐渐急促。

旁　白　几天后，爱泼斯坦再次来到后海北沿46号，见到了那群鸽子的女主人。她正在鸽笼附近探寻着。

艾　培　亲爱的夫人……

宋庆龄　嘘——它生蛋了！你看，热乎乎的。（对鸽子）对不起哦鸽子妈妈，这颗蛋我要拿走了，一直照顾你们的李姐现在需要营养……

［鸽子的叫声，仿佛在答应。

艾　培　李姐还好吗？

宋庆龄　哦，我们都老了。

艾　培　（转移话题）每次鸽子下蛋，您都会让它们自己孵出来吗？

宋庆龄　不瞒你说，我从前也拿走过鸽子蛋，也是送别人吃的。应该是1975 年，周恩来先生病重，什么都吃不下，我想到鸽子蛋可以补养身体，就翻遍鸽笼，找到了几枚。邓颖超同志还专门写来短信道谢……

艾　培　显然，您的情感，会让您放弃了一些自己的原则……

宋庆龄　我相信我的鸽子会理解的。还记得吗，孙中山先生说过，鸽子是通人性的……周总理，他一辈子为国家做了太多的事情……

艾　培　我来扶您。

宋庆龄　谢谢艾培！你知道吗？前几天我居然梦到了你，猜一猜是什么时候？是香港沦陷、保盟准备撤离的时候。

艾　培　梦到我在做什么？

宋庆龄　梦到你牺牲了。真可怕。

艾　培　事实是，廖承志帮我一起制造了自己死亡的假新闻，用来躲避日本政府的通缉，看到《纽约时报》上登出那个假消息之后，您才放心离开的。

宋庆龄　事实是这样的。可到了我的梦里……我伤心得哭醒了……

艾　培　那只是一个梦，亲爱的夫人。您瞧，我已经好好地活成了一个小老头。

宋庆龄　（开心地笑了）是的艾培，你也成了个小老头了。

艾　培　从离开香港到新中国成立，我都不在您的身边。

宋庆龄　是的。你说今天要来，我找出了这封信，这是 1946 年年底，周恩来先生从重庆返回延安之后，给我写来的。

周恩来的声音

尊敬的夫人，延安的朋友们都惦念着您，感谢您为解放区人民所做的工作。（声场不同）

宋庆龄　周恩来先生建议我继续调动国内外力量，建立反对蒋介石独裁的统一战线，开展救济工作。

周恩来的声音

我们相信，您的努力绝不会是徒然的。不仅解放区，全中国人民都会感到骄傲，因为有您这样一个永远为人民服务的领导者。请接受我及颖超的敬意及关切。

艾　培　后来我在美国都听说内战开始了，上海发生抢米潮，米价上涨了6倍。

宋庆龄　所有价钱天天上涨，那真是超级通货膨胀！开始的时候，黑市上一美元可以换750万法币，一只鸡要300万……

艾　培　所以，保卫中国同盟就发展为中国福利基金会，您把主要精力转向上海的那些贫民窟里的人们，尤其是孩子们，为街头流浪的儿童、为那些无力上学的孩子提供识字教育和有意义的文娱活动。

宋庆龄　（愉快地）对的！孩子们可以在我们福利站识字，还可以吃到我们提供的有营养的食物……

旁　白　那个时候，中国福利基金会在上海创立了儿童阅览室，在此基础上成立了第一儿童福利站。福利站是用二战美军的剩余物资做成的铁皮房，夏天十分闷热，但在当时，已是上海穷孩子们的天堂。

（四）闪回

时　间　1947年，盛夏的夜晚。

地　点　上海第一儿童福利站内。

人　物　中年宋庆龄（54岁）、马站长（31岁）、上海众儿童

中年宋庆龄

……尚望诸君，乘此时机，坚持不懈。

众儿童　（齐声）尚望诸君，乘此时机，坚持不懈。

中年宋庆龄

不懈的“懈”，（粉笔、黑板摩擦声）谁能告诉我这个字怎么写？

小　旺　（男童声）左边是心字旁，右边是说文解字的解！

中年宋庆龄

嗯！别看小旺年纪小，可是一点也不差！我们继续——坚持不懈。再接再厉，唤醒国魂。

众儿童　（齐声）坚持不懈。再接再厉，唤醒国魂。

中年宋庆龄

魂，谁能给我们组一个词？

毛　毛　（男童声）灵魂。

中年宋庆龄

请你上来写一下这个词。

毛　毛　（羞怯地）呃……

小　旺　去呀！

中年宋庆龄

不要怕，毛毛，马站长说过你是进步很快的。

毛　毛　那……我试试！

［粉笔声。

中年宋庆龄

他写对了吗？

小　旺　（激动地）对了！

中年宋庆龄

很好！我们继续——唤醒国魂。民族存亡，在此一举。

众儿童　（齐声）唤醒国魂。民族存亡，在此一举。

小　旺　孙夫人，这一段可真有劲！这是什么文章？

中年宋庆龄

这是中山先生给五四运动爱国学生的信。要记住，有一天你们也会长成顶天立地的青年。

［推门声。

马站长　孙夫人！您辛苦了！

中年宋庆龄

马站长。

马站长　孩子们，孙夫人百忙之中来教你们识字，大家要说什么呀？

众儿童　（齐声）谢谢孙夫人！

中年宋庆龄

你们能来这个闷热的铁皮屋里学习，我很开心！休息一会儿吧。

众儿童　（齐声）谢谢孙夫人！

[孩子们收拾、桌椅搬动声。

中年宋庆龄

马站长，你也辛苦啦。

马站长　不辛苦！这个班的孩子，最小的四五岁，最大的十七八岁，有卖报的，有擦皮鞋的，他们不管生活压力有多大，都愿意来，一个福利站显然已经不能满足要求了。

中年宋庆龄

你说得很对！我马上想办法再开办第二个、第三个……

马站长　孙夫人，又要让您费心了。这里的每一分钱，都是您为孩子们辛辛苦苦地募来的……

中年宋庆龄

这是我应该做的。

[拉椅子声。

马站长　孙夫人请坐。再就是，老师不够……

中年宋庆龄

不怕。我们可以让孩子自己做先生，小先生……

[当年的《小先生歌》响起。

童声合唱　小呀小先生，老师教我我再教别人。

老师教你你教我，我们一同再去教别人。

还有小小小小小小小小小先生，

大家都识字，识得字来把冤伸

大家都懂事，看谁还敢欺侮人！

我们要做小先生，小先生，小先生！

小小先生，小小小小小小小小小先生！

旁　白　福利站的“小先生”们在家里，在弄堂里，在自己的理发摊擦鞋摊……把知识教给有心学习的人，甚至教给自己的父母。这也是宋庆龄“自助救国”理想的实现。

[《小先生》歌结束。

旁　白　1947 年 3 月，宋庆龄又建议创办了儿童剧团，就像她 20 年代曾在苏联看过并留下深刻印象的儿童剧团那样。她找到戏剧家黄佐临，黄佐临向她推荐了国立戏专毕业的任德耀和张石流，他们招募了一群穷孩子，从此，中国第一个儿童剧团成立了，他们组织穷苦的孩子免费为穷苦的孩子和上海市民表演。

（五）闪回

时　间　1948 年。春天的夜晚。

地　点　上海，儿童剧团。

人　物　中年宋庆龄、任德耀、廖梦醒、孩子们。

[观众们的掌声，仿佛正在谢幕。

有人喊　拉大幕！拉大幕！

旁　白　儿童剧的演出刚刚结束，宋庆龄就走上了舞台。

中年宋庆龄

孩子们，给你们自己鼓鼓掌！

[孩子们的掌声。

中年宋庆龄

你们的演出非常成功！越演越好！你们谁知道，这部作品是从哪里来的？

孩子甲　张先生、任先生写的！

孩子乙　张先生、任先生是用苏联作家班台莱耶夫的小说改的。小说的题目也叫《表》。

中年宋庆龄

回答得非常好！那这部小说是谁翻译的呢？

孩子乙　鲁迅先生！

中年宋庆龄

对的！所以，我们的演出，不仅丰富了小朋友的生活，也是对国民党独裁政府的一次挑战。

［孩子们的笑声。

中年宋庆龄

我看到许多穷孩子在台下流泪。你们的作品打动了他们。你们也很开心，对吗？

［孩子们的掌声更为热烈。

孩子们　（童声）对！（七嘴八舌地）小伙伴现在都开始羡慕我了！我爸爸也开始支持我演戏了！爸爸妈妈本来不同意，但一知道是孙夫人的剧团，就让我来！知道今天孙夫人会来，我们全家都一块来看了！……

中年宋庆龄

太好了！

任德耀　孙夫人，我们的演出从一开始无人问津，到现在简直是站无虚席！那么多有影响的人都走进剧场看我们的儿童剧。

中年宋庆龄

谢谢你，任德耀先生！还有张石流先生，你带着孩子演出，已经产生了两种作用，一边给贫苦的孩子精神食粮，一边也为帮助更多孩子募集了资金。对了，我把票价改了，孩子优先，成年人则要多出些钱。

任德耀　看到了，完全赞成！

中年宋庆龄

明天还要接着演，我看看这个小朋友的小脖子洗干净没有。

男　孩　洗干净了，搓得皮都快掉了。

［孩子们笑。

女　孩　孙夫人，我们什么时候可以跟梦醒阿姨学扭秧歌？

中年宋庆龄

哈！梦醒阿姨扭秧歌扭得可好了。不过你们可得悄悄地学，这个音乐和动作，今天的政府不喜欢。

孩子们七嘴八舌

可我们想学……我们悄悄学……我们关起门来学……

中年宋庆龄

好！好！现在，你们演戏教育人，未来，你们的秧歌会鼓舞所有的人。

［秧歌的音乐、鼓点弱进，仿佛是在悄悄地练习。

旁　白　就这样，儿童剧团开始关起门来排练。用任德耀的话说，“宋庆龄领导的中国福利基金会，就像是上海市内的‘小解放区’”……

［秧歌的音乐、鼓点骤然响起。

旁　白　1949 年 5 月，上海解放了。宋庆龄对孩子们的承诺终于实现了！

中年宋庆龄

孩子们！去吧！把秧歌跳给所有的上海人，跳到上海的大街上去吧！

［孩子们的欢呼声。

［秧歌的乐舞汇入庆祝解放的欢乐声浪中。

（六）闪回

时　间　1949 年 6 月

地　点　宋宅上海寓所

人　物　宋庆龄、廖梦醒

旁　白　1949 年春夏之交，在廖梦醒陪同下，邓颖超来到上海，将两封重要信函当面交给宋庆龄。一封是周恩来的亲笔信，邀请她到北平：（可以用周恩来的声音）“现全国胜利在即，新中国建设有待于先生指教者正多……谨陈渴望先生北上之情。敬希早日命驾，实为至幸……”（旁白）还有一封，则是毛泽东亲笔信：（可以用毛泽东的声音）“庆龄先生：重庆违教，忽近四年。仰望之诚，与日俱积。兹者全国革命胜利在即，建设大计，亟待商筹，特派邓颖超同志趋前致候，专诚欢迎先生北上……”夜晚，送走了邓颖超，廖梦醒像从前一样回到了宋庆龄身边。

廖梦醒　叔婆，周副主席、毛主席真的都非常恳切地盼您北上！

宋庆龄　我很感动。

廖梦醒　您看看这是周副主席写的第一封信，谨陈渴望先生北上……的“谨”字，是不是像从“略”改过来的……邓大姐告诉我，这是毛主席在周副主席的手稿上改过的！

宋庆龄　他们对待这件事真的太认真、太诚恳了。

廖梦醒　那您还在犹豫什么？新中国的建设需要您。

宋庆龄　周夫人也是这么劝我的。只是，你应该知道，北平是我的伤心之地。我总共去过两次北平，第一次是陪中山先生一起，几个月后，他病重去世；第二次是回到碧云寺更换先生棺木，护送先生到南京中山陵安葬……

廖梦醒　我理解，叔婆。当年，孙先生是带着遗憾走的，而现在，您和先生的理想就要实现了！为什么不亲自去看一看呢？

宋庆龄　你说得对……我再想一想……

旁　白　一天又一天，彻夜难眠时宋庆龄会独自走出寓所，解放了的上海到处欣欣向荣，进城的解放军夜夜睡在马路边屋檐下，严格执行三大纪律八项注意，这不仅感动了上海市民，也感动着宋庆龄。随处可见的改天换地的景象，终于令她禁不住要奋笔疾书，她要向即将二十八岁的年轻的革命政党致意。

[宋庆龄奋笔疾书的沙沙声。

宋庆龄　这是中国人民生活中的一个最伟大的时期。我们的完全胜利已在眼前。向人民的胜利致敬！

这是我们祖国建设和前进的动力，我们的旗帜是“生产”，更多的生产。向人民的力量致敬！

这是我们祖国的新光明。自由诞生了。它的光辉照耀到反动势力所笼罩的每一个黑暗角落。向人民的自由致敬！

这是胜利的高潮，荡漾到每一个口岸。各国的人民运动风起云涌，把我们的力量和他们的合在一起，加强这勇敢的战斗。向全世界民主斗争中的同志致敬！

这一次胜利的战士们的力量增强了。他们的英勇，无匹；他们的心，同老百姓的心连在一起。向中国人民解放军致敬！

欢迎我们的领导者——这诞生在上海、生长在江西的丛山里、在二万五千里长征的艰难困苦中百炼成钢、在农村的泥土里成熟的领导者。向中国共产党致敬！

廖梦醒的声音

叔婆，您写得太好啦！

旁　白　1949 年 8 月 28 日，宋庆龄在邓颖超陪同下抵达北平。毛泽东、朱德、周恩来、林伯渠、董必武、李济深、何香凝、沈钧儒、郭沫若、蔡畅等到车站迎接。9 月 21 日至 30 日，中国人民政治协商会议在北平隆重召开。宋庆龄当选中华人民共和国中央人民政府副主席。1949 年 10 月 1 日，宋庆龄在北京的天安门城楼上，出席了新中国成立的开国大典。

（七）

时　间　1949 与 1980 的交织。

地　点　北京，宋宅院内。

人　物　宋庆龄、爱泼斯坦（艾培）、李姐

［开国大典的历史声音资料。

毛泽东的声音

中华人民共和国中央人民政府成立了！

［开国大典原声。孩子们的欢呼雀跃声、鸽子“扑棱”振翅声尤其突出。

宋庆龄　当我站在天安门城楼上，看着红旗招展、和平鸽自由飞翔，真是心潮澎湃。半个世纪的奋斗，半个世纪的上下求索……孙中山先生的理想终于结出果实！我多希望先生能看见啊！

［开国大典原声渐渐退去，逐渐转为平和悠长的鸽哨声。

宋庆龄　艾培，每年国庆节，看到中山先生的画像被鲜花簇拥在天安门前，我都会觉得：他在笑，眼睛里都是欣慰。

［李姐的出现打断了二人对话。

李　姐　夫人，您看看这些樱桃多漂亮！

宋庆龄　真的！又大又新鲜！你买的？

李　姐　我跑不动了，是年轻同志去买的。

宋庆龄　你不跑就对了。

李　姐　还有许多别的水果，一会儿孩子们会来呀。

宋庆龄　谢谢李姐，你快去休息。真的！

李　姐　没事儿的夫人。

宋庆龄　艾培，马上你就能看到我的小朋友们了。

艾　培　一提到孩子，您就笑得像个孩子。

宋庆龄　是的，我爱孩子。

艾　培　当年您在上海的福利站的铁皮活动房屋，后来发展成为中国第一个“少年宫”，儿童剧团也成了儿童艺术剧院，还建了中国第一座儿童艺术剧场！

宋庆龄　这都是我最满意的事。妇女、儿童，值得我付出一生去关爱！

艾　培　您做了一个人所能做的一切！新中国第一家妇幼保健院就是用您的“国际和平奖”的奖金建造的。授奖大会上，我和埃尔西都是见证者！

宋庆龄　是的，幸亏你和埃尔西坐在下面。你知道我一生都不太适应“公众人物”的生活。一旦在很大的官方场合讲话，我就会很紧张的，当时我坐在台上，突然看到左边那几排，你和埃尔西容光焕发的微笑，我心里一下就安定下来……

旁　白　1951 年 4 月，“加强国际和平”斯大林国际奖金委员会授予宋庆龄这项殊荣。9 月，授奖仪式在北京举行。苏联作家爱伦堡和智利诗人聂鲁达将金质奖章和奖金授予宋庆龄。主持会议的是郭沫若。

（八）闪回

时　间　1951 年

地　点　颁奖大会现场。

人　物　宋庆龄、郭沫若

［颁奖现场的掌声。

郭沫若　下面，有请宋庆龄先生发表获奖答辞。

［掌声。

宋庆龄　主席，和平战友们，在保卫世界和平的关键中，我只是努力尽着我个人对人类所应尽的责任。……我将永远记得今天这个晚上，因为这个光荣是属于中国人民的。我是以中国人民的一个代表来接受这个奖金的……

［热烈的掌声。

郭沫若　我刚刚得到了宋庆龄先生的一个决定，我必须在这里向大家宣布：她要将十万卢布的奖金全部捐赠中国福利会作妇儿福利事业之用。宋先生，您太了不起了……

［更加热烈的掌声。

（九）

时　间　1980 年，秋天。

地　点　宋宅院内。

人　物　宋庆龄、爱泼斯坦（艾培）、李姐

艾　培　1951 年的十万卢布，足够养活一个三口之家 140 年……

宋庆龄　我不需要。正好可以用来建立妇幼保健院，太多妇女和孩子需要它。

旁　白　1952年9月，中国福利会在上海长寿路170号创办了国际和平妇幼保健院。1956年10月迁至徐家汇。它以“国际和平”冠名，是为了继承和发扬宋庆龄领导的保卫中国同盟、中国福利基金会、中国福利会在革命战争年代援建的国际和平医院的崇高精神。

艾　培　您的“国际和平妇幼保健院”建院这二三十年中，已经有几万个小生命，从那里来到世界上，得到了最好的照顾……

宋庆龄　这就是我想要的：把最宝贵的东西给予儿童。还有我的掌上明珠儿童剧团，前阵子他们刚到北京演出过……

［李姐出现。

李　姐　夫人，孩子们来了。

宋庆龄　快请他们进来！

李　姐　（答应地）哎。

艾　培　还是北海幼儿园的小朋友？

宋庆龄　对的，他们是我在北京见面最多的客人。

［小朋友的欢笑、喧闹声渐近。连鸽子也发出了兴奋的咕咕声、振翅声。

孩子们　（先后地）宋奶奶好！

宋庆龄　（愉快地）你们好！孩子们，这一位，就是我告诉你们的——长着洋面孔的中国人，艾培爷爷！

孩子们　艾培爷爷好！

艾　培　你们好！

宋庆龄　好了，你们去玩吧！

［孩子们的欢笑声分散到院子的各个角落。

宋庆龄　艾培，我至今都记得我为《儿童时代》创刊号写的发刊词——过去，在半封建半殖民地的社会里，许多小朋友在悲惨的黑暗的环境中流浪与挣扎。现在，太阳光已照耀到每个人身上，使小朋友们自由地、活泼地创造新的时代。《儿童时代》的刊行，便是在给儿童指示正确的道路，启发他们的思想，使他们走向光明灿烂的境地。

艾　培　您几乎每年都会通过《儿童时代》对孩子们、对教育工作者们说出您的希望和爱。还记得您今年为《儿童时代》写的寄语吗？

宋庆龄　记得。可爱的孩子们，每当我想到你们，眼前就浮现出那些充满生机的小树苗。你们像小树苗一样，柔软的枝条，嫩绿的叶子，在肥沃的土地上扎根，在和煦的阳光下成长。你们睁着惊奇的眼睛观察着：这个世界多么新鲜，多么有趣，多么灿烂……

［孩子的声音传来。

小　明　轮到我荡秋千了！

小　智　我还没玩够呢！

宋庆龄　小智，小明先把秋千让给你的，现在是不是该让他玩一会儿呀？

小　明　宋奶奶说过，要学会“分享”！

小　智　那好吧！

文　文　宋奶奶，玉米粒没了！

琳　琳　鸽子都饿了！

宋庆龄　文文，琳琳，要……自己动手！

琳　琳　嗯！我找玉米，把玉米粒剥下来。

文　文　我去接水！宋奶奶说过，要泡软了再喂！

宋庆龄　你们真棒！

艾　培　他们把您这儿当成了乐园！

宋庆龄　是啊，他们在这里喂鸽子，做手工，学会友爱、学会劳动。还要学会快乐！

艾　培　您真是全中国孩子的最慈爱的祖母！

宋庆龄　我很喜欢我的这个角色。人的一生如同四季，那孩子们……哈，艾培，我知道我该写什么了！

［两个女孩子的欢笑声渐近。

琳　琳　宋奶奶，艾培爷爷，玉米粒和蚕豆泡好了！

文　文　和我们去喂鸽子吧！

宋庆龄、艾培

（同声）好！

［孩子们和宋庆龄、艾培的欢声笑语久久地回荡着……

旁　白　这是宋庆龄为《儿童时代》写的最后一篇文章。1981 年 5 月 29 日，“举世闻名的爱国主义、民主主义、国际主义和共产主义的伟大战士”宋庆龄先生在北京逝世，享年 88 岁。她生命的最后时光，实现了自己的夙愿——加入中国共产党，并被授予中华人民共和国名誉主席荣誉称号。邓小平同志在悼词中称她为“中华人民共和国缔造者之一”。她逝世一周年时，在邓小平等同志倡导下成立了“纪念国家名誉主席宋庆龄儿童科学公园基金会”，也就是现在的宋庆龄基金会，以继承宋庆龄先生未竟的事业。邓小平同志亲自担任名誉主席，这是他终生没有辞去的职务。

［辽远的鸽哨声再度响起。

旁　白　2023 年 1 月 27 日，是宋庆龄先生诞辰 130 周年，每当鸽哨在后海北沿 46 号上空响起，我们仿佛就会看到，一位美丽、坚毅的女性正微笑着，凝望着她心爱的和平鸽，和她深爱的这片土地上的人们……

全剧终

冯俐剧作选 下

谭需生题

冯俐◎著

作家出版社

目　录

成长戏剧

山羊不吃天堂草

（根据曹文轩同名长篇小说改编）

编剧　冯　俐

首演时间：2017 年 7 月 7 日
首演地点：北京中国儿童剧场
演出单位：中国儿童艺术剧院
导演：查明哲
执行导演：毛尔南
舞美设计：申奥
灯光设计：邢辛
作曲：邹野　赵一丁
领衔主演：毛尔南
主要演员：刘晓明　唐妍　胡敬波　徐元博　李屹
邓晓光　王俪桦　王瑶　何秀娥 等

发表：《新剧本》2017 年第五期
获奖：第二十三届“中国戏剧奖·曹禺剧本奖”
全国现实题材优秀舞台艺术展演作品
第七届中国儿童戏剧节开幕大戏、优秀剧目

少年明子，你正站在人生和时代的门槛前！

——剧本题记

时　　间： 20 世纪 90 年代。

地　　点： 某北方城市、某南方乡村。

人　　物： 明　子——男，15—17 岁。进城务工小木匠。

明子随身总挎着只旧书包，书包带子上系着一只小铃铛。

三和尚——男，40 多岁。进城务工木匠，明子的师傅，是个秃子。

黑　罐——男，16—18 岁。进城务工小木匠，明子的师兄，比明子高大。

紫　薇——女，15—17 岁。城市女孩，一度坐在轮椅上。

巴拉子——男，40 多岁。进城务工木匠。

明子爹——男，40—50 岁。被贫困压弯腰，却依然善良、本分的农民。

黑点儿——山羊群中“头羊”（也是头羊的精灵）。由男演员扮演。

小木匠——男，14—16 岁。进城务工小木匠，看上去比实际年龄小些。

豆芽姐——女，30 多岁。进城务工人员，以制卖豆制品为生。

警　察——男，城市警察。

徐　达——男，15—17 岁。城市男孩，在国外留学。

中年妇女——普通善良的城市居民。“受骗”业主之一。

好心大哥——普通善良的城市居民。

山羊（同时也是山羊精灵）们——由演员扮演，男女可参差。

“受骗”业主四人——普通城市居民。

木匠们——均为男性，年龄参差。

城市居民们——包括雇主、小女孩、建筑工地管理员等。

1

［小岛上。一片绿色的草地，空阔而有些寂寥的音乐。（明子的回忆）

［由远而近，传来一片羊的叫声。

［明子和羊群出现，望着满眼绿草，一起狂喜着。

明　子　（兴奋地喊着）全都是草！这小岛上真的全都是草！这儿就是你们的天堂！这都是你们的天堂草！

［羊群在草地上奔跑着。明子在羊群中跳着、叫着。

明　子　吃吧！吃吧！敞开肚皮吃吧！（对头羊）黑点儿，再不用挨饿了！天堂草又鲜又嫩，全都是你们的！（兴奋地冲来的河岸方向喊着）爹——

［明子发现草地里的羊群并没有吃草，只是原地站着、叫着。

明　子　怎么不吃呀，黑点儿？饿过劲儿了？还是晕船？要不是隔着一天一夜的水路，这儿的草肯定早被吃光了。别人家的那些羊真可怜，都贱卖给屠宰场了。爹，咱家羊有救了！

［明子挨个儿安抚着不安的羊儿。

明　子　小绵团儿，瞧你饿的，都见棱见角了。还有你，小毛旋儿，头上的毛都饿趴下了……现在好了，这满岛的天堂草都是你们的！等到了秋天，你们就是一群圆滚滚的大肥羊了。爹。咱家有救啦！（充满希望地唱起来）“正月里正月正，家家门前挂红灯……”

［看到羊仍然站在原地咩咩地叫着，感到奇怪。

明　子　怎么还是不吃啊？不习惯这个味儿？黑点儿，你带头！往草丛里走走，走！（驱赶着羊群）走啊——

［突然，画外传来愤怒、粗暴的声音：“走？走哪儿去？”“跑不了！”

［一束强光猛地打在明子身上——小岛、山羊瞬间消失。

［派出所的一间屋里。当下。

［众人的声音指认着："就是这小骗子！""你还想卷钱跑！""胆大包天！"……

［明子在这气势汹汹的声音里瑟缩着。

［屋外，派出所院子。三和尚一脸慌张地跟在警察身后。

三和尚　警察同志，警察同志，被你们带来的孩子，他犯什么事儿了？

警　察　（回头盯着他）你是他师傅，你会不知道？

［三和尚摇头。

警　察　有人指控他诈骗。

三和尚　诈骗?！明子诈骗？

警　察　他收了五位业主一千块钱定金……

三和尚　一千块！啥时候？

警　察　前天，他在木工市场等到了一份封阳台的活儿……

三和尚　不可能！明子一礼拜都没等着活儿……

警　察　接活儿、收钱的事实，他自己都点头承认了。

［三和尚傻了。

警　察　照说，昨天就该进场干活的，结果，几家业主从昨天等到今天，一直没见到人，就来报了警。我们跟着去木工市场了解情况，没想到，遇上了他本人。

三和尚　（一项一项确认着）他前天拿到定金？昨天没去干活？今天还在木工市场？为什么？

警　察　我也想知道为什么。现在，业主们认定他是想卷钱逃走。你怎么看？

三和尚　……他自己怎么说？

警　察　这孩子，到现在不是点头就是摇头，一个字儿都不说……

巴拉子　（突然出现）说啥？天下人没有不爱钱的！只可惜这小子不够胆！

三和尚　（意外此人的出现）巴拉子？这事儿跟你有什么关系?！

巴拉子　没关系！就是这小王八羔子丢了咱们大家伙的脸，我就想来看看，这小子到底是个什么人！

［屋里，一直孤零零蜷在墙角的明子抬起头来。

明　子　（心声、画外音）我还是人吗？刚才他们盯着我、指着我……我全身一下冰凉、一下滚烫……就像，在那长满天堂草的小岛上，黑点儿和羊群盯着我……

［一片羊的叫声。

［小岛上。（明子的回忆）

［所有的羊一声一声哀叫着，望着明子，或站或卧，虚弱不堪。

［明子抓草放进嘴里嚼着，不解而绝望。

明　子　这草不难吃啊！爹，这么好的草它们为什么不吃啊？

［明子爹垂头蹲在地上，沉默得像座山。

明　子　（焦虑地质问羊群）你们不是饿吗？饿这么多天！现在有草了，为什么不吃？（挨个儿央求着）吃草！吃草！不能守着草饿死啊！快起来！都起来！你们要都饿死了，咱家欠的债可怎么还呀！

［明子按着头羊黑点儿的脖子，黑点儿哀伤地叫着，倔强地不肯低下头。

明　子　黑点儿！快带头吃草！你们不能死！我不让你们死！吃草！吃草啊！

［明子绝望地喊着、抽打着，但没有一只羊肯低下头来吃草。

明　子　吃啊！吃啊！吃草啊！

明子爹　（沉沉出声）明子，别再难为它们了——我看出来了，它们就是饿死，也不会吃这些草的……

［随着明子爹的话，聚集在黑点儿身边的羊群，陆续缓缓倒下，如同一尊尊倒下的群雕。

明　子　（惊跳）小绵团儿！毛旋儿！你们怎么……爹，它们全都？

［明子爹默默点头，示意羊儿都死了。

［明子望向仍倔强站立着的黑点儿，跌跌撞撞地想要过去抚摸它。只是，当明子的手刚刚碰到黑点儿，黑点儿也直直地倒了下去。

明　子　黑……（悲恸地）黑点儿——为什么？你们为什么宁可饿死，也不肯吃这天堂草啊……为什么……（哭倒在地）

［明子爹缓缓起身，拿起身边小小的行李和一件自己的旧外套，佝

偻着走到明子身边，把外套披在明子身上。

明　子　爹……

［明子握着从黑点儿脖子上解下的铃铛，茫然地接过爹递过来的行囊。

明子爹　儿啊，自己成人去吧。

明　子　爹……

［明子向爹磕头，挥舞着铃铛与父亲作别。

［明子手里的铃铛声，化作城市里成片的自行车铃声。

2

［城市街头。（明子的回忆）

［背着行李的明子怯怯的，对眼前的一切充满好奇。（进城头一天）

［三和尚大声招呼着俩徒弟。

三和尚　黑罐！明子！

明　子　师傅——

三和尚　快上来！（三个人站在安全岛上，开始教导）进城了，要懂规矩。红灯，停！绿灯，行！黄灯……（突然有点说不清了）都行！

［明子、黑罐答应着。

三和尚　瞧瞧这车、这人，这就叫千军万马！（对明子）傻小子，没见过这么高的楼吧？

黑　罐　明子，跟到了天堂一样吧？

明　子　（小声）师傅，这么多人，咱能挣到钱吗？

三和尚　人多钱才多！城里人手指缝里漏下的，就够咱活命了！

黑　罐　师傅，灯黄了！

三和尚　都行！

［三人闯了灯，在马路中央的车水马龙中躲闪腾挪、狼狈不堪。

［呼啸而过的车上丢下一句怒斥："找死啊？懂不懂规矩?！乡下人！"

黑　罐　（指变绿的指示灯）绿了……师傅……

明　子　师傅……

三和尚　（掩饰着尴尬，大声唱起）日子长，日子短，要蹚河，要翻山……

［木工市场。木匠们从四方会集，来到木工市场等活。

木匠们　（唱）日子长，日子短。

要蹚河，要翻山。

顶呀顶着风，躲呀躲着闪。

唉，你说难不难？

日子长，日子短。

三伏热，三九寒。

家呀家要养，钱呀钱要赚。

嗨！管他难不难！

木匠们　（分别吆喝）改水、改电、堵漏、防水、门窗、阳台、打孔、新款家具、家具新款。

巴拉子　手艺高强——

木匠们　（集体）来自南方！样式齐全，价格合理。包工包料，包你满意。

［木匠们各自大声揽活。但，行人匆匆，却无人停留。木匠们失望而落寞。

［师徒三个人以统一的样子背着工具包出现，走路成列。

三和尚　（边走边教导着）工具包要背好，干干净净的。里面的工具要收拾好，利利索索的。人有精神，手艺才有精神……

［看到三和尚，木匠们纷纷招呼——“三师傅回来啦！”

［三和尚应着，看到巴拉子，掏烟。

三和尚　巴师傅——

巴拉子　行啊三和尚，还招兵买马了！

三和尚　（整包烟交给明子）明子，叫巴师傅，回头来这儿等活，有巴师傅照顾着你……

巴拉子　（接烟，却不接话）谁照顾谁呀？这年头，人多活少钱难挣，我自己的徒弟都饿跑了……

三和尚　（给木匠们一根根发烟）我这小徒弟叫明子，苦孩子，以后还请师傅们多照顾着……

［一城里人出现："有封阳台的吗？"

［所有人，包括三和尚，闻声马上挤了过去，争先恐后。

［木匠中有个小男孩，着急却凑不到客户身边，还被挤得摔倒。明子扶起小木匠。

［城里人被木匠们"热情招呼"得招架不住，三和尚上前"解围"。

三和尚　（拉着城里人）我现在就跟你去家量尺寸，量好咱再谈价……

城里人　（拿开他的手）我房子还没分下来呢，去哪儿量尺寸？

［木匠们泄气地说："嘁，这人！""耍人玩！""瞎耽误工夫！"

城里人　（不悦）嫌耽误工夫回农村待着去！出来讨口饭吃，还摆什么架子？

三和尚　（扒拉开凑过来的小木匠，赔着笑拉走城里人）这封阳台的活儿呀，咱那边说去……

［木匠们边散开边互相抱怨着："你刚推我干啥？""谁推你了！""还说别人呢，你刚才不也推着我吗！"……

巴拉子　（高声）行啦，进城讨生活，都不容易……

［众木匠噤声。

［羊的叫声，在此时明子心头出现——

［（明子的幻觉中）黑点儿带着的几只羊出现，与另外几只羊对峙着。

［（明子的幻觉中）明子爹走过来，默不作声地牵着黑点儿离开。

［明子望着从心头走过的父亲——

明　子　（白）我们进城，是来讨饭吗？城里人好像不喜欢我们。木匠们也谁都不喜欢谁。羊多，草就不够吃。人多，钱就不好挣。讨生活，真不容易……

［黑罐的声音将他"唤入"下场雇主家。

黑　罐　明子！搭把手！

3

［明子回忆中的进行时。

［雇主家。三和尚带着徒弟们进场干活。黑罐和明子扛着木板放好。

三和尚　（郁闷，边干活边唱着）日子长，日子短。要蹚河，要翻山……哎哟！

［三和尚不小心砸到自己的手，更加生气。明子上前劝慰着。

明　子　师傅，别生气了，像这样的人家，不会总让咱们赶上……

三和尚　（气哼哼地）上一家不是人！这一家也不善！

［雇主的声音传来："师傅——喝茶喽——"

［三和尚马上拿起烟，一边递给俩孩子，一边自己叼上。

三和尚　（小声）叼上！不许说话！

［雇主拿着一壶茶走进来。

雇　主　师傅们，喝茶。你们给我做家具，辛苦了，我伺候着你们，也扒一层皮。今天，就不用再买啥了吧？师傅们？怎么不说话？

三和尚　（取下烟）怕一说话就灭火。这烟，放了有三年了吧？都发霉了。

［黑罐咳嗽。

雇　主　发霉，不可能吧？咳！那个卖烟的真不是个东西！怎么发霉的烟还卖！我这就找他去……

三和尚　行了！都不是傻子。（递去一张小纸条）今天要买的，三合板、钉子、乳胶……尺寸数量都写着呢。

雇　主　还买三合板？怎么用这么多呀？

三和尚　看这话问的，那么大的板子，我们还能揣怀里带走？

雇　主　谁说你揣着走了？总可以省着点吧！谁挣点儿钱都不容易，谁的钱也不是大风刮来的……

［三和尚不接话，雇主无趣，欲走，看明子、黑罐都叼着烟，又停

了下来。

雇　主　年轻人，少抽点烟，吸烟得癌。

三和尚　（冲雇主背影）呸——（咂摸着嘴里的茶）这茶怎么一点茶味儿都没有？

明　子　（看茶壶）茶叶放得不少啊？

黑　罐　师傅，我刚才看见，她家窗台上晒着喝过的茶叶……

三和尚　（恨恨地）太不拿人当人了！给咱吃了整整一个月的白菜豆腐不说……

黑　罐　也吃过肉，开工那天……

三和尚　那是撮堆贱卖的一堆烂肉，泛臭味还嚼不动！（迁怒黑罐）你呀，吃啥啥香！干啥啥不行！你要不锯错几根木料，上一家再不是人，也不敢一分工钱不给！

［黑罐一脸委屈，不敢吭声。

三和尚　不能总便宜这些王八蛋！人家巴拉子就不白受委屈……

明　子　师傅，巴拉子是咋干的？

三和尚　巴拉子……

［三和尚看着明子，莫名其妙地笑起来。

［三和尚提到的巴拉子出现（“三和尚讲故事”的外化）——应该是某一次三和尚与巴拉子的对话。

巴拉子　咋干？当然要见人下菜碟，遇到好人家，就好好做活，遇到亏人的不讲理的人，就得让他吃点亏！

三和尚　巴师傅，那你把几根木方子都锯掉一截，成了废料，人家就看不出来？

巴拉子　拿泥抹抹茬儿口，往废料堆里一扔，能看出什么？然后，竖料改横料。最后，料肯定不够用，再想不明白，也只能掏钱再买！你不是不讲理、会克扣吗？我让你吃更大的亏！

［三和尚笑着“回来”，冲着两个听他讲故事的孩子说——

三和尚　你俩换换。黑罐，放料。

黑　罐　师傅……我放不准，上次……

三和尚　放！

［俩孩子不懂为什么，但还是换了过来。

三和尚　我一直没想明白：那些缺德的人，是生来就缺德呢，还是遇上过一些缺德的人、缺德的事，最后才变缺德了呢？

［黑罐正要使锯，明子匆忙提醒——

明　子　黑罐！没在线上！

三和尚　（踢了明子一脚）瞎叫什么！锯你胳膊了？别怕，万一锯错，竖料可以改横料。

［明子一愣。

黑　罐　（领会。开心）明子，锯废的板子，咱也塞柜子夹层里。

［明子像是明白了什么。

［三个人的笑声、歌声中，家具做完了。

［望着漂亮的木匠活，明子和黑罐钦佩地连连向师傅竖大拇哥。

［正收拾东西的明子看到地上锯废的板子，叫住师傅。

明　子　师傅，这些锯废的板子……咱们也……

［明子恶作剧式地指了指做好的大衣柜。

三和尚　（乐了，大力赞同）聪明！

［黑罐抢上来，拿起板子。

黑　罐　明子，我去！

［望着黑罐走到柜子后面，三和尚“总结”着——

三和尚　对拿人不当人的，不用太客气。

［黑罐大力钉上了背板的声音传来，似乎也令明子体会出“生活法则”——

明　子　以不仁对不义，扯平了！

三和尚　（夸明子）有文化！像我！

（唱着收工）日子长，日子短。

要蹚河，要翻山……

4

明　子　（心声、画外音）那天，师傅高兴了，我也觉得解气。只是……我明白，爹要是知道了，一定会骂我的……

［派出所，（当下）明子独自蜷缩在屋里。

［派出所院内。五位业主控诉、争执着。警察四下劝解。三和尚焦急地跟着。巴拉子在一旁看热闹。

业主甲　这些人，跑到城里，啥坏事都干得出来！

警　察　大姐，话可不能这么说……

业主乙　都人赃俱获了！

中年妇女　（对业主们连连作揖）对不起、对不住哦，都是我惹的麻烦……

业主丙　咱们在等什么？难不成，明天还要再来一趟？

警　察　我们不是还在了解情况嘛……

业主丁　其实，把钱还我们就行了。

业主乙　那可不行！这一天一夜着急上火的，精神损失费算谁的？

业主丙　（琢磨着）这孩子，到现在一句话都不说……是不是脑子有毛病？

业主甲　装死装活！再不说话，直接送劳教！

业主乙　对！

［一旁的三和尚下意识地连连摆手，同时焦急地冲明子的方向喊着。

三和尚　明子，快说话吧！你到底是怎么想的？

业主甲　告他！

业主乙　罚款！

警　察　诸位先不要激动！不管是批评还是惩戒，我们的目的都是治病救人……

中年妇女　（同意警察）对对对，这些孩子进城打工，是该有人管管……

业主丁　（息事宁人）是啊，他还是个孩子……

业主甲　（反对）不行！不给他个教训，这次是骗，下次就该抢啦！

业主乙、业主丙

就是就是！

中年妇女　算了算了……

巴拉子　（在一旁）警察同志，这案子，不好判啊……

警　察　（冲明子方向）孩子，你要再不说话，性质可就严重了！

业主乙　这可是一千块，放农村，他们几年都挣不到！

业主甲　就是，穷疯了！穷凶极恶！

［明子当众沉默着。

明　子　（心声、画外音）穷，就一定恶吗？穷，也常常真的会逼出了恶。可是穷，并不就等于恶呀……但为什么，在城里人的眼里，我们要么可疑，要么像空气一样不存在？

［众人在各自的状态里叹息着，退场。

明　子　（心声、画外音）我原以为，就算在城里待一辈子，也交不到朋友，直到，我遇见了紫薇……

5

［明子回忆中的进行时。

［城市护城河边。去市场的明子快乐地奔跑着。

明　子　（白）每次去等活，我都喜欢沿着护城河走。这边特别像我们村东头的坡地，连周围的芦苇都像！芦花……真好看……

［不远处，传来女孩子伴着吉他的轻声歌唱："芦花开，花絮飞，轻轻淡淡无芳菲。无名无姓漫天舞，何人知晓我是谁……"

［明子循声四眺，忘了脚下，身影突然消失在一个深沟里。"哎呀！"

［抱着吉他的紫薇，紧摇轮椅，赶到沟边，关切地探着身子。

紫　薇　喂，喂，你没事儿吧？

明　子　（在沟里）怎么突然冒出一条沟？

紫　薇　应该是今天刚挖的，我昨天路过的时候，这儿还平平的呢。你没摔着吧？

明　子　（狼狈地爬上来，看到一个女孩正望着自己，尴尬地拍打着身上）还好。

紫　薇　（左右看着，发现沟很长。叹气）唉，看来我得绕路回去了……

明　子　（回头看自己过来的方向）你要……去那边儿？

紫　薇　（点头）我家在那边……

明　子　（看紫薇的轮椅，看看沟下面）你别急，我来搭个桥。（跳回沟里）你等等……

紫　薇　（好奇）搭桥？

明　子　（在沟里边忙边唠叨着）这好好的地面，就挖个大沟。这好好的板子，就扔掉了……

紫　薇　你在附近上学吗？

明　子　我是木匠。

［明子跳上跳下地一边说话，一边把两块写着字的板子从沟里举到地面上。

紫　薇　木匠……你多大了？

明　子　虚岁十七了。你这样……一个人出来的？

紫　薇　爸妈都上班了……我喜欢看这里的芦花……

明　子　（憨笑着）跟我一样！你刚才唱的那个芦花的歌真好听。

紫　薇　谢谢。

［明子按轮椅的宽度架好两块板子，歪着头看板子上的字。

明　子　“在起跑线上……”“不要让孩子输……”

紫　薇　（忍俊不禁地纠正）你念反了。

明　子　（重念）“不要让孩子输……在起跑线上。”啥意思？

紫　薇　意思是……人生好比赛场，一开始就不能落后，不然，一步跟不上，步步跟不上……

明　子　哦。好了，来吧！过桥喽！

［明子推紫薇过桥。

紫　薇　谢谢你。

明　子　不谢。我送你回去？

紫　薇　不用了……

明　子　我认路，我就住光明桥底下。

紫　薇　我们家也在光明桥旁边。

明　子　我送你回去吧！

［明子推起紫薇的轮椅。

紫　薇　你叫什么？

明　子　明子。光明桥的明。你叫什么？

紫　薇　我的名字……是你眼前能看到的一种花。

明　子　芦花？

紫　薇　（笑着摇头。指稍高处）那种花你认识吗？

明　子　紫色的？

［紫薇点头。

明　子　叫不出来。

紫　薇　紫薇。

明　子　紫薇？

紫　薇　哎！

［琴声叮咚，滋润着说话的声音。

明　子　（白）遇上紫薇，我的日子一下变得跟从前不一样了。那阵子，师傅遇上个豆芽姐，也变得跟从前不一样了……

［明子回忆中的进行时。

［夜市路口。

［三和尚替豆芽姐推着小吃车，一路吆喝着上来。豆芽姐和黑罐紧跟着。

三和尚　豆芽姐的豆制品夜市出摊儿喽——

黑　罐　出摊儿喽，出摊儿喽——

三和尚　（继续吆喝）豆腐脑、豆腐汁，热腾腾、香喷喷，物美价廉喽——

豆芽姐　三师傅，我自己来……

三和尚　（边张罗边收钱）黑罐，两碗，明子，两碗，我，三碗！

［明子应声“跑进来”交钱。

［三和尚把三个人的钱交给豆芽姐。

［豆芽姐为他们盛豆腐脑，充满感激。

豆芽姐　三师傅，瞧你们干了一天活，出大力流大汗的，天天晚上就在我这儿吃碗豆腐脑，顶得住吗？

三和尚　顶得住！味道好！营养高！一碗顶三碗！

豆芽姐　多谢你们天天来照顾……

三和尚　这叫什么话，还省得我们做晚饭了，就爱这一口！

豆芽姐　谢谢你们这么照顾着……

三和尚　应该！都是进城讨生活的，就该互相帮衬。

黑　罐　对，有道是鱼找鱼，虾找虾……

三和尚　（怕冒犯了豆芽姐，笑着拍打黑罐）闭嘴你这小王八蛋……

明　子　要我说呀，咱们跟豆芽姐，就像村里流浪的大黄狗，跟二妮家捡来的小花狗，见了面，就互相摇尾巴……

三和尚　你这孩子怎么说话……

豆芽姐　明子的意思是说，动物也跟人一样，都愿意有个伴儿……

三和尚　对对对……

明　子　这就叫同命相怜。

豆芽姐　明子真聪明！

三和尚　聪明！有文化！像我——大家都这么说……

［三和尚和豆芽姐有说有笑着。

明　子　（白）自打师傅喜欢得像命一样的媳妇离开之后，豆芽姐让他脸上又有了笑容。就像我遇见了紫薇……她两年前得了场大病，突然就走不了路了。她爸妈专门为她换了一楼的房子，却没有时间陪她。每回，只要我在窗外摇摇铃铛（摇铃铛），她就会笑着出来。

［紫薇家门口，坐在轮椅上的紫薇抱着吉他，迎着明子的铃铛声，笑着出现。

明　子　（心声、画外音）我会推着紫薇去看芦花，还会跟她讲我家的羊，跟她讲黑点儿。我从来没对任何人讲过黑点儿，怕别人笑话。而紫薇，却会为黑点儿和那些羊落泪……

［河边，芦花连天。

［恬静的吉他声，温暖萌动的音乐轻轻伴和着。

紫　薇　我从来都不知道，还有羊不吃的草……你跟你爹真善良，带着它们走了那么远的水路，去找有草的地方。

明　子　就是想救活它们……

紫　薇　可惜它们还是……你真的打了黑点儿？

明　子　（点头）黑点儿是它们的头儿，所有羊都听它的……

［随着明子的讲述，明子记忆中的羊群出现，在明子和紫薇身旁历历在目。

明　子　从前，都是黑点儿先去找草，等所有的羊都有草吃了，黑点儿才吃。后来，方圆几十里的草都被吃光了，别人家的羊都去啃菜地、吃庄稼，只有我家羊不去，因为黑点儿会用犄角拦着……

紫　薇　在小岛上，也是黑点儿用犄角拦住了羊群吗？

明　子　不……所有的羊，都不肯吃草。最后，所有的羊，都慢慢地聚到了黑点儿的身边。

［明子的这一段叙述，曾经在岛上发生的情景，在他们身边外化重演着。

明　子　所有的羊，就那么眼睁睁地看着我……太阳落山了，所有的羊，都那么瘦，看上去却是金色的，犄角倔强、透明。然后，所有的羊，一只接着一只地静静地倒下。只有黑点儿，一直仰着头站着，我想去摸它……发现它已经……站着死了……

紫　薇　为什么？为什么它们宁可饿死，也不肯吃那些草？

明　子　……没有人知道答案。

紫　薇　我一定要帮你找到这个答案！（唏嘘地）你们家的羊，都像童话里的一样，有灵性……黑点儿，就像个英雄！

明　子　（白）紫薇的话让我落泪了，因为从来没有人这样说过。我突然希望……我就是黑点儿……

［紫薇轻声弹唱着——

紫　薇　（唱）芦花开，花絮飞
轻轻淡淡无芳菲
无名无姓漫天舞
何人知晓我是谁

[明子也加入了紫薇的歌声里。此时，他们的心离得很近、很近。

芦花开，花絮飞
风中有我兄弟姐妹
无声无语相呼唤
地角天涯追与随

6

[明子回忆中的进行时。

[木工市场。

[巴拉子扯着一个顾客的自行车，奋力争取着生意。众木匠观望着。

巴拉子　老板、老板，我再便宜点儿，家具一组六百五，管中晚两顿饭，怎么样？

顾　客　（不停脚）一组六百。

巴拉子　（退让）六百就六百……

顾　客　不管饭。

巴拉子　那不行！不管饭得七百……

顾　客　不做！

巴拉子　（松手）不做拉倒！（冲人家背影）谁也不能赔本干活儿！哎哎——！

[一旁的小木匠突然绕过巴拉子，冲着过去抓住自行车。

小木匠　大叔，大叔，我师傅能做！我师傅便宜！

顾　客　六百一组不管饭？

小木匠　（急切地）六百一组不管饭！

顾　客　（站下）啥时候接活？

[小木匠正要回答，已被巴拉子从身后一扯，摔倒在地。

巴拉子　小兔崽子！

顾　客　拜拜了您哪！（离开）

小木匠　（扑倒在地还不肯放弃）大叔你别走……

巴拉子　（扯回小木匠）还敢抢活儿！

［几个木匠胆怯地上前，七嘴八舌地劝说。

木匠们　（说唱）没活干。不容易。不懂事。没规矩。饶了他。要注意！

巴拉子　饶了他？咱们这儿还有规矩吗？

小木匠　（哭着）我师傅说，再等不到活儿，就让我卷铺盖回家……

巴拉子　那就回家去！

小木匠　（哭）那我家就更没指望了……

巴拉子　（冲着小木匠吼）再自己压价，咱就都没指望了！（挥手作势要打）

明　子　（出声制止）欺侮小孩算啥本事！（挡在小木匠前）

巴拉子　呵，又来个没规矩的小兔崽子！（气不打一处来地一下一下推搡着明子）到这儿充好人来了？你都等着活儿了，还不赶紧滚走！还留在这里争活儿、管闲事……

［明子被巴拉子推倒在地，突然就地打了个滚，小牛犊一样冲向巴拉子。

明　子　你欺负小孩算啥本事！

［明子任凭巴拉子拳打脚踢也不撒手。众人拉扯着。

巴拉子　小兔崽子！反了你了！

［巴拉子用力一推，明子跌坐在地。

［两个人在木匠们的拉扯中对峙着。半晌——巴拉子先放松下来。

巴拉子　这一天，又白等了。（冲众人挥挥手）回吧，都回吧！

［众木匠收拾东西离开。

［有人拉起明子。

众木匠　（哼唱着离开）日子长，日子短。要蹚河，要翻山。唉，你说难不难……

［明子拍打着身上的土，收起自己的东西，看到小木匠又蹲回自己的角落。

［偌大的市场只剩下两个孩子了。

明　子　回去吧，天不早了……

小木匠　不，让我再等等。今天谢谢你……替我挨打……

明　子　快回去吧……

小木匠　不，我再等等……留在城里，我还能自己养活自己。我再等等！

［明子转身离开，小木匠面对匆匆回家路上的行人再次招揽起

生意。

小木匠　谁做木匠活儿，手艺高强，来自南方，包工包料……

［随着小木匠一声声的吆喝，明子一边离开一边回头看着小木匠孤独、弱小的身影……终于，明子折身跑回小木匠身边，从怀里掏出张小纸条，递过去。

明　子　我下午揽到的活儿，这是地址。

小木匠　不，我不要……

明　子　拿着，不然，你今天还在这儿，明天可就……

小木匠　（想接却没接）你也是等了好几天的……

明　子　（塞给他）拿着！这样，咱还时不时地能见着……（快步离去）

小木匠　（动情地望着明子背影）明子哥……

［明子回头，冲他笑，哄小孩似的摇了摇铃铛。

［铃铛声声。

7

［当下，派出所。明子低头摆弄着铃铛。三和尚进来。

［两个人都有些激动和尴尬。

三和尚　明子……（看了眼旁边的警察，清了下嗓子）明子，你真的拿了人家的定金，还跑了？

［明子轻轻点头。

三和尚　那怎么又回来了呢？告诉警察叔叔，你到底怎么想的？

［明子无语。

三和尚　（替明子找开脱的理由）你……是不是因为跟师傅闹别扭，想离开。扭脸又觉得师傅也不差，就又回来了，对不对？

［明子无语。

三和尚　哎呀，我的小祖宗，你倒是开口说话呀！

警　察　（突然出声）明子，谁的事儿就是谁的事儿，你不要不敢说，是不是你师傅让你拿钱走的？

三和尚　（吓一跳）啊？

警　察　（对明子）是不是你师傅逼你这么干，你不愿意，才偷着跑回来？

三和尚　（连连摆手）这个绝对没有……

警　察　（对三和尚）我看你挺会帮他找理由的……

三和尚　（紧张万分地）我、我是想帮他找理由……警察同志你可千万别误会……

明　子　（突然开口）这事儿跟他无关！

三和尚　（感动明子的维护，对警察）听见没？跟我无关。真的跟我无关！

［明子默默地看着三和尚。

明　子　（心声、画外音）真的……都跟你无关吗？

［三和尚被明子看得有点发毛……

8

［明子的回忆。

［城市一角，秋风瑟瑟。黑罐抱着三和尚的外套跑了过来。

黑　罐　师傅……

［三和尚接下外套披上，自顾自往前走。

［明子“跟上”黑罐，小声问——

明　子　这是去哪儿？

黑　罐　不知道。

明　子　不吃饭了？

黑　罐　师傅说：没活儿干，没饭吃。

［三和尚停住脚，向前方努努嘴——

三和尚　你俩，好好看看。

黑　罐　建筑工地？

三和尚　那一大块旧帆布下面盖的是什么？

黑　罐　木头。

三和尚　那是上等的木方！（语重心长地）明子，你家欠了全村各家多少债？

明　子　……一千多。

三和尚　那是掉进债窟窿了！你爹让你出来学木匠，就是指望着你救活那个家！

［明子低下头。

三和尚　黑罐全家也是，勒着腰带过日子，他爹出门做客都光着脚，临到人家门口了，才从怀里掏出鞋来穿上。那穷的，真是……跌倒了也要抓把泥啊！

［黑罐伤心地抹起眼泪。

三和尚　咱们师徒三个，千山万水跑到城里来受罪，为的啥呀？就是挣钱！养家糊口！等不着活儿，到时候连回家的盘缠都没有！明子，别低头，看看那堆木方，趁天黑扛些回去，咱可以在家里做活儿，做好了卖出去……

明　子　（一惊）师傅！

三和尚　这事儿不能让黑罐干，他笨，你机灵……

明　子　我不偷！

三和尚　（小声制止明子）什么叫偷？放在露天地上的东西，咱顺手拿几块就能活人……

明　子　（坚持地）这不是人做的事……

三和尚　（低声呵斥）怕人听不见！你爹一辈子挺着腰板做人，可最后怎么样？活活让穷压弯了腰！就指望你救活那个家了！可咱们现在这副穷样，走哪儿不让人当贼防着？不偷？全都饿死了还做什么人?!

明　子　你是我师傅！

三和尚　那就照我说的做！

明　子　我不去！

［三和尚逼视着明子。明子转身跑走——

［铃铛声随着明子的奔跑响着。

［铃声中，另一空间同时出现（明子此时的回忆）——

［乡村。人们慌乱地奔走相告：“那些羊全饿疯了！”“我家的羊四

处乱跑！找都找不着！”“见啥吃啥！”……

村民甲　我家羊饿得上树了！把大榆树叶子都啃光了！

村民乙　我家羊饿得下河了！没啃着野茭白，反倒让水卷走了！

村民丙　这是谁家的羊呀，把我家菜苗全吃光了！

村民丁　再这么下去，这些羊怕是要吃人了！

村民丙　（冲甲、乙）畜生不要脸，人也不要脸啊？

村民甲　我家羊没吃你家菜苗！

村民乙　我家羊都下河了……

村民丁　（冲甲、乙）有人割了我家麦苗，谁干的？

村民甲　不是我。

村民乙　（示意）谁家羊没出圈，你们问谁去……

［明子爹埋头坐着，旁边卧着黑点儿。几位村民冲过去质问。

村民丁　明子爹，是不是你们割了我家菜苗？

村民丙　你家的羊一天不出圈，吃的啥？

明子爹　（一字一句地）啥都没吃。我家的畜生有人管着呢。人，饿死不能做贼！

［黑点儿冲村民们叫着，仿佛在回应明子爹的话：“咩——”

［回忆中爹的话，令此时的明子更加坚定。

明　子　（冲着三和尚、冲着全世界喊着）我爹说过，人，饿死不能做贼！饿死不做贼！

［铃铛声起，响了好久。

9

［明子的回忆。

［呼唤的铃铛声。

［紫薇家门口。

［坐在轮椅上的紫薇一开门，就看见一辆崭新的学步车。

［明子出现。

明　子　我做的。有了它，你可以自己慢慢学着走。医生不是要你多运动吗？（把她推向学步车）来试试。

［紫薇胆怯又信任地起身握住学步车。明子在旁边小心保护着。

明　子　这木头，是我从建材城的垃圾堆捡的边角料，洗得很干净……

紫　薇　你还有时间做这个？

明　子　有。师傅带着黑罐“捡”木头，打家具卖钱，我就在一边做这个。气得我师傅，一会儿骂我、一会儿要扣我工钱……

紫　薇　（感激）你为了我？

明　子　（不好意思，言他）随他怎么样，我觉得值！

紫　薇　谢谢你！

明　子　来，试试！

［紫薇试着走，走着走着，却哭了。

明　子　你怎么了？

紫　薇　我好久……都没自己站过了……谢谢你。要是我能自己走路该多好……

明　子　你一定能！你一定会好的！

［明子帮着紫薇，扶着学步车走路。因为彼此的理解而感受到温暖。

紫　薇　（轻唱）芦花开，花絮飞
轻轻淡淡无芳菲
无名无姓漫天舞
何人知晓我是谁

［歌声中，在明子的陪伴下，在紫薇的想象中，她仿佛已经可以翩然起舞……

芦花开，花絮飞
风中有我兄弟姐妹
无声无语相呼唤
地角天涯追与随

［明子望着奋力行走的紫薇——

明　子　（白）我突然觉得，我比紫薇幸运，至少活蹦乱跳，还能养活自己。

［远处传来豆芽姐的声音：“豆腐脑，豆腐脑……”

明　子　想想师傅……我想怨恨他，可又恨不起来。大人们的日子更不好过，因为，豆芽姐要走了……

［顺着明子的目光，豆芽姐和三和尚出现。

［夜市路口，豆芽姐正在收摊儿，三和尚夹着个塑料袋急急走来。

豆芽姐　豆腐脑，最后一碗豆腐脑……

三和尚　大妹子，我买。

［三和尚给钱，豆芽姐坚决不收。

三和尚　明天一早……真的就走了？

豆芽姐　（幽幽地）包工头找不着，抚恤金也等不到，孩子他爸的周年忌日又要到了……

三和尚　（从塑料袋里拿出件鲜亮的毛衣）这件毛衣挺厚实，正赶上商店降价……

豆芽姐　不不不，留着给嫂子穿吧！

三和尚　离了。早跟着别人跑了……

［豆芽姐仓皇避开。

三和尚　还回来吗？

豆芽姐　公公婆婆都要人伺候……

三和尚　你一个女人家……回到乡下……上有老下有小，拿什么伺候？

［豆芽姐无语地将毛衣塞给三和尚，推车要走。

三和尚　（在她身后呼喊）大妹子，我没坏心眼儿……咱都是被命撵着的人哪……

豆芽姐　（驻足）三师傅……多一个人，就多一份难啊！这日子，被命撵着……人越多越难活……（快速推车离去）

三和尚　（在她身后绝望地喊）大妹子，等你回来，我还天天来，买豆浆、买豆腐脑！

［明子跑来。

明　子　师傅，师傅，黑罐让工地上的人抓起来了……

三和尚　（猛然暴吼）全是你害的！

明　子　我又没让黑罐去偷……

三和尚　因为你不偷！

10

［这一场戏，作为师傅的三和尚，“穿梭”在两个时空中“救徒”。

［A 时空，明子记忆中的工地保卫处。

［三和尚冲向蹲在地上的黑罐一通拳打脚踢。

三和尚　（踢黑罐）你有出息了还！居然敢到工地偷木料了还！你撒泡尿淹死算了！（回头对管理人员赔笑）

管理人员　好了。自己徒弟，也不能那么打啊。

三和尚　你放心，我回去一定好好教育他！

管理人员　回去慢慢教育，先交罚款！

三和尚　啊？（哭咧咧地）我哪有钱交罚啊！早穷得吃不上饭了，不然这孩子也不会……

［B 时空，（当下）派出所院内。

警　察　（对三和尚）哭什么？

三和尚　好好的孩子，让我带出来……我这个师傅是怎么当的呀……（走向警察）警察同志，你就高抬贵手，饶了这孩子吧，千错万错都是我的错，只要那几位不再追究明子，我可以白给他们封阳台！一分钱不要，管饭就行……

警　察　哪有这么简单，那几位业主认为自己受了骗，还要精神损失费呢！

［A 时空，工地保卫处。

管理人员　（对三和尚）你哭什么？想不想领人回去啊？

三和尚　想！想！

管理人员　交罚款！这是收条。

［三和尚一脸苦相，不情愿地解腰带。

警　察　（在 B 时空）哎！

管理人员　（在 A 时空）你干什么？

三和尚　（尴尬地示意）钱都在裤衩里放着呢……

［三和尚举着钱，一边走向工地管理人员，一边踢打着黑罐，并抓

住赶过来阻止的明子——

三和尚　今天的罚款，咱们仨平摊！

[三和尚交完工地罚款，转头走向 B 时空。

三和尚　（对警察连连作揖）您就替明子说说话，请他们高抬贵手吧！他还是个孩子，真被当成诈骗犯，这一辈子就完了！业主们的精神损失费……我掏钱、我赔，还不行吗？

[警察不理他。

[三和尚举着钱，站在两个时空之间。

[警察和管理人员各在自己的时空看着他。

管理人员　瞧你这个师傅，是怎么当的！

警　察　（同时）瞧你这个师傅，是怎么当的！

[三和尚举着钱，仿佛从过去一直站到了现在。

三和尚　（寂寞地唱）日子长，日子短。雪花落，北风寒……

11

[明子的回忆。

[北风呼啸。窝棚前。

[巴拉子带人出现在窝棚门口，高声嚷着。

巴拉子　三和尚，今天咱们接着来呀，继续战斗！还是老规矩，输家不开口，赢家不能走哇！黑罐，今天，你还押我这头，包你扳本发财！别听你师傅的！

[几个人说着、嚷着，坐下来开始打牌。

[明子裹紧厚外套，走过巴拉子、三和尚，出门去等活。

[黑罐追出门来。

黑　罐　（急切地）明子，明子，借我点钱！

明　子　你都跟着赌了多少天了?!

黑　罐　今天我押师傅这边……

明　子　一分都不借！

［窝棚里巴拉子的声音传来："通杀！"

［黑罐着急地想回窝棚，被明子一把抓住。

明　子　你不能再赌了！

黑　罐　不用你管！你松手！

明　子　欠那么多钱，回头拿啥还?！

黑　罐　那你就借我！帮我赢回来！

［窝棚里三和尚的声音传来："巴拉子，通赔！"

黑　罐　师傅赢了……（急欲冲回）

明　子　（推黑罐）你只会越输越多！赌钱没赢家！你又不是不知道！你想想，就算把他们的钱全赢来，你就发财了吗？

［窝棚里传来巴拉子的声音："发喽！"

黑　罐　赢点儿就好……（哭了）你不知道，我妈住院开刀，交不起饭钱……我妈养我这么大，管啥用啊？养儿管啥用啊！

［明子忍不住想去安慰黑罐——

黑　罐　（马上有了期待）你借我钱？

［明子摇头。黑罐甩开他，负气跑回"赌场"。

明　子　黑罐——

［更猛烈的北风呼啸声。明子走向木工市场。

［木匠们全都在寒风中瑟缩着。

小木匠　（跑过来抱着明子）冻死了，明子哥，冻死了……

明　子　跳，跳跳就暖和了。咱跳着揽活儿。

［明子抱着小木匠一起原地跳，同时大声喊起来——

明　子　门窗阳台，新款家具。样式齐全，价格合理。

二　人　来自南方，手艺高强。包工包料，包你满意。

［两个人跳着，明子学着羊的样子，边"咩咩"叫着，边跟小木匠"顶牛"玩。两个孩子的笑声、咩咩的叫声，感染了一直瑟缩着一旁的木匠们。

［木匠们居然都跟着叫起来、跳起来，并从中生出欢快。

木匠们　咩——咩——咩——咩——

（唱）日子长，日子短。

要蹚河，要翻山。

顶呀顶着风，躲呀躲着闪，

唉，你说难不难……

[羊的叫声……

[（明子的幻觉中）黑点儿带着羊群，迎风冒雪，奋力向前，从明子心头走过。

[黑点儿仰天长叫着，大声呼唤着同伴："咩——"

[无论是风雪中的木匠们，还是窝棚里打牌的三和尚、黑罐、巴拉子等木匠们，在不同的空间，同时发出着属于他们的生命的声音——苦涩中的坚韧与豁达。

木匠们　（唱）日子长，日子短。

三伏热，三九寒。

家呀家要养，钱呀钱要赚。

嗨，管他难不难！

[那顶风冒雪的顽强的羊群，或许，也正从所有木匠们的心头走过……

所有人　（唱）日子长，日子短……

12

[明子的回忆。

[城市街头。

明　子　（白）春天来了。可我心里却怎么也暖和不起来……这段日子，我们师徒揽到的活儿不多，话就更少。师傅干活儿离不开我，还是会认真教我手艺。只是，再也不会拍我的肩膀。

[一只易拉罐被丢到地上，"铛"的一声。

[黑罐歪背着工具包，拖着个鼓囊囊的蛇皮袋子跑过，直奔着去捡易拉罐。有人又扔出一个易拉罐。黑罐上前去接住。

明　子　（白）黑罐……不分早晚地捡废品，总算还上了赌债。为了省下饭钱，他经常一个人去小饭馆，等着吃人家的剩饭……

［遥远的山村。明子爹的背更弯了。（另一时空）

明　子　（白）爹，从乡下来信了……

明子爹　明子，来咱家催债的，一天好几回。昨天，东头李老三家的两个儿子又来催，说再不还钱就拆咱家房。唉，也怨不得人家，欠债总是要还的……

明　子　（痛苦地自责）爹……我真没用！挣不到钱、救不了家，你们养我有啥用？养儿有啥用啊！

13

［明子的回忆。

［窝棚内，三和尚正把黑罐捡的破烂往门外扔。

三和尚　臭猪！什么都往家里捡！窝棚快成垃圾堆了！

［黑罐没听见一样，把被三和尚扔掉的矿泉水瓶、易拉罐、旧书往回捡。

三和尚　（夺过旧书，一下一下敲在黑罐脑袋上）捡破烂！捡破烂！手艺人的脸全让你给丢尽了！

［一个信封从书里掉了出来。

黑　罐　这是啥？（捡起来，打开，抽出几张纸币）钱？好像是钱……

三和尚　（上来一把抢过去）像是外国钱？

明　子　（冲过来）我看……找个亮处看看！

［明子抓起信封跑向门外亮处。三和尚、黑罐紧跟着。

［明子突然在门口摔了一跤，顺势将钱交给了要去拎他的三和尚。

［三个人脑袋凑在一起，冲着路灯举着钱。

明　子　真是外国钱！

三和尚　（同时）三个零！一千块！

黑　罐　五百块！这是啥钱？

三和尚　要是美金，一块钱就是咱八九块呢。

明　子　我听说英镑更值钱……

三和尚　一千的两张，五百的三张。要是美金的话，差不多值三万块！

黑　罐　（叫）三万！那能把咱全村买下来！

三和尚　（一把抓过钱去）看好了，一二三四五，一共五张，我先替大家保存着……

［黑罐眼巴巴地看着三和尚把钱塞进内裤，突然回过神来——

黑　罐　等等！我怎么觉得……刚才好像是六张？

三和尚　（马上从内裤里掏出钱）咱再数一遍。一二三四五！看清了吗？瞪大你的狗眼，五张！就是五张！

［黑罐不再吭声。

三和尚　（抽出一张，递给明子）这张五百的，你拿着，明天去银行打听打听，到底是什么钱，值多少。

［明子默默地接了过来。

［一片巨大的心跳声。

明　子　（白）那信封里……的确是有六张钱……还有一张，在我袖子里……摔倒的那一下，我把它藏在了袖子里……那一眨眼的工夫我……想都没想就做了！（颤抖着从袖子里抽出另一张钞票）一千块，就算它就值一千块，家里的债也都还上了……

［银行门口。银行职员招呼着心神不定的明子。

银行职员　请问，您要办理什么业务？

明　子　我想问问，这钱……是美金吗？

银行职员　美金？不是。这种钱我还真没见过。哪儿来的？

明　子　（事先编好的）是……有家雇主给的，拿这个付了工钱……

［一个年轻人（徐达）凑过来。

徐　达　付工钱？我看看……这是张废币！

明　子　废币？！

徐　达　（轻松地从失魂的明子手上拿过钱去）这版阿根廷币，已经被阿根廷政府宣布作废了。

银行职员　（问徐达）您怎么知道？

明　子　阿什么？

徐　达　（对明子）Argentina。（对银行职员）我在美国的 roommate，哦，室友，是阿根廷人。他跟我说过，他们那儿前几年挺乱的，已经废掉了这版旧币。所以我敢肯定，这是一张作废的钱……

明　子　作废……（无暇多想地掏出了私藏的那一张）那、这张呢？

徐　达　同一年出的，一样。

明　子　不一样，这张五百，这张一千！

徐　达　这版纸币，还有五千元面值的呢，都一分钱不值……

银行职员　（对明子）幸亏你今天遇到这位先生了！快去找你的雇主吧。（对徐达）谢谢您啊。

徐　达　不谢。外币兑换……

银行职员　这边请……

明　子　（跌跌撞撞地走开。白）一钱不值……那男孩说，一钱不值……我却把它偷偷塞进了我的袖子……一钱不值……说的，就是我啊……

［窝棚里，三和尚和黑罐正吵闹成一团。

黑　罐　你再找找，你再好好找找！

［三和尚提着裤子，黑罐试图去掏他的内裤，三和尚闪开。

三和尚　往哪儿摸！告诉过你我压床底下了！

黑　罐　（又趴在地上找）床底下没有！你再想想……会不会是上茅房的时候掏掉了……

三和尚　对！我早上在垃圾堆上尿过一泡……

黑　罐　（跳起来）哪个垃圾堆？

三和尚　不对，那会儿我已经把钱拿出来了……黑罐！你今天比我回屋早吧？

黑　罐　（蒙）什么……

三和尚　我去买烟，让你先回来的……（盯着黑罐）你回来都干什么了？

黑　罐　我回来什么都没干，就在这床边偎了一会儿……

三和尚　床边?!

［三和尚逼视着黑罐。明子早已在门口默默地看着。

黑　罐　（冲着三和尚大叫）我啥都没见到！你别这么看着我！我发誓，我要是拿了那些钱，天打五雷轰死我全家！

三和尚　可我明明把钱放床底下了……（看明子）明子？你去问了吗？

明　子　（闲闲地坐下）钱都丢了，问不问还有啥关系。

［三和尚盯着明子。

黑　罐　（着急地）钱不能丢！钱不能丢！你再找找，昨天你明明放你裤衩里了……

三和尚　（躲开黑罐）我都告诉过你一万遍，我放床底下了！

明　子　（冷冷地）你的钱，啥时候离开过你的裤衩？

三和尚　（瞪着明子）你啥意思？

明　子　没意思。丢就丢了吧，反正都一钱不值。

三和尚　一钱不值?!

黑　罐　（同时）值多钱？

明　子　一钱不值！（举着那张五百块钱）这是一个叫阿根廷的国家的钱。那里前几年挺乱的，废了这版旧币。作废了……

三和尚　（半信半疑接过钞票）钱能作废？

黑　罐　（一把抢过那钞票）你骗人！要不，就是你让人骗了！钱哪有作废的！明子，你骗人的吧？这钱可有你一份啊！

明　子　不信？看好了，这钱就算我那一份了……

［明子高举起手，将五百块面值的外币撕个粉碎。

黑　罐　（扑过去捡着钱的碎片）钱！钱！这是钱啊！（试图把它们拼在一起）你怎么能撕钱呢？五百块钱啊……

三和尚　（观察着明子）会有这事儿？你在哪儿问的？

明　子　银行。

三和尚　你把它……撕了？我自己去问问！（作势要提鞋出门）咦，（脱鞋）在这儿呢！瞧我这记性，是我藏到鞋壳里了。黑罐……

［黑罐木然看着三和尚从鞋壳里“找”出的四张钞票。

黑　罐　（痴痴地）都作废了……

［三和尚黯然叹息，把钱扔掉。

黑　罐　（还是扑上去捡）这都是钱！这都是钱啊！（歇斯底里）我还不如从来没捡过这些钱呢！还不如从没捡过这些钱呢——

［黑罐突然倒地不动了。

［三和尚和明子急声呼唤：黑罐！黑罐——

［明子和三和尚架起昏倒在地的黑罐到床上。

明　子　（心声、画外音）那天，我们背着黑罐去了医院。大夫说，黑罐得了严重的肝病，是不卫生和缺营养造成的。城里养不起病，不管黑罐怎么哭着求着，三和尚还是买了张车票，让黑罐回老家了。几张外国废钱，一下废掉了我们师徒三个。跟那外国钱一样，我们全都……一钱不值！

14

明　子　（心声、画外音）黑罐回家后，给我来了封信，他说我爹更老了，现在整天只念叨一句话：我家不会欠债不还的！不会的！我妈想让我再多少给家里寄点钱，好让爹有个盼头……黑罐劝我学他的样去捡些废品卖。他说：就算丢脸，也能换点儿钱啊……

［明子的回忆。

［一只易拉罐丢在了明子面前。明子一脚踢开易拉罐，又看着易拉罐，想想还是捡了起来。

［紫薇的歌声由远而近——“芦花开，花絮飞。风中有我兄弟姐妹……”

［明子猛抬头，看到扶着学步车走来的紫薇。她旁边站着徐达。

明　子　（下意识把易拉罐藏在身后）紫薇?!

［紫薇笑盈盈地推着学步车，表演似的、朝明子颤颤巍巍地走了几步。一边继续唱着：“无声无语相呼唤，地角天涯追与随……”

明　子　（惊喜地）你走得更好了！

徐　达　（问紫薇）他就是明子？（伸出手来）你好！

明　子　（有些懵懂）哦，你好！（刚要伸手却发现手上有捡来的易拉罐）

紫　薇　（向明子介绍）他叫徐达，他爸爸和我爸爸是好朋友。

徐　达　（含笑对明子）我们见过。在银行。（笑着提醒）那张阿根廷钱！

明　子　（认出对方，无措）啊？哦、哦……

紫　薇　（意外地问徐达）你在银行遇见的是明子?!

徐　达　（笑。对紫薇）对。

［明子尴尬地笑着，不知道该说什么。

紫　薇　明子，下周我就要出国了。

明　子　出国?

徐　达　我爸爸在美国开了一家康复中心。

紫　薇　徐达的爸爸是位非常好的医生，可以帮助我完全康复。再见面，我就能跟正常人一样了。

明　子　……太好了！

紫　薇　明子，我是特地来和你告别的。（从口袋里掏出一个信封）我们全家都特别感谢你……

徐　达　感谢你陪伴紫薇付出的时间和劳动。

紫　薇　这是我爸妈给你的三百块钱。

明　子　（茫然地看着紫薇递过来的信封）给我钱？不，不要……

紫　薇　这是我们全家的心意。

徐　达　收下吧，就是请个护工，也应该付钱……

明　子　护工?

徐　达　在美国，所有的劳动都要付钱，这才公平……

紫　薇　拿着！寄回家……

徐　达　（硬塞到明子包里）说不定可以再买些羊来养……

明　子　（像被扎到一样，望向紫薇）羊……羊?

紫　薇　（意识到明子的感受，忙解释）是我告诉他的，想一起帮你找答案……

明　子　（一时茫然）答案?

紫　薇　（提示）黑点儿它们，为什么不吃那些……

明　子　（想逃离，打断）我师傅还等着我呢……（欲走）

徐　达　（叫住）明子，这车做得真漂亮，可紫薇一走，这车就用不上了……

［紫薇想拦住自作主张的徐达。徐达没有领会紫薇的意思，明子却感到自己更像是个“外人”。

［明子仓皇、被动地接过徐达递过来的学步车。

徐　达　（继续叮嘱着）你可以拿到医院骨科门口问问，也许还能换些钱……

明　子　换钱？

紫　薇　（制止徐达）你别说了！（喊）明子……

［明子已迅速离开。

紫　薇　（望着明子背影，喊）明子，明子，那个答案，也在信封里——

［明子狼狈地背着学步车，急一阵缓一阵地奔跑着，不知不觉奔到了开着芦花和紫薇花的护城河边。

明　子　（悲怆。白）我只把紫薇……当作朋友！难道，什么都是可以用钱换的吗?！怎么能把黑点儿和羊群的故事讲给别人听？我只想让她一个人知道！

［回答明子的，居然是羊的叫声。

［（明子的幻觉中）黑点儿和爹走过。

明　子　（伤心地）黑点儿……爹……

［明子爹和黑点儿都沉默地走着，不理会明子。

明　子　你们怎么都不理我？

［明子爹和黑点儿远去。

明　子　你们也嫌弃我？你们也看不起我？对，我偷钱！我捡破烂！我就是个进城讨饭的穷木匠！我一钱不值！我根本就没有资格跟紫薇做朋友！

［明子将学步车用力推进眼前的沟里。

［明子喘息着，瞪着那两块当作桥的木板，边将它们也踹进沟里边一声声质问着。

明　子　别让孩子输在起跑线上！（愤懑地）可为什么，有人一生下来就输了？为什么有人跑了一辈子，都不知道起跑线在哪儿?！就像……

这紫薇花和芦花，一个在天上一个在……

［仰天长问的明子一低头，看到一个陌生的、穿裙子的女孩正走过来。

女　孩　（冲明子小心地笑了笑，指着沟）这里的小桥怎么不见了？

明　子　……塌了。

女　孩　我过来的时候还在呢。你能帮我过去吗？我先踩着这辆车下去，然后你把我拉上去。行吗？

［明子朝沟里看了一眼，轻轻地点了下头。

女　孩　谢谢！

［女孩小心翼翼地踩在沟里的学步车上，向蹲在沟边的明子伸出手来。

明　子　（探身看着女孩，却没有伸手）你自己上不来吗？

女　孩　太高了。我怕弄脏衣服。

明　子　（两只手在沟边用力一抓，举起双手）我的手……也脏。

女　孩　你……你是故意的！

明　子　我也觉得！我不配帮你。（离开）

女　孩　（哭着指控）你才这么小，你就这么坏！

［明子想回头，却还是跑掉，一边还用力大声唱着——

明　子　（唱）正月里正月正，家家门口挂红灯……

女　孩　（狼狈地往外爬）我妈妈早就告诉过我，不要相信陌生人……

［不知走出多远，明子站住了脚，独自大声嘶喊着——

明　子　我想回去——把她拉上来，可我就是回不去！我不知道这是为什么？为什么呀?!

15

［明子的回忆进行时。

［木工市场。一辆彩票车出现。

［彩票车上的人一遍遍喊着：“彩票彩票，最高奖金两万元，花一元

钱中大奖。”“彩票彩票，最高奖金两万，花一元钱中大奖。”……

众木匠　（说唱）彩票彩票，试试运气，花个小钱，权当游戏。

赶上命好，中个大奖，有吃有喝，不再奔忙，不再奔忙。

［明子出现。小木匠兴奋地迎过来。

小木匠　明子哥，（骄傲而小声地）我等着活了，不过……（比画着）我让给了那个傻大个，他一直没等上活……

［小木匠期待着褒奖，却得到明子冷冷的一句话。

明　子　学我？你真是……挺傻的！

［巴拉子出现，兴致很高地跟大伙打招呼。

巴拉子　我再试试手气。（走向彩票车）买五张！

众木匠　（说唱）前天买过，昨天试过。赢了发财，赔了找乐。

巴拉子　哈，中二十！（见众木匠羡慕）人生在世，敢赌才会赢！（回身）连本带利接着抽！

小木匠　明子哥，咱也去试试运气？花一块钱买一张，玩不玩？

巴拉子　（远远地丢话过来）他不敢！他怕输钱！

明　子　（冲巴拉子）有钱，就去救家救爹娘了……

巴拉子　（不屑，对众人）救爹娘？拿嘴救？真孝顺还是假孝顺？

明　子　（白）我没有钱。可包里有紫薇的三百块。我想寄回家，让爹妈直直腰……可我更想，一分不少地还给紫薇……

巴拉子　（又刮出奖）哈！又赢五十！今天有酒喝了！穷死的都是胆小鬼！

众木匠　（说唱）赶上命好，中个大奖，填饱肚子，孝敬爹娘！

［明子突然起身。

小木匠　明子哥——

［众木匠看向明子。

明　子　（走向彩票车）买十张。

［众木匠哗然。

巴拉子　嗬，太阳从西边出来了！

［但明子没抽到什么。

众木匠　（说唱）明子出手真大气，十个“谢谢”不便宜。

巴拉子　真想发财了？可惜本钱不够。

明　子　（再次掏钱）再买二十张。我自己挑！

巴拉子　（吃惊）嘿，有胆儿！敢赌才会赢！

小木匠　（跟着明子）哥，你哪儿来这么多钱？

一拨儿木匠

（看着明子刮奖落空，说唱）敢赌敢拼才会赢，舍不得孩子打不到狼。

另一拨儿木匠

（看着明子刮奖落空，说唱）悬崖勒马不算晚，别拿血汗再冒险。

明　子　（合起剩下的奖券）好，悬崖勒马！剩下两张不刮了，有谁买吗？

木匠乙　我买。

木匠甲　（问乙）干吗要人剩下的？

木匠乙　你不懂，剩下的才香……（刮奖）妈呀！老天爷呀！三百！我中了三百！

［众木匠一片哗然、尖叫，围过去。

小木匠　（替明子心疼，跺脚）哥你真是……那三百块钱本该是你的！

明　子　我想悬崖勒马……可没想到，马站住了，钱却掉下去了……

巴拉子　（凑过来）傻了吧小子？这天底下有种东西，叫运气，人要是倒霉，煮熟的鸭子会飞！

明　子　（瞪着巴拉子）狗屁！

巴拉子　你小子骂人？

明　子　狗屁！狗屁！狗屁“敢赌才会赢”！

巴拉子　你这叫拉不出屎怨茅坑！倒霉蛋……

明　子　教唆犯！

巴拉子　嘿，你个倒霉笨蛋，我今天好好“教唆”“教唆”你……

［巴拉子撸袖子正想挥拳，明子已抓起砖头，疯了一样地砸向巴拉子。

明　子　狗屁教唆犯！

［巴拉子惊得一跳，躲开砖头，掉头就跑——

巴拉子　嘿！这小子疯了！倒霉疯了……

［明子被众木匠拉住。

明　子　（冲巴拉子离去的方向吼）来呀！有种的接着赌啊！接着赢啊！再

买……

小木匠　（死死抓住明子）咱走吧哥！咱悬崖勒马！

明　子　悬崖勒马有用吗？我的钱就该白白输掉吗？我就不信！（推开小木匠，大喊）再买五十张！

［所有人被明子镇住了，像被施了魔法一样地跟着拿着彩票的明子。

明　子　（对众木匠）都跟着干什么？（铁着脸吼）想看自己来买！

［众木匠无趣散开，注意力却始终离不开明子，七嘴八舌着。

一拨儿木匠

（说唱）我看这回能中奖，明子的眼神像阎王。

另一拨儿木匠

（说唱）发狠抓狂没有用，财神不买阎王的账……

［明子再次全部落空。

小木匠　（欲哭）啥都没抽着，一百块钱没了……是你帮雇主买东西的钱吧？回头可咋还呀？

明　子　赌回来！不赌拿啥赢！

小木匠　（想阻止）明子哥……

［看到一张小纸条从明子掏出的钱里掉出来。

小木匠　（捡起来）这是什么？钱里掉出来的……

［明子顾不上看，将纸条直接揣进口袋。

明　子　二百块……二百块！全买了！

［所有人都惊呆了。

［一个大大的停顿之后，在几近疯狂的明子眼里，只看得到四处挥动的钞票。明子扑向这些钞票，却永远都在扑空……

众木匠　（说唱）疯了！疯了！他疯了！

三百！三百！三百块！

这是志气？这是胆量！

这是任性！这是疯狂！

孤注一掷，破釜沉舟……

结果是——

血本无归、空空荡荡……

血本无归、空空荡荡……

［明子筋疲力尽地瘫倒在地上。

［民工们纷纷离开，市场上只有小木匠蹲在明子面前，无声地陪着。

［明子慢慢爬起身，一片空白地哼唱着……

明　子　（唱）家呀家要养，钱呀钱要赚……

［（开场“受骗业主”中的）中年妇女出现，叫住明子。

中年妇女　小兄弟，你是盐淮人吧？你唱的是咱家乡的歌哎！

［明子恍惚着。

中年妇女　看你老实本分的样子……包阳台的活能干吧？

［明子仍怔怔的，完全回不过神来。

小木匠　（推着明子连声说）能干！他能干！

中年妇女　那好！我们谈谈！

［两个人一路走着，边走边谈。

16

［明子的回忆进行时。

［一处新居民区楼内。中年妇女拉着明子出现。另四位业主边掏钱边议论。

中年妇女　谈妥了，谈妥了。

业主甲　一家交两百块钱定金？

中年妇女　哎哎哎。

业主乙　对，把木料一下子买齐了拉回来，也好让木材厂打折。

中年妇女　对对对！

业主丙　五家一起，包工包料。大家都划算。

中年妇女　是的，是的，是的。

业主丁　那小木匠是王大姐的小老乡，据说手艺最好了！

中年妇女　放心，放心，我代表大家跟我这小老乡都谈妥了。

［大家把钱交给中年妇女。中年妇女把自己的一份也放进去。

中年妇女　这是我的两百块哦！（走向明子）小兄弟，五家定金，一共一千块。千万收好哦！

［明子仍然痴痴怔怔地接过钱。

中年妇女　（拍着明子的肩膀）真是不容易，小小年纪就出来做工。（对邻居们）我儿子比他年纪大，天天还要我叫他起床呢……

［明子收好钱，转身离去。

中年妇女　（在身后）明天见哦，小老乡！

明　子　（迟钝地应着）明天见。（自言自语）明天见……明天……又有活了，又可以挣钱了……

［窝棚。

［躺在床上的三和尚正准备睡觉，听到明子进门，没起身。

三和尚　明子，今天等着活儿了吗？

［明子举着钱，准备递给床上躺着的三和尚……

明　子　师傅……（突然缩回了手，将钱藏在了背后）没……没有……

三和尚　再等不到活儿，咱爷俩也该散伙了。（翻身睡去）

［明子坐在黑暗中。

明　子　（心声、画外音）现在……我明白了，为什么当时我突然之间就向师傅撒了谎。手里攥着那些钱，我全身的血……一下冰凉一下滚烫。那一整夜，我都没睡着……

［一个明子变成了“两个明子”——自己在跟自己对话。

明　子　A 一千块钱！一千块钱哪！拿回家啥问题都解决了！

B 不要打这个主意，这不是人干的事儿。

A 你是不敢！你什么都不敢做！胆小鬼，只会在嘴上孝顺爹娘！

B 你会被警察抓的！

A 钱送到家我就跑，这世界大着呢，我不过是大河里的一滴水，去哪儿抓我？爹，咱有钱了！咱家的债全能还清了！

B 那是别人的钱！拿人钱算什么好汉？

A 我不是好汉！我本来就……一钱不值！

［自我斗争的明子，筋疲力尽地躺在了地上。

［三和尚、巴拉子在他的脑海里出现——

三和尚　人多钱才多。城里人手指缝里漏下的，就够咱活命了！

巴拉子　这算什么？人生在世，敢赌才会赢！

［明子像是获得了“走”的勇气，没发现天色已亮。

［床上的三和尚突然坐起来，朝明子喊了一句，又再次躺倒睡去。

三和尚　明子！天都亮了！你还不去等活！

明　子　哦！

［明子拿起小包袱，飞快地离开窝棚。

17

［明子的回忆进行时。

［远处传来火车的汽笛声。明子奔跑在城市街头。

［火车汽笛声一声比一声近。明子在奔跑。

［明子的面前突然亮起红灯。红灯“嘟嘟嘟”地响着。

［明子停下脚步，仿佛有车流从他面前横向驰过。

［明子执意向前，试图穿过红灯，在川流不息的车流中躲闪奔跑。

［明子的搏命奔突，却被突然迎面出现的羊群拦住去路。

明　子　你们……你们为什么拦着我？

［明子要冲过去，被羊群阻拦。

明　子　闪开！闪开！你们不都死了吗？为什么跑来拦着我？

［羊群与他默然相对，态度对立。

明　子　黑点儿？毛旋儿？你们为什么这样盯着我？

［火车汽笛声传来，仿佛是“走”的召唤。

［明子又跑。

［明子爹在羊群身后、在明子的脑海里出现。

明子爹　（目光殷殷地）儿啊，自己成人去吧！

［明子摸向书包里的钱，似乎想向爹说自己拿钱是为了救家。

［火车汽笛声再次传来“召唤”。明子又跑，又被羊群阻止。

［中年妇女在羊群身后、在明子的脑海中出现。阿姨热情洋溢、满脸信任。

中年妇女　小兄弟，你唱的是我们家乡的歌哎！

［明子无地自容于这份信任，再次扭头要跑，再被羊群阻止。

［黑罐出现在羊群身后、明子的脑海里。

黑　罐　（跺着脚）明子，你还不如去捡破烂呢！你还不如去偷木头呢！

［一个“偷”字，在明子心头如霹雳。

［同时有警车驰过，警笛声声。明子慌乱地躲向羊群身后，羊群护住了明子。

［警车远去。明子想绕道离开围护自己的羊群，却被黑点儿拦住去路。

明　子　闪开！闪开！要不是因为你们，咱家就不会欠下那么多债！爹娘也不会直不起腰！都闪开！

［明子绝望地跟黑点儿对峙着。黑点儿冲着明子发出长啸，毫不让步。

黑点儿　咩——

［明子与黑点儿对抗，在幻觉中更加恍惚。幻觉与回忆混为一体，他仿佛又回到了当年小岛上的最后一幕。

明　子　黑点儿！你们为什么拦着我？你们为什么不吃天堂草？你们不能死！我不让你们死！

［羊群聚在黑点儿身边，默默地望着明子。

明　子　黑点儿……为什么，你们拦着我？

［黑点儿和羊群，以小岛上最后的造型，一个接着一个地，在明子面前倒下。

明　子　（绝望地扑倒在地）为什么，你们宁可饿死，也不肯吃这天堂草啊……

［紫薇的声音突然远远传来——“明子，那个答案也在信封里……”

［明子飞快地在口袋里翻找。

［明子找到了那张小纸条，慢慢展开——

［紫薇的主题音乐远远飘来——

［紫薇的身影出现在明子的心上——

紫　薇　明子，山羊的确有不吃的草。在做过实验的六百多种植物中，山羊不吃的有八十多种……

明　子　羊有不吃的草？为什么？

紫　薇　因为，那些草不属于山羊。不是自己的草，山羊就不会吃。

明　子　不是自己的草，山羊就不会吃？不是自己的草，山羊不吃！

［一片羊的叫声。所有死去了的羊的灵魂出现——明子终于懂得它们了。

羊　们　（合唱）他懂了懂了，我们是山羊

在茫茫大地上默默地生长

天性天注定

我们是山羊

不属于我的草，我不吃也不尝

天苍苍，野茫茫

依山而生，择水而长

天有圆，地有方

万物众生，同生共长

（紫薇加入了羊群的歌唱）

天苍苍，野茫茫

依山而生，择水而长

天有圆，地有方

万物众生，同生共长

山高水长——

明　子　紫薇，黑点儿，我懂啦，不是自己的草，山羊不会吃。不是自己的东西，人就不能拿！爹，我懂啦，“人，饿死不能做贼！”

紫　薇　明子，在我心里，你永远都像黑点儿一样。

明　子　对，我要当黑点儿！我，就是黑点儿！

［紫薇、羊群及小岛在明子的呐喊声中隐去。

［明子突然像黑点儿一样仰天长啸：咩——

[之前的一片红灯蓦然变成一片绿灯。

[明子在城市里奔跑，从大街到小巷，从白天到深夜。

[明子迷失在城市的丛林中……

明　子　（心声、画外音）那座楼呢？那座楼在哪儿？那些业主在哪儿？我怎么会迷路了呢？我怎么会迷路了呢？我一定要找到她们……一定要找到……

[终于，筋疲力尽的明子跌倒在地。

[夜归的好心大哥出现了。

好心大哥　哟，小伙子，这大半夜的，你怎么睡在我家门口啊？小伙子？（奔回自己家）快开门！让这孩子进屋歇歇……

18

[派出所（当下）。警察轻轻地敲门进来。

警　察　明子——大家都想看看你。

[明子紧张地站起身，茫然地望着鱼贯而入的业主们，包括三和尚和巴拉子。每一个进来的人，都静静地看着他。

明　子　（心声、画外音）他们盯着我……我全身的血……一下冰凉一下滚烫……

好心大哥　明子！

明　子　（意外）大哥？您怎么来了？

好心大哥　我来给你做证啊。

明　子　做证？

好心大哥　我呀，照着你说的方位找到那个小区，找到了这几位业主大姐。

[所有的人都抢着走上来跟明子说话。

中年妇女　哎哟小老乡，多亏这位好心大哥告诉我们，否则的话，我们一直都冤枉你了……

业主乙　是啊是啊！昨天晚上你找我们找到十二点，对吧？

好心大哥　对对对……

业主丙　你是迷路了，是吧？

业主丙　城里的楼长得都差不多，别说他，我都迷过路。

三和尚　迷了路，你可以回来找师傅嘛！

业主丁　说实话，咱这城里的高楼，还有咱们的生活，靠的都是他们这样的人，可咱们……

中年妇女　是啊是啊！小老乡，你师傅把你家里的事情都告诉我们了……

业主乙　真是个孝顺孩子！

业主丁　为了爹妈，能理解。

业主丙　听得我眼泪都要掉下来了。

三和尚　明子，这是遇到好心人喽！（对众人作揖）大恩大德！大恩大德啊！

业主甲　傻小子，你想跑？跑不了！我们的活儿，还得你来干！

众业主　对对对……

警　察　活儿是以后的事。明子，你说你不是点头就是摇头……迷过路，为什么就不能说呢？（故作严肃表情地）你要不讲清楚，我可是要把你往下移交的啊……

［每个人都急切地劝着明子。

业主乙　说清楚不就没事儿了嘛！

业主丁　人都回来了，怎么就不能把话说清楚呢？

好心大哥　小子，我昨儿可是救过你，这事你不跟我讲，不够意思啊。

巴拉子　你小子，真是个人物！

中年妇女　小老乡，我就看你是个本本分分的孩子。迷了路你可以讲呀！后来你明明又自己跑回木工市场等我们……这一句话，不就把自己洗清楚了吗？

三和尚　（又爱又恨）你不是我徒弟，你是我祖宗！说啊——

所有人　说呀！说啊……

明　子　我说不出口！我是迷过路……可我想过！我逃走过、我去过火车站、我差点买了票……我说不出口！我……不……干……净——

［所有人都被明子深深震动。

［有人冲明子竖大拇哥。

［巴拉子冲明子拱手……

19

［当下进行时。

［窝棚。三和尚穿好新衣服。

三和尚　明子！黑罐！

［两个孩子应着。

三和尚　今天，咱们举行出徒考试！明子，你的好名声给咱们带来不少活儿，钱也赚到了些。这一转眼，黑罐回来也有半年多了。你们俩中间，总有一个该出徒喽！

［黑罐抱来一个木墩子放好。

黑　罐　师傅，都准备好了！

［三和尚提着一把斧子走过去。

三和尚　瞧见了，斧头，木墩子，谁能摸着黑，三斧头都砍在一个印儿上，谁就可以出徒。听明白了？

黑　罐　这也太难了……

三和尚　做！你是师哥你先来。准备好了？（把斧子交给黑罐）

［三和尚吹灭蜡烛。

［黑暗中响了“咚”“咚”“咚”三下。

［明子点燃蜡烛查看。

三和尚　三道印儿。

［黑罐沮丧地摇摇头。

三和尚　明子，该你了。

［明子踌躇着，点头，接过斧头。

［三和尚吹灭蜡烛。

［黑暗中静了一下，快速响了“咚咚咚”三下。

［黑罐点燃蜡烛，凑过去，大叫——

黑　罐　真都砍在一道印儿上了！

三和尚　（深深看了明子一眼）明子，你出徒了。

［明子奉上一杯茶。

三和尚　明子，你的确像我……

明　子　师傅！我其实……只砍了一斧头……

［三和尚和黑罐都是一愣。随即，三和尚笑了。

三和尚　前头两声，是你用斧背敲在墩子上的，对不对？

［明子吃惊地点头。

三和尚　（轻笑）手艺再绝的木匠，也不可能摸着黑，把三斧头都砍在一个印儿上。明子，你的确像我，当年，我出徒用的就是这一招。可你又不像我——二十年过去了，我可从来没有说出来过……明子，你比我强。这么多年，师傅一直对自己说："人活着，只是老实本分，不行！"可现在我琢磨出来了："人活着，不老实本分，更不行！"明子，以后的路还长，到底能不能活出人样，全看你自己了……

明　子　师傅……明子记住了。

［明子虔诚地给三和尚磕了一个头。

［城市。生活还在继续。木匠们继续奔波着。

木匠们　（唱）日子长，日子短

要蹚河，要翻山

顶呀顶着风，躲呀躲着闪

唉，你说难不难？

嗨，管他难不难！

［明子背着行李准备离去，小木匠背着小行李卷跑过来。

［明子笑了笑，揽过了小木匠。

［主题歌进——

［所有的人都来为明子送行。连黑点儿和羊群也出现了——谁能说黑点儿和羊群不是一直住在每个人的心里呢？

［紫薇出现了，她弹着琴，唱起了明子最熟悉的歌。

［三和尚、黑罐、豆芽姐都在向明子挥手作别。

［巴拉子再次对明子拱手。明子生涩地抱拳回礼。

［遥远的乡村，明子爹殷殷眺望着，奋力直起腰来。

［一片山羊的叫声。黑点儿带着羊群，紧跟在明子左右，一起走向远方……

主题歌

芦花开，花絮飞
轻轻淡淡无芳菲
无名无姓漫天舞
何人知晓我是谁

芦花开，花絮飞
风中有我兄弟姐妹
无声无语相呼唤
地角天涯追与随

芦花开，花絮飞
（天苍苍，野茫茫）
风中有我兄弟姐妹
（依山而生，择水而长）
无声无语相呼唤
（天有圆，地有方）
地角天涯追与随
（万物众生，同生共长）

我们牵手上路
我们走向远方
去放飞春的希望
去洗刷泪的忧伤
聆听那羊群唱出一曲曲古老的歌谣
守望着日月星辰，落下、升上

剧　终

附录 1

保持小说的文学品质　创造戏剧的独特艺术魅力和审美价值

（发表于《光明日报》2017 年 7 月 17 日，题为《〈山羊不吃天堂草〉：从小说到戏剧》）

首演前的创作谈，并作为“导赏”文章，印在演出说明书上

编剧冯俐访谈（中国儿艺公众号采访，2017 年 6 月 9 日）

一、创作初衷与选择理由

2016 年，在曹文轩荣获国际安徒生奖（世界儿童文学最高荣誉）的第一时间，我就代表中国儿艺向他表示祝贺，并表达了合作的意愿。中国的儿童文学取得至高国际奖项，作为中国儿童戏剧的最高代表，中国儿艺有责任做出呼应。在确定改编作品前，我们邀请曹文轩老师来剧院小剧场观看了正在上演的儿童剧独角戏《木又寸》。曹文轩老师对演出给予高度评价：“想不到，一个人的舞台，竟然可以如此波澜壮阔……”由此，他对中国儿艺作品的品格、品质充满信心，并当即向我们推荐了他的一些绘本故事。曹文轩老师的绘本故事都很精彩，但我觉得，中国儿艺与曹文轩的首次合作，需要一部更有分量的作品。中国儿艺每年的“现实题材”创作既是难点，也是必须圆满完成的创作亮点，同时也最能体现国家艺术院团的代表性、示范性和导向性。

曹老师的长篇小说多是现实题材，在阅读了其大部分的长篇小说后，我最终选定了他在 20 世纪 90 年代初创作的《山羊不吃天堂草》——一部具有结实的社会背景、深刻思想性和独特寓言性的作品。曹文轩老师听到我的选择，沉思了几秒钟，对我点头说：“很有眼光。”

小说主人公的年龄以及由此带来的观众群的年龄，是超乎中国儿艺常规作品的。作为编剧，我曾经想过把主人公的年龄降低，但那注定会削弱人物

刻画和主题挖掘。查明哲导演介入后，与尹晓东院长共同商榷，最终剧院决定在此剧的创作上，放弃常规“儿童剧”的驾轻就熟，以文艺工作者的社会责任为己任，由此进一步开拓中国儿艺的观众年龄，直面孩子们应该接受的“苦难教育”，为更多青少年提供他们需要的舞台艺术作品。文化部主要领导更是对这样的创作方向和开拓创新的勇气给予了肯定和支持。儿童文学领域，有一种文学样式叫“成长文学”，曹文轩的作品是具有开创性和代表性的。“成长戏剧”之称就是由此借用过来的。在戏剧领域，“儿童剧”所面向的观众群，本应涵盖18岁以下的未成年人，但我们一直欠缺适合小学高年级以上青少年观众观看的戏剧作品。青少年观众的流失是全球戏剧界都面临的问题。青少年需要戏剧艺术的滋养，我们的青少年尤其需要！

包括戏剧在内的文学、艺术，比起“语数外”“数理化”等学科，看似“无用之用”，但它们却又是改善人性、健全人格、滋润心灵的“大用之用”。创造出思想性艺术性俱佳、可以吸引感染青少年观众的戏剧作品，让他们走进剧场，接受更多艺术的熏陶和滋养，是戏剧工作者的责任。这部剧恰恰可以弥补这类剧目匮乏的遗憾。所谓成长，属于青少年，却不仅仅属于青少年——人的一生都在经历不断成长的过程。而成长，是在不断的选择中一次次完成的。每个人的每一次选择，都是艰难的，甚至是“惊心动魄”的。每一次选择都构成人格的完善或是损伤。

同名小说和戏剧，都以“成长”为题，通过一个孩子从农村走向城市、从家庭走向社会、从孩子走向成人的心灵成长过程，在不断越过“沟沟坎坎”、在诱惑和危机的悬崖边儿上收手驻足，在人生苦难和生活磨砺中逐渐形成人生观、价值观、世界观，从而长大成人的故事，让走进剧场的观众在这个并不熟悉的社会阶层的人物身上，看到熟悉的自己。剧中人物所经历的心灵成长历程，会令每一位青少年甚至成年人感同身受。

二、从“纯正的小说”到“纯正的戏剧”

首先，我要感谢曹文轩老师的小说为我提供了丰富的文学基础。作为小说，曹文轩的《山羊不吃天堂草》是非常成功的，但，一部作品在自己的文体中完成得越完美，转换成另外的文体时就越困难。小说有很好的人物、场景，大量细腻的心理描写和如诗如画的文字表达。所有的矛盾冲突和心灵激荡，都隐在长篇小说从容的结构和不徐不疾的叙述之中。好的改编作品应该是：保持小说的文学品质，创造戏剧的独特艺术魅力和审美价值。

剧本首先在结构上作了符合戏剧艺术特性的巨大调整：全剧由两条线索构成：一条是具有悬念的情节线，倒叙式的回溯。从明子“涉嫌诈骗”被带到了派出所，面对受骗业主的指控和警察的询问，明子除了点头、摇头，始终一言不发。明子的举动令警察不解、令前来营救的师傅不解，也构成了所有观众的悬念。在各种人的不断追问中，在派出所“现在进行时”的外部框架里，故事沿着明子独自思索的心理线推进，不断跳回到“过去进行时”，即明子从进城开始，一路经历过的人和事，这些人和事对他形成的刺激，令他从中做出选择，选择过程形成他人生价值观不断建立、自我怀疑、变化跌宕的心理历程。另一条线，是把原小说在最后才托出的“山羊不吃天堂草”的故事，化为明子内心巨大的疑问，在一开场就提出，形成具有形而上意味的叩问。一路探寻着“山羊为什么不吃天堂草”的答案，将一个人生问题的思索过程，形象化地贯穿全剧。导演把这部戏的风格定位为“现实生活寓言剧”。

小说是“叙述”的艺术，凭借的多是文字描述。而戏剧是“动作”的艺术，需要通过戏剧动作和人物台词来完成。20万字小说的情节需要的是“化学反应”后重新选择、集合、组织。而人物的台词，80%以上需要根据小说的描写重新创作。

剧本遵循小说原型，对主要人物都做了集中、加强、提炼和形象意义的升华：比如羊群和头羊黑点儿的拟人化。对个别人物，在基调上作了较大调整：比如紫薇，虽然她仍像小说中一样，是明子生命中吹过的一阵风——注定擦肩而过，但她没有“贵贱之分”的干净、她与明子身处弱势的同命相怜、由此产生的彼此理解和关怀……都构成明子生命中的暖色和亮色，构成明子走过苦难、认识生命美好的信念。无论是紫薇，还是剧中进城讨生活的木匠人群，都如同芦花一样：虽微不足道，却能成片地顽强生长；花絮飞扬时，在相遇的瞬间，互相陪伴同行。

这次剧本还有一个非常突出的特点，就是时空的频繁、自由跳荡，有时可以像思维一样迅疾。在“现在进行时”的倒叙大框架之下，作为戏剧主体的“过去进行时”中，不仅有“回忆”、有“回忆中的回忆”、有“回忆中的幻觉”、有“回忆中的反思”，甚至有“回忆中的穿越”……

“这部剧的时空跳荡很大，场景多种多样，包括现实时空和明子的心理时空的转化，这都要求一个空灵的舞台，以达到高频、灵敏的变化。但同时，我们又不能像戏曲舞台那样，全部用写意的方式完成。因为我们面对的是青少年儿童，要符合他们的审美，要多变好看，我就想到了用多媒体代替传统的布景。舞台上会应用很多表现性的语汇，比如木工群体聚集在立交桥下，彰显了一种都市的现代感与水泥冰冷感的交汇；再比如师徒仨人刚进入城市时看到的‘红灯’，会在明子做最后的心理挣扎时出现在舞台的各个方位，去表现一种选择的底线。整部戏中虽然有很多这样具有表现主义的形象出现，但都融进了三块 LED 大屏中……”（导演语）

通过多媒体的设置和一些巧妙的机关装置，整个舞台在导演“以少胜多”“无中生有”“变化多端”“去形留意”的总体艺术原则把握下，空灵且诗意，充满时尚感，完成得行云流水、出神入化，甚至匪夷所思。

小说和戏剧还有一个最大的不同在于：小说是一个人的创作，而戏剧是集体智慧的结晶。这个戏，集合了国内最优秀的戏剧家，集合了中国儿童艺术剧院这样一个戏剧领域最好的团队。在导演的总体构思和整体把握下，简洁立体的舞台美术样式、大量戏剧性的多媒体呈现、不同形象系统的同台并行、“现实主义戏剧”、“表现性”的现代舞、“写意”的歌舞说唱……都将有机地熔为一炉。未来舞台呈现在风格样式上的全面探索和追求，或许不仅会令熟悉儿童剧的人们耳目一新，也会为当下“现实题材”戏剧的创作，提出许多新的话题。

回到文本上讲，如何从一部纯正的小说，完成一部纯正的戏剧改编，是我创作中一直思考、探索的课题，大概也是所有改编作品可以共同探讨的课题。前后八稿剧本的修改过程中，查明哲导演一如既往地严格要求，更给予了非常多的帮助和指引。

三、中国故事　世界表达

国际安徒生奖评委之一的艾丽森女士对曹文轩先生的作品有一句评价：“曹文轩对人生起伏的描写非常具有中国特色，但同时又能引起全世界的共鸣。”毫无疑问这是曹文轩文学作品的价值所在，也是他获奖的根本原因。我们常说“越是民族的，越是世界的”，其核心含义，应该是指对人类共性话题的具有民族个性的表达。我在改编时始终自觉追求着小说具备的这种品质，希望同名戏剧也能兼备这样一种“民族性”和“世界性”。打通这一点，就可以打通走进剧场的人们（即生活相对优越的城市人群）对剧中这些“底层人群”的理解；就可以打通成年人与青少年成长心路的理解；就可以打通不同国家的人对中国故事的理解。或许，这就是我们常说的“讲好中国故事”的真正核心；是我们常说的“中国文化走出去”的真正核心。好的作品，最显著的标志在于它们不会被时间和地域所局限。我在剧本题记中写的这样一句话，即是动笔之前完成的这样一种自觉：“少年明子，你正站在人生和时代的门槛前!”

剧中的故事发生在 20 世纪 90 年代初，发生在中国伟大的改革开放初期。背景和人群是一个独特的历史时期的见证和记录，但它所表达的生命追问和价值坚守是具有永恒意义的。走进剧场的观众朋友，无论社会身份、无论年龄长幼，每一个人、每一个时刻，都站在不断选择、不断成长的门槛前。

附录 2

《山羊不吃天堂草》的文学转化与戏剧表达

（发表于《中国戏剧》2020 年第一期）

冯　俐

成长戏剧《山羊不吃天堂草》根据曹文轩的同名长篇小说改编，获了“曹禺剧本奖”。我认为这部作品成功的绝不仅仅是剧本，而是整体舞台呈现的全部。不仅观众、专家有多角度高评，原著作者曹文轩先生也一再说：“我看到了艺术，看到了升华。舞台上是我的作品，又不是我的作品，它是从文学到戏剧的一次伟大的再创造。”

少年成长心灵史

一部作品完成得越完美，转换成另外的文体时就越困难。

同名长篇小说 20 多万字，线性结构，娓娓道来。乡下木匠师徒进城谋生，在贫困和卑贱的各种窘境中，历尽人情冷暖与世道艰难……小说中有大量细腻的心理描写和如诗如画的文字表达，但所有矛盾冲突和心灵激荡都隐在从容的结构和不徐不疾的叙述之中。几乎没有人物对话，一系列细碎的生活境遇，堆积出穷途末路的明子打算“携款潜逃”。而这可能构成戏剧中心事件的携款潜逃，也只是一个“动机”——完成在明子的“内心风暴”中。小说里，明子怀揣“巨款”，竟鬼使神差地走进了教堂，想起家里那群饿死的山羊，自省而迷途知返……26 章小说到了第 24 章，“山羊”才第一次出现在明子的回忆里——当年，为摆脱贫困，家里举债买羊，周围人也都跟风养羊，导致周边的青草都被吃光。所有人杀掉山羊的时候，明子和爹将羊群带到了一个遥远的小岛上。但是，面对满岛的天堂草，这群羊却活活饿死了，明子不得不离乡背井、进城打工还债……

小说打动我的，是作者对生活在城市底层的农民工的悲悯情怀。小说最打动我的，是明子这样一个担负着全家生活重担的农村孩子，在遭遇无数命运的不公对待之后，仍然能在最后关头守住做人底线。我看到了平静叙述下面隐藏着的一处处人性的陷阱和悬崖，也看到了跨过人性陷阱、超越人性悬崖的壮丽——我们每一个人，无论社会身份高低、年龄长幼，都同样会时时面临人性的考验和挑战，一步天堂一步地狱。若处在明子的境遇中，我们又会怎么做？我想挖掘出这个故事中的普遍意义。

比起小说，戏剧的时空容量极其有限，这个戏又很难围绕一个中心事件完成。于是，倒叙为结构，回溯为主体，成为我的剧本结构原则。

全剧的外部结构是现在进行时，明子涉嫌“携款潜逃”而被抓到派出所，面对警察、师傅等人的询问，他始终一言不发。全剧的内部结构是过去进行时，由明子的回忆连缀而成，沿着明子的“心理叙事”线索，展开一系列外部事件，进城后的生存危机、内心痛苦不断击打这个少年的心，一次比一次猛烈，一次比一次密集，令他掴不过气，在喘息中选择，在选择中，人生观、价值观不断崩塌和重建，在不断地自我怀疑、自我拷问、跌宕多变的心路历程中，完成一位少年的心灵成长史。

我查过资料：600 多种植物中有 80 多种是羊不吃的，这是天性使然。题目的寓意明摆着：不属于自己的草，羊饿死不会吃；不属于自己的东西，人饿死不能拿！

但，查明哲导演却总在问我：山羊为什么不吃天堂草？有一天他突然说：“山羊不吃天堂草，为什么不能是明子一路探询的、巨大的内心疑问呢？”导演发掘出了山羊的意象和形象意义！山羊不吃天堂草，不仅仅是明子走进城市的肇因、不仅仅是乡村文明道德底线的寓意象征，更是明子成长过程中巨大的内心疑问。它在一开场就被提出，形成具有形而上意味的叩问，随着明子一路探寻答案，将一个哲学问题的思索过程，形象化地贯穿全剧。

于是，剧本在正在进行时的倒叙线索和过去进行时的回溯主体之外，形成了第三条最有价值的内在线索！

山羊的舞台形象和意义

山羊是真实形象，也是情感和思想的意象。舞台上怎么表现？探讨多次后，查明哲导演提出：要是用现代舞呢？最终，贯穿全剧的羊群，以现代舞富于艺术美感的强大表现力，塑造出了灵性和神性，表达出丰富的形象意义。

第一，山羊是明子沉默的伙伴，心心相印；山羊是明子内心的另一个自我；山羊是更好的明子。当明子被关在派出所里，孤独的他会想念他的黑点儿和羊群。他会向自己喜欢的紫薇讲述黑点儿和羊的故事，黑点儿及羊群就出现在明子的讲述中。紫薇一句赞叹“黑点儿像个英雄”，会令明子生出说不出的自豪感和崇高感。明子打算携款逃走，回去救家救爹娘，羊群是明子良知底线的外化形象，抵死阻止他在人性悬崖上的堕落。明子在“饿死不做贼”与“救家救爹娘”的天人交战中，终于找到内心的答案，在“悬崖”边上幡然驻足……这时的明子像山羊一样仰天发出震撼人心的长啸，奔回正道归途。一个有着大写人格的少年在长啸中诞生！

第二，山羊寓意着以明子为代表的这群弱小平凡的农民工们的生命精神。随着城市化进程，大量农民拥入城市，凭一己之力，寻找新的生存方式，没有保障、举步维艰。他们之间有时会为了生计相争，也会有一些小小的恶习，但这些都掩不住他们的性本善良。就如明子，在被刻薄的雇主欺侮后，会把臭肉塞进刚做好的衣柜来报复，但更会乐于助人、会为更弱小的同伴打抱不平；就如三和尚，会算计徒弟甚至逼着徒弟去偷木头，但当徒弟生病、被抓，他也会拼命相救。导演赋予全剧两次羊叫，震撼人心的一次是明子迷途知返的那声长啸。催人泪下的一次出现在风雪中——明子冒雪到市场揽活儿，带着瑟瑟发抖的小木匠抵角取暖，学着羊儿一样地叫着跳着。畏缩在寒冷和绝望中的木匠们被两个孩子的顽强唤醒，他们打起精神跟着嬉戏，高高低低的羊叫声继而变成了生命的呼喊。几乎看不清面孔的木匠们在呼啸的北风和漫天雪花中发出羊叫，令所有观众泪奔。这泪水中充满对艰辛的理解、充满酸楚，更充满感动。此时，最温暖动人的场面出现了：明子心中的羊群外化在舞台上，在他身边、在风雪中彼此呼唤着，逆风而上、不屈不挠、顽强前行……此时，导演以更加温暖的人文情怀，将留在窝棚里打牌、时常露出“小奸小恶”的三和尚等人，也都纳入了这样一个共同的语境之中——“风雪中顽强前行的羊群”，同坚持“饿死不做贼”的明子，同那个弱小如尘埃的小木匠、同在苦苦支撑的从不会被人注意的木匠们化成了一个整体。那一时刻，没有一句台词，但你会听到看到导演心里的那句话：这就是生命的顽强！这就是野火烧不尽的人民！山羊构成了舞台呈现对人民精神的咏叹。

第三，山羊还是古老传统、乡村文明的化身。剧中明子爹虽然只出场5次，全部台词不过10句，但每一次出现，都会跟羊群一起，构成了“坚守本分”原则的组合形象。如同《羊群之歌》唱出的：“我们是山羊，不属于我的草，我不吃也不尝……天有圆，地有方，万物众生，同生共长，山高水长……”

这是亘古不变的天道人伦！这是全剧真正要表达的草根本性！这是明子于千万种磨砺中幡然领悟到的“山羊不吃天堂草”的人格隐喻！

“日子长来日子短，要蹚河来要翻山，顶着风来躲着闪，唉，你说难不难?”剧本中的木匠“群戏”，被导演发展成敲着各种工具说唱的“歌队”。在与作曲家工作时，邹野老师提出应该有一首带有苏北地域特点的《木匠之歌》，以短歌的样式反复出现，形成木匠群的音乐形象。导演便在剧本的背面写下了前面的第一段和这第二段：“日子长来日子短，三伏热来三九寒，家要养来钱要赚，嗨，管他难不难!”最后一句“管他难不难!”将情绪落在了坦然和豁达上。这首歌木匠群贯穿始终地歌唱，如同一首咏叹，形成这个人群生命精神的自白。

舞台上语言的抒情总是蹩脚的。但好的戏剧一定有抒情。靠什么？靠舞台形象！主创对明子、对这个人群的情感态度，都通过这些感性的舞台形象完成了。

独具“假定性”魅力的舞台时空

本着“保持小说的文学品质，创造戏剧的独特艺术魅力和审美价值”的自觉，剧本将一部纯正的小说彻底打碎，进行全新重构。遵循着戏剧的规律，创造了丰富的时空（过去、现在、现实、幻觉、回忆、回忆中的回忆、交错中的思想表达和情感书写等）并进行了蒙太奇式的有机组接。

梅耶荷德说：“一切戏剧艺术的最重要的本质是它的假定性本质。”查明哲导演恰是深谙此道的。他将这部时空“蒙太奇”式的剧本排成地道的舞台剧，完成了一部心灵成长史，塑造了令人难忘的艺术形象，还在舞台上作画、写诗、上演大片、演绎哲学命题。针对剧本中密集的时空跳荡，导演与舞美设计申奥一起，完成了一个独一无二的舞美方案——五块带有装置、能够局部完成不同形状开合、伸出动作的超清 LED 屏，成了舞台上的全部“布景”。

最初听说要大面积使用 LED 屏时，大家都有些意外，以为最受公认的戏剧导演应该不会用这种“省事”的、“晚会式”的手法。当导演说要完全使用大屏幕时，大家意识到，这将是一次空前的尝试和创新。全新的舞台，为这个戏的时空变化以及写实、写意、抒情之间，提供了极其广阔的跳荡的自由，制造出令人目不暇接、心醉神迷的戏剧魅力。

其一，了无痕迹、像思维一样迅疾的时空变化和场次衔接。

寂寥的序曲中，五块大屏构成绿草如茵的小岛，白鹭纷飞，剧名的出现仿佛舞台上全剧的“封面”；音乐情绪转，五块大屏变成派出所，明子孤独的身影在派出所的窗前无助地晃动；音乐情绪转，明子思绪飘向遥远的过去，乐池升起，生龙活虎的明子带着一群山羊蓦地出现在台口，背后的大屏已是绿草如茵的小岛，明子和羊群欢呼着，冲向绿草……宁死不吃天堂草的黑点儿和羊群集体赴死，金色余晖勾勒出它们倔强而高贵的身影，后区车台悄然推出，犹如明子心中这死亡过程中的升格……明子跪别父亲准备进城谋生，长长的火车汽笛响起，绿草如茵瞬间化作灰色的苍原长路，衬着少年的一脸迷茫；回身之间，师傅的呼唤同时唤来车水马龙的城市街头，中央最大的屏幕上是放大无数倍的红绿灯，安全岛上是怀揣梦想又晕头转向的师徒仨……一曲《木匠之歌》舞出一群奔波中的民工们，他们或“骑车”或“乘车”或“奔跑”，穿梭在城市之间……剧本中的 19 个场景被导演在舞台上表现出数不清的场面，却自始至终了无痕迹、行云流水，又充满丰富的戏剧语汇。

其二，奇妙的复合场面，妙不可言的假定性运用。

这里说的复合场面，指的是舞台上出现三重以上不同的时空，通过大屏变化，形成的写实与虚拟交融、写意与抒情呼应。

全剧最温暖的场面是前文讲过的“风雪中的木匠们和顽强前行的羊群”。舞台上出现了三个时空。舞台前区是木工市场一角，明子和小木匠在抵角取暖，身后是瑟缩着的木匠们。舞台后区，同一时间的另一个空间，是窝棚里打牌的三和尚等人。随着轰然而起的充满顽强生命力的音乐，明子的内心视像被外化在舞台上——山羊们在黑点儿的带领下，顶风冒雪，互相呼唤着，从中心表演区、从明子的主观意识中走过。铺天盖地的风雪、《木匠之歌》的哼唱，打通了三个空间所有生命的际遇，打通了羊群与木匠们的精神联系，形成舞台上感人至深的亮点，形成一首无言的抒情诗。

时空转换本是电影最擅长的，但这里利用舞台假定性完成的时空变化、心理叙事，却比电影蒙太奇更富于艺术美感、更自由、更富有表现力。导演在舞台上多次上演“盗梦空间”式的穿越叙事。比如，现在进行时的派出所里，明子沉默地注视着师傅，无意中碰到自己身上的铃铛——那是他从死去的黑点儿身上取下来一直带在身上的。铃声将明子带回与师傅有关的过去进行时：三个人没活干，没饭吃，三和尚把明子、黑罐带到一处工地（舞台前区），让他们去“拿”放在工地上的木方，做家具卖钱。但明子却拒绝“偷木头”。在三和尚的斥骂威胁下，明子喊着“我不偷!”跑开，跑到舞台正中的高台上。随身的铃铛一路清脆地响着，又将明子带进了“回忆中的回忆”——中心演区出现当年的乡亲们，大家在追究是谁家的羊吃了大家的庄稼，最后认为明子家嫌疑最大，一起前去兴师问罪。这时，上场门方向前区出现了明子爹和黑点儿。面对声声质问，明子爹说：“我家的羊有人管着呢，人，饿死不做贼!”爹从“回忆中的回忆”中隐去，过去进行时的明子站在高台上大喊：“饿死不做贼!”三和尚气哼哼地甩手而去。明子看着手里的铃铛，背后的大屏瞬间回到现在进行时的派出所。短短几分钟的戏，都在明子心理叙事的原则中，完成了现在、过去、过去的过去三个时间和派出所、工地、乡村三个空间的三层立体交叉，清楚明了又迅捷如思绪。

全剧中最奇妙的时空处理，是“救徒”一场。在明子的回忆中，三和尚听说偷木头的黑罐被工地的人抓起来了，跺脚跑去救黑罐。上场口方向的大屏，瞬间成了过去进行时的“工地保卫处”。三和尚进门先演“苦肉计”——对着黑罐拳打脚踢，并迁怒地将上来劝解的明子搡到了一旁。一听说要罚款，三和尚马上哭起来。这时，上场口方向传来警察的声音：“你哭什么?”下场门方向的大屏显现现在进行时的派出所。神奇的穿越时空开始啦!同样是蹲在地上的明子一动未动就成了现在进行时中派出所里的明子，警察站在高处。而左边，则是过去进行时的工地保卫处，工作人员也坐在高处——三和尚的过去、现在的两次“救徒”，在明子的眼里、心中，在观众面前穿梭上演。三和尚的左边是过去，右边是现在。从前为救黑罐，他一路哭穷装可怜；现在为救明子，他一路赔笑说好话。过去的三和尚把自己撇个干净，现在的三和尚主动认错。过去的三和尚万般不愿意地从裤衩里掏出私房钱交罚款，然后，一手拿着钱一手提着裤子，他当场从“过去”走进“现在”，收起一脸苦相露出满面笑容，为救明子愿意支付“精神损失费”……梅花奖演员刘晓明在这极具戏剧假定性的两个时空中，哭哭笑笑地演出了导演要的瞬间转换，演出了一个底层木匠充满生活艰辛的狡黠和真诚，在鲜明对比中，完成了一个饱经沧桑的男人的自省和成长。最后，三和尚沮丧地举着皱巴巴的钱，站在过去与现在的交接线上痛苦着——过去进行时不得不破财救徒的痛苦；现在进行时救不了明子的痛苦。而工地保卫处的人和派出所的警察都在各自的当下，却同时指着他说：“瞧你这个师傅，是怎么当的!”这句话，又何尝不是三和尚在这样两个时刻的自责。

沮丧的三和尚就地坐下，舞台时空在明子的回忆中继续流淌——大屏幕上的工地保卫处和派出所隐去，明子走向师傅，大屏幕已是窝棚门口，时间、地点又回到过去进行时，三和尚席地而坐着，从刚才的独自苦闷变成了收工小憩，大雪纷飞中，来打牌的巴拉子等人喊着进门了……

“盗梦空间”式的时空转换可以用影视的“蒙太奇”完成；“风雪中顽强前行的羊群”的心理空间与现实空间并存，可以用影视的“叠化”表达。但，主人公内心视像中的羊群，影视手段一定达不到舞台表达的表现意味，更不会如此诗意；而“救徒”这样一语双关的穿越，恐怕只有在戏剧的舞台上被这样的导演创造出来。

如果说“风雪中顽强前行的羊群”是舞台上的一段抒情诗，“明子的携款逃走”则完全是一篇现代派的意识小说。

明子决定携款逃走，奔跑到火车站前遇到红灯，等待的短暂时间里，明子的心潮翻滚，天人交战，心乱神迷，想起爹、想起黑罐，甚至想起那群死去的羊……继而想起紫薇留给自己的信，看到了紫薇告诉他的山羊不吃天堂草的答案，从而顿悟，决定返回去退钱……这样一段内容，在文学上可以构成几千字甚至几万字的心理描写。这一心理瞬间，更可加入许多非理性的联想、幻觉。然而，在舞台上，人物精神崩溃边缘的心理描写能够像文学一样天马行空又准确到位吗？特别要说，扮演明子的青年导演毛尔南奉献了杰出的表演，塑造了戏剧舞台上最丰富、最有光彩的中国少年形象。

舞台上，这一天人交战的瞬间，被更加形象地、艺术地放大，充分展现和诠释了：窝棚里的明子朝师傅床头深鞠一躬，悄然出门，向着火车站方向飞跑。所有大屏幕上的城市楼群，随着明子的奔跑动作，飞快地迎面而来。一声火车汽笛声，火车站前自控变灯的提示音响了，明子站在十字路口，更是他人生的十字路口！所有大屏上都蓦然亮起巨大的红灯，神情恍惚的明子站在红灯前，已分不出真实和幻觉，那些死去的羊群于猝不及防中突然出现，这是高度紧张的明子的内心幻象，羊群从他的内心走到了他的面前——如同挡在人性悬崖边上的最后一道防线。他在红灯和羊群之间惊恐万状地奔跑着，一边大声嚷着："你们不是死了吗?"一阵警笛，也许是过路警车，也许是幻听，红灯始终亮着，羊群始终挡住去路。明子疯了一样想摆脱羊群，大喊着"闪开！都闪开——"蓦地，一切都再一次回到了那个小岛上，五块大屏，绿油油的天堂草中央，却又都闪烁着大得触目惊心的红灯。明子像是被催眠了一样，又回到那个满怀最后一线希望的少年，他劝着、求着羊群："你们不是饿了吗？去吃草啊！吃草！我不让你们死……"黑点儿和羊群再一次在他面前倔强地站立着死亡，明子再一次哭倒在死去的羊群前，再一次绝望地追问："为什么你们宁可饿死，也不肯吃这天堂草啊?"在这片凌乱、癫狂、狞厉的幻觉场面中，我们可以准确感受到明子此时的绝望。这时，空中出现了紫薇的呼唤。明子想起那封信，悟到"不属于山羊的草，山羊不会吃；不属于自己的东西，人不能拿"这最简单的道理。这时，所有死去的山羊突然活了过来，因为"他懂了……"明子找到了生命的答案，获得精神上的重生。在他的仰天长啸中，所有的红灯变成了绿灯。他向着来的方向奔跑……

全剧这样富于哲思和表现力的独特舞台语汇、妙不可言的细节，比比皆是。都出人意料又合乎情理，既制造着生活的真实幻觉又充满艺术的、情感的、思想的表现力。而这一切，我想，都是这"伟大的再创造"的一部分。

附录 3

感谢和感恩

——“曹禺剧本奖”获奖感言

（发表于《剧本》2019 年第五期）

冯　俐

面对这个中国剧作家的至高奖项，我要说的，是感谢和感恩。

感谢本届评委会把这个奖给了儿童戏剧，给了现实题材儿童戏剧，给了努力将儿童剧观众拓宽到青少年的这部“成长戏剧”。

感谢曹文轩老师的信任，在他获得安徒生文学奖之后，欣然将这部代表作交给了希望“以儿童戏剧呼应儿童文学取得世界性成就”的中国儿艺和我本人。感谢这部长篇小说提供的坚实文学基础。更感谢曹文轩老师以原著作者对改编作品高度肯定的方式，支持着这次全方位的戏剧探索：“我（在舞台上）看到了艺术，看到了升华，看到了无边无际的悲悯。这是从文学到戏剧的一次伟大的创造！”

感谢本剧导演查明哲老师在剧本创作过程中给予的巨大帮助。从定位比常规儿童剧更有深度和力度的“成长戏剧”，到六易其稿过程中对作品思想性、艺术性的把握引导，从主题立意到表现样式，查明哲老师的艺术智慧令这部作品不断提升。

感谢出品人尹晓东院长的创新意识：“放弃常规儿童剧的驾轻就熟，开拓服务未成年人的戏剧作品，直面孩子应该接受的苦难教育。”感谢他在这部戏的艰苦创作中，表现出的坚定和对严肃戏剧的追求。

感恩……我的母亲。这次写作，用了我大半年节假日、深夜到凌晨当中不“加班”的时间。2017 年春节前，81 岁的母亲身体明显不好，我想利用春节回去看望，但母亲知道我在分秒必争，所以坚决不许我动身。她一贯要求我“工作第一”。4 月 9 日，第六稿剧本（排练本）临近杀青，我正一边吞着最后一口晚饭一边坐在电脑前，突然接到哥哥的电话：“妈妈去世了……”还在医院里的哥哥说："今晚，你给妈妈点一盏长明灯吧。"我找出妈妈的照片摆好，点燃蜡烛，然后对妈妈说：妈，明早回家之前，我能做的，就是把剧本写完，不辜负您用生命成全的这部戏……那一夜，长明的烛光中，我在妈妈的注视下，写完了最后一个字，并将剧本发给了所有主创……7 月首演，谢幕时我像爱笑的母亲一样笑着，但细心的朋友仍看出我的愣怔……然而，奇迹一般，这一届评奖结果产生的日子，是 4 月 8 日——母亲去世两周年的前一天！我知道了，这个奖，也是给我妈妈的！感恩母亲在我几十年专业道路上，无数次理解、支持、宽容我这个"看不见、摸不着"的女儿……

感谢从初稿到演出的过程中，数十位大专家、前辈对这部戏给予的热情鼓励和帮助指导。

感谢盐城。感谢盐城文化局两任当家人——著名剧作家陈明先生和邵秀华女士，采风过程中是他们全程陪伴，从素昧平生到结下深厚情谊，令我们飞快地亲近了这方水土、这方人，其温润灵秀、诗书耕读、淳朴自然的印象，都令小说中的一切，在我的脑海中化作生动。

最后，我要说：真希望这个戏能同时获得剧目奖、导演奖、舞美奖、音乐奖、灯光奖、演员奖以及演员奖中的主角奖、配角奖、群众演员奖……感谢所有"山羊们"在二度的共同创造！

附录 4

守住尊严　走向光明

（发表于《人民日报》（海外版）2017 年 8 月 3 日）

欧阳逸冰

曹文轩的标志性小说作品《山羊不吃天堂草》，近日被中国儿艺搬上了舞台，颇为引人注目。首轮演出获得了热情的赞扬，也掀动了业内外人士对儿童戏剧创作现状的思考。

由于对“儿童剧”的习惯性理解，大量作品偏向低龄。其实，“儿童戏剧”的国际通行称谓是“未成年人戏剧”。原作本身就是一部优秀的儿童文学作品，据此改编的这出戏当然是未成年人戏剧（即儿童剧），其观众对象理应是少年和准青年。这是毋庸回避的，也用不着把这出戏从儿童剧里“拔出来”。

引人争论的是，这出戏所表现的生活内容——20 世纪 80 至 90 年代少年打工者的故事。来自农村的少年打工者的故事，对今天的城市小观众来说是陌生的。有人断言，这不会引起城市小观众的关心。其实，一味地偏向低龄，偏向娱乐，实乃画地为牢。打破陌生与隔膜，就是打破冷漠，让人们关心和爱护像《山羊不吃天堂草》中的明子那样处于困境中的人，了解他们，关注他们，凿开隔膜，迸发出爱的喷泉。这或许就是该剧的重要价值：呼唤悲悯，呼唤爱。

戏剧编导的睿智在于没有停留在对这个少年打工者的命运故事的演绎上，而是精准地抓住了故事中足以令少年观众惊叹的蕴含。这个蕴含的哲理性绝不玄秘，却很朴素，那就是——山羊为何不吃天堂草。

它的答案是那么简朴明确，一句话就可说完；又是那么丰富厚实，要用一出戏来完成。因为，主人公明子要用自己整个灵魂去体验和回答一次比一次更加严峻、更加富有诱惑力的挑战：他拒绝偷窃工地的木料，但是对雇主以牙还牙的恶作剧却埋藏着不良；他劝阻黑罐参与赌博，自己却用赌博的心态买彩票；残疾姑娘紫薇是他美好的期望，却在失望之后，报复了另一个无辜的求助姑娘；他把一单生意让给了可怜的小木匠，而自己在得到一单大生意的定金之后却产生了可怕的念头。然而，千回百转，他最终的抉择是像领头羊黑点儿那样，拒绝不该“吃”的东西，守住尊严，走向光明。

刚刚进入生活的明子，其在戏剧的舞台上的抉择之所以具有震撼力，就在于编导运用戏剧思维把故事变成了一次比一次更加强烈的戏剧行动，把整个舞台变成了明子起伏变换的内心世界。他们创造性的改编在于：

首先，把小说的线性叙述变成了辐射性戏剧结构。其中心点是明子在派出所的思索、回忆、心潮迭起。编导把所有的记忆片断拼成了他清晰完整的心路历程，而这些场景无一不是戏剧行动，在因果链条上组接着悬念、铺垫、积累、激变和逆转，戏剧的魅力恰在于此。

其次，山羊在原小说是象征；在戏剧舞台上，它们不仅是象征，还和父亲的形象组成了无处不在的戏剧行动力量，每到明子抉择的关节点，它们都会出现，直接干预明子的最后抉择。这实际上是把明子内心追求光明的力量以及外在的，包括我们民族优良传统的力量、时代前进的必然力量形象化了。从明子最后喊出的“饿死也不吃不属于自己的东西”里，我们听到了“富贵不能淫，贫贱不能移”的历史回声，听到了时代对坚守信念的自信力。这种艺术手段强有力地表现了全剧向往光明的倾向。

倘能努力于再提炼，相信这出戏会成为拓展儿童戏剧创作的标志之作。

（作者系著名剧作家、评论家，中国儿童艺术剧院原院长）

附录 5

山羊为何不吃天堂草?

（刊发于《中国艺术报》2017 年 7 月 17 日）

乔燕冰

中国儿艺根据曹文轩同名长篇小说改编的国内首部“成长戏剧”首演，告诉孩子——山羊为何不吃天堂草。

“看剧过程中，我在下面一直没有鼓掌，但这恰恰是我对这个剧的高度认同，这是对它的另外一种认可。我坐在下面一直在流眼泪。这个小说是我写的，但是在写时我从来没有流过泪。看剧时我一直没有把它与我的小说联起来，我知道它已经变成了一种另外的东西，它升华了。从剧中我理解了一个词——悲悯、无边无际的悲悯，这就是我今晚深刻的体验。”日前作为第七届中国儿童戏剧节开幕大戏，中国儿艺根据著名儿童文学作家曹文轩同名长篇小说改编的国内首部“成长戏剧”《山羊不吃天堂草》在京首演，演出结束后，曹文轩与台上全体主创如是表达其真情实感。他坦言：“一般一个小说改成舞台剧，原小说作者很难满意，但这个作品的改编我很满意!”那么，是什么打动了这个原本应该“很难满意”的作者?

一群饥饿的山羊，面对一片肥美茂盛的天堂草，却不肯低下头食用，若干天后竟一只只倔强、高贵地死去……山羊为什么宁可饿死也不吃天堂草?带着心中巨大的疑问，带着父亲“自己去长大成人”的殷切期盼，少年明子在生活的重压下扛起养家的责任，跟随师傅三和尚和师兄黑罐进城打工谋生。在那个与青山绿水截然不同的钢筋水泥的陌生世界中，他们似乎格格不入难以走进，也不断经历复杂现实的种种冲击：遭遇苛待之后的以恶制恶，利益诱惑前的人格失守，纯真友谊面对窘境的不堪一击，亲情责任对阵道德底线的艰难博弈……在生活的艰辛和世态的炎凉中，单纯倔强的明子不断接受着道德的考问，不断被逼到了人性抉择的悬崖边，在乡土文明坚守的迷惘与现实生活磨砺的困惑中不断挣扎、不断追问，逐渐领悟到“山羊不吃天堂草”的人格隐喻及价值选择，艰难而执着地成长着……

《山羊不吃天堂草》原著的顺叙结构在该剧中以两条叙事线索并行扭结，一条是以从明子“涉嫌诈骗”被带到了派出所后始终一言不发、充满悬念的倒叙式回溯的现实情节线；另一条是以拟人化的演绎方式将小说最后“山羊为什么不吃天堂草”的情节提到戏剧开场，并作为一种精神追索贯穿全剧，形成具有形而上意味的叩问。沿着这两条线索，“现实主义戏剧”、“表现性”的现代舞、“写意”的歌舞说唱等多种舞台表现手段与时空跳荡变幻多端的舞台有机地熔为一炉，舞台呈现风格样式上的全面探索和追求，不仅令熟悉儿童剧的人们耳目一新，也为当下“现实题材”戏剧的创作提出新的思考空间。

“语言艺术与舞台艺术有很大差距，舞台艺术是空间艺术，剧情里的事件原小说里都有，但它们已经被掰开、揉碎、重组，舞台空间艺术能够调动的东西几乎被全部调动，并且在省略或延长的取舍上，剧情节奏安排非常好，从而将原来的语言艺术变成舞台艺术。这是一次非常成功的转化，让我了解了什么叫艺术。我在写作品时想到的是什么是文学，在看这个剧时想到了什么是艺术。”曹文轩颇为肯定该剧对文学作品的舞台转化。

在曹文轩看来，该剧通过艺术性非常强的处理，使之既是写实型，又变成一种寓言，具有很强的象征性。“剧中很多意象处理得非常好，比如不时出来的拟人化的山羊，使这个剧具有哲理和诗意，也使之由始至终具有巨大的悲悯情怀，并将原来小说中闪光的东西进一步放大了。”曹文轩说。

《山羊不吃天堂草》是曹文轩早期创作的作品。在该剧编剧、中国儿艺副院长、国家一级编剧冯俐看来，这是一部具有结实的社会背景、深刻思想性和独特寓言性的作品。剧中的故事发生在 20 世纪 90 年代初中国改革开放初期，其背景和人群是一个独特的历史时期的见证和记录，但它所表达的生命追问和价值坚守是具有永恒意义的。正如国际安徒生奖评委之一的艾丽森对曹文轩的作品的一句评价：“曹文轩对人生起伏的描写非常具有中国特色，但同时又能引起全世界的共鸣。”

“因为基本的人性是永远一致的。历史是条长河，无论过去的人还是现在的人，我们都只是站在这条河两岸的人，但我们的下面有一条暗河是相通的，所以无论故事与当下时代是否有距离，它会永远离我们很近，永远在我们身边。”曹文轩此言让人明白该作品何以跨越时代，让孩子与成人都能从中体味成长深意。

（作者系《中国艺术报》记者）

附录 6

好的作品可以打通边界

（刊发于《工人日报》2017 年 7 月 17 日）

赵 亮

“少年明子，你正站在人生和时代的门槛前！”

这是中国儿童艺术剧院副院长、国家一级编剧冯俐在改编儿童文学作家曹文轩的小说《山羊不吃天堂草》时在剧本题记中写的一句话。

7 月 7—10 日，国内首部“成长戏剧”——《山羊不吃天堂草》在第七届中国儿童戏剧节上作为开幕剧目与观众见面。在多数儿童剧趋向低龄化、娱乐化的当下，这部作品显得有些逆“潮流”而动。因为，它不仅将受众“上调”至不被市场看好的青少年群体，内容上还聚焦了一群与城市少年观众距离较远的打工孩子的成长故事。

但在冯俐看来，对于特殊成长期的青少年来说，比起“语数外”“数理化”等学科，看似“无用之用”的文学艺术，却是改善人性、健全人格、滋润心灵的“大用之用”；而剧中所讲述的以主人公少年“明子”为代表的进城打工孩子的成长故事，其背景和人群则是对一个独特的历史时期的见证和记录，它所表达的生命追问和价值坚守具有永恒意义。因为，无论社会身份、年龄大小，每一个人、每一个时刻，都站在不断选择、不断成长的门槛前。

“首次与曹文轩合作，为什么会选择这样一部作品？”

对于记者的疑问，冯俐解释道：“2016 年，在曹文轩荣获国际安徒生奖（世界儿童文学最高荣誉）的第一时间，我们就向他表达了合作的意愿。因为中国儿童剧需要更有分量的作品。实际上，曹老师的长篇小说多是现实题材，在阅读了其大部分的长篇小说后，我最终选定了他在 20 世纪 90 年代初创作的这部具有结实的社会背景、深刻思想性和独特寓言性的作品。当时，曹文轩老师听到我的选择，沉思了几秒钟，对我点头说：‘你很有眼光。’”

在儿童文学领域，有一种文学样式叫“成长文学”，曹文轩的作品在这方面是具有开创性和代表性的，这部戏之所以定义为“成长戏剧”就是由此借用而来。在冯俐看来，所谓成长，不仅仅属于青少年——人的一生都在经历不断成长的过程。成长，是在不断的选择中一次次完成的。每个人的每一次选择，都是艰难的，甚至是“惊心动魄”的。这部同名小说和戏剧，都以“成长”为题，通过一个孩子从农村走向城市、从家庭走向社会、从孩子走向成人的心灵成长过程，在不断越过“沟沟坎坎”、在诱惑和危机的悬崖边儿上收手驻足，在人生苦难和生活磨砺中逐渐形成人生观、价值观、世界观，从而长大成人的故事，让观众在这个并不熟悉的社会群体的人物身上，看到熟悉的自己。

但将一部好的文学作品改编成戏剧作品却绝非易事。毕竟，小说是“叙述”的艺术，凭借的多是文字描述；而戏剧是“动作”的艺术，需要通过戏剧动作和人物台词来完成。二十万字小说的情节需要的是“化学反应”后重新选择、集合、组织。因此，好的改编作品应该是：保持小说的文学品质，创造戏剧的独特艺术魅力和审美价值。

除了改编过程中的艺术技巧，编剧冯俐希望这两种形式在艺术追求上能够达成一致，那就是同名戏剧也能兼备这样一种“民族性”和“世界性”。

国际安徒生奖评委之一的艾丽森女士曾对曹文轩先生的作品有一句评价：“曹文轩对人生起伏的描写非常具有中国特色，但同时又能引起全世界的共鸣。”对人类共性话题进行具有民族个性的表达，这是曹文轩文学作品的价值所在，也是他获奖的根本原因。

“我在改编时始终自觉追求着小说所具备的这种品质，希望打通这一点，就可以打通走进剧场的人们（生活相对优越的城市人群）对剧中这些‘底层人群’的理解；就可以打通成年人与青少年成长心路的理解；就可以打通不同国家的人对中国故事的理解。好的作品，最显著的标志在于它们可以不受限，打通一切边界。通过一个少年的成长，可以折射出时代的成长、国家的成长。明年（2018 年）正是中国改革开放 40 周年，放在这个时代背景下来看这部剧，相信会有更多的感悟。”冯俐对记者说。

（作者系《工人日报》记者）

附录 7

逆势而为：成长戏剧《山羊不吃天堂草》语境下的“儿童新定义”

李佳璐

中国的儿童剧市场这块蛋糕越来越大，人人都想来分一杯羹。而在我不甚丰富的观剧体验中，这些儿童剧从主题到呈现在舞台上的最终效果，都是令笔者忧心忡忡的。部分儿童剧所呈现的“低智”与“低质”都分外让人心痛，君不见诸多家长虽陪着孩子进入到剧场，却坐着低头玩手机，偶尔抬眼已经算是最大的褒奖。经常陪孩子看剧的家长大多数都是审美不俗，对教育孩子有极高追求的人，而给他们看的剧，却有着对童话故事简单解构，剧情雷同，剧中人物扁平化，表现手法单一等诸多问题。那些急功近利就上台吆喝的儿童剧，该如何去解放我们儿童的天性，激发孩子的想象力和创造力呢？

还好，一部成长戏剧《山羊不吃天堂草》逆势而为，让我们看到了儿童剧的内在潜力和新的探索形式，而这部成长戏剧，也弥补了中国适合于青少年观众群体的戏剧作品这一缺口，同时也扩大了儿童剧的内涵与外延。虽然这次在舞台上呈现也有一些不甚成熟的地方，同时也留下了仍有年龄短板这一劣势。我认为，年龄在儿童剧的分层上应该早日界限明确，这样也方便受众进行选择。“成长戏剧”的标签是准确的，有别于其他儿童戏剧，同时给了我太多的惊喜的和温暖。

这部成长戏剧有诚意。我们都知道，《山羊不吃天堂草》这部成长戏剧是改编自国内首位获得安徒生大奖的儿童文学作家曹文轩老师的同名长篇小说。年少时我也曾经读过不少曹文轩老师的作品，这部也不例外。所以看这部剧时内心就不由得拥有了自然的亲切感。这部剧对于小说的主要情节的高度还原，让我看到它对原著的尊重，对于小说文学意义的进一步升华，更是让我看到主创团队的满满诚意。这部小说在年少时所温暖和感动过我的诸多节点，在舞台上都处理得恰如其分，赚足我的眼泪。年少时读小说并不懂事，只是感念于一个叛逆少年在成长之路上的风雨悲欢，而如今再看舞台剧，除却原著小说原本所具有的丰富的文艺涵义之外，更多了对于心灵的考问与质询，映射的是现实中信仰的缺失和信用的荒漠，这部剧做足了这方面的铺陈，可谓是诚意十足。

这部成长戏剧有新意。由于原著小说的体量和戏剧体量的不同，所有的文学作品搬上舞台，都需要考验主创团队的功力，而面对这一难题，编剧老师的二度创作值得我这个晚辈去仔细学习和揣摩。原著小说以小豆村明子的视角，呈现在这个社会摸爬滚打甚至是偷鸡摸狗的少年图景，可谓涉及了这个社会发展历程中诸多病灶和方方面面的问题，而戏剧的主题就必须凝练而简洁，这样在舞台上才更有冲击力。所以编剧老师冯俐匠心独运：原本的小说是顺序结构，小说的开头是以“明子尿床”这少年隐秘的小烦恼作为开头，而后展开了诸多啼笑皆非又饱含一名少年成长的欢欣悲哀的所有事件。冯俐老师则是巧妙地将其改为两条叙事线索，一条是倒序式回溯的情节线，另一条是将“山羊为什么不吃天堂草”这一心灵考问不断贯穿全场，原本小说的“戏剧化结尾”在原著小说中稍微显得突转急下的部分，却在冯俐老师的笔下，作为一种精神追索的隐喻，不断在少年成长过程中叩问心灵，产生持久的回响与撞击。

这部成长戏剧有创意。著名导演查明哲执导该剧时在接受采访时说过，他将全剧定位为“现实生活寓言剧”。导演的编排很有创意，将小说中一个个细腻敏感的人物形象抽离为舞台上的丰满的人物符号，让他们在舞台上极为生动地再现了他们的生活，尤其是那些举着“木工”等牌子的民工群像在舞台上每每亮相时，在婉转低沉的歌声里让观众体味着生活的酸甜苦辣。而舞台设计极为简洁精巧，却在瞬息变化万千。多媒体以及通过横向滑轨、开合门、抽拉式、闸门式、吊桥式、侧面折叠等多种方式变幻的舞台也极大地满足了受众的观感，更是能够巧妙快速地变换场景，使整个舞台形成了一种蒙太奇组接般奇特的视觉印象，令舞台在街道、小屋、派出所、小区等诸多场景中迅速自由切换，也有利于还原小说的各种情节，并且加快了舞台戏剧的节奏，增强了戏剧张力。在这样的编排和设计中，少年明子所经历的事情就如一帧帧的电影画面般，最终推向成熟和圆满在舞台上不断递进，让一开始所设置“山羊倒下”的悬念，最终在每一位观众心中找到了属于自己的那个答案。

这部成长戏剧有意义。这部剧的定义是国内首部成长戏剧，弥补了国内适合青少年观众的戏剧作品匮乏的短板，其意义自然不言而喻。这部剧以温暖和善意的目光聚焦少年的心灵成长，着墨于少年的心路历程，让一个从农村走向城市的少年，在历经了诸多困惑与痛苦之后，最终从一个少年蜕变成为一个独立思考的成人，这是每一个少年成长的必然，也是每一个少年所必经的磨难，而整部剧的“山羊为何不吃天堂草”的叩问，与少年的成长道路叠合交错，最终指明了少年的人生信仰。《山羊不吃天堂草》的主人公明子，虽背井离乡也遭遇抉择，但是在人生的交叉口上，他最终的选择经住了心灵的叩问，他对世界的认识也在成长中不断完善，最终裂变成了一个真实的明子，一个有点坏却敢爱敢恨、至真至美的少年。

我们的儿童，不仅仅是儿童。我们曾经都是儿童。能够感动我们的都是相通的：比如生离死别的苦痛，比如悲天悯人的情怀，还有那些在厄运中的相扶，于困境中的相助，孤独中的理解和相拥，冷漠中的脉脉真情。通常在一部好的作品中，感动我们的，除了作品本身所蕴含的蓬勃力量之外，我们对于真善美的永恒追求都是一样的，但是绝对不是单一的，所有的内涵都应该是多元的丰富的。我们所有人，对美的感受都是天然的、本能的，决然不会因为是孩子而浅薄分毫，我们要相信孩子的审美和智慧，我们要充分调动孩子对艺术的天分，所以，这部成长戏剧的全新探索，对我们创作儿童戏剧，有了更为广阔的探索维度和深度，值得借鉴和思考。

《山羊不吃天堂草》这部作品在如今的中国，的确是有逆势而为的豪情，更是将“成长戏剧”的概念首次提出。而中国儿艺的老师们把目光聚焦在少年这个更加需要关怀的群体，我们所有的创作者何尝不能扪心自问：是不是如同那一只只不吃天堂草而壮烈倒下的山羊一样，我们的创作者也能够抵御市场经济的诱惑，心中多点情怀，坚持信仰去多多创作好剧呢？前有北京儿艺的现实主义三部曲等诸多儿童剧给了我们信心，而今天这部现实题材的作品，是不是能够再继续带动市场的风向呢？尽管前路漫漫，但是我们的少年，我们的儿童，都需要在戏剧的滋养下，丰富他们的心灵，如何在当下这个世界里更好地构筑他们的精神世界，这是每一个艺术工作者需要思考的问题，我诚然如是。

（作者系青年作家、编导）

附录 8

《山羊不吃天堂草》远远不止为一出儿童剧!

（刊发于《戏剧传媒》2017 年 9 月 19 日）

罗锦鳞

中国儿童艺术剧院的新剧目《山羊不吃天堂草》（以下简称《山羊》）两个多小时的演出结束后，相当多的老少观众畅谈观后感，和演出本身一样令人感动!

这个戏产生在儿童剧院，却远远不止为一出儿童剧！青少年、中学生、大学生、家长们、成年人、老年人……都会被感动，思考，山羊为什么不吃不属于它的草？人应该怎么生活？生活中的人如何面临选择？“我是谁？从哪里来？到哪里去?”简单的故事情节，却非常深刻地向各年龄段的观众提出了“认识你自己”这样的命题!

一位放羊的少年，到城市里打工的遭遇，对人性的考问是那样具有冲击力！冲击得我和许多观众泪流不止，在戏的后半部，我实在无法控制自己，热泪盈眶，直到谢幕！由衷地热烈鼓掌，为演出叫好！难得的精彩的演出!

话剧从 2500 多年前诞生就具有强烈的直接反映现实生活，挖掘人性，体现哲理，让人思考的功能。戏剧要让观众宣泄感情、净化思想、陶冶情操，升华精神！发挥话剧艺术的特有的魅力、功能和作用，《山羊不吃天堂草》是近年来难得多见的佳作！冯俐的剧本简洁、干练、深刻！特别是反映当代生活中的各种现象，反映了本质，充满了正能量，最后有力地让观众强烈感受到什么是真善美、什么是假恶丑!

查明哲是一位严肃、富于哲学思考、考问人性的、充满舞台手段的、有深度的戏剧导演。在处理此剧中依然如此优秀！人生永远面临“选择”这个永恒的主题，是查导演的追求。

向所有参加此剧的全体朋友祝贺！感谢！致敬！演出中看到许多许多中戏的校友！深感欣慰……

（作者系中央戏剧学院原副院长，教授、博士生导师，著名导演艺术家）

附录 9

现实题材儿童剧的上乘之作

——看《山羊不吃天堂草》

（刊发于《戏剧传媒》2017 年 9 月 19 日）

李宝群

（一）

《山羊不吃天堂草》首演很成功，起点很高，基础很好，艺术上很有特色，编、导、演、舞美都有闪光点。在当下儿童剧中是上乘之作。

现在童话剧太多，到处灰姑娘，遍地丑小鸭，儿童剧不能只搬演童话，儿童剧舞台应该丰富多彩，尤其不能缺少表现现实生活的儿童剧，不能缺少当下社会生活中的孩子形象，不能缺少对孩子内心世界的开掘与发现，不能缺少人文关怀和责任担当。

关怀当下，关心孩子，就不能回避当下生活中孩子们面临的心灵与精神成长问题。避开真正的现实生活，中国的儿童剧永远“长不大”。

这出戏以少有的勇气直面当下现实，关注和表现当今孩子的心灵成长，书写了一个进城打工的乡下孩子明子的内心世界和成长历程，不仅能给孩子以心灵启迪和精神滋养，也能给成人以昭示，在稀缺表现现实生活的儿童剧这一背景下，该剧编剧、导演和中国儿艺表现出了他们的使命担当和社会责任感，艺术上也取得了切实的突破。

该剧面向青少年观众，提出并探索“成长戏剧”，也很有价值。

（二）

剧本改编自曹文轩的同名小说，原小说获过重要奖项，影响很大，但小说的写法比较松散，较为自然主义地铺陈生活叙说故事，随意性很强。改编后的演出本一方面尊重原小说，最大限度地利用了小说提供的原材料，巧妙地“借力打力”，另一方面有很多取舍，有很好的提炼。

编导重点“拎”出了两条线索：一条是打工少年明子进城后的经历以及他的心理活动。另一条是乡村父亲的戏，那一群山羊“不吃天堂草”的传奇故事。全剧情节建筑在家里养羊，因养羊借钱负债，后来羊全部饿死，导致了全家一场灾难，明子只好进城打工，与师傅三和尚和学徒黑罐等一起度过了一段岁月。而父亲和羊的意象一直在他的生活中挥之不去。创作者采用的叙述策略是从明子被抓进派出所，在拘留室里回忆往事开始，展开全剧剧情，用这一“焦点”将两条线编织起来不断交叉向前推进，拘留室的戏、进城打工的戏、乡村的戏形成一张戏剧之“网”，也形成了一个相当独特也相当复杂的戏剧结构。

这一叙事结构很有戏剧张力，也使观众有了一条比较畅通的观赏路线。但它也给二度呈现带来了难度，网很大点很多，弄不好易散易杂易满，由于导演的强力掌控，全剧起伏跌宕，错落有致，流畅有序。

查明哲执导本剧再一次展现了他深厚的艺术功力和艺术才华，他导得很用心、很用情。整个演出难得地“接地气”，农民工的生活极富生活质感和现场感，明子形象鲜明、内心丰富，群众角色立体可感。熔写实、写意、表现、诗化于一炉，时空转换频繁快速，并且使用了多媒体影像技术，查明哲显示了强大的驾驭能力。

中国儿艺的演员在本剧中的表现都很出色，毛尔南、唐妍等多位演员的表演都可圈可点。这台戏的表演达到了国家级水准。

（三）

“山羊饿死不吃天堂草”这件乡村往事，具有很强的寓言性，在原小说里，构成了一个完全独立的章节，所用的笔法都与明子进城后的生活化书写迥然不同，如何将这一段落化开融入戏剧之中，既给改编带来了难度，也给戏剧家提供了发挥的空间。

难度首先在于：山羊饿死不吃草，可信度究竟有多少？现实生活中，按大多数人的日常生活经验，按生活常识和常理，羊会不会饿死都不吃草？这是创作者必须做出回答的一个问题，成人观众会问，孩子们也会问。全剧的剧情发展、明子的内心成长和重大转变都建筑在这个幕前发生的事件上，这就更加需要编导将这个重要关目“砸实”了，让它可信，否则戏就站不住。这一问题解决不好就可能成为一大“硬伤”。

但这一具有传奇性、寓言性的乡村往事又是不可或缺的，也是原小说的点睛之笔。它本身有丰富的寓意，还有象征性和诗意之美，是作者哲思和情感寄寓之所在，羊的形象，特别是这群羊的生死故事在戏剧舞台上也较为独特，较为少见。编导敏锐地抓住了这一意象，将其放大、强化。羊的形象以歌队的样态贯穿全剧，造型独特，语汇丰富，并强有力地参与了明子的内心成长历程，成为本剧一大亮点。编导还通过剧中人物紫薇将此事的真实可信性“砸实”了——羊确实对世间的草有选择，有很多种草羊是不吃的。这样就使人们不再对此事产生质疑，这样也弥补了原小说的不足。

（四）

这台戏真正要写的，要考问的是：人该怎样成长，人应该怎样成为人？

“山羊不吃天堂草”的乡村往事与明子进城后成长，成长中的选择构成了非常有意思的对应关系。

明子在乡村接受的是父亲的教育。父亲做人的原则是“饿死不做贼”，老人秉持这一朴素的人生信条走着自己的人生路，这也是中国民间众多百姓千百年来信奉的一条生活原则，而明子进城后，面对的是另一个世界。这个世界里生存、挣钱是第一位的，师傅三和尚等先期进城打工的成年人最信奉的是钱，而且为了挣钱，可以不择手段，可以不管道德底线，可以“做贼”，三和尚们的这种生存观是生活熬炼出来的，也是生活逼出来的。三和尚喜欢明子的懂事听话、聪明好学，希望明子接受这一信条，成为自己的爱徒，直至成为他的接班人。

明子必须做出选择，但内心却经历了煎熬和撕扯，一方面是父亲的教诲，是山羊不吃天堂草刻骨铭心般的记忆，另一方面是师傅三和尚的强力灌输，要在城里的世界乃至在这人世间活下去，要挣钱，要改变生活处境，就要“吃天堂草”，不管什么草都要吃，不管什么钱都要挣，哪怕偷，此外，还有家里欠债，父亲和全家生活陷入困境必须尽快还上巨额债务的“倒逼”——

最初，明子坚守着“饿死不做贼”的信条，坚决拒绝偷工地上木料换钱，宁愿受到三和尚的责怨。这是个本质极好的乡村孩子，但随着剧情的发展，他一点点变了，直至想裹卷城里人打阳台的钱逃走——编导直面这一心理变异过程，写出了成长的残酷性，写出了明子的内心挣扎，挣扎中的选择，他最终在“山羊不吃天堂草”的昭示下，在激烈的内心风暴中完成了精神上的自我完善和成长中的一次重要跨越，他选择了诚实和善良，选择了有原则的生存，他像剧中的那些羊一样没有吃天堂草，他宁愿被抓也要退还这笔钱，即便在拘留室内仍在自责——这是人性的胜利，也是全戏深度所在。

现在，从城市到乡村，金钱对人、对传统生活信条的侵蚀、冲击乃至消解已无处不在，正在改变人性，改变成长中的孩子。全剧结尾是明子出徒，要独挑门户乃至带徒弟去闯天下了，但只凭心地善良诚实就可以闯天下吗？明子的未来仍是未知数，若想在城里生存下去，他很有可能成为下一个“三和尚”，很有可能为了钱而放弃底线。此剧引人警醒、让人长思。

（五）

这台戏刚刚首演，还有很多方面可以改进。

明子的成长历程和心路历程还可强化。成人与他的关系至为重要。乡下父亲对明子影响巨大，进城后师傅三和尚与明子的戏要加强。

再修改时应该重视三和尚这个人物，现在三和尚的内心世界没有完全打开，他有过怎么样的痛苦，怎样成为现在这样一个人？尚欠清晰。三和尚喜欢明子，想培养和塑造他接自己的班，这条师徒间的动作与反动作线应强有力地贯穿全剧。是信守父亲教给他的做人原则和信条，还是接受三和尚的处世哲学？明子在两种力量撕扯下挣扎、抉择，心路历程会更清晰，形象会更丰满，戏剧张力会更强，“成长”的主旨会更突出。现在戏比较散，强化这条线还会使焦点相对集中些。

同样应进一步丰富的还有紫薇，她是明子精神上的伙伴，是明子生活中温暖他身心的一缕阳光，现在对她的开掘仍嫌不够，进一步写好紫薇，戏会更厚实，更有味。

目前，整个戏给人的思考多。还可再加强一下情感戏，如加强父子情

（明子与父亲）、师徒情（明子与三和尚）、兄弟情（明子与黑罐）、伙伴情（明子与紫薇），乃至明子与黑点儿等山羊们的情感，情感戏写好了，写细了，写深了，可以让演出更具情感力量，以情感打动人，温暖人，征服人，这方面也可进一步思考，进一步加强。

（作者系著名剧作家）

附录 10

“孩子的心，更需要清泉般的滋润和抚慰”

——访剧作家冯俐

（刊发于《文艺报》2018 年 6 月 4 日）

徐　健

一朵白云远悬，两三簇荷花半开，七八株翠竹挺立……恬淡的乡村景象中，一鸟一蚌一鱼，一对靠打鱼为生的夫妻，用充满童趣与灵动的“表演”，将人们耳熟能详的“鹬蚌相争，渔翁得利”的故事进行了全新的演绎。这是中国儿艺正在上演的儿童剧《鹬·蚌·鱼》。而重新激活这个故事智慧与哲思的，就是剧作家冯俐。从《木又寸》对独角戏的大胆尝试，《山羊不吃天堂草》对少年成长叙事的开掘，到《鹬·蚌·鱼》对肢体、传统戏曲元素的娴熟运用，冯俐在儿童剧创作上走了一条“与众不同”的艺术探索之路。她“始终像个孩子一样热爱尝试新鲜事物”，喜欢把当代社会的思考、问题寄托于故事之中，并予以情感与审美的观照，拓展了当代儿童剧创作的艺术疆域。六一儿童节来临之际，围绕儿童剧相关创作话题，本报记者邀请冯俐讲述了她和儿童剧的故事。

可以同时打动孩子、家长和专家，才是儿童剧优秀的标准。

记者：《鹬·蚌·鱼》不同于您之前主持创作的《成语魔方》系列作品。同样是讲述中国故事、传播传统文化，该剧的主题立意更加现代、表现方式更加丰富、艺术风格更加独特。最初，为什么会选择成语故事进行重新解读？积累了哪些创作的经验？

冯俐：《鹬·蚌·鱼》得益于这些年我主持创作系列组合短剧《成语魔方》过程中的思考和经验。同样是以“讲述中国故事、传播传统文化”为出发点，但这部戏，应该说在形象化巧思和演出形式感上，全方位地走得更远了一些。《成语魔方》缘起于我到儿艺上任时，时任文化部副部长董伟跟我谈话时提出的要求：把中国人耳熟能详的成语、谚语、传说等，转化为好的儿童剧作品传递给孩子们。我决定从成语入手。第一次召集创作会之前，我先为这个系列做出定位：它是 20 分钟左右的短剧，但绝不是简单图解的“看图说话”或“课本剧”，而是具有唯一性的艺术品——要紧扣成语主旨、本义，更要最大程度地发挥艺术想象，鼓励调动多种样式的舞台艺术手段。四年推出的四部《中国故事之成语魔方》呈现样式很丰富。十三个成语短剧中，有偏正剧的、偏喜剧的、偏歌舞剧的，重语言的、重肢体的，放大戏曲元素的、借助人偶的……四年来，通过与多位年轻编导的共同努力，我也积累了更多将优秀传统文化进行创造性转化的感悟和思路：成语的智慧、精髓不能丢，但要从“反讽”中发展出正解；要有童心、童趣，让孩子们看懂、喜欢；要给智慧和思想插上艺术和情感的翅膀；要让孩子兴趣盎然，让家长共情动心，让学者看到艺术价值和思想意蕴。可以同时打动孩子、家长和专家，才是儿童剧优秀的标准。

《鹬·蚌·鱼》取材于“鹬蚌相争，渔翁得利”。剧中增加了鱼和渔妻两个“人物”，以复式结构：先创作出“鹬蚌相争，渔翁得利”的有趣又有逻辑的戏剧过程，再推进到“渔翁夫妇相争”的反向戏剧发展，落点放在了对“和谐相处”的形象化呼唤上。这个作品的创作初衷，是中国儿艺面对低幼观众和国际交流作品的短缺，想以没有语言的方式，强化更加形象的视听手段，让小小观众和不懂汉语的外国观众接受无障碍。灵感是在音乐的想象中萌芽的：中国民乐打击乐中的变化多端，可以表现不同节奏、情境的争斗；富有个性的民族乐器如琵琶、唢呐，可以鲜明表现鹬鸟、渔夫这些不同的形象和情绪。这个成语本身是讲争斗会带来两败俱伤，实际就是呼唤和平共处。中国优秀传统文化能流传至今，其中蕴含的价值观是相对永恒的。现在全世界都在呼唤和谐，消除纷争，有这个主题作支撑，任何国家的大小观众都会对它认同的。

记者：近些年，您的儿童剧创作给我们最大的感觉是“不走寻常路”，一直在变换方式进行儿童剧的中国表达，比如 2015 年推出的《木又寸》，不仅在中国儿艺的原创剧目史上首次尝试独角戏，也是第一次对观剧的儿童进行了年龄段的划分。这部作品透露出的对于生命的哲学追问、对于成长的忧伤式解读，都对以往的儿童剧创作构成了一次挑战。

冯俐：《木又寸》的主人公是一棵森林里的小银杏树，因为美丽被移植到了城市。她告别了山鹰和“树哥哥”，一路经历着柳树大姐、杨树兄弟、小男孩、老奶奶、知了、流浪猫等生命过客的悲欢离合；经历着拆迁、修路、挖湖、造山带来的迁徙。在驿动的生命旅途中，努力适应着变化，始终渴望着温暖，守护着尊严，直到再次与树哥哥相遇。这部作品是带领孩子探索生命历程、一路饱尝喜怒哀乐的“心灵旅行”。虽然，它作为“独角戏”的艺术风格独特、戏剧假定性极强，但剧场里的大人和孩子，甚至三四岁的小小孩，都被深深吸引并被唤起了大大的同情心。观剧过程中，孩子和家长如此安静却又不是出于紧张、如此动情却不是因为伤心……都是因为这棵小银杏树让他们想到了自己——无论大人还是孩子，都跟这棵小银杏树一样：经历过身不由己的被动和无奈，遭受过别人有意无意的伤害，都惧怕过陌生和孤单，都忍受过卑微和弱小，都渴望过被理解和被尊重，都体会过离别之痛和相思之苦，都感受过不得不随波逐流的黯然和被重新点燃希望的狂喜。散场时，每一个人都仿佛经历了一次沉静而知心的交谈，仍在若有所思。如同好的文学阅读之后的掩卷沉思。沉思中，那被现实揉搓成一团的心，像得了雨露的树叶一样，轻轻地舒展开了。

帮助孩子认识自己、认识他人、认识世界，也帮助孩子学习如何对待自己、对待他人、对待世界。这就是我的儿童剧创作观。

记者：当下的儿童剧演出市场活跃，但是演出剧目的质量参差不齐。剧目质量的高低很大程度上源自从业者创作观念、演出诉求的差异。您的儿童剧创作观是什么？除了讲道理、教知识、寓教于乐外，您认为儿童剧最应该向孩子传达的东西是什么？

冯俐：我始终像个孩子一样热爱尝试新鲜事物，始终是个没有忘记自己的童年和少年，因而始终能够亲近孩子的成年人。孩子天生拥有巨大的好奇心和浓厚的求知欲，但孩子不喜欢被小看，不喜欢被对付，不喜欢被说教。他们喜欢被凝视关注、喜欢平等交谈。他们对自己、对世界有无数疑问和困惑，渴望成年人能耐心陪伴着一起寻求答案。儿童剧最重要的功能，是帮助孩子认识自己、认识他人、认识世界，也帮助孩子学习如何对待自己、对待他人、对待世界。这就是我的儿童剧创作观。

孩子成长需要“糖果”——那些给孩子带来欢乐和趣味的艺术作品；孩子成长需要“预防针”和“果味钙片”——那些寓教于乐的、注重知识性和教育性（所有品德、文化、传统包括革命传统的教育都在其中）的艺术作品。但孩子成长还需要健康丰富的“食物”和滋润心灵的“甘泉”——那些可以一点一滴培育他们健康人格，可以令其心灵充盈、柔软、宽阔的强调审美和情感的艺术作品。我总会非常心疼今天这些吃了太多“糖果”和“补药”的孩子们。懂很多道理、掌握很多信息的他们，心里同时也藏着许多属于他们的“沉重”和“忧伤”，即使还没长到“拒绝幼稚”的年纪，但也都像《木又寸》中的小银杏树一样，对世界充满信任又充满困惑，容易受伤却又不会诉说，渴望被了解、被理解而不容易得到，天真无邪又总是无助。孩子的心更需要清泉般的滋润和抚慰。儿童戏剧除了给孩子们讲道理、教知识，更应该学会蹲下身来，以艺术的方式平心静气地跟孩子交谈，谈他们想要谈论的一切。

记者：儿童文学作家曹文轩曾经说过：“中国儿童文学现在已处在一个非常高的水准上，可以说已经在国际水平线上了。”但在儿童剧中，一些优秀的儿童文学作品与舞台似乎存在天然的鸿沟，这不能不说是儿童剧创作的一种缺憾。2017 年，您改编了曹文轩的同名儿童文学作品《山羊不吃天堂草》并冠之以“成长戏剧”。在您看来，戏剧与文学的关系是什么？你在改编中又是如何兼顾文学品质与戏剧审美的？

冯俐：这部戏的创作，就是中国儿童戏剧向中国儿童文学的致敬。戏剧与文学属不同艺术体裁，拥有各自不同的艺术特质。比如说：小说是“叙述”的艺术，而戏剧是“动作”的艺术等。二者的精神实质却是相同的，都是人学。其关注的核心都是人。《山羊不吃天堂草》的原小说是一部具有扎实的社会背景、深刻思想性和独特寓言性的作品。但一部作品在自己的文体中实现得越完美，转换成另外的文体时就越困难。在导演、演员和主创们的共同努力下，同名戏剧作品得到了原著作者曹文轩老师的认同，也得到了戏剧专家们的认同。好的改编不仅需要凝练，更需要提炼，需要重新结构。剧本将小说中娓娓道来的顺序描写，天翻地覆地重新编织成两条戏剧线索。一条是具有悬念的情节线，倒叙式的回溯。从少年明子“涉嫌诈骗”被带到派出所开始，在各种人的不断追问中，在“现在进行时”的外部框架里，故事沿着明子独自思索的心理线推进，不断跳回到“过去进行时”，展现明子进城打工，一路上，人生观、价值观不断建立、颠覆、变化跌宕的心理历程。另一条线是把原小说最后才托出的“山羊不吃天堂草”的故事，化作明子巨大的内心疑问，在序幕中，就以诗意的舞台形象提出，构成形而上意味的叩问，随明子一起探寻着“山羊为什么不吃天堂草”的答案，将一个人生问题的思索过程，形象化地贯穿全剧。保持小说的文学品质，创造戏剧的独特艺术魅力和审美价值，从一度剧本到二度呈现，令舞台上“升华”出“无边无际的悲悯”——曹文轩透过他创造的文学“看到了艺术”。

现实题材儿童剧的创作，难点不在教，而在化——将思想化为打动孩子的艺术形象。

记者：从一定角度看，《木又寸》《山羊不吃天堂草》都可以看作是现实题材的儿童剧作品。而在不同题材、样式的儿童剧中，现实题材的创作难度往往是最大的。您认为，现实题材儿童剧创作的难度何在？如何进行突破？

冯俐：孩子永远需要童话、寓言，需要丰富的想象和鲜明的艺术形象。而现实题材的书写，往往容易陷入具体的生活再现，陷入概念化的形象塑造和只教不化的主题宣讲，让孩子们不喜欢。孩子不喜欢的儿童剧是不及格的儿童剧。现实题材儿童剧的创作，难点不在教，而在化——将思想化为打动孩子的艺术形象。《木又寸》以童话的方式反映了孩子所能理解的现实生活。它的主人公是树，表现的却是人。该剧的创作实践给了我非常重要的启示和突破口，即儿童剧的现实题材可以有丰富的儿童化的写法。以童话的、寓言甚至神话、魔幻故事的手段，来表现现实生活，这应该是儿童剧创作理念上的一种突破。

那么，如果故事本身就是现实生活里来的呢？那就要向人物的心灵最深处挖掘。《山羊不吃天堂草》里，一群饥饿的山羊，面对一片肥美茂盛的天堂草，却不肯低下头食用，若干天后竟一只只倔强而高贵地死去……山羊为什么宁可饿死也不吃天堂草？少年明子带着心中巨大的疑问，迫于生活的压力，带着父亲“自己去长大成人”的殷殷期盼，带着养家的责任，跟随师傅和师兄进城打工谋生。在他们似乎难以走进的世界，单纯倔强的明子遇见了许多不同的人和事……在生活的艰辛中，不时地感受到温暖，也不时地被逼到了人性抉择的悬崖边。他在乡土文明的坚守与现实生活的压力中不断挣扎，在不断的追问和选择中逐渐领悟到“山羊不吃天堂草”的人格隐喻，艰难而执着地成长着。虽然明子生活在当下孩子并不熟悉的社会底层，但心灵是不分阶层的。从明子身上，他们（包括成人）会看到自己，认识到成长的艰难，甚至认识到人性的复杂。青少年观众会在不断的共情同感中，深深地感受到在长大成人的道路上，自己并不孤独。

记者：随着中外戏剧交流的日渐活跃，国外的儿童剧作品纷纷登上国内舞台，尤其是连续八届的中国儿童戏剧节，让国内的孩子们看到了不少优秀的外国演出。您认为，在儿童剧的创作观念、内容开掘、表现形式等方面，国外同行的实践有哪些是值得我们学习和借鉴的？中国儿童剧“走出去”还需要解决哪些问题？

冯俐：值得我们向各国优秀儿童剧借鉴的，简单说，一是在创作观念上可以更加开阔，针对不同年龄，儿童剧也可以是简单的、浪漫的、非完整的。二是创作方法上可以更丰富，传统地从剧本入手之外，也可以从音乐、从舞美、从各式各样的表演技艺入手。三是主题可以更广泛，关于死亡、关于黑暗、关于恐惧、关于孤独，关于战争、关于病痛、关于难民……所有少年儿童关注的话题都值得去慎重涉猎。四是要更加强调作品的个性，发现、鼓励“绝活式”的、唯一性表达。五是在小体量作品中，少依赖声光电，多去尝试单纯表达：将一两种舞台元素，比如色彩、声音、材料、特殊技艺、高科技艺术手段等用到极致。在儿童剧“走出去”方面，中国儿艺已经开了好头，做了非常好的示范，但路还长。我们常说“越是民族的，越是世界的”，其核心含义，应该是指对人类共性话题的具有民族个性的表达。把握住“共性话题”和“个性表达”，中国的儿童剧会越走越远、越飞越高。

儿童剧独角戏

木又寸

编剧　冯　俐

首演时间：2015 年 7 月 7 日
首演地点：北京中国儿童剧场
演出单位：中国儿童艺术剧院
导演：毛尔南
主演：唐妍
助演：刘晓明

发表：《剧本》2015 年第十二期
出版：人民文学出版社、天天出版社同名绘本（2021 年出版）
获奖：《人民日报》2015 年“年度推荐”剧目
第十五届布加勒斯特国际动画戏剧节最高奖“最佳当代戏剧剧本奖”
入选：“纪念中国小剧场戏剧 40 周年影响力”
之“40 台剧目”“40 位编剧”“40 位导演”榜单

人　　物： 一棵年轻而又饱经沧桑的银杏树。

[尖锐的电锯声。听得出那电锯正切过湿润的树干。

[电锯声尖锐得令人难以忍受。

[声音终于暂时停歇。一直岿然不动的树开始说话。

很难听、很刺耳、很难以忍受是吗？这个声音，对于你们人来说，只是噪声，而对于我，这个声音却意味着死亡。因为，我是一棵树。

我是一棵树！曾经是一棵生在山里的树，那座山离这里很远……

[电锯声打断她的话。她忍受着，直到声音停止。

我说过我是一棵生在山里的树，曾经！在我九十岁之前……九十岁对于我们这样的树来说，等于刚刚成年，大概，就相当于你们人类的十几岁。因为我们很容易就能活上千年。

“春有百花秋有月，夏有凉风冬有雪……”这是我跟一棵银杏伯伯学的人类的诗句，用来形容我的生活非常准确。所有的树，无论老少都是这样单纯地活着的。直到有一天，我看到了一群人。

那群人男女老少都有，他们扛着好些东西，然后有一个好看的男人和一个好看的女人走到一棵树前面，用刀子在离我不远的那棵树上刻下了两个挨在一起的桃子形状。然后，又有人用刀子把两个桃子形状刻得更深、更清楚，然后又有人扛着个黑盒子对着那棵树比画了半天……两个桃形伤口令那棵树一直流着透明的血。我看到那棵树在受着疼，同时也第一次发现，那是一个树哥哥，那哥哥长得真好看……

后来，那群人离开了。见多识广的山鹰说，那群人做的事情叫作——拍电影。

拍电影为什么要伤害一个好看的树哥哥呢？

“嗨，你还疼吗？”我摇动着枝叶，问他。但他只是垂着头。他垂着头的样子真好看。

他一定可以感觉到我的目光，可却始终那么骄傲地在空中挺立着，在土里安静着，仿佛我那尽力伸长的、试图从泥土中去接近他的根须，只是……几只路过的蚯蚓。

我不敢轻举妄动了。要知道树与树之间是要谨慎的，因为谁也跑不了，一旦搞僵了，那就意味着要上千年地僵持下去，那会很难受。所以……用那两个在树上刻字的人的话说“既然不能相濡以沫，那就不如相忘……江湖”了。反正……未来的日子还长得很。

只是，从那以后，就开始不断有年轻人，成双成对地来到山上，只要找到那两颗桃子形状的疤，他们就会一起，在他身上再刻上大同小异的另外两颗桃子……

每一次每一刀刻下的时候，我都能感觉到他的疼。一次，又一次……我会跟着疼，但我什么都不能说。

［远远地传来多把斧头砍树的声音。倾听。

这是斧头砍在树干上的声音。你们听到的是斧头的声音，而我们听到的，却是那些被砍的树喊疼的声音和哭泣的声音。

［砍树的声音一直延续着，山鹰的话越来越急促直到变成尖叫。

山鹰焦虑地在空中盘旋着，它说：“天哪，天哪，怎么会一下子来这么多人、砍这么多树！砍这么多树够做多少人的饭了！”

大家都在逃，鸟、松鼠、兔子，晚一步就完了！哦，啄木鸟被人用弹弓打下来了，它的孩子们就随着倒下的树，被摔成了肉酱！

河里漂满了大树的尸体！他们把好好的树都砍死，然后丢到河里，这到底是为什么？

［尖锐的电锯声响起。推倒大树的号子声。

你们听到了吗？你们听到了吗？这是电锯。现在他们拿来了电锯！一个电锯比十个斧头还可怕！只要往你腰上一放，马上你就两截儿了！那边山上只剩下了矮灌木。狍子、狐狸也都逃了，我估计，要不了多久，他们就该到这儿来了！天哪天哪，这些人为什么要没完没了地砍树啊！快逃吧快逃吧——哦，你们逃不了。那我先逃了！

山鹰真的逃了，飞得很急，毛都飞掉了。

我情不自禁地望向那个哥哥，没想到居然遇到了他的一个回望。“嗨……那些有翅膀的、有腿的都逃得了，而我们却逃不了。”

他的眼神很平静，他说：“既然逃不了，我们就等着吧。”

就这么一句话，我连最后的一点点担心都没有了，只剩下了……快乐。因为，他终于跟我说话了！

[电锯声加剧，推倒大树的号子声越来越近。

人们真的砍光了那座山来到了我们这座山。电锯声从早到晚地响着，我看一棵棵大树被腰斩，透明的血液不停地流着，令空气中充满了人们认为的“清香”。

我会不时地望向他，他的姿态始终那么骄傲又那么勇敢。于是我也跟着勇敢起来。直到……人们真的来了……

人们在我和他之间来回走着、看着，最后，都聚到了他的身边。我的心揪到一起，忍不住大声地嚷着：“砍我！砍我！砍我吧！”可惜这些人听不懂，他们的注意力好像全都在那些大大小小的桃形刻痕上。

我真想跨上一步挡在他的前面。但……我是树，我不能跨出哪怕一小步。

突然，我的根须被轻轻地触动了，我的心像是触到了闪电。

在泥土的下面，他奋力地伸出他的根须末梢抚触着我，他是在向我告别吗？我听到他轻声对我说：“嗨，别担心……你知道吗？每一次我忍受疼痛的时候，都会看到你的心疼。你知道吗？因为有了你这样一位小朋友，就算没能活到两千岁三千岁，我也满足了……不！不要！不要——”

原来，是那群人离开了他而走到了我的身边。他的脸上第一次现出惊恐并且大叫着：“不要去碰我的朋友！你们来砍掉我吧！你们来砍掉我吧！”

现在，平静的是我了。我回握着他的根须：“嗨，哥哥别担心……即使我死了，我也知道我有过一位真正的朋友……”

只是，人们这次没有用电锯斩断我的腰，而是用锹挖起了我周围的泥土。

“嗨，你们要做什么?！嗨……他们到底在做什么?”

人们用铁锹挖开了我身边的泥土，斩断了我的根须，那被斩断的根须正被哥哥紧紧地握着。我看到他的眼睛里充满眼泪。然后，我就被人推着，轰然倒下……

[大树被推倒的声音。可以切光。

[火车的汽笛声和车轮摩擦铁轨的声音。

我居然……没有死。一阵天旋地转之后，我发现我没有死，但却躺着，对于一棵树来说，这种姿态真的会头晕。我躺着，而且还在动……飞快地动着……

［市井声。

现在我知道了，被腰斩的树会变成木头。而被连根拔起的树，他还是树。只是他要挪个地方……

我被栽在了一个陌生的地方，跟山里的水不同，土不同，周围更不同：每天我能看到的人比山里的树还多。而我能看到的树，却比在山里能看到的人还少。离我最近的，是一棵柳树，这位柳树大姐虽然腰很粗了，但仍然很漂亮。

当我被人用大吊车吊着，准确地放到事先挖好的树坑里的时候，柳树大姐的眼睛瞪得大大的："哟，听说过万丈高楼平地起，没听说过天上掉下棵银杏树的！你从哪儿来的呀？"

我打哪儿来的？我打山里来的。那座山在哪里，我也说不清楚。我只知道那座山离这儿很远很远。我坐着火车走了好几天……

柳树大姐很爱说话，这是我没有想到的，原来树跟树之间也可以这样做伴。她每天都在问我各种问题，而我的回答总会令她兴奋不已。有的时候，她会兴奋地对着远处的一排杨树大声喊话：

"傻大个儿们——"

她把那些杨树叫傻大个儿，因为那些杨树看上去很高大，其实都很年轻。

"傻大个儿们，听到了吗？野兔、刺猬、狐狸，这位银杏妹妹都见过！我跟你们说什么来着，我年轻的时候也见过狐狸，那会儿这周围算是城外，可你们不信。你们以为，你们没见过的就是没有的吗？"

柳树大姐会问我："山鹰?！那我还真没见过，它比喜鹊个头儿大吗？"

"是的。而且它比喜鹊飞得高。它很凶猛，它可以像闪电一样从空中冲下来抓住一只兔子然后再箭一样地冲回天上。"

"天哪，一只鸟居然可以吃掉一只兔子！"柳树大姐的嘴巴经常在我的讲述中半天合不拢，然后她会用比我大得多的声音，哗哗啦啦地把刚刚听到的故事再讲给远处的杨树和路过的小麻雀们。每天就会有许多小麻雀跑来，跟柳树大姐一起听我讲故事。

一天又一天，我讲了我在山里经历和看过的一切，唯独没有提起我的朋友——那棵身上刻满了桃子形状的好看的树哥哥，他被我深深地藏在了心里。

[小麻雀的一片欢叫声。

一转眼，春天又来了，柳树大姐的美丽出乎我的意料。她不仅换上新装，在春风中袅娜着柔曼的枝条，更动人的是她还会扬起许许多多的柳絮，像雪一样洁白却比雪还轻盈。透过漫天飞舞的柳絮，这灰蒙蒙的世界都跟着美丽起来。

“你真美!”我说，“在山上我见过的柳树不多，更没有见过你这样，会天女散花的柳树。从前，我以为只有蒲公英是这样播撒种子的，没想到您也是。”

“傻大个儿们也一样。杨絮柳絮都是会飞的种子。”

“哦，会飞的种子，作为一棵树我真的好羡慕你们……我好希望我身上的某一个部分也会飞……”

我闭上眼睛。在漫天飞舞的柳絮中，想念着山里的冬天和春天。恍惚中，漫天的柳絮变成了漫天的成双成对的桃子形状……

[飞扬的音乐。

然而，人们跟我的看法不一样，他们中的很多人好像很讨厌这些飞絮，于是，当年的秋天，那片杨树被挖掉了。虽然他们不是被腰斩的，但人们连根挖出他们时的样子，我不确定，接下来他们是会被移栽，还是会变成几根木头？直到被车拉走的时候，他们都带着一脸的不解和愕然。

柳树大姐的遭遇更怪诞，她被嫁接了。人们在她的树干上嫁接了一棵雄性柳树的树冠……现在，我真的不确定是应该叫她“柳树大姐”还是“柳树大哥”……

“他们说，这样我就不会再生出柳絮了。”柳树大姐用变得很粗的声音说了这样一句话，从此，就再也不肯出声。曾经活泼迷人的柳树大姐，从此变成了一棵沉默的垂头丧气的柳树。无论我再跟她讲什么，她都一直垂头丧气地沉默着。

［食料投入热油的声音。烹炒的声音。

而住在我们身边的人们却过得越发有滋有味。原来的住家变成了门脸房，一个小餐厅热火朝天地开办起来。

哦，现在我才知道，从前不时倒进我们树坑里的洗脚水、洗衣服水有多么可贵。现在每天倒进我这树坑里的，你知道都是什么吗？是滚烫的热油刷锅水！

当然，比起柳树大姐，我还算幸运，因为每天晚上会有一个烧烤的炉子架在她的身边，眼看着，她一面的树皮被烤焦了，一半叶子掉光了。后来……她死掉了。死之前，她用嘶哑的声音说了最后一句话："树……要是有腿……该……多……好……"

是啊！是啊！树要有腿该多好！我要是有腿我早就逃跑了！现在，你们看看我的样子，每一片叶子都油腻腻的，一身葱、蒜、泔水的味道，活得哪儿还像棵树！

我觉得好孤独，那种被剥夺了全部自尊之后的卑微的孤独。我不可克制地想念着那座山——我的故乡；想念着好看的树哥哥，但愿他一切安好！如果注定是要离开那个地方，我宁可他被腰斩而不是被移栽。不要像我，我现在就像——我听说过的那个叫作动物园里的可怜的动物。

［婴儿的牙牙学语声。

一个新生的孩子救了我。他应该是这家餐馆老板的孩子。每天，他们会把这孩子放在树下乘凉，所以，我周围被重新铺上了土，干干净净的树坑里，放着孩子的小木床。那孩子躺在床上，一边流着口水一边眼睛亮亮地望着我。后来他开始学着站起来，他的小手从木床上一直摸到我的身上……他还用他没有长出牙齿的牙床在我的身上啃着……

哈哈，痒痒！好痒痒……好舒服啊……这种感觉，让我想起来在山上的时候，那些经过我身边、皮毛蹭到我的小兔子、小蛇、小松鼠……还有柳树大姐活着的时候，那些经过我身边、皮毛蹭到我的小猫、小狗、小老鼠……

所有的动物都是可爱的。人们小的时候也像动物。只可惜长大以后就不像了。

果然，等这孩子长到会跑的时候，他就开始用各种尖硬的东西，试图在我身上刻出飞机和大炮。好在他力气还小，伤不到我，可我也知道，他总有长大、有力气的一天。那时候他会真的在我身上刻出飞机、大炮。也许还会有别的孩子也学了样，跑来在我身上刻飞机、大炮……说实话，作为一棵树我不怕疼，但我怕丑。

有一天，这孩子的奶奶来了，看到他正拿着钉子往我身上敲。奶奶一把抓过他，夺过他手里的钉子，在他的小屁股上扎了一下，连声问："这样扎你疼不疼？这样扎你疼不疼？你都知道疼，那树就不知道疼吗？"

小家伙哇哇大哭。哦，原来，不是所有的人都跟树有仇啊。

[推土机的声音。拆迁的声音。

突然有一天，这里的人一下都搬走了，墙上到处画了圈儿，然后就有看上去比电锯更可怕的大家伙开进来了，所到之处，墙倒屋坍，那些看上去比树坚实得多的东西顿时成了一地碎片。

哦，天哪！天哪！这回是要被粉身碎骨了……我使劲儿地闭上眼睛，可是……那可怕的大家伙居然绕着我开过去了。是忘了我，还是等会儿再来？

我提心吊胆地等着，几天过去了，所有的大家伙都绕着我走，咦？他们要留下我？留下我干什么呢？

各种各样不同的大家伙开进来，铲土的、平地的，白天黑夜地热火朝天、尘土飞扬。我全身都是土，耳朵也快被震聋了。以后的日子要都是这样的话，我真宁可被粉身碎骨！

就好像我的心愿被老天爷听到了，这一切突然全都停下来了，不仅没有了声音，连那刺眼的和不刺眼的光都没有了。我听到那些操作大家伙的人们从大家伙上跳下来，一边骂着说："怎么停电了！"一边相邀着找地方吃饭喝酒去了。

停电？什么意思？停电，就是使这一片安静吗？停电，可以把这难以忍受的一切一切都停掉了？太好了！

我站在黑夜里胡思乱想着、胡乱期盼着。慢慢地，有一种熟悉的感觉从四面八方包围过来，这熟悉的感觉令我情不自禁地掉下了眼泪……

这熟悉的感觉，是静，是夜的静，像山里一样的静夜。是黑，是夜的黑，像山里一样的黑暗。原来，自从离开了大山，我就再也没有见到过夜晚。我过了那么多个只有白天的日子！难道，这里的人、动物和植物，都是不需要夜晚的吗？

［发动机开始转动的声音，各种光源再次亮起，推土机等的轰鸣再次响起……

哦，天哪，电又回来了！我的夜晚……又没有了！

［压路机的声音。

各种不同的大家伙没夜没日地忙着，我身边的那些房子都不见了，前后左右只剩下了空空荡荡。在一阵阵难闻的气味中，我的左左右右，各有了一条笔直的路。而我的前前后后，每隔一段就有一个大坑，难道是……树坑？

果然！大车运来了很多我的同族，只是年龄不同。他们像我当年一样地从天而降了。我拿出当年柳树大姐的话，跟他们打招呼：“哟，听说过万丈高楼平地起，没听说天上掉下银杏树的！你们从哪儿来的呀？”

我前边的树看上去跟我年龄差不多，这兄弟一脸惊魂未定，像我当年；我后边的树看上去应该是个伯伯，淡定的树伯伯听到我的话，慢悠悠地回了一句：“阿弥陀佛——”

我前面的兄弟连声问我身后的伯伯：“你说什么，大伯？大伯你说什么呢？”

树伯伯只回答了一句：“阿弥陀佛——”

很快我就知道，我前面的兄弟是个话痨，我身后的伯伯，则是棵沉默寡言的树。

树兄弟来自另外一座山，听起来比我家乡的那座山小些，而且他没有坐过火车，是被汽车拉来的，像我当年一样万分不适应。

“电锯？没见过。我们全是被挖出来的，然后一车一车地拉走了。山鹰？听说过，野兔、刺猬我见多啦！这些花可真好看，可怎么会都长在盆里？哎！

哎！这些花刚开完，过些日子还会开，怎么就能连根拔了扔了？好可怜！哇，又来了那么多盆！敢情这里的花，是一年四季换出来的，而不是长出来的！他们为什么不把花种在地上，让它们自己长呢？……哦，这地太硬了，长不出花儿来……”

这里的地真是太硬了，跟两边的大马路一样坚硬。以至于到了夏天，连知了都绝迹了。知了是一种奇怪的动物，夏天的时候它被生在树上，然后会被秋风吹落，一到地面，小小的幼虫马上寻找柔软的土壤往里钻，钻到树根边，吸食树根液汁过日子，少则三五年，多则十几年，从幼虫到成虫要五次蜕皮，其中四次在地下进行，而最后一次，它才会钻出土壤、爬到树上、蜕去干枯的浅黄色的壳，变成成虫。几年甚至十几年的成长，才有那一夏的鸣唱，才有那一季的天日，然后，在秋风中死去。

我知道这土里原本有很多蝉的幼虫，只是，很大一部分随着从前的那些柳树、杨树的消失而消失了，还有的，只怕就算是活着，也很难钻出这坚硬的地面。

“他们为什么要把地面搞得这样？水下不去，气上不来，说实话我快憋死了……”

“嘘——别出声。”

我阻止了树兄弟的话，因为，我的根须之间好像……有个小小的东西在蠢蠢欲动，或许是只知了？一只过去被我们痛恨、如今却被我们怀念的知了……

“你说得不对，从前痛恨知了的也不是我们，而是柳树杨树他们，因为知了更喜欢他们的味道，所以总会成群地寄居在他们身上，靠着吸食他们的汁液活着。不过话说回来，也没有哪棵树因为知了活不下去。要是没有知了，他们的夏天会寂寞……”

“嘘——它爬上来了！”

一只浅黄色的小虫，颤颤巍巍地顺着我的根部爬了上来。

这只在土里生长了八九年的小虫，伏在我的树干上，默默地脱掉了最后一层壳，变成了一只长着翅膀的知了。连一向寡言的树伯伯，都屏息静气地望着它，或许是像我一样，渴望听到它的鸣叫……

然而，很快我们就发现它是一只雌虫，雌虫不会叫。

于是，我们又开始盼着，能在什么地方出现一只会叫的雄虫，然后，他们可以遇到，可以留下他们的后代。但是，直到这只雌虫死掉，都没有雄虫出现。

“阿弥陀佛——”伯伯叹息般地为死去的小虫诵唱了一句。

“它死得好快！一定是你的汁液太缺乏养分……其实这也不能怪你，本来我们银杏就不是知了的菜。”

是的，我感觉到它曾把它硬管一样的嘴巴插入我的树干，吮吸着我的汁液，只是，我的汁液对于它来说，太难以下咽、太没有营养了，所以它会短命。一只短命的知了，来过，然后什么也没有留下，就死去了，仿佛没有来过……

或许，我们以后只能在记忆里，去倾听那一片属于夏天和秋天的知了的叫声了……

[知了声大作，在树和人们的想象中。

“春有百花秋有月，夏有凉风冬有雪。若无闲事挂心头，便是人间好时节。”寂静的夜晚，伯伯轻声说出这样的四句话。

什么意思？不懂。

伯伯的表情仿佛什么也没有说过。

[汽车往返驰过的声音。

[汽车缓行时烦躁地按喇叭的声音。

各种小草花一季一季地换着，两边路上的车越来越多了，不分白天黑夜地来往穿梭，不知道人们天天飞奔着在忙些什么。车太多走不动的时候，车里的人就会变得很烦躁。即使他们没有摇下车窗骂人，我们也能读到他们内心的声音。这些人们如果是树的话，一个个也都焦了心、卷了叶子了……

“尘土！废气！噪声！这密不透气的地面……”前面的兄弟不断地抱怨着，在春天焦了心，新生出的叶子不断地卷了边儿落到了地上。

“我快要不行了！我真的不行了……哈，我这叶子掉得还真有用了！”

他突然的情绪改变让我们望着他脚下，原来，是一只怀孕的母猫正借了他掉在地上的叶子，做了一个可怜的窝。这只猫成了我们的焦点，也让树兄弟暂时忘了自己的种种不适、不快。

那是一只脏兮兮的白色波斯猫，模样狼狈，但眼神依然孤傲。它并不理会我们，只是每天都辛苦地出去寻找食物并带回一些可以增加树叶保暖度的东西，让那个可怜的窝更像是个窝。

有一天，那只母猫不在的时候，伯伯突然开口说："这是一只被遗弃了的猫，而不是一只野猫。你们看看它的眼睛，已经是谁都不会再信任了。"

"可它信任我！不然怎么会在我的脚下筑窝！"

"可你不能给它们提供食物……"

"至少我可以为它们遮风挡雨。"

"我从前在一个寺院里生活了好几百年，寺院里总在收容这些可怜的动物，现在不知道还有没有？"

"你是说寺院？"

"我是说……收容这些动物的地方。"

"你说的那个寺院呢？"

"拆了。几十年前就拆掉了。那是建在城里的一座寺院……"

"寺院是什么意思？"

伯伯叹息了一声，没有回答。也许，是他看到那只母猫回来了。

母猫辛辛苦苦地生下了五只小猫，那些小家伙真可爱，我前面的那位兄弟，每天都像一位骄傲的父亲一样，报告着母子们的情况。

"哇，这些小猫生下来就会叫！眼睛还没睁开呢就会叫。一只白的、一只黑的、三只花的。这三只花的，一只是尾巴上有黑，一只是脑门儿上有黑，还有一只是一半白一半黑。哎，你看这老大能站起来了！我绝对分得出来它们谁是谁，从老大到老五我绝对不会错！哎，你这当妈的怎么说走就走啊？那你可早点回来啊！"

那几天，眼看着树兄弟开心起来，连卷边的树叶都舒展开来了。

然后，有一天晚上，母猫没有回来，所有的小猫整夜地喵喵叫着，树兄弟更是焦急地左摇右摆。

"这当妈的去哪儿了？怎么还不回来？没看到这些小家伙都饿坏了吗？大

伯，大伯，你见过的猫多，不会有哪个当妈的扔下自己的孩子跑掉吧？”

伯伯轻轻地摇头，轻轻地叹气，却没有多说什么。

“回来了！回来了！”天刚亮的时候，树兄弟大声欢呼起来。顺着他的目光，我们看到那只母猫正踉跄着，穿过马路朝这边走过来。

“你怎么刚回来？你怎么不好好走路？你怎么……你怎么了？喂，喂，你怎么了？”

那只母猫栽倒在自己的孩子面前，咽下了最后一口气。

“喂！喂！它怎么了？大伯你看看它怎么了？”

“它死了。”

“死了？为什么？”

“也许，它是吃下了被毒死的老鼠……”

“可可可……可这些小猫怎么办？它死了，它的孩子们怎么办？”

伯伯垂着头，没有说话。我知道他是不忍再说。其实，树兄弟又何尝不知道：母猫死了，这几只小猫，要不了几天就会活活饿死……

小猫围在僵硬的母猫身边，没日没夜地哀叫着，那声音就算是我们这种树木都听不下去。树兄弟急得不断地左摇右摆，他甚至说：“要不你们就凑合着喝点我的汁液吧！求求你们就凑合喝一点吧。拿你们的小牙咬开我的树皮就行……”

然而，猫是不会吃树的。听着那些小猫越来越凄厉也越来越微弱的叫声，树兄弟的叶子飞快地卷了边、成片地落了下来。然后，我听到从他的树干中传来的一声闷响——树兄弟就再也不出声了。

我下意识地望向伯伯。伯伯老泪纵横地说：“从前，总听说树是有心的，我一直将信将疑。现在我信了。这位树兄弟真的是……心碎而死了。”

树？心碎而死?！那就让我也一起心碎而死吧！总比眼睁睁地看着这几只小猫一点点饿死强！

可是，我的心却只是痛着、在小猫的叫声中剧痛着，没有碎掉。

大约是第三天，半夜时分，被树兄弟称作老大的那只小白猫，拼了最后一丝力气，居然用它那纤细的四条小腿，爬上了隔离着树和路的栅栏。它摇摇欲坠地站在栅栏顶上，冲着开过的汽车虚弱而绝望地叫着。车灯一盏一盏地晃过去，没有停下来的。也许根本就没有人看到它。那栅栏上的地方很小，不够放下它的四只小爪子，眼看着它随时都会掉下去——或者掉回窝边或许掉到路上，如果掉到路上，它会被辗成一小坨肉泥……

有一辆车……减速了、减速了……但，终于没有停下来，终于开走了。那只小猫像是知道一样，冲着那开走的车望着，已经没有了叫的力气，也快没有了用两只半爪子支撑全身的力气……

此时，我一心只盼着我的心也能像树兄弟一样一下子碎掉……

我看到了什么？刚才减速的那辆车居然倒回来了，一直倒到了小猫跟前，一个年轻的女人跳下车，小心翼翼地抱起了老大。车上有男人等着她，那女人用她挂着泪水的眼睛望着车上的男人。那男人从车的另一边下来，绕过车，翻过栅栏，在死去的树兄弟的脚下找到了另外四只小猫，并且把它们一一递给那个女人……

“阿弥陀佛，善哉善哉。阿弥陀佛，善哉善哉。”伯伯以前所未有的声音，一遍又一遍地诵读着这两句话。我听不懂，但我却情不自禁地跟着喊了起来：“阿弥陀佛，善哉善哉。阿弥陀佛，善哉善哉……”

树兄弟，你……可以安心了。

［音乐，仿佛时光正像风一样地过去了。

“春有百花秋有月，夏有凉风冬有雪。若无闲事挂心头，便是人间好时节。”现在我会常常念叨这些从树伯伯那里学来的句子。当人们再一次将我和伯伯他们连根挖起，明知道将从此诀别，我们也只是微笑着挥挥手。

我被种在了一片新土的山坡上，这个山坡真的很怪，因为我的根须可以感觉到，这些土……也都跟我一样，是新来的……

一条蚯蚓……不，是两条——它刚才被替我挖树坑的人们的铁锨切断，现在刚刚自我修复成两条完整的蚯蚓。我一直很羡慕蚯蚓的这种能耐。这两条蚯蚓争先恐后地告诉我：“你说得真对，这些土都不是原来的，因为现在的这座山是刚刚堆起来的，就像你眼前的那片湖，是刚刚挖出来的一样……”

山！湖！也是可以由人来造出来！这样说来，作为一棵树，可以被搬来搬去，又算得了什么！

不远处的一片傻乎乎的小树苗，密密匝匝地长着，我在想他们挨得太近了，要不了多久就会透不过气来了。结果，第二天人们就把他们分头挖了出来，用草绳裹着根须，装上大车。我知道了，现在的树跟从前的树，最大的不同就是：现在的树都会跑了。

越来越多的树出现在我的身边，不断有蚯蚓被无意中切断，获得一生二的机会。出现在我身边的树来自各个地方，有的见多识广，有的诚惶诚恐，不用说，见多识广的是被移栽过多次的，诚惶诚恐的是刚离开家乡的。这个地方有个大好处，就是没有马路，没有车，所以到了晚上就会安静下来，来自各地的树就可以哗啦啦地海阔天空了。

我发现这里的杨树和柳树无论大小，几乎全是雄性。我知道个中原因，因为雄树是不会生出柳絮杨花的。

当别的树发现了这个问题并且提出疑问的时候，我没有出声，但我心里知道，不开花、不播种的杨树和柳树，才是人们需要的。

不管怎么说，我还是挺喜欢这里的。

有一天，人们又在离我不远的地方挖下了一个大树坑，一辆吊车——出来混得久了，我认识的东西越来越多——将另外一棵银杏树安置在了我旁边的树坑里。

我看到了什么?！是我的眼睛花了吗?！这棵树，这棵银杏树的树干上，刻着许多有些变形了的两两相连的桃形!!

是他！是他！是我想念了很久很久、以为再也见不到的、我的那个好看的树哥哥!

“嗨，嗨，是你吗？是你吗？我知道是你！只能是你！你难道不记得我了吗？回答我！回答我!”

然而，他只是一声不吭。

我要去见他，像当年一样，从泥土中去接近他！我再次拼命地伸展着根须，这些年我一直习惯蜷着，现在突然地奋力伸展，令我的每一个关节都咯咯地响起来。

他一定可以感觉到我的存在，可仍然默不作声，不作回应，仿佛我那尽力伸长的、试图从泥土中去接近他的根须，依然只是……几条路过的蚯蚓。

哥哥看上去很委顿、很漠然，了无生气，仿佛这世上的一切都与他毫无关系，包括我。远远地，我就看到他的根须上有许多伤痕，不比我的少……我几乎可以想象他的经历，可他是一棵多么骄傲的树啊！是啊，一棵骄傲的树，尊严对他或许比什么都重要。

那些负责树的人们似乎比我还担心，他们在他身上挂上了盛着营养液的袋子，用针头扎进他的树干，日夜给他输送着树需要的营养。

我看到他不断地颤抖着，忍不住连声地问着：“你疼吗？你不舒服吗？”

可他就是一言不发。

“坑爹啊！人挪活树挪死，好好的树挪到要死，再给树挂吊瓶、打吊针，这不叫闲的嘛！”

几个路过的人里头突然有人这样说，我马上忍不住使出全身的力气，为这个说话的人鼓掌。

那个人回头看了我一眼，有些奇怪地停下脚步，对同行的人说：“哎你们看这棵树，他在为我鼓掌呢！”

同行人们一边笑骂他神经病，一边望向我，然后都不再笑他，而是点头说：“真的，太神了！这么多树都纹丝不动，只有这棵树所有的叶子都在动，就像是在鼓掌！”“这是怎么回事？”“太奇怪了！”

连人都看出来了，难道你就真的看不出来吗？还是你真的已经被折磨得失去了记忆，完完全全地忘了我？

我终于触到了他的根须，我紧紧地握住了他：“是我！是我！我知道你什么都明白，只是不肯与我相认，你是那么骄傲，你只能允许自己像棵树一样地活着……他们给你打吊针的时候，我看到你在发抖，现在我明白，你不是因为痛，而是因为耻辱，对吗？对吗？对吗？”

他依然没有说话。

我说：“没有关系，就算你不再记得我，我也认了，只要有你在，我就觉得活着有意义。我们是朋友！就让我这样牵着你，陪着你……”

有一瞬间，我似乎感到了他那轻微的回握。就算是幻觉，我也满足了！

就这样，我在土里一点一点地与他盘根错节，拥抱着他，我不断地轻声跟他说着话，希望他能告诉我这些年都遭遇了些什么……

然而，他就是始终沉默着。

漫长的冬季过去了，当春风再次吹过的时候，他的最后一片枯叶掉了……

人们拿着电锯出现了，指着他比比画画。我知道人们要做什么。

可我不能……我不能再一次看到他离开我，而且真的是永远离开。而且我知道他还没有完完全全死去……

趁着拿电锯的人去调整电线的时候，我使出全部力气——你们想不出来我做出了什么！

我跨出了一步！我真的跨出了一步！

作为一棵树，我跨出一步，站在了我的朋友——那棵看上去像是死了但实际上还没有完全死去的——树哥哥的前面。

紧接着，那电锯就锯到了我的身上。

[刺耳的电锯声。

很难听、很刺耳、很难以忍受是吗？这个声音，对于你们人来说，只是噪声，而对于我，这个声音却意味着死亡。

说实话，我已经什么都不怕了。

痛啊！好痛！此时，我痛，并快乐着。

“你在干什么！”

随着人们的大喊，电锯停了下来——旁边的人发现拿电锯的人搞错了切割对象。那拿电锯的人被众人骂着，不断地检讨并且摸着自己的额头，说：“真是邪了门儿了，我一定是中了暑、昏了头……”

他们找来了什么东西，涂在我那新鲜的伤口上，令我的伤口变成一条白色的补丁。然后，他们再次拿起电锯，走到他的身边……这个时候，我终于真真切切地体会到泥土中他给我的一个重重的回握……

我知道……我知道……作为一棵有着最高傲的自尊的树，哥哥在跟我诀别……

我眼睁睁地看着他在我的身边被腰斩，然后，轰然倒下……

当他轰然倒下的时候，当他……只剩下了一截树桩……我看到了什么？我看到了他的年轮，每一道年轮中间，都密密地印满我的影子……

你听到一声闷响吗？

我的心……终于碎了……

我的眼前一片漆黑……

……

我还没有死吗？可我明明听到我心碎的声音了……哦，是有人关掉电锯的声音。树哥哥还在！他没有被腰斩？

关掉电锯的是个年轻人，有点眼熟。他在大声对那些人说："这棵树还没有死！没有死就不能锯。我奶奶说树也会疼的……"

他好像……他好像是那个在我身上磨牙、蹭口水，后来又想在我身上刻飞机、大炮的孩子。真的是他！

他都长成大人了。

他说："你们看看，这是一棵多么好看的树啊！"他抚摸着那些变了形的桃子形状，"我奶奶说了，每一棵树都会比人活得更久。树是我们的过去，也是我们的未来。从有人类开始，树就在帮助我们，却从来不需要我们的帮助。我们能做的……只是尽量让这些树自然地生长……也许，再有一个春天，它会自己缓过来的。"

他真的能自己缓过来吗？突然，我在土里的根须再次被回握。

"哥哥……你还活着？你真的还活着！"

他再一次回握我的根须。

我用人类听不到的语言对他说："我刚才好像看到你被锯掉了。还看到了你的年轮，上面密密地印满了我的影子……"

他轻轻点头："你在我的心里，就像我在你心里一样。"

他终于开口说话了！

"也许，"他轻轻对我说，"我们可以活下去，因为，开始有人懂得我们了……"

[面向小观众们。

你们都懂得我们了，是吗？你们都是我们的朋友了，是吗？

活着……真好！

剧　终

附录 1

生命的沧海桑田

——《木又寸》创作谈

（发表于《剧本》2015 年第十二期）

冯　俐

我家楼下的奥林匹克森林公园，2000 年我付购房定金的时候，还是一片村落。到 2008 年奥运会，八年中，我目睹着那一片土地从村落，变成一片荒地、工地、苗圃、土丘……最终变成了国家森林公园——有着连绵起伏的小山、成片的湖泊湿地，春天漫坡蒲公英、夏天满眼水芙蓉、秋天连天芦苇菖蒲、冬天无边茂郁树影……一年四季美不胜收。

站在阳台上，看着那片土地如同电影叠化镜头一样地变化着：湖和山平地出现、伸展，小树苗发芽、长大、移动，各种大树从天而降、天南海北地汇成“森林”……我曾一次次地感叹：就这么眼看着沧海桑田了！

十多年来我的生活节奏如同曾经的中国高铁：不断提速！快得几乎看不清窗外风景，忙得很少有时间下楼去公园。直到——差不多两年前的一个初秋的下午，我偶尔漫步在这片森林……

鸟语花香的清静中，无数不同形状的树叶在微风中摆动着，听着自己的脚步声，我突然想到十多年前还住在这里的村民……不知道他们离开祖祖辈辈赖以生存的土地之后，日子会过成什么样？看到漫山遍野的成树，不知道他们都是从哪里来的？倘若有知，离了故土的他们快乐吗？又想到很多年前读过一篇短文，题目叫《树要有腿也会跑》，讲的是人类生活对树木造成的痛苦影响。也许，比起那些被遗留在钢筋水泥柏油马路之间的树，比起那些原地被烟熏火烤开水浇灌的树，比起那些被砍伐拆解变成了木材的树……这些被移栽到公园里的树应该算是幸运的吧？还看过一篇文章，大意是说，随着近百年的现代化进程，人类对自然的改变（包括消耗和损害）超过之前人类发展百万年的总和。现代化进程的确改变了我们每一个人的生活，同时，也改变了地球上的一切。就连最该一成不变的树似乎都不得不接受命运——身不由己、身心悸动、前途未卜的生命历程……如同我们每一个人……

突然之间，每一棵树都在向我"诉说"……当我走出公园大门，一个剧本几乎完全在我的脑海里成形，连题目都是自己浮现出来的：木又寸——似"树"非"树"，全凭人来决定。剧本的样式是"独角戏"，主角是一棵阅历了人间沧桑、经历了悲欢离合的银杏……

这部作品的主题绝不仅仅是环保，它完成的也许是当下的一个人生寓言、表达的也许是现代化进程中的生命困境、讨论的也许是万物共生共存世界的规则、呼唤的也许是每一个生命个体都渴望得到的爱与尊严、按捺不住的也许是沧桑巨变中的一份温存与温柔……"这部戏体现出一种了不起的思考，那就是：太阳下面所有的生命都有着成长的权利，也应该享受成长的快乐和生命的快乐。"（欧阳逸冰评语）

创作这部作品的出发点并不是"儿童剧"，即使9岁的女儿一口气读完剧本并为之动容，我依然没有想过要把它搬上儿童剧的舞台，直到调到中国儿艺工作一年之后……一年主抓儿童剧创作的工作经验、与孩子们的接触、与同行们的多次深入探讨和自己的种种思考，都让我感觉到这个有些"沉重"和"忧伤"的戏，或许正适合开始"拒绝幼稚"、像这棵银杏树一样天真无辜、渴望被了解理解、对世界充满信任和困惑、容易受伤却不会诉说、常常陷于无助无奈的小观众们。"虽然与孩子们讲述生命的意义有点冒险，但不应所有的儿童剧都成为幼稚的代名词。"（尹晓东"出品人的话"）

我只调整了剧本中的两个角色：把原来的主角从一名银杏青年变成了银杏少女；把主角心中的那棵"好看的树"变成了"帅气的树哥哥"，同样的故事便具备了更加纯净的童真气质……导演和演员的二度创作令所有人充满惊喜，他们几乎没有改变台词，却将一个叙述体的"成人童话"生动地搬演成老少皆宜的"儿童剧"。"这个戏不仅打破了'人本位'的观念，而且有一种感人的儿童视角。"（宋宝珍评语）

也是从这部戏开始，中国儿艺对剧目开始进行"年龄分级"——此剧建议五岁以上儿童观看。但在剧场里，包括三四岁孩子在内的小观众可以始终专注、动心，他们了解了一棵树的生命感受并感同身受、充满感情地奋力回应着小银杏树的追问；陪孩子看戏的家长们自动收起了手机，透过这棵银杏树，他们看到了自己的生活、找回了一些珍贵的记忆，一路泪光闪闪感慨万千……“思想情感和表现形式充满了生命的温度。坐在下面会不断受到这种温度的感染，温暖宜人。”（查明哲评语）

是的，我们每一个人都经历过身不由己的被动和无奈；都品尝过有意无意的伤害；都惧怕过陌生和孤单；都忍受过卑微和弱小；都渴望过被理解和被尊重；都体会过离别之痛和相思之苦；都感受过随波逐流的黯然和重燃希望的狂喜……

真诚的生命体验，一瞬间或许已是沧海桑田。它可以属于一棵树，也可以属于大人和孩子……

当每一个人都像在意自己的心一样，去在意一草一木一切生灵；当每一颗饱经沧桑的心，都依然充满热爱，这个世界会充满真正的温暖……

附录 2

写给世界的书笺

（刊发于《剧本》2015 年第十二期）

武丹丹

从一部儿童剧里看出忧伤来，着实是少有的体验，但是《木又寸》是这样的一部作品。

木又寸，无疑，这是一棵分离的树。因为分离，变得忧伤；因为分离，变得四海为家；因为分离，变得意味深长。

这是一棵春天的树，用剧中主人公的语言就是“九十岁对于我们这样的树来说，等于刚刚成年，大概，就像你们人类的十几岁。”这是一棵树妹妹，她娇憨又无邪地望着这个单纯的世界，唱着“春有百花秋有月，夏有凉风冬有雪……”这样人类的诗句，舞台上唐妍的表演，让你仿佛能听到风吹过，树叶沙沙的声音……她忐忑地看着不远处的树哥哥，小小的、细微的心思随风轻漾，她为树哥哥被刻上两颗大大的桃心而难过，她为树哥哥可能被腰斩而奋不顾身，她为最后被树哥哥在地下的根须轻抚而激动，为离别时候的眼泪而一次次地回忆……这是一棵春天的树，她伸出她全部的根须、每一根枝干和每一片叶子，试图去感知这个世界巨大的善意和温暖，她是那样地用力，那样地努力。

这是一棵忧伤的树，她被火车运出了大山，告别山鹰，告别野兔、刺猬、狐狸，告别以往的生活，告别无忧无虑的记忆，开始面对外面的世界。春风每一次吹过，以为是故乡的消息，面临的却是每一次离别。美丽的柳树大姐有曼妙的身材，有婀娜的枝条，也有漫天飞舞的“柳絮因风起”，人们将她嫁接了，因为不喜欢她春天乱糟糟的柳絮，因为不开花不播种的杨树、柳树才是人们需要的。于是，曾经活泼迷人的柳树大姐变得垂头丧气，最后被烤焦了，死之前，柳树大姐说：“树……要是有腿……该多好。”

没有脚，不能走路的树，却给人最深的漂泊感。这是多么奇异。

其实每一个人又何尝不是这样一棵树。

我们都是那样一棵树，生长在故乡的土里，一路颠沛流离，不断被命运打散，被一双看不见的手送到你该去的地方。不断告别，告别少年时光，告别青春记忆，告别渐长的白发……一次次在被人需要的条条框框和世界的各种规则里被打败，被支离破碎。

这是一棵孤独的树，被剥夺了全部自尊的卑微的孤独，忽然之间停电了，一切都安静了。静静倾听这个世界，那种熟悉的感觉从四面八方包围过来，让她忍不住掉泪，她甚至惬意地坐在秋千上，轻轻吟唱……夜的静，山里一样的黑暗，曾经熟悉的感觉就这样猝不及防地与自己久别重逢，哪怕只是极短暂的……也是那样令人回味和不舍。甚至还有那只短命的知了，过去被痛恨的，现在被怀念的，没有了它的叫声夏天会多么寂寞的知了。

一只短命的知了，来过，什么也没有留下，只能在回忆里倾听知了的叫声。

我们每一个人，在城市里奔波劳碌，活得都焦心卷叶的时候，都会在心里默默怀念属于自己的那一份清凉，南方的雨、北方的雪、故乡的云，家乡的虫鸣蛙叫、记忆里如霜的月光……

这是一棵幸运的树，光阴荏苒，在无常的世事里，她居然见到了她一直藏在心里的树哥哥。这样的重逢、在泥土下面郑重的回握，让她感觉得到活着的意义、朋友的意义，无言的诉说和回握令所有的等待都是值得的。当树哥哥最后被砍去，只剩下一截树桩，每一道年轮中间都密密地印满她的影子……而且他还幸运地被留到下一个春天，曾经树下纳凉的小婴儿长大了，开始懂得他们、开始有人心疼他们："也许，再有一个春天，它会自己缓过来的。"

这是一个诗意和有价值的结局，我们终于在旷日持久的冷漠中，被感染、被打动、被点拨……找寻到了很多我们有意无意间忽略的。当优美的旋律响起来，橘色的灯光亮起来，金色的银杏树叶漫天飞舞，抒情的，快乐的，伤感的，温暖的，诙谐的一幕幕场景在眼前滑过……我觉得，《木又寸》是写给这个世界的一封温情的书简，每一片落叶都是作者写给这个世界的书简，问候我们所有现在的和曾经的儿童们。

毕竟，一切成人的人性都是儿童性的延伸和变化。

一棵森林里的银杏树，因为美丽而被移植到了城市。告别山鹰和树伙伴，一路上它认识了柳树大姐、杨树兄弟、小猫一家和知了，认识了火车、街道、餐厅和公园，经历了拍电影、拆迁、停电……在人的世界里经历着树的全新命运。

这是一棵小银杏树的故事。她只有 90 岁，按照银杏能活上千年的树龄，她还只是个小树朋友。

为什么要叫“木、又、寸”呢？因为她在故事里不断地经历着分离：与家乡分离、与伙伴分离、与朋友分离、与自己分离。随着她的每一次迁徙，在种种分离、相识和重逢中，我们会了解一棵树的生命感受。之后，或许我们会发现，似乎熟悉的身边世界跟曾经认识的有所不同……

（作者系《剧本》杂志主编）

附录 3

艺术阐释生命观

（刊发于《人民日报》（年度推荐剧目短评）2015 年 12 月 29 日）

欧阳逸冰

《木又寸》是新中国儿童戏剧史上第一部大型独角戏。它以儿童般纯真烂漫的想象和充满挚爱的悲悯情怀，传扬了太阳底下所有的生命都有权快乐成长的信念，或许这是当今人类的伟大良知，是保护地球生态环境、呼唤人与自然和谐相处的初衷与归宿。

这是一部舞台样式洗练而又丰富新颖的独角戏。在如同打开的大自然百科全书的页面里，在现场多种乐器的拟声和旋律中，自由地演绎着主人公（小银杏树）曲折多变、跌宕迷离的命运。演员巧妙地将台词、表情、肢体动作融为一体，不但细腻刻画了主人公富于变化的内心世界，而且转瞬间即可展现出对手形象的神采，银杏树哥哥、山鹰、婴儿、奶奶、路人、流浪猫……尽在其中，活灵活现。如是，十余个“人物”形成了以小银杏树为中心的情感与情节的繁衍斡旋。在这个斡旋中，无论是玩具火车头，还是画着猫头的皮箱，都被神奇地赋予了生命，它们既是道具又是“人物”，甚至成为女主演的物化延伸，在戏剧动作中“讲述”着令人惊叹的故事。

近在咫尺的主人公让小观众直接成为她倾诉的对象，也成为可以扶助她的知心同伴。《木又寸》尊重儿童视角，得到小观众们的喜爱。或许，长大后的他们也会反复回想起小银杏树的心声：“终于有人开始懂我们了！”

（作者系剧作家、评论家，中国儿童艺术剧院原院长）

附录 4

开辟新的儿童剧境界

——观中国儿艺的《木又寸》

（刊发于《中国戏剧》2018 年第七期）

高　扬

中国儿童艺术剧院演出的《木又寸》（冯俐编剧，毛尔南导演，唐妍主演）带给了我们许多可议的话题。

冯俐的创作不走寻常路，她的《中华士兵》《山羊不吃天堂草》，在业界多多少少都会有一些争议之声。然而，她的近作儿童剧《木又寸》让人看到了她机敏夺人之处。《木又寸》写了一棵银杏树从大山里被移植到城市里的前前后后之所见所闻。全剧以独角戏的形式演出，以一棵雌性银杏树的第一人称为视角推进剧情，语言生动丰富，表演情感充沛、亲近感人。剧中让主人公——年轻的雌性银杏树反复发出“可是我不能走！”的慨叹，让孩子们深切地感受到生命有着不同的形式，有的生命可以移动，有的生命不能移动。但生命都是平等的，都是绚丽的，每个生命都有自己的欢快和悲伤，每个生命都有着自己的回忆与希望。在杨树与柳树所产生的飞絮问题上，她也没有囿于目前它们给人们带来了困扰而随声加以谴责，而是告诉孩子们，飞絮是杨树和柳树生命形式的一种表现，它们是靠飞絮来繁殖生命的，飞絮扰人，并不是说明杨树和柳树是一种不好的生物，而是由于人类的错误所造成的。她还进一步描写了一只知了，经历了七八年的泥土中的休眠终于破土而出爬上树干时，却因为银杏树不适宜它的生长，不久便死去了。不同的生命依赖着不同的生命而生存，生命的多样性对于我们的世界是多么的重要。

《木又寸》开篇立意出手不凡，她不是在展示给小朋友一种好的品格，也不是要树立一个人生的榜样，甚至不去关心社会观念的潮流动向，它走出了过去的儿童剧勤劳善良、敬老爱幼、敌友分明的层面，她是在探究生命的哲理，意欲唤醒孩子们心中的生命的意识。孩子们在接受各种各样的观念之前，他们的头脑还没有被异化，他们与大自然是相通的。他们的世界绚丽多彩，有着不可预知的各种的奇思妙想，其创造的潜力是不可限量的。过早地灌输给他们一种道德，让他们的思想很快地被定型，就会大大地限制他们的想象力和创造性。过去，我们在儿童教育上，特别是儿童剧的制作上，鲜少有这方面的探索，而我们青少年的科学创意和文化创意也总是不尽如人意，这二者之间不能不说是有着某种联系的。本剧定义为 6 岁以上儿童可以观看，不知依据是什么。国外的儿童剧是按年龄分级的，但好像越是无语言的、抽象的，即所谓“哲理化”的，越是低龄的儿童可看的。国外还开发出了“婴幼儿”戏剧，可想而知，一定不会是以语言为主的。

与以往的儿童剧多为快乐、热闹、喜庆的格调不同，《木又寸》有许多悲剧的内容，银杏哥哥被无情地摧残，身上被刻上图案的情节让在场的观众仿佛都感受到了尖锐的疼痛。一排排健壮的杨树因为产生飞絮，无辜地被移走，从此与老邻居天各一方。柳树大姐被烟熏火燎、被嫁接、被刻画，终于死于非命。而作为主人公的年轻雌性的银杏树，因为美丽而被从大山里移到城市里了，从此不断地经历着颠沛流离，目睹了生离死别，心存了许多痛苦与无奈。小观众们看到了许多弱势的生命无法主宰自己的命运，对它们产生了深深的同情。与过去一味地鼓励儿童们奋发向上的儿童剧有所不同，《木又寸》试图在儿童剧中也展现“怜悯”之义，培养孩子们的慈善之心，扶贫之心，从而创造更加和谐的未来社会。

《木又寸》叙述流畅，情节引人入胜。有些段落犹如神来之笔，充满了戏剧张力。如，停电，这本是在人们日常生活中的恼人之事，但在戏的情境中，残酷、喧嚣、纷乱的拆迁遇上了它，竟然产生了那样恬静，那样美妙，那样令人心驰神往的境界。五只小猫的妈妈因误食了毒老鼠，生命垂危，无法回到孩子们的身边。一场拯救五个小生命的行动展开了，紧张、热切，眼看着无望却又峰回路转，展现了“危机戏剧”的独特魅力。

《木又寸》是一个独角戏，几乎没有布景，什么花草树木、猫猫狗狗、大人小孩都是由演员扮演出来的。人是戏剧的本体，人的表演在戏剧中应该是最重要的。对于儿童来讲，美妙的音乐，绚丽的布景，清亮的歌声，绰约的舞姿固然可以赏心悦目。但用身体去表现生命的艰难，生命的美丽，生命的痛苦，生命的欢欣，更会让他们了解真正的戏剧的内涵，更会使他们感同身受，刻骨铭心。唐妍的表演是精彩的，每一种生命在她的演绎下都熠熠生辉。本剧的主人公、年轻的雌性银杏树，被她演出了青春快乐，善良美好，充满了求知欲和正义感的角色个性。在银杏哥哥面前的羞涩，在新事物面前的向往，在恶行面前的无畏，在苦难生命面前的仁心，都被她演得十分到位，当她演到知了爬上她的身体时，两种生命相遇的欢欣，那种麻酥酥的感觉瞬间传导到了在场的每一个人。“蒲柳之姿”的柳树大姐，在唐妍的表演下，前面的风姿绰约与后面的风烛残年形成了鲜明的对比，触动着观众们的心。而小孩子刻画树木时的懵懂，老奶奶训斥时的急切也充满情趣，让人印象鲜明。

独角戏是一种对表演要求较高的戏。记得看过一些中外的独角戏，通过不同的化装、服装、道具来表现那种瞬间大跨度的年龄与身份的改变，常常令人惊叹。此剧的表演，除了形体和声音的改变以外，似乎也可以借用更多的手段，让表演更加丰富。

（作者系《中国戏剧》原副主编）

附录 5

一部充满新意的儿童剧佳作

（刊发于《中国文化报》2015 年 7 月）

周汉萍

儿童剧是唯一一个以表演对象来命名的艺术形式。近年来，随着社会各界对于艺术素养、艺术教育认识的加深，儿童剧创作演出呈现出前所未有的繁盛局面，涌现出了一些为小观众喜爱的优秀儿童剧作品。但是，仍然有不少作品存在着形式单一、制作粗糙、说教味浓、接近成人剧等现象。近日，中国儿童艺术剧院首部原创独角戏《木又寸》在假日经典小剧场首演。该剧由中国儿童艺术剧院副院长冯俐担任编剧，青年导演毛尔南执导，青年演员唐妍主演。该剧以一棵银杏树的视角，讲述了被移植到城市，在人的世界里经历的全新命运，与观众分享了爱与成长的经验。独角戏《木又寸》的演出为儿童剧创作带来了一股清风。业内多位专家学者纷纷就该剧发表了精彩点评。

儿童剧独角戏：演出形式的创新

中国儿艺原院长、剧作家欧阳逸冰说：独角戏是新中国 66 年儿童剧史上所没有的。独角戏，写起来难、导起来难、演起来难，观众看起来也难，但是这个戏全部做到了，这是了不起的创新。总政话剧团艺术指导、一级编剧李宝群说，本来我对儿童剧创作和演出有点失望，但是这次给人清风扑面的感觉。著名导演查明哲说，该剧在思想的解释、形式的把握、情感的传达上很有想象力、创造力。剧作把拟人的、似物的多姿多彩的戏剧表达方式结合得很充分，给演员的表演打开了天地。

一个人的舞台：精彩、自由的表演

《木又寸》站在台上的只有唐妍和刘晓明两位。刘晓明担任乐手，偶尔配合表演，唐妍则饰演银杏树、柳树姐姐、奶奶、小孩等十几个角色。查明哲说，唐妍外部动作非常敏捷，内心却有条不紊，在舞台上如鱼得水。她的演出糅合着她对生命的感受。中国京剧艺术基金会秘书长陈迎宪说，这部戏使我看到了新一代演员的真功夫。她用自己的声音形体演了十多个角色，每个形象都表现得很明确。解放军艺术学院教授王敏说，刘晓明从舞台中央到舞台后面，既是固定情境的营造者又是心灵的抒发者，我觉得他对于整部剧表演的增强功不可没。他所有的道具效果、音响效果、拟音效果，全都在戏剧动作中。中央戏剧学院副院长、著名导演廖向红说，这部作品舞台简约、空灵，观众感受到的内容很丰富。

儿童的视角：人与自然的平等、和谐

《新剧本》杂志副主编、编剧林蔚然说，这个戏特别打动人的是有一种和孩子平视的态度，它在和孩子们探讨一个关于分离的故事。“分离”是十分伤感的，成年人知道到底意味着什么，可是怎么对孩子去讲这个故事，让他们知道在一起的珍贵？作者的态度是很悲悯的，很柔软的。中国艺术研究院话剧研究所副所长宋宝珍说，剧名《木又寸》是训诂学的一个拆字法，木被一层一层砍伐，最后剩到一寸，但是我们也可以做另一种训诂学的解释，木又寸，树木都是一寸一寸成长，成为大树，成为栋梁之材。这个戏有一种感人的儿童视角，树木山川生生不已。这样的一个主题非常有意义。

未来的演出：精益求精　前景可期

欧阳逸冰说，这部戏体现出一个了不起的思考，那就是：太阳底下所有的生命都有着成长的权利，也应该享受成长的快乐，享受生命的快乐。可贵的是，这种非常有价值的主题立意不是说出来的，而完全是演出来的。中国社会科学院研究员刘平说，这种戏让小学生、中学生来看，让他们感受生命的温情，非常必要。这部作品放在大剧场，作为一部话剧也毫不逊色。

作为一部新作，《木又寸》也存在着一定的不足。专家们也提出了疑问和建议：戏剧的高潮点——小猫的得救，是不是还可以进一步斟酌？情节是不是能够再单纯一些？心理挖掘是不是再深一些？个别道具的运用似乎还不十分妥帖。总之，期待该剧能够在演出中修改、打磨、提高，使之成为中国儿童剧宫殿里一颗璀璨的明珠！

（作者系文化和旅游部艺术司副一级巡视员）

附录 6

一次逆鳞之旅

——《木又寸》观后

赵琳宇

中国儿艺，一个带给孩子很多次欢声笑语的地方。这次，却让我这个孩子妈从进入剧场第 15 分钟开始，泪目到落幕，抽光了大半包面巾纸。这在我所有的剧场体验中是相当陌生和新鲜了。一部舞台剧泪点之所以如此密集，或许是因为它坚持带领观众进行了一次逆鳞之旅。

所谓“逆”，起点是身份的转换。故事以一棵银杏树的视角来展开，讲述一棵树眼中的世界，讲述她和她的朋友们因人类的行为而被迫接受的一切改变。但是，单靠如此，还不足为奇——万事万物皆有灵性是儿童剧发挥自身独有天马行空想象力的重要途径。拟人化在《木又寸》这里只是逆向剥鳞的开端。

随着身份的逆变，带来了一场从头到尾没有停歇、愈演愈烈的立场逆换、利益逆变、利害逆转。人类改天换地、气如长虹的“顺山倒喽”，在银杏和她的深山朋友听来就是死神的点招；令银杏陶醉、羡慕的“像雪一样洁白却比雪还轻盈的”“天女散花”般的柳絮，却引来柳树大姐“被”嫁接，从此再也听不到她风情万种的那声“哎哟”；即使是在我们看来已经很友善地为树挂上“输液瓶”，也被树哥哥视为对本体尊严的践踏……路边的盆栽、地毯般的草坪、树荫下的烧烤、消失的声声知了、脏兮兮的野猫——我们看来的习以为常在“银杏们”的眼里都怪诞不解，我们厌恶的却往往是她们珍惜的。

儿童剧的矛盾冲突在这里不再是温情脉脉的小敲小打，逆转的双方似乎没有可以商量的余地，生命与自由成了你死我活的较量。作为成人，我们曾在纪录片里见过更血淋淋的冰山一角；作为孩子，他们有能力直面如此惨烈的局面吗？

我观察着现场的反应。有需要靠冰激凌做奖励、鼓励着看完的，有走出剧场后还抽泣不已的，有现场互动表示要保护自然的，有鼓掌不足、频频叫好的……事实证明，出品人在节目册里对于这部戏的预判是理性的，儿童剧不应该只有欢声笑语，正如生活不仅是风和日丽，成年人与其为孩子们虚构一个温柔却虚幻、脆弱不堪一击的镜花水月，不如在他们可以开始理解的时候，就不但与他们分享鸟语花香，更共面风暴沙尘。天下之大，唯真不破。

儿童剧与成人剧的区别，虽然有描述对象的选择性差异，但这并不是最本质的，最本质的还是在于用什么样的眼光来看待同一个外部世界。人类与自然的博弈虽然是一个宏大课题，但它不仅仅是一个成人议题；人类对损害自然的反思虽然只能在人类发展到损害自然的阶段才能产生，但这种反思并不仅仅局限于那些造成实际损害动作的人。孩子，作为人类物种的延续，作为明天的成年人，有资格进入这一议题讨论域；我们，作为成人，有责任让孩子们在进入这一讨论域时准备好一套更为良善的感情、科学的思想。

每个走进《木又寸》剧场的孩子，如果到达了出品方建议的 6 岁以上，或许他们的感悟力能够相对充分地当场就展现出来，即使他们还稚嫩着无法完全理解，出门后不再随手掐花折柳就是进步，谁能说他们就不是剧中那个被奶奶扎了屁股的小孩儿呢？再拓展一步，儿童剧的观众首先是儿童，但可以不止于儿童，所有还葆有一颗温暖的心的成人，也能在优秀的儿童剧中再洗风尘、眼明心亮。

于是，台下的每一位观众，带着各自不同的人生经验，跟着“银杏们”开始了一场刚开始似乎有趣、渐渐如坐针毡、最后各有所思的逆向而行。在一次次“既然逃不了，那我们就等着吧”的重复中，我们先是发笑于他们说这话时一挥手一甩头的好玩儿，又咂摸出逆来顺受的苦涩，从同理心不可抑制地一起感叹“如果树有腿，那该多好啊”，再到落泪于他们根须紧握的坚毅不屈。你对现实生活接受得多么如鱼得水，这次逆鳞之旅就让你多么芒刺在背；你对世界的认识越是善良无邪，这次逆转体验越有可能为你看世界打开更广的视野。

作为一名孩子妈，作为一个观众，我郑重地请求，让这样的儿童剧多一些、再多一些！

春有百花秋有月，夏有凉风冬有雪。若无闲事挂心头，便是人间好时节。老师说中国古诗总是先景后情、寓情于景，比兴之间，重点在后面。但在

《木又寸》里，我一遍又一遍品味着，如果真的春就有百花、冬就来风雪，那就足以成为好时节。

木又寸，合起来是一个“树”，拆分开是“银杏们”生活的撕裂、一地七零八落的碎屑。我佩服作者的独具匠心。东施效颦，拆一个“仁”，不取《说文解字》“从人二”，就取“人二”。面对孕育人类的自然，我们是给“银杏们”应有的尊严，还是把自己也活得“焦了心、卷了叶”，是成“仁”还是成“二”，一念之间。

（作者系文化和旅游部艺术司音乐舞蹈处处长）

附录 7

不用急着逗孩子开心

——观儿童独角戏《木又寸》有感

（发表于《童话》杂志 2015 年第三期）

张馨月

我们太急于逗孩子开心了，是不是？

怕独角戏对孩子来说不够热闹，怕稍微深一点的东西孩子不懂，怕不够快的节奏他们不嗨。

我们太急于要他们的笑、他们的热闹、他们的肯定。

为做到这一点，我们用技巧多过用心，用手段多过用真情。

儿艺的新戏《木又寸》在诞生之前，不知道有没有听过很多声音：孩子能不能理解？会不会枯燥？是不是经典结构？

但《木又寸》真的不用跟别人比，在中国儿童剧里面，它就是新新的、美美的一朵花，至于你能不能用曾经熟悉的名字给它归类，能不能拿传统标准去检验它，一点儿也不重要。你只要看到它，让孩子看到它，就足够了。

孩子会懂。

因为它真的尊重孩子。

它没有把孩子当成小傻子，去逗他们。

它没有把孩子当成客户，去讨好他们。

它很认真地把自己对世界的感悟、对生命的认知，和孩子交流。

一棵银杏树，经历了分离、生死、变迁，感受过友谊、得失、依赖、付出、牺牲……

它有情感。对朋友的爱，对世界的包容：对不同于自己的树，对要吮吸树液生活的知了，对陪伴过也伤害过自己的小男孩。

它有思考。对生命的敬重，不因为你是谁，只因为你是生命。无论一个人，一只猫，一棵不能跑的树。

它有东方的禅意。它讲因与果，它讲善念，它讲护生，它自他相换，它讲众生平等、万物有灵。遇到人生不如意，它吟诵慧开禅师的诗偈：“春有百花秋有月，夏有凉风冬有雪。若无闲事挂心头，便是人间好时节。”

这一切，它不因为孩子是“孩子”，就不和他们分享。

它有儿童剧几乎必有的“互动”，但互动也不是跳出来哄孩子玩，而是真正带动孩子去思考、去感受情感的冲击。剧场里，娃娃们回应银杏树，不是人云亦云的热闹、不是为了显示，是为了用他们小小童心的全部力量，去安慰眼前这棵银杏树，去爱它。

孩子的眼睛看到过什么？孩子的心能理解什么？

一棵爱孩子、尊重孩子的银杏树，它知道。

据说为了担心小孩子看不懂，剧院建议 6 岁以上的孩子观看，其实更小也无妨，这样的戏，即便不能完全看懂，种在孩子心里的种子是清晰明确、生机勃勃的：爱、尊重、万物有灵、敬畏生命。

这是我们的孩子最缺乏，但最不该缺乏的。

编剧、导演、演员、舞美都记忆深刻。

舞台上没有一样多余的东西。每一次的惊艳，漫天飞舞的柳絮、灿烂倾泻的银杏叶，不是单单为了美，每一样都是为了打动你的心。

演员棒极了，不仅是一人分饰十几角的唐妍，还有默默坐在一角的刘晓明。不抢戏，没有一个多余的动作，却始终气控全场，用音乐和银杏树相呼应。

这是一群值得尊重的创作者。

（作者系青年编剧）

中国偶与肢体剧

鹬·蚌·鱼

——取材于成语“鹬蚌相争，渔翁得利”

编剧　冯　俐

首演时间：2018 年 7 月 7 日

首演地点：北京中国儿童剧场

演出单位：中国儿童艺术剧院

导演：吴旭

演员：宋建霖　张薇薇　沈明举　陈蕾　张馨文　段孝耕

发表：《新剧本》2016 年第四期

获奖：第十四届布加勒斯特国际动画节“最佳美术奖”

入选：世界儿童与青少年戏剧表演协会（ASSITEJ）艺术大会展演剧目

收入：《中国幼儿文学百年精品・戏剧卷》

编剧的一些说明

1. 这将是一个试图在舞台上全方位发扬中国文化元素的作品

①创意来自成语故事。

②发掘中国木偶技艺，在传统的中国木偶形象上开拓、创新造型。

③音乐上以丰富多变、富有中国特色的绛州大鼓为主，附以两三件民族特色乐器。

④舞台样式上，以宣纸、水墨作视觉意向和创作元素，追求洗练、轻盈。

⑤无语言。

2. 演出方向定位

①正常小剧场演出。着重于低幼儿，填补面向低幼儿童戏剧作品的短缺。争取可以让两三岁的孩子看着开心，家长看着有趣。追求审美价值和趣味性。

②出访交流演出、填补外向型剧目短缺。

③进校园，进社区，甚至进幼儿园。尽量使舞美布景最少最轻。

3. 目标演出时长：60 分钟左右

4. 关于造型的原则

①渔夫及妻子的服装是风格感很强的人物服装。

②另三位演员的服装，原则上是操作木偶的、方便行动的水衣类。但，因为演员在操作偶的同时，有时也会现身表演，所以服装上可以有相应的、动物形象元素的装饰。

③所有形象应该是夸张的、体量相对大的，尤其重要的是：可爱的！

时　　间：中国古代（现实与非现实之间）。

地　　点：小河边。

人　　物：渔夫——总是喜怒形于色的。声音形象是他哼的不同小曲和各种感叹词。

渔夫妻子——总是怨气冲天的。声音形象可能是高音唢呐。

鱼——傻大憨粗又萌萌的。声音形象可能是埙。

鹬——灵巧好强、优越的。声音形象可能是竹笛。

蚌——笨笨的、协调性不好而又倔强的。声音形象可能是琵琶。

［幕起，水墨氤氲的山水间。

［悠长的音乐，如同悠长的时光。

［渔夫在水边捕鱼。发现有大鱼入网。

［渔夫与水里的大鱼角力。绛州大鼓初现。

［渔夫终于拉起了网，里面有一堆小鱼和一只大鱼。这个过程应有丰富而夸张的各种拟声：类似水花溅起什么的。

［渔夫看着网里的大鱼，开心大笑。

［鱼吐着泡哀鸣（埙）。

［渔夫哼着小曲，扛着渔网回家。

［转换景区——渔夫家门口。

［渔夫妻子叉腰站在门口。

［渔夫送上网中鱼，等待妻子帮自己脱去蓑衣、斗笠。

［破衣烂衫的妻子看到丈夫拿回来的还是鱼，怨愤。（尖锐的高音唢呐）

［妻子掏出鱼来劈头盖脸地砸向渔夫。

［绛州大鼓进，从小打小闹，不断扩大。

［渔夫一脸委屈地躲闪，却终被那条大鱼砸在脸上，狼狈地跌倒在地。

［渔夫气了，爬起来，脱下鞋来追打妻子。

［大鱼趁机挣扎着，庞大的身躯连滚带爬地朝河边逃去。

［大鱼逃到河边——转换景区。

［一只鹬鸟出现在筋疲力尽的大鱼身边。

［大鱼吐着泡哀求鹬鸟放过自己。

［鹬鸟绕着大鱼比量了一圈，发现鱼比自己的个头还大——吃不掉的。于是，鹬鸟用喙帮大鱼入水。

［拟音，快乐的水泡声。大鱼逃出生天。

［大鱼在水里向水边的鹬鸟致谢，鹬鸟很高兴。

[也许鹬鸟会跳一支舞。(竹笛)
[渔夫的叹息声传来，脚步声由远而近。
[渔夫虽然一脸沮丧，但也一样是这里的威胁。
[鱼儿逃走。
[鹬鸟警觉，但并不慌张。

[渔夫看到了鹬鸟，眼前浮现出美味的红烧鹬肉和美丽的鹬鸟羽毛帽子。
[渔夫放下斗笠，抓起树枝追捕鹬鸟。
[绛州大鼓，渔夫与鹬鸟的对抗——鹬鸟逃、躲、反守为攻。
[鹬鸟绕着渔夫，用喙啄他的头发。
[渔夫抱头跑掉。

[在对抗中，鱼和蚌都从水里探出头来观战并为鹬助威。

[拟声，仿佛整条河都在为鹬的胜利鼓掌。
[鹬鸟绕场奔跑。鱼和蚌抬起渔夫的斗笠，如同举着战败者的头颅。
[鹬鸟夸张地再现刚才的胜利过程。(可由扮演鹬鸟的演员，同时操纵鹬鸟和渔夫的小偶来表演)
[可借用小道具（花花草草之类）表现河边的一片欢腾。
[大鱼甚至吹响了一枝喇叭花。

[正热闹着，渔夫一路唠叨着，来找丢失的斗笠。众闻声四散。

[蚌很笨拙，跑得东倒西歪的，结果被渔夫看到。
[渔夫眼前浮现出珍珠项链和金钱。
[渔夫徒手追捕蚌。
[绛州大鼓，渔夫与蚌的对抗——蚌逃、躲，被渔夫抓住。
[蚌在渔夫手上拼了——以两片蚌壳抡渔夫大嘴巴……

[渔夫松手。

[蚌不逃了，反而英勇地攻击起渔夫：追着夹他的手、脚、衣服。

[面对发疯的蚌，渔夫掉头跑掉。

[蚌与渔夫对抗中，鱼和鹬都出来观战并为蚌助威。

[拟声，仿佛整条河都在为蚌的胜利鼓掌。

[蚌也绕场奔跑，虽然姿态有些跌跌撞撞。（琵琶）

[鱼邀鹬一起抬起渔夫的斗笠，想再来一次“欢庆胜利”，但却被傲气的鹬拒绝。

[蚌也夸张地再现刚才的胜利过程。（可由扮演蚌的演员，同时操纵蚌和渔夫的小偶来表演）

[可借用小道具（花花草草之类）表现河边的一片欢腾。

[大鱼再次吹响了一枝喇叭花。但是，刚一吹响，喇叭花就被鹬鸟“没收”去了。

[萌萌的大鱼情商不高，对鹬鸟的情绪毫无察觉，又回身捞起一长串水草，把它像绶带一样挂在蚌身上。

[蚌高兴地拥抱鱼。

[突然，蚌身上的水草被鹬鸟抢了过去，挂在了自己身上。

[蚌一愣，夺回水草再挂到自己身上。

[绛州大鼓缓进。

[在由缓而急的鼓声里，鹬与蚌争夺着代表着“荣誉”的水草，直到——水草被扯断。

[停顿。鹬、蚌互相望着。鱼望着它俩。

[停顿中，另一个演区光起，渔夫妻子正扯着渔夫的头发，俩人也正无声地僵持着。

[突然，渔夫双掌推出，妻子被推得仰面摔倒。

[嘭！绛州大鼓急进。

[鹬和蚌开始激战。这个时候，扮演鹬和扮演蚌的演员，可放弃偶

的操作。俩人直接一个持矛一个持盾，形成一段“矛盾”之舞。

［另一演区，渔夫夫妻俩人保持着一立一躺的造型，渐渐收光。

［“矛”刺进了“盾”，谁都动不了了，两个演员索性扔掉矛和盾，再次回到偶的操纵者——

［争斗继续，很快重演“矛盾胶着”——鹬鸟的嘴被蚌壳紧紧卡住。

［一直着急地两头劝解着的鱼叹息连连，埙声幽幽，“苦口婆心”。

［但，鹬和蚌都不为所动。

［突然，鱼听到了渔夫的声音，着急起来，埙声凌乱。

［鹬和蚌仍不为所动。

［渔夫高声叹息着、背着手、低着头走来。

［鱼急得想劝开鹬和蚌，急得完全破了音儿。

［鹬和蚌想跑，但又都不肯率先放手。

［鹬蚌之间几番快速的错位试探，终究谁也没有放手。

［渔夫已走到眼前。

［鱼在最后一刻，不得不跳回水里，溅起巨大水花（拟音）。

［渔夫低着头，几乎走过了鹬与蚌，突然回过神看，看到了眼前的“奇观”。

［渔夫看着它们。

［一直没有停下来的这轮鼓点出现奇怪的节奏，一如此时鹬和蚌的矛盾心情。

［渔夫猛地扑上前来——

［哐！绛州大鼓戛然而止。

［渔夫终于得偿所愿！他一手鹬一手蚌，左右看着，开始笑。

［渔夫越笑越响，乐不可支地扭身离开。

［鱼从水里露出头来，望着被抓走的伙伴们，哀伤地呜咽着。

[转换景区——渔夫家门口。

[渔夫一手鹬一手蚌，开怀大笑着来到家门口。

[突然，一支擀面杖高速旋转着飞过来，正打在渔夫脑门上。（拟音音效）

[渔夫猝不及防中被砸了个跟头。手一扬，鹬和蚌全都飞出去了。

[绛州大鼓最热闹的鼓点开始——

[鹬和蚌飞快地分头逃跑。

[渔夫左右为难了一下，决定去追跑得歪歪扭扭的蚌。

[鹬回过头来，帮着蚌去啄渔夫的头。

[渔夫不理会鹬的干扰，穷追不舍地去捉蚌……

[就在渔夫准备奋力一扑、这一扑就一定能捉住蚌的时候——

[突然，一张渔网从天而降，把渔夫罩了进去。

[妻子拿着擀面杖敲打着网中的渔夫。一幅滑稽的、世俗生活的场景——夫妻揪打成一团。

[鹬和蚌绕着那对打成一团的夫妻跑了一圈，然后一起快乐地离开。

[水墨氤氲的山水间。

[悠长的音乐，如同悠长的时光。

[鹬、蚌、鱼，和平、安详地生活在一起。（笛子、琵琶、埙谐奏）

剧　终

附录1

儿童剧《鹬·蚌·鱼》的新意与不足

（刊发于《中国戏剧》2018年第十二期）

钟艺兵

中国儿童艺术剧院近期上演的儿童剧《鹬·蚌·鱼》（冯俐编剧，吴旭导演），颇受少年儿童观众的喜爱。每当演出完毕，主创人员与孩子们在剧场中进行面对面的对话时，小观众们总是争先恐后地提问，可谓奇思妙想、无拘无束、天真烂漫。对话结束时，孩子们又纷纷跑到舞台上与演员们合影，满面笑容地享受着这一难得的开心时刻。

观剧归来，我在想：《鹬·蚌·鱼》的优势在哪里？它与以往演给孩子们看的"成语故事剧"有什么不同？我以为，《鹬·蚌·鱼》的优势首先是在于创新。它已经不满足于通过戏剧在舞台上给孩子们讲一个古老的成语故事，它想从内容到形式都有一种新的思考、新的表现，使孩子们感到新鲜、新颖，有新意。

此剧取材于我国成语故事《鹬蚌相争，渔翁得利》，却越出了原成语故事的内涵，在题旨上有所拓展和丰富。《鹬蚌相争，渔翁得利》的故事，见于《战国策·燕策二》，记载的是距今2200多年前我国战国时期的一件事。原文只有一百来个字：

> 赵且伐燕，苏代为燕谓惠王曰："今者臣来，过易水。蚌方出曝，而鹬啄其肉，蚌合而钳其喙。鹬曰：'今日不雨，明日不雨，即有死蚌！'蚌亦谓鹬曰：'今日不出，明日不出，即有死鹬！'两者不肯相舍，渔者得而并禽之。今赵且伐燕，燕赵久相支，以弊大众，臣恐强秦之为渔父也。故愿王之熟计之也！"惠王曰："善。"乃止。

这段记载，赞扬了苏代的智慧，他用"鹬蚌相争，渔翁得利"的故事说服赵惠文王停止了一场赵国攻打燕国的战争。"鹬蚌相争，渔翁得利"这个成语的含义很明确：双方相争不下，两败俱伤，却让第三者得了便宜。道理虽然简单，在我国人民2000多年来的生活中却得到了普遍的认可、联想和运用，至今不绝。

儿童剧《鹬·蚌·鱼》是在原成语故事鹬、蚌、渔夫三个角色之外，又添加了鱼和渔妻两个角色，演绎成的新故事便是：渔妻总是不满渔夫的收获，当渔夫趁鹬蚌相争之际，捉得鹬蚌回家时，渔妻不以为然，夫妻俩闹起了矛盾，打得不可开交，终使鹬蚌得以逃脱，回到河中。将其概括为两句话，就是："鹬蚌相争，渔翁得利；夫妻不和，好事落空。"显然，这个新编的故事，引出了一个让人深思的命题：为什么从鹬蚌相争中得了便宜的渔夫渔妻，竟然不懂得同一个道理，夫妻相争不下，也会使到手的鹬蚌得而复失？这一提醒并非空穴来风，类似的现象在当今的社会里并不少见，不论是历史还是现实，人类对于许多付出了巨大损失而换来的经验教训，本应牢牢记取，避免重犯，可是却往往重蹈覆辙。一个人、一个单位、一个地区，甚至一个民族、一个国家，皆有这种可能性。当然，儿童剧不可能让孩子们想得这么复杂，但当孩子们在幼儿园或小学生活中也会遇见有的小伙伴生病了、住院了，从老师那儿知道，他们有的是爱吃零食，不好好吃饭，以致缺失营养；有的是贪玩不按时睡觉，以致睡眠不足。这也是一种应该记取的经验教训。孩子们知道了，以后都能避免吗？恐怕未必。由此看来，根据现实的需要，儿童剧或者原原本本地表达成语故事的本意，或者对原成语故事进行某些改编和丰富，使其成为一个新的创作，只要孩子们能喜欢、看得懂，都值得提倡。

《鹬·蚌·鱼》的创新还在于舞台呈现的二度创造。最让小观众们惊叹的是鱼和鹬的造型。扮演鱼的演员，一出场就博得了孩子们的欢呼和掌声，因为在她身体的周围游动着几十条闪闪发光的小鱼，她的手中还有一条自由扭动的大鱼，真是太好看、太有想象力的创造！鹬的造型也不一般，它傲然、高挑，浑身羽毛闪耀着蓝色的光芒，称得上十分亮丽！蚌的造型虽然小了一点，但其略显笨拙的两片贝壳，一开一合中却透出了灵巧与智慧。这三者之间的互动、逗趣、较量，以及他们与渔夫的对立与周旋，构成了一幅别有洞天的水乡风情画。这是导演、造型设计、舞美设计共同创造的成果，它满足了少儿观众观剧时求新、求奇、求美的第一直观需求。

这部儿童剧的创新，还在于它所采取的戏剧样式十分特别。全剧没有对话，取而代之的是肢体语言，同时辅以舞蹈、音乐、木偶、皮影、声效，这就完全消除了欣赏时的语言障碍，低幼年龄的儿童观众看着不费力，即使在国外演出也不要翻译。应该说，这是创作者给自己出了一道难题，不断实践、探索，才能使这种表达方式趋于成熟。我看戏那天，左右邻座坐了三个孩子。我询问他们的观感，两个上幼儿园的女孩说“看得懂”，一个刚上小学的男孩说“有点像哑剧”，可见这种表演在与少儿观众的沟通上没有大问题。

这是一台青年演员演出的戏，他们的情绪饱满，认真投入，满台洋溢着朝气蓬勃的青春气息，无论是演人、演动物，都胜任所扮演的角色。特别是在肢体语言的运用、舞蹈基本功的展现、音乐节奏中的动感、无台词情况下的面部表情的强调上，都一丝不苟、力争到位，这是十分可贵的。

《鹬·蚌·鱼》的不足，是在创新中的某些难题并未得到圆满的解决。首先是渔夫、渔妻为什么闹矛盾，展现得比较模糊。如果写渔妻比较贪婪，不满足于渔夫打的鱼少而又小，那么当丈夫捉得鹬蚌归来时，她应该是满意的，何况，蚌肉里还有珍珠。这个问题说不清楚，夫妻二人的争闹打斗、鹬蚌趁机逃走的情节是难以自圆其说的，戏剧的结尾部分就不扎实。二是“鱼”的作用是什么？现在的戏，中心矛盾还是“鹬蚌相争”，并未因增加了“鱼”而改变这一矛盾。如果鱼的出现，只是呈现水下景观的美丽，或者是说明鱼很聪明，让渔夫捕不到鱼，那更加明确了：鱼并未进入矛盾的中心。那么，剧名为什么叫《鹬·蚌·鱼》呢？至少，渔夫在这部戏剧中比鱼更重要吧？为何不将剧改为《鹬·蚌·人》呢？

除此之外的一些缺憾，我以为都是局部的、比较容易改进的问题，例如目前的舞美设计和制作上，尚未达到像“中国水墨画”那样简约、空灵、美丽的创作初衷（或许与小剧场演出条件受限制有关）。肢体语言的运用还不够突出。鹬在河边照见自己水下的倒影，想法很好，但没有做到位，以致一部分小观众看不明白。演出时，舞台上自始至终立着一块硬景片，上书剧名，似多余，且破坏了舞台景观的完整性。这些，应在此剧的边演边改中予以再斟酌。

总之，此戏基础不错，可趁热打铁，继续加工修改，使其最终成为一部精品之作。

（作者系剧作家、评论家、《文艺报》原副主编）

附录 2

鹬蚌相争，渔翁与渔妻相争，谁得利?

（刊发于《中国艺术报》2018 年 5 月 23 日）

乔燕冰

幕起，水墨氤氲的山水间。悠长的音乐，如同悠长的时光。这是儿童剧《鹬·蚌·鱼》开篇的意蕴和情境。伴随着空灵婉转的音乐响起，在流动的中国画般的舞台上，一鸟一蚌一鱼，一群可爱的生灵，一对吵闹的夫妻，展开了由一则成语引发的寓言式的故事。

由中国儿艺副院长、国家一级编剧冯俐执笔，并集结中国儿艺青年导演吴旭、舞美设计兼木偶设计冯磊以及特邀服装设计阿宽等一众青年优秀主创的《鹬·蚌·鱼》是中国儿艺今年首部新戏，以“鹬蚌相争，渔翁得利”的成语故事为基础，以人偶结合的肢体剧方式，展现一段中国式的寓言童话故事，通过表现“争”与“不争”的不同结局，帮助孩子们理解和谐相处的美好。

冯俐介绍，该剧的诞生既是中国儿艺多年来创作理念的传承延续，也是剧院创新追求的又一次大胆尝试。首先，从题材选择上，选择成语故事进行艺术演绎，是中国儿艺长期以来坚持传统文化、外国经典、现实题材“三并举”方针中弘扬中国优秀传统文化的内容之一。同时，采用肢体剧与人偶相结合的方式又是基于多种考量。中国儿艺近年来不断探索音乐剧、动漫剧、人偶剧、肢体剧、系列组合剧等多种戏剧样式，题材也越来越丰富多样，但从受众年龄上，一直是一个泛儿童概念，而实际上儿童每隔一两岁认知度会有很大不同，中国儿艺希望将自己创作的受众群体更加扩大和更加精准定位，因此面向低幼儿童目标受众便是该剧创作的目标之一。

同时，随着中国儿艺的肢体剧《三个和尚》走遍世界五大洲，中国儿艺近年来对外演出交流发展如火如荼，迄今为止已经有七八部剧走向国际舞台，但因为儿童剧难以依靠字幕辅助表达内容，跨越语言障碍的外向型作品依然是“走出去”的强烈需求。同时，在冯俐看来，中国成语的人生智慧取之不尽用之不竭，一个成语可以带给人无数想象，甚至能让人一生思考，因此，用儿童剧演绎中国最经典的故事，是中国文化“走出去”、传递中国声音、讲述中国故事最好的方式之一，其所蕴含的价值观也能给全世界孩子们幼小的心灵播种下一份好奇、一份关注、一份情感。

没有语言，完全靠肢体动作来讲述故事，难度不言而喻，但在冯俐看来，却不失为一种契机。“舞台艺术是综合艺术，拿掉语言是一个艰巨的任务，但拿掉语言后可能会更大程度地发挥想象力和强化形象表达，对于低幼的孩子更容易接受，因此，虽然没有语言，绝不意味着无法表达感情，而是依然可以非常充分地表达思想情感。”

鹬蚌相争，渔翁得利，那么如果渔夫与渔妻相争，谁将得利？该剧剧情最后这一出乎意料的设置所隐含的追问，或许是该剧最绝妙之处，也是该剧意义的重要引申。为了增加趣味性与戏剧性，冯俐在“鹬蚌相争”成语通常设定的鹬、蚌和渔夫三个角色基础上又加了两个角色，即鱼与渔夫妻子两个角色，并且该剧没有停留在原有的故事结局中，而是将结局原地反转，让鹬蚌相争中得利的渔翁在与妻子争吵中再次失去所获，让争与不争和得失之间的哲学命题向更深一层延展深化。

（作者系《中国艺术报》编辑、记者）

亲子音乐剧

小萤火虫跟宝宝一样……

编剧　冯　俐

首演时间：2019 年 5 月 25 日

首演地点：福建福州

演出单位：福建人民艺术剧院

导演：傅磊

“福建人民艺术剧院 2019 年度优秀儿童剧展演季”开幕式剧目

西安“国际优秀儿童剧戏剧展演季”邀演剧目

发表：《戏剧文学》2021 年第六期

入选：国家艺术基金 2020 年度重点资助项目

获奖：第九届全国优秀儿童剧展演优秀剧目

收入：《中国幼儿文学百年精品 · 戏剧卷》

时　　间：当代。

地　　点：中国南方的乡村。

“萤世界”——属于萤火虫的世界——占据舞台主演出区。

“人世界”——属于人类的世界——在大幕线附近。

人　　物：小萤火虫。

萤火虫妈妈。

注：萤火虫的形象系统由演员扮演。是全剧的主体。

宝宝——四五岁小女孩。

宝宝外婆。

宝宝妈妈。

注：人形象系统由演员操纵偶来完成。

歌队——三四名演员。当作讲述人及剧中的各种角色及辅助性表演。比如，通过肢体表演、道具表演、偶表演，完成各种“人物”、植物、动物，甚至风、夜、玻璃瓶……自由跳进跳出。演员统一着装，以随时变化的偶、道具、简单服装，随时扮演不同的角色。可说可唱可跳。可“现身”作为讲述人，也可“隐身”成为各种角色（拟人化、表现性的表演或偶操作）甚至布景。

这是一部具有多重空间和形象系统，更加强调假定性和游戏感的儿童剧。

在剧本的文学结构上，有一定的“互文性”。

在对未来的舞台呈现，剧本努力通过文字描述，为导演提供更多探索的可能性。

［幕启。

［音乐起。

［“叙述者”即歌队上场。

歌　队　（唱）田野、草地、弯弯的小路
清风、小溪、镜子一样的湖
湖边，有许多高高低低的树
树上，有许多可爱的住户

［歌队队员边唱，边走到主要表演区——拿起巨大的树枝、树叶，构成一处树梢头的“特写”。

歌　队　（唱）萤火虫妈妈和它的宝宝
就住在高高的树梢
它们铺着树叶、盖着树叶
大白天里睡大觉

［歌队队员举起大叶子，露出叶子下面的小萤火虫和妈妈，它们正相拥而眠。

歌　队　（唱）太阳下山之后
它们会醒来
月亮升起的时候
萤火虫妈妈
会把贪睡的孩子叫醒……

［萤世界。

［太阳缓缓地落下。余晖照耀着许多巨大的叶子。

［天光渐暗。小萤火虫和妈妈尾巴上的萤光（或随身的灯笼）渐亮。

［萤火虫妈妈起身，轻轻呼唤着身边的小萤火虫。

萤火虫妈妈

宝宝，太阳下山了！宝宝！

［小萤火虫伸了个大大的懒腰，在妈妈怀里磨蹭着，撒着娇。

萤火虫妈妈

（唱）去吧，去吧，去找小伙伴

太阳下山，迎来夜晚

去吧，去吧，去飞

现在是萤火虫时间

小萤火虫　妈妈陪宝宝一起去飞

萤火虫妈妈

你知道妈妈不会飞

小萤火虫　妈妈陪宝宝一起飞

妈妈陪宝宝一起飞

[妈妈抵不住小萤火虫的“纠缠”，很配合地一纵身，结果重重地掉在了地上。

[小萤火虫笑弯了腰。替妈妈揉着。

萤火虫妈妈

小淘气！

[显然母女俩每天都在重复着同样的游戏和对话。

小萤火虫　（唱）为什么不会飞的妈妈

可以生出会飞的宝宝

萤火虫妈妈

（唱）因为我是萤火虫妈妈

你是萤火虫宝宝

小萤火虫、妈妈

（二重唱）不会飞的妈妈

可以生出会飞的宝宝

世界真奇妙（妈妈好骄傲）

世界真奇妙（妈妈好骄傲）

[萤火虫妈妈突然躲起来。

[显然也是每天重复的游戏。小萤火虫佯作找妈妈，嚷着——

小萤火虫　妈妈？妈妈？你在哪儿？

萤火虫妈妈

（唱）闻着妈妈的味道

就能找到妈妈

小萤火虫　（唱）闻着妈妈的味道

就能找到妈妈

［小萤火虫飞快地推开几层树叶，找到了藏在叶子下面的妈妈。

［萤火虫妈妈拥抱着小萤火虫。

萤火虫妈妈

我的宝宝最聪明！

（唱）去吧，去吧，去飞吧，去玩吧

妈妈等着你回家

［小萤火虫舞出漂亮的曲线，向妈妈告别、飞去。

小萤火虫、妈妈

（二重唱）不会飞的妈妈

可以生出会飞的宝宝

世界真奇妙（妈妈好骄傲）

世界真奇妙（妈妈好骄傲）

［小萤火虫一路飞着。

小萤火虫　（唱）世界真奇妙

世界真奇妙……

［突然传来人类孩子的声音。

宝　宝　（画外音）萤火虫！萤火虫！外婆，那儿有萤火虫！

［小萤火虫闻声，惊慌地想躲起来。

［歌队手持大大的荷花花瓣迎上前来——

歌　队　（唱）快来这里，快来这里

小小萤火虫，快快躲进花瓣里

［小萤火虫躲在了花瓣里。

［人世界。

［一名演员持宝宝偶上场。

宝　宝　（四处找着）萤火虫呢？萤火虫怎么不见了？

[两名歌队演员扮一朵荷花和一只小偶小萤火虫。先完成“讲述”，后进入角色。

扮荷花的演员

（白）这个小姑娘，不到四岁大。她的妈妈去出差，把她放在外婆家。

扮萤火虫的演员

（白）这是她第一次离开妈妈。（小孩一样强调）这是她第一次离开妈妈。

扮荷花的演员

（白）妈妈要她好好陪外婆，因为外婆是妈妈的妈妈。

扮萤火虫的演员

（白）守着妈妈的妈妈，宝宝还是想妈妈。天黑以后，宝宝更想妈妈。

扮萤火虫的演员

（白）天一黑，宝宝就会哭，离开妈妈的五六天，外婆天天想着办法安慰她。

扮荷花的演员

（白）带宝宝来捉萤火虫，是外婆今天哄宝宝的办法……

扮萤火虫的演员

（白）小萤火虫吓坏啦！（扮成荷花的演员对扮萤火虫的演员）快来这里，快快躲进我的花瓣里，不然你就危险啦……

[俩人模仿刚才萤世界的动作——让萤火虫躲进花瓣里。

宝　宝　（回头喊）外婆——

[一名演员持外婆偶上场。外婆的手里拿着捕虫的网子。

外　婆　来啦，来啦！

宝　宝　这儿有萤火虫！

外　婆　哪有？在哪儿？

宝　宝　刚才还在这里呢，藏到哪儿去了？

外　婆　外婆累了，我们回家……

宝　宝　（马上哭咧咧）不好！不好！我要找妈妈——

［小萤火虫从花瓣里探出头，马上就被宝宝看到了。

宝　宝　在那儿！它在那儿！快呀外婆！快呀！

［外婆举着纱网，追着萤火虫。宝宝原地跳着为外婆加油。

宝　宝　外婆加油！外婆加油！

［外婆停下脚，喘息。显然她并不真的想要捉到萤火虫。

宝　宝　快追呀外婆！

外　婆　外婆追不动了……现在萤火虫少得嘞，好多天才见到一只……

宝　宝　我要萤火虫！

外　婆　从前，这里到处都是萤火虫……

宝　宝　我要萤火虫！

外　婆　萤火虫飞走啦……

［宝宝一屁股坐在地上，嘤嘤地哭出声，要挟外婆。

宝　宝　我要萤火虫！我要妈妈……妈妈……

外　婆　别哭，别哭，外婆这就去追它……

［外婆无奈，追着小萤火虫跑下。

［萤世界。

［小萤火虫跌跌撞撞飞向妈妈身边。

小萤火虫　妈妈！妈妈——

萤火虫妈妈

宝宝，妈妈在这儿……

［宝宝的声音从另一个方向传来。

宝　宝　（画外音）外婆，它在这儿！

［萤火虫妈妈掀起大树叶。

萤火虫妈妈

宝宝快来……快！躲到树叶下……

宝　宝　（画外音）外婆！外婆！它在那儿！

［巨大的、压迫感极强的身影——外婆追过来了。

［小萤火虫刚钻进叶子下面，巨大的阴影已经覆盖到了叶子上。

宝　宝　（画外音）它躲在叶子下面了！

［小萤火虫惊恐万状。

小萤火虫　妈妈，妈妈……妈妈！

［妈妈猛然让自己暴露在叶子上面，并且发出最大的、耀眼的光亮。

宝　宝　（画外音）外婆！你身后！好亮好亮的萤火虫！

［歌队演员举着一张巨大的纱网，把萤火虫妈妈罩在其中。

宝　宝　（画外音）捉到了！捉到了！外婆捉到萤火虫了！

［萤火虫妈妈在纱网中挣扎着。小萤火虫从叶子里探出身来。

小萤火虫　妈妈！你为什么不藏好……

萤火虫妈妈

快躲起来！我的宝宝……

［宝宝兴奋的声音再次传来。

宝　宝　（画外音）旁边还有，外婆！旁边还有！

外　婆　（画外音）好啦，一只就好啦。

宝　宝　（画外音）我还要……

外　婆　（画外音）好啦，好啦……

［小萤火虫从叶子里冲出来……

小萤火虫　妈妈，妈妈——

［萤火虫妈妈被巨大的纱网拖走了。

萤火虫妈妈

宝宝……躲好，快躲好……

［歌队演员用叶片将小萤火虫护住。

歌　队　（唱）躲好，躲好，妈妈为了保护你，宁可自己被人抓到……

［小萤火虫挣扎着。

小萤火虫　宝宝要去找妈妈！宝宝要去找妈妈！

歌　队　（唱）别去，别去，别辜负了妈妈。

小萤火虫　（唱）不，我一定要去找妈妈！

我一定要去找妈妈！

闻着妈妈的味道，我就能找到妈妈

闻着妈妈的味道，我就能找到妈妈

［小萤火虫挣脱了叶子们的保护，向着妈妈的方向奔去。

歌　队　（唱）哦，拦不住它，拦不住它。妈妈离不开孩子，孩子更离不开妈妈。

［萤世界切光。

［人世界光启。

［操纵宝宝偶和外婆偶的演员一边讲述，一边布置着此时的外婆家。

［操纵西子偶的演员摆上一张小床。

演宝宝的演员

（白）这是外婆家。这是宝宝的床。妈妈小时候的床。

［操纵外婆偶的演员摆上一张小桌。

演外婆的演员

（白）这张桌子，也是宝宝的妈妈用过的。

［操纵宝宝的演员拿了件睡衣放在床上。

演宝宝的演员

（白）这是妈妈留下的睡衣，这几天，宝宝都会抱着它，闻着妈妈的味道才能睡着。

演外婆的演员

（白）上面有好多宝宝的鼻涕、眼泪。（做怪表情，下）

［操纵宝宝偶的演员现场成为宝宝。

［宝宝抱着妈妈的睡衣，趴在床上哼哼唧唧。

宝　宝　妈妈……妈妈……我想妈妈……

［外婆拿着装萤火虫的瓶子上。

外　婆　宝宝……怎么又哭了？

宝　宝　我在闻妈妈的味道……

外　婆　萤火虫来喽。

宝　宝　（伸出手）我要——

［外婆递给宝宝瓶子。宝宝抱起睡衣和瓶子。

宝　宝　萤火虫，萤火虫，这是我妈妈的睡衣，这上面有我妈妈的味道。你能闻到吗？可香了！我妈妈明天就回来了……

［外婆坐在床边为宝宝打着扇子。

外　婆　对，明天妈妈就回来了。

宝　宝　妈妈小时候，有萤火虫吗？

外　婆　有！那个时候萤火虫多得，一捉一大瓶。

宝　宝　我也要一大瓶……

外　婆　现在的萤火虫，少得快要见不到了……

宝　宝　为什么？为什么要用纱布蒙着瓶子？

外　婆　这样，萤火虫就跑不掉了呀。

［西子昏昏欲睡，声音开始朦胧。

宝　宝　明天，妈妈就带西子回家了……

外　婆　对，回你们自己的家！

宝　宝　嗯……爸爸见过萤火虫吗？

外　婆　不知道。你回家问爸爸。

宝　宝　我想爸爸，我想妈妈……你想妈妈吗？

外　婆　想！外婆小的时候，也离开过妈妈……

［外婆轻轻拍着宝宝。夜虫啁啾。

［外婆从睡着的宝宝手上，拿起装着萤火虫的玻璃瓶。

外　婆　总算睡着了……

［外婆起身，将瓶子轻轻地放在桌上。

外　婆　唉，小孩子都是妈妈的心肝。谁离开谁，都活不了……明天呀，你和你妈妈一走，外婆的心肝，两副心肝，都要被摘走喽……

［外婆轻轻离开。

［桌上的玻璃瓶在夜色中一闪一闪的。

［萤世界。

［萤火虫妈妈伏在巨大的玻璃瓶子里，慢慢地四下观察着，轻轻探索着，原以为自己可以离开，却发现自己走不出去。

［“巨大的玻璃瓶”可由歌队演员持弧形透明物，配合完成。表演

时，歌队演员与“玻璃瓶”融为一体，可以令玻璃瓶富有拟人化的“粗暴”“隔绝”的情感态度。

萤火虫妈妈

我要回家，我要回家，没有我宝宝会害怕。可是，为什么走不出去？明明什么都没有，却像是有一堵墙挡住了我……

［萤火虫妈妈走到哪儿，“玻璃”拦到哪儿。

萤火虫妈妈

这到底是什么？看不见却摸得到？为什么要困住我？让我离开，我要去找我的宝宝……

［小萤火虫从角落里悄悄地出现了，闪着尾巴上的灯向妈妈打招呼。

小萤火虫　妈妈，妈妈！

萤火虫妈妈

是我的眼睛花了？小小的亮光……真的是我的宝宝！宝宝！妈妈在这里！妈妈在这里！

［萤火虫妈妈尾巴上的灯顿时也亮了起来。一大一小两朵萤火隔着瓶子闪烁、呼应着。

［萤火虫妈妈高兴地伸出手去，却发现摸不到自己的孩子。

［小萤火虫明明看得见妈妈，却隔着一层透明的“墙”，触摸不到妈妈。

萤火虫妈妈、小萤火虫（二重唱）

宝宝（妈妈）、宝宝（妈妈）
这是什么？这是什么？
宝宝（妈妈）、宝宝（妈妈）
为什么我在你身边（你在我身边）
却抱不到你（却闻不到你）
宝宝（妈妈）、宝宝（妈妈）……

［萤火虫母女沿着那看不见的“墙”变化着各种角度，“墙”却始终挡在它们之间，令它们谁也无法触摸到对方。

萤火虫妈妈、小萤火虫（二重唱）

回去吧（别着急），宝宝（妈妈）

回去吧（别着急）

回到有妈妈味道的家

（我要带妈妈一起回家）

闭上眼睛就有妈妈陪着你

（救不出妈妈我绝不回去）

［萤火虫妈妈执意地示意孩子离开。

［小萤火虫望着妈妈，一步一步地退后、再退后……

萤火虫妈妈

好孩子，真听话，快快回家、回家……

［萤火虫妈妈以为孩子要走了……

［突然，小萤火虫用尽全力，向着妈妈冲了过来——

萤火虫妈妈

（惊呼）宝宝——

［小萤火虫重重地撞到了那看不见的“墙”上，重重地跌倒在瓶子旁边。

［萤火虫妈妈想去抱孩子却碰不到。

萤火虫妈妈

宝宝！宝宝！你撞疼了吗？你摔疼了吗？你哪来的那么大力气？

［小萤火虫再次爬起来，再退后，然后再一次全力向着妈妈冲过来——

萤火虫妈妈

（惊叫）不要——宝宝，你会伤到你自己……

［小萤火虫再次撞过来，再次撞得跌倒在瓶子旁边……

萤火虫妈妈

宝宝……宝宝……快动一动你的手，快动动你的脚，让妈妈知道你还好……

小萤火虫　妈妈，我还好。我好想跟你抱一抱……这个蜘蛛网好硬啊，我绝不会让它把你困住，我一定要帮妈妈逃掉。

萤火虫妈妈

（摸着那玻璃墙）你说，这是个蜘蛛网……

［画外突然传来门铃声。

萤火虫妈妈

快，快藏起来，别发出亮光……

［小萤火虫慌忙地躲了起来。

外　婆　（画外音）谁呀？

宝宝妈妈　（画外音）妈！我回来了！

［人世界光起。

［宝宝妈妈提着箱子走进来，一直走到宝宝床前。她身后跟着外婆。

外　婆　你怎么大半夜里赶回来了？

宝宝妈妈　一开完会，我就改了车次……从来没离开过宝宝，想她想得钻心……

外　婆　是啊，妈妈想孩子，孩子想妈妈！都钻心！这件睡衣，抱在怀里，闻着“妈妈的味道”才肯睡觉……

［宝宝妈妈坐在床头，爱抚着孩子。

宝宝妈妈　小的时候，我第一次离开您，也是天天抱着您的枕头，闻着您的味道……都不行。天一黑，我就想您想得钻心……

外　婆　一代一代，都是一样的，都是一样的……

［床上的宝宝突然在梦里哭喊起来。

宝　宝　妈妈！妈妈！我要妈妈——

［宝宝妈妈抱着宝宝。

宝宝妈妈　妈妈在这儿！唔唔，妈妈在这儿！

［宝宝仔细地看着妈妈。

宝　宝　妈妈？真的是你回来了？

宝宝妈妈　妈妈回来了。

宝　宝　妈妈、妈妈抱……

［宝宝紧紧地抱着妈妈，呢喃着，又睡着了。

宝宝妈妈　妈妈抱，妈妈抱。妈妈也好想宝宝……

外　婆　抱着她去大床上睡吧……我睡这儿。

宝宝妈妈　（悄声地）妈，您也早点睡。

［宝宝妈妈抱着宝宝离去。

［外婆慢慢地收好床，慢慢躺下。

外　婆　（念叨着）妈都离不开孩子，孩子也离不开妈……

［人世界光渐暗。

［桌上的瓶子静静地发出微亮的光。

［萤世界光起。

［萤火虫妈妈隔着玻璃向外张望着，没有看到小萤火虫。

萤火虫妈妈

宝宝？宝宝……你走了就好！

［小萤火虫探出头来。

小萤火虫　妈妈我在这儿！

［小萤火虫从瓶子后方绕过来，母子手贴手、脸贴脸，隔着那看不见的“墙”。

萤火虫妈妈

离开这里，好宝宝，妈妈告诉过你什么？

小萤火虫　遇到危险要逃，遇到蛛网要绕。

萤火虫妈妈

绕开这里……

小萤火虫　可妈妈还告诉过宝宝……万一被蛛网困住，要用尽力气撕破它，不然，只有死路一条！我不会让它困住妈妈。我要带妈妈一起回家。

［小萤火虫再一次慢慢地后退……

［萤火虫妈妈急切地想要阻止它。

萤火虫妈妈

不要！宝宝，妈妈不会飞，想逃也逃不掉。

小萤火虫　妈妈不会飞，可妈妈有会飞的宝宝。

萤火虫妈妈

（唱）不要，不要……

小萤火虫　（唱）宝宝的脑袋很硬

宝宝的力气很大
为了妈妈，为了妈妈
再硬的蜘蛛网，我也要撞开它

［小萤火虫再次冲过来、全力撞向玻璃，结果再次撞倒在地，久久动弹不得。

［萤火虫妈妈焦急地拍打着玻璃。

萤火虫妈妈

（唱）宝宝、宝宝，你还好吗？
动一动你的小翅膀
动一动你的小脚丫
妈妈心里好害怕

［小萤火虫努力地动了动，为了安慰妈妈。

萤火虫妈妈

妈妈来，妈妈比你的力气大……

［萤火虫妈妈想去撞玻璃，却完全没有可以助跑的空间，只有发了疯似的在瓶子里四下乱撞。

［小萤火虫挣扎着，起身阻止。

小萤火虫　不要不要不要！妈妈，你快停下，这个网好硬好硬，撞上去，头会很痛，眼前一片金星……

［萤火虫妈妈哭了。

萤火虫妈妈

妈妈知道，宝宝撞得很痛……

［小萤火虫安慰着妈妈。

小萤火虫　妈妈，妈妈你别哭，宝宝一点都不痛。刚才那一片金星很漂亮，就好像，眼前全是萤火虫（咧嘴笑笑），全是我们萤火虫……

［突然，宝宝的呓语传来。萤火虫母子马上隔着玻璃贴在一起。

宝　宝　（画外音）妈妈……妈妈……

宝宝妈妈　（画外音）妈妈在这儿，妈妈在这儿，宝宝不怕。唔唔唔……

［周围再次安静下来。

萤火虫妈妈

宝宝，走吧，走吧，听话……

萤火虫　不，不，我一定会有办法。

［小萤火虫绕着玻璃想着办法。

小萤火虫　（唱）如果，我是一只螳螂该多好
可以有砍断这硬网的大刀
如果，我是一只蜜蜂该多好
可以有刺穿这硬网的长矛
如果，我是啄木鸟
就能敲碎这看不见的硬网
哪怕，我是一只臭大姐
也能放个大大的臭屁
让他们顾不上捉妈妈
只能捂着鼻子逃跑

萤火虫妈妈

（唱）宝宝，你只是一只萤火虫宝宝，妈妈的宝宝……

小萤火虫　妈妈，有我在，就一定能救出妈妈。

［小萤火虫再次慢慢后退。

［萤火虫妈妈急切地阻止。

萤火虫妈妈

（唱）宝宝！快快回家
听妈妈的话
妈妈一定能回来
妈妈有办法……
宝宝！

［小萤火虫再次全力撞向玻璃瓶。结果，仰面朝天地失去知觉。

［萤火虫妈妈急切地隔着瓶子呼唤着孩子。

萤火虫妈妈

（唱）宝宝……宝宝
你明知道痛

却一次次拼死相撞
你头破血流
妈妈却不能摸摸你的伤
宝宝……你醒一醒
动一动你的小爪爪
动一动你的小翅膀
让妈妈知道你还活着

[小萤火虫一动不动。

[一阵风从窗口吹进来。歌队演员们挥动着扇子，小萤火虫被吹得在地上翻滚着。

萤火虫妈妈

（唱）风啊风，风啊风
快替我摸一摸宝宝的头
快替我吹一吹宝宝的痛
宝宝，宝宝，你醒一醒

[小萤火虫却被风吹着，一直滚着。

[萤火虫妈妈惊恐万状。

萤火虫妈妈

（唱）风啊风，你们在做什么？

风精灵们　（唱）风再大，都不能把一只小虫吹落
除非……它不再活着

萤火虫妈妈

宝宝！宝宝你在哪儿？宝宝，你还活着吗？宝宝，你快答应妈妈！

[萤火虫妈妈用力撞着那堵看不见的墙，狂乱地四处乱撞着、原地打转……

萤火虫妈妈

（唱）为什么妈妈不会飞
为什么你不肯离开妈妈独自回
为什么妈妈的心已碎
可这网，却怎么撞都撞不碎……

［萤火虫妈妈终于将自己撞昏，顺着玻璃瓶壁滑下去……

［风精灵们围在瓶子外面看着一动不动的妈妈。

风精灵们　（唱）没办法，只有石头能撞破玻璃瓶

可惜……萤火虫不懂

［天亮了。

［人世界。

［外婆拿着笤帚、簸箕，默默地扫地。

［画外传来宝宝母女的欢声笑语，还有汽车由远而近、停下来的声音。

宝　宝　（画外音）妈妈！妈妈！妈妈！

宝宝妈妈　（画外音）哎！

宝　宝　（画外音）来了一辆白汽车！是来接我们的吧？

宝宝妈妈　（画外音）对。宝宝先下来，妈妈放好箱子再抱你。

宝　宝　（画外音）不要！宝宝是创可贴，紧紧贴在妈妈身上！宝宝再也不要跟妈妈分开！

宝宝妈妈　（画外音）轻一点宝宝，妈妈气都喘不上来了。

［宝宝“咯咯咯”的笑声。

外　婆　（独自感叹）跟她妈妈小时候一个样。唉，妈妈离不开孩子，孩子更离不开妈妈……（在桌子前弯下腰，仔细看着簸箕里面）萤火虫？（拿起瓶子看）瓶子里的这只还在，可这一只，怎么自己跑到这里死掉了呢？唉，可怜……

［外婆叹息着，将小萤火虫扫进簸箕里。

［宝宝妈妈抱着宝宝进来。

宝宝妈妈　妈，我们该走了。

外　婆　走吧。

［三人正要出门，宝宝指着玻璃瓶——

宝　宝　我的萤火虫！我要拿回去，给小朋友看！

［外婆将瓶子交给了宝宝。

外　婆　你回去会不会想外婆？

宝　宝　（应付地）会。

外　婆　还来吗？

宝　宝　……妈妈一起，就来……

外　婆　瞧，离开妈妈一次，就什么都知道了……

［妈妈抱着宝宝，搂着外婆，三个人一起走出去。

宝　宝　妈妈，你怎么哭了？

宝宝妈妈　我也舍不得离开我妈妈……

［萤世界。

［巨大的笤帚和巨大的簸箕（也可由演员持道具构成）之间，小萤火虫迷迷糊糊地睁开了眼睛。

小萤火虫　这是什么地方？妈妈！妈妈在哪儿？

宝　宝　（画外音）外婆，这瓶子里的萤火虫，怎么不亮了？

外　婆　（画外音）天一黑，它就亮了。

［小萤火虫闻声望去，精神为之一振。

小萤火虫　（唱）妈妈！妈妈！

［小萤火虫挣扎着爬起来。

小萤火虫　白盒子……好大的白盒子！妈妈进了白盒子！

［受伤的小萤火虫跌跌撞撞爬起来。

小萤火虫　（唱）我的眼睛，你不要花

我的翅膀，你要听话

大白盒子就在前面

靠近它，就靠近妈妈

［画外传来汽车门被关上的声音“砰！”，紧接着是汽车发动的声音。

宝宝妈妈　（画外音）妈，再见！

宝　宝　（画外音）外婆再见！

［小萤火虫不顾一切地奔跑起来。

小萤火虫　妈妈！等等我！大白盒子，等等我！妈妈——（追下）

［画外传来汽车驰离的声音。

［小萤火虫像是被汽车排气管的气浪打倒，再次跌落到舞台上。

小萤火虫　大白盒子跑得好快……宝宝要追上它！宝宝一定要追上它！

［小萤火虫再次奋力爬起来，追赶、奔跑。

小萤火虫　（唱）我的眼睛，你不要花

我的翅膀，你要听话

大白盒子就在前面

追上它，就追上妈妈

［舞台前区出现两只蜻蜓（演员手持偶）。它们你追我赶着，边飞边斗嘴。

蓝蜻蜓　我飞得快！

绿蜻蜓　我飞得快！

蓝蜻蜓　我比蚊子飞得快！

绿蜻蜓　我比苍蝇飞得快！

蓝蜻蜓　（停下来）什么意思？

绿蜻蜓　苍蝇比蚊子飞得快，我比苍蝇飞得快，所以，我比你飞得快！

［蓝蜻蜓"悬停"着思考，突然有东西从眼前飞过。

绿蜻蜓　我的天！刚才飞过去的是什么？

蓝蜻蜓　萤火虫。

绿蜻蜓　不可能。萤火虫不可能飞那么快。

蓝蜻蜓　明明就是一只萤火虫。

绿蜻蜓　你肯定看错了！萤火虫不可能飞那么快……哎，你等等我。（追下）

［绿蜻蜓的声音传来：我不相信萤火虫会比我飞得快……

［萤世界。

［小萤火虫奋力地飞着，飞着。

小萤火虫　（唱）飞呀，飞呀，用力飞

拼命也要追上妈妈

大白盒子一下近了一下远

宝宝的眼睛一下清楚一下花

［舞台前区出现燕妈妈和两只小燕子。（演员手持偶）

小燕甲　妈妈，妈妈，我饿啦！

小燕乙　妈妈，妈妈，我也饿啦！

燕妈妈　小心汽车！

［汽车驰过的声音。

燕妈妈　说过多少遍了，要往高处飞，低处危险多……

［有什么从它们眼前飞过。

小燕甲　有虫虫！

小燕乙　飞得好快！

燕妈妈　（难以置信地）是萤火虫吗？

小燕甲　是萤火虫！

燕妈妈　不可能，萤火虫飞不了那么快。

小燕甲　不是萤火虫。

小燕乙　宝宝饿啦！

燕妈妈　妈妈去捉那只虫虫！

［燕妈妈追去。

小燕甲　妈妈快跑！

小燕乙　妈妈加油！萤火虫吃起来会不会烫嘴巴？

小燕甲　那不是萤火虫。为什么会烫嘴巴？

小燕乙　因为萤火虫屁股上有灯笼。

小燕甲　怪不得我们不吃萤火虫。

小燕乙　它的灯笼不亮的时候，就不会烫嘴巴。

小燕甲　那也会烫肚子。到了晚上，它在你的肚子里面会亮……

小燕乙　对哦，晚上会烫肚子，所以我们不吃它……

小燕甲　妈妈回来了！

小燕乙　是萤火虫吗？

［燕妈妈气喘吁吁地回来，摇头。

燕妈妈　根本就不是萤火虫！

小燕乙　那是什么？

燕妈妈　（没好气地）是子弹！

小燕甲　子弹?!

小燕乙　能吃吗?

燕妈妈　吃了子弹会死!我妈妈告诉过我，大狗熊吃了子弹，都会立即死掉!

［两只小燕子吓得缩了缩脖子。

［燕妈妈朝小萤火虫飞去的方向看了一眼，又看看两个孩子。

燕妈妈　做成萤火虫样子的子弹!只有子弹才能飞得那么快!

小燕甲　妈妈，妈妈，我饿啦!

小燕乙　妈妈，妈妈，我也饿啦!

燕妈妈　我们去湖边捉蚊子吧……

小燕乙　好!

小燕甲　(边走边问)妈妈，会不会也有蚊子子弹?

燕妈妈　……不知道。没见过……快走啦!

［萤世界。

［小萤火虫仍在奋力地飞，但已经摇摇晃晃了。

小萤火虫　等一等我，大白盒子——等一等我，妈妈——

(唱)宝宝的翅膀没了知觉

宝宝的身体已经散架

四周的空气像是都挤干了

宝宝的胸口要爆炸

［小萤火虫终于筋疲力尽地扑倒在地，仍挣扎着朝前爬。

小萤火虫　等一等我，大白盒子——等一等我，妈妈——

(唱)宝宝的翅膀没了知觉

宝宝的身体已经散架

大白盒子为什么你不会累?

妈妈……妈妈……妈妈……

［画外传来缓慢刹车的声音。

小萤火虫　啊，大白盒子……你真的停下啦?妈妈……

［小萤火虫奋力向前爬去。

宝　宝　（画外音）好漂亮的花呀！妈妈你看，好多好漂亮的花呀！

［人世界。

［妈妈牵着宝宝，跑到路边。路边开满野花。

宝　宝　妈妈你看，全是漂亮的花！

宝宝妈妈　漂亮吧，这就是大自然。

宝　宝　宝宝可以摘花吗？

宝宝妈妈　可以，这里都是小野花。

宝　宝　嗯，公园里的花不能摘，小野花可以摘。小野花……（蹲下来，却停下了手）妈妈，小野花有妈妈吗？

宝宝妈妈　小野花……（逗孩子）有呀！叶子就是小花的妈妈呀。

宝　宝　叶子？

宝宝妈妈　你看，叶子紧紧地抱着小花，不就像小花的妈妈吗？地上的泥土紧紧抱着叶子，像是叶子的妈妈……

宝　宝　那，泥土就是小花的外婆了？

宝宝妈妈　（笑）对，妈妈的妈妈叫外婆……泥土是小野花妈妈的妈妈。（亲吻着宝宝）好啦，摘了花我们该上车走了。

宝　宝　（摇头）不，离开妈妈，小花宝宝会伤心的。

宝宝妈妈　（意外）宝宝……

宝　宝　就像宝宝离开妈妈……我摸摸它们就好了。

［宝宝摸着小野花。

宝　宝　妈妈你摸，小野花凉凉的、毛茸茸的……

［妈妈紧紧地拥抱着宝宝。

［萤世界。

［小萤火虫在一片（歌队演员举着的）白汽车外壳前奋力摸索着，一边说着感谢的话。

小萤火虫　（唱）谢谢你，大白盒子

谢谢你停下来等宝宝

你好光滑呀大白盒子

我想站站不住
你好热呀大白盒子
烫痛了我的脚
告诉我，大大的白盒子
还要爬多远，才能见到我妈妈

［终于爬到了顶端的小萤火虫，惊叫一声，跌到了白汽车里面。

［白色的“车壁”缓缓撤去，露出那只有白色纱布封口的玻璃瓶（仍由歌队队员举着）。

［隔着玻璃，萤火虫母子久久地凝视着对方。

小萤火虫　妈妈！

萤火虫妈妈

宝宝！

小萤火虫、妈妈

（二重唱）妈妈（宝宝）、妈妈（宝宝）
我又见到妈妈了
（我这在做梦吗？）
动一动你的大翅膀
（动一动你的小翅膀）
动一动你的大脚丫
（动一动你的小脚丫）
闻不到你却看到了你
（真的是你我的宝宝）
妈妈（宝宝），妈妈（宝宝）
我来啦
（你还活着呀）
你就在我眼前
脸贴着脸、胸贴着胸
蜘蛛网还在，不怕
抱不到你，也不怕

宝宝妈妈　（画外音）宝宝，车来了，上车。

［人世界。

［与人成比例的白汽车缓缓停在两人面前。

［妈妈抱着宝宝，把她放进车里。

宝宝妈妈　小心不要碰到头哦……

［宝宝突然扑回妈妈怀里。

宝　宝　虫虫！有虫虫！

宝宝妈妈　（探身进车）不怕，是一只萤火虫呢。（拿起瓶子看）跟这只一样的，是另外一只萤火虫。

宝　宝　（凑过去）是一只小小的萤火虫！把它也放到瓶子里吧，让它跟那只大的做朋友。

宝宝妈妈　好……

［孩子举着瓶子叫着。

宝　宝　妈妈，你看！它们拥抱在一起了！一只大大的萤火虫，一只小小的萤火虫，它们紧紧地抱着，就像妈妈和宝宝……妈妈，萤火虫也有妈妈吗？

宝宝妈妈　当然。

宝　宝　那……我们把它们带走了，它们会不会想妈妈？

宝宝妈妈　萤火虫……和宝宝一样……

宝　宝　……也会想妈妈……我们把它们放掉吧……

宝宝妈妈　你不带回去给小朋友看了？

宝　宝　可是……小萤火虫见不到妈妈，会好难过，就像宝宝见不到妈妈……

宝宝妈妈　（搂着宝宝）那就让小萤火虫找妈妈去吧。

［宝宝点头，打开了瓶子口上的纱布。

宝　宝　飞吧，走吧，小萤火虫，回家找妈妈去吧！

［萤世界。

［翻滚在草地上的小萤火虫和妈妈仍然紧紧地彼此拥抱着。

［汽车发动、开走的声音。

宝　宝　（画外音，渐远）小萤火虫，再见啦——

[风精灵们挥着扇子从小萤火虫和妈妈身边经过。

[妈妈更加抱紧了小萤火虫。

萤火虫妈妈

（唱）风精灵，风精灵
不要再吹走我的宝宝

小萤火虫 （唱）不会的，妈妈
这次宝宝没有昏倒

[萤火虫妈妈与风精灵们互相感受着。

萤火虫妈妈

（唱）风精灵就在身边
风？风！风……

[妈妈和小萤火虫相拥着，小心地向周围探索着，直到确认获得了自由。

萤火虫妈妈

哦——再也没有那看不见的蜘蛛网了。

小萤火虫 哦——妈妈，我们可以回家了！

小萤火虫、妈妈

（二重唱）牵着妈妈（宝宝）的手，云开雾散
闻着妈妈的味道（摸着宝宝的小脸）
才发现，跟妈妈（宝宝）在一起
竟然如此幸福，如此心安
牵着风的手，牵着夜的手
在树林里（在花丛中）
自由地飞（自由地走）
天一样自由、地一样自由

[小萤火虫和妈妈一起亮起了萤火，手牵着手走在回家的路上。

[人世界（台口）的另一侧。

[一个人推着挂满了玻璃瓶的架子车移动过来。

[架子上的每一只玻璃瓶里，都有一只小小的萤火虫，发出孤独

的光。

宝　宝　（在画外大声喊着）停车！停车！

［汽车缓停的声音。

宝宝妈妈　（画外音）怎么了宝宝？

宝　宝　（画外音）萤火虫！

宝宝妈妈　（画外音）那是卖萤火虫的……

宝　宝　我要买！

宝宝妈妈　（不赞同的画外音）宝宝……好吧。麻烦再停一下车。

［两声关车门的声音。

［宝宝跑上来，跑到挂满玻璃瓶的架子前。

［宝宝妈妈跟了过来。

宝　宝　妈妈，这瓶子里装的都是萤火虫。

宝宝妈妈　（叹了口气）好吧。我们再买一只？还是两只？

宝　宝　我都要！

宝宝妈妈　（不赞同地）宝宝！……（对卖萤火虫的人）买两只吧。（把萤火虫递给宝宝）刚才不是把那两只都放了吗……

宝　宝　可是你说过的，小萤火虫跟宝宝是一样的……

［宝宝拿下一只瓶子，扯下上面的纱布，把瓶子举得高高的。

宝　宝　飞吧，走吧，小萤火虫，回去找妈妈吧！

［宝宝又拿下一只瓶子，扯下上面的纱布，一只流萤从瓶口飞走。

宝　宝　飞吧，走吧，小萤火虫，回去找妈妈吧！

［宝宝妈妈呆住了。

宝　宝　妈妈，我还想买……

宝宝妈妈　好，再买……

宝　宝　都买下吧。用宝宝的压岁钱……

宝宝妈妈　好，好的，宝宝。（对卖家）我都买了！

宝　宝　耶！妈妈你最好了！妈妈最好了！飞吧，小萤火虫，飞吧，飞吧……

［妈妈和宝宝一起放飞萤火虫。

宝宝妈妈　（对着萤火虫喊）去吧，去找你们的妈妈吧！飞吧，飞吧……

[宝宝把两个瓶子递给妈妈。

宝　宝　妈妈……我们把瓶子打碎吧。

宝宝妈妈　（明白了女儿的意思）好，让它不能再去装萤火虫。

宝　宝　妈妈好聪明！妈妈好聪明！

[妈妈将瓶子摔在地上，发出清脆的声音……

[萤世界则越来越热闹，一只只获得自由的萤火虫在飞……

宝　宝　妈妈，要是没有玻璃瓶子就好了。

宝宝妈妈　为什么？

宝　宝　萤火虫就不会被关起来了。

宝宝妈妈　那其实……不是瓶子的错。你想想，瓶子会捉萤火虫吗？

宝　宝　嗯！妈妈，你看，萤火虫飞回来了！

宝宝妈妈　天哪，萤火虫真的都飞回来了！

宝　宝　它们知道我们不会再去捉它们了！它们知道我们是它们的朋友……

宝宝妈妈　对，它们知道我们是它们的朋友……

[许多萤火虫在宝宝和妈妈身边飞舞，“人世界”和“萤世界”的界限被彻底打破。

[萤火虫在大自然里歌唱着。

萤火虫们　（唱）牵着风的手，牵着夜的手
在树林里（在花丛中）
自由地飞（自由地走）
天一样自由、地一样自由

[小萤火虫和妈妈在其中。

萤火虫们　（唱）在树林里（在花丛中）
自由地飞（自由地走）
天一样自由、地一样自由
地一样自由、天一样自由

[宝宝和妈妈手牵着手站在夜空下，仰望流萤漫山遍野。

宝宝妈妈　开心吗？

宝　宝　开心。萤火虫也开心。跟宝宝一样开心。

［远处，小萤火虫和萤火虫妈妈一起快乐地互相依偎着，在宝宝母女身边围绕，然后走向它们的世界……

剧　终

演后互动设计

演出后一定要有演员与小观众的“互动环节”。（无论是在剧本里，还是在演出中，这个“互动环节”都是全剧不可分割的一部分）

演员的提问内容设置

1. 我们刚才讲了一个什么样的故事呢？小朋友们都看懂了吗？

2. 小萤火虫为什么宁可自己头破血流也要往玻璃瓶上撞？

对，小萤火虫爱妈妈。小萤火虫跟宝宝一样，不愿意跟妈妈分开，对吗？

3. 宝宝为什么要抓萤火虫呢？

对，因为她喜欢小动物，因为萤火虫漂亮，因为她想妈妈的时候需要小伙伴……在座的小朋友抓过萤火虫吗？

4. 为什么宝宝最后又放了萤火虫呢？

对，因为宝宝发现，自己离开妈妈好难过，分别很痛苦，所以就不愿意让萤火虫也像自己一样难过和痛苦。对吗？

5. 小朋友们也像宝宝一样善良呀！那，小朋友们都见过萤火虫吗？

现在，我们一起来看看大自然中的萤火虫……（可配合图片，各种各样的萤火虫。讲解萤火虫的卵→孵化→幼虫→蛹→羽化成虫产卵死去的生命过程）

6. 再问小朋友们一个问题，真实世界里的小萤火虫有妈妈吗？

对，小萤火虫有妈妈！但是，所有萤火虫，其实一辈子都是见不到妈妈的。萤火虫跟小蝴蝶、小螃蟹都属于节肢动物，它们的一生是这样的（重复讲解萤火虫生命过程）。所以，萤火虫一生都是没有妈妈的保护和陪伴的，小朋友们是不是更要特别爱护它们才对呀？

7. 小朋友们也许还会问：既然萤火虫从来都见不到妈妈，台上的演员阿姨为什么还要演一个小萤火虫找妈妈的故事给我们看？

我们就是想通过这个童话故事，让小朋友们跟宝宝一样，明白天底下所有的生命，哪怕是像小萤火虫 、小蝴蝶这样的小小的生命，都跟宝宝一样，会饿、会害怕、会疼、会伤心、会想妈妈……所以，我们要像爱护自己一样地去爱护它们……对不对呀？

附录 1

编剧构想

冯 俐

故事梗概

这是一个以萤火虫为主角的原创童话。与萤火虫的故事并行的，还有小女孩西子的故事。

三四岁的小姑娘西子，第一次与妈妈分别，非常想念妈妈。为了安慰西子，外婆为她捉了一只萤火虫。外婆不知道，她捉走的是一只萤火虫妈妈。

小萤火虫一路追赶着被捉走的妈妈，来到西子的房间。萤火虫妈妈被装在玻璃瓶子里，小萤火虫为了救妈妈，一次一次撞向那“看不见的蜘蛛网”（玻璃瓶），直至自己失去知觉。

萤火虫妈妈悲痛而无助地被西子母女带走了，她们预备把它带回没有萤火虫的城市。

苏醒过来的小萤火虫再次不顾一切地追赶妈妈，无论大白盒子（汽车）跑得多快，它都不肯放弃。

终于，筋疲力尽、再次失去知觉的小萤火虫被西子发现，她把它一并放进了玻璃瓶子里。

萤火虫母子相见相拥的样子，让西子想到它们可能是最好的朋友。妈妈趁机启发西子：你离开妈妈会难过，现在这萤火虫也会被我们带到它们再也见不到妈妈的远方，是不是也会非常伤心呢？

对呀，萤火虫也会想妈妈！善良的西子打开玻璃瓶，目送萤火虫回家……

夜空下，自由飞翔的萤火虫令世界充满生机。

双重主题

这个作品有双重想要表现的主题。

第一层很明显，是以情感和形象的方式，教孩子：将心比心，爱护自然万物。教孩子：爱，不是占有。教孩子：己所不欲，勿施于人。

第二层，是反向表现“母子情”。母爱之伟大早已不言而喻，但是反过来呢？当我们总说“孩子是父母的一切”的时候，往往忽略了另一个更重要的、更动人的真相：孩子心中父母更是他（她）生命的全部！孩子对父母的爱其实更加无条件！或者说，孩子对父母的爱更伟大。

这一层意义的表达，对于成人观众有价值：让成年人看清孩子最没有杂质的情感，在孩子身上学习这种无条件的爱，从而成为更好的父母。

这一层意义的表达，对于孩子观众有价值：他们会看到大人原来是懂得他们的，从而对自己的情感产生自豪，并因为被发现、被理解、被接纳，而更加相信属于成人的、属于他们未来的这个世界。帮助孩子建立对世界的信任，对于健康人格的成长至关重要。

这个戏在打动孩子的同时，应该足以打动家长，令他们在现场无心看手机，而会跟孩子一样投入、专心地注视台上发生的一切。

观众定位

三岁以上。

无年龄上限（只有孩子喜欢，是 50 分以下的儿童剧。孩子和大人都喜欢，各自从中读解的层次不同，收获不同，才是真正好的儿童戏剧作品）。

剧目规模

小剧场作品。

近距离的观演关系。更强的游戏感，更大的探索空间。

演出时长

60—70 分钟。

一些设想

这应该是个相对少语言的戏。

舞台上至少会有两个形象系统，即萤火虫系统和人系统。

可能会使用充满创意和想象力的偶，造成两个体系的反差。也许很多时候，萤火虫是演员扮演的，而人则是由演员操纵偶来完成的。有时，也许会一个人物在舞台上出现两个体系中的不同形象。

舞台美术形象应该是简约而别具匠心的。

作品的整体美学追求应该是更注重“表现”而非“再现”的，是充满“寓意”的而不是“科普”的。

从一度创作到二度创作的表情达意，应更多追求形象的、情感的、审美的表达，而不是说理、说教。也正是通过具有感染力、富于童心童趣的艺术形象，让孩子从中认识很多、理解很多、记住很多。甚至，这个作品中所传达出的一切，会在他们形成人生观、世界观的过程中起到积极作用。

特点

这是一部原创的低幼儿童剧。

儿童剧从大概念上讲，它的受众人群应涵盖两三岁到 18 岁的少年儿童，即未成年人。但因为孩子在不同年龄段的认知能力差异很大，所以儿童剧的年龄分级也在不断细化、不断追求更有年龄针对性。当世界儿童戏剧领域已出现大量优秀的“婴幼儿戏剧”（针对 0—2 岁、0—3 岁婴幼儿观众），我们的儿童剧大多仍停留在“泛儿童”的广普概念上。

不论市场需求，还是儿童戏剧发展的需要，低幼儿童剧和成长戏剧（面对青少年观众）的创作，都是时代的呼唤、孩子的呼唤。

这是一部从儿童观到创作理念上，都刻意追求低幼儿化的作品。前后经历了一年多时间创作，其间研究了大量幼儿心理学及幼儿行为学的相关知识。剧中的孩子形象“宝宝”，运用了大量幼儿“原始性思维”的概念，看似简单，却更接近低幼龄孩子的思维逻辑和行为方式。剧中的故事主体及真正的主人公“小萤火虫”的形象塑造及故事讲述，则更接近“儿童本位”，更容易让孩子看懂并可以从中获得创作者想要他们从中理解的意义。

我们渴望看到，舞台上的宝宝还浑然不觉的时候，剧场里的小观众们已经站在了小萤火虫的立场上；我们渴望看到，所有教育意义都能以孩子最能理解的形象和故事传递出去，演出过程中、走出剧场后，是孩子在给大人讲故事、讲道理，而不是平常那样大人给孩子讲……

从结构上，这是一个独具匠心的剧本。这份“匠心”不是为了显示戏剧文学的写作水平，而是用更有意味的编织，搭建起戏剧走进小小孩子内心的桥梁。

这个作品有两条线索：宝宝的故事和萤火虫的故事不是常规意义上的戏剧交织，而是具有“互文性”——萤火虫的故事是主线，表现小萤火虫对妈妈的依恋、为了妈妈而不顾一切的勇气。宝宝的故事是副线，表现宝宝第一次离开妈妈，感受到的离别之苦，从此获得了一种初始的人生经验并推己及人地将这一体验放在了对待萤火虫的态度上——宝宝离开妈妈很难过，小萤火虫跟宝宝一样，离开妈妈也会难过，所以，“我”不做令小萤火虫难过的事。

如果没有宝宝这条副线，全剧故事也是成立的，但会少了一种感同身受的代入感，也少了宝宝最后一连串戏剧动作（不肯采摘野花、放飞萤火虫、打碎禁锢萤火虫的玻璃瓶）对孩子们的启发性和作品的情感力量。

选择萤火虫的故事为主线，是因为小动物的故事更能引起孩子的兴趣，面对比自己更弱小的昆虫，也更能调动孩子的同情心。

舞台样式上，这部立意纯净的作品，努力追求着舞台呈现的丰富和新颖，孩子喜欢的各种动物、植物的视觉形象，各种游戏感实足、假定性极强的“随意偶”的使用……都会给孩子不断带来他们渴望的观剧“惊奇”（英国国宝级儿童戏剧大师大卫·伍德提出的理念，即在儿童剧中不断出现令孩子意外、惊喜、想象无限的各种视觉、听觉、情节的细节）。

所有优秀儿童剧，都应该具备双重满足，一是满足孩子，令孩子爱看、能懂、感动。二是满足现场成人观众，令他们从中享受审美、趣味、感悟。这也是本剧的“野心”，探索真正面向低龄儿童的戏剧——亲子童话剧，让孩子跟家长一起，受到心灵的震动、激荡、净化、陶冶，一起泪流满面，一起满怀欣喜……

附录 2

两个世界的对话

——儿童音乐剧《小萤火虫跟宝宝一样……》导演手记

（刊发于《戏剧文学》2021 年第六期）

傅　磊

（一）

刚拿到冯俐老师的剧本，说实话，有些困惑。它太不一样了。在解读文本的过程中，这个开放式的结构让我尽情地“天马行空”了一番。想象空间极其广阔“宝宝的世界”和“萤火虫的世界”，让我东倒西歪地联想到许多平日来不及想，甚至是猜的情感、思想。就像文本中并不互相交织的两个世界，却牢牢地互相支撑，朝着一个方向发展。极尽全力解读文本的思想内涵的恣意想象，最后都殊途同归落到了二度创作中。

我们通常拿到的童话剧，会有一定的惯性思维。小萤火虫，宝宝。一定会有小萤火虫和宝宝的对话呀。可是在这个剧本里，我们完全看不到“人世界”与“动物世界”的直接对话，事实上，他们在文中无时无刻不在遥相呼应。本剧编剧冯俐老师带我们走进了“互文性”的文学领域。

引：“互文性”理论之于结构主义的优势正在于它从纯文本的形式研究引入了更多的对创作主体的关注。文学本身起源于人与人之间的交流活动，文学所面临的各种关系也集中表现为“主体—主体”之间的关系，互为主体的双方间的“对立、对峙——对话、交流”是双方能动的、双向的相互作用，而不仅仅是主客体的反映与被反映的关系。这种主体之间的交流首先是一种共同参与，一种主体的分有、共享或一种共同创造。互文性理论在文化层面的深入，使文学话语在呈现出不同的意识形态，并在生存空间上具有了更多的可能，文本结构在更多层次上也具有了多重复合的统一，使文学创作具有了一种多声部对话的“复调”性质。

我一开始的困惑来自这毫无交织的两个世界，能构成戏剧冲突吗？在解读过程中，两条看似平行的故事线，互相关照，一问一答，“人世界”提出的问题，“小萤火虫”的世界用故事回答；“小萤火虫”的世界撕心裂肺的分离，“人世界”的宝宝看见了。前所未有的情感张力，在静静的诉说中，充斥着心脏。犹如波澜不惊的湖面潜藏着暗流；随时随处一句台词，一个转身的文字描述，就像针扎破装满了水的气球……人与自我的矛盾，人与自然的矛盾，这暗含在其中的生命意义：不经意为了满足人类需求而轻易撕碎自然界物种的和谐，以及子体与母体无法改变的分离和割舍不下的矛盾，正是我们现实生活中正在经历的。互文性结构方法自然的流露，让人思考的力量，远比捏造出一场表面冲突的戏剧来得更凶猛。

（二）

带着这些感动的力量，二度创作的轮廓逐渐清晰了起来。导演的二度创作的作用，是将剧本所要表达的思想内涵以及叙述方式，准确地用行动在舞台上完成。互文性的两个世界，势必构成两个表演空间，相互交织。

我的“人世界”是偶，我的“虫世界”是人。我用“偶”打破观众对人类世界熟知的具象扮演，甚至偶的脸部没有五官轮廓，给观众留下最大的遐想空间和“假设主角是我”的共情感。我用人扮演小萤火虫一次又一次为了救萤火虫妈妈，撞向玻璃瓶，小萤火虫痛得眼冒金星和萤火虫妈妈的心痛，演员用夸张放大的表情和肢体动作极致展现，“虫也是会痛的”，小朋友和妈妈一起看戏，一定能感觉到。“虫世界”是人扮演，始终如一。“人世界”是偶扮演，无限放大。随着剧情的推进，我们的偶从“桌面偶”，逐渐变大成和人一般大小的偶，再到影子区的“影子偶”，直至剧情最终“人世界”理解了“小萤火虫跟宝宝一样”时，偶变成四层楼高的“气模偶”。在视觉上，一次又一次改变，一次又一次惊喜。当然，偶的渐大的设计，并非单一地追求视觉冲击力。当巨大的“气模偶”宝宝，把萤火虫从玻璃瓶子里放出来，人扮演的萤火虫在腿间穿梭飞舞，我们似乎感觉到人和物的比例第一次在剧中呈现本该有的协调，由偶扮演的人在不断变大的过程中成长了。舞台上出现了世界本该有的样子：萤火虫在飞舞，宝宝在歌唱。这是这个世界本来该有的样子，而被人类破坏了。成年人该懂的道理，孩子来教你。也许，他们只是装睡。但愿这个戏，能叫醒他们。

（三）

好看的儿童剧，一定要具有游戏感，这是孩子们的最爱，也是儿童剧创作者最要保持住的。毕竟，游戏，让我们回到了童年，用一颗不变的童心去温暖更多人。在剧中，人世界的偶，我们用“黑衣人”操纵，就像孩子们玩过家家，“你是我爸爸，我是你妈妈，我们抱个娃娃，一起过家家。”孩子们会很熟悉这样的场景。从一个人操作一个偶，到两个人三个人操作一个和人一样高的偶，再到四个人操作一个巨大的偶，演员们非常认真地演着一只胳膊，一条腿儿。而当我们决定采用无五官偶的呈现，最担心的是孩子们会害怕，演出过程中，孩子们几乎都没有注意到我们的桌面偶没有五官，因为，他们已经把它当作自己啦。舞美呈现犹如一幅白色的画纸，故事在上面展开，色调就像儿童画。白色的舞台，有一张白色的画纸（平台），白色的天幕。这就是故事未开始时大家一眼就能看见的。白色天幕上出现各种用近似七巧板形状拼装，有时是灯光切割成图形呈现在天幕上，用儿童画体现每一场景与人物的关系。绘画也是游戏的一种，我的舞美同事在这个戏里，用装置，现代灯光……完成了一次儿时的梦想。

奥尔夫音乐课堂的打击乐器成了本剧音效的主角。在演出现场，我们有一组“拟声”乐器，完全完成了“人世界”和“虫世界”的自然音效，流水、蝉鸣、布谷鸟……大幕拉开，随着一声声现场演员演绎的自然界万物，唤醒了如梦如幻的丛林世界。我们还找到了许多奇特的乐器，可以发出水声，雨声，甚至小萤火虫高速飞翔的声音。伴随着音乐，演员们演奏着奥尔夫音乐课堂的打击乐，台下的小观众也可以一起拿起为他们准备好的小响板、三角铁，即兴演奏。音乐，也是游戏。在这个戏里，万物有灵。这也是童话的真谛。我们的玻璃瓶子是三个黑衣人，在被小萤火虫撞击的时候，他们也会痛，也会恼火。当看见小萤火虫不顾一切地救妈妈，他们也会帮助小萤火虫飞得再快些，哪怕撞得自己叫苦不迭。会说话的花瓣姐姐一次又一次帮助小萤火虫逃脱，天线杆上的小燕子一家追逐着萤火虫，蜻蜓飞行员不相信小萤火虫可以飞得那么快……童话其独特的魅力就在于它在幻想的文本里呈现出真实的人生百态，反映出了人类，特别是儿童的视角，以及真实的心理特点。

（四）

“人世界”的母子分离痛苦，在妈妈回到宝宝身边，似乎得到了化解。随之而来的妈妈将带宝宝回到城市，妈妈和外婆的分离之情又荡漾了出来，这份离别，与“萤火虫世界”的分离一直伴随着。我们创作了两段纯肢体表演的段落，是在原剧本里没有的。妈妈在离开外婆的一转身，外婆想到了带着小时候的妈妈捉萤火虫，就像昨天发生的事。黑衣人穿上外婆的围裙变成年轻的外婆，小时候的妈妈（偶）躺在外婆怀里，看着漫天飞舞的萤火虫。人扮演的外婆真挚地流露着思念与不舍。另外一段的剧情是一样的，只是换了一个角度，扮演妈妈的黑衣人穿上小时候的花裙子，躺在由四个人操作的“外婆”偶的怀里，感受着母爱的温存。子体与母体始终都保持着互相依恋，又不得不接受从出生就开始分离的痛苦。我们静静地享受分离。这时候的观众，更多的是父亲母亲的共情，亲子剧场的魅力还在于，剧情需要打进成人的内心世界。孩子们这时候有些看不懂，我们经常看到妈妈抱着自己的宝宝，悄悄地抹着眼泪，告诉孩子：“因为妈妈也舍不得离开外婆，就像宝宝你不愿意离开妈妈。”

“孩子，妈妈是多么爱你，你是妈妈身上掉下的一块儿肉。”这句话，是每个母亲都会对孩子说的。而本剧中，小萤火虫的妈妈被“人世界”的外婆抓走，装进了玻璃瓶子里。小萤火虫不顾一切地要去救妈妈，一次又一次撞向玻璃瓶，哪怕撞得眼冒金星，哪怕撞得晕过去。“人世界”的宝宝发现了晕过去的小萤火虫，把小萤火虫也装进了玻璃瓶里，小萤火虫和妈妈紧紧地拥抱在一起，宝宝说，“小萤火虫和宝宝一样”，台下的小观众们也会紧紧地抱住妈妈。这个剧本，从孩子的角度，告诉妈妈，在宝宝们的世界里，妈妈，就是全世界。

这些情感，在两个世界的平行性故事线中，慢慢地浸润着观众的心灵，随着剧情的发展，完成了一次子体世界与母体世界的对话。本剧有着美好的结局，宝宝放飞了所有的萤火虫，人类与自然界和谐共处。我们呼唤对生命的尊重，对自然界的爱护。有孩子看完戏回到家，看见蝴蝶从身边飞过，会说："妈妈，我再也不抓蝴蝶了，因为它也有妈妈，它也不想离开妈妈。"两个世界各自存在着，它们的经历如此相似。观众从冷静地观察两个世界，到与之共情。是两个世界的真实情感自然地传递，让观众自发地联想，回忆，思考，品味生命的况味。不刻意地用冲突营造剧情，二度创作，只需要老老实实地用孩子的方式将过程准确地展现出来。观众的视角，是第三个世界的视角，他们会在这两个世界中找到自己。

戏剧的作用，就这么奇妙。

（本文作者系福建省艺术研究院导演）

附录 3

童心　启智　向美

——儿童音乐剧《小萤火虫跟宝宝一样……》的创新和突破

（刊发于《戏剧文学》2021 年第六期）

付桂生

寻找、探索、历险与拯救是儿童剧惯常涉及的主题，在叙事上构成“认知—挫折—成长”的叙事模式。《小萤火虫跟宝宝一样……》也遵循这一叙事模式，巧妙地从儿童视角和萤火虫的动物视角展开叙事，形象化地再现了人类世界的宝宝、妈妈和外婆三代人之间离别与聚守的情感故事，以及萤火虫宝宝和妈妈之间寻找和拯救的感人故事。两个时空一虚一实，虚实之间转换自然，在维系叙事完整连贯的基础之上，穿插着嬉闹、探索、逃生、拯救、相聚、重逢等元素，在场面上冷热相济、悲喜交织，让儿童观众和父母观众都能从寓教于乐的观看体验中，获得情感认同和精神启迪。

一、套层叙事：融合真实和童话实现寓教于美

为了增强故事的趣味性，编剧在叙事上采用了套层结构，呈现了人类世界的宝宝和虫类世界的宝宝两个维度，将真实世界和童话世界相贯通，通过人类宝宝捕捉和放生虫宝宝的事件设置，妈妈味道的情感表意，让两个事件与时空发生互文效应，完成主题意涵的表达。宝宝、妈妈与外婆三人组成的世界，是这个年龄阶段小孩子熟悉的生活环境，容易让儿童观众在情感上产生亲切感。习惯了生活在城市里妈妈身边的宝宝，第一次离开妈妈来到乡间外婆家居住，为孩子提供了陌生感和新奇感。这种情节设置看似平常，实际上是非常符合儿童的认知特点。美国心理学家、教育家斯坦利·霍尔认为：“由于儿童更接近自然，因此应给予他们机会接触自然，把儿童带到有动物、大地山峦、大海、江河、鲜花等大自然的家，让儿童离开现代条件下所谓的

‘文明’，让他们在自然的游戏中认识世界。因为根据儿童的本性，他们的灵魂和身体更渴望活跃的和真实的生活，他们更渴望亲自了解人类和自然的奥秘。所以，儿童时期的教育是尽量让孩子们回到自然的游戏中。”①

乡间世界在宝宝眼中就是一个奇妙的万花筒，太多的陌生事物，太多的陌生情感，处处充满了好奇，处处充满了惊喜。但她还是个没有独立认知能力的孩子，需要在成人的陪伴下来探索自然世界和人类情感世界。在乡间的自然环境中，她看到了城市森林里没有的萤火虫，打开了孩子认知和探索自然世界的窗户。在离开了妈妈的环境里，她激动、焦躁、不安，需要适应新的情感环境。为了更好地让孩子们自然地进入到戏剧的虚拟世界之中，故事开始前让一位卡通形象的大哥哥出场来调动孩子们的情绪，让他们熟悉和了解生活中不太常见的萤火虫，引导几个孩子上台一同来召唤和寻找萤火虫，台上与台下互动，真实与虚拟相结合，一下子就让刚刚走进剧场中的孩子安静下来，并且很快很自然地把注意力转移到了舞台上，转移到故事中。小小的身体会发光的萤火虫，本身就有趣味，它天生就带有着一种神秘色彩，孩子们不容易看见，更不容易捉到，能够极大地调动孩子的好奇心。或许这也是剧作家将萤火虫作为题材的缘由吧。

从妈妈陪伴到外婆照顾的变化，打开了孩子认知情感的门阀，外婆的爱和妈妈的爱，或许在情感本质上相差无二，但对于孩子来说，并非如此。失去妈妈那种特有的安全感，孩子在情感上需要适应和调整。宝宝离开了妈妈，需要抱着妈妈的衣服，闻着妈妈味道才能安睡。孩子在这样的环境下，需要转移注意力，外婆给她捉萤火虫，就是为了让宝宝快乐起来，暂时忽略妈妈不在身边的事实。外婆拿出妈妈旧衣服哄宝宝睡觉，就是为了让宝宝在熟悉的事物中寻找到新的安全感，如此种种的细节设计，都是从儿童视角出发，以儿童的情感特点为基础，充满了童趣、童真和童心。此外，剧中还为陪伴孩子来看演出的父母，保留了回味童心的情感空间。妈妈带着宝宝要回城市里的家，宝宝带着可爱的萤火虫，心情是喜悦的，但是妈妈和外婆的离别，却是带有一点儿感伤，母女拥抱而别，让父母观众看到了一种养育恩情的代际传递。

---

① 宋佳样：《西方戏剧教育学：历史与理论》，厦门大学出版社2018年版，第165页。

而在宝宝和妈妈的叙事中呈现出另外一种爱的情感，一种用生命相托付的爱。生活在自然世界中的萤火虫被宝宝的闯入而发生命运的陡转，自由自在的亲子时光，因为外婆和宝宝的捕捉而分崩离析，为了不被宝宝抓住，虫妈妈甘愿被抓入网，失去妈妈的宝宝，拼命地寻找和救助妈妈，即便付出生命的代价也在所不惜，最终在她不断尝试和不肯放弃的努力下，经历诸多波折之后，宝宝和妈妈终于团聚，回归到了大自然的环境中。两条叙事线索，两个维度的叙事时空，通过人类与昆虫世界来阐释不同方式的爱，让儿童观众在欢乐中接受美的教育，正是儿童剧的旨归。

二、人偶同台：营造虚实相间的舞台视觉

儿童剧创作根据儿童观众的接受特点，通盘考虑和设计剧本叙事到舞台呈现，面向低幼观众的作品，无法讲述复杂的故事，更多需要倚重舞台表演和视觉呈现的陌生化来抓取他们的注意力和好奇心。该剧舞台呈现上可以说正是采用这一思路进行了革新化的尝试，在原创音乐和舞蹈之外，为了模拟自然环境，融入了奥尔夫打击乐，由演员现场演奏自然界中诸如水流、风声、鸟鸣等音效，对于人类世界和萤火虫世界更是进行了反转化的呈现方式。

通过真人演员以卡通化的动物造型来塑造萤火虫宝宝和妈妈，以拟人化的手法，将微观动物世界演绎得生动活泼和趣味盎然。太阳落山了，夜幕初上，正是萤火虫的世界，在光营造的梦幻夜晚中，虫妈妈叫醒了睡着懒觉的虫宝宝，两人开始嬉闹玩耍载歌载舞，为孩子们营造一个熟悉又陌生的童话般的动物世界。萤火虫妈妈被外婆抓住放入玻璃瓶中，舞台上运用光束和三名演员扮演瓶子，困在瓶中的妈妈和瓶外的宝宝，看得见却触不到，宝宝用尽力气撞击瓶子想救出妈妈，困在瓶子中的妈妈努力安慰宝宝，但是母子谁都无法冲破这张无形的网。但在这张无形的间隔里，隔不断的是母子情，这段虫宝宝舍身救母的情境设置，由演员通过无实物表演的方式来呈现，辅以音乐来烘托和渲染，成为全剧中非常煽情的段落。

对于人类世界的演绎，采用人偶与真人表演相结合的方式，根据戏剧情境来进行切换。外婆和宝宝捕捉萤火虫是首次出场，在场面安排上衔接虫妈妈和虫宝宝嬉闹的段落，为了营造真实和虚幻的效果，宝宝和外婆采用人偶

的虚拟呈现方式，由演员操作上场。宝宝和外婆成为主要演出形象后，虫宝宝和妈妈也随之转变为由人操纵的卡通萤火虫形象。宝宝哭闹让外婆捕捉萤火虫，以人偶形象来表现真人的形象和情感，可以说在文本基础上强化了舞台呈现的趣味性，尤其是在捕捉萤火虫过程中，人偶表演与真人表演的穿插切换，带来的真实与虚拟空间的转变，让儿童观众有着耳目一新的感觉。继而在宝宝妈妈来到外婆家接宝宝回家的情境设计中，为了渲染妈妈与外婆之间的母女情，符合成人观众的欣赏视角，场景转而采取真人演员表演的方式，在童话风格为主的儿童剧中插入一段成人世界的离别之情，为成人观众也送来了一份温情。

将人偶同台、人扮演动物、真人表演三种风格融为一体，在真实与虚拟的假定性舞台空间中，满足儿童与成人的不同视角，并在情节叙事上做到自然连贯，自由转换虚实场景，在儿童剧中成功的作品为数不多，这种尝试是具有一定的实验意义的。

三、见微知著：编导演绎启迪孩子求真向美

儿童剧的目的在于帮助孩子认识自己，认知世界，建立正确的与世界沟通的方式，每一部作品都不可避免地蕴含着说教意味的主题，其难点在于创作者不能将这些思想内容口号化、概念化、脸谱化，生硬地教育孩子，而是通过形象化的戏剧语言，通过人物形象、情节冲突、舞台呈现等方式，让儿童在快乐中有所收获。

那么，什么是儿童剧创作的标准呢？对此冯俐也提出了自己的观点："要有童心、童趣，让孩子们看懂、喜欢。要给智慧和思想插上艺术和情感的翅膀；要让孩子兴趣盎然，让家长共情动心，让学者看到艺术价值和思想意蕴。可以同时打动孩子、家长和专家，才是儿童剧优秀的标准。"① 孩子、家长和专家是不同审美品位和观赏兴趣的观众群体，达成三者的统一，绝非易事。儿童剧是最需要怀有童心来创作的作品，作为一种比较独特的戏剧形式，主要面对的观众是对世界充满美好想象和探索趣味的儿童群体，从叙事、表演

---

① 徐健：《"孩子的心，更需要清泉般的滋润和抚慰"——访剧作家冯俐》，《文艺报》2018 年 6 月 4 日。

到舞台呈现都有着特殊的要求，作为创作者的成年人，需要站在儿童的视角思考和展现世界。将童心、童趣与思想价值相结合，并最终以娴熟精湛的戏剧技巧展现，是儿童剧创作不容忽视的要领，而在其中发挥统领作用的正是创作者的童心。

童心和童趣是人类共通存在的情感，对于儿童剧的创作者而言，以真诚的童心为基础，以实现童趣为追求，在趣味中植入儿童能够接受的思想主题，为他们的成长提供精神养料。爱尔兰教育家、作家埃德蒙·霍尔姆斯（Edmond Holmes，1850—1936）指出："成长是指一个完整的人的全面成长，是一个孩子全部天性的成长，包括身体、智力、心灵和灵魂……在人生成长的每一个阶段，人的本性都是活跃而不可分割的整体，这四个词的每一个都代表着一个人存在的象征性方面。灵魂由身体来体现，灵魂还通过智力来思考，灵魂也通过心灵感受和爱，一个人的灵魂的存在或许才是一个人真实的存在。教育的作用就是培养儿童全部天性的成长，或简而言之，就是培养儿童灵魂的成长。"① 儿童成长的过程是一个复杂的过程，在身体发生改变的同时，心智也在发生变化，从教育的目的出发，心灵的健康和塑造是重中之重。孩子成长过程中需要糖果，我们需要通过儿童剧给他们带来快乐；孩子成长过程中同样需要治病的苦药，我们也需要在寓教于乐的儿童剧中植入美好的品德和科学知识，让孩子们在学会面对与克服困难中长大。因而，儿童剧的哲理主题需要在润物无声中传达，实现思想性、艺术性和趣味性的统一。

《小萤火虫跟宝宝一样……》并没有止步于母子之爱的传达，而是在教化孩子什么是爱、如何去爱的主题之外，向更深的哲理延伸，那就是"己所不欲，勿施于人"。在四组人物关系的设定中，宝宝与妈妈的爱，萤火虫宝宝与妈妈的爱，妈妈与外婆的爱，以及宝宝与外婆的爱，这四组爱的关系，所表述的重点各有侧重。宝宝与妈妈是纯洁无私的爱，萤火虫宝宝与妈妈是不离不弃的爱，妈妈与外婆是舍与得的爱，外婆与宝宝是隔代的爱，这些爱包含痛苦、喜悦、悲伤和不舍。让孩子懂得和学会这些不同爱的方式之外，更重要的是能够感同身受这些爱，懂得"己所不欲，勿施于人"的道理，不要把

① 宋佳祥：《西方戏剧教育学：历史与理论》，厦门大学出版社 2018 年版，第 158—159 页。

自己的快乐建立在别人的痛苦之上，人与动物是命运的共同体，应该和谐相处。

儿童剧创作是一项塑造灵魂的工程，如何通过具有想象力和趣味性的艺术表达方式，在孩子心中植入真善美的种子，陪伴他们成长和成才，是儿童剧创作者的责任和使命。新时代背景下，儿童剧有必要总结历史上成功儿童剧的经验，进行内容创新和形式突破，挖掘传统文化内涵，融入时代精神，在与外国儿童剧的比较与融合中，提升中国儿童剧的审美品格。

（本文作者系戏剧学博士、清华大学艺术教育中心教师）

亲子音乐剧

小蝴蝶的妈妈在哪里？

编剧　冯　俐

首演时间：2019 年 9 月 28 日

首演地点：北京中国儿童艺术剧院假日经典小剧场

演出单位：中国儿童艺术剧院

导演：焦刚

领衔主演：赵妍蝶/栾晰

演员：王瑶　常若曦　段孝耕　翁阳　周佳云子　徐元博

发表：《剧本》2020 年第二期

获奖：第十七届中国戏剧节优秀剧目

“戏剧中国”2020 年度儿童剧类·最佳剧本（榜首）

入选：文化和旅游部 2019 年剧本扶持工程

收入：《中国幼儿文学百年精品·戏剧卷》

时　　间：这是一个童话故事，可能发生在任何时候。

地　　点：乡间、田野。

人　　物：蝶儿——从毛毛虫到成蝶的一只蝴蝶。雌性。

蚕大胖（也叫蛾大胖）——从蚕宝宝到成蛾的蚕。雌性。

蚕二胖（也叫蛾二胖）——从蚕宝宝到成蛾的蚕。雄性。

蚕三胖（也叫蛾三胖）——从蚕宝宝到成蛾的蚕。雄性。

蚕四胖（也叫蛾四胖）——从蚕宝宝到成蛾的蚕。雌性。

注：剧中给了蚕们一个短期记忆的特点。

妈妈天使——代表所有蝴蝶、蚕等昆虫，有生之年无缘见到的“妈妈”。

男宝宝——一只与蝶儿偶遇的毛毛虫。后来的蝶儿的伴侣。

喜鹊妈妈及三只小喜鹊。

羊妈妈和小羊。

癞蛤蟆。

鸡妈妈和鸡宝宝们。

［幕启。清新的音乐如同面向田野推开窗。

［一朵大大的花蕾，绽放成一朵大大的花。

［阳光灿烂，清风和煦，一片惬意。

［毛毛虫蝶儿，笨手笨脚地爬进花朵，酣畅地吃着花粉，发出香甜的吸吮声。

［蝶儿惬意地唱着歌——

蝶　儿　（唱）这天气真好，

天空那么蓝那么蓝。

这花瓣真香，

花粉那么甜。

哦，哦，哦……

那太阳慢慢露出脸。

美好的一天，

花粉好甜……太阳好暖。

［突然，一个大大的阴影迅速掠过——

蝶　儿　（慌乱地躲闪着）哎、哎、哎呀——

［天地昏暗了一下，连那花朵，都被那影子碰碎了。

［喜鹊妈妈在天上飞，嘴里衔着毛毛虫蝶儿。

［蝶儿可怜地挣扎着，哀叫着，以为自己这下死到临头了。

蝶　儿　（唱）喜鹊，喜鹊，你会吃掉我吗？

喜鹊，喜鹊，我不好吃……

救命啊！救命啊——

谁来救救我呀，我才这么小……

救命啊！救命啊！救命啊！

［突然，不远处传来一连串另一种声音的呼救——

小喜鹊们　救命啊！救命啊！救命啊！

［树梢上，一只蛇正准备袭击喜鹊窝。

［蛇在逼近小喜鹊们。小喜鹊们惊慌躲避、呼救。

［飞行中的喜鹊妈妈见状，大叫一声，丢下口中的蝶儿，直冲向那

条蛇。

［蝶儿从空中掉到了地上。

［树枝上，喜鹊妈妈奋力与蛇搏斗，保护着小喜鹊，舍生忘死地直到把蛇赶跑。

［蝶儿看呆了。

［小喜鹊们扑到妈妈怀里。

小喜鹊们　妈妈！妈妈！妈妈！

喜鹊妈妈　（拥着孩子们）孩子们，不怕不怕！有妈妈在，什么都不怕……

［蝶儿仰头望着那一切——奋力保护孩子的喜鹊妈妈、劫后紧紧拥抱的喜鹊一家。

［喜鹊妈妈拥抱着孩子们。

［蝶儿仿佛第一次发现“妈妈”。

蝶　儿　（羡慕地喃喃着）妈妈……

（唱）有妈妈在，什么都不怕

妈妈……好暖……

［羊叫声传来，蝶儿赶紧躲在叶子下面。

［羊妈妈和小羊出现了。

［小羊在妈妈身边撒欢、撒娇。

［马上，她又紧张地躲了起来。

［原来，是一只大大的癞蛤蟆蹦了过来。

［小羊也看到了癞蛤蟆，害怕地向妈妈求救。

小　羊　妈妈……

［羊妈妈警觉，发现癞蛤蟆，非常严厉地以羊角驱赶它。

［癞蛤蟆狼狈地躲着羊妈妈的攻击，出声表示自己没有恶意。

羊妈妈　去去！

［癞蛤蟆停止“呱”叫。

［羊妈妈站起来，癞蛤蟆向左倾斜。

羊妈妈　离我孩子远点！走开！

癞蛤蟆　干吗呀？哎，干吗呀？（躲开了）我啥也没干……

小　羊　（原地跳着、为妈妈欢呼）妈妈！妈妈！好妈妈！

［羊妈妈伸出长长的舌头舔着小羊。

小　羊　妈妈，妈妈，妈妈，我饿了。

［羊妈妈站下来。

［小羊钻在羊妈妈肚子下面跪吸乳汁，发出香甜的吸吮声。

［叶子下面，蝶儿羡慕地望着羊母子。

［蝶儿像小羊一样地吧嗒着嘴，一脸羡慕地望着。

蝶　儿　（唱）哦……哦！妈妈的饭饭……好香……

妈妈的舌头，好软……

妈妈的拥抱，好暖……

（惊呼）啊！

［原来，那只癞蛤蟆又蹦了回来。

［癞蛤蟆一下一下地跳到了蝶儿身边，几乎就要踩到她了。

蝶　儿　（绝望地）妈妈救我……

毛毛虫　别出声！

［不知道什么时候出现的另外一只毛毛虫，在一旁对蝶儿小声喊着——

毛毛虫　别出声！别动！蛤蟆只看得见会飞的虫虫！

［蝶儿依言伏地不动。

［癞蛤蟆果然视若无睹地从它们身边蹦了过去。

［危险解除了。

［蝶儿连滚带爬地冲过去，拥抱那只毛毛虫。

蝶　儿　妈妈！妈妈！

毛毛虫　（推开她）我不是你妈妈！

蝶　儿　你是！你是！你能来救我，你肯定是妈妈！

毛毛虫　哎！你看清楚哦，我是个男宝宝！就算长大也不会长成妈妈。

蝶　儿　男宝宝？可你刚才……就像是妈妈……

男宝宝　你又没见过你妈妈，怎么知道我像不像？

蝶　儿　因为，我见过别人的妈妈呀。

男宝宝　别的动物有妈妈，我们没有！

蝶　儿　你说什么？

男宝宝　所有的毛毛虫都没有妈妈！

蝶　儿　我、我是……小蝴蝶。

男宝宝　我知道。我长大也是蝴蝶！可我们没有妈妈。

蝶　儿　为什么？为什么我们没有妈妈？

男宝宝　听说，我们的妈妈生下宝宝就走了……

蝶　儿　为什么？她们去哪儿了？

男宝宝　我也不知道。

［男宝宝边离开边说——

男宝宝　没有妈妈也挺好……多自在……

蝶　儿　不，我喜欢妈妈！

男宝宝　我们没有妈妈！

蝶　儿　（冲着男宝宝的背影追问）为什么？为什么我们都没有妈妈？男宝宝？

［男宝宝走远了。

蝶　儿　我不相信我没有妈妈。我要去找妈妈！

［蝶儿摘下一片叶子，扛在肩上，踏上找妈妈的路途。

蝶　儿　（唱）有妈妈多好

再不用害怕危险

有妈妈多好

再不会挨饿孤单

妈妈就像这片叶子

比这片叶子更让人心安

妈妈更暖……妈妈更暖……

［蝶儿经历风吹雨打，万般艰难。

［蝶儿慢慢从叶子下面走出来，深感伤心。

到处都有危险

时常饥渴孤单

有妈妈多幸福
没妈的孩子真可怜
为什么没有妈妈守护我
为什么没有妈妈把我搂在胸前

[一个声音突然传来——“快躲起来!”

[蝶儿刚藏到叶子下面，就听到母鸡“咯咯咯”呼唤小鸡的声音。

[一只母鸡带着一群小鸡走了过来。(一名演员持母鸡偶，两名演员操纵一群小鸡雏提线偶)

[母鸡咕咕咕地招呼着孩子们，不时将找到的谷粒、草籽给孩子们吃。

母　鸡　这有一粒谷粒，咕咕，咕咕。

小鸡们　(争吃)叽叽，叽叽。

母　鸡　这有两颗草籽，咕咕，咕咕。

小鸡们　(争吃)叽叽，叽叽，叽叽叽叽……

母　鸡　(唱)咕咕咕，慢慢走，好吃的东西到处有。

小鸡们　(唱)叽叽叽，慢慢走，好吃的东西到处有。

母　鸡　(唱)咕咕咕，慢慢看，就看你能不能找见。

小鸡们　(唱)叽叽叽，慢慢看，就看你能不能找见。

母　鸡　咕咕咕咕……

小鸡们　叽叽叽叽……

[母鸡突然跳起来，跳到了蝶儿藏身的叶子上，捉住一只小线虫。

[蝶儿被母鸡这突如其来的动作吓坏了。

母　鸡　(招呼自己的孩子)咯咯咯，捉到一只虫虫!好吃的虫虫!

[小鸡们扯着小虫子，争成一团。

[一只小鸡没有吃到，委屈地哭了起来。

[鸡妈妈把它抱在了怀里，安抚着它。

母　鸡　咕咕咕，别着急，只要妈妈在，就不会饿到你。

小　鸡　(高兴地搂着妈妈)叽叽叽，叽叽叽……

[母鸡抱着那只小鸡，带着孩子们走远了。

蝶　儿　（喃喃重复着鸡妈妈的话）有妈妈在，就不会饿到……

［一片叶子从不远处缓缓地移了过来。

［蝶儿非常紧张地望着那片“会走的叶子”。

［叶子下，露出蚕大胖的脸。

［蚕大胖冲着蝶儿，发出跟她的形象相符的很萌的声音，跟蝶儿打招呼。

蚕大胖　你好。

蝶　儿　（打量着蚕大胖）你是……

蚕大胖　刚才是我提醒你的……

蝶　儿　是你救了我！

［蝶儿一下扑向蚕大胖，使劲儿地抱住她。

蝶　儿　妈妈！妈妈！

蚕大胖　（一脸茫然）我不叫妈妈，我叫大胖！

蝶　儿　不！你就是妈妈！你救了我，又比我个子大，一定是妈妈——

蚕大胖　我不是你妈妈！我是一条蚕！

蝶　儿　你不是跟我一样的毛毛虫吗？

蚕大胖　我是蚕。

蝶　儿　蚕？长大了我就是蝴蝶。你长大还是蚕吗？

蚕大胖　我长大……我长大……哎呀我又忘了。

蝶　儿　那你有妈妈吗？

蚕大胖　什么是妈妈？

蝶　儿　就是……总给你好吃的，时时刻刻保护你的………

蚕大胖　（呆萌地）哦，那是妈妈？

蝶　儿　你有吗？

蚕大胖　有……（已经心不在焉了）

蝶　儿　（意外惊喜）你有妈妈？！她在哪儿？你见过她吗？

蚕大胖　（应付）哦，哦，当然！你说得对。我饿坏了，我要赶紧回去吃东西。刚才不知道是谁，把我从笸箩里给挤掉下来了……哦还好，我还记得笸箩……

[蚕大胖说着，已急急地扭头走开，蝶儿紧紧追着蚕大胖继续追问着——

蝶　儿　是不是我也有妈妈?

[蚕大胖走得很急。

蚕大胖　嗯，嗯……

蝶　儿　(欢呼) 耶! 原来我也有妈妈! 我也有妈妈! (无限向往地) 她一定比喜鹊妈妈勇敢，她的怀抱一定很柔软，她的样子一定很美丽，她一定搂着我……亲个没完……

[发现蚕大胖已走远。

蝶　儿　大胖……蚕大胖…… (追下)

[蚕们的歌声中，大笸箩出现。

[大笸箩里，蚕们 (演员扮演) 专心地吃着桑叶。

蚕　们　吃呀吃呀大口吃
吃得个个肥又胖
吃呀吃呀大口吃呀
每天都要变模样
比比谁的胃口好呀
二胖、三胖和四胖
你追我赶放开量
做茧前争当第一胖

[蚕大胖出现。

蚕大胖　我是第一胖! 刚才谁把我给挤下去了? 二胖? 三胖? 四胖?

蚕二胖　吃饭第一，多说没用。

[蚕大胖不再追究，抓紧进食。

蝶　儿　大胖! 蚕大胖! (出现，跟大家打招呼) 你们好!

[另外三只蚕抬头看向蝶儿。

蚕　们　你好! 你是谁啊?

蝶　儿　我们刚才见过，我是蝶儿。

蚕大胖　吃饭第一，多说没用。

蚕二胖　　我是二胖。

蚕三胖　　我是三胖。

蚕四胖　　我是四胖。

蚕二胖　　你好黑！

蚕三胖　　你好瘦！

蚕四胖　　这么瘦，你肯定吐不出丝！

蝶　儿　　我……为什么要吐丝？

蚕二胖　　吐丝做茧啊！

蚕三胖　　然后才能在茧里长成蛾子……

蚕大胖　　（纠正）我们会长成蛾子，她会长成蝴蝶。

蚕四胖　　哇，原来你是蝴蝶……

蚕三胖　　小蝴蝶。怪不得这么瘦。

蚕大胖　　吃饭第一，多说没用。

蚕　们　　哦，吃饭第一。

［蚕们不再说话，闷头狂吃。

蝶　儿　　（继续追问）大胖，你不是说我有妈妈吗？那她在哪儿？

［蚕大胖摇头。

蚕大胖　　我忘了。

蚕　们　　她忘了。

蝶　儿　　（失望地）哦……

蚕四胖　　（问大胖）她不吃东西，怎么长成蛾子？

［蚕大胖抬起头，嘴里还衔着叶子，发了一会儿愣。

蚕三胖　　她是蝴蝶。

蚕二胖　　（也问大胖）那她要多久才能长成蝴蝶？

蚕大胖　　（则扭头问蝶儿）你要多久才能长成蝴蝶？

蝶　儿　　我怎么会知道。

蚕二胖　　那我们什么时候才能变成蛾子？

蚕大胖　　……（拍脑袋）忘了。

蚕　们　　她又忘了。

蚕大胖　　三胖——上课。

蚕三胖　哦……

［蚕三胖扯过一片微黄的大叶子，展开，上面画着蚕的生命周期图。

蚕三胖　（一边不停地吃叶子，一边给大家上课）我们是从这个小小的、小小小的蚕卵里面钻出来的。然后，我们就开始做什么？

蚕四胖　吃！

蝶　儿　是吃叶子吧？

蚕二胖　嘘——

蚕三胖　（继续）然后我们就长大了，长到皮都穿不上了，就怎么样呢？

蚕四胖　蜕皮！

蝶　儿　我也蜕过皮。（恍然）原来蜕皮是长大了……

蚕三胖　蜕过几次了？

［大胖、二胖、四胖已经从叶子下面，取出四件大小不同的蜕下的皮，一、二、三、四地数着。

蚕　们　四次！

蚕三胖　（对照着“图片”和实物）对对对，接下来，我们会吐丝做茧。

蝶　儿　吐丝？

蚕三胖　（继续）然后，会在茧子里变成什么？

蚕二胖　（继续看着“图”回答）蛹！

蚕三胖　对！然后我们再从茧子里钻出来，变成什么……

蚕大胖　蛾子！

蚕　们　我们就长大了！

蚕三胖　（做了个肯定的手势）下课！饿死我了！（开始大吃）

蝶　儿　可是……这些跟我有什么关系？

［蚕们都在埋头吃东西。

蝶　儿　你们怎么都不说话？

蚕大胖　顾不上。

蚕二胖　话多影响消化。

蚕四胖　吃饭第一，多说没用！

蚕三胖　（好心劝说）你要多吃东西，长得像我一样胖，才有力气吐丝做茧……

蝶　儿　我不要吐丝做茧，我要找妈妈……

蚕　们　妈妈？妈妈是什么？

蝶　儿　妈妈……总给你好吃的，时时刻刻保护你的……

蚕二胖　（恍然地）哦——原来她叫妈妈。

蝶　儿　（急切地）你见过妈妈？

蚕二胖　天天见。

蚕四胖　对，不好好吃饭她会生气。

蝶　儿　（奇怪地看向蚕三胖）妈妈会生气？

蚕三胖　我从来都不知道她叫妈妈。

［蝶儿更觉得奇怪了。

蝶　儿　她在哪儿？她跟你们长得像吗？

［蚕们互相看着，摇头。

蚕　们　一点儿都不像……

蚕大胖　（大声示意大家）快藏好！那只母鸡又来了！

［母鸡带小鸡的声音传来。“咯咯咯咯……”“叽叽叽叽……”

［蝶儿和所有蚕连忙都躲到叶子下面。

［一只大大的母鸡出现，在笸箩上方左看右看，甚至翻动着叶子，给蚕们和蝶儿带来极大的威胁。

［蚕们一动都不敢动。

［突然，一旁传来一个女人的吆喝声：“走开！大花！走开！不许靠近我的蚕！去！去！”

［鸡像是被人用石子打了一下，跳着跑开。

［大家重新从桑叶下面钻出来。

蝶　儿　那个赶走母鸡的是谁？

蚕大胖　是主人。

蚕二、三、四胖

（同时）是妈妈。

蚕大胖　主人！

蚕二、三、四胖

妈妈！

蚕三胖　　她给我们吃的。

蚕四胖　　她保护我们。

蚕二胖　　（对蝶儿）跟你刚才说的一样……

蝶　儿　　她给你们吃的？她保护你们？

［所有的蚕使劲点头。

蝶　儿　　可是……她会抱你吗？

蚕二胖　　抱？

蝶　儿　　像这样！像这样！像这样！

［蝶儿逐个拥抱着蚕们，让他们体验着“抱抱”。

蝶　儿　　（唱）妈妈的拥抱

比这个安全

妈妈的怀抱

比这个温暖

记忆就在心间

在很久很久以前……

［这种拥抱如此迷人、如此令人向往。蚕们和蝶儿不断互相拥抱着。

蚕三胖　　哦，抱抱的感觉可真好！

蚕四胖　　（向往）就像那些鸡宝宝，可以钻到妈妈的翅膀下面……

蝶　儿　　对！对！

蚕二胖　　哦，我喜欢刚才这样（做拥抱的样子），我好喜欢！

［蚕们再次去拥抱蝶儿。

蚕　们　　（唱）妈妈……抱抱……

好温暖……好温暖……

蚕大胖　　你就很像我们的妈妈！

蚕二胖　　对！对！

蚕三胖　　你来做我们的妈妈吧！

蚕四胖　　（抱住蝶儿不放）妈妈！妈妈！

［蚕们再次紧紧拥抱住了蝶儿。

蝶　儿　我不是……我……好吧，我也喜欢抱抱……

（唱）妈妈的拥抱

比这个更安全

妈妈的怀抱

比这个更温暖

蚕　们　（唱）妈妈……抱抱……

好温暖……好温暖……

［蝶儿紧紧回抱着他们。这一刻，他们都觉得好温暖。

［蚕大胖突然打了个响亮的饱嗝。

蚕大胖　看来，我该去吐丝做茧了！小妈妈，来帮我一下。

蝶　儿　我……

蚕大胖　帮我把那个小草架子拿过来。

蝶　儿　哎！

［蝶儿跑去拿小草枝，放在蚕大胖身边。蚕大胖抽出丝系在那个小草枝上，舒服地摆放好身体，开始做茧。

［紧接着，蚕二胖他们依次打出响亮的饱嗝，叫着蝶儿帮忙，在不同的地方准备做茧。

［蝶儿跑来跑去地帮着他们。

蚕　们　小妈妈，来帮我一下。小妈妈，来帮我一下……

蝶　儿　（唱）来了，来了，来了，我来了！你们要我做什么，就帮你们做什么。这一切…… 好像有人教过我，在很久很久以前，妈妈一定也曾这样，守候在我的身边……

［舞台上，每一只蚕都织出一个大大的、白白的半透明的茧形。

［每一只蚕都在自己的茧中柔软地舞蹈着，纺织着。

蝶　儿　（连声惊叹）你们好美啊！你们好美啊！当你们长出翅膀，当我也长出翅膀，再次相见的时候，我们还在彼此的身旁……

［每一只茧都变得更厚了，不再透明，却更加洁白。

蝶　儿　（欣赏着他们）你们真美啊！你们……

［蝶儿也打了一个大大的哈欠。

蝶　儿　哦，我好困啊，我的皮好痒痒……

［蝶儿拿起一张大大的桑叶，卷在自己身上。

蝶　儿　哦，这大大的桑叶，就是我的床……

［蝶儿在桑叶里旋转着，就地躺下，用自己的丝，将桑叶缝合在一起。（毛毛虫男宝宝走来，一路寻找着，直到来到蝶儿身边，悄悄地守候，悄悄地取一片叶子……）

［奇异的光伴着奇异的音乐。

［穿着白色长裙的妈妈天使出现了，她走到那卷成一团的桑叶茧前面，深深地拥抱着她。

妈妈天使　（唱）睡吧，睡吧，甜甜地睡吧

妈妈在身边，守着你的梦

一觉醒来，你会更加美丽

你会拥有飞翔的翅膀

［妈妈天使走向蚕茧们，逐个爱抚着。

时间到了，你会苏醒

找到伙伴，找到你的爱情

快乐飞扬，完成至高使命

见到妈妈的时候

一切都会懂……

［妈妈天使隐去。

［蜷在桑叶茧中的蝶儿，发出一串呓语。

蝶　儿　妈妈……妈妈……妈妈……

［一切都沉入深深的睡眠。

［幽暗静谧中，巨大的、雪白的茧散发着洁净的光。

［充满惊喜的声音轻柔地传来。

蚕大胖　哦，哦！

［光起，四只蚕蛾各自从茧中出来，打量着自己，打量着彼此。

蛾大、四胖

你好！

蛾二、三胖

你好！

蛾二、三胖

你真美！

蛾大、四胖

你好漂亮！

蛾大、四胖

（对二、三胖）你从哪里来？

蛾二、三胖

（指咬破了一个洞的茧子）我从我的小帐子里来的。

蛾大、四胖

我也是（指自己的茧子），我也是从我的小帐子里来的。

蛾大、四胖

我喜欢你！

蛾二、三胖

我也喜欢你。

蛾大、四胖

我喜欢你！

蛾二、三胖

我也喜欢你。

[大胖二胖之间、三胖四胖之间，互相表达着初次相见就彼此喜欢的情感。

[注：演员要把握年龄尺度，蚕时，是小小懵懂的儿童。蛾时，是青涩单纯的青年。

[突然，一束光打在蝶儿的“茧”——卷成筒的桑叶上，左右摇摆着，幅度越来越大。

[四只蛾子都很紧张。

蚕　们　那是什么？那是什么？

［大胖和四胖自然地躲在了明显是雄性的二胖三胖背后。

［美丽的光影中，卷成筒的桑叶打开了，一只美丽炫目的蝴蝶出现了，是蝶儿。

［蝶儿适应着外面的光线，惊喜地打量着自己美丽的大翅膀。

蝶　儿　哦——我真的成了一只美丽的蝴蝶！

［蚕们发出惊叹——

蚕　们　哇，好漂亮啊！好美哦！

蝶　儿　谢谢！

蛾大胖　你长得跟我们不一样！

蝶　儿　你是……大胖?!

蛾大胖　（茫然地）你在叫我吗？

蝶　儿　你不记得我了？还有你们，二胖、三胖、四胖，你们都不记得我了？

蚕大胖　真对不起，我们的忘性总是很大。

［四只蛾向着蝶儿，只是一个劲儿地憨笑。

蝶　儿　没关系，我还记得你们！你们也都变得好漂亮！（跟他们比着翅膀）你们的翅膀比我的厚，飞起来一定更有力量。我们一起去飞吧！现在，我可以飞着去找妈妈了！

蛾大胖　（温柔地）不，我们没有时间去做别的……

蛾二胖　（搂着蛾大胖，对蝶儿说）是的，我们有更重要的事情！

蛾三胖　对呀，有好多要做的事情呢。

蛾四胖　（依偎着三胖）我们要自己做妈妈。

蝶　儿　自己做妈妈？

［三胖搂着四胖，相视而笑。

［蛾子们一起，相亲相爱地唱了一首欢快的歌。

蛾　们　（唱）有一种声音告诉我们，现在是开花的时间

有一种声音告诉我们，现在是绽放的时间

蜜蜂在花朵间纷飞，蜻蜓在湖边点水

生命从不停息，一天又一天

有一种声音告诉我们，现在是幸福的时间
有一种声音告诉我们，现在是浪漫的时间
白白的蚕长成胖胖的蛾，毛毛虫变成小蝴蝶
生命从不停止，一年又一年
从冬天到春天，从春天到夏天
现在是开花的时间，现在是幸福的时间

［蛾子们在歌声中成双成对，甜甜蜜蜜。

蝶　儿　（吃惊地看着他们）你们……一下子就都长大了！天哪，这太神奇了！

［蛾们幸福而骄傲地点头。

蛾大胖　你也一样哦！

［另一只更漂亮的雄蝴蝶翩然而至，姿态优美地跟蝶儿打招呼。

雄　蝶　小蝴蝶！还认识我吗？

蝶　儿　你是……男宝宝！你也变成了美丽的蝴蝶！

雄　蝶　（学着蝶儿的话）这太神奇了！

［雄蝶潇洒地向蝶儿伸出手来。

雄　蝶　（唱）现在是开花的时间
现在是幸福的时间

蝶　儿　（唱）幸福，幸福
多么幸福……

雄　蝶　（唱）浪漫，浪漫
多么浪漫……

［两只美丽的蝴蝶上下翻飞，翩然起舞。

蝶　儿　（唱）一切是那么神奇
长大就像是奇迹

雄　蝶　（唱）毛毛虫变成大蝴蝶
从此可以飞来飞去

双　蝶　（唱）飞啊——飞啊——
美妙——神奇——
美好——奇迹——

［一对幸福的蝴蝶拥着舞着，离开。

［充满惊喜的声音轻柔地传来。

［蛾大胖和蛾四胖轻声数着身边无数闪光的蚕卵。

蛾大胖　我的宝宝，我有好多好多宝宝！

蛾四胖　我也有好多好多宝宝！

［蝶儿出场。

蝶　儿　你们看，我的宝宝。

［大胖四胖凑过来，看着蝶儿怀里的宝宝。

蛾大胖　好可爱！

蛾四胖　跟我们的宝宝一个模样。

［三位小妈妈一起。无限深情地爱抚着自己的宝宝。

蛾大胖、蛾四胖、蝶儿

（唱）妈妈爱你！妈妈爱你！妈妈爱你！
妈妈只想一直这样抱着你
妈妈爱你！妈妈爱你！妈妈爱你！
妈妈只想一遍一遍亲吻你……

蝶　儿　（唱）找妈妈，找妈妈
找妈妈的路上，我长大
找妈妈，找妈妈
找妈妈的路上，我成了妈妈

蝶儿、大胖、四胖

（唱）找妈妈，找妈妈，
找妈妈的路上，我长大
找妈妈，找妈妈
找妈妈的路上，我成了妈妈

蝶　儿　（对宝宝唱）妈妈好想陪着你们
陪着你们慢慢长大

蝶　儿　妈妈已经没有了力气……（呼唤着心中的妈妈）妈妈……我懂了，我们的生命，只够陪着宝宝走到这里了……

蛾大胖　（虚弱地）我好困啊。

蛾四胖　我也好困。

蛾大胖　可是，我们要是也这样一直睡着了，宝宝怎么办？

蛾四胖　是啊，宝宝怎么办？

蝶　儿　宝宝也许永远都没有机会见到我们，就像我们从来都没见到自己的妈妈……

大胖、四胖

为什么？为什么我们不能见到妈妈？

蝶　儿　我们的妈妈，一定也是这样，生下宝宝就“走”啦……

大胖、四胖

为什么？为什么他们（指宝宝们）不能见到妈妈？

［这时，空中传来一个声音：“孩子，妈妈在这儿——”

［妈妈天使再次出现，长长地伸出手，走向她们。

［妈妈天使身边，跟着带着“仙气”的雄蝶、蚕二胖和蚕三胖。

［雄蝶、蛾二胖和蛾三胖同时奔向自己的伴侣。

二胖、三胖

她是妈妈天使！她是我们的妈妈！

蛾　们　妈妈？

妈妈天使　对，我是你们的妈妈——是所有生下来就见不到妈妈的孩子的妈妈……

蝶　儿　妈妈！

妈妈天使　我是你们的妈妈——是所有生下宝宝就不得不离开的妈妈的妈妈。

蝶　儿　妈妈……

妈妈天使　孩子，虽然我们没有见过面，虽然你们也都做了妈妈，但妈妈依然是你们的妈妈……就像，你们依然是你们孩子的妈妈……

［蝶和蛾们与妈妈天使紧紧拥抱在一起。

蛾大胖　哦，妈妈，这个怀抱我认得！

蛾四胖　有妈妈的感觉真好！

妈妈天使　虽然你们也做了妈妈，但妈妈永远是你们的妈妈。

［蝶儿用力拥抱着妈妈天使。

蝶　儿　妈妈的拥抱，如此柔软。妈妈的怀抱，如此温暖……我的心里，充满了力量，足够陪伴宝宝一起成长……

妈妈天使　孩子，你的使命已经完成，该跟妈妈在一起了……

［妈妈天使把跟自己一样洁白、美丽的头冠给年轻妈妈们戴在头上。

蝶　儿　为什么……见到妈妈，就一定要离开宝宝呢？

妈妈天使　没有哪个妈妈可以陪孩子一生……

蝶　儿　可是，宝宝们怎么办？

妈妈天使　他们会自己长大。像你们从前一样。

［蝶儿再三不舍地亲吻着手里的孩子们。

［妈妈天使温柔地为蝶儿戴上美丽的头冠。

蝶　儿　可是……离开宝宝的妈妈，还算什么妈妈？

妈妈天使　你是最好的妈妈！因为，你已经把生命，全部给了他……

蝶　儿　（看着宝宝，轻声地重复着）我已经……把生命，全部给了他……

蛾大胖、蛾四胖

我已经……把生命，全部给了他……

妈妈天使　对，从来如此，从来如此，天下的妈妈都一样……

（唱）无论（陪伴孩子的）时间有多长

付出的爱都一样

等到他们长大

即使从未见过面

孩子会知道

妈妈的爱就在身旁

雄　蝶　是的，我们都有妈妈……

蛾大胖　（望向雄蝶）我们都有妈妈……

蝶　儿　就算开始不知道，等到自己做了妈妈，就一定会知道……

蛾　们　我们都有妈妈！

二胖、三胖

我们都有妈妈！

妈妈天使　（唱）无论（陪伴孩子的）路程有多长
告别时刻最难忘
等到他们长大
孩子会记住
妈妈的爱就在身旁
（白）孩子们，记住啊
无论你在哪里
你都在我的视线里
无论我在哪里
我都在你的生命里……

所有蝶、蛾
（唱）无论你在哪里
你都在我的视线里
无论我在哪里
我都在你的生命里……

所有蝶、蛾
（唱）无论你在哪里
你都在我的视线里
无论我在哪里
我都在你的生命里……

［遍地的卵宝宝闪动着光，仿佛在回应着妈妈深情的话语。

［巨大的温暖中，所有的蝶、蛾，随着妈妈天使离开，却留下了歌声和永恒的爱。

蝶　儿　（清唱）无论你在哪里
你都在我的视线里
无论我在哪里
我都在你的生命里……

［收光。

［尾声“彩蛋”。

［追光中，一只年轻的毛毛虫跑出来，问小观众——

毛毛虫　你有妈妈吗?

哦，你们都有妈妈陪着你们一起长大，好幸福啊!

［毛毛虫欲走开，又回过头来问小观众——

毛毛虫　我有妈妈吗?

我，毛毛虫，有妈妈吗?

对，我也有妈妈!虽然，我见不到她。

［毛毛虫再次欲走，再次回过头来对小观众说——

毛毛虫　我要是能够见到我的妈妈，

一定要使劲使劲地抱抱她!

［歌声继续传来——从远在天边而近在耳边……

无论你在哪里

你都在我的视线里

无论我在哪里

我都在你的生命里……

剧　终

附录 1

从孩子的眼睛和心灵出发

——《小蝴蝶的妈妈在哪里?》创作谈

（发表于《剧本》2020 年第二期）

冯 俐

这是一部原创的童话，灵感来自科学知识：蝴蝶、蚕包括萤火虫等节肢动物，注定终生见不到自己的妈妈，因为妈妈会在产卵后死去。这些昆虫妈妈也永远没有机会等到自己孩子孵化出来，更不可能像别的动物母亲那样，呵护陪伴自己的孩子。那，这些从没有见过妈妈的生灵，会不会一直渴望着“母亲”?

儿童戏剧面对心智发展及情感需要最多样化的孩子们，充满着无限可能，无论主题、角度还是样式都有不断发现和挖掘的可能性和必要性。目前国内“低幼儿童剧”很缺少（还没有出现婴幼儿戏剧），我一直想试试，能不能给更小的孩子创作他们喜欢、能引起他们好奇、能给他们留下需要思考而答案会随着他们的长大而不断丰富起来的戏。同时，它还应该是令成人感动、令所有观众都乐于接受的戏剧作品。

这是我的第二部面对低幼儿童的作品，也称“亲子剧”。第一部《小萤火虫跟宝宝一样……》已由福建人民艺术剧院排演。

几年来，我常会对中国儿童戏剧的创作理念进行反思：通过儿童剧，我们要告诉孩子什么？要教育孩子什么？要灌输给孩子什么？仅仅是勤劳、勇敢、友爱这些道德观念吗？仅仅是一些简单的生活知识吗？这些应该都是，但不应该是全部。儿童戏剧更重要的功能，是带领孩子在艺术形象中去感受、去发现、去认识自己、认识世界、认识自己与世界之间的各种联系。

《小蝴蝶的妈妈在哪里?》借用了一个自然现象、遵循着科学的基本原则，但又不受“动物小说”式的束缚，将故事中的各种昆虫赋予人类的丰富情感。表现了一只蝴蝶和一群蚕，从幼虫到成虫的全部生命过程，通过它们的不断寻找和发现，带领孩子，同时也带领成人观众，以新的角度去认识“母亲”，认识所有生命对于母爱的渴望。我们都有妈妈，但也许，我们从来没有这样去思考和发现过：妈妈与我们的生命联系其实是“这样的”……

这部戏表达了母爱，还表达了孩子对母亲的无尽依恋。这样一份双重的情感，会令每一个人，可以不分年龄大小地感同身受。而这部戏最内在的东西，应该是生命的永恒力量。

在儿童戏剧上探索越深入，就发现自己跟孩子离得越近；当我越去接近孩子，就发现自己正不断触摸到生命本身。儿童戏剧可能更接近世界的本质……也许是因为我重新获得了一双孩子眼睛和一颗孩子的心，所以我所看到的世界和以前看到的，似乎不太一样了。

儿童戏剧，不仅可能在“无意义”中发现无尽的意义，还可以在“没有思想”处发现纯粹的哲思。

或许，从某种意义上讲：孩子的心灵世界比成人的广阔得多；原始思维比“社会”思维永恒得多。

附录 2

寻找原始的感知力

——《小蝴蝶的妈妈在哪里?》导演焦刚创作谈

（刊发于《童·话》2019 年第二期）

采访、整理：段凝

《童·话》：这个剧本最打动您的是什么？

焦刚：最初是编剧冯俐老师口头给我讲了这个故事，我当时觉得是个很简单但很有意思的故事，一只小毛毛虫找妈妈的故事，有点像《小蝌蚪找妈妈》的另一个版本。但后来真正看剧本的时候，我呆住了，完全不只是简单找妈妈的故事。

《童·话》：哪里让您呆住了？

焦刚：剧本前三分之一是找妈妈，但到后面就不是了。这个剧不仅仅是和孩子沟通，而是和全年龄的人在沟通——关于生命话题的沟通。每个人都有对生命、对这个世界的知情权。没有因为你小就不告诉你，没有因为你没有经历就不告诉你。不管你是刚刚触摸人生还是刚刚经历人生或者回望你的人生，在任何一个节点上，人都可以对生命充满想象，这个东西是非常打动我的。

后来我反复阅读剧本，又发现更多的东西。这个剧本几乎把人生所有阶段都囊括在内，出生、寻找、长大、成人、离别……一只小蝴蝶从出生开始寻找妈妈，然后她长大成人，在她没有真正完成寻找的时候她已经变成她要寻找的那个人了——她成了母亲。当她成为母亲的时候，又不得不面临离别……

《童·话》：这样一部作品，创作起来很有难度吧？

焦刚：是的，后来读剧本的时候，有那么一瞬间，我想删减一部分。尽管我很喜欢这个剧本，但是因为剧本太丰厚了，太难讲给孩子了。在创作初期，我经历过不断斗争的阶段，我要做什么样的戏？“孩子喜欢，家长买票”的戏对我来说不难，可我又不甘心，我想把这个让我深深思考的剧本带给所有年龄段的人，让他们和我一起感知和思考。这真的是个两难的境地，但思来想去，我还是决定把这种思考带给所有人。

刚开始我想用偶的形式来表现，也做了相应的物件工作坊。但是后来又发现，用的物越多，思考的部分越难表达。木偶可以表达，但是需要人偶合一，这个对于演员太难了，是需要非常艰难的长期训练的。想到这些，我一身冷汗，因为要依赖演员的话，演员是否和导演有相同的理念和审美，是否愿意和你一起去探索就显得尤为重要。好在，我们找到了一拨很好的演员，他们不仅有激情有爱心有旺盛的创造力，而且还会去辩论和思考。

《童·话》：所以创作这个戏，您抛弃了最初的创作思路？

焦刚：最近几年我对戏剧的理解确实有所变化，之前创作时会想着“我学过什么”“我想用什么”，会不由得追求所谓敬意啊，追求技术什么的。但近几年观摩了很多戏之后，我不这么想了。其实，戏剧就是一种和人沟通的手段，最重要的是你有什么想和观众说。我有一点想说的，请你们来听，而不是把很多东西“凑”在一起给大家看。有时作品里有些话你很想说很想去打动别人，可是你的方式别人不一定能接收到。当你对这个戏的理解，对表演的理解有了一些审美的变化之后，你可能会找到一个更合适的语言去说，这样别人就会接收到。因为你真的动用你的心你的情感去传达一个东西的时候，那个东西就会变得很真诚，越真诚其实越简单，越简单的东西别人更容易感觉到。

《童·话》：我该怎么理解您说的真诚？难道您之前排戏不真诚吗？

焦刚：原来不是说不真诚，但是可能看得不够深，或者说“拿”自己拿得不够多。

《童·话》：“拿”自己是什么意思？

焦刚：就是你自己对这个东西的感受，把它拿出来讲给大家听。有时候你很真诚，但因为表达得太快还没有深入触及最真诚最真实的时候，你误认为它是真的，其实不是。当它纵向进去不够深入的时候，你可能感受不到那个最打动你的东西，如果打动不了你，你就会觉得它不够真诚。但当你一旦进入到里面最真实最深入的部分时，才有可能和所有人共振。你必须让自己扎到那个地方去，扎不进去，就不会引起别人的共振。尽管大家的生活阅历、审美、对事物的理解都不一样，但人生的出发点是一样的。当你真正震动到那个原点的时候，人们就会产生情感的共振，但前提是创作者自己先要扎进去，如果扎得不够深，很容易被看穿。

《童·话》：是的，也许大人有时感觉不到，但孩子一定能感觉到。

焦刚：这次我特别感动的是不到2岁的小朋友来看，居然都看懂了，不是说看懂所有东西，而是成人提的那些问题，孩子都不会当成是问题。

《童·话》：成人提了什么问题？

焦刚：他们觉得动物形象不够清晰，有些演员在创作时也提出这样的问题。让观众识别出羊当然很重要，但更重要的是我们通过这个东西要表达的是什么。这个剧本提供的是找到人类共同情感、共通情感，深入到最里面其实就是母子的情感、爱的内核。这个东西找到了，才是最最最最重要的。对于孩子来说，他们不会提这样的问题，因为他们没有任何的束缚和框架，他们会接收到最真实的东西：一个母亲为孩子做了什么。一个2岁的孩子会说：看，妈妈爱宝宝！

这些年我一直都在思考，创作什么给当代的观众。现在社会信息量太大了，能接收到的东西太多了，当所有东西都像奶沫一样浮在表面的时候，下面是什么？不要以为孩子是单薄的一层，如果我们只告诉他们世界是这一条线的话，那么他看世界就是这一条线；如果让孩子去感知这个世界的话，那对他们来说世界就是巨大的。

《童·话》：您一直说要扎进去，扎进去，这个剧本扎进去是什么？是什么样的东西促使你一直要扎？

焦刚：我觉得是原始的感知力。不管是母爱还是大爱，如果你没有感知力的话，任何的爱对你都是没有作用的。

《童·话》：可是人都是有感知力的啊，人怎么会没有感知力？

焦刚：所以人一生下来是靠感知力生存的，是开始打开七窍生活的，但是我觉得我们现在很少用这些东西。

《童·话》：怎么讲？

焦刚：现在信息量太多，可以用的手段太多，所以我们很少关注自己本身的感知力。感知力是人类积累情感最根本的东西，当你不会感知的时候，所有的情感对你都没有意义，所以我想和当代的孩子以及家长们共同思考，如何感知这个世界、如何感知情感。

《童·话》：您是怎么找到这个点的？

焦刚：在这个戏落地排练之前，我们去西双版纳的一个蝴蝶园采风。蝴蝶园有个大房子，挂着要变成蝴蝶前的那个东西，它已经不是蛹了，是蛹快炸裂的一瞬间。这个对我很有震动，你期待的一个生命在你眼前出现，破茧成蝶。我站在那儿盯着它看了 30 分钟，盯到最后就发现我的身体发生了变化，不知道什么东西在内心涌动，虽然我具体不知道是什么东西在动，但我记住了那种体验。还有一件更神奇的事情，有一只枯叶蝶在我手上停了 15 分钟，当它的触角扒在皮肤上和我肌肤之亲的时候，让我产生了一些变化，尽管我当时也说不清楚这种变化究竟是什么。

《童·话》：所以您把这些变化的感觉记住，当您看剧本的时候你发现这种感觉没找着，然后就继续往下找？

焦刚：是的，我就不停往下找，因为我的内心涌动过了，就不可能当没有涌动过一样。

《童·话》：但要把这种感觉创作出来，也很艰难吧。

焦刚：采风回来进入排练，排练着排练着，我就发现惯性的东西出来了，又成了以前那样只是流于表面性地讲故事，这是我最不想做的事情，好像有点像摸着了门，但不知道该怎么进去，这让我非常失落，甚至绝望。有一天，我看着演员非常努力扮演具体的动物，努力表现动物争斗的时候，我有点受不了了。正好排练场有小朋友坐的凳子，当时我真想拿凳子把这个画面砸了。不是对演员，是对我自己，我痛恨自己找不到方法，痛恨自己的无能。但当我拿起凳子准备要砸的时候，我突然发现我手中的这个小凳子——人的一生可能都要和椅子为伴，小朋友一进到幼儿园就会被安排坐到这个小凳子上，当你走到自己最后岁月的时候，你可能坐在椅子上回看自己的过往。一生中，妈妈可能就是你的一把椅子。那一瞬间，我觉得一个窗户被我撞开了，我找到方向了……

《童·话》：所以这部戏你想传达的是什么？

焦刚：一个生命对世界的感知。传统的创作方法是刻画人物形象，讲一个完整的故事。当创作聚焦到一个生命，你给观众一点点东西，比如一声羊叫、一只翅膀、一个蹦跳，当一个人有感知力的时候他就有能力将其具象化。当一个人没有根本感知世界能力的话，他只看到一个形象，他没有能力触及这些背后的情感，这就是所谓力量。可是这个东西对演员很难，如果不从形象出发，怎么演好一个羊妈妈？

《童·话》：那您是如何引导演员的？

焦刚：先抛开羊，找到一个妈妈对孩子爱的感觉，然后再抛开妈妈，找到一个有经验的生命对一个没有经验生命爱的感觉。这样先往里面扎，当你最终变成一个生命和一个生命的交流，再往回找的时候，你可能产生一种力量，慢慢再把力量找回来。我觉得那样会有更大的外延。

《童·话》：我注意到，每次演出开场前你们全剧组演职人员会站成一圈手拉手，这是一个什么仪式？

焦刚：戏剧的进入是需要仪式的。一个创作者进入另外一个生命，借着这个生命传达我们自己的东西的时候，要有一种敬畏。剧场是需要敬畏的。通过这样一个仪式，让大家注意力集中起来，注意力越集中越容易通过一个通道通到你要塑造的那个角色的内心中去。这个通道很窄很窄……

《童·话》：怎么理解很窄？

焦刚：一个灵魂和另外一个灵魂的交流，如果找不到这个触角，可能你一生都找不到那个通道。而且大家从“外面”进入到剧场演出，“外面”任何东西都会影响创作，我给大家找到一个这样小小的平台，让他们放下“自己的”，走进“他的”。

《童·话》：这个戏演出了那么多场，哪场给您留下最深的印象？

焦刚：第七场，前几场演出时出现了一些问题，比如剧场一黑有些孩子会害怕会哭，演到后面一熄灯的时候有些孩子会问演完了吗，针对这些问题，我们做了一些调整。所以在第七场时，演出效果特别好，大家都非常安静、非常投入地看。

每场都会出现，看着看着，很多孩子会紧紧靠近妈妈，妈妈下意识靠近孩子，在剧场会形成一种气场，这个是很动人的。

看完戏以后，很多妈妈不愿意离开这个剧场。有些默默流着眼泪，有些试图找到我们主创人员哽咽地说“谢谢”。

《童·话》：您从这个戏收获最大的是什么？

焦刚：首先是对文本的尊重和呵护，二度创作者不应该试图改变剧本来适合自己的创作思路和创作方法，而应该是如何调动自己的感知感官去触摸这个剧本给你提供的能量。我张开触角去抓这个剧本那伸出来的触角，我能扎进去多深，就有多少个触角和这个剧本碰撞。另外还有，我们如何抛开自己的生命经历，像个刚出生的婴儿打开七窍去感知这个世界。我们的感知力有时停留到一个地方就不想动了，因为太懒了，不愿往下走了。人慢慢长大，慢慢会关闭各种七窍，这样慢慢就会失去所有感知。可是不能这样，你一定要让自己的感知力不停地生长，努力地敏锐地打开去感受世界，这样你才不枉此生。

（采访者系中国儿艺院刊《童话》执行主编，
被采访者为中国儿艺导演、国家一级导演）

附录 3

《小蝴蝶的妈妈在哪里?》：一部清新诗意的音乐剧

（刊发于《中国艺术报》2019 年 10 月 23 日）

乔宗玉

捧读音乐剧《小蝴蝶的妈妈在哪里?》剧本时，我不禁惊艳于编剧冯俐瑰丽、浪漫、诗情的文笔。剧中各种动物拟人化，对白惟妙惟肖，清新诗意。蝶儿天真无邪，蚕大胖们懵懂迷糊……幼虫期的它们跟人类童年时期一样，对世界充满好奇，害怕未知的事物。羊妈妈对小羊的保护和关爱，鼓励它站起来走路，说“不怕，不怕！……”这是多么让人熟悉的场景啊，我们幼年时期，妈妈不也是这样鼓励我们吗？第一次走路、第一次被放进木盆里洗澡，我的妈妈就温和地对我说：“不怕，不怕！……”只要有妈妈的“不怕”两个字，我们就得到了战胜困难的勇气。

蝶儿误把帮助过它的毛毛虫、蚕大胖当成自己的妈妈，这多么富于戏剧性，多么可爱，又多么真实。

蚕大胖们，就像幼儿园里一群小迷糊，吃吃睡睡；蝶儿像它们的小姐姐，帮它们做茧……花开花落，四季流转，蝶儿和蚕大胖们长大了，各自有了心上人，“飞过彩色花海，飞过绿色菜地，掠过空中白云，踏出水面涟漪……”它们的宝宝诞生了，可它们却无法陪伴宝宝成长。这个时候，蝶儿唱道：“我们的生命，只够陪着宝宝走到这里!”此时，我的眼泪潸然落下。

生离死别之际，一身白衣的妈妈天使出现了，它是所有生下来就见不到妈妈的孩子的妈妈。妈妈天使对蝶儿说：“你的使命已经完成，该跟妈妈一起走了……”同时，它告诉蝶儿和蚕大胖们，无论在哪里，孩子都在妈妈的视线内，妈妈都在孩子的生命里。

《小蝴蝶的妈妈在哪里?》以生动活泼的形式，载歌载舞，表达了三个层面的人生哲思。首先，求而不得，是人类永恒的遗憾，小蝴蝶拼命四处寻找妈妈，终究是徒劳；其次，没有一个人能陪伴另一个人一辈子，每个人只能陪自己走一段路，即便自己的父母，也会有离开的一天；再次，对于那些不能跟妈妈一起生活、成长的孩子来说，该剧传递出正能量，那就是母爱永存。

值得一提的是，在编剧领域，冯俐总是别出心裁。去岁上演的儿童剧《鹬·蚌·鱼》，冯俐将成语“鹬蚌相争，渔翁得利”进行情节上的丰富与拓展，峰回路转，最后凸显“和为贵”的重要性，寓教于乐。而之前的《山羊不吃天堂草》更是中国第一部成长戏剧，拓展了儿童剧的创作空间……冯俐的作品，一戏一格，她既不会重复自己，也不会重复他人，总是在创新，在引领人们对新问题进行思考。中国戏剧需要这样的活水源头，增强其活力。

（作者系青年评论家、中国国家话剧院研究员）

附录 4

低幼儿童剧创作的“舒适”区

——评儿童剧《小蝴蝶的妈妈在哪里?》

（刊发于《文艺报》2019 年 11 月 4 日）

陈传敏

日前观看了中国儿童艺术剧院创作演出的低幼儿童音乐剧《小蝴蝶的妈妈在哪里?》（编剧冯俐，导演焦刚），很受感动，也深有感触。从事儿童剧创作的人都知道，低幼儿童剧一直是儿童剧创作的弱项，不仅数量少，而且真正符合低幼儿童这个年龄段审美需求并适合父母携低幼儿童一起观赏的亲子剧目更是少之又少。该剧无疑在这方面获得了成功。它的创作，包括编剧冯俐的创作选择，又能给儿童剧从业者和编剧同行以哪些有益的启迪？笔者试图从该剧剧本分析入手，寻找一些答案。

在笔者看来，《小蝴蝶的妈妈在哪里?》剧作有以下三个鲜明的特点。

第一，形象鲜明而又具有深刻易懂的哲学考问。过去一些所谓低幼儿童剧，编剧生怕孩子看不懂，下意识地蹲下身子来给幼童们讲故事，显得很浅薄，主题也很幼稚。而冯俐不同，她把自己的思考融入了鲜明的戏剧形象和简单易懂的戏剧故事里。剧作一开始，尚未进化成蝴蝶的小毛毛虫一出场，实际上就提出了一个鲜明的，也是人生初级阶段经常会出现在脑海里的一个哲学命题，即“我是谁?”“我从哪里来?”“我来到世上干什么?”也就是“我要到哪里去?”在一部献给两岁半至四五岁儿童的低幼儿童剧里，编剧没有故意蹲下身子，学娃娃腔调，满足于仅仅讲一个低幼儿童能看懂、听明白的童话故事（实际上这部剧童话故事现实感很强，完全可以看作是一个现实生活故事），而是深入开掘这个故事里的戏剧人物的思想逻辑，人物生命的价值意义，人性博大的爱、奉献、牺牲，从而把一个很容易写成普通的“小蝴蝶找妈妈”的故事主题，上升到蕴含深刻、发人深省的哲学层面意义上。

而在其后的情节铺陈、发展中，编剧并没有拘泥于小蝴蝶如何找到妈妈，妈妈是谁，妈妈为什么没有陪伴在“我”身边这样常规的、较低层面的情节套路上，而是巧妙地笔锋一转，着重突出地叙写、探寻、开掘“妈妈”这个人类生命中最伟大、最神圣的生命符号中的本质，并在戏剧情节的发展中，浓墨重彩地追寻妈妈能给我们带来什么，我们能从妈妈的母爱中得到什么。剧中，小毛毛虫如何学习、实践成为一个伟大的妈妈，是一条非常清晰、条理鲜明的逻辑链条，而这背后蕴含的是我们该如何看待、接受母爱，如何学习、光大母爱，如何传承、发扬母爱，这样一个个人类灵魂深处的哲学考问。

第二，剧作非常适合低幼亲子剧的审美能力、审美特点和审美价值。一般人可能会误以为给低幼儿童写戏还不容易，随便编个故事，学几句娃娃腔，再讲点小道理，肯定能把娃娃们哄得团团转。其实，真正做儿童剧的同行们都知道，给低幼儿童写戏是最难的。因为你选择的题材、故事，包括台词、歌词，不仅要让这个年龄段的娃娃们看得明白、听得懂，关键还要让他们感兴趣、发自内心地喜欢看，一个小时左右的时间内能完全被剧情吸引住，中间不跑堂，不哭闹，这已经非常非常难做到了，而且你还要做到戏看完以后让娃娃和家长们都有所得、有所思，并且让娃娃们在未来智商发展成熟、社会阅历丰富了以后，再回忆起该剧来，还不觉得浅薄、无聊，确实是太难了。

这个“难”有很多，笔者主要谈故事题材的选择和讲述之难。低幼儿童因为智力发育程度尚处于人类智力发育的初始或叫初级阶段，他们的文化阅历程度也处于相对较低甚至有的接近于零的阶段，他们喜欢看、能够看得明白，并且听得懂的戏剧故事和题材，其实是相当有限的。比方一些历史事件、历史人物故事，娃娃们根本弄不懂谁是谁、哪儿跟哪儿，所以很难产生兴趣。比如战争题材、社会问题等，对他们来说都太深奥了。而该剧的选材却恰好符合了低幼儿童的“舒适”欣赏程度。从戏剧故事本身来说，冯俐写的是一个小蝴蝶找妈妈以及学习做妈妈的故事。而“妈妈”是这些几岁的小娃娃们每天都亲密接触的人物，也是他们对这个世界最直接、最主观、最感兴趣的认知。换句话说，与“妈妈”相关的故事，是他们最容易关心、最看得懂听得明白、最容易激发起观看兴趣和注意力的，就像历史上最经典的适合低幼儿童欣赏的“小红帽和大灰狼”之类的童话故事。选准了这样在低幼儿童们欣赏视域内的戏剧故事，冯俐的创作就已经成功了一大半。

第三，显示出冯俐不断突破儿童剧创作“舒适”区的努力。作为一个儿童剧编剧，冯俐一直努力在儿童剧创作领域内“开疆拓土”。作为同行，我很清楚，其实每一个编剧都有自己的创作“舒适”区，也就是自己最熟悉最喜欢更适合写作的领域和题材。在自己最“舒适”的写作区内创作相对容易和安全，也是相对容易成功的。而冯俐敢于大胆、主动地、不停地突破自己的创作“舒适”区，逼着自己痛苦地探索突破，完全不怕失败，不停地扩展自己在儿童剧创作领域的疆界，创作笔锋甚至完全“覆盖”儿童剧观众所有年龄段，这是很不简单的。她的这种创作“舒适”区的探索和突破，体现了其作为儿童剧职业编剧的职业精神。对我们编剧同行也是一个有益的启迪。

（作者系剧作家、中国儿童艺术剧院创作部原主任）

附录 5

生命的力量　暖暖的爱

——音乐剧《小蝴蝶的妈妈在哪里?》观后

（刊发于《中国戏剧》2019 年第十一期）

卢　巍

由中国儿童艺术剧院倾力打造的儿童音乐剧《小蝴蝶的妈妈在哪里?》（编剧冯俐，导演焦刚），自 9 月 28 日首演以来，获得了许多大小朋友的喜爱。这部戏也是近年来儿艺重视小剧场原创作品创作的又一部新作。它既是一部充满了温情的童话，同时又蕴含着丰富的生命哲理。

剧情大意是这样的：蝶儿是一只小毛毛虫，她知道自己长大后会变成蝴蝶。蝶儿没有见过妈妈，可当她看到小喜鹊、小羊、小鸡都有妈妈呵护，便萌发了找妈妈的愿望。可是，另一只毛毛虫却告诉她：我们小蝴蝶是没有妈妈的。

为什么？蝶儿不相信。继续寻找中误把跟自己长得很像的蚕大胖当成了妈妈。一样没有见过妈妈的蚕宝宝们，也因为蝶儿的到来，才知道这世界上有个最爱宝宝、最温暖的妈妈。可是，妈妈在哪儿呢?

蝶儿一边给蚕宝宝们当小妈妈，一边期待着长大、见到妈妈。后来，蝶儿和蚕宝宝都长大了，在寻找妈妈的过程中，自己也都做了妈妈。

作为中国儿艺首部亲子音乐剧，同时也是唯一一部入选 2019 年度文化和旅游部剧本扶持工程项目的儿童剧，《小蝴蝶的妈妈在哪里?》呈现出几大亮点。

一、视听同享，返璞归真感受爱的温暖

该剧在以“暖”作为基调的同时，音乐创作也尝试着探寻用温暖的旋律进行主题诠释。这种“暖”，是一种感受母爱的内心温度。为了让整部作品轻

松有趣，作品中还加入了不同的音乐元素：例如用了一个大号（Tuba）的音色去表现蚕宝宝吃东西的过程，刻画出胖胖的、可爱顽皮的蚕宝宝的形象，同时添加了多种幽默的音效，给观众在熟悉的环境中带来新鲜的体验。

在舞美设计中，用“叶片”将整个舞台铺满，观众仿佛置身于花园之中，跟着“蝶儿”一起开启了寻找妈妈的旅程。每片叶子的叶脉都用荧光色绘制，随着灯光的变换，营造出梦幻的效果。每个成人心里都藏了个孩子，这种斑斓的呈现并不仅仅是为孩子设计的，而是每个人心中所拥有的世界的映象。这种自然梦幻的氛围营造得非常逼真，舞台上的多媒体投影打破了整块屏幕的限制，甚至每个叶片都是一个小的投影幕，让舞台的空间时而深远，时而近在咫尺。

二、放飞想象，用情感触发共鸣

为了给孩子的想象力留更大的空间，《小蝴蝶的妈妈在哪里?》摒弃了装扮性的表演方式，转而探寻人物性格发展和情感浓度的表达。演员设计了区别于舞蹈的肢体表达，用肢体去表现内容，传递情感。在剧中，演员会随时变换自己的角色，因此，在造型上选用了突出生命力、自然、本色的表达方式，用了叶子、蝴蝶翅膀的脉络线条去塑造形象。

当表演者与观众的接触越深入时，往往思想与情感的传递也会更加深入。该剧会聚了剧院赵妍蝶、栾晰、王瑶等9位实力演员，将互动融入在表演之中。梅花奖获得者王瑶不仅在演技上为青年演员做出了榜样，也将老艺术家对艺术的执着精神融入角色和舞台。为了更真实自然地表现蚕的生活状态，寻找剧中将蚕作为孩子一般的母爱，剧组还专门养起了蚕宝宝，使演员更加融入自己的角色，同时也收获了自身的成长。

三、简单活泼又具艺术品质的表现形式，寓意着一个深刻的哲学思考

亲子音乐剧《小蝴蝶的妈妈在哪里?》的受众向低幼儿童倾斜，也是编剧冯俐一直的愿望。为不同年龄的孩子创作适合他们观看的不同的戏剧作品，让孩子们在这个童话世界里去感受母爱的伟大和温暖，而成人可从中思考这

个世界所有的生命是如何延续的。

冯俐认为：“好的儿童剧一定会具备两个条件：足够吸引孩子，足够感动成年人。在探索孩子的世界和情感的过程中，我发现自己不断触摸到生命本身。”冯俐以一位女性作家敏锐的触角和细腻的情怀，让观众感知这部戏最内在的东西是生命的力量，是爱的力量。整部作品不仅充满了浓厚的母爱，还表达了孩子对母亲深深的依恋。在整个观剧过程中，无论大人还是孩子，都看得聚精会神，时而跟随剧情开心一笑，时而为蝶儿的命运黯然神伤。歌舞形式对于孩子而言，更有亲近感，作品中的一些情感、一些哲思也会更易被接受。父母可以陪同孩子一起欣赏、互动；在走出剧场后，孩子们仍愿意与家长交流、思考，在家长的指引下共同成长，不断丰富自己的答案。

该剧的整体音乐风格明亮温暖，令人感到舒适、温暖，契合了该剧的主题。剧中蝶儿对母亲的需要，包括她成为妈妈之后对离开孩子的担忧，最后都归结于爱。整部作品中，对于孩子而言，音乐并没有具象化的表达，通过想象，孩子们可以从音乐中听到很多内容，拓展了他们的想象力。作为儿童剧的音乐创作，剧中诸如“摇篮曲”“吃货之歌”“母鸡之歌”等唱段节奏感很强，旋律朗朗上口，对孩子有很强的吸引力，好的音乐可以让各个年龄段的观众产生共鸣。

特别值得一提的是该剧产生的强大的社会效益。据编剧冯俐介绍，一位大龄知识女性在看完演出后，对孩子和伟大的母爱产生了强烈的共鸣，决心要自己做一回母亲，去感受生命的力量和伟大。

作为第一部亲子音乐剧，《小蝴蝶的妈妈在哪里？》之于家长和孩子的意义，就像是一座桥梁，架起了孩子通往认知世界的道路。孩子在和父母的沟通中，逐渐了解这个世界，正如这部作品，以小见大，从一个毛毛虫去看生命的存在和生命的过程。

（作者系《中国戏剧》副主编）

附录 6

寻找她、学习她、成为她

（刊发于《童·话》2019 年第四期）

张馨月

《小蝴蝶的妈妈在哪里?》的舞台，像一大片透明的海，清澈见底。

云的影子在里面，天的影子在里面，时间流逝、生命轮回都在里面。

坐在观众席上，每个人能看到不同的风景。

孩子认认真真地跟着小蝴蝶找妈妈，成人清清楚楚地见自我，见他人，见过去、未来和现在。

不管看到什么，都很好。因为这片海很诚实、很坦荡，不骗小孩，也不糊弄大人。它就在那儿，由你看，一眼看到水，两眼看到鱼，三眼四眼看到自己……水很深，也很清，谁都能看到他自己心里的东西。

第一幕　寻找她

一个叫蝶儿的小毛毛虫，自己一个虫生活，本来也很快乐，但总会有危险的时候。喜鹊要来吃掉她，她只会孩子气地乞求：“我不好吃、救命啊、我才这么小。”

总算逃脱一劫，看到小羊、小鸟都有妈妈疼爱和保护，她也想要一个妈妈。

可是，没人是她妈妈。

生命的残缺出现了，巨大的难过、不满、不公平。

小观众们正是离不开妈妈的年龄，开始哭泣、拉妈妈手的时候，我邻座一个带小孙女的奶奶，也不断用手匆匆抹泪，是在想她自己的童年和她的妈妈吗?

不管男女，不管多大，谁心里没藏着个孩子呢?

想伸手要妈妈抱，想在孤单害怕的时候有妈妈的怀抱。

蝶儿就这样不断寻找、不断失败、不断伤感、自叹自怜，也不断激发着大小观众的共鸣。

第二幕　学习她

孤单难过的蝶儿，找到了蚕宝宝，本来是想强行认下最胖的蚕宝宝当妈妈的，可是，她比画了半天妈妈的拥抱之后，蚕宝宝们被这个拥抱温暖了，他们集体要认蝶儿当妈妈。

可能经历过失望，才不想让别人失望。经过痛苦，才不想看别人痛苦。

没有妈妈的蝶儿，开始学着当一个妈妈，照顾蚕宝宝们，她学妈妈学得很认真，蚕宝宝们也很投入。

他们在互相温暖。

像过家家一样的游戏，却有点让人泪目。

像是有一盏灯，照亮了上一幕的伤感。原来残缺的生命，可以自我圆满。

祈求爱的我们，可以成为爱本身。

第三幕　成为她

茧是束缚，也孕育着生命；是蚕和毛毛虫的结束，也是蛾和蝴蝶的新生。

舞台上，灯光透过茧壳，有一段让人惊艳的生命舞蹈，是挣扎、是释然；是反抗、是理解；是死、是生。

蚕宝宝变成会飞的蛾，蝶儿也变成了美丽的蝴蝶。

她兴奋地邀请蛾子们一起舞动着翅膀去找妈妈，她说飞起来会更容易找到妈妈——但蛾子们拒绝了。

最温柔、最有生命力的旋律出现了，蛾子们齐声唱着：“有一种声音告诉我们，现在是开花的时间。有一种声音告诉我们，现在是绽放的时间。”蛾子们要爱情浪漫、蛾子们要生命延续、蛾子们要做爸爸妈妈。

这是舞台上最灿烂的时刻，像阳光，驱散了曾经所有的遗憾、残缺、不满。蛾子们开始创造生命了。

阳光也照亮了蝶儿，她放下了必须弥补遗憾的想法，开始创造生命、创造美好。

蝶儿自己做了妈妈，亲自创造了生命。但在宝宝们长大之前，她自己的生命也要结束了。在不得不离开孩子的时候，她理解了妈妈——那个从前舍不得离开自己的妈妈。

回归天国，回归母亲。那是安宁的一刻。

寻找她、学习她、成为她。

“她”可以是妈妈，可以是爱，可以是梦想，可以是最具体的人和事，可以是生命的终极意义。

对，一部面向低幼儿童的音乐剧，真的做到了这样。

“佛以一音演说法，众生随类各得解”，一个好的作品，也能以一种面目出现，却给一万个观众一万种解读。

不管是孩子是成人，不管他现在看到了哪个角度，都是成长过程中，温柔而有力的一个回忆。

因为她够诚实、够勇敢，所以容得下生、死、好、坏。

儿童剧，强调美好的多，直面现实的少，据说是怕孩子们接受不了。其实，实相无论多残酷都是善良的，因为它能导向坚强。虚假的美好和干净，在它面前苍白无力。

有些在童年时代滋养过我们的童话，在我们长大后成了看清生活的障碍。小蝴蝶和她的朋友们，是另一种童话。好看、灵动、有趣，孩子们喜欢。长大以后也会喜欢、会更喜欢。在这个孩子的一生，这个童话，都会给他力量。

（本文作者系青年编剧）

附录 7

爱与死亡——会消失的妈妈

（刊发于《童·话》2019 年第四期）

余　桐

北京的初秋，在中国儿艺的小剧场里，有一只小蝴蝶在寻找着妈妈。

我坐在观众席中，身边是一群兴奋的孩子，他们叽叽喳喳地随着剧情发出欢呼，发出惊叹，发出自己的疑问。大部分孩子，都坐在妈妈身边。妈妈时不时地摸摸他们的额头，看看需不需要增减衣物，或者小声为孩子们解答着剧情，又不厌其烦地制止着调皮的孩子不要过于兴奋打扰到演出。我身边坐着的，是一群幸福的孩子，他们叽叽喳喳浑然不觉，不知道当他们看着台上的小蝴蝶焦急地寻找着妈妈时，会不会注意到坐在自己身边时刻关心着他们的妈妈。

毕竟，在孩子的脑海中，妈妈是不需要寻找的，妈妈是那个天然就存在的，永远在给予着爱，永远会回答孩子的呼唤，而且永远也不会消失的存在。

舞台上的小蝴蝶，却有一个消失的妈妈——整部戏最让我受到触动的地方就在这里，我们的儿童剧，终于温柔地向孩子们提起了死亡。

爱与死亡是成人文学当中永恒的主题，这个主题涵盖了波澜壮阔的情感，无论是在文学还是戏剧当中，这两个主题给了我们很多刻骨铭心的审美体验。而到了儿童剧当中，许许多多的作品都在将“爱”这个概念狭窄化，将爱具体为母爱，父爱，友情的爱。“死亡”这个概念，更是鲜少出现在讨论范围当中。在刘绪源的《儿童文学三大母题》一书中提到：随着儿童的成长，其心理侧重必然发生位移，对于“母爱”的关怀渐渐转向“情爱”，对于未来的遥望则渐渐被越来越沉重的现实感所淹没，以至被“死”的忧虑替代。

我们究竟应该如何帮助孩子做好这些准备呢？那就是用温柔的方式将一切都告诉他们。

《小蝴蝶的妈妈在哪里?》讲述了一只叫蝶儿的毛毛虫蜕变化蝶的故事，

在成长的过程中，她看到小喜鹊、小羊、小鸡都有妈妈的保护，于是便开始寻找自己的妈妈。她并不知道妈妈是什么，只是通过别的小动物来还原妈妈的形象，妈妈会保护她的孩子，妈妈会安慰她的孩子，妈妈永远也不会离开她的孩子。她一次又一次地受挫，却又在寻找中成长着，直到她完成自己的人生旅程，蜕变化蝶，并且生下了自己的宝宝之后，才终于明白，原来自己的妈妈注定无法陪伴自己成长。美丽的蝴蝶将会在生下自己的宝宝后死去。带给孩子生命，便已经付出了母亲的生命。

在演出形式上，音乐与多媒体的配合，让整个舞台氛围温暖而欢快。演员出色的表演更是让小蝴蝶、小喜鹊、蚕宝宝等形象都变得生动又有趣。而更为出色的剧本本身，则为该剧提供了更加深刻的思想内涵。

在一部儿童戏剧中，探讨爱与死亡并不是一件容易的事情。因此好的儿童戏剧作品，并不低于成人的戏剧。爱是广阔的，是能够给人力量的，在蝶儿寻找妈妈的过程中，她看到了母爱的模样，感受到了朋友之间的爱。她蜕变化蝶成为一只蝴蝶之后，遇到了自己的爱人，她明白了情爱是什么。而在她自己成为母亲之后，她似乎回到了原点，却又站在了更高处，她体验到了一种无可替代的爱。而死亡，是一个生命的终结，却从来不是爱的终结。

更为巧妙的是，这部儿童剧借由蝶儿这个毛毛虫的形象来完成了这一探讨，在蝶儿寻找妈妈的过程中，带着观众认识了各种各样的小动物，将整部剧的语境放在了自然当中。坐在剧场里的孩子们，观众们，是这场寻找的见证者。这会在审美当中为孩子们提供一种“超脱感”，是啊，毕竟在整个自然当中，人类是多么渺小，当作者借由毛毛虫“蝶儿”来讨论爱与死亡这样残酷的话题时，也不会让孩子们感到恐惧。

儿童戏剧自然有其教育作用，但戏剧作为一种艺术形式，其最重要的作用还是审美的体验，丰富的审美体验才会让孩子的内心更加温柔和坚韧，《小蝴蝶的妈妈在哪里?》正是这样一部内涵丰富的作品。

演出快要结尾时，小蝴蝶问观众：小朋友们，你们都有妈妈吗？孩子们笑成一片，大声回答：当然啦！

希望等孩子们长大一点，再长大一点时，一定要记起这无忧无虑的一刻。

（作者系青年编剧）

附录 8

爱的力量

（刊发于《童·话》2019 年第四期）

张　雪

提及妈妈，总会有阵阵暖流涌上心头。母亲，是所有孩子从呱呱坠地开始就无比依赖也无可替代的角色。成年人尝试用多种形式向孩子们诠释母爱，其中不乏众多经典的儿歌与故事。我想到自己儿时就会唱的那首大家都耳熟能详的《世上只有妈妈好》，短短几句歌词，道出了每个孩子内心的声音。母亲的怀抱，的确是最幸福的港湾。又想起每个孩子都读过的安东尼·布朗的绘本《我妈妈》，夸张的画风将母亲积极多面的形象展现得淋漓尽致。没错，每个小朋友心中妈妈的形象都风格各异，却都是孩子心中最好的妈妈。这次观看儿童音乐剧《小蝴蝶的妈妈在哪里?》，同样是关于母爱的主题，却带给我很多新的思考。

这部关于母爱的亲子剧实在是太温暖了！《小蝴蝶的妈妈在哪里?》中无处不在体现着这样一种浓浓的温情。小喜鹊、小羊还有小鸡的妈妈，为孩子们找寻食物，抵挡危险，每一位母亲都表现出了对孩子无私的保护与关爱。本剧最特别的设计是主人公蝶儿的妈妈，蝶儿与妈妈素未谋面，在一路的找寻中，她慢慢发现母爱，感受母爱并将母爱传递下去。如此的剧情，更加烘托出了母爱溢于言表的伟大，令人感动至极。我从整个音乐剧的表演中，从母亲形象的塑造上，都体会到了创作者对于母爱的敬仰与敬畏，也感受到亲子音乐剧植根于中国文化的力量。作为幼教工作者，虽然熟知来自不同国家多种多样的儿童教育理念，可是将教育的初心慢慢沉淀下来后，我们会发现其实中国传统文化中有更多值得传递与颂扬的内容。看剧的时候一个小小的细节很是打动我，当台上的演员一字一顿地对着观众重复“我爱你”这句台词时，有位可爱的小朋友对着舞台大声回应“我也爱你!”声音稚嫩却情真意切。爱真的一点都不复杂，不管几岁都能真真切切地感受到。血脉相连，亲情最是无私宝贵，值得我们所有人珍藏在心底。这些深深植根于文化中的信念，就是我们带给孩子最好的教育。

其实刚刚看到这部亲子音乐剧的剧名，我便联想到了经典的儿童动画《小蝌蚪找妈妈》。小青蛙和小蝴蝶，不就是最适合给孩子们讲解生命周期的角色吗？孩子们都喜爱小动物，也对动物们充满浓厚的兴趣，单从选题上来讲，小蝴蝶这样一个充满生命力的角色就足以牢牢抓住小观众们的眼球，我想这一定也是艾瑞·卡尔的经典绘本《好饿的毛毛虫》能一直经久不衰的原因。孩子天生就对生命充满了好奇，四五岁的孩子更是到了对生死产生疑问的阶段，我从哪里来，我又会向哪里去？什么是死亡？如果妈妈死了怎么办？这些可都是孩子们极有可能提出的问题。我记得不止一次，有家长焦虑地向我提问，不知道如何向孩子解释死亡这一课题。也有孩子刚刚接触生死这个概念，就因为担心妈妈死去而睡不着觉。《小蝴蝶的妈妈在哪里?》用最温情的方式诠释了生命这一生生不息的现象，就像歌词里唱的那样：无论你在哪里，你都在我的视线里；无论我在哪里，我都在你的生命里。我们也会用同样的方式讲给孩子，每个人都会死亡，妈妈也是，但每个人都会长大，变得勇敢且独立。会有很多的朋友，还会有自己的孩子，总之，会有很多的爱一路相伴。剧中表达的内容，不仅仅是讲给孩子，更是展现给大人，生命的力量与含义。

这部剧让我感受最深刻的部分是关于个体的成长。很感慨当蝶儿自己做了母亲后，对于母爱的理解与释怀。寻找妈妈的过程，有坎坷，也有茫然。虽然没有见到过自己的母亲，但那脑海中一点一点勾勒出的母亲和蔼可亲的样子，在蝶儿心中越来越清晰。蝶儿带着这份爱与信仰，蜕变成了更好的自己。母爱是出于本能，所有的妈妈都深爱自己的孩子。不管母爱是否由于各种原因有所缺失，每个人都应该充分相信这份爱的存在，更好地生活。现代教育中关于原生家庭的讨论很多，人们很容易将自己身上的问题归因于自己的原生家庭，从而无法更好地正视现状，改变自己。个体心理学之父阿德勒在《自卑与超越》一书的其中一章中描述了母亲的角色，他认为母亲这个角色非常重要，对个体的影响极为深远。但一个人最终成为怎样的自我，与其个人经历以及他如何诠释这些经历有着更为紧密的联系。我从《小蝴蝶的妈妈在哪里?》中感受到的，是母爱那种无法朝夕相伴却始终一路相随的温暖，是蝶儿通过自己的生活经历所收获的无限成长。每一位母亲能带给孩子的，一定都是她用尽全力做到的最好的样子。成长是人生的必修课，每个人都有自己的人生，都可以选择带着爱坚定地前行。

可爱的小动物、美妙的舞台还有妈妈满满的爱，大概是孩子眼中这部音乐剧的样子吧。于他们而言，看完这部剧，对妈妈的喜爱一定在心头又多了一点点，对母爱的理解，一定在脑海中又清晰了几分。对成年人来说，这部剧真是既有欢笑也有泪水。最深的触动，终究还是关乎于爱，不仅是母爱，也是人世间所有无私而伟大的爱，富含着永不停歇的生命力，带动着我们前行，生生不息。

（作者系青年幼儿教育工作者，研究生毕业于美国堪萨斯大学学前教育及特殊教育专业）

附录 9

儿童戏剧诠释爱与生命意义

——品评亲子音乐剧《小蝴蝶的妈妈在哪里?》

乔燕冰

作为第十七届中国戏剧节唯一入选的儿童剧，中国儿童艺术剧院亲子音乐剧《小蝴蝶的妈妈在哪里?》还担当了本届戏剧节的闭幕式演出。令人意外的是，这部建议观剧年龄“两岁半”的儿童剧，竟然征服了全场大小观众包括专家学者们。

彩蝶翻飞，雾气缭绕间，在枝叶扶疏、光影斑斓、郁郁葱葱的自然之境，刚刚还举着蝴蝶指偶在观众席上飞舞着与孩子们互动的演员仿佛要开始讲故事了：“这是一个童话故事，可能发生在任何时候任何地方……”但一个转身，女主角戴上一只小小的触角发卡，就成了主人公毛毛虫蝶儿。台上另外六个演员，一会儿是喜鹊母子、绵羊母子、鸡妈妈和鸡宝宝，一会儿是蛇、青蛙、毛毛虫男宝宝、蚕大胖蚕二胖蚕三胖蚕四胖，一会儿又成了妈妈天使、孩子精灵、蚕茧、蚕蛹、蛾子和美丽的蝴蝶……这种随时可带着小朋友出戏又入戏的自由跳荡和充分利用戏剧假定性的自信和匠心，令整场演出充满呼吸感地入乎其内——徜徉美妙多彩的自然世界，与蝶儿一起开启一场寻找妈妈之旅；出乎其外——同这场寻母之旅一起展开关于爱、关于生命的思考与关怀的探索之行，让孩子和家长欣然地在出入之间获得感性愉悦与理性收获。

小喜鹊、小羊、小鸡都有妈妈呵护，我有妈妈吗？我的妈妈在哪里？羡慕其他小动物有妈妈疼爱，一个叫蝶儿的小毛毛虫开始了找妈妈之旅。这一过程也是小毛毛虫变身蝴蝶的过程，而当蝶儿终于变成蝴蝶并自己做了妈妈，才明白妈妈在生下她的那一刻就离开了她，也才明白小蝴蝶没有妈妈的宿命。这便是该剧简单而有意味的故事。

自然界中，繁衍完后代随即死去的动物有很多，如雌性大马哈鱼在交配完成后就会死去，由雄性能量耗尽保护他们的卵。雌性深海章鱼一生几乎都在保护自己的卵，并在此程中不进食直至死亡。还有拉堡德变色龙等一些鱼类，袋鼬等一些鼠类，蝶、蚕、萤火虫等昆虫类，等等，雌性皆在繁殖结束便面临死亡，以致孩子永远见不到妈妈。

从“庄周梦蝶”到“梁祝化蝶”，从入驻词牌的《蝶恋花》到以各种姿态被入诗入画，蝴蝶这一形象早已被赋予浪漫调性，更于创作中彰显着中国人特有的含蓄而多彩的诗性。该剧选择蝴蝶作为生命主体，演绎成长故事，更贴近中国人古而有之的审美趣味。蝴蝶的美丽及母亲的温柔天然相契，也更接近孩子的情感。同时，该剧以蝴蝶为生命主体，创造温暖有趣的童话世界，不仅可以避免孩子直接面对生死话题的残酷，也利于更好地生成温馨气质和浪漫情愫，从而满足孩子的童真追求，传达童话精神。

简单的剧情，像极了孩子单纯洁净的心，剧中贯穿始终的“妈妈，抱抱”“好温暖”等几句反复重申的唱词，也正是孩子生命世界的情感诉求，更或许是成人世界需要回归的最朴素的本真情感。这些，足以让剧场内孩子和妈妈忍不住要“抱抱”，并感同身受泪水夺目；成人观众无一例外地会忆起母亲；许多年轻女性观众或许会生出做母亲的愿望；饱经沧桑的成年人或许会在观众席上悄然泪流满面又在全剧结束时生出深沉的释怀之感……感动的同时，他们可能获得更多。

母爱亲情是文艺创作的永恒母题，通常的儿童剧创作往往聚焦于母爱的伟大，该剧恰恰在此基础上逆向而行，从孩子的视角出发，不仅探讨母爱的无私深沉，更着力表现孩子对母爱的需求与渴望，以及孩子眼中成长和整个生命序列中母亲应有的形象与角色。更为重要的是，该剧以母爱这个对孩子来说最直接有效的情感入口，通过蝴蝶的成长，观照生命发生、发展以及完结的整个过程，探讨生命中的付出与奉献、关爱与牵挂、需要与被需要、相聚与分离、永别与生生不息等情感境遇，展开生命教育。

在中国向来忌谈生死的传统文化背景下，生命教育非常缺失的现状中，大胆地在儿童戏剧中直面生死，与其说是需要勇气，不如说更需要智慧。该剧以孩子喜欢的歌舞和童话方式，以孩子的思维方式和行为方式，向所有人提出了我是谁、我从哪里来、我到哪里去这一恒久的哲学命题。既能让两三岁孩子获得美轮美奂的享受和童趣惊奇，又能让成年人沉浸其中并感悟到庄子“鼓盆而歌”式的通透与了然。

“好的儿童剧一定具备两个条件：足够吸引孩子，足够感动成年人。越接近孩子，我发现自己越会触摸到生命本身。”编剧冯俐说，“不要走在我前边，不要走在我后边，请走在我的身边做我的朋友。加谬这句话应该成为儿童剧创作的立场。儿童戏剧更接近世界的本质，孩子提出的问题往往是我们一生都萦绕在心的问题，也是我们会终极一生寻找答案的问题。”导演焦刚的观点则是：“这个戏不仅仅是和孩子沟通，还是和全年龄的人在沟通——关于生命话题的沟通。每个人都有对生命、对这个世界的知情权。没有因为你小就不告诉你。不管你是刚刚触摸人生还是刚刚经历人生或者回望你的人生，在任何一个节点上，人都可以对生命充满想象。”

从两代蝴蝶生命从发生到终结，清晰地透视出生命简单而循环往复的周期和历程。而从小小毛毛虫朴素笨拙，对一切无知与怯懦，只想索取爱与保护；到慢慢长大，身体生理上的蜕变，到对自然以及情感的认知；到最后经历痛苦化茧成蝶，拥有美丽找到伴侣成为母亲并终结生命，懂得爱与付出，体味了生命的伟大。借蝴蝶短暂的一生，该剧以艺术的、温婉的方式实现了生命的祛魅与复魅，通过艺术的诗意创造和情感关怀，教孩子甚至家长认识、欣赏、尊重和珍爱生命，探索生命的意义，从而感知和实现生命的价值。

妈妈的生命“也许只能陪着孩子走到这里了”，但是，“无论你在哪里，你都在我的视线里；无论我在哪里，我都在你的生命里！”

这部“低幼”儿童剧作品不禁让人思索，在戏剧创作的视野中反思作为“全人”教育的生命教育，或许更能意识到广义地实践戏剧对于生命存在的求索与关切，实现戏剧的生命观照和人文关怀，正是戏剧乃至艺术创作的价值基点与终极旨归。

（作者系《中国艺术报》编辑、记者）

送给孩子们的朗诵剧

唤　福

——梦中童话

编剧　冯　俐

首播时间：2020 年 2 月 4 日

中国儿童艺术剧院公众号（多家主流媒体线上转发）

演出单位：中国儿童艺术剧院

导演：毛尔南

演员：薛白　刘晓明　王俪桦　唐妍　常若曦

发表：《剧本》2020 年第三期

入选：2020 年全国“抗疫”重点剧目

出版：人民文学出版社、天天出版社（绘本）《是朋友　不是野味》

这是一部产生于 2020 年 2 月初、疫情最紧张期间的作品。由中国儿童艺术剧院艺术家们录制成音频作品，献给被疫情禁足在家的孩子们。

本剧音频通过中国儿艺公众号推送，很快点击量过万，随即被“人民网”“新华网”“学习强国”等近 10 家主流媒体线上转发，点击量突破 50 万，社会各界反响强烈。

一些地方文化馆、艺术学校等机构来电询问：可否排演此剧？为服务更多孩子，让这部有特殊意义的作品更多服务于社会，中国儿艺声明：放弃独家演出权。作者冯俐声明：放弃该作品获取报酬权。任何文化机构及单位均可无偿排演朗诵剧《唤福》。

迄今，已有多家机构和学校排演了这部作品。

人　　物：女人。

果子狸。

大雁。

猫。

蝙蝠。

女　人　　这些天，我一直跟你们一样
在家里乖乖地待着
手机里消息，总让我又心疼又难过
我看到那么多人生了重病
我看到许多医生叔叔、护士阿姨
没日没夜地救人
再累也不能摘下护眼镜
只能穿着防护衣在地上躺着
我好难过，不能为他们做什么
哦，可恶的病毒
哦，可恶的传播者

果子狸　　（怯生生地）真的不怪我！

女　人　　我吃惊地看到，床前
一只小动物正“咻咻”地吸着粉红色的小鼻子
用乌溜溜的眼睛望着我
你是谁？

果子狸　　你不认识我吗？
刚才你还在手机上搜过我
我是果子狸……
别怕，别怕，我就乖乖地站在原地
我只想跟你说几句话
我知道，你可以告诉许多小朋友和他们的爸爸妈妈
我也有妈妈，我的妈妈……是被人抓走的
当时它拼命地跑，它说它不想被杀死
它也不想让吃它的人得病
它把我推到草丛里，自己继续拼命跑
最后，还是落到了人们布好的圈套
从那以后我就再也没有见过它
再后来，我的爸爸和许多小伙伴也死了
我躲在草丛里看到，它们没有被吃掉

而是被埋在又大又深的土坑里……
为什么呀？我们祖祖辈辈生活在遥远的山林
从不走近人群
为什么要找上门来抓我们、吃我们？
又要怪我们、杀我们？
你知道吗？很小的时候，我妈妈就告诉我
哪些东西能吃、哪些东西不能吃
那些吃我们的人
他们的妈妈没有告诉过他们吗？
那些吃我们的人，害了自己也害了别人
现在，那么多无辜的人得了病
我真的很难过
我知道他们是无辜的，就像我的爸爸和我的小伙伴们
我们也是无辜的，真的不怪我们！
求你，告诉小朋友和他们的爸爸妈妈
不要再伤害我们
不伤害我们，就不会伤害自己

大　雁　野生动物不叫野味！

女　人　一只大雁出现在窗外
它喊着
它的一只翅膀在流血

大　雁　野生动物不是人类的野味
野生动物也是孩子和妈妈
救救我，让我可以飞回家
家里有我三个刚刚出生的孩子
没有我，它们……它们都会饿死的……

女　人　我打开窗，拿出药箱
为这只受伤的大雁包扎
它把长长的脖子搭在我的肩头
浑身颤抖却一连声地说：谢谢，谢谢啦！

猫　　　　（带着哭腔）

妈妈——妈妈……

女　人　　咪咪？是你在哭吗？别撒娇

妈妈替大雁治好伤，就洗手给你拿吃的

还有你，小小的果子狸

你也饿了吧？等一下我上网看看你的食物是什么。

猫　　　　（像孩子一样哭诉）

妈妈，为什么一有坏事就找动物算账？

为什么不让好人去做所有小猫小狗的妈妈！

刚才小麻雀告诉我：

小旺被它妈妈扔掉的时候还在亲它妈妈的手

正捉老鼠的小白和小黑被当作老鼠一样……

妈妈，为什么要伤害那么多动物

小猫小狗就算生病也很容易治好

妈妈，我每天陪你一起看电视、看手机

就算不能做什么

总可以陪着你一起难过……

妈妈……把我告诉你的秘密告诉所有人吧

告诉他们：猫猫狗狗留在人类身边

只是不舍得人们太寂寞……

大　雁　　寂寞？

我第一次听说

原来，猫猫狗狗留在人类身边

是不舍得人们太寂寞

什么是寂寞？

猫　　　　我的妈妈可不是因为寂寞

她是在路边救的我

那时候我又小又脏又有病

妈妈救了我，养了我，妈妈爱我……

（惊呼）天哪！蝙蝠！

果子狸　天哪！蝙蝠！
你你你……现在人类恨你
比当年恨我们……还要恨
大　雁　天哪！蝙蝠！
你是出来找死吗？
女　人　我也看到了……这只蝙蝠
我惊呆了
它是、它是从我贴的窗花里飞出来的
年前，我用红纸剪了窗花
五只蝙蝠围绕着一个福字——五福临门
现在，窗花上只剩下了一个福字
那四只蝙蝠都不见了
站在我面前的，是第五只
它活了！
蝙　蝠　别担心，大雁妈妈
我不是一般的蝙蝠
我是五福临门的蝙蝠
看到没有，五只蝙蝠围绕着一个福字，叫五福临门
猫　另外四只蝙蝠呢？
我妈妈用红纸剪出来的蝙蝠
它们几个去哪儿了？
蝙　蝠　唉，它们走啦
不愿意再做守护神了
我本来也要走
可突然听到你的那句话……
猫咪，你在叫我之前说的是什么？
猫　嗯——我说
我的妈妈可不是因为寂寞
她是在路边救的我
那时候我又小又脏又有病

妈妈救了我，养了我，妈妈爱我……

蝙　蝠　对，妈妈爱你！

所以我留下

这个世界上只要还有人爱动物

我们就有理由守护人类

你们知道吗，在很久以前

人类的老祖宗跟自然万物

无论美的丑的，都能和平相处

中国人的老祖宗更聪明

把有害病毒，封印在我们身上

也把守护的责任，放在我们身上

然后把我们画得美美的

供起来代表所有的吉祥

福至归堂、福禄寿禧

跟石榴在一起，就是多子多福

跟鱼儿在一起，就是福庆有余

把我们放在云彩上

那就是福运绵绵！洪福齐天！

大　雁　还说这些有啥用？

一样……会被赶尽杀绝

果子狸　就跟我们一样……

被赶尽杀绝

大　雁　我们也快了

不是因为有毒

而是因为……有人喜欢吃野味

野味？我们是自由的动物

我们是自由的生命

我们是，我们孩子的爸爸和妈妈！

果子狸　那个……蝙蝠爷爷

是不是，你跟外面那些不一样？

外面的那些，才是人们喜欢吃又讨厌看的真蝙蝠？

蝙　蝠　一样，一样
所以我的那四个伙伴才会离开
有人不断捕杀我们的同族
不断地让我们的子孙无家可归
你们看看，那些老屋上的蝙蝠
那些老物件上的蝙蝠
都越来越少了吧？
人的福气越来越少啦
刚才，小猫咪说它的妈妈爱它
所以我必须留下
只要有人爱动物
我们就不能离开

女　人　蝙蝠把它亮晶晶的眼睛转向我
它对我说：请你告诉大家
不要再去伤害动物
不仅仅是蝙蝠
还有大到鲸鱼小到蚂蚱的所有生命
人哪，别把属于自己的福气都吃尽杀光

蝙　蝠　告诉大家
不要再去伤害动物
不仅仅是蝙蝠
还有大到鲸鱼小到蚂蚱的所有生命
人哪，别把属于自己的福气都吃尽杀光
人哪，别把属于自己的福气都吃尽杀光

女　人　突然，又有一只蝙蝠飞回来了
它说它必须回来，因为它看到
有个姐姐戴着口罩、把干净的水和猫粮
放在公园的草地上……
它说：只要有人爱动物

我们就不能离开
它们说：我们会叫回另外三只蝙蝠
一起佑护善良的人们
永远五福临门……

我睁开眼睛，看到窗户上
五只美丽的蝙蝠正团团地围着大红的福字
它们真的都回来了
猫咪在窗台上看着我
仿佛在说
妈妈，把这个故事讲给小朋友们听一听吧

小朋友，我这梦里的童话
你们听懂了吗?
珍爱生命，是福!

剧　终

附录

一部作品，一群人的情怀

（发表于《文艺报》2020 年 2 月 17 日）

冯　俐

（面对严峻的疫情形势，中国儿艺的老中青三代艺术家用不到 50 个小时的时间送给孩子们一部朗诵剧《唤福——梦中童话》。该剧由中国儿艺副院长、剧作家冯俐编剧，毛尔南导演，邹野配乐，薛白、唐妍、王俪桦、常若曦、刘晓明朗诵，通过小果子狸、大雁妈妈、猫和蝙蝠的对话，讲述人与动物和谐相处的道理，告诫人们要敬畏自然，珍重生命。这部“送给孩子们的朗诵剧”是如何诞生的呢?）

《唤福——梦中童话》，中国儿艺这部“送给孩子们的朗诵剧”一经推出，即引起广泛的社会反响。15 分钟的作品，却令所有听它的人动情、动容。“多维度的视角，不仅孩子需要，成人也需要。文学给人们提供了多重的价值观念，带给人共情的感受，这才是文学的意义。跟娃一起听了两遍，感动，朗诵剧，情感的力量更大，诗情也更浓郁，直抵人心。”“虽是儿童剧，写的却是大自然，歌颂的是大生命，让孩子们从大爱出发，这是大境界。赞叹自然，赞美生命，怎一个悲悯了得? 致敬中国儿艺!”“希望孩子们还有他们的父母都能听到它，善待生命，敬畏自然，和谐共处，才能五福临门。”在无数文艺工作者都在以自己的方式，为这场抗击疫情的战斗呐喊、助威的时候，中国儿艺的朗诵剧给人们带来了更多震撼、更多沉静、更多深思、更多情感和更多属于艺术的隽永……在这部作品获得广泛好评，起到了它应该起到的作用的时候，我想我还应该讲一讲这背后的故事，讲一讲中国儿艺作为一个群体的情怀。

中国儿艺 1 月 24 日发出通告，取消了 1 月 24 日至 2 月 2 日大小剧场三个剧目的十几场演出。1 月 27 日第二次发出通告，取消了直到 2 月 16 日的三个剧目演出。整个春节假期，包括初一，成为所有人都不出门的日子，中国儿艺票房工作人员全天值班，为观众办理了 16 台剧目 68 场演出的网上退票，也包括现场窗口退票。1 月 31 日，院班子召开微信视频会，研究后面的取消演出及恢复演出的合理安排，以保证疫情一过，让孩子们尽快有戏看。当时看，2 月 16 日之后的一轮演出还是要取消。明明是众所周知的原因，大家还是不忍心马上发出第三次“取消演出公告”。

从 1 月 30 日开始，文化和旅游部的“艺术头条”就推出了一天一期的“艺术战‘疫’”专栏。这期间，剧院每天积极约稿投稿。2 月 2 日，剧院负责演出的副院长赵寒冰向尹院长提出：可在发布“取消演出公告”的时候，推出一期中国儿艺的抗疫作品，是对观众们的问候，也表明儿艺的情感和态度。同时还提议创作一个朗诵作品由剧院演员们完成。尹晓东院长给我发来语音，说了这个想法，希望我能写这段朗诵。我回话说：“建议非常好，这的确是我们应该做的。但应该有属于中国儿艺的、独特、真诚的表达。”

我知道我会写成一个朗诵剧，毕竟，中国儿艺是以“剧”立身的。疫情发生后，我一直都在想：这次疫情之后，我们最应该告诉孩子们什么？应该告诉他们敬畏自然、珍爱生命！这个生命不仅仅指人，而是自然万物。应该告诉孩子们“太阳下面所有生命都有自由生活、快乐成长的权利”。同样是蝙蝠，为什么我们的祖先会视它为吉祥、视它为“福”，还把它做成我们的守护者？如果恭王府的一万只蝙蝠活了，它们是会留下来继续守护我们，还是会永远离开嗜杀贪吃的今人？纹饰中的蝙蝠活了！成为我这次创作的引爆点。于是，我写了一只“五福临门”窗花上的蝙蝠，写了它想要离去和留下来的理由。当然，我还写了果子狸、猫和大雁，在剧里，它们以它们的无辜、它们的无助、它们的凄惨命运和绝望呼救、它们的善良，来唤起小朋友们的同情心、改变人们对它们的认识，建立与它们的情感，从而学会善待一切生命。从而表达出，只有当人放下贪婪、放下傲慢，学会与自然和谐相处的时候，人类才会有希望。

但开始在电脑前敲字的时候，我真的没有把握能不能够完成？能不能完成好？同时，我也不敢肯定完成后是不是符合出品人的“尺度”。这些天，一些外地的演员朋友向我求助，让我帮他们找适合朗诵的文本。大家都想为抗疫出力，更多需要直接、昂扬的表达。但我的故事是写给孩子们的，孩子是喜欢听故事的……

深夜，初稿写完了，我微信发给尹院长审稿。早晨 7 点刚过，我收到尹院长短信："太好了！就这么做!"那一刻我真是深感欣慰。作为剧院主要负责人，我们在对作品思想性、艺术性的追求上总会步调一致。在剧院作品不断追求主题、形式的多样性方面，我们始终有着高度的共识。特别是 2017 年，《山羊不吃天堂草》的导演查明哲提出：儿童剧不回避苦难，追求思想性，要把它做成给少年甚至青年观众的"成长戏剧"时，就是出品人下的决心。后来，他还在"出品人的话"中说："在今天更多的儿童剧趋向低龄化、娱乐化时，中国儿艺把情怀投向了少年这个更需要关注和关怀的群体。这是戏剧艺术家和国家院团应有的文化担当。""尽管现实题材的作品还没有成为儿童剧消费市场的主体，青少年还没有更多地成为戏剧的主人公，但是他们需要通过戏剧来了解更加广阔的社会生活，从而接受成长过程中不可或缺的人格教育。这需要我们大家都有一点文化定力和耐心。"这就是"一切为了孩子"的情怀！这就是儿艺 60 多年来，不断地以古今中外优秀题材，为上到青少年下到婴幼儿的所有孩子提供最好艺术作品的情怀。

用形象、用情感表达思想，是艺术作品的生命之所在。一切为了孩子!这部作品代表了中国儿艺一群人的情怀。这部作品代表着中国儿艺全体演职员共同的情感和心声。

现实题材童话剧

萤火虫姐弟历险记

编剧　冯　俐

首演时间：2020 年 12 月 19 日

首演地点：北京中国儿童艺术剧院中国儿童剧场

演出单位：中国儿童艺术剧院

导演：毛尔南

领衔主演：唐妍/常若曦　井冈山/徐元博　刘晓明/常进

入选：文化和旅游部庆祝中国共产党成立 100 周年“百年百部”重点创作剧目

2020 年全国现实题材创作重点创作剧目

“全国脱贫攻坚舞台艺术优秀剧目展演”示范性演出

获奖：中国文化艺术政府奖·第四届动漫奖

发表：《新剧本》2021 年第二期

时　　间：当代。

地　　点：城市与乡村。现实空间与童话空间交织。

人　　物：小姐姐——雌性萤火虫，从幼虫到成虫。

小弟弟——雄性萤火虫，从幼虫到成虫。

小　萤——萤火虫小姐姐、小弟弟的妈妈，曾是女孩曼曼的宠物。

夜精灵们（分别为忧伤精灵、知足精灵、顽皮精灵）。

蚂蚁们。

田鼠。

蜘蛛。

怪味公公（土地公公之一）。

怪味土精灵们。

蝉。

雨精灵们。

麻雀。

伤心公公（土地公公之二）。

伤心土精灵们。

蚯蚓们。

开心公公（土地公公之三）。

开心土精灵们。

曼曼——女孩。三四年级学生。活泼，浪漫，多愁善感。

小哲——男孩。三四年级学生。爱思考，像个小哲学家。

小科——男孩。四五年级学生。像个小科学家。

科学家——小科的爸爸。专门研究萤火虫的科学家。

过路烧烤小贩。

注：剧本中，台词与唱词没有具体区分，待与导演、作曲家共同商定。

序

［静谧的音乐若有若无，舞台上出现星星点点的流萤，直到成片。

［突然，观众席入场门打开，曼曼抱着一只玻璃瓶边跑（仿佛在小区里）边大声喊。

曼　曼　不换不换我不换！

［小哲追上。

小　哲　两盒巧克力！

曼　曼　不换！早知道就不让你看我的小萤了！你喜欢萤火虫可以让你爸妈从网上给你买。

小　哲　我才不会让我爸妈买萤火虫呢！没有买卖，就没有杀害！

［曼曼一愣。

小　哲　就是因为有人买萤火虫，才会有那么多人去捉萤火虫……

曼　曼　可你刚才明明也想要！

小　哲　我……我要，是想把它放掉。你把它关在这小瓶子里，跟把动物关在动物园里一样，多可怜呀！就好比现在把你也关在一个笼子里，一辈子待在里面……

曼　曼　小萤是我的朋友！

小　哲　朋友会把朋友关起来吗？它属于大自然。所有的动物都应该是自由的！

曼　曼　可是……小萤喜欢我陪着它。

小　哲　是吗？

曼　曼　（换说法）小萤喜欢陪着我，它会在我床边一直亮……

小　哲　它闪亮是为了寻找它的伙伴！不是为了给你做床头灯！不然，它为什么一直不吃也不喝地躲在角落里？

曼　曼　……也许它不饿，你看它的肚子大大的……

小　哲　你昨天说过，它来两天了，什么都不吃……

曼　曼　（对瓶子里的萤火虫）小萤，你真的不开心吗？

小　哲　我养过一只麻雀，是一个叔叔捉了送给我的。我爸爸说麻雀是自由的动物，养不活，可我不信。结果，它一直不吃不喝，活活把自己饿死……过几天，等它死在瓶子里的时候，你真的会很难过……我走了。

曼　曼　小哲！你不看萤火虫了？小哲……好吧，我……放了它。

［曼曼打开了瓶口。

曼　曼　（对萤火虫）小萤，你自由了……你怎么不飞呀？

小　哲　（凑过来看）是不是翅膀受伤了。

曼　曼　那怎么办？不是我不想放它……

小　哲　可以把它放到公园的湖边。那里有草有水，说不定它还能遇到其他萤火虫呢。

曼　曼　（对萤火虫）小萤，你愿意吗？

小　哲　（对曼曼）看，它在闪，它很高兴！走吧！

［两个人下场。再从另一方向上场（可以从台前上场口走到下场口）时，就到了公园。

［天色暗了下来。

［曼曼打开瓶盖。

曼　曼　小萤，这里有草有水，也许还有你爱吃的东西……你走吧，一定要好好的。明天，我会再来看你……

［两个孩子目送着萤火虫消失在草丛中。小萤的音乐进——

第一场

［骤然间霓虹闪烁、五光十色的光影，绚丽而粗暴。

［小萤奔跑着。

小　萤　风啊，吹在身上脸上

又可以自己奔跑

再也没有天摇地晃

寻一片干净的地方

寻一片安全的草丛
我的宝宝、我的宝宝就要出生……

［夜精灵们在光影中奔跑躲藏。

夜精灵们　夜晚不再黑暗
夜精灵无处躲藏
夜晚不再黑暗
夜精灵筋疲力尽，无处躲藏

忧伤精灵　幸好，总能找到不亮的地方。

［顽皮精灵突然发现草丛下有什么，大叫起来。

顽皮精灵　看哪！这细细的草叶下面，有一片萤火虫宝宝，在闪亮……

知足精灵　还有……萤火虫妈妈……

［草叶下，小萤虚弱地守着一片闪亮的卵。

小　萤　宝宝，我不知道这是什么地方
宝宝，醒来的世界就是你们的家乡
妈妈要去月亮妈妈身边
未来一切都要你们自己承担

夜精灵们　所有妈妈都有无尽的牵挂
所有宝宝都会自己长大
萤火虫，见不到妈妈的宝宝
萤火虫，没有机会陪宝宝长大的妈妈

小　萤　（对宝宝们）睡吧，睡吧，好好睡吧
妈妈会在月亮上面，看着你们长大
（对夜精灵们）夜精灵，可爱的精灵
请替我照看它，照看它，照看它（挨个儿拥抱自己的宝宝）
（对宝宝们）活着，活着，好好活着
没有萤火虫飞舞，夜精灵也会寂寞

［小萤消失在月光下。

夜精灵们　（送别小萤）所有妈妈都有无尽的牵挂
所有宝宝都会自己长大

（对萤火虫宝宝们）活着，活着，好好活着
没有萤火虫飞舞，夜精灵会寂寞

第二场

[大幕线外。公园水边草丛。

[曼曼和小哲各自低着头寻找。

曼　曼　（呼唤着）小萤——小萤——（自责地）法布尔的那套《昆虫记》一直都在我家书架上，我应该早点看那篇写萤火虫的……

小　哲　（一脸负罪地）我也是……以为它不吃不喝是因为生气……原来会飞的萤火虫只吃露水……

曼　曼　现在，小萤无家可归了……太可怜了……

[曼曼无声地哭了。

小　哲　（手足无措地）对不起，我要是早知道就好了……要不，我让我妈妈在网上再买一只赔你……

曼　曼　不要……我就要我的小萤，它是我的朋友……

小　哲　（手足无措地）对不起，曼曼……别哭，你让我怎么赔你都行……

曼　曼　（哭得更厉害了）萤火虫的雌虫不会飞，小萤也不会飞……而且，它的肚子那么大，肯定是要生宝宝了……小萤，你快出来，我给你做一个舒服的草笼子，让你安心生宝宝……小萤——

[一个比他们大一点的少年出现，是小科。

小　科　（对曼曼）把它放了是对的。在自然的环境里，它更容易生下它的宝宝……

曼　曼　你是谁？

小　科　我叫小科，也在这附近住。你真的不要这么伤心，萤火虫回到自然就是回家……

曼　曼　你怎么知道？

小　科　因为……我爸爸是专门研究萤火虫的科学家。

曼曼、小哲

真的?!

小　科　（点头）真的。要是运气好，过一阵子，这里说不定会出现一片萤火虫……

曼　曼　（无限向往地）一片……那它们都是小萤的孩子！

小　科　对。

曼　曼　太好了！那我们每天都可以来这里看它们了……（无限向往地）哦，一片萤火虫，都是小萤的孩子……（大喊）小萤，加油！

第三场

[夜精灵们在光影中奔跑。

夜精灵们　夜精灵，夜精灵

在光影中欢乐穿行

平常日子有了期盼

天天去看小小萤火虫

[顽皮精灵惊喜地喊。

顽皮精灵　快看快看，有个宝宝从卵里钻出来了！

知足精灵　哈，是个小姑娘。

忧伤精灵　漂亮的萤火虫小姑娘……

夜精灵们　美妙的夜晚，神秘的夜晚

奇迹发生的夜晚，生命诞生的夜晚

[小姐姐从薄薄的卵壳里钻出来。她长长地伸展着，摆弄着萤光一闪一灭。

夜精灵们　（七嘴八舌）她一出来就会闪亮，一闪一闪真好看……

小姐姐　你们是谁?

忧伤精灵　我们是夜精灵。

知足精灵　所有属于夜晚的动物，都是我们的朋友。

小姐姐　夜精灵?!

顽皮精灵　对呀，我们也都是月亮妈妈的孩子。

小姐姐　月亮妈妈?

知足精灵　月亮妈妈在天上。

［静谧安详的音乐仿佛月光一样洒下来。

忧伤精灵　月亮妈妈像夜晚一样安静
淡淡的光亮是她的柔情

知足精灵　所有月亮妈妈的孩子
都是属于夜晚的生灵

顽皮精灵　月亮妈妈的孩子里面
最美的就是你们萤火虫

夜精灵们　宝宝，你要好好长大
有一天，你会自由飞行
在田野，在夜空
飞呀飞呀，飞到月亮妈妈身边
做妈妈身边最亮的星星

小姐姐　（无限神往地）
长大、飞行
在田野，在夜空
飞到月亮妈妈身边
做妈妈身边最亮的星星……

［知足精灵突然指向小姐姐身后——

知足精灵　你们快看呀!

忧伤精灵　又一个宝宝从卵里钻出来了!

顽皮精灵　是个男宝宝!

［夜精灵们围向男宝宝。

夜精灵们　美妙的夜晚，神秘的夜晚
奇迹发生的夜晚，生命诞生的夜晚……

［小弟弟从卵壳里露出脑袋，非常小心地四下看着。

［小姐姐突然探身到小弟弟面前，大叫一声。

［小弟弟吓得缩成一团。

［小姐姐笑着滚成一团。

忧伤精灵　（安抚着弟弟）不怕不怕，它是小姐姐，在跟你玩呢。

小弟弟　小姐姐？

忧伤精灵　对。你是小弟弟。

小弟弟　小弟弟？

知足精灵　（对小姐姐）你要照顾它，爱护它……

忧伤精灵　（对小弟弟）你要听姐姐的话。

夜精灵们　活着，活着，好好活着

没有萤火虫飞舞，夜晚会寂寞

［小姐姐已经跑开。小弟弟跌跌撞撞地追去。

小弟弟　姐姐……姐姐……（追下）

夜精灵们　没有萤火虫飞舞，夜晚会寂寞

活着，活着，你们要好好活着……

第四场

［大幕线外。公园水边草丛。

［曼曼、小哲、小科各拿一只放大镜，在草丛中探索。

小　科　如果被放走的小萤真的生下宝宝，现在应该都孵化出来了……

曼　曼　会有五十到一百个?!

小　科　对。只是……最后活下来的幼虫不会很多，有时只能活下一两只。

曼　曼　为什么？

小　科　因为很难找到食物。现在的蜗牛也很少了。如果不能第一时间吃到食物，十有八九的幼虫会在一周内饿死。

曼　曼　好可怜。要是能找到小萤的宝宝们，我们可以去捉一些蜗牛放在它们附近……

小　哲　那蜗牛也很可怜啊……

［曼曼愣住了。

小　科　小哲说得对，应该尊重大自然的规律，适者生存，才能生态平衡。

曼　曼　那……我们就不帮助它们了吗？

小　科　也许……不需要太多人为地干扰……

曼　曼　可它们是小萤的孩子……

小　哲　我们还是接着找吧。

曼　曼　（弯腰捡起一只蜗牛）这有一只蜗牛！死掉了。（丢掉）等等我……（追下）

第五场

［台上，一只大大的蜗牛壳（是曼曼刚扔的）从天而降。

［虚弱的小弟弟奋力扑过来。

小弟弟　吃的……吃的……

［小弟弟好不容易扑到蜗牛壳前，想钻进去，却被蜗牛壳里伸出的两条腿蹬开。

小弟弟　给我吃一口吧……我快饿死了……

［蜗牛壳里的两条腿蹬着，转了个方向。

［看起来很虚弱的小弟弟跟着蜗牛壳转着，乞求着。

小弟弟　就吃一口，求求你了……

［蜗牛壳继续转着。小弟弟快要没有力气追了，但还是在追着，想钻进去。

［这时，一队蚂蚁像士兵一样列队出现。

蚂蚁们　小蚂蚁，最强大
成群结队出工啦
天天干活不偷懒
好吃好喝搬回家

［蚂蚁队长示意有发现。所有蚂蚁很快地围住了小弟弟。

［小弟弟恐惧地缩成一团。

蚂蚁队长　这有一只小虫虫
不胖很嫩又呆萌
个头不大也是肉
小心围猎别放松……
[蚂蚁们准备进攻。小弟弟吓得大叫着躲。

小弟弟　蚂蚁！蚂蚁！别吃我，我很瘦……啊——救命啊——
[小姐姐从蜗牛壳里冲出来，扑到小弟弟身边。

小姐姐　快放臭屁！

小弟弟　什么？

小姐姐　放个大臭屁！一、二、三！
[小弟弟和小姐姐一起放出长长的臭屁。
[蚂蚁们飞快地退后，捂着鼻子闪开。
[蚂蚁队长被呛得咳嗽不止。

小姐姐　再放一个！一、二、三！
[小弟弟和小姐姐一起放出第二个长长的臭屁。
[蚂蚁们溃不成军地散去。

蚂蚁们　小虫虫会放大臭屁
小虫虫会放大臭屁

蚂蚁队长　臭屁毒性非常大
头昏眼花快撤离
[小姐姐得意地用蚂蚁之歌的调子唱起自己的词。

小姐姐　小蚂蚁，真有趣
不怕辛苦怕臭屁！
[突然发现小弟弟已经钻进了蜗牛壳，大吃的声音。

小姐姐　（叉腰喊着）喂！你给我出来！那是我的！
[小弟弟不理它。小姐姐拖着弟弟的腿，把它从壳里拖了出来。
[小弟弟满脸汁水。

小弟弟　求求你，让我再吃一口……

小姐姐　走开！

小弟弟　（哭泣）我会饿死的，我会像它们一样饿死的……

［小姐姐顺着小弟弟手指的方向望去，吓了一跳。

小姐姐　它们都怎么了？（拿起的都是萤火虫幼虫的皮）怎么都变成了皮？

小弟弟　全都饿死了……

小姐姐　饿得只剩一张皮了？喂！

［小姐姐再次从壳里拖出小弟弟。

小弟弟　（被小姐姐扯着一条腿，挣扎着继续往壳里钻）夜精灵说你会照顾我……刚才你还救我。我要是也像它们一样饿死了，就只剩下你一个了……

［小姐姐将小弟弟的腿一推。

小姐姐　吃去吧！（又看幼虫的皮）可怜……我一直钻在这个大蜗牛壳里，都不知道……

［小弟弟满嘴汤汁地从壳里探出头来，冲小姐姐笑。

小弟弟　姐姐！你是一个好姐姐……（又钻回去吃起来）

［小姐姐打了个饱嗝，站起身来。

小姐姐　我得赶紧再去找吃的！（豪气地走开）

第六场

［夜精灵在光影中奔跑。

夜精灵们　夜精灵，夜精灵

天天去看萤火虫

小姐姐身强力又壮

小弟弟很乖很聪明

［知足精灵突然站住惊叫。

知足精灵　田鼠！

顽皮精灵　我喜欢田鼠，它也是我们夜晚的朋友。

忧伤精灵　但它会吃掉萤火虫……

知足精灵　这可怎么办呀？

顽皮精灵　不怕，小姐姐一定有办法！

[一只胖田鼠上场。

田　鼠　我胖我胖我很胖，嘴巴大大吃四方
哈！今天的运气真不错，有只虫虫在前方
站——住——

[田鼠追着小姐姐，小姐姐在前面使劲儿跑。

[小弟弟迎过来，在姐姐身边向田鼠举起电筒。但是，那电筒没有亮。

小姐姐　（喊）笨！（同时示范）

小弟弟　哦！

[小弟弟学着小姐姐的样子，同时把屁股冲着田鼠。

小姐姐　一、二、三！

[小姐姐和小弟弟同时将拿电筒的手，穿过胸腹，朝着屁股后面照了过去。

[田鼠被两束强光照在脸上，马上捂住了眼睛。

田　鼠　（夸张地）啊！我被闪电击中了！

[小姐姐、小弟弟互相看着，不敢相信自己这么厉害。

[田鼠突然又爬了起来。小姐姐、小弟弟再次紧张。

[田鼠指着小姐姐、小弟弟，自鸣得意地笑起来。

田　鼠　我才不傻呢，我吃荤吃素就是不吃小灯泡！幸亏我的眼神好，幸亏我聪明，吃了你们，我怕肚子疼。啊……

[田鼠顽皮地假装肚子疼而满地打滚。之后起身拍打着身上的土。

田　鼠　算你们运气好，我现在不饿也不馋！今天吃菜、吃水果。我妈妈肯定会高兴。

[田鼠自得其乐地离开。

[夜精灵们高兴地围上小姐姐、小弟弟。

夜精灵们　哈哈，小姐姐和小弟弟真勇敢！你们把田鼠也吓跑了！

小弟弟　（拥抱姐姐）姐姐、姐姐，真是我的好姐姐！

小姐姐　（拥抱弟弟）小弟弟有你做伴儿真不错！

小姐姐、小弟弟
　　不孤单，我们在一起

小弟弟（小姐姐），小弟弟（小姐姐）
相陪伴，我们在一起
小弟弟（小姐姐），小弟弟（小姐姐）
两倍胆量两倍力气
你离不开我，我也离不开你

夜精灵们加入

小姐姐和小弟弟
相亲相爱永远在一起

第七场

［大幕线前，小区内。

［曼曼和小科走过来。曼曼边走边兴奋地翻手上的书。

曼　曼　这些书都是你爸爸写的？你爸爸好厉害！

小　科　我爸爸说，等他出差回来，可以请你和小哲去他的孵化实验室里看看……

曼　曼　（兴奋）太好了！（看到小哲）小哲、小哲，小科说我们可以去他爸爸的实验室呢……

小　哲　太好了！

曼　曼　（看书，同时给小哲看）书里写的都是萤火虫！啊？蜘蛛也是萤火虫的天敌？但愿小萤的孩子们别遇到蜘蛛……

小　哲　也许不会。

曼　曼　（高兴）真的吗？

小　哲　（说的是另一件事）你没看公园里正在准备重新修吗？地上都会铺上砖，杂草也会被除掉，估计，就算有蜘蛛，也没地方存活了……

曼　曼　（马上着急起来）那、那萤火虫宝宝们不也没有地方存活了吗？我要再去找它们！

［曼曼跑走，小科看小哲。

小　科　我们也去吧。

小　哲　我……我要去找小黑。

小　科　小黑？

小　哲　是一只黑色的流浪猫……好多天没见到它了……（朝另一个方向走去）

小　科　（跟上小哲）小黑猫在哪儿？

小　哲　不知道。它一般隔几天就会来一次，我每天都会在睡觉前下来倒垃圾，就为了能见到它。它把我当朋友，相信我，喜欢让我摸它，还会跟我回家吃东西、喝水，然后离开……好几天都没见到它了，听说现在有人在捕杀流浪猫……

[俩人下。

第八场

[一只大蜘蛛正虎视眈眈地瞪着小姐姐和小弟弟。

[小弟弟吓得直往小姐姐身后躲。

[小姐姐紧张地盯着蜘蛛。

小姐姐　（小声地）准备臭屁，一、二、三！

[小姐姐、小弟弟同时向蜘蛛放屁。

蜘　蛛　哈哈，好香啊！我的肚子更饿了！

[蜘蛛扑上来，小姐姐、小弟弟逃跑。

[蜘蛛跑得快，再次挡在了小姐姐、小弟弟面前。

[小姐姐示意小弟弟，两人慢慢拿出电筒。

小姐姐　一、二、三！

[小姐姐、小弟弟同时屁股冲着蜘蛛亮起电筒。

蜘　蛛　没有用，小宝贝儿，所有的萤火虫，只要遇上我蜘蛛大人，那就只是小小的一道菜！

[蜘蛛非常喜欢这样戏弄的场面，一步一步地朝小姐姐和小弟弟逼近。

小姐姐　（对蜘蛛大声说）你不可以吃我们！

蜘　蛛　为什么？

小弟弟　因为……没有萤火虫，夜晚会寂寞！

蜘　蛛　寂寞是个什么鬼？好吃吗？

小姐姐　我们有毒！

蜘　蛛　不怕不怕，我比你们还有毒。来来来，小肉肉，我吃你们的办法跟你们吃蜗牛一样，我会先把我的小尖嘴插到你们的身体里面，给你打一针“麻药”，一点儿都不疼。然后，你们的肉肉就会变成鲜美的肉汤，然后我就可以慢慢地、吸溜吸溜地喝下去……

［蜘蛛马上就要抓住它们了。

小姐姐　（小声地）分开跑。

小弟弟　哦！

小姐姐　一、二、三！

［小姐姐和小弟弟朝着两个方向跑去。

［蜘蛛扑了个空。

蜘　蛛　嘿，还挺聪明。我该先抓哪一个呢？这边？还是这边……（突然惨叫）啊——

［怪味公公在它身后，举着喷壶朝它喷了一下。

［蜘蛛一边痛苦地叫着，一边跌倒在侧幕边，只露出两条腿。

怪味公公　（对蜘蛛方向作揖）对不住啊，八条腿的孩子，我就喷了一点点，应该不至于杀死你，顶多让你昏睡三天。（看手上的喷壶）人类发明的这些东西真厉害。我真不能让你吃掉这两只萤火虫。虽然你也是我的孩子，它们也是我的孩子，我谁也不能伤害。可它们毕竟是萤火虫啊！太稀罕啦……

［怪味公公对着蜘蛛没完没了地说话，小姐姐好奇地走了回来，在他身后向他行礼。

小姐姐　谢谢你救了我们……

［怪味公公一回身。小姐姐一下捂住了鼻子。

怪味公公　小萤火虫！我可爱的会闪亮的孩子，我有多久没有见过你们了……

［捂着鼻子、不断躲闪的小姐姐瘫倒在地。

［夜精灵们远远地站着，大声喊。

顽皮精灵　它被你熏昏啦！

知足精灵　离它远一点！

怪味公公　可是、可是……

忧伤精灵　你明知道萤火虫最敏感……

［怪味公公伤心地离去。

怪味公公　我知道，我身上有味道……你们都闻不惯……可是……哇——

［小弟弟跑过来，叫着姐姐，摇晃着姐姐。

［夜精灵们给小姐姐吹气扇风，小姐姐醒来。

小姐姐　天哪，他太臭了……

忧伤精灵　快跟弟弟离开这里，等蜘蛛醒了就麻烦了。

小姐姐　刚才那个很臭很臭的家伙是谁？

知足精灵　他是这里的土地公公，大家都叫他怪味公公……

［突然，巨大的声响和强烈的光柱同时出现。

小弟弟　这是什么？

忧伤精灵　人来啦！

小弟弟　人？

夜精灵们　快跑！快跑！

［夜精灵在光影中奔跑躲藏。

夜精灵们　夜晚没有黑暗
夜精灵无处躲藏

［一盏灯刺眼地亮起来。

夜精灵们　好亮的灯！越来越多，越来越亮，为什么不肯给黑夜留下一小片安静的草丛？
（对小弟弟、小妹妹）快躲起来……

小弟弟　我去找一片大大的叶子……（跑走）

小姐姐　弟弟——

［两道更强的光照了过来，小姐姐捂住了眼睛。同时响起压路机的轰轰巨响。

忧伤精灵　（捂眼睛）这灯光像闪电会刺瞎双眼。

知足精灵　（捂眼睛）我要离开！我要离开……

顽皮精灵　（捂眼睛）人类为什么不喜欢夜晚？

小姐姐　我来！把它吓跑！

［小姐姐屁股对着灯，想用自己的光把那灯光吓走。

忧伤精灵　你很勇敢。

知足精灵　但没有用。

顽皮精灵　快躲起来，快逃命……

［一群土精灵惊慌失措地拥了过来，冲散了夜精灵们。

土精灵们　快逃快逃快快逃命，快逃快逃快快逃命！

小姐姐　你们是谁？

土精灵们　我们是土精灵。我们是土精灵。

小姐姐　出了什么事儿？

土精灵们　快逃快逃快快逃命，快逃快逃快快逃命……

小姐姐　等等，我要去找弟弟……哎哎哎……弟弟——

［然而，小姐姐的声音和身影都被土精灵们裹挟而去。

［推土机、压路机的巨大声响和光柱。

［怪味公公站在机车的光柱下，连连鞠躬，大声地恳求——

怪味公公　大家伙！求求你，别再往前走了，总得给这些野花野草留一点地方，让这些五颜六色的孩子活下去呀！你要知道，这些五颜六色的花草下面，还有多少会飞会爬会跑的孩子……

［小弟弟惊慌失措地跑来，抱住土地公公。

小弟弟　怪味……土地公公。

怪味公公　我的孩子你还活着！

小弟弟　姐姐不见了。（哭）我要找姐姐……

怪味公公　别哭别哭，我马上带你去。

［压路机更近了，怪味公公正要拉着小弟弟走，小弟弟却昏倒了。

怪味公公　小弟弟……唉！（拖着它）我们走！

第九场

［大幕线前。机器的声音继续。

［曼曼和小哲望着不远处正在施工的公园。

小　哲　好吵。我家窗户也正对着工地，晚上比白天还吵。

曼　曼　我爸爸去问了，那片草地会变成一个雕塑动物园，会有各种用水泥做的动物……

小　哲　真的动物都死了，做些假动物有什么意思。其实，现在什么动物都很难在城市里活下去。除了人。我们好像真的有点贪心、霸道……

曼　曼　（点头）你找到小黑了吗？

［小哲摇头。

曼　曼　我知道你很难过。就像我失去小萤的时候一样……

小　哲　对不起……

曼　曼　别说了。（叹息）所有的小动物都好可怜啊……可我们什么都做不了……

［小科跑过来。

小　科　我爸爸明天回来，然后我们就可以一起去他的实验室了！

［曼曼、小哲看上去兴致不大。

小　科　怎么了？

曼　曼　见到别的萤火虫，我可能会更想念我的小萤……

小　科　（点点头）我懂。它是你的朋友……那，你们还想去实验室吗？

曼　曼　（看小哲）去吧？

小　哲　去吧。

第十场

[夜精灵们在四处躲着运动着的灯光。机器声继续。

夜精灵们　夜精灵，夜精灵
找不到夜晚的夜精灵
小小草丛不见了
再也看不到小小萤火虫

知足精灵　我们要离开这地方
谁能告诉我们方向？

顽皮精灵　为什么我们没有夜晚
为什么人类不要睡眠

忧伤精灵　走吧，走吧，离开这里
再也见不到小姐姐和小弟弟

夜精灵们　萤火虫妈妈，真抱歉
我们什么都做不了
萤火虫宝宝，真可怜
从此只剩下更寂寞的夜晚……

第十一场

[地下。小姐姐拼命地想要推开身边的土精灵们。

小姐姐　我要出去我要出去！

土精灵们　出去你会被轧扁！

小姐姐　我要去找小弟弟！我要去找小弟弟！

土精灵们　出去你会被轧扁！

[土精灵们突然闻到了味道。

土精灵甲　怪味老头来了！

土精灵乙　别让他进来！他太难闻了！

［土精灵们马上组成一道墙。怪味公公气喘吁吁的声音先传来。

怪味公公　土精灵乖乖，把门开开……

［怪味公公背着小弟弟出现，累得趴在地上。

怪味公公　累死我了……

［小姐姐冲过去。

小姐姐　弟弟！弟弟！你怎么啦？（望向怪味公公）你把它臭死了？

怪味公公　怎么可能……

［怪味公公过来察看，小弟弟突然大声呕吐起来。

小弟弟　（指怪味公公）你……太难闻了！

小姐姐　（指怪味公公）离小弟弟远一点！

怪味公公　对不起，我不是故意的……

土精灵甲　安检！不属于这里的东西，都不能带进来！

［土精灵们对怪味公公进行检查，从他身上掏出一样样“违禁”物品。

怪味公公　哎，孩子们，你们……你们不要乱扔，不要乱扔！我好不容易才捡起来的……

［怪味公公一边抗议一边高举双手，从他身上搜出来的东西被土精灵们一样样扔掉。

土精灵们　（七嘴八舌）洗涤剂。消毒液。杀虫剂。废电池。塑料袋……没有了！

土精灵甲　可他还是那么难闻！

怪味公公　我知道……一会儿让蚯蚓帮我洗个澡就好了……

土精灵乙　蚯蚓？就因为天天帮我们洗澡，现在都死的死，病的病了！

怪味公公　啊，我那细细软软的孩子们怎么了？我去看看……

［土精灵们拦住了怪味公公。

土精灵乙　你走吧，不然，大家都会被你熏死。

［怪味公公很伤心。

怪味公公　我是你们的土地公公啊！你们……你们这些土精灵……

［所有土精灵都捂着鼻子，看着怪味公公一言不发。

怪味公公　你们都是我亲亲的孩子啊！

我希望你们可以像我一样……

不，我希望你们永远不要像我一样……

我是说，我希望你们可以像我一样，让这周围一点一点地变干净……

不，不，我其实真的希望……你们永远不用像我一样……

小姐姐　（问土精灵们）他到底在讲什么？

［土精灵都捂着鼻子一言不发。

小弟弟　（突然说）怪味公公虽然很臭，可他很善良……刚刚是他救了我……

［怪味公公激动地想去抱小弟弟，小弟弟又被熏得呕吐。

怪味公公　（感动）好孩子……对不起……

小弟弟　（同情地问）你为什么要把自己弄得这么臭？

［怪味公公正要回答，土精灵们突然被什么从后面推着，像多米诺骨牌一样地倒下来，把怪味公公和小姐姐小弟弟也都压在了下面。

［一只尚未完成蝉蜕的蝉从所有土精灵身上走过来。

蝉　我睡够了！我长大了！我要出去飞啦！

土精灵们　（七嘴八舌抱怨）这个冒失鬼！一醒来就横冲直撞！也难怪，睡了六七年了！

［小姐姐和小弟弟挣扎着从土精灵下面探出头来，大口呼吸着。

蝉　我要出土了!我要从土里出去了!

［怪味公公探出头来，对蝉喊——

怪味公公　那个……将来会唱歌的孩子，那个还没变成知了的知了，你恐怕出不去了。

蝉　为什么？

怪味公公　上面正在铺沥青。

蝉　你好臭。我可以从那边走。

怪味公公　那边早都盖上高楼了！水泥比沥青还硬。

蝉　你好臭。（又换个方向指）那边呢？

土精灵们　（七嘴八舌）你出不去了！到处都变得像石头一样坚硬！柏油路！钢筋水泥！砖缝里还是水泥！我们早晚也会被人类变成石头一样的东西。

小姐姐　人类为什么要这样？

土精灵甲　（指土地公公）问他！他什么都知道。

怪味公公　人要住舒服，就得不断盖大楼。人要跑得快，就得不断修公路。人要没有沙尘暴，就得黄土不露天……

土精灵甲　人类很强大。

土精灵乙　人类很可怕。

怪味公公　唉，人类也是我的孩子！跟你们，跟这土地上的所有的动物、植物一样。只是，人类经常以为他们是我唯一的孩子，所以才会什么都要，不管不顾……

小弟弟　人类也是你的孩子？

小姐姐　那你怎么不管管他们！

蝉　哈！（突然发现小姐姐和小弟弟，像孩子一样分散了注意力）你们是萤火虫？

［小弟弟点头，并且用屁股向它亮起光。

蝉　（高兴拍手）好看好看！我不会亮光，但我会唱歌！

［蝉张嘴唱歌，所有人望着它，却只见它张嘴，却没有声音。

蝉　忘了，我要等到长出翅膀之后才能唱歌。

［所有人都笑。

蝉　我要飞，我要唱歌
我要飞到大树上去唱歌
没有知了的歌声，夏天会寂寞
我要出去呀……（哭起来）我不要死在土里……

小姐姐　（安慰它）没有知了，夏天会寂寞。没有萤火虫，夜晚会寂寞。咱们一起出去！怪味公公，你一定有办法出去对不对？

怪味公公　（点头）我们试试。

小姐姐　谢谢你！走啦！（拉起小弟弟）再见，土精灵。

土精灵们　再见，再见，祝你们好运！

怪味公公　我们走。

小姐姐　我们走，走出去

无论多远都要走出去

回到夜空下，找到田野的风

泥土里的长梦，就是破土而出，自由飞行

蝉　对，对，你说出了我的心里话。在土里七八年，就是为了有一天能飞到树上唱歌……

回到天空下，找到田野的风

泥土里的长梦，就是破土而出，自由飞行

［怪味公公因为行走得急，大咳着弯下了腰。

小弟弟　姐姐，我们等一等怪味公公。

怪味公公　谢谢你，善良的孩子。

小姐姐　谢谢您带我们走这么远的路。

小弟弟　谢谢怪味公公。

怪味公公　不谢，我知道我臭……（又咳）

小姐姐　（安慰他）出去后，您可以去河里、水里洗个澡……

怪味公公　去河里水里洗澡？呵呵，那会越洗越脏……

小弟弟　为什么？

［突然，一个巨大的东西完全覆盖了它们，随即，它们被整个提了起来。

［众人惊叫。

小姐姐　天哪，天哪，这是什么？

怪味公公　这也许是……挖土机……

第十二场

［垃圾堆，堆满（按比例而显得巨大的）废弃物。

［天空中不断出现闪电，大雨将至。

［小姐姐从废弃物里钻出来，开心地叫起来！

小姐姐　天空！我看到天空啦！弟弟，弟弟——你在哪儿？

［小姐姐翻越巨大的废弃物，四处寻找小弟弟。

［一块巨大的砖块儿旁边，小弟弟蹲在那里发呆。

小姐姐　（跑来）你在这里干什么……

［小弟弟指着前面，小姐姐朝着它的视线方向，看到田鼠的尾巴。

小姐姐　胖田鼠死了……

小弟弟　（点头，继续往里面指）还有蜗牛，壳都压成碎末了。

小姐姐　会吃我们的和我们会吃的，都死了……

小弟弟　突然觉得……好寂寞……（突然想起来）怪味公公呢？

［怪味公公从它们身边冒出来。

怪味公公　我在这儿！善良的孩子，我很想拥抱你，可是……我不想熏到你。

［雨声。

小弟弟　下雨啦。雨点好大……

［雨精灵纷纷落了下来。

［雨精灵甲撞到了小姐姐。

小姐姐　（嫌弃、推开）你这雨点……也好臭……

雨精灵甲　（自卑地退开）对不起，我住的河水里，从前有太多垃圾……

［雨精灵乙撞到小弟弟。

小弟弟　（跳起来）啊，雨点会咬人！

雨精灵乙　我没有……我……

小弟弟　（摸着刚被雨精灵碰到的地方）被你碰到的地方，疼得像被撕掉了皮。

雨精灵乙　对不起，我住的小溪边，有化工厂，所有的鱼都死了，死前都说是我们咬死了它们……可我们没有牙齿。

怪味公公　是污水排放污染了你……

小姐姐　什么是污水排放？

［雨精灵丙撞到了怪味公公。

雨精灵丙　对不起……（反过来嫌弃怪味公公）哦，你好臭。

小姐姐　（指雨精灵丙）你也有点臭……

雨精灵丙　（不信，闻着自己的身体）怎么会？我一直在地下，怎么会臭？

怪味公公　它能闻出来，萤火虫最敏感。

雨精灵甲　怪不得。其实我们已经好多了。

雨精灵乙　对，现在那些化工厂都不见了，我自己感觉也好多了……

雨精灵丙　（反复闻着自己的身体）我臭吗？我臭吗？我是地下水，我应该是最干净的……

怪味公公　南极和北极的土地都开始变脏了，相比起来，地下水离人类太近了。不过，你们一定都会变回到干净的样子。只是，需要一些时间。来，先给我抱一抱……

怪味公公　抱一抱，抱一抱
土地容纳一切污浊
抱一抱，抱一抱
所有不属于你们的都留给我
上善若水，善利万物
［每一个与怪味公公拥抱过的雨精灵都变得透亮起来。

雨精灵们　抱一抱，抱一抱
土地容纳一切污浊
抱一抱，抱一抱
土地无私忍受一切大恩大德
厚德载物，万物生焉

小弟弟　虽然不明白它们说什么，但就是觉得怪味公公好厉害。

小姐姐　（感动）原来，土地公公的一身怪味，是吸纳了所有污染……

小弟弟　土地公公好伟大呀！
［小姐姐、小弟弟也加入歌唱。

合　唱　厚德载物，容纳一切污浊
厚德载物，舍身利天下
厚德载物，大恩大德
厚德载物，万物生焉
［雨过天晴。
［雨精灵们与怪味公公告别，离去。

怪味公公　再见啦，雨精灵！再见——

［雨精灵们离去。

［突然，小姐姐和小弟弟一下子躲到了怪味公公身后。

［原来，是一只身形巨大，却单薄得像纸片一样的麻雀，正晃晃悠悠地朝这边走来，同时发出低哑的叫声："啾啾，我饿……"

怪味公公　（向麻雀伸出手）原来是小麻雀，我的长着羽毛会飞的孩子……（回头对萤火虫）别怕，它不会吃你们的。（对麻雀）我知道你是饿坏了，我来帮你找吃的。

［怪味公公开始翻找垃圾，一边自言自语。

［小麻雀像个等待开饭的、无助的孩子一样，亦步亦趋地跟在他身后："啾啾，饿。"

怪味公公　我知道，你饿坏了……（打开一只巨大的塑料袋，马上被熏得扭过脸去）这些东西，本来可以喂饱我多少大大小小的孩子，可就这么白白地腐烂了，比我还臭！（捡起一旁的空塑料袋揣在怀里）这些可怕的塑料，还有这些可怕的口香糖，不知道又会害死多少天上飞的、地上跑的、水里游的大大小小的孩子！（指着地上大大的废电池、药瓶等）还有这些可怕的废电池、化学品，早晚会让我所有的孩子都活不下去……（突然发现小姐姐、小弟弟都捂着鼻子，站在原地摇摇欲倒）唉，我的闪闪发亮的孩子，你们也离开这里吧！（对麻雀）还有你，可怜的长着羽毛会飞的孩子，这里没有你能吃的东西，趁着还有力气，远远地飞走吧！但愿你能够找到聪明的人类生活的地方。

［麻雀叫了一声，用头蹭了蹭怪味公公。怪味公公抱抱小麻雀的头，让它离开。

小姐姐　聪明的人类？

怪味公公　是啊是啊，我的人类孩子是最聪明的，可有些就聪明过了头，不明白如果其他孩子都活不下去了，人类不仅会寂寞！还会彻底活不下去！（朝小麻雀离开的方向喊）等一等，小麻雀，麻烦你带着这两个还不会飞的萤火虫宝宝一起走吧……

小弟弟　土地公公，你跟我们一起走吗？

怪味公公　我要待在属于自己的地方。这里还有好多孩子需要我。去吧……

［小姐姐和小弟弟同时紧紧地抱住了怪味公公。

小弟弟　土地公公！

小姐姐　我们会想念你的！

小姐姐、小弟弟

再见，亲爱的土地公公

谢谢你，守护着那么多孩子的生命

希望不久还能再次见到您

亲爱的土地公公，保重！保重！

［怪味公公感动万分，但还是轻轻推开它们。

怪味公公　好孩子，一定要好好活着。要知道，有你们在，会提醒人类这大自然有多么美好。（冲着它们的背影喊）去吧，祝你们好运——

小弟弟　再见，土地公公。

小姐姐　你是我们的朋友——

［怪味公公目送背着萤火虫姐弟的小麻雀的身影远去。

怪味公公　（高喊）好好活着！向着绿色飞——（落寞自语）我所有的孩子，要是你们彼此都能成为朋友，该多好啊……

［突然，知了的歌声从高处传来。

蝉　你好夏天，你好骄阳，我有翅膀，我在歌唱。

你好你好，所有朋友，我有翅膀，我会歌唱。

怪味公公　（再次开心起来）哈！我的会唱歌的孩子终于唱出歌来了！

［真实的蝉鸣响起。

第十三场

［大幕线前。小区门口，小科在等待着小伙伴们。远处也许有蝉鸣。

［一个小贩，推着放满炸串儿的小车走过来招揽生意。

小　贩　炸串炸串，好吃不贵。炸知了，炸麻雀，还有炸蝎子、炸蚕蛹，小帅哥来一串？

［小科摆摆手。

［小哲背着水壶跑来。

小　哲　我来了！曼曼还没到？

小　科　还没。

小　贩　（再次向小哲兜售）炸知了，来一串？这麻雀、蚕蛹天天有，这知了可是时鲜货，过了这几天，想吃也吃不着了……小哥俩一人来一串尝尝？

小　科　（看着那知了串，似乎是在自说自话）再有一个晚上，它就能长出翅膀就能飞了。为了这一天，它要在土里生长三五年甚至七八年，结果，很不幸，一钻出地面就被人给捉住炸着吃了……

小　贩　（将手上的知了串放回去，推车离开）不吃算了，还“很不幸”……人小话挺多……

小　科　（对小哲）所有的昆虫都是我的朋友，我不会吃掉我的朋友……

小　哲　（点头）我懂。就像我不吃甲鱼，因为我养过小龟……

［一身出门装备的曼曼跑了过来。

曼　曼　对不起我来晚了……

小　科　（率先动身）走吧，我爸爸的车在路边……

曼　曼　（兴致勃勃地跟在最后，浑然不知刚才发生的对话）一会儿见了你爸爸，我会告诉他，他是我亲眼见到的第一位科学家……

［三个孩子下。

第十四场

［一片荒芜的土地。有飞鸟孤独的叫声从高天处传来，更显得这片土地凄凉。

［小姐姐拉着小弟弟。小弟弟频频回头，抹着眼泪。

小弟弟　小麻雀是饿死的……

小姐姐　它是拼着最后的力气落到地上……为了不把我们——它的朋友摔

死……

小弟弟　它是最好的朋友……这是哪儿?

小姐姐　不知道，我好难受……

小弟弟　我也好难受……蚯蚓!

小姐姐　（大声喊）蚯蚓先生……

［三只蚯蚓背着行李，跌跌撞撞地出现。

蚯蚓们　快走，快走，快快走

这块土地已无法停留

［一群面色惨淡的土精灵缓缓地迎向蚯蚓。

伤心土精灵们

（向蚯蚓作揖）留下来吧，蚯蚓先生，帮助我们做回土精灵。

蚯蚓甲　来不及了，这里已寸草不生。

伤心土精灵甲

留下来吧，蚯蚓先生。只要有你们钻来钻去，我们就能重新变得又软又松。

蚯蚓乙　你们硬得像石头，我们寸步难行。

伤心土精灵乙

帮帮我们吧，改善土壤是蚯蚓的天性神功。

蚯蚓丙　你们早已像化石一样干，像铁矿一样硬。

蚯蚓甲　全身上下都是可怕的毒素，任何一样都致命。

蚯蚓乙　我们尽力了……

蚯蚓甲　我……胸闷眼花……走不动……（摔倒在地，不动了）

［白发苍苍、衣衫破败的伤心公公走上前去，向死去的蚯蚓合十作揖。

伤心公公　身为土地，我很抱歉……蚯蚓先生，真应该早一点让你们离开……

小弟弟　（对姐姐）他也是土地公公!

小姐姐　嘘。

蚯蚓乙、丙

快走，快走，快快走

这块土地已无法停留……

［但，两只蚯蚓同时扑倒在小姐姐、小弟弟面前。

蚯蚓乙　（看到萤火虫，虚弱但仍然惊奇）这是幻觉吗？我看到……萤火虫！

蚯蚓丙　（同样虚弱）哦，真的……两只萤火虫！

［伤心土精灵们也看到萤火虫，欢呼着奔走相告。

伤心土精灵们

萤火虫……萤火虫回来啦！我们有救啦……

小弟弟　（问小姐姐）什么意思？

［两只蚯蚓望着两只萤火虫，虚弱地警告它们。

蚯蚓丙　快走快走，不要在这里停留……

［天上传来鸟的叫声。鸟的影子从它们头上掠过。

蚯蚓乙　鸟都不会……在这里停留……（死去）

蚯蚓丙　要是有翅膀……我就可以……飞走。（死去）

［小姐姐、小弟弟很难过又害怕。

［伤心公公走过来，面对两只死蚯蚓作揖。

伤心公公　身为土地，我很抱歉……蚯蚓先生，我真应该早一点让你们离开……

伤心土精灵们

萤火虫来啦！萤火虫来啦，我们还有救啊……

［它们形同游魂地围住了萤火虫，然后原地死去，如同化石。

小姐姐　这些土精灵……也都死了……

［伤心公公走到它们面前。

伤心公公　虽然不知道你们从哪里来？但我希望你们能平安离开……

小姐姐　我们是怪味公公的朋友。

小弟弟　怪味公公救过我们。

伤心公公　（点头）我们是兄弟。他是怪味公公，我是伤心公公……

小弟弟　（拉土地公公的手）你也是把所有不好的东西都揽在自己身上，才变成这样的？

伤心公公　（点头）土地就是要容养万物、容纳万物、承载万物。厚德载物啊！

小姐姐　那些有毒有害的东西也都必须容纳吗？

伤心公公　（点头）厚德载物，一切一切。只是……一切都是有极限的……我的会发亮的孩子，真高兴还能再看到你们！身为一方土地，不能给你们提供一片松软的泥土，让你们睡在里面化蛹成虫，我很抱歉……

小姐姐　这不是你的错……应该也是人类的错吧？

小弟弟　怪味爷爷说，人类也是你们的孩子，可为什么他们都不听你们的话？

伤心公公　他们……已经开始改正了……但一切恢复都会很慢……土地的承受力终究是有极限的……

［突然，不远处传来刹车的声音。孩子们的笑叫声。

小　科　爸，您这一脚油门踩的！

科学家　我突然想到应该带你们看看这个地方……刚才我讲了，萤火虫是一种什么生物？

小　哲　萤火虫是环境指标性生物。

科学家　回答正确！

伤心公公　居然有人类的孩子……来了……

小姐姐　人类的孩子？个头儿好大……

小弟弟　好可怕……

伤心公公　你们如果是长大了会飞的，人类或许会看到你们、救你们……可惜你们太小了，他们根本不会看到……

小弟弟　那我们……只有死在这里了……

［伤心公公伤心地低下头。

［小姐姐轻轻地搂住了小弟弟，依偎着伤心公公。

小姐姐　不孤单，我们在一起

小姐姐和小弟弟

小姐姐、小弟弟

不孤单，我们在一起

小弟弟（小姐姐），小弟弟（小姐姐）

相陪伴，我们在一起

小弟弟（小姐姐），小弟弟（小姐姐）
无论是不是可以活下去
你离不开我，我也离不开你
［伤心公公加入——
小姐姐和小弟弟
亲亲的姐弟永远在一起

［科学家的声音继续传来——

科学家　之所以叫作“环境指标性生物”，是因为萤火虫比较敏感，如果是污染严重的地方，它就不能存活。

曼　曼　完了！我们生下来就生活在污染区……

小　哲　什么意思？

曼　曼　你想啊，除了瓶子里的小萤，长这么大我们都从没有见过萤火虫……

小　科　城市里没有萤火虫，主要是光污染。在农村，才是因为大量使用化肥、农药、杀虫剂，造成的土壤和水污染，导致了萤火虫的大量减少和消失……

第十五场

［下场口方向，大幕线外。田野。

［孩子们簇拥着科学家走上来。

科学家　看看，这里安静吗？

小　曼　安静！

小　哲　太安静了。地上不长草，死气沉沉的。

小　科　因为，这是一块已经“过劳死”的土地！

曼　曼　土地也会死？

小　科　过度耕种令地力透支，又注入各种化肥做“营养”，再使用大量防治病虫害的农药……

科学家　（赞赏地摸摸儿子的头）小科说得对。土地死亡也是这一百年里才有的，各种有机物和无机物的污染——农药化肥过度使用、重金属污染、垃圾掩埋、工业排出的废水废气——导致的。这里即使长出庄稼，也是不能吃的：会汞超标、砷超标、铅超标！

小　哲　要是所有的土地都这样，人不也都得饿死吗？

科学家　可以这么说。（发现）这里有只死麻雀。

小　科　（发现）还有几只死蚯蚓。

曼　曼　（凑过去看）好可怜。我爸爸带我捉过蚯蚓，把它们放在家的花盆里。我爸爸说蚯蚓是泥土和植物的好朋友，能把有毒的东西吃下去，再把它变成没有毒的便便，它们的一份便便能养活两份小草小花……

小　科　蚯蚓是地球上最有价值的生物，有土的地方就有蚯蚓，有蚯蚓就可以改变土壤的质量。

曼　曼　你说得太好了！

小　科　（不好意思）这是达尔文的话。我爸爸告诉我的。

科学家　我带你们来看这块土地，就是让你们明白叔叔进行生态修复工作的意义……（发现，难以置信）这有两只幼虫……

［所有人凑过去。

曼　曼　好像是萤火虫幼虫！

科学家　（另一种吃惊）没错！你怎么会认得这么准？

曼　曼　我天天都在看您书里的那些图片……

小　哲　因为她天天都在找她的萤火虫宝宝……

科学家　（夸曼曼）了不起！了不起！（拿起两只萤火虫，继续吃惊）两只萤火虫幼虫，居然都活着……这太奇怪了！

曼　曼　让我看看！（接到手心里）

［所有孩子始终都围着。

小　科　它们好像还手拉着手呢。爸爸，它们怎么会出现在这里？

科学家　真把我问住了。解释不了。

小　哲　会不会是大风刮来的？

小　科　应该不会……

曼　曼　（凑得很近看萤火虫）好丑哦，丑得好可爱哦……叔叔……（小心地问科学家）我能养它们吗？您可以教我。

科学家　恐怕得先给它们找吃的。但愿它们能恢复过来……

曼　曼　可这周围会有蜗牛吗？

小　科　实验室有！

科学家　（对曼曼）拿好，我先给它们洗个澡。（用矿泉水冲洗，然后掏出一只小容器递给曼曼）来，先把它们放在这里面。我们上车！

［所有孩子跟着科学家快速离开。

曼　曼　（边跑边对容器里的萤火虫说）你们一定要坚持住哦！小哲，小哲你说它们会不会就是小萤的孩子……

第十六场

［舞台上，应该是容器里面。

［小姐姐和小弟弟在一个有限的空间里缓缓醒来，会有些站立不稳。

小姐姐　弟弟，小弟弟！

小弟弟　我们这是在哪儿？

小姐姐　在人类的手里。

小弟弟　人类会吃掉我们吗？

小姐姐　不知道……他们真的好大，还会不断向我们刮风……

小弟弟　对，从两个，不，是三个大洞洞里面，呼！呼！刮风！

小姐姐　我们好像不会像那几只蚯蚓一样地死掉了……

小弟弟　嗯，最后我听到伤心公公对我们喊：也许人类会把我们当作宠物？没有自由，但不愁没有饭吃……

小姐姐　管他是什么物，再没有吃的，我可真要饿死了……

［突然，它们的头顶上亮了，两只巨大的蜗牛从天而降。

小姐姐　天哪！蜗牛！

小弟弟　这下不会饿死了！

［两个人不由分说地钻进了蜗牛壳……

［曼曼的画外音：哇！它们钻进去了！叔叔你看哪，它们钻进去了！

第十七场

［台沿下。实验室门口。

科学家　（拿容器仔细看过，还给小曼）这两只小萤火虫能吃能喝，看来没有问题。

曼　曼　谢谢叔叔！

科学家　它们怎么会出现在那片寸草不生的地里，我真想不出来……但这两只小萤火虫的确非常幸运……

［曼曼把那容器贴在脸颊上，说不出的喜欢。

曼　曼　对呀，它遇到我们！（看地上）这么多蜗牛，都是准备给萤火虫吃的吗？

科学家　对呀。（向孩子们介绍）这是一个孵化室，我们采集成熟的萤火虫，让它们在这里成家生子，然后，我们照顾所有萤火虫宝宝，等它们都比较强壮了，再把它们送回到大山里——也是它们父母来的地方……

小　哲　就是叔叔在考察中发现的那个萤火虫的栖息地吧？

小　科　对。据说那里从前满天萤火虫。后来当地人过分使用农药、化肥，不仅没种出更多粮食，反而把生态破坏了。我爸爸他们组织当地人清理垃圾，恢复传统方式种地，现在，那里的萤火虫族群已经开始恢复了……

科学家　（拍着小科）行啊，把我平常接受采访的话都背下来了！（转向孩子们）我们正准备把这些幼虫运往保护区，要是你们明天来，我们的孵化实验室就空了……

［说话间，他们来到大幕线前的台口——实验室一角。

［几排白色塑料箱子有序地码放着。

科学家　屋里有一点黑啊。你们小心，这每一只塑料箱子里面，都有几百上千只萤火虫幼虫。

曼　曼　上千只！

科学家　来，给你们看一个奇妙景象……

［科学家敲击其中一只箱子，顿时，那只箱子里亮起美丽奇幻的光。

［孩子们惊叹。

［科学家逐个敲击箱子，所有箱子在敲击后都亮了起来。

［平淡无奇的白箱子都变得奇美无比。

曼　曼　太美了！果然跟您的书里写的一样：萤火虫幼虫在受到惊扰时会发光，进行防御。

科学家　哈，谢谢我的小读者！

小　哲　真没想到！看法布尔《昆虫记》的时候，我以为只有长大的萤火虫才会发光……

科学家　科学就是需要不断地发现。这些萤火虫被放回到保护区以后，会在水田里慢慢长大，然后找到最舒服的土钻下去，在土里成蛹。再钻出来的时候，就是会飞的萤火虫了……

曼　曼　叔叔……要是没有土怎么办呢？

科学家　它们会找的，大山里的土质很好……

曼　曼　不，我是说，我想自己来养这两只萤火虫……把它们放在花盆里可以吗？

科学家　道理上可以。但你并不知道它们什么时候打算钻进土里……

［曼曼点点头。

曼　曼　……您的那个保护区，一定是最适合萤火虫生长的地方……（曼曼打开瓶子，慢慢地将瓶口向着一只闪亮的塑料箱子倾斜）去吧，可爱的小萤火虫，跟小伙伴们在一起吧，好好地活着，明年，等到你们会飞的时候，我会来看你们的！

［轻微的水花溅起的声音。

［整个箱子里面的光更美了。

一片萤火虫的声音

（从箱子里传来）天哪！你们的个头好大呀！你们有点臭！

小弟弟　（声音从箱子里传来）对不起……

一片萤火虫的声音

没关系，你们是我们的新朋友……

小弟弟　天哪！这里面全都是萤火虫宝宝！

小姐姐　（声音从箱子里传来）这里全都是萤火虫小弟弟、小妹妹！

一片声音　你好！你好！你好！你好！

［所有孩子都俯身看着箱子里面。

曼　曼　瞧呀

见到这么多小伙伴，你们多开心！

再见，小小萤火虫

记住我，记住我们

我们是你们的朋友

你们的好朋友……

第十八场

［欢快的音乐。快乐的土地公公在快乐的土精灵们中穿行。

快乐公公　松一松，松一松

让小花小草露出笑脸

闪一闪，闪一闪

让睡足了的孩子们出来撒欢

太阳出来，喜气洋洋

土精灵们　松一松，松一松

让小花小草露出笑脸

闪一闪，闪一闪

让睡足了的孩子们出来撒欢

太阳出来，喜气洋洋

［雨精灵们在土精灵中穿行着。

全　体　厚德载物，涤尽所有污浊

厚德载物，一片生机盎然

［小土包被掀起来，长大了的小弟弟和小姐姐钻出来，仰脸向着天空深深地呼吸着。

小弟弟　啊，阳光真好啊！

小姐姐　阳光真好啊！阳光会让你的翅膀有力、飞得更高……

小弟弟　啊，空气真香。

雨精灵们　这里水清，这里天朗，这里果实甜，这里生命都欢畅……

快乐公公　你们好！小姐姐，小弟弟，睡得好吗？

小姐姐　谢谢土地公公，您给我们的床又松又软，睡得好舒服啊！

快乐公公　（高兴地）接下来迎接你们的，是干净的天空，是清澈的露水，是香甜的花蜜。

小弟弟　露水！花蜜！好幸福啊！

全　体　水清、天朗、果实甜，这里的生命都欢畅……

闪一闪，闪一闪

我的孩子（我的朋友）（我们都是）土精灵

松一松，松一松

迎接更多睡足觉的萤火虫……

风和日丽，万物生长

［歌声化作一片静谧中的蛙鸣蝉鸣。

第十九场

［大幕线外。黄昏时刻。

［孩子们随科学家来到这山里。他们奔跑着，兴奋不已。

曼　曼　萤火虫！天哪！我看到萤火虫啦！

小　科　那个那个，钻到草丛里了。

小　哲　那还有一个！好美啊！原来，夜空的颜色这么好看。

曼　曼　还能看到好多星星。

小　哲　这些萤火虫，像是星星飞下来了一样。

曼　曼　只是……不知道那两只萤火虫在哪儿，就是见到，也认不出来了……

小　科　（淘气）那只就是！

曼　曼　你怎么知道？

小　科　它刚跟我打招呼来着。

［曼曼推了他一把。

科学家　所有萤火虫都是你们的朋友！等月亮爬上来，它们就全都出来了……

［静谧中，自然的声响从四处传来。

小　哲　你们听，知了在叫。

小　科　还有蟋蟀、蝈蝈。

曼　曼　那是青蛙的叫声吗？

科学家　（点头，轻诵）明月别枝惊鹊，清风半夜鸣蝉。稻花香里说丰年，听取蛙声一片……你们看，月亮出来了……

［大大月亮出来了，小姐姐的歌声传来。

第二十场

［舞台上，通体萤光的小姐姐在轻歌曼舞。

小姐姐　小小萤火虫，月亮妈妈的精灵

妈妈在微笑，我在眨眼睛

［小弟弟的声音传来。

小弟弟　小小萤火虫，月亮妈妈的精灵

妈妈在天上微笑，我在草丛中，向妈妈眨眼睛

［小弟弟飞跑过来，雀跃着。

小弟弟　姐姐，我能飞了！我能飞了！你也来！

小姐姐　傻弟弟，女孩子是不会飞的。去吧，尽情地飞去吧！

小弟弟　你怎么办？

小姐姐　你可以带更多的小伙伴看我呀……等一等！（望向孩子们）好像是……我们的朋友来了！

小弟弟　（望向孩子们）真的，真的是她！真的是他们……

［两个人深情地走向人类，向孩子们诉说。

小姐姐　无论你多大，我都不害怕。

小弟弟　无论离多远，我都把你记在心间。

小姐姐　听不懂你，但我爱你、相信你。

小弟弟　听不懂我，但你一直保护我。

［曼曼第一次走进大幕线、走进萤火虫的世界。

［一只萤火虫出现在她的指尖，她扬起手，另一只萤火虫出现在她的另一个指尖。

曼　曼　你们快看呀，萤火虫停在我的手上了！是两只！

［孩子们和科学家都走进了萤火虫的世界。

［小姐姐、小弟弟就在曼曼身边，但曼曼看见的是指尖上的萤火虫。

小姐姐、小弟弟

（向曼曼和人类朋友深情地唱着）

朋友，朋友，好朋友

你的心像我们一样善良又温柔

朋友，朋友，我的人类朋友

我们在一起，相爱相拥长相守

曼　曼　你们看到了吗？是它们！是它们！我的朋友！我们的朋友！

小姐姐、小弟弟、曼曼

朋友，朋友，好朋友

你的心像我们一样善良又温柔

朋友，朋友，我的人类朋友（我的萤火虫朋友）

我们在一起，相爱相拥长相守

小姐姐、小弟弟

月亮妈妈你看到了吗？我们成了朋友。

月亮妈妈你看到了吗？我们成了朋友。

[舞台上一片流萤。落在每一个人的手上、头上。

[所有的夜精灵、雨精灵、土精灵、土地公公……也都相聚在这月光下。

合　唱　朋友，朋友，好朋友

你的心像我们一样善良又温柔

朋友，朋友，我的人类朋友（我的萤火虫朋友）

我们在一起，相爱相拥长相守

朋友，朋友，好朋友

在天上自由飞，在地上自由走

活在同一个世界，同一片天空

爱与温柔是天地间最亮的星星

剧　终

附录 1

用《萤火虫姐弟历险记》点亮孩子们心中的光

——现实题材童话剧《萤火虫姐弟历险记》创作谈

（发表于《新剧本》2021 年第二期）

冯　俐

2020 年的重大时间节点是“决胜脱贫攻坚，全面建成小康社会”。两年前我就在想：中国儿童艺术剧院该如何完成扶贫主题？这特别难，因为儿童剧的确和成人剧不一样，有些概念孩子容易懂，比如勤劳、勇敢、善良……但扶贫攻坚，怎么跟孩子说明白？怎么让孩子真的懂呢？

2018 年我去浙江出差，有半天空闲被安排游湖。坐在船上听到船老大感叹：现在都没有萤火虫了。陪同的朋友也说，女儿小的时候，每次都能给她抓一瓶萤火虫。现在捉不到了，没了。这给了我一个灵感，萤火虫被捉，离开它的朋友和家人会是什么感受？因为这个灵感，我写了儿童剧《小萤火虫跟宝宝一样……》。在写这个剧的过程中，关于萤火虫的延展阅读让我发现：萤火虫、蝴蝶这类“节肢动物”是见不到爸爸妈妈的，爸爸妈妈也见不到孩子。因为妈妈们会在产卵后死去，而孩子会自己从卵中孵化出来。由此，我产生了第二个关于昆虫的灵感，我写了《小蝴蝶的妈妈在哪里?》。面对低幼孩子讨论具有哲学意味的母爱和生命话题，居然两三岁的孩子都懂了，都感动，同行的家长甚至祖辈同样感动。

在对这一系列资料的关注中，我发现了一则新闻：湖北大耒山地区曾经是萤火虫的栖息地，后来因为当地农民太贫困、太希望脱贫，他们就大量使用农药和化肥，希望提高产量。结果，导致萤火虫完全消失，农民也没有摆脱贫困。有一位科学家，他是中国第一位萤火虫博士生和博导，一直在做萤火虫研究，在一次田野考察时不小心走错了路，“误入”这片山区，他发现这地方非常适合萤火虫居住，尽管当时那里又臭又脏。他设法与当地政府共建，在这里做萤火虫环境修复工程。经过几年的修复，这里的生态好了，萤火虫再次出现，而当地的农民也脱贫了。怎么就脱贫了呢？因为萤火虫是一种“环境指标性生物”，只要萤火虫生存，就证明这里自然环境是好的、是健康的。自然环境好了，粮食产量虽然没有提高多少，但质量提高了，附加值高了。他们给当地产的大米起名“萤火虫大米”，市场售价是一般大米的好几倍。看到这个新闻，我觉得这真是一个太好的儿童剧选题了！是在家里想破脑袋都想不出来的。

以这个新闻为故事基础，以萤火虫为主角，我写了儿童剧《萤火虫姐弟历险记》。过程很艰难，因为要从现实故事里升华出童话，既要保持它与现实绝对紧密的关联，又要是一个真正的童话。这个故事讲的是几个城市的孩子好心地放生了一只萤火虫，这只萤火虫在它生命的最后时刻生下了它的宝宝。而在这个已经不适宜萤火虫生存的城市里，只有萤火虫小姐姐和小弟弟活了下来。它们非常艰难地生长，去寻找食物、去大战田鼠、去对抗蜘蛛……在这个被污染的城市里艰难地生存着。在这个过程中，萤火虫姐弟也认识了很多大大小小的动物朋友，也得到了很多的帮助，也对这些朋友回报着它们的情感。而那几个孩子在放生了萤火虫之后，也突然多了一份牵挂。他们不断地走向自然，并在走向自然的过程中产生焦虑，他们觉得自然太需要恢复它本来的样子了。而这个过程中，孩子们也成了这一对萤火虫姐弟的拯救者，把它们带回真正的自然。同时，孩子们也学会了成为热爱自然的、未来的主人。

孩子们的故事在外部，是全剧的线索；萤火虫的故事在内部，是全剧的主体。孩子们的故事是现实的；萤火虫的故事是童话的，用了历险记文体。

全剧通篇台词中没有“扶贫”二字，通篇没有主题创作的主题词。这也是我坚持了30多年的创作秘籍，我要表达的与主题相关的词句，一定不让它出现在台词里，而是化作人物、人物命运和戏剧冲突，让观众看过之后自己说出我所要表达的主题。

这部作品我们把它称为现实题材童话剧，因为它表现的所有的内容都是我们的现实问题，包括土地的污染、光污染、水污染……包括人们对于自然的认识的欠缺。但是我们的讲述方式是童话式的。我们剧中的主角是一对萤火虫姐弟，它们由演员来扮演，是拟人化的，有人类一样的情感和表达。而在生活里面，它们只是比针尖还小的小生命。我们努力用童话的方式来讲述现实题材所要表达的思想和内容。

这个戏叫“历险记”，所以我想每个小朋友都会喜欢看。很多科普知识藏在故事里，藏在人物的命运里。这个舞台会让孩子们脑洞大开，舞台上有三个形象系统：昆虫的、精灵的、孩子们的。在情感上，我们会在小小的、针尖大的生命身上，看到它大大的爱心、同情心和孩子们跟它们的互动，我们会感同身受，孩子们也会从中懂得：当我们去爱护自然、爱护一切生命的时候，我们能够收获美好，收获内心的满足和平安。并且从中领会到“精准扶贫”“环境治理”的意义。

希望这个作品能够带着孩子一起，去认识我们熟悉的生活中陌生的那一部分，去认识很多他们之前没有注意、没有“看见”的生命，去看见这些生命所需要我们给予它们的帮助，从而去认识人和自然和谐相处的重要性，去认识生命的意义，去学会尊重每一样生命。

我认同中国儿艺创作部马亚琼博士对这部戏的定位：现实题材童话剧《萤火虫姐弟历险记》是一部典型的“生态戏剧”。剧作立足于重大现实生态问题，从儿童思维出发打通了生态学和戏剧学，运用“互文性”复调结构讲述了人类的孩子和萤火虫姐弟之间的爱与救赎，构建了一种“诗意栖居”的生态理想。以毛尔南导演为首的二度创作，还原并遵循了剧作中的生态原则和地球中心伦理，以表现主义美学为主要艺术手段，诗意地放大并强化微生态空间的舞台表达，为儿童观众的深度生态审美营造出了“有意味的形式”。整部戏秉承并超越了传统环保题材儿童戏剧，追求一种从“生态真理→生态伦理→生态审美→生态哲学”的诗学内涵。（摘自马亚琼《〈萤火虫姐弟历险记〉：一个生态诗学标本》一文）

特别感谢致敬导演毛尔南、舞美设计申奥、形体设计胡磊、人物造型设计文戈等所有主创以及全体优秀的演员，他们的二度呈现，他们创造的各种人物和偶人物，完成了一个天马行空的剧本！他们用想象、身体和灵魂，为我们营造了充满艺术表现力的、可爱的大自然和无数可爱的生命。

附录 2

一个纯粹的故事，一次全新的创造

——《萤火虫姐弟历险记》导演阐述

（发表于《新剧本》2021 年第二期）

毛尔南

现实题材童话剧《萤火虫姐弟历险记》是一部通过儿童视角、借助童话讲述，进一步开拓“现实题材儿童剧”的一次独特表达。该剧采取双线索、复调式的叙事结构，以“童话时空”中萤火虫姐弟的生命经历和情感遭遇，同“现实时空”中三名小学生对自然界的不断发现进行交织，在时间上同步发展，在空间上交错并行。同时，剧作家冯俐不囿于人类中心论的情感表达，而是放眼于世间万物细腻情感，去引领当下孩子认知生命、感知生命、保护生命、尊重生命。

为排演该剧，我两赴湖北武汉、大耒山采风，有幸走进华中农业大学萤火虫实验室和萤火虫基地，近距离与萤火虫接触。这样的经历，不仅进一步从昆虫学角度对萤火虫有了认识，更重要的是让我获得了一次全新的情感体验。曼妙的萤火虫之美给我留下深刻的印象，也成为我创排这部作品的情感基点。对于生活在城市里的孩子来说，在剧场身临其境地感受到萤火虫之美好，一定是一次难忘的经历。从剧本开篇的“舞台上出现星星点点的流萤”，到最后“舞台上一片流萤落在每一个人的手上、头上”的构想，我以为，无论是剧作家对于“流萤”的构想，还是舞台上对“漫天流萤”的构建，它都应该是细腻充满情感的贯穿场面。“漫天流萤”满载着剧中三个孩子对“青山绿水”的无限遐想，寄托着萤火虫姐弟对人类世界的美好期许，更重要的是，观众将从中获得世间万物生命之光的情感体验。漫天流萤的“银河”将成为二度创作时，各部门集中力量共同去完成的一个“大招”。

如同“漫天流萤”这样的“大招”，在全剧中层出不穷。这绝非是创作者为了炫技博得观众们的眼球所为，而是一切从戏剧本体出发。首先，文本提供了极具想象力且充满诗意的“现实”与“童话”两重平行空间。“现实空间”讲述了今天生活在城市里的三个孩子，在放生、寻找和解救的过程中，了解到人与自然和谐相处的意义；“童话时空”讲述了萤火虫姐弟二人顽强生存、智斗天敌，从相互了解到彼此温暖，再到携手同行与人类成为朋友的故事。其次，剧中出现了三组形象系统：一是，现实世界中生活的曼曼、小哲和小科；二是，现实生活中存在以童话的方式呈现的萤火虫、蚂蚁、田鼠、蜘蛛、蝉和蚯蚓；三是，剧作家通过想象赋予生命的精灵群体和土地公公们。如此复杂的故事线索和形象系统，在儿童剧舞台上并不多见。但是，剧作家非常巧妙地将三组形象对于萤火虫的情感期许作为黏合剂，提供给观众一个窥探人类的视角。

基于此，本次创作要尽最大可能开掘舞台假定性，遵循表现美学的原则。在遵循生活逻辑、自然逻辑和科学逻辑的基础上，深化人物的规定情境和内心情感，充分运用极具表现性和象征性的语汇，构建舞台视觉形象。二度创作也将从人物形象和角色状态入手，根据剧中角色的基本设定和演员的实际情况，确定萤火虫姐弟的表演方式——由演员直接扮演。随后，再进一步确定形象设定、空间构建和表演风格等原则。这是与以往创作截然不同的方式。

在确定“萤火虫姐弟由演员直接扮演”原则的基础上，其他几组形象设定成为需要攻关的课题。该剧形象设定绝非是简单的人物造型，或是塑造角色，而是一次全新的形象创造，仅凭经验是无法满足创作所需的。剧中三组形象系统千差万别、大小各异、差距悬殊。在动物（昆虫）形象系统里，有肚子很大的田鼠，它永远想着吃饱，很圆滑，且特别听妈妈的话。有成群结队的蚂蚁，它们如同一个军团，总是成群结队地协同作战。还有凶恶的蜘蛛，它是全剧中最为恐怖阴森的昆虫，是萤火虫的天敌。这些形象比萤火虫大几十倍甚至几百倍，如果按照一般性拟人化、生活化的方式处理角色形象比例关系，是全然行不通的。创作者要以萤火虫为核心，寻找到每组角色与萤火虫之间的力量对比关系，通过形象性格特征和运动方式，借用更加自由、灵活、多变的木偶方式，抑或借助面具、皮影，甚至是装置来完成呈现。如蜘蛛、田鼠、麻雀应该是由几个演员共同操作来完成的形象，而且，这些形象有的是完整的，有的可以是由多个单元组合而成。在精灵群体的形象设定上，要寻找到每个角色的典型意向符号，并加以突出。如夜精灵的眼睛、雨精灵的云朵和土精灵的拥挤，并结合现代舞的肢体表达进行创作。土地公公的出现，代表着土地遭到破坏的三个阶段，他身上将附着各类“违禁品”，且由一名演员扮演。

为了让形象设定落到实处，剧组举办了两期共计20天的导演工作坊，通过“肢体与言语”和“物件与想象”两个主题，探索出剧中多个角色形象方案。儿童剧《萤火虫姐弟历险记》的排练厅，如同科学家的实验室，这里充满无限可能，只等创作者去开发。

在导演工作坊研发的基础上大胆创新，创造出独一无二的原创形象的同时，承载形象的生活空间也必将是写意、凝练、化繁为简的。该剧“童话空间”采用了典型的“旅行式结构”，在生物自然属性的袭击下，还有人为制造出的土地污染、光污染、水污染等更加强烈的阻碍下，萤火虫姐弟的历险，带来了戏剧情境的丰富变化，其中既有麻雀带着萤火虫飞翔的场面，也有被挖土机埋在地下的段落，更有在荒芜的土地上遇见土地公公的情景。同时，舞台还要解决“对立并行世界”和“巨大动态的灾难性场景”等戏剧场面，真可谓是上天入地。

“放大镜”作为空间主要意向元素，成为解决上述难题的妙招，它不仅可以建立起现实与童话之间的联系，同时，还构建起微观、宏观和平行的三重视角。放大镜的旋转、放倒、竖立的舞台动作，提供给舞台两个世界并存的逻辑。放大镜前，是人类孩子生活的世界；放大镜后，呈现出放大以后的昆虫世界。从最初，舞台一前一后两个表演区域相互并行、清晰分隔；到剧情发展越发尖锐，前后空间发生倒置；再到最后，剧情不断推进，打通萤火虫与三个孩子之间的情感关系，两个区域融合在一起，两组生命共同生活在一个空间。我们通过让空间不断发生变化，完成两个世界的必然联系，加强两组人物之间的情感关系，突出“共同生活、相互依存、相伴成长”的主题思考。

萤火虫的光亮是神奇的、梦幻的、绚烂的、诗意的、曼妙的，它用生命之光照亮夜空，点亮人类内心最柔软的温存。《萤火虫姐弟历险记》是一个纯粹的故事，更是一次全新的创造。当漫天流萤萦绕在剧场穹顶之时，戏剧的种子也必将种在孩子们的心里。

（作者系本剧导演。中国儿童艺术剧院创作室主任、国家一级导演）

附录 3

蛍火虫，飞到人间的小星星

（发表于《北京晚报》2021 年 1 月 2 日）

王松林

若不是坐在儿艺剧场，看着开演前悬挂在舞台正前方《萤火虫姐弟历险记》的剧目海报，真没好好想过，自己有多久没在夏天夜晚见到过萤火虫了。倒是清楚地记得，2006 年 9 月的某天傍晚，乘从大理到丽江的大巴中途休息时，旷野中，抬头望着满天的繁星（越看越多，以至头仰得都有些累了），那一刻我忽然意识到我在北京已有多年不曾见到夜晚的星星。如此算来，约是在那前后，虽然夏天每年都会如约而至，但萤火虫却不知是从哪一年起没有再出现，而我却不曾察觉。

小时候，柏油路、石板路不多，夏季，路边随处都是“野生”的花草。那时，不仅高楼大厦少，汽车少，即使是路灯，也不是每条街巷都有。树上的蝉鸣，水塘边的蛙叫，草丛中的蛐蛐、螳螂和忽闪忽灭的萤火虫，在阵阵野花和泥土的香气中（特别是雨后），是我们最熟悉的存在，一如玩了一天要回家的老屋，就在那里等着我们。长大后，看高畑勋的动画片《萤火虫之墓》，不仅感动于小主人公的悲惨命运，更理解了导演的深意：萤火虫是战时孩子们的情感寄托，也是弱者悲剧命运的隐喻。

舞台上的发生，我这代人有着同样的经历：夏夜，三五个伙伴一起在路边捉萤火虫，放进棕色的玻璃空药瓶中，怕闷坏它们用手堵住瓶嘴，时不时给它们换气……儿时的乐趣，至今难忘。但，剧中曼曼同学好像没我儿时那么幸运，她好不容易才有了一只萤火虫（真难想象在城市中她是怎样得到的，难怪那么珍爱），最终又被同学说服将它放飞。然而，比曼曼更不幸的是萤火虫——城市中再也没有了它们的容身之所。

这是一部科普类型的儿童音乐剧，两条线贯穿始终：一条是萤火虫姐弟在妈妈离世后，要躲避各种天敌慢慢成长，同时还要躲避人类对家园的各种入侵，寻找适合自己生存的桃花源；另一条是三名学生跟随科学家学习萤火虫知识并为恢复生态环境所做的各种努力。

这部环保主题的儿童剧和小观众们探讨的不仅是关注生命，关注生存权的话题，更主要的还是在引导、启发小观众思考该有怎样的生活观念、人生观念。

首先，《萤火虫姐弟历险记》这部剧告诉小观众，人类并不是地球的主人。在地球上，不只生活着人类，还有着许多动物、植物、资源……所有大地承载的一切，都是他的孩子。剧中土地公公伤心却又无奈地说："人类经常以为他们是我唯一的孩子，所以才会什么都要，不管不顾……"土地公公说的是对的！难道我们倡导的关爱、尊重、平等只适用于人与人之间吗？我们就这样一直奔跑向前，不看看最初设定的目标吗？人类为了发展给自己找了多种理由说明其必要性、合理性，但也陷入了见树木不见森林的误区。人类只有走出发展的误区——人类为什么要发展？怎样发展才是合理的、可持续的？——才能缓解、解放自己焦虑不安的"情绪"，才能解决好与其他生物不平等的关系所带来的诸多问题。

其次，它告诉小观众给予的重要性。剧中萤火虫弟弟饥饿难忍地向姐姐求助分一些食物给自己，被拒绝后弟弟说："我要是也像它们一样饿死了，就只剩下你一个了……"这话警醒了姐姐（毕竟，很多生物是依赖群体才得以生存的），它把食物分给弟弟，后来胖田鼠来抓它们时，也正是弟弟帮助了姐姐。其实这种给予与收获的良性因果关系不只存在于人与人之间、动物之间、其他生物之间，它是整个生态系统中网状的相互作用。只是这种理念普及得还不够、重视程度还不强。

再次，它告诉小观众该怎样与人交往，与自然相处。剧中小哲请曼曼放掉瓶中的萤火虫被拒时问曼曼："朋友会把朋友关起来吗？它属于大自然。所有的动物都应该是自由的！"是的，我们常遇到很多以爱的名义实施的行为，其中很多行为的本质却是控制，甚至是伤害！或许有时实施者确实出于好心，但至少没有学会尊重他人，未考虑他人感受，自我意志太强了。我们不仅要学会人与人的相处之道，更要学会如何与自然相处，不该把大自然看成是静止在那里被动地受人类管理、支配的空间。人类应把大自然当成是朋友，甚至是养育我们的父母一般去尊敬、关爱。但在本剧中我们却看到，土地公公囚首垢面，衣服上粘满了散发臭味的塑料袋、空瓶子，穿着不同花色的拖鞋……他是被我们打扮成这个样子的！我们的城市干净、整洁，城外却是一座座小山似的垃圾填埋场……我们未曾把不居住的空间当成不该被打扰的净土，却视作我们可支配下无用的、多余之地，使得土地公公只能无奈地接纳我们放肆得近乎野蛮式的入侵。与土地公公不同，那些会爬的蚯蚓、会走的小鸡、会跳的蟋蟀、会游的鱼儿、会飞的小鸟，面对环境污染，它们以各种方式选择逃离，远离人类，去寻找新的生活家园。以至于当土地公公去看望它们时，这些惊魂未定的小动物警惕地对土地公公实施“安检”，防止他携带的人类文明打扰、污染、入侵来之不易的最后家园。多么深刻的讽刺！或许很多小观众此刻还理解不了这种反讽，但当他们长大后如果回忆起今天的情景，可能会做些什么，以弥补父辈们犯过的错误。

最后，它让小观众体悟爱的真意是什么。编剧冯俐通过这个故事要告诉孩子们：爱有很多种，它不仅是无私地给予，也是宽容地接纳，还是放开的双手。这部剧在 2020 年年底新冠疫情发生后上演，有着某种暗合。整部剧反思、批评的同时也通过科学家提出了建议性的意见，给人留有努力改变的希望。这希望是暖暖的温度，生发出知耻后勇的决心、信心，将这种启迪传递给小朋友，也传递给他们的父母——这种温和的启迪是易于接受的。

为了将萤火虫这种很小的昆虫在舞台上较好地呈现，导演的处理是将比它大的动物再放大，并以多人操作木偶的形式活跃在舞台上——3 米多高的胖田鼠、9 人操作的毒蜘蛛，加之舞台上圆月多次不同功能的神奇使用、喜剧的节奏，使小观众获得了新奇的观剧体验。

如前所言，萤火虫可能是和城市上空的繁星一同消失的，因为小哲同学说“萤火虫是环境指标性生物”，当然，这是科学的讲法，但在很多小观众或我这个童年有和萤火虫做伴经历的人的眼中，更愿意把它们看成是黑夜中舞蹈着的精灵（本剧另设了一群夜精灵），是从天空飞到人间的许许多多的小星星！祈盼着，我们早日再看到它们在夜空闪烁，在草丛中眨眼！

（作者系中国戏剧出版社有限公司编辑部主任）

附录 4

儿童戏剧生态写作的一次用心探索

——童话剧《萤火虫姐弟历险记》观后

（发表于《中国戏剧》2021 年第六期）

徐　健

近些年来，生态写作日渐受到不同地域文学创作者的关注和青睐。从生态学视角介入文学，以大自然为表现与书写的对象，用生态意识观照现实问题，其目的不仅仅是反映生态环境的变化、呼吁对自然规律的尊重，而且还从人与自然、人与动物、人与环境的关系角度，构建和谐、健康、绿色的生态观和发展观，并用文学的语言、诗意的想象、生动的形象表达写作者对自然的感悟、生命的敬畏以及人类自身行为的文化反思。生态写作为儿童戏剧创作提供了新的题材和内容领域，由此而言，中国儿艺创作演出的童话剧《萤火虫姐弟历险记》可谓正当其时。

从《木又寸》开始，到之后的《小蝴蝶的妈妈在哪里?》《小萤火虫跟宝宝一样……》《唤福——梦中童话》，怀揣着好奇、感动、愿景与怜悯，大自然的生灵、奇妙的动物形象一次次进入剧作家冯俐的创作视野，成为其与孩子们分享内心真实、追寻戏剧本真的主要方式。而在冯俐所钟情的动物形象里，她似乎更加偏爱那些柔弱的、微小的存在，赋予它们生命的长度、性格的韧度与情感的温度，并从微观的世界延伸至对更为宏观的生态问题的思考。也许是“无心插柳”，但一种隐含着生态意识、绿色理念的创作倾向却让冯俐在儿童剧的生态写作方面“柳成荫”，形成了别开生面的立意格局与审美追求，而《萤火虫姐弟历险记》恰恰可以看作其在这一领域持续发力、深入探索的最新实践。

该剧通过萤火虫小姐弟的奇妙旅程，以小动物“感受”自然和生态的变化，以小姐弟的命运“光照”现实生活，既写出了保护自然、治理环境的重要性和迫切性，又在充满童趣色彩的叙事当中，普及了科学知识、贴近了时代生活，特别是在新冠肺炎疫情发生后，重新认识人与自然的关系、人与动物之间的关系，这些主题使该剧的创作有非常强烈的现实意义。可以说，从思想立意层面，该剧实现了儿童剧美学创作、生态写作与主题性创作的统一。

俄国作家普里什文曾说："我笔下写的是大自然，自己心中想的却是人。"冯俐也是在借助大自然向孩子们讲述人的故事。《萤火虫姐弟历险记》中，虽然存在着人类活动的现实世界，但是在小萤火虫等动物身上，也能找到人类生活中那些最常见的亲情表达与友情关系，也能看到它们为了更美好的生活而努力着、改变着。冒险、成长、母爱、友情等，这些耳熟能详的叙事元素在这部作品里面都有所涵盖，特别是冒险的情节很容易引起小观众的兴趣。他们关心的是主人公的命运、遇到的困难以及克服困难的方式，而恰恰在这样的冒险情节背后，冯俐嵌入了她的情感与关切。在笔者看来，该剧有冒险情节的新奇感，但相较于再现情节的曲折，它更倾向于表现的抒情，注重"以情动人""寄情于物"。这里有小姐弟之间的亲情，有小姐弟与土地公公、与冒险途中相伴的所有朋友之间的感情，情感是这部作品打动人心的基础所在。也正是在这种陪伴式的情感表现中，该剧把讲述的道理自然地融入其中，把科普的知识化入小动物的命运情感里，实现了想象世界与现实世界的对接。

剧作在价值取向层面，向孩子们传递了一种积极健康的生态观、和谐观、生命观。"月亮妈妈的孩子里面，最美的就是你们萤火虫""没有知了的歌声，夏天会寂寞，没有萤火虫，夜晚就会寂寞"，这些温暖而朴实的语言背后，是动物之间命运的休戚与共，是生命的平等与宝贵。尤其对萤火虫而言，它们的生长环境对自然条件要求极高，所以才能成为一个地区的"生态环境指标物种"。透过萤火虫在剧中的命运起伏，就能看到人类对环境的破坏，看到人与动物之间的紧密关联。此外，通过怪味公公，孩子们能够联想到土地的污染；看到雨精灵，就会想到水污染；看到蚯蚓，又能想到土壤遭到破坏等，一个个有趣又富有个性的形象，成为剧作表达生态关切的艺术载体。在塑造这些形象的时候，创作者不仅为每个形象设计了契合现实特点的行为方式，而且还赋予它们不同的功能性意义。比如，第一个"土地公公"的出现，他之所以被称为"怪味公公"，大家都不喜欢他，因为他为了他人的健康吸纳了所有的污染，承受了所有的垃圾与废料，成为人类污染土地的象征；比如，"雨精灵"没有水的轻盈、柔弱，反而让萤火虫小姐弟感到了被撞击的疼痛，就是因为它们来自被污染的溪水、河水、地下水，它们是被污染了的水源的象征。

在表达生态、生命的关切时，该剧没有一味地呈现美好的一面，展现出童话的单纯与美好，而是营造了一种危机的逼迫、环境的恶劣，呈现出了一种迫在眉睫的险境，这是以往儿童剧创作中比较少触及的叙事领域。于是，我们看到，一方面是人类对自然环境的不断索取，城市环境越来越水泥化，挖掘机、光污染、水污染、土污染等依次在剧中出现；另一方面是人类与动物的生命遭到威胁，特别是动物的生存空间不断窄化，绿色在减少，人与自然的和谐遭到破坏，像麻雀、蚯蚓相继被夺去生命，萤火虫小姐弟找不到适合自己的生存家园等。该剧通过直面自然遭受的重创、动物生存正在经历的痛苦，让孩子们意识到破坏生态环境、过度开发自然，不仅会带来贫困、落后，更重要的是威胁到人类自己的生存。所以，保护环境，改善生态，既是在保护我们生活的物质家园，也是在保护我们的精神家园。

在内容表现上，冯俐为该剧设计了两个时空交叉并行的叙事结构，一个是现实时空，一个是带有童话色彩的虚拟时空。两个时空各自发展，因为萤火虫而又相互交织、互为补充。比如，现实时空是曼曼、小哲、小科三个小学生寻找萤火虫的过程，这是他们的行动主线。特别是曼曼，她一开始觉得“小萤是我的朋友”“喜欢我陪着它”，以为萤火虫需要人类陪伴，但是当她知道了萤火虫是属于自然的，只有在自然里它们才最开心快乐时，才真正懂得了什么样的喜爱才是对萤火虫最大的爱护。可以说，小学生们对萤火虫的寻找过程也是知识不断积累、信息不断拓展的过程，更是孩子们在接触自然的过程中，逐渐融入自然，进而懂得人与自然和谐相处的过程。当然，在这两个明显的时空之外，剧作其实还设计了一个情感的、心灵的时空。这一时空来自萤火虫小姐弟对外界环境感知的变化，它们从对周边环境的恐惧、绝望到最后开启了新生活，从生命切身感受的视角，又让孩子们体会到了自然环境、生态环境的改变对主体内心和精神世界的影响。只有生活在美好的环境当中，我们才能创造更加灿烂的生活，才能有更为健康的、积极的、向善的心灵。该剧的语言是诗意、动人的，儿歌色彩鲜明的唱词令人印象深刻，读起来、听起来一点儿都不晦涩、抽象，它是戏剧的，也是文学的。此外，在给予审美感染的同时，该剧还加入了非常多的知识性内容，在趣味的形象中实现了寓教于乐。

《萤火虫姐弟历险记》是青年导演毛尔南在中国儿艺独立执导大剧场剧目的第一次尝试。演出的总体呈现简约而不简单，自由而不散乱，为以童话视角表现严肃主题、以童趣风格介入现实题材的舞台创造赋予了审美的新意。整个舞台以夸张的放大镜与倾斜的平面为主景，分割出童话与现实、实与虚两个特色鲜明的戏剧世界。透过放大镜的镜片看到的是放大了的动物世界，而舞台的前侧则是人类活动的空间，两个世界在讲述着两种“圈内”故事的同时，也形成了两个极端：一个是对自然和谐的向往，一个是过度索取带来的满目疮痍。在舞台形象的设计上，人与偶同台表演成为该剧的一大特色。大量不同类型偶的出现，使整个舞台的造型形象多变，特别是将小动物的形象用巨偶的形象进行表现，非常符合透过放大镜所观察的动物样貌。同时，一些细节化的童趣表达、设计，也让演出体现了趣味性与知识性的统一。比如，蚂蚁军团出现的场面，把蚂蚁群体觅食、群居生活的“团队精神”表现得幽默风趣；在夜精灵的陪伴下，萤火虫小姐弟依次出现的场景；萤火虫小姐姐背着蜗牛壳不让小弟弟分享美食的场面；剧中小姐弟同伙伴们一起荡秋千的设计等。诙谐趣味的表演和抒情化的意境，表现了成长过程中姐弟亲情的温馨与甜蜜，呼应了“无论是不是可以活下去，你离不开我，我也离不开你”的情感主题。

作为一次艺术创新的勇敢尝试，《萤火虫姐弟历险记》的创演收获了宝贵的经验，也留下了值得进一步探讨的话题，比如，如何使知识性、科普性的内容更好地融入剧情内容，如何在儿童剧创作中实现现实主题诉求与艺术诉求的统一等，都是值得创作者在未来深入思考的。但无论如何，该剧的艺术实践值得肯定且是成功的，尤其在文学与戏剧的同频、舞台与时代的同步方面，创作者敢于开拓、不拘一格、博采众长的艺术眼光和国际视野，让该剧成为当代儿童剧创作中一抹别致而隽永的艺术“风景”。

（作者系《文艺报》新闻部主任、副编审，文学博士）

附录 5

《萤火虫姐弟历险记》：一个生态诗学标本

（发表于《上海艺术评论》2021 年第六期）

马亚琼

现实题材童话剧《萤火虫姐弟历险记》（编剧冯俐，导演毛尔南）是一部典型的“生态戏剧”。剧作立足于重大现实生态问题，从儿童思维出发打通了生态学和戏剧学，运用“互文性”复调结构讲述了人类的孩子和萤火虫姐弟之间的爱与救赎，构建了一种“诗意栖居”的生态理想。以毛尔南导演为首的二度创作，还原并遵循了剧作中的生态原则和地球中心伦理，以表现主义美学为主要艺术手段，诗意地放大并强化微生态空间的舞台表达，为儿童观众的深度生态审美营造出了“有意味的形式”。整部戏秉承并超越了传统环保题材儿童戏剧，追求一种从“生态真理→生态伦理→生态审美→生态哲学”的诗学内涵。

一部为儿童创作的“生态戏剧”

如何在舞台上直面影响全球的生态问题，是一个世界性的热点和难题。因不满于戏剧对该问题长期的回避与沉默，生态戏剧（ecotheatre/ecodrama）于 20 世纪 90 年代在美国兴起，并迅速影响了欧洲、大洋洲诸国，成了一种新的戏剧理念和创作思潮。

最早提出这一术语的是美国街头剧领导人玛丽亚特 · 李。她说，“生态，源于希腊词汇，意思是‘家园’。戏剧，当然也来自希腊，意思是‘一个观看的地方’。‘观看’与‘看’截然不同，是一种富有想象地穿透事物表面的本领，一种将看不见的东西变得清晰明了的才能……生态戏剧，在这个意义上是一个审视我们自身和我们的家园的地方。它是一面镜子，一扇窗，有时是一道门。”①

《萤火虫姐弟历险记》正是在舞台上为孩子们打开了这么一道生态之门。在那里，剧作家彻底摒弃了人类中心主义，将自己对生态万物独特细腻的情感体验，借助童话的方式转化成了一个个饱满鲜活、具有生命质感的舞台形象。光污染、水污染、土地污染、农药化肥的过度使用等重大生态命题，也巧妙地在萤火虫的历险中以儿童能够理解和接受的方式一一展现。这是对世界生态戏剧人物关系固化（环保者与非环保者）和矛盾冲突单一（环保与经济等）的突破和拓展。

人们常想当然地以为童话剧是最简单不过的。用童话的方式来表达生态也没有什么难度，演员穿上各种动植物的服饰开口说话即可。其实不然。童话是以儿童思维和满足人类的（尤其是儿童的）愿望为根基的。无法进入儿童思维，就难以成功地寻找到孩子特有的心理图式和艺术表达。人物也就失去了灵魂和情感支撑，容易变得干瘪或沦为某种成人理性观念的代言人。

“真正的童话形象的塑造，不是简单的拟人或类比，而是杰出的与物交流、与神交流、与潜意识交流、与儿童交流的能力体现。”②《萤火虫姐弟历险记》中带有剧作家强烈生命体验的人物和情境比比皆是。剧作家凭借卓越的与物对话、共情的能力，进入儿童思维，营造了一个充满情感的生态场域。

它们当然是具有主观性的，但却严格遵从着自然法则。由是，萤火虫好像真的就是剧中那样，饱含着妈妈的爱和疼惜却只能自己长大。它们会机智地找寻食物，也会遭遇天敌，会勇敢地用臭屁和光亮来保护自己，也会在生命艰难历程中相依相守。它们变成了独一份的“这一个”，是儿童观众立刻会产生情感认同的对象。孩子们透过它们的视角对其他人物关系或事件产生情感判断。直至一个深层追问的出现：为什么人类要这样?

这是一种价值观的颠覆，人类成了生态共存中的一员，而不是万物的中心。传统的人文关怀扩大至了一种生态关怀，新的伦理关系得以传递。正如霍尔姆斯所言：“一种伦理学，只有当它对动物、植物、大地和生态系统给予

---

① Maryat Lee. To Will One Thing [J]. Anniversary Issue: *Dreams*, *Proposals*, *Manifestos.* The Drama Review, 1983, 27 (4, Winter).

② 李红叶：《安徒生童话诗学问题》，少年儿童出版社 2020 年版，第 187 页。

了某种恰当的尊重时，它才是完整的。”① 萤火虫姐弟的历险，其实就是剧作家带着孩子们一起审视人类自身和家园的过程。

“互文性”复调结构与生命寓言

倘若剧作只讲述一个萤火虫姐弟历险的故事，也不失为一个唯美的生态童话。但是，显然剧作家意不止于此，与童话空间并置的还有一个现实空间。它很像是一本图画书，童话世界是画面，现实空间是文字，彼此之间形成了一种互文性的复调关系。

童话世界的情节发展主要是由现实空间不断推动的。曼曼在小哲的劝说下，放生了快要生宝宝的小萤，才有了主人公萤火虫姐弟在夜精灵陪伴下的降生。姐弟能够活下来的第一口饭，是曼曼扔的一只小蜗牛。这些看似不经意的勾连，是一种有意为之。人类世界的所作所为，哪怕再微小，对于天上飞的、水里游的、地上跑的、土里钻的，都可能是上帝之手，也可能是灭顶之灾。

两种并置的空间，不仅仅是对情节的丰富和补充，还提供了不同的视角。儿童观众在宏观与微观的不断换位中，获得了生态审美的惊奇感与满足感。那像是在俗常生活里意外获取的一种非凡的才能，如哈利·波特在参观中突然发现自己听得懂蛇语一般神奇。他们比剧中现实人物更直观地了解萤火虫姐弟的身份、本领、遭遇、勇气、善良和智慧，也从情感上更理解土地公公的伟大、担当、痛心和无奈。

两条线索和空间并不是传统戏剧结构中相互紧密扭结的样态。它造成了一种“陌生化”和“间离”的效果。人类的孩子从“捕捉—买卖—放生—寻找—救赎”，走过了一条人与自然关系的生态隐喻之路。如果只有现实空间，不易唤起儿童观众对自然生态饱满的情感。如果只有一维空间的童话世界，又难以传达如此贴近的现实感。结构的间离本身也暗示了人类走进自然，“感同身受”地理解生态万物的难度。选取人类的孩子们作为现实空间的主体，是在生态问题上为儿童赋权，也是对儿童天性亲近自然的尊重和推崇。儿童

① ［美］霍尔姆斯·罗尔斯顿：《哲学走向荒野》，刘耳、叶平译，吉林人民出版社2000年版，第261页。

和萤火虫之间形成了“互文性”的回应。因为萤火虫姐弟的历险不仅提供了一种戏剧结构，更是一种成长的模式。儿童会从它们的成长变化和对生命的执着追求中获取精神力量。

小姐姐：我们走，走出去
无论多远都要走出去
回到夜空下，找到田野的风
泥土里的长梦：就是破土而出，自由飞行

它们面对人类的挖土机、沥青、水泥、高楼……实在是太渺小了。可是生命的力量却绽放得如此惊人和绚烂！人类的孩子们在找寻萤火虫的过程中，同样感受到了势单力薄、无能为力的悲哀。可是他们不仅从未放弃对萤火虫的爱，还通过救助姐弟俩，完成了对自己的救赎。

这就不仅仅是人类和萤火虫之间的关系传递，而是完成了生命寓言的表达。微小生物犹如此，人何以堪？即便命运多么身不由己，成长过程多么艰难，也可以像萤火虫姐弟那般心怀梦想，破土而出，自由飞翔！这对于身处成人社会法则的儿童们是一种莫大的鼓励和安慰。

现实题材的“表现美学”与诗意转化

作为一部现实题材的儿童戏剧，主创并没有固守于传统的现实主义“再现”手法。剧作植根于现实的幻想风格为二度创作提供了更多的可能性。导演处理明显追求一种诗化品格，总体朝着“表现美学”进行拓展。

谭霈生曾谈道：“如果说，再现的对象是客观化的世界，那么，表现的对象则是创作主体内心经验过的世界。后者也可能是一个外部世界，但却是经过创作主体的体验感受而主观化了的，甚至可能是变了形的，它是不能复制、不可模仿的，也就是说，它是用传统的写实性的语言难以再现的。”①

整部戏的创作风格偏重于表现美学，是导演基于剧作分析后的艺术追求，

① 谭霈生：《戏剧本体论》，中国戏剧出版社 2005 年版，第 284 页。

也是生态戏剧的特色。生态主体的多维度和人格化，主体间性的多元对话，都是饱含了创作者自身的生命体验的，具有自然和自我的双主体性。这部戏的三大人物体系中，除了现实空间中的人类，动物界里的萤火虫、小知了、胖田鼠、麻雀、蜘蛛，还有土地、夜精灵、土精灵、雨精灵，等等。大小形态差异悬殊，舞台呈现难度较高，且各种精灵们更是无从参照，难以写实性再现。

导演毛尔南和舞美设计申奥创造性地运用“放大镜”将微观世界和人类空间相联结，巧妙地解决了萤火虫和人类同台出现的物理逻辑难题。开场静谧、祥和、梦幻的生态场域的构建非常成功，弥漫着夜晚一种温馨美好的氤氲。硕大灵活的田鼠、展翅飞翔的麻雀、隐蔽神秘的蜘蛛、弯弯扭扭的蚯蚓……大自然的动物们在月亮妈妈的凝视和照拂下自由地生活玩耍，传递着浓郁的诗情意趣。

夜精灵形象的找寻是一大亮点，打破了夜晚在以往儿童文学艺术中的负面形象。比如要把黑夜缝进被子、塞进锅里煮成汤的《讨厌黑夜的席奶奶》，抑或是《吃黑夜的大象》。它们在这部戏里不仅是善良友爱的人物形象，需要快速躲闪来自人类的强光，还会充当歌队进行叙事、抒情、议论等。主创找到了画在演员手和脚上的“眼睛”形象来表达。大大小小错落有致的独特的夜精灵们，在舞台调度和场面处理上表现得很有艺术感染力。比如，它们在聚光灯和干冰的笼罩下，被导演推到台唇站成一排，各种扭曲、挣扎、拼命遮挡的形体设计，配着撕心裂肺的歌声和质问，将夜晚在人类光污染的逼迫下的苦痛，进行了放大式的具象化表达。对于孩子们来说，夜晚不再面目可憎，而是需要呵护的对象。三岁半的女儿看后，赶紧叮嘱妈妈：“快关灯吧，夜精灵要出来了。”

萤火虫智斗蚂蚁军团、偶遇胖田鼠等场面处理体现出了毛尔南对于儿童观众审美心理的熟悉和满足。节奏的整体把控和游戏化的童趣表达，透露着一种孩子特有的幽默。他尤其注重人物情感的开掘、形象的塑造和场面的铺排。比如他对萤火虫姐弟的出场进行了精心的设计和情绪的铺陈，使得生命诞生的奇迹和美妙之感呼之欲出，唤起了儿童观众对它们由衷的热爱。

在导演和演员的共同努力下，人物形象的内心状态、心理向度、关系变化无一不从儿童视角得以直观生动地呈现。饰演萤火虫姐姐的唐妍成功塑造了一个活泼、有趣、机敏、勇敢、善良、幽默的人物形象。她充分调动眼神、表情、肢体、台词等一切手段来精准地刻画人物性格，反映人物关系的推进和变化。姐弟情感发展线被演员们表现得清晰明了，使人信服且感动。整个舞台流淌着浓浓的相扶相持的爱意。怪味公公代表的是大地，是地球，是生养万物的载体。舞台上他人格化的形象带有几分戏谑般的反讽。脏兮兮的衣服上飘着两个塑料袋，脚上踩着人类的两只硕大无比不同色的塑料拖鞋。作为全剧承载最厚重的人物，怪味公公的心理情感历程，也表现得层次分明，收放自如。

怪味公公：你们都是我亲亲的孩子啊！
我希望你们可以像我一样……
不，我希望你们永远不要像我一样……
我是说，我希望你们可以像我一样，让这周围一点一点地变干净……
不，不，我其实真的希望……你们永远不用像我一样……

臭气烘烘、可爱善良、包容一切的怪味公公内心里有太多的痛楚、矛盾和挣扎。他情急之下希望土精灵们可以一起努力，可又不忍它们像自己这般不堪；希望它们有所觉醒，因为改善环境实在是刻不容缓，可又心怀希冀愿孩子们有片净土，不再遭受苦难。饰演土地公公的刘晓明演得形神兼备，台词的拿捏和处理令人潸然泪下。

剧终时，整个剧场漫天飞舞的星星点点的萤火虫灯效，引发了观众们惊呼不止的喜悦。那绝不是故意炫技，而是用浸润式的体验激发起儿童观众对于自然生态的情感审美。我们似乎可以听到导演在表现了乌托邦式的生态理想之后，发出的一句由衷的期许：愿孩子们又见流萤。

儿童戏剧中的生态诗学

安徒生说，“只要有意识地去听，再加上足够的耐心，任何人都可以在自然界中寻觅到一种独特的精神和声音”①。然而，纵观中外儿童戏剧发展史，能够如此倾听自然并成功诉诸文学表达和舞台转化的人并不多。

很多标注为环保题材的儿童戏剧还停留在理念植入的层面上，缺失了内在情感自然生发的真挚和灵魂。“环保剧”某种程度上也因此成了主题先行，且带有一定说教色彩的代名词。

其实，中国儿童戏剧中表达人与自然关系的作品，早自黎锦晖的《麻雀与小孩》就已经开始了。《萤火虫姐弟历险记》秉承了这一传统并进行了积极的探索：尊重儿童与生态之间的天然亲密性，给他们赋权，引发他们思考。以童话的方式，巧妙地将重大现实生态问题置于戏剧行动的中心。彻底摒弃环保题材中“利人”的维度，构建生态伦理，围绕自然和自我双主体性展开戏剧情境和人物关系的铸造。以生态真理为基本原则，将创作者对广阔生命的情感体验与儿童思维进行双向交流，在舞台上运用一切艺术手段激发起他们深层的生态审美。从情感深处尊重并疼惜每一种生命与非生命体（夜、雨、土），而不是停留在理性认知的说教。对生态危机的反思上升到生态哲学角度，提供了一种人与生物共同“诗意栖居”的生态理想和世界观。至此，“生态真理→生态伦理→生态审美→生态哲学”的诗学探索得以完成。

当然，艺无止境。如果生态理想场面能够进一步提炼和诗化；戏剧后半段能够将“表现性”舞台语汇贯彻到底，减少因写实性场景多次转换与全黑切光造成的零碎感和出戏等待……那么，也许这部戏对生态诗学的表达会更加完整和动人。

（作者系儿童文学博士，国家公派英国剑桥大学联合培养博士研究生，
中国儿童艺术剧院副研究员）

① ［丹］詹斯·安徒生：《安徒生传》，陈雪松、刘寅龙译，九州出版社 2005 年版，第 210 页。

附录 6

现实与童话，一场关于生命的遇见

——谈现实题材童话剧《萤火虫姐弟历险记》的艺术创作

（发表于《新剧本》2021 年第二期）

陈予婧

现实世界与童话想象空间交织、地面微观世界昆虫大作战、萤火虫“灯光秀”闪烁夜空……这些听起来充满现代感的创意和新奇酷炫的舞台呈现，观众一定以为是某个国外商业儿童剧团的“引进剧目”。但事实上，它是中国儿童艺术剧院 2020 年在疫情后上演的一部现实题材儿童剧《萤火虫姐弟历险记》。

作为儿童剧艺术创作的“国家队”，中国儿童艺术剧院始终坚持“三并举”的创作方向，即现实题材创作、中国优秀传统文化传承、世界经典作品引进介绍。而现实题材儿童剧创作因其关注当下，肩负着书写历史、面向未来的使命，自然是创作的重中之重。由中国儿童艺术剧院院长、剧作家冯俐，优秀青年导演毛尔南，优秀舞美设计申奥，获得戏剧“梅花奖”“文华奖”“学院奖”“金狮奖”的优秀演员刘晓明、唐妍等艺术家组成的创作团队，始终不甘于“中规中矩”地讲故事，坚持突破、创新的思路，翻越创作的“高山”，推出了一系列“立得住”的儿童剧作品。从以小银杏树为视角，目睹社会变化、见证生命成长、经历人情冷暖的针对现实生活、用寓言的方式表达的独角戏《木又寸》，到讲述少年明子跟随师傅、师兄进城务工，在面临人性的抉择时，领悟到“山羊不吃天堂草”的隐喻的成长戏剧《山羊不吃天堂草》，此番创作的《萤火虫姐弟历险记》在人物形象的设置，情节结构的编织，象征、表现、怪诞等多种风格流派的杂糅和以儿童为视角关乎情感、生命、爱的主题内涵等戏剧创作的各个环节上，将现实题材与童话的表现形式巧妙地融合在一起，在艺术审美和社会价值上均取得了令人满意的成绩。

三类人物、两重视角：构建现实和童话的戏剧时空

儿童剧《萤火虫姐弟历险记》中共有三种类型的人物，一类是现实空间的三个孩子曼曼、小哲、小科，还有科学家和摆摊人，他们是来源于现实生活的典型人物，与观众保持一致的视角；另一类是在现实中存在，但以童话方式展现的小萤、萤火虫姐弟，以及田鼠、蜘蛛、麻雀、蚯蚓等，它们是典型的童话世界当中的人物，通过剧作家的想象，用拟人的手法赋予其生命和思想感情；还有一类人物，就是夜精灵、雨精灵、开心土精灵和怪味公公、伤心公公、开心公公等三个土地公公，他们是民间神话传说中的人物，在现实中并不存在，他们既不是人，也不是动物，但可以与童话中的人物进行对话交流。这三种人物在剧作上，将“现实”和“童话”两个看似矛盾的、并不平行的时空扭结起来，推动剧情的发展。

在“现实时空”的情节线当中，女孩曼曼把一只即将生产的萤火虫当作宠物，却在伙伴小哲的劝说下将它放生，又因担心它们一家的安危而一路寻找，最终和伙伴小科父子一起搭建生态保护园区。而“童话时空”则上演了一场萤火虫姐弟的冒险之旅，它们在母亲小萤离去之后，在公园水边草丛中与蚂蚁、田鼠、蜘蛛展开较量，与土地公公、蝉、精灵携起手来，在被人类污染的环境中艰难生存下来，最终意外获救，进入到实验室中去。

这就是该剧的“双线”戏剧结构，在时间上同步发展，在空间上有交错，也有并行。但不同以往的是，该剧的“双线”是不同视角、层面的空间，一个是小学生视角的现实世界，一个是像是用放大镜看去的微观动物世界。因此，单看每条情节线也存在不同的戏剧结构。动物世界采用典型的“旅行式结构”，与《绿野仙踪》《西游记》等“历险记”式的儿童剧相似，萤火虫姐弟像是“过关打怪”一样，在城市和乡村都面临食物短缺、其他动物袭击、环境污染等矛盾冲突的袭击和阻碍，为了活下去，都使出了浑身解数，终于进入到温室的乐园。这条情节线的展现是童话式的，充满了拟人、夸张等色彩。而另一条现实世界的情节线，三个孩子的戏剧动作就是寻找和拯救萤火虫一家。在此过程中，他们学习了法布尔《昆虫记》的知识，并以自己的力

量阻止了把昆虫当烧烤食材的行为，为生态保护做出了小小的贡献，心灵获得了成长。这条线索上的情节完全是在反映现实生活，以儿童的视角透视社会中的问题。

除了人物、情节结构，两个时空的台词也有着明显差异，完全贴合现实与童话两种不同风格体裁的样式。在现实世界中，台词是以现实主义原则为基础的对话。而在童话世界，昆虫、动物、精灵、神仙的语言既有拟人的对话，也有富有抒情性、诗化的独白，同时载歌载舞，充满童稚色彩。尤其是精灵们承担着营造童话氛围、渲染母爱情感的“歌队”作用，台词质朴感人，如萤火虫姐弟在联手成功“智斗”田鼠，相拥永不分离时，夜精灵们唱道：“小姐姐，小弟弟，相拥在一起/手拉手，肩并肩，静静在一起/我们都默默祝福它们，相亲相爱/手拉着手，肩并着肩，永远不分离。”

将两个完全不同时空、风格体裁的情节线索交织在一起的剧作结构在儿童剧中算是首创。与之拥有相似结构的是布莱希特的《四川好人》，其中一条线索是富有神话色彩的三个神仙在寻找“好人”的过程中处处碰壁，唯一的希望是妓女沈黛……另一条线索是沈黛开办烟厂，却为了维持生计不得不假扮哥哥隋达，剥削村民而引发控诉。外层结构是带有寓言性质的神仙视角，内核是现实主义的残酷真相，整部剧的“双线”结构有力地推动剧情的发展，引人深思什么才是真正的“好人”。

《萤火虫姐弟历险记》显然是儿童剧中不多的使用复杂结构的作品，经过宏观和微观视角的挖掘，多重主题也得到了展现。最终，剧作家给予了人类和大自然一个温暖的带有理想主义色彩的结局——将萤火虫送到保护区去，既满足了观众不希望“童话里都是骗人的”的期待，也是对现实世界中更美好的自然、科学、生态家园的呼吁。

象征、表现、怪诞：
二度创作中对现实主义创作原则的突破

剧本提供了良好的基础之后，导演在二度创作中的关键便是如何在一个完整的舞台上同时展现童话和现实两个世界。该剧导演将舞台的主体部分交给萤火虫姐弟历险的一幕幕，用一个圆形结构来装载起来。而现实世界的内

容尽量放在舞台的前区，靠近观众席，比如公园草丛、烤串摊位、小哲家的书房，等等，让观众仿佛“近在眼前”，能够设身处地地看见现实中的现象，而远处的属于童话和幻想。

此外，对于剧中萤火虫姐弟在“历险”过程中遇到了各式各样的昆虫、爬行动物，等等，导演在造型设计、表演风格上花了心思，赋予它们象征、表现、怪诞等多种戏剧流派的表现手法。最典型的便是身上散发臭气并装满各种洗涤剂、矿泉水瓶、废电池、杀虫剂、塑料袋等“违禁品”的怪味公公，它象征着被人类不文明行为污染的土地，造型上五颜六色，邋里邋遢，却因拼贴了各种“装饰”而带有一种朋克的风格，像极了前些年在网络上走红的“犀利哥”。这种怪诞的形象强势地表达了对人类亲手破坏、污染生态环境这一行为的嘲讽和批判，另类地展现出“土地”满目疮痍的形象。

这种怪诞风格的表现手法早在迪伦马特的名剧《天使来到巴比伦》中便出现过，剧中神学家、将军、警察、艺伎等人物纷至沓来，最终构成了一幅丑陋、荒唐的世俗风景画，充满了对当时社会的讽刺和批判。而《萤火虫姐弟历险记》中“童话世界”的动物和神话人物们，如成群结队却害怕闻臭屁的蚂蚁，胖胖的却害怕光的田鼠等，虽没有怪诞到极致，却因其带有喜剧色彩的呈现足以令人意识到在恶劣生态环境中的生存处境。

而剧中怪味公公的台词，如“这些东西，本来可以喂饱我多少大大小小的孩子，可就这么白白地腐烂了，比我还臭！这些可怕的塑料，还有这些可怕的口香糖，不知道又会害死多少天上飞的、地上跑的、水里游的大大小小的孩子！还有这些可怕的废电池、化学品，早晚会让我所有的孩子都活不下去……”这些台词带有明显的独白倾向，是以自我为对象的强烈情感的抒发，因此具有一种表现主义美学风格的倾向。这也使得怪味公公区别于其他神话形象，是全剧最富有光彩的“异类”。

自然、冒险、爱：
多重母题的审美和表达

不同的观众对该剧的多重主题有不同的感受，有的关注萤火虫姐弟能否活下来，有的看到了日益严重的生态和环境问题，有的感受到了人、环境、

动物之间和谐共处的“爱”，这都要归因于文本在故事层面之外的反思精神。同时，剧作家只是提出问题，并未给予标准答案。

首先，剧中清晰地展现了诸多生态问题：垃圾污染、拆迁导致的建筑垃圾污染、河流污染、废水污染、油烟污染，等等，同时呼吁公民保护环境、爱护动物。萤火虫姐弟所目睹的现实，便是人类过度开发、攫取自然资源、被消费行为异化的结果，人与自然的关系渐渐走向失控。

除此之外，该剧也对人类与动物之间的关系进行了富有哲思的探讨。养宠物这一行为的出发点是爱，但在曼曼和小哲的台词中也反复提到“没有买卖，就没有伤害”。爱的行为不自觉诱发了在经济利益驱动下的捕杀恶行，我们是该养，还是不该养呢？同时，圈养还是放生，哪一种才是对待动物最好的方式？该剧也通过主人公与萤火虫贯穿始终的聚和散、寻找与保护，进行了探讨。英国戏剧理论家马丁·艾斯林说过：“戏剧是特定情境下人类灵魂的实验室。”在剧中，观众以儿童的心灵感受到了对另一个生命救助后的快乐，放生的痛苦，担忧的焦灼，以及将这份情感传递给更多生命的“大爱”。正如曼曼在看到萤火虫为了活下去而吃掉蜗牛的时候，发出“蜗牛也好可怜”的感叹。该剧用深刻的笔触和温暖的观照告诉观众：爱不是占有，而是成全；爱不应该有唯一的对象，而应该是万事万物。

依照儿童文学研究者刘绪源在《儿童文学的三大母题》中所总结的，儿童文学作品被划分为“爱的母题”“顽童的母题”和“自然的母题”三类“元主题”的美学特征。如果依照这个分类去探寻该剧的母题，毫无疑问是多重的审美和表达。剧中既有“体验动物和植物的生存状态，体验‘外化’的山水花木与一切陌生的生命”的“自然的母题”，又充满了“奇异幻想与放纵感”和“儿童自己的眼光，对自己的世界与成人的世界的无拘无束、毫无固定框架可言的眼光”的“顽童的母题”，但剧中最核心和内在的主题却是包含了“母爱”的“爱的母题”。小萤在生命的最后时刻，用尽力气唱“宝宝，我不知道这是什么地方/醒来的世界，就是你们的家乡/妈妈要去月亮妈妈身边/未来一切都要你们自己承担”“活着，活着，好好活着/没有萤火虫飞舞，夜精灵也会寂寞”。这是动物世界里最质朴、最共通的母爱表达。而曼曼、小哲、小科对萤火虫一家不顾一切的守护，同样展现了少年儿童对待自然界和动物的“大爱”。同样地，“爱”的含义也包含土地公公对人类和物质世界像对待孩子一样的“母爱”，象征着自然界对人类的理解、宽容和接纳，是一种宇宙性的博大的爱。

到最后，该剧的主题上升到一个更加宏大的层面，是对生命的尊重，以及对生命本质的探寻。正如作家龙应台在小说《目送》中所说：“所谓父女母子一场，只不过意味着，你和他的缘分就是今生今世不断地在目送他的背影渐行渐远。你站在小路的这一端，看着他逐渐消失在小路转弯的地方，而且，他用背影告诉你：不必追。”生命是一场遇见。三个孩子与萤火虫一家的相遇、错过、追寻与守候的故事，正是生命的寓言。他们并不知道曾经在大千世界中有过交集，但对生命的尊重让这份爱传递到彼此身边，连接万事万物，让残酷的现实变成了美好的童话。这或许是儿童成长过程中一个极其微小的瞬间，但这颗种子会随着他们对生命本质的认识和感悟的成长贯穿整个人生。所以该剧是萤火虫姐弟的历险记，也是儿童认识生命、懂得爱的“成长记”。

（作者系中央戏剧学院编剧理论方向博士研究生，青年编剧）

幼儿戏剧

毛毛虫班的胖胖和苗苗

（此系未发表作品，版权已注册）

创意、编剧　冯　俐

这个作品我试着写给普通幼儿园包括小学低年级的孩子们，他们太缺少可以由老师为他们排演的戏剧了。欢迎幼儿园、小学和少儿戏剧培训机构的老师们使用。请事先后向 mkmk05@126.com 邮箱发送邮件，说明单位及负责人姓名并得到回复，即被视作获得此剧本的无偿使用权。请在排练和演出中注明编剧、作词：冯俐，以维护作者署名权。也欢迎将排演情况及成果包括参赛获奖等情况向上述邮箱报告、分享，以帮助我获得相关经验和信息，继续为孩子创作更多可以由孩子来演的作品。

人　　物：毛毛虫胖胖（老师扮演）——新来毛毛虫班的很胖的小男孩。

毛毛虫苗苗（老师扮演）——新来毛毛虫班的很瘦的小女孩。

毛毛虫班小朋友（全班小朋友扮演）——幼儿园中班或大班孩子。

各种食物（全班小朋友扮演）。

汗珠（全班小朋友扮演）。

注：

这个节目，由两位老师和一个班（大班或中班）的全体小朋友共同完成。

小朋友们在这次演出中，几乎每一个人都将要扮演三个不同的角色：毛毛虫班里的毛毛虫、不同的食物、汗珠。

故事梗概：

毛毛虫班的小朋友当然都是小毛毛虫。它们在幼儿园过得很快乐。

新来了两个小朋友，一个叫胖胖，一个叫苗苗。

开饭了，所有的食物都希望自己能够被小朋友喜欢，能进入小朋友的肚子里。

但是，苗苗很挑食，什么都不喜欢吃。被拒绝的食物们都很失落。

胖胖正相反，他什么都爱吃，只是，他吃得太多了。吃掉了所有的食物。

这下，胖胖胖得变了样，行动都困难了，可难受啦。这可怎么办呢？

台下的小朋友告诉他：要锻炼，要减肥。

胖胖开始去跑步。被他吃到肚子里的太多的食物，都化作汗珠跑了出来。

胖胖恢复了。

苗苗也改掉了挑食的习惯，不那么瘦了。

毛毛虫班的小朋友们开心地看到小伙伴都养成了健康的好习惯。

［前奏。全班小朋友都装扮成毛毛虫上场。欢乐的歌舞《健康快乐每一天》。

全　体　（唱）幼儿园，幼儿园
宝宝天天来上“班”
我们都是毛毛虫
这是可爱的毛毛虫班
幼儿园，幼儿园
早上出门不偷懒
长大的宝宝不一样
天天都上幼儿园

分　组　（唱）A组：幼儿园里睡午觉
B组：幼儿园里吃饭饭
C组：幼儿园里有玩具
D组：幼儿园里有伙伴

全　体　（唱）幼儿园，幼儿园
快快乐乐每一天

［可爱的铃声。

画外音　小朋友们，现在是做操时间了。小朋友们，现在是做操时间了。

全　体　（唱）互助友爱长本领
动手动脑常锻炼

［全体小朋友跑下。

［短暂的间奏。

［老师甲和老师乙，像小朋友一样，唱着跳着上场。

二　人　（清唱）幼儿园，幼儿园……

［看到对方，互相打招呼：“×老师好!”“×老师好!”（用老师的真实姓氏即可）

［两个人同时示意对方，不要这么大声：嘘——

老师甲　我呀，今天是来参加小朋友们的排演的。

老师乙　我也是来参加排演的。

老师甲　我呀，要扮演一个刚刚来到幼儿园的小朋友——胖胖。你看，这是我的服装，等我一穿上，你就知道了。要知道，现在开始，我就是一个毛毛虫小朋友了。

［老师甲说着，将毛毛虫服装往身上一套。又拿出一个胖嘟嘟的毛毛虫面具偶，举在手上。面具很大，跟真人的个头差不多大小。

老师甲　（对小观众）现在，我就是刚刚来到毛毛虫班的小朋友——胖胖。像不像啊？

［小观众互动。

老师乙　我呀，要来扮演另一个刚刚来到幼儿园的小朋友——苗苗。现在开始，我也是一个毛毛虫小朋友了……

［老师乙说着，将毛毛虫服装往身上一套。又拿出一个瘦瘦的毛毛虫面具偶，举在手上。面具跟真人的脸庞差不多。比起胖胖的面具肯定是小多了。

老师乙　（对小观众）现在，我是刚刚来到毛毛虫班的小朋友——苗苗了。像不像啊？

［小观众互动。

老师乙　（向老师甲伸出手）你好，我叫苗苗。

老师甲　（跟老师乙握手）你好，我叫胖胖。

［间奏。《我是胖胖》。

胖　胖　（唱）我的名字叫胖胖
个子高高身体壮
爱吃鸡鸭和鱼肉
爱喝饮料爱吃糖

胖　胖　（问小观众）幼儿园有鸡鸭鱼肉吗？（小观众互动）有，那我就放心了！那，有没有各种饮料呢？（小观众互动）没有哇！那多没意思啊！（做出一副失望的样子）

［间奏。《我是苗苗》。

苗　苗　（唱）我的名字叫苗苗

身材苗条个子小
我吃饭少吃菜少
不吃水果睡觉少

苗　苗　（问小朋友）幼儿园一天吃几顿饭呀？（小观众互动）三顿？跟我在家里一样，真没劲。那，幼儿园里有没有大人，拿着勺子给小朋友喂饭呀？（小观众互动）没有?！太好啦！（高兴地跳着）没人喂饭就可以不吃了……

［好听的铃声。

画外音　小朋友们，现在是午饭时间啦。小朋友们，现在是午饭时间啦。

胖　胖　（开心地）噢！开饭喽！

苗　苗　（不开心地）哦，又要吃饭。

［音乐进。《洗手歌》。

胖胖和苗苗

（唱）开饭了，开饭了
好好洗手很重要
洗完手心洗手背
擦干小手来坐好

［两个人唱完，给自己戴好小围嘴。

胖　胖　（开心地）噢！开饭喽！

苗　苗　（不开心地）哦，又要吃饭。

［间奏。《快来吃我吧》。

［第一组，扮成荤菜的小朋友组上场。歌舞。

鸡鸭鱼肉　（唱）荤菜、荤菜、荤菜
鸡鸭鱼肉做成
身体需要脂肪
身体需要蛋白
快来吃我吧，快来吃我吧

［荤菜们跑到苗苗面前。

苗　苗　（推开它们）我不要吃，我不要吃。我讨厌吃肉！

胖　胖　我喜欢，我喜欢，我最喜欢吃荤菜！

［胖胖说着，张开大嘴巴（那张一人高的脸上，嘴巴本身就很大，又能打开，变成了一个洞一样）。

［胖胖一边唱，一边把自己的那一半“荤菜”吃了进去（从面具上的“大口”里依次钻进去）。面具偶的后半面，是大大的毛毛虫状的布袋。

胖　胖　（唱）张大我的老虎口，啊呜——
吃了大鱼吃大肉，哇呜哇呜哇呜
妈说我像小老虎，哇呜哇呜哇呜
见肉就像不会走，哇呜哇呜哇呜

苗　苗　（推了推自己眼前的荤菜，问胖胖）你还吃吗？

胖　胖　吃！（唱）来吧来吧快来吧，啊呜——
吃了大鱼吃大肉，哇呜哇呜哇呜
妈说我像小老虎，哇呜哇呜哇呜
见肉吃起就没够，哇呜哇呜哇呜

［胖胖唱着“吃”着，所有的“荤菜”都钻进了胖胖的肚子里。

苗　苗　哇，你都吃完了！

［间奏。《快来吃我吧》。

［第二组，扮成素菜的小朋友组上场。歌舞。

白菜青菜　（唱）素菜、素菜、素菜
青菜豆腐蘑菇
身体需要纤维
身体需要锌铁钙
快来吃我吧，快来吃我吧

［一半素菜们跑到苗苗面前。

苗　苗　（推开它们）我不要吃，我不要吃。我讨厌吃菜！

［胖胖大口吃着属于自己的另一半素菜。

［胖胖唱着吃着，一小半“素菜”从“大口”里，依次钻进了胖

胖的肚子里。

胖　胖　（唱）嚼呀嚼呀使劲嚼，哇呜哇呜哇呜
吃了蘑菇吃青菜，哇呜哇呜哇呜
素菜没有肉好吃，哇呜哇呜哇呜
少吃几口算交代，哇呜哇呜哇呜

苗　苗　（推了推自己眼前的素菜，问胖胖）你还吃吗？

胖　胖　（摇头）我自己的这份都没吃完！

［剩下的素菜两头争取着——

剩下的素菜

快来吃我吧，快来吃我吧
快来吃我吧，快来吃我吧

胖　胖　（推开它们）去去去！（对苗苗）我把它们全都悄悄丢进垃圾桶里，免得让大人发现。

［苗苗拍手，偷笑。

［剩下的素菜伤心地唱着，离去。

剩下的素菜

（清唱）我们好可怜，我们好可怜
白白长成菜，白白做成菜
那么多人忙来忙去
我们白白变成了垃圾
我们好可怜，我们好可怜
白白长成菜，白白做成菜……

［间奏。《快来吃我吧》。

［第三组，扮成主食的小朋友组上场。歌舞。

米饭馒头　（唱）主食、主食、主食
馒头面条米饭
包子饺子花卷
吃主食才叫吃饭
快来吃我吧，快来吃我吧

［一半主食们跑到苗苗面前。

苗　苗　（推开它们）我不要吃，我不要吃。我讨厌吃主食！

［胖胖大口吃着属于自己的另一半主食。

［胖胖边唱边吃，“主食”从他的“大口”里，依次钻进了胖胖的肚子里。

胖　胖　（唱）香呀香呀真是香，哇呜哇呜哇呜
又香又甜是米饭，哇呜哇呜哇呜
香呀香呀真是香，哇呜哇呜哇呜
馒头又香又暄软，哇呜哇呜哇呜

［胖胖看着苗苗面前的主食。

胖　胖　主食你也不吃？

［苗苗大力摇头。

胖　胖　我来替你吃！（冲主食们招手）来来来……
（唱）来来来来来来来，哇呜哇呜哇呜
米饭馒头一起来，哇呜哇呜哇呜
爸妈天天让减肥，哇呜哇呜哇呜
主食只给吃一半，哇呜哇呜哇呜

苗　苗　天哪，你把它们都吃光了！

胖　胖　这算什么！（打了一个响亮的嗝）

苗　苗　天哪，你看看你的肚子，变得好大呀！

胖　胖　我还可以吃——

［间奏。《快来吃我吧》。

［第四组，扮成水果的小朋友组上场。歌舞。

苹果香蕉　（唱）水果、水果、水果
苹果橘子香蕉
菠萝鸭梨葡萄
维生素人人需要
快来吃我吧，快来吃我吧

［一半水果们跑到苗苗面前。

苗　苗　（唱）我可以吃点水果，哇呜哇呜哇呜
每样不能吃太多，哇呜哇呜哇呜
我的胃口不太大，哇呜哇呜哇呜
我的身体有点弱，哇呜哇呜哇呜

［胖胖已经“吃完”了自己的水果。

胖　胖　你不好好吃东西，身体不弱才怪！又不吃了？那我替你吃。

苗　苗　啊？你还能吃啊?！大人说，吃得太多也会得病的！

［胖胖已经自顾自地吃了起来。

胖　胖　（唱）我是吃啥啥都香，哇呜哇呜哇呜
膀大腰圆嘴巴壮，哇呜哇呜哇呜
不要跟我说减肥，哇呜哇呜哇呜
少吃一口饿得慌，哇呜哇呜哇呜

胖　胖　（心满意足地）差不多啦。要是再能喝上两瓶饮料，那就完美啦！

苗　苗　啊，你还能咽得下去啊？

胖　胖　没问题！哎呀……我的肚子好难受啊……哎哟……

［胖胖肚子里的食物们挤来挤去，互相吵闹着（只能听到声音）。胖胖难受地叫着。

肚子里的食物们
（唱）挤死啦，挤死啦
别踩我的脚，别踩我的脚
让开让开，让开让开
我喘不上气来啦……

［食物们的拥挤，令又大又肥的毛毛虫身体变得奇形怪状，不断变化。

胖　胖　我的肚子好难受啊……我的肚子好难受啊……

苗　苗　（担心地）胖胖，你没事儿吧？胖胖……

［苗苗要来帮胖胖，突然蹲在了地上。

苗　苗　哎呀我的头好晕啊！

［苗苗说着，就晕倒了。

胖　胖　（大叫）苗苗！苗苗！你怎么了？快来人哪——苗苗昏倒啦——

［一块幕布，从上而下，一下子遮住了胖胖和苗苗。

［画外音是救护车的声音。

［一队小毛毛虫（可以是扮演“被扔进垃圾堆的蔬菜”和没有进入胖胖嘴巴里的小朋友们，换回了毛毛虫的服装）拉着手上场。

［小毛毛虫们站在幕布前，静静地唱。

毛毛虫们　（白）苗苗住院啦。

（唱）营养不良，营养不良

就像小花小草没有水

没有水，小花小草会枯萎

小朋友挑食，就会营养不良

（白）胖胖又打针又吃药。

（唱）消化不良，消化不良

就像小花小草浇了太多水

水太多，小花小草会枯萎

小朋友贪吃，就会消化不良

［幕布里面传出声音。

苗　苗　（声音）我不是挑食，我是没胃口。

毛毛虫们　（唱）多做运动晒太阳

苗苗才能身体壮

胖　胖　（声音）我不是贪吃，我是胃口好。

毛毛虫们　（唱）多做运动多出汗

胖胖才能身体壮

［可爱的铃声。

画外音　小朋友们，现在是户外活动时间了。小朋友们，现在是户外活动时间了。

［扮演苗苗的老师，戴着苗苗的面具，吃力地跑过来。

毛毛虫们　苗苗，苗苗，你在干什么？

苗　苗　我、我在锻……炼，有了运动量，我就会有食欲了。

毛毛虫们　（鼓掌）苗苗加油！苗苗加油！

［苗苗跑得很吃力。

［毛毛虫们互相看了一眼，一起跑向苗苗。

毛毛虫们　苗苗，苗苗，我们陪你一起跑。

苗　苗　谢谢！谢谢好朋友们！

［几个小毛毛虫跟苗苗一起跑下。

［胖胖的歌声先传出来。然后幕布打开。

［扮演胖胖的老师，戴着正常大小的胖胖的面具，拖着鼓鼓囊囊的大口袋，呼哧呼哧地跑步。

［大口袋里，陆续钻出汗珠（原来被吃进去的“食物小朋友”，在胖胖的“肚子里”，换成了汗珠的服装，依次从大毛毛虫似的大布袋上、事先留好的缝隙中，钻出来）。它们原地跳着。

胖　胖　（唱）我跑步我跳绳我天天锻炼

汗珠一个劲儿地往外钻

汗　珠　（唱）出汗、出汗、出汗、出汗

胖　胖　（唱）我呼哧带喘我呼哧带喘

汗　珠　（唱）出汗、出汗、出汗、出汗

胖　胖　（唱）脂肪变肌肉，肥胖变强健

汗　珠　（唱）出汗、出汗、出汗、出汗

胖　胖　（唱）每天充分运动，每天放心吃饭

［随着“汗珠”都跑出去了，胖胖的身体（毛毛虫布袋）变得轻盈。

胖　胖　（开心）哈，我现在也很苗条啦！（问现场小观众们）我现在是不是很苗条呀？我的确很苗条了！苗条得我都快要认不出我自己了。

［苗苗带着刚才的那些小毛毛虫一起跑上来。面具胖了也红润了。

苗　苗　我也快要认不出我自己了！

胖　胖　哈哈，我的肉肉好像都跑到你那儿去了！

苗　苗　才不是呢。我长出来的，都是有劲的、健康的瘦肉！

毛毛虫们　哈哈哈哈……

胖　胖　好吧，我的肉肉、肥肉肉，都跟汗珠一起甩掉了。（指汗珠们）你们看！这么多汗珠……（发现汗珠们正脱去最外面的“汗珠”衣服）咦，你们不是汗珠吗？

汗珠们　（七嘴八舌）我们的节目演完了。

胖　胖　对了对了，你们都是小朋友们扮演的。就像我，刚才一直在扮演胖胖一样。

［胖胖拿掉面具，现出老师甲的模样。

苗　苗　我也是，刚才一直在扮演……谁呀？（小观众互动）那我实际上是谁呀？（小观众互动）对，我是你们的××老师！

［苗苗拿掉面具，现出老师乙的模样。

老师乙　现在，毛毛虫班——集合啦！

［所有小朋友也都恢复到毛毛虫的样子。

［回到开场歌舞《健康快乐每一天》。

［只是，比开场的时候多了两位老师。

［只是，所有人真的更快乐了。

全　体　（唱）幼儿园，幼儿园
宝宝天天来上“班”
我们都是毛毛虫
这是可爱的毛毛虫班
幼儿园，幼儿园
早上出门不偷懒
长大的宝宝不一样
天天都上幼儿园

分　组　（唱）A 组：幼儿园里睡午觉
B 组：幼儿园里吃饭饭
C 组：幼儿园里有玩具
D 组：幼儿园里有伙伴

全　体　（唱）互助友爱长本领

动手动脑常锻炼
幼儿园，幼儿园
快快乐乐每一天

剧　终

人偶剧

独牙象

（根据沈石溪、马轩旻小说《独牙象葬礼》改编）
上海木偶剧院委约创作，已收录《读步——2020上海新剧作》

编剧　冯　俐

时　　间：二十世纪五六十年代——当代。

地　　点：云南边陲，野生动物救助站。闪回中或有缅甸、泰国等地。

人　　物：阿诺（演员扮演）——男，曾经的象倌。救助站的“编外土专家”。他在全剧有四个年龄形象：童年阿诺（建议用偶）、少年阿诺、青年阿诺、老年阿诺。

大象阿宝（木偶形象）——雄性野象，救助站的人叫它“宝牙”。它在全剧也有四个年龄的偶形象：幼年象、童年象、壮年象、老年象。

雨开阳（演员扮演）——男，野生动物救助站站长。

夏玲玲（演员扮演）——女，救助站兽医。

李梦归（演员扮演）——男，救助站工作人员。

异乡姑娘青梅、大佬、不同时代村民等（均由演员扮演）。

序　幕

［七十年代。热带丛林。

［一群人敲着锣、响着枪，在围捕大象。

［二十多岁的成年大象阿宝，在奔跑中嘶叫，想要摆脱人类的围捕。

［舞台前区，壮年阿诺举着枪，跟着大象的奔跑瞄准。

壮年阿诺　（心声）这只大公象，应该有二十岁吧？两根象牙真漂亮。卖掉这两根象牙，分到我手里的钱，就够聘礼。青梅，好姑娘，为了你，为了咱们成亲，今生今世我要干一次伤天害理的事……对不起了，可怜的大象，谁让你被盯上了。被人盯上的大象是跑不掉的。与其活着被人捉到，还不如被人一枪打死……

［有人大喊着："阿诺，阿诺，大象过去了！"

［大象朝着阿诺跑过来。

［阿诺迎着大象，扣动扳机——

［枪却没有响。

［大象疯狂地冲向阿诺。

［有人喊着："阿诺，开枪！开枪！"

壮年阿诺　（边逃边喊）开不响，子弹受潮啦！

［大象追赶着阿诺，将他逼到了一棵大树前。树后是低密的灌木丛，阿诺无处可退。

［周围的人大声呐喊着，想吸引大象注意力。

［大象不为所动，继续逼向阿诺。

［阿诺用枪砸向大象，大象躲开。阿诺从腰间掏出斧子，瞄准扔向大象。

［大象被击中耳朵，长嘶一声。

［大象后退了两步，与阿诺对视，之后吼叫着，全力冲了过来——

［巨大的声响，只见，阿诺被大象用牙“钉”在了树上……

［一声梦魇惊叫，舞台前区起光。

［当代。竹楼。

［老年阿诺从床上坐起来，气喘吁吁。

老年阿诺　又是这个梦。啥时候咽了这口气，啥时候就可以不做这梦了……快了……快了……

［有人敲门，喊“阿诺老爹——”（是李梦归的声音）

老年阿诺　（有气无力地问）哪个？

来　　人　（声音）救助站的小李。

老年阿诺　（坐直）哦，救助站小李……

来　　人　（声音）有一头大象，要送去大象谷治伤，可它就是不肯上车……

老年阿诺　（马上努力起身）来喽来喽！马上啊。（边穿衣服边找拐杖）救大象，救大象，大恩大德哟。大恩大德哟……

第一幕

第一场

［象的叫声。

［野生动物救助站门口。当代。

［八个人扯着四根绳子，四根绳子系在大象四条腿的根部。有人前后吆喝着，有人在前面拿水果引着，想让大象往前走。但大象就是原地不动，吼叫抗议。

［老年阿诺拄着拐杖，由李梦归连扶带搀地匆匆走来。

李梦归　……刚救回来的时候，伤得才重呢，一直担心活不下来。现在稳定了，想送它去大象谷，那边条件好些……

老年阿诺　（看到大象）这个头，怕是跟我差不多岁数……

李梦归　（望着大象）是哦，也是老人家了……

［大象突然扭过头来，望向来人。

［观众同时看到——它不仅老，而且，只有一根象牙。

老年阿诺　（一愣）它……它只有一根牙？

李梦归　对，那边耳朵上还有一个大豁豁……

［老年阿诺打了个晃。

李梦归　（指着大象）它这一辈子，肯定没少受罪。四只脚上也都有铁链子锁过的印子，肯定是被人抓过又逃走的……

［所有的声音，仿佛都消失了。

［只有老象与老年阿诺对视着。静场。

［突然，大象激动地吼叫着冲向老年阿诺。八个人连忙用力拉住绳子，才没让大象冲过来。大象拼命地挣扎、吼叫着，要冲向阿诺。所有人都跑去帮着拉绳子。

李梦归　（连声喊着大象）宝牙！别激动，宝牙……哎呀，腿上的伤口又崩裂开了！

［大象因伤口崩裂，疼得跪下了那条伤腿，但仍冲阿诺叫着。

［救助站站长雨开阳和兽医夏玲玲飞快跑来。

［李梦归从夏玲玲手里接过麻醉枪，向大象射击。

［大象被麻醉，扑倒在地。

［所有人都松了一口气。

雨开阳　（大声问）出了什么事？

［所有人望向老年阿诺——他一直呆呆地原地站着。

雨开阳　哦，是阿诺老爹来啦。（笑道）这回是咋的？老象倌把大象劝毛了？

［老年阿诺没有搭话，而是颤巍巍地绕着麻醉了的大象走了一圈，查看着它没有象牙的那一边、耳朵上那条不可弥合的大裂口，还有腿上的老旧伤疤。

［方才用绳子拉住大象的人们，也都趁机松下手，擦着汗。

［兽医夏玲玲忙着处理大象后腿上崩裂的伤口。

［老年阿诺长久地看着它四条腿上的老旧伤疤。

老年阿诺　（喃喃地）这是驯象用的铁链子留下的……驯象用的带尖牙的铁链子，越想挣脱，往肉里咬得越深……

夏玲玲　（边忙边接话）驯象用的？怪不得。我就说跟捕兽夹留下的伤不一样。

［老年阿诺凑到后腿处，看夏玲玲处理伤口。

老年阿诺　驯象的夹子是为了让它疼。捕猎的夹子是为了让它死。这回，它是被最厉害的捕兽夹夹到了……

夏玲玲　那些下夹子的人，狠心得很！

雨开阳　要是小动物，碰到那种夹子当场就给夹死了。

夏玲玲　（边忙边对阿诺说）再晚两天发现，它也死了。救下来的时候，伤口里都长了蛆……受伤太重，这些天一直用抗生素，就是不见大好。只怕随时都会出现败血症……可怜的宝牙……

老年阿诺　宝牙？

夏玲玲　我给它取的名字。

雨开阳　大象谷救治条件会好些。现在只怕……我们要帮它安乐了……

老年阿诺　不！不！它能活……你看它刚才的力气多大。我知道……有个传说中的秘方，可以试试……

夏玲玲　治伤的？

雨开阳　（同时）什么秘方？

老年阿诺　给我三天时间……说好了，三天！我就回来了……

［老年阿诺已匆匆转身离去。

雨开阳　老爹，你去哪儿？

［老年阿诺头也不回地匆匆离去。

第二场

［舞台前区一角光起。救助站厨房。

［炉膛里炉火正红。老年阿诺提着一桶水，倒进大锅，添柴加火。

［吉普车停车的声音，关车门的声音。

雨开阳　（画外）这么晚了，谁还在做吃的？

［雨开阳穿着户外工作服走来。

老年阿诺　（恭敬地）站长回来了。

雨开阳　（吃惊）老爹！你什么时候回来的？

老年阿诺　白天。

雨开阳　（吸气）好香的普洱茶！是给我煮的吗？

老年阿诺　（从灶边大锅里盛茶）来，喝一碗茶。上好的普洱。

雨开阳　（接过茶）这一天，跑了百十公里，救了两只灰叶猴……

老年阿诺　大功大德！

雨开阳　好茶！好茶！

老年阿诺　从勐海茶农手里买的，货真价实。

雨开阳　你去勐海买茶去了？你还真有闲心，我们心急火燎地等，只怕那头大象等不到你回来就……（突然想起来，倾听）咦，好像睡着了。怪了，这三天一直不分白天黑夜地叫……

老年阿诺　（搅动大锅）上好的普洱煮好，放凉，拿去一遍一遍冲洗伤口……这偏方看来真管用。我这一锅接着一锅地煮、凉凉，再煮……

雨开阳　（自己又盛了一碗茶，慢慢喝着）老爹，这茶，可不便宜吧？

老年阿诺　（连连摆手）这钱我出！不要你管！

雨开阳　那怎么行……

老年阿诺　（继续摆手）夏医生刚才就说了，你们没有这笔钱。这钱我出，心甘情愿。

［雨开阳没有马上说话，却突然听到大象的鼾声。

雨开阳　嗬，睡得真香啊，我去看看老象，顺便吃口东西。

老年阿诺　去吧，空腹喝茶受不了……

［雨开阳离去。

［老年阿诺续了柴，吃力地在炉前小凳上坐下。

［听着大象的鼾声，老年阿诺深感欣慰。

老年阿诺　（自语）睡吧，可怜的阿宝……你应该还会记得我给你取的这个名字。夏医生他们叫你宝牙，居然也带个宝字。第一次见到你的时候，你才那么小。本该有几年在阿妈身边当宝贝的好日子啊……

［大象鼾声化成了小象的鼾声——

［老年阿诺的絮叨中，舞台主表演区，出现阿诺想象中的大自然场景——原始丛林间的草地。几头母象和一只小乳象。

［象偶表演：“好脾气的妈妈和贪睡的宝宝。”

［音乐、气氛恬静，充满温情和趣味。

［幼年的小象非常嗜睡。周岁左右的小象一直在被妈妈叫醒，又一直换着不同姿势重新睡回去。完全像是赖床的宝宝和无奈又好脾气的妈妈。

［直到一声巨响，恬静气氛被打破、消失。

第三场

［舞台前区炉火前光起。回到现实。

［那很大的响声，是回到厨房的雨开阳，不小心踢翻了脚下的瓦盆。

雨开阳　哎呀对不起，吓你一跳吧？也吓了我一跳。

老年阿诺　（揉着眼睛，起身）站长啊，我想求你一件事。

雨开阳　你说。

老年阿诺　这阵子，就让我留在救助站，帮着夏医生照顾受伤的阿宝……宝牙，可好？我住厨房住象棚就行……

雨开阳　那哪儿行……

老年阿诺　行的。行的。这样方便……

［老年阿诺说着，又递给雨开阳一碗茶。

雨开阳　（接过茶）我怎么觉得……我在喝宝牙的洗脚水啊？

老年阿诺　（朴实地点头）就是。一锅里煮的嘛。

雨开阳　好，（找个舒服的姿势坐了下来）喝着大象洗脚水，跟老象倌聊一聊。老爹，你认识这头象，对不对？

老年阿诺　（似乎也在等着这一问，点头）过去六十多年了……当时，我不到十岁，它也就刚满一岁。那天，村里人都跑去村口，说那里死了一头大象，身边还有一只吃奶的小象……

［随着老年阿诺对雨开阳的讲述，舞台中心演区，出现阿诺讲述的记忆中的画面。小象的哀鸣声断续着，贯穿始终。

［过去的画面与当代阿诺的讲述，交替推进。

[舞台主表演区。五六十年代。村口。

[一头死去的母象倒在地上。一头小象（幼年阿宝）围着母象哀号着，不断地去拱着妈妈，贴着妈妈，想帮着妈妈站起来。它一边扑着赶开靠近妈妈的人，一边不断地扑在妈妈身上，蹭着妈妈……

[一群村民远远地围观。可以处理得影影绰绰，但声音（群杂）要清楚。

村　民　“哪来的母象?”“不晓得。”“哪个打死的它吗?”“不晓得。”“我们这里不让有枪，也不让打象。”“那它怎么死了?”“你看它脑壳正中有个洞洞。”“还是被打死的嘛。”“可能是在河那边被打了，跑过来死在了这边……”

“小象好可怜……”

[小象始终贴在妈妈身边，无助地哀叫着，声声扎心。

老年阿诺　（讲述）村里人想把小象带回去，可那小象疯了一样，几个人都抱不住，死也不肯离开阿妈。

[小象偶表演：“死也不离开妈妈”——

[它一次次从几个大汉手中挣脱，扑回妈妈身边，场面催人泪下。

[村人拿来香蕉丢给小象，小象根本不吃，只是不断地围着妈妈哀号。

村　民　“这小象什么也不吃啊!”“这都两天了，再下去，怕也活不成。”“可怜。”“我看不下去喽!”“我也看不下去喽!”“它连糍粑都不肯吃!”

[村民们心有不忍地纷纷散去，露出了之前被人群遮住的童年阿诺。（建议用偶来扮演童年阿诺，形成与小象之间相对准确的比例，效果也会因为两个“人物”的弱小而更加楚楚动人）

[虚弱的小象无助地趴在母象尸体上。

[小小的孩子，在一旁默默地陪着小小的象。

[童年阿诺吃力地拿起村民带来的水罐，小心地凑近小象。

[小象虚弱而紧张地看着他。但没有尖叫和逃跑。

[童年阿诺把水罐拿到了小象面前。小象猛然伸出鼻子，从水罐里

喝水。巨大的喝水声，令人听到了小象的极度饥渴。

老年阿诺　你知道，人怀胎十月，大象怀胎要二十二个月。一岁多的小象，就跟一岁的孩子差不多，可怜啊！你天天跟动物打交道，一定知道，象是会伤心流泪的动物……

雨开阳　对，象、牛、羊，许多动物都会伤心流泪。

老年阿诺　那只小象就一直在流眼泪……再来的时候，我从家里抓了一把苞谷面，掺到水罐里，想给它喝苞米糊。结果，差点把小象呛到。

[童年阿诺把水罐递给小象，小象急急伸出鼻子，结果被呛到。

[小象把鼻子里面的苞米糊，全都喷到了童年阿诺的脸上。

[阿诺笑出声。小象却发出委屈的悲鸣。

老年阿诺　再来的时候，我拿了我阿妈给我留下的奶瓶……村里人刚把死了好几天的大象埋了，那只小象，正拼命地挖土，想再见它的阿妈……

[小象拼命地扒土，想要再次触摸到妈妈。

[它悲伤的叫声更加虚弱，已筋疲力尽，却仍然用脸蹭着土，仿佛蹭着妈妈的身体。情景悲惨。

[童年阿诺慢慢走到小象面前，小象一动不动地看着童年阿诺。

[阿诺将奶瓶放在它的嘴里，小象愣了愣，大口地吞下瓶子里的苞米糊，像个委屈而饥饿的孩子，再次哀号起来。

[童年阿诺伸出手，去抚摸小象。

[小象哀号着，用鼻子拥抱住童年阿诺。

[一个幼年小象，一个孩子，就这样静静地互相依偎着。

老年阿诺　我懂小象的心情，因为我也没有阿妈……我每天都来喂它，陪着它。有一天，我回家的时候，它远远跟在了我的身后……

[落日余晖中，一个小人儿（偶），手里拎着水罐、奶瓶，在前面走。一只幼象犹犹豫豫地跟在他的后面，一步三回头。

[小人儿原地等着，小象慢吞吞地走到小人儿面前。

[小人儿搂了搂它的脖子，然后，两个小生命一起走向回家的路。

老年阿诺　我把它带回了家，但我每天都会带它回来看它阿妈……

[音乐情绪及灯光情绪变化。

[少年阿诺（演员扮演）和童年小象互相嬉戏着，从刚刚童年阿诺和幼年小象下场处出现。

老年阿诺　几年过去，小象跟我一起长大了。我叫它阿宝，大家天天说它可怜，可它是我的宝贝！是我的亲兄弟……

[少年阿诺一路喊着“阿宝”一路跑，小象阿宝在后面追。

[它追上阿诺，用鼻子搂住了他。少年趁机要骑在它的背上。

[小象一屁股坐在地上，不肯背他，还原地打滚，踢腿，撒娇。

[少年也坐在了地上，假装生气地背对着小象。

[小象见阿诺“生气”了，只好慢吞吞地起身，慢吞吞地走过去，甩着象鼻拍打着阿诺，讲和。

[阿诺索性躺倒。小象又用象鼻去拉他。

[几次拉不动，小象决定一屁股坐在阿诺身上。

[阿诺打滚躲开了小象的屁股，反过来扑在它身上。两个小伙伴亲热地滚成一团。

[小象跟少年亲密地脸对脸，头顶头。

[小象用鼻子缠着少年的脖子，把自己的脸贴在少年脸上。

[（以上只是两个“孩子”嬉戏的情绪设计，可根据象偶特点，在二度发挥得更精彩，充分展示象偶表演的趣味、展示两个“孩子”之间的情感。）

[玩累了的小象阿宝，枕着少年阿诺的腿，睡着了，发出香甜的鼾声。

[少年阿诺轻轻抚着它，为它唱着《摇篮曲》。

少年阿诺　（轻唱）哦哎哎……哦哎哎……

像你的小伙伴一样，快快长大

不哭不闹，乖乖睡觉

我跟你一样小的时候，就这样

乖乖睡觉，快快长大……

［主要表演区在温馨、稚气的哼唱中收光。

［继而，一片闪电。雨声大作，闷雷声声。

第四场

［舞台前区，厨房炉灶前。

［老年阿诺将煮好的茶水舀出来，一边断断续续地讲着自己的故事。雨开阳在一旁帮他提着水桶。

老年阿诺　那年夏天，下了好几天的大雨，地淹了，我家的屋子也倒了。阿爸刚定了亲，要娶个女人回来的……可这下什么都没有了。有一天，阿爸让我做了一大锅饭菜粑粑，我吃过以后，他又让把剩下的全都拿去给阿宝。阿宝好久没吃过好的了，那顿饭，它吃得可香了。然后，我就睡了长长一觉，再醒来，阿宝不见了……阿爸说：象嘛，长大就会回山林里去。可我不信，阿宝不会这么不声不响地离开我。我出去找了好些天都没有找到，再回到家，我阿爸正准备盖新房……

雨开阳　大概是你阿爸在那饭茶团子放了有安定作用的草药……然后不声不响地把小象卖掉了。

老年阿诺　（点头）可他不肯承认，说盖房的钱是借的。我从此不再回家，只打听着有驯象的地方、用象的地方，那一路，我的心都碎了……

［雨开阳不解地望着老年阿诺。

老年阿诺　你该知道大象这种动物有多强大，除了人，它再没有天敌。（雨开阳点头）你该知道，大象这种动物有多善良，多温顺，除了吃草，它不会主动伤害任何动物。（雨开阳点头）可我们人，却从不放过任何一头大象——见了公象，就打死，因为它的象牙值钱。见了母象、小象，就抓起来，把它们变成终生的奴隶，替自己赚钱、干活……一直到死才能解脱！

雨开阳　现在的情况好多了……

老年阿诺　还是有啊。你知道人类怎么把大象变成干活的牛马，变成耍把戏的猴子吗？你知道人是怎么驯服大象的吗？

雨开阳　（点头）都是最残忍的暴力。

老年阿诺　对，残忍……都是最残忍的……

［舞台主表演区出现无声的系列场景，配着老年阿诺痛苦的讲述——

［四肢被绑在树上的大象，远处是水、是食物，看得见，但够不着。

［几个大汉，轮流抽打着被铁链锁住四肢的大象。

［象倌骑在象背上，用象钩划大象的耳根，每划一下，大象都要起立作揖，痛得浑身颤抖。

［一只象被夹在站不直、卧不下的小木栏里，无助地想站直，想卧下。

［一只象被训练画画，被训练作揖，稍有不对，就被用象钩狠扎。

［少年阿诺出现在这些遭受折磨的象的身边，寻找着阿宝，看着大象们的痛苦，却爱莫能助。同时，不断被不同的驯象人赶走……

老年阿诺　我见过各种各样训练大象的法子……把它们跟家人、同类分开，把小象和母象分开用铁链子锁住，不让它们在一起，却让它们看着彼此怎么受苦；无缘无故地早上毒打几个小时，晚上毒打几个小时；不给吃喝，水和草就摆在跟前，可就是让它够不到；特别不听话的象，就几个月半年地关在站不直也卧不下的小木笼子里，用象钩不断刺它最薄的皮肤……很多象被折磨死了，活下来的，也都是被折磨服了的，见到人就怕，让干什么就干什么……

雨开阳　（点头）大象永远不会忘记。

老年阿诺　是喽，大象永远不会忘记。没有记忆的动物好活些！你想想，大象那么大的个头，怎么能学会拿大顶，画画？打出来的！饿出来的！折磨出来的！驯象人还会在它的脚心钉钉子，听话了，钉子取出来，只要不听摆布，训象人随时会用象钩戳那个伤口……你要想办法告诉所有人，不要看大象表演，不要花钱看任何动物表演，没有人花钱买票，就不会有那么多大象、那么多动物受那些可怕的折磨……

雨开阳　（点头）你一路看到的，都是这些？

［老年阿诺深深点头。

［两人一起把装了茶水的桶放好，重新打水煮茶。

老年阿诺　所以我铁了心要找到阿宝，就是豁出性命，也要把它从这些可怕的折磨中救出来……就这么一路找啊，找啊，越走越远……

［主表演区的残忍画面隐去。

雨开阳　结果呢？

老年阿诺　我饿昏倒在了一家象园门口。唉，老天真会捉弄人啊，为了活命，我这爱象的人，结果只能在大象园里当象倌……也好，我可以让我管的那些大象过得好一点……

［主表演区。

［大象园的象舍里，壮年阿诺动作轻柔地为大象刷身，一边轻声对象讲话。

壮年阿诺　一身伤哦，你也是一身伤。我知道，你受了好多苦。你们都受了好多苦……但愿我那阿宝的运气能好一些。唉，你今天背了多少趟游客啊？那两个胖游客胖得，肚子大得，鼻子都卷不过来，可你还是把他们举起来了，还要举两次……人家花了钱，咱们没办法……

［那大象听着听着，慢慢地躺倒在阿诺脚下，并且发出鼾声。

［壮年阿诺愣了，他轻轻地在大象身边坐下来。

壮年阿诺　（轻声地）你是相信我了，相信我才会这样在我面前躺下……好好睡一睡吧。（拿起旁边的芭蕉扇，替大象扇风，赶蚊虫，唱起《摇篮曲》）

（轻唱）哦哎哎……哦哎哎……

像你的小伙伴一样，快快长大

不哭不闹，乖乖睡觉

我跟你一样小的时候，就这样

乖乖睡觉，快快长大……

［手机的铃声，结束了“过去”。救助站厨房。天已大亮。

［雨开阳接听手机的时候，李梦归从外面进来。

李梦归　老爹……站长也在哦。夏医生问，茶水凉好没？

老年阿诺　好了，好了！两大桶，我来！

李梦归　我来吧！老爹，你这偏方还真有用，宝牙这一夜睡得好安稳。

［李梦归说着，提着两只桶走出去。

雨开阳　（收起电话）老爹，我要去局里开会了……

老年阿诺　（喊住要出门的雨开阳）站长，那我们讲好了哦。

雨开阳　讲好什么？

老年阿诺　我留下来，帮着照顾……宝牙。

雨开阳　听了你的故事，我哪里还敢说不行。

老年阿诺　谢谢喽！谢谢站长！

雨开阳　不谢。它肯定还记得你，不然看到你的时候不会那么激动。早知道我就不让打麻醉枪了，它是想冲过来跟你相认的……

老年阿诺　（沮丧地）不，它要找我报仇……

［雨开阳吃惊地看着老年阿诺。

老年阿诺　当年，是我亲手喂它吃的饭菜团子，才让它连反抗的机会都没有，就被卖掉。你看它腿上的旧伤疤，就知道它是从驯象人手里逃出去的，天知道它吃过许多苦……

雨开阳　你说得不对……（手机又响）我回来再跟你讲……（边接电话边离开）

［听着吉普车发动的声音，老年阿诺突然疲惫得有点支撑不住。

［隔壁象棚里传来象的叫声，还有夏玲玲和李梦归安抚它的声音：“不叫不叫，我轻轻地给你洗伤口啊。”“乖乖的宝牙，多冲几遍，伤就好了……”

［老年阿诺扶着灶台，朝声音方向久久地望着。

老年阿诺　阿宝，我知道你恨我……

第二幕

第一场

［象棚。当代。

［老象阿宝正慢慢地吃香蕉，听凭夏玲玲为自己治疗。

［李梦归在旁边打扫。

夏玲玲　宝牙真争气，伤口一天天好起来了。

李梦归　这下能活下来了吧？

夏玲玲　（叹了口气）难说……就像个又老又病的人，重伤见好了，但还是又老又病啊。你看，又在吃香蕉，不肯吃草……

［老象突然发出低吼声。

李梦归　（马上判断）老爹回来了。只要听到老爹的声音，它就这样。

夏玲玲　（拍着老象，劝它）宝牙，阿诺老爹当年没有卖掉你！都是他阿爸干的！你小的时候老爹救了你的命，这次又是老爹用上等普洱茶救你！唉，可惜你听不懂……

［老年阿诺吃力地抱着两只西瓜走进来。

李梦归　（连忙上前接过来）哎呀我来，这么重的东西，您这么大岁数……

［李梦归接过西瓜，正准备弯腰把西瓜放在地上，突然，觉得有人在拍他后背。回头一看，是大象在用鼻子拍他。

李梦归　（故意问大象）你拍我干什么？

［大象用鼻子指指西瓜。

［三个人都笑了起来。

老年阿诺　看到吧，它馋得很。天热，一只西瓜给它，一只给你们俩……

［大象再次用鼻子拍李梦归，又用鼻子指西瓜。

李梦归　（笑着）宝牙，这西瓜是阿诺老爹给你买的，你找他要。

［李梦归说着，把西瓜放回了老年阿诺手里。

［老象却缓缓地放下了长鼻子。

［李梦归正想重新拿回西瓜，老年阿诺却没有松手。

老年阿诺　我来。

李梦归　我来吧老爹，免得它伤了你……

老年阿诺　不怕。

［说着，老年阿诺拿着西瓜，慢慢举向大象。

［大象扭开头。

老年阿诺　（黯然地对李梦归道）它果然是恨我……

［老象突然转过来，把西瓜从老年阿诺手里卷走，放进自己的嘴里。

［三人交换了个惊喜的眼神。

李梦归　对嘛！

［老年阿诺精神振奋，看到旁边的水桶、刷子，拿起来走向老象。

李梦归　老爹，一会儿我来……

老年阿诺　我来，我来。

［老年阿诺拿着水桶、刷子，慢慢走向大象，大象的嘴巴停了一下，并没有躲闪。

［老年阿诺轻轻地为它洗刷。

［李梦归看着老爹，深深感动。突然，他又被大象用鼻子拍了肩膀。

［大象再次用鼻子指向另一个西瓜，李梦归笑出了声。

李梦归　你还要吃？那我们一会儿吃什么？

老年阿诺　（一边为象刷洗一边对李梦归说）这个留给你和夏医生吃。明天我再给它买……

李梦归　（已经把西瓜给了大象）还是给宝牙吃吧。

［大象卷起西瓜，却没有放在嘴里，而是丢在了地上。

［三人的惊呼中，西瓜被摔成了几块。

［大象用鼻子将最大的一块儿，推到正给自己包扎的夏玲玲面前。

［夏玲玲惊呆了。

夏玲玲　给我的？

［大象点点头。

［两只手都戴着医用手套的夏玲玲，感动地用脸贴了贴大象的腿。

夏玲玲　谢谢宝牙！我一会儿吃。

［老象又用鼻子，将另一块西瓜推给了李梦归。

李梦归　我的天，宝牙你太聪明了！谢谢！

老年阿诺　（一脸骄傲）我说过吧，大象最聪明、最懂感恩……

李梦归　（对老象）给阿诺老爹送一块嘛，他一辈子都最疼你……

［老年阿诺情不自禁地停下手，有所期待。

［老象卷起第三块西瓜……三个人都凝神等着。

［这时，站长雨开阳又是人未到声先到。

雨开阳　嗬，两位老人家讲和了吗？

［三人跟站长打招呼。

李梦归　（逗着大象）宝牙，这一块西瓜，你是送给老爹呢，还是送给站长呀？

［大象顿了顿，直接把西瓜送进自己嘴里。

［所有人都笑。

雨开阳　（指着象）跟我没有感情！哎，我可没少为你效劳，这回连直升机都给你联系好了！

众　人　直升机？

雨开阳　对呀，上次它死活不肯上车，我一想，让阿宝坐车去大象谷……

［老象一听雨开阳叫自己“阿宝”，马上低吼起来。

李梦归　它不喜欢别人叫它那个名字。

雨开阳　哦，哦！我是说，让宝牙坐车太辛苦，这回，等宝牙再好一点，就有直升机来接啦！

老年阿诺　（向雨开阳作揖）大恩大德！大恩大德……

［老年阿诺正激动地念叨，没发现大象已经从他手里的水桶里汲了水，当头淋了他一身。

［其余三人都呆住了，随即夏玲玲大笑出声。

老年阿诺　（干笑道）我说吧，它恨我。

夏玲玲　我觉得它是爱你，至少也是又恨又爱！

老年阿诺　（湿淋淋、笑眯眯地问大象）是吗？

［老象扭开头去，不理。

雨开阳　老爹，你先去洗个澡吧……

［老年阿诺答应着，正要离开，大象突然晃了晃，慢慢地倒了下去。

［众人惊呼。

雨开阳　这是怎么回事？

夏玲玲　（对李梦归喊着）准备输液！（一边飞快地为大象检查一边说）大概是最近吃的精饲料太多，消化不良了。这伤口虽然好了，体质却更弱了……

雨开阳　（检查大象的瞳孔）唉，救得了伤，救不了命……

［老年阿诺已忘情地扑过去抱住大象的头，喊出了它的名字。

老年阿诺　阿宝——

［大象呜呜地应着，挣扎着，想站起来。

［除了阿诺，所有的人都紧张万分——怕大象对阿诺做出什么。

［阿诺却坚定地抱着它的头，一声声地叫着。

老年阿诺　阿宝，你要挺住！咱俩的账还没算清楚呢！你要活着！阿宝，你要活着啊……

［大象望着阿诺，体力不支地慢慢趴在地上。光渐暗。

第二场

［光启。同一场景。夜晚。

［老年阿诺拿着一条毯子进来。夏玲玲刚结束给大象的输液。

夏玲玲　老爹，今天输完液了，没事儿了。

老年阿诺　我在这儿陪着它。

夏玲玲　（点点头）宝牙喜欢你陪着它……

老年阿诺　它知道我是在赎罪。

夏玲玲　可我总觉得……阿宝并没有怪罪你……

［阿诺将毯子给大象盖在身上。

［夏玲玲拿了东西离开。

［老年阿诺细心地给老象盖好毯子，慢慢地绕着它看着，最后停在了它没有象牙的位置上。他长时间地注视着它缺少的牙、带着裂

痕的耳朵。轻声地对大象说话。

老年阿诺　阿宝，你不怪我吗？看看你这颗牙，是我害的。你这豁了一辈子的耳朵……更是我害的……阿宝啊，少了一颗牙，破了一只耳朵，会不会让你一辈子……都没有母象看上你啊？就像……我这一辈子都没有人看上我……

［老年阿诺吃力地挨着大象坐了下来。

老年阿诺　只有一个女人，她叫青梅……也就是因为她，我干了我这一辈子干过的最坏的一件事情……

［舞台前区出现壮年阿诺和青梅姑娘。

壮年阿诺　青梅！

青　　梅　阿诺！

壮年阿诺　我答应了大佬去打大象。一只被他们盯上了的大公象。事后分到的钱，够我拿给你婶婶做聘礼。

［两人喁喁低语着双双离开。

老年阿诺　（画外讲述）青梅是个可怜的姑娘，她没有父母，是在她婶婶家长大的，她婶婶已经替她答应了一个有钱的老男人……可青梅说，她喜欢的人是我……

［老年阿诺的回忆——

［舞台前区。七十年代。热带丛林。

［壮年阿诺提着枪，走向他被安排的位置。

［序幕场面再现。壮年阿诺躲好，周围再次传来人们敲着锣、响着枪，围捕大象的声音。

［（这一场，所有参加猎象的人都以声音出现。舞台上突出“一人一象”。最后可以出现大佬等人。）

［舞台前区。壮年阿诺举枪对着大象瞄准，同时心里继续默念着。

壮年阿诺　（心声）这只大公象应该有二十多岁吧？两根象牙真漂亮。卖掉这两根象牙，分到我手里的钱，就够聘礼，够咱们成亲了。青梅，好姑娘，为了你，今生今世我只干这一次有罪的事情……对不起了，可怜的大象，谁让你被盯上了。被人盯上的大象是跑不掉的。跑不掉……活着，倒不如被一枪打死来得痛快……

[有人大喊着："阿诺，大象过去了！"

[大象朝着阿诺冲了过来。

[阿诺迎着大象举起枪，扣动扳机——

[枪没有响。

[大象疯狂地冲向阿诺。

[有人喊着："阿诺，开枪！开枪！"

壮年阿诺　（边逃边喊）开不响，子弹受潮啦！

[大象追赶着阿诺，将他逼到了一棵大树前。树后是低矮的灌木丛，阿诺无处可退。

[周围的人大声呐喊着，想吸引大象注意力。

[大象不为所动，继续逼向阿诺。

[阿诺把枪扔向大象，大象躲开。阿诺从腰间掏出斧子，瞄准扔向大象。

[大象被击中耳朵，长嘶一声。

[大象后退了两步，与阿诺对视，之后吼叫着，全力冲了过来——

[巨大的声响，只见，阿诺被大象用牙"钉"在了树上……

[编剧建议在这棵树的地方用一个小转台——转台的转动既是这一个瞬间的心理放大，也可以让观众看到，阿宝的那一只长牙，并没有钉在壮年阿诺的身体上，而是钉在了他身后的树干上。

[当大象将壮年阿诺"钉"在树上，壮年阿诺以为自己死了。一个大大的停顿。然后，壮年阿诺发现自己没有死。当他睁看眼睛，与大象四目相对的时候，认出这只大象是长大了的阿宝！

[壮年阿诺伸出手，去摸象的耳朵，手上马上沾满了血。

壮年阿诺　你是……我的阿宝……阿宝啊……

[在这瞬间的彼此凝视中，曾经的记忆穿过他和它的心田，也穿过观众的视线——幼年小象跟着童年阿诺走向回家的路；童年小象与少年阿诺相亲相爱……这个瞬间如此短，又如此长……

[壮年阿诺再次伸出手，想抱住阿宝。

［大象阿宝却突然大吼一声，猛甩头。一道血柱溅了壮年阿诺一身。

［大象阿宝将自己的一根象牙留在了树干上。

［大象阿宝带着满头满身的鲜血，退后，退后，转身逃走。

壮年阿诺　（撕心裂肺地）阿宝——

［所有参加捕象的人们都拥到阿诺身边。

［大佬模样的人大喊着：“开枪！快开枪！”

［壮年阿诺疯了一样地扑向所有举枪的人，推开他们的枪……

壮年阿诺　不要开枪！放过它！放过它！它已经把象牙留给你们了！它已经把象牙留给你们了！我什么也不要！我什么也不要……

［这个过程中，大佬已令人从树干上取下了血淋淋的象牙。

［望着远去的大象，大佬上来一脚将壮年阿诺踹倒在地，他的手下围上来，对倒在地上的壮年阿诺拳打脚踢……

［被殴打的壮年阿诺始终望着大象离去的方向……光渐暗。

第三场

［中心表演区光起，再次回到当下，象棚。

［老年阿诺守着老年阿宝继续对它说着。

老年阿诺　你说你有多聪明啊——用一根象牙换一条命。我也很聪明，你的意思我一下就懂了。唉，有的时候，我也会试着替你原谅我自己——如果不是我，他们当时不可能放过你，因为你还有另一根象牙……在青梅和你之间，我选了你，这一辈子再也没有机会得到青梅……因为你，我一生都没有再回去见过我阿爸……可我还是觉得，对不起你……

［虚弱的老象突然叫了一声。

老年阿诺　你都听懂了吗，阿宝？

［老象挪动身体，努力要站起来。

［老年阿诺也忙跟着起身，却一头摔倒在地。

［老象着急地跺着脚，叫着。

[正要爬起来的阿诺脚下一滑，又摔倒了。

[老象伸出一条腿，却悬停在他的上方。

[阿诺看到，不动了。

老年阿诺　阿宝，你是想踩死我吗？来吧，阿宝，只要你愿意，就把这一辈子的仇报了吧……

[老象朝旁边退着，更大声地叫起来。

[雨开阳冲了进来，飞快地拉起阿诺。

雨开阳　老爹！你干什么！你这是干什么？

老年阿诺　人活百岁终有一死，象活百岁终有一死，就让阿宝报了仇，我死也痛快……

雨开阳　这是什么话！哎呀，哎呀，宝牙真是不行了……

[老象再次无力地倒卧在了地上。

老年阿诺　它是心有不甘啊！大象不会忘记的！

雨开阳　唉，必要的时候……我请示过了，可以帮着宝牙解除痛苦……

老年阿诺　什么意思？

雨开阳　实在救不活的动物，我们能为它们做的，就是及时解除它们的痛苦……

老年阿诺　（马上激动起来）绝对不行！它还能活！我告诉你，只要我还有口气，我就要替它养老送终！我可以把它带回家去供养！

雨开阳　老爹你冷静些！

老年阿诺　不！只要我还活一天……就要给阿宝养老，就要……替人向大象还债……（突然欢呼）你看！你看！它在吃东西，它在吃草！好多天它都不肯吃草了，这下好了，夏医生说，它只要好好吃草，就能恢复。阿宝，来，好好吃！多多吃啊！

[阿诺跟雨开阳争论最激烈的时候，老象突然开始捡了一旁的草吃。

[老年阿诺一边大声欢呼，一边跑去给它抱来更多草料。

[雨开阳在一旁看着这一切。

第三幕

第一场

［舞台前区。救助站办公室。

［李梦归帮着夏玲玲消毒器具。两人一边说话一边不时地朝窗外望着。

李梦归　阿诺老爹一直待在象棚？

夏玲玲　（点头）守着他的阿宝，一步都不离开。（压低声音）他怕一离开我们就会给宝牙安乐死……

李梦归　……你会吗？

夏玲玲　目前不会。但如果宝牙再继续衰弱下去……就难说了……

李梦归　你下得去手？

［夏玲玲使劲摇头。

李梦归　站长会自己动手吗？

夏玲玲　不会。（李梦归松了口气）但站长可以从别处请兽医来帮忙……

李梦归　（叹气，看着外面）这个宝牙，前几天突然开始好好吃东西，特别有劲头要活下去的样子。可这两天，吃得又少了，每天总是一动不动地隔着栏杆望着高黎贡山、原始森林……它真的是像阿诺老爹说的，想走了吗？

夏玲玲　不知道。就是觉得它好忧伤……那天老爹摔倒的时候，宝牙伸出脚来，我觉得，它当时是想去扶老爹……

李梦归　（突然说）老爹把站长拉住了！

［夏玲玲探身看了一眼，两人交换了个眼神，一起跑了出去。

［象棚外。雨开阳正在和老年阿诺大声说话——

雨开阳　老爹，我们都知道你有多爱这头象！我们也很爱它……

老年阿诺　不一样……

雨开阳　怎么不一样？

老年阿诺　说不好……对你们，它是研究对象。对我，它是兄弟，是儿子一样……

雨开阳　（瞪着他，半天）那我现在要把你的兄弟、儿子，送到大象谷安享晚年，有什么不对？

老年阿诺　它不想去。就像我也不想死在医院……

雨开阳　可也不能一直在救助站啊。一是照顾不好它，二是救助站随时要救助各种动物，就像医院的急诊室，不是病房……

老年阿诺　（站起身）那你为什么不肯放它走！

雨开阳　我都说过多少遍了！救助站没有权利放走没有生存能力的动物！况且还是这样的珍稀保护动物！

老年阿诺　你这是让它坐牢！

雨开阳　哎，你怎么……（平静了一下）在这里，动物有伤治伤，死了，我们要按规定做无害化处理……

老年阿诺　（突然站起来，高声地）治个屁！它就是要回象冢！跟它的祖宗们躺在一起！

［夏玲玲和李梦归站一旁半天了，但都不敢出声劝解。

雨开阳　你怎么知道？难不成你能听懂它的话？

老年阿诺　我就是懂它！因为我跟它一样！自打知道我得了癌症，我最想做的，就是回到我阿妈的坟前跟我阿妈躺在一道……

雨开阳　（吃惊）你得了癌症？

老年阿诺　（自顾伤心）只可惜……我阿妈的坟早都找不到了。

雨开阳　（缓下口气）对嘛，你阿妈的坟都找不到了，它就能找到象冢？再说，象冢一直都是个传说，谁也没见过！

老年阿诺　（气呼呼地）人没见过的事多了……

［两人又僵住了。

［一直在一旁的老象突然低沉地叫了一声，朝门口走去。

［象棚的木门关着。老象用头一下一下地撞着门。

老年阿诺　看到没？它要走。它就是想在咽气之前，走出这里！

雨开阳　（没好气地）它要走哪儿去！

老年阿诺　（倔强地）说过了的，它要回象冢。

雨开阳　谁也没见过象冢！谁也不知道它是不是存在！

老年阿诺　你又不是科学家！

［雨开阳气得说不出话。

［夏玲玲在旁边突然说道——

夏玲玲　站长……要是我们跟着宝牙一起走，说不定就能知道到底有没有象冢。（雨开阳望着她）咱们跟着宝牙一起走，要是没有象冢呢，咱们就把它带回来。万一真的有呢？那可是重大发现啊！

李梦归　（也连声附和）对呀站长，这个发现写成论文，全世界都要看的。

雨开阳　我也一直好奇到底有没有象冢。（望向阿诺）我们跟着一起，行不行？这是起码的责任……

老年阿诺　不要跟那么多人……

雨开阳　（决断地）好，就我们俩一起，怎么样？

老年阿诺　（轻轻地点头，又说）还有，你不能打扰到阿宝。

雨开阳　哎呀这还用你说。不人为干扰动物是我们最起码的常识。哪怕是近距离考察，我也会等宝牙真的离世之后。这次只是先认认路。

老年阿诺　（拍拍身上的土）好嘛，收拾东西吧。

雨开阳　咱也先说好，如果阿宝不是去象冢，咱们就再把它带回来。

老年阿诺　好嘛。（对夏玲玲和李梦归）我那个背篓里面可要多准备些芭蕉芯，好给阿宝当口粮。它得有力气，有力气才走得到……（离开）

［夏玲玲和李梦归答应着。

［老象发出叫声，仿佛在对两个人致谢。

夏玲玲　（抱住老象）宝牙，阿宝，真是舍不得你。

［老象用鼻子缠住了夏玲玲，如同一个大大的拥抱。

李梦归　（拍拍老象）我去打水，给你好好洗个澡……

第二场

［知了声声。旷野。

［老象慢吞吞地在前面走着。老年阿诺和雨开阳远远地跟在后面。

［老象停住脚步，仿佛是在深深地呼吸着森林的味道。

雨开阳　（对阿诺）再往前一些，就是我们救它的地方了。

［老象看着雨开阳，仿佛在向他致意。然后，它突然掉转了头，朝另一个方向走去。

雨开阳　它要去哪儿？

老年阿诺　你问它嘛。

［雨开阳生气。

老年阿诺　（吃力地跟上老象）阿宝，你渴不渴？你饿不饿？

［老象没有回头，继续朝前走。

雨开阳　（在后面喊）前边是镇子、是街道，你别让它跑到街道上去啊——

［烈日当头。小镇街头。

［街上的人们（也许用声音就可以）惊呼着："哎呀，野象！野象上街了！""一只牙的大象！""现在又有野象了！"

雨开阳　（焦急地）老爹，你可看好它，别伤了人……

［大象站住了，一动不动。

雨开阳　它这是要干什么？

老年阿诺　（擦着眼睛）这里……原来是我们村的村口……阿宝是来看它的阿妈来了……

［雨开阳吃惊而震动，忙掏出相机拍照。

老年阿诺　（轻轻拍着大象）都没有了，阿宝，你阿妈和我阿妈都不在这里喽……你看看过去的这片穷村子，现在变得多热闹……

［老象忧伤地长鸣。

老年阿诺　叫吧，我也想像你一样大叫几声……阿妈她们在天上都能听到。

［老象长鸣了几声，仿佛在跟阿妈告别，然后转身离去。

［雨开阳连忙跟上。

雨开阳　果然是，大象永远不会忘记。六十年过去了，一切都不再是原来的模样了，它居然一下子就找到……

老年阿诺　（丢下一句）动物比人有记性……

［涛声阵阵。森林边沿。

［老象仰望高山密林，脚下突然快了起来。

［气喘吁吁的阿诺和雨开阳被甩出老远。

雨开阳　它怎么突然就跑起来了！平时走都走不动……

［两人奋力跟上。

［阿诺虽然年老力衰，还背着沉甸甸的背篓，但还是走在了前面。

［老象又站住了，回头等待着阿诺。

［阿诺气喘吁吁地来到它的面前。

老年阿诺　阿宝……你的力气……怎么还是那么大哟……我知道，你是要回家了，回家的心气，谁也……挡不住……对吧！饿了吧？我这里有嫩嫩的芭蕉芯……

［阿诺费力地卸下背篓，放在地上，从里面捧出芭蕉叶举到老象面前。

［老象没有去吃他手里的食物，而是用鼻子慢慢卷起背篓，朝着正爬坡上来的雨开阳丢了过去，砸在了毫无防备的雨开阳头上。

［雨开阳被砸倒在地，叫出了声。

［老象从阿诺手里卷起芭蕉芯，也扔向雨开阳。雨开阳躲闪着。

老年阿诺　（对雨开阳喊）你闪远些，小心伤到！

［老象仰天长鸣。

［雨开阳原地猫着。

［老象阿宝再一次近距离跟阿诺对视着。

［它慢慢地伸出鼻子，抚过他的头顶、到脸，直到他的脖子。

［它用鼻子紧紧地缠住了他的脖子，仿佛是要勒住他。

［远处，雨开阳只喊了声“老爹……”就吓得出不了声了。

老年阿诺　（闭上眼睛）来吧，阿宝，勒死我也行，我不会怪你的……

［老象的鼻子长时间地缠着阿诺的脖子，却没有继续用力。而是，把自己的脸贴在了阿诺的脸上——仿佛他们小的时候在一起亲昵。

［老年阿诺不敢相信，迟疑地慢慢伸出手来，回抱了老象。

［老象更紧地贴着他的脸，发出轻柔的叫声。

［这时，幼年的阿宝和童年的阿宝，都出现在阿诺身边，在与他

亲昵。

［一只象用一生（三种形象）向爱它的人表现着它所有的亲爱。

老年阿诺　（老泪纵横）阿宝，我的阿宝……原来你一直、一直是想告诉我，我们还跟从前一样……你从来都不恨我……

［雨开阳在远处忍不住为看到的这一幕鼓起掌来。

［老象马上冲着雨开阳的方向大声吼叫。

［雨开阳马上蹲回草丛中。

［老象转回头，顶住了阿诺的胸口，将他顶得不得不后退。

老年阿诺　（先是一愣，马上懂了）阿宝……我知道了，你不要我们再跟着你了，你要一个人走……

［老象依然继续顶着阿诺，直把他顶向峭壁边的一棵大树前。

老年阿诺　（毫不躲闪地任由大象推着自己）你放心，阿宝，我不再跟着你，我也不让别人跟着你，你要自己回家，对吧？

［老象停下来。

老年阿诺　你放心吧阿宝，你放心……

［老象一边轻轻地点头，一边慢慢离开阿诺，向后退着。

老年阿诺　（目送着即将离去的阿宝，心满意足地沉醉在刚才的拥抱中）阿宝……我的阿宝不恨我……阿宝，一路上照看好自己……（惊呼）阿宝！

［已经退出一段距离的老象，突然用尽全力地向着阿诺冲了过来——

［不远处的雨开阳大喊："宝牙——"

［同时，老象已再一次将阿诺"钉"在了树上。只是，观众在第一时间就清清楚楚地看到，阿宝仅剩下的一根长牙，并没有扎到阿诺，而是再一次扎到了阿诺身后的大树上。

老年阿诺　（痛惜地）阿宝……你这是为什么呀……

［老象的喘息声，比阿诺的还大。

［突然，老象阿宝吼叫着，用力甩头。

［再一次血柱冲天，溅了老年阿诺一脸一身——老象阿宝把另一根

象牙也留在了大树上。

［老年阿宝摇摇晃晃地退后，面对着呆立着的阿诺屈下前腿，向阿诺行礼。

老年阿诺　（泣不成声）阿宝，你这是……要报恩吗？

［突然，壮年阿宝出现了——它用长鼻子将树上的象牙取出来，恭敬地放在了阿诺脚下。

［一旁的幼年、童年阿宝，再次走上前来，与阿诺告别。

［然后，老年的、壮年的、童年的和少年的阿宝，一边同频后退，一边同频向阿诺点头致意，然后，它们同时仰天长鸣，做最后的告别。霎时间，天摇地动、飞鸟冲天。

老年阿诺　（高喊）阿宝，一路走好——

［阿宝消失在森林中。

［雨开阳跑了过来。

雨开阳　老爹！阿诺老爹你没事儿吧？

［阿诺摇头。

［雨开阳举着相机，要追向大象离开的方向。

老年阿诺　（惊叫）哎呀——

［雨开阳一回头，看到阿诺的一只脚踩空在了悬崖边上。

［雨开阳赶紧跑回来，抓住了阿诺的一只手。

［老年阿诺抓住了雨开阳的手，却没有马上使劲收回悬空的脚。

雨开阳　上来呀老爹。

老年阿诺　不要再去跟踪阿宝了，它想自己走。

雨开阳　（心思仍在大象方向）研究它是为了更好地保护它……（拉阿诺）你快上来……

老年阿诺　（原地不动）它留下了最后一根象牙。

雨开阳　我看到了。（拉阿诺）

老年阿诺　（原地不动）当年，它留下一根象牙，跟我换命。这回，它又留下一根象牙，跟我们……换象冢的秘密，换大象最后的尊严！

［雨开阳一下呆住了。

［老年阿诺深深地望着雨开阳。

老年阿诺　站长，我懂得你，可我也懂得它。不要再去打扰它了，它苦了一辈子，就让它安静地走吧。

雨开阳　（醒悟而感动）好，我懂了。老爹你快上来。（拉阿诺）

老年阿诺　（原地不动）我没有力气了……

雨开阳　你上来就好歇一歇了……

老年阿诺　不，你这样抓着我，就腾不出身来去追阿宝。

雨开阳　老爹！我都说过我不去跟踪阿宝找象冢了！

老年阿诺　你……你还是就这样拉着我吧，等阿宝走远了，我就上来跟你一起回去。

雨开阳　我都说过了……你还信不过我？

老年阿诺　（原地不动）这样，我才可以安心歇一歇…… 啊！

［阿诺脚下的土突然松了，雨开阳拼命拉着阿诺。

雨开阳　老爹……

［阿诺脚下更多的土、石剥落着，掉下悬崖。

［雨开阳忙用两只手，但阿诺因为没有了脚下的支撑，雨开阳有点撑不住阿诺的全部重量。

［雨开阳想去抓住树干借力，却抓不到……

老年阿诺　答应我，不要去追阿宝……

雨开阳　答应！你抓紧……

［雨开阳已分不出力气说话，眼看着雨开阳也被拉向悬崖边。

老年阿诺　站长，多救些动物，大恩大德、大恩大德啊！谢谢喽——

［说完，阿诺自己松了手，消失在悬崖边。

雨开阳　（扑到悬崖边嘶喊）老爹——

［回答他的，是那句话的回声——“谢谢喽——”

雨开阳　放心吧，我都记住了……我都……记住了……

［林涛声和悬崖下的急流声。

尾　声

［冥冥中，老年阿诺出现了。

老年阿诺　（轻声呼喊着）阿宝——阿宝——看来，我要在这里等你一阵。

［老年阿诺原地坐下，

老年阿诺　我坐在这里等着你，我们一起去找阿妈。

（轻唱）哦哎哎……哦哎哎……

像你的小伙伴一样，快快长大

不哭不闹，乖乖睡觉

我跟你一样小的时候，就这样

乖乖睡觉，快快长大……

［一声象鸣。

［雾霭中，巨大的身影由远而近——是没有象牙的老年阿宝。

［老年阿诺原地没动，望着阿宝，继续唱着。

［老象阿宝走过来，如他们小时候一样，用鼻子轻轻地抽打他，见阿诺还在唱，就决定一屁股坐在他身上。

［阿诺打滚躲开了阿宝的屁股，反过来扑在它身上。两个老伙伴亲热地滚成一团。（尾声中的一人一象形象都是最苍老的，但状态却都如同少年）

［一道奇美的光出现，光的尽头仿佛有大象阿妈，有阿诺的阿妈。（也许，只是一片圣洁的光）

［一人一象，再次相亲相爱地共舞着，如同理想中的人与自然……

剧　终

儿童剧

宋妈妈

中国福利会儿童艺术剧院委约创作，
发表于《剧本》2021 年第六期

编剧　冯　俐

时　　间：当代。1946 年—1948 年。1951 年。

地　　点：上海宋庆龄陵园。

四十年代的靖江路 45 号及当时的上海。

人　　物：宋庆龄——54 至 59 岁。

李姐(原型李燕娥）——四五十岁。忠心耿耿跟随宋庆龄五十多年的保姆，与宋庆龄情同亲人。

孟欣（原型廖梦醒）——40 多岁。“孟欣”之名来自任德耀先生《宋庆龄和孩子们》剧本中同一原型的人物名。重复使用这个剧中人姓名，既是向儿童剧前辈任德耀先生致敬，也回避了真名真姓。廖梦醒与宋庆龄之间的友情长达一生。宋庆龄 25 岁与孙中山结婚的时候，11 岁的廖梦醒就成了宋庆龄最好的小朋友，她们更是一生的战友。从“保卫中国同盟”到“中国福利基金会”，廖梦醒是宋庆龄“始终跟中国共产党站在一起”的纽带和见证者。

小阿莲（虚构人物）——6 至 11 岁。

老年阿莲（虚构人物）——80 岁。五六岁的阿莲跟妈妈一路流浪到上海，靠乞讨和妈妈打零工勉强度日。通货膨胀之下，乞讨不到食物，妈妈一直把能得到的食物都给了她，自己却饿死了。天寒地冻，阿莲挨着死去的妈妈等待死亡的降临。突然，闻到了食物的味道，她不由自主地走了出来……母女俩栖身的地方，是福利会存放救济药品的地方。在宋庆龄身边、在儿童福利站，阿莲活了下来，身心获得健康成长。

富贵（虚构人物）——10 至 15 岁。富贵是个农村孩子，父亲被抓壮丁后再也没有回来。水灾致使家里草房被冲走了，妈妈带着他和妹妹在屋顶上熬了几天，没有得救的指望。母亲把最后一点吃的和活下来的一点点希望留给他，抱着妹妹投入一片汪洋。富贵活了下来，一路跟着难民逃到了上海，成了流浪儿，每天在生死线上挣扎。直到进了儿童福利站。

铁头（虚构人物）——13 至 18 岁。铁头对自己的父母都没有印象了，他很小的时候就“爹死娘嫁人”了。他是跟一位好心爷爷长大的。然而，爷爷还是死于战乱。儿童剧团准备自己招生，以贫民区和孤儿、流浪儿为主，“教养所”的铁头便脱颖而出。然而，铁头并不信任孙夫人在内的所有这些“有钱人”，仍然一身反叛。

娜娜（虚构人物）——11 至 16 岁。娜娜原来是位“小姐”——特别有钱的爸爸一夜破产，自杀。她和家人从“大户人家”住进了贫民区，连贫民小学的学费都交不起。在“儿童福利站”，当“小先生”可以由福利会代交学费，所以她当了“小先生”。但她从来不肯讲自己的身世，内向，与其他穷孩子有隔阂……

阿英（虚构人物）——16 到 21 岁。“儿童福利院”的工作人员，贫苦人家出身。心甘情愿地为孩子们服务。后来成为托儿所所长。

延生（虚构人物）——17 至 19 岁。从解放区来到上海的年轻共产党人，在“儿童福利站”帮忙。他是在宋庆龄抗战期间设法援建的解放区保育院里长大的。从小就知道孙夫人。只是，当他见到孙夫人的时候，还是难以相信一个那样伟大的人如此亲切、如此平易近人、如此慈爱……他后来在抗美援朝中牺牲。

任德耀（有原型人物）——二三十岁。儿童剧团的美工兼编导。中国儿童戏剧事业的先驱、拓荒者。

张石流（有原型人物）——二三十岁。儿童剧团的编剧、导演。中国儿童戏剧事业的先行者。（剧中使用的《小先生》之歌，取自张石流的同名剧本中的主题歌）

安娜（虚构人物）——20 多岁。娜娜的孙女。在国外出生、长大。

序　幕

［当下。宋庆龄陵园。

［台口，矗立着汉白玉的宋庆龄塑像。

［老年阿莲推着一辆老年助步车，车上满是鲜花。

［仰望着宋庆龄的塑像，她缓缓走到它面前。深情地抚摸着它的基座。

老年阿莲　宋妈妈，我来看你了。我是小阿莲！小阿莲都已经八十岁了。不过，在您面前，我总是您的小阿莲。因为您，我才多活了七十多年……多活了七十多年啊，宋妈妈！当年，我那可怜的娘不知道是受了什么指引，拼着最后一口气，把我带到了您的身边的……

［北风呼啸音效进。

［另一表演区出现靖江路 45 号建筑的轮廓。1946 年。

［童年阿莲一身单薄的破衣，瑟缩着扯着妈妈的衣角。

童年阿莲　娘，冷……

［阿莲娘扑倒在地。

童年阿莲　娘……

阿莲娘　去……屋里……暖和……

童年阿莲　（胆怯地望着大屋轮廓）娘……

阿莲娘　（冻饿至极，只有一个让孩子活下去的念头）屋里……暖和……

［当下。宋庆龄墓前。

［老年阿莲弯腰把鲜花放在墓前，深情地抚摸着墓碑，继续讷讷低语……

老年阿莲　那个时候，乡下活不下去了，我娘带着我一路讨饭到了上海，开始，娘还能给人打零工糊口，再后来，没了零工可打，饭也讨不到了，我娘把每天弄到的一点吃的都给了我……如果不是走到了您身边，那个晚上应该就是我活着的最后一晚了。1946 年，那一年的冬天可真冷啊……

[北风呼啸音效从“室外”传来。

[宋庆龄的声音响起，主表演区亮，宋宅内。

宋庆龄　通货膨胀逼得很多人不得不自杀。更多人不用自杀也活不下去了……

第一幕

[靖江路 45 号，宋宅。1946 年。

[宋庆龄清点着成堆的救济物资，孟欣跟在她身边。

宋庆龄　苏北的和平医院迄今为止收到的供应品是最少的，可已经没有法子再运……我们面前的工作仍然堆积如山，情况很惨，人民面临着疾病和饥饿……

孟　欣　全国的经济形势都在迅速恶化。抢米风潮之后可还是一天一个价。抗战之后是内战！跟十年前比，米价已经涨了八万倍……

[李姐端着一小碗粥走过来。

李　姐　不止！菜场上一只鸡已经卖到三百万……（对宋庆龄）你喝一口粥吧。小心烫……

宋庆龄　听听，一只鸡三百万！（接过粥）这一碗粥，也能值天文数字了……

[突然，所有人都望向眼前——衣衫褴褛、蓬头垢面的小阿莲，望着宋庆龄手里的碗，直勾勾地从躲藏的地方走出来。她长长地伸着手，梦游一般一步一步地走到宋庆龄面前。

[孟欣正要问话，被宋庆龄拉住，仿佛是怕惊扰到眼前的“小动物”。

[宋庆龄弯下腰，把碗放在了直勾勾走来的小阿莲的手里。

[小阿莲接过碗，飞快地把粥送进嘴里，烫得发出奇怪的声音。

宋庆龄　（轻声）慢点、慢点喝，小心烫……

[孟欣警觉地向阿莲来的方向走去。

[宋庆龄则蹲下来，用自己的披肩裹住小阿莲。

宋庆龄　李姐，再去盛碗粥。看这孩子饿得，就算我是只老虎，她都不知道怕了……

［李姐答应着转身，又被叫住。

宋庆龄　再拿点吃的。

李　姐　只有半个馒头了。（下）

宋庆龄　（问阿莲）你跟谁一起来的？

小阿莲　娘。

宋庆龄　她在哪里？

［小阿莲腾出一只手，朝来的方向指了一下。

宋庆龄　等下，去叫娘出来一起喝粥。

［小阿莲点头，继续喝粥。

［孟欣快步走回，凑到宋庆龄耳边说了句什么。宋庆龄难过地捂住了嘴巴，望向小阿莲的眼神更加亲切。

［李姐端着一碗粥和半个馒头回来，宋庆龄接过馒头，递给正舔碗的小阿莲。

［小阿莲一把接过馒头就要往嘴里塞，塞到一半突然停下来，想起娘，飞快地跑向来的方向。

小阿莲　娘——馒头——

［宋庆龄马上起身跟上小阿莲。

李　姐　（欲跟去）我把这碗粥给她送去……

孟　欣　（对李姐摇摇头）孩子的娘……已经饿死了，都僵硬了……

［幕后传来阿莲凄厉的哭声“娘——娘……”

［李姐难过地在胸前画了个十字。

［宋庆龄已情绪激动地走回来。她一边飞快地说话，一边四处走着，抱起沙发上的毛毯，甚至试图要搬动地上的小火盆。因为激动，她找东西的动作有些断续和零乱。

宋庆龄　那孩子的娘身子弯着，大概一直搂着孩子、想拿胸口焐着孩子……要不是粥的香味把那孩子唤出来，那孩子恐怕也得在她娘怀里冻死饿死……太可怕了！成千上万的儿童正流落街头无家可归！更可怕的是，孩子们失去了保护，最基本的保护！失去母亲、失去温暖、失去了一切！

李　姐　（看她差点被火盆烫到手）你要做什么？让我来！

宋庆龄　把火盆搬到那边。让那可怜的孩子守着母亲过最后一夜……明天找人来安葬……

孟　欣　（一边跟李姐搬火盆一边说）我去陪那孩子，您休息……

宋庆龄　（无法平复）我怎么睡得着……我们必须，从断垣残壁下面、从街头巷角，甚至从饥饿寒冷的乡村中，把这些被遗忘的孩子找出来，给他们最迫切需要的东西……

［宋庆龄墓前。当下。

老年阿莲　宋妈妈，那天晚上，是您一直用毛毯裹着我，静静地陪着我。天亮的时候，您轻声地对我说：肚子饿了吧？我们先吃饭，然后，去洗个澡，叫李姐在澡盆里放好多泡泡……泡泡是什么？我一心想着这个问题，忘了伤心和哭泣……

［宋宅，浴室。1946 年。

［小阿莲坐在木浴盆里，宋庆龄拿着浴巾坐在旁边笼着火盆，李姐往盆里倒浴液。

宋庆龄　再倒！再倒！让泡泡多些。

李　姐　（不舍得）你平常都不舍得用……

宋庆龄　舍得！让小阿莲看看这又香又好看的泡泡。

［李姐继续倒浴液。宋庆龄伸手到盆里搅动。

宋庆龄　看，看，泡泡来了！

［小阿莲好奇地捧起泡泡举到面前闻着。

小阿莲　（发现新奇，下意识地扭头呼唤）娘——（突然意识到娘已不在，收住叫声低下头。穷孩子的早熟和忍耐让她不会放声大哭）

宋庆龄　（安慰）你的娘亲到天上去了。天上好呀，再也不会冷也不会饿了。

［小阿莲仰起头来，仿佛在寻找天上的娘亲。

宋庆龄　你看不到她，但她能看到你。她在天上看到你洗完澡，变得又香又干净，会开心的……（转移孩子注意力）你看，这些泡泡是什么颜色的？五颜六色，是不是？

［小阿莲看着泡泡，点头并一脸不解。

宋庆龄　你一定不知道这些颜色是从哪里来的，它们是太阳的光、太阳的颜色……

［宋庆龄指着从窗户里射进来的冬阳的光柱。

［孟欣兴奋地冲了进来。

孟　欣　夫人！延安来信了！

宋庆龄　（怕小阿莲着凉）快把门关好！

［孟欣掩好门，想把信递给宋庆龄，发现她的两只手都湿着。

孟　欣　（压低声音）是周恩来先生写来的！

宋庆龄　哦，他们离开上海已经一个多月了吧？（愉快地示意孟欣打开信）

孟　欣　（飞快地看信，读信）“我们回到延安已将一月，延安的朋友们都惦记着您，感谢您为解放区人民所做的工作……”（概括大意）他非常赞赏您和中国福利基金会在上海开展的救济工作。他说：（读最后一段）“我们很佩服您的努力……不仅解放区，全中国人民都会感到骄傲，因为有您这样一个永远为人民服务的领导者。请接受我和颖超的敬意及关切。”

宋庆龄　（愉快地）周先生的信总会给我们带来信心！我们都能正确地理解孙中山的三民主义，我们的心里都装着受苦的人民……（马上又想到）要想办法筹到更多的钱和物资，来帮助更多战灾儿童。（继续为小阿莲洗澡，慈爱地）过几天，我们一起去儿童福利站，你会见到许多跟你一样的小伙伴……

［宋庆龄墓前。当下。

［老年阿莲拿起第二束花放在宋庆龄墓前。

老年阿莲　宋妈妈，这一束花，是我替富贵献给您的，我们都是在您身边活下来、在您身边幸福地长大成人的孩子。去年富贵还跟我一起来这儿……可现在……（对着手里的花束）富贵，现在，也许你也已经在天上见到宋妈妈了，不知道你会不会还像第一次见到宋妈妈的时候，让她在那么多孩子里面，一下就记住了你？

第二幕

[上海儿童福利站。铁皮房子。1946 年。

[孩子们正在大女孩娜娜的带领下，学唱《小先生歌》（石流词，夏白曲）。

[工作人员阿英在往一个箱子里收拾图书。

[大一些的娜娜在教孩子们唱歌。

娜　娜　（唱）小呀小先生，老师教我我再教别人。

孩子们　（唱）小呀小先生，老师教我我再教别人。

娜　娜　（唱）老师教你你教我，我们一同再去教别人。

孩子们　（唱）老师教你你教我，我们一同再去教别人。

娜　娜　（唱）还有小小小小小小小小小先生……

[年轻的延生跑进来。

延　生　阿英，车来了，书都收好了吗？

阿　英　好像……少了叶圣陶先生的《稻草人》。

延　生　怎么会？昨天我还在这里给孩子们读过的……（在箱子里翻找）

阿　英　（问孩子们）大家有没有看到那本《稻草人》？

[所有孩子都摇头。

阿　英　我们这几个福利站，每一段时间要交换一次图书，这样大家才能都看到。现在，少了一本，是怎么回事呢？

[没有人回答。

阿　英　所有图书，还有我们大家用的本子、笔，都是孙夫人想尽一切办法募来的……

[十一岁的娜娜望向十岁的富贵。富贵躲闪着、犹豫着把手伸进怀里。

阿　英　孙夫人要是知道有人在这里偷东西，一定会非常难过……

[富贵听到一个“偷”字，吓得收回了正伸向怀里的手。

延　生　（惊喜地问阿英）孙夫人要来？

阿　英　（一边对延生示意一边继续对孩子们说）我们在这里有东西吃，还可以读书、识字，但更要学会做正派人、做本分人。对不对？

孩子们　（七七八八地回答）对。

［娜娜走向富贵，富贵后退着。

娜　娜　（盯着富贵，却对大家说）现在，我们大家都用两只手抱着头，原地跳一跳。

［大部分孩子一边习惯地应着，一边听话地抱住了头。

［富贵焦虑地看着娜娜，娜娜也看着他。

娜　娜　所有人，都用手抱住头……

［这时，宋庆龄的声音从人们身后响起。

宋庆龄　嗨，你们这是在玩什么新游戏啊？

阿　英　（惊喜地迎上去）孙夫人！您真的来啦！

［宋庆龄和孟欣带着小阿莲出现在大家面前。

［大家都迎上去。

宋庆龄　（亲切地跟大家打招呼）阿英。小朋友们，大家好啊！看看，我又给你们带来了一个小伙伴，她叫阿莲。

［孩子们看着小阿莲，示以微笑。（那个时候孩子的习惯表达方式应该不是鼓掌）

宋庆龄　（弯腰对小阿莲）去吧，去跟小朋友一起做游戏……

［阿英过来领小阿莲，阿莲胆怯地不肯让她拉自己的手。阿英蹲下来跟她讲话。

［同时，孟欣拉着兴奋不已的延生来到宋庆龄面前。

孟　欣　夫人，他是上个月给我们带红枣来的小伙子。（强调“带红枣来”）

宋庆龄　（与延生握手）你好，谢谢你带给我们的红枣。（也强调“红枣”二字，因为那代表着延安）

［延生差点习惯性地向宋庆龄敬军礼，但马上控制住了。

延　生　孙夫人好！我小的时候，吃过您送来的奶粉……

宋庆龄　（心领神会地笑）哦，这真是太妙了……你叫什么名字？

延　生　报告夫人，我叫延生。

宋庆龄　延生，是延安的延吗？好名字。

［宋庆龄跟延生讲话的时候，阿英已与孟欣耳语过。此时孟欣过来与宋庆龄耳语。

［宋庆龄边听边点头。她望向孩子们，见有个别孩子还抱着头站着，笑着走过去拉下他们的手。

宋庆龄　我们不抱头啦，像些小俘虏。（笑）少一本书没关系，我们可以想办法再去买。我也喜欢叶圣陶先生的那篇童话，故事很凄惨，但写得却那么美。我也许……可以试着给你们背上一段。

［宋庆龄说着，坐在了孩子们中间，顺手将小阿莲揽在了怀里。

［显然，大部分孩子对宋庆龄并不陌生，自然地围在她身边。

宋庆龄　小阿莲没有听过吧？（小阿莲懵懂点头）这个故事的题目叫《稻草人》。“稻草人是农人亲手造的。他的骨架子是竹园里的细竹枝，他的肌肉、皮肤是隔年的黄稻草。破竹篮子可以做他的帽子；他的手没有手指，却拿着一把破扇子。他的骨架子长得很，脚底下还有一段，农人把这一段插在田地中间的泥土里，他就整天整夜站在那里了……”

［静静听着的孩子里面，富贵突然出声。

富　贵　你少了一句：它的扇子是用绳挂在手上的。

［富贵说完，吓到了自己。

宋庆龄　（开心地笑着）你好棒！比我记得还清楚。你叫什么名字？

［富贵窘得说不出话。旁边的孩子们七嘴八舌地替他回答：

“他叫富贵。”

“其实一点也不富。穷得叮当响。”

“他是个流浪儿，乡下来的。”

“他爹被抓壮丁，再没回来。”

阿　英　（接着介绍）发大水的时候，他家的草房子冲走了，他娘带着他和妹妹在屋顶上饿了几天。最后，他娘把最后一点吃的留给他，抱着他妹妹投了河……

［宋庆龄忍不住伸手把富贵搂在了怀里。却并没有说安慰的话。

宋庆龄　富贵，你这么喜欢稻草人的故事，是不是也可以像我一样，来给大家背一段？

［宋庆龄的声音和眼神鼓励了富贵，他真的开始背诵，像在说他自己的话一样。

富　贵　“……他从来不嫌烦，不像牛那样躺着看天；也从来不贪玩，不像狗那样到处乱跑。他安安静静地看着田地，手里的扇子轻轻摇动，赶走那些飞来的小麻雀。小麻雀是来吃稻穗的。稻草人不吃饭，也不睡觉，就是坐下歇一歇也不肯，总是直挺挺地站在那里……”

［富贵求助地望向娜娜。所有的人也都随着望向娜娜。

娜　娜　（并不情愿，但也只能给富贵提示）“田野里夜间的风景和情形，只有稻草人知道得最清楚……”

富　贵　（更加绘声绘色地接着背诵起来）“他知道露水怎么样洒在草叶上，露水的味道怎么样香甜；他知道星星怎么样眨眼，月亮怎么样笑；他知道夜间的田野怎么样沉静，花草树木怎么样酣睡；他知道小虫们怎么样你找我、我找你，总之，夜间的一切他都知道得清清楚楚。”

［宋庆龄吃惊而欣喜地望着富贵。

宋庆龄　看来，你比我还要喜欢那个故事。

富　贵　（点头）书里写的，和我从前在乡下看到的一模一样。那时候，我总跟着我爹我娘一起下地干活……（突然难过地低下了头）我爹我娘总对我说：气死不告官，饿死不做贼……

宋庆龄　（抚摸着他的头）气死不告官……是，老百姓惹不起那些有钱有势的人。饿死不做贼……对的！这是做人的骨气！你是在乡下学会识字的吗？

［富贵摇头，指向娜娜。

富　贵　我不识字，都是娜娜姐教我读的。

宋庆龄　（对娜娜）谢谢你哟，小先生。

［娜娜羞涩地笑了一下。

富　贵　娜娜姐知道的可多了！

宋庆龄　（问娜娜）你是上海人，对吗？（娜娜点头）家住在哪里？

娜　娜　（有些仓皇地随便指了一下）就在这附近。

［宋庆龄点点头，没有再追问下去。她看了一看富贵，突然冲孩子们拍拍手。

宋庆龄　对了，我今天带了糖果，想不想吃啊？

［孩子们高兴得不得了，但并不好意思大声说“想”。

宋庆龄　想吃糖果的话，我们就一起做个稻草人的游戏，好不好？

［孩子们雀跃起来。

宋庆龄　拿出我们的小手帕……福利站发的，大家都有吧？我也拿出我的小手帕，我们把眼睛都蒙起来。现在，我就是那个稻草人，你们是小麻雀。摸到稻草人的小麻雀就能吃到甜“麦穗”哦。（从口袋里掏出一把糖块）

［孩子们更加雀跃地各自蒙上了眼睛。

宋庆龄　（提醒）孟欣、阿英、延生，都把眼睛蒙起来。

［宋庆龄蒙好自己的眼睛，拍着手带头唱了起来，孩子们也都跟着边唱边笑着过来摸到她并且从她的手上拿到糖块。

宋庆龄　（唱）小呀小先生，老师教我我再教别人。

老师教你你教我，我们一同再去教别人。

还有小小小小小小小小小先生……

［孩子们纷纷摸到“稻草人”，得到糖果。

［富贵犹犹豫豫地走到宋庆龄面前，慢慢地从怀里拿出那本书，把它放在宋庆龄手里。

［宋庆龄伸手抓住正要走开的富贵，把一块糖轻轻地放在了他的手里。

［直到手里的糖块全都发完。

宋庆龄　（摘下手帕）小麻雀们真聪明，我的甜“麦穗”一下子就都被你们吃光了……

孩子甲　是糖。

宋庆龄　对呀，小麻雀的糖是麦穗，小朋友的麦穗是糖。哇，（举起手里的书）居然还有一只小麻雀替我们把书送回来了，这只小麻雀真了不起！是想要让我接着读吗？

［一直被宋庆龄揽在怀里的小阿莲热心地指着富贵。

小阿莲　是他！是他把书送回来的！

［所有孩子都知道事情的经过，此时，都把不赞成的眼光投向了富贵。

宋庆龄　（揉着小阿莲的头）天哪，忘了这里还藏着个睁眼睛的小麻雀。

娜　娜　（完全理解了富贵，在一旁开口说）夫人，那书里有一段，我念一次他哭一次：“夜更暗了，连星星都显得无光。稻草人忽然觉得由侧面田岸上走来一个黑影，仔细一看，原来是个女人，穿着肥大的短袄，头发很乱。女人站住，望着停在河边的渔船……一种非常悲伤的声音从她的嘴里发出来，只有听惯了夜间一切细小声音的稻草人才听得到。

“她说：‘……只有死，除了死没路！到地下找我的孩子去吧！’”

［富贵开始抽泣。娜娜不忍再背下去。富贵自己却接着背起来。

富　贵　“稻草人着急，想救她，他摇起扇子来，他恨自己，不该像树木一样，定在泥土里，连半步也不能动。这真是比死还难受的痛苦……”（啜泣不止）我娘也是……她以为我睡着了，抱着妹妹一边低声哭一边慢慢往水里走。我吓得大声叫她，她停了一下脚，然后一下就跳进了水里……

［宋庆龄紧紧地搂住富贵。

富　贵　（指着宋庆龄手里的书，抽泣不止地）是我……是我……可我没想偷，再饿我也没有偷吃过东西。我只是……我只是……

宋庆龄　（满怀满抱地拥着富贵）懂的，我们都懂的。你不舍得这本书离开，因为……里面稻草人就像是你……

［富贵哭着用力点头。

宋庆龄　你是个聪明好学的孩子，还是个诚实勇敢的孩子。大家说对不对呀？

［孩子们都说“是”。

宋庆龄　那就让这本书留在这里！我们再去想办法，让三个福利站都有这样的好书。

［孩子们开心地欢呼起来。

［延生激动地走到宋庆龄面前向她行了一个军礼。

延　生　孙夫人……

［宋庆龄连忙向他做了个鬼脸，示意他这里不能行八路军军礼。

［延生连忙放下右臂，蹲在宋庆龄面前。

延　生　孙夫人，从小我们就知道延安保育院里的奶粉是孙夫人设法送来的，您真的……就像是所有孩子的妈妈。

宋庆龄　（开心地拥抱了延生一下）你会一直待在上海吗？

延　生　只要需要，我愿意留在您身边、留在中国福利基金会工作……

宋庆龄　好呀！我们一起，帮助这些孩子活下去，帮助他们长大成人……你知道吗，这一年，全国饿死的就有一千万人，最可怜的是这些无助儿童……许多贫苦儿童需要我们……

第三幕

［李姐拖着个大麻包，吃力地从上场口出现，累得停下来歇脚。

李　姐　哎呀，累死人了！

［一位衣衫褴褛的男人路过她身边，停下来。

［李姐马上警惕起来。

男　人　要不要帮忙。

李　姐　不要不要。

男　人　我不要钱，你给我口吃的就好。

李　姐　（叹息）这一大袋子钱只能换回一小袋子米了……

男　人　（一只手做出一小捧的形状）你给我这么一口口就好，我拿回去给孩子煮粥……

李　姐　（不忍）唉，作孽哦……

［男人见被默许，马上背起那一大麻包钱。

［李姐跟在后面。

李　姐　作孽哦……这物价飞涨，多少人都要饿死掉了……（对男人喊）

福利会每天都会放粥，你知道不知道？

男　人　（头也不回地）我听说过，哪里会有这种好事！

李　姐　（生气地）当然有！孙夫人天天忙这件事，一会儿我带你去……

男　人　真的？！

［李姐径直朝前走。男人忙跟上。

男　人　（急切地）我信我信！你带我去了我就信……

［街头。

［孩子们拿着“识字班”的三角旗，其中有富贵，有娜娜，还有带领他们的延生。他们唱着歌，给穷苦的孩子和大人教识字。

孩子们　（唱）小呀小先生，老师教我我再教别人。

老师教你你教我，我们一同再去教别人。

［宋宅。宋庆龄坐在桌前写信。（1947 年）

宋庆龄　（画外音）亲爱的罗丝，谢谢你寄来的五美元，此款已为上海儿童购买了纸、铅笔和橡皮。另外，我已将你上次捐赠的五本图书转给了三个福利站，供福利站的儿童轮流阅读……

［小阿莲端着一杯水，走到桌前。

小阿莲　夫人……

宋庆龄　（接过水）谢谢小阿莲。

小阿莲　安提李让您多喝水，她说您的声带都快撕裂了。

宋庆龄　（捂着咽部，开心地）是呀，昨天的儿童福利舞会上，我叫卖出去了三百八十张票子！你们今天喝到牛奶了吗？

小阿莲　喝到了。还有半块好吃的点心。

宋庆龄　（很满足的样子）那都是社会各界的捐赠。

［小阿莲帮她整理桌上的信札。

小阿莲　你每天都写这么多信，看得我的手都酸了。

宋庆龄　（笑）手酸不要紧，让更多的人来帮助我们，你们就有牛奶喝，有学上了。

［小阿莲向宋庆龄深深鞠躬。

小阿莲　富贵说：夫人是菩萨……

［宋庆龄笑着正要讲话，李姐拿着只汤婆子走来，递给宋庆龄。

李　姐　是个穷菩萨！不舍得吃不舍得喝，连只汤婆子都不舍得买……

宋庆龄　（接过来焐手，笑道）我们两个用一个不是很好吗？不然你一个人用多没意思。

［说完调皮地做了个鬼脸，回身继续写信。

小阿莲　富贵说：夫人是菩萨！笑起来比菩萨还好看。

宋庆龄　（写信，画外音）亲爱的亨利，每个儿童的教育费只需约八十美分，若每年有一千六百美元就足以维持为两千名青少年办班……

李　姐　（对小阿莲）亏得有夫人，不然，你们别说读书、当小先生，饭都吃不上哪……

［街头。

［孩子们拿着“识字班”的三角旗，其中有富贵、有娜娜，还有带领他们的延生。他们唱着歌，给穷苦的孩子和大人教识字。

孩子们　（唱）小呀小先生，老师教我我再教别人。

老师教你你教我，我们一同再去教别人。

还有小小小小小小小小小先生，

大家都识字，识得字来把冤申

大家都懂事，看谁还敢欺侮人！

我们要做小先生，小先生，小先生！

小小先生，小小小小小小小小小先生！

［小阿莲遇到刚给别人上完课、拿着“三角旗”的富贵。

富　贵　（跑来）阿莲！你又去为夫人寄信吗？我跟你一起去！

小阿莲　好。

［小阿莲落落大方又亲热地拉起富贵的手。

小阿莲　富贵小先生，你今天教了几个人？

富　贵　五个小毛头。还有一位老爷爷。

小阿莲　我回去告诉夫人，她会很高兴！我喜欢看她笑的样子。

富　贵　我也喜欢。夫人是菩萨！笑起来比菩萨还好看。

［歌声继续。

［宋宅。宋庆龄仍在写信。

宋庆龄　（画外音）感谢你们寄来的一百英镑，这意味着，大约会有一百六十多位来自上海最贫困家庭的儿童，将在他们一生中第一次接受教育，成为识字的人……接下来，我还有更令人激动的打算……

［孟欣走过来。

孟　欣　夫人，黄佐临、刘厚生先生已经把剧本选好了，任德耀和张石流先生也在熊佛西先生剧团找好了演员。只是，他们把您给的补贴都退回来了……

宋庆龄　（从高兴到不赞同）那可不行！他们是艺术家，需要更安心地为孩子们做事，需要更有尊严地生活……

孟　欣　好，我再说服他们。

宋庆龄　（接过孟欣递过来的文稿）《表》？

孟　欣　是根据同名的苏俄小说改编的儿童剧剧本……

宋庆龄　（点头）我看过鲁迅先生翻译的原小说。写了一个流浪儿在苏联教养院里找回纯洁、正直的人生。（翻看剧本）这个戏将来要去给穷苦的孩子们演，他们一定会懂的。

而且，要让他们知道，有一个地方，像他们一样的穷孩子都有了温暖的住屋、学校和图书馆，都过上了好日子……

孟　欣　（窃笑）在上海给孩子们演出苏俄的故事，不知道当局会怎么想？

宋庆龄　（表情淘气地耸耸肩，注意力仍在手里的剧本上）这个故事非常生动，流浪儿彼蒂加从偷表到一路受到这只表的折磨，我看小说的时候一直都在笑。我们要为孩子们创作精神食粮。儿童是国家未来的主人，要给予他们娱乐，点燃他们的想象力，提高他们的素质。

孟　欣　（点头）上海的戏剧界非常支持，只是，我们总还需要钱……

宋庆龄　不怕。想办法募集。（雷厉风行地）现在就动手，向社会各界发邀请……

［孟欣帮她放好文具。

孟　欣　（笑）国母孙夫人的亲笔邀请函，总是大家无法抗拒的。只是……孩子们已经有饭吃有书读了，演戏看戏的事情，也一定要现在吗？

宋庆龄　要的！物质的、精神的食粮都是孩子需要的！要给孩子最好、最宝贵的……（看到小阿莲正在桌边好奇地翻看着另一本书稿，笑问）小朋友，你是在看书里的插图吗？

小阿莲　（点头，指着封面上的字，很骄傲地念出其中一个字）我认识这个字，母！什么母什么。

宋庆龄　（笑）你认得对。（逐字教）黑、母、鸡。

［小阿莲认真地记下这三个字。

宋庆龄　这是个非常有意思的故事，影响了许多孩子，包括作者的亲外甥……

孟　欣　（笑）您怎么什么都知道？

宋庆龄　（对孟欣）作者的亲外甥，名叫列夫·托尔斯泰。（孟欣吃惊）这本书曾经深深地影响了年幼的托尔斯泰。也许文学大师就是从这本书中萌芽的。所以……（边说边坐下来开始写请柬）物质的和精神的食粮同样重要。对于那些幼小的身体和心灵，他们都迫切需要这些东西的培育和滋养。为此，我们要不遗余力。（低头对小阿莲）回头我读这个故事给你听。

［小阿莲用力点头。

［宋庆龄墓地。当下。

老年阿莲　宋妈妈，我永远都不会忘记你给我读的那些书，那些美丽的童话。我永远都不会忘记，1947 年 4 月 10 日，在兰心大剧院，中国历史上第一个儿童剧团——中国福利基金会儿童剧团演出了第一部儿童剧《表》。所有孩子都看傻了，跟着哭一阵笑一阵，仿佛台上的故事是我们自己的。散戏后大家还久久不肯离去。而您，每天都会亲自邀请社会各界来看戏，筹募资金，为了再把戏送给贫苦的孩子们看，您说：“他们的生活是苦涩的。好的文艺作品不仅启发儿童求知的渴望，帮助儿童的智力发展，还能在纯洁、幼小的心灵上种下优良品质的种子！”来看戏的有贫民区小学的孩子，有儿童救济院的孩子，还有少年教养所的孩子……

［拿出第三束花。

老年阿莲　铁头就是少年教养所来的。只是他自己也想不到，看过戏的几个月之后，他也成了儿童剧团的一员。只是，开始他可真不省心啊。（对花）铁头，每年我都替你给宋妈妈献上属于你的那一束花哦……

第四幕

［儿童福利站。1948 年。

［延生带着孩子学扭秧歌，小声哼着《解放区的天是明朗的天》曲子。

［孩子们也都跟着小声哼着。

阿　英　小点声哦。这个曲子出了门就不可以乱唱了。会被特务发现的！

孩子们　（都更加开朗起来）晓得啦。

［室外，张石流、任德耀陪着宋庆龄、孟欣走来。

任德耀　我们的儿童剧团真的是儿童的剧团，全都是孩子。幸亏有这些福利院的孩子愿意参加，不然，外面的孩子再苦，家里人也不太愿意让孩子演戏。唉，在大部分人的眼里，演戏还是个下等的职业。

宋庆龄　很快，他们会从我们的孩子身上看到益处：这种在戏剧、歌唱和舞蹈中的集体合作，会使儿童学会如何在一起工作和懂得艺术的价值……（望向屋内）他们，将是中国的第一代儿童剧演员啊！

张石流　是的！现在我们正一边赶写新剧本，一边在给孩子们做培训。

任德耀　石流导演很厉害，除了唱歌跳舞，他还拿了《三毛流浪记》让孩子们自己演……

［任德耀正要对屋里的人们报告孙夫人来了，被宋庆龄拦住了。

宋庆龄　（把指头竖在唇边）我就在这里悄悄看，不要打扰了孩子们。

［任德耀、张石流点点头，走进屋里。

张石流　（对孩子们拍拍手）来来来，热身运动做好啦，现在开始交作业。哪一个先来？

［孩子们难免有些扭捏。

张石流　（拿起桌上的画册）《三毛流浪记》大家都看了好多遍了，里面的生活都是你们熟悉的，来来来，我们先来一段“饥不择食”。还记得吗？一个人在刷宣传广告，提了个糨糊桶，三毛饿极了，就把糨糊都吃掉了。来来来，我演那个贴广告的，谁来演三毛？

［富贵半推半就地站了出来。

［张石流随手从旁边拿一只小桶，一边无实物表演刷糨糊贴广告。还不忘拿出一只钢笔叼在嘴上，当是香烟。

贴广告的人（张石流）

（边干活边自语）这个鬼天气，热死人啦！可是这么多广告都还得贴出去，不然挣不到钞票全家饿肚子……（作势赶走桶边的苍蝇）这些鬼苍蝇，多得嘞，到处都是，轰都轰不走……

［富贵走上来，一边用嘴发出“咕噜、咕噜”声，表现肚子饿得直叫。

张石流　（跳出角色表扬富贵）不错啊，肚子饿得直叫。（继续表演）

［富贵看到糨糊桶，马上垂涎三尺。

三毛（富贵）

（做垂涎状）这里有一桶“粥”！稠乎乎的米粥……（深吸气，享受）酸溜溜的……

［三毛在贴广告人身边转来转去，不时趁机飞快地喝上一口。

［每次贴广告人一放下桶，三毛就去喝。三毛一放下，贴广告人又提起桶继续贴广告。

［屋里的孩子和门外的宋庆龄、孟欣都看得直笑。

［贴广告人感觉到什么，望向三毛。三毛一脸若无其事。又要去偷喝，被发现。

贴广告的人（张石流）

喂，你把糨糊搞到哪里去了？喝啦？

［三毛一脸无辜地望着对方。突然，三毛捂住了自己的肚子，哎哟

哎哟地叫起来。

贴广告人（张石流）

你喝掉啦？（三毛摇头，忍着不叫）你认不认得字？（见三毛摇头，指着刚刚贴好的广告念给三毛听）“夏令时疫流行，饮食须重卫生，苍蝇停过勿食，冷粥酸饭勿进！”听懂了没有？

［三毛已经肚子疼到身体扭成一团，但强忍着不出声。

贴广告人（张石流）

小赤佬，这桶糨糊用三天了，苍蝇在上面都不知道开过几次游园会了，你要是喝了，回头会拉肚子的！

［三毛拼命摇头。

贴广告人（张石流）

难道是天气太热，蒸发掉了？（看天）见鬼！（下）

［三毛见人走了，疼得躺倒在地打起滚来。

［张石流、任德耀和孩子们都为富贵鼓掌。

张石流　不错不错，相当不错！一看就有生活。

富　贵　我吃过的剩饭比糨糊差多了。

孩子们　（七嘴八舌）就是！

剩饭馊饭算好的，从前我经常三四天只有自来水喝！

自来水算好的！

对，自来水是要钞票的，没有人愿意白给我们喝。

我喝过人家洗衣服的水……

［任德耀等大人心疼地看着孩子们。

张石流　我的新剧本里写的就是你们这样的孩子，相信你们一定能演好！我们再来！

［小阿莲拉着娜娜站出来。

小阿莲　张导演，我要跟娜娜姐演那一段《好人难做》。（看娜娜）

娜　娜　她演小妹头，跑得摔跤，疼哭了。三毛看到，好心把她扶起来，我演妈妈，反倒把三毛骂了一顿。

张石流　好，谁演三毛？

小阿莲　（指）铁头。

［小阿莲招手，铁头慢吞吞地走了上来。

张石流　（大加鼓励，显然铁头跟其他孩子的表现有些不一样）好！欢迎铁头表演。

［大家鼓掌。

［小阿莲（女孩）跑上，摔倒，趴在地上哭："哇——痛啊，娘……娘……"

［铁头过来扶起小阿莲。

三毛（铁头）

不哭不哭，小妹头不哭。（小阿莲继续哭，铁头想词劝慰）你是自己摔倒的嘛，自己摔倒的哭什么。（吃惊）真的哭出眼泪啦？厉害！

小阿莲　（忘了自己在演戏，想念起娘）我娘……饿死了……我想我娘……

［铁头有点不知道该说什么了。

［娜娜以母亲的身份出现，兴师问罪的模样。

娜　娜　谁欺侮我家阿囡了？

铁　头　（吊儿郎当地）她不小心自己摔了一跤。（淘气地加了一句）主要是她想她娘了。

娜　娜　（认真演戏，有些夸张）你这个小赤佬，讨饭偷东西就算了，还欺侮小孩子！（推他）走开走开，小瘪三！

［母亲拉着女儿离去。铁头望着两人的背影。

铁　头　（恨恨地）死婆娘！呸！呸！呸！

张石流　铁头啊，你这样演不对的。三毛这个人物非常可怜，但他也非常善良。就算被女孩妈妈误会，他可以很憋气，但不能这样骂人。

铁　头　为什么不能骂人？敢欺侮老子老子就骂……

张石流　（纠正）铁头，三毛不会自称"老子"……

铁　头　老子不是三毛！

［铁头意识到所有人的感觉，改变态度。

铁　头　对不起哦，我忘了，这个地方不许讲粗话的。

延　生　对，我们是一个平等友爱的集体……

铁　头　（不爱听）晓得啦晓得啦，再来再来。（指小阿莲）你，小妹头，再来哭一回！

［小阿莲不太喜欢铁头的说话方式，但还是依言重来。跑，摔倒，哭。

三毛（铁头）

不哭不哭，小妹头不哭啊。（扶起小妹头，替她拍打膝处浮土）还好没有摔破裤子，摔破腿不要紧，过几天就长上了，摔破裤子可麻烦，它自己长不上的……

［包括小阿莲在内，现场人都笑了。

张石流　这是好台词！穷苦人宁可摔破腿，也不愿意摔破裤子。这是你妈妈常说的话吗？

铁　头　（摆摆手）我妈早死了。我爸我妈长什么样子我都不记得的。

［大家不笑了。

铁　头　这句话是养我长大的好心爷爷常说的。只可惜，（又油腔滑调起来）“好人没好报”，一颗不长眼的炸弹丢下来，爷爷被炸死了，我又成了孤儿，不，我就成了真正的小瘪三……（不愿意让众人看到自己的伤感）接着来，那个铁头的妈，该你上了。

［娜娜走上来。

娜　娜　谁欺侮我家阿囡了？

铁　头　她不小心自己摔了一跤。

娜　娜　（过来一边帮着小阿莲拍打裤子一边也改变了态度和台词）不哭不哭，我们摔一跤长一长。谢谢这位小哥哥啊。

铁　头　哎，三毛的书里不是这样画的！

娜　娜　三毛也会遇到讲道理的人啊。

铁　头　有钱人，没有讲道理的！

娜　娜　那也不一定，我妈妈就很讲道理……

铁　头　你妈妈是有钱人吗？你妈妈给人家洗衣服、补衣服，穷得嘞，连你上贫民小学的学费都交不起。所以你才在“儿童福利站”当“小先生”，让福利会给你代交学费。你要是有钱人你会在这里吃福利院的饭吗？

［娜娜被铁头抢白得说不出话来。

铁　头　不过，也说不定你们家从前有钱，后来落魄了。我也见过的，有钱人一旦倒了霉，那叫——虎落平阳被犬欺、落毛凤凰不如鸡……

［娜娜转身走开了。

铁　头　咦？不演了？那我自己演——我来演三毛卖艺！

［铁头说着，拿起旁边的扫帚，当枪一样使得风生水起。

［大家全都情不自禁地为他鼓掌。

铁　头　哎，瞧一瞧看一看啊，活吞宝剑啊！有钱的捧个钱场，没钱的捧个人场……

［铁头变戏法一般，从怀里抽出一把剑，在大家的惊叹声中，像模像样地舞了一圈，然后，架势十足地当众完成了吞剑表演。大家看得目瞪口呆。

［铁头收回剑，大家热烈鼓掌。

［铁头马上得意地当众自揭“谜底”——那剑是可以伸缩的。

［大家再次热烈鼓掌。

张石流　（兴奋地大声叫着）太好了！我们的新戏有主角了！（对铁头）你知道吗，新戏名字就叫《小马戏班》，里面都是走码头卖艺的苦孩子，你的这些能耐，正好可以来演主角。

铁　头　好说。只是，我演主角的话，饭里面的肉，是不是可以比别人的多一些？

富　贵　铁头！延生哥哥每次都把自己的饭分给你一些，可你……

铁　头　天生饭量大，我也没办法。

富　贵　那……那也不能总去拿别人的点心……

铁　头　你不要血口喷人啊！常言说捉贼捉赃，你抓到我拿了吗？

富　贵　我……你……（语塞）

张石流　铁头，你要是觉得吃不饱，以后我也可以分给你。

铁　头　（居然对张石流拱手）谢过！谢过！那我就再给好心人们表演一个……

［铁头的格格不入，令大家面面相觑。

［屋外。

孟　欣　（生气地）这个铁头，是从教养院来的……

宋庆龄　所以他更需要我们！

孟　欣　……

宋庆龄　（低沉地）我们无法知道，战争、动乱、贫穷、饥饿……给每个孩子带去过多少灾难和痛苦……上海物价已是战前的四百倍，会有更多流浪儿童需要我们……走，我们去把祖屋腾出来，当作难童收容所，安置更多无家可归的孩子。（率先离去）

孟　欣　夫人……那是你最珍惜的娘家屋呀……（追下）

［宋庆龄墓地。当下。

老年阿莲　（对着铁头的那束花）每一次宋妈妈来看我们的时候，你都总是躲得远远的。宋妈妈似乎知道，所以从不去打扰你，可是她总会向我询问你的情况。我告诉宋妈妈，你经常不按时参加排练，气得张导演哇哇叫，但一回来又总能演得很好；你经常把别人尤其是娜娜姐气哭，可你又总会帮着任德耀先生做布景，干活又快又好，反正，大家都是一边生你的气一边不舍得放弃你。直到有一天，你带回来三只小狗……

［宋庆龄祖屋，孩子们的临时住处。（1948 年）

［阿英和延生以及孩子们围着铁头劝说。

阿　英　铁头，你想一想，现在人都吃不饱，怎么还能养狗？

铁　头　我可以拿我的饭喂它们。

阿　英　你也是要吃饭的呀！要知道，这些食物，都是孙夫人为我们想了多少办法才得来的。

延　生　这个屋子也是孙夫人拿出来给无家可归的孩子们住的，现在还有好多孩子安置不下……

铁　头　它们跟我睡在一张床上……

阿　英　可它们会长大的呀！而且，这样住着也不卫生……

［铁头忽地站起身来，抱着那只破烂的筐子就要往外走。

阿　英　你去哪儿？

铁　头　我和狗一起走开。我自己养活我自己，还有它们。

阿　英　（气）你这个孩子……

延　生　（耐心地）铁头，你想想，咱们戏排到现在，多不容易啊，说好了我们要给更多的穷孩子公演，你怎么能说走就走？

铁　头　那……咱们就都忍一忍吧。我会卖力气演戏，也算是替它们挣个饭钱。等这个戏演完，咱们就两不相欠了……

［一时间，阿英延生都不知道还能说什么才好。

［小阿莲拉着宋庆龄的手进来，显然她已经知道了全部。

宋庆龄　我来看看是什么样的小狗。

［铁头很紧张，原地不动，任由宋庆龄从自己手上拿去了破草筐。

宋庆龄　（真心喜欢地）啊，这三只小狗狗好可爱啊！你是在哪里得到它们的？（铁头没有说话）好像还没有断奶。你把它们带走，狗妈妈会不会着急啊？

铁　头　狗妈妈已经饿死了。

［宋庆龄望着他，那眼神中的同情和理解，令铁头讲了下去。

铁　头　有一天，我去帮任先生买油漆，路上那狗妈妈一直跟着我，除了大肚子，它身上瘦得每一根肋骨都看得清清楚楚。我明白它在求我养它、救它。可那会儿还没搬到这里，我也不能把它带到福利院，只能……每天弄点吃的出去喂给它吃……

宋庆龄　原来，你的饭量大，是加上了狗妈妈和它的孩子们。

［铁头轻轻地点了下头。

［宋庆龄欣慰地凑近铁头的脸，眼睛对着眼睛地对他说——

宋庆龄　你是个有同情心的好孩子……

铁　头　（探究地望着宋庆龄）那，你同意让我养它们了？

［宋庆龄没有马上说话。

铁　头　我今天去的时候，狗妈妈已经死了，这些小狗崽还在吃着狗妈妈的奶……

小阿莲　（已经流泪了）就像当时我在我娘身边……（求助地望着宋庆龄）

［宋庆龄没有说话。

铁　头　（失望地）我就知道。大人都是铁石心肠……

延　生　铁头！

宋庆龄　（止住延生，对铁头）我是怕……你养不活它们。它们太小，需要更好的照顾……我们一起替它们找个好人家收养，行不行？

铁　头　怎么找？穷人养不起，有钱人不会养……

宋庆龄　人不是以贫富来区别的，而是以有没有同情心、有没有爱心来区别的。（对阿英）你先去拿些奶粉冲了交给铁头来喂它们。（对铁头）明天我们举办“三毛乐园会”，张乐平先生拿出许多三毛原作参加展览和义卖……

铁　头　（兴奋）张乐平！画三毛的？

宋庆龄　对。到时候会有许多慈善人士来募捐筹款，你带着它们一起来，我相信一定会有喜欢动物的人收养它们。

铁　头　（急切地）要是没人认领呢？

宋庆龄　那就还是由你养着，我们继续替它们找人家，直到找到。怎么样？

[铁头一脸难以置信和感动。

宋庆龄　（笑着搓着铁头的头发）明天，你也要把自己打理得干干净净的哟。

[现场乐队的音乐起。热闹的“三毛乐园会”。

[三毛的漫画，大大小小，铺天盖地。

[延生护卫着宋庆龄出现，并一直机警地站在她的身边。

宋庆龄　（在向所有人宣讲）三毛是一个可爱的漫画作品中的主人公。他经历了中国穷苦孩子所经历的一切苦难……今天，我们用三毛的名义进行筹款活动，是希望大家能看到我们做的工作：我们的识字班已经吸收了两千五百名儿童，我们为四万三千人提供了免费医疗……只是，更多贫苦儿童需要更多援助。在这里我再次向诸位呼吁援助，希望大家加入我们的“三毛乐园会”，入会人士每月认捐一定数额的款项，就可以救助一至五个小“三毛”……

[掌声。

[宋庆龄招手叫过铁头。

[此时的铁头一身清洁，头发也梳得漂漂亮亮的。怀里抱着一只用碎花棉布和棉花制成的柔暖的布篮子。

宋庆龄　另外，这个可爱的布篮子里面还有三个可爱的小小“三毛”，它们需要一个温暖的家……来之前，它们都给它们未来的“家长”写了信——

[两个同样打扮得漂漂亮亮的孩子出现在铁头身边，从布篮子里捧出碎花棉布包里的小狗，并从小狗身边取出一封信来读。

铁　头　（抱着小狗读信）亲爱的叔叔或者阿姨，我很小，但我很听话……

富　贵　（抱着小狗读信）现在，我的小屁股还有一点疼，因为下午我刚刚打过了犬温热和狂犬病预防针……

小阿莲　当你把我抱在怀里的时候，会发现我比汤婆子更温暖、更柔软，更贴心……

[宋庆龄站在孩子们身后，微笑着拥着他们。

[站在宋庆龄身边的铁头抬头望着她，脸上不再有桀骜不驯。

[同一时间的宋宅。李姐在收拾布头、针线。孟欣在收拾宋庆龄的书桌。

李　姐　那三个小布篮和一个大布篮，都是用她穿了二十多年的旧袄剪了做的，我们两个人做了一晚上。好看得嘞——

孟　欣　我一看就认出来了，那件夹袄，还是当年我陪她一起去做的。

李　姐　还要替狗狗写信……这样的事情，菩萨没做过，圣母也没做过，都被宋庆龄做了……

[宋庆龄墓地。当下。

[一个年轻女子走来，将一束花恭恭敬敬地放在墓前（或塑像前）。

[老年阿莲注意地望着她。

[女子回过头来，遇到阿莲的目光，冲她微笑点头。

[老年阿莲看清年轻女子的面目，惊呆了。

老年阿莲　（轻声惊呼）娜娜姐……

年轻女子　（回应、试探）我奶奶的小名叫娜娜，全名叫傅卓娜。

老年阿莲　（喃喃道）对，娜娜姐的大名就叫傅卓娜。直到解放后我们才知道：她原来是位“小姐”，通货膨胀的时候家里破了产，爸爸自杀了。她和妈妈从“大户人家”住进了贫民区，为了上学她来当

“小先生”。所以她从来不肯讲自己的身世。

年轻女子　（激动）您说的，就是我奶奶。

老年阿莲　（激动）你果然是娜娜姐的后人。

年轻女子　我是她的孙女。我叫安娜。

老年阿莲　安娜，娜娜，你跟她长得真像啊！

年轻女子　我爸爸也总说我长得像奶奶。

老年阿莲　娜娜姐从小就想当钢琴家，后来落魄到了贫民区，就再也不敢做这个梦了。直到后来，在宋妈妈家里，宋妈妈为她打开琴盖，把她按在琴凳上，听她弹起儿时学过的曲子。之后，宋妈妈替她安排做了音乐老师，她大学毕业后，又设法送她出国深造……

［娜娜不断地点头。

老年阿莲　娜娜姐……她还在吗？从她出国以后，我们就再也没有见过。六十年代之后，我们就彻底断了联络。

安　娜　奶奶四十岁就去世了。那时我爸爸还很小。我爸爸叫和平。爸爸说，他的名字是为了纪念孙夫人。孙夫人得过世界和平奖。

老年阿莲　（流下眼泪）和平……对！对！

安　娜　奶奶留给爸爸一本厚厚的笔记和一张照片。后来，爸爸把它给了我。（拿出一张照片）也许，这张照片上会有您……

［老年阿莲接过安娜递过来的照片，激动得半晌说不出话来。

［安娜静静地望着她。

老年阿莲　（指着照片）我在。我在这儿。我们都在宋妈妈身边……这张照片是 1951 年的圣诞节拍的，在宋妈妈家里……你看，娜娜姐身后的钢琴上，就是宋妈妈得的世界和平奖章……

安　娜　对，所以奶奶给我爸爸起名叫和平……

第五幕

［宋宅。1951 年圣诞节。

［宋庆龄在书房写信，从街道上隐约传来歌声《解放区的天是明朗

的天》。

宋庆龄　（画外音）亲爱的安娜，真的是好事连连！“巩固国际和平奖”虽然是发给我的，而这份光荣是属于中国人民的！那十万卢布的奖金，你知道，我当场决定把它全部捐献出来，作为发展中国儿童和妇女的福利事业之用。现在，中国第一个妇幼保健院——国际和平妇幼保健院已经在用这笔钱开始兴建！会有无数妇女和儿童在这里得到最好的照顾。我们的儿童剧团管弦乐队有一百人，已是上海令人瞩目的四支管弦乐队之一。第一个少年宫也已列入兴建计划……还有，新中国的第一本儿童刊物《儿童时代》已经连续发行一年了……

[客厅的光渐起，孩子们望着美丽的圣诞树，翻看着新的《儿童时代》，兴奋不已。

[孟欣、任德耀、阿英等也在其中。

宋庆龄　（继续写信。画外音）特别要谢谢你临走前将圣诞树的装饰品都转卖给了我，现在，我有一棵真正的圣诞树了。我还跟李姐一起用空蛋壳做了许多彩蛋，藏在了圣诞树的下面……这一切都与宗教和复活节无关，只是要孩子们开心……

[孩子们的欢呼声中，书房收光。

[孩子们拿着各种不同的彩蛋，围在圣诞树下。

孟　欣　我就说夫人一直都像个孩子，比孩子还会玩。你们知道她上大学的时候还写过童话，叫《四个小点》。（看到孩子们目光，直接讲了起来）古代有个孩子，勤奋善良，曾救助过一只在雨中挣扎的小蚂蚁，后在，他的科举试卷上漏写了四个小点，那只被救的蚂蚁就用身体填补了这四个小点，使这个孩子考上了状元。应试成功。这个故事告诉我们要友爱，互助就是自助……

富　贵　有这本书吗？

孟　欣　没有。是当年夫人讲给我听的。

任德耀　这个故事将来也可以搞成儿童剧……

[宋庆龄背着手，走到了大家面前。

宋庆龄　好呀，这个任务就交给你了！

［大家纷纷叫着夫人。

宋庆龄　大家圣诞节快乐！新年快乐！现在，我要开始送圣诞礼物了。（从身后提出一只大提包，一样一样地从里面拿出礼物）先把任德耀先生的礼物送出去——

任德耀　（接过一个信封，打开）儿童剧团团长委任状！（激动地）夫人……

宋庆龄　我所有的希望都在这里面了。创办儿童剧院，是为了演出儿童剧，通过儿童典型形象，感染儿童，使他们有文娱生活并寓教于文娱之中。

任德耀　夫人，我会牢牢记住的！

宋庆龄　接下来是延生的……虽然他已经牺牲在了朝鲜战场上，但这只苹果……他一定吃得到。延生，你在天上一定可以看到我们，我们永远都会想念你……

［宋庆龄把一只大红苹果放在了圣诞树下。

宋庆龄　阿英，你现在是托儿所的所长了，在孩子们面前要更漂亮才对。

［阿英接过宋庆龄送给自己的一条漂亮的纱巾，戴上。

宋庆龄　（满意地点头，继续送礼物）富贵，这是送给你的，崭新的《稻草人》，你可以在扉页上写上自己的名字。

［富贵接过那本崭新的童话书……

宋庆龄　娜娜，这是一本琴谱，将来，你一定要成为最优秀的钢琴家。

［娜娜接过琴谱……

宋庆龄　铁头，你看，这是什么？

铁　头　（接过三张照片）那三只狗狗！

宋庆龄　对，这三只小小三毛都长大了，是不是又漂亮又幸福啊？你看，照片后面还有它们写给铁头哥哥的信呢。

铁　头　（看照片背面的文字）是英文？

宋庆龄　所以，你要开始学英文了，不然就看不了信了。（笑）

［铁头用力点头。

宋庆龄　小阿莲，我知道你一直都想念你的娘亲，所以，我就替你画了一张，这是小阿莲，这是小阿莲的娘……

［小阿莲接过那张画，久久地看着。

宋庆龄　你可以把它贴在墙上……

［小阿莲一下子扑到了宋庆龄的怀里。

小阿莲　娘——宋妈妈——

［所有孩子都扑到了宋庆龄的怀里，深情地喊出“宋妈妈——”“宋妈妈——”

［在这最温暖的拥抱中，一个童声响起——主题歌《宋妈妈》

歌　声　妈妈，妈妈
轻轻地叫您一声妈妈
妈妈，妈妈
深情地叫你一声妈妈

妈妈的手最温柔
曾为我缝补衣裳为我擦泪花
妈妈的怀抱最温暖
曾为我遮挡风雨让我不害怕

妈妈，妈妈，宋妈妈
您的手像妈妈一样温柔
抚平我们心中一道道旧伤痕
妈妈，妈妈，宋妈妈
您的怀抱像妈妈一样温暖
哺育我们健康成长绽放希望的花

［老年阿莲上，出现在当年的宋宅客厅里。

［过去与现在融为一体。

老年阿莲　宋妈妈，您一生没有孩子，但您却把全天下的孩子都当成自己的孩子，给他们温饱，给他们尊严，给他们对世界的信任！您孑然一身大半生，但您却把周围的每一个人都当成了自己的亲人。

［所有的演员跳出角色，以演员身份——

扮演老年阿莲的演员

宋妈妈，我是扮演阿莲的演员，我们都是您亲手创办的中国福利会儿童剧院的演员！

扮演李姐的演员

我扮演李姐。李姐的真实姓名叫李燕娥。李燕娥去世后，宋妈妈指示要将李姐的骨灰埋在自己父母的坟边，“要立碑，要跟我将来的一样”，并亲自画了草图。现在的宋庆龄陵园，宋庆龄父母的合葬墓两边，东西两侧完全对称的位置上，有着形制完全相同的墓碑，东边是宋庆龄之墓，西侧是李燕娥之墓。宋妈妈，在您的眼里，人没有高低贵贱之分，没有主仆上下之别。这是您的人格。

扮演孟欣的演员

我扮演孟欣，孟欣的真实原型，是廖仲恺何香凝的女儿廖梦醒。廖梦醒与宋庆龄之间的友情长达一生。宋庆龄二十五岁与孙中山结婚的时候，十一岁的廖梦醒就成了宋庆龄最好的小朋友，她们更是一生的战友。从“保卫中国同盟”到“中国福利基金会”，廖梦醒是宋庆龄“始终跟中国共产党站在一起”的纽带和见证者。

扮演小阿莲的演员

从中国福利基金会的儿童剧团，到中国福利会儿童艺术剧院，我们一直被宋妈妈视作“掌上明珠”。

扮演延生的演员

还有所有的儿童剧院

扮演阿英的演员

所有的少年宫

扮演铁头的演员

所有的妇幼保健院

扮演娜娜的演员

所有的托儿所、幼儿园

扮演富贵的演员

所有与孩子有关的事业

扮演任德耀和张石流的演员

所有的孩子

所有人　都是宋妈妈的掌上明珠！

扮演小阿莲的演员

听，宋妈妈在说——

宋庆龄　可爱的孩子们，每当我想到你们，我的眼前就浮现出那些充满生机的小树苗。你们像小树苗一样，柔软的枝条，嫩绿的叶子，在肥沃的土地上扎根，在和煦的阳光下成长。你们睁着惊奇的眼睛观察着：这个世界多么新鲜，多么有趣，多么灿烂……

［所有人再次簇拥着宋庆龄，歌声再起，主题歌的延续（童声合唱）——

歌　声　妈妈，妈妈，宋妈妈

您是我们最亲爱的妈妈

您是许多许多许多孩子的妈妈

宋——妈——妈——

剧　终

附录 1

让更多人，尤其是孩子们“认识”宋先生

——儿童剧《宋妈妈》创作谈

（刊发于《剧本》2021 年第六期）

冯 俐

2019 年年底，我接到中福会儿童艺术剧院院长蔡金萍老师的邀约，请我为中福会儿艺写一部关于宋庆龄的儿童剧，我欣然答应。我当然知道中国的儿童戏剧是宋庆龄亲手开创的事业，也知道新中国几乎所有的儿童妇女事业都是宋庆龄开创的：第一个儿童乐团、第一个少年宫、第一个幼儿园，包括她以自己的世界和平奖奖金创办的第一个妇幼保健院……

新冠疫情令我去上海参观纪念馆、搜集资料的计划落空。2020 年四五月份，中福会儿艺的赵金元老师和金野路开始帮我寄资料来，各种书籍一箱一箱地带着消毒酒精的气味到了我的手上，我却在资料的阅读中迷失。“宋庆龄是在我们这个使世界发生天翻地覆变化的 20 世纪中一位杰出的妇女。她的漫长的一生几乎绵延了整个世纪。她同这个世纪的中国和国际上的许多重大事件都有联系。”（爱泼斯坦语）的确，近百年来，中国人无人不知宋庆龄的名字，从她毕生践行孙中山先生的政治理想，始终与中国共产党站在一起，为民族的独立和解放奋斗，到中国民权保障同盟、保卫中国同盟、中国社会福利基金会；从在抗日战争、解放战争中，源源不断地为解放区根据地争取国际援助、雪中送炭，到促成白求恩、柯棣华、斯诺、马海德等国际友人来中国加入抗战；从救济灾民的慈善事业到对妇女儿童事业的开创；她是曾经的“国母”，新中国的国家领导人、国家名誉主席……然而，许多史实、许多评价、许多事迹，却都无法令这样一个人物在我心中很快地“生动”起来，化作儿童剧中的人物形象。

六七月份，我在国家重大文化活动中参与主创的工作密度不断加强，同时开始主持中国儿艺全面工作，疫情尚未过去，剧院两部新戏在同步创作，

防疫工作仍是每天的重中之重，半年多没有演出，一百多位一线演员、舞美人员的生活问题摆在眼前，各种事务性工作需要边学边干……我打算放弃这次尚没有找到感觉的创作。打电话给蔡金萍院长身后的“始作俑者”罗怀臻老师探推辞，却被罗老师用了许多鼓励的话“拒绝”了。因为一贯不肯做“应人、误人”的事情，只好继续列书单。中福会儿艺的赵金元老师和金野路已经在向上海宋庆龄纪念馆的薛潮馆长打借书条了……

终于有一天，所有点点滴滴的感受开始在夜以继日的阅读之后汇聚，一个遥远的、美丽的、温柔的身影，终于向我走来，越走越近，直到可以看到她的音容笑貌、可以感受到她的喜怒哀乐。之前看过的所有材料中的文字都有了“形象意义”，所有评价式的语言都变得如此具体：“她是爱的化身，是将爱洒满人间的天使。在人们最需要关怀、同情、爱护和支援的时候，她总是出现在人们中间。她爱正义、爱和平、爱人才、爱儿童……她是高尚、纯洁、伟大的灵魂的象征。”（《宋庆龄的掌上明珠》）

少女时代的她在美国为辛亥革命胜利写下《二十世纪最伟大的事件》一文的襟怀和眼光，童话故事《四个小点》传达出的浪漫和善良。她对斯诺笔下为与孙中山结婚，而被父母锁起来不得不翻窗逃走的情节的纠正：我的父母怎么会这么愚昧，离开家的早晨自己曾在门口驻足，看到母亲的窗户开着，母亲在窗后无言地目送……这份真实和细腻。她与保姆李燕娥全无高低贵贱之分的友爱，甚至亲手为去世的保姆设计墓碑，最后自己与李燕娥以同样的墓碑共同长眠于父母陵墓的两侧，如此彻底的平等和高贵的灵魂；在上海物价飞涨、民不聊生的解放前夕，为了给更多孩子提供生存学习条件，她夜以继日地募集善款，向每一个哪怕只捐了五美元的朋友写信致谢；她一次次为救济灾民举办慈善舞会，为卖掉一张一张福利券喊到声音嘶哑；时隔许多年，盟军离开中国时，她收养了一位美国军官的小狗，居然她会以小狗的语气给它的原主人写信，告诉自己刚刚打了疫苗并且正在被“那个女人”（现在的女主人）训练“纪律”；她每年春节都会在自己的寓所招待所有工作人员的孩子，用糖果还有她自己亲手画的彩蛋；知道一位工作人员在为老家盖不起房子发愁，她居然亲手画了一张小房子的画儿，当作新年礼物送给工作人员；“文革”期间，中福会儿艺面临被解散，她不能出面说话却让司机开车来到儿艺门口，轻轻地摇下车窗，又轻轻离去，但这趟意味深长的“轻轻地来过”

保住了这个剧院；为了被遣散到外地的中福会艺术家，她想尽办法……我又去读当年她选定的第一部儿童剧《表》的原小说，去读她当年为《黑母鸡》（作者是托尔斯泰的舅舅）译本写的序言，领会着她的用心和为了孩子的冲动和焦虑；我去读叶圣陶先生当年的童话集，去感受她所面对的孩子们的处境；我还托年轻同事在网上买到了一本文物级的小册子：张石川当年创作的儿童剧《小先生》剧本，感受着她在上海首创的儿童图书阅览室、儿童福利站的情状……我终于“认识”了这位浪漫、率真、执拗、坚毅、温柔甚至活泼、调皮、令人吃惊又令人感动不已的、真实地活出自我、更将全部生命赋予一个“爱”字的伟大女性。

宋庆龄先生一生最深切的爱和关怀在于儿童，她终生保持着纯净童心，也终生散发着母爱的光辉。她从 20 多岁直到生命最后，为孩子们所想所说的话语，依然在引领着今天的儿童事业。她更是共和国儿童事业的开创者和奠基人，今天的人们（曾经的孩子和现在的孩子们），依然享受着她的福泽，人们应该像我一样地认识她、铭记她。

这部作品中的五个人物是有原型的：宋庆龄、李燕娥、孟欣（其实原型是廖梦醒，但我用了化名——来自任德耀先生儿童剧剧作《宋庆龄和她的孩子们》中同一原型人物的化名，是为致敬之意）、任德耀、张石流。之外所有的孩子形象都是虚构的。但我要说的是：剧中宋庆龄的台词，80% 出自她的书信、文章、讲话中的原文。而其他所有剧中人物的言行、剧中的情节，甚至包括剧中宋庆龄的表情、神态，亦 80% 以上有史料依据。这一切，都完全融入并支撑了我的艺术想象。

本剧聚焦在 1946 年到新中国成立初年，重点落在“儿童图书阅览室”“儿童福利站”和“儿童剧团”上。剧本循着宋庆龄的情感线索，在一个相对集中的时间中，将真实人物和虚构人物相结合，打开时空局限，在现有史料基础上，去驰骋想象。在舞台上再现一位温柔慈爱的母亲化身的“形”与“神”。宋庆龄先生为苦难中的孩子们、为中国的“未来”所做的一切，感天动地。

从构思到写作的全部过程中，我没有一刻敢忘记这是一部儿童剧！最好的儿童剧首先要让孩子们爱看、能看懂，其次要有足够的厚度，让成年人从中获得足够的审美和精神需求。至少我是这样努力着的，以我充满了热情的强烈冲动，努力带领孩子和家长们，一起来感同身受地“认识”这位早已离开我们、却造福了我们、应该被我们铭记的宋庆龄先生。

一部儿童戏剧可以给孩子们最好的东西，不是许多知识和许多概念，而是能够带领他们去认识一个人、一群人、一个时代、一种生活……为他们打开一扇窗、指给他们一个崭新的领域，令他们从此对看到过的一切产生情感和兴趣，并在今后漫长的岁月里不断想起、不断自觉自发地去探索……

歌舞剧

猫神在故宫

（根据同名绘本改编）

原著、编剧　冯　俐

作词　冯　俐

补充作词　李海鹰　李　姝

首演时间：2023 年 12 月 23 日

首演地点：中国儿童剧场

出品单位：中国儿童艺术剧院、故宫博物院

演出单位：中国儿童艺术剧院

作曲、音乐总监：李海鹰

导演：焦刚

舞美设计：冯磊

灯光设计：任冬生

制作顾问：李东

人物造型设计、偶设计：曹婷婷

多媒体设计：包尔温

编舞：刘晓邑　张智雄

主要演员：宋建霖　徐元博　尹亮　黄海宁　许沁　朱劲怡

李园园　段孝耕　常若曦　陈志腾　沈明举　刘晓明 等

入选：文化和旅游部 2023—2025 舞台艺术创作行动计划新创剧目

文化和旅游部历史题材工程拟签约剧目

题　记

曾经，一部《巴黎圣母院》令一座古老的教堂被全世界记住并向往。

希望，看过这部戏的人们尤其是孩子们，会生出对故宫的旖旎遐想——关于一座壮丽的宫殿，关于友爱与陪伴，关于记忆与历史，关于生命与永恒。

人　　物：快递员/喵星神——cosplay 成猫的快递员。故事讲述者，其实是喵星神。

小东西——狮子猫。一只重生的小猫。曾经的“宝贝儿”。

吱吱——小老鼠。

罐罐——明朝的青花瓷罐。与小东西有共同的记忆。

局气——狸花猫。“优雅的猎手”。故宫猫的头儿。

大橘——金丝黄狸猫。生活在乾清宫的猫的头儿。

乌铁——黑猫。神秘、清醒。故宫里的猫。

阿简——简州猫。“捕鼠神手”，故宫里的猫。

骑凤仙人——屋脊神兽之一，历史记忆者。

喜鹊两只——爱说笑。传递各种消息。

铜狮子——故宫里的一个铜狮子，历史记忆者。

猫们——故宫的猫们。

铜鹤、铜龟等丹陛台上的器物。

行什、小龙、小凤等屋脊神兽。

瓷器们。

序　幕

[当代故宫。

[一位打扮成猫的快递员出现，如同cosplay爱好者。

[当代故宫真实声效将我们带进这个特定的时空——游人如织，导游们的声音交杂着、叠加着，时远时近——“咱们北京故宫啊，是中国明清两代的皇家宫殿，旧称紫禁城。现在大家看到的是太和殿……”“故宫内建筑分为外朝和内廷两部分。外朝的中心为太和殿、中和殿、保和殿……”“故宫是世界上现存规模最大、保存最完整的木质结构古建筑群之一……”

[快递员在分发着特别的快递。

快递员　猫猫们的快递来啦——故宫博物院延禧宫猫猫收，营养猫粮。慈宁宫猫猫收，猫玩具……

[声效再进。快递员仿佛穿行在如织的游人之中。

孩子的声音

“一只猫！那还有！”

家长的声音

“我就是带孩子来故宫看猫的！”

导游的声音

“1925年10月，咱们故宫博物院正式成立……”

年轻人的声音（七嘴八舌）

“快看，好多只猫啊！”“太可爱啦！”“我拍到啦！”“哪一只是网红猫？”“都是！”“那边还有一只！”……

快递员　（继续分发猫们的快递）这份，故宫鳌拜收。故宫帕帕收。故宫……猫神收，猫神?!（自忖）难道，这个秘密已经有人知道啦?

[音乐进，《美丽的故宫》。

[歌声中，雄伟的故宫和古往今来的猫们出现。

快递员/喵星神（唱）

美丽的故宫，曾经的紫禁城
有人说这里有世界上最美的风景
我心中的故宫，北京的紫禁城
有人说这里有世界上最神奇的故事……

[快递员露出自己的喵星神形象，进入到无限的空间和时间里。

时光流转，昼夜不停息
古老月亮，将永恒的爱释放
从此，我的心不再漫无目的流浪
穿梭谷雨，聆听蝉鸣，沐浴秋光
看漫天冬雪飘飘扬扬
年年岁岁，花开花落总相似
岁岁年年，上演着不同的悲喜
彼此陪伴，是最温暖的回忆
令人难忘，弥足珍惜
也许，这就是生命的全部意义

美丽的故宫，曾经的紫禁城
有人说这里有世界上最美的风景
我心中的故宫，北京的紫禁城
有人说这里有世界上最神奇的故事……

[寒鸦声声，时空转换——进入一百年前的故宫。

喵星神　在差不多一百个春天之前，一只特别的小猫，神奇地出现在紫禁城，哦不，那个时候，这里已经叫“故宫博物院”了。寂寞的夜晚，寂寞的后廷，深深的荒草丛中有一口深深的枯井，井里小猫的叫声，引来了周围的流浪猫群……

[小猫凄厉的叫声。

第一幕

第一场（冬天）

［紧接上场。

［故宫后廷，蒿草丛中，枯井旁。深冬。

［局气猫带着猫们出现。

猫　们　小东西 上井台儿

追耗子 跳井沿儿

耗子耗子逃走啦

小东西，掉进井里饿死啦

［井口出现奇异的光。

局　气　看！小东西还活着！

［小东西挣扎着爬出井口，虚弱而迷茫。

局　气　（高兴地）你这个小东西，总算是活着出来了……

阿　简　（也高兴地）小东西……

小东西　我是宝贝儿。

局　气　宝贝儿？

小东西　你不能叫我宝贝，你要叫我祖宗。

阿　简　祖宗?!

［猫们对这个性情大变的小东西不以为然。

猫　们　（唱）宝贝宝贝小宝贝

祖宗祖宗小祖宗

以为救上个小东西

救上个“祖宗”还发了疯

局　气　阿简、乌铁，去捉只耗子来喂它……

小东西　我不吃耗子！

局　气　不吃？

小东西　我是四爪侍卫，只管吓唬耗子。

猫　们　四爪侍卫?!

局　气　（同时）只管吓唬?!

小东西　我想吃小鱼干儿。

猫　们　（垂涎）小鱼干儿?!

局　气　（见小东西要走）你去哪儿?

小东西　乾清宫。我住在那儿。

猫　们　（七嘴八舌）你?不可能。那是大橘它们的地盘儿……

小东西　（威严地）退下!

猫　们　慢走您呐小祖宗，前面就是乾清宫!乾清宫里没皇上，来个野猫装太子，牛气烘烘!

［两只喜鹊在高处嘎嘎大笑着。

二喜鹊　太子猫?皇上的猫?早成猫干了!刚被人从盒里扔出去，“咻——”的一声。

［曲《猫干的故事》。

二喜鹊　（表演唱）

刚才!刚才!我们在大树上睡大觉

突然!突然!有声音把我们吵醒了

出现!两个人，他们在树下刨出深深的坑

找到一个小盒子，乐得直蹦高

二喜鹊　（你一言我一语）我们真的挖到了传说中的太子猫!

管它是太子还是猫，扔掉!

这可是金子做的盒子，里面还装满了金银珠宝，

够咱们肥吃肥喝活到老!哈哈哈……

然后，那盒子里的太子猫，就被扔进草丛里，“咻——”

小东西　那就是我!

（唱）那就是我，看见清净的月光

那就是我，闻到树和花的清香

还有人的气味

那两个人难闻肮脏

喜鹊甲　　我们说的是一只死猫！

喜鹊乙　　一只死了好久好久好久的猫！

小东西　　那就是我！我记得他哭得很伤心，一直不肯把我掩埋。还封我作猫太子，下令用金子做我的棺材。

［喜鹊和猫们笑成一团

喜鹊、猫们

我了个去！它连死后的事都知道！

小东西　　我死了吗？

局　气　　你只是疯了！

喜鹊、猫们（笑翻，唱）

在大大的枯井里面爬呀爬呀爬

爬出来一个大呀大傻瓜

在大大的紫禁城里爬呀爬呀爬

没人知道的小东西，还敢说大话

［小东西打量着自己，完全糊涂了。

［喵星神出现，道出个中由来。

［曲《喵天宫》。

喵星神　　（唱）

我来讲一讲 猫世界的构成

天上有个地方 叫作喵天宫

喵天宫住着喵星神

掌管着猫的离去和出生

［苍老的、名叫宝贝儿的猫出现。

喵星神　　这是好几百个春天之前的你……

苍老的宝贝儿

好几百个春天之前？我不明白……

喵星神　　在好几百个春天之前呢，养你的人，太舍不得你了，在你该来喵天宫的时候，他把你装进了一个小盒子里……

苍老的宝贝儿

是金子做的。

喵星神　对，是金盒子！

（唱）所以你一直出不来

是那个盒子太密不透风……

喵星神　直到好几百个春天之后，就是刚才，有两个盗贼把你挖了出来，砸碎了盒子，你才来到这里。

［喵星神拿起条鱼干，递给苍老的宝贝儿。

喵星神　这鱼干是忘川河里的小鱼做成的，吃了它，你就可以去仙乐飘飘的喵天宫了。（试探）你叫什么？

苍老的宝贝儿

（吃着鱼干）宝贝儿。

喵星神　接着吃。（又问）你叫什么？

苍老的宝贝儿

宝贝儿。

喵星神　（吃惊）还记得你叫宝贝儿？

苍老的宝贝儿

（纠正）你不能叫我宝贝儿，你要叫我祖宗。

喵星神　（无奈）对对，除了你的皇上，所有人都得叫你祖宗！

苍老的宝贝儿

他是我的“伴儿”！我一直陪在他的身边……（起身）

喵星神　你要去哪儿？

苍老的宝贝儿

紫禁城、乾清宫……

喵星神　我明白了。他把你养大，你陪他长大。你们是心有所念、情未了断，执念太重了。那我只能让你回到原来的地方，再活一生！

［宝贝儿回到现实，再次成了小东西。

喵星神　现在，你只能是小东西了。

小东西　（向往地）乾清宫，紫禁城……

喵星神　现在，这里住着的可是一群……

［大橘和橘猫们出现。

大　橘　　格格的猫！

［曲《格格的猫》

［乾清宫外。一群橘猫出现。

大橘、橘猫们（唱）

我们的奶奶是格格，喵喵喵喵

格格是我们的奶奶，喵喵喵喵

格格是奶奶，奶奶是格格，喵喵喵喵

格格养的猫，尊贵的猫

格格养的猫，骄傲的猫

格格养的猫，宫里的猫

谁都不放在眼里，喵喵喵喵

［橘猫们驱赶着小东西。

小东西　　我回来了——

大　橘　　你个小无赖胆子挺大呀，要是再让我遇见你，我见你一次打你一次！

小东西　　乾清宫是我和他的！

大　橘　　他是谁？

（唱）你是谁？你是谁？“他”又是谁？

小东西　　他是我的伴儿！

大　橘　　（唱）

乾清宫，乾清宫，从来都是只属于我

不准靠近，不准挑战，我的权威

大橘、橘猫们（唱）

格格养的猫，尊贵的猫

格格养的猫，骄傲的猫

格格养的猫，宫里的猫

谁都不放在眼里，喵喵喵喵

小东西　　吹牛！格格养的猫哪有住在宫里的！

大　橘　　要你管！“他”到底是谁呀？

小东西　　皇上！

大　橘　皇上？哪个皇上？宣德还是嘉靖？万历还是康熙？他们可能是爱猫的皇上！

小东西　皇上只有一个！我是他唯一的“四爪侍卫”……

大　橘　侍你个头，卫你个喵！哪里还有皇上?！打的就是你！

［橘猫们围攻小东西，大局带猫群护着小东西与橘猫们对打。

［小东西躲闪着橘猫们的驱赶。

［所有猫都跑散了，小东西筋疲力尽地向着乾清宫方向呼喊着。

小东西　喵呜——我回来了——喵呜——我回来了——

［喵星神望着它。

喵星神　可怜的小东西在呼啸的北风中呼号，乾清宫不再有熟悉的身影和温暖的怀抱，又冷又饿的小东西终于明白，自己再也找不到这里的依靠。

小东西　（伤心自语）以前，只要我这样一叫，就会有人替我开门，有人替我擦脚，他会把我抱在怀里，喂我小鱼干……

［小东西来到乾清门前铜狮子前，瑟缩着依偎在狮子身边。

小东西　大狮子……你都冻出大鼻涕了，我替你擦擦。你也冷吧？让我抱抱你，给你暖暖脚丫。

［小东西抱着大狮子，悲从中来。

小东西　从前，我就像现在一样趴在他的脚边。等脚热了，他就会把我抱在胸前……大狮子，你的脚暖不热了，因为，我已经快要冻僵了。大狮子，你饿吗？你把我吃掉吧……他不在了，所有猫都讨厌我，还不如让你把我吃掉呢……

［阿简出现，把一块肉递给它。

阿　简　来，吃块耗子肉！

小东西　我不吃耗子……

阿　简　（抓着小东西强喂）哪有不吃耗子的猫，就算你又疯又傻……哎哟！

［局气猫突然出现，把阿简踢倒、胖揍。

局　气　猫不欺弱，猫不欺小，猫的规矩我再给你教一教。

阿　简　我没欺弱！也没欺小！我是看它可怜，专来为它送膳。小祖宗，您请用膳。

局　气　这么好心？

大　橘　（出现，悻悻地）就是看不惯不想看它这副“与猫不同”的样子！居然还不吃耗子……

［猫们已从四处聚拢过来。喵星神也让自己成为其中一只猫。

局　气　（对小东西）这里没有小鱼干，只有耗子肉。

大　橘　吃吧，小怪猫，人养猫就是为了捉耗子。

小东西　不是为了捉耗子……

局　气　（同时反驳大橘）跟人没关系！猫天生就吃耗子！

大　橘　（指小东西）它就不吃……

局　气　它是只小怪猫，有点神经。

喵星神　你们被人养过吗？

乌　铁　我们都是被人养过，又丢掉的猫……的后代。你是谁？

喵星神　小野猫。

乌　铁　你个小野猫不该在这里瞎跑！这里被人养过的猫，只有我。

大　橘　（小声告诉喵星神）他的主人，是最后的太监。

乌　铁　他冬天喜欢抱着我，夏天喜欢把我踢开，高兴的时候喂我口剩饭，不高兴的时候把我踢出老远……你的主人踢过你吗？

小东西　他才不会！

大　橘　格格也不会，格格天天都抱着我奶奶，没事儿还给她唱小曲儿……

乌　铁　格格闲的！人养猫，只是为了帮他们捉耗子！

阿　简　猫跟耗子有仇！对对对，因为耗子骗了猫。它成了十二生肖里的老大。猫却啥都没捞着……

局　气　那都是人编出来骗猫的！

乌　铁　骗我们心甘情愿地帮他们捉耗子！

大　橘　人为什么要骗我们捉耗子？

局　气　宫里好东西多，最怕耗子乱咬。

小东西　所以要把它们吓跑……

阿　简　你就是个专门帮人吓唬耗子的猫奴才！还四爪侍卫……

小东西　放肆！

[阿简被局气拉住。

局　气　猫，本来就是野生的！是人把猫变成了宠物。

阿　简　有人把猫当宠物，还有人把猫当食物。

猫　们　食物！人！吃猫？

乌　铁　有地方的人专爱吃猫肉。

喵星神　谁说的？

乌　铁　燕子说的……

阿　简　吃猫肉算什么，还有更可怕的呢！听说过“狸猫换太子”吗？

喵星神　狸猫换太子？

阿　简　有人，用一只跟他（指局气）一样的狸花猫，活活地……（挨个吓唬猫们）扒了它的皮……把它的眼睛……耳朵……

[小猫们被吓得尖叫，乱躲。

阿　简　所以，猫必须吃耗子！

大　橘　什么意思？

阿　简　因为——耗子是害过猫的人变的。

猫　们　人？变耗子？！

阿　简　那些害死过猫的坏人，无缘无故折磨猫、害死猫的坏人，最后都会被喵星神变成耗子。然后，一直要等着被猫吃掉，再变成耗子，再被猫吃掉……

喵星神　（自忖）这倒是个好主意。

猫　们　（七嘴八舌）害死猫？坏人变成耗子？坏人为什么要害猫？人会害猫吗？

乌　铁　有人比猫好，有人比猫坏，有人爱猫，有人不爱，有的人不喜欢也不伤害，有的人，却很坏很坏……

小东西　（大声反对）人养猫，是因为猫可以保护他们。

猫　们　（笑倒）保护人？猫？

小东西　对！等他们长大以后，还需要猫跟自己做伴。

猫　们　做伴？猫跟人？

小东西　对！许多人都喜欢猫，皇上太子、宫女太监、皇后格格、厨子裁缝……有猫做伴，他们就不会感到寂寞、孤独……

猫　们　（七嘴八舌）什么叫寂寞？什么是孤独？

喵星神　（赞同）这可能才是人喜欢猫的理由。

小东西　他总说，有我陪伴在身边，他就不会感到孤独……

［曲《陪伴》

小东西　（唱）他总让我睡在他床头

他总让我贴在他胸口

他平常总是很威严

却对我细心又温柔

我喜欢他抚摸我的头

我喜欢他深情的眼眸

我天生独立爱自由

却总想赖着他不走

不管这世界多么纷扰

白天黑夜都颠倒

我只要和你一起，分分秒秒

彼此紧紧地依靠

春去又秋来多少美好

天长地久都变老

你的微笑生生世世忘不了

你的味道 你的心跳

［猫们都听得入了神，各有所思，此起彼伏地感叹。

局　气　就像我和我的宝宝……

阿　简　就像我和小花，我最爱的小母猫，她活着的时候，我每天都好快乐……

大　橘　就像我和我的妈妈，那会儿我还很小，很小……

［北风呼啸。

局　气　回了！太冷。（对小东西）要不要跟我们走？草丛里暖和。

大　橘　（对小东西）要不要跟我们回乾清宫？那儿能挡风。

［小东西对大橘点头，随即又望着局气他们，希望局气们能同行。

小东西　他们可不可以一起？

大　橘　（大方地）走吧！乾清宫大着呢！

［猫们欢呼着合为一群。

第二场（春）

喵星神　小东西在乾清宫里安心住下，慢慢习惯了吃耗子，继续说着猫们听不懂也不相信的话。喵天宫里没啥事儿，我就往这儿溜达，有时装成流浪猫，有时，躲在空气里，悄悄跟在它们身边“吃瓜”。一转眼，冬天过去，春暖花开了。

［曲《追呀追》

［猫们在追杀耗子。

猫　们　（歌舞）

追呀追呀快快追呀，

眼尖手快把耗子拿。

东边赶，西边赶，赶得耗子翻白眼。

东边截，西边截，截得耗子叫爷爷。

局　气　小东西，数你抓的耗子多！

大　橘　我早说过，没有不吃耗子的猫！

猫　们　（歌舞）

追呀追呀快快追呀，

眼尖手快把耗子拿。

东边赶，西边赶，赶得耗子翻白眼。

东边截，西边截，截得耗子叫爷爷。

［小东西放慢脚步，享受着春天。

［曲《树上的花》

小东西　（唱）

脸上的微风树上的花

小燕子飞来飞去叫喳喳
暖暖阳光就像小手爪
在我身上轻轻地抓

多么熟悉却又陌生
奇妙的感觉……

你好像还在，只是我看不见
树上的花瓣，曾经落满你的双肩
不知道你在哪里？是否还怕夜晚？
没有我在你身旁 你可睡得安然？

［花瓣纷纷落下。

［一只小耗子——吱吱，一路享受着花瓣雨，唱着唱着，直撞到了小东西面前。

［曲《树上的花》

吱　吱　（唱）
脸上的微风树上的花
小燕子飞来飞去叫喳喳
暖暖阳光就像小手爪
在我身上轻轻地抓……

［一鼠一猫对视着，一个想逃已不敢逃，一个蓄势攻击。

吱　吱　（绝望地捂住眼睛）求求你，不要吃我……或者，一口吃掉我。

小东西　（好整以暇）我现在还不饿。

吱　吱　（更绝望）难道，你是要把我玩到死再吃掉吗？我好可怜啊，我会是死得最惨的小耗子……

小东西　你害过猫吗？

吱　吱　害猫？

小东西　你做过人吗？坏人！

吱　吱　人？耗子做人？（忍不住笑起来）人最讨厌我们了……

小东西　（胖揍）敢笑！敢笑！人为什么讨厌你们？

吱　吱　因为……我们长得没有猫可爱……

小东西　（胖揍）讨好没用！讨好没用！嘴馋心贪，招人讨厌！好好的木头让你们啃得难看！好好的书画让你们咬得稀烂！还有那些漂亮的绫罗绸缎……那些东西好吃吗？

吱　吱　不好吃。既难吃，又难咽，可我们总得磨牙……

［被小东西胖揍。

小东西　还磨牙！还敢拿好东西磨牙！

吱　吱　（委屈地）不光磨牙，也得咽！粮食总是很有限，我们总不能饿死吧。你后来不也吃了耗子肉？

小东西　（吃惊）这你都知道？

吱　吱　你很有名。

小东西　就因为……我是小怪猫？

吱　吱　不不，你只是一只神……神奇的猫，居然会向一只小耗子提这么多问题……

小东西　（霸气地）有问题吗？

吱　吱　有！

［吱吱以为是允许自己提问，一口气提出了自己的一串质问。

［曲《为什么》。

吱　吱　（唱）

为什么你生来就是一只猫
为什么你见面就要把我吃掉
为什么老鹰黄鼬和蛇都像猫
为什么耗子见了猫就要逃跑
为什么我身边全都是天敌
为什么所有眼睛都让我害怕

［小东西吃惊地重复着吱吱的话。

小东西　（唱）

为什么我身边全都是天敌
为什么所有眼睛都让我害怕……
他曾经说过同样的话

同样的眼神，让我伸不出利爪……

［小东西放开了吱吱。

吱　吱　猫哥哥！哥哥猫！我叫吱吱，谢谢你！

［吱吱飞快地抱了小东西一下，跑开。

喵星神　小东西，你居然放走了耗子！

［喵星神的隐身提问，成为小东西的内心拷问。

［所有猫突然出现，小东西被群猫责备、驱逐。

局气、大橘、乌铁、阿简、猫们

它放走了耗子！它放走了耗子！你是个怪物！你就是一个怪物！

小东西　（惊恐大叫）不！我不是怪物！

［所有猫消失——原来这一幕只是发生在小东西的想象里。

［喵星神和小东西同时自语，只是小东西看不到、听不到喵星神。

喵星神　可怕的景象出现在小东西的想象里……

小东西　原来，都是我自己想出来的……

喵星神　它害怕自己会被猫群嫌弃……

小东西　难道我真的是个怪物？

喵星神　一切都来自它对那个声音、那双眼睛的记忆。

小东西　它的话像他，它的眼神也像他……

喵星神　一只猫对一个人的记忆，如此深情，真令我惊奇……

小东西　（继续自语）“为什么我身边全都是天敌？为什么所有眼睛都让我害怕？”从前，他经常会这样轻声对我说，眼睛里充满了孤独和寂寞……

［小东西不知不觉地又走到了铜狮子面前。

小东西　大狮子，我记得你一直都在这里，从前，我们出来散步的时候，他会把我放在你的脚背上……你还记得吗？可惜你不会说话。

［铜狮子突然开口。

铜狮子　宫里好多养猫的人，都爱把他们的猫放到我脚背上。

小东西　（难以置信地）我是又疯了吗？

铜狮子　你没疯。

小东西　你会说话？

铜狮子　我本来就会说话。这里的一切都会说话。

小东西　（抱住了铜狮子）大狮子！那你好好想想，说不定，说不定能记起我……

铜狮子　我一向对小猫小狗注意得不多。我能清楚记得这五百多个春天里，每一次重大典礼！那个阵仗、那种威仪……

[小东西感觉自己很渺小。

铜狮子　但我现在呀，记住你了！你替我暖脚的时候，第一次，我的心柔软得差点化掉……（向高处喊）嗨，你们记得它吗？

[屋脊神兽——骑凤仙人、行什、小龙、小凤等出现。

骑凤仙人　这几百个春天里，在这里生活过的猫，多了去了……

行　什　所有猫，都上过我们房顶。

小　龙　所有猫，都在我们身边望过月亮。

小　凤　所有猫，都假装过我们屋脊神兽。

小东西　小龙！小凤！行什！骑凤仙人！你们都会说话?!

[铜龟、铜鹤出现。

铜　龟　我也会说话！我好像记得你……

小东西　真的吗？

铜　鹤　（对铜龟）你怎么知道它是哪个？紫禁城里的猫和爱猫的人多了。

铜　龟　它一直说它是陪着它的主人一起长大的。

小东西　不是主人，是伴儿！

铜　龟　对，你一直保护他。

铜　鹤　他对别人都很威严，但对你总是很温柔。

小东西　（惊喜）你们记得我?!

铜　龟　（摇头）这都是，听你自己念叨的。

小　凤　你可以去问问乾清宫里的小伙伴们。

小　龙　（对小凤）你忘了，那些小伙伴们都是后来的。

小东西　后来的？

骑凤仙人　几百个春天里头，这里的变化可大了，很多地方都重建过，就这乾清宫都重建过好多回呢。

小东西　　怪不得我在乾清大殿柱头上，一直找不到从前我磨爪的印子……

骑凤仙人　不光乾清宫，那三大殿也都重建过。

小东西　　怪不得！前边的太和殿……我记得，从前叫皇极殿……

铜　龟　　对！那中和殿呢？

铜　鹤　　保和殿原来叫什么？

小东西　　原来叫中极殿和建极殿。

铜鹤、铜龟

　　　　　你果然是很久以前来过这里……

小东西　　可惜，你们都不记得我和他了。

骑凤仙人　我们也许记不住每一件事，但我们能记得很多事……

小　凤　　现在我们都记住你了，一只活了两次的猫……

行　什　　从几百个春天以前，来到几百个春天以后。

小　龙　　只可惜我们不会写字……

小东西　　什么意思？

骑凤仙人　人类会把重要的事情记在纸上，后来的人就不会忘了，那叫历史。

小东西　　历史？

骑凤仙人　那些穿长衫的人说，我们故宫里的每一样器物都是历史。就像每一棵大树的身体里都会留下年轮……

小东西　　这里的大树，也会说话吗？

骑凤仙人　这里的一切，都会说话！

　　　　　［曲《我们都会说话》。故宫里的一切都活了起来。

骑凤仙人及所有现场和不在现场的故宫万物（领唱、合唱）

　　　　　这里的一切都会说话
　　　　　走过了多少春秋冬夏
　　　　　倾听过万种诉说
　　　　　所有故事被我们记下

　　　　　这里的一切都会说话
　　　　　小龙小凤还有甪端
　　　　　香炉铜鹤行什和天马

大树小草和鲜花

碧绿的檐枋，朱红的垣墙
从容的日晷，威仪的嘉量
重檐庑殿顶，白玉丹阶台
汉白玉栏杆缠龙柱
水波荡漾的金缸
这里的一切都会说话

我们站在紫禁城顶上
遥望千年的沧桑
纵情飞向蓝天和白云
暮鼓晨钟耳边回荡
我们一直在这里
故事一直在继续
我们永远守在你身旁
我们都会说话

［小东西兴奋不已地望着眼前的一切——

小东西　这里的一切……都会说话——

［上半场结束。

第二幕

第三场（夏）

［雷声轰轰。

［曲《美丽的故宫》

［瓢泼大雨中，小东西和吱吱出现在不同的地方，看着千龙吐水的雨景，各自享受着这奔涌而宁静的时刻。

小东西　（唱）美丽的故宫，曾经的紫禁城

有人说这里有世界上最美的风景

吱　吱　（唱）我心中的故宫，北京的紫禁城

有人说这里有世界上最神奇的故事

［喵星神出现在小东西身边，如同空气，小东西毫无察觉。

喵星神　（唱）这里的一切让我着迷

特别是这只猫，让我好奇

我经常游走在它的身边

却从不让它看见……

［雷声滚滚，滚雷中，小东西像是听到了什么，警觉地立起身子、竖起耳朵，跃身离去。

喵星神　我赋予小东西一种特别的能力——它能听到这里的一切诉说，从中寻找到属于它的记忆……

［某大殿内。雷声、雨声交织。

［摆放在大殿各处的瓷器正惊恐地尖叫着。

瓷器们　耗子！耗子！一只耗子！一只小耗子！小耗子也是耗子！（更惊恐地）猫！猫！一只猫！它要在我们身边抓耗子！灭顶之灾！大祸临头！

［原来，是局气猫正向吱吱靠近。它们每走过一样瓷器，都会引来瓷器们惊恐的尖叫。只是，猫和耗子都听不到瓷器们的声音。

瓷器们　别碰我！别碰我！千万别碰到我！

［一只青花瓷罐——罐罐，正被藏在它身后的吱吱推向架子边缘。

罐　罐　（哀叫）救命！救救我——

［吱吱推着罐罐，向局气挑衅。

吱　吱　来呀，来抓我呀！人常说投鼠忌器哟……

局　气　你个小耗子，还想投罐？砸猫？

罐　罐　（哀叫着）别推我！我好不容易才活到现在……

吱　吱　你再过来，我就把它推下去！砸到它，然后砸到它，满地碎片！（瓷器们尖叫着）砸坏宝物！这里那些穿长衫的人，会把你们全都赶走！

局　气　怕你了……才怪！你推呀！你砸呀！等你干完这些“大事”我再吃你！

［吱吱再次用力，罐罐同可能被殃及的瓷器们轮唱般地哀号。

罐罐和瓷器们

不要！救命啊！我不要粉身碎骨……

［小东西出现，它安慰着瓷器们。

小东西　别怕，耗子不吃瓷器……

瓷器们　（尖声回答）是猫！

小东西　猫更不吃瓷器……

瓷器们　不怕它吃，就怕它碰！（看清说话的小东西，更大声地尖叫）猫呀！

你离我远点！这只猫会跟咱们说话！

［另一边，局气正追着吱吱，眼看着罐罐就要被碰掉下来了——

［小东西冲过去扶住罐罐，挡在局气和吱吱之间。

小东西　我的罐罐！

罐　罐　（惊恐万状）啊！你千万别碰我……你千万抱紧了我！

小东西　（对吱吱喝道）你退后！轻轻地，不许碰到任何东西……

吱　吱　是你！

局　气　（同时大叫）抓住那只可恶的小耗子！

小东西　（对局气）你也退后！不许碰到瓶瓶罐罐……

局　气　说什么呢！

小东西　（始终紧紧搂着罐罐）这是我的罐罐，我不许你们碰坏它。（转对吱吱大喝）还不快逃！下次见到，绝不轻饶！

吱　吱　（赞叹）神奇的猫！（跑掉）

局　气　（气结）你个神经猫！（愤愤离开）

［小东西紧紧地搂着罐罐。

罐　罐　（紧张地一动不敢动）你能听懂我说话？你要是真能听懂我的话，就求你——离我远点儿！

小东西　（激动地）罐罐，你是罐罐！

罐　罐　我当然是个罐罐……

小东西　你的肚子里，装过小鱼干……

罐　罐　那是很久很久以前的事了……还能闻出来？不可能吧？

小东西　（激动地相认）罐罐！我是宝贝儿！四爪侍卫！

罐　罐　……是有过这样一只猫，它不吃耗子，只管吓唬耗子。

小东西　那就是我！

罐　罐　你长得不像。但你抱我的样子很像。

小东西　那就是我！在很久很久以前，我和你都在他身旁。你总在他手里，我总在他脚下……

罐　罐　我说你馋……

小东西　我说你香！

罐　罐　你果然是……（哭泣）四爪侍卫……

小东西　罐罐！

［两人紧紧拥抱。

罐　罐　怎么是你？怎么还能回来……

小东西　这个故事，很长很长……

罐　罐　（撒娇地）你一定要好好保护我！我最怕耗子，还有猫。

小东西　我一定会保护好你！

瓷器们　还有我们！

小东西　放心吧！以后，你们再也不用怕耗子，更不用怕猫！

［雨过天晴。

［彩虹挂在天边，映照着美丽的故宫。

小东西　看，雨过天晴了。

罐　罐　彩虹出来啦。

小东西　好美啊！

罐　罐　好美好啊！

［小东西和罐罐依偎在窗前，望着天边的彩虹。

罐　罐　这里的人，对你好吗？

小东西　那些穿长衫的？他们喜欢我们。

罐　罐　他们也喜欢我们，他们还拿我们当宝贝呢。

小东西　　我也拿你当宝贝，你是我的伴儿！

罐　罐　　你也是我的伴儿。看到你，就会想起被他抱在手上的感觉，我喜欢被人抱着。

小东西　　我抱你！

罐　罐　　你会一直陪着我，保护我吗？

小东西　　会。我也是你的四爪侍卫！

[《陪伴》曲进。

小东西、罐罐（唱）

不管这世界有多么纷扰
我都会把你保护好
我只要和你一起，分分秒秒
相互紧紧地依靠

春去又秋来有多少美好
天长地久都变老
你的味道生生世世忘不了
春去秋来，有你才美好

[大狮子前。猫们在一起议论。

局　气　　那个神经猫，现在天天抱着个罐罐不撒手。

乌　铁　　还没完没了自说自话。

大　橘　　它说它要替罐罐抓耗子。

阿　简　　它现在是一只罐罐的四爪侍卫！

猫　们　　四爪侍卫！小鱼干儿？哈哈哈！

[喵星神把一把黄色的落叶撒在猫们的头上。

[猫们看得见树叶，却看不见喵星神。

猫　们　　哪来的树叶？

[局气拿着落叶，感受到季节变化。

局　气　　秋天来了。那个四爪侍卫去哪儿了？

大　橘　　上房了。

[小东西的歌声传来——

第四场（秋）

[紧接上场。

[乾清宫大殿顶，秋叶飘落。

[曲《金顶上的秋天》

[小东西唱着爬上大殿顶，跟屋脊神兽和猫们打招呼。

小东西　（唱）滑溜溜的琉璃瓦，像抓不住的鱼尾巴

我要飞到天上望一望

凉飕飕的秋风，吹落叶儿黄

勾起了多少往事，随风飘荡

你好吗？都在吗？小龙，小凤、屋脊神兽

屋脊神兽　（画外合唱）

大伙儿天天在这里，人间故事在流淌

小东西　（唱）一排排的大雁，结伴在飞

放眼北海、白塔在脚下

金灿灿的彩霞，映照在心上

绵绵西山蜿蜒，一直向远方

屋脊神兽　（画外合唱）

金顶红墙和白塔、北海在脚下

绵绵西山蜿蜒，一直向远方

[秋风里飘来昆曲念白：“似这般，一阵秋风一阵凉，一场白露一阵霜……”

[小老鼠吱吱出现，在秋风中一路追着蝴蝶，一直撞到小东西面前。

[四目相对，吱吱吓坏了。

吱　吱　啊——求求你，别吃我，或者一口……（认出小东西，开心起来）哥哥猫！你长大了……

小东西　讨好没用！我一样会吃掉你！

吱　吱　哥哥猫，我是吱吱。你不认识我了？你救过我两次！

小东西　我……那都是为了救我最好的朋友……

吱　吱　你也是我最好的朋友！虽然，所有小耗子都怕你……

小东西　怕我就对了！现在我数一、二、三……小心！快趴下！

[一只巨大的鹞子，巨大的影子向下俯冲。吱吱拼命躲闪着。

吱　吱　那是什么？

小东西　是鹞子！快躲开！

吱　吱　猫哥哥——救我——我宁可被你一口吃掉……

[眼看鹞子就要冲向吱吱，小东西猛然冲过去。跟鹞子搏斗。

[也许，舞台上的是一猫一鹞博斗的影子。

[神兽们都惊呆了。

屋脊神兽　（画外合唱）一只鹞子一只猫，空中翻腾云里跳

闻所未闻破天荒，救耗子的居然是一只猫

[猫们仰脸关注着这这场猫鹞大战，赞叹着、议论着。

局　气　小东西神了，它打跑了一只鹞子！

大　橘　小东西神了，它打跑了一只鹞子！

阿　简　小东西神经了，它救了一只耗子！

乌　铁　它为了一只耗子打走了一只鹞子！

大　橘　它是从鹞子嘴里夺食！

阿　简　它是故意放掉耗子！

局　气　小东西神了！

乌　铁　小东西疯了！

猫　们　（两种态度）小东西神了！小东西疯了！

[喵星神出现在刚刚打走鹞子、正惊魂未定的小东西身边。

喵星神　为什么要救那只小耗子？

[小东西四处寻找着这个声音。

喵星神　你为什么要救那只耗子？

小东西　因为……我把它……也当作了伴儿……

喵星神　你的伴儿还真多，人，罐罐，还有耗子。

小东西　我……

喵星神　从来没有哪只猫会去招惹鸮子，那叫找死……

［小东西走到了骑凤仙人面前。

小东西　骑凤仙人，我是不是又疯了？

骑凤仙人　依我看，你要被封神了。

小东西　什么意思？

骑凤仙人　因为你的仁义神勇，这里的耗子全都要搬走了！

小东西　你说什么？

骑凤仙人　看看你身后……

［小东西回头，吱吱正远远地向小东西鞠躬。

吱　吱　哥哥猫，谢谢你救了我的命，作为报答，我们全都搬走，离开故宫。

小东西　搬走？全都搬走？

吱　吱　对，这样你就不用再担心我们会碰坏你的书朋友、画朋友、罐罐朋友了。哥哥猫，就此别过，永不再见！故宫从此再无鼠患。

小东西　（喃喃）就此别过，永不再见，故宫从此再无鼠患……

［暮鼓声声。

［曲《吱吱的告别》。

吱　吱　（唱）暮鼓声声，夜将来临
天边的彩霞正在告别黄昏
挥动的手，不再是重逢的约定
转过身去，就是最后的背影

记得去春天，看粉色的海棠
那花瓣一直在我的脸上，轻轻飞扬
记得去秋天，在最高的地方
把最美风景全都收进眼底
我将要离去，到未知的远方
带着点点滴滴记忆，珍藏在心里

雨后的彩虹，跨过天涯海角
我会永远深深思念，梦中的故乡

暮鼓声声，夜将来临
天边的彩霞正在告别黄昏
挥动的手，不再是重逢的约定
转过身去，就是最后的背影

小东西　朋友！再见……

吱　吱　珍重！朋友……

［吱吱离去。

［小东西怅然若失。

［猫群们兴奋地从四处围过来。

大　橘　不战而胜！故宫从此无鼠患！

局　气　小东西，你是个“神猫”啊！

大　橘　不神经了？

局　气　神！神猫！

猫　们　神猫！神猫！神猫！

［喵星神出现在它们身边。

喵星神　神猫？神猫把这里的耗子都赶走了，接下来你们吃什么？

阿　简　我们可以去捉鹞子。

乌　铁　（笑话阿简）你，捉麻雀还差不多！

大　橘　我们……出宫打猎！

局　气　（坚定地）出——宫——打——猎！

猫　们　神猫在此！没有耗子！打败鹞子！出宫打猎！神猫！神猫！神猫！

喵星神　小东西被猫们视为神猫，也不问问喵星神（笑），胆儿真大！小东西还是那个小东西，只是小东西讲的话猫们都信了。所以，猫们也跟罐罐成了小伙伴。因为再无鼠患，这里的人也更喜欢猫了。落叶飘过雪花飘，日子却突然不再平静……

［猫们开始四处奔走相告。曲《南迁》

猫　们　（合唱）人们说，会发生战争（战争，战争）
战争已经发生（战争，战争）
人们说，山海关失守（山海关在哪里？）
危险正在逼近，逼近北京城……

喵星神　人们说战争正在逼近，那些穿长衫的先生准备打包装箱，要把搬得动的宝物都运出故宫……

局　气　宝物运出故宫！

猫　们　运出故宫！

乌　铁　先生们说，故宫文物，是千年文化结晶

大　橘　先生们说，文化一断，永无补救之举。

猫　们　什么意思？

阿　简　不懂。就是觉得特别神圣！

［小东西的声音突然传来——

小东西　罐罐——我的罐罐不见了！

第五场（冬）

［紧接上场。

［猫们在匆忙的脚步、搬动的箱子中间四处寻找着，并向小东西报告着。

小东西　看到罐罐了吗？

局　气　没有。那边是玉器铜器，红色宫门已紧紧关闭。

小东西　我的罐罐？

大　橘　没有。那边是字画印章，好多东西都不在原来的地方。

小东西　看到我的罐罐了吗？

乌　铁　没有。大小木箱摆满广场，所有房间正变得空空荡荡……

小东西　罐罐！我一定要找到你！我答应过要一直陪着你、保护着你……

猫　们　（喊着跑来）龙椅搬走啦！双龙金屏也搬走啦！

阿　简　香炉、角端，还有正大光明匾，都被搬走啦！

［空空荡荡的乾清宫。

［小东西面对自己巨大、空荡的影子，局气、大橘等站在它的身边。

［曲《问》

小东西　（唱）如果离开才安全，留下来的怎么办？

如果留下也安全，又何必装箱去逃难？

（大声叩问）是谁？带来这可怕的战争？

是谁？让不该分开的一切，伤心离散？

猫　们　（大声叩问）是谁？带来这可怕的战争？

是谁？让不该分开的一切，伤心离散？

局　气　我们还在！

猫　们　我们会一直守在这里……

［两只喜鹊飞过来。

二喜鹊　罐罐！你的罐罐！

它本来已经被放进箱子里了，

那些穿长衫的先生包得好仔细，要不能摔，不能碰。

他们这样包了又那样包啊 包来包去，包了一层又一层……

小东西　快告诉我！罐罐到底在哪儿？

二喜鹊　它在那儿！那个箱子那边！

［小东西跑到大木箱前，看到罐罐，冲上去紧紧地抱住了它。

小东西　罐罐——

罐　罐　四爪侍卫！

小东西　罐罐！

罐　罐　我的四爪侍卫！

小东西　我以为，我再也见不到你了……

罐　罐　幸亏先生们怕我们待得不舒服，把我们取出来重新打包……

小东西　你们这是要去哪儿呀？

罐　罐　　不知道，应该很远。先生们说：所有宝物都要远离战争危险。

小东西　　可是，就不怕这一路有多少磕磕绊绊……

罐　罐　　我相信那些先生，他们把我们看得比命还贵重。

小东西　　嗯。我会一直陪着你。

罐　罐　　好，你陪着我，我陪着你！只是……不知道还能陪多久？要是猫也能装箱就好了……

喵星神　　（望着这对好朋友，感动于这天真的愿望）要是猫也能装箱就好了……

［两个好朋友还在紧紧拥抱着，不舍得分开。

小东西　　我以为，再也见不到你了。你在，曾经的美好记忆就活着……

罐　罐　　曾经失去，所以更害怕失去。

小东西　　我要守着你 保护你！

小东西和罐罐

寸步不离！

喵星神　　小东西一直守在罐罐身边，罐罐住的箱子搬到哪，他就跟着守在哪儿。猫们会带来食物，只为了让这小东西能陪罐罐多待一会儿。直到一天夜晚，小东西在箱子上做好了记号，匆匆离开……

［曲《夜深人不静》。

［空旷的故宫，只有移动的灯光忽明忽暗。

屋脊神兽们（画外合唱）

夜已深，夜已夜……
夜深人不静，凛冽的寒冬
忽暗又忽明，晃动的影踪
一排排木箱，装进大车小车里
看着他离去，如同会走的故宫……

［小东西出现在铜狮子身边。

小东西　　大狮子……你又冻出大鼻涕了，我替你擦擦。让我再抱抱你，再给你暖暖脚丫。大狮子，我要走了，我要跟着我的罐罐一路远行。还有那些瓷器、玉器、字画书籍，它们都需要我陪在它们身边……

铜狮子　去吓唬耗子？

小东西　对！

铜狮子　去吧，小神猫，我等着你回来，再替我暖脚丫。

［高处传来骑凤仙人的声音。

骑凤仙人　可是，只有你一个怎么行？

小东西　骑凤仙人，您别忘了，我可是神猫啊，走到哪里都能唤来一大群。天下的猫朋友们一定喜欢听我讲故宫的故事，它们会同我一起完成使命。

［局气带着猫群出现在小东西身后。

局　气　小东西，我们跟你一起，保护行走的故宫。

小东西　不，这里也需要守护……

大橘、乌铁等

这里有我们！

阿　简　穿长衫的先生分成了两路，我们也一样：大橘它们留下看家，我们，随你远行……

局　气　走！火车站！（率先离去）

［阿简等也离开伙伴们，随局气离开。

［留下的猫们与小东西依依不舍。

［曲《告别》

大橘和猫们（合唱）

朋友说再见，彼此道珍重

此去水长山高，期待重逢的那一天

小东西与朋友们（唱）

朋友说再见，彼此道珍重

此去水长山高，期待重逢的那一天

［远远地，吱吱出现，也在目送着它们——

吱　吱　（唱）

记得去春天，看粉色的海棠
那花瓣轻轻落在我的心上……

［汽笛长鸣。小东西和局气它们远去的身影，牵动着所有朋友的心。

二喜鹊　我们一路跟着，那火车开得太快了，像风，一路不停。
飞不动了，我们就请沿途的喜鹊报信，一程再换一程。
它们先是到了一个地方，叫上海。
它们又到了另一个地方，叫南京。

乌　铁　南京的喜鹊传来消息——

留下的猫们
南京的猫们现在都在说——故宫！

骑凤仙人　又过了几个春天，战火又在逼近。阿简……再没有力气走了……

［阿简猫在朋友们的想象中出现，还是年轻的样子，微笑着离去。

骑凤仙人　……小东西和局气，跟着罐罐再次踏上路程……

二喜鹊　它们跋山涉水，一路西行。风餐露宿，关山重重。

骑凤仙人　在长江的波浪声中 局气猫……去了喵天宫……

［局气猫倔强的身影，在炮火和浪涛中倒下。

留下的猫们
（深情呼唤着）局气……局气……

骑凤仙人　上火车、登木船，在纤夫身边，在挑夫身边，小东西穿过炮火连天，经过千难万险……

二喜鹊　再后来，谁也不知道，小东西走到了哪一站……

骑凤仙人　几个春天之后，几个春天之后……一个跟“神猫”有关的故事来自峨眉山：小东西静静地倒在草丛中，虽然瘦得皮包骨头，却仍然忠诚地睁着双眼……

［异度空间。苍老疲惫的小东西缓缓走来。

［喵星神把小鱼干递给小东西，小东西慢慢吃下。

喵星神　你叫什么名字？

［小东西神情迷茫地摇头。

喵星神　这下，你可以去喵天国了……

小东西　（坚定地）我要去故宫。我的罐罐和它的朋友们一定会回到那里，我想看到它们回家，一直守着那里，永世永生……

喵星神　你这只神猫，果然有神性！好吧，那我就封你做个故宫的猫神！生生世世，守护你喜欢的故宫！

［喵星神一挥手，小东西走向遥远的故宫。

喵星神　很多个春天以后，罐罐和那些箱子又回到了故宫……

［骑凤仙人带着屋脊神兽们兴奋地七嘴八舌——

屋脊神兽们

回来了！它们回来了！大箱子回来了！行走的乾清宫回来了！行走的故宫回来了！

骑凤仙人　看哪！看哪！一只三花猫，在罐罐住的箱子上跳个不停！就像一个孩子高兴得发了疯！一定是小东西回来了！

屋脊神兽们

小东西？

骑凤仙人　它一定是小东西！一定！

［在故宫的一角，出现一只猫跟回家的罐罐相拥而坐的背影。

喵星神　从此，故宫有猫神，猫神在故宫！小东西生生世世都会在这里！只不过，它的模样，每一回都不同。就看你们能不能认出它来……

尾声（当代故宫）

［当代故宫真实声效进——不同导游的声音交杂、叠加着，时远时近——导游 A 的声音：故宫博物院有 25 大类、180 多万件珍贵的藏品，承载着最辉煌壮丽的历史和文化……

［喵星神又像快递员一样出现，深情地望着今天的故宫——壮丽

的、充满生命记忆的故宫。

［曲《美丽的故宫》。

合　唱　美丽的故宫，曾经的紫禁城
有人说这里有世界上最美的风景
我心中的故宫，北京的紫禁城
有人说这里有世界上最神奇的故事……

时光流转，昼夜不停息
古老月亮，将永恒的爱释放
从此，我的心不再漫无目的流浪
穿梭谷雨，聆听蝉鸣，沐浴秋光
看漫天冬雪飘飘扬扬
年年岁岁，花开花落总相似
岁岁年年，上演着不同的悲喜
彼此陪伴，是最温暖的回忆
令人难忘，弥足珍惜
也许，这就是生命的全部意义

美丽的故宫，曾经的紫禁城
有人说这里有世界上最美的风景
我心中的故宫，北京的紫禁城
有人说这里有世界上最神奇的故事……

全剧终

代　跋

“业余”二十年

冯　俐

一

我很小就立志成为作家，要终生写作。到现在，我做到了四十年笔耕不辍，只是，后二十年我是业余写作者。相对于作家的个体劳动，剧作家注定是集体创作的一部分，以业余身份坚持下来会更难些。

1982 年，我以工人身份开始发表文学作品，是业余作者；1986 年至 1991 年，我在中央戏剧学院读书，以学生身份发表文学作品和戏剧作品，还是业余作者；1991 年分配到中国煤矿文工团创作室，终于成了专业创作员！2002 年，我为单位圆满完成了《人跟人不一样》等两部话剧和日常职务创作，在社会上完成了《学车记》《影后胡蝶》《北京夏天》《善有善报》《穿越时空的爱恋》等 200 多集电视连续剧，参加了情景喜剧《我爱我家》《临时家庭》和中央电视台春节晚会等许多综艺节目的创作。最高产的时候一年完成三部中长篇电视连续剧外加一些大型晚会和短剧。最兴奋的是两三个剧本同时开工，白天写悲剧，晚上写喜剧。最享受的是每天“早晨从中午开始”的阅读和写作，只要需要，去“煤矿”体验生活两个月、去南京大学图书馆查阅资料一个月、去深圳驻组写作半年，都是说走就走。创作虽然艰辛，但全职全情投入真快乐。

但是，2002 年夏天，我正马力全开地跟组写作电视剧《穿越时空的爱恋》，突然接到瞿弦和团长的电话：“我有个想法，打算让你当干部……”我想都不想地抢过话头：“您没事儿吧？我当什么干部？没专业的人才当干部呢！”后半句话后来成了我的“梗”。然而，被领导长辈以不同方式谈过三次话后，我不好意思继续拒绝。况且有团长的承诺“你可以不坐班。还可以每年给你三个月创作假”。后来知道这种话万万不可相信，当了干部自会有对干部的要求管着。直到九年后瞿团长退休，我连三天创作假也没得着过。当年秋天，我离开剧组就进了总团办公室——自由的专职创作员成了朝九晚五的总团团长助理。三年后成了总团副团长。

当时的煤矿文工团有六百多演职员，团领导却只有两个——团长和团长助理兼副团长，天天没有闲的时候。上任头一年，我被各种制片人朋友骂着、哄着，签了两份编剧合同，但几个月后，我发现根本没有精力去做，新角色要学习的东西太多了。怕“误人事大”，赶紧张罗着请客、赔不是、解约、退定金——30 万。解完约退完钱心里清静了。据说我被“重用”是比较符合当时的专业化、年轻化等“四化”要求，一般人的眼里这是“天上掉馅饼”，但对我来说这是“天上掉板砖”。再反过来说，我当时的模样，站在团长助理的位置上大概经常也像个努力却不上道的“二百五”。比如，跟中央电视台合作 60 年团庆的两期《朋友》栏目，我写好了脚本，跟参加访谈的老同志们都事先沟通好，跟电视台联系好，还从矿区接来了几位老矿工……录像那天，我们的大巴车进了电视台，却没有地方停车。我正探头往外看，身后已响起团长的一声“还不下去指挥”！我懵头懵脑地冲下车去，忙到晚上我都没想通我把撰稿、导演甚至制作人的活儿都干完了，怎么还要指挥停车？当然，很快我还是想通了，就是在这个位置上啥事都得管好。只怕辜负上上下下的信任，头几年我推掉所有外面的邀约，专注于学管理、抓创作、下生活、带队演出……那时的坚持创作体现在为单位创作晚会，像开滦建矿 130 周年大型歌舞晚会、中国矿业大学建校 100 周年晚会，都是用了一年多时间带队做的。在任 12 年，我上手做的晚会有六七十台。还为团里写了两部话剧，其中，《好人丛飞》是用四天半写成的。

2005 年，民政部召开第一次全国慈善大会，想请文工团创作一部话剧，写“感动中国人物”——丛飞。瞿团长让我接任务，我说我天天忙成这样，哪静得下心来写戏啊！之前我的写作习惯是准备时间几倍于写作时间，比如写《穿越时空的爱恋》之前，我用了一年半时间研读《明史》。而现在，无数琐事是日常。比如，作为主创，我带着团队用两三个月时间做完一台电视晚会，刚剪完片子就有人把一大包发票交给我来结算，票面几块几毛都有，得上千张发票，我算了整整半天，得出三个不同的总数！最后只能走到团长面前“指控”他用算数“迫害”一位作家。瞿团长最后决定外请编剧、导演，但仍由我主抓。开过几次讨论会，等编剧去南方采访丛飞，回来写出剧本，一两个月已过去。但团里看了剧本，认为远达不到排演要求，于是派我去民政部说明情况，放弃这个项目。然而几天之后，民政部的同志再次出现在总团办公室，说慈善大会所有议程都通知下去了，请我们无论如何帮助做一台演出。我正试图说服对方时间来不及，瞿团长却突然一口答应下来，并转头对我说：“冯俐，丛飞是文艺界的好人，应该宣传，这是政治任务，你必须接。”我一看团长那样，知道没商量了。当晚回到家，我把三张光盘看了两遍，里面是中央电视台采访丛飞的十多种节目，我突然觉得我读懂了他。只是，以首演日期倒计时算，能留给写剧本的时间顶多五六天。第二天一早，我当着团长的面给由二群导演打电话，讲了事情原委和我的基本构思。由导接受了，我转头回家写剧本，瞿团长带队演出。第三天我正在家奋笔疾书，电话响，团长劈头就问：“你在哪里?”不等我回答，他告诉我：团里一位延安时期的老同志去世了，要我“第一时间第一现场”！我电脑都没顾上关就赶去慰问家属、安排老干部处善后……第一次全国慈善大会上的演出很感人，许多观众举着钱拥到台前直接就为丛飞捐款，有的把手表都捐了。最令我欣慰的是，彩排时丛飞本人出现，他坐在我身边不时小声对我说：我爸我妈就是这样说话，太像了……你怎么猜出我离婚时候像这样，两个人拖着箱子一直走一直走……对，我俩是因为爱才分手的，可我从来对外界没提起过，你怎么会知道？山里的孩子可爱，可真有这样的家长，他们以为我很有钱……分手时他对我说：姐姐，我们俩没见过面，但我心里的感觉好像都被你讲出来了，戏里跟我的生活有七八成以上的重合……这样的“急就章”能完成，一是专业积累的敏感和捕捉能力，二是跟之前编剧交流过程中，自然地有过思考。

我的写作从不分早晚没有节假日，坐班后连休产假、在医院守着家人打吊针的时间都用上了。头几年不断拒绝喜欢的题材，后来慢慢地敢接比电视剧体量小的舞台剧：给中国歌剧舞剧院写过歌舞剧《在那遥远的地方》，给浙江歌舞团写过音乐剧《魔幻仙踪》，给南方歌舞团写过音乐剧《六祖惠能》(那大半年里不时翻看《六祖坛经》，工作生活状态都澄明如洗)，做了五届文化部春晚的总撰稿，还接过一部公安部邀我写的电影《警徽警戒》。我先是利用小长假去了故事发生地舟山做采访，回来后仍觉得把握不住普通民警的基本状态，下不了笔，于是连续一两个月，周末去不同的公安分局体验生活，一次次跟警察出警。曾经有一周每天下班后，我会坐上警车在文工团附近兜兜转转，透过车窗看到同事们在路边购物、接孩子，心想：他们不知道他们的副团长此时正跟警察一起为他们巡逻……凡尔赛一下：从审读剧本到最后公映，看过的警察都认为编剧是位老警察。

2010 年之后，本职工作相对有经验、有余力了，我接过两个电视连续剧，一部是《爱了散了》，因为有小说可以改编，但写完初稿后就抽不出时间继续修改。一部是《等待绽放》，开始是作为总编剧。指导几个年轻人写，用了大半年的业余时间带大家完成详细分集大纲后，出品方坚持总编剧必须亲自完成定稿。我只好每天下班一进家就争分夺秒地工作，为了保证最金贵的子夜睡眠，写到十一点闹铃响，我离开书桌上床，凌晨三点闹铃再响，我起床继续工作，写到早晨八点吃早饭，九点到达办公室继续一天上班。这样坚持了四五个月，完成了 30 多集剧本。其间还有一个难忘的插曲，那天我正准备早点下班，突然接到爱人电话，他在医院检查有一项指标高，刚被医生告知可能是癌症……我原地站了五分钟，让自己冷静一下，然后直接回家接着写剧本去了。不是我冷血，而是我告诉自己：如果这是虚惊一场，现在不写剧本，明天后天的任务会更重；万一真的检查出问题，我会更没有时间却会更需要钱；如果我不能完成任务，不仅拿不到稿费，还会耽误人家开机、要赔付违约金。好在那真是虚惊一场，几天后解除“警报”时，我才突然有要虚脱的感觉。

我的专注力很好，可以在任何环境里阅读和写作，但当了“领导”，各种人各种事都入心，这种内在的“嘈杂”在很长时间里令我苦恼，但要想坚持下去，只能改变自己。后来我就练出了一样本事：只要心里告诉自己现在是写作时间，就可以飞快地静下来，沉进去。

2002 年我接受“提拔”时还为自己找过一个心理支持：就当这是我深入体验生活的机会。可面对每天必须放弃大把时间，随时承担各种与写作无关的工作，处理各种闹心事，眼看着无数张小纸条上自己记下的构思、灵感，总没时间去完成，以至于再看时已不知道那曾令自己激动万分的片言只语是啥意思……我无数次问自己：我为什么要选择这样的生活?！直到有位朋友对我说：一个真正的作家应该是阅历过人性的种种复杂而获得真正觉悟的人。我因而释然：身为作家，在这样的岗位无疑是坐拥一座金矿。同时，在这样一个综合大团主抓艺术生产，能力会更全面。而所有这一切，都会增加一位剧作家的内心厚度。

二

2014 年初，我调入中国儿童艺术剧院，担任副院长，在中国儿艺的这八年，是我工作和专业上的“回归”和“重新开始”。“回归”是指回到戏剧，这八年我发表的十一个剧本全是舞台剧，其中已上演八部，发表、出版的几十万字文章几乎全是戏剧评论、戏剧随笔。“重新开始”指的是儿童戏剧，我创作的新领域。十一部作品中除了国家话剧院排演的话剧《中华士兵》和发表的舞剧《歌飞天》，另外九部都是儿童戏剧作品。同时，我在中国儿艺始终没有变过的分管部门就是创作部，八年中我为剧院主抓完成了三十四部作品，从确定选题直到完成首演。三十四部作品中的五部《成语魔方》系列剧，其实是由十六个短剧构成，所谓麻雀虽小，五脏俱全，这样拆开了算的话，就是大小五十个戏。

我很幸运，无论在中国煤矿文工团还是在中国儿童艺术剧院，都有足够的“热爱”做支撑：我热爱煤矿工人，我曾无数次走进矿山、走近煤矿工人，认识、了解他们，我曾在许多场合都大声讲过，煤矿工人是奉献了自己生命中的光和热，给世界带来光明和温暖的人们，我愿意为他们发声、我愿意为他们歌唱、我愿意向更多人讲述他们的故事。我热爱孩子，我是个爱孩子并且懂得怎么爱孩子的母亲，我是个从没有忘记自己曾经是个孩子的成年人，我记得儿时的所有渴望、困惑和梦想，更没有忘记文学在我童年少年时期的重要陪伴，所以我愿意帮助更多孩子在艺术中去认识自己、认识世界，帮助他们在艺术的滋养中养成健康人格、汲取足够的爱与善良、对未来的世界树立信任。同样是作为院团长，在煤矿文工团更多面对的是生存压力，到了中国儿艺更多面对的是专业压力：如何不断提升作品质量、担当“国家队”职责，这会更多体现在创作上。

到中国儿艺后我的职务工作更繁重，一是作为直属院团，日常行政及管理的事务性工作更多，创作会还可以在单位开，每次创作会都要四五个小时，甚至七八个小时，每年至少开十次以上。而更多工作需要带回家，比如剧本审读意见、修改方案的提出，往往，准备一个剧本的一轮改稿会，需要我连续两天工作到凌晨三四点。二是回归戏剧需要学习，新冠疫情暴发之前，我每年观摩国内外各类戏剧演出多达近百部，都是下班后直接从办公室去剧场，十点以后才能到家。三是“同步创作”任务重，八年的三十四部剧院作品中，除了我署名编剧的六部、经典复排和国外引进的几部以外，我是剧院百分之五十以上原创作品的不署名编剧。有时会从创意、整体结构提出开始，有时会从初稿开始，在作者基础上一轮一轮地提出切实可行的修改意见，同作者一起同步消化艺委会专家提出的意见，从结构调整到情节设置到台词的逐字逐句修改，直至上手帮作者完成。平均每年会遭遇一次“背水之战”“绝地反击”，即距首演日期两个月左右，剧本（往往是重点剧目剧本）的四稿或五稿写乱了，无法下地排演，这时就会有位“常驻剧本医生”赤膊上阵——我会先完全“吃”下、并“消化”作者的数稿剧本，从中摘出有用的人物、情节、细节，再紧紧围绕导演擅长的风格来重新确定、建立主要人物、重新结构、完成基本台词，形成编剧和导演都“熟悉”的全新的剧本，交还给编剧之后再继续一路跟进，提意见、动手改，直到完成排练和首演。也是因为自己的专业出身，又有些过度的责任感，所以每年剧院定下三五部戏的生产计划后，我心里都会将之设置为自己当年的任务。四是受上级指派参加国家重大文化活动创作任务。作为核心主创，我先后参加了三台国家大晚会的创作，每一次全程参加大半年甚至一年半。“全程”而不可能“脱产”的三年几乎完全没有周末，不是在组里就是在院里。

但是，无论多忙，都无法减少我对儿童戏剧的狂热沉迷，我总会利用一切空隙无法克制地放飞儿童戏剧梦，同步“匹配”着数百本儿童文学、儿童心理、儿童教育以及各种自然科学书籍、绘本的阅读，几乎自学成才为孩子专家。朋友们说我一提起孩子就走火入魔，我的女儿说我能“拐小孩”，因为能让孩子几分钟之内把我当作好朋友。剧院排演的我的六部儿童剧中，四部小剧场的剧本都是我自己突然有了灵感、什么都不为地自己挤时间写完的，在剧院剧本不够的时候“填空”使用上的（当然是经了剧院的多层审读、审核）。我专门为剧院创作的作品只有两部：成长戏剧《山羊不吃天堂草》和现实题材童话剧《萤火虫姐弟历险记》。

2016 年曹文轩获世界儿童文学最高奖“安徒生奖”，成为获此殊荣的第一位中国作家。作为姐妹艺术的儿童戏剧对儿童文学的这一成果应该做出呼应，阅读过曹文轩老师的十几本小说，我选定了他的长篇小说《山羊不吃天堂草》。曹老师对我的选择非常认同，但对儿童剧改编是有保留的，为了打消他的顾虑，我提出由我亲自改编。我还向他提出一个条件：“请您保留这部书的舞台剧改编权到年底，我先改剧本，如果我的初稿通过文化部专家审查，剧院就跟您签约；如果初稿没通过审查，就当我白写了一回剧本，您什么损失都没有，剧院也可以没有损失。”曹文轩先生欣然答应。不久，院务会讨论来年创作规划时，提出将五部戏的年生产量减到四部，不上这部戏了。我虽有遗憾但也松了口气。可到了 11 月，部里明确要求来年必须有“改革开放四十周年”主题的现实题材作品。剧院又决定上报《山羊不吃天堂草》。这个时候距上报剧本期限只有十天，我只能再次冲锋，上着班九天完成初稿按时上报。通过部专家评审后，我用了五个月的所有业余时间完成了五稿剧本修改，中间母亲生病没顾上回家，4 月 9 号晚上，五稿剧本即将杀青，我突然得到了母亲去世的消息……夜深人静，等待天明的难熬的时间里我什么也做不了，只能坐回电脑前把剧本写完，并发给全体主创。次日一早赶回老家，安葬了母亲，回到剧院开建组会。7 月上旬这部戏首演，谢幕时有朋友说我在台上的表情很奇怪，因为，我在强忍泪水。两年后，也是母亲去世两周年的当天，我得到通知：这个剧本获得“曹禺剧本奖”……这个奖又填补了中国儿艺的一个奖项空白。

《萤火虫姐弟历险记》的创作，对应的是“脱贫攻坚”重大时间节点，提前两年就未雨绸缪的。之前因为一个偶然的契机，我一边研究昆虫一边完成了两部与虫虫有关的儿童剧，《小萤火虫跟宝宝一样……》（福建人艺排演）和《小蝴蝶的妈妈在哪里?》（中国儿艺排演），也是因为一路研究昆虫，我遇到一个特别的新闻资料，从中发现了一个科技扶贫、绿色扶贫、生态扶贫的故事，我想拿它写成一部令孩子充满新鲜感的现实题材的童话剧。为此，我去武汉拜访了国内第一位研究萤火虫的科学家、博士生导师，四次去湖北山区的萤火虫生态保护区采风，其中有两次半途而返，因为接到重要会议通知，一次是下了火车没能继续往山区走，一次是在火车上接到电话，下了车就掉头回来……这部戏的三稿修改完成于我带队赴南美访演途中，包括三十多个小时的航程上。四稿完成于疫情居家期间。这部戏由导演和演员们出色完成，入选“百年百部”，获得政府动漫奖。

2020 年因疫情而居家办公的四五个月，我为上海木偶剧院和中福会儿艺完成了《独牙象》《宋妈妈》，之后，担任院长，主持剧院全面工作，加之参加重大文化活动，近两年几乎没有完整的剧本写作，最近的唯有《新安旅行团》是我带着四位年轻编剧完成的集体创作。

作为仍然充满活力的写作者，我早已接受了把十有八九的时间和精力都交给写作以外的工作。出作品和出人才都是一个人生命价值的体现。无论是在煤矿文工团还是在中国儿艺，与越来越多的年轻艺术家一起工作，像我成长过程中许多老师帮助我一样地帮助他们，值得；跟更多人一起在舞台上创造更多好作品去奉献孩子，值得。

一切酸甜苦辣都是生活。对于写作者，一切生活都是财富。我相信不久后我仍然可以挤出时间写作。曾经，我在装满了大小石子（工作）的瓶子里注入细沙（写作），后来发现还可以在细沙的隙间注入水……

冯俐小传

冯俐，1966年出生于江苏徐州。1970年随父母从山东“支援三线”到陕西临潼。1982年因父亲去世，辍学参加工作，第五砂轮厂（时属中国磨料磨具公司）工人，同年开始发表文学作品。四年中，出师并带出徒弟；在《丑小鸭》《北京文学》等杂志发表作品多篇，成为西安市作家协会最年轻的会员，有散文、小说两次获西安作协文学奖。

1986年考入中央戏剧学院戏剧文学系创作专业，学制五年。读书期间坚持写作，发表有中篇小说短篇小说，更多随笔杂文，是国内较早的“专栏作者”。1990年第一部戏剧作品“发表”——喜剧小品由陕西人民艺术剧院排演，获陕西省喜剧小品大奖赛专业组一等奖。

1991年毕业（学士学位），入职中国煤矿文工团，创作室创作员。2002年担任中国煤矿文工团团长助理，2005年担任中国煤矿文工团副团长。

至2014年调离，在中国煤矿文工团24年间，完成单位职务创作：四台话剧，各种大中小型晚会撰稿（并策划、编导）百余台。

1997年加入中国戏剧家协会，1998年加入中国作家协会。曾多届连任中国作家协会煤矿作协副主席、中国煤矿影视剧协会主席，曾任中国煤矿文联副主席。

其间，为中国电视剧制作中心、中影集团等多家影视单位、机构创作了20余部近三百集电视剧作品；担任2006、2007、2008、2009、2013年文化部春节晚会，2000年公安部晚会总撰稿；为中央电视台综艺栏目及春节联欢晚会完成小品、微型音乐剧等作品几十种；为国家院团创作音乐剧、歌舞剧三部；出版长篇小说两部及散文集一部。获“飞天奖”最佳短剧奖、广播剧政府奖、中央电视台“观众最喜欢的春节晚会节目评选”一二三等奖等多种奖项。

2014 年调入中国儿童艺术剧院，任副院长，分管创作，先后主抓四十余部儿童戏剧的创作生产。2018 年担任党委书记、副院长。2020 年担任中国儿童艺术剧院院长、党委副书记，获评全国宣传文化系统“四个一批”人才，文化和旅游部优秀专家，享受国务院政府特殊津贴专家。

2014 年后创作儿童剧、话剧、芭蕾舞剧等舞台剧作品十余部。获“中国戏剧奖·曹禺剧本奖”、中国文化政府奖·动漫奖、五个一工程奖特别奖、广播电视大奖等奖项。出版评论集一部、绘本三部，发表戏剧文学评论二三十万字。担任庆祝中华人民共和国成立 70 周年大型音乐舞蹈史诗《奋斗吧！中华儿女》、庆祝中国共产党成立 100 周年大型情景史诗《伟大征程》等多次国家重大文化活动核心主创。担任中央戏剧学院客座教授、硕士生导师、博士生导师。2023 年当选第十四届全国政协委员、全国政协文化文史和学习委员会委员。

冯俐创作年表

（1982—2023）

1982 年

短篇小说《妻子》发表于《西安晚报》12 月副刊。

1983 年

短篇小说《小路，在桃林深处》发表于《西安工人文艺》第五期。

散文《星星草》发表于《丑小鸭》第十二期，同年获西安作协首届“冲浪文学奖”。

1984 年

短篇小说《哨音》发表于《西安工人文艺》第一期。

1985 年

短篇小说《梦儿》发表于《北京文学》第三期，同年获西安作协“文学新人奖”。

短篇小说《布娃娃——给他》发表于《北京文学》第六期。

短篇小说《红色百合》发表于《教师报》6 月副刊。

1986 年

短篇小说《树荫》发表于《青年作家》第一期。

短篇小说《何必曾相识》发表于《北京文学》第三期。

1987 年

散文《舞，生命的吟唱与狂欢》发表于《陕西青年报》。

短篇小说《滑旱冰》发表于《西安工人文艺》第四期。

1989 年

担任《女友》杂志特约记者、编辑。

举办“冯俐个人画展”（在中央戏剧学院教学楼）。

1990 年

中篇小说《走进外面的世界》，发表于《小说家》第六期。

特写《亦苦亦乐拍“笑片”》等 3 篇文章，发表于《北京晚报》《影迷》《女友》。

1991 年

戏剧小品《锦囊妙计》（独立编剧），由陕西人民艺术剧院排演，同年获陕西省“第五届喜剧小品大奖赛”专业组一等奖，在陕西省和西安市春节晚会上同时播出。剧本刊登于《艺术界》1992 年第一期。

短篇小说《倩倩和她的姑妈》，发表于《北京文学》第十期。

杂文《关于琼瑶作品的奇谈》等 6 篇文章发表于《女友》等杂志。

1992 年

杂文《丈夫与鞋子》等 4 篇文章发表于《女友》等杂志。

1993 年

喜剧小品《心愿》（编剧：冯巩、冯俐、冯小刚），中央电视台“春兰杯颁奖晚会”播出（冯巩、吕丽萍主演）。

戏剧小品《重逢》发表于《新剧本》第四期。

20 集电视连续剧《旱鸭子下海》（编剧之一），甘肃省电视艺术中心制作。

北京电视台专栏节目《敞开你的心扉》第 28—42 期（撰稿），北京电视台播出。

短篇小说《雾妹妹》发表于《文友》第一期。

杂文《拒绝生养》等 7 篇文章发表于《女友》《创世纪》《当代电视》等

杂志。

1994 年

大型情景喜剧《我爱我家》（编剧之一），全国各大电视台播出。

9 集电视喜剧短剧《家庭趣事》（独立编剧），中央电视台录制、播出。

电视专题片《和弦之声》（撰稿），中央电视台播出。

散文《笑谈出门在外》等 11 篇文章发表于《名品消费》《创世纪》《女友》《晨报》《医学美学美容》等杂志。

1995 年

大型情景喜剧《临时家庭》（主要编剧之一），香港凤凰卫视台全球首播。全国各大电视台播出。

4 集电视连续剧《学车记》（独立编剧），中国电视剧制作中心制作，中央电视台播出。

改编并完成皮兰·德娄遗作《高山巨人》，中国煤矿文工团参加意大利“皮兰德娄戏剧艺术国际研讨会”演出，获意大利“皮兰·德娄艺术大奖”。中央电视台播出。

北京电视台《开心娱乐城》栏目春节特别节目《开开心心过大年》（撰稿），北京电视台播出。获北京电视台春节节目评比三等奖。

《开心娱乐城》栏目正月十五特别节目（撰稿），北京电视台播出。

散文《家园》等 21 篇文章发表于《女友》《医学美学美容》《新女性》等杂志。

1996 年

话剧《人跟人不一样》（独立编剧），中国煤矿文工团 11 月于首都剧场首演。获第四届全国煤矿题材影视戏剧“乌金奖”话剧一等奖（中国剧协、煤矿文联主办）。

20 集电视连续剧《影后胡蝶》（独立编剧），北京电视台制作。全国各大电视台播出。

20 集电视连续剧《北京夏天》（独立编剧），中国电影公司制作，全国各大电视台播出。

喜剧小品《某年某月某一天》（编剧：冯俐、徐小帆），1996 年 5 月 5 日北京电视台“五彩缤纷”栏目播出。1996 年 7 月 12 日，中央电视台《综艺大观》栏目播出。

系列短剧《畅想明天》（编剧：徐小帆、冯俐），中央电视台国庆晚会播出。

广播剧《来自油灯下的报告》（独立编剧），中央人民广播电台录制。获 1996 年度中国广播剧政府奖单本剧三等奖。

北京电视台《什刹海》春节特别节目《这里春正好》（撰稿），北京电视台播出。

散文《微笑签名》等 4 篇文章发表于《女友》《生活潮》《医学美学美容》等杂志。

1997 年

微型音乐剧《天长地久》（独立编剧），中央电视台“春节联欢晚会”播出。获“春兰杯”观众最喜爱的 1997 年春节晚会节目评选一等奖。

喜剧小品《家中有贼》（编剧：冯巩、冯俐、陈亦兵），公安部春节晚会播出。

微型音乐剧《诺言》（独立编剧），中央电视台“六一晚会”播出。

综艺系列剧《咱们的居委会——之二》（独立编剧），中央电视台 141 期《综艺大观》播出。

综艺系列剧《咱们的居委会——之五》（独立编剧），中央电视台 144 期《综艺大观》播出。

6 集电视连续剧《墙外面是海》（编剧），中国电视艺术交流协会制作。中央电视台播出。

中央电视台《半边天》三八特别节目《心中有爱》（撰稿），中央电视台播出。

北京电视台《五彩缤纷》栏目中秋晚会《花好月圆》（撰稿），北京电视台播出。

长篇小说《北京夏天》（著），中国文联出版社出版，全国新华书店发行。获第四届全国煤矿文学“乌金奖”长篇小说三等奖（中国作协、煤矿作协主办）。

长篇小说《影后胡蝶》（著），中国文联出版社出版，全国新华书店发行。

散文《粉墨初登场》等9篇文章发表于《佛山青年》《八小时以外》《新女性》《中国电视报》等报刊。

加入中国戏剧家协会。

1998年

6集电视连续剧《家有小丑》（独立编剧），中国电视剧中心制作。获“第十八届飞天奖”少儿电视连续剧三等奖。

戏剧小品《咱们的文工团来了!》（独立编剧），中央电视台录制，中央电视台播出。

北京电视台《“什刹海”春节特别节目——大拜年》（撰稿），北京电视台播出。

杂文《“给男人打分”》等10篇文章发表于《中国妇女》《文艺报》《为您服务报》《西安日报》《女友》《时代文学》《希望》等报刊。

加入中国作家协会。

1999年

微型音乐剧《新龟兔赛跑》（独立编剧），中央电视台“春节联欢晚会”播出。获“非常可乐杯”观众最喜爱的1999年“春节联欢晚会”节目评选二等奖。

电视短剧《性本善良》（独立编剧），北京电视剧制作中心制作。获第九届北京市电视艺术“春燕奖”。

微型音乐剧《牵手》（独立编剧），中央电视台“99国际老年人晚会”播出。

20集电视连续剧《善有善报》（亦有播出剧名为《恶有恶报》）（独立编剧），全国地方电视台播出。

书评《真正的人民戏剧》等3篇文章发表于《中国教育报》《女友》《现代女报》等报刊。

2000 年

2000 年公安部春节晚会《祝福平安》（策划之一，总撰稿），中央电视台播出。获第十四届全国电视文艺星光奖二等奖。

微型音乐剧《笑一笑》（独立编剧），中央电视台“春节联欢晚会”播出。获“非常可乐杯”观众最喜爱的 2000 年“春节联欢晚会”节目评选二等奖。

喜剧小品《青春有约》（与朱积敏合作），获“非常可乐杯”观众最喜爱的 2000 年“春节联欢晚会”节目评选三等奖。

获第九届北京电视艺术“春燕奖”最佳短剧奖。

微型音乐剧《婚礼》（独立编剧），公安部春节晚会、中央电视台播出。

配乐朗诵《贵华之路》（作者），公安部春节晚会、中央电视台播出。

综艺小品《减负之后》（独立编剧），中央电视台《综艺大观》播出。

2001 年

26 集青春偶像电视剧《水晶之恋》（独立编剧），全国电视台播出。

综艺短剧《红楼前的对话》（独立编剧），中央电视台“纪念辛亥革命九十周年晚会”播出。

全国煤矿职工安全汇报演出暨《煤矿安全监察条例》颁布、国家安全生产监察管理局成立晚会《矿山·平安》（总撰稿），中央电视台播出。

2002 年

电视短剧《人情》（独立编剧），北京电视台影视部制作 100 集电视短剧《咱老百姓》之一。获第二十一届中国电视“飞天奖”最佳短剧奖。获第十届北京电视艺术“春燕奖”最佳短剧奖。获第十届中国人口文化奖二等奖。

中央电视台《朋友》栏目 121、122 期（策划、撰稿），中央电视台播出。

中国煤矿文工团成立 55 周年纪念文集《五年散笔》（主编）。

专题片《根深叶茂花更红》（上下集）（撰稿），中央电视台录制、播出。

担任中国煤矿文工团团长助理。

2003 年

电视剧《让我们记住》（与黄宏、梁巨才合作），中央电视台播出（国内首部抗“非典”电视剧）。

28 集电视连续剧《穿越时空的爱恋》（独立编剧），全国各大电视台播出。首播创“收视调查”北京地区 40 多个频道中电视剧类收视第一名。

微型音乐剧《祝你平安》（独立编剧），中央电视台《拥抱平安》晚会播出。

微型音乐剧《雪孩子》（独立编剧），中央电视台“少儿频道”开播晚会播出。

微型音乐剧《健身房》（独立编剧），中央电视台“春节联欢晚会”播出。

北京电视台国庆晚会《共爱一个家》（总撰稿），北京电视台播出。

《中华人民共和国安全生产法》正式颁布、实施暨第一个“全国安全生产月”大型综艺晚会《祝你平安》（总撰稿），中央电视台录制、播出。

晋升国家一级编剧。

2004 年

微型音乐剧《姐姐》（独立编剧），中央电视台“绿色中国”晚会播出。

18 集电视连续剧《陈景润》（联合编剧），中国电影公司制作，中央电视台播出。

8 集电视连续剧《冼夫人》（联合编剧），广东电视台制作，中央电视台播出。

第三届煤矿春节晚会《六六大顺贺新春》（总撰稿），中央电视台播出。

北京电视台国庆专题晚会《青春·祖国》（总撰稿），北京电视台播出。

煤矿春节晚会《六六大顺贺新春——六省电视台向全国煤矿职工拜年》（总撰稿），全国六省电视台播出。

2005 年

话剧《好人丛飞》（独立编剧），中国煤矿文工团为“首届全国慈善大会”演出（民族文化宫）。参加中国文联“百花芬芳”主题演出周。

北京电视台首届动画春节晚会《凤舞神州合家欢》（总撰稿），北京电视台播出。

北京电视台正月十五晚会《共享团圆》（总撰稿），北京电视台播出。

煤矿春节晚会《相聚 2005》（撰稿），中央电视台播出。

国家安全生产监督管理总局《祝你平安——安全生产法颁布三周年》大型文艺晚会（总撰稿），中央电视台录制、播出。

担任中国煤矿文工团副团长。

2006 年

2006 年文化部春节晚会《和谐家园》（总撰稿），中央电视台播出。

《永远的怀念——纪念周恩来逝世三十周年晚会》（总编导），全国政协礼堂演出。

《中共中央国务院新春团拜会文艺演出》（撰稿），人民大会堂演出。

《第十一届五一音乐会》（撰稿），北京音乐厅演出，中央电视台播出。

音乐剧《心灵俱乐部之和你在一起》（编剧），中央电视台播出。

《平安遵化——安全生产法实施四周年晚会》（总撰稿），中央电视台播出。

微型音乐剧《祝你平安》（独立编剧），中央电视台播出。

煤矿春节晚会《新春话安全》（撰稿），中央电视台播出。

《踏歌起舞——平煤集团五十周年晚会》（撰稿），平煤工业广场公演。

《太行之光——中央电视台“心连心”艺术团赴河北涉县革命老区慰问》（撰稿），中央电视台播出。

散文《让我们拿什么奉献给你，我的矿工兄弟》刊于 2006 年 12 月《阳光》。

参加中国作家协会第六次全国代表大会。

2007 年

2007 年文化部春节晚会《你好春天》（策划之一、总撰稿），中央电视台播出。

《矿工万岁——全国煤炭系统劳模表彰晚会》（总撰稿），中国儿童剧场演出。中央电视台播出。

微型音乐剧《今夜的星空》（独立编剧），中央电视台播出。

32 集电视连续剧《爱了散了》（联合编剧），北京电视台及全国各电视台播出。

文化部主办两台文艺演出（撰稿），人民大会堂演出。

数字电影《警徽警戒》（独立编剧），杭州首映，中央电视台电影频道“十七大献礼片”首播。

《扶贫晚会》《中华海外联谊会成立十周年晚会》《移动 200 万》等煤矿文工团重要创作演出（撰稿，编导）。

《祝你平安——安全生产法实施五周年》晚会（总撰稿），中央电视台播出。

情景短剧《闯关东》《雄关漫道》（编剧），“中国电视剧群英会”，中央电视台播出。

文化部主办的两台重要文艺演出（撰稿），人民大会堂演出。

中国煤矿文工团建团六十周年画册《难忘 60》（三本）（执行主编）。

中国煤矿文工团建团六十周年文集《难忘 60》（六本）（主编）。

中国煤矿文工团建团六十周年专题片《难忘 60》（撰稿）。

中国煤矿文工团建团六十周年晚会《难忘 60——拥抱平安》（总撰稿），中央电视台录制、播出。

2008 年

2008 年文化部春节晚会《与春同行》（总策划之一、总撰稿），中央电视台播出。

话剧《天使的祝福》（独立编剧），中国煤矿文工团在解放军歌剧院为“全国第二届慈善大会”演出。

中央电视台专栏《舞蹈世界》（两期）（撰稿），中央电视台录制、播出。

文化部主办的两台重要文艺演出（撰稿），人民大会堂演出。

博鳌亚洲论坛 2008 年年会文艺晚会（撰稿），重大国事演出。

大型歌舞诗《百年追梦——开滦建矿 130 周年》（总编导），人民大会堂演出，中央电视台播出。

综艺小品《周恩来在重庆》《黎明前的暗战》《温暖》（编剧），中央电视台《2007 电视剧群英会》晚会播出。

微型音乐剧《雨夜小站》（独立编剧），中央电视台播出。2009 年获中央电视台“CCTV 小品大奖赛”银奖。

情景歌舞《回望山川》（作者），中央电视台播出。

诗朗诵《今天是初一》（作者），中央电视台播出。

创作谈《一首朗诵诗的诞生》发表于 2008 年 2 月 18 日《中国煤炭报》。

朗诵剧《天堂书简》发表于《阳光》2008 年第八期。

创作谈《感谢生活》发表于 2008 年 11 月 28 日《中国艺术报》。

《欢腾飞天——中国有色金属工业协会纪念改革开放三十周年文艺晚会》及中国煤矿文工团赴辽宁绥中、新疆哈密、河北开滦、奥运村升旗广场、翔云剧场等多台晚会（撰稿）。

2009 年

2009 文化部春节晚会《你好春天》（总策划之一、总撰稿），中央电视台播出。

《元宵晚会》《中共中央国务院春节团拜会演出》（撰稿），人民大会堂演出。

《百年辉煌向未来——中国矿业大学建校 100 周年大型晚会》（总编导），徐州电视台全程直播，中国教育电视台播出。

中国侨联“亲情中华”慰问团访演南非、纳米比亚、博茨瓦纳（撰稿）。

《峰光无限——冀中能源峰峰集团六十年晚会》及中国煤矿文工团慰问淮南、阜新、六盘水等多场矿区重要演出（撰稿）。

《安全伴我行——全国职工演讲比赛颁奖晚会》（撰稿），中央电视台录制、播出。

2010 年

大型民族歌舞剧《在那遥远的地方》（独立编剧），中国歌剧舞剧院于天桥剧场首演。获首届“国家艺术院团优秀剧目展演”优秀剧目奖、优秀编剧奖等。发表于《戏剧文学》2010 年第四期、《阳光》2010 年第七期。

《中共中央国务院春节团拜会文艺演出》（撰稿），人民大会堂演出。

大型魔幻动漫歌舞剧《魔幻仙踪》（独立编剧），浙江省歌舞团于杭州“国际动漫节”首演。参加“全国民营艺术院团剧目展演”。

书评《读吴晓煜作品感想》发表于《阳光》2010年第十二期。

《有种精神叫忘我——韩城矿务局40年晚会》《春之声——国家安全生产监督管理总局新春团拜会》等中国煤矿文工团多台晚会（撰稿，编导）。

6集专题片《身边的案例》（撰稿），国家安全生产监督管理总局出品。

大型主题音乐会《开启绿色畅想》（策划），中央歌剧院，人民大会堂演出。

2011年

中央电视台春节晚会开场歌舞剧《回家过年》（独立编剧），中央电视台“春节联欢晚会”播出。获“观众最喜爱的春节晚会节目评选”二等奖。

散文集《回头张望》，中国电影出版社出版。

经典诗歌朗诵演唱会《声音的暖流》（策划、撰稿），巡演全国15个城市保利院线。

《平安是福——全国安全生产咨询日演出》（撰稿）。

散文《三个清明节》发表于《阳光》2011年第四期。

参加中国作家协会第八次全国代表大会。

2012年

歌舞诗画《情深谊长》（独立编剧），中央电视台“心连心——凉山彝族自治州建州六十周年”晚会，中央电视台播出。

微型音乐剧《情醉大凉山》（独立编剧），中央电视台“心连心——凉山彝族自治州建州六十周年”晚会，中央电视台播出。

中国煤矿文工团赴福建矿区巡演、赴内蒙古伊泰矿区创作演出（撰稿，编导）。

2013年

2013年文化部春节晚会《你好春天》（总策划之一，总撰稿），中央电视台播出。

34集电视连续剧《等待绽放》（总编剧），深圳卫视首播。土豆网收视第一。

《太阳花开——第五届全煤职工艺术节闭幕式晚会》（总导演），中国剧院演出。

音乐剧《六祖惠能》（独立编剧），南方歌舞团于广州首演。

戏剧名家戏剧片断组合《独白》（作者），中央电视台播出。

歌曲《爱的诺言》（作词：宋小明、冯俐），中央电视台播出。

剧评《真相的真相》发表于《中国戏剧》第十期。

2014 年

剧评《一个关于“家园”的现代寓言——话剧〈老大〉观后》发表于《话剧》第一期。

剧评《从剧作经典到舞台经典》发表于《中国戏剧》第六期。

剧评《跃然“纸”上的精彩》发表于 2014 年 9 月 15 日《文艺报》、中国作家网。

剧评《大家都喜欢的盐》发表于 2014 年 12 月 4 日《中国文化报》。

担任中国儿童艺术剧院副院长。

2015 年

儿童剧独角戏《木又寸》（独立编剧），中国儿童艺术剧院 7 月首演。入选《人民日报》“2015 年年度推荐剧目”。入选第五届中国儿童戏剧节。2016 年罗马尼亚坦达利卡剧院翻译罗马尼亚语，为东欧 8 国艺术家进行剧本朗读。剧本及创作谈发表于《剧本》2015 年第十二期。2019 年获第十五届布加勒斯特国际动画戏剧节最佳当代剧本奖。2022 年入选“纪念中国小剧场戏剧 40 周年”之 40 台剧目、40 位编剧、40 位导演榜单。

话剧《中华士兵》（独立编剧），中国国家话剧院于保利剧院首演。入选《人民日报》“2015 年年度推荐剧目”。入选“2015 年度国家舞台艺术精品创作扶持工程剧目”。剧本及创作谈发表于《剧本》2017 年第五期。

人物《戏痴唐妍》发表于 2015 年 11 月《中国戏剧》。

2016 年

剧评《曾经未曾》发表于《新剧本》2016 年第一期。

随笔《保持好奇》发表于《新剧本》2016年增刊。

署名文章《动人的是文学的精神》发表于2016年6月21日《人民日报》。

人物《青春·艺术·生命》发表于2016年第十一期《中国戏剧》。

短文《弘扬民族精神，塑造民族未来》发表于2016年10月13日《中国文化报》。

剧评《认识经典——评民族歌剧〈小二黑结婚〉》发表于2016年10月27日《中国文化报》。

剧评《思维丽亚的故事》发表于2016年7月《北京日报》。

主旨发言《中国儿童戏剧创作现状》，中国与东欧艺术论坛，国家大剧院国际戏剧季主题论坛。

2017年

成长戏剧《山羊不吃天堂草》（独立编剧），中国儿童艺术剧院于7月首演。第七届中国儿童戏剧节开幕大戏。入选“国家艺术院团演出季”展演剧目。入选“2019年全国现实题材优秀舞台艺术展演”。剧本发表于《新剧本》第五期。

随笔《认识“现实主义艺术精神”》发表于2017年第一期《新剧本》。

随笔《〈山羊不吃天堂草〉：从小说到戏剧》发表于2017年7月17日《光明日报》。

剧评《大山里的师心传承》发表于2017年8月21日《光明日报》。

署名文章《再创造，向同质化说不》发表于2017年8月23日《中国文化报》。

署名文章《进行无愧于时代的文艺创作》发表于2017年12月3日《人民日报》。

署名文章《以人民为中心　讲好中国故事》发表于2017年11月24日《中国文化报》。

广播小说《北京夏天》全国近百家电台演播。

主旨发言：《中国儿童戏剧剧作家》，韩国首尔，“中日韩编剧现状”圆桌会议。

担任中央戏剧学院客座教授，硕士生导师。

2018 年

儿童剧《鹬·蚌·鱼》（独立编剧），中国儿艺 6 月首演。入选第八届中国儿童戏剧节。入选世界“ASSITEJ 艺术大会”。获“布加勒斯特国际动画戏剧节”最佳舞美奖。剧本发表于《新剧本》2018 年第四期。

庆祝改革开放 40 周年大型晚会《我们的四十年——庆祝改革开放 40 周年晚会》（文学组成员），人民大会堂演出。中央电视台播出。

署名文章《“同质化”不是最大的麻烦》发表于 2018 年 6 月 1 日《中国文化报》。

剧评《认识我们自己——评〈深夜小狗离奇事件〉》发表于 2018 年 6 月 1 日《中国艺术报》。

剧评《三部曲，为产业工人群体立一块丰碑》发表于 2018 年 6 月 25 日《中国艺术报》。

剧评《继承传统　重塑经典》发表于 2018 年 8 月 16 日《中国文化报》。

署名文章《儿童剧改编：给经典以戏剧生命》发表于 2018 年 9 月 8 日《光明日报》。

长篇创作随笔《沿着剧本信马由缰——编剧札记》收录《〈中华士兵〉的舞台艺术》一书。北京出版集团公司、北京十月文艺出版社 2018 年 6 月出版。

论文《在实践中思考儿童戏剧的创作》发表于中央戏剧学院学报《戏剧》2018 年第五期。

剧评《生命行歌，让生命且歌且行》发表于《人民日报》（海外版）2018 年 11 月 26 日。

主旨发言：《儿童文学中的戏剧性与儿童戏剧中的文学性》（世界“ASSITEJ 艺术大会”论坛）。

担任中国儿童艺术剧院党委书记，副院长。

2019 年

儿童剧《小萤火虫跟宝宝一样……》（独立编剧），福建人艺在福州首演。入选西安国际儿童戏剧节。入选 2020 年国家艺术基金重点资助项目。

2003 年获第九届全国优秀儿童剧展演优秀剧目奖。

儿童剧《小蝴蝶的妈妈在哪里?》（独立编剧），中国儿艺9 月首演。剧本入选“文化和旅游部 2019 年剧本扶持工程”。2022 年获中国戏剧节优秀剧目奖。

庆祝中华人民共和国成立 70 周年大型音乐舞蹈史诗《奋斗吧！中华儿女》（策划创意组、文学撰稿组成员）。获通报嘉奖。

舞剧剧本《歌飞天》发表于《新剧本》2019 年第四期。

创作谈《舞剧来敲门》发表于《新剧本》2019 年第四期。

论文《啊哈!“婴幼儿戏剧”带来的意外收获》发表于《中国戏剧》2019 年第一期。

短文《感谢和感恩》发表于《剧本》2019 年第五期。

署名文章《儿童戏剧市场面临的机遇和挑战》发表于《文创前沿》2019 年第三期。

署名文章《儿童影视作品的题材现实和艺术内涵》发表于《人民日报》2019 年 7 月 27 日。

创作随笔《山羊与天堂草》发表于《中国演员》2019 年第六期。

创作随笔《注定与盐城有缘》发表于《盐渎》2019 年第二期。

评论《音乐舞蹈史诗中的“中华儿女”形象》发表于《中国文化报》2019 年 10 月 11 日。

获第二十三届“中国戏剧奖・曹禺剧本奖”。

2020 年

朗诵剧《唤福——梦中童话》（独立编剧），中国儿艺公众号 2 月 4 日推出音频及相关文章。抗疫期间，此剧本、音频被近十家主流媒体转载。被学校及文化机构排演。剧本发表于《剧本》第三期。入选“全国抗疫重点剧目”。

现实题材儿童剧《萤火虫姐弟历险记》（独立编剧），2020 年 12 月 19 日，中国儿艺首演于中国儿童剧场。入选：庆祝中国共产党成立 100 周年舞台艺术精品创作工程重点扶持作品“百年百部”创作计划。入选 2020 年全国舞台艺术重点主题创作作品计划。全国脱贫攻坚题材舞台艺术优秀剧目展演示范性演出。2023 年获“中国文化艺术政府奖・第四届动漫奖”。

儿童剧剧本《小蝴蝶的妈妈在哪里?》及创作谈发表于《剧本》2020 年第二期。

署名文章《多些“水果”，少些“药片”》发表于《人民日报》2020 年 6 月 11 日。

创作随笔《儿童戏剧的一次多层面探索》发表于《剧谈》2020 年第二期。

随笔《另一种“说查”》发表于 2020 年度《中国戏剧年鉴》。

创作随笔《〈山羊不吃天堂草〉的文学转化与戏剧表达》发表于《中国戏剧》2020 年第一期。

创作随笔《一部作品，一群人的情怀》发表于《文艺报》2020 年 2 月 17 日。

绘本《是朋友，不是野味》（著），由天天出版社出版，全国发行。

绘本《猫神在故宫》（著），由天天出版社出版，全国发行。

担任中国儿童艺术剧院院长，党委副书记。

2021 年

影像小说《木又寸》（著），由天天出版社出版，全国发行。

评论集《舞台魅力的创新者》（著），中国戏剧出版社出版，全国发行。

署名文章《儿童剧要与孩子共同成长》发表于《人民日报》2021 年 2 月 22 日。

署名文章《中国儿艺，生日快乐》发表于《中国文化报》2021 年 6 月 1 日。

儿童剧剧本《宋妈妈》发表于《剧本》2021 年第六期头条。

创作谈《让更多人，尤其是孩子们“认识”宋先生》发表于《剧本》2021 年第六期。

儿童剧剧本《萤火虫姐弟历险记》发表于《新剧本》2021 年第二期。

创作谈《用〈萤火虫姐弟历险记〉点亮孩子们心中的光》发表于《新剧本》2021 年第二期。

儿童剧剧本《小萤火虫跟宝宝一样……》发表于《戏剧文学》2021 年第六期。

人偶剧剧本《独牙象》收录于《读步——2020 年上海新剧作》，上海人民出版社出版。

担任庆祝中国共产党成立 100 周年大型情景史诗《伟大征程》核心创意策划组成员、文学统筹。2022 年获个人记功。2023 年获“第十六届精神文明建设五个一工程奖·特别奖”。

创作随笔《下生活矿井，找艺术“富矿”》发表于《光明日报》2021 年 9 月 1 日。

在澳门城市大学演讲《中国当代儿童戏剧》。

随笔《编剧眼中的导演艺术》发表于《中国艺术报》2021 年 10 月 27 日。

随笔《与孩子们在剧场中寻找答案》发表于《新剧本》2020 年第六期。

创作谈《生命的沧海桑田——〈木又寸〉的三次“变身”》发表于《中国艺术报》2021 年 6 月 9 日。

论文《儿童戏剧的“本土化”与“全球化”可以自然转换》收入 2021 世界剧作家论坛论文集《“人类命运共同体”语境中的世界戏剧创作》。

杂文《没有文学精神，戏剧只是一场演出》发表于《文艺报》2021 年 12 月 14 日（第十一次文代会第十次作代会专稿）。

参加中国文联第十一次全国代表大会。

2022 年

担任“文艺中国”2022 年春节特别节目主创，中共中央国务院新春团拜会演出核心主创，庆祝中国共产党成立 101 周年交响音乐会策划。

随笔《“业余”20 年》（上），发表于《剧本》2022 年第五期；《“业余”20 年》（下），发表于《剧本》2022 年第六期。

儿童剧《新安旅行团》总编剧，发表于《剧本》2022 年第六期。入选文化和旅游部“新时代现实题材”工程。

创作谈《创作　思考　创造——儿童剧《新安旅行团》创作谈》，发表于《中国艺术报》2022 年 6 月 12 日。

剧评《追求文学精神的戏剧——浅谈话剧〈主角〉》，发表于《中国艺术报》2022 年 8 月 19 日。

署名文章《开拓探索多元题材 丰富提升儿童剧创作》，发表于《人民日报》2022 年 8 月 25 日。

署名文章《用精品儿童剧点亮孩子心灯》，发表于《光明日报》2022 年 10 月 19 日。

广播剧《萤火虫姐弟历险记》（原著作者），在中央广播电视总台《小喇叭》栏目播出，北京文艺广播上线。

剧评《认识经典——新版歌剧〈小二黑结婚〉观后》被收入《马可百年诞辰纪念》文集。

《鹬・蚌・鱼》《小萤火虫跟宝宝一样……》《小蝴蝶的妈妈在哪里?》三部作品入选《中国幼儿文学百年精品—戏剧卷》。

担任中央戏剧学院客座教授，博士生导师。

2023 年

当选第十四届全国政协委员。

四集广播剧《宋庆龄》编剧，由宋庆龄基金会公号“未来讲堂”、中国广播剧研究会公众号新年首期播出。获“中国广播电视大奖”。

芭蕾舞剧《红楼梦》独立编剧，由中央芭蕾舞团排演。

歌舞剧《猫神在故宫》原著作者、独立编剧，入选文化和旅游部“历史题材创作工程”签约剧目、“2023—2025 舞台艺术创作行动计划”，由中国儿童艺术剧院与故宫博物院共同出品，12 月在京首演。首轮演出 50 场。

新空间戏剧《猫神在故宫》（原著作者）由北京天桥艺术中心与中国儿童艺术剧院共同出品，6 月在京首演。首轮演出 113 场。

署名文章《推动儿童青少年戏剧在新时代高质量发展》，刊于“中国艺术头条”2023 年 6 月 20 日。

署名文章《儿童剧是传播中华文明的独特载体》刊发于《人民政协报》2023 年 7 月 24 日。

署名文章《中国儿童剧让世界观众都能懂》发表于《光明日报》2023 年 11 月 8 日。

署名文章《点亮乡村儿童的艺术梦》发表于《人民政协报》2023 年 12 月 30 日。

受聘中国戏剧家协会“曹禺文学奖·戏剧文学导师团”。

主旨发言《儿童戏剧是传播中华文明的独特手段》，博鳌亚洲论坛2023年年会“文化圆桌会议”。

主旨发言《中国儿童戏剧发展现状及趋势》，日本冲绳国际儿童戏剧节。

主旨发言《一切皆有可能，万变不离其宗》，2023台湖舞美国际论坛开幕式。

主旨发言《讲好中国故事，传播优秀传统文化》，城市戏剧景观——大戏东望2023年全国话语权演技高峰对话。

主旨发言《一切为了孩子》，第四届全国中小学戏剧教育研讨会。

作品影像集

《山羊不吃天堂草》

第七届中国戏剧奖·曹禺剧本奖
成长戏剧
山羊不吃天堂草
根据儿童文学作家曹文轩同名长篇小说改编
首演时间：2017年7月7日
中国儿童艺术剧院
China National Theatre for Children
出品

西大剧院欢迎您
HONOR V20

第二十九届中国戏剧梅花奖
第二十三届曹禺剧本奖
奖者座谈会

《山羊不吃天堂草》

KEVIN

《山羊不吃天堂草》

《山羊不吃天堂草》

《木又寸》

《人民日报》
2015年
年度推荐剧目
第15届
布加勒斯特国际动画戏剧节
"最佳当代戏剧剧本"奖
入围中国当代小剧场
戏剧40年影响力榜单
- 儿童剧独角戏 -
木又寸
TREE!
2015年6月18日
中国儿童艺术剧院出品
China National Theatre for Children

《木又寸》

《鹬·蚌·鱼》

第十四届布加勒斯特
国际动画戏剧节
"最佳舞台美术"奖
鹬
蚌
鱼
儿童剧
首演日期：2018年5月26日
中国儿童艺术剧院 出品
China National Theatre for Children

鷸蚌魚

《鹬·蚌·鱼》

鹬蚌鱼

《小萤火虫跟宝宝一样》

《小萤火虫跟宝宝一样》

《小蝴蝶的妈妈在哪里？》

入选文化和旅游部
剧本扶持工程
第十七届中国戏剧节
优秀剧目奖
亲子音乐剧
小蝴蝶的妈妈在哪里？
首演日期：2019年9月28日
中国儿童艺术剧院 出品
China National Theatre for Children

《小蝴蝶的妈妈在哪里？》

亲子音乐剧
蝶的妈妈
哪里？
见面会
019.9

《唤福——梦中童话》

主创名单

作 者：冯 俐
导 演：毛尔南
配 乐：邹 野
剪 辑：赵业洋

朗诵者（按人物出场顺序）

薛 白（饰演女人）
唐 妍（饰演果子狸）
王俪桦（饰演大雁）
常若曦（饰演猫咪）
刘晓明（饰演蝙蝠）

《萤火虫姐弟历险记》

现实题材童话剧
萤火虫姐弟历险记
庆祝中国共产党成立100周年舞台艺术精品创作工程重点扶持作品“百年百部”创作计划
2020年全国舞台艺术重点主题创作作品计划
全国脱贫攻坚题材舞台艺术优秀剧目展演
2020年12月19日（首演）
中国儿童艺术剧院 出品
China National Theatre for Children

《萤火虫姐弟历险记》

中国儿童艺术剧院
China National Theatre for Children
萤火虫姐弟
历险记

《猫神在故宫》

猫神在故宫
根据同名绘本改编
歌舞剧
作曲: 李海鹰（特邀） 编剧: 冯俐 导演: 焦刚
首演日期：2023年12月23日
中国儿童艺术剧院
China National Theatre for Children
故宫博物院
THE PALACE MUSEUM
出品

《《猫神在故宫》》

图书在版编目（CIP）数据

冯俐剧作选：上、中、下／冯俐著．--北京：作家出版社，2024.7

ISBN 978-7-5212-2564-8

Ⅰ．①冯…　Ⅱ．①冯…　Ⅲ．①剧本-作品综合集-中国-当代　Ⅳ．①I230

中国国家版本馆CIP数据核字（2023）第203167号

冯俐剧作选：上、中、下

作　　者：冯　俐
特约编辑：韩　阳
责任编辑：袁艺方
装帧设计：龙　惠
插图设计：周思陶
出版发行：作家出版社有限公司
社　　址：北京农展馆南里10号　　　邮　　编：100125
电话传真：86-10-65067186（发行中心及邮购部）
　　　　　86-10-65004079（总编室）
E-mail: zuojia@zuojia. net. cn
http: //www. zuojiachubanshe.com
印　　刷：三河市紫恒印装有限公司
成品尺寸：170×240
字　　数：1600千
印　　张：93.75
版　　次：2024年7月第1版
印　　次：2024年7月第1次印刷
ISBN 978-7-5212-2564-8
定　　价：168.00元

冯俐剧作选 中

谭富生题

冯俐◎著

作家出版社

目　录

喜剧小品

锦囊妙计

陕西省人民艺术剧院演出

1991 年陕西省人民艺术剧院演出

获奖：陕西省“第五届喜剧小品大奖赛”专业组一等奖

发表：《艺术界》1992 年第一期

导演：玄英

演员：刘远　李荣昌

时　　间：当代

地　　点：某城市“居民事务咨询服务办公室”

人　　物：来访者——男，四十多岁，典型的知识分子模样（可操南方口音）

办事员——女，二十多岁，岁数不大，却有许多人生经验

［办公室有块大牌子，醒目地写着“居民事务咨询服务办公室”。一张办公桌，桌上有电话。

［幕起时，办事员正坐在桌前打电话。

办事员　(已显出不耐烦的样子) 我告诉你我已经帮你反映了，这城市里没房住的人多着呢。对对，我们当然愿意帮助每一个人解决困难，可我们不可能做到谁有事给我们挂个电话我们就都能解决！(迅速挂上电话) 真是个事儿妈！

［电话铃又响，办事员实在不想去接，径自走到一旁倒水。

［门外有人敲门，小心翼翼地。办事员自顾喝着水，几个小时的工作已令她口干舌燥了。电话铃仍在响，敲门声仍在响，比刚才的声音稍稍大了些。门被轻轻地推开了一条缝，来访者探进头来，看到办事员马上又缩回头去，再次敲门。

来访者　请问，我可以进来吗？

办事员　废话，你不都进来了吗？你有什么事？

来访者　您先忙，先忙。

办事员　你有什么事，说吧。

来访者　打扰您一分钟，是这么回事……

办事员　(突然记起来) 噢，又是你呀。你是——什么事情来着？

来访者　您还记得我？(很感激地) 哎呀真是，是这么回事，我们家的厕所呀，漏水，现在不仅漏水，连楼上的大便小便都往下漏，您看能不能……

办事员　这么长时间了，怎么还漏啊？

来访者　是很长时间了，不是一直没有修嘛。您看，天气这么热，能不能请您费心……

办事员　你自己就不能收拾收拾？

来访者　(搓着手) 我？我实在是不会，我从来没有学过。

办事员　你就不能请别人帮个忙？

来访者　我们家就是我和我的老母亲，实在是……实在是……

办事员　行啦，我回头跟头儿说一声，让他再去跟维修队的人说说，尽快帮你解决吧。

来访者　谢谢，谢谢，您真是太好了。幸亏有你们这个可以帮大家解决困难的地方，要不然我简直不知道该怎么办。太谢谢您啦！

办事员　谢我？

来访者　谢谢，告辞了，太打扰您了。（往门口走去）

办事员　等等，（打量他）你来过多少次了？

来访者　（从口袋里掏出记事本翻看）我第一次来是去年的……十一月十三号，我一共……来了九次，不，算这趟应该是整整十次了。

办事员　就为个厕所漏水？

来访者　对对。（又补充道）现在还有大便小便。

办事员　（自语）怪可怜的。（问对方）我说，你老这么一趟趟地跑，一趟趟地赔着笑脸求人，你就不烦呀？

来访者　没有办法嘛。

办事员　你就不恨我？

来访者　哪里话，我怎么会恨您呢？你们工作是很辛苦的，每天要接待那么多人，处理那么多事情。

办事员　（指着"居民事务咨询服务办公室"的牌子）可这儿本来就应该管这些事情，结果快一年了，连你那么点小事都解决不了，你还不骂它？

来访者　您不要误会，我是从来不会骂人的。你们一定也是有难处，我非常理解。

办事员　（叹了口气）老头儿，你的问题解决不了了。

来访者　（拼命堆起一脸微笑）为什么？

办事员　因为你的要求不迫切，态度不强烈呀。

来访者　（急急地）我很迫切！很强烈呀！你要知道，我那房间里的味道……

办事员　没瞧出来，您不是一直乐呵呵、笑嘻嘻的嘛，不像有燃眉之急的样子。

来访者　那你要我怎么样子？难道让我跟别人吵架？

办事员　对极了。甭找别人，找我吵就行。你不仅要跟我吵，还应该在这屋里大喊大叫、大闹大嚷，踢桌子砸板凳，你甚至可以揍我……

来访者　（瞠目结舌地）揍您？（马上小心赔笑）您开玩笑，怎么能这么说……

办事员　您还可以威胁我，你的妹夫不是在报社当记者吗？你岳父的好朋友是市长……

来访者　（紧张地）谁讲的？没有的事情，我根本没有妹妹……

办事员　咳，这不是假设嘛。

来访者　（放心了）您真会开玩笑。您工作吧，我不打扰了。（又要走）

办事员　站住。我可告诉你，你那厕所恐怕得一直漏下去了！

来访者　（一脸为难地看着她）您要我怎么办？我每月的工资只有一百块钱，我还要……

办事员　咳，我不是这个意思。你为什么不会理直气壮地跟我要？噢，你以为你总那么冲别人笑就什么问题都解决啦？告诉你吧，不灵！现在求人办事，你要是没有点“二百五”的劲头，你可是什么事都办不成。

来访者　“二——百——五——？”

办事员　对，你冲我喊，冲我嚷。

来访者　（一脸茫然）冲您嚷？

办事员　冲我拍桌子。

来访者　（像被施了催眠术，懵懵懂懂地）拍桌子？

办事员　（使劲擂桌子）就像这样！（来访者小心翼翼地效仿）不对，这样，使劲儿！（来访者真的使劲擂了两下桌子，感觉又新奇又兴奋）非常好！好，现在你开始骂我。

来访者　骂你什么？

办事员　这还用问？官僚，饭桶，占着茅坑不拉屎，祖宗八辈，随便骂吧。

来访者　可、可我从来没有骂过人呀。

办事员　要不怎么说你窝囊。你就说：你们他妈的太不像话了……

来访者　等等，（掏出本子，做笔记）你、们、他妈的、太、不、像、话、了。

办事员　这点小事，你们一年……

来访者　（很准确地纠正）九个月。

办事员　差不多！你们是这样为人民服务的吗？你们让我整天住在臭烘烘

的屋里，能有心情干好工作吗？你们这样不关心群众疾苦，我非告你们不可……

来访者　（一边手忙脚乱地往本上记）等等，等等，请您慢点说。

办事员　（哭笑不得地）行啦，该你来了，你就自由发挥吧。

来访者　自由发挥？

办事员　是呀，想想你平时不顺心的事，想想你有什么委屈。开始。

来访者　（捧着本子读书一样）你、们、他妈的、太、不、像、话、了……

办事员　不对不对，你是在跟我吵架，大点声。（来访者提高了一点声音）再大声，拍着桌子冲我喊！

来访者　有你们这样为人民服务的吗？（拍桌子）你们这是不关心群众疾苦！（拍桌子）我非告你们不可！（拍桌子）啊……（拍桌子）啊……（拍桌子）我妹夫是记者，在报社！（拍桌子）我告你们！（拍桌子）我、我他妈的母子二人……（拍桌子）我他妈的就住巴掌大点的地方……（拍桌子）厕所他妈的一直漏水……（拍桌子）不光漏水，还他妈的漏屎漏尿！（拍桌子）啊！啊！（越说越激动）我他妈的爱人跟我两地分居二十年了（拍桌子）……

办事员　（提醒）跑题了，喂喂（做牵引状），还是回到厕所漏水的问题上来……

来访者　（大吼大叫）不是漏水，是漏屎漏尿！（拍桌子）

办事员　（擦汗）对对对，哎哟，我都出汗了，这全是你闹的。

来访者　（急了）这怎么叫是我闹的（拍桌子）？你说（拍桌子）！明明是你……

办事员　（冲上去捂住他的嘴）你快给我打住吧。

来访者　（亢奋、激动地）啊？怎么能不让人讲话（拍桌子）？我他妈的难道连说话的权利都没有？（拍桌子）

办事员　你有，你有。你有权利。现在你安静会儿，坐下来写封信。

来访者　好。嗯？写什么信？

办事员　你不是要告我们吗，这就写信吧。

来访者　告您？不不，您这么好……可我不明白……

办事员　待会儿你就明白了，先写信吧。

来访者　可到底写什么呢？

办事员　这么吧，你告房管局维修队的队长，告他……吃拿卡要，行贿受贿，乱搞男女关系，在外面招摇撞骗……

来访者　可我根本没有见过这个人呀，这不是诬陷吗？是犯诽谤罪的。

办事员　你不会写匿名信吗？匿名信里头有几封是真的？

来访者　不行不行，我不能这样做。

办事员　你那厕所现在还能用吗？

来访者　不能，我们得跑下十楼上公共厕所。

办事员　你们屋里臭不臭？

来访者　臭。两天用一瓶除臭剂都不行。

办事员　天这么热，没有苍蝇？

来该者　哎哟，天花板上的苍蝇密密麻麻，像芝麻饼似的……

办事员　真是的。快写吧。

来访者　可我……真的不会。

办事员　真没用！我来吧！（重新拿起放在一旁的电话，拨号）喂，维修队吗？林队长吗？林队长，我这儿可是闹翻天啦，有个人家的厕所坏了，跑到我这儿又吵又闹，差不多要跟我打起来啦。他还写了一封告你的匿名信，你最好还是别问，别生这个闲气……什么，那我可给你念啦：（编着说着）维修队林队长利用职权谋私利，凡是求他办事的人，必须给他送礼，要是去他家求他，先得交五十元钱的门票，听说某人为了请他装个烟囱，给他送了一百多块钱的礼……

［来访者听得目瞪口呆。

办事员　（继续对电话里说）对，真是胡说八道！还有呢（继续动脑筋编词）……这字儿写得够难认的。嗯……姓林的作风非常不正派，据我所知，他同我爱人单位的一个女人关系暧昧……

来访者　（在一旁喃喃道）我爱人单位在黑龙江……

办事员　（捂住话筒，对来访者）没人管你爱人单位在哪儿！（又对话筒）的确是太可气了！可常言说，咱“得罪君子不得罪小人”嘛。听说呀，他岳父跟市长的什么人是哥们儿呢……什么？他的地址，你等一下我查查“来访登记”……（捂住话筒，问来访者）哎，你们家的地址？

来访者　解放路 101 号 1008。

办事员　（对电话里）喂，是解放路 101 号 1008 号。对，你下午就派人去？太好了，对，这种疯狗没必要跟他一般见识。好，好。（挂上电话）

来访者　（气鼓鼓地）您说我是“疯狗”？

办事员　赶紧回家吧，下午他们就派人去修。

来访者　（转怒为喜）可你不能说我是疯狗。

办事员　（没好气）我是疯狗，行了吧？

来访者　您也不是疯狗，我也不是疯狗。

办事员　谁干坏事谁是疯狗！

来访者　对！

办事员　快回去吧。

［来访者千恩万谢地离去。

办事员　（突然想起来）哎，老先生，信你还没有写，我怎么交差呀。老先生，老先生——（追下）

剧　终

附 录

好一出“锦囊妙计”

——致喜剧小品《锦囊妙计》编导演的信

（刊于《艺术界》1992 年第一期）

陈孝英

致编剧冯俐

你我从未谋面。你年高多少？爱哭爱笑？甚至是男是女？我全然不知。不过，这并不妨碍我们进行一次坦率的对话。

我不知道《锦囊妙计》是你写的第几个小品，但直觉告诉我不应该是第一个。因为它很有一点“小品味”，而不是时下常见的那种“混”入小品队伍中的“浓缩的小戏”。特别是它选择了一个十分新巧的角度来展示矛盾和解决矛盾，使我出自评论工作者的职业习惯，不由得想评头品足一番。

一位中年知识分子深受厕所漏水之苦，求告无门，维修队长则是不送礼就不给办事，于是此事久拖而不决——这本是一个写烂了的题材（不正之风）和司空见惯的矛盾（面目可憎的玩忽职守者和迂气十足的受害者）。你的高明之处就在于精心设计了一个中介性的空间（居民事务咨询服务办公室）和一位中介性的人物（服务处办事员），用他们将矛盾的双方隔离开来，然后又用一部电话机将双方间接地（通过办事员之口）连接起来，从而使这一个写烂了的题材神奇地出了新。你所采用的具体手法，一个叫“以正纠正”，一个叫“以毒攻毒”。

由于你把讽刺对象推到了后台，而出场的两个人物——来访者（知识分子）和办事员——从本质上讲又都是“肯定性人物”，这就增加了展示喜剧性矛盾的难度。为此，你在这两个人物的对比上很做了点文章。

一是人物之间的对比，例如来访者可笑的迂劲儿与办事员同样可笑的泼劲儿。

二是人物自身不同侧面之间的对比，例如办事员的善良与世故：善良使她同情弱者，反对强权；世故又使她捡起强权的手段来反制强权。

三是人物前后不同性格特征之间的对比，例如来访者起初文质彬彬的拘谨与后来说到动情处时不可抑制的兴奋。

以上种种对比使这两个肯定性人物造成相当大的反差，让他们在对比中相互碰撞，在碰撞中相互纠正，演出了一场“以正纠正”的轻喜剧，以及与展示矛盾中的“以正纠正”相映成趣的是解决矛盾中的“以毒攻毒”。当善良的女办事员怂恿来访者写匿名信“诬告”玩忽职守的维修队长时，观众惊讶而又理解地笑了，与此同时又不免夹杂一丝担忧：这样以不正之风反不正之风，合适吗？然而，一旦电话接通，“诬告”奏效，人们发出了更加酣畅的笑声，声声笑声之中，那一丝忧虑似乎也有所淡化了。

你这个小品取名“锦囊妙计”，我觉得你为我们陕西的小品创作也出了一个高招，这就是要刻意追求展示矛盾和解决矛盾的巧妙角度，没有找到这样的角度之前，宁可暂不动笔。角度巧了，篇幅虽不大，容量同样可以相对比较大；角度巧了，题材未必新，也可以起死回生，旧中出新；角度巧了，“小品味儿”也就容易出来了，美学品位也就比较高了，耐人咀嚼的东西也就比较多了。

当然，对小品艺术来说，本子只是一个依据，一个框架，许多东西都要靠二度创作去丰富、完善，甚至弥补。比如，你这个文学本的喜剧色彩就不够浓郁（特别是前半部分，温度偏凉，节奏上有点拖），人物语言和动作的个性化也不够充分，这些弱点在演出中得到了有效的弥补。

（作者系著名戏剧评论家。时任陕西省艺术研究所所长，《喜剧世界》主编）

今　语

这是我发表的第一个戏剧作品。源于一次偶然重逢。

1990 年秋天，大学五年级刚开学，在中戏操场上，我遇到回学校的陕西人艺演员刘远。

1986 年，中央戏剧学院只招了一个本科班和一个表干班。

我所在的“本科班”空前绝后——由戏剧文学、导演、舞台美术三个系三个班的一共 30 来个学生，进行全科综合教学，史称“86 综合班”，学制五年。

“表干班”全称应是“表演干部专修班”，是表演系招的，史称“明星班”，学制两年。学员是全国各大话剧院团的尖子，无论入学前还是毕业后，这“明星班”始终名副其实明星云集。他们毕业时更留下了当代戏剧史上最著名的一台演出——《桑树坪纪事》。

刘远是“明星班”班长，而且是我的偶像——我的人生中看到的第一部话剧，就是刘远和马小茅主演的《一双绣花鞋》……那时候我还没上初中，坐在观众席里，从演出开始一直激动到演出后的好多天……在中戏，少年时的偶像成了亲近的“刘远姐”。

当时她已毕业两年，又在学校见到，老远就叫：“冯俐你干吗去?”我说我去图书馆还书。中戏五年我不打折扣地完成了一件自己规定的事——学业之外，每学年读完 100 本书。哪怕看不懂。

刘远扯着我的长头发说：“你给咱写个剧本嘛，省上要搞喜剧小品大赛，我愁得找不到本子。”

“好，我试试。”

约稿的胆儿大，应约的胆儿更大。

第二天我在图书阅览室用了两个小时，写了这个名为《锦囊妙计》的小品，晚上拿稿纸抄了一遍就寄出去了。没多久，寒假到了，我回陕西过春节。刚到家，就收到留在学校的同学转寄过来的刘远发到学校的电报：《锦囊妙计》获小品大赛专业组一等奖……

我马上去省人艺找刘远姐，在剧场后台门口打听的时候，跟我说话的人居然是同门学弟戈大力的爸爸，他先热情地祝贺了我一番，然后才见到刘远。刘远眼睛亮闪闪地告诉我："咱那小品得了陕西省喜剧小品大赛金奖，是专业组呀！现在陕西电视台、西安电视台的春节晚会都看上咱这个小品了！"于是，那一年春节我在陕西过得特别拽，因为各家电视机里反复播着省上、市上的春节晚会，街头巷尾，大家都在议论刘远主演的小品，说那个修厕所的小品把人逗得……（刘远扮演剧本中的"办事员"）

我的生活中总有许多偶然的故事，而且总是幸运的。就像那天，如果我早两分钟或晚两分钟下楼去图书馆，就肯定遇不到刘远，就不会遇到她如此随心随性的相邀。

在此要特别说明一件事情：这个作品严格讲应该是部改编作品。当我坐在学校图书馆阅览室里摊开纸笔的时候，一个曾经读过的苏联短篇小说是我这次创作的引爆点：一个卑微的人用尽礼貌来请求帮助，办事员办不了。当他忍无可忍地激动起来、忘乎所以的时候，问题却解决了，这甚至也帮着办事员找到了解决办法……当时就是这样一个大的印象，已不记得小说名及作者名。今天更加想不起来了。但要特别说明，这个作品应该是"根据什么"或是"取材于什么"的改编作品。虽然，从文学到戏剧的改编也是一次创作。

感谢刘远姐当年的邀约，整理书稿时上网浏览了一下，发现刘远一直都在演这个作品，有不同的版本。话说也演了快三十年了，真好。

感谢当年专门为这个作品写了评论的喜剧评论家陈孝英老师。虽然，我直到今天还是没有见过陈老师本人。

2020 年 4 月

喜剧小品

心　愿

中央电视台播出

1993 年中央电视台“春兰杯”春节联欢晚会颁奖晚会播出

导演：黄定山

演员：冯巩　吕丽萍

人　　物：丈夫、妻子

时　　间：当代

场　　景：一张摆好的餐桌，两把椅子

四周墙壁上，铺天盖地地挂满了大大小小的中外电影明星的照片

[如同正在作案的恐怖主义分子，头上蒙着黑布，只露出两只眼睛的丈夫，搀着身怀六甲的妻子，从一扇同样贴满明星照片的屏风后面走出来。

[丈夫紧走几步，抢在妻子面前，为妻子拉开椅子。

[妻子捶着腰，小心翼翼就坐。丈夫将碗筷递到妻子跟前。

[丈夫在妻子对面坐下，望着妻子。

丈　夫　（试探地）请问，我能在吃饭的时候，暂时把这“面罩”摘下来吗？

妻　子　（坚决地）不行。

丈　夫　那我怎么吃东西呀？

妻　子　在嘴那地方再挖个洞。（见丈夫没动弹，知其不悦，劝慰道）克服克服吧，啊？咱得为孩子着想。人家不说了嘛，现在我要是见天儿地瞧谁，明儿孩子生出来就像谁。就你那模样……你不是一直喊着要改良你们家的“品种”吗？

丈　夫　那我更得把这玩意儿摘下来了……

妻　子　（娇喝）敢！

丈　夫　（叹气，解释）你不想想，你见天儿看我这么一江洋大盗似的在你眼前晃悠，回头孩子生下来还不整个一黑手党？

妻　子　（想了下，点头）也对。唉，我发现你偶尔也能说出一句有道理的话。

丈　夫　（如获大赦一般）那……我就摘下来了！（以其真面目面对观众，白）其实，我没那么寒碜……

[丈夫一回头，妻子紧张尖叫一声，一边用手捂着眼睛，一边摸着大肚子念念有词——

妻　子　孩子哟，妈真对不起你，又让你看见你爸爸了。可人长得丑，咱总得让他吃饭吧。等你爸爸走了，妈给你好好看几眼阿兰·德龙大大、三浦友和叔叔。记住喽，人啊，学“好”不容易，学“坏”快着呢。你要意志坚强才行……

丈　夫　其实呀，据我所知，孩子现在看谁并不重要，重要的是出生之后第一眼，那会儿才是瞧见谁像谁呢！

妻　子　（睁了下眼又慌忙闭上）真的？

丈　夫　我就是一活生生的例子。听我妈说，我刚落地的时候漂亮着呢，就因为第一眼瞧错了人……

妻　子　你瞧见谁了？

丈　夫　刘江大大！

妻　子　（情不自禁地睁开眼睛）就是《地道战》里的“汤司令”？

丈　夫　嗬！那天，正赶上一拨电影艺术家去医院深入生活，刘大大隔着婴儿室的玻璃窗往里一瞧，嗬，一个个活泼可爱的小生命……忍不住一挑大拇哥，说一句：“高，实在是高！”顿时，几双刚睁开的眼睛齐刷刷地看向了刘大大。哎哟喂，就这么一眼，一堂子“丑星”从此诞生了！

妻　子　这么说，还不止你一个“受害者”？

丈　夫　还好，托刘大大的福，虽说丑了点儿，但都当演员了。

妻　子　谁呀？

丈　夫　（扳着指头数）葛优、陈佩斯、梁天、赵本山……还有两个日本小朋友，一个叫寅次郎，一个横路敬二。

妻　子　哦，敢情这落地后第一眼这么重要啊！那等咱孩子出生那天，你可得把医院大门把好喽。凡是你那一拨的哥们儿，一律谢绝参观！

丈　夫　你放心！到时候，我就是磕头下跪，也要请一位白马王子来，让他结结实实地跟咱儿子对视一眼，那咱孩子，不眉清目秀地一塌糊涂才怪呢。

妻　子　（急切地）你打算请谁？

丈　夫　说出来美死你！

妻　子　快说！

丈　夫　蔡——国——庆！

妻　子　（一下握住丈夫手）你真好！

丈　夫　（白）我不是在“引狼入室”吧？其实呀，人的长相不重要，你比如说我吧，虽然长得……有一种“缺陷美”，不也娶了你这么一朵鲜花儿吗？

妻　子　鲜花？只可惜我这朵鲜花儿哟——插在了你这……

丈　夫　贫下中农教导我们说："庄稼一枝花，全靠……我当家。"

妻　子　当家……可是做不了主！在外头连个副组长都没当过……知道今年什么年吗？

丈　夫　鸡年。

妻　子　对！我就要让咱们这"鸡窝"里飞出金凤凰。砸锅卖铁我也得把咱家孩子培养成一"官儿"。咱们孩子要是当了大官儿，那我就是"高干子女"……

丈　夫　（奉承）那我就是"高干子弟"……（白）说反了吧？

妻　子　我怎么听着那么别扭？

丈　夫　（硬捧）不别扭，习惯就好了。不过……（试探）现在……当官儿合适吗？

妻　子　怎么着？

丈　夫　十四大可都开过了，要"廉政"！当官儿多清苦啊，就那点工资……现在你要是打招呼说："您是处长吧？"人家不高兴："你才处长呢！"还是叫同志好，多体面哪！你说咱孩子这官儿……

妻　子　（坚决地）不当！我刚才那意思呀，是想让咱孩子多挣钱，当"大款"。

丈　夫　太对了，现在我要是有了钱，就先买一"大哥大"，哪儿人多我往哪站，多拔份呀！

妻　子　那也得给我买一个。到时候，早起咱俩各奔一农贸市场。（打电话状）"喂，东城东城，我是西城。"

丈　夫　（配合接电话状）"喂，西城西城，我是东城。"

妻　子　"我这儿土豆一毛。"

丈　夫　"我这儿土豆八分。"

妻　子　"小声点儿，抄它二十斤存着！"瞧，这就省了四毛。

丈　夫　（寻思）好像还不够电话费……

妻　子　（很有魄力地）报销！别忘了咱孩子是总经理！

丈　夫　（拱手）你就饶了孩子吧。现在遍地都是总经理。也不知道哪个真的哪个假的。听说前几天特区那边掉下来一砖头，砸伤六个人，五个是总经理，剩下那个是副总经理。

妻　子　怎么这事儿你没跟我汇报过呀？

丈　夫　这不最近你一直……凤体欠安嘛。

妻　子　依我看啊，甭管干什么，得先让孩子上大学，出国读博士，然后回国，就有用武之地了……你说咱孩子回来干什么呢？

丈　夫　当农民企业家！现在农民企业家都坐上“大奔”了！

妻　子　坐“大奔”？快让咱孩子去！

丈　夫　不光是坐车，还得好好干。村长说了：“谁在村里不好好干活，就把他送城里去。”

妻　子　送回来，那多现眼哪！

丈　夫　我发现呀，今年凡是沾“奥”字的，都特别火。

妻　子　“奥”字？

丈　夫　奥运。

妻　子　十好几块金牌呢。

丈　夫　奥斯卡。

妻　子　咱有人去参加了。

丈　夫　奥抗……

妻　子　阳性的？

丈　夫　不是姓，是位科学家，领导一高兴，奖励他一辆汽车，奥抗牌儿……

妻　子　（纠正）那叫奥迪吧？

丈　夫　我不是逗你高兴嘛。

妻　子　那就让咱孩子奔奥运，拿金牌。让他们把那拴金牌的绳子弄宽点儿，我怕咱孩子的脖子禁不住……不过，当运动员都得一身伤啊，孩子太辛苦了。咱还是找个特轻松特潇洒的事干干。

丈　夫　对，让咱孩子当驻外使节，专门负责外国人签证怎么样？二十年之后，咱中国特发达、特有钱，遍地是大款。外国人想办法拉关系走后门削尖脑袋都想来中国。那阵儿人民币老值钱了。外国人想来中国，那得先考汉语托福。头天晚上拿号，再排三天队，汉语不溜不时髦都不行……

妻　子　什么叫时髦？

丈　夫　这语言通常跟经济发展有关系，你比如说从前，大家都爱学北京话，说“特”漂亮。改革开放，广东火了，那就说“好”漂亮。现在浦东开发，“老”漂亮就是新潮。东北边贸一发展，又改成“贼”漂亮了。至于二十年后，据我估计，唐山会成为龙头，所以，那会儿最时髦的话就是“忒儿”漂亮——凡是不会说“忒儿”的，都不合格。

妻　子　那我得在旁边把着，咱得挑那些人尖子。凡是不会说“忒儿”、长得不顺溜跟你差不多的，咱一律拒签！

丈　夫　你可“忒儿”铁面无私啦！

妻　子　我做得还“忒儿”不够咧。那你说，咱孩子叫什么名字？

丈　夫　名字……俩字儿仨字儿的太俗气，四个字的不超前。二十年后，至少得起五个字的名。

妻　子　叫什么？

丈　夫　叫……冯……特好老贼忒儿！

剧　终

今　语

这是为春节晚会创作的作品。后来放在了颁奖晚会上演出，是因为冯巩在春节晚会上首要任务是“相声”。而在那样寸秒寸金的央视春节联欢晚会上，谁也没有可能同时上两个节目。

这个作品的构思，是冯巩和冯小刚一起“侃”出来的——一对夫妻为将出世的孩子，畅想美好明天。侃完，冯小刚就去美国拍《北京人在纽约》。冯巩就十万火急地把我抓去。那是 1992 年的冬天。

后来的很长时间里，每次说到此事，我跟冯巩都免不了要互相吹捧几句：咱多认真呀！毫不夸张地说这小品总共九易其稿——当然，如果不是冯巩过于虚心的话，大概五六稿也就够了。我记得当时每次讨论完，我写出新的一稿之后，冯巩都要找来朋友们征求意见，第二天一定是一早再把我叫来讨论，然后我再去改。可也许第三次再来的时候，之前争论不休、他死活要改、我不得不“从”，回去刚刚摆弄合理了的，他又要改回来……大约是在第六稿的时候，我听完他的意见，半天没有说话。冯巩一副胜券在握的表情问我：为什么一反常态没有像以往一样跟他争论。我说巩哥我给你讲个故事吧，从前有个画家，特别谦虚，有一天他画了一幅画挂在了城门楼子上，备好笔墨，让所有路过此地的人，都在上面勾出自己认为的画中败笔。天黑之后，这个画家取回画儿，发现上面所有的地方都被人画上了钩儿，画家很沮丧；后来，画家又画了一幅跟前面那一张一模一样的画，又挂在了城门楼子上，不同的是，他这次是让所有路过此地的人，在上面勾出自己喜欢的地方，到了晚上，画家取回画儿，发现上面所有的地方，也都被人画上了钩……我刚说到这儿，冯巩就跳起来叫着：“你说的是我吧！”

冯巩是个敬业的人，直到今天还是如此认真。如今，《心愿》已成为一个时代的记忆，家喻户晓，也得益于经过如此锤炼。它一直被认为是个精致的作品，九易其稿的彼此“折磨”过程至今想起来我都觉得“毛骨悚然”，但那也的确是一次很好的锻炼。

这个作品也是中国电视文艺作品中的一个值得解剖的典范，比如，里面永远会刻意地、自觉地收纳着当年的国内外大事、百姓热点话题、当年流行语……更重要的是，会于无形中记录下每个年份里的国民愿景。现在重读这个小品，似乎有点“小家子气”，但这属于小老百姓的畅想，却是那么任性、那么随兴、那么恣肆、那么“没出息”，又那么海阔天空。

后来有许多年，我甚至被归到了“喜剧编剧”中，这跟那前后十多年间不断参加电视台的综艺节目创作有关，跟冯巩有关，在参与冯巩的许多创作中，冯巩不停地以“九易其稿”的精神“折磨”我，同时也为我打开了一扇窗——不久后，我又糊里糊涂参与了梁左的《我爱我家》和《临时家庭》的剧本创作。梁左曾对我说：“中戏戏剧文学系毕业的学生不少，读过《传统相声汇集》六大本的人也不少，但这两件事都做过的年轻编剧好像不是很多。所以，你要好好写……”

2020 年 4 月

戏剧小品

重　逢

发表于《新剧本》1993 年第四期

时　　间：初秋。傍晚

地　　点：城市街心花园一角

人　　物：妻子（素素）

丈夫

恋人（妻子的旧日恋人）

［一张长条椅，一盏路灯。

［妻子和丈夫并坐在椅子上，两人关系亲密，心情恬淡。

丈　夫　天儿凉快了。

妻　子　再过几天前面那片菊花就该开了。

丈　夫　就跟咱俩第一次来这儿散步的时候一样。刚认识你的时候你真瘦。

妻　子　马上两年了。

丈　夫　两年了。

妻　子　真有意思。

丈　夫　什么？

妻　子　好像这地儿是我们家的似的，从小到大，多少年我净在这儿转悠了。

丈　夫　（替妻子说）小的时候，夏天在这儿捉蛐蛐，冬天在这儿堆雪人儿，长大以后在这儿谈恋爱……咱俩就是在这儿谈的恋爱……

妻　子　我是不是挺絮叨的？

丈　夫　没有。你觉得凉吗？

妻　子　不凉。倒是有点渴。

丈　夫　我去买酸奶。草莓的？

妻　子　好。

［丈夫下。

［恋人从另一侧上。他背着旅行包，风尘仆仆的样子。当他看到椅子上的人时，简直有些不相信自己的眼睛。

［妻子感觉到来人，扭头看了一眼，愣住了。

恋　人　（喃喃地）真的是你……你还在这儿。

妻　子　（轻轻地躲闪他）呃，我、我在等我爱人。

恋　人　（难抑冲动地）我来了……

妻　子　不。他……买酸奶去了。

恋　人　（顿时茫然）买酸奶？

［两人相对而立，一时无语。

［丈夫拿着酸奶上。

丈　夫　我来了……

妻　子　（打起精神）介绍一下，我先生。这位……就是小林。

丈　夫　（望着他）你好。

恋　人　你好。

丈　夫　常听素素说起你。

恋　人　是吗？

丈　夫　刚到？

恋　人　刚到。

丈　夫　出差？

恋　人　出差。

［静场。

丈　夫　听说你毕业后去了南方？

恋　人　对。

丈　夫　都挺好的？

恋　人　还行。

丈　夫　这次回来……

恋　人　出差。

［静场。

恋　人　（要走的意思）我还要去办些事……

丈　夫　（突然地）素素，你和小林先聊会儿，我去买包烟……（未等妻子、恋人阻拦已转身）就回来。（下）

［静场。

［妻子缓缓坐下。

［恋人从刚才掏出的烟盒里取烟点燃。

妻　子　你吸烟了？

恋　人　我吸烟。

妻　子　在这儿遇上你……真没想到。

恋　人　这个城市我只记得这个地方。

妻　子　我们家就在这附近。

恋　人　我知道。

妻　子　我是说我现在的家。

［静场。

恋　人　（突然嚷了一句）我一点都不知道！

妻　子　什么？

恋　人　你们什么时候……结的婚？

妻　子　夏天。你现在……都好吗？

恋　人　至少……我一直都很自由。你知道我。

［妻子点头。

［静默。

妻　子　天黑了。

恋　人　……

妻　子　路灯该亮了。

恋　人　……

［恋人擦着火柴，就着光亮端详妻子，忘了点烟。

恋　人　还是从前的样子，一点儿没变。

妻　子　你也一样。

恋　人　（突然躁乱地）至少你应该通知我一声。

妻　子　什么？

恋　人　夏天的事。

妻　子　我找得着你吗？

恋　人　开始，我是想让你忘掉我。他……待你好吗？

妻　子　好。他完全是个成年人了，跟他在一起心里很踏实。

恋　人　我知道晚了，但我还是想告诉你——我后悔了。

妻　子　不要说了。

恋　人　是只麻雀也好，是只雄鹰也好，我曾经以为我需要的只是无限广阔的天空……我不承认我飞倦了，但我却发现除了天空和自由以外，我还有其他的渴求……后来，这渴求一天比一天强烈，直到有一天我不顾一切地奔回来……我想只要能见到你，见到你的惊喜，只要我们从头开始……

［恋人沮丧地坐下来，妻子情不自禁地想安慰他，手举到他的肩膀上方，却悄悄收回。

妻　子　（叹息般地）走吧。

恋　人　去哪儿？

妻　子　你来的地方。

恋　人　你应该怨恨我。

妻　子　不，从来没有。

恋　人　素素！

［妻子轻轻地将恋人搭在自己肩上的手拂下。

恋　人　（叹息般地）我该走了。

妻　子　去哪儿？

恋　人　（苦笑）天地很大不是吗？给。

妻　子　什么？

恋　人　火柴。你不是一直怕黑吗？

妻　子　路灯该亮了。

［恋人急下。

［妻子愣怔着划着火柴。

妻　子　（喃喃地）你从来都不说再见……

［丈夫上。

丈　夫　素素——

妻　子　这儿。

丈　夫　人呢？

妻　子　走了。你去哪儿了？

丈　夫　买烟。

妻　子　烟呢？

丈　夫　在你手袋里。

［路灯闪了几下，亮了。

丈　夫　瞧，灯亮了。

妻　子　灯亮了。

丈　夫　我能吸支烟吗？

妻　子　（从身边手袋里取烟给丈夫）今天第几支？

丈　夫　第、第三支。

妻 子　第五支。最后一支。

丈 夫　肯定是第四支。

［丈夫边说边在身上找火。

［妻子用手中的火柴为丈夫点烟。四目相对，丈夫揽过妻子。

妻 子　（轻声地）是第五支了。

丈 夫　好，最后一支。（继而小声地）反正明天还有呢。

［妻子笑了，倚在丈夫肩头。丈夫的肩头宽大而温暖。

妻 子　（突然而声调平静地）我想哭……

剧 终

今　语

因《新剧本》杂志的“同题小品”征文启事而作。那一期的题目就是“重逢”。

脱胎于中戏二年级表导演课上的一个课堂作业。

很戏剧文学系学生气质的作品。

2020 年 4 月

广播短剧

来自油灯下的报告

中央人民广播电台播出

中央人民广播电台录制
1997 年 7 月 13 日中央人民广播电台首播
获“中国广播剧政府奖”单本剧三等奖
导演：华斌

时　间：当代
地　点：偏远的山乡、乡村小学
人　物：李校长：男，五十多岁
马老师：男，三十多岁
张老师：女，近三十岁
李校长妻子
马老师妻子
张老师母亲
李翠翠：三年级小学生
李翠翠爹
李校长儿子
妇女
孩子们
村民们

［抒情的音乐。夏虫啾啾，夜深人静时分。

［李校长在油灯下写着半年的工作报告。

李校长　青山小学建校已有二十九年了，现有在校生七十三名，教师，包括本人在内，共三名。校长仍由本人兼任。

［孩子们的琅琅读书声进。

［另一时空。女教师张玉芳正领着学生们朗读课文。

张老师　（带着学生们逐句朗读）一年之计，莫如树谷；十年之计，莫如树木；百年之计，莫如树人……

［相邻的空间里，教师马海山带着孩子在上算术课。

马老师　（带着学生们背乘法口诀）一一得一，二二得四，三三得九，四四……

［两种朗读声混在一起，延续。突然被雷声压下去。

［电闪雷鸣，孩子们惶恐地四处跑开，两名教师大声地招呼着“快往教室外面跑”！

［李校长的声音响起后，“教室”内外的声音及雷雨声渐收。

［抒情的音乐。夏虫啾啾。李校长在继续写报告。

李校长　今年夏天，雨水太大，把塬上的土都泡酥了。学校当教室用的三孔窑洞塌了两孔。不过，窑洞倒塌的时候没有一个学生受伤，是马老师和张老师及时带着学生们撤出来的。只是，娃娃们没有地方上课，我们都很着急。马老师请了一天假，说要回家一趟……

［另一时空。淅淅沥沥的雨声中，一辆老纺车在吱吱地响着。

［泥泞中的脚步声，门被推开。纺车停下来。

马　妻　娃他爸！你回来了?!

［用瓢舀水，大口喝水的声音。

马　妻　看你！都等不得我给你烧口热的再喝。饿了吧？

马老师　嗯。

马　妻　我这就给你热粥……

［风箱声，柴火在炉子里燃烧的噼啪声。屋里有猪在叫。

马老师　猪咋都来屋里了？

马　妻　雨大，猪圈塌了。还说等天好了找人修。

马老师　学校的窑洞也塌了。

马　妻　（急切地）窑洞！伤了娃娃没有？

马老师　没有。

马　妻　那就好。我说你咋弄了这一身泥呢。

马老师　我跟张老师一起，把埋在土里的课本都扒出来了。唉，娃娃们买课本不容易。

马　妻　嗯。

马老师　娃他妈，我想跟你商量点事……

马　妻　你说。

马老师　我从部队上回来的时候，发的退伍费还剩下多少？

马　妻　咋？

马老师　咱把那钱拿出来，再给娃娃们修两孔新窑洞吧？

马　妻　可……咱家上有老下有小，万一有点啥急事……

马老师　不怕，有了急事的时候咱再想办法。

［妻子不语，只听到风箱在响。

马老师　要说急，眼看着娃娃们没有地方上课，这不是急到了眼前的急事吗？

［风箱声停了停，又响起来。

马老师　咱山里娃娃读个书不容易，这你还不明白？

妻　子　（叹了口气）我咋能不明白？……你那退伍费，都在床沿边儿第二块土砖下头。

［抒情的音乐。夏虫啾啾。李校长在写报告。

李校长　现在，学校又有了两孔新窑洞，马老师为了这两孔窑洞，花掉了他的全部积蓄，还卖掉了家里的一头猪……张玉芳老师是位女同志，今年已经二十八岁了，为了不离开青山小学的孩子们，她几次放弃了嫁到山外的机会。平时，就是生病，也舍不得耽误孩子们的课，舍不得让孩子白走十里八里山路……

［另一时空，一个妇女叫着“张婆，张婆”，推开了房门。

妇　女　张婆——

张　母　哟，是她彩霞嫂子呀，快进屋。

妇　女　我听二妮回去说，老师病了？这几个鸡蛋给张老师补补身子。

张　母　可不行……

妇　女　拿着！平常，净是她这当老师的心疼孩子们了，就不兴我们也替孩子们来心疼心疼她？对了，我听说前些天山外王家堡有人来提亲啦？那可是个金窝窝！玉芳妹妹心眼儿好，人长得又俊……

张　母　别提了，这傻孩子没同意。她说啊，除非能有人来代替她，要不然谁来教学校里的娃娃呀?！哎呀，玉芳你怎么起来了？

张老师　（声音虚弱地）彩霞嫂子来了？二妮去学校了吧？

妇　女　去了，二妮去了。玉芳妹妹你这是要做啥？

张老师　我去学校。

妇　女　你看你，站着都打晃，还是快到床上歇着吧。

张老师　我好多了，能上课。

张　母　（喊）玉芳，你吃口粥再走……

妇　女　（喊）我去帮你下碗鸡蛋面……玉芳——玉芳——（对张母）看我这好妹子，娃娃们遇到她，真是修来的福气……

［另一时空。学校。孩子们看到了张老师，一起跑着迎了上来。

孩子们　（热切地呼唤）张老师！张老师来了！张老师……

张老师　来，咱们上课。

［有孩子摇起了上课铃。

［抒情的音乐。夏虫啾啾。李校长在写报告。

李校长　这一学期，我校三年级学生李翠翠的作文，得了乡里作文比赛的三等奖。在这里，女娃娃能上到三年级的不多，在乡里得奖的，这是第一个。她爹高兴得专门给李翠翠买了四颗糖……

［另一时空，女孩李翠翠正在给家里人朗诵自己的作文。

李翠翠　……于是，我们又有了两间崭新的教室。在老师的带领下，我们还在窑洞外面平整出了一块操场，又在四周种上了树。马老师说，等树跟前再长出了草，长出了花，就更好看了。而李校长却说，用我们自己的手，把我们的学校打扮起来，才是最有意义的事情。

翠翠爹　这是我娃自己写的？

李翠翠　噢。

翠翠爹　（激动地）老师把我家娃娃教成“秀才”了……

李翠翠　哎呀，爹的烟袋把我烫到了。

翠翠爹　爹是高兴……看，爹给我娃买了啥？

李翠翠　糖?！给我的？

翠翠爹　对嘛。你数数几块？

李翠翠　四块。我一块，马老师一块，张老师一块，李校长一块。

翠翠爹　对嘛。我娃跟大想得一样！

［女孩咯咯地笑出声。

翠翠爹　不过……你弟弟也该上学了……

李翠翠　（情绪陡转）爹……你是说……

［同一空间的另一个时间。

马老师　翠翠爹，送娃娃来上学吧，你们一辈子不识字，难道还想叫娃娃们也不识字？

翠翠爹　咋不想，做梦都想让娃娃们上学，可是……你看看我们这一家……想上上不起。

马老师　老二可以接着用翠翠的书，买本子的钱，我来出。

翠翠爹　不敢不敢，马老师……

马老师　有了学生才有我们这些老师。孩子们要是都不去上学，那还要我们这些老师干啥？

翠翠爹　（感动地抽泣）马老师呀……你们都是活菩萨呀……哎呀马老师，这颗糖是翠翠给你的，咋还又给放回来了……

［抒情的音乐。夏虫啾啾。李校长在写报告。

李校长　我们今年，共找回流失的学生二十一人次。马老师、张老师他们的工资并不高，可他们每年为学生垫付的学杂费，往往超出他们的收入的一半……

［停顿。夏虫啾啾。李校长突然长长地叹了一口气。

［另一个空间。

［李妻正给儿子把晚饭端上桌。

李　妻　来，山娃，吃饭了。

［喝粥的声音。

李　妻　地里的活儿都干完了？

儿　子　嗯。

李　妻　明天上山去一趟，给你爸送些咸菜和换洗衣服。

［儿子没有说话，只有喝粥的声音。

李　妻　你这娃，哪有跟老子不说话的？！

［儿子依然喝粥。

李　妻　你爸也是没办法，你别怪他……

［儿子还是不吭声。

李　妻　唉，真不知道你们爷俩都说了些啥……

［另一时空。儿子的回忆。

儿　子　爸，求求你了，让我上高中吧。

李校长　山娃……

儿　子　你是校长啊，爸！你总说再穷也要上学……

李校长　爸愿意供你上学，可你妈，还有你爷爷奶奶都上了年纪，地里的活总得有人干呀。

儿　子　我干。我早起种地，晚上种地，我保证不误了种地还不行吗？

李校长　你保证不了，山娃，你知道，学校的孩子得有人教，咱家的地也得有人种哇……

儿　子　爸！

李校长　爸知道你想上高中，想上大学，可咱家没有劳力呀。爸要是天天回家，这学校里的几十个孩子怎么办？山娃……

儿　子　我不是你的山娃！

李校长　山娃！山娃——

［又回到喝粥的声音。李妻在对儿子说话。

李　妻　你回来说，你爸也哭了，我真不相信。这么多年，就记得老是我在哭：从刚过门开始，成日里见不着你爸的人影，农忙的时候见不着，生孩子的时候见不着，你爷爷奶奶病的时候，还是见不着你爸的人影……你爸一辈子给多少娃娃垫过学费，可……也难怪你爸他这回会哭啊……

［儿子更大的喝粥声。

李　妻　唉，一晃，我们都老了。大半辈子都过去了。明天，我去吧。唉，不知道什么时候你爸能回家来住着，再也不用急急忙忙地往学校赶……

［这一段仿佛是夫妻二人的心灵对话。

李校长　我不敢回去。我是个教员，可我自己的娃娃都没读上高中……两年过去了，我都不敢正眼看他，我欠着自家娃娃的债呢！

李　妻　娃他爸呀，二十九年了，你守着三孔窑洞、一群娃娃，一门心思教书，从来想不起自己还有一个家。现在老了，你又不敢回来了……

［抒情的音乐。夏虫啾啾。李校长在写报告。

李校长　上级关于拨出专款，修建青山小学的通知我们已经收到了，乡里说新的青山小学将在今年秋天动手修建。我今年已经到了退休的年龄，我希望组织上批准由马海山老师接替我的职务。同时，我还希望组织上考虑我的继续工作的请求。我是一名教师，我今生最大的愿望也是最大的满足就是教那些爱读书的孩子读书……

［公鸡报晓。一个童声由远而近。

清脆的童声　一、年、之、计，莫、如、树、谷……

［孩子们的声音一个一个地加入进来，仿佛是在早自习。

清脆的童声　十、年、之、计，莫、如、树、木。百、年、之、计，莫、如、树、人……

［所有的孩子都加入了诵读。

童声合　一树一获者，谷也；一树十获者，树也；一树百获者，人也！

［孩子们的声音分成了和声唱读。

童声甲部　一树一获者，谷也；一树十获者，树也；一树百获者，人也！人也！人也！

［孩子们的声音，在如旭日东升的音乐里，久久回荡……

剧　终

今　语

这个作品创作于 1991 年至 1992 年。不记得创作的缘由了。只记得是为“希望工程”而写的。

无论名称叫什么，“希望工程”所覆盖的那个人群，是我持续至今的一份特别关切。虽然，这并不等于我因此对“贫穷儿童”“失学儿童”“留守儿童”题材会无条件接受。我会更加渴望看到真正的好作品，而不仅仅是一种“选题正确”。

这是我写的第一个广播剧，也是唯一的一个广播剧。

发现这个剧本并将它制作、播出的华斌老师，是当时中央人民广播电台广播剧组的负责人，跟我只有一面之交，却如此热情地向一位年轻人伸出扶持之手。我的成长道路上遇到过许许多多这样的老师前辈、这样的无私帮助。他们也都是我如今面对年轻人时的榜样。

华斌老师多年前就去世了。怀念他。

2020 年 4 月

2023 年我应宋庆龄基金会之约，写了第二部广播剧《宋庆龄》，播出版 4 集，荣获了当年的广播电视大奖，收录在这套书的上册。

2024 年 5 月

微型音乐剧

天长地久

中央电视台春节联欢晚会播出

中央电视台1997年春节联欢晚会播出

获1997年“春兰杯”我最喜爱的春节联欢晚会节目评选一等奖

编曲：李海鹰

导演：王群

编舞：丁颖

主题歌作词：徐然　陈涛

主题歌作曲：李海鹰

主要演员：王刚　孙悦　王静　佟铁鑫　袁立　王新军 等

时　　间：当代

地　　点：“天长地久”婚纱影楼

人　　物：摄影师、新郎、新娘、姑娘、未婚夫

老先生、老太太

群众演员若干

［圆舞曲的前奏。幕启。

［舞台上有“天长地久婚纱摄影”的醒目标志。有七个巨大的白色镜框。

［七对穿着婚纱和燕尾服的新郎、新娘，随着主题歌《天长地久》，舞上台来。

合　唱　你从东边，我从西边
走到一个向往已久的地点
你从南边，我从北边
走到一个期待已久的地点
你在我的左边，我在你的右边
手牵手心连心永不分开
天知道，地知道
只有相爱的人才知道
什么是最真最好

［主题歌结束，七对新人以不同的婚纱照造型，在镜框中“定格”成七幅婚纱照片。

［间奏（《笑脸》曲）。

［脖子上挂着照相机的摄影师走上台来。

摄影师　（唱）常常地想，现在的你，正在我面前露出笑脸
可是可是我，总要先搞清，你离我是近还是远
但我仍然，仍然相信，你一定满意我拍的照片
因为我能让，让你现出，一往情深的双眼

（白）我是“天长地久”婚纱影楼的老板兼摄影师，昨天接到一位姑娘的电话，她说今天要同她的未婚夫来拍结婚照。这可是一位特殊的顾客，她的未婚夫因为生病接受化疗，头发都掉光了……今天，她希望我能为他们拍一组戴着帽子的结婚照。

（唱）书上说，有情人千里能共婵娟
痴情的爱人，却不是天天能遇见
导演过许多，海盟山誓的表演

这样的好姑娘，黯淡了沧海与桑田

［摄影师整理拍摄场地。

［间奏。（《纤夫的爱》曲）

［一对新郎新娘上。

新　郎　（唱）妹妹你坐船头，哥哥我岸上走
两个人的小船就背在了我肩头
妹妹你坐船头，哥哥我岸上走
娶回了媳妇，我就交出了自由

［间奏。（《祝你平安》曲）

新　娘　（唱）你的心情，现在好吗
你的脸上，还挂着微笑吗
明知道你，心中有些不如意
潇洒过了两三年
觉得还是结婚好

新　郎　好不好。那得过着看。

［摄影师迎上前去。

摄影师　欢迎二位的光临！姑娘，你贵姓？

新　娘　我姓孙呀。

摄影师　（自语）噢，不是他们。（问）你们是来拍结婚照的吧？

新　郎　多新鲜，要是拍离婚照，就不来找你了。

新　娘　摄影师，你们这儿除了合影以外，有没有新娘的单人照？

摄影师　当然有。

新　娘　那就先拍我吧。拍得跟明星一样……

摄影师　好。

新　郎　（白）您瞧瞧，您瞧瞧。这刚一结婚，她就把我甩了！

摄影师　灯光准备——

众灯光师　OK！

［间奏——拍照歌舞。

[十多个统一着装的年轻小伙子，举着摄影灯，应声舞上台来。他们一边听从摄影师的指挥，一边哼唱着无词合声“唰唰唰唰……”，仿佛是光线在移动。

[自我表现意识很强的新娘，摆出各种造型。

[摄影师调动众灯光，不停地摆拍、抓拍。

摄影师　（说唱）月中嫦娥，绝代风华，沉鱼落雁，闭月羞花，面光！

众灯光　（说唱）面光！（统一动作造型）

摄影师　（说唱）侧光！

众灯光　（说唱）侧光！

摄影师　（说唱）逆光！

众灯光　（说唱）逆光！

摄影师　（说唱）侧逆光！

众灯光　（说唱）侧逆光！

合　唱　千娇百媚——

摄影师　（说唱）步步生情，亭亭玉立，宜嗔宜喜，窈窕淑女，面光！

众灯光　（说唱）面光！

摄影师　（说唱）侧光！

众灯光　（说唱）侧光！

摄影师　（说唱）逆光！

众灯光　（说唱）逆光！

摄影师　（说唱）侧逆光！

众灯光　（说唱）侧逆光！

合　唱　国色天香——

[新娘在摄影机面前千姿百态。

[新郎不仅被冷落到了一旁，还显得碍手碍脚。

新　郎　（无奈地感慨）她倒是过了瘾了！

摄影师　新娘换装！

[音乐中，八个少女托着各色美丽的服装，走上来簇拥起新娘，为她换装。

［独自待在一边的新郎，百无聊赖，略有不满。(《小草》曲)

新　郎　（唱）没有花香，没有树高

我是一棵被冷落的小草

又是寂寞，又是烦恼

你说我的心情它还怎么能够好

［又换了一身服装的新娘，花枝招展、喜气洋洋地向新郎走了过来。

新　郎　（揶揄地）哎呀，您这位仙女总算是下了凡尘了！

新　娘　能娶个仙女，那是你的福气！摄影师，怎么不拍了？

摄影师　对不起二位，请等一会儿，有两位老人也来拍照片。他们已经到了。

［间奏。(《夕阳红》曲)。

［老先生老太太，相亲相爱地相携着，走了上来。

老先生　（唱）最美不过夕阳红，温馨又从容

夕阳是晚开的花，夕阳是陈年的酒

二人合　（唱）夕阳是迟到的爱，夕阳是未了的情

多少情爱化作一片夕阳红

［老太太看着四周美丽的照片，感慨着。

老太太　真是太美了，简直就跟画儿一样。

老先生　（深情地望着老伴）想当年，你那么年轻，那么好看，比这画中人还要美呢！

老太太　（感叹）只是，还没来得及上画儿，就都老喽。要是能再从头过一回，那该多好哇。

老先生　（风趣地）那你，就该看不上我这糟老头子了！

老太太　谁说的？在我的眼里，谁都不如你！

［老太太深情地替老先生整理着衣襟。

［音乐进，(《夕阳红》) 曲)。

老太太　（唱）最美不过夕阳红，温馨又从容

夕阳是晚开的花，夕阳是陈年的酒

［众人动情地望着这对老人。

老先生　请问，哪一位是摄影师？

［摄影师拿着一打帽子迎上来。

摄影师　我就是。欢迎你们光临我们的影楼，不过今天得请二老多等一会儿……

老太太　没关系。

［摄影师说着，把一顶帽子递给了新郎。

新　郎　发帽子？这是为什么呢？

摄影师　是这样，昨天，我接到一个姑娘的电话，她要跟她的未婚夫来拍结婚照，她的未婚夫因为生病，接受化疗，头发全都掉光了……我想，我们能不能以一种特殊的方式，来表达我们所有的人对他们真挚的祝福呢？

老先生　（马上伸出手）摄影师，请给我一顶帽子。

老太太　我也要一顶。

新　娘　还有我。

［新郎、新娘互相为对方戴好帽子，仿佛两人中间突然有了某种有意味的交流。

［所有的人都戴上了红帽子。

［姑娘和戴着帽子、却不失英俊挺拔的未婚夫，牵着手走上台来。

［（《天长地久》曲）姑娘的歌声，仿佛是对未婚夫最温柔的低语。

姑　娘　（唱）你从东边，我从西边
走到一个向往已久的地点
你从南边，我从北边
走到一个期待已久的地点
你在我的左边，我在你的右边
手牵手心连心永不分开

［未婚夫深情地凝望着忠贞的爱人。

摄影师　（迎上前去）欢迎你们。

［当他们看到场上的人全都戴着帽子的时候，都愣住了。

未婚夫　你们……你们怎么都戴着帽子？

摄影师　这是我们为你们准备的特殊礼物。

新　郎　（热心地解释）是这样：今年哪，时兴戴帽子，就跟前几年“街上流行红裙子”一样。

［大家纷纷附和。

姑娘、未婚夫

（感动万分地向众人鞠躬）谢谢！

摄影师　你们放心，我一定会为你们拍一组最美的照片。

［《天长地久》前奏。所有的人（戴着红帽子的人们）都陪着未婚夫唱起主题歌。

［真挚的爱情，感染着所有人。

［一个飘在歌声之上的女高音哼唱，如这对生死恋人一样，升华着所有人的情感。

合　唱　你从东边，我从西边
走到一个向往已久的地点
你从南边，我从北边
走到一个期待已久的地点
你在我的左边，我在你的右边
手牵手心连心永不分开
天知道，地知道
我的爱会让岁月知道，
让岁月把承诺变老
你的心，我知道
只有相爱的人才知道
什么是最真最好

剧　终

今　语

1997 年中央电视台春节联欢晚会上，主持人用这样一段话引出了这个节目："随着电视文艺的飞速发展，电视节目的风格、题材，日益多样化。下面我们将要看到的这个节目，集歌曲、音乐、舞蹈、戏剧为一体，所以有人说，它更像是一个微型音乐剧。"

这部 13 分钟的春晚综艺作品，令中国的电视屏幕上第一次出现了"微型音乐剧"字样。要知道，当时，音乐剧对于中国观众还很遥远而陌生。我虔诚地照着录像，在前面记下全部主创的名单，致敬一起完成这一开创性作品的合作者们。

整个九十年代，我与中央电视台有较密集的合作，文艺部的导演们形成了一种习惯：尝试新样式和需要"救火队员"的时候，会首先想到我。

1996 年年底春晚组找我说：我们能不能做一个小小的音乐剧？负责晚会戏剧方面的徐然导演拉着我和从广东赶来的作曲家李海鹰首先赶到了中央戏剧学院，观看中戏第一个音乐剧班的第一部音乐剧、与日本四季剧社合作的《想变成人的猫》。老实说那是我第一次现场看音乐剧。喜欢！现场还认定了台上的警察局长是位好演员，后来知道他叫孙红雷。这是闲话。

这个样式（音乐剧）令我激动不已，一路都在跟徐然、李海鹰热烈地讨论。飞快地按照之前主创组商量过的，用大家熟悉的歌曲，借用现成的音乐情绪，变化歌词，写出了一稿我从没有尝试过的剧本样式——用歌舞讲故事。尤其得意写出了那段灯光歌舞。然后飞快地赶回剧组交上第一稿当"靶子"，投石问路。

这个作品创作过程中的灵魂人物是徐然，他是原来的南京军区话剧团的导演，是位才华横溢、总是像火一样燃烧着的艺术家。只可惜去世得太早了，没有机会让更多人认识他。这个一会儿再说。

我把具备了音乐剧样式感的初稿塞到了春晚剧组徐然的房间的门缝里，就匆忙离开忙别的去了。傍晚时分，徐然来电话，貌似很严肃地说：冯俐同志，你的剧本我读了三遍。我认为冯俐同志的剧本不会什么都不说，但我的确没有看出来你在说什么。我在电话这头大笑，说：徐然同志你看得很准，我这一稿的确是在完成音乐剧的形式探索，但还没有找到戏核。

在基本样式被大家讨论肯定过之后，我继续寻找影楼、婚纱照、不同的拍婚纱照的夫妻之外的主题。直到找到“生死相恋”与“红帽子”的故事。

这个作品以绝对优势的票数，获得了当年“我最喜爱的春节联欢晚会节目评比”一等奖。这个作品的传播广度、被记忆的深度，都反映出了这种“中国特色”的新品种——老歌翻新式的微型音乐剧受欢迎的程度。之后我做了十多部微型音乐剧，它似乎成了我的创作专属。其实一开始，对在音乐上是全新创作还是老歌新用是有争议的。从央视方面，包括当年的文艺部主任、被电视文艺界尊称为“邹政府”的邹友开，以及大多资深编导们，都是主张如此“修正”创新的——担心全新会损失观众的接受度。现在回头想，这种选择是对的。

对此方式比较“痛苦”的人是作曲家李海鹰。作为那么优秀的作曲家却要他拿那么多首不相干的歌曲，完成具有戏剧性的音乐。后来，徐然替还不擅长写歌词的我写了主题歌歌词，这才有了主题歌，有了“编曲”之外的“主题歌作曲”李海鹰。可见一部小小的作品，主创们处置得有多么严谨。

导演王群是创作后期被徐然请来的，也因此，我与王群导演合作了若干个春晚音乐剧。编舞丁颖功不可没，她让舞蹈在音乐剧中有了应有的表达而不再仅仅是伴舞。

再说回徐然，这个作品，论贡献，他应该是我的合作者，但因为我一直认为他是这部作品的导演，所以没多谦让。但看到播出字幕，他只是主题歌的作者时，我是觉得委屈他了。更公平地说，主创署名应该是：“编剧：冯俐、徐然；导演：王群、徐然”。接下来的两年，我们总会在大小晚会组遇见，这个人没工夫睡觉、没工夫吃饭，只有工夫没完没了地讨论作品。中央台晚会组当时多在五棵松的影视之家，那里的房顶很低，我每次在那里面待长了都会觉得喘不上气。有一次临走的时候，我以哥们儿的方式提醒徐然说：天天这样哪行啊？你就作吧！没想到……那成了永别——几个月后，台里的朋友打电话告诉我：徐然逝于突发的心梗，48 岁。

好可惜。如果多活一些年，才华横溢的徐然会催生更多有意思的作品。

2020 年 4 月

微型儿童音乐剧

诺　言

（取材于小学语文课本第十册同名课文）

中央电视台“六一晚会”播出

1997年中央电视台“六一晚会”播出

主题歌作词：杨湘粤　冯俐

作曲：李海鹰

导演：黄定山

编舞：丁颖

演员：叮铛 等

时　　间：当代

地　　点：某城市公园一角

人　　物：贝贝、“连长”哥哥、“一班长”至“九班长”

10个“柳树姐姐”、6—10个“萤火虫妹妹”

[柳树随风起舞。一群男孩在玩打仗游戏。《好孩子之歌》。

众男孩　（唱）撒下一颗种子，能长出好多果
少种一个音符，你会少了好多歌
信守你的诺言，能留住好多梦
违背你的诺言，你会失去很多
说得到就做得到，才是真的好孩子
说得到就应该做得到
说得到就做得到，才是真的好孩子
才是真的好品德

[穿着“迷彩服”，戴着“迷彩帽”的小“连长”召集孩子们。

小连长　集合啦——一班长、二班长、三班长、四班长、五班长、六班长、七班长、八班长、九班长——

[小连长一口气喊完，九个腰间扎着皮带、背着各种玩具枪的男孩子，从树姐姐身后蹦了出来，齐声应答。

众男孩　到！

小连长　稍息。立正。报数！

众男孩　一、二、三、四、五、六、七、八、九！

贝　贝　十。

[比所有的男孩都要小好几岁的小男孩——贝贝，从一旁跑过来站在队尾并且接着报出了“十”。

[男孩子们惊奇地看着他。

众男孩　咦？你是谁呀？

贝　贝　我叫贝贝。

九班长　什么宝宝贝贝的，我们这里只有连长和班长。（指小连长）他是我们的连长，我们九个呀，都是班长。

众男孩　对，我们九个都是班长！

贝　贝　那，我当战士行吗？连长哥哥，求求你啦。

小连长　立正！

[贝贝连忙放开了扯着连长衣襟的手，立正。连长点点头。

小连长　你知道一个战士应该做到哪些吗？

贝　贝　嗯——会立正。

小连长　（忍住笑）还有呢？

贝　贝　会稍息。

［男孩们忍不住大笑起来，边笑边说——

九班长　战士呀，首先要勇敢。

七班长　遇到什么事情都不怕。

五班长　要服从命令听指挥。

三班长　要完成自己的任务。

一班长　说话要算数。

小连长　立正——

［九个班长站好。连长对贝贝说——

小连长　贝贝同志，从现在开始，你就是我们连队里的一名光荣的战士。我命令你，把守这里的弹药库。

贝　贝　（兴高采烈地）听明白了，连长哥哥！

小连长　没有我的命令，一步也不能离开。听清楚了没有？

贝　贝　听明白了。连长哥哥……

一班长　要说“是”！

贝　贝　是！听明白了，连长哥哥。可是……我没有枪呀。你背上那支多余的枪能不能给我呀？

五班长　这可是我们连的光荣枪，只有最好的战士，才能得到它。

贝　贝　那我……我会武术！

［贝贝舞动拳脚地表现着，男孩们笑。

小连长　同志们，听我的指挥，各就各位——（大喊）为了新中国，前进——

［孩子们嘴里模拟着各种枪炮声，以树姐姐为掩护，在《好孩子之歌》的旋律中，摸爬滚打。

［孩子们喊着“冲呀”“杀呀”，冲下台去。

［贝贝也跟着喊着“冲呀”“杀呀”，玩得非常投入。待抬起头来，发现小哥哥们全都不见了。

贝　贝　冲呀……冲呀……咦？喂——人哪？你们在哪儿呀——我怎么看不见你们啦？喂，连长哥哥，一班长，二班长，三班长……

[柳树姐姐像在逗他玩似的，轮流挡住他的视线。贝贝着急扒开树姐姐，向小伙伴们跑走的方向张望着。

[间奏中，天色暗下来。

[一群打着小灯笼的萤火虫妹妹唱着歌，来到贝贝身边。

[《萤火虫之歌》。

萤火虫 （唱）手里提着小灯笼
我是小小萤火虫
不怕天黑夜色浓
我为行人当灯笼
天黑啦，天黑啦
我为行人当灯笼

[贝贝从树姐姐当中探出头，没精打采地继续喊着。

贝 贝 一班长、二班长、三班长……

萤火虫 快看呀，这里有个小朋友。

贝 贝 你们是谁呀？

萤火虫 我是莹火虫。树姐姐，他是谁呀？

贝 贝 我是贝贝！（继续带着哭腔喊着）九班长，连长哥哥，你们在哪儿呀？

[间奏。《小弟弟你快回家》。

树姐姐 （唱）月亮和星星出来啦
小弟弟你快回家

贝 贝 （白）不，我不能走。

萤火虫 （白）为啥？为啥？

贝 贝 （白）我答应过连长哥哥，要坚守弹药库，没有他的命令，一步也不能离开。

萤火虫 （白）哈哈，真傻！真傻！

树姐姐 （唱）妈妈已经为你做好饭
贝贝你真的不饿吗？

贝 贝 （白）饿得眼都花了。可我不能回家。

萤火虫　　（白）为啥？为啥？

树姐姐　　（唱）阵阵晚风吹来了

小弟弟你不冷吗？

贝　贝　　（白）冷得直发抖。可我还是不能回家。

萤火虫　　（白）为啥？为啥？

树姐姐　　（唱）妈妈的怀抱多么温暖

贝贝你真的不害怕？

［贝贝振作起精神，回答呵护着他的树姐姐们。

贝　贝　　（唱）爸爸妈妈告诉我

好孩子说话最算话

爸爸妈妈告诉我

好孩子说话不掺假

虽然已经天黑啦，可我不能回家

我没忘记我说的话

虽然我已经饿啦，还是不能回家

我没忘记说过的话

［随着一声呼唤："贝贝——""贝贝——"，台上所有的"人"都安静下来。

［小连长带着九位班长，一路找着，跑上。

九班长　　都这么晚了，他肯定早回家了。

三班长　　贝贝，你在哪儿？

五班长　　我看也是白跑一趟。

一班长　　可万一他还没走呢？

小连长　　对呀，咱们不能把自己的战士丢下呀。

六班长　　要不是我提醒，你们全都把他给忘啦！

二班长　　（看着地形）这里，好像就是我们的弹药库。

小连长　　我们大家一起喊：一、二——

众男孩　　贝——贝——

贝　贝　　哎——我在这儿哪！

［贝贝蹦到大家面前，所有的男孩都意外地望着他。

小连长　贝贝，你真的没走？

贝　贝　报告连长哥哥，十班战士李贝贝，向你报告。

一班长　好样的贝贝！

［连长没有说话，而是将自己身上背着的冲锋枪摘下来，送到贝贝的手上。

贝　贝　（不解地）啊？还要我站岗吗？

小连长　不，你已经光荣地完成了任务。

贝　贝　（高兴地接过枪）我有枪了！

六班长　这是连长给你的奖励！

男孩们　你是我们当中，最好的战士！

贝　贝　最好的战士？

小连长　对。全体立正！向坚守阵地的、勇敢的李贝贝——敬礼！

贝　贝　（不好意思了）不，我……不够勇敢。刚才，我还哭了呢……

小连长　小朋友们，要想将来成为一个正直的人，现在就要像贝贝一样，做一个说话算话的好孩子。

众　人　对，做一个说话算话的好孩子！

［孩子们簇拥着贝贝，跟树姐姐、萤火虫妹妹一起，唱起了他们心中的歌——

众　人　（歌舞）撒下一颗种子，能长出好多果
少种一个音符，你会少了好多歌
信守你的诺言，能留住好多梦
违背你的诺言，你会失去很多
说得到就做得到，才是真的好孩子
说得到就应该做得到
说得到就做得到，才是真的好孩子
才是真的好品德

剧　终

今　语

这是一部在音乐上完整原创的微型音乐剧，是借由当年春节晚会上广受好评的《天长地久》自然冲击出来的一次应约之作。

1997 年 3 日，时任央视少儿频道负责人的李央，刚一接到六一晚会总导演任务，就找来了我、李海鹰和黄定山导演，说今年的六一晚会我们也要做一部——儿童微型音乐剧。

听说这次可以原创音乐，李海鹰乐了。拥有《弯弯的月亮》《七子之歌》等一大批杰出声乐作品的李海鹰，是我心目中的旋律天才。合作中我意外地发现，他对音乐的戏剧性同样具有了不起的准确、敏感。剧中的歌词都是我写的，但主题歌显然提炼得不够好，于是李海鹰找了他的朋友杨湘粤修改了歌词，形成了一首非常棒的主题歌。

黄定山导演当年也是央视综艺节目的“常驻”导演，之前之后我们都多有合作，但我没有想到他对这样一个孩子题材这么有感觉。

第一次跟总导演李央见面的时候，他就已经做好了功课，拿出了小学课本上的一篇课文给我，应该是苏联作品。那篇短文真好！

《诺言》播出后，反响很好。但毕竟不是春节联欢晚会的平台，所以影响力没有《天长地久》那么火爆。但，后面的许多年间，我不时听说许多幼儿园的老师带着孩子们，从录像上“扒带”，给孩子们排演这个小小的音乐剧。

由此，我产生了想给幼儿园孩子写他们能演的戏的愿望。剧作选（下）中的《毛毛虫班的胖胖和苗苗》，就是在还这个心愿。只是，已时隔二十多年了……

2020 年 4 月

微型童话音乐剧

新龟兔赛跑

中央电视台春节联欢晚会播出

1999年中央电视台春节联欢晚会播出

获1999年“非常可乐杯”我最喜爱的春节联欢晚会节目评选二等奖

作词：甲丁　冯俐

作曲：李海鹰

配器：李海鹰　王文光

导演：王群

编舞：丁颖

表演：杨洪基　王静　董浩　安宁　宋丽娜　释小龙 等

人　　物： 金龟家族：龟爸爸　金龟棒棒　四只小龟

玉兔家族：兔妈妈　玉兔强强　四只小兔

鸭子裁判　青蛙记者　长颈鹿解说员　一只小猴子

各种动物家族及森林里的树

［幕启，一片葱郁的树林。

［间奏。《春之歌》。

［树在歌声中起舞，不断地组合、移动，如同镜头在森林中推进，直到露出森林里的动物们。

［各种动物们也加入到欢快的歌舞中。

众动物　（唱）又是暖风摇醒了冬眠的森林
又是阳光送来了春天的音讯
我们用鸟语花香，邀来绿色的天使
春的脚步跟我们的心跳，是一样的声音
你听，你听，你听
噢来来噢来来噢来来来
春天是幸福的大本营
噢来来噢来来噢来来来
森林是快快乐乐的大家庭

［一声号角。间奏。《龟兔之歌》。

［金龟爸爸率金龟棒棒及四只小金龟上场。

金龟爸爸　（唱）伊索寓言，流传千年
龟兔赛跑，金龟领先
不怕壳儿重，不怕腿儿短
只要有决心，胜利永远把我们召唤

棒　棒　金龟队——

四小金龟　百战百胜！（打出“金龟队”的牌子）

［一声号角。间奏。《龟兔之歌》。

［玉兔妈妈率玉兔强强及四只小玉兔上场。

玉兔妈妈　（唱）龟兔赛跑，兔子输了
千古奇冤，千年烦恼
腿长身子轻，先天条件好
再也不骄傲，赢回光荣我们开怀笑

强　强　玉兔队——

四小玉兔　重整旗鼓！（打出“玉兔队”的牌子）

［花喇叭声。鸭子裁判、青蛙记者和长颈鹿解说员走上台来。

鸭子裁判　金龟玉兔，再决胜负。我做裁判，有谁不服？哦噢，比赛开始了！

［有节奏的音乐，两边选手开始做准备活动。像在拳击场上一样，小玉兔、小金龟们，忙着替强强、棒棒揉腿揉胳膊。

长颈鹿解说员

各位听众、各位观众，现在我们向大家现场直播“世纪之战”——玉兔队与金龟队的比赛实况。现在，两队的运动员——金龟棒棒、玉兔强强都已经入场，他们正在做赛前的准备活动。一场大赛就要开始！谁是冠军，我们拭目以待。

［间奏。《赛前准备》。

玉兔妈妈　（谆谆教导。唱）玉兔虽然本领高，过去的教训要记牢

虚心能使人进步，再也不要睡大觉

众小玉兔　（唱）再也不要睡大觉。再也不要睡大觉

［间奏。《赛前准备》。

金龟爸爸　（谆谆教导。唱）养兵千日一日用，紧张备战表面松

心理状态我们占优，金龟没有“恐兔症”

众金龟　（唱）金龟没有“恐兔症”。金龟没有“恐兔症”

青蛙记者　（采访）金龟棒棒，这场比赛你有信心赢吗？

棒　棒　那当然！我现在想的不是能不能赢的问题，而是赢他们多少的问题！

众金龟　（欢呼）耶——

小金龟　金龟队——

众金龟　必胜！必胜！

青蛙记者　（采访）玉兔强强，你相信金龟队能得冠军吗？

强　强　相信——不过，是倒数的！

众小兔　耶——

小玉兔　玉兔队——

众玉兔　雄起！雄起！

［鸭子裁判一声哨响。

［玉兔强强、金龟棒棒跃入场中，做预备跑的姿势。

鸭子裁判　运动员各就各位——预备——

［啪。发令枪响，音乐起。

［两名选手在场上你追我赶，两个队的支持者一边喊着“玉兔强强！”“金龟棒棒！”“加油加油！”，并且分别唱响了两首人们最熟悉的足球歌曲：“GO！GO！GO！噢嘞噢嘞噢嘞……”和“噢——嘞——噢嘞噢嘞噢嘞……”（1998年法国世界杯主题歌）

长颈鹿解说员

两名选手你追我赶，难分高下。金龟棒棒跑得——跟兔子一样快！

［青蛙记者将话筒举到金龟爸爸面前。

［间奏。《金龟爸爸的教子经验》。

青　蛙　领队先生，您能不能告诉我们，您是用什么方法，让一只龟跑得跟兔子一样快？

金龟爸爸　（非常得意地）培养冠军的秘诀有两条，勤学苦练是法宝。自打这孩子会走道，我就要求他——不能步行只能跑。

众金龟　（唱）出门跑，进门跑

吃饭跑，喝水跑

上学跑，放学跑

金龟爸爸　（唱）只要不睡觉，一年四季

从早到晚，都要不停地跑

青蛙记者　那第二条呢？

金龟爸爸　（唱）第二条秘诀，生物工程食品好

要完成夺冠使命，他要吃很多带“兔”字的补药

众金龟　（唱）兔哈哈兔阿胶

兔蛋白兔胰岛

中华兔精和兔宝

金龟爸爸　（唱）精神营养也得要，墙上贴的画片

也都是兔子在奔跑

［玉兔妈妈听了气得鼓鼓的。大叫："金龟队肯定赢不了！"

众玉兔　对，只要我们不睡觉！

鸭子裁判　（大声问）他们现在跑到什么地方了？

［动物们变戏法一样地抽出夸大了许多倍的单筒望远镜。

青蛙记者　（对鸭子）裁判先生，我也觉得这比赛不够公平。要知道，兔子天生就擅长跑步。

鸭子裁判　那金龟是不是天生就擅长游泳呢？

青蛙记者　（不明白地）那当然。

鸭子裁判　（得意非凡地）哈哈！

（唱）山后头就是一个大大的水坑，
玉兔可以划船，金龟可以游泳，
冠军的素质要全面，
你说这比赛公平不公平？

众动物　（合唱）龟兔赛跑加赛游泳，这项比赛很公平

［间奏《爸爸妈妈之歌》。

青蛙记者　（采访玉兔妈妈）玉兔女士，请问，玉兔强强会游泳吗？

玉兔妈妈　是的，强强会游泳，会划船，还会制作船上的风帆。

金龟爸爸　（真心地）听你这样说，我才感到心安。

玉兔妈妈　（感受到同样的父母心，由衷地）谢谢你——

动物们　（合唱）妈妈的心已经化成了小船
漂呀漂呀漂到了孩子身边

［玉兔妈妈深切地关注着孩子们的方向。金龟爸爸也一样。

玉兔妈妈　（唱）孩子你走得再远，走不出妈妈的视线
长路知道你的脚印，留着我多少惦念

玉兔妈妈、金龟爸爸

（二重唱）我的爱，是你的风帆
是你的翅膀，总与你相伴
我的心，是你永远的终点
无论你遇到多少艰险

［有一只小猴大声喊着："回来了！回来了！"

［欢快的音乐。动物们拉起冲刺的丝带，举着鲜花，准备迎接冠军。

［棒棒筋疲力尽地走上来，仿佛每走一步，都要付出非常大的力气。

［"棒棒加油！棒棒加油！"动物们热烈地为他加油。小龟们更是欣喜若狂。

［眼看着离终点还有一步之遥，金龟棒棒突然一屁股坐在了地上。他翻身面向来路方向，一下一下地拉动着一直系在他腰间的绳子，直到拖出一只大大的树叶——上面躺着的是玉兔强强。

玉兔妈妈　（一下冲了过去）强强！

［金龟棒棒回身把玉兔强强扶起来，两人再次一起倒了下去，同时压在了终点线上。

［金龟爸爸、玉兔妈妈冲上去，抱住自己的孩子，连声呼唤着："强强！""棒棒！"

金龟爸爸　（断然地）一定是你在水里救了玉兔强强！孩子，你做得对！

棒　　棒　（不好意思地）别说了老爸，在水里，是玉兔强强救了我。

［众人愕然。

棒　　棒　我游泳呀，他划船，下水之后我领先，谁知半路上脚抽筋，是强强救我上了岸。

金龟爸爸　（不可思议地）游泳可是咱的看家本领啊！

棒　　棒　嗐，（摇摇头）咱平常不是净顾着练跑步了嘛。

［动物们大笑。

鸭子裁判　看来，虽然他们是同时到达的，可真正的优胜者应该是——

众动物　玉兔强强！

［玉兔们欢呼起来。

强　　强　（示意大家安静）大家听我说！不要急着做判断，山后面的故事还没讲完，上岸时我已经没力气，是棒棒把我背到终点。

青蛙记者　裁判先生，到底谁是冠军呀？

鸭子裁判　这一切你们都看得见，就请大家来当裁判。

强　强　是金龟棒棒最先到终点。

棒　棒　是咱俩一起撞的线！

玉兔妈妈　不一定非要分高低，两个孩子都第一。

金龟爸爸　综合素质很重要，我的教子方法不可取。

强　强　刚才比的是友谊。

棒　棒　下场我们再争第一。

众动物　什么时候比？什么时候比？

鸭子裁判　明年同一时间在此地！今天的结果就算一比一。这竞争今后要年年有，大家伙儿同意不同意？

众动物　同意！

长颈鹿解说员　各位听众、各位观众，本世纪龟兔赛跑的结果，是一比一平。明年同一时间，我们将在这里决出下个世纪的冠军！

［《春之歌》再现。

众动物　（唱）又是暖风摇醒了冬眠的森林
又是阳光送来了春天的音讯
我们用鸟语花香，邀来绿色的天使
春的脚步跟我们的心跳，是一样的声音
你听，你听，你听
噢来来噢来来噢来来来
春天是幸福的大本营
噢来来噢来来噢来来来
森林是快快乐乐的大家庭

剧　终

今 语

当年的细心观众会发现：每年的央视春晚在八点多钟的时候，都会有一个专门给孩子们的节目。这一年，春晚主创之一甲丁，提议做个儿童微型音乐剧。

1999年是兔年，著名词作家、也是著名节目策划人的甲丁提出了这个聪明的建议：咱们可以做一版新龟兔赛跑。包括当年的“跨世纪热”“世界杯热”，其中的“噢嘞——噢嘞噢嘞噢嘞……”几乎是顺口就被甲丁说进了这个跟“赛”有关系的设想里。

当然，本着我说过的春节晚会每一个节目对当年热门话题无时无处的关照，当时的各种针对孩子的“营养食品”也被影射进来。然而，这个新编的故事，在对孩子的教育理念上，我今天重读仍暗自庆幸：作为成年人，我的教育理念一直是对的。

歌词部分依然是我都写完，由专业的词作家甲丁老师修改、提炼、提升。果然比我的“歌词大意”好太多！我经常庆幸我的每一次创作，几乎都是与各路高手过招，从中学习到很多。

这部儿童微型音乐剧，台上无论演员阵容还是人数、服装、道具，大约都够得上是最豪华的儿童节目了。演金龟棒棒的释小龙，更是当时深受大人和孩子喜欢的武林童星。

翻新传统经典故事，这应该也是一次有价值的尝试吧。

2020年4月

微型音乐剧

牵　手

中央电视台播出

1999年中央电视台“99国际老年人晚会”播出

导演：由二群

编曲：伍嘉冀

表演：谢丽斯　王洁实　季红　孙浩

时　　间：九九年重阳节

地　　点：新娘家门口

人　　物：新郎：五六十岁

新娘：五六十岁

司仪：二十多岁

女儿：新娘的女儿

儿子：新郎的儿子

［开场歌舞。苏芮的《牵手》曲。

［司仪领舞领唱，群舞（具有现代都市感的婚庆舞蹈）。

司　仪　（唱）今天这个日子可是不平常

我要主持特别的婚礼一场

凑热闹的事情平常没少做，这次还是紧张

因为这新郎是我好朋友的爸爸，年过半百他要再次成家

他的新娘是住这儿的林大妈，他们要结婚

谁负责给新娘蒙上盖头，快出来等候

让那一抹鲜艳飘扬在秋天的枝头

我今天是司仪又是新郎家的亲友，大家听我指挥上门去把新娘抬走

众　人　（合唱）抬走，抬走，我们来把新娘抬走

抬走，抬走，让那热情燃烧金秋

抬走，抬走，结婚的步骤咱都要

抬走，抬走，拜天拜地结佳偶

［间奏。苏芮的《牵手》曲。

［两边的伴郎伴娘们，簇拥着正装的新郎新娘出场。两人幸福而又羞涩。

［新郎新娘的对唱。

新　郎　（唱）因为爱着你的爱

新　娘　（唱）因为梦着你的梦

新　郎　（唱）所以悲伤着你的悲伤

新　娘　（唱）幸福着你的幸福

二　人　（合唱）因为路过你的路，因为苦着你的苦

所以快乐着你的快乐，追逐着你的追逐

众　人　（鼓掌。欢呼。歌舞着）抬走，抬走……

［众人簇拥着新郎新娘正要走，新娘的女儿挡住了他们的去路。

女　儿　（举手拦住众人）等等！

［间奏。《对面的女孩看过来》曲。

女　儿　（对司仪，唱）对面的男孩你听明白，听明白，听明白

该来的人他没有来，你以为可以不理不睬

众　人　（合唱、舞蹈）左看右看，上看下看

　　　　　　　该来的人为什么没有来

　　　　　　　想了又想猜了又猜

　　　　　　　有些人的心思可真奇怪，哎，真奇怪

司　仪　（装糊涂地）谁没来呀？

女　儿　（一把把司仪拉过来）你说谁？（指新郎，小声地）他儿子！

司　仪　他儿子……离得太远，赶不回来……

女　儿　（不买账地）我早说过，我妈跟他结婚，就一个条件，得他儿子亲自来迎娶！这么重要的日子，那做儿子的都不肯露面，我怎么能放心让我妈去他们家！

［一旁，新娘问新郎——

新　娘　你给儿子写信了吗？

新　郎　写了。写了。我对他说啊……

［《一封家书》曲。

新　郎　（唱）亲爱的儿子，你好吗？

　　　　　每天工作还很忙吧，身体好吧？

　　　　　我结婚的事都办好啦，谢谢你能够理解爸爸

　　　　　你只管安心工作，不要把我牵挂

　　　　　好啦，先写到这儿吧。此致敬礼

新　娘　没啦？

新　郎　没啦。（对女儿）小红，我儿子他在外地，工作又忙，我实在是不忍心……

女　儿　（不满地）您不忍心让你儿子回来，我还不忍心让我妈妈这样结婚呢！

新　娘　（两难地）女儿！

［僵局。

［司仪的声音打破僵局。

司　仪　你们瞧，谁来了！

［间奏。《牵挂你的人是我》曲。

［儿子风尘仆仆地上。

儿　子　（唱）舍不得你的人是我，离不开你的人是我

想着你的人哦是我，牵挂你的人是我是我还是我

新　郎　（惊喜地）儿子，你怎么回来了？

儿　子　爸爸，我怎么能不回来呢？

［儿子充满感情地给父亲和新妈妈献上鲜花。

［间奏：苏芮的《牵手》曲。

儿　子　（对父亲唱）因为爱着你的爱

女　儿　（对母亲唱）因为梦着你的梦

新　郎　（唱）所以悲伤着你的悲伤

新　娘　（唱）幸福着你的幸福

一家四口　（唱）从此风雨躲得过，从此坎坷不必走

只管安心地牵你们的手，相亲相爱到白头。

［众人为之感动。

儿　子　（对女儿）你放心，我一定会对……妈妈好的！

女　儿　我也会对……爸爸好的。

司　仪　太好了！伴郎伴娘们——

众　人　（歌舞）抬走！抬走……

女　儿　（与新娘送别）妈——

［间奏。《常回家看看》曲。

女　儿　（对妈妈唱）找点空闲，找点时间

带着爸爸，常回来看看

多年听惯了妈妈的唠叨

儿　子　（对爸爸唱）多年听惯了爸爸的轻叹，

女　儿　（对妈妈唱）遇上了烦恼，跟爸爸说说，

儿　子　（对爸爸唱）有什么心事，向妈妈谈谈。

众　人　（歌舞）常回家看看，回家看看

再让我为你捶捶后背揉揉肩

父母也好，儿女也好，都把幸福期盼

一辈子不容易有理解就有美满

剧　终

微型音乐剧

笑一笑

中央电视台春节联欢晚会播出

2000 年中央电视台春节联欢晚会播出

获 2000 年“我最喜爱的春节联欢晚会节目评选”二等奖

作曲、编曲：李海鹰

导演：王群

表演：林依轮　孙悦　陈婷婷　徐磊 等

时间、地点：中央电视台 2000 年春节联欢晚会现场

人　　　物：小燕子姐姐

大女孩——十二三岁，大陆小朋友

小姑娘——八九岁，台湾小朋友

巧手姐姐

开心哥哥

孩子们　巧手姐姐们

[上一个节目结束。掌声中，小燕子带着一群孩子高高兴兴地出现。

[孩子们都拿着红灯笼，上面有“甲乙丙丁、周吴郑王”等字样。

小燕子　（对观众）今天是除夕，“港澳台侨观光团”还带来了一群可爱的小朋友，他们和祖国大陆的小朋友们一起，在这里给爷爷奶奶叔叔阿姨们拜年了！

孩子们　（齐声）过年好！

[音乐起，《笑一笑》前奏。

[出字幕：微型音乐剧《笑一笑》

[开心哥哥率大哥哥们歌舞。

[小燕子姐姐带着孩子们自然加入歌舞中。

合　唱　笑一笑，笑一笑，笑一笑
姐妹们，兄弟们，笑一笑
笑一笑，笑一笑，笑一笑，
人间就少了许多烦恼
姐妹们，兄弟们，一起笑一笑
世界就会变得更美好

孩子们　（数板）上天圆圆，下地方方
天地之中，大国泱泱
甲乙丙丁，周吴郑王
百家百姓，人丁兴旺
一夜春风，万物生长

小燕子姐姐
（说唱）上天圆圆，下地方方
天地之中，大国泱泱

[提着灯笼的孩子念着自己灯笼上的字，逐个向前一步走：“甲”“乙”“丙”“丁”“周”“吴”“郑”……

小燕子姐姐
（数灯笼其实是在数人数）甲、乙、丙、丁、周、吴、郑……

孩子们　咦？

小燕子姐姐

“王”呢？

孩子们　在那儿！

［手指之处，在一只写着“王”字的灯笼旁边，小姑娘正托着腮坐在那里发愁。

［大家跑过去围着她，七嘴八舌地：“你怎么啦？”“你怎么坐在这儿呀？”

［小姑娘谁也不理。

小燕子姐姐

小妹妹不开心啦？我们来哄哄她……

［间奏：《对面的女孩看过来》曲。

小燕子姐姐

（唱）这里的女孩你看过来，看过来，看过来

大家的表演多精彩，为什么你却不理不睬

小姑娘　（唱）小小女孩的悲哀，说出来，就明白

有一件宝贝从台北带来，一转眼，它已经不在……

小燕子姐姐

你丢了什么好东西啊？

小姑娘　我丢了一条龙。

孩子们　“一条龙?!”“什么龙呀？”

小姑娘　红颜色的，用剪刀剪的，纸做的。

［孩子们七嘴八舌：“嗐，那不就是一幅剪纸嘛！”“我还当是什么宝贝呢！”“一会儿上街再买一个呗。”“要不然给你这个玩吧。”“给你这个。”“还有这个。”

［孩子们将手里的各种好玩的东西（风车呀、糖葫芦呀什么的），都塞给小姑娘，可小姑娘什么也不肯要。

小姑娘　我什么都不要！

小燕子姐姐

别着急，告诉姐姐，是一条什么样的龙呀？

［间奏：《我不想说》曲。

小姑娘　（唱）我想要说，那很特别

我想要说，那很亲切

当一场地震倾斜了我们的世界

看看家不像家，看看街不像街

那种心情你可能理解？

［大家深深点头。

小姑娘　九二一大地震以后，当时房子都倒了，我们住在临时的帐篷里面，吃的是百家饭，穿的是百家衣，所有的人都愁眉苦脸的。就在这个时候，我在一个包裹里，发现了一条红纸剪的龙！龙的背面，还写着三个字："笑、一、笑！"

孩子们　"笑一笑？"

小姑娘　（点头）那条小龙，在大家的手上传呀传呀……

［乐起：《我不想说》曲继续。

小姑娘　（唱）一样的难，一样的烦

一样的人们，却露出笑脸

一样的家，一样的街

有了笑容，就有希望世界

［孩子们情不自禁地鼓掌。

小姑娘　我爸爸妈妈说，这条小龙就是我们家的宝贝，丢了什么也不能丢了它，可我……却把它弄丢了……（哭）

小燕子姐姐

别哭别哭，我们一定要帮你找回来！开心哥哥——

开心哥哥　到！

小燕子姐姐

小妹妹的龙丢了，快帮着找一找哇！

开心哥哥　好嘞！

［间奏：《赶走心里的鬼》曲。

［开心哥哥们找龙的歌舞。小燕子姐姐及孩子们跟着一起找。形成歌舞场面。

开心哥哥　（唱）大年三十儿是除夕夜，小妹妹心里真着急

心爱的宝贝不见了，她少了一样好东西

快提上你们的灯笼，帮着小妹妹找她心爱的宝贝

大家一起努力把它找出来。

只要跟大家在一起，无论是什么困难都不用怕

你不要着急，我们都来帮你

（数板）着急？别着急，小妹妹你千万别着急

［孩子们接二连三地跑回来报告："小燕子姐姐，没有找到……"

小姑娘　我要我的小龙……（哭）

小燕子姐姐

别哭别哭，实在找不到……姐姐还有办法！（喊）巧手姐姐——

［巧手姐姐带着一群姐姐应声出现："来啦——"

［间奏：《剪一条龙》。

［巧手姐姐们手持剪刀、红纸，"剪纸歌舞"。

巧手姐姐　（唱）请把剪刀挥舞，我要一样神物

它会翻江蹈海，它会腾云驾雾

剪出胡须像青虾；剪出耳朵似骏马

剪出面孔如金牛；剪出那鹿角头上插

剪出个蛇身巨又大；剪出四肢赛鹰爪

再剪出片片金鱼鳞，来做它的长袍褂

飞龙在天，蛟龙在渊

龙腾龙跃，舞来龙年

舞——来——龙——年——

［巧手姐姐们一挥手，一条长长的龙就舞动在了她们手中。

小姑娘　（惊呼）哇——好大的一条龙啊！

小燕子姐姐

怎么样？姐姐的本领大不大？

小姑娘　大！

巧手姐姐　这条大龙归你啦！

小姑娘　我不要……

［开心哥哥带着两个哥哥舞着另一条龙上场。

开心哥哥　你看，这条龙怎么样？

小姑娘　（摇头）我还是要我原来的！我的小龙……恐怕真的找不到了……

［小燕子姐姐、巧手姐姐、开心哥哥面面相觑，正不知道该怎么安慰她。

［一个小男孩举着一条龙跑了过来。

小男孩　小燕子姐姐——我找到了一条龙！

小燕子　（对小姑娘）你看，是这条龙吗？

［接过那条出自孩子的手、看上去非常稚拙的“拉花剪纸龙”，小姑娘欢呼起来。

小姑娘　是它是它就是它！

小燕子姐姐

（欢欣地）这下就好了……

小姑娘　（对手中的剪纸）你跑到哪儿去了？我都快要急死了！

小男孩　（对小姑娘）它呀，就在化妆室，藏在别人的东西下面了。

［小燕子姐姐、巧手姐姐、开心哥哥都凑过来看这条龙。

［大女孩举着另一条一模一样的“拉花剪纸龙”挤了进来。显然她还不知道这边已经找到了。

大女孩　小燕子姐姐，我找到了一条龙！

小姑娘　（看到，立即蹦着喊）是我的我的我……（突然意识到）怎么找回来两条龙呀？

（她一边说，一边举着手里的龙跟大女孩手里的一比）一模一样！

［大女孩下意识地把手里的龙往身后藏。

小姑娘　（拉着大女孩的手）真奇怪，怎么会一模一样呢？

小燕子姐姐

到底哪个是你的？

小姑娘　（肯定自己手上的）这个！

小燕子姐姐

（对大女孩）告诉姐姐，你的这条龙是哪里来的呢？

大女孩　我……我是怕小妹妹太难过，就去给她做了这条龙……

小燕子姐姐

这两条龙……都是你做的，对不对？一条是你刚才做的，一条是你从前做的，我说得不错吧？

［小女孩望着大女孩，期待着她的回答。

［大女孩轻轻地点头，走向小女孩。

［间奏：《笑一笑》。

大女孩　（唱）没想到，没想到

我们在这里遇上了

总说无巧不成书

姐姐笑，妹妹笑，笑到一起了

小燕子姐姐

（对小姑娘）你的这条宝贝龙，就是这个姐姐做了，寄给你的！

小姑娘　（紧紧拥住大女孩）姐姐！

［音乐起：《笑一笑》。

众人合唱　笑一笑，笑一笑，笑一笑，笑一笑

姐妹们，兄弟们，一起笑一笑

笑一笑，笑一笑，笑一笑，笑一笑

世界就少了许多烦恼

姐妹们，兄弟们，一起笑一笑

世界就会变得更加美好

剧　终

今　语

这依然算是一部儿童微型音乐剧。依然是“命题作文”：春晚中给孩子们的节目；关于海峡两岸血浓于水的话题；龙年。

春节晚会作品最不愁的是演员阵容的豪华度。最愁的是如何在一个特殊的、有秒数控制的时间里，合情合理、有趣有感情地完成基本创作方向和“剧”的任务。目前看，人物设置及故事的饱满丰富还是有的。在完成音乐剧的样式上，孙悦的巧手姐姐以及她的歌舞《剪一条龙》的设想及完成度我比较满意。作曲家李海鹰这首歌写得非常棒。

这一年的剧组主创中，负责语言类的是著名编剧张超老师。主题歌《笑一笑》的歌词有他修改的功劳，用他当时的话说：“给冯俐奉献了。”包括这个题目由原来的《姐妹》到《笑一笑》的修改。

说来，张超老师也辞世十多年了，那么年轻那么有才华那么帅……这看似光鲜的领域，其实是个呕心沥血的艰辛职业。

既然热爱，就去燃烧生命。

2020年5月

微型音乐剧

婚　礼

中央电视台公安部春节晚会播出

2000年“公安部春节晚会”播出

作曲：伍嘉冀

导演：由二群

编舞：赵晓津

演员：黄晓娟　孙悦　孙浩　含笑　伊扬　王笑寒　谭梅　阎妮 等

时　间：当代

地　点：公安系统集体婚礼现场

人　物：新娘小晴

新郎云涛——刑警

主婚人

新娘甲、新郎甲（铁路警察之小站民警）

新娘乙、新郎乙（边防警察）

新娘丙、新郎丙（森林警察）

参加婚礼的盛装的姑娘们和穿着警服的年轻警官们

［开场。欢快的喇叭声，《婚礼进行曲》引出《大花轿》主旋。

［主婚人带着伴娘们来接新娘小晴。

［《大花轿》曲。

主婚人　（唱）太阳出来闪金波，边准备喜事边唱歌

歌声唱给咱姐妹听，听到咱的歌声她笑呵呵

（呼唤）小晴——

［间奏：主题歌《情定今生》。披着婚纱的小晴，被姑娘们簇拥着走出来。

小　晴　（唱）今天要做新娘

今天要做新郎

镌刻一个爱的承诺

在他的心上，在我的心上

从此以后，他和我都与从前不一样

主婚人　（对小晴）嫁了警察，以后，你可就是警嫂了！

［小晴害羞。

姑娘们　哇——小晴当警嫂了耶！

主婚人　（对小晴）跟大伙说说，你爱他什么？

［间奏：《糊涂的爱》曲。

小　晴　（唱）爱他英俊，爱他质朴

爱他聪明，爱他有时糊涂

爱他痴情和温存

爱他忠诚，爱他从不说苦

姑娘们　（调皮而又夸张地）哇——感动死人啦！

主婚人　（看表）都这个时候了，怎么，新郎怎么还不来！

［间奏：《千万次地问》曲。

［刑警云涛身着警察制服，手持鲜花上场。

云　涛　（唱）千万次我追问着你，你对我到底满不满意

你总说我在你梦里，在梦里我是你的唯一

小　晴　云涛！

云　涛　对不起小晴，我又来晚了……

小　晴　　你不用跟我道歉。

姑娘们　　哇——好痴情耶！

云　涛　　（深情地拉起新娘的手）小晴……

［主题歌《情定今生》进。

云　涛　　（唱）今天你做新娘

今天我做新郎

小　晴　　（唱）镌刻一个爱的承诺

在你的心上，在我的心上

从此以后，你和我都与从前不一样

二人合　　（唱）情定今日，我的爱人

从此结伴同行在人生路上

情定今生，我的爱人

从此相依相恋，直到地老天荒

云　涛　　（取出一只BP机）小晴，这是我送给你的礼物。

小　晴　　（有些不解地）BP机？

云　涛　　我不在身边的时候，你总是为我担心。有了它，你随时会听到我一切平安的声音。

小　晴　　太好了！

［BP机突然响起来。小晴有些意外。

［姑娘们凑过去看，并念出呼机上的话。

姑娘们　　“云涛先生留言：小晴，我永远爱你！”哇——好浪漫哦！

［小晴开心地拥住云涛。

主婚人　　时候不早了，集体婚礼该开始了！

众　人　　走喽——

［《大花轿》华彩段，众人舞下。

［欢快的喇叭声，将人们带入集体婚礼的现场。

［姑娘、警官们随着主婚人，欢快地跳着双人舞上场。

［间奏：《姐妹》曲。

主婚人　　（唱）今天换个花样，让记忆珍藏

把新娘眼睛蒙上，来听新郎歌唱
多么奇妙的感觉

主婚人　婚礼进行第一项，请新娘入场——

［短暂的《婚礼进行曲》。

［包括小晴在内，四位披婚纱的新娘，被红缎带蒙着眼睛，由姑娘们拉着手上场。

［人们欢呼，向新娘身上抛撒花瓣。

主婚人　进行婚礼第二项——请新娘，凭歌声，认出自己的新郎！

［间奏：《快乐老家》曲。

［新郎甲（小站民警）第一个走出来，着急地对蒙着眼睛的新娘招手。

新郎甲　（唱）跟我走吧

众　人　（唱）跟我走吧

新郎甲　（唱）天亮就出发……

众　人　（唱）天亮就出发……

［新娘甲和新娘乙，都犹犹豫豫地走上前去。

［众人窃笑。新郎甲连忙换歌示意（用苏芮《请跟我来》乐句）。

新郎甲　（唱）请……请跟我来——

［新娘甲、新娘乙闻声，同时住了脚。

［新郎甲急得抓抓头发，一筹莫展。众人笑。

主持人　停停停。（问新娘甲）你为什么犹豫呢?

新娘甲　我们俩认识两年，在一起的时候却不到两个月，我还没机会听他唱歌呢。

新娘乙　我也是。让他再唱一个吧。

［新郎乙突然有了主意。

［间奏。《只要你过得比我好》。

新郎甲　（温柔地唱）这些年你过得好不好
是不是也一样没烦恼
像个孩子似的，深情忘不掉
你的笑对我一生很重要……

新娘甲　（向新郎伸出双手，深情告白）有了你，遇到什么样的困难，我都不烦恼！

［新郎甲为自己的新娘解开红缎带。

主婚人　（问新娘甲）这回怎么一下子就找对了？

新娘甲　他是铁路上的小站民警，工作环境不好，收入不高，还没有时间顾家。所以就有人劝我说："好铁不打钉，好女不嫁小站警。"他呢，听说后，哼，居然自己先主动提出跟我分手。（推了推新郎）你自己说，当年你在信上是怎么说的？

新郎甲　我说……

（唱）只要你过得比我好，过得比我好

什么事都难不倒，所有欢乐在你身边围绕

只要你过得比我好，过得比我好

什么事都难不倒，一直到老

［一对新人找到了一起，人们祝贺他们。婚礼继续进行。

［间奏：《大花轿》曲。

众　人　（唱）找一找，找一找

一对新人就找到了

［新郎乙（边防警察）被警官们簇拥着上场，大大方方地唱了起来。

新郎乙　（唱）太阳出来我爬山坡，爬上了山顶我想唱歌

歌声飘给我妹妹听呀，听到我的歌声她笑呵呵

［新娘乙咯咯咯地笑着，举手示意。

新娘乙　（举起一只手）他是我的……

众　人　嗯？

新娘乙　他是我的边防警！这是他每天最爱唱的歌！

［新郎乙为自己的新娘解开红缎带。

［一对新人找到了一起，人们祝贺他们。婚礼继续进行。

众　人　（唱）找一找，找一找

一对新人就找到了

［新郎丙（森林警察）被警官们簇拥着上场。

新郎丙　（对着新娘清唱）九妹，九妹，漂亮的妹妹……

［新娘丙在判断。

［新郎丙换歌，继续清唱。

新郎丙　（继续对着新娘清唱）来吧来吧，相约九八……

［新娘丙仍在犹豫。

［新郎丙有办法了。

［间奏。《爱情鸟》曲。

新郎丙　（唱）我爱的人已经飞来了，爱我的人她已经来到

我的爱情鸟已经飞来了，我的爱情鸟已经飞来了

［新娘丙笑着朝这边伸着手。

［新郎丙一边向她走，一边学着布谷的叫声。

新郎丙　咕咕——

新娘丙　（兴奋地回应着）咕咕——

新郎丙　咕咕！

新娘丙　咕咕！（自己扯下红绸子，向大家宣布）他是我的森林警察！

主婚人　（问新娘）你们俩是不是事先约好，来这儿对暗号啊？

新娘丙　（使劲摇头）他告诉过我，在他执勤的深山老林里，人烟稀少。他的朋友就是那些小动物。他常跟松鼠说话，跟野兔赛跑。他说，每天向他问早的，是一群小鸟。他还说——最美丽的那一只小鸟……就是我……

［一对新人找到了一起，人们祝贺他们。婚礼继续进行。

众　人　（唱）找一找，找一找

一对新人就找到了

［众人突然发现，少了一位新郎。只有还蒙着眼睛的新娘——小晴不知道。

［虽然没有听到歌声，小晴却已经在说话了。

小　晴　就剩下我们最后一对儿了吧？这还用猜吗？

［场上的人面面相觑，都不知道该说什么。

［见无人回答，小晴自己取下红缎带，四下里寻找，却发现云涛没有在。

小　晴　云涛呢？

主婚人　小晴，他突然接到紧急任务，来不及跟你打招呼……他说，让你放心……

小　晴　（忍住眼泪）我怎么会放心呢……什么时候，看到他站在面前，我这颗心……才放得下来……（意识到婚礼现场的气氛，忙打起精神，笑道）不过，他就是不唱，我也猜得出他会唱什么。他常说，作为一名刑警，随时有任务，随时就要出发。我爱上了他，就等于是“爱上了一个不回家的人”……既然，他不能在这里表演，我就替他唱一首歌吧——

主婚人　好！

小　晴　（清唱）长路奉献给远方，玫瑰奉献给爱情

我拿温柔奉献给你，我的爱人

白云奉献给草场，江河奉献给海洋

我拿理解奉献给你，我的新郎

［所有的新娘感同身受。

新娘们　（唱）白鸽奉献给蓝天，星光奉献给长夜

我拿忠诚奉献给你，我的爱人

［所有的新郎新娘感同身受。

新娘新郎们

（唱）雨季奉献给大地，岁月奉献给季节

我拿一生奉献给你，我的新郎/我的新娘。

［小晴手里的 BP 机响。

小　晴　（急切地念出留言）一切平安。请放心！（开心地将 BP 机抱在胸前）。

新娘甲　小晴，我们陪着你一起，等他回来。

新娘乙、丙

对，我们陪你一起等他！

小　晴　谢谢你们！

主婚人　婚礼——继续进行。

［主题歌《情定今生》。

［所有的人、三对新婚夫妇围绕、簇拥着小晴翩翩起舞。

合　唱　（唱）今天做了新娘
今天做了新郎
镌刻一个爱的承诺
在你的心上，在我的心上
从今以后，你和我都与从前不一样
情定今日，我的爱人
从此结伴同行在人生路上
情定今生，我的爱人
从此相依相恋，直到地老天荒

［云涛风尘仆仆地回来了。也许是真的回来了，也许是在我们的意愿中回来了。他穿过载歌载舞的人群，来到小晴身边……

［小晴扑进云涛怀中，两人相拥起舞，融进幸福、欢乐的人群。

合　唱　（唱）情定今日，我的爱人
从此结伴同行在人生路上
情定今生，我的爱人
从此相依相恋，直到地老天荒

剧　终

今 语

2000 年，我作为公安部春晚的总撰稿，在剧组工作了半年。最有收获的是两件事：一是与刚刚退休的邹友开先生合作、学习。邹友开是中央电视台文艺部主任，业内人称“邹政府”，这个称呼是对他在中国电视文艺领域的权威性和专业高度的肯定。当年，中央电视台包括春节联欢晚会在内的许多有影响的项目、栏目，核心人物，都是这位写出过《好大一棵树》的专业领导领导的。2000 年公安部春节晚会是他离开岗位后做的第一台大型晚会，与后来做了文化部艺术司副司长的张凯华共同担任总导演。半年中我在专业上向他学习了许多。二是前期大量的采访工作，令我对公安系统不同警种有了许多了解。撰稿之外，邹友开和张凯华一起要求我为这台晚会写一个音乐剧，表现不同警种警察的生活。我于是写了这部《婚礼》。

作曲家伍嘉冀是第二次合作。而由二群导演，我们是九十年代的老朋友，之前之后，我们的合作一直非常频繁，从各种小品到两台话剧。我们也属于特别有默契的合作者。我经常说：由导绝顶聪明，是真的绝顶聪明。此话亦有故事，另论了。

2020 年 4 月

微型音乐剧

西部小夜曲

（又名《祝你平安》）

中央电视台播出

2003年中央电视台《拥抱平安》晚会播出

导演：冯俐　李燕宁　雷浩

编舞：李燕宁

编曲：郭忠民

演员：汤子星　顾莉雅 等

时　　间：当代

地　　点：“开发西部”某建筑工地

人　　物：刘平安——年轻的安全监察员

乐　乐——刘平安年轻的妻子

“小四川”等工地上的工人们

［第一场景：建设工地上。

［工人们在脚手架上工作着。

［安监员刘平安站在梯子上，张贴安全生产标语。

［间奏，《达坂城的姑娘》曲。

合　唱　达坂城外石头硬又硬哟，西瓜大又甜哟
大家的干劲儿比天高啊，要让西部变模样
我们是有志气的好青年，四面八方到天山
这里的天高，这里的地广，这里的人最强

刘平安　（独唱）达坂城外石头硬又硬哟，西瓜大又甜哟
这里的人们干劲儿高啊，正让西部变模样
我在这里还要提醒大家，安全时刻不能忘
高高兴兴上班，平平安安下班，安全生产大如天

刘平安　（高喊）同志们，要注意安全啊！

工人们　（应答）知道啦！
（合唱）高高兴兴上班，平平安安下班，别辜负咱们刘安全

［工友“小四川”突然指着前方喊道：那是谁家的妹子？长得好心疼哟！”

［抒情的主旋律。

［年轻的乐乐拉着箱子，出现在工地。

［间奏，《溜溜的她》曲。

［乐乐四下看着，寻找着自己的爱人。

乐　乐　（唱）自从我嫁了你，自从你娶了我
算一算一年没见面呀，只有思念多

众　人　（合唱）溜溜的她呀，在找哪个
谁家妹子嘿嘿嘿，谁家妹子嘿嘿嘿

刘平安　（高兴地高喊）乐乐！

乐　乐　（高兴地跑过来）平安！

小四川　是刘安全的妹子来喽！

［众人将刘平安推到了乐乐面前。

众　人　（合唱）溜溜的她哟，找的哪个

找的咱们的安监员，安监员呀叫平安

小四川　（打趣）刘安全，见了自家妹子，还不表达表达自己的心情！

众　人　（起哄）表达一下，表达一下！

［久别重逢，刘平安有点不好意思。在众人的催促下，他突然击节起唱。

［音乐随后跟进。京剧《自己的队伍来到眼前》曲。

刘平安　（唱）早——也盼，晚也盼，望穿了双眼

怎知道今日里，你探亲到天山

喜相逢，解思念

自己的老婆来到眼前

［众人笑闹着，簇拥着夫妇二人下场。

［间奏，《溜溜的她》曲。

众　人　（合唱）溜溜的她哟，好姑娘哟

千里迢迢嘿嘿嘿，来探亲哟嘿嘿嘿

［第二场景——建设者们居住的工地帐篷。

［抒情的主旋律发展。女子群舞。

［女舞蹈演员围成的“工棚”内，只剩下了刘平安和乐乐。两人局促又深情。

刘平安　乐乐。

乐　乐　唉。

刘平安　爸爸好吗?

乐　乐　好。

刘平安　妈妈好吗?

乐　乐　好。

刘平安　你呢?

乐　乐　我？也挺好的。

刘平安　乐乐……

［间奏，《同桌的你》曲。

刘平安　（唱）每天我都把你惦记，每天我把你想起
惦记最怕孤单的你，惦记最怕黑的你
委屈了多愁善感的你，委屈了柔弱的你
总盼望能在你身边，做个好丈夫给你
［帐篷外，“听房”的工友们听得点头。

工友甲　感慨：小刘不容易，自打当上安全监察员，就没离开过工地一步。

工友乙　这一回，无论如何都应该让刘安全休息两天了。

众工友　对。

小四川　嘘——

［工棚里的两个人，并不知道外面有人“听房”。

乐　乐　这里的人，怎么都叫你“刘安全”呢？

刘平安　我是工地上的安全监察员，天天安全不离口，所以，大家就给我起了这么一个绰号，叫我“刘安全”……

［突然，“工棚”外“小四川”腰间的呼机响了，惊动了工棚里的人。

刘平安　谁呀？

［刘平安走出门外，众人忙四下散开。

刘平安　（叫住奔跑的工友）小四川！你怎么还没睡？

小四川　我……我是专门来给你报告明天的天气情况的。你看啊，（装模作样地看自己呼机）最新天气预报，明天有雨……

刘平安　有雨?!

小四川　（拍刘平安的肩膀）刚好，你可以放心睡个懒觉！（对四周喊）同志哥，睡觉走！

众　人　走！睡觉走！

［间奏。《溜溜的她》曲。

［刘平安瞪大眼睛，看着众人从不同的角落钻出来，从自己身边走散。

［大家边走边冲着刘平安挤眉弄眼。

众　人　（合唱）溜溜的她哟，好妹子哟
模样俏呀嘿嘿嘿，性子好呀嘿嘿嘿

［刘平安笑着，冲离去的伙伴们扔石块。

［乐乐从工棚里走了出来。

乐　乐　平安？你在做什么？

刘平安　哦我……我在看星星。

乐　乐　看星星？

刘平安　他们说，明天有雨。

乐　乐　有雨？（习惯性地着急）那不是又要延误工期了吗？

刘平安　是啊，所以，平常我最不喜欢下雨，一下雨，就觉得时间过得特别慢。

乐　乐　我也不喜欢下雨！为了赶工期，你们过年都没有回家。

刘平安　不过……这回我倒有点喜欢下雨了。

乐　乐　为什么？

刘平安　因为，我可以有更多的时间陪你。我要带你去看一望无际的沙漠，去看戈壁，去看天山……你不是说，你在梦里都梦见天山了吗？

乐　乐　是啊，梦见天山的时候，我就梦见了你……

［间奏，《味道》曲。

［乐乐望着天空，又深情地望着久别的爱人。

乐　乐　（唱）今天晚上的星星很少，不知道它们跑哪去了

赤裸裸的天空星星多寂寥

我以为男人柔情很少，我以为没我你也很好

谁知道一见你，坚强都不见了，无可救药

想念你的笑，想念你的外套

想念你白色袜子和你身上的味道

我想念你的吻和手指淡淡烟草味道

记忆中曾被爱的味道

［刘平安加入，形成男女声合唱。

刘平安　（唱）想念你的笑，想念你的外套

（乐乐：想念你的笑，想念你的外套）

刘平安　（唱）想念你飘洒长发和你身上的味道

（乐乐：想念你白色袜子和你身上的味道）

刘平安　（唱）我想念你的吻和手指淡淡芳香味道

（乐乐：我想念你的吻和手指淡淡烟草味道）

二人合　（唱）记忆中曾被爱的味道。

［两人深情注视，刘平安要吻乐乐，乐乐突然调皮地跑开。

［欢快、跳跃的音乐。

［两人在月光下追逐、舞蹈着。

［女舞蹈演员形成月光下的花草、树木、轻风，随着欢快的音乐起舞。

［间奏，《一生离不开的是你》曲。

乐　乐　（唱）云呀跟着风儿走，花呀开在枝呀头

记不清从哪一个时候呀，我和你开始手牵手

刘平安　（唱）溪呀向着河儿流，鱼儿在那水中游

记不清从哪一个时候，我的心开始跟着你走

乐　乐　（唱）一生离不开的是你呀

刘平安　（唱）一生爱不完的是你呀

二人合　（唱）那远飞的燕子快些回来，别让两颗心在梦中等候

刘平安　（唱）梦中等候——

［刘平安打横抱起乐乐，走进他们的工棚。

［随着唰唰的雨声，女舞蹈演员们围成的“工棚”再次将他们包裹起来。

［间奏，《亲亲我的宝贝》曲。

［“人墙”一点点打开——刘平安已经靠着乐乐睡着了。

［乐乐抚摸着熟睡的刘平安，充满憧憬地唱起了一支歌。

乐　乐　（唱）亲亲呀我的宝贝，我为你越过高山

我要看一望无际的大漠，看看大漠上的孤烟

我要亲吻那清泉，因为是它日夜陪伴着你

我要亲手触摸戈壁滩，还在上面写我的名字

呼啦啦啦呼啦啦，最后还要画两颗心

两颗心就是你和我，亲亲我的宝贝

［女舞蹈演员组成的“工棚”再次包裹了他们。

［抒情的音乐延续。

［闹钟的铃声。

［活泼的音乐唤醒了姑娘们。

［刘平安把脑袋探出“工棚”张望——只见晴空万里。

［刘平安心情复杂地清唱：“天不下雨天不刮风天上有太阳——”

［间奏，《天不下雨天不刮风天上有太阳》曲。

［女舞蹈演员一下子散开，戴上安全帽就成了准备上工的工人。

［刘平安满怀歉意地对乐乐诉说——

刘平安　（唱）天不下雨天不刮风天上有太阳

乐乐你开口乐乐你说话乐乐你怎么想

出了太阳就是晴天我要把工上

可不可以回头再看那西部的景象？哟——

［乐乐却在刘平安的不安中，嫣然而笑。

乐　乐　（唱）乐乐我心有所想啊，嫁人就要嫁你这样

昨天晚上对着月亮听你把知心话儿讲

许多人为工作流汗，安全生产是生命保障

你在工地坚守岗位，我为你把助手当

刘平安　（感动地）乐乐！

小四川　同志哥哟，上工喽！

众　人　走喽——

［随着小四川一声召唤，工友们拥出来，准备去工地。

［间奏，《祝你平安》曲。

乐　乐　（唱）你的心情，现在好吗

你的脸上，还挂着微笑吗

追求幸福，远离危险和痛苦

让家人多一些开心，少一些烦恼

刘平安　（唱）安全的规程，你记好了吗

安全的装备，都穿戴上了吧
工作的时候，精神一定要集中
请你小心再小心，安全生产最重要

二人合唱　祝你平安，噢祝你平安
让那快乐，围绕大家身边
祝你平安，噢祝你平安
你永远的幸福是我最大的心愿

合　唱　我的心情，现在很好呀
我的脸上，也挂上微笑啦
追求幸福，远离危险和痛苦
你我都多一些开心，少一些烦恼
安全的章程，时刻要记牢
安全的装备，天天穿戴好
工作的时候，精神一定要集中
请你小心再小心，安全生产最重要
祝你平安，噢祝你平安
让那快乐，围绕在你身边
祝你平安，噢祝你平安
你永远的幸福是我最大的心愿

剧　终

今　语

此作品曾是中国煤矿文工团日常各种慰问演出中，使用频率较高的节目。

我服务了 24 年的中国煤矿文工团，其上级单位经历过多次变化沿革，但一直属于煤炭行业。2000 年，文工团上级主管单位——中国安全生产监督管理局成立，到 2002 年，升格为中国安全生产监督管理总局，原班人马的服务范围，从煤矿转向所有行业的安全生产。作为直属单位的煤矿文工团，在继续秉承“面向矿山，服务矿工”宗旨的同时，也要肩负起“安全生产”的宣传职责。

这就需要相应的作品。

这个作品就是中国煤矿文工团第一个“安全生产”主题的原创作品。

结合文工团的综合艺术优势，沿用观众喜闻乐见的“熟歌新编”的手法，我创作了这部微型音乐剧，并凭经验，担任了部分导演工作。

2020 年 4 月

微型童话音乐剧

雪孩子

（根据同名动画片改编）

中央电视台“少儿频道”开播晚会播出

2013 年 12 月，中央电视台“少儿频道”开播晚会播出

编曲：徐晓明

编导：丁颖

表演：董浩　孙小梅　刘纯燕　曾媛 等

时　　间： 冬天

地　　点： 森林中

人　　物： 兔宝宝

雪孩子

兔妈妈

小鸟姐姐

北风——男舞蹈演员们

落叶——女舞蹈演员们

小鸟们——儿童舞蹈演员们

雪姑娘——女舞蹈演员们

火焰——男女舞蹈演员

［冬天的森林。兔宝宝家的小屋，坐落在森林中。小屋旁有几株红梅树。

［清晨的雾霭在鸟儿的欢叫声中散尽（鸟儿的叫声，由此起彼伏的领唱，变成了一片喧嚣的“合唱”）。

小鸟们　（画外音）天亮！起床！天亮！起床！天亮了起床了——天亮了起床了……

［兔宝宝打着哈欠从屋里出来，像是在回应小鸟的叫早。

兔宝宝　我——起——来——了……

［一阵风过，兔宝宝没系好的丝巾被吹掉了。

兔宝宝　哦，风也起来了！

［富有舞蹈性的音乐《北风与落叶》，北风挟带着落叶，舞动着横扫舞台。

［兔宝宝兴致勃勃地追随着落叶。

北风与落叶　（合唱）穿过森林穿过山岗
落叶与北风一起飞翔
带着秋的记忆，穿过冬的田野
轻舞飞扬着，奔向春天的故乡

兔宝宝　（唱）北风吹，落叶飘
我要跟落叶比赛跑
小树叶，你别逃
请你留下，陪宝宝，好不好

［兔宝宝扯住了两片落叶不撒手，两片落叶想挣脱，北风也上来帮忙。

［小鸟姐姐上。

小鸟姐姐　（唱）北风走，落叶走
北风跟落叶不分手
兔宝宝，小淘气
生拉硬扯强迫别人羞不羞

［兔宝宝手一松，两片落叶趁机随风飘走。

兔宝宝　（不好意思地）我只是想跟它们做朋友。妈妈每天要上班……小鸟姐姐，你留下来陪我玩好不好？

小鸟姐姐　不好。还有小朋友等我去叫早。

［屋里传来兔妈妈的声音：“宝宝——”

小鸟姐姐　你妈妈叫你了！再见！（匆匆离去）天亮！起床……

［眼见着一群鸟儿随鸟姐姐一起飞走，兔宝宝闷闷不乐。

兔宝宝　哼，谁都不肯跟我玩！

［兔妈妈从屋里走出来，准备出门上班了。

兔妈妈　宝宝，快进屋吃饭吧，妈妈该去上班啦。

［兔宝宝佯作没有听见。

兔妈妈　（哄着）妈妈给你带胡萝卜回来，好不好？

兔宝宝　不好！我不要一个人待在家里！我要您带我去上班。

兔妈妈　不行！

［兔宝宝赌气地背过身。

兔妈妈　（准备说服他）宝宝……宝宝……

［灵动的间奏，吸引了兔妈妈的注意——根据主题歌《雪花》发展出来的、有舞蹈性的前奏音乐。

［洁白晶莹的雪姑娘飘然而至。

兔妈妈　快看哪，宝宝，雪姑娘为你跳舞来了！

（唱）雪花，雪花，洁白的雪花
飘呀飘，飘呀飘，美丽大地披上银裳
雪花，雪花，可爱的雪花
转呀转，转呀转，跟随我们一起玩耍

兔宝宝　妈妈，我们堆个雪人吧！

兔妈妈　好——

兔妈妈　（唱）来吧，来吧，兔宝宝快来吧
来滑雪，来堆雪，让歌声一路飞洒
啊，你的样子多么快乐
转呀转，转呀转，田野森林都是我们的家

［有妈妈陪着，兔宝宝忘记了刚才的烦恼，同妈妈一起快乐地堆雪人。

［雪人堆成了。

兔宝宝　哇噢，好可爱的雪孩子！

兔妈妈　现在，有雪孩子跟你做伴，妈妈该上班去啦。

兔宝宝　（扯住妈妈）不嘛不嘛！雪孩子只是个雪人儿，既不会说话也不会动……

［雪孩子突然动了，在兔宝宝身后踢了他屁股一脚。

［兔宝宝回头，雪孩子像是什么也没发生过一样一动不动。雪姑娘们窃笑。

兔妈妈　（奇怪地）怎么了？

兔宝宝　（继续缠着妈妈）反正我要跟您去上班。

［话音未落，屁股上又挨了雪孩子责备性的一脚。

兔宝宝　谁在踢我屁股？

［兔妈妈望向兔宝宝身后，雪孩子一改静止状态，向母子二人挥了挥手。

雪孩子　嘿！

兔宝宝　（惊喜地）雪孩子，你会动？

雪孩子　（很洋派地）嗯哼。

兔宝宝　你还会说话？

雪孩子　嗯哼。

兔宝宝　那你会唱歌吗？

雪孩子　嗯哼。

兔宝宝　（兴奋、急切地）那你会跳舞吗？会讲故事吗？会打雪仗吗？

雪孩子　当然。不过……要大人不在场才行。（向兔妈妈眨眼）

兔宝宝　（急切地推妈妈）妈妈，您快上班去吧！

兔妈妈　（会心地）谢谢你，雪孩子。（慈爱地跟兔宝宝告别）宝宝再见。

兔宝宝　妈妈再见——（回头不见雪孩子了）雪孩子，你在哪儿？

雪孩子　（在雪花姑娘们身后）我在这儿！

［兔宝宝跑过去，又不见雪孩子了。

兔宝宝　雪孩子，你又跑到哪儿去了？

雪孩子　（在红梅树下）我在这儿！

［活泼的音乐骤起。两个人在雪姑娘的陪伴下欢笑嬉戏。

［间奏。《友谊之歌》。

兔宝宝　（唱）红梅花儿开，红梅花儿开

红梅树下，有我可爱的小伙伴

友谊给我们带来了欢乐

有了朋友才不会感到孤单

兔宝宝、雪孩子　（合唱）当你遇到困难，有了朋友就有人与你分担

当你感到忧伤，有了朋友就有快乐在身边

朋友是阳光，寒冷的日子不黯淡

朋友是阳光，云彩雪白天蓝蓝

［小鸟们上，提醒着兔宝宝的作息时间。

小鸟们　午觉！午觉！兔宝宝，睡午觉。

兔宝宝　（嘟着嘴）可我还没玩够呢。

雪孩子　兔宝宝，睡醒觉，我们可以接着玩啊。

兔宝宝　（恋恋不舍地）可我舍不得离开你。雪孩子，你陪我一起到屋里去吧，屋里有炉子，可暖和了。你可以一边烤火，一边唱歌。

［雪孩子表示害怕地连连摇头，朝后躲。

小鸟姐姐　（对兔宝宝）宝宝，你忘了雪孩子最怕热吗？一烤火，它就会融化的。

兔宝宝　（恍然）对对对。你就待在外面吧，（摘下自己的围巾系在雪孩子脖子上）千万别热着，也别冻着，别感冒。一会儿见。

雪孩子　（感觉到兔宝宝的关爱，用力点头）一会儿见。

［兔宝宝进屋了。

小鸟姐姐　（赞叹）兔宝宝跟雪孩子，真是一对好朋友啊！

［雪孩子点头。雪孩子自己唱着《友谊之歌》，跟围在身边的小鸟们一起玩着。

雪孩子　（唱）红梅花儿开，红梅花儿开

红梅树下有我可爱的小伙伴

友谊给我们带来了欢乐

有了朋友才不会感到孤单……

［音乐骤转，变得危急。兔宝宝的屋里蹿出了火苗。

小鸟姐姐　不好！兔宝宝家失火了！兔宝宝！兔宝宝！

［伴随着舞蹈——《火焰之舞》，雪孩子和小鸟们焦急地在房子外面奔跑着，敲着门窗，喊着兔宝宝。火焰则在阻拦着他们。

雪孩子　兔宝宝！兔宝宝！（对小鸟们）大家一起喊，快把他从睡梦中叫醒！

小鸟姐姐　兔宝宝被烟熏昏啦！

雪孩子　啊，那可怎么办？兔宝宝——（要往屋里冲，被火焰阻拦）。

小鸟姐姐　雪孩子！不能去！你会被烤化的！

雪孩子　再晚就来不及了！

小鸟们　（试图阻拦雪孩子）你会被烤化的……

雪孩子　让开！

［雪孩子冲进火海。

［伴随着《火焰之舞》，小鸟们围在外面焦急地飞来飞去。

［终于，“消瘦”了许多的雪孩子拖着兔宝宝，筋疲力尽地从屋里出来，扑倒在门口。

［小鸟们喊着“雪孩子！兔宝宝！”围了上去。

［令人不安的宁静。

［兔妈妈跌跌撞撞地冲上来。

兔妈妈　宝宝——

［小鸟们闪开，露出了坐在中间的兔宝宝，他手里，拿着刚戴在雪孩子脖子上的围巾。

兔妈妈　（冲过去）宝宝！

兔宝宝　（含着眼泪）妈妈，雪孩子……不见啦。为了救我，它……化了……

兔妈妈　雪孩子……把自己化成了白云……

［所有的人都抬起头来望向天空。天空中传来雪孩子的歌声。

雪孩子　（画外音，唱）朋友是阳光，令寒冷的日子不黯淡

朋友是阳光，令云彩雪白天蓝蓝

兔宝宝　（抚摸着手里的围巾，喃喃地）雪孩子，我会永远记住你的！

［间奏。主题歌《雪花》曲。兔妈妈唱出了所有人的心声。

兔妈妈　（唱）蓝蓝的天空，升起了白云
看哪，看哪，雪孩子告别我们
无私的雪孩子，可爱的精灵
你有一颗纯洁的心

众人合唱　你有一颗纯洁的心。雪孩子——雪孩子——雪孩子——

剧　终

今 语

中央电视台少儿频道的开播是件大事，能为这台晚会完成一部非常好看的童话微型音乐剧，是件值得骄傲的事情。

《雪孩子》和后面的《姐姐》都是以一首家喻户晓的歌曲为基础创作的，是两部清新、好看的作品。很小的孩子也能看懂，成人看了会在美的享受中深深感动。

曾任文化部艺术司司长的舞剧理论家于平先生曾对我说："你是充分做过'音乐剧作业'的人，麻雀虽小，五脏俱全，这样一个接着一个做微型音乐剧、这样解剖麻雀是有很大好处的。"的确，音乐剧更是综合艺术，在与各路艺术家共同创作的过程中，我不断地领会、思考着其中音乐的、舞蹈的表达方式，不断超越戏剧和文学的思维，学会以音乐思维、舞蹈思维打量同一个故事，并且在写作的过程中，学会将之交融，互相借力。

丁颖是《雪孩子》《姐姐》的导演，从第一部《天长地久》开始，以"编舞"的身份一直与我合作。这也是我第一次与一位"舞者"导演的合作，感觉是全新的。其中的许多舞台处理，令我感受到了舞蹈思维戏剧表达的魅力。比如，她简化了文本中的"北风""落叶""小鸟们""火焰"们，只保留了雪姑娘们作为唯一的歌队、舞队，非常简约。在兔宝宝跟妈妈、跟雪孩子"堆雪人"的时候，这些雪姑娘的舞蹈令舞台上出现了诗一样的视觉。比如，剧本中设计的"火"是由男子舞蹈完成，而导演只让雪姑娘的手里出现了并不夸张的红绸，非常灵动。在后面的童话音乐剧《姐姐》中的鹤群，同样是我写作时的歌队、舞队，也在丁颖手上，从头至尾表现出文本之外，却属于这个戏的、独特的舞蹈化情感表达，感人至深。

国内当下的许多歌剧、音乐剧的创作，总是集合着最好的艺术家人群，但结果往往不是大家能力的加法，而往往是减法，主要原因大概在文学、音乐、舞蹈，甚至包括舞美等不同专业之间都坚持在自己的本体上，虽然有沟通，但却少了彼此真正的有机融合。

《雪孩子》的演员同样很豪华，兔宝宝是少儿节目著名的董浩叔叔，雪孩子是著名的刘纯燕，兔妈妈则是央视著名主持人孙小梅。在这个作品中，他们不再是仅仅“明星客串”，而是奉献出了最动人的演出。三位著名主持人塑造的三个角色，可爱至极，甚至会令人忘掉他们平时的形象，忘掉董浩叔叔、金龟子、孙小梅……而醉心于这位学龄前的、憨萌无比又害怕孤独、渴望伙伴的兔宝宝，醉心于这个令人永远想念的雪孩子，醉心于这位温柔如水的兔妈妈。

这也是值得思考的问题：大多数明星客串往往并没有赋予其角色真正意义上的“人物”，结果令明星们的出场往往停留在了泛泛的“豪华阵容”，却很难令他们在一个作品里留下艺术形象。这种“客串”，往往也是明星们的苦恼。

试着上网搜了一下，有无数个版本的《雪孩子》视频，却很难找到这一版——中央电视台少儿频道开播晚会上，由董浩、孙小梅、刘纯燕、曾媛（月亮姐姐）表演的如梦如幻、动人心魄的版本。

2020 年 4 月

微型音乐剧

姐　姐

（根据歌曲《一个真实的故事》改编）

中央电视台播出

中央电视台2004年11月“绿色中国”晚会播出

作曲：谢承强

导演：丁颖

编曲：熊光焰　刘琦

演员：徐洋　孙闫雯婧　孙闫雯博 等

人　　物：姐姐（养鹤员）

小雄鹤明明

小雌鹤丫丫

群　　舞：丹顶鹤群、鹤宝宝们、芦苇、沼泽

［幕启：黄海滩涂，秋高气爽。开着白花的芦苇丛随风摇曳。

风与芦花的哼唱

　　呣——沙沙沙，呣——沙沙沙……

［俏皮、跳跃的音乐《小鹤宝宝》。

［一只小鹤从芦苇丛中探出头，活泼顽皮地跟大家打招呼：“Hello!”（“嘿。”）

［一只又一只小鹤从芦苇中探出头，此起彼伏地叫着跑出来，又唱又跳。

小鹤群　我们是可爱的丹顶鹤宝宝

我们是姐姐的乖乖鸟

我们是可爱的丹顶鹤宝宝

我们是姐姐的乖乖鸟

［一阵鹤鸣，成群的丹顶鹤傲然飞过。小鹤们抬头仰望。

［优美的音乐《鹤舞飞翔》。丹顶鹤翩翩起舞。小鹤们羡慕不已。

［音乐间奏。芦苇丛移动，掩住小鹤群，露出窝棚里姐姐的身影——她温柔地呵护着摇篮里的两只小鹤。深情的《爱》。

姐　姐　芦苇沙沙响，星星闪银光

歌儿轻轻唱，送你进梦乡

我愿祝福能化作翅膀，带你高飞千万丈

我愿健康陪伴着你，永远快乐地成长

把爱洒向天地，把情留给鹤乡

用少女纯洁的心灵，拥抱美好的天堂

［早就守在外面的小鹤们再一次欢叫着，跳进窝棚。一时间，“姐姐”“姐姐”的呼唤响成一片。

［欢快的音乐。姐姐与小鹤嬉戏，给它们喂食。

［姐姐发现小鹤明明独自在一旁望着天空发呆，关切地走过去。

姐　姐　明明，你在想什么？

明　明　我想……我想飞。

［音乐进。对唱《想飞》。

明　明　是鸟儿总要在天空翱翔

丹顶鹤个个都是强将
什么时候，姐姐才承认我已长大
什么时候，姐姐才让我实现梦想

姐　姐　有一天你会在天空翱翔
有一天你也会是强将
安心等待别着急，相信姐姐的话
时间老人会给你一双有力的翅膀

重　唱　我想飞（你会飞）——飞过田野，飞过海洋
我想飞（你会飞）——飞过森林，飞过山岗
去追赶金色的阳光，去访问白云的故乡
去访问白云的故乡

［所有的小鹤为姐姐和明明鼓掌。

［突然，一声炸雷，打破了这快乐的气氛。

［姐姐揽过惊慌的小鹤安慰它们。

姐　姐　不怕不怕，姐姐在这儿。咦？丫丫呢？

明　明　她去给姐姐摘花呢。我去找她！（跳起来跑出去）

姐　姐　明明——

［舞台上的光线迅速暗下来，电闪雷鸣，大雨倾盆。雷雨声中传来姐姐断断继续的声音：“你们哪儿也不要去，等姐姐回来！”

［同时，芦苇丛在雨雾里大幅度地摇摆着，护住小鹤们。

［姐姐的声音：“明明——丫丫——”

［丹顶鹤群在风雨中奋飞——在舞台上一闪即逝。

［捧着野菊花、举着大荷叶的丫丫，正顶风冒雨朝回跑。

［明明则快乐地跑着，跳着，大声地唱歌，学着雷声，像个孩子在证明自己的勇敢。

明　明　轰隆隆——轰隆隆——是鸟儿总要在天空翱翔……

丫　丫　明明！明明你去哪儿！姐姐说了哪都不许去！明明……

［玩心太重的明明，居然从丫丫身边跑过，却没有看到她。

［眼看着明明跑远，丫丫急得直跺脚。

［姐姐随后跑上。

姐　姐　明明——（发现）丫丫！

丫　丫　（一下子扑进姐姐怀里）姐姐！

姐　姐　看见明明了吗？

丫　丫　他往那边跑啦！

姐　姐　走，我们去找他！

［姐姐心急地抱起丫丫，再度朝明明的方向追去。

［丹顶鹤群在风雨中奋飞——在舞台上一闪即逝。

［不祥的音乐《沼泽》，一片灰色的沼泽，在雷雨里滚动着、翻腾着。(这一段《沼泽》音乐随剧情需要，时强时弱，时缓时急，贯穿这场戏始终)

［明明一路试着飞翔的动作，兴奋不已，全然不知危险已临近。

［明明的脚踏进了沼泽，惊叫。沼泽则发出骇人的狞笑声，将明明紧紧缠住。

［不远处传来姐姐和丫丫的呼唤："明明——"

明　明　（挣扎着）放开我！放开！

［姐姐和丫丫赶到，看到陷到沼泽里的明明，惊呆了。

姐　姐　明明！明明！

［明明伸手够不到姐姐，沼泽死缠着他。

［姐姐再度凑上前去，沼泽猛然欺近姐姐，丫丫尖叫着，扯着姐姐往后退。

丫　丫　姐姐！

［姐姐蹲下，把丫丫拉着自己的手分开，盯着她的眼睛坚决地说——

姐　姐　丫丫好孩子，记住，不管发生什么事，你都不准过来！

丫　丫　（像是预感到什么，不舍地）姐姐……

［姐姐毅然回身，走向被沼泽陷住的明明。

［姐姐的手跟明明的手一点一点地接近。就在姐姐刚刚抓住明明的时候，沼泽也将姐姐卷了进去。

丫　丫　（惊呼）姐姐——

［姐姐在跟沼泽搏斗，却始终不放松明明。

明　明　姐姐！姐姐！

姐　姐　明明！明明！把手给我！

明　明　姐姐！

［丹顶鹤群闻声赶来，却只能在沼泽边盘旋着，鸣叫着，声音中充满焦急。

［终于，姐姐拼尽全力将明明从沼泽中托举起来。

［丹顶鹤手拉着手，救起明明。

［姐姐却沉了下去——在丫丫、明明和丹顶鹤们撕心裂肺的呼唤声中，姐姐沉入沼泽……

众　　　姐姐——

［全场切光。

［一个纯净的女声在唱："走过那条小河，你可曾听说，有一位女孩，她曾经来过。"

［平台上光起，一片安宁祥和。鹤舞飞翔。

［音乐轰然跟进，歌声继续："为何这片白云悄悄落泪，为何阵阵风儿低声诉说，啊……还有一群丹顶鹤，轻轻地，轻轻地飞过。"

［丹顶鹤和小鹤们无限亲爱地簇拥着姐姐，在歌声中起舞。

［丫丫将手里的野菊花捧给姐姐。

［就在姐姐接过鲜花的那一瞬间，花雨从天而降。

［姐姐微笑着迎接花雨——她将和她心爱的丹顶鹤永远幸福地生活在一起。

剧　终

微型音乐剧

阳光健身房

中央电视台春节联欢晚会播出

2004年中央电视台春节联欢晚会播出

导演：王群　丁颖

作曲：王晓峰

演员：林依伦　马跃　谢雨欣　蒋勤勤 等

时　　间：当代。除夕。

地　　点：“阳光健身房”内。

人　　物：（按出场顺序）

男教练

经理

一对中年夫妻

孤独的女孩

参加健身表演的舞蹈、健美及群众演员若干

［富有动感和活力的主题音乐《阳光时尚》。

［舞台上出现在各种不同运动器械上运动的人们，充满动感的力与美。

合　唱　什么是你最大的愿望，千金难买的是快乐和健康

阳光是天空灿烂的笑脸；健康快乐是今天最流行的时尚

［教练出场，热情洋溢地迎接前来健身的会员们。

教　练　（白）大家好！欢迎您走进“阳光健身房”！虽然今天是大年三十，我们这里依然人来人往，当健身成为一种习惯，你每天都会需要它——就像，每天都需要吃饭一样。

［主题音乐《阳光时尚》变奏的说唱节奏。众人的说唱歌舞组合。

众　人　（说唱）健身球操、健美操，街舞、瑜伽、普拉提

有氧爵士、踏板操，拉丁、芭蕾、搏击和太极

动感单车、跆拳道，自由重量、跑步机

健康生活每一天，让我们开始运动——别再迟疑！

［歌唱中，几组不同风格的健身操舞、动感单车舞等热舞依次表演。

［最后是一群肌肉发达的男会员上场，教练指导男会员们进行“自由重量”训练。（可借用器械，或创作更写意的舞蹈）——男子健身舞《加油》。

［音乐转入《哎哟》曲。领唱合唱。

合　唱　加油加油加油啊，加油加油加油。

教　练　（独）有时你要咬紧牙关，（合）来吧加油加油加油

（独）坚持到底才有收获，（合）加油加油加油

（独）锻炼肌肉锻练骨骼，（合）我们加油加油加油

（独）练就强健的体魄，练就坚忍的品格

［经理抱着一束花，手里拿着一张卡片上场，找教练兴师问罪。

经　理　林教练——林教练——

［间奏。《斗牛士之歌》曲。

经　理　（唱）教练不能将个人感情放纵

热情太汹涌，会有副作用

在工作的场合他若不集中
运动变成心动，谈起了爱情
别人怎么看？这话好说不好听

［教练跑过来。

教　练　经理，您找我？

经　理　（举着手上的花，兴师问罪的表情）这是怎么回事？

教　练　这个……

经　理　我们阳光健身房教练手册的第三条是什么？

教　练　（背诵）教练跟会员之间绝不可以发展个人感情。一旦发现，解除聘用。

经　理　（挥舞着卡片，读）“特别的爱给特别的你。”（愤愤地）我看你是真的不想在这里干了！

教　练　（想解释）经理……

［两人的对话被一对中年夫妇的声音打断。丈夫正从健身的人群中将身着运动服的妻子拉出来。

妻　子　你干吗？

丈　夫　干吗？今天咱俩得说明白，要么你退出俱乐部，要么咱俩离婚！

妻　子　（意外）离……（赌气地）那也得等我忙完再说！（欲走）

丈　夫　嘿！（为克制发作而转移目标，大声嚷着）哪位是经理？

经　理　（忙迎上）您有什么需要我帮忙的？

丈　夫　（气急败坏地）我、我要投诉！我投诉你们健身房破坏我的家庭幸福！

［《新长征路上的摇滚》曲。

丈　夫　（唱）听说过没见过健身着了迷，健身房魅力大出国都不去，
除夕夜还要来丢下我自己，怎么想怎么看这事都可疑。
（白，问经理）她说你们今天有活动，什么活动？

［经理有些茫然，又不敢贸然回答。

妻　子　（指经理）他不知道。（指教练）他知道。

经　理　（吓了一跳，看教练）啊？！

丈　夫　（看着教练）我就知道早晚得出事！

［间奏。《最近比较烦》曲。

丈　夫　（唱）最近比较烦比较烦比较烦，总觉得日子过得有一些极端
开始我以为是不习惯，她不再打扮爱上了锻炼。
最近比较烦比较烦比较烦，总觉得我们相距越来越遥远
朋友经常有意无意调侃，我俩的婚姻也许解散
最近比较烦比较烦比较烦，只怕她看惯了这里的帅哥靓男
再看我这满面皱纹大腹便便，哎呀我这过景老公怎么看都讨人嫌

妻　子　（摇头，对丈夫充满感情地说）我怎么会嫌弃你呢？

［间奏。《第三天》曲。

妻　子　（唱）在我们结婚的第七年，你早已是我生命的锁链
忘不了我们爱情誓言，只想把方式换一换
爱让我想改变，爱让我想锻炼
爱让我想美丽，让青春永驻我们之间
盼着你也改变，盼着你也锻炼
盼你释放疲惫，在运动中重新充电
在我们婚后的第七年，我们应该一起变一变
携手并肩让爱情永远

［丈夫激动地拉住了妻子的手，憋出的第一句话居然是对经理说——

丈　夫　我要成为你们的会员！我……我要参加你们今晚的活动。什么活动来着？

［经理望向教练。

教　练　我们这里有位女会员……
因为她是个孤儿，所以她最怕过年……

妻　子　家家团圆的时候，她总是倍感孤单。

教　练　今晚，我们想送给她一个惊喜……

经　理　（恍然，挥着手上的花）这就是你准备的新年礼物吧？

教　练　（点头）还有那张卡片。

妻　子　这件事情就是我们教练发现，也是他发起的！

经　理　但我还是要处分你！这么好的事情，为什么要瞒着我？

［教练不好意思而抱歉的表情。

妻　子　（小声地）她来啦！

［孤女上。《一辈子孤单》曲。

孤　女　（唱）我想我会一直孤单，这一辈子都这么孤单
我想我会一直孤单，这样孤单一辈子
天空越蔚蓝，越怕抬头看，电影越圆满，就越觉得伤感
有越多的时间，就越觉得不安
因为我总是孤单，过着孤单的日子
当孤单已经变成一种习惯，习惯到我已经不再去想该怎么办
就算心烦意乱，就算没人做伴，自由和落寞之间怎么换算……

［突然，欢快的音乐响起。工作人员及会员们推着放着饺子和其他丰盛食物的手推车，抱着鲜花、拿着礼物出现在孤女面前。

众　人　过年好！

［孤女一脸惊喜。

［间奏。《流星雨》曲。

［教练将花送给孤女，妻子等人依次将花送给孤女。

教　练　（唱）温柔的问候应该让你感动，我们在你身旁为你布置一片温情

妻　子　（唱）不愿你难过我替你摆平寂寞，孤独的忧伤全部都交给我

经　理　（唱）牵着手迈步走风再大又怎样，你有了我们再不会迷失方向

全　体　（唱）陪你一起过除夕欢聚这个地方，请你记住这美丽晚上
要你相信心与心相隔并不遥远，你会看见幸福的所在

经　理　（白）我代表阳光健身房，送给你的新年礼物是——明年的健身卡。

教　练　（送她贺卡）上面有我们所有人对你的祝福，希望这里永远是你的家！

所有人　特别的爱，给特别的你！

［主题歌《阳光时尚》进。

孤　女　（唱）拥有亲情是我的愿望，在这里我找到了人生方向

友谊让我体味到幸福。善意关爱是抚慰心灵的营养

[所有人在歌声中起舞。

众　　（唱）什么是你最大的愿望，千金难买的是快乐和健康

阳光是你我真心的笑脸；健康快乐是今天最流行的时尚

剧　终

今　语

记得写这个作品时，我即将临产，但还没有休息，三十八岁的高龄产妇白天在单位排练、拍摄煤矿春节晚会，晚上回到家，十点钟以后才能坐下来赶写这个节目，时时低头看着还没见面的宝宝在肚子里大翻身，大踢腿，会隔着肚皮摸她的小脚丫，告诉她：再跟妈妈一起坚持一会儿……

上网重温了一下播出录像，发现有删减——删去了“经理”这个人物和所有他的唱段、对话，倒也干净，但我还是在剧作集里选择了交稿时的“全本”。

2020 年 4 月

微型音乐剧

雨夜小站

中央电视台播出

2008年“文化部春节晚会”播出

2010年中国煤矿文工团复排，获中央电视台电视小品大奖赛银奖

导演：信洪海

作词：宋小明

作曲：李小兵

演员：陈笠笠 等

时　　间：当代，雨夜

地　　点：城市，路边汽车站

人　　物：女孩

穿黑风衣的男人

四棵树（四名男声乐演员扮演）

广告女郎（广告牌里的人物）

路人（十六名男女舞蹈演员）

[一束定点光。一女孩坐在电脑桌前沉思着，在写日记。

女　孩　（唱）就这么突然，就这么平淡
而我丢失了平常的感觉和习惯
就这么浪漫，就这么简单
而我却淡忘了细小的真实和自然

[在女孩的回忆中，雷声音效、动效，舞台渐亮。

[台上出现车站、广告牌和车站旁的树。

[女孩定点光切光。下雨了。

[下雨了。行人上——

[街头。形形色色的人们在雨中快速行走和奔跑。

行　人　（唱）下雨了……

行　人　（唱）哗啦啦啦下雨了……街上的人都在跑啊，都在跑（重复）

树　们　（唱）下雨了，我洗澡，我们是树
我们是车站旁的树
下雨了，洗澡了，我们是树
我们是车站旁的树

行　人　（唱）下雨了……

行　人　（唱）哗啦啦啦下雨了……街上的人都在跑啊，都在跑

[女孩上场，没有带雨伞，看上去有些狼狈、有些孤单。

[女声与四棵树的男声四重唱。

女　孩　（唱）黑夜隐藏了天空的笑脸
心情飘落在烟雨之间
所有的烦恼在此刻出现
回家的晚上我很孤单

树　们　（唱）女孩　夜晚
孤独　不安

[树们情绪突转，似有预感地。

树　们　（唱）我感觉　我感觉　我感觉　我感觉
有故事出现——有好戏上演——

［口哨声。

［一个穿黑风衣的男人上，打着雨伞出现在女孩身边。

树　们　（说唱）走来　走来　一个黑风衣
潇洒　风流　还有点嬉皮
走来　走来　一个小老弟
神秘　时尚　还有点流气
好一个浪漫的拓荒者
他会在情场捡垃圾
好一段浪漫的前奏曲
我看是今天有好戏

［女孩心怀疑惧地躲着黑衣男人。

女　孩　（唱）黑夜隐藏了所有的笑脸
心情起落在惊恐之间
女孩的直觉在心里呼唤
回家的路途很远很远

女　孩　（唱）雨点敲打在头顶上面

树　们　（白）故事在发展

女　孩　（唱）今夜的回家有一点温暖

树　们　（白）角色在转变

女　孩　（唱）陌生的背后是忐忑和不安

树　们　（白）没有危险

女　孩　（唱）可我却喜欢这一刻的短暂

树　们　人哪可怜

［男人走到女孩身后，将雨伞撑起在两人的头顶。

［四目相对。静场。

［心跳声音效：怦、怦、怦……

［黑风衣凑近女孩，树们紧张地合唱。

［躲闪与试探，在女孩与男人之间形成探戈风格的双人舞。

树　们　（说唱）你看他，虚情又假意
眼睛藏在藏在帽子里

你看他潇潇又洒洒
仿佛一切一切不经意
你看他动手又动脚
马上马上就会出问题
你看那女孩的心里
对他对他已经有好意
小心　小心　小心　小心
男人　男人　男人　男人
小心　小心　小心　小心
男人
你要注意，可怜的女孩
小心男人不是好东西
你要注意，可爱的女孩
小心男人不是好东西
你要注意，这一切故事背后从来都是有动机
你要注意，所有的爱情悲剧最后都是一样的

[黑风衣男人突然抓住了女孩手。

[静场。

[心跳声音效：怦、怦、怦……

[男人拉起女孩的手，把伞放在她的手里，吹着口哨消逝在雨夜之中。

[女孩怔住了。

树　们　（白）轻轻地，他走了，走了，走了，走了，走了
正如他轻轻地来
轻轻地吹起了口哨
不带走女孩的感慨……感慨，感慨，感慨

[音乐骤起，热情而明朗，女孩舞动着手里的雨伞起唱。

女　孩　（唱）就这么突然，就这么平淡
而我却丢失了平常的感觉和习惯
就这么浪漫，就这么简单

而我却淡忘了细小的真实和自然
在茫茫涌动的都市里
人啊，很远又很近
在擦肩而过的生命中
心和心很远又很近

［行人们再次出现在女孩身边，所有人的合唱。

树和人们　（唱）我们已习惯太多地关注惊奇和壮观
却不能在彼此回眸之间多看一眼

女　孩　（转调，唱）在茫茫涌动的都市里
人啊，很远又很近
在擦肩而过的生命中
心和心很远又很近

合　唱　心和心很远又很近

［歌舞高潮部分，每人手中的雨伞都飞向高空，如同每颗在温暖的气流中飞扬的心。

［女孩重新回到电脑桌前，定点光起，仿佛是女孩一段回忆的结束。

女　孩　（唱）就这么浪漫，就这么简单
而我却淡忘了细小的真实和自然

剧　终

微型音乐剧

今夜的星空

中央电视台“文化部春节晚会”播出

2009 年“文化部春节晚会”播出

作词：宋小明

作曲：李小兵

导演：信洪海

表演：陈笠笠　李炜鹏 等

时　　间：2008 奥运会期间

地　　点：奥运村的祥云小屋

人　　物：志愿者南妮

志愿者北岩

奥运吉祥物：北北、京京、欢欢、迎迎、妮妮

[夜晚。公共汽车站。忙碌了一天，在这里等车的志愿者们疲惫而兴奋。(领唱合唱《我们》)

[南妮、北岩和两名女同伴随后来到车站，加入到合唱中。

志愿者们　（合唱）我们——我们——

祥云迎着我的头班车，星星追着我的末班车

来来去去多少次，回家的时候话最多

笑声装满我的头班车，歌声洒满我的末班车

高高兴兴多少事，我参与我奉献我快乐

北　岩　热不热?

志愿者们　（合唱）太阳一团火

晒脱了几层皮，湿透了几次，你说热不热?!

北　岩　累不累?

志愿者们　（合唱）脸上笑呵呵

背对着比赛场　站住了不挪窝，你说累不累?!

北　岩　好不好?

志愿者们　（合唱）梦里一个我

奥运选择了我，光荣的志愿者，你说好不好?!

北　岩　乐不乐?

志愿者们　（合唱）心中一首歌

我看着大家笑，大家也看我，你说乐不乐?!

志愿者们　（合）我们——我们——

(女伴)我回家先洗一个热水澡（合）我——们——

(女伴)我回家要把衣服搓一搓（合）我——们——

(北岩)我回家快把论文搞搞定（合）我——们——

(南妮)我回家上床就钻被窝

[汽车进站的声音。女生突然接到电话："喂？好的。"

[在下面的合唱中，南妮与北岩及同伴们告别。大家招手告别。

[侧幕里传来售票员的声音：刚上车的同学请往里走，车上的同学们，请扶稳、坐好……车要开了……

[汽车驰出的声音。

［所有的人都走了，只剩下女生南妮。（女独《今夜的星空》）

南　妮　（唱）今夜的星空灿烂，又是我独自加班的夜晚
回想经历的一天一天，有一种责任叫作承担
今夜的星空浩瀚，又是我独自享受的夜晚
回想激动的一天一天，生命的感觉美丽新鲜

［另一表演区光起。祥云小屋。

［五个福娃活跃起来。（轮唱合唱《福娃歌》）

福娃们　（唱）太阳睡了，星星笑了，美妙，美妙
大家走了，房间空了，静静，悄悄
忙忙碌碌又一天，快快乐乐又一天
真好——真好——
房门响了，有人来了，别吵，别吵
（白）嘘——是南妮。
（福娃妮妮白）她也叫妮妮！

［南妮回到祥云小屋，开始工作。周围有福娃陪伴。（女独与小合唱《今夜的星空》）

南　妮　（唱）今夜的星空清寒，又是我独自享受的孤单
回望长大的一天一天，长不大的是女孩的情感

［福娃妮妮可与南妮有表演上的呼应。

南　妮　（唱）今夜的星空清寒　（福娃们合）妮妮，有一点可怜
又是我独自享受的孤单　（福娃们合）妮妮，我们在你身边
回望长大的一天一天　（福娃们合）妮妮，可爱的妮妮
长不大的是女孩的情感　（福娃们合）我们也有情感

［屋里的灯突然黑了，福娃们紧张起来。（轮唱合唱《福娃歌》）

［南妮也紧张起来。

福娃们　（唱）又来人了，脚步停了。是谁来到
夜已深了，人都睡了。不妙不妙

［随着《生日快乐歌》的音乐声，一只手托着燃着蜡烛的生日蛋糕从门口伸了进来。

［北岩托着蛋糕，唱着生日快乐，一脸顽皮地走了进来。

［南妮嗔怪地："嘿，是你呀，北岩！"（男独《我来陪陪你》）

北　岩　（唱）我来陪陪你，请你别介意

今夜的星空属于你，有我不孤寂

［南妮接过北岩递过来的蛋糕。福娃在一旁议论着。（合唱《我来陪陪你》）

福娃们　（合唱）哼！我来陪陪你，他当然有用意

上次北岩加夜班，帮他的是南妮

［北岩加入福娃。（男独与合唱）

北　岩　（唱）我来陪陪你，真心和友谊

我们大家在一起，生活才美丽

［男独女独与福娃（《我来陪陪你》与《今夜的星空》）。

北岩、福娃

（唱）我来陪陪你

南　妮　（唱）今夜的星空浪漫，温暖又甜蜜

是我们再次走近的夜晚

北岩、福娃

（唱）我来陪陪你，我来陪陪你

南　妮　（唱）回想相识的一天一天，生命有意义

有一种感动叫作温暖

［外面，不知是谁，轻轻唱起《我和你》的头一句：

"我和你，心连心，同住地球村……"

［两人牵手走出小屋，只见一片星光灿烂。（男女声二重唱、合唱《今夜的星空》）

南　妮　（唱）今夜的星空壮观，这是我终生难忘的夜晚

回想燃烧的一天一天，我们的青春也被点燃

北　岩　（唱）今夜的星空无眠，这是我们一起飞翔的夜晚

两颗星星在一闪一闪，我们把心愿挂上蓝天

南妮、北岩

（唱）今夜的星空浪漫，温暖又甜蜜

合　唱　今夜的星空

今夜的星空

南　妮　（唱）灿烂

北　岩　浩瀚

南　妮　（唱）浪漫

北　岩　壮观

合　唱　美丽相伴

［志愿者以及福娃会聚到了同一片星空下，一片星光灿烂。

剧　终

情景歌舞

回家过年

中央电视台春节联欢晚会播出

2011 年中央电视台春节联欢晚会开场节目

获当年“我最喜爱的春节联欢晚会节目评选”二等奖

作曲：小柯

演唱：韩庚　董洁　殷桃　窦骁　周冬雨　阎肃

编导：王醒　路遥　魏思佳

表演：李阳　秦爽　刘彭　赵亚楠　何书耀　张玲

梁晶　刘刚　王亮　秦晋圆 等

时　　间：除夕夜

地　　点：高铁车站站台

人　　物：海外游子　妻子（年轻母亲）

农民工　白领丽人

一对恋人

年龄、身份各不相同的“过年回家”的人们

[片头。

[钟表嘀嗒、急促脚步的模拟音效。

合　唱　回家、回家、回家、回家……

[舞台上，回家的人们提着形形色色的行李（如拉杆箱、背包、编织袋、土特产礼盒等），归心似箭地看着手表，步伐急切而轻快地穿梭往来。

[合唱和群舞表达着人们回家过年的热切心情。

合　唱　过年回家我们回家，今晚定要到家
无论路途千里万里归心似箭啊
过年回家我们回家，家在声声呼唤
声声呼唤召唤着我快一些回家
过年回家我们回家，家在声声呼唤
声声呼唤召唤着我快一些回家

[人群的流动戛然而止，高铁驰入时轻微但清晰的动效——“和谐号”列车出现在舞台上。

[短暂而热情的间奏。

[车门打开，海外游子出现在车门口。

海外游子　（唱）突然间有泪水悄悄流在脸颊
这一站就是我的家
空气中充满记忆里熟悉的味道
爸爸妈妈你们的儿子回来啦

[怀抱婴儿的年轻母亲下车。

[作者注：归子与年轻母亲最好形成一对夫妻关系。

年轻母亲　（唱）蒲公英撑着小伞开花在天涯
小宝贝来认祖归宗啦
你就要看到姥姥姥爷的笑脸
还有你爷爷奶奶开心的泪花

合　唱　过年回家我们回家，拥抱我的爸妈
离家三百六十五个日夜思念啊

过年回家我们回家，哪怕风雪交加
风雪路途的尽头已开满了鲜花

［前来迎接的亲人们簇拥着归子和年轻母亲，体贴地为他们披上暖和的大衣，替他们戴上围巾、手套。

［那襁褓里的孩子则在亲人们的手上传递着。亲人团聚，其乐融融。

［短暂而有跳跃感的间奏。

［舞台中心出现一群扛着沉甸甸彩条编织袋的农民工，他们左背右扛，急急火火，像建设我们的城市一样，以街舞式的肢体动作，将编织袋快速堆垒成墙。

［一位农民工兴奋地跃坐在包袱上，用手机给家人打着电话。

农民工　（白）爹，我马上就上车。你别着急，我坐的是高铁，论速度那可是很 No. 1。啥意思？No. 1 的意思就是第一名。快！前脚上车后脚到，比子弹飞还快！（众人笑。捂住话筒）笑什么，我这是形容。（继续打电话）吃什么？那还用说，啥好吃啥！搞几个硬菜，最高档的：宫爆鸡丁！鱼香肉丝！糖醋排骨！红烧带鱼！木须肉红烧肉粉蒸肉回锅肉……那都不要了，咱得吃出健康。对了，告诉俺妈，俺最想吃的还是她做的羊肉水饺胡辣汤。（对众人）俺妈做的胡辣汤那是要多香有多香，只要那么一口喝下去……那就是幸福的味道……哎呀俺的娘哎，车就要开啦，come on 啦 let's go！

［短暂的间奏，仿佛是高跟鞋叩击地面的声音和拉杆箱轱辘声的交响。

［俏丽的身影、青春的步伐，白领丽人从车上下来了。

白领丽人　（唱）一年的忙碌此时全都放下
归心似箭我要回家
恨不能插上翅膀扑进爸妈怀抱
再做回小女儿再撒一回娇

合　唱　过年回家我们回家，亲吻我的爸妈

温暖笑容面前所有坚强都融化
过年回家我们回家，无论我长多大
在你眼里我永远是一个小娃娃

[拉杆箱舞蹈一层层夸张放大。而每一位“白领丽人”都仿佛找回了小女儿的状态和向往的幸福。

[短暂而抒情的间奏。

[归来的男友背着背包、拖着拉杆箱子在四下张望。

[接站的女友从他身后蒙住了他的眼睛。形成男女声二重唱。

女　友　（唱）三百六十五天的离别和牵挂
爱情在思念里长大

男　友　（唱）你冰凉的小手蒙上我滚烫的脸
驿动了一年的心终于到家

二　人　（唱）抚摸着你总在我梦中出现的脸
驿动了一年的心终于到家

[短暂而欢快的间奏。

[一时尚青年舞动着上场，身后跟着一群年轻的伙伴。

[时尚青年亮相。

时尚青年　（白）过年哪，我不回家！我在这里创业打天下。我在这里朋友满天下，我在这里买了小轿车，不大。我在这里订了年夜饭，有酒有肉有龙虾。（众：龙虾也不大）那也是龙虾。我喜欢这里的风土人情，我喜欢这里的一砖一瓦，我喜欢这里的温柔姑娘，好男儿志在四方，四海为家。（众：乐、不、思、蜀！）嗯，乐不思蜀的我呀——接来了我爸我妈。（众：啊?!）我把全家都接到我这儿过年啦。爸，妈，我在这儿啦——（跪下）。

合　唱　过年回家我们回家，团圆幸福无价
千言万语说不够，家乡新的变化
过年回家我们回家，无论你我在哪
千山万水看不够，祖国美景如画

［前面出现过的所有“人物”再一次回到舞台上。

归来的人们　（唱）路途的尽头，开满了鲜花

开满了幸福，多么的温暖

合　唱　过年回家我们回家

回到我温暖的家

每颗心都喜迎春天……

［有人向台上、台下发问：“都到家了吗？”

［台上台下一起响应：“都到家了！”

合　唱　欢歌遍天涯

剧　终

今　语

这是2011年的央视春节联欢晚会的开场节目。今年（2020年）春节期间，打开电视，居然看到某个省台的春节节目还在用这个开场，只是没有任何主创及演员的名字。不管他了，至少说明它仍然适合作为不同时间不同地方的春节晚会开场。

文本中“农民工”和“时尚青年”两段，当年，可能是因为时长或是演员，播出时没有用。我以文本的方式保留了台词。

演员表中的“阎肃”，就是最著名的词作家、电视屏幕中全国人民的“老熟人”阎肃阎老。他在这个节目临近结束时，跟所有主要演职员们喜气洋洋地站在舞台上，声音洪亮地问了一句：“都到家了吗?”

二十年来无数次一起工作过的阎肃老师，那么有智慧、那么快乐的阎肃老爷子…… 怀念您！

2020年4月

情景歌舞

情醉大凉山

中央电视台播出

中央电视台“心连心·大凉山”节目播出

导演：黄定山

演员：黄渤 等

时　　间：此时此刻

地　　点：此地

人　　物：汉族青年（简称青年）

彝族姑娘

汉族青年们——歌队舞队

彝族姑娘们——歌队舞队

[上一个节目《月亮女儿》结束。

[彝族姑娘中露出一张美丽的面孔。

[一个声音传来，将观众的视线拉向主舞台对面的副舞台。

青　年　真美啊！太美啦！

[跟青年一起的旅友众男闻言四处张望，没有看到美女，于是簇拥着青年一起，载歌载舞地出发追赶（《牵手》曲）。

众　男　（唱）快走快走，心动不如快行动

快走快走，yeah……

快走快走，美丽的一切不放过

快走快走，yeah……

[青年边走边唱。众男歌舞（《牵手》曲）。

青　年　（唱）今天晚上我看到她的时候，我会情不自禁怦然心动

她像月亮照亮我的天空，仿佛有股电流

于是快乐的心情多了一份雀跃

西昌之旅充满意外惊喜

山美水美月亮女儿更美，令人难以抗拒

难以抗拒

[一群彝族姑娘出现在他们的面前，个个美丽。男孩们目不暇接。青年一边在其中寻找着“那一个”，一边拒绝着姑娘们的敬酒。

[姑娘们向客人们敬酒。（《酒歌——管你喜欢不喜欢》）

姑娘们　（唱）……管你喜欢不喜欢也要喝……

[别的男孩都喝了酒，只有青年还在推挡，领头的姑娘举着酒杯坚持着。

领头的姑娘

（唱）……喜欢也要喝，不喜欢也要喝，管你喜欢不喜欢，也要喝……

[青年向伙伴求助，伙伴们全都做袖手旁观状。

[青年百般无奈、痛苦万状地喝下了杯中酒。一个活泼的动效。

[姑娘们让开路，男孩们继续前行。（《牵手》曲）

众　男　快走快走，心动不如快行动

快走快走……yeah……

快走快走，美丽的一切不放过

快走快走……yeah……

［青年边走边唱。众男歌舞（《牵手》曲。适当增加合唱呼应）

青　年　（唱）从来没有想到，西昌的美丽让人如此流连怦然心动

山美水美，纯朴人们热情洋溢得难以抗拒

于是热辣的酒水也能顺畅咽下

喉咙的热，点燃心头的热

心醉西昌，心醉大凉山，心醉火把照亮夜

心醉心醉

［间奏。第二队彝族青年出现，拦住他们的去路。彝族青年们向客人们敬酒。

［彝族姑娘们唱。(《酒歌——杯子举起来》)

姑娘们　（唱）美丽的杯子斟满祝福举起来……美丽的杯子举起来

［酒歌中，其他同伴不仅喝了酒，还跟彝族青年一起歌舞。青年开始跟着一起跳舞，最后一个接过杯子，但也是一饮而尽。

［众人为他鼓掌。可以考虑有个活泼的动效。青年挥手，带着众男继续追赶。

［青年边走边唱。众男歌舞（《牵手》曲。适当增加合唱呼应)。

青　年　（唱）于是，热辣的酒水也能顺畅咽下

喉咙的热，点燃心头的热

心醉西昌，心醉大凉山，心醉火把照亮夜

心醉心醉

谁告诉我，那美丽姑娘肯不肯回眸

她的笑，醉倒了我忘记是来旅游

我告诉你们，今天晚上我要 high 过头

酒醉人，歌醉人，我要留在西昌不走

［姑娘们让开路，男孩们继续前行。(《牵手》曲)

众　男　（唱）快走快走，心动不如快行动

快走快走，我们的热情今夜无休

快走快走，美丽的一切不放过

快走快走，有人已怦然心动

[第三组彝族姑娘们唱酒歌出现。(《酒歌——可惜啦》)

姑娘们　（唱）……可惜啦……找到啦……

[第二遍酒歌时，青年在歌声中，豪迈地喝完了每个人手上的美酒，众人欢呼，而青年已经有些醉了。

[放下酒碗，一抬头，青年终于看到，那个美丽的彝族姑娘正向自己走来。(《留客歌》)

青　年　（深情地唱）听了九十九个姑娘的歌声，还有一个姑娘在等待

见了九十九个美丽的寨子，还有一个寨子在等待

[美丽的姑娘回应着他的歌声，一步步向他走来。

彝族姑娘　（唱）听了九十九个姑娘的歌声，还有一个姑娘在等待

见了九十九个美丽的寨子，还有一个寨子在等待

青　年　（唱）满山花儿在等待，美酒飘香在等待

彝族姑娘　（唱）要是不走不行了，明年今日早早来

[两个人在大家的簇拥下走到了一起。

二人合唱　满山花儿在等待，美酒飘香在等待

尊贵的朋友，请你留下来，留下来

尊贵的朋友，请你留下来，留下来

剧　终

微型音乐剧

太阳出来喜洋洋

（又名《光明行动》）

由四川省人民医院医护人员演出

获全国卫生系统文艺汇演金奖

作曲编曲：温中甲

导演：由二群

时　　间：当代

地　　点：四川境内某山区（可以是彝族地区）“复明扶贫眼科流动手术”手术点

人　　物：主任医生——男。队长、主刀医生。

助理医生——女。主刀助理。

护士甲、护士乙

老爷爷——已接受过手术的病人。老年性白内障患者，曾双目失明。

老奶奶——已接受过手术的病人。老年性白内障患者，曾双目失明。

中年妇女——已接受过手术的病人。先天性白内障患者，曾双目失明。

小伙子——已接受过手术的病人。先天性白内障患者，曾双目失明。中年妇女的儿子。

失明小女孩——等待接受手术的病人。外伤性白内障患者。

中年男人——小女孩的父亲。

群众演员：等待手术的病人及家属若干。

注 1：音乐

音乐上由两种截然不同的风格组成——当地民众的音乐动机以四川当地的民间音乐元素为主，是地方的、乡土的。医护人员的音乐动机以流行为主，是都市的、现代的。

注 2：台词

人物的台词也形成最直观的鲜明区别——当地民众一律用四川方言，强调地域特点和风情。医护人员则用普通话。

注 3：主要道具

舞台上的主体道具是一辆“复明 8 号”手术车，可移动，并在移动中变化，形成“手术车外观”“手术车内部手术台”和“康复病房”三个场景。

［空山鸟鸣的音效。

［一个浑厚的男声在山间回响："太——阳——出——来——喽儿——哎——"

［汽车喇叭声。《太阳出来喜洋洋》曲。

［年轻的山民们追随着"复明 8 号"车，歌着舞着出现在舞台上。

合　唱　太阳出来喽儿哎，喜洋洋噢啷喽，
眼科医生啷啷才哐才，来山乡噢喽……
复明车来喽儿哎，救星来噢啷喽，
治好眼睛啷啷才哐才，重见天噢喽……

［音乐转。《温暖》主题进。

［"复明 8 号"车旋转，露出手术车内的情形——助理医生为举着双手的主任医生系好手术服衣带。《温暖》曲。

主任医生　（唱）多少次走进大山
多少次与淳朴和贫困面对面
一把手术刀拨去遮挡视线的云翳
一路风尘换来重见光明的笑颜
帮更多人告别漫长的黑暗
给更多的人带去心贴心的温暖

（白）准备手术！

［护士唰地拉上白布帘。

［伴着手术器械的轻微碰击声等声音与医生的指令互相交错混响，手术车转动到外观。

主任医生　剪子、镊子、人工晶体、纱布。

［《太阳出来喜洋洋》曲。

合　唱　太阳下山喽儿哎，又出来噢啷喽，
手术一天啷啷才哐才，又一天噢喽喽……

［患者依次走"进"手术车又走"出"手术车。出来的时候，一只眼睛上会出现一块雪白的纱布（做完手术了）。

[小女孩的声音引起大家的注意。

小女孩　爸爸，我不想做手术。

中年男人　不想做手术？这可都是省里面最好的医生！

小女孩　我怕。

中年男人　怕啥子吗？报纸上都说了，这些医生给一万多个我们这样的人做过手术，全都做好了。

[小女孩还是拉着爸爸的衣角不放。

[护士甲走过来。

护士甲　小妹妹，不用怕，等做好了手术，眼睛看得见，你就能上学了，对不对？阿姨带你去看看那些做过了手术的病人，好不好？

[小女孩点头。

合　唱　好医生来喽儿哎，好护士噢啷喽

医术高喽啷啷才哐才，心肠好噢喽喽……

[歌声中，"复明8号"转动。随着老奶奶的一声惊喜的叫声，整个"临时病房"呈现在观众面前。一共四张床，床上有老爷爷、老奶奶、中年妇女和小伙子。他们都是做过手术的全盲的患者，一只眼睛上还盖着纱布。

老奶奶　我的天！我看到我的手指头喽！

[屋里的人全都"听"向这边。

三　人　真的？

老奶奶　莫声张！我是忍不住自己扯开了个缝缝……

[三人笑。"四川民歌"曲进。

老奶奶　从前想也不敢想，这辈子还能再看到东西！

（唱）人老珠黄眼睛瞎，祖祖辈辈都这样

开始走路看不清，后来事事要人帮

老爷爷　哦——有人帮你那是你的福。我今年八十一喽，无儿无女。

（唱）竹筐编了几十年，自己劳动吃饱饭

古稀之年瞎了眼，净给大家添麻烦

老奶奶　好惨！

老爷爷　他们母子两个更惨！

中年妇女　（唱）我妈生我睁眼瞎，二十才把婆家嫁
只盼生个好娃娃，生下又是个睁眼瞎

小伙子　（唱）最苦的人是我爸爸，一人撑起一个家
七尺男儿没得用，下不到地头干不得啥
（白）有时候我都想，还不如死了算了！

老爷爷、老奶奶
莫乱讲！

［护士的声音："医生给大家拆纱布来了。"

［《为你》曲。护士甲与助理医生上场。

助理医生　（唱）穿越城市的声浪，推开冷漠的心房
期待着就像风一样，穿越人间飞短流长
面对世俗的阻挡，带我的温柔为你疗伤

［助理医生拆开老爷爷的纱布。

助理医生　大爷，你看得见我的手吗？

老爷爷　看见！看见！你有五根手指头。

［众人笑。

老爷爷　谢谢！谢谢大夫！（兴奋地举起自己的双手看）这下子我又能编竹筐！我又自己养活自己喽！
（唱）来时山路一百三，磕磕绊绊走两天
这下眼前一片亮，从此路途不艰难

众人合　（唱）这下眼前一片亮，从此路途不艰难

［助理医生拆开老奶奶的纱布。检查。

老奶奶　（拉着医生的手，唱）好大夫哪活神仙，给我换了一双眼……

［一名少女扑到她床前。

少　女　奶奶！奶奶你看得见我吗？

老奶奶　幺妹儿！（端详少女的脸）
（唱）我的孙儿小心肝，又一次看到你的脸
眼睛乌黑嘴巴红，真个是女大十八变

众人合　（唱）眼睛乌黑嘴巴红，真个是女大十八变

［助理医生已拆开小伙子的纱布。检查。小伙子呆呆地望着医生。

助理医生　手术做得很好，记得每天点眼药……你第一次有了视觉，还需要适应……

［一旁，中年妇女着急地询问儿子。

中年妇女　娃儿，你看得到妈了吗？

［不等助理医生帮忙，中年妇女自己扯下了纱布，同时望向儿子这边。

中年妇女　娃儿……

小伙子　妈……

中年妇女　娃儿……

小伙子　妈！

［母子二人先是紧紧地抱在一起。紧接着又急切地拉开距离，互相端详着。

中年妇女　我的娃儿，我摸摸索索二十年养大的娃，我总算看到了你……

小伙子　妈，你就是我妈……

［中年妇女突然拉着儿子向医生护士跪倒在地，激动得泣不成声。

中年妇女　恩人啊！我谢谢你们！我感谢共产党！我感谢政府！我感谢人民医院！我感谢白衣天使好医生……

［助理医生赶紧去拉他们，母子二人长跪不起。《好人好梦》音乐进。

助理医生　快起来！快起来！

（唱）泪光中你的笑容，深深地让我感动
告别了昨日的伤与痛，让我们把心靠拢
就让我默默地真心为你……

［众人围拢过来，与医生形成合唱与情感交流。

众人与医生　（合唱）一切在不言中
真心的我永远祝福你
好人就有好梦

［小伙子激动的声音唤醒众人。

小伙子　妈，我看到天了！天，好蓝！

中年妇女　我也看见了！

［画外音，一个浑厚的男声：“太——阳——出——来——喽儿——哎——”

［音乐进，众人欢快的歌舞。

合　唱　太阳出来喽儿哎，喜洋洋噢唧喽

人民政府唧唧才哐才，大救星噢喽喽

太阳出来喽儿哎，喜洋洋噢唧喽

人民医院唧唧才哐才，人民爱噢喽喽

［“复明 8 号”随着歌舞移动，移动到“外观全貌”角度。主任医生拿着矿泉水瓶倚坐在车旁。

［护士甲拿着盒饭上。

护士甲　主任……

护士乙　（从手术车里探出头来示意）嘘——

护士甲　（指着主任医生小声问同伴）睡着了？

护士乙　（点头）主任是太累了，这十天里他做了二百多个手术，每天工作十几个小时……

［俩人坐在一起。

护士甲　你男朋友出国走了吧？（乙点头）临走你也没赶上去送他……心里难过吗？

护士乙　怎么会不难过呢？只是，一到山区，一看到这些朴实又贫困的乡亲，看到他们期盼和信任的目光，看到他们对光明的渴望，好像，自己的什么困难都变得可以克服了。

［主任医生还是突然警醒过来，一下子站起来。

主任医生　该手术了吧？

护士甲　没有没有，你先吃口饭吧。

主任医生　（一边接过盒饭，一边看看表）还有多少登记过的病人？

护士甲　三十六位。

主任医生　十分钟后继续手术。

护士乙　您就稍稍休息一下吧。

主任医生　不用了。现在我们多工作一个小时，就会多两三位患者重见光明。

多工作一天，就能让更多的病人重新看到蓝天、白云和朝夕相处的亲人。

[中年男人带女儿走过来。

中年男人　医生，我家幺妹儿愿意做手术了。

主任医生　（蹲下，搂住孩子）好！让叔叔再看看你的眼睛……

[助理医生举着手机跑了过来。

助理医生　主任，您爱人的电话。您的手机一直关机……

主任医生　我是怕影响手术。（接过手机）喂……

助理医生　（对护士）三个月前，主任的父亲就查出了癌症……

[深受打击的主任医生缓缓地放下电话。

助理医生　情况怎么样？

主任医生　还是要动手术。

助理医生　你现在就动身吧，剩下的手术我来。

主任医生　（摇头）一到山区，你就犯了哮喘病，能撑到今天已经很不容易了。

助理医生　可是……

主任医生　（望着一旁充满期待又忐忑不安的父女二人，唱）

只因为缺医少药，

老乡们无法告别漫长的黑暗

虽然一次次把复明手术送到山村，

仍然还有很多很多人在翘首期盼

（白）全省几十个手术点，轮到一次不容易。如果就这样离开，也许，他们中的很多人一辈子都不会再有机会手术了。

助理医生　可是您父亲……

主任医生　我回去，并不等于可以拯救我父亲生命；我留下来，却可以拯救这里的几十双眼睛和多少父母儿女的心。

三位同伴　主任……

主任医生　我的父亲也是医生，他一定会支持我这样做的。准备手术！

[三位同伴点头，快速到位。

［《温暖》曲。“复明 8 号”移动。恢复“手术室”，透过布帘是医生们手术的剪影。

主任医生　（唱）多少次走进大山，
多少次与期待和信任面对面
一次手术也许微不足道，
一双眼睛的复明却换来一家人的笑颜
帮更多的人告别漫长的黑暗，
给更多的人带去心贴心的温暖

［中年男人深深地望着医生的剪影，所有的群众也在音乐声中轻轻聚拢过来。

中年男人　帮我们告别漫长的黑暗，给我们带来心贴心的温暖。医生，就是白衣天使，是天底下最好的人。我要为你祈福，我要为你们和你们的家人祈福，祝好人一生平安！

［恢复了视力的少女再次出现在舞台上，她长长地伸出双手，仿佛在触摸着光明。所有的人都静静地望着她。

少　女　（虔诚地）太阳出来喽儿哎——太阳出来喽哎——

［四名医护人员走出手术室，群众迎向他们。不需要任何语言，此时此刻，医生和患者的手拉在了一起，心也连在了一起。

［音乐进。众人歌舞。

众　人　（唱）太阳出来喽儿哎，喜洋洋噢唧喽
太阳出来喽儿哎，喜洋洋噢唧喽
太阳出来喽儿哎，喜洋洋噢唧喽
太阳出来喽儿哎——

剧　终

今　语

大约是2006年到2007年，当时在四川成都军区文工团工作的李金亮找我，带着在四川省人民医院工作的杨莉梅，说卫生部要搞全国文艺汇演，省人民医院想做一个音乐剧，写他们的“光明行动”，即“复明扶贫眼科流动手术”——眼科的医护人员到山区，免费为贫困地区的白内障患者做白内障手术。

我接受了这个邀请，去了四川，跟着医院的“光明行动”车队，到了山区。在改装成手术室的“复明号”大轿车里，现场观看了三例白内障手术，更看到许多重见光明的父老乡亲，那些场面和过程真的非常感人。

回来写了这个作品，并推荐邀请了作曲家温中甲和导演由二群接手二度创作，完成了这个特别的作品。后来的演出，文本大约有删减，但我还是选择了电脑里的原稿。

我一直非常庆幸今生是个写作者，又是一个不愿意“图省事”的写作者，每一次创作，都在“日常”之外收获更多的生命阅历……

2020年5月

微型音乐剧

天安门前照张相

（未发表作品，已版权注册）

时　　间：2009年十一前夕

地　　点：天安门广场

人　　物：年轻摄影师

女大学生

中年女人

老　人

在天安门广场留影的人们——少数民族青年男女（包括藏、维吾尔、蒙古、壮、回族）；一对穿结婚礼服的新郎新娘；农民工小伙子们（可穿崭新的建筑工装）；青年志愿者们（有男有女）；三口之家（一家三口。孩子手中可拿航天飞机模型）；年轻的解放军战士们。

故事：

天安门广场，年轻摄影师应邀来拍照，等待约好的客人。应约照相的女大学生来了，在等待最敬爱的人；另一位赴约的女人也来了，在等待最想念的人……他们等的同一位老人来了，老人也是为了践行一个约定：只要活着，就要代表战友，来向天安门致敬。

结构方式：

以最单纯的“等待”作为戏剧动机和音乐动机，过程中穿插天安门广场的节日众生相和人们对天安门的美好情感。

音乐特点：

两段旋律为主构成全剧——一首欢快热烈的《天安门前照张相》和一首深情舒缓的《等待》，一动一静，不断交替着重复出现，最后汇集成为辉煌、温暖、大气的主题歌。

[一声非常响亮的按动快门的声音“咔嚓”。

[大屏幕上出现披着节日盛装的天安门和天安门广场——鲜花、民族团结柱、如潮的游人、洋溢着欢乐的笑脸。

[“咔嚓”“咔嚓”“咔嚓”“咔嚓”“咔嚓”“咔嚓”……

[音乐进——欢快的《天安门前照张相》曲。

[欢乐的人们手里拿着不同的相机或者手机，拥到台上来。

[合唱，群舞《天安门前照张相》。

合　唱　咔嚓咔嚓咔嚓咔嚓照张相
在这天安门广场
快快露出你最灿烂的笑脸
留住这刻难忘的时光

[摄影师在人群中出现，不时地帮着别人拍照。

合　唱　咔嚓咔嚓咔嚓咔嚓快快来
汇成欢乐的人海
每一个画面都会很精彩
（男合）抓住精彩瞬间、（女合）抓住精彩瞬间
（男合）抓住精彩瞬间、（女合）你们
（男合）你们、（女合）你们、（男合）你们
（众合）不要等待

[音乐转——深情的《等待》曲。

摄影师　（唱）我在等待，我在等待
等待一个时刻，把难忘瞬间记载
我在等待，我在等待
（众合）摄影师他在等待
等待一次相约，把一个故事展开。等待……等待

[音乐转——欢快的《天安门前照张相》曲。

[欢乐的人群中出现盛装的各民族青年和穿着结婚礼服的新郎新娘们。

[六位少数民族青年从人群中走出来。三人一组轮唱。

三人甲　来吧来吧来吧来吧照张相

在这节日的广场

三人乙　快乐幸福吉祥来到我身旁

阳光带着你我去飞翔

［一对身着结婚礼服的新郎新娘从人群中走出来。

新郎新娘　咔嚓咔嚓咔嚓咔嚓快快来

把爱大声说出来

爱你爱你爱你爱你在这里

（男合）见证你的幸福、（女合）见证你的幸福

（男合）见证你的幸福、（女合）你们

（男合）你们、（女合）你们、（男合）你们

（众合）不要等待

［音乐转——深情的《等待》曲。独唱、二重唱。

［一位女大学生从人群中走出。

女大学生　我在等待，我在等待

我看见了歌如潮花如海

我在等待，在等待

（摄影师：我在等待，我在等待）

等待最敬爱的人到来

（摄影师：等待相约的人到来）

［音乐转——欢快的《天安门前照张相》曲。

［欢乐的人群中出现成群的大学生志愿者、穿着崭新工装的农民工兄弟、戴博士帽的毕业生、解放军战士、来拍全家福的人们，他们成组轮唱。

战士们　来吧来吧来吧来吧照张相

在我心中的广场

农民工们　国旗飘扬，挺起了胸膛

新的模样寄回家乡

志愿者们　咔嚓咔嚓咔嚓咔嚓快快来

留下青春的风采

一家三口　一年一年一年每年都精彩

（男合）见证你的成长、（女合）见证你的成长

（男合）见证你的成长、（女合）你们

（男合）你们、（女合）你们、（男合）你们

（众合）不要等待

［音乐转——《等待》曲。独唱、三重唱。

［一位中年女人从人群中走出来。

女　人　我在等待，我在等待

思念穿过高山大海

我在等待，我在等待

（女大学生：我在等待，我在等待）

（摄影师：我在等待，我在等待）

等待最想念的人到来

（女大学生：等待最敬爱的人到来）

（摄影师：等待一次相约）

三人合　等待、等待、等待、等待

我们、我们，一起等待

众　合　等待、等待，我们一起等待

［音乐转——一支小号吹出《天安门前照张相》曲的抒情慢板。

［一位坐在轮椅上的老人被推出来，女大学生、女人和摄影师跑向他。

［老人深情地环顾眼前的一切。

老　人　六十多年前，我就站在这里，左边是你父亲，右边是你祖父。就在这个地方，我们代表所有没能走到天安门前的战友，拍下了一张合影。我们相约：一定要好好活着，无论是谁，只要活着，就一定要在同样的日子来到这里，向天安门……报到。

［人声深情的哼唱。

［所有人随着轮椅在音乐中做360度转动，大屏幕中的空间做360度+180度转动——带出了人民大会堂、人民英雄纪念碑、历史博

物馆、长安街等 360 度的广场全景，最后定格在纪念碑——老人和台上演员们仍然面对观众时，在大屏幕里纪念碑的背景下，仿佛大家正面对着天安门。

［老人在轮椅转动的过程中，脱下风衣，露出胸前的几排勋章，用力地站起来。

［大学生、女人、摄影师连忙扶住他。

［老人在轮椅前站直了身体，深情地凝望天安门，久久地。

老　人　（声音不大却充满了深情）我要让天安门看到我！看到……我们！（同时庄严地举手敬礼）

［热情的音乐轰然响起。

合　唱　我一直等，一直等，等待今天的日子，用生命的忠诚
我一直等，一直等，等待今天的敬礼，用岁月的光荣

［由前面反复出现的音乐“动机”凝聚起的主题音乐温暖而辉煌——《主题歌》。

合　唱　每一颗心都不曾改变
对你深情向往
每一个脚步都在奔向你
无论路途有多长
每一颗心都不曾改变
你是幸福安详
每一个脚步都在奔向你
爱你地久天长（反复）
天安门——天安门——天安门——

［歌声最后，各个时代的人们在天安门前留影的“照片雨”从天而降。

剧　终

今　语

这个作品，是应中央电视台2010年春节联欢晚会之邀而作。当时，主创组希望，在新一年的春节晚会上，对刚刚过去的中华人民共和国成立六十年做个回顾和致敬。

主要负责这个作品的，是主创组朱海老师。朱海是各种大型晚会和各种重大文艺活动的重要策划人，更是著名的词作家、诗人，后来还是歌剧作者，是位永远充满巨大热情，同时又永远有着巨大的宏观、微观素材储备的创作者。“天安门前照张相”的创意及其中“老兵的故事”皆来自朱海老师——有一张照片，一位老战士，站在轮椅上向天安门敬礼。

作曲家李小兵受邀担任了这个作品的作曲。音乐完成得非常好。记得朱海、秦新民等三四位春晚主创在机房连续听了三遍完成的音乐小样——听了三遍的原因，是因为总有人说：“太好听了，再听一遍！”“真温暖，再听一遍！”

然而，在通过了例行的、严格的剧本审查和音乐审查之后，最终因为别的技术的原因，这个作品没能“立”在春节晚会的舞台上。在此，作为未发表作品收入。

微型音乐剧

爱在中秋

（未发表作品，已版权注册）

时　　间：九七中秋，月亮就要升起的时候

地　　点：“大学生”餐馆

人　　物：小玫——年轻姑娘

方鸿——小玫恋人

女同学

男同学甲、乙

厨师长及年轻的餐厅服务员们

[前奏。

[《弯弯的月亮》曲，年轻服务员们享受着窗外的月夜。

众　人　噢……噢……噢……噢……

[间奏。《你看你看月亮的脸》曲。

厨师长　（唱）圆圆的圆圆的月亮的脸
热闹的热闹的大学生餐馆
香香的香香的炒菜米饭
是不是到了开饭的时间
就喜欢迎来送往人人笑开颜
时候不早了，（往右边一指）你看，（往左边一指）你看……

众　人　看什么呀？

厨师长　（往右边一指，白）看看——几点了。（往左边一指，白）看看——是不是该上菜了。

男服务员　那也得等人到齐了呀。

女服务员　有客人来啦！

众　人　欢迎光临。

[间奏。《快乐老家》曲。

[一身行装，学生气十足的小玫拖着一只小箱子上场。女同学跟在后头送她。在她欢快地唱歌的时候，女同学的脸上时时露出不以为然的表情。

小　玫　（唱）我就要走啦，一会儿就出发
告别了校园，去找我的他

女同学　瞧你迫不及待的样子。

小　玫　（唱）那一个地方有我多少牵挂
梦想带我飞，哪怕走天涯

女同学　我真不明白，这么大的城市，哪儿放不下你呀，干吗非要去那么远的地方？

小　玫　（唱）心灵有呼唤你就要听从它
哪怕付出艰苦的代价

知道有人需要自己是多么快乐

快乐是心灵的家

［众服务员上前，替她们拿走了随身带的行李。小玫深情地环顾四周。

小　玫　多快呀，方鸿走了两年了，两年前我也是在这个地方为他送行的。

女同学　是啊，两年前你在这里送他离开北京，今天我们送你去找他！

小　玫　真想马上就能见到方鸿。

女同学　我可不想。他一来，就把你给带走了。

［小玫正想要安慰女同学——自己的好友，男同学甲上场。

［间奏。《同桌的你》曲。

［男同学甲手捧一束红玫瑰上场。一脸夸张的感伤。

男同学甲　（唱）今天你是否会想起，我为你写的日记

我的痴情留不住你，这城市也留不住你

或许是今天一分手，你再不会把我惦记

可我会时常翻相片，时常想同桌的你

［男同学甲夸张的表现逗笑小玫。女同学走上前去拦在他们之间。

女同学　得了，同桌四年都没有得到人家的芳心，到了这会儿，我看你就不用再争取什么了。

男同学甲　（越发戏剧性地）噢，难道我真的再也没有机会了吗？

［小玫忍着笑，故作严肃地点点头。

［女同学在一旁掩嘴笑，男同学甲做出痛不欲生的样子。

男同学甲　我心爱的同桌，真的就要远嫁他乡了！

［间奏。《涛声依旧》曲。

［男同学乙也手捧一束红玫瑰上场，也是一脸夸张的多情。

女同学　（对小玫道）看见没有？估计外头的玫瑰花已经开始涨价了。

［小玫笑着推了女同学一把。

男同学乙　（唱）春风秋雨总是四年的同窗

我心依旧还是不眠的夜晚

今天的你我还是没有浪漫的故事

扯一张新船票也赶不上你的客船

（做献花造型）赶不上你的——客船。

男同学甲　瞧，又是一位伤心的人。

男同学乙　不，我是一位多情的人。

女同学　你们快饶了我吧。知道的，这是餐厅，不知道的，还当是到了醋厂了呢。

男同学甲、乙

酸吗？

女同学　酸！酸得不一般！（伸出手来）把你们手上的花儿都给我。

男同学甲、乙

（一起把花藏在了身后）不。

女同学　一会儿人家的方鸿就来了。

男同学甲　（表情英勇地）方鸿算什么？

男同学乙　（表情更英勇地）“鸿鹄”来了我们也不怕。

女同学　你们俩想怎么样？

男同学甲　我要输个明白。

男同学乙　我就要个说法。

女同学　（白）这儿还来了一位男“秋菊”。

男同学甲　（对小玫）你说，他用了什么招儿，让你甘愿这么抛家舍业？

男同学乙　（对小玫）你说，为什么你就不肯留下？

男同学甲　我要输个明白。

男同学乙　我就要个说法。

小　玫　（调皮地）因为……那个叫方鸿的家伙……最让我放不下。

女同学　（故意逗她）我看呀，你是单相思！

小　玫　才不是呢，

女同学　那他干吗一毕业就自己跑了，也不留下来陪你？

小　玫　方鸿说，他忘不掉那片草原……

男同学甲　难道草原比爱情还重要？

小　玫　方鸿说，没有理想就没有爱情。

男同学乙　那你在他心里到底算是什么呢？

小　玫　方鸿说，他是天上飞的风筝，我是牵着他的那根线。

男同学甲、乙

（看女同学）她说的话你能听懂吗？

女同学　懂。就是说——你们俩都没戏。

［男同学甲、乙做绝望状，随即四人会心一起大笑。前面所有的“多情”“伤感”“不理解”……都是他们为了冲淡离情别绪的“表演”。

［间奏。《雾里看花》曲。

女同学　（唱）雾里看花水中望月，谁能拥有这多彩多姿的世界
涛走云飞花开花谢，谁能把握这青春勃发的季节
分别本是无眠夜，手捧玫瑰难道说那就是亲热
友爱未必就是理解，彼此留恋是真还是假
最珍贵是真情凝结

［四位年轻人的四双手紧紧握在了一起。

［厨师长满眼慈爱地询问他们。

厨师长　孩子们，上不上菜呀？

女同学　再等一下吧，还有一个人呢。

厨师长　还有一个？

小　玫　厨师长，你还记得方鸿吗？两年前毕业的……

厨师长　方鸿？我当然记得，那可是个好孩子。他不是当老师去了吗？去了一个……一个“风吹牛羊”的地方？

小　玫　（笑着纠正）是“风吹草低见牛羊”。

厨师长　对对对。去边远的地方支教去了，好样的……

女同学　（大喊）你看，那不是方鸿吗？

［间奏。（《千万次地问》曲）。

［方鸿风尘仆仆地上场。

方　鸿　（唱）千万里我追寻着你，带着我的全部情意

小　玫　方鸿——

［小玫扑进恋人的怀里，方鸿抱起了她。

方　鸿　（唱）你正像是在我梦里，在梦里你是我的唯一

小　玫　方鸿……

方　鸿　小玫……

［两人互相深情地端详着。

小　玫　（抚摸他的脸）你比从前黑了，黑里透红……这是草原上太阳的颜色吗？

方　鸿　（握住她的手）真的是你吗小玫？真的我们又在一起了吗？

小　玫　是的是的，我们再也不分开了。

方　鸿　你真的愿意跟我离开城市？离开你的家？

小　玫　是的是的，天涯海角，你在哪里，哪里就是我的家。

女同学　此处我们可以先回避五分钟……

［一对恋人互诉衷肠。

方　鸿　小玫，两年前我的离开，实际上是我之前想了三年才做出来的决定。当时不要说别人，就连我自己也不敢完全肯定这一切是不是过于幼稚，这一切是不是一时的冲动……

小　玫　可当你到了那片土地上，当你面对着那坦坦荡荡的大草原，当你面对这世界上最纯朴的孩子们的眼睛，你就被迷住了。

方　鸿　是啊，我一次又一次地感到自己的心被净化，自己的灵魂被赋予了新的活力……你知道吗小玫，要是没有你的理解，也许我一辈子也没有机会去认识那一方水土那样一方人……

［间奏。《弯弯的月亮》曲。

方　鸿　（唱）遥远的天边，有一个美丽的地方
辽阔的那片沃土，将是我们的归乡

小　玫　（唱）遥远的天边，是善良和纯朴之邦
它像是你的眼睛，召唤我到它身旁
我的心不再惆怅，只为这成真的梦想
只为我心爱的姑娘，来到了我的身旁

［小玫与方鸿深情地携手合唱。

方　鸿　（唱）可爱的姑娘，你那深情的目光，打动了我的心房
（小玫：你爱的故乡，你那无悔的坚强，打动了我的心房）

［女同学走上前拍了拍方鸿的肩头。

女同学　方鸿，你就要把我们班最好的姑娘带走了，我要你保证，永远好好待她。

方　鸿　我保证。

男同学甲　（把花送给他们）方鸿，我知道我做不到，但我真的敬佩你们。

男同学乙　（把花送给他们）小玫，祝福你们。

厨师长　（端着月饼上）孩子们，今天是中秋节，也是你们有情人团圆的日子。这盘月饼送给你们，希望你们永远都像今天这样团团的，圆圆的，甜甜的！

二　人　谢谢您！

厨师长　孩子们，月亮就要升起来了，上酒，过中秋节！

［间奏。（《弯弯的月亮》曲）。群舞。

众　人　（唱）举起杯祝爱久长，月圆人圆情更长
青春无忌不彷徨，爱在中秋更难忘
噢……
故乡的月亮
讲一个秋天的故事
是否已打动你心房

剧　终

今 语

《爱在中秋》亦为未发表作品，创作于1997年。

应该是电视台某个中秋晚会的约稿。创作初衷及创作由头已不记得了，只留下了文本。

我所有的应约写作之所以会落笔，一定因为我对这个题目“有话想说”。

这是一个梦想远方、追随爱情的故事，与“青春”有关。

2020年5月

微型音乐剧

青春记忆

（未发表作品，已版权注册）

时　　间：当下　过去

地　　点：晚会现场　青春校园

人　　物：主持人

曾经校园里的学子们和将要离开校园的学子们

［舞台前区一角。

［一少年拨弄着吉他，断断续续，若有所思。可用《那些年》曲。

［晚会主持人站在男孩身边，倾听，视像穿越时空——

男主持人　（充满感情地朗诵）“当我年轻的时候，遥想多年后，就像遥想一个遥远异国的港口；而今，当我回头，遥想我年轻的时候，就像遥想迷失在烟雾中的故乡……”

（面对观众和镜头）有时，只需要一支歌甚至一句旋律，就足以开启记忆的闸门……

［口琴声。主表演区光起。青春校园。

［一片木吉他声骤起。一群男生热情洋溢地弹唱着《光阴的故事》。

男生们　（合唱）春天的花开，秋天的风，以及冬天的落阳
忧郁的青春年少的我，曾经无知地这么想
风车在四季轮回的歌里，它天天地流转
风花雪月的诗句里，我在年年地成长
流水它带走光阴的故事，改变了一个人
就在那多愁善感，而初次等待的青春

［间奏，《金梭和银梭》曲。

［年轻女教师带着一群女学生一起出现，有说有笑，亲切融洽。

女教师与女生们

（领唱合唱）太阳太阳像一把金梭，月亮月亮像一把银梭
交给你也交给我，看谁织出最美的生活
啦……
金梭和银梭日夜在穿梭，时光如流水督促你和我
年轻人，别消磨，珍惜今天好日月

［间奏，《一把泥土》曲。

［一对恋人——男生甲在送别女生甲。

男生甲　（唱）听说你将远渡重洋，到国外开创新的前途

送你一把故乡的泥土，它代表我的叮咛和祝福

［间奏，《万水千山总是情》曲。由女声独唱到男女声二重唱。

女生甲　（唱）莫说青山多障碍，风也急风也劲，白云过山峰也可传情

莫说水中多变幻，水也清水也静，柔情似水爱共永

男生甲、女生甲

（二重唱）未怕罡风吹散了热爱，万水千山总是情

聚散也有天注定，不怨天不怨命

但求有山水共作证

［离别，二人海誓山盟。

［间奏，转入《故乡》曲。

［一个毕业班出现，歌声中他们以各种组合拍着毕业合影（舞蹈化）。

［男生乙即将离校，意气风发地准备回去建设家乡。

男生乙　（唱）我的故乡并不美，低矮的草房，苦涩的井水

一条时常干涸的小河，依恋在小村周围

一片贫瘠的土地上，收获着微薄的希望

住了一年又一年，生活了一辈又一辈

故乡……故乡……

亲不够的故乡土，恋不够的家乡水

我要用真情和汗水，把你变成地也肥呀，水也美呀

地也肥呀，水也美呀，地肥水美

［同样即将毕业离校的男同学们，同样意气风发、踌躇满志。随歌声起舞。

［间奏。转入《读你》曲。

［女生乙拿着行李，来到男生乙面前，热情地表达着年轻的爱情。

女生乙　（唱）读你千遍也不厌倦，读你的感觉像三月

浪漫的季节，醉人的诗篇，唔……

［《读你》成为男女声二重唱。

女生乙、男生乙

（二重唱）你的眉目之间，锁着我的爱怜
你的唇齿之间，留着我的誓言
你的一切移动，左右我的视线
你是我的诗篇，读你千遍也不厌倦
读你千遍也不厌倦

［音乐中，一群女生将同自己的男友携手同行，走出校门走向社会，充满幸福希望。

［即将离校的男生丙在与女生丙告别。《大约在冬季》曲。

男生丙　（唱）轻轻地，我将离开你，请将眼角的泪拭去
漫漫长夜里，未来日子里，亲爱的你别为我哭泣
前方的路虽然太凄迷，请在笑容里为我祝福
虽然迎着风，虽然下着雨，我在风雨之中念着你

［女生丙伤心走开。男生丙几番犹豫，没有去追回女友，而是毅然离去。

［女教师走到女生丙身边，亲切地搂住她、安慰她。《亲爱的小孩》曲。

女教师　（唱）亲爱的小孩，今天有没有哭
是否朋友都已经离去，留下了带不走的孤独……

［女教师揽着女生丙离去。

［吉他男生们唱响《光阴的故事》第2段。

男生们　（唱）发黄的相片，古老的信，以及褪色的圣诞卡
年轻时为你写的歌，恐怕你早已忘了吧
过去的誓言，就像那课本里缤纷的书签
刻画着多少美丽的诗，可是终究是一阵烟
流水它带走光阴的故事，改变了两个人
就在那多愁善感而初次流泪的青春

［一名年长几岁的毕业生出现，风尘仆仆，在校园里寻寻觅觅。

［间奏。《特别的爱给特别的你》曲。

毕业生　（唱）没有承诺，却被你抓得更紧

没有了你，我的世界雨下个不停

我付出一生的时间，想要忘记你

但是回忆回忆回忆……从我心中跳出来

拥抱你

［转调，毕业男生在一对对校园情侣中寻找着。《同桌的你》曲。

［三个男孩走到毕业生身边，一边陪着他，一边替他唱着他的故事。

［歌声中，有学生为这位毕业学长，找来了年轻女教师……

男　生　（三重唱）那时候天总是很蓝，日子总过得太慢

你总说毕业遥遥无期，转眼就各奔东西

谁遇到多愁善感的你？谁安慰爱哭的你

谁看了我给你写的信？谁把它丢在风里

［毕业生一回头，意外地看到不远处，年轻女教师正默默望着自己。

［毕业生深情地走向当年的女朋友。《其实你不懂我的心》曲。

毕业生　（唱）你说，我像云，捉摸不定，其实你不懂我的心

你说，我像梦，忽远又忽近，其实你不懂我的心

你说，我像谜，总看不清，其实我用不在乎掩藏真心

［两人执手相看。《让世界充满爱》的歌声从画外，温暖地传进来。

有人轻声清唱（画外）

轻轻地捧着你的脸，为你把眼泪擦干

这颗心永远属于你，告诉我你不再孤单……

［所有的年轻人轻声唱和。

全　体　（唱）我们同欢乐，我们同忍受

我们怀着同样的期待

我们同风雨，我们共追求

我们珍存同一样的爱……

[音乐渐弱，主演区光渐弱——青春的回忆结束。

[前区一角光起。男主持人将一支口琴递给少年。

[少年生涩地吹响《光阴的故事》前奏。男主持人饶有兴味地坐在他身边。

[生涩的前奏刚一结束，男生们的吉他弹唱再次骤然而起，只是，这次只有声音——仿佛青春的记忆，正随着歌声穿越时空，轰然而至。

[台前一老一少凝神倾听。

男生们　（歌声）遥远的路程，昨日的梦，以及远去的笑声
再次的见面，我们又历经了多少的路程
不再是旧日熟悉的我，有着旧日狂热的梦
也不是旧日熟悉的你，有着依然的笑容
流水它带走光阴的故事，改变了我们
就在那多愁善感，而初次回忆的青春

[歌声渐远。光渐收。

剧　终

今 语

这个《青春记忆》的创作，产生在文化部 2013 年春节晚会（也是最后一届文化部春节晚会）的策划阶段。当时，总导演查明哲提到：可不可以有一个非常青春的作品，以一个戏剧的情境，包容一些大家所熟悉的与青春有关的歌曲？

这种写法几乎是我最擅长的。

于是有了这个初稿。后来总体方案不断调整，这个设想也就放弃了。

这个作品的目的并不在剧，而在——以歌舞的样式，再现当年的那些令人难忘的歌曲。这次，所有的歌词都是原来的歌词哦。只是，你或许会发现，同样的歌，当给了它一个准确的情境的时候，它的感染力会成倍扩大……数了一下，这一个节目里就包括了十三四首属于一代人甚至两代人的歌。

这个文本，或许是我写的最后一个这类作品。从 1997 年春节联欢晚会开创性地推出第一个微型音乐剧《天长地久》，到这时，我完成了近二十部微型音乐剧（包括情景歌舞），这些作品在音乐上完全原创的少，采用“老歌翻新”手段的时候多。这种老歌新唱，大多数观众是更喜欢的，因为音乐的记忆太强大了，每一首歌，当你用得好的时候，它会在一个新的故事里产生特别的效果：既熟悉亲切，又新鲜陌生。

还有一种深深的感慨，假如现在让我以十几二十年的流行歌为主，来做同样的创作，我想我会无法完成。或许是我老了，不再与流行歌曲同步；或许是从前意义上的“流行歌曲”已经真的离我们远去了，只留下曾经的人们记得曾经的金曲……

在此，致敬所有承载过无数青春与梦想的流行歌曲，无论大陆本土的还是港澳台地区的。致谢所有给了我“微型音乐剧”灵感和依托、更承载着我的青春记忆的流行歌曲的词曲作者。我想，我始终没有轻浮、轻薄地对待过它们。

对这些歌的感觉，可是会准确暴露年龄——如果你能一路唱下来，甚至唱得热泪盈眶，那么至少，你已是看得到退休的人了……嘻！

2020 年 4 月

全国20家有线电视台“庆祝中华人民共和国成立五十周年”文艺晚会

系列短剧《弹指一挥间》之一

裁缝店的故事

中央电视台播出（有删减）

1999年9月30日，“全国有线电视台庆祝中华人民共和国成立五十周年文艺晚会”短剧
全国20家省市有线电视台同时播出
演员：句号 等

时　间：二十世纪五十至九十年代
地　点：一家裁缝店门口
人　物：裁　缝
女顾客

［第一段——五十年代。

［《社会主义好》音乐。

［舞台出现穿着五十年代服装的时装模特儿。她们随着音乐表演。

［裁缝举着新做好的“合作裁缝店”的牌子上场。

裁　缝　（唱）社会主义好，社会主义好，社会主义国家人民地位高……

［模特儿闻声原地“定格”，犹如橱窗里的服装模特儿。

［裁缝边唱边把新店牌立好，退后欣赏着。

裁　缝　（看着新店牌对观众说）合作裁缝店，这新店名儿起得怎么样？蛮有时代特点吧？大家一看，就知道这是走进了社会主义的裁缝店。

［女顾客上。

女顾客　（唱）社会主义好，社会主义好，社会主义国家人民地位高……（白）掌柜的……

裁　缝　哎呀都什么时代了还“掌柜”“掌柜”地叫！解放了晓不晓得？大家都是同志了晓不晓得？

女顾客　同志……

裁　缝　哎，这就对了嘛！太太您有什么吩咐？

女顾客　太太？都什么年代了还“太太”“太太”地叫！你是人解放了，可思想还在旧社会！

裁　缝　对不起对不起，这么多年叫顺嘴了。

女顾客　请问，这附近是不是有一家“小林裁缝店”？

裁　缝　这里就是。不过改名了，现在叫“合作裁缝店”！

女顾客　你不是为了抢生意才这样乱讲的吧？

裁　缝　这种事情哪能乱讲。从前嘛，我是个体劳动者，我的铺子叫“小林裁缝店”，现在公私合营啦，政府已经批准我加入合作社啦，所以我就改名叫“合作裁缝店”啦！

女顾客　噢——那我们一样哎，我家的点心铺也公私合营啦！

裁　缝　（表现地）我可是自己主动要求了好几回才参加合作社的！

女顾客　我们家也是。

裁　缝　这下子我们都进入社会主义啦！

女顾客　是啊，离共产主义就不远了。

裁　缝　我们是真正的同志啦。

女顾客　是啊，同志。

裁　缝　同志您想做件什么样的衣服啊？（边说边手脚麻利地拿出尺子为顾客量体）

女顾客　我呀，老早就想好好做一件旗袍的……

裁　缝　旗袍？旗袍多落伍呀！

女顾客　那……

裁　缝　列宁装多好！又好看，又方便行动，又方便做工……

女顾客　您说得有道理……

裁　缝　那当然！现在兴的就是头戴解放帽，下穿大裤裆，上身要穿列宁装嘛。哎，这事儿就这么定啦。喏，这是取衣服的单子，三天以后你来取衣服就可以啦！

女顾客　我怕您做不出来。

裁　缝　没有的事情！做不出来的话我白送您一件列宁装！

女顾客　真的？说话可要算数的！料子在这里，再会啊。

［女顾客笑着下场。

裁　缝　再会。（不服气地）做不出来？我做的列宁装全市第一……

［裁缝抖开女顾客留下的料子，顿时愣了——是一块只适于做旗袍的丝绸面料。

裁　缝　哎呀，这块料子……怎么也做不出列宁装啊。同志——喂同志——

［追下。

［裁缝举着鲜艳的丝绸布料走回来："这块料子还是蛮漂亮的，可惜不时兴。有好多年都不时兴呢！兴什么？（脱掉外衣露出里面的军装）兴这个——军装。

［第二段——六十年代。

［《爹亲娘亲比不上毛主席亲》乐曲。

［舞台出现穿着绿军装的时装模特儿。有的军装上系着腰带，有的戴着军帽……她们随着音乐表演。

［裁缝举着新做好的“反修裁缝店”的牌子上场。

裁　缝　（唱）天大地大不如党的恩情大，爹亲娘亲不如毛主席亲……

［模特儿闻声原地“定格”，犹如橱窗里的服装模特儿。

［裁缝边唱边将“合作裁缝店”的牌子换成了“反修裁缝店”。

［女顾客上。

女顾客　（唱）广阔天地，大有作为……

（粗声大气地）“千万不要忘记阶级斗争。”谁是裁缝？

裁　缝　我是。

女顾客　“不爱红装爱武装。”你会做军装吗？

裁　缝　（结结巴巴点头）为、为人民服务……

女顾客　（警惕地）“凡是敌人拥护的我们都要坚决反对。”你什么出身？

裁　缝　城市平民。

女顾客　“反修防修！”你为什么不背语录！

裁　缝　我、我会的都让你说了。

女顾客　“狠斗私字一闪念。”我绝不会把革命的布料交给一个不革命的裁缝手里。哼！（不屑一顾地扬长而去）

裁　缝　“举头望明月，低头……”不对，这是唐诗。哎，我想起来一条——“革命不是请客吃饭”……

［裁缝原地转身，嘟嘟哝哝地脱下军装，露出里面的洗得发白的蓝制服：“不让做拉倒！正好省了！大家都省力气了！

［第三段——七十年代。

［《全世界人民一定胜利》乐曲。

［舞台出现穿着各种旧的黑、蓝、灰、草绿色时装模特儿。她们身上的衣服不是洗得发白了，就是磨得起毛了。模特儿们随着音乐表演。

［裁缝举着新做好的“亚非拉裁缝店”的牌子上场。

裁　缝　（唱）东风吹，战鼓擂，现在世界上究竟谁怕谁。不是人民怕美帝而是美帝怕人民……

［模特儿闻声原地“定格”，犹如橱窗里的服装模特儿。

［裁缝将“反修裁缝店”的牌子换成了“亚非拉裁缝店”。

［女顾客上。

女顾客　（唱）东风吹，战鼓擂，现在世界上究竟谁怕谁。不是人民怕美帝而是美帝……裁缝同志，我要改衣服。

裁　缝　是夏改棉还是夹改单？

女顾客　都不是。我是想让你帮我把新衣服改旧。

裁　缝　嗯？

女顾客　我上个星期在你这里做了一件上衣，你还记得吗？

裁　缝　那衣服当时你不是试了吗？很合适啊。

女顾客　合适是合适，就是太像新衣服了。

裁　缝　本来就是新的……

女顾客　我要是穿着那么新的一件衣服出门……别人会认为我有资产阶级思想的。

裁　缝　那……你可以把它弄得脏一点再穿……

女顾客　不讲卫生啊，那也不好。有损我们主人翁的形象。

裁　缝　那……你可以做做旧，先拿到泥里踩，再用沙子搓，再洗干净，再拿到泥里踩……

女顾客　哎呀，那多费事啊！

裁　缝　你的意思？

女顾客　我呀，在衣服上剪几个洞，麻烦你帮我打几个又朴素又漂亮的补丁，到时候呀，我就可以穿着我这件又漂亮又朴素的半新半旧的衣服……

裁　缝　噢，有数、有数。

女顾客　那就多谢你啦！我明天一早来取衣服。再会。（下）。

裁　缝　再会，再会。

［裁缝边说边打开那纸包，拿出了一件上面剪了几十个大窟窿小窟窿的“新衣服”。

裁　缝　唉，这、这哪里是叫我补衣服，明明是叫我织渔网嘛！同志——

［裁缝举着那破衣服看着：“好不容易做了一件新衣裳……唉！”他

像是发现了新大陆一样，把衣服举得高高的给观众看："你们看这件衣服，有没有什么联想？感想？灵感？想象？哎呀怎么都看不出来，这明明就是后来时髦的'乞丐装'嘛！"

［第四段——八十年代。

［《冬天里的一把火》乐曲。

［舞台出现穿着高领毛衣、拉链衫、牛仔裤、连衣裙等服装的时装模特儿。她们随着音乐表演。

［裁缝举着新做好的"梦巴黎时装店"的牌子上场。

裁　缝　（唱）你就像那冬天里的一把火，熊熊火焰温暖了我的心窝，每次当我悄悄走近你身边，火光照亮了我……

［模特儿闻声原地"定格"，犹如橱窗里的服装模特儿。

［裁缝把"亚非拉裁缝店"的牌子换成了"梦巴黎时装店"。

裁　缝　（一边换牌子一边念叨）八十年代大家的思想都解放了，生活一天比一天丰富多彩……

［女顾客一路唱着邓丽君的歌上场。

裁　缝　（主动招呼、鞠躬）欢迎光临！

女顾客　哎呀，你不要这么客气嘛。我只是随便看看的。

裁　缝　欢迎参观。我这个小店呀，各种风格的服装都做得来的。你看看这些款式……

女顾客　哎呀，要不说个体经营就是比大锅饭好，服务态度都不一样。

裁　缝　那当然啦，顾客是上帝嘛！

女顾客　发财的也是你们这拨儿人。

裁　缝　那有什么不好？一部分人先富起来了，慢慢地大家就都富起来了嘛。

女顾客　你会做喇叭裤吗？

裁　缝　不谦虚地讲，本市第一条喇叭裤就出自本店……

女顾客　那我就找对了。（说着，从包里抖出几块料子）这些料子，你每种给我做一条喇叭裤。

裁　缝　没有问题！保你领导服装新潮流，回头率百分之百！我给你量量尺寸。

女顾客　不用量。我腰围一尺八，裤长三尺，喇叭口嘛，越大越好。

裁　缝　那也得有个尺寸呀！

女顾客　二尺八好了。

裁　缝　好的。三天后来取衣服。

女顾客　拜拜——（下）

裁　缝　拜……（拿笔记着）裤脚二尺八……哎，小姐，二尺八就不是喇叭裤了，那是扫街的拖布！

［第五段——九十年代。

［《祝你平安》乐曲。

［舞台出现穿着各种目前最时髦的服装的时装模特儿。她们随着《祝你平安》节奏表演。

［裁缝举着新做好的“小林裁缝店”的牌子上场。

裁　缝　（唱）你的心情，现在好吗？你的脸上，还有微笑吗？生活的路，常有一些不平事，请你多一点开心，少一点烦恼。

［模特儿闻声原地“定格”，犹如橱窗里的服装模特儿。

［女顾客戴着随身听上场。

女顾客　（边跳边唱）对面的女孩看过来……

裁　缝　（意外地）啊，这就到了现在了！八十年代还没说完呢？

女顾客　（摘下耳机）导演让我们抓紧时间，后头还有别的节目呢。

裁　缝　哦哦，了解。

［裁缝小跑着把“梦巴黎时装店”的牌子换成了“小林裁缝店”。

裁　缝　（一边换牌子一边念叨）九十年代大家的思想都解放了，生活一天比一天丰富多彩……好在我不说大家也都知道。

［女顾客重新戴上耳机边唱边跳重新上场。

女顾客　（唱）你是我的姐妹，你是我的 baby……

裁　缝　欢迎光临！小姐是要做旗袍吗？

女顾客　（奇怪地）你怎么晓得我是来做旗袍的？

裁　缝　你既然进了我这家店，除了做西装，肯定就是做旗袍了。

女顾客　为什么？

裁　缝　因为……我这儿就是个老字号专营店啊！小林裁缝店，从我爷爷那时候就是有名的专做中西式礼服的名裁缝！小姐想做什么样的旗袍？是古典的，还是比较现代感的？

女顾客　我是想……做那样一种衣服，既简约又有后现代意识，是纯粹的女装，但穿在身上应该比吊带裤那样的中性服装还要酷，可以适当用一些华丽的蕾丝——蕾丝就是花边，在传统中透出超凡脱俗的时尚。

裁　缝　（看了她半天）我建议您去买上几十本时装杂志，然后把它们披挂在身上。

女顾客　什么意思？

裁　缝　您就能把您说的那些名词全都穿在身上了。

女顾客　哈！你讽刺我？

裁　缝　没有没有，开个玩笑……

女顾客　得啦，我知道，就我要求的这种时装，目前还没有人能做得出来。那就只好退而求其次啦。您这儿都有哪些式样？

裁　缝　（递上一本影集）都在这里面。

女顾客　（翻看着，惊叹）哇！没想到你们能把旗袍做出这么多种感觉！哇！太漂亮了！哇！真是妙不可言！哇！我要这种！

裁　缝　（看了一眼，一边应一边开始为她量体）好的。这是非常时装化的一款，小姐准备选哪一种料子？哪一种花色？

女顾客　（指着第一段中拿来做旗袍的那块丝绸面料）那种！

裁　缝　看来小姐是喜欢……新古典主义啊？

女顾客　那当然。这件衣服你一定要给我做得非常合身，非常贴身……

裁　缝　您放心吧。喏，三天后来试衣服。（裁缝边说边撕下单子递给她）。

女顾客　（一边接过单子一边补充说）长度嘛，到膝盖的一半就可以啦。

裁　缝　到膝盖的一半……哦，你是喜欢比较长的……

女顾客　到膝盖的一半还长？

裁　缝　（比画着）从地面到膝盖……的一半……

女顾客　哎呀你可真是老脑筋！现在讲的“到膝盖”是指从肩膀到膝盖！

裁　缝　从肩膀……

女顾客　再会啊。

裁　缝　再会，再会。

［女顾客下。

［裁缝继续寻思着、比画着。

裁　缝　从肩膀……到膝盖……的一半……哎，这哪里是旗袍？顶多是件背心！小姐……（追下）

剧　终

今　语

五段体的《裁缝店的故事》，肯定是电视台播出过的。1999年9月30日，“全国有线电视台庆祝中华人民共和国成立五十周年文艺晚会”，全国二十家省市有线电视台同时播出。主要演员是句号等，导演是谁已记不清了（一定也是大家熟悉的）。

然而，它只是这组系列短剧中的一组。我一共写了六组，每组最少两段，最多五段。

第二个三段体的《照相馆的故事》，似乎……应该……也由电视台制作并播出过，是不是同一台晚会，回忆不起来了。

其余的四个：《十六岁的故事》《炊事员的故事》《过生日的故事》《结婚的故事》应是未发表作品。

时隔二十一年，自己翻出来看的时候，吓了自己一跳：一台晚会需要一个、顶多两个系列短剧，我居然认认真真地写了六个，总容量超过一部大型话剧。而且，边看边会记起当年下过的功夫——这里面二十多段跨越五十年的，中国老百姓的日常生活瞬间和细节，包括流行的歌曲、时代印记强烈的语言……都是查阅了大量资料、费尽心思地提炼而来的。

当年似乎就有拿综艺短剧书写百姓史诗的“野心”和用心。

应一台晚会之邀，就一口气写出六个系列、近两万字的作品，这种写作热情够“疯魔”的了。但也许正是这每一次、习惯性的“疯魔”，令我日积月累地锤炼着自己的技巧。

编年史结构的综艺剧，后来大家看多了，也许并不觉得新鲜。但，我应该算是这类写法的最早几位作者之一。印象中，最早是九十年代初，姜昆、梁左二人动意写一部编年体相声剧《明春曲》，下了很大功夫。我在其中参与过，结果是我的歪包袱把梁左逗得哈哈大笑，匪夷所思于我的奇怪喜感。再后来，我印象中第一个出现在电视屏幕里的编年体短剧，是春节联欢晚会或是“春兰杯”晚会上，由一大群著名相声、喜剧明星集合完成的《岁月如歌》。里面反复出现由姜昆重复说出的串联词是“时光如流，岁月如歌……”许多观众或许还会记得。再然后，出现的大概就是我的作品了。只可惜我与作家徐小帆合作过的几组播出过的、如此格式的系列短剧都找不到文本，甚至我也没有记录了。而徐小帆也同我前面追念过的许多师友一样，英年早逝……

这六个系列，在戏剧手法上的探索很有些“学院派”，很多样。

无论是不是演出过、播出过，我觉得，这六部短剧都多少有“综艺剧”和五十年历史表达的资料价值。

2020 年 5 月

全国 20 家有线电视台“ 庆祝中华人民共和国成立五十周年” 文艺晚会

系列短剧《弹指一挥间》之二

照相馆的故事

（未发表作品，已版权注册）

时　　间： 二十世纪六十年代末、二十世纪七十年代末、二十世纪九十年代末

地　　点： 一家照相馆内

人　　物： 摄影师、新郎、新娘

［第一段——六十年代末。

［胸前戴着毛主席像章的摄影师，扛着笨重的座机照相机，唱着《世界是你们的，也是我们的》上场。

［新郎新娘一前一后上。两人都穿着棉衣。外面罩着军装。

［新娘扎着两把“刷子”；新郎戴着一顶军帽。

［新郎粗声大气；新娘文静腼腆。

新　郎　照相的人呢？照相的人呢？

［“来啦——”胸前佩戴着毛主席像章的摄影师，手里提着底板盒快步跑上。

新　郎　照个相。

摄影师　你们——什么关系？

新　郎　革命伴侣。

摄影师　坐吧。

［摄影师忙着自己的准备工作，新郎新娘小声说着话。

新　郎　只要咱俩一结婚，你就是革命干部家属了！

新　娘　（高兴地点头）嗯！

新　郎　将来咱们有了孩子，那就是革命的后代。

新　娘　（难为情）瞧你！

摄影师　（走过来）你们有介绍信吗？

［两个人连忙各自从怀里掏出介绍信递给摄影师。

摄影师　（看着介绍信，问新郎）你叫……？

新　郎　魏红心。

摄影师　（问新娘）你叫……？

新　娘　张学东。

摄影师　嗯。你们俩可以坐近一点儿。（归还介绍信并退身回去）

［新郎新娘相视一笑，往一起靠了靠。突然，新郎一皱眉头——

新　郎　你又抹雪花膏啦？（新娘点头）你就这些小毛病改不了！

新　娘　天这么冷……

新　郎　天冷不是理由，你骨子里头残留的资产阶级生活作风才是根本原因！你看看真正的劳动人民，有谁一天到晚往脸上抹雪花膏！啊？

你觉得这是香，我闻到的却是臭！比大粪还臭！

［新娘垂下了头。

摄影师　（把头从“黑匣子”里钻出来问）什么比大粪还臭？

新　郎　（旗帜鲜明地）雪花膏！

摄影师　（眨眨眼睛）有道理！俗话说大粪雪花膏，各有所好！（对观众白）我也变态。

新　郎　（一边自己掏出红宝书捧在胸口一边碰碰新娘子，突然又叫了起来）哎，你怎么没戴像章？

新　娘　我……光顾着换这件新衣服了……摄影师同志，我能不能借用一下您的像章……

新　郎　（马上说）那哪儿行啊！这不是记性问题，是感情问题！回去拿一趟吧。

新　娘　这么冷的天……路又远……

新　郎　这样才会加深记忆，才能受到教育呢！快去快去。

［新娘急下。

新　郎　哎——你等等我……（追下）

摄影师　哎！

新　郎　（不解地）怎么啦？我是要追下嘛！剧本里写的！

摄影师　我不是不让你追下，我是让你先把像章摘了还给我！

新　郎　给给给。（摘了像章交给摄影师。下）

［摄影师一边说话，一边摘下自己身上的像章跟刚要回来的这个一起，小心翼翼地收了起来：“这小品好演，找这像章可费了劲了！拍了一百块钱押金，我才算是从我二大妈的表哥的弟媳妇家的老爷子手上拿来这两枚！”

［第二段——七十年代末。

［摄影师一边擦着照相机一边大声唱着苏小明的《毛毛雨》。

［新郎新娘挽着胳膊进来。新郎穿拉链衫，戴眼镜，斯斯文文的样子。

［新娘扎马尾辫，刘海处用两个小发卡交叉卡着（当年自行制造卷

发的办法），翻领罩衣里面穿着高领红毛衣，很时髦。

新　郎　摄影师同志——

摄影师　来啦。

新　郎　照相。

摄影师　（接过小票）结婚照？

［两人都不好意思地点头。

摄影师　请坐。

［摄影师做准备工作，两个人悄悄说话。

新　娘　刚才那件呢子大衣，我看还是挺好的……

新　郎　（示意她）你头发上的卡子！

新　娘　哦，（一边取掉卡子，整理用卡子弄得弯曲了的刘海，一边说）你不会说我是“高价姑娘”吧？

新　郎　不会。只要你高兴，甭说是呢子大衣，就是更高级的衣服，我也舍得给你买！

新　娘　你真好。

［新娘无比幸福地将头靠在了新郎的肩膀上。

摄影师　（对观众）这呢子大衣跟“高价”俩字儿有什么关系啊？

新　娘　（反驳摄影师）你可别说啊，放二十年前，现在的工薪阶层全都得算是“大款”！

摄影师　准备好了没有？

新　郎　请等一等。

［新郎说着，脱去外衣，取出一件“假领子”穿在里面，然后又套上外衣，翻好领子。新娘也趁机脱掉外套，露出红色高领毛衣。

新　娘　（摆样子给新郎看）怎么样？

新　郎　太美了！摄影师同志，您是不是也觉得我们是郎才女貌啊？

摄影师　没错，主要是你刚穿上的那件“小马甲”的效果好。

新　郎　什么小马甲，这是专门从上海买回来的假领子！不识货了吧？

摄影师　不就半截儿衬衣嘛！你们两个靠近点。不要动啊。（一边准备装上底板盒一边随口问）我听说现在结婚都讲究三转一响一咔嚓，你们是不是也都备齐了？

新　娘　那当然！我们家——凤凰牌自行车，蝴蝶牌缝纫机，上海牌手表，海鸥牌照相机，红灯牌收音机——全是名牌货！

摄影师　不简单啊！那家具是四十八条腿还是七十二条腿啊？

新　娘　（瞪着新郎）还有七十二条腿？

新　郎　（紧张地）哎呀那只是一种说法……

新　娘　（对新郎）可你告诉我四十八条腿就是最好的了！

新　郎　很少有人能凑够七十二条腿！

新　娘　别人能，我为什么就不能？我又不比别人差！（站起身来）今天这结婚照不能照。

摄影师　你这位女同志，也不能听风就是雨嘛，我不过是随口说说……

新　娘　那不行！（对新郎）放着那么多大学生没找为什么我偏偏要找你？你呀，什么时候把腿儿凑齐了咱什么时候再来照相。这是面子问题！

［新娘扬长而去。

新　郎　（冲着她的背影喊）哎，哎，你别走哇！（对观众）你们快跟她说说吧，要不了几年，这七十二条腿加起来都卖不出现在四条腿儿的钱！

［新郎下。

摄影师　卖钱？收废品的人能免费替你们拉走就算给你面子了！

摄影师　从前是什么都缺什么都是好的，现在是什么都有什么都不稀罕。我们家那台电视机，是当年全家勒紧腰带攒了一年才攒出来的。现在呢，收旧家电的只出两块钱的收购价，我们还了个三块人家就不乐意要了！

［第三段——九十年代末。

［新娘新郎都是短衫短裤、染了颜色的短发，很酷的样子。新郎一边走，一边唱着《相约九八》，还有很特别的舞姿，如痴如醉，旁若无人。

摄影师　（看着新郎问新娘）他跳的这是——探戈？

新　娘　他跳的这是……自编舞蹈——工兵探雷！（窃笑）

新　郎　（对摄影师）你们这儿都有什么样的婚纱照啊？

新　娘　不要一般的婚纱照，要那种……让人一看，就能联想起一种伟大的、惊天动地的爱情的……

摄影师　有！我们这里，有古今中外各种各样的爱情造型。请看——

［音乐。一对《红楼梦》人物造型的新郎新娘出现。

摄影师　贾宝玉与林黛玉——刻骨铭心型。

新　郎　这个好！（很有情绪地对新娘唱）天上掉下个林妹妹……

新　娘　（不以为然地看着他）就会唱这一句。

新　郎　（继续作戏）林妹妹，我来迟了！我来迟了……

新　娘　（一脸假笑着问）宝哥哥，你到哪里去了？

新　郎　我、我不是跟宝姐姐结婚去了嘛……

摄影师　（突然大声惨叫）啊！（冲新娘）你干吗踩我脚啊！

新　娘　对不起对不起，我踩错了。（冲新郎）哎你什么意思？明知道最后是贾宝玉跟别人结婚了，林黛玉把自己气死了？咱俩还没去办证儿呢！

新　郎　（对摄影师）换换换，赶紧换一种。

摄影师　（喊）永志不忘型——（单腿跳着，白）好嘛，差点就出人命！

［音乐。一对《泰坦尼克号》人物造型的新郎新娘出现。

新　郎　这不就是泰坦尼克号嘛！

摄影师　对呀，怎么样？

新　娘　这个好这个……

新　郎　我死去了，你活下来了，还活到九十多岁，还儿孙满堂？

新　娘　那咱也不要这个。摄影师，有没有那种又经典又结局完满的……哪有专门照着悲剧的样式拍结婚照的！

摄影师　你让我想一想……哎，还真有一个！睡美人怎么样？

新　娘　睡美人？

摄影师　童话故事里头的。一位公主受了女巫的诅咒，一下子昏睡了好多年，直到有一天，一位白马王子来到她身边，轻轻地……吻了睡美人一下，公主就醒了，从此跟王子一起过上了幸福的生活。

新　娘　真美！

新　郎　还美满。

摄影师　那就穿上打扮起来吧。

［一对青年男女托着两个放着衣服的托盘上来，女孩子在替新娘披上公主的纱裙。青年则拉着新郎走到了一边。

［摄影师挎着照相机走过来，给新娘说戏。

摄影师　你先拿着纺锤假装纺线，然后被纺锤扎了手，于是昏睡过去。这一段我正好可以抓拍你的单人照……

新　娘　我就是公主？

摄影师　那当然。

新　娘　然后呢？

摄影师　然后，白马王子来了，他轻轻地在你的脸上一吻，你就醒了，然后对王子一见钟情，跳起了双人舞。

新　娘　双人舞？

摄影师　摆一些你们能够想到的恩恩爱爱的样子就行。明白了吗？（新娘点头）那就开始吧。

［音乐起。新娘照着摄影师的安排“表演”着，感觉特别美。

［当摄影师说：“白马王子来啦！”身着童话里王子的服装，迈着芭蕾舞的步伐的新郎走了上来。

［在音乐中，新郎吻醒新娘，两人做脉脉含情的造型。

剧　终

完成于 1999 年

全国20家有线电视台“庆祝中华人民共和国成立五十周年”文艺晚会

系列短剧《弹指一挥间》之三

十六岁的故事

（未发表作品，已版权注册）

时　　间：二十世纪五十至九十年代

地　　点：街头

人　　物：少年

父亲（少年的父亲）

少女（少年的朋友或同学）

[第一段——五十年代。

[《全世界人民团结紧》音乐。

[青年们扭着秧歌，兴高采烈地唱着、舞着：“咳啦啦啦啦咳啦啦，天空出彩霞呀，地上开红花呀……”

[游行的青年们扭着秧歌下场。台上只剩下少女。

[少年唱着“天空出彩霞呀……”上场。

少　女　你倒是快点啊！

少　年　来啦来啦！你猜，这回我拿了多少钱？

少　女　十万？（少年得意地摇头）二十万？（少年摇头）五十万？

少　年　（越发得意地）我把我们家的存款全拿来了！

少　女　真的?!

少　年　那当然！现在全国人民都在给志愿军捐款捐物捐飞机，常香玉捐了“香玉剧社号”，作家捐了“鲁迅号”，小朋友捐了“儿童号”……我呀，就恨不能我们的“青年号”飞机明天就能飞上天……

少　女　我捐的是“新女性号”！

少　年　不是说好了咱们都捐“青年号”吗？

少　女　我是新中国的女性，所以我应该捐“新女性号”！

少　年　好吧好吧，不管什么号，只要捐飞机，就是支援了志愿军，就是为保家卫国做了贡献！

[少女正点头，父亲喊着追上：“臭小子你往哪儿跑！”

少　年　坏了，我爹追来了！

[少年在台上绕着少女跑，父亲绕着追。

父　亲　你这个臭小子！你给我站住！（看到儿子跟少女是一伙的）好啊，怪不得你偷拿家里的钱，原来是学会拐带女孩子了！

少　女　（问少年）你没跟家里人说啊？

少　年　哪儿来得及啊！

父　亲　啊，都来不及跟我说了！

少　年　主要是怕您不答应。

父　亲　你不跟我说，我怎么答应？

少　年　那我现在告诉您，您答应不答应？

父　亲　我……那我也得先去问问（指少女）她的父母！

少　女　（天真无邪地）我父母同意。

父　亲　（一愣）你父母同意？

少　女　他们可支持了！（从口袋掏出钱给父亲看）您看，这些钱，一半是我自己攒的，一半是我父母给的！

父　亲　啊？你父母……你父母对孩子也太不负责任啦！

少　年　人家父母的思想比您先进！

少　女　就是！我爸爸妈妈说了，只要是保家卫国需要，甭说钱，就是命我们也都舍得给！

少　年　您听听！

父　亲　你们拿这钱……（咽了口唾沫）是给志愿军的？

少　年　那当然！我们要给志愿军捐飞机！青年号飞机！

少　女　新女性号飞机！

父　亲　噢……（恍然大悟）。

少　年　（开导他）爹，抗美援朝保家卫国，是咱们每一个中国人的责任，只要咱们每一个人都能有钱出钱，有力出力，谁的飞机大炮咱也不怕！

父　亲　（忍着笑）对对对，你说得对。

少　年　爹，您同意啦？

父　亲　当然同意！我举双手赞成！

少　女　叔叔您真好！

父　亲　还不快去。

［俩少年答应着跑下。

父　亲　（疼爱地）都是好孩子啊！（欲下，突然想起来）哎，他把钱都拿走，我拿什么捐我们的“工人号”飞机？臭小子你等一等——（追下）

［第二段——六十年代。

［《革命青年进行曲》音乐。

［青年们穿着军装，背着行李，列队行进：“前进向前进革命青年

们，前进向前进革命接班人，胜利在召唤，红旗在指引，沿着前辈开辟的革命大路，推动历史的车轮……”

［青年们的队列下场。两个少年也唱着“面向未来，肩挑重任，满腔热血一颗红心……”背着行李，朝气蓬勃地在场上绕行，下场。

［父亲手里提着大网兜追上。

父　亲　（喊）臭小子——（对观众）我可不是来拖孩子后腿的，我支持孩子到祖国最需要的地方去！就是……就是这心里头……（咽了口唾沫）有点舍不得……（喊）臭小子，你把这条狗皮褥子带上——（追下）

［第三段——七十年代。

［四组青年提着不同的“砖头式”“两个喇叭”“四个喇叭”录音机从台上走过：第一组录音机里放的是李谷一唱的《乡恋》；第二组录音机里放的是苏小明唱的《军港之夜》；第三组录音机里放的是“学英语”节目，“A、B、C……”；第四组放的是邓丽君唱的《甜蜜蜜》……

［少女上场，她一边走一边听着半导体收音机。收音机里正在播放的是徐迟写的报告文学《哥德巴赫猜想》：“一张又一张运算的稿纸，像漫天大雪似的飞舞，铺满了大地。数字、符号、引理、公式、逻辑、推理，积在楼板上，有三尺深。忽然化为膝下群山，雪莲万千。他终于登上了攀登顶峰的必由之路，登上了（1+2）的台阶。他证明了这个命题，写出了厚达200多页的长篇论文。闵嗣鹤教授给他细心地阅读了论文原稿，检查了又检查，核对了又核对。肯定了，他的证明是正确的，靠得住的。他给陈景润说，去年人家证明（1+3）是用了大型的、先进的电子计算机。而你证明（1+2）却完全靠你自己运算……”

［在少年和父亲争执时，报告文学的播讲画外音始终进行着。

［少年匆匆上场。少女高兴地迎了上去。

少　女　你要的那套习题集我借到了！

少　年　真的？（接过习题集）太好了！

少　女　还有，这次测验，你又是补习班里的第一名！老师说，你是咱们班最有希望考上大学的……

[少年不好意思地正不知道该说什么好，父亲追上："臭小子你给我回来！"

少　年　（小声对少女说）坏了，我爸爸追来了！

父　亲　（指着少年）你这个臭小子！现在可不是"四人帮"那会儿了！现在所有的年轻人都知道学科学爱科学，连胡子一大把的老小伙子都忙着补习文化课，你说你怎么就一点儿都不爱学习呢？

少　年　爸，您别嚷呀！

父　亲　你不学好我还不嚷！（听到半导体里传来的声音）你看看人家小姑娘，人家都知道听个《哥德巴赫猜想》！你听听人家陈景润，人家在那么艰苦的条件下都能研究出 1 +2，你倒好！

少　年　（不服气地）我怎么了？

父　亲　你初中毕业就下了乡……我好心好意替你报了个初中文化补习班，你倒好，不仅一节课也没去听，还把我替你交的学费都要走了！你说，你把那些钱要去干什么了？

少　年　我参加了一个更接近我的程度的补习班。

父　亲　（看着儿子。确定他没有撒谎，之后叹息道）也好，十六岁才开始补习小学文化，虽然晚了一点，但总比不补强！

少　年　（忍着笑道）爸，您还是没说对……

父　亲　还不对？（绝望地）你总不会是从幼儿园开始吧？

少　年　你就不能往高处想想？

父　亲　高处？（审视着儿子）孩子，咱们要实事求是，不求进取不好，好高骛远也不好。那高中的课程你能听得懂吗？

[一直在一旁听着的少女终于忍不住一边关上收音机一边笑着插嘴。

少　女　叔叔，您太小看您的儿子了！他现在上的是参加高考的考前班！而且是我们班上成绩最好的！

父　亲　（盯着儿子）你要参加……高考？（少年点头）就你？初中毕业？

少　年　高中的课程我早就自学完了。（见父亲望着自己不说话）爸？

父　亲　（咽了口唾沫）这事儿我怎么从来都不知道哇？

少　年　我想给您一个惊喜。

父　亲　（故作平静地）年轻人知道学习，这是应该的！

少　年　是。

父　亲　还不赶快上课去！

少　年　唉。

少　女　叔叔再见。（俩少年下）

父　亲　（见孩子们走了，喜不自禁地放声大笑）哈哈，我儿子自学成才了！我们家也要出大学生了！哈哈！咦，这臭小子下了课拿什么钱吃饭呀？（喊）臭小子你等一等……（追下）

［第四段——八十年代。

［《一无所有》音乐。

［青年们摇滚着："我曾经问个不休，你何时跟我走。可你却总是笑我，一无所有……"

［青年们下场。少年学着崔健的样子唱着歌，同少女一起高高兴兴地上场。

少　年　（唱）哦哦哦哦，你何时跟我走……

少　女　（加入合唱）哦哦哦哦……我这就跟你走……

［俩人笑成一团。

少　女　（掏出一只魔方）你瞧，我对出了一面。

少　年　（看了一眼）那有什么，（也掏出一只魔方）你看，我对出了六面！

少　女　（佩服地）哎呀你真是太聪明了！

［父亲手里拿着东西追上。

父　亲　臭小子！

少　年　（高兴地对少女道）我爸爸回来了！

［父亲从少年面前冲了过去。

少　女　（小声地）他不认识你？

少　年　（小声地）那肯定是我长高了。（喊）爸爸。

［父亲猛不丁停下脚。看着儿子。

少　年　爸爸您认不出我了吧？

父　亲　（咽了口唾沫）刚才那个小孩子，看背影跟你一模一样……

少　年　跟我去年一模一样。

父　亲　（正色地）爸爸出去进修一年，你的表现怎么样啊？

少　年　非常好。门儿门儿功课优秀。

父　亲　是吗？那这是怎么回事？（父亲将一条喇叭裤举到儿子面前）这是谁穿的奇装异服呀？

少　女　（在一旁抿着嘴笑道）你还穿过这么傻的衣服呢？

少　年　（非常不好意思地）去去。

［少女笑着跑掉了。

父　亲　你既然知道这种衣服不好看，那干吗还要穿呢？

少　年　哎呀！（扯过裤子在身上比量着）您也不看看这是什么时候的事儿了！（那裤子比少年的腿短了一截）

父　亲　不管什么时候的事儿，错的就得批评。

少　年　（嘟哝着）挨得着吗？生活本来就是丰富多彩的嘛！

父　亲　你说什么？

少　年　没什么？

父　亲　（从包里取东西）爸爸知道你长大了。知道爱美了，这不，爸爸给你买了一件“瓦尔特服”……

少　年　（看了一眼，皱着眉头又放回包里）太土了！

父　亲　土？（咽了口唾沫）瓦尔特服还土？

少　年　早过时了！

父　亲　过时了？那你奶奶给你做的这背心……

少　年　（一把接过来，爱不释手地）土布对襟马甲！盖了帽了！（飞快地穿到身上）

父　亲　（意外地）这个倒不嫌土了？

［少女腰上套着一只“呼啦圈”跑上来喊着：“哎——”

少　女　（看着他身上的马甲）哪来的马甲？太有个性了！

少　年　（很得意，但马上注意到了呼啦圈）哪来的呼啦圈？

少　女　（手一指）那正卖呢。

少　年　快走！（飞快地随少女跑下）

父　亲　（喊）哎，臭小子——（对观众）他算是把我给说晕了！（追下）

［第五段——九十年代。

［《对面的女孩看过来》音乐。

［青年们无忧无虑地唱着跳着："对面的女孩看过来，看过来，看过来，这里的表演很精彩，请不要假装不理不睬……"

［青年们下场。少年和少女唱着"寂寞男孩的苍蝇拍，左拍拍，右拍拍……"上场。

少　女　没想到，你都是大学生了居然也喜欢唱这种歌。

少　年　流行歌曲嘛，就是满大街到处都放，不管你喜欢不喜欢，就这么天天灌耳音，最后全都会了。（少女笑）你真不后悔那二百块钱？

少　女　不后悔。我还上小学的时候，就拿我自己的零花钱参加过"希望工程"，也是二百块钱。

少　年　那会儿的二百块钱能帮一个小孩上完小学。现在我们参加"绿色工程"，二百块钱可以让黄河边上多一亩绿化林。

少　女　这下子，你一个月的家教收入就没了。

少　年　我的财路还多着呢！

［父亲追上："你这个臭小子！"

少　年　爸。

父　亲　（手里举着一块手表）这是什么？

少　年　这是我送给您的生日礼物啊。

父　亲　你哪来的这么多钱？

少　年　您就告诉我您喜欢不喜欢……

父　亲　我不喜欢！

［少年愣住了。父亲有些不忍地。

父　亲　你刚进大学，哪来的这么多钱？

少　女　叔叔，你误会他了，他的钱都是勤工俭学赚来的。

父　亲　勤工俭学？怎么勤工俭学？替人家刷盘子？

少　年　现在有很多比刷盘子更人尽其才，物尽其用的工作！

父　亲　唉，爸爸也是为你好，现在的社会风气跟从前不一样，人人都爱钱……

少　年　爱钱有什么不对的？

父　亲　嗯？

少　年　收入高低也是体现价值的一种方式嘛。要是我没有耽误学习，能挣钱本身就说明我已经在为社会创造财富了。再者说了，有钱可以回报社会，回报父母。爸爸您真不喜欢我送您的手表啊？

父　亲　（咽了口唾沫）当然喜欢。不过爸爸不赞成你为了买礼物就去打工……

少　年　（笑道）这么一件小礼物算什么！等我以后挣了更多的钱，老爸，您跟我妈就等着享福吧！（正说着，少年腰间的 BP 机响了起来）

父　亲　咦？你哪儿来的 BP 机？

少　年　自己买的。现代通信可是扩大再生产的必要工具！我得去公司了。

父　亲　你还要扩大再生产？

少　年　那当然！我们同学说得好：我们这代人，虽然不是有钱人的后代，但可以争取做有钱人的祖先！（下）

父　亲　（费解地）这话什么意思？

少　女　就是说，我们，还有我们的后代，要成为世界上最富强的人，越来越富，越来越强！

父　亲　这想法不错。

少　女　（调皮地小声说）您还没发现吧，他不光有 BP 机，连手机都有了！（跑下）

父　亲　什么？都挣着手机啦！（喊）臭小子，你还没给爸爸显摆完呢——（追下）

剧　终

完成于 1999 年

全国 20 家有线电视台“ 庆祝中华人民共和国成立五十周年” 文艺晚会

系列短剧《弹指一挥间》之四

炊事员的故事

（未发表作品，已版权注册）

时　　间： 二十世纪五十至九十年代

地　　点： 联欢会现场

演出背景上有“联欢会”三个大字。可利用灯光令这三个字随着不同的年代变化不同的颜色

人　　物： 炊事员（此人物建议请陕西著名独角戏演员石国庆担任）

报幕员（主持人）

特别提示：

这一段故事由两个表演区完成——开始的文艺演出及报幕员为同一表演区，炊事员在另一表演区。当报幕员的手指向炊事员的时候，炊事员在自己的表演区仿佛是从观众的人群中站起来。这也符合联欢会上表演的即兴性和随意性。

［第一段——五十年代。

［歌舞：《草原上升起不落的红太阳》——穿着蒙古服装的姑娘、小伙子脸上的妆容及表情动作也近似大型舞蹈史诗《东方红》中的风格，很浓烈。

［“这里的人民爱和平，也热爱家乡……草原上升起不落的太阳。”

［在观众的掌声中，表演者下场，报幕员上场。

报幕员　（热情洋溢地）咱们的联欢会已经进行了一多半了，下面，咱们欢迎炊事班的同志出个节目好不好？（声效：“好！”掌声）炊事班的同志——

［报幕员手指之处，炊事员忸忸怩怩地站起身来。

炊事员　我们炊事班吧，白案红案都有高手，就是缺个文艺能手。要说吧，我们炊事班的人都有体会，就算我们不会演节目，我们也是人见人爱的角色。为啥呢？就说今天这个先进集体的奖状，为啥放着那么多贡献大的单位不给偏偏给我们？这里头就有学问。老王说啦：谁让大家都是从旧社会受苦受饿熬过来的！受过穷挨过饿的人看到啥最高兴？大家一看我们的脸，马上就想起了咱们天天吃的白米饭红烧肉！你甭笑，这事儿我也有体会，解放军进城的时候，我们家断粮断了四天了，哎呀一家人早都饿傻了，解放军来了，给我家送来一个这么大的大南瓜！哎呀那可是救命的南瓜呀！直到现在，只要看见“解放军”这三个字，我就好像看到了……那个大南瓜！啥？这样比喻不太好？有啥不好嘛，解放军共产党就是咱救命的大救星嘛！表演？对对对，那我就代表炊事班给大家表演一个小节目，这是我跟我儿子学的。（清嗓子，像小朋友一样一板一眼地表演）

白米饭，喷喷香，
农民伯伯种的粮。
我们吃饭要爱惜，
浪费一粒不应当。
节约粮食为革命，
支援前线打豺狼。

打——豺——狼！

［做造型。掌声。切光。

［第二段——六十年代。

［男声小合唱《学习雷锋好榜样》。手风琴伴奏。

［“学习雷锋好榜样，忠于革命忠于党……立场坚定斗志强。”

［在观众的掌声中，表演者下场。报幕员上场。

报幕员　（热情洋溢地）下面，由炊事班的同志为我们表演节目，同志们说好不好啊？（声效：“好！”掌声）炊事班——

［报幕员手指之处，炊事员忸忸怩怩地站起身来。

炊事员　我们炊事班的同志们本来说好最近要好好练一练我们的唱歌呀跳舞呀什么的，可一直就是没腾出时间。为啥？老刘说啦，咱们有时间不如多想出几种粗粮细做的办法，这样不光同志们现在吃着顺口，而且，信不信由你，再过他二十年呀，咱们发明的这些个菜窝头、枣发糕、小米锅巴什么的，就是风味小吃、保健食品……哎你们不要笑，我反正是觉得老刘说得有道理。炊事员嘛，只要给大家把饭做好，不会唱歌也不要紧，大家说对不对？（欲坐下。声效：“对！”“不对！”“歌儿也要唱！”他只得再次站起来）还非得唱个歌？那就唱一个……唱一个老歌。咱红军的时候就唱的……（非常小声、不好意思地开始唱，忸怩得像个姑娘，越往后越有自信）

红米饭，南瓜汤，

野菜野果当干粮。

毛委员和我们在一起，

天天打胜仗哎哟。

天天打胜仗哎哟……嗨！

［做造型。掌声。切光。

［第三段——七十年代。

［女声独唱《幸福不是毛毛雨》：“假日里我们多么愉快，朋友们

一起来到郊外，天上飘着毛毛细雨，淋湿了我的头发，滋润着大地的胸怀。”

［在观众的掌声中，表演者下场，报幕员上场。

报幕员　下一个节目（看手上的纸条），没写内容。表演者，炊事班。大家鼓掌欢迎。

［掌声中，炊事员忸忸怩怩地站起身来。

炊事员　你看你看，我就知道他们肯定会把这个事儿安到我头上。不过今天呀，我啥话都不说了，我就给大家唱上一段《朝阳沟》。为啥唱朝阳沟？哎呀你只要去那农贸市场上转上一圈你肯定也想唱！哎呀那市场上的东西可是真多真新鲜呀！啥？你这个同志才叫不开窍呢！“资本主义尾巴”这种词都是老皇历了！不是我转移“斗争大方向”，是他……唱唱唱，咋能不唱嘛！《朝阳沟》哦，听好。（神气活现地做了个身段。自己伴奏。起唱）

叫同志你不要——那嗬嗨嗨

那个老脑筋呀啊

出去那个转一圈，眼睛不够用

那猪肉鲜，嫩生生

活鸡活鸭扑棱棱

瓜果蔬菜绿莹莹

鲤鱼在水里直扑腾

（白）同志们，从前我不敢吹牛皮，现在，你就说你想吃啥吧，只要你能点出菜名儿，我这个大厨师就敢应承！

［掌声。切光。

［第四段——八十年代。

［一年轻人抱着吉他自弹自唱《外婆的澎湖湾》：“晚风轻拂澎湖湾，白浪逐沙滩……还有一位老船长。”

［在观众的掌声中，表演者下场，主持人上场。

主持人　一曲台湾校园歌曲为我们带来了温馨的遐想，那么接下来呢，我们一起来看一看炊事班的同志们为我们带来了什么。

[主持人手指之处，炊事员忸忸怩怩地站起身来。

炊事员　前一阵子吧，同志们对我们炊事班提了一些意见，希望我们除了川菜、鲁菜、粤菜这些中餐以外，还可以适当地增加一些西式餐饮。我们采纳了这个意见之后，同志们的反映都非常好。鉴于这种经验，经炊事班全体同志们的认真讨论决定，今天，由我，在这个地方，替大家的耳朵也换一换口味儿——唱一支外国歌曲！（声效：掌声。炊事员拿出唱歌剧的姿势，清着嗓子，开始唱的时候声音较小，还有点假嗓子，后来随着大家"击掌"的节奏，越唱表情越丰富。《英俊少年》主题歌曲。）

小小炊事员，很少烦恼
会做西餐会把粤菜烧
小小炊事员，什么都难不倒
会蒸馒头也会烤面包
一年一年时间在跑
我们的厨艺在提高
美味佳肴越来越多
我们的生活越来越好

[造型。掌声。切光。

[第五段——九十年代。

[男女声对唱《常回家看看》："找点空闲，找点时间……老人不想儿女对家有多大贡献，一辈子不容易啊，就图个团团圆圆。"

[在观众的掌声中，表演者下场，主持人上场。

主持人　随着这首《常回家看看》，我们今天的联欢会呢也已接近尾声了。（有人递给她一张纸条）哦等一等……（读纸条）全公司所有的部门都出了节目，为什么没有炊事班？这个意见提得好。炊事班的同志来了吗？

[有几个人应着"来啦"。接着炊事员被推了上来。

炊事员　（上来就鞠躬）谢谢。谢谢还有人想着我们。

主持人　您能不能给我们表演一个节目啊？

炊事员　可以。我唱一首流行歌。

（唱）最近比较烦比较烦比较烦

总觉得日子过得有一些极端

我想我还是不习惯

从默默无闻到没人喜欢

主持人　您唱错了吧？应该是“从默默无闻到有人喜欢”。

炊事员　唉，我们倒是希望有人喜欢，可问题是，要做到这一点，很难。很难。

主持人　哟，看来我们这位大师傅是要作诗？

炊事员　从前大家都爱吃肉，现在肉咋做人都不爱吃。好不容易有个爱吃的可又不敢吃。

主持人　没错。减肥还来不及呢。

炊事员　从前吧家里有个娃，一家人把啥好东西都给娃吃，现在是喊着不让娃吃这，不让娃吃那……

主持人　营养过剩也是问题嘛。

炊事员　从前做个鸡蛋炒韭菜，大家老是嫌鸡蛋放得少……

主持人　现在呢？

炊事员　都在鸡蛋里头挑韭菜。

主持人　还真是的。

炊事员　从前过年吃啥啥好吃，现在是不知道吃啥才叫过年。

主持人　现在是天天过年。

炊事员　说得好！有你这一句话，我准备再干上五十年——默默无闻的炊事员！

剧　终

完成于 1999 年

全国 20 家有线电视台“ 庆祝中华人民共和国成立五十周年”文艺晚会

系列短剧《弹指一挥间》之五

结婚的故事

（未发表作品，已版权注册）

时　　间：一九九九年国庆节

地　　点：居民小区路口花坛边上（有连椅）

人　　物：老太太（国庆七十岁左右的母亲）

老先生（国庆七十多岁的父亲）

大姐（国庆年近五十岁的大姐）

大哥（国庆四十多岁的哥哥）

欢欢（大姐的女儿。十四五岁）

乐乐（大哥的儿子。十岁左右）

［老先生老太太在路口等人，欢欢喊着跑上，后面跟着她妈妈。

欢　欢　姥姥——姥姥。姥爷。

老太太　（一喜）你小舅到了？

欢　欢　没。我妈到了。

大　姐　（对老太太）爸，妈。

老太太　我还以为国庆到了呢。

［乐乐喊着跑上。后面跟着他爸爸。

乐　乐　奶奶——爷爷。奶奶。

老太太　（一喜）你小叔到啦？

乐　乐　没。我爸到了。

大　哥　爸，妈，大姐，国庆还没到呢？

老太太　没有。

老先生　你妈正在这儿着急呢。

大　姐　您别急，咱回家等着……

老太太　就这儿等！在家里我坐不住。

大　哥　（逗老太太）妈您别那么激动，又不是没当过婆婆！当年我跟乐乐他妈结婚的时候，您多镇定自若啊……

老太太　不一样！乐乐他妈打小跟咱们住一院儿，是我看着长大的。哪像国庆要给我带回来的这个——也是留学生，比咱国庆的学位还高呢！

乐　乐　我妈说了，这是我小叔的能耐！

老太太　光是你小叔有能耐还不够，咱全家人也不能掉链子呀！你们赶紧替我想想这婚事怎么操办！

欢　欢　那还不好办，让小舅小舅妈去拍婚纱照。

乐　乐　什么呀？光拍婚纱照不行，还得戴结婚戒指！（用胳膊去钩欢欢的胳膊）还得这样喝酒。

欢　欢　（推开乐乐）你这都什么乱七八糟的！俗！

老太太　欢欢说得对，凡是俗的，咱都不用。

大　哥　我知道您的心思，您呀，是想操办一个不同凡响的婚礼……

老太太　太对了！

大　哥　这事儿啊，乐乐他妈，您那大儿媳妇早就替您想好了！

老太太　真的?!

大　哥　您大儿媳妇说啊，吃西餐的时候长了，肯定就想吃锅贴饺子打卤面，他们在国外待了好几年，肯定喜欢一个具有浓烈的中国特色的婚礼！咱们啊，先弄上个八抬大花轿……

［欢欢、乐乐闻言，不约而同地比比画画地唱起了《红高粱》里的颠轿歌。

老太太　干吗？你们要把我小儿媳妇抬到高粱地去啊？再说了，这些都是解放前的讲究，我跟你爸结婚的时候就不时兴了。

［大哥哑然，但这话显然启动了大姐的“灵感”。

大　姐　对了，妈，您跟我爸结婚的时候是什么样啊？

老太太　（无限感叹地）那可太热闹了！

大　姐　那您干吗不照着你们当年那热闹劲儿来办国庆的喜事啊？

大　哥　对。对。乐乐他妈就是这意思，就学你们当年的样儿，保准效果错不了！

老太太　（跟老伴对望了一眼）他们这不是给咱出难题嘛！

大　姐　有什么难的呀？

老太太　（对老伴）当时，咱俩胸前一人戴了一朵大红花……（老先生点头）

大　姐　大红花好办。

老先生　是区长给咱们主的婚。

大　姐　区长？哟，这事儿有点难度。（对大哥）你的哥们儿里头有没有能跟区长搭上话的？

老太太　（对老伴）现场还给你爹二孔明开了个批评教育会。

老先生　受批评的还有你娘三仙姑！

大姐、大哥　（面面相觑地）啊?!

老先生　还把企图破坏我们俩自由恋爱、破坏婚姻法的村委会主任金旺抓起来，押送到人民政府接受处理。

老太太　对！

大　哥　我怎么听着像是《小二黑结婚》呢？

老先生　没错，那个戏就是照着我跟你妈的事儿编的。

大　哥　　您就是二黑？

老先生　　就是把名字变了变，我原来的小名儿叫二白。

欢欢、乐乐　（着急地连声问）“什么呀什么呀？”“什么二黑二白的？”

大　姐　　（一样惊奇地问父母）真的？当时要想自由恋爱真的那么难啊？

老先生　　那当然！主要是金旺那小子看上你妈了！

老太太　　主要问题是你爹！（对儿女道）你们那爷爷呀，当了一辈子风水先生，非说我跟他犯相！

乐　乐　　什么叫风水先生啊？

老先生　　得啦，你娘也不省油！（对儿女道）你们那姥姥呀，那就是村上跳大神儿的，谁也惹不起……

乐　乐　　爷爷，什么叫跳大神儿呀？

老先生　　说了你也不懂，都是封建迷信那一套……（见大伙都不明白，放弃解释）这事儿呀，等回头得闲的时候爷爷再讲给你们听啊。

大　姐　　（对大哥）今儿要不说呀，我们还真不知道爸妈当年还这么热闹呢！

欢　欢　　那您跟我爸结婚的时候是不是也特热闹呀？

大　哥　　（对大姐做鬼脸）怎么样，引火烧身了吧？

大　姐　　（轻描淡写地）我们结婚的时候简单极了。（见欢欢还望着自己，又说）白天照常上班，下了班把我的铺盖往你爸爸的宿舍里一搬，就算结婚了。

欢　欢　　连结婚证都不领？

大　姐　　（脱口）结婚证头天就领了……（突然意识到）你这孩子怎么……还挺细心的！

［大人们窃笑。

欢　欢　　你们那会儿就时兴“素婚”啦？

老太太　　什么叫“素婚”呀？

大　姐　　现在年轻人里头时兴的一种——只领结婚证，什么仪式都不搞……

老太太　　（惊奇地）现在还有这么节俭的年轻人呢？

欢　欢　　有！我大表哥上个星期结的婚，我连颗喜糖都没要着。原来都是跟我爸爸妈妈学的！

老先生　（对欢欢）那可不一样，你妈妈当年也是报纸上报道过的移风易俗新事新办的典型呢！

老太太　那会儿姑娘出嫁都讲究要彩礼，你妈结婚的时候一分钱的彩礼都不要！

欢　欢　什么叫彩礼呀？

大　哥　就是做丈夫的这个人送给自己爱人的礼物。

乐　乐　怪不得我爸老给我妈买礼物呢！

大　哥　（不好意思地）也没老买……

欢　欢　那就不叫彩礼了！彩礼得是这男人结婚以前送给这个女人的礼物，就像泰坦尼克号里的那颗海洋之心宝石，那才叫彩礼呢，对吧妈妈？

大　姐　（哭笑不得地）你有这聪明劲儿，多往学习上用用就好了！

乐　乐　爸爸——

大　哥　（装糊涂地）干什么？

乐　乐　装什么糊涂呀，该您讲啦！您是怎么结婚的？

大　姐　（在一旁给乐乐支招）你就让你爸爸讲讲什么叫“三转一响一咔嚓”，什么叫“四十八条腿”“七十二条腿”……

大　哥　（告饶地）姐！姐！姐！

老太太　（对乐乐说）你将来可别学你爸爸，还没有女朋友呢，就先赶着把“三转一响一咔嚓”给预备齐了！（没等乐乐发问）三转呀，就是自行车、缝纫机、手表，是不是都会转呀？一响是录音机。一咔嚓是照相机。

乐　乐　这些东西怎么了？

老太太　这些东西没怎么，可当时呀，好多女孩就讲究结婚的时候得把这些东西备齐了，不然的话就不肯结婚。

老先生　你说的那都是“高价姑娘”。

欢　欢　这还叫高价呀！

乐　乐　（穷追不舍地）姑姑，姑姑，那多少条腿儿是什么意思啊？

大　姐　那会儿得给新娘子打家具呀，一个大衣柜有四条腿，你算算，四十八条腿、七十二条腿是多少件家具？

乐　乐　十二、十八……（吃惊地）爸爸，我妈要您做那么多个大衣柜干什么呀？

大　哥　（对大姐等人）你们瞧瞧，把孩子都说晕了！

老太太　真是的！这都是谁起的头儿呀！我让你们出主意操办你弟弟的婚礼，你们怎么越扯越远啊？

乐　乐　（还没完没了地）可是……

大　哥　可什么是，一会儿你新婶婶就到家了，快替奶奶想辙吧！

欢　欢　我说呀，可以让小舅舅小舅妈去参加蹦极跳婚礼，绝对是又新鲜又刺激！

乐　乐　那还不如滑翔伞婚礼呢，您想想，要是小叔叔小婶婶像鸟儿一样，双双从我们头顶上飞过去……

欢　欢　那还不如潜水婚礼呢！对了对了，上次那个人不是先骑着摩托车飞越黄河，然后结婚吗？咱们可以让小舅舅小舅妈先横渡长江，然后……

老太太　都给我住嘴！知道的，你们这是设计婚礼，不知道的，以为你们是要害谁呢！说了这么半天呀，我看都比不上老头子的主意好！

众　人　什么主意啊？

老太太　（对老伴）你说给他们听听。

老先生　（很得意地）我的意思啊，是这样的。咱家国庆不是国庆节这天的生日吗？明天正好国庆节，就让国庆在国庆这一天举行婚礼！（众人点头）这个婚礼呢，基本上是要进行一整天。早晨，新郎带新娘去天安门广场参加升旗仪式。中午，全家人在家包饺子举行家宴。然后，全家人一起观赏国庆焰火晚会，然后送新郎新娘入洞房。

大　哥　完了？是不是太简单了？

老先生　简单？你给我举个例子，谁的婚礼能动用国旗班，还有国家级的焰火晚会！

老太太　那得多少钱呀！

老先生　而且全国人民都跟着高兴！

大　哥　哎，还真是啊。

大　姐　要不说姜还是老的辣，脑子好使的还是咱爸咱妈。

老太太　这么说，你们大家都同意？

众　人　同意！

［这时，大哥口袋里的手机响了。

大　哥　（接听）喂？哎呀国庆，你在哪儿呢？什么？好，我们马上就来！（对众人）国庆让电视台接去参加“建国五十周年文艺晚会”，还要在那儿举行集体婚礼还有升旗仪式，他让我们一起去。

老太太　现在？

大　哥　现在。

老太太　那还不快走！（众人高高兴兴地急下）

剧　终

完成于1999年

全国20家有线电视台“庆祝中华人民共和国成立五十周年”文艺晚会

系列短剧《弹指一挥间》之六

过生日的故事

（未发表作品，已版权注册）

时　　间：二十世纪七十年代、二十世纪九十年代

人　　物：奶奶（八十岁）

妈妈（五十多岁）

青年（二十多岁）

陌生人

［第一段——七十年代初。

［妈妈在屋里急得团团转，老奶奶拿着个头不小的半导体收音机一边听着样板戏一边走了过来。

奶　奶　你可是溜达了一早上了……

妈　妈　（停了一下脚，看了奶奶一眼，继续溜达）……

奶　奶　（成心地）你就吃了半碗面条，照说也用不着这么消化呀。

妈　妈　我不是撑得团团转，我是急得团团转！

奶　奶　……（专心听收音机）

妈　妈　妈，您到底把咱家的肉票、豆腐票都藏哪儿去了？

奶　奶　……（专心听收音机）

妈　妈　您就拿一点出来吧，今天不是您的生日嘛！

奶　奶　……（专心听收音机）

［青年急匆匆上。

青　年　妈，给我半斤粮票。

妈　妈　（气哼哼地）粮票？这么多年我只管过咱家的电影票。

青　年　奶奶，给我半斤粮票。

奶　奶　干什么？

青　年　今天是您生日，我爸信上专门嘱咐过，让我一定要给您买斤鸡蛋糕……

奶　奶　我又不吃，你买它干什么？浪费！

妈　妈　（对青年）你听见没有？明明她过生日，可什么也不让买！我想做个肉末炸酱长寿面，可磨了一上午嘴皮子，也没从你奶奶手里要出肉票！（对老太太）妈，今天是您八十大寿！

奶　奶　我心领了。那肉票、豆腐票是我攒着过年的！谁想乱花，一个字儿，不可能！

青　年　这可是仨字儿！（奶奶没理他）妈，你就做鸡蛋打卤面得了，上星期我大哥来的时候不是拿来一篮子鸡蛋吗？

妈　妈　昨天就让你奶奶给藏起来了。

青　年　藏起来了！

妈　妈　“坚壁清野”！

青　年　得，我奶奶拿您当鬼子了！

妈　妈　妈，你要再不拿出来，我可要到处翻了。

奶　奶　哈！当年我替游击队藏粮食，来了一百多鬼子二百多伪军都白搭，更别说你了！（说完，走了）

青　年　（对母亲）看来您只能做清汤面了。

妈　妈　唉，拿清汤面给老太太过八十大寿，我这做儿媳妇的还不得亏心一辈子！

青　年　那您就给奶奶做鸡汤面！

妈　妈　说胡话哪！连肉都弄不着，你让我去哪儿买鸡去？

青　年　自由市场啊。

妈　妈　那是“黑市”，说抄就抄，我可不敢去。

青　年　（卖关子地）办法总是有的！

妈　妈　你有办法？小子哎，你今天要是能让奶奶吃上这碗鸡汤面……

青　年　怎么样？

妈　妈　（慷慨地）……等你奶奶吃完面，我让你喝点儿汤。

青　年　成！

［有人敲门。妈妈伸手拉开门，陌生人提着盖着土布的竹篮探进头来。

妈　妈　你是？

陌生人　我是卖木梳的。

青　年　（快步迎上来）有桃木的吗？

陌生人　有。要现钱。

青　年　哎呀就等你了！快进来吧！

妈　妈　哎——这是谁呀？

青　年　（学鸡叫）咯咯咯咯——哒——

妈　妈　（惊喜万分地）你真买着鸡啦？

青　年　那当然！（对来人）快拿出来给我妈看看。快呀！

［陌生人一脸为难的表情，慢吞吞地从篮子里取出来了“肯德基炸鸡”“真空包装三黄鸡”“德州扒鸡”“麦当劳香辣鸡翅”“符离集烧鸡”……

青　年　肯德基炸鸡！不对啊……三黄鸡？还真空包装？

妈　妈　德州扒鸡？麦当劳香辣鸡翅？符离集烧鸡？

青　年　哎，这是怎么回事？七十年代初哪有这些啊！

陌生人　咳，管道具的人太年轻了，出去跑了八趟回回买不对，到现在他都没明白。为什么放着这么多现成的好吃东西不要，偏要弄一只活鸡?!

青　年　那你也不能把这些都拿到台上来呀？创作态度太不严谨啦！

陌生人　那我要不拿到台上给大家看看，那咱不是白花这些钱啦！

［第二段——九十年代。

［大屏幕显示——充满现代感的电视节目。

［妈妈在屋里急得团团转，老奶奶拿着电视遥控器上。一边同妈妈说话一边不时地动作很大很有身段地换着频道。大屏幕上的画面随着奶奶的遥控器不断地变化着。

妈　妈　吃什么吃什么吃什么吃什么？妈，要不，咱去吃粤菜？

奶　奶　不爱吃了。

妈　妈　那……鲁菜？

奶　奶　吃腻了。

妈　妈　那……谭家菜？

奶　奶　不吃不吃。

妈　妈　饭总是要吃的！

奶　奶　随便在家吃点什么都行。

［青年捧着一个好几层的大蛋糕上。

青　年　妈，奶奶。

奶　奶　唉。（一回头）哎呀你这个傻小子，怎么又买了这么大个的蛋糕哇！

青　年　今天是您八十大寿，我这是给您祝寿的！

奶　奶　我看你是成心让我着急！去年过生日，那蛋糕咱们就吃了半个月，今年这个……（对儿媳妇）我看你一个月都不用另去买早点！

青　年　您不喜欢大蛋糕？

奶　奶　喜欢？我发愁还来不及呢！

青　年　发什么愁啊？

奶　奶　天天吃剩的还不发愁！

青　年　要是我买个特别小的呢？

奶　奶　我就乐了！

青　年　那我把包装一拆不就得啦！

［青年一边说着，一边动手——，原来那个多层大蛋糕只是个包装纸盒，拿掉这层纸盒，青年手上就只剩下了一个比掌心大不了多少的小蛋糕了。

［奶奶、妈妈全都又意外又高兴地拍着手笑了起来。

奶　奶　哈哈！你这个臭小子！打小就数你机灵！

妈　妈　哈哈！你这臭小子，数你会哄奶奶高兴！

青　年　我这礼物送得好不好？

奶　奶　好！好！

青　年　咱们今天吃什么？

奶　奶　随便。

青　年　“随便”就是难办！您就说一样您最想吃的！（见奶奶使劲儿想，鼓励道）您抡圆了说，咱吃得起！

奶　奶　（摇摇头）我实在想不出来。

青　年　您连您想吃什么都说不出来？

奶　奶　你说得出你想吃什么吗？

青　年　（想了一下，也摇头）想不出来。

奶　奶　（叹了口气）过去是光知道馋，不知道吃什么。现在是什么好吃的都不缺，就是忘了什么是馋了。（说着，奶奶又去看电视了）

妈　妈　（对青年）这下你也没辙了吧？

青　年　要不，您就照着当年做忆苦饭的办法，给奶奶做点新鲜的……

妈　妈　呸！你听谁说过拿忆苦饭给老人过八十大寿的！

青　年　也是。那吃长寿面呢？

妈　妈　只吃长寿面啊？

青　年　好吃的奶奶也都吃腻了，那就简单点儿呗。

妈　妈　我还以为你有什么高招儿呢。

青　年　干吗?

妈　妈　哄奶奶高兴啊！现在讲究吃，不在于吃得好不好，在于吃得稀罕不稀罕！今天你要是能让奶奶吃得高兴……

青　年　怎么样?

妈　妈　（想了想）今儿那块蛋糕我替你吃。

青　年　（高兴地）成！

［门铃响。妈妈打开门。只见一大厨师打扮的陌生人推着小车站在门口。

陌生人　请问，这是南门一楼 201 吗?

妈　妈　您是?

陌生人　我是面点师。

妈　妈　（又惊又喜）能做面条吗?

陌生人　能。

妈　妈　长寿面呢?

陌生人　能。现抻。

妈　妈　快请进，快请进。（陌生人推车进屋）

妈　妈　（问青年）这是你安排的?

青　年　那还用说。

陌生人　（准备好了）现在可以开始吗?

青　年　开始吧。

妈　妈　妈，您快来看呀！

［面点师像变戏法一样地把一块面拉成了无数根又细又长又细又长的面条。

奶　奶　（高兴得拍手大叫）哈哈！这么长的长寿面，我要吃喽还不得活一千岁啊！

剧　终

完成于 1999 年

综艺系列剧《咱们的居委会》之

好话好说

中央电视台播出

中央电视台141期《综艺大观》播出

演员：范伟　洪剑涛　刘莉莉 等

时　　间：当代

地　　点：某小区居委会

人　　物：居委会主任——范主任

片儿警——洪警官

副主任小刘（女）

405室住户（一个文文弱弱的人）

505室住户（一个五大三粗的人）

［开场时，范主任和小刘各自坐在桌前吃着自己带来的午饭。片儿警哼着歌进门。

片儿警　嗬，你们都吃上了。

小　刘　饭替你热好了。

片儿警　多谢多谢。咦，这烧鸡翅……

范主任　我们家做的，尝尝。

片儿警　这排骨……

小　刘　我们家做的，尝尝。

片儿警　嘿，要不我就喜欢在这儿吃午饭呢！打小我就觉得别人家的饭好吃。

范主任　我也是。那会儿没有单元楼，谁家做顿好吃的，都忘不了给大家尝尝。

小　刘　现在别说吃邻居家的饭了，隔一道墙，你都不知道挨着门住的是什么人。

［405 住户小心翼翼在敲门，屋里的三人一起答应："请进。"

405 住户　我是六号楼 405 号住户。请问……居委会是不是什么事情都管呀？

范主任　只要是居民有困难……

小　刘　我们都会尽力帮着解决。

片儿警　有什么话您尽管说。

405 住户　是这样的，我们家楼上的邻居，是位体育爱好者……你们明白了吧？

众　不明白。

405 住户　就是每天都要锻炼的人。

范主任　每天坚持锻炼是好事儿呀。

片儿警　要想身体好，就得常锻炼。

小　刘　瞧我们主任这身体，人家天天打猴拳。

405 住户　问题是我楼上的那位他不打猴拳，只练基本功。

众　基本功？

405 住户　对呀，就在我头顶上，每天早晨，他原地跳（表演）咚咚咚，两千次；每天中午，他练杠铃（表演）咣咣咣，两百次；每天晚上，他打沙袋（表演）扑扑扑……数不清多少次……

范主任　我明白了，您是说楼上的人在屋里锻炼动作太大，影响了你们家的正常生活对不对？

405 住户　（与范主任握手）哎呀，看来还是这位猴同志聪明……

范主任　我姓范。

405 住户　不管姓什么，我现在就要请你们帮我想个办法……

小　刘　你没上去警告过他？

405 住户　（指头顶）我警告他？那个人……个头儿（比画）有那么高，胳膊（比画）有那么粗，真正是银盆大脸，威武肃杀（夸张的形体造型），那个拳头，那个拳头比（看着范主任比画）猴脑袋还大呢。

小　刘　（小声对范主任）怨我，今儿不该跟他提您那猴拳。

片儿警　有这么严重？

405 住户　那当然，要不我早就上去……教育他了。

片儿警　得，这事儿您交给我吧，我去找他谈谈。

405 住户　（一把扯住片儿警）不行不行，他要是知道我把警察都找来了……不行不行，你不能去。

片儿警　我不提您就是了。

405 住户　只有我住在他楼底下，要是有人告状，除了我还能是谁？

小　刘　他还能对您打击报复？

405 住户　那倒不至于，可我就是不愿意把关系搞僵，你想想，这楼上楼下住着，要是他心情不愉快……我还愉快得了吗？

范主任　要我说呀，这事儿还是你自己出面更好……

405 住户　我怎么出面？

范主任　你呀，就心平气和地去敲他的门……

405 住户　敲门？敲几下？

范主任　敲……笃笃笃。

405 住户　（模仿）笃笃笃。三下。

范主任　他把门打开以后……

405 住户　（紧张地）怎么样？

范主任　你就好好地对他说：“505 同志，您好，我是 405……”

405 住户　（模仿）我是405……

范主任　可不可以请您锻炼的时候小点声，不要影响了别人。

405 住户　不行不行，我可不敢……

片儿警　没关系，你上去的时候我跟在你后头。

405 住户　那我不成了狐假虎威、狗仗人势了吗？

范主任　让我说呀……

小　刘　这样，我帮你借一身练功服……

405 住户　练功服？

范主任　让我说呀……

小　刘　我还没说完呢。（对住户道）让你穿练功服是为了给你壮胆。你权当自己是一身材苗条的武林高手……

范主任　让我说呀……

405 住户　我是武林高手？

范主任　让我说呀……我也甭说了（插不上话，干脆起身往外走）。

片儿警　（对住户）你自己不敢出面，又不肯让我们出面，这事儿可真难了。这样，还是我去找他谈谈，（见住户又要急，忙抢着说）你别怕，我穿便衣去。

405 住户　哎哟，便衣警察更厉害。

小　刘　要不，你去求求他。

405 住户　好好的，我凭什么要去求他？

片儿警　小刘的意思，是让您放下架子，去请求他。对吧，小刘？

小　刘　对对对。

405 住户　对什么？古人云：士可杀，不可辱……

小　刘　我这不也是替您想辙呢吗？

片儿警　那您就请他出来吃顿饭……

405 住户　吃饭？为什么？

片儿警　您不是又想解决问题，又想不伤和气吗？

405 住户　休想！他请我吃饭还差不多！

小　刘　这样吧，我去找那“元气袋”谈谈。

405 住户　可你不能说你是居委会的。

小　刘　那我……那我就说是你们家的亲戚。

405住户　什么亲戚？

小　刘　是……您爱人的妹妹。

405住户　不可能。您看上去比我爱人老多了。

［小刘有些尴尬。

片儿警　（对住户）您真不会跟女同志讲话。这种时候您得说您爱人看上去比我们小刘年轻多啦——（白）咳！

［这时，一身高体壮的大汉一边进门，一边瓮声瓮气地喊着："谁是405？405在哪儿？"

［405住户见状一下子蹲在了桌子下面。片儿警正要指他，见他神色紧张地连连摆手。

505住户　（浑然不觉地问小刘）我听说住405的人对我有意见。人呢？

小　刘　您是？

505住户　我是505。刚才居委会主任告诉我，405就在你们这儿。（看到蹲在地上的住户，关切地问）你怎么在地上蹲着？

405住户　我……（就势上下运动）我做做操，锻炼锻炼。

片儿警　（拍大个儿的肩膀）你找405干什么？

505住户　您不知道，我这个人呀，打小就喜欢打个拳，练个块儿什么的，你瞧。（展示发达的肌肉）

［心惊胆战的405住户直跟小刘使眼色。

小　刘　（强作勇敢地）干什么你？我们这儿可没有人怕你。

505住户　（高兴地拍手）哎呀，那405的人要是跟您一样就好了！你们瞧瞧我这长相，多面善呀，您说这405怎么偏偏就怕我呢？（痛心疾首地）唉，我也是住平房住惯了，老想不起来那砖头儿下面还住着人呢。

405住户　砖头？那是我们家的天花板！

505住户　您又不是405。（对小刘）我说大姐，我这人脸皮儿薄，万一人家405的同志生气不理我，臊着我……你就陪我去一趟，替我壮壮胆呗。

［这时，进来了一会儿的范主任过来拍拍大个儿的肩膀。

范主任　您不是怕405的人怪罪您吗？您让他（指405住户）陪您去。他跟405可不是一般的交情。

405住户　（热情地）您放心，我担保今天405不仅不会怪罪您，而且还会请您吃饭。

505住户　不不不，我请他。

405住户　不不不，我请你……

505住户　什么？你是405？

405住户　我就是405，你的邻居。

［俩人说话的时候，小刘把范主任拉到前面悄声问道。

小　刘　我说小范主任，你是怎么跟那505做的工作？

范主任　我呀，就跟他说：您锻炼身体的时候，请想想住在下面的人……话没说完，人家一拍大腿就跑来了。

片儿警　本来这就是个简单的事，是他（指405住户）给搞得复杂了。

范主任　对，人跟人相处的最好方法，就是——

众　好——话——好——说。

剧　终

综艺系列剧《咱们的居委会》之

家庭不和外人欺

中央电视台播出

中央电视台144期综艺大观播出

导演：黄定山

演员：范伟 等

时　　间：当代

地　　点：某小区居委会

人　　物：居委会主任——范主任

片儿警——爱民

居民夫妇——鲁嫂、鲁哥

[开场时范主任和爱民在场上。范主任在打电话，爱民背对观众正往“警民联系”宣传板上贴自己的照片。

老　范　（拿着电话）对，对，好，我过来一趟吧。（挂机，欲出门）

爱　民　（指着刚贴在宣传板上自己的照片，美滋滋地）怎么样，主任？这么标致的片儿警哪儿找去！

老　范　嗯，薄皮儿大馅儿。

爱　民　薄皮儿……（把脸凑到老范面前）有这么漂亮的饺子吗？

老　范　是包子。（转身出门）

爱　民　（不服气地）哎哟喂，就他还说我呢！我要是包子呀，那也是跟他一锅蒸出来的。

[爱民哼着小曲继续端详自己的照片。鲁嫂上。

鲁　嫂　（倒山东口）爱民同志，爱民同志……

爱　民　得，卖包子的来了。找我有事儿吗，鲁嫂？

鲁　嫂　哎哟，这事儿可大啦！你要不赶紧管呀，半个小时之内，最少也得出一条人命啊！

爱　民　是哪儿有人打架？

鲁　嫂　还没开始咧，（看手表）倒计时，还有十分钟。

爱　民　您这都哪跟哪呀？

鲁　嫂　再过十分钟，俺那口子他就要跟别的女的那个（做拥抱状），你说，我都知道这事儿了我能不去那个（做抓人状）吗？我要是去那个，他俩还不得跟我那个（做撕打状），他们把我那个急了，我能不给他们这个吗（从后腰掏出一夸张的擀面杖）……

爱　民　您等等，您等等。我看鲁哥不是那种人。

鲁　嫂　有道是知人知面难知心，画虎画皮难画“肉”。想当年，俺俩是青梅竹马，郎才女貌，那感情好得就好比是鱼离不开水，瓜离不开秧，扣儿离不开襻儿，皮儿离不开馅儿……

爱　民　说这事儿，她都三句话不离本行。

鲁　嫂　俺两个开包子铺，从山东开到了北京，这生意是越做越好，钱是越挣越多，要说俺两个的日子，那是包子上了笼屉——它就发起来了！

爱　民　多好啊！

鲁　嫂　好？好什么？这男人最怕的就是有钱，一有钱他就烧包，一烧包他就忘恩负义！你看看（掏出BP机给爱民看），这是一个好心人给我送的信儿。

爱　民　（读BP机）鲁哥嫌你像豆包，找了个情人像面条，午休时间来约会，十二点半北新桥。

鲁　嫂　你听听你听听，要不是我早早地就跟身边的群众打过招呼，到现在我还让他蒙在鼓里呢。

爱　民　你都跟谁打过招呼？

鲁　嫂　东边的小李，西边的小张，南边的小刘，北边的小王，还有俺店里的伙计小孙、小赵和小房……（看门外）你看，俺那口子过来了！等他从门口走过去，咱就跟上……不对，他要进来，你快把他挡着……

［鲁哥喊着“范主任”上。爱民迎了出去。

爱　民　是鲁哥呀，范主任刚出去了……

鲁　哥　俺那口子不是说她要来找范主任说句话吗，你见着她了吗？

爱　民　（见鲁嫂在屋里冲自己摆手）哦……没有。

鲁　哥　没有？完了完了。爱民同志，你可得给我做主，要不然，（看表）再过五分钟，在你的管片就得出人命案呀。

爱　民　（故意问）有这么严重？

鲁　哥　你想想，再过五分钟，俺那口子就要跟别的人……那个（做约会状），老话说耳听为虚，眼见为实，我可不就得去那个（做窥视状）吗？我要是真的看见她跟别的人……那个（做拥抱状）了，像我这么爱面子的人还不得那个（做上吊状）吗……

爱　民　你等等，你怎么知道鲁嫂要跟别人……那个？

鲁　哥　你看嘛，（掏BP机）有人给我报信，幸亏咱身边有这种不愿留名的好心人……

爱　民　（读BP机）憨厚丈夫太诚心，老婆没把你当真，午休时间来约会，十二点半地安门。嗯？（似乎想到了什么）

［老范上。

老　范　哟，鲁哥来啦？

鲁　哥　哎呀，范主任……

爱　民　老范，你先陪鲁哥在这儿待着。（对鲁哥）我不回来你不许走哇。（急下）

鲁　哥　哎，爱民同志……

老　范　来来来，鲁哥，进屋坐。

［鲁哥心神不宁地跟着老范，鲁嫂忙躲在了爱民那块“警民联系”宣传板后头。老范全然不知刚才的事情。

老　范　什么事呀，这么心神不定的？

鲁　哥　唉，别提啦！有道是知人知面难知心，画虎画皮难画“肉”。想当年，俺俩是青梅竹马，郎才女貌，那感情好得就好比是鱼离不开水，瓜离不开秧，扣儿离不开襻儿，皮儿离不开馅儿……

老　范　瞧，他还一套一套的。

鲁　哥　俺两个开包子铺，从山东开到了北京，这生意是越做越好，钱是越挣越多，要说俺两个的日子，那是包子上了笼屉——它就发起来了！

老　范　不错呀！

鲁　哥　错啦！错大啦！这女人最怕的就是有钱，一有钱她就烧包，一烧包她就有了花心！要不是我早早地就跟身边的群众打过招呼，到现在我还让她蒙在鼓里呢。

老　范　打什么招呼？

鲁　哥　就是告诉他们替我提高警惕，只要发现可疑情况，就赶紧向我报告。

老　范　你都告诉谁啦？

鲁　哥　东边的小李，西边的小张，南边的小刘，北边的小王，还有俺店里的伙计小孙、小赵和小房……

老　范　你等等，我怎么听你说了半天，到现在还没听明白，今儿这到底是出了什么事儿啦？

鲁　哥　哎呀，你这个人，怎么还不明白呢！（掏BP机）你看看，这是一个好心人给我报的信儿。

老　范　（看 BP 机，又看手表，顺口道）十二点半？这不都过了吗？

鲁　哥　（带着哭腔）过了?!（颓然坐下）完了，俺这肉包子算是打了狗啦。

［老范正要说什么，鲁嫂突然大叫一声从老范身后的板子后面跳了出来。

鲁　嫂　你说谁是肉包子！

老　范　（被突然蹦出的鲁嫂吓了一大跳）你、你、你什么时候进来的？

鲁　哥　（也一样被吓了一跳）你、你、你怎么在这儿？（去板子后面找）弄了半天，你两个没去地安门呀？你给我出来……怎么没人呢？

鲁　嫂　什么人？你的人不是在北新桥等着你的吗？

鲁　哥　你说什么？

鲁　嫂　你说什么？

老　范　（看着俩人）你们说什么？

［随着一声“走！”，爱民押着小偷，手里提着一个大包走了进来。

爱　民　（对鲁哥、鲁嫂）你们二位先过来看看，这包里的东西是谁的？

［爱民打开包，鲁哥、鲁嫂凑过来。

鲁　哥　（拿起一条项链，对鲁嫂）咦，这不是我给你买的那条项链吗？

鲁　嫂　（拿起一块手表，对鲁哥）咦，这不是我给你买的那块手表吗？

二　人　咦？（互相指着）你什么时候把这好东西都扔到这里头了？

爱　民　（一推小偷）你说！（小偷不吭声）这些东西呀，都是他趁你们俩不在，从你们家偷的。

二　人　（吃惊地指着小偷）你？偷俺家的东西?!

鲁　嫂　这大白天的你就敢……

鲁　哥　他怎么知道俺俩不在家。

爱　民　你们今天不都让 BP 机上的留言闹得不得安生吗？那 BP 机上的话都是他留的。我刚去你们家的时候，他正扛着这包东西往外走呢！

二　人　（指小偷）你怎么就敢做贼呢？

小　偷　我做贼？你们两口子一起过了这么多年了，彼此还存着贼心呢，我不就有点贼胆吗？

二　人　　啊？

四　人　　这就叫作“家庭不和外人欺”。

二　人　　（对观众）你们可别学俺呀！

剧　终

喜剧小品

“减负”之后

中央电视台播出

中央电视台《综艺大观》2000 年某期播出

时　　间：当代

地　　点：某家庭起居室

人　　物：孩子——中学生（女孩）

爸爸

奶奶（最好“倒口”唐山方言）

［开场时，孩子正兴致勃勃地在“跳舞毯”上跳舞。奶奶则像哨兵一样站在窗前不时地向外张望着。

孩　子　（气喘吁吁地）奶奶，您坐下歇会儿吧。

奶　奶　我坐下，谁给你放哨？

孩　子　（脚下并没有停）您坐着也能放哨！

奶　奶　坐着也成？你早说我早坐下了。（拖过一把椅子坐下，捶着腰）哎呀，我这老腰……（看着窗外突然叫着）哎呀，不好，像你爸回来了！

［孩子咯噔一下停下来，飞快地跑到窗口。

奶　奶　（望着窗外）咦，他咋进了三单元了呢？噢，是个女的。

孩　子　嗐！

奶　奶　我就不明白，现在怎么都把孩子圈着养？这些当爹妈的，对孩子啥都舍得，就是不舍得让孩子玩！孩子不玩还叫孩子吗？

［孩子回到跳舞毯上，意犹未尽地蹦跶着。

奶　奶　要不，我把你的书包给你摆到桌上？

孩　子　好！

奶　奶　（四下找着）书包呢？

孩　子　（自顾跳着）沙发上。

［奶奶去拿大书包，结果被书包坠得一头扎在了沙发上。

奶　奶　我的个娘哎！

孩　子　（跑过去）奶奶！您没事儿吧？

奶　奶　你这哪是书包呀？比一担麦子还沉呢！

孩　子　（不在意地）这还不算最沉的呢。

［孩子接过书包，发现奶奶在抹眼泪。

孩　子　（吃惊地）奶奶，您怎么啦？

奶　奶　（伤心地）我这会儿才知道，上学还是个力气活！怪不得你要跳呀锻炼呀，不锻炼不成呀，连书包都背不动！

孩　子　（咯咯地笑着）没那么严重！

［爸爸上场。声音先到：“什么事不严重？”

孩　子　（紧张得一下子站直）爸爸。

奶　奶　哎呀，你咋说回来就回来了呢？

爸　爸　（严厉地对孩子）一下午你一直就这么疯玩，是不是？

奶　奶　这不是正要做作业嘛！

爸　爸　哎呀，妈，您就别护着她了！（审问女儿）说，哪儿来的跳舞毯？

孩　子　借同学的。

［爸爸心情沉重地坐在沙发上。

爸　爸　问题太严重了！我刚跟你们班主任见过面，他说他已经一个星期没给你们留家庭作业了！

孩　子　（嘟哝着）现在都提倡减负嘛。

爸　爸　减什么负？减负容易，考学的时候，再想加课就难了！

奶　奶　（小声问孩子）啥叫减负啊？

孩　子　（指着书包，小声回答）就是要把我们书包的分量减去一点。

奶　奶　（马上说）太应该咧！

爸　爸　这一路上我就在想，一个星期的课余时间你都在做什么？是自加压力抓紧自学呢，还是荒废时间放任自流？显然，你并没有好好利用时间……

孩　子　（突然顶嘴）我也没放任自流！

爸　爸　是吗？那你说说，这一周的课余时间，你都做了些什么？

孩　子　这一周——头两天是双休日，有您看着所以我只能做习题；第三天，在家清理电脑，我杀死了咱家电脑里的所有病毒；第四天，上网冲浪，了解了解国内外大事；第五天，跟同学一起看了场电影；第六天，逛音乐书店；第七天，也就是今天，总算亲自体验了跳舞毯的感觉……

奶　奶　（旁白）这下全招咧！

爸　爸　（微微点头）嗯，这些事情……倒是没有什么出格的，不过，也没有哪一件是直接有助于提高学习成绩的！我早说过，天底下有趣味的事情多的是，等你们上了大学以后再做也不迟嘛。在此之前，一切都应该以学习为主。

孩　子　您说的是以“分数”为主。

爸　爸　实质就是这样！大学的门票就是拿分数买的嘛！不吃苦中苦，哪得甜中甜？你看看楼上的小超哥哥多用功！多自觉！都考上大学了，还天天在家看书。

孩　子　您以为小超哥哥喜欢这样？小超哥哥是不知道除了读书以外还能做什么！他连扑克都不会打！

爸　爸　打扑克是什么本事！

[孩子不吭声了。

爸　爸　你再看看楼下的赵娜娜，人家跟你一样大……

孩　子　我才不愿意跟赵娜娜一样呢！考试的时候是“奔腾 3”，不考试的时候就成了 286！

爸　爸　什么 286？

孩　子　弱智低能呗！这可都是她自己这么说的！那回，她把体温表的水银头冲外夹了半个小时，然后跑上来问我为什么量不出体温！

爸　爸　你这个孩子！怎么净看见别人的缺点，看不见自己的缺点呢？

孩　子　我有什么缺点？我考试都得一百。

爸　爸　考一百就没事儿啦？

孩　子　我想考二百老师也不给呀。

爸　爸　还顶嘴！那小超哥哥也回回考一百，怎么从来没见人家自满过？

孩　子　小超哥哥还羡慕我呢！

爸　爸　羡慕你什么？羡慕你会吃会玩？

孩　子　您说得太对啦！小超哥哥跟我说，一个人应该喜欢学习，但一个人不应该除了学习，别的什么都不喜欢，都不会，那就成了跟他一样的“木鸡堂”堂主了。

爸　爸　什么……堂主？

孩　子　小超哥哥同学给他起的外号：呆若木鸡的——木鸡堂——堂主。

爸　爸　啊?!

孩　子　小超哥哥还羡慕我爱哭爱笑，他说就是有人胳肢他，他都不会笑……

奶　奶　那孩子没有痒痒肉？

孩　子　他也不会哭。学校包场看《泰坦尼克号》电影的时候，到最后所有的人都哭了，就他没哭。他说他已经学傻了。

爸　爸　你呀，你就是太机灵了！我告诉你，只要能考上大学，傻一点儿也没关系！既然你们老师不布置作业，我布置！从现在开始，每天（拿出一本比砖还厚的书）自己从里面挑着做二十道习题。

孩　子　我不！我宁可挨打也不做！

爸　爸　（一愣）我那小戒尺呢？

［话音未落，孩子已将一把小得可笑的塑料尺子递到了父亲手里，并且发狠似的说——

孩　子　您瞧着吧，明儿一早报纸上就会登出来：一中学生拒绝额外作业，被其父亲——独断专行的父亲毒打——打成肾衰竭。

爸　爸　（哭笑不得地对奶奶道）您听听，这孩子怎么这么厉害？

奶　奶　这呀，这叫“拔了萝卜栽上葱——一茬儿更比一茬儿冲”。

爸　爸　（对奶奶）都是您给惯的！（又对孩子）你还小，有些事情你还不懂，大人都是为了你好……

孩　子　大人要真是为了我们好，就应该听一听我们的意见……

爸　爸　你有什么意见？你的意见就是不要管你，由着自己想怎么玩就怎么玩，对不对？

孩　子　您太武断啦！我们班主任老师说，课堂上书本上的知识对于我们来说，就像是一日三餐的米饭馒头……

爸　爸　对呀，你们老师说得一点都不错，主食嘛，最重要！

孩　子　但是，如果一个人长年累月地只吃米饭馒头，就成了偏食，反倒会营养不良。

奶　奶　（在一旁帮腔）对咧，养人不比养猪，光长肥膘不成。

孩　子　我们老师说，要想营养均衡，就得吃各种各样的东西。

奶　奶　（继续帮腔）对咧，你又不是没养过鸡，撒出去吃野食儿的鸡下的蛋才大呢。

孩　子　我们老师说，我们每个人都应该有快乐的童年和少年，就像每一棵树木都要有自己的四季一样。如果我将来能做老师，我一定要带着我的学生吃米饭，吃馒头，吃水果，吃蔬菜，吃冰淇淋，吃爆米花……

奶　奶　我看你是饿咧！

孩　子　（动情地）爸爸，我不是不愿意学习，我只是不愿意天天被人强迫着只做这一件事。您想想，要是当年莫扎特的爸爸，巴尔扎克的爸爸，陈景润的爸爸，瓦特的爸爸——那些伟人的爸爸们都只准自己的孩子照着自己的想法去做，那后果——

爸　爸　（被这一假设吓了一跳）那是全人类的损失呀！

孩　子　要是牛顿的爸爸跟您一样，天天把孩子关在家里写作业，爸爸，那万有引力的苹果就永远都砸不到他的头上！爸爸，您明白我的意思啦！

爸　爸　我——我想想……

奶　奶　（白）这孩子真行，说话一套一套的……

孩　子　周涛阿姨——

［孩子迎上周涛。周涛带两个孩子上场，访谈。

剧　终

今　语

中央电视台的《综艺大观》曾是收视率很高的栏目。

我曾是时常出入这个栏目的作者。相比起一些近乎“常驻”的作者，我的存在有点特别，用当时这个栏目的主要负责人张晓海导演的话说：“你是想来就来，想不来就不来！”

二十世纪九十年代中后期到 2002 年，我的“主战场”，除了在煤矿文工团的本职创作，更多是在电视连续剧的创作上，十年不到，我完成了二三百集电视剧的写作，还有各种晚会的主创。2002 年之后绝大多数精力放在了文工团的管理工作上。

我为《综艺大观》写的作品包括合作的作品，应该不止这次收录的三个，只是找不到文本，也找不到记录了。包括这次收录的作品，也多不记得导演和演员是谁。《咱们的居委会》之一，也是在网上搜到了导演、演员的名字……时间带来的遗忘有时真的很惊人。

印象中，所有《综艺大观》的活儿，都是“救火队”似的创作，每次从接到电话，听清楚要求，到交稿，平均不会超过三天。这也都是很好的火速完成“命题作文”的训练。

当然，前面的许多个微型音乐剧，也属“综艺节目”中的“综艺作品”。如此看来，我于十多年的若即若离中，也见证了一个“综艺时代”。

2020 年 5 月

综艺短剧

红楼前的对话

中央电视台播出

中央电视台2001年10月10日“纪念辛亥革命九十周年晚会”播出

时　　间： 当代

地　　点： 武昌起义纪念馆红楼外一角的茶摊

人　　物： 老人——六七十岁，摆茶摊的老人

少妇——三十岁出头，来自台湾

孩子——五六岁，少妇的孩子

［少妇带着孩子在老人的茶摊上喝水。

［几个孩子扯着一只龙形的风筝从他们面前跑过。边跑边喊着："飞呀——快跑呀——"

孩　子　妈妈，妈妈，我要去看放风筝。

少　妇　去吧，不要跑远。

［少妇话音未落，孩子已经答应着跑下去了。

老　人　听口音，你们是从台湾来的吧？

少　妇　对呀。老伯伯您好厉害！

老　人　我呀，在这儿（指红楼）当了一辈子管理员，各个地方的人见得多啦，一听说话呀，就能猜个八九不离十。

少　妇　那您现在是退休啦？

老　人　是啊。可就是在家里待不住。只有到了这儿，每天看着这里人来人往，我这心里头呀才高兴。来，我再给你添点热的。

［老人倒水的时候，少妇发现挂在"茶"招牌下面的一把铜锁。

少　妇　老伯伯，那是一把铜锁吧？样子好特别。（走到跟前）什么地方有卖这种纪念品的？

老　人　这可不是一般的纪念品。这是我们家的传家宝！

少　妇　传家宝？

老　人　这铜锁是我爷爷用革命军攻打湖广总督府的炮弹壳做的。

少　妇　您爷爷？

老　人　（自豪地）对。我爷爷90年前参加过武昌起义！参加过辛亥革命！（指着铜锁上的字）你看，这上头还刻着两个字——

少　妇　"兴汉"。

老　人　对。你知道"兴汉"这两个字是什么意思吗？它可是武昌起义当晚……

少　妇　（接口道）革命军攻打湖广总督府前约定的口令。

老　人　（意外而又惊喜地）你居然知道这个！

少　妇　（笑道）我知道的多着呢！

老　人　哦？那你知道是谁打响了武昌起义的第一枪？

少　妇　是……新军驻紫阳桥南的工程第八营。

老　人　（击掌）对。对。我爷爷就在那个营！

少　妇　真的？

老　人　那还有假！（打开了话匣子）当年哪，武昌起义的时间本来是定在农历的八月十五，就是阳历的十月六号。可不知道怎么搞的，“八月十五杀鞑子”“革命党中秋起事”的消息早早地就在武汉三镇风传起来了。

少　妇　那叫人心所向嘛！不起义都不行的啦！

老　人　可那消息也把湖广总督吓坏了，他赶紧让新军“换防”——原来在东边的换到了西边，原来在城里的换到了城外。

少　妇　原来的起义时间只好往后推迟了。

老　人　不推迟不行啊。当时，为了防止革命党人武装起义，当局下令：所有士兵的子弹一律都得收缴存库。你想想，连子弹都没有那可怎么起义啊？所以，他们就在宝善里机关部自制炸药。谁也没有想到，那些自制的炸药意外爆炸了！这一下，革命党的机关暴露了。起义旗帜、袖章、名册什么的全都落到了军警手中，情况危急啦！革命党领袖临时决定：提前发动起义。十月九号晚上，二十份起义的命令送出去了，只等着南湖炮队一声炮响……

少　妇　可偏偏就是那份给南湖炮队的最关键的命令没能及时送到！起义的时间早过了，各营的革命党士兵仰着脖子等啊等啊，却怎么也等不到起义的炮声。

老　人　指挥部却被荷枪实弹的清军团团围住，三名革命党的主要领袖被捕，凌晨时分，他们被推到湖广总督府的东辕门外斩首了。

少　妇　好可惜，差一点他们就能亲眼看到胜利了。

老　人　两次预定的起义时间都已经过去，负责指挥起义的领袖不是被捕就是被杀，军警正四处出动，按着名册逐营搜捕革命党人。眼看着酝酿已久的起义就要毁于一旦……就在这时，准确地说，是一九一一年十月十日晚上七点，几乎同时爆响的枪声和照亮夜空的冲天火光宣告——武昌起义打响了！

少　妇　先是驻守城外塘角的混成协辎重一营的革命党士兵点燃了马棚里堆集的马草。同一时间，城内紫阳桥南也响起了清脆的枪声——

老　人　看到向往已久的起义信号——火光和枪声，年轻的革命党士兵们奋不顾身地从各个营房里冲出来，攻占枪械库，集合在楚望台前……

少　妇　临时总指挥下达了攻打湖广总督府的命令。

老　人　当晚的行动口令就是——

少　妇　兴汉！

老　人　对，兴汉！

少　妇　（富于表情地）随着一夜激烈的枪炮声，大清朝威慑一方的湖广总督衙门被革命军占领了！丧权辱国的满清王朝完蛋了！蛇山之巅，黄鹤楼上，一面红色的十八星大旗迎风招展……

老　人　（兴奋不已地望着少妇）说得对！说得好！真没想到，你这么年轻，居然知道这么多！

少　妇　（突然有些不好意思地）这些呀，都是我爷爷讲给我听的。

老　人　你爷爷？

少　妇　我爷爷的爸爸也是当年参加武昌起义的士兵。

老　人　你的曾祖父？也是参加武昌起义的老前辈?!

少　妇　这还有假？

老　人　怪不得！怪不得！原来你也是革命军的后人！

少　妇　可惜我从来没有见过我的曾祖父，所有这些都是我爷爷讲给我的。

老　人　我也没有见过我的爷爷，可只要守在这里，我就觉得他天天都跟我在一起。

少　妇　我爷爷九十多岁了，走不动了，不然的话他今天一定会来到这里——来缅怀我的曾祖父，缅怀所有为了“驱除鞑虏，恢复中华”而献身的先烈。我爷爷常说人不能数典忘祖，无论什么时候，我们都不能忘记我们的历史，都不能忘记我们的先辈。

老　人　回去告诉他老人家，这么多年来，天天都有人到红楼来缅怀先辈！我在这里工作了一辈子，我就是见证人！

少　妇　（点头）这次，我带孩子回来，除了来看红楼，我还要带他去看圆明园，去看卢沟桥……我爷爷说，要让我们的下一辈，下下一辈，永远都记住我们中国人的光荣，也记住我们中国人曾经经历过的痛。

[老人连连点头。

[这时，孩子扯着那只龙形的风筝兴高采烈地跑了回来。

孩　子　妈妈妈妈，你看，龙！是刚才那个小哥哥送给我的！（突然发现少妇手上的铜锁，感兴趣地凑过来）这是什么？兴汉？妈妈这上面为什么会有我的名字？

老　人　（意外地）你的名字？你叫“兴汉”？

孩　子　对呀。振兴的兴，汉族的汉。我的太爷爷对我说，“汉”指的不光是汉族人，而是所有的中国人，是全世界的中国人。

老　人　说得好！说得好！来，（老人将铜锁挂在了孩子的脖子上）把这个戴上。

少　妇　老伯伯……

老　人　（自顾对孩子说）这上面刻着你的名字，更刻着好多好多人的希望。将来，无论你走到什么地方，都不要忘记你是中国人。都不要忘了——兴汉。

孩　子　（认真地点头）我太爷爷说了，等将来我也做了爷爷的时候，我的子孙还会叫兴汉。

少　妇　对，我们子子孙孙、世世代代都要记得——“兴汉”。

老　人　兴汉……

[音乐起——

剧　终

情景小品

温　暖

根据同名电视连续剧“构作”而成
中央电视台《电视剧群英汇》播出

[大屏幕上出现电视剧《温暖》片头，20 秒。定格在“温暖”字幕上。

[主持人上场。

主持人　这是一部即将与大家见面的电视剧，它是根据一件真人真事改编的——在一个普通的家庭里，操劳了一生的母亲被确诊为尿毒症晚期，只有实施换肾手术才可能活下去。然而，合适的肾源非常难找，眼看着母亲被病痛折磨着，生命岌岌可危，怎么办？

[第一束定点光，母亲和父亲。

母　亲　什么办法都不要想了！

父　亲　你别灰心啊！

母　亲　我不是灰心，是不忍心！你看看孩子们，老大从广东到山东跑了无数趟，又要照顾我，又要忙着替人打官司挣钱，累得两只眼睛通红、满嘴大疱；老二、老三为了给我治病，一个卖了拉活的面包车，一个退掉了买房的首付款，再这么下去，我治不好不说，还把孩子们都拖垮了。老头子，我说的是真心话，别再让孩子们为我白搭钱了，他们以后的日子还长着呢。

[第二束定点光，女儿和女婿。

女　儿　可妈只有一个啊！

[女婿扶着身怀六甲的妻子坐下。

女　婿　没错。

女　儿　没买成房子，你不会怪我吧？

女　婿　当然不会，我最爱你的就是这点：善良、孝顺。

女　儿　真的？那你再答应我一件事。

女　婿　一百件我都答应。

女　儿　我想把我的肾捐给我妈。

女　婿　你说什么？

女　儿　我打听了，活体肾移植效果最好的，是直系亲属的供体。

女　婿　不行！绝对不行，你肚子里还有咱们的孩子呢！

女　儿　我可以先去配型，要是合适，我生完孩子以后再去做手术。

［女婿望着妻子，无话可说，感动而又心疼地搂住了她。

［第三束定点光，二儿子和二儿媳。二儿子抱着头无声地啜泣。

二儿媳　你怎么了？

二儿子　我为什么会有心脏病呢！

二儿媳　你有心脏病？什么时候得的？你怎么知道的？

二儿子　我今天去医院体检，大夫说我有心脏病，不能捐肾。

二儿媳　……

二儿子　这可怎么办呢？这可怎么办呢？

［第四束定点光，大儿子。

大儿子　没关系，有我呢。

［二儿子、女儿隔着不同的表演区交流。

二儿子　不行，大哥，绝对不行，咱们兄妹里头，你的事业干得最好，平常家里有个大事小事也全靠你撑着，要是你再垮了，这个家还能指望谁呀？

女　儿　是呀，大哥，你就等等我，等我一生完孩子……

大儿子　都别争了！我是老大，听我的！

［电话铃声。第五束定点光，大儿媳。

大儿媳　喂？

［第四束定点光，大儿子。两人各持一电话。

大儿子　李芸，是我。

大儿媳　妈怎么样了？

大儿子　还好。我现在在北京。

大儿媳　在北京？

大儿子　对，我刚做完配型化验，我的肾捐一个给妈正合适。

大儿媳　……

大儿子　我妈为我们操劳了一生，该享福的时候却得了这么重的病，我们这些做儿女的说什么也不能眼看着不管啊。本来我是从我妈的身上掉下来的肉，现在给妈捐个肾，就当是还回去了……喂，李芸，你怎么不说话?

［大儿媳缓缓放下手里的电话，独白——

大儿媳　是的，我没有说话，我能说什么呢?作为你的妻子，别说少一个肾，就是少一块肉我也不舍得啊！可我又理解你，我也是做了母亲的人，天底下的母亲都会因为你的这个决定而深感安慰的！所以志国，对于你的决定，我真的……说不出支持也说不出反对……

［第一束定点光，父亲、二儿子、女儿。

父　亲　(冲着二儿子和女儿嚷)你们把志国给我叫回来！你们把志国给我叫回来！

［志国进门。

志　国　爸……

［父亲上前一巴掌打在志国脸上。

［二儿子、女儿同时拉着父亲的手，跪在父亲面前。

二儿子、女儿

爸！

父　亲　(跺脚)养儿不是为了让你们为爹娘去死，你们应该好好活着！

志　国　(也跪下来)爸——

父　亲　我没敢去问你妈，可我知道她的心思，她就是宁可去死也不会要你们为她捐肾的！

志　国　爸，为什么只有父母为儿女去死?为什么妈能给我们一次生命，我们就不能也给妈一次生命！

父　亲　(搂着他们)我的孩子……我的孩子们啊……

［第六束定点光，大夫。

大　夫　我是为严志国母子实施肾移植手术的赵大夫。从事这项手术这么多年来，常见的活体肾移植都是父母捐给孩子，而小辈捐给长辈的，不仅我从没有见过，全国范围内这恐怕也是绝无仅有的。一般地说，捐了一个肾脏的人，今后的生活会比正常人多一些风险，但最令我欣慰的，是手术后的这对了不起的母子都恢复得非常好、非常健康。

［主持人上。

主持人　中国有句老话，百善孝为先。也是应了中国的另一句老话：好人一生平安。真实生活同这部电视剧一样，都有一个美好的结局：曾经重病的母亲因为有了儿子年轻的肾脏而恢复了健康。下面，我要为大家请出这个故事中的生活原型、2004 年感动中国人物之一的田世国。

［田世国上。

主持人　田世国你好，首先我要代表天底下做儿子的人向你表示敬意！身体好吗？

田世国　……

主持人　在这里我只想问你一个问题：你为什么能够做出为母亲捐肾的决定？

田世国　天底下的父母如果遇到同样的情况，十有八九会毫不犹豫地为儿女付出一切，反过来，做儿女的为父母付出这些当然也是天经地义的。

主持人　我听说你的母亲到现在还不知道是你为她捐的肾。

田世国　我希望母亲得到的，是健康、平静的生活，而不是不安。所以直到现在我们所有的人都瞒着我母亲。每次我接受电视采访或是电视里有关于我们家的相关报道，事先我们都会把家里的电视机关上，或是拔掉天线，告诉我母亲电视机又出故障了。

主持人　就是说，你们全家此时肯定是看不到我们这个节目的。

田世国　对。说不定我爸爸正假装打电话找人来修电视机呢。在这里，我也希望电视机前的观众朋友、新闻媒体的朋友能够理解我们的这份苦心，帮着我们把这份温暖的谎言永远说下去。

主持人　好，谢谢你田世国，我相信正如你自己曾经讲过的那样，你为你的母亲所做的一切，不仅照亮了你母亲的生命，照亮你自己的一生，更会照亮你的家庭，照亮全中国渴望和谐生活的人们的心灵。

剧　终

情景小品

周恩来在重庆

根据同名电视连续剧“构作”而成

中央电视台《电视剧群英汇》播出

［病房门口。门口有一排椅子。

［邓颖超快步赶来，却在病房门口踌躇了。

［董必武随后赶来。

董必武　邓颖超同志。

邓颖超　（回身）董老。

董必武　（看到邓颖超臂戴黑纱）恩来的父亲已经……？

［邓难过地点头。

董必武　（安慰）你也不要太难过了……

邓颖超　我难过，可我更为恩来难过。我真不知道一会儿该怎么面对恩来。您知道吗，董老，恩来很爱他的父亲，前阵子父亲病重的时候，恩来赶去医院在床前端汤送水，晚上还把自己的床跟父亲的床拼在一起，父子俩聊了好多好多从前的事。第二天早上我过去的时候，恩来正替父亲用热毛巾擦手、擦脸，您没看到，当时那对父子的表情有多幸福、多满足……连给父亲喂饭恩来都不让我动手，他说自己在床前尽孝的时候太少了……突然接到任务的时候，您不知道恩来有多么不忍离开，可他更知道自己的工作是无可替代的，只好把父亲托付给我，临行前还千叮咛万嘱咐的。谁想到这一走就是×××（是十天半个月还是几个月？请与剧组核实或由主要演员填写）……到了父亲病危的时候，他也累倒病倒……

董必武　（难过）没想到老人家走得这么快，组织上也是考虑到恩来的身体，怕他受刺激……

邓颖超　我理解，可我真的……有点后悔，也许，我们应该早一点告诉恩来……哪怕让他跟父亲见上最后一面……其实，从恩来病倒到今天出院，统共不过五天时间……

董必武　那并不说明他的身体养好了，是他惦着工作，非要提前出院不可！（看邓胳膊上的黑纱）要不，就再晚几天告诉恩来……

邓颖超　我也这样想过，只是我真不忍心……既不忍心告诉他，又不忍心不告诉他……

董必武　（沉默一下）再缓几天吧，等恩来再恢复恢复……

邓颖超　可是……

董必武　我相信他挺得住。革命这么多年，我们遇到过的艰难困苦和牺牲太多了……

周恩来　（画外音）董老，你们可来了……

［周恩来上。邓、董闻声回身。

［邓下意识地要遮住黑纱，结果却让周一下子看到了。

周恩来　小超！你这是……

［邓难过地低下头。周抢上一把抓住她的胳膊。

周恩来　小超，这是……父亲他……

［邓含泪点头。

周恩来　什么时候的事？

邓颖超　三天前。

周恩来　（激动地）为什么不告诉我？

邓颖超　我……

董必武　恩来啊，不要责怪小邓，是我的决定。

周恩来　为什么？

董必武　就是怕你的身体吃不消。要知道，身体是革命的本钱……

周恩来　（突然爆发）身体、身体！可身体发肤受之父母，羊有跪乳之恩、鸦有反哺之义，谁没有父母啊！你们怎么能这么做？他是我的父亲啊，同在一个城市可我却不能……马克思也没说不要父母啊！不忠不孝，那还算什么共产党员！父亲、父亲，儿子不孝、儿子不孝啊……

［伤心欲绝的周恩来蹲跪在椅子边上。

［慢慢压光。

［深情的音乐起。

［画外音：这个故事，就发生在重庆谈判期间。这期间，伴随着繁重的革命工作，周恩来和邓颖超先后送走了他们的两位父亲。当周恩来终于要离开重庆的时候，他说了这样一段话。

［一束追光，周恩来独白。

周恩来　重庆真是一座谈判的城市啊，从西安事变到现在，差不多十年了，我一直在为团结商谈而奔走于重庆和西安之间。谈判耗去了我现有生命的五分之一。我已经谈老了！由此可知，民主事业的进程是多么的艰难啊！虽说我在重庆期间签订了“双十协定”“停战协定”“整军方案”，但至今仍仅仅停留在纸上……中国革命的道路是曲折的，可我相信前途一定是光明的，因为中国人民已经站起来了，在我们一生中还可以把艰苦途程继续走完而达到最后胜利！

剧　终

情景小品

雄关漫道

根据同名电视连续剧“构作”而成

中央电视台《电视剧群英汇》播出

时　　间：当代

地　　点：某排练现场

人　　物：导演

饰演秋妹的女演员

饰演明全的男演员

[晚会现场。

主持人　为了纪念红军长征胜利七十周年，2006 年，我们的电视屏幕上出现了很多反映长征的优秀的电视剧作品，应该说这些作品在全国电视观众的心中引起了强烈的反响，很多单位甚至还要将电视剧中的一些感人的片段编成小品搬上舞台。你们瞧，那两位演员就正为这事儿忙着呢。

[舞台上，两位演员正一边试着借来的服装，一边笑闹、议论着。

男演员　怎么样？我看上去像红军吗？

女演员　不像。一脸的营养过剩，哪像吃草根咽树皮的人哪！你说，这大过年的，咱在联欢会上演一段红军长征的戏，会不会太严肃了？

男演员　那叫动情点！春节晚会够强调喜庆祥和吧，每回不也得找一两个感动人的地方吗？导演来了。

[导演上。

导　演　准备得怎么样？

男演员　正试衣服呢？

导　演　服装不着急，先把戏排出来再说。刚才领导定了，咱们就排《雄关漫道》李明全为秋妹治伤的那一段。来，咱们再把这一段看一遍啊。

[导演一按遥控器，大屏幕上放映电视剧《雄关漫道》片段（见第十六集）。

[明全在查看秋妹的伤，镜头从一盆炭火上拉起。

秋　妹　明全，你真的留在医院不走了？

明　全　嗯。

[明全打开纱布，秋妹呼痛。

明　全　怎么伤成这样？

秋　妹　没有药啊，开始，我还用盐水，现在，盐也紧张了。

明　全　这得想个办法。

秋　妹　没事儿。阿妈烧开水去了，凉点开水洗洗也管用。

明　全　我看看啊。

秋　妹　你来了，我就好了一半了。明全，你干什么？啊——

［明全用火筷子烙秋妹伤口，秋妹疼得昏死过去。

［导演按遥控器，画面定格。

导　演　（拿起一顶红军的帽子戴在头上）来，咱们开始排练。把我写的那段开头加上啊，咱现在排的是小品，得有头有尾，咱得让没看过这个电视剧的观众明白秋妹和明全的人物关系。秋妹，一开始的时候，你呀，就坐在这里拿着小本子和铅笔头给明全写信。

导　演　现在是秋妹的画外音："明全，你好吗？婚后一别，好几个月过去了，我时时都在想念着你。"

［女演员在画外音中表演写信和若有所思。

导　演　（提示）这时，明全风尘仆仆地走进来。看到秋妹，百感交集。

男演员　（轻声呼唤）秋妹。

导　演　（提示）秋妹抬头，惊喜，忘乎所以地起身，腿疼，差点摔倒，明全抢上一步扶住秋妹。两人深情地互相注视。

［两位演员在深情的音乐中互相凝视。

女演员　明全，你怎么来啦？

男演员　岳团长派我们班到医院来抬伤员。

女演员　太好了！

男演员　你的腿？

女演员　没事儿。敌机轰炸的时候，让弹壳划破了点皮。

男演员　来，让我看看。

女演员　见到你大哥了吗？

男演员　（点头）他失了一条胳膊。

女演员　大哥真不愧是红军团长、钢铁汉子，做手术的时候不仅没有麻药，甚至连手术刀都没有，最后只好把一把木头锯放在铁锅里煮了……（疼）啊！

男演员　（做吃惊状）你怎么伤成这样？

女演员　没有药啊，开始，我还用盐水洗洗，现在，盐也紧张了……

男演员　这得想个办法。

女演员　没事儿。阿妈烧开水去了，凉点开水洗洗也管用。

男演员　我看看啊。

女演员　你来了，我就好了一半了。明全，你干什么？啊——

［明全用火筷子烙秋妹伤口，秋妹疼得昏死过去。

导　演　停。

［两个演员恢复常态。

导　演　你们自己的感觉怎么样？

男演员　不太真实。

导　演　没错。你刚才的表情太夸张了！

男演员　我？

导　演　对呀，你看看人家电视剧里是这么演的吗？

男演员　他电视剧里演的也不一定都对啊！导演，咱们探讨啊，虽然明全是红军，是好汉，可铁汉也有柔情啊，眼看着秋妹都伤成这样了，你说我能不心疼吗？

导　演　心疼是对的，但要不露声色。你越是心疼，你就越要不动声色地下狠手，救她的命，让她能够活下去，能够与你继续并肩战斗，这才是红军战士的爱情！

男演员　红军战士的爱情也是爱情啊！你想想，我们是久别重逢的新婚夫妻，刚一见面，秋妹又受伤了，我能啥话不说操起火筷子就烙人家的腿？

女演员　对呀，我要是秋妹，见了明全啥话不说肯定先哭。

男演员　哎，这才是女人呢！吃苦的时候能扛，可一见着亲人马上就绷不住了。上次我女朋友感冒打吊针，让护士扎了好几针都没吱声，一看到我走进输液大厅，哇的一声……

导　演　吐啦？

男演员　干吗吐哇，哭啦！

女演员　我也是，去年评先进，我就差一票，本来也没觉得怎么样，可一见我男朋友的面，想都没想我就哭起来了……

导　演　那依你们俩的意思，明全秋妹一见面，俩人先抱头痛哭？

男演员　明全可以不哭，但拥抱一下秋妹总是应该的。

女演员　你一抱我我准哭。前几天我炒菜的时候被热油烫了个小疱都痛得受不了，秋妹都伤成这样了，还得让他用火筷子烙伤口……

男演员　这是在救你的命！

女演员　说得轻松，换了我拿火筷子烙你的腿试试！

导　演　这就是你的问题！现在你是当年的红军女战士，不能拿着现在的心态来演秋妹。

女演员　红军也是人。

导　演　但不是一般的人！你的台词里连叹息的成分都不要有！不管有多大的困难和痛苦，在你嘴里都是云淡风轻、习以为常、家常便饭、天经地义。没有委屈，没有怨天尤人，有的只是久别重逢的幸福和满足，是无怨无悔，是革命的乐观主义精神……

女演员　我……我乐观不起来！说实话，我要真是秋妹，甭说乐了，我连活的力气都没有了！

导　演　问题是你到现在都没有理解红军精神。

女演员　我……

男演员　导演，你理解红军精神吗？

导　演　我理解。正因为我理解，所以我才会对他们充满崇敬。我甚至希望自己也能够像他们一样地活着。

女演员　导演，你说这句话的样子好酷啊！

男演员　酷毙了！

导　演　（绝望地）你们俩把我给毙了得了！

［沉默。

导　演　你们想想，为什么我们的生活越来越好，但我们的幸福感却越来越少？我们为什么会有那么多烦恼？有饭吃了还想吃更好的，有房子住了还想买更大的，失恋的时候会计较自己付出得太多，没评上先进会耿耿于怀觉得世界不公平……也许，我们太缺少精神上的超越了。（问女演员）如果你也像秋妹一样在工作中受了伤，你会怎么样？

女演员　我会休息。

男演员　还会跟单位要求享受公伤待遇。

［导演语塞。

男演员　你别生气导演，你不是让我们说自己个儿嘛。

导　演　（对男演员）如果你像戏里头你哥哥、红军团长李明皓那样失去一条胳膊，你最担心的会是什么？

男演员　我……担心自己成了残疾人，回头连媳妇都找不到。

导　演　……人家李明皓担心的是什么？

男演员　他担心没了胳膊，贺龙就不带着他打仗了。

导　演　（点头）还记得戏里头李明皓跟贺龙的那段对话吗？

男演员　贺龙问他：你当年为什么要参加红军？他说是为了闹革命。贺龙说你要是连命都没有了还怎么闹革命。

导　演　这就是红军精神！谁都知道，对于一个人来说，最宝贵的是生命，然而对于当年的红军战士来说，却永远都有比自己的生命更宝贵的东西，那就是革命的理想和信念。当一个人能够找到一种比生命更重要的信念，当一个人能够把自己有限的生命完全投入到一种崇高的理想中去的时候，你们不觉得那是一种幸福吗？我们要想演好这个戏，就要有这种境界！

男演员　我有点懂你的意思了。

导　演　当年的红军战士，一定也像我们一样知冷知热知道饿，知道什么是爱情，但是，为了理想，他们不怕苦，不怕死，爬雪山过草地吃树根咽皮带，他们舍弃生命和爱情、他们忍受艰难困苦，他们为了我们今天的幸福生活选择了最艰难的生活和战斗。

［音乐起，两位演员望着导演深深点头。

［音乐中，主持人出现。

主持人　是的，这就是红军精神：一往无前、所向无敌的革命英雄主义，万众一心、团结拼博的革命集体主义，战天斗地、其乐无穷的革命乐观主义，这就是长征精神！是中华民族百折不挠、自强不息的民族精神的最高体现。感谢在电视屏幕上塑造了中国工农红军英雄群像的电视文艺工作者，感谢你们对弘扬革命传统所做出的努力。

剧　终

情景小品

黎明前的暗战

根据同名电视连续剧“构作”而成

中央电视台《电视剧群英汇》播出

主持人　电视剧《黎明前的暗战》是根据一段真实的历史创作的，表现了1949年前后，中国共产党成功策反国民党爱国将领、和平解放湖南的动人心弦的故事。在这个故事里，既有历史人物和历史事件的丰富再现，更有惊心动魄、可视性极强的谍战。

［片花播放。

主持人　在全国解放前夕，湖南的和平解放，避免了国共两军大规模的正面冲突，避免了战争、避免了人民的痛苦、避免了城市的破坏……但是，却避免不了必要的牺牲。和平解放的代价，是一大批隐蔽战线上的英雄儿女付出生命、付出刻骨铭心的忠诚。

［第一束定点光起。

［被拷打得遍体鳞伤的陈文英摔入。

画外音　陈文英，再给你最后一个机会，再不招供，就送你去你丈夫那儿去！

［铁门被从外面锁上的声音。

［陈文英趴在地上沉重地喘息着。

［画外音效：行刑的可怕的声音（可以理解为外面传来的声音，也可以理解为陈文英主观里的挥之不去的痛苦回响）。

陈文英　（喃喃自语般地开始，逐渐变成是与冥冥中的爱人的交谈）我不怕，我什么都不怕。当初，我们一起选择了这条道路的时候，就想到过有今天。现在，有你在那边等着我，我更不怕。你知道敌人为什么会抓我吗？他们想要我指认肖天济！我们保密站唯一的潜伏人员肖天济，我们最亲密的战友、最亲密的朋友肖天济，也是你宁可牺牲自己也要保全的肖天济。你知道吗？当我从那个毒蛇一样的女人手里看到肖天济照片的时候，我突然觉得……很幸福，他的脸让我想到我们三个人一起度过的那么多青春时光。他的脸让我想到了你，就好像，你的生命正在他的生命中延续……我不怕。为了保护他，你可以毫不犹豫地将子弹射入自己的头颅，我也可以，毫不犹豫地让子弹穿过我的胸膛……

［陈文英的定点光收光。

［同时，第二束定点光起。

［司马楠穿着军装，腰间佩着手枪，居心叵测地原地踱步。

司马楠　共产党都不怕死，这我司马楠见得多了。但共党分子也都见不得别人为自己受苦，这我听说过不少。有多少回，怎么逼问老百姓都问不出共党分子，只要拉出个老百姓准备枪毙，共党分子自己就站出来了。对于肖天济来说，陈文英可不是老百姓，而是肖天济最亲密的朋友的老婆！到现在为止陈文英都说自己不认识肖天济，越是这样越说明有问题，除非……是我之前的消息错了……（原地站定冷笑，想到一条毒计）我倒要看看！

［司马楠的定点光收光。

［同时，第三束定点光起。

［肖天济穿着便装，手里拿着相机。

肖天济　潜伏在保密局长沙站已经三年多了，真正的危险全都发生在司马楠调任长沙站之后。这个女人，比狐狸还狡猾，比蛇蝎更歹毒。她似乎对我的过去了解很多，无论明处暗处，她一直都在死死地盯着我。我要时刻小心，牺牲我是小事，完不成潜伏的使命就会误了大事……

［司马楠突然出现在肖天济身后。

司马楠　肖天济，跟我出任务！

［第一束定点光起，光区变大。

［陈文英仍然遍体鳞伤地趴在原地。

［随着马靴叩击地面的声音，司马楠和肖天济出现在陈文英面前。

［陈文英抬头，与肖天济目光相对。（两人的画外音要做效果处理）

陈文英　（画外音）天济！

肖天济　（画外音）天哪，文英……我宁愿被折磨成这样的人是我……

司马楠　认识他吗？

陈文英　认识。

司马楠　他是谁啊？

陈文英　不就是……你给我看的照片上的那个人吗？

司马楠　你认识她吗？

肖天济　不认识。

司马楠　我再给你一次机会，认识他吗？

肖天济　（画外音）我认识我认识我认识！她是我亲爱的战友！她更是我牺牲战友的爱妻……我认识她就像认识我自己一样……

陈文英　（用声音唤醒肖天济）司马楠，我告诉你，进了这个阎王殿，我就没想活着出去。动手啊！你还犹豫什么？

司马楠　好！（把枪递给肖天济）处决！

肖天济　我是来照相的，不是来杀人的。

司马楠　是不想杀人，还是不想杀她？执行命令！

肖天济　司马科长，我是档案科的，没有站长的命令，我绝不会越权执行任务！

［肖天济转身离去的瞬间，司马楠突然举枪枪杀了陈文英。

［枪声。

［背对司马楠的肖天济痛苦地闭上了眼睛。

司马楠　现在可以照相了吗？

肖天济　（压抑、哽咽的画外音）文英，有一天我一定会为你们复仇的……为所有牺牲的战友……

梁小民　肖天济绝不可能叛变！

［随着梁小民的声音，这一处切光，另外一个表演区光起。

梁小民　肖天济绝不可能叛变！

周　里　什么叫绝不可能？如果他没有叛变，他是怎么离开保密站监狱的？逃出来的？那是随随便便就能逃出来的地方吗？这份寻人启事，有没有可能是在肖天济招供之后，保密站布置的诱捕我们的圈套？

［周里说完，严肃地看着梁小民。梁小民想了想，仍旧微微摇了摇头。

梁小民　肖天济被捕之后，我撤掉了两个联络点，撤退的时候，我在门上做了记号。但我后来回去看过，那里根本没有被闯入、被搜查的痕迹！这就证明，肖天济没有出卖我们！

周　里　你留了记号？你知不知道这是违反……

梁小民　我知道！可我真的不想轻易怀疑和放弃肖天济。（指着报纸）你看，寻人启事上的这个联络人——沈小菁，是肖天济的未婚妻。

他把自己最亲近、最爱的人暴露给我们，把底都亮给了我们啊！

周　里　是把底亮出来，还是他认为只有这样才能取得我们的信任？

梁小民　我请求组织允许我去见肖天济！

[主持人出场，直接打破。

主持人　我同意！刚刚在舞台上还原的是电视剧《黎明前的暗战》中的两个片段。大家一定也和我一样感受到了这部片子的情节张力和情感张力，相信不同的观众会在剧中找到可以令自己感兴趣、可以令自己感动的理由。好，下面……

剧　终

情景小品

闯关东

根据同名电视连续剧“构作”而成
中央电视台《电视剧群英汇》播出

人　　物：文他娘——母亲

朱传文——长子

朱传武——二儿子

鲜　儿——曾是长子未婚妻，后跟了二儿子

朱传杰——三儿子

玉　书——三儿媳妇

[大屏幕《闯关东》片花+剧情简介画外音。

[文他娘的定点光。

文他娘　粮食没了，饥荒来了，活不下去了。我一个女人家带着三个孩子，等着盼着孩子他爹、我男人朱开山早些回来。可这一等就是好几年……有人说他爹参加义和团，打洋人去了，也有人说他爹死了……我不信，他是我的男人，是我三个孩子的爹啊！眼看着我们就要熬不下去了，他爹托人捎信来了，让我带着孩子去闯关东！那漫天漫地的大雪啊，冰封三尺的大河就像另外一个世界……管他呢，我的男人在哪儿，哪儿就是我的家。还是那句话，能活命就好，能团聚更好……（切光）

[朱传文的定点光。

朱传文　我是老大朱传文，我爹走之前，给我和鲜儿定下了亲事。我们青梅竹马，可愿意在一起了。没想到，爹这一走好多年没有音信，鲜儿家的人以为爹死了，为了一袋子粮食就提出退婚。我和鲜儿只能私奔，可却在路上走散了。再见到鲜儿，我已经娶了一位王爷府里的格格为妻。这是命吗？（切光）

[朱传武的定点光。

朱传武　我是老二朱传武，娘说三个儿子里头我最像爹。为了找爹，我离家出走，在山场子遇见和大哥走散的鲜儿姐。为了鲜儿姐，我留在山场子里伐木干活；为了鲜儿我下水场子，我这条命算是给她了，她去哪儿我去哪儿，我……我喜欢她……

[鲜儿走进朱传武光区。

鲜　儿　当初，我是要嫁给他大哥的，因为走散了，他大哥娶了一位格格。

朱传武　跟俺走吧，俺不嫌弃你……

鲜　儿　可我嫌弃我自己，我是你大哥的未婚妻，我怎么能嫁给你呢？

朱传武　后来，我们也走散了。

鲜　儿　我以为你死了。

朱传武　我没死……

鲜　儿　我以为你死了，我以为这就是我的命……我在桃花渡遇上了震三江，就跟他上山当土匪，劫富济贫。如果没有再遇见传武，那种日子也挺好的……（扭身离去）。

朱传武　我参了军，在战场上冲在最前面的人总是我！没了鲜儿，战场就是我的家，一晃十年了，我从一名默默无闻的小兵成了驰骋疆场的军官。这十年里头，我娶了一个名叫秀儿的姑娘，可是鲜儿，你知道吗，我跟秀儿其实只是拜了堂，除此之外什么也没有发生。后来，秀儿遇上了真的喜欢她、心疼她的人……这样挺好的，跟着我，对秀儿不公平……

［鲜儿的定点光。两人在两个空间的对话。

鲜　儿　（深情地呼唤）传武——

朱传武　鲜儿！

鲜　儿　传武！

朱传武　鲜儿，等打完这场仗，我们就成亲，好吗？十多年了，我们再也不要分开了。

［鲜儿用力点头。

朱传武　万一……我没有活着回来……就算这辈子我娶不了你，还有下辈子。

［鲜儿再次用力点头。朱传武幸福地笑了。切光。

鲜　儿　（寻找）传武？（悲伤地）传武，我跟你……那场遥遥无期的婚礼……难道只能是一场梦吗……（切光）

［朱传杰的定点光。

朱传杰　梦？从山东到东北，就像一场梦。那时候我还小，跟着娘和两个哥哥上了船，大哥为鲜儿姐跳船，二哥离家出走，说去金场找爹，家里只剩下我。娘送我去夏掌柜店里当伙计，学经商，一学就是十年。

［玉书的定点光。

玉　书　我爹说传杰人憨实，做事灵光，将来准有出息。我才不在乎爹说的这些，我只在乎传杰对我好不好。

朱传杰　我对你好吗？

玉　书　（嫣然一笑）我嫁给了传杰，成了朱家的三儿媳妇。传杰接过爹的衣钵，开货栈，走马帮。

朱传杰　我不能告诉玉书，走马帮的路途有多险恶。土匪、盗贼、猛兽……哪个都能要了我的命。没了命，我怎么带马帮回去？带不回马帮，我还算朱开山的儿子吗？

玉　书　我在传杰的包袱里，看到一把枪，能要了人命的枪！

朱传杰　我就是要让天南海北的商人看看，我们山东汉子是害不得，吓不倒，击不垮的。

玉　书　日本人来了，二哥传武冲上战场，保卫哈尔滨。传杰要以实业救国，他抵押朱家买卖，与日本人争煤矿。

朱传杰　我告诉爹，不能让日本人霸占中国人的财富，二哥在浴血杀敌，我要靠实业救国。爹拍着桌子大声叫好。

玉　书　我支持传杰，这大好河山是我们中国人的，不能让属于我们的财富落到日本人手里。（两处定点同时切光）

[朱传文的定点光。

朱传文　（一脸惶恐地）一郎跟我说，朱家的煤矿，日本人一定会想尽办法夺走。到时候爹和我们用命换来的家业就全完了……

朱传杰　（入画、指责）所以你就当汉奸，做日本人的走狗？

文他娘　（入画、回护）老三，你怎么能这样说你大哥，他也是为了这个家。

朱传杰　娘……（跺脚、甩手走开。下。）

文他娘　他是我的儿子！你们三个都是为了这个家！

朱传文　（惭愧地）娘……

文他娘　儿子，你为小家舍大义，这说有错也有错，说没错也没错……

朱传文　开始我以为，只要我听了他们的，就能保住咱们全家，可他们还是把我二弟传武给杀了……所以我当时给了日本头子森田一枪，大不了咱们同归于尽！（大喊）小日本我跟你们拼了！（冲下）

文他娘　小日本战败了，中国人不用再受欺侮了，朱家的产业也守住了。可……我盼望全家团聚啊，盼回来的……却是我儿子传武的尸首……（掩泣。光渐收）

[音乐起。大屏幕播放李幼斌扮演的朱开山的话。

朱开山　往哪儿去是小事，现在咱们孙子有了，孙女也有了，有了这一代一代的人，咱还怕什么？文他娘，我和你说，国家亡不了，咱们朱家也亡不了！

［相关画面延续。音乐推向高潮。

剧　终

闫关东

今 语

《电视剧群英汇》是当年中央电视台的一个一年一度的节目，会全方位介绍、推出当年最有影响力的电视连续剧作品，相当于电视连续剧的“年度榜”。

2006 年和 2008 年，我两次为“电视剧群英会”晚会充当“救火队员”，都是因为老朋友、总制片人的紧急呼叫。一次写了两个，一次写了三个。那叫一个急！总共两三天时间，写三个的那次应该是从写一个不断追加到三个的。

当时，我已是中国煤矿文工团——600 多人大团的唯一副团长，又是年末各种演出及事务性工作最多的时候，每天累得精疲力尽，但仍然挑灯夜战——为友情而战——电视台的写作稿费不过几百块钱，如果为名，它是很好的平台，如果为利，亏死了，但因为朋友急需，必须出手相帮。

记忆最深的，是 2006 年年底的这次写作，当时两岁多的女儿得肺炎，丈夫发烧，俩人在亚运村医院躺在两张病床上，我从单位忙完，筋疲力尽地赶到医院，坐在两张挂着点滴的病床前，以膝盖当桌子，写完两个作品的文本。

无论叫短剧还是叫情景再现，都要飞快地了解一部刚刚完成的长篇电视连续剧的基本内容，然后再把它压缩到十分钟左右，集中在现场进行戏剧性介绍。这种“服务性”写作并不省心。如果按现在的概念，我的工作与其叫“编剧”，不如叫“构作”更准确。

时隔十多年，匆匆在网上查了一下，至少看到了三个作品的晚会呈现，都很不错。只是啊……有点伤心，看到的三个作品都没有打作者、导演的名字。只有《温暖》一个节目，打了编剧的名字还打错了字，成了“冯莉”……心里还是会有点难过。对了，《温暖》情景短剧的导演是娄乃鸣，特此注明一下。时代久远，许多事情大家都记不清了……

五个作品的演员都是电视剧里的同样的角色和演员。比如《周恩来在重庆》自然是电视剧里演周恩来、邓颖超和董必武的刘劲、黄薇、吴玉东。

2020 年 5 月

戏剧小品

明天我要嫁给你啦

（未发表作品，已版权注册）

时　　间：当代

地　　点：城市街心花园长椅旁

人　　物：姑娘（小华）

未婚夫（东子）

前男友（小林）

注：演出时，三个人物的名字可直接借用演员的姓名，那样更顺口也更直观。现在这三个名字只是为了写剧本方便。

［东子骑着三轮车上，车上坐着小华。

［东子一边蹬车一边荒腔走板地唱着歌。小华一路咯咯地笑。

东　子　（唱）如果你要嫁人不要嫁给别人，一定要嫁给我，带着你的妹妹带着你的嫁妆……坐着那三轮车来——

小　华　还得是借来的三轮车！

东　子　收拾房子就这两天，不借，你还让我买一辆？

小　华　谁要你买三轮车？买辆“奔驰”还差不多！

东　子　你别说，就你选的那一套窗帘桌布，真是物美价廉，今儿往咱们新房里那么一挂——真是怎么看怎么好看！（停下蹬车的动作）咱们现在奔哪儿？

小　华　（指着路边的长椅下了车）就在这儿坐一会儿吧。

东　子　在这儿？那多不合适呀！你说明天咱俩就要去登记了，在这样重大的历史时刻，怎么着咱也应该找个更浪漫、更隆重的地方……

小　华　我觉得这个地方就挺浪漫。

东　子　（对那椅子要刮目相看）是吗？（小华点头）也是，咱俩从开始谈恋爱，就经常在这椅子上坐着，以后结了婚，每天吃过晚饭，咱还可以来这椅子上坐着……啊！太浪漫了！

小　华　不懂了吧，明儿咱俩再来这儿坐着，那是夫妻遛弯儿，今天坐在这儿，咱还是在谈恋爱！

东　子　谈恋爱？对对对，谈恋爱，哎，先谈一谈你是怎么爱上我的。

小　华　谁呀？

东　子　你看，咱俩青梅竹马……

小　华　咱俩从小在一条胡同里长大，没青梅竹马什么事儿。

东　子　那咱俩一起放风筝、跳房子这样的事情还是有的吧？

小　华　有。后来，你帮着我们家买过煤，换过煤气罐，再后来，你骑着自行车把我爸撞一跟头，然后又背着我爸进了妇产医院……

东　子　那不是急糊涂了嘛！

小　华　再再后来，我去你们邮局寄信，老远就看见你隔着窗户不停地向我又喊又招手……

东　子　什么又喊又招手！我跟你说过多少次了，我那是在擦玻璃呢！（做

哈气擦玻璃的动作）

小　华　那谁知道！

［上场门方向传来汽车声，关门声。两人回头看了一眼。

东　子　说真的，这几天，每回看到你骑着自行车四处买东西，看到你跟人家讨价还价……我就想，我们要是有辆车就好了，我开着车，拉着钱……（边说边坐到了旁边的三轮车上）想买什么就买什么……（望着上场门方向，随口说着）那个从车上下来的人怎么有点像……小林？（难以置信地）不会吧？

［一身名牌休闲装的小林打着手机上。

小　林　哎哎，我在北京。对，又杀回来了！回头看看有什么项目咱们再合作。

［小林收起电话，一眼就看到了坐在三轮车上瞪着他的东子。

小　林　（大喊）这不是东子嘛！哎你怎么……（突然看到站在一旁的小华）小华……

小　华　小林……

小　林　这一片儿的变化可真大，都快认不出来了……

东　子　可不，你走的那会儿，这儿还净是平房呢！

小　林　（眼睛看着小华，对东子说）一看这片楼，我还以为你们早就搬走了呢。

小　华　搬走过，现在又回迁了。

［东子见状，蹬动三轮车。

东　子　你们聊吧。我去买包烟。

［没等小华说什么，东子已经骑着车走了。

小　林　这个东子，还跟从前一样。

小　华　一样什么？

小　林　一样……老那么乐乐呵呵的。

小　华　对呀，知足者常乐嘛！你怎么样？大奔都开上了。

［小林身上的手机响，小林掏出一个接听，铃声还在响。小林又从另外一个口袋里掏出另外一个手机并且关了机。

小　林　对不起……这是北京的公司刚给我配的。你刚才在说什么？对，知足者常乐。反过来说，不知足者就不常乐。

小　华　没这么说的吧？

小　林　你比如说我吧，当年放着好好的工作，不知足，非要自己出去闯荡；闯出一件事情的时候，不知足，还得再闯第二件；做成一笔生意了，不知足，还想做更大的生意……

小　华　可这些事情并没有错……

小　林　是没错，得意的时候，也觉得自己是个人物，年轻有为，累的时候，一个人躺在看上去什么都不缺的房子里，心里怎么都克服不了那种空落落的感觉……我时常忍不住回忆回忆我的年轻时代——

小　华　你现在也不老哇！

小　林　我想来想去，我最快活的记忆都锁定在大学时代了，所以，我要回北京，我要回到这个地方……我想，也许，你还像从前一样披着你的长发……

小　华　明儿我这头发就要盘起来了。

小　林　你说什么？

小　华　明天，我就要登记了。

小　林　是啊，我早应该想到的。你那位对你怎么样？

小　华　好。好极了。

小　林　他是做什么的？

小　华　在邮局工作，刚还在这儿蹬三轮呢。

小　林　东子?！怎么可能呢?！

小　华　怎么不可能呢？东子没有你这么风风火火，可人家在单位是把好手，回家也是把好手……人呀，就像是天上的鸟，有的鸟会在很高很高的天上飞，有的鸟会停在地上、树梢上蹦蹦跳跳，叽叽喳喳……大雁在天上飞得很快活，小麻雀也很快活。这难道还不够吗？

小　林　你这话可不像是小麻雀说的……

[小林正想说什么，身上的手机又响，小林掏出一个接听，却是那个已经关机的。铃声还在响，小林又从另外一个口袋里掏出另外

一个手机，再次关掉。

小　华　到时候，你来参加我们婚礼吧。

小　林　我不去。不过我会送你们一个大花篮，祝福你们的快活日子。

小　华　谢啦。

小　林　那我先走啦，再见。

小　华　再见。

［小华目送着小林离去。东子蹬着三轮车回来。

东　子　（唱）如果你要嫁人不要嫁给别人……小林走了？

小　华　走了。你买的烟呢？

东　子　没买。我有烟，就在你包里放着呢。

小　华　还挺自信！

东　子　装的，其实这半天在边儿上一直百爪挠心！

［小华上了三轮车。

东　子　奔哪儿？

小　华　各回各家，各找各妈。

东　子　好嘞！

［东子一边蹬起三轮车，一边唱起来。

东　子　（唱）如果你要嫁人，不要嫁给别人，一定要嫁给我……

剧　终

戏剧小品

讨债鬼

（未发表作品，已版权注册）

时　　间：当代　冬天

地　　点：街头小杂货店

人　　物：白板——男，十二岁，初中生

杠子——男，十二岁，初中生

［白板站在小杂货店的柜台后面，抱着膀子啃着干吃面。杠子裹着棉衣上。

杠　子　（对观众）这家的白大爷欠了我爸两万五千块钱，今儿我爸派我讨债来了。讨债谁不知道，就得玩横的！瞧（从怀里亮出一把菜刀），还有这个（又从怀里掏出一大白萝卜），待会儿见了我白大爷，我先给他表演一回“削萝卜如泥”，我就不信他不害怕。

［杠子说着，把萝卜和刀放好，拿了一支烟叼在嘴上，摆出一副痞相，晃着膀子走了过去。白板看见杠子，以为是顾客，忙放下方便面，殷勤地跟杠子打招呼。

白　板　哥们儿要点什么？（恭维道）嘿，就您这两步走的，别说还真有点像刘德华……

杠　子　（不屑地）懂不懂啊你？我学的这是周润发！

白　板　（学着生意人的随和劲儿）哟，发哥，您要买点什么？

杠　子　我什么都不要！姓白的在家吗？

白　板　我就是，我叫白板，小名叫白皮。

杠　子　白板？瞧你这名儿起的，透着手气背……

白　板　（顿时来了精神）行啊哥们儿，一看就是行家，什么都懂！跑来找我是想练八圈还是怎么着？

杠　子　谁找你呀，我找的是我白大爷……

白　板　是不是三缺一呀？没关系，我可以去凑把手，是平胡还是算番……

杠　子　他们一般是“点炮包庄”……有你什么事！你爸到底去哪儿了？

白　板　我爸……去前边买鸡蛋去了。

杠　子　买鸡蛋去了？（打了个冷战）这外面真冷，你让我进屋等他一会儿行吗？

白　板　来吧，我正一人闷得难受呢。

［白板将杠子让进柜台里面，自己拿起方便面继续吃了起来。

杠　子　（从口袋里拿钱）来四个小瓶饮料，我还没吃饭呢。

白　板　四瓶……九毛钱一瓶……四九十三，两把抓干……

杠　子　什么？

白　板　（拍着脑袋）我错了。四九……四九……多少来着？

杠　子　四九二十八！

白　板　什么呀，四九……三十六，上没上过学呀你？

杠　子　你当我真不知道四九三十六呢？考考你就是了！

［白板拿饮料给杠子，同时把钱也退给他。

白　板　难得有人陪我说会儿话，今儿我请客……

杠　子　那多不好意思……

白　板　交个朋友嘛……我叫白板，你叫什么？

杠　子　（喝着饮料）我叫杠子。

白　板　是“老虎、杠子、鸡”的那个杠子？

杠　子　不是，是明杠暗杠的那个杠。

白　板　嗐，那还不是一回事。

杠　子　当然不是一回事，我爸爸说，我过百天的时候，我们家里的人摆了一床的东西让我抓，人家说看这么大的小孩抓的东西，就能看出他将来是块什么材料，结果你猜怎么着，我上手就抓回来四个麻将牌，我爸爸拿过我手上的牌翻开一看，居然是一暗杠！

白　板　哎哟喂，你可真了不起，哪像我呀……

杠　子　你一手摸了一张白板？

白　板　不是，生我的时候，我爸爸打了三天牌没回家，等回来的时候，我妈气得脸跟白板一样，没几天就跟我爸离婚了。为了让我永远记住我妈临走时候的样子，我爸就给我取了这么个名字。

杠　子　（很同情地）你妈跟你爸也离婚啦？唉，我们家也是，我爸说当时他刚翻出我抓的那个暗杠，还没等乐呢，我妈就像是被踩着尾巴的猫一样，尖叫着跑回我姥姥家，再也没有回来……

白　板　你说现在的女人都怎么了？男人不就打打牌消遣消遣，就至于让她们抛家舍业的！

杠　子　哎，你爸说的怎么跟我爸说的一样啊？

白　板　这叫英雄所见！

杠　子　你爸算什么英雄呀？我爸才是呢！打我记事开始，我爸打牌就从来没输过！

白　板　吹吧！

杠　子　骗你是小狗，我爸输的时候就不下桌，有道是“输家不开口，赢家不能走”，我爸爸有一次为了捞回本儿来跟人家苦战了五天六夜，去的时候脸像个西红柿——又红又圆……

白　板　回来的时候呢？

杠　子　成黄瓜了。

白　板　还是的，我爸从来就没这样过……

杠　子　得啦，你爸就会……（住了嘴）你爸爸怎么还不回来？

白　板　不是告诉你了嘛，我爸爸买鸡蛋去了。

杠　子　真不错，你们家还有鸡蛋吃。

白　板　也不是老有，赶着我爸爸输钱的时候，我顶多也就对付包方便面……

杠　子　我说你怎么长得这么干巴呢……

白　板　不过要是我爸爸赢了钱，他就带我去吃“麦当劳”。

杠　子　（愤愤地）什么？你爸爸欠债不还，倒有钱请你吃“麦当劳”！

白　板　（不悦地）你爸爸才欠债不还呢！

杠　子　你还不承认？要不是你爸爸欠了我爸爸的钱，大冷的天儿我才不会跑这儿来陪你坐着呢……

白　板　啊？我爸爸……欠你爸爸多少钱？

杠　子　不多不少，两万五。

白　板　两万五？（环顾四周）就是把这店里的东西都卖喽，恐怕也卖不出两万五呀……

杠　子　卖多少算多少，我爸爸说了，允许你们分期还钱……可要是谁敢赖账，瞧瞧这个（从怀里掏出刀和萝卜，用力削萝卜），这刀正经是削萝卜如泥……

白　板　可要是把这店卖了……（哭）我连方便面都吃不上了，那还不如先把我给卖了呢！（大哭）

杠　子　哭什么？既然你爸爸没本事，老输钱，你跟着他也是活受罪，还不如趁早找个好人家……

白　板　可……像我这样的孩子，甭说卖，倒贴两万五恐怕都没人要……（再哭）

杠　子　你别哭你别哭……（白板哭）我又没把你怎么样……（白板哭）我求求你了……（白板哭）要不你先吃块萝卜？这萝卜甜着呢……

［白板止住了哭声，从杠子手里接过萝卜咬了一口。

杠　子　怎么样？

白　板　跟鸭梨一样，在哪儿买的？

杠　子　从我们家拿的。你瞧你，都多大了还这么爱哭！

白　板　我十二。你呢？

杠　子　我也十二。不过我觉得我比你成熟多啦。

白　板　（点头）那当然，要不怎么你叫杠子，我叫白板呢……哎，对了，要不然你回家跟你爸说说，就拿我抵了我爸爸欠的钱，让我也跟着你们过几天好日子……

杠　子　（一愣）不行不行……

白　板　求求你，别问我爸要钱了行吗？你看我多可怜呀……

杠　子　（长叹一声）唉，我也有我的难言之隐……

白　板　那你干吗不“一洗了之”？

杠　子　你不知道，我这回期末考试，除了体育全都没考及格，老师让我留级……

白　板　咱俩一样……

杠　子　我爸爸说，只要我能替他要回来这笔钱，他不仅不打我，还给我10%的“提成”……

白　板　那你就白得两千五呀！我怎么从来遇不着这种好事……

杠　子　无利不起早，大老远的，没好处我能受这份累？

白　板　那……看我的面子，你就缓我爸两天不行吗？

杠　子　缓你爸两天？那我爸怎么办呀？唉，不瞒你说，我爸这些天也是手气特背，到昨天晚上，已经把我们家所有的值钱的玩意儿都搭进去了。没本儿人家不让他上桌，可要是上不了桌，他怎么捞回本钱呀？

白　板　你不是说你爸爸从来不输吗？

杠　子　是啊，这叫不输则已，一输就输大发了。你想想，我爸爸要是万一赢不回来，那以后我恐怕得比你还惨呢！

白　板　可我爸爸要是把钱全给了你们，他不也打不成牌了吗？

杠　子　打不成才好呢，打不成牌他不就得想办法干点别的了吗？那你们家的日子慢慢不就真正好起来了吗？

白　板　这话你怎么不对你爸说去？

杠　子　（脱口而出）说不了，我爸就是一浑蛋！

白　板　（也跟着脱口而出）我爸也是个浑蛋！

［两人都被自己的话吓了一跳，互相看着。

白　板　刚才咱俩说什么来着？

杠　子　（索性地）说我爸是浑蛋，你爸也是浑蛋！

白　板　那你还帮着你爸来要钱！

杠　子　我是小浑蛋行了吧？可你干吗还护着你爸？

白　板　我也是小浑蛋！

杠　子　（突然明白地）那咱还干吗非要跟着这样的爸爸过这种日子呀？

白　板　没错儿！

杠　子　这么着吧，回头你帮我把你爸爸欠我爸爸的那两万五千块钱要回来，让他以后再也打不成牌。我呢，这钱也不交给我爸爸……

白　板　让他也打不成牌。

杠　子　对。然后我拿着那钱，就当是我的生活费，去投奔我姥姥家去……

白　板　那我呢？

杠　子　你……

白　板　没好处，凭什么我要帮着你蒙我爸爸？

杠　子　也是。这样吧，事成之后，我给你10%的“回扣”……（见白板眼巴巴地看着自己，终于爽快地）得，有道是有福同享，有难同当，咱哥俩见面分一半，一人一万两千五……

白　板　（高兴地跳了起来）一言为定！拿了钱我也去投奔我姥姥家！

杠　子　可是……怎么才能让你爸爸拿出这笔钱呢？

白　板　你跟他表演“削萝卜如泥”呀……坏了，咱俩怎么把萝卜给吃了！

杠　子　你刚才见了都不怕，他肯定就更不会怕了，削萝卜这招恐怕不灵……

白　板　那你总不能削我吧？

杠　子　哎，还真是的，待会儿你爸爸回来的时候，我可以假装劫持你当人质，他不给钱我就不放人……

白　板　这招没准儿真行。

杠　子　不过我得先用绳子把你绑起来……

白　板　绑我？

杠　子　要是我不绑你，你又不反抗的话，你爸爸还不就看出假了……

白　板　对对对。

杠　子　然后我还要把刀架在你的脖子上比画着……

白　板　那可不行……

杠　子　假装的嘛，又不是真的苦肉计……

白　板　那也不行。

杠　子　（着急地）那你说怎么办呀？你不想过好日子了？

白　板　想啊。不过单靠咱们俩恐怕还是不行，要不……

杠　子　怎么着？

白　板　咱们去找公安局的警察叔叔吧，让他们把你爸爸和我爸爸都叫去教育几天……

杠　子　哎，这真是个好办法。你爸爸怎么还没回来呀？

白　板　我怎么知道。

杠　子　他不是去前面的自由市场买鸡蛋去了吗？

白　板　可问题是，我爸爸从来出去买东西都不会那么快就回来的……

杠　子　我都在这儿待了这么长时间了……他什么时候走的？

白　板　他……走了顶多也就一个礼拜吧。

杠　子　（差点昏了过去）一个礼拜！

剧　终

戏剧小品

周末影院

（未发表作品，已版权注册）

时　　间：当代

地　　点：一家电影院门前

人　　物：前妻——三十五岁，简称妻

前夫——三十六七岁，简称夫

票贩子——二十岁左右，简称贩

［影院门口喇叭里的声音：“各位观众，你们好，今天晚上将要上映的是台湾故事片《搭错车》，请你莫失良机，抓紧时间到购票处购票观看……

［夫上。

夫　（白）今天正是星期六，情不自禁地想出来走走，不知不觉就来到了电影院，别有一番滋味涌上心头。什么滋味？有点儿怀旧。

［票贩子上。

贩　先生，要票吗？

夫　我自己去买。

贩　您甭去了，要是来了就有票，我们还在这儿混什么？

夫　这都老片子了还这么火？

贩　您以为呢？现在的人，要么喜欢时髦，要么喜欢怀旧。两张票，您多给五块钱，就算请我喝杯饮料吧。

夫　我就要一张！

贩　您有年头没看过电影了吧？里头都包厢啦，你就买一张，那我这张卖给谁去？

夫　谁爱要卖谁呗。

贩　话不能这么说，就算我能把票卖出去，那也得看是卖给了谁。要是一位小姐呢，您合适，人家不一定乐意。万一是一壮汉呢？跟您挤着坐在连座的小包厢里？万一那人还刚喝过半斤白酒，刚吃过五头大蒜，一边看电影还一边打嗝……

夫　得得得，我买了还不行吗？

［两人正交易着。妻从另一侧上。

妻　（白）今天不仅是星期六，还是本人的三十五岁大寿，哥们儿姐们儿都来过电话，可我的心却还在等候。（自嘲）唉，离也离了，人家也有女朋友了，我还等什么？自己请自己看一场老电影得了。（去侧幕）

［小贩拿着钱下场。夫拿着两张票发着感慨。

夫　拿着两张票，一人儿看电影，今晚的寂寞让我如此美丽，更让我怀念那失去的婚姻和……爱情。对了，我还是应该给我前妻打个电话，今儿是她三十五岁生日，就算有她男朋友在跟前，我问候一声生日快乐有什么不对？有道是，一日夫妻百日恩，我是她前夫我怕谁？（拨号）1390……爱你一生一世，201314。唉！

［妻从侧幕方向走回来。

妻　居然没票了！也好，免得触景伤情……（手机铃响）1390520530 我爱你我想你。（大喜）他真还记得来个电话！（接电话）喂——

夫　（紧张。声音与真实的情绪大相径庭）我说……前妻呀，生日快乐！

妻　（自身情绪立即受了对方声调及用词的影响）少来！就算你身边有美女做伴，也不用把“前妻”俩字咬得那么狠，都咬出牙印儿了！

夫　你还那么厉害？就不怕把你身边的男朋友吓着？

妻　我身边……

夫　没有男朋友？那正好，我这会儿身边也没有女朋友……（突然看见了不远处前妻的身影，难以置信）

妻　谁说我身边没有男朋友？你看见啦？

夫　我……看不见。能不能告诉我您现在正在哪里潇洒？

妻　我在——一栋大大的别墅里……

夫　男朋友家的？

妻　就算是吧。这里有大草坪，烛光晚会，好多好多玫瑰花……

夫　（挂掉手机走到妻身后）而且，你的男朋友正含情脉脉地站在你身边……

妻　对。（突然发现异样，一回头，因吃惊而尖声大叫）啊——

［夫忙捂住妻的嘴，见她安静下来，才放了手。

妻　你想吓死我！

夫　你想吓死大家伙儿！

妻　你怎么会在这儿？

夫　我还正想问你呢，这儿哪儿有别墅？

妻　（面不改色地）都在郊区呢。（夫笑）本来就是有人邀请我去那样一个地方过生日的嘛！

夫　你男朋友？

妻　　分开说更准确。

夫　　男的。朋友。那你干吗不去呢？

妻　　我想一个人安安静静地过一回生日。

夫　　顺便怀念怀念过去的生活。

妻　　还有逝去的青春！你呢？怎么突然成了孤家寡人了？

夫　　我一直都是孤家寡人！一直为你守身如玉……（妻忍俊不禁）真的真的。你还记得咱俩结婚那天，你们班的王才女送给我的那句名言吗？

妻　　“一个人，爱上一个女人并不难，难的是一辈子只爱这个女人，不爱别人。”唉，到底是我们班的才女啊，说得多精辟啊！

夫　　什么精辟！简直就是胡说八道！她要是真正经历过感情，就不会说出这种看似深刻、实际上却非常肤浅的话了。（妻望着他）通过两年来的亲身经历，我认为，这句话应该这样说：一个人，一生中能够得到真爱，难；失去了想再找回来，更难；即使再也找不回来，想彻底忘掉她，更更难！有道是曾经沧海难为水，除却巫山不是云……

妻　　要不是今天晚上在这儿撞上了，这些话你打算什么时候对我说？

夫　　每回给你打电话的时候我都想跟你说。可每次一听到你的声音，我的话就不由自主地咽回去了。你干吗一接我的电话就那么厉害？

妻　　每次都被提明叫响的“前妻”就不能有点自尊心吗？

夫　　我这么叫主要是怕你身边的男朋友误会，破坏了你后半生的幸福……

妻　　你又来了！

夫　　我错了，我错了。你不知道，第一回听说你有了男朋友，我这心里头呀，那就是陈醋拌青梅——甭提有多酸了。那会儿我才意识到你对我意味着什么。

妻　　人家还不是一样的，第一次听说你有女朋友了，那滋味儿，简直就是吃口青梅就口醋——那才叫酸上加酸呢！

夫　　我那么说是骗你的！

妻　　我那么说是为了气你！

夫　　媳妇儿！

妻　　唉，我经常想，咱俩过不到一起，也许就是因为咱俩太像了……

夫　　那叫不是一家人不进一家门。

妻　　又都太好强……

夫　　这叫强强联合！

妻　　也许，你应该有一个更加娇弱的妻子，时时处处都依附着你……

夫　　得到一位爱人同志，人生足矣。

妻　　也许，我应该找一个年龄、心理都比我成熟得多的男人……

夫　　八十岁的老头成熟，你要吗？其实像我这样又年轻又成熟又经历过爱情折磨的男人，才最适合你这种又精明强干又风姿绰约……又喜欢一个人出来看电影的女人……

妻　　去！

夫　　你还记得吗？上大学的时候，每个星期咱俩都得跑出来看两三回电影……今天早上我一想是你的生日，就情不自禁地去翻影讯，结果一眼就看到这个影院今天上演《搭错车》，你还记得吗？咱俩第一次出来看电影，看的就是这部……

妻　　搭错了的车！

夫　　你到今天还认为咱俩都搭错车了？

妻　　这话是你说过的。

夫　　我那会儿说的是气话！再加上年幼无知……换到现在，你就是再怎么气我，我也不会说出这么无情无义的话。

妻　　现在你会怎样说？

夫　　我会说……我不是搭错车，而是下错了车！（妻一震）真的！

[俩人互相看着。

[电影院的喇叭里再次传来声音："各位观众，今晚上映的彩色故事片《搭错车》马上就要开演了，请观众朋友们抓紧就座。电影马上就要开演了。"

夫　　嘿，我们看电影去？

妻　　我有点头晕。好像时光倒流了。你就不能改一改你的台词？

夫　　决不。

妻　　可惜票都卖完了……

夫　　只要你点点头，剩下的事，你就看我的吧……

[音乐声起。

剧　终

今　语

搜索旧文档，在“短剧小品”文件夹中好好地保留着上面三个未发表的综艺短剧剧本：《明天我要嫁给你啦》《讨债鬼》《周末影院》。

看过，仍然可以断定是应了某个晚会或综艺节目的召唤而进行的创作，后来没有用到。应该都是创作于九十年代中后期，现在看，仍然是喜欢的。我想，这些短短的文字还是可以有一次“出生”的机会吧？所以把它们收录进来了。

2020 年 5 月

电视短剧

性本善良

北京电视台播出

北京电视台100集电视短剧《咱老百姓》之一

获第九届北京电视艺术“春燕奖”最佳短剧奖

导演：马崇杰

主演：陶虹　赵岩松

1）一家招待所锅炉房旁边的小屋　　早晨　　内

非常拥挤的小屋里，除了一张单人床、一张桌子之外，墙角还挤放着一张长条椅。长条椅上睡着个小伙子——大军。

桌子上的小圆镜里，映出小夏那不漂亮但却年轻的脸。小夏仔细地用几件简单而廉价的化妆品妆扮着自己。

长条椅上的大军突然醒了，坐起来。小夏下意识地一回头，正被大军看到她脸上涂抹得很不高明的那层妆。

大军皱着眉头嘟哝了一句："你看看那张脸，想吓死人呀！"

小夏恨恨地把镜子反扣过去，嘴里不知道在嘟哝什么。

大军爬起来，披上衣服，起身出门。

小夏扫兴地把桌上的化妆品一股脑地收进一个塑料袋里面，然后慢吞吞地走到门口，拿起脸盆、香皂，慢吞吞地拉开门。嘴里则嘀嘀咕咕地："平常老是嫌人家土，人家刚要往脸上擦点啥吧，又嫌人家吓人。哼，怎么别人擦得眉青眼绿的你就不嫌吓人呢？"

2）锅炉房　　早晨　　内

大军挥动着大铲子，闷头往炉膛里头填着煤。炉膛里炉火正红。

一旁的水池边上，小夏在弯着腰洗脸。

三个穿着工作服、服务员模样的女孩子，各拎着两三个暖瓶，有说有笑地进来。

女孩甲对大军道："大军，你起得真早呀。"

大军只是笑笑，没吭声。

女孩乙："水还没开吧？"

大军："没呢。"

女孩丙对女孩甲："你还夸他起得早呢，到这会儿水都没烧开！"

女孩甲显然是年长几岁的："人家大军的媳妇来了嘛。"

年纪最小的女孩不明白地："他媳妇来了怎么了？"

女孩乙拉了女孩丙一把，示意：他媳妇（小夏）就在她们身后的水池边上。女孩丙住了口。

女孩乙说："咱先去打扫客房吧，待会儿再回来打水。"

三个女孩离去。小夏端着脸盆走过来看着大军："她们三个都画眉毛画口红了，你怎么不说她们三个吓人呢？"

大军开始洗脸，没搭理小夏。

小夏在后头看着他："你今天领我上街？"见大军还不说话。

小夏又说："你带我上街买点东西，明天我就回家。"

大军停了一下，边把嘴里的水吐出来像是不经意地说："也行。"

小夏在他身后撇了撇嘴。

3）招待所门口　　上午　　外

大军工作的地方，是一家作为"三产企业"、坐落在某单位宿舍区里的招待所，在一片楼群之中。

小夏站在门口，跟一个同村来的女孩小红说话。

小夏："我明天回家，你要是有什么东西给家里，我正好能给你捎回去。"

小红："你急着回去干啥？回头让大军跟所长说说，在这儿当服务员，虽然工资不高，可还是挺自在的。"

小夏："我才不想在这儿呢，让人家嫌弃。"

小红："谁呀？大军嫌弃你？"

小夏低下头。

小红："不会吧，大军挺老实的。"

小夏："反正……我觉得他就是嫌弃我土……"

穿得干干净净的大军，大老爷们儿一样面无表情地走过来说："走吧。"

小红对小夏说："要不，你替我把换季的衣裳带回去吧，宿舍小，免得放不下。"

小夏边跟着大军往外边走边说："行啊，我晚上去你宿舍找你。"

4）一组镜头

小夏和大军一前一后，穿过高楼林立的居民大院。

两个人在车站等公共汽车。

两个人在公共汽车上，大军指着一个空位子，示意小夏坐下。

小夏让大军坐，大军一皱眉头，小夏才坐了下来。

5）百货商店服装柜台　　上午　　内

小夏很有兴致地在挂满成衣的货架上翻看着，不时地拿起一件衣服，在自己身上比量着。但每次征求大军意见，大军都摇头。

当大军又一次摇头的时候，小夏忍不住问道：“这件衣服怎么了？招待所里好几个女孩都穿，也没听见你说难看！”

大军：“那得分是在什么地方。这衣服你要是穿回家，村里人肯定得说你是把被单子穿出来了。”

小夏瞪了大军一眼：“农村人就非得穿红花绿叶？我偏就要穿一回被单子！”

“随你随你。”大军边把手伸进口袋边问，“这件衣服多少钱？”

小夏扭头就走：“我自己有钱。”

一售货员在后头叫着：“小姐，在这里开票。”

6）百货商店收款台　　上午　　内

小夏把一张50块钱面值的钞票递进去，等着收款员找钱，盖“现金收讫”章。

收款员拿起钞票审视着，用手搓，又对着有光的地方看。

收款员站起身冲着另外一处收款台喊着：“哎，你看看这张钱，是假的吧？”

假钞票在“验钞机”的照射下“原形毕露”。

一个售货员远远地跑过来挤到收款台前面：“我瞧瞧，我还没见过假钞呢。”

小夏求救地望着大军：“我真不知道这是假的，一点都没看出来……”

正跟人指点假钞的收款员闻言扭头挥着那张钱对小夏道：“这就是假的……”

大军一把将钱拿了过来。

收款员：“哎……”

大军拉起小夏就往外面走：“我们去找给我们假钞的人算账去！”

收款员在他们身后喊：“哎，这假钱是要没收的……”

7）街道　　上午　　外

觉得不会有人再跟上来的时候，大军停下脚，也松开了小夏的手。

小夏气喘吁吁地问大军："你找谁算账呀？"

"我哪知道！"大军瞪了小夏一眼，没好气地，"不这么说，这 50 块钱就捞不着了。你打哪儿弄了这么一张钱？"

"我看看。"小夏把那张钱拿在手上看着，"这应该是我上个月卖鸡蛋挣的。你看这个角上，我用铅笔画了个鸡蛋。"

大军没好气地："不就是个圆圈嘛，还鸡蛋，我看你就是个笨蛋。"

小夏扁了扁嘴，硬忍着没流出眼泪："那咋办呀？"

大军："你还有这样的大票子吗？"

小夏怯生生地从手绢包里，拿出另一张 50 块钱的钞票："还有这一张，是俺拿零钱在供销社换的……"

大军拿着两张钞票反复比较着："嗯，后边这张，大概是真的。"

小夏松了一口气："我就说，也不能天底下的坏人都让我赶上了。唉，我那一篮子鸡蛋算是白搭了。你说，这钱真的一点也不能用了吗？"

大军："除非赶上个比你还傻的！"

小夏："银行收不收哇？哪怕他给我打点折扣也行啊。"

大军气哼哼地："银行免费没收！"

8）街头小吃店　　中午　　外

二人在小吃店门口的餐桌上吃着面条。小夏一边吃一边小声问："这面条多少钱一碗？"

大军："两块五。"

小夏咋舌："一碗面就两块五？真贵！"

大军："不贵，你那 50 块钱够买 20 碗呢。"

小夏没吭声，拿眼角溜着柜台里的伙计——那伙计接过一顾客递过来的 50 块钱，直接扔进了放钱的抽屉里。

大军放下筷子一抹嘴，正要从口袋里掏钱。小夏低声叫住他，把那张假钱递过去："哎，给你这个。他们这儿没有那个照钱的灯（验钞机）。"

大军犹豫了一下："那你去。"

小夏："我不敢。"

大军："没事儿，你是女的，万一人家看出来，你就说你不知道。"

小夏："我不敢……"

这时候有小伙计出来收碗，也收了大军前面的空碗。

"结账。"大军的话让小伙计停住了脚，小伙计看着他们桌上的东西："就两碗面吧？5 块钱。"

大军朝小夏挑了挑下巴："你那儿不是有钱吗？"

小伙计看着小夏，小夏神色紧张地望着大军，又从头到脚望了望小伙计，看见小伙计的裤子上打着好几块补丁。

小伙计又看看大军，大军催促小夏道："你快给人家钱呀。"

小夏犹犹豫豫地打开手绢包，犹犹豫豫地选了一张 5 块钱给了小伙计。

9）街道　　中午　　外

小夏跟在大军身后说着："我也想把那钱花出去，可你没看，那伙计连条好裤子都买不起……"

大军停下脚，认真地看了小夏一眼，说："你倒是挺有同情心。"扭头又走。

小夏："就是不落忍嘛，看他们整天烟熏火燎，除去本儿，卖 20 碗面也挣不回来这 50 块钱。"

大军："那咱就回家吧。"

小夏："那，那，那这钱怎么办？"

大军："就当是张花纸，留着看吧。"

小夏站在原地没动。大军看着她，其实大军心里头也挺矛盾。

小夏吞吞吐吐地："其实……你说……这 50 块钱，对城里人来说，应该不算是什么大钱，是不是？"

10）一家小型食品杂货店　　中午　　内

小夏低着头，神色紧张地在柜台前磨蹭着，好像是在研究柜台里的东西。

大军走过来，小声地对小夏说："这里也没有验钞机。"

小夏小声地："我这心突突地跳，都快跳出嗓子眼儿了。"

大军："你要是实在害怕……"

"你小点儿声！"小夏观察着正照顾别的顾客的年轻售货员，继续小声问大军，"你说，要是回头发现这张钱是假的，这事儿是算在商店的账上，还是算在卖东西的人的账上？"

大军小声："应该……算在商店的账上吧？难说。"

"你们需要点儿什么？"另一个年轻售货员走过来，热情地招呼他们。

"呃……"小夏胡乱指了指，"我们先看看。"

售货员顺着小夏指的方向，拿过一瓶鲜榨果汁："是这个吗？"

小夏摇摇头。

售货员又拿了另外一种饮料："这个？"

小夏又摇头。大军说："就来一瓶矿泉水吧。"

售货员依言递过来一瓶矿泉水，小夏明白大军的意思，忙打开手绢包取那张假钱，也许是因为紧张，一样东西伴着一声轻微的脆响，从小夏的手绢包里掉在了地上。小夏忙低头去找。

"什么掉了？"大军一边问一边也跟着低头去找。

"你自行车的钥匙！我说要给你编个塑料花拴上吧，你偏不让！就那么一把单个儿钥匙，又不好拿又容易丢……"小夏一口气说出这么多话。

"找到了吗？"售货员边问，边从柜台里走出来。

"地上没有。"大军看着小夏。

小夏指指放冷饮的冰柜："好像是弹到那下头了。"

"是吗？"售货员趴在地上，想往柜下面看，但冰柜的缝隙太小看不见。售货员又拿出口袋里的圆珠笔想伸进去探探，也是因为缝隙小，伸不进去。售货员对小夏他们说了一句："你们别急。"之后，仰起脖子对另几位售货员喊着："你们快过来，帮着搬搬这冰柜，人家的钥匙掉进去了……"

三四个人一起使足了劲儿，冰柜总算是被抬起了一公分多。小夏飞快地用手里的小树枝在里面划拉了一下，那单片钥匙就出来了。

挪冰柜的人松了手，个个气喘吁吁的。

小夏拾起钥匙一连声地："谢谢！谢谢啊！"

11）马路边　　中午　　外

大军大口喝着矿泉水：“换了我，也不好意思那么干。”

小夏：“就是，人家为了帮咱找钥匙，吃奶的劲儿都使出来了，咱要是再把假钱给人家，那还能叫人?!”

大军：“要我说，咱就算了，我再给你50块钱。”

小夏倔强地：“我不要。”

大军：“没事儿，我有钱。”

小夏看了大军一眼：“那我也不要。”

大军不说话了。

小夏：“把你那高级矿泉水给我喝一口。”大军把瓶子给她。

小夏喝了一口，有些意外地咂摸咂摸嘴，又喝了一口，说道：“要说赚钱可也真容易。把水往瓶子里一装，就卖3块钱，你说咱村里的人，怎么不知道这么办呢?”

大军哭笑不得地：“那你就去装了卖吧!”

小夏：“可惜咱们那儿，没人会做这种瓶子……”

大军：“你呀，真是没见过世面!”

小夏不说话了。

大军也觉出自己有些话说得不对，便有意找补：“要不，你这张假钱，明天早上去早市买菜的时候……”

小夏：“别胡说了！早市上都是些农民。农民挣两个钱多不易啊，坑农民，我看你真是忘本了!”

大军非常不高兴，站起身来就走。小夏忙起身撵他：“你别生气。我不是那个意思。我是说呀，我是说咱不能让好人、老实人吃亏。坑咱的，是个坏人，要是咱也能找着个坏人坑那还差不多。”

大军放慢了脚步。

小夏像是自言自语似的：“这钱吧，真是，花又不敢花，不花吧，心里又挺冤得慌。”

大军停下脚，扭过头对小夏伸出手：“把那张钱给我。”

小夏：“干什么?”

大军：“我替你坑坏人去。”

小夏："真的?!"

大军："真的。"

12）锅炉旁边的小屋　　下午　　内

大军把一包口香糖和一把零钱放在了小夏的面前。

小夏不敢相信地："你真的把它花出去了?"

大军："花出去了。"

小夏："那个摆小摊儿的，就没看出来是张假钱?"

大军："没看出来。"

小夏："那个摆小摊儿的，真的是个坏人?"

大军："那可不。"

小夏："那个摆小摊儿的，平常都怎么坑这院子里的人的?"

大军："他……哎呀，你问这么多干什么？反正我把钱替你花出去了嘛。"

小夏点点头，若有所思地一张一张地将那把零钱弄整齐。

大军在一旁看着她，有些留恋地问："你明天真的要回去?"

小夏点点头，并没有察觉到大军的感情变化，而是突然问道："那个摆小摊儿的……回头要是发现那钱是假的，怎么办?"

"那……他就再想办法花出去呗。"大军随口说。

小夏："可他会花到啥地方？你想想，他肯定不敢在大商店花，大商店都有那种带灯的机器。他肯定得找着别的摆小摊儿的，要不就是早市上卖菜的……"

大军含笑道："不会的。"

小夏"一根筋"地往下想："怎么不会。你想想，这种假钱，其实不管现在在谁手里，最后肯定都得落到农民手里头，农民不懂嘛，可就得上当。你想想，要挣50块钱得花多少力气？可挣到手里头还是张假的……"

大军忍不住伸手拍了拍小夏的肩："你放心吧，我说不会就不会。"

小夏好像并不习惯大军的这种亲热表示，她看了大军一眼，没再说话。

13）锅炉房　　傍晚　　内

炉膛里的火被不断填进去的煤压住了。大军封好了火，扭头朝自己的屋子望去。

屋里，小夏正支着腮坐在桌前发愣。

大军好像是第一次发现小夏的侧脸很好看，不禁拄着铲把看呆了。

“水开了吗?”有住店的客人提着暖瓶进来，吓了大军一跳。

大军一边跟那人点头，一边过去打开另外一个锅炉的水阀。等他再回过头，发现小夏已经站在了门口。

小夏：“我去找小红，她说她有过季的衣裳让我捎回去。”

大军愣了愣，扔下铁铲说：“你等等，我洗过手跟你一起去。”

14）楼群之间的林荫道　　傍晚　　外

大军手里拿着鼓鼓囊囊的塑料袋，走得很慢。小夏跟他并排走着，一副挺不自在的样子。这会儿很像是轧马路，可她又不习惯。

小夏偷眼看看大军：“我来拿着那包吧。”

大军：“我拿。”

两人继续走，前方出现了一群人。

一群人围着一个推着推车卖水果的中年妇女（显然这是一位农民），中年妇女手里摔着一张50块钱的钞票，表情凄苦地絮叨着：“半筐好果子啊，一张假钱，没了，谁这么缺德呀！我本来指望着这一车果子，能够我家老头子的七服中药钱……这不是坑人嘛！赶明我再出来卖东西，说什么也不敢再收这样的大票了……”

四周是流动的围观的人，一群人看一会儿走开了，另一群人来了又走了。

小夏挤了进来。大军见状忙在一旁叫她，但她没有理会大军，而是凑近那中年妇女：“大妈，我看看你这张钱。”

中年妇女不相信地看着小夏：“看？看也是假的！我刚才给人家，人家都不要。”

小夏：“让我看看。”

中年妇女疑惑地把钱交给小夏，小夏努力想认出这是不是自己的那一张。然而天色已晚，她无论如何看不清楚。

中年妇女的脸上又露出希望：“这到底是不是假钱？要不就是刚才那个人蒙我？它只要不是假钱，赶明儿一早我就能直接去药铺抓药了。”

小夏像是下了某一种决心：“我看着倒是不太像。不过你最好还是去前面的商店里面，用专门的灯照一照。”

中年妇女大喜过望：“拿灯照照就知道是真的？”

小夏点头：“我带你去。说不定这就是一张真钱呢。”

15）居民区内便利店　　傍晚　　内

验钞机下面的是真钞票。

男售货员对卖水果的妇女说：“这钱好好的，绝对是真钱。”

中年妇女高兴地接过钱，对售货员、对小夏、对周围的人千恩万谢。

小夏的脸上是很宽慰的笑容。

16）锅炉房旁边的小屋　　夜　　内

大军和小夏开门进屋开灯。大军把手里的塑料袋扔到床上，回头含笑看着小夏：“你不想把那张假钱拿出来好好看看？”

小夏吃惊而忐忑地：“你……你怎么知道？”

大军：“你要没换，那大妈的钱怎么就变成真的了？”

小夏低着头：“我觉得那钱肯定是你给了摆小摊儿的人……”

大军替小夏说：“然后，摆小摊儿的又给了这个卖水果的大妈，嗯？那你看看那钱上有没有你画的鸡蛋？”

小夏已经看过了钱，深知理亏地摇摇头：“没有。”

大军：“你看，我好不容易把那张假钱替你花出去了，结果你自己又主动拿真钱换回一张假钱。”

小夏突然一仰头，一副爱谁谁的豁出去的样子说：“就算是这样，反正我花的是我自己挣来的钱！”

大军似笑非笑地看着她：“你厉害。”

小夏动心地说：“你想想，她是家里有病人才出来卖果子，结果还让别人给坑了……我就是怕她手里拿的，是我的那张假钱……那会儿天黑我也看不清楚，可要是我当时不把钱换过来，我这心里头……就是过不去。”

小夏突然像是受了委屈似的，声音哽住了。

大军拉起她的一只手，把从口袋里掏出来的一张 50 块钱放在小夏的手里。

小夏蜷着手指不肯接受：“我不要。我还有钱。”

大军只好把那张钱举到她面前：“你看看这钱上有什么？”

小夏瞪大了眼睛：“我画的鸡蛋！你不是……”

大军拿起小夏后来换的那一张假钞，用桌上的打火机，把两张假钞一起点燃。

大军：“这下子，咱谁也不用再有心事了。”

小夏的眼泪流了出来：“大军……”

大军把假钞烧完，又用脚踩灭灰烬，抬起头来充满感情地望着小夏。

小夏脉脉含情地：“大军，你的心眼儿真好。”

大军更是脉脉含情地：“是你的心眼好。我从来都不知道你这么好。”

小夏被大军看得低下了头。

大军起身，把原先堆在墙边的长条椅上的铺盖全都往床上扔。小夏垂着眼帘把两只枕头并排摆好。

大军走回床边看着小夏：“你要是想让我不嫌弃你，明天你就别走。”

小夏点头。

大军：“后天也别走。大后天也别走。大大后天也别走……。”

小夏扑哧一声笑了，年轻的丈夫就势揽住了自己的年轻的妻子。

剧　终

今 语

1996 年左右，北京电视台启动了一个很大的工程——请一百位编剧和一百位导演，创作、制作一部一百集的电视短剧《咱老百姓》。

不记得年轻的编辑于晓芸怎么找到了我。我觉得这个项目有意思，就写了这个作品。

这部作品的创作灵感，来自我遭遇假钞的一次亲身经历，之前写过一篇文章也发表过。剧中的男女主人公当然是我创造的，但其内心过程，是依据着我曾经有过的心理过程。这个剧本一稿通过。后来，剧组又找我写了第二部作品《人情》，也是一稿过。我是这百集工程中唯一写了两部的编剧。据总制片人谢芳亲口告诉我：一百集的剧本只有三个剧本是一稿通过的，我一个人占了其中的两部。

又过了几年，我在春节联欢晚会上看到了一个小品，我认为那个小品的作者是看了这部电视剧或者是看了我之前写的那篇文章《遭遇假钞》的“致敬之作”。也可能是“英雄所见”，只是我认为这种可能性不是很大。

特将《遭遇假钞》一文附在后面。

2020 年 5 月

附　录

遭遇假钞

（发表于《女友》1995 年第 4 期）

冯　俐

得到这张假钞很偶然，发现这张假钞也很偶然。那天我和丈夫去买电暖器，商场里的电暖器样式极多，带热风的、带摇头的、自动控制时间的，形形色色。价钱多在 200 块钱左右。绕场三周，本着勤俭持家节约闹革命的原则，我们选择了最便宜的一种，79 块钱。

我从钱夹里取出一张百元大钞递给售货员，一位 40 岁左右的大姐，等她开票找钱。突然，她大喊了一声："这是假钞！你们这是张假钞！"

顿时，我们这儿成了商场里的焦点。

"你们瞧瞧你们瞧瞧！"大姐跟凑过来的几个售货员比画着。所有的人都点着头："哎哟喂，真的是假钞。"

"让我看看。"我好奇地凑到跟前，这么多年总听说假钞，可还从来没有见到过呢。

果然，那钞票在验钞灯下呈现荧光亮色，再看水印，领袖的侧面像显得模糊。用手摸，没有凹凸的手感。抖一抖，哗啦啦的响声很大。

真的是假钞！

我只觉得脑袋嗡的一声就大了，估计脸也红了，当时只担心一个问题：我如何能够让别人相信这钱不是我造的，最起码让人家相信我不是在有意使用假钞。

"你这钱是哪儿来的？"售货员大姐已经在问我第二遍了。

"我……"我回过神儿来，却一下子什么都想不起来。

"钱从哪儿来的？"我回头问丈夫，丈夫的小眼睛此时瞪得比我还大。

"是你们工资里发的吗？"有人在一旁提示。

"不是不是。"我很肯定，这个月的工资上个礼拜就花光了，后来……

“这钱是别人还给我的。”我终于想起来，几个月前有朋友向我借了点钱，昨天刚还给我，出门前我就是从那只信袋里抽出了 3 张 100 元的大票。

“哟，那你们还不去找那人去！”有人说。

售货员大姐将钱推过来：“算了，也不没收你们的了，按说应该没收的。”末了，她又好心好意地加上一句：“找别的地儿花了得了，都挺不容易的。”

我另抽出一张钱付了款，然后拨开络绎不绝的要求见识假钞的群众，拖着丈夫匆匆离开了商场。

回到家我真生气，心想怎么这么窝囊。论那朋友与我们的交情，断不会故意拿了假钱蒙我，我甚至都没有办法去问一声这假钞是从哪儿来的，说出来就等于是要让人家赔换，哪能为了 100 块钱伤了朋友情谊？吃哑巴亏就吃哑巴亏吧，权当拿 100 块钱买了张双面儿的花纸，留着吧。

可说归说，这点气魄一转眼就不见了。

接下来的几天，真是怪了，向来大手大脚不会计算的人突然变得“九毛九”起来，没事就在心里头算账，买一棵白菜一块五，马上就想到 100 块钱可以买六七十棵白菜，买一条鱼要算 100 块钱……买二斤肉要算 100 块钱……

“贼心”萌动。

瞒着丈夫，我揣上假钞上街溜达。然而，溜达了半天，在商场里不敢花，有验钞机。到菜市上不好意思花，天寒地冻的，人家趸点儿菜贩贩容易吗？

碰到一熟人，假装无意聊天儿，问人家遇没遇到过假钞。

“遇到过，拿路边摊儿上买包烟就出去了。”

说得特潇洒。

咱怎么就潇洒不起来呢？

我在街上走着，走过烟摊儿、肉摊儿、菜摊儿、杂货摊儿、服装摊儿……又把 100 块钱揣了回来。

“你真想花这钱呀！”丈夫没等我讲完我的“预备犯罪”经历，已经大声嚷了起来。他是个非常遵纪守法的人。

“干吗不花呀？”正好邻居在我们家坐着，我还没开口她先同我丈夫争辩起来，“就你们那 200 来块钱的工资，要不是老冯有点稿费，还不早饿死了！装什么大头蒜！再说，平时那小摊儿小贩没少骗咱们，卖假烟的、卖注水肉的、缺斤少两的、以次充好的……再说，这钱又不是你们家印的，凭什么要认倒霉？”

邻居发了一通感慨议论之后，回去做饭了。我将那100元钱又放回钱包，抬头发现丈夫正冷眼看着。

“看什么看！”我没好气地说。

“这回更得理了，是不是一会儿就真要去找个小摊儿？”丈夫问。

“唉，”我叹了一口气坐在沙发上，“得什么理，她讲的那些我早想过，可我又想啦，就算我把钱给了哪个面目可憎的专门投机倒把的小贩，他难道就会从此把那钱给自己留下？倒来倒去，这钱肯定最后就落到了更可怜的人手里，比如菜农、养猪的农民什么的，他们肯定没有验钞机。你想想，辛辛苦苦忙活几个月，好容易挣到点油盐钱却是假的，多惨呀……”

丈夫深深点头：“嗯，我老婆还是很有良心的！”

“有良心？你该夸我崇高！这番话当外人的面儿我都没好意思说，这么崇高的话一说出来就假了，怕人家起鸡皮疙瘩。”

丈夫说：“我知道你说的是真话，你就崇高到底吧！”

我决定崇高到底，但，“贼心”一旦有了，想消灭它可真难啊。躺在床上我终于又想到了公家和组织：回单位医务室看病开药不就把钱花了吗？单位不会在乎这点钱……

结果，我也只是这样那样地想了想，想够了之后，把那100块钱撕掉了。撕钱的感觉——真好。

电视短剧

人　情

（根据刘庆邦短篇小说《草帽》改编）

北京电视台播出

北京电视台100集电视短剧《咱老百姓》之一

第九届“中国人口文化奖”二等奖

第十届北京电视艺术“春燕奖”最佳短剧奖

第二十一届中国电视剧“飞天奖”最佳短剧奖

导演：郑洞天

主演：温玉娟　吴玉华 等

片头1　井下大巷

［井下，从掌子面通向罐笼的大巷里，一群穿着乌黑的工作服、戴着矿工帽的“黑脸汉子”迎着镜头走来。他们的脚步声在空旷的巷道里发出回响。

片头2　矿山全景　晨

［太阳明晃晃的，带着早晨的新鲜气息，将原本并不新鲜的矿山的景色，照耀得像是一幅画：波光粼粼的水塘，棱角分明的矸石山，沿矸石山伸展上去的传送带，就像是矸石山的一道眉毛；山顶，那从地底深处挖出来的矸石，正不断地从传送带上滚落下来，落在矸石山上。（注：矿山的标志性景色便包含了“山”和“水”，山是矸石山。矸石是从煤中拣出来的废物。水是“塌陷塘”，因为地下的东西被掏空，地面便出现了塌陷和渗水积水，虽然成因不同，但看上去却是与人工湖没什么两样。）

片头3　矿生产区大门口　晨

［各种卖食品的小贩们推着车，挑着担子赶来，在门前各自支起自己的小摊。

［相貌俏丽、衣着素淡的二十七八岁的少妇蓝翠屏，手脚麻利地支起馄饨摊儿。她四五岁的小女儿，带着一条小狗坐在她旁边，睡眼

惺忪地打着哈欠。

片头4　**井下罐笼前——上升的罐笼里。**

[与外面的阳光明媚形成反差的，是井下的光线昏暗。

[“黑脸汉子”们鱼贯进入罐笼。那罐笼在人们脚下不断地发出尖锐的金属声。

[人进得差不多的时候，罐笼被咔啦啦地关上了。

[专门看管罐笼的人嘟嘟地吹哨，随后按下罐笼上升的按钮。

[罐笼里，有人打开头顶上或是提在手上的矿工帽上的矿灯。

[罐笼震动了一下，开始咔嚓咔嚓地上升。

[罐笼一开始上升，便如同进入了一个被立起来的狭窄的隧道，四周是一片黑暗。几盏矿灯的光柱所照亮的，是紧贴着罐笼的岩壁，岩壁上挂着苔，滴着水。

[除了偶然有人咳嗽一声，没有人讲话。人们都有些疲倦。

（从开始到这个时候，一直有主创名单等字幕划过画面）

1）罐笼—井口　晨

罐笼继续上升，上端开始现出了光亮。

地面罐笼口。罐笼咔嚓咔嚓地升上来。

梅玉成一边打开罐笼的铁栏走出来，一边对同伴们说了一句：“明天倒大白班儿。”

周围的人随口应着：“知道了。”“明天倒班儿。”

随着光线变亮，工人们的情绪也变得活跃起来。

名叫李小光的年轻矿工哼唱了一句：“九妹，九妹，漂亮的妹妹。”

立即有工人跟他打趣道：“李小光，你唱错词了吧！”

另一工人说：“你应该唱柳月，柳月！”

众人笑。

梅玉成走到灯房的窗口前还灯。跟在梅玉成身后的是赵明。

众人嘻嘻哈哈地依次去还灯。

赵明边走边从口袋里掏出一包烟，前前后后地分给工友们。

梅玉成一边接过烟一边说：“不是不准带烟下井吗？”

赵明：“只说不准带火！我这烟是带着升井以后吸的！借个火。”

赵明说着，向正从他们身边走过的一个地面工作的工人借了火，给自己和梅玉成点上，然后过瘾似的深深地吸了一口。

梅玉成和其他工友也都像是焦渴的人见了水一样，大口地吸着烟。

赵明过瘾地长叹一声：“每天在下面干活，最想的就是上来的这口烟！”

2）梅玉成家　晨

一只鸡蛋打进油锅里，嗞啦一声摊开了。

梅玉成十二三岁的儿子，正坐在摆着三副碗筷的桌前，一口一口地喝着稀饭。

一只两面焦黄的荷包蛋煎好了。梅玉成的妻子、三十四五岁的刘水云习惯地用锅铲将鸡蛋一分两半。动作做了一半，刘水云突然收住了手，端起鸡蛋走出厨房。

儿子见妈妈出来了，忙拿起一个馒头掰开。

刘水云一边擦手一边对儿子说：“你把鸡蛋都吃了吧，不用给你爸爸留了。”

鸡蛋一半在儿子的筷子上，一半在盘子里。听了妈妈的话，儿子抬头看了妈妈一眼，随即听话地将两个半块都夹进自己的馒头里。

这时，门外有人高声叫着：“刘水云——”

刘水云马上就听出了是谁，也高声应着：唉，马金织——”

跟刘水云年纪相仿的马金织已经推门进来了。

儿子乖乖地叫：“马姨。”

马金织依然大着嗓门：“你怎么还没上学去？我们家大欣早走啦。”

“我这就走。”儿子一手拿着馒头，一手拿着书包往外走：“妈，我走了。”

刘水云一边给马金织递凳子一边笑道：“你看看你，一大清早，也不说好好在家守着……”

马金织一屁股坐了下来：“我在家守什么？”

刘水云逗着她：“等赵明下了夜班，正好守着他再睡个回笼觉啊！”

马金织气不打一处来地：“谁稀罕跟他睡回笼觉！”

刘水云：“哟，吵架了？”

马金织：“吵什么架，他跟你家梅玉成一个班，到这会儿还没回家呢，吵个什么架！”

刘水云：“那你这是……”

“我就是想不通，”马金织终于按捺不住地，“他天天早上不吃家里的早饭！天天到外面买馄饨吃！”

刘水云闻言愣了一下，马上又像是没事儿人似的笑道：“我还当是什么大事呢！钱是人家挣的，人家天天吃碗馄饨算什么！”

马金织：“钱是他挣的不假，可从3月到现在，矿上四个半月没发工资了，全家人吃饭的钱都是以前的一点老底子，花一个少一个。一碗馄饨七八毛，吃了也走不到大腿上，我看不吃也能过。”

刘水云一边给马金织倒水一边故意说：“你看看你，包肉馅馄饨吃到自家男人肚里去了，又没吃到狗肚子里，你心疼什么？我看你也太小气了！”

马金织又急又气地连连拍着自己的腿：“哎呀不是！不是我小气心疼

钱！我……哎呀，我气的不是他天天在外面吃馄饨，我气的，是他天天只买一家的馄饨！人家一个年轻的寡妇家，你个大男人……一天不落地去吃人家的馄饨，你说别人知道了会怎么说？反正我是看不惯！”

刘水云张张嘴，正要说什么，马金织豁出去指着她说：“不光我家赵明，我听说你家梅玉成也老去吃蓝翠屏家的馄饨！”

刘水云：“真的？”

马金织瞪着刘水云：“你真的一点儿都不知道？”

刘水云塌下眼皮：“他时常在外面吃早饭我知道，可我从来没多想……”

3）矿生产区大门口—馄饨摊前　晨

洗过澡、换过衣服的梅玉成，老远地就冲着蓝翠屏喊：“蓝老板，来碗馄饨！”

蓝翠屏对这种称呼的回应只是抿嘴一笑，她手脚麻利地放佐料，盛馄饨。

梅玉成扯着小女孩的小辫子：“这是小花狗的辫子吧？”

小女孩护着辫子说：“是我的！”

梅玉成：“那你叫人了没有？”

小女孩羞答答地小声叫着：“梅大大。”

梅玉成轻轻地捏捏小女孩的鼻子：“乖！”

蓝翠屏将馄饨递给梅玉成，又去接过赵明付过来的钱。

赵明擦着嘴离开了。

这时，刚洗了澡出来的李小光喊着：“蓝老板，来碗馄饨！”

跟周围的几个小摊比起来，显然蓝翠屏的摊子上要热闹一些。

4）梅玉成家　晨

刘水云在劝马金织：“赵明想吃馄饨就让他吃去，他去吃馄饨又不是去吃人。就算他有吃人的心，能不能吃到嘴里还不一定呢！”

马金织：“那不行，我不能由着他的性儿。想吃馄饨可以，到别的摊儿上吃去，不能认准那一家。对，我这就去跟他挑明了说！”

刘水云一把拉住起身要走的马金织："别。这本来就是没风没影的事，你别先从自己家里弄得又是风又是影，两口子生气不说，还让别人看笑话……"

马金织着急地："那你说怎么办？"

刘水云："我也不知道该怎么办，可总得讲究个方法……"

刚说到这里，梅玉成进了门。

梅玉成一进门就招呼着："嗬，一大早家里就有贵客来……"

马金织站起身来："你们家的门槛一半都是我给踢掉的，还叫贵客！"

梅玉成："贵客来得次数再多也是贵客！"

马金织边朝外走边说："行啦，我不跟你磨闲牙，再耽误了你们的回笼觉。"

刘水云送马金织出门，一边大声说："我看你才是急着去回笼觉呢！"随即又小声说："你可别太冒失了……"

马金织小声回答："我知道。"

刘水云送了马金织回到屋里，发现梅玉成正脱鞋准备上床。

刘水云："你还没吃饭呢。"

"我在井口吃过了。"梅玉成说着，舒舒服服地躺了下去。

刘水云表情复杂。

梅玉成突然从枕头上抬起头来："睡不睡回笼觉？"

刘水云嗔怪地飞了丈夫一眼："去！"

5）生活区内小街道　上午

马金织手里托着个瓷碗疾步走着，碗里满满地盛着豆腐脑。

路边有年纪相仿的家属对她喊："端的什么呀，马金织？"

马金织："豆腐脑。你吃点儿吧？"

家属："给我吃了，你家赵明吃什么？"

另一家属："赵明找了个好媳妇，想吃豆腐脑就有人给端着喂到嘴里。"

马金织做势要猫腰捡砖头砸人，那两个家属嘻嘻哈哈地笑着跑开了。

6）赵明家　上午

马金织端着碗进了门，蹑手蹑脚地走到床边，想看看丈夫睡着了没有。谁知马上要到床边的时候，家里的猫突然跑过来在她的脚底下一绊，马金织哎呀一声一个趔趄，手里的碗便飞了出去，不仅豆腐脑洒了一地，那瓷碗落地还发出了好大一声。

刚睡着的赵明噌地坐了起来："怎么回事？"

"没事没事，豆腐脑洒了。"马金织一边说一边慌忙去收拾地上的豆腐脑。

赵明不满地看着马金织："我刚睡着！你买了豆腐脑不坐在外头好好吃，跑到屋里踢腾什么？"

马金织："人家是给你买的！"

赵明顺手拿起一支烟点着，表情也缓和下来："我不是告诉过你吗，不用给我张罗早饭，我在外面顺便就吃了。"

马金织假装不经意地："今天吃的什么？"

赵明："馄饨。"

马金织："又是馄饨！馄饨有什么吃头，说面条不面条，说饺子不饺子，咱老家从来不吃那东西……"

"你这豆腐脑就顶面条、顶饺子啦？"赵明抢白了她一句。

马金织悄悄看了赵明一眼，发现赵明的脸色不算好看，便赔了小心忍气吞声地说："人家也是听说这豆腐脑好吃，这才好心好意地给你买回来尝尝……"

赵明不吭声了。

马金织收拾完地上的东西，一边在脸盆里洗手一边问："你天天在井口吃馄饨，那么多家馄饨谁家的最好吃？"

赵明："不知道，我从来都只吃蓝翠屏一家的馄饨。"

"那是为啥？"马金织走过来坐在赵明的床边，"蓝翠屏包的馄饨比别人家的香？"

赵明吸着烟："那倒不一定。"

马金织挨着赵明："那就怪了，既然蓝翠屏家的馄饨也不一定是最好的，你干吗就专挑着她的馄饨吃呢？干吗只把钱数给她一个人呢？"

赵明突然又翻了脸："我说你这个娘儿们……"

马金织连忙用肩膀碰着赵明的肩膀："哎呀我又没有别的意思，不就是怕你吃亏嘛！常言说，货比三家，买馄饨也一样呀。我要是你，明天就去别家的馄饨摊上尝一尝，一天尝一家，看一看到底哪家的馄饨最好吃……"

马金织一边说，一边拿肩膀头在赵明的肩头磨蹭着。

赵明一边扔掉烟头，一边问了马金织一句："你把外面门关好了吗？"

7）矿山全景　晨

笃笃笃的剁肉馅的声音里，太阳从矸石山后面升起来了。

剁肉馅的声音，来自矸石山旁边临时搭建的一座简陋的棚子里。蓝翠屏娘俩就住在这棚子里。

8）蓝翠屏家　晨

蓝翠屏一个人忙里忙外地剁馅，调馅，擀皮儿，包馄饨。

床上，小女儿还在熟睡。

蓝翠屏面前的几大张箅子上已经摆满了包好的馄饨。

9）梅玉成家　晨

笃笃笃的剁馅声再起，却是从梅玉成家门前传出来的。刘水云蹲在门口剁着肉馅。

刘水云包着馄饨。

刘水云揭开冒着热气的锅下馄饨。

梅玉成洗过脸，发际湿漉漉地走到饭桌前，看到的是刘水云刚刚端上来的薄皮大馅儿的馄饨。

梅玉成高兴地："嗬，有馄饨吃，不错！"

儿子也高兴地凑过来抽了抽鼻子："真香！"

看着丈夫儿子大口大口地吃着馄饨，刘水云一脸是笑："味儿怎么样？"

梅玉成和儿子都连声说："好吃。"

刘水云凑到梅玉成面前卖乖道："怎么样？你老婆对你不错吧？"

梅玉成边吃边应："那当然！"

刘水云："你说，还有比你老婆对你更亲的吗？"

梅玉成做出斩钉截铁的样子说："没有！爹亲娘亲也没有自己的老婆亲！"

儿子在一旁哧哧地笑。梅玉成拍着他的脑袋："笑什么？"

儿子不说话，只顾哧哧地笑。梅玉成故作严肃地一瞪眼："不许笑！"

儿子笑得更厉害了。

刘水云将刚煮好的两碗馄饨端到爷俩面前："好吃多吃啊。在家吃饱了，就省得在外头吃了。外头的馄饨，好不好吃还在其次，单是那碗筷，千人使万人用的，想着都不干净。"

儿子："我从来没在外头吃过东西。"

梅玉成则一口接一口地吃着馄饨，没有接话茬儿。

10）矿生产区门口　晨

蓝翠屏在门口支好了馄饨摊儿。孩子和小狗跟在她身边。

11）马金织家　晨

赵明点着一支烟，说了声："我上班啦。"便拉门走了。

正在厨房洗碗的马金织应着，透过厨房的窗户朝外望着，见赵明已经走到了马路上，忙摘下围裙，一边甩着手一边跟了出来。

12）生活区大道　上午

上班的人流中，赵明在前边走着，马金织远远地跟着后面瞄着，一路躲躲闪闪。幸好人们大多是朝着一个方向走着，没有人注意到她。

13）生产区大门口不远处的青菜摊儿　上午

刘水云今天也跟踪了丈夫。

刘水云快步拐到一个卖西柿、黄瓜的摊上，一边假装挑菜，一边扭脸朝着生产区大门口望着。

远远地，只见梅玉成一路走到了蓝翠屏的摊位前站住了脚。

14）蓝翠屏馄饨摊前　上午

“蓝老板，来碗馄……嗝……饨。”梅玉成没留神，打了个嗝。忙掩饰：“怎么一早上就岔气儿了！”

蓝翠屏笑盈盈地看了梅玉成一眼，手脚麻利地为他冲汤、点滚、放香菜、洒香油……

一旁有工人说：“梅玉成，我昨天看见你老婆也买肉了，说是要给你包馄饨呢，味儿咋样？”

梅玉成：“好吃。”

工人调侃道：“有这儿的好吃吗？”

梅玉成：“一人一个味儿。”

15）青菜摊儿　上午

刘水云眼看着梅玉成站在那里有说有笑，眼看着蓝翠屏递过一碗馄饨，眼看着梅玉成笑眯眯地接过来……

卖青菜的小贩连声叫着：“大姐，大姐……”

刘水云醒过神来，低头一看，自己紧张得已经将手指头抠进了西红柿里面。

16）生产区大门口不远处一家小杂货店的窗口前　上午

马金织心不在焉地摆弄着一包洗衣粉，一边朝生产区门口张望。

远远地，只见赵明一路吸着烟，走过一家又一家小吃摊，直走到蓝翠屏的摊前才停下脚。蓝翠屏抬头看了赵明一眼，笑着将一碗馄饨送到了赵明的手上。赵明接过馄饨，就地一蹲便吃了起来。

马金织生气地将手上的洗衣粉朝窗口里头一扔，扭头就往回走。

杂货店的老板有些奇怪地探出头来，望了望马金织的背影，不知道她是跟谁生气。

17）矸石山上　日

沿山势而上的传送带，将矸石一直送到山顶，才任那矸石和矸石中夹着的煤滚落下来。山坡上，年纪不等的矿山的女人们，人手一只化纤布袋，像农妇在收割过的麦地里拾麦穗一样，她们在矸石山上拣着那些夹在矸石中的煤块儿。

刘水云和马金织也结伴在山上拣着煤。看上去，两个人都是一副心事重重的样子。

马金织突然抬脚将一块矸石踢出老远，吐了口唾沫骂道："不要脸！"

刘水云用不赞同的眼光看了马金织一眼。马金织知道她误会了，忙解释说："我说的不是蓝翠屏，我说的是赵明！"

刘水云叹了口气："也不知道现在的男人都怎么了，明明在家吃了馄饨，还要出去吃人家的馄饨，就好比自己家里明明有老婆……"

刘水云说到这儿，被自己的话吓了一跳。她打住话头，沮丧地一屁股坐了下来。马金织也挨着她坐了下来。

不远处的山坡上，几个年轻女子提着拣煤的袋子，嬉戏打闹着跑了过去。

前面几个女孩喊着："柳月，李小光！李小光，柳月！"

后面那个叫柳月的女孩便拿着小块的矸石，追打前面的女孩："谁再喊，谁再喊我撕她的嘴！"嘴上虽然这么说，脸上却带着笑容。

前边的女孩们听了这话，喊得更起劲儿了。

女孩们的欢乐也感染了刘水云和马金织。

刘水云："这柳月跟李小光还真是挺搬配的一对儿。你知道李小光是哪一个吧？"

马金织："李小光我怎么不知道，赵明、梅玉成班儿上的'小秀才'嘛！唉，人年轻的时候怎么都好……谁叫人家蓝翠屏比咱年轻呢，长得又好看，别说男人喜欢她，连我每回都愿意多看她几眼。"

刘水云带着几分无奈地："要说蓝翠屏也是个苦命人，当年小范把她带到矿上来的时候，谁不说他俩是金童玉女，天生的一对儿？要不是小范一镐头刨在哑炮上，一家三口的日子也过得好好的。可偏偏那一镐头，就把那个该死的哑炮给刨响了，活蹦乱跳着下井的人，上来就成了拿胶面雨衣裹着的稀软的一堆……蓝翠屏一听说凶信，哭了一声就昏过去了，从出事到小范下葬，蓝翠屏是醒过来就哭，哭昏了再给她打吊针救过来，好几天连口水都给她灌不下去，那个意思就恨不能要跟小范一起走，要不是大家拿着她三岁的小闺女劝她，我看蓝翠屏当时怎么也挺不下来……”

马金织：“这些我都知道，要不怎么我不骂蓝翠屏，只骂这些男人不是东西！”

刘水云没有接话，只是望着远处轻叹了一口气。

18）赵明家 下午

赵明进门便往饭桌前一坐，一副疲倦的样子。

马金织照例将白酒酒瓶、酒杯，一小碟咸菜和一小碟花生米放到了赵明面前。

赵明一边拿起酒瓶子给自己斟酒，一边用另一只手掏出一小沓钱扔到马金织面前。

赵明：“开支啦。”

马金织拿起钱看了看：“就这两个？”

赵明喝了口酒：“总比没有强！现在这煤呀，要么没人买，要么是买了煤却欠着钱。矿上派出去要钱的人，前几个月都是空着手回来的，这个月，好歹还见着钱了……”

马金织：“那以后怎么办？”

赵明：“以后？以后再说以后的话！总得给人留口饭吃吧。”

马金织很不是时候地冒出了一句：“那、那你就别再去吃馄饨了！”

赵明瞪着马金织：“这跟吃馄饨有什么关系？”

马金织：“当然有关系。吃馄饨花不花钱？老不发钱咱拿什么花？”

赵明不耐烦地：“再没钱，一碗馄饨我还吃得起！”

马金织忍不住地：“我看你是鬼迷心窍了！”

赵明拍案而起：“你有完没完？我这几天正找不着人顺气呢，你要再招我，小心我抽你！”

马金织没等赵明说完，就将脸凑了过来：“你打你打你打……”

赵明扬手给了马金织一耳光。马金织被打愣了。赵明也有些愣怔——这是他们夫妻间没有发生过的事情。

“你打我？叫你打叫你打叫你打……”马金织一头向赵明的怀里撞了过来。

画外传来桌子倒了酒瓶子摔碎的声音。

19）梅玉成家　下午

刘水云脸冲墙躺在床上，她感觉到梅玉成来到了床边，但并没有转过头去。

梅玉成伸过手来摸摸她的头："今天出去拣煤累着了?"

刘水云摇摇头："没有。"

梅玉成："那就是有什么心事?"

刘水云依然背着身："我能有什么心事，只要你每天都能平平安安回来，身体好好的……快吃饭去吧，一会儿都放凉了。"

梅玉成一边将刘水云的身子扳转过来一边说："有什么心事你就说，不然我也不吃饭。"

刘水云塌着眼皮，只是不说话。

梅玉成拿左右两个手的手指撑起刘水云的眼皮，看着刘水云的样子，梅玉成忍不住噗地笑出了声。

刘水云抬起手打掉梅玉成的手，脸上却也带上了几分笑意。见丈夫望着自己，刘水云抿了抿嘴唇，垂着眼皮说："你天天去吃馄饨都没什么，我就想不通，明明我在家里给你包了，你都吃饱了，干吗还要去吃人家的?"

梅玉成轻叹了一声，靠在刘水云旁边："小范怎么没的，你都知道。"

刘水云轻轻点了下头。

梅玉成："小范跟我、跟赵明不一样，我们是国家正式职工，有城市户口，像你呀、马金织呀，还有孩子都能跟着我们农转非，万一我们在班上有个三长两短，矿上也会解决你们的工作……"

刘水云握了丈夫一把："别胡说……"

梅玉成："我说的是实情，政策就是这么规定的。可小范不一样，小范只是个农民轮换工，临时在矿上干活，只能算是矿上的过客，那蓝翠屏和那孩子就只能是小范的人，而不是矿上的人，小范一没了，蓝翠屏娘俩就没了着落……"

刘水云专心地望着丈夫，一时还没有马上明白丈夫为什么要说这些。

梅玉成："劝蓝翠屏出来卖馄饨是我的主意，娘俩总得吃饭，对不对？开始蓝翠屏不愿意，说她不能看见从井下出来的黑脸人，一看见黑脸人，就想起她家小范，心里就难受……"

刘水云的眼泪已经流了出来。

梅玉成："后来我跟赵明一起劝了她好久，她才算同意了。然后，在掌子面，我和赵明跟班儿上的人就搞了个约定：全班每人每天买蓝翠屏一碗馄饨，一人一碗，全班 12 个人就是 12 碗，蓝翠屏的生意就能撑下来……"

泪流满面的刘水云一下子搂住了梅玉成的腰。

梅玉成揽着刘水云接着说：在一块挖煤的哥们儿没了，他的老婆孩子，咱不帮谁帮……"

刘水云拿手捶着梅玉成的后背，脸贴在梅玉成的怀里呜呜噜噜地说："你怎么早不说！你怎么早不说！"

20）赵明家　下午

马金织和赵明坐在又是酒瓶碎片，又是咸菜丝、花生豆的地上，泪流满面的马金织一把一把地擤着鼻涕。

赵明原地坐着吸着烟对马金织说："这话跟谁也不许说，听见没有？蓝翠屏是个要强的人，她要是知道我们采煤班的人约好了去吃她的馄饨，不定会怎么想呢，说不定又不肯出来了。采煤班的人还有个约定：吃馄饨归吃馄饨，吃到肚里心自知，谁也不跟别人说约定的事。"

马金织用充满爱意的眼神望着赵明："那你今天不是违反了约定了？"

赵明吐了口吐沫，翻了马金织一眼："我是不想说！可我遇上个娘儿们，要跟我拼命我有啥办法？"

马金织噗地笑出了声，她一边站起身拍打着身上的土，一边说："过去老听有人把煤叫黑金子，依我看，这挖煤的人才是活金子呢！"

赵明高兴地："这话好听！"

马金织伸手拉起赵明："除了脾气差点儿！"

21）矿生产区门前馄饨摊　晨

马金织老远就看到在蓝翠屏馄饨摊上帮着忙活的刘水云，所以老远就大声喊了起来："刘水云，我只说我嘴馋，没想到还有比我更馋的呢！"

刘水云："我看蓝翠屏应该雇你来吆喝，就凭你这大嗓门，保证吆喝什么生意什么生意好。"

马金织："天天听赵明回去说，蓝老板的馄饨怎么好吃，我今天非得亲自尝尝不可。"

刘水云对蓝翠屏说："快给你这大嗓门的马大姐调一碗吧。"

蓝翠屏笑着应着，忙去动手。

刘水云又对马金织说："保证你是吃了一碗想两碗，吃了两碗想三碗……"

这时，又有两个工人走过来喊着："蓝老板，来碗馄饨。"

蓝翠屏笑着点头，手里忙得更欢了。

其中的一个工人便是那个叫李小光的，他冲着刘水云喊着："哟，两位嫂子也来吃馄饨啦？"

刘水云心情愉快地开着玩笑："怎么，就准你们拿工资的人天天吃好的，我们家属就吃不得啊？"

这时，马金织已经吃下第一口，连声说："好吃！好吃！"

李小光说："那当然，蓝老板的馄饨做得就是好吃！蓝老板，你的馄饨做得这么好，一定有什么祖传秘方吧？有机会你可得跟大家传授传授。"

蓝翠屏只是笑，笑得眼睛和脸庞发亮。

马金织："你可别上当啊，翠屏，你这手艺可不能随便教人，尤其不能教给柳月……"

李小光："就算柳月会包馄饨，我也要天天来吃蓝老板的。"

马金织成心地："你这个人真怪，我说柳月跟你有什么关系？"

李小光语塞。

马金织、刘水云还有周围的人，见状全都朗声大笑起来。

笑声回荡在空中，回荡在矸石山顶……

矸石山顶上的传送带随着笑声的消失，速度逐渐慢下来，直到完全停止了。

22）梅玉成家　日

梅玉成一副要出远门的样子，刘水云一边替他打理着一边听他说着话。

梅玉成："从前把煤叫乌金，可赶上有煤卖不出去的时候，这乌金不光一分钱不值，还白白占着矿工的血汗。现在矿上给大部分工人放假，也是积压太多，再接着挖，挖得越多越赔本……这回，矿上除了派我出去催要煤款，班儿上的其他人都放假了……我说，我不在家的时候，你别忘了每天替我去买一碗蓝翠屏的馄饨。"

刘水云："这事儿不用你交代。我每天去把馄饨端回来，给儿子吃。"

梅玉成点点头，还是叮嘱了一句："家里生活再困难，馄饨也要吃。"

刘水云："你就放心吧。"

23）矿生产区前馄饨摊　晨

蓝翠屏忙着卖馄饨，来吃馄饨的多是赵明同班的工友。

刘水云坐在一旁给蓝翠屏的小女儿梳着头。

24）生活区街道　晨

显然比从前稀少了许多的上班的人流。

李小光夹在人流中，朝生产区走着。

不远处，柳月一路躲躲闪闪地跟在李小光身后。

25）在生产区门前馄饨摊　晨

馄饨卖完了，刘水云一个人守在摊前收拾着东西。

马金织来了："怎么就你一个人？"

刘水云："蓝翠屏带小闺女上茅房了。"

马金织："卖完了？"

"卖完了，蓝翠屏说这阵子吃馄饨的人比从前少了，没敢多包。"刘水云说着放低了声音说，"要说他们采煤班的人，真是个个不含糊，除了我替了我们家梅玉成，剩下的十一个人天天跟上班一样准点来吃馄饨，一个都不落！"

马金织笑着小声地："那是，他们一个个每天早上先到这大门口吃馄饨，然后再从后门那边溜回家，嘻！"

26）一个角落

李小光正扯着生气的柳月向她解释："你听我说呀……"

柳月："我不听！明明你们停产放假半个多月了，可你天天骗我说你上班！你上的是吃馄饨班！"

李小光："哎呀你不知道！这……"

一墙之隔，正拉着女儿往回走的蓝翠屏听到了墙那边传来的李小光的声音："吃馄饨这事儿跟上班一样重要！比上班还重要……"

27）矿生产区门前馄饨摊　上午

马金织一边帮着打扫，一边捂着嘴跟刘水云说："……我也是怕这阵子吃馄饨的人少，想着来端一碗……"

刘水云："你们家有赵明来吃就行了，哪能两个人都来！"

马金织："没事儿，我们家赵明把烟戒了……"

刘水云一震。

马金织依然嘻嘻哈哈地小声说："他说，反正也不下井，也不干活，还不如省下烟钱吃馄饨呢……"

刘水云拿胳膊一碰马金织，只见蓝翠屏捂着脸飞跑过来。

蓝翠屏跑过来一下子拥住她们俩，突然恸哭。

刘水云和马金织全愣了，随即使劲摇着蓝翠屏连声问："怎么啦？怎么啦？谁欺侮你啦？"

蓝翠屏边哭泣边摇头。

刘水云和马金织着急地继续连声问："那是怎么啦？说话呀，翠屏！"

蓝翠屏哭得说不出话。

刘水云看看一样束手无策的马金织，猜测道："要不就是又看到什么想起了小范了？"

蓝翠屏强行忍住了哭。

马金织问："又想起小范了？"

蓝翠屏先是轻轻摇头，又深深点头。

刘水云和马金织确定了蓝翠屏伤心的原因，知道并不是又发生了什么令人伤心的事情，不由如释重负。

刘水云帮着拿起摆摊的东西：“走吧，回家歇歇吧。”

28）蓝翠屏家　夜

蓝翠屏专心致志地包着馄饨。

一缕曙光透进窗口，窗外先是有一只鸟在叫，随后，鸟的叫声响成了一片。

29）生产区门前

赵明隔老远，就看见大门口站着刘水云、马金织、李小光、柳月和采煤班的工友们，忙快步赶了过去。

赵明：“你们都站在这儿干什么？蓝翠屏呢？”

所有的人都看看他，又看看平常蓝翠屏摆摊的地方——那儿空着。

这时，有个中年妇女蹬着三轮车来了，车上放的就是那套做馄饨的家什。

中年妇女一边下车一边问：“这儿有叫赵明的吗？”

“我是。”赵明一眼看见车上的东西，问：“这是蓝老板的东西！蓝翠屏呢？”

中年妇女：“她走了……”

所有的人都拥过来，急切地问：“她去哪儿了？”“怎么走啦？”

“她没说。”中年妇女看着众人，扭脸从车上搬下小桌，“她说我只要把这十来碗馄饨替她煮了，请你们吃了，这套东西和这块地方以后就是我的了。”

中年妇女说着，将十几只放好了佐料的碗码放在了小桌上，又拿出包好的大大的生馄饨，一边自己叨叨咕咕的一边忙着点火准备煮馄饨。

中年妇女：“我也觉得奇怪，干得好好的怎么突然就走了……”

望着桌上的十几个等着盛馄饨的碗，赵明等人谁也说不出话来。

马金织拉住了刘水云的手，李小光轻轻地揽住柳月……

小桌上十几碗煮好、正冒着热气的馄饨，在人们的泪眼中变得模糊起来。

30）从矿区通向外面世界的路上

蓝翠屏带着小女儿，背着简单的行李在路上走着。小狗跟在她们身后。

走着走着，蓝翠屏停下了脚。

蓝翠屏弯腰从地上拾起了一块也许是从运煤的车上掉下来的煤块儿——油黑的沉甸甸的煤块儿。

蓝翠屏将煤块儿捧在手里，忍不住回首。

透过蓝翠屏深情的目光，远处，是静静矗立的高高的矸石山。

（音乐起）

剧　终

今 语

这部短剧拿到了中国电视剧“飞天奖”的最佳短剧奖。在此之前，我得过“飞天奖”的儿童电视剧三等奖。

前面讲过，一百集电视剧短剧集《咱老百姓》计划是由一百名编剧一百名导演共同创作的。写了《性本善良》后，出品方对我有了比较深的印象。巨大的工程进行过半，核心团队希望这一百个故事能覆盖更广更全的生活面，梳理后觉得应该有一部表现厂矿产业工人形象的。之前联系我的编辑于晓芸提供线索：冯俐在中国煤矿文工团工作，应该可以写工人。于是总制作人谢芳亲自约我见面。

听了他们的要求，我欣然表示可以试试。我说过我愿意利用一切机会，去描写我所熟悉、热爱的煤矿工人。因为要得紧，我想到改编。中国煤矿作协有很强大的作家群，领军人物是中国煤矿作协主席，有当代“短篇小说之王”名号的刘庆邦。我记起他的新作、短篇小说《草帽》，于是找了庆邦老师。庆邦老师欣然应允。

《人情》是根据刘庆邦短篇小说《草帽》改编完成的（几年后，他的小说《盲井》再度被改编，得了国际奖）。百集工程的总导演是郑洞天，他看了《人情》剧本，决定亲自执导（附录是郑洞天先生简短的导演阐述）。

这部戏里的两位女主角也完成得特别棒，温玉娟和吴玉华两位表演艺术家赋予了两位普通矿嫂以朴实却又光彩照人的荧屏形象。真的要替无数“矿山的女人”感谢她们！

2020 年 6 月

附　录

导演阐述

郑洞天

本片的故事，准确地说，可以叫《一碗馄饨》。事情是小得不能再小，但对于当事人却可能影响他们一生。人情不仅仅是一种给予和接受的东西，而且有着比爱心更多的内涵，矿工们本来只是想支撑那孤儿寡母挺不下来的生活，没想到挺下来的远远超过馄饨摊本身。

这个故事的动人，首先在于它的朴实，朴实的环境、朴实的人物、朴实的笔触，构成了最能和普通人沟通的意境。因此，我们这部片子的拍法也只有这一种选择，要创造一种丝毫不让观众感到造作的格调和氛围。情境、表演、镜头都在不知不觉中形成了打动观众的魅力。

朗诵剧

天堂书简

发表于《阳光》杂志2008年第八期

序

讲述人：

当我面向西南，默立，同亿万同胞一起，遥祭瞬间颠覆的土地，遥祭那成千上万人的生死别离。

我虔诚地为逝去的人祈福，祈祷他们从此去到天国，从此脱离黑暗和痛苦。

哀伤的心突然变得宁静了，眼前不再有瓦砾废墟，耳边不再有呻吟哭泣。冥冥之中，我仿佛看到受难的人们正轻扬直上——他们衣袂飘飘，面带微笑，他们的头顶有光。

其实，我们每一个人都愿意相信：生命的终点不是死亡，离去的亲人都到了另一个更好的地方，那地方的名字叫作天堂。

真的有天堂吗？

面前那棵五月蔷薇在随风摇动。纷纷扬扬的花瓣竟然在风中化作了信笺，一页一页落在我的手中。每页信笺的背面都有八个小字若隐若现——天堂信笺，天使专用。

天堂？天使？

是的！

一个神秘的声音在我耳边响起——

“拥有爱的人进天堂——这是天堂的座右铭。”

“付出爱的人都将成为天使——这是天使的通行证。”

众声吟诵：

拥有爱的人进天堂——这是天堂的座右铭。

付出爱的人都将成为天使——这是天使的通行证。

少年的信

讲述人：

灾难中，有许多孩子离开了我们，提起他们，我们会心痛。还有一些孩子，提起他们，我们会肃然起敬——小小的他们在最危急的时刻，付出自己换回同伴的生命……

这是一封来自天堂的少年的信。

天堂少年：

同桌同学，你好！

我现在是在什么地方给你写信，你肯定猜不到。

本来，成为天使的感觉很快乐，可看到你从早到晚流眼泪，我很着急。听到你说的那些话，我很恼火。看来我必须写封信，做一做你的“思想工作”。

你总在说：“为什么，死去的是舍身救人的他，而不是该死的我？我活着，不是什么幸运，而是一种罪过。”

这叫什么想法呢？活着要是罪过，那救人的行为算什么？还有，你以为我真的死掉了吗？错！

很久以前，我读过的一本书，那里面讲到有一个地方，叫作“思念之土”。它应该是在地球之外的某一个地方，所有离世的人都会在那里永远居住。那里应有尽有，十全十美，但人们却总在沉睡，除非有活着的亲人朋友想念他们。

被想念的时候，他们会苏醒。对于那里的人来说：睡着是好事，被思念唤醒的感觉更美……

现在你懂了吧，我就住在比“思念之土”更好的地方，这里叫作天堂。如果没有泪水，你的每一次思念都会成为我的快乐时间。告诉你，我现在可是帅哥天使，虽然还没有长出翅膀，头上却有光芒万丈；虽然没有像安琪儿一样光着屁股，却也能在云中漫步……你要是能够看到现在的我，一定会说：同桌，你帅惨喽！

现在，你心里舒服一些了吧？请你千万不要再去寻找我的坟墓，我不住在那里，那儿不过就是一堆土！我的世界再也没有黑暗，除了轻柔的云彩，再也不会有什么能够把我盖住。

还有，别再跟记者说我是英雄，我只是个年轻的男人，是男人就不能没有血性！看到你摔倒的时候，我不能假装没有看见；看到楼板塌下来的时候，我不能只顾自己逃命。结果我被砸到了，留下你，你很伤心，可如果在我看着身边的你被砸到而不相救，我会一生一世无地自容。

好啦好啦，同桌的优等生，赶快擦干眼泪拿起课本儿吧，如果你还想报答我，那就像从前一样，振作精神好好用功。请记住我的话并且替我转告所有同学——

你们想念我时我会感到快乐，

你们忘记我时我会感到轻松。

你们活得越好我会越有成就感。

你们的每一次欢笑都会照亮我永远年轻的面容。

众声吟诵：

拥有爱的人进天堂——这是天堂的座右铭。

付出爱的人都将成为天使——这是天使的通行证。

妈妈的信

讲述人：

母爱的意义，就是终其一生的无条件付出——从孩子呱呱坠地一直持续到自己生命的结束。然而，在天塌地陷的一刹那，许多母亲选择了把一生的爱都凝聚在一瞬——用血肉之躯为孩子筑起生命的屏障。

这是一封来自天堂的年轻妈妈的信。

天堂妈妈：

亲爱的孩子：我是妈妈。

你睡得好香，抱着你的阿姨正温柔地望着你，慈爱的眼神就像妈妈一样。

亲爱的孩子，你是那些被自己的妈妈用身体救下来的孩子中最小的一个，你也是他们当中哭得最少、笑得最多的一个。这些天来，照顾着你的叔叔、阿姨们都说幸亏你还小，什么都不懂，其实他们不知道，每一次，妈妈乘着微风过来看你的时候，你都会伸出小手咯咯咯地笑。

那天，护士阿姨拿来好些玩具，你流着口水在玩具堆里爬呀爬呀，之后就紧紧抱住了一个长发仙女。那仙女长得跟妈妈一模一样，这发现令妈妈悲喜交集。

亲爱的孩子，没有妈妈陪伴的未来会有些不容易，但妈妈相信所有从废墟中站起来的孩子都有无边的福气。从前，你是爸爸妈妈唯一的孩子，现在，你却有数不清的父亲母亲和姐妹兄弟。妈妈曾在最后时刻对你说："如果你能活着，一定记着我爱你。"现在，妈妈却要再对你说：亲爱的孩子，你一定会活得很好，你一定要记着，这世界上有很多很多人爱你！

亲爱的孩子，妈妈生你的时候受过一些苦，这次妈妈救你时也受了一些苦……然而，当第一次看到你皱巴巴的小脸，第一次听到你哭；当再一次看到你毫发无伤，小手小脚都在有力地挥舞，妈妈知道，多少苦也抵不上那一刻的幸福。

亲爱的孩子，妈妈身边，还有很多像妈妈一样的天使阿姨，我的话也表达了她们的心意。付出的越多快乐就越多，母爱从来就是这样神奇。

亲爱的孩子，很快就会有位善良的阿姨来做你的妈妈，也许在很多年以后——那时你已经长大，待你一直比亲人还亲的她，也许会把你搂在怀里，告诉你，她并不是你的亲生母亲，她会说她永远爱你，但也要你记住住在天国的妈妈……

亲爱的孩子，听了这些，你不要心痛，不要内疚，不要满脸泪花。因为，妈妈的付出早已得到回报，妈妈的爱一直随着你的成长而升华。妈妈要说——

谢谢你，我亲爱的孩子，因为你给了我两次用生命爱你的机会！

谢谢你，我亲爱的孩子，是你让我成为母亲，是你让我如此伟大！

众声吟诵：

拥有爱的人进天堂——这是天堂的座右铭。

付出爱的人都将成为天使——这是天使的通行证。

老师的信

讲述人：

我们常说：家长是孩子的第一任老师。同样，老师是孩子成长历程中不同面孔的家长。地震中，许多老师为孩子做出了只有亲生父母才会做出的选择，他们用生命写下了超越生存本能的无疆大爱，写下了人类灵魂工程师的座右铭——“摘下我的翅膀，送你去飞翔”。

这是一封来自天堂的老师的信。

天堂老师：

亲爱的同学们，你们好。

……同学们，不要哭，老师就在这里……

中国有句老话，叫作“一日为师，终生为父”，所以，老师为你们做的一切，都是出于天职，是本分，死得其所！快哉快哉！

同学们，这场劫难，使你们每个人都经受了一次考验，从前你们是少年不识愁滋味，而现在，你们在最短的时间里经历了最多的痛，你们一夜之间长大了！从前，老师就给你们讲：自古英雄多磨难，从来纨绔少伟男。现在，老师依然要对你们讲：对于一个人来讲，痛苦可以使人变得坚强。

不要担心暂时没有书包课本，不要担心暂时没有学上，不要担心今年的高考成绩不够理想，你们能从瓦砾废墟中活下来，就足以向世界证明，你们的生命力有多强。如果你们还能从这一切痛苦的阴影中走出来，则会证明你们的意志力也一样坚强如钢。有了这两条，老师就敢做一回预言家——你们的未来不可限量！

如果全中国的孩子都跟你们一样坚强，我们国家的未来一定会好得难以想象。你们又在笑我了吧，又要说“老师你又来了，又在‘忽发少年狂’”！笑一笑十年少嘛，就是因为总和你们在一起，老师才会总有青春的容光。同学们，老师谢谢你们喽！

记住那句话："无论我活着，还是死了，我都是一只快乐的牛虻。"

亲爱的各位同事，请接受我崇高的敬意，为了这些天来你们的坚守和不言放弃，帐篷里的课还要上，残缺的家庭、失去的亲人、受了惊吓的孩子们……这一阵子你们还将面对更多的难题。你们辛苦喽。

尊敬的各位领导，我想提几个建议：第一，加快推动校舍的标准化建设，所谓"隐患险于明火，防范胜于救灾"啊！第二，呼吁尽快出台中小学生紧急应对各种灾难和事故的教材和课程，要未雨绸缪，要向叶志平校长学习。第三，对孩子们更多一些关怀更少一些严厉；更多去过问他们是不是快乐；更多引导他们的兴趣；更多滋养他们的心灵；更多替他们储备爱的力量和担当的勇气。因为，在离开校园后的长长的一生里头，需要的并不是各科的考试成绩。

教会我们的孩子做快乐的人、幸福的人、坚强的人、有情有义的人和大写的人吧。拜托喽！此致敬礼。

众声吟诵：

拥有爱的人进天堂——这是天堂的座右铭。

付出爱的人都将成为天使——这是天使的通行证。

妻子的信

讲述人：

还有很多人，他们活着，却在承受着难以解脱的心灵伤痛。他们或是为了坚持职守或是为了更多的人得救，而没能在第一时间奔向至亲至爱的人。在痛定思痛的灾后，帮助了许多陌生人却失去了亲人的他们，却不得不独自面对万劫不复的心。

然而，无私的人们，你们的亲人是不会责怪你们的！不信的话你就听一听吧！

这是来自天堂的、一位坚守岗位者的妻子的信——它代表了所有无私奉献者的家人。

天堂妻子：

老公，我知道你的心一直很痛。

天塌地陷的那一刻，我的身上痛，我的心也痛，因为我旁边还压着呼吸急促的女儿……而你，就在离家不到100米远的看守所，生死不明。

没过多久，我失去了知觉。不知道又过了多久，我看到眼前一片耀眼的光亮，不远处是女儿的身影。

再后来，我被一双无形的大手托起来了，就像是乘着通天的电梯稳稳地升空。

我急切地俯身往下看，第一眼就看到了你，看守所里，穿着公安制服却没有戴帽子的你，正跟同事营救在押人员。我喊你的名字，你却没有听见。

女儿在我身边轻声地说："现在，只剩下爸爸一个人了，他好可怜。"

女儿说："爸爸冒死去救的人，不是我和妈妈，而是一群曾经危害社会的人。"

女儿又说："我一直知道爸爸了不起，却没想到他如此了不起，心中竟有大爱如天啊！"

女儿的话，让理解了你一辈子的我呀，驱散了心里最后一丝怨言。

按照这里的规定，只要曾在世间拥有一份以上的爱，就可以进天堂。所有的人都在等待中回头遥望。我看到你正带着那些穿着灰衣服的在押人员翻山越岭，向安全的地方转移。你的手上身上有好多处伤。我看到你在山顶上停顿了短短三秒钟——你咬紧牙关，回望我们家的方向。

这时候，有位老人突然哭倒在我的面前，他说他那不争气的混账儿子刚才被你捡回了一条命，这个连亲生父母都羞于承认的儿子，危难时刻，你们公安人员却抛家舍业地做了他的再生爹娘。

慢慢地，有好多位公安家属在我们身边聚集，他们的亲人都在救人的第一线拼着全部的力气。我看到，余震不断的瓦砾堆上，一部手机就是一个派出所，一条板凳就是一个公安局。

现在，我和女儿又换了一个地方，这里只有天使居住，是天堂里的天堂。

开始我们以为是他们弄错了，因为在生命结束之前我们并没有做什么。然而，这里的使者却说："回头看看你们的亲人们吧，他们的无私、他们的勇敢、他们对芸芸众生的大爱早已成就了你们的功德无量！"

老公，宽心吧，我和女儿真的都好，你永远都不要为了当时的选择感到内疚，也不要为我们悲伤。好好地活下去吧，我知道，活着，有时比离去更需要勇气、更需要坚强。

讲述人及众人：

我们活着，活着就要坚强，
我们活着，活着就要担当，
我们活着，就要面对苦难和痛苦的挑战，
纵然一切一切都要从头再来，
只要活着，就有赢的希望。

剧　终

今　语

本文发表于《阳光》杂志2008年第八期。

“5·12”汶川大地震之后，我随“中央抗震救灾（文化部）文艺采访小分队”于第三天抵达四川灾区，历时十多天，进行了大量采访，经历过六级余震，经历过许多次痛哭失声……

这部朗诵剧是回到北京就动手写下的，设想如果有灾后慰问演出，至少它可以起到抚慰心灵的作用——我深深地意识到，那里的人们此时最需要有效的心灵抚慰……

很快，民政部有约稿，于是在此基础上，创作了话剧《天使的祝福》。同年11月，由中国煤矿文工团在北京公演了那部作品。

2020年3月

电影文学剧本

北京之恋

（未发表作品，已版权注册）

时　　间：当代

地　　点：北京

主要人物：李　玫——女。不到30岁。年轻的外科医生。

杨　飞——男。30多岁。空军某部少校营长，飞行员。被李玫及女友们称作“当兵的”。

姚　朋——女。29岁。绰号“老妖”。李玫的“合居”室友，医院外科护士。

维克多——男。全名维克多·米勒。35岁左右。外科专家。李玫还是医学院的学生的时候，维克多做过她的老师。维克多平常只会讲英语。李玫跟维克多的对话也全部是用英语进行。

王　吉——男。31岁。绰号“鸡肋”。姚朋男友。某出版社编辑。

石先生——男。将近40岁。一有钱人，有的时候很俗，有的时候又很是不俗。

刘　曼——女。30多岁。杨飞的战友周京的妻子。某大学法律系教师。

杨　翔——男。27岁左右。杨飞的弟弟。

杨飞的父亲、母亲等。

1）李玫住处李玫房间——某医院值班护士办公室。上午。

［抒情的音乐。浅色的纱质窗帘在清风中轻轻拂动着。

［这一间闺房很有些“单身贵族”的味道。

［电话铃响。没有人接。

［电话铃声中，映出片名。

［电话铃三声之后，录音电话开始工作。

［李玫录在答录机上的声音：您好，这里是64420515，主人不在家，请您留言。

［“嘟——”的一声之后，电话里传来姚朋的声音。

［姚朋的声音：李玫，起床啦！拿起电话跟我说话，李玫？李玫！我数三下你还不答应的话……一、二……

［一只纤细的手横着伸过来抓起听筒。

［李玫舒舒服服地沉在暄软的被窝里对着话筒抱怨着——

李　玫　你怎么跟我妈一样——麻烦！

［护士值班室里，还穿着白大褂、正在填写交班记录的姚朋歪着头夹着电话。

姚　朋　赶紧起床，刷牙洗脸上厕所，我半个小时之内到家，然后陪你去相亲。

［李玫躺在被窝里耍赖。

李　玫　哎呀，起这么一大早，就为去见个卖鞋的……什么世道！

姚　朋　（强调）人家是那家皮具公司的中国总代理！

李　玫　那也是个卖鞋的！捎带着还卖皮包？

姚　朋　废话少说！我这边正忙着交班儿呢！

［李玫躺在床上咯咯笑着。

李　玫　好吧好吧，看在你老人家的面子上……

［躺在床上的李玫和刚下夜班的姚朋在电话的两头说着，笑着。

［脱了白大褂的姚朋对着镜子拢头发，涂口红。

李　玫　（OS）这生就一副慈母心肠的人叫姚朋，她是我的同事、是与我合住的室友，也是我最好的女友，我一般都叫她“老妖”。

2）卫生间。日。

［李玫梳理着一头柔顺的披肩直发。一脸淘气表情地凑近镜子（甚至用放大镜）查看自己脸上的那些细小的皱纹。然后冲自己做了个鬼脸。

［卫生间里各种用途的化妆品多得成灾。

李　玫　（OS）老妖满嘴至理名言，她说："女孩子是时令水果，贵在鲜嫩，一定要该出手时就出手。"

3）起居室。日。

［起居室桌上李玫戴着博士帽的毕业照片。

李　玫　（OS）老妖说："学问就像肌肉块儿，长在男孩身上那叫招人，要是长在女孩身上，那就只能叫作吓人了。"

［李玫坐在起居室的桌前开始吃早点。显然这是俩人合用的起居室。

李　玫　（OS）老妖说："先下手为强，后下手遭殃……"

［听到门铃响，李玫起身去开门。

李　玫　你没带钥匙吗？

［门外是男人的声音。

王　吉　（OS）有钥匙我也不敢随便开呀！

［李玫打开门，瘦高瘦高的王吉提着青菜还有一把很便宜的鲜花走进门来。

李　玫　是"鸡肋"哥哥呀，我还当是老妖呢。

［李玫接过菜。

李　玫　又赶早市去了？

王　吉　早市多实惠……

4）卫生间、姚朋房间。日。

［王吉拿着花进了卫生间，很熟练地给花剪枝、灌水。

［王吉将已经插进花瓶的花拿到另一间居室，这卧室的风格跟李玫的完全不同。

［王吉把花放在床头柜上，仔细地整理着。

李　玫　（OS）“鸡肋”哥哥是老妖的男朋友，他们在一起好多年了，可总也结不了婚。人家姓王名吉，可老妖总叫人家“鸡肋”，显然取的是“食之无味、弃之可惜”的意思。

5）起居室。日。

［姚朋嚷着走了进来。

姚　朋　走不走啊，小姐，说好了九点半啊……（看到了王吉，亲热地）哟，我那亲爱的“鸡肋”来啦……

王　吉　（乐呵呵地）人家相亲，你跟着来什么劲呀！

［姚朋从王吉手里夺过水杯一饮而尽

姚　朋　我跟着保驾护航还不行吗？

王　吉　（不以为然地）那是胡扯。有道是“大姑娘做媒——自身难保”……

［姚朋脸上的表情随着自己的话飞快地变化着。

姚　朋　你才大姑娘……咦，对呀，我也是未婚青年呀！我都忘了这茬儿了。哈哈哈。

王　吉　（皮笑肉不笑地）哈哈。

李　玫　（学着周星驰的调门儿大笑两声）哈——哈——鸡肋哥哥，我请你吃饭。（对姚朋）今儿那个卖鞋的就交给你吧。

姚　朋　（一瞪眼）你敢！

［片头字幕至此结束。

6）南方某地一军用机场。上午。

［一队最先进的战斗机正在空中飞行。

［飞机在空中做着各种漂亮的队列组合。

［飞机一架接着一架地冲向跑道，滑向停机坪。

［飞行员从机舱里出来，走下飞机。

［杨飞一边走着一边摘下头盔。

［战友周京也一边摘下头盔一边从后边快步赶上来。

周　京　杨飞……

［杨飞知道周京要对自己说什么，马上主动表态。

杨　飞　放心，我一到北京就去看咱儿子。

周　京　（纠正道）那是我儿子！说“咱爸咱妈”行，说“咱儿子咱媳妇”，不行。

［杨飞一脸严肃地一碰脚后跟。

杨　飞　明白！

［说完，两人又都笑了起来。

杨　飞　聪聪快出院了吧？

周　京　快了。唉，这颗花生米闹的——孩子差点给卡死，他妈差点给吓死。还有我，差点急死……你什么时候走？

杨　飞　下午。

周　京　一年多没回家探亲了吧……

［俩人边说边走远了。

7）北京，机场高速公路上。

［一辆北京车牌的“切诺基”奔驰在公路上。

［崔健的歌声：“你问我要去向何方/我指着大海的方向……”

［弟弟杨翔开着车，一身便装的杨飞坐在他身旁，随着那歌的节奏感情投入地摇头晃脑。

杨　翔　（瞥了他一眼）哥你要紧吗？

［一心听歌的杨飞没听清杨翔说什么，像傻子一样大声问。

杨　飞　你说什么？

［杨翔被吵得往一边躲了躲。

［杨飞把音量调小了一点。

杨　飞　你说什么？

杨　翔　这么古老的歌，你怎么还没唱够啊！

杨　飞　没够！时间越长越觉得好！

［说着，杨飞又放大了音量。

杨　翔　（看看他，耸耸肩）看出来了，你要求不高，“花房姑娘”就成。

［杨飞如痴如醉地跟着唱着："你说我世上最坚强/我说你世上最善良……"

8）李玫住处李玫房间—起居室。上午。

［姚朋用力敲着李玫卧室的房门。

［床上，李玫拿被子蒙住自己的头，腰以下则露在被子外头。

李　玫　（OS）老妖近来有点变本加厉了，居然两个星期天都给我安排了相亲！

［李玫将脑袋从被窝里伸出来"哀鸣"——

李　玫　求求你——人家离三十岁还早着呢，不至于这么紧急嘛！

姚　朋　（在外面叫着）你要再不出来，我可放音乐啦！

［姚朋说着，按下了音响的"PLAY"健，房间里面顿时响起一支尖锐、喧嚣的民乐合奏曲。

李　玫　（哀叫）天哪——

［李玫像是触了电一样从床上跳起来，飞也似的冲进起居室关掉音响。

［李玫刚一转身，姚朋笑嘻嘻地从她身后再次打开音响。

［李玫做昏倒状，一头扎在了沙发上。

［姚朋得意扬扬的脸。

［李玫作出"垂死"的表情和腔调。

李　玫　今天见的又是个什么人物啊？

［姚朋关小了音响。

姚　朋　一位成功人士。有钱有房有车。

9）北京城里一处中高档的餐馆。日。

［李玫在姚朋及另一中年妇女张太太的陪同下走进餐馆。

［穿旗袍的小姐迎上来。

小　姐　请问几位？

张太太　（神态傲然地）已经订好座了。

［张太太一马当先，李玫被姚朋扯着，紧随其后。

［张太太指着餐桌后头坐着的男子。

张太太　我来介绍，石先生，李小姐。李小姐的朋友姚小姐。

［石先生本来是没打算起身的，看到李玫（如此漂亮的女孩）忍不住欠了欠身。

石先生　请坐。请坐。

［李玫好像很关切地问介绍人张太太。

李　玫　石先生不舒服吗？胃疼？

［张太太愣了愣，望向石先生。

石先生　（茫然地）没有啊？

李　玫　哦。

［李玫若无其事地点头，替姚朋拉开椅子。

石先生　（紧张地看着李玫）听说李小姐是位医生，是不是我的脸色不好？

李　玫　（若无其事地）没有，我以为石先生是胃疼直不起腰呢。

［石先生明白了李玫在挑剔自己的“礼貌”，有些尴尬。

10）同一餐厅另一张餐桌上（李玫坐的那一桌的邻桌）。日。

［这一桌显然也在“相亲”

［一男服务生用塑料袋盛着一条活鱼给座上的人看。

［在座的是便装的杨飞、杨翔和一浓妆的年轻女子——郑小姐，陪郑小姐来的还有一位大姐型的女人。

服务生　这是你们点的鱼……

［郑小姐使劲把头扭到一边，对服务生挥着手。

郑小姐　别让我看，他们看好了。

杨　翔　（对服务生点头）就是它。

［又有一女服务生用塑料袋盛着一只龙虾来到桌前。

女服务生　小姐，这是你们要的龙虾……

郑小姐　（照旧挥着手）问他们，问他们！

杨　翔　（又说）就是它。

［两名服务生正要退下，杨飞叫住了他们。

杨　飞　等等。（看着郑小姐）郑小姐怎么了？

郑小姐　我可不愿意让这些小动物因我而死。

杨　飞　什么意思？

杨　翔　（连忙对杨飞解释）郑小姐的意思……只要不是她点头让杀的，那活鱼活虾就不是为她死的……

［郑小姐和那位大姐在一旁频频点头。

［杨飞突然扭头告诉服务生。

杨　飞　对不起，这两个菜都不要了。

杨　翔　（想阻止杨飞）哎呀，你不明白……

杨　飞　（一本正经）我怎么不明白？既然郑小姐这么有爱心，那我们就应该尊重郑小姐的意思……

杨　翔　那咱今天总不能来这吃斋吧？

杨　飞　（煞有介事地）为什么不可以呢？全听郑小姐的，咱们今天全素。

［郑小姐看了大姐一眼，一脸的有苦说不出。

11）李玫所在的餐桌上。

［石先生自顾自地说着自己想说的话。张太太在一旁不停地随声附和。

［姚朋有一搭无一搭地边吃边听。

［李玫闷头吃海鲜，一心一意地用各种工具对付着螃蟹钳子里的肉。

石先生　……哎，要不说还是做女人合适呢，你说我媳妇吧……

张太太　（跟着注释）石先生的前妻。

石先生　哎，人家现在是一富婆！她费什么力气了？就是瞅准了结一回婚再离一回婚，房子车子票子外加儿子，全齐了。

张太太　要不说石先生是个好人呢，离婚的时候可没少给她钱，不像有的男人……

［邻桌的郑小姐翘着手指捏着餐巾的角擦了嘴。

郑小姐　（起身）对不起。

［望着郑小姐同那大姐一起走向卫生间，杨翔小声问杨飞。

杨　翔　怎么样呀，哥？

杨　飞　（大口地吃着米饭）她就不能自然一点？

杨　翔　（不解地）怎么不自然啦？哎，这小郑从小学舞蹈，文化水平不是很高，可身材不错。而且，有功夫……

杨　飞　什么功夫？

杨　翔　软功哪！我不蒙你，小郑的软功绝对不一般，她能把屁股坐脑袋上……

杨　飞　（不以为然地）那有什么，我也能。

杨　翔　（不相信地）你？

杨　飞　那有什么难的？

杨　翔　（瞪大眼睛）你！能把你的屁股坐你自己的脑袋上？

杨　飞　（不动声色地晃了一下头）我是说，我能坐在你的脑袋上。

［与杨飞背靠背坐着的李玫笑喷了，噗的一声，险些把嘴里的矿泉水喷出来。

［姚朋忙着拍李玫的背。

［石先生则以为是张太太的话令李玫忍俊不禁，马上主动地问李玫。

石先生　李小姐是不是觉得张太太的话说得太夸张了？

［李玫忙摇头。

张太太　（继续渲染着）石先生留给他们娘俩的那栋房子就值200多万！

［李玫两次回头想看看身后那个说俏皮话的人，但只看到了杨飞的后脑勺。

石先生　（继续自说自话）哎，要说这几年我也没少见各种各样的女孩，在一起玩儿行，花点钱买一大家伙儿高兴呗。可就是不敢认真。哎，这男人没钱是件可怕的事儿，有了钱也是可怕的事儿——你哪知道奔你来的人冲的是什么？

张太太　（马屁地）当然有奔着石先生的人品来的！

石先生　哎，你说这女人找男人，是不是跟玩期货买股票有点像？要么你就看得准，要么你就手气壮……女人嫁谁不是嫁呀？你说我前妻吧，哎，你们猜离婚出来的时候她对我说什么？她说就算她早知道有这么一天她也会嫁给我，反正这结果对谁都没什么不合适的……

张太太　瞧瞧，要不说有人就是活得明白，素质高呢……

李　玫　（突然抬起头问）张太太，你老公是石先生公司的吧？

张太太　（想都没想）对呀，你怎么知道？

李　玫　猜的。

［张太太一愣。

石先生　（再次注意地看着李玫，有意味地）李小姐一看就是个聪明人。

［李玫笑了一下，想息事宁人。

［石先生更有兴趣地盯着李玫。

石先生　我就喜欢跟李小姐这样的聪明女孩打交道。

李　玫　（淡然地）我一点都不聪明。

石先生　哎，一般越是聪明的女孩越不愿意承认自己聪明。别看李小姐说话不多，可自打进门，我就看出来李小姐有一种与众不同的气质。

李　玫　（被石先生火辣辣的目光盯得不自在，只得似笑非笑地）我……也许只是不同于奔着你来的那些人。

石先生　你是说……你根本不会奔着我来？

［李玫微笑着迎着石先生的目光，以攻为守。

李　玫　石先生比我聪明。

［满坐哑然。尴尬。

［这时，一只手拾起掉在地上的李玫的外套（原来是搭在椅背上的）递给了李玫。

杨　飞　（OS）小姐，您的外套。

［李玫回过头，正与杨飞打了一个照面，两人都多看了对方一秒钟。

李　玫　（接过外套）谢谢。

12）李玫所在医院的外科病房。日。

［穿着白大褂的李玫在病房里巡视着。周围不时有病人在跟她打

招呼。

李　玫　（OS）第一次与他四目相对，我就坚信他是刻意用了这种方式向我传达一种“确认”和“支援”。而他的目光——就像是清澈见底的深井，让你忍不住想往里看，可稍稍多看几眼就会觉得心跳……我跟所有我认识的人讲那段“把屁股坐在脑袋上”的“机智对答”，别人大笑的时候我会感到骄傲，好像那“原版作者”不是萍水相逢的陌生人，而是我的……一个朋友。

13）医生办公室。日。

［李玫站在医生办公室的窗前，望着人来人往的医院大门口出神。

李　玫　（OS）……而且，我心里隐隐约约有一种感觉——我会再次遇上他。

［一护士走进来。

护　士　李大夫，有人找。

［李玫望向门口。

［一双湛蓝的眼睛，脸上挂着温和笑容的维克多·米勒出现在办公室门口。

［李玫的表情和声音都在表现着惊喜。

李　玫　（英语）米勒先生！怎么会是你！

［俩人老朋友式地亲热拥抱着。（维克多只会说英文，俩人对话时可同时打字幕。）

维克多　（英语）罗丝，见到你真高兴！

李　玫　（英语）我也是。

［这时，有一少妇（周京之妻刘曼）带着孩子走进办公室。

刘　曼　李大夫，我们来办出院手续。

［李玫一抬头，愣住了——

［站在少妇身后的，是穿着少校军装的杨飞。

［杨飞怀里抱着个三岁的男孩。

［杨飞也看到了李玫以及刚才还在跟李玫拥抱的维克多。

［刘曼见李玫愣着，便把出院单往李玫眼前送了送。

刘　曼　麻烦您在上面签个字。

［李玫情不自禁地多看了杨飞一眼，接过出院单。

李　玫　好的。

［李玫一边在孩子的颈下查看着，一边掏出笔在单子上签字。

李　玫　恢复得真好。以后可别给孩子吃坚硬带壳的东西……

刘　曼　您放心，我一辈子都不让他吃花生。

李　玫　（笑道）那也太过分了。

［李玫说着，又看了杨飞一眼，杨飞也在对她笑。

［这时，维克多已经职业性地看了孩子的脖子，问李玫。

维克多　（英语）是你做的手术？

李　玫　（英语）是。如果再晚二十分钟，这孩子就危险了。一颗花生米。

维克多　（英语）你做得很好。

［维克多说着，喜爱地摸着孩子的脸蛋儿。

刘　曼　您忙吧，我们走了。聪聪，跟李阿姨再见。

孩　子　（奶声奶气地）李阿姨再见。

刘　曼　（指着维克多）还有这个外国叔叔。

［孩子不好意思地使劲儿抱着杨飞的脖子，把脸藏在了他的怀里。

刘　曼　（对孩子）还不好意思呢！谢谢您啊李大夫。（又扭脸对杨飞说）这次可真是多亏了李大夫……

李　玫　别这么说……应该的。

杨　飞　（同时对李玫敬礼）我代表孩子的爸爸感谢您。

李　玫　（意外，指着杨飞及孩子、刘曼）哦，你们……不是……

刘　曼　（笑着向李玫介绍道）他是我爱人的战友！

［李玫跟维克多并排站在办公室门口，目送杨飞等三人离去。

李　玫　（OS）没想到第二次见面也充满了戏剧性。他穿军装的样子真好看，或许……他会找借口再来看我……

14）一家烤鸭店。傍晚。

［李玫跟维克多一起晚餐。两个人说英语。

李　玫　米勒先生……

维克多　你可以叫我维克多。

李　玫　（顿了一下）好吧，维克多。

［侍者送来了烤鸭。

李　玫　你这次能在中国待多久？

维克多　三个月。还是在医学院，讲课的内容也跟上次差不多。唯一不同的，是听课学生中不再有一个名叫罗丝的女孩。

［李玫笑。

［维克多笨拙地用筷子夹了烤鸭去蘸酱，结果自然是手忙脚乱。李玫笑着他的笨拙。

李　玫　（OS）维克多·米勒是外科专家，美国人，他在医学院担任外教的时候，给我代过课。还为我直译了一个英文名字：罗丝。

［李玫替他倒满啤酒。

李　玫　你还记得吗？那年元旦，我们班邀请你来过年，你一下子就带来了两箱啤酒……

［维克多面露喜色。

维克多　我以为你早忘了。

李　玫　怎么会呢？那天你喝醉了，舞会的音乐刚响，你就站起来对大家喊“新年好！再见！”，然后，头也不回地就走掉了。

维克多　其实我没有醉，而是……

［突然，李玫包里的呼机响了。

［李玫拿出呼机看了一眼。

李　玫　我恐怕得去医院一趟。

维克多　出了什么事？

李　玫　有个病人……想要取消明天的手术。很多病人都害怕外科手术。

维克多　所以你要同他谈一谈？

李　玫　是。

［维克多非常职业地马上起身。

维克多　我陪你一起去。

15）杨飞家。夜。

［杨飞坐在父母身旁，一边替他们削水果一边看着电视（军事频道）。杨翔从外面走进来。

杨　翔　爸。妈。哥，明天你可有约会啊。

杨　飞　约会？

杨　翔　人家那位郑小姐，对你还是挺有兴趣的。

［杨飞意外的表情。

16）李玫住处。夜。

［李玫进门的时候，姚朋正穿着浴衣坐在电视机前修指甲。听李玫对她说了什么，顿时意外地瞪大眼睛。

［维克多随李玫走进门来的时候，姚朋已经衣冠楚楚了。

［姚朋热情地跟维克多握手、寒暄。

［维克多坐在沙发上，边喝咖啡边跟两个女子愉快交谈着。

李　玫　（OS）从病房出来，维克多一定坚持要把我送到住处。老妖对这么个外国人的突然出现，又吃惊又好奇，又热情又友好……

17）杨飞家。夜。

［杨飞对弟弟连连摇头。

杨　飞　随便你编个什么理由吧，只要别伤了人家的自尊心。要不就说我突然有任务回部队了？

杨　翔　（说服地）小郑人不错！女孩子嘛，在不熟悉的男人面前矜持一些也没有什么不对的！

［杨飞不吭声。

杨　翔　哪有只见一面就有感觉的？一见钟情啊？天底下哪有那么多的一见钟情？

［杨飞仍不吭声，一脸“此事根本没有必要再商量”的表情。

［杨翔转向父母。

杨　翔　妈，我可是尽力了，我哥他不肯配合，我也没办法。

杨　母　（笑着对杨翔）这种事情哪有勉强的，总得你哥自己喜欢才行啊。

杨　飞　（得意地）听到了吗？不能拉郎配！

杨　翔　嘿！这才叫皇上不急，急死太监！我呀，我还不管了！

杨　飞　（不领情地）你以为离开你，地球就不转啦？

杨　翔　那你就自己转出个媳妇给咱爸妈看看。

［杨飞若有所思的表情。

18）医生办公室。日。

［雷阵雨。又大又密的雨点猛烈地抽打着花坛、喷水池和铺着小石子的地面。

［李玫坐在办公室翻着一本英文版的医学杂志。

［吴医生进来接班，她一边把伞放下一边换上白大褂。

吴医生　你没带伞吧，李玫？打我的伞走吧。

李　玫　不用。马上姚朋也该来接班了，她肯定拿伞……

［听见有人敲门，李玫看了一眼手表。

李　玫　说来就来了。

［李玫打开门，却愣了。

［门口站着的是杨飞。

杨　飞　（冲她笑着）你好。

［心里又惊又喜的李玫，表面上只是愉快地笑着。

李　玫　哦……你好。

19）医院院内。日。

［李玫跟杨飞一起走到门口。

［外面的雨还在下。杨飞对李玫说了什么，然后飞快地冲进雨里。

李　玫　（OS）而他，突然就在这样一个雨天出现在我的面前，只是像老熟人一样地问我是不是下班了，说如果下班了就送我回家。而我，只说了一句“好哇”，就跟着他下了楼。

［杨飞开的那辆“切诺基”停在门口，又飞快地跳下车跑到这边为李玫打开车门。

［这一切被撑着伞走进院子的姚朋看在眼里，她吃惊的表情。

[“切诺基”画着优美的弧线消失在雨里。

20）“切诺基”车内。日。

[杨飞熟练地开着车。

杨　飞　我知道你的名字，但你可能还不知道我的，我叫杨飞，飞行的飞。

李　玫　既然你跟聪聪的爸爸是同事……那你一定也是个飞行员喽？

杨　飞　没错。

李　玫　飞行员杨飞……这名字是后来改的吗？

杨　飞　（笑着摇头）从小就叫杨飞，就怕名不副实，所以就去当空军了。

[李玫笑。

李　玫　（故意问）是聪聪的妈妈派你来的吗？

[杨飞看了她一眼。

杨　飞　本来我是打算这样说的，可一见到你，我就什么借口都不打算要了。不过，聪聪的妈妈的确说过，这几天要请你吃顿饭。

李　玫　这车，恐怕也不会是部队发你用的吧？

杨　飞　我弟弟的。本来今天没打算借车，可偏偏下了这么大的雨……

[李玫突然笑出声。

[杨飞莫名其妙地看着她。

李　玫　那个……你要坐在他脑袋上的人……是你弟弟？

[杨飞愣了一下，俩人一起会心地笑了起来。

杨　飞　你都听见了？

李　玫　不然我怎么会笑得喷水……

[汽车遇到红灯。杨飞停下车。扭脸看着李玫。

杨　飞　你是不是也觉得我们像是老熟人？

李　玫　（点头）是！尤其是看到你穿军装的样子之后。

杨　飞　穿军装？

李　玫　对呀。从小我就相信穿军装的人，五岁的时候我妈带我出差走散了，是两个解放军叔叔把我送回去的。

[杨飞做了个“原来如此”的表情。

李　玫　上大学的时候，我们几个同学出门旅游丢了路费，就拿着学生证去找驻军，结果，人家不仅给我们买了车票，还把我们送上车，还给我们带了好多好吃的……（感叹）所以，从小到大，我都喜欢解放军叔叔。

杨　飞　（高兴地）我回去以后，一定要把你的话学给大伙听，美死他们！我可以请你吃饭吗，代表军人？

李　玫　（笑）不是说什么借口都不要吗？

［杨飞执着地望着她。

［李玫笑着按了车载录音机的“PLAY”健，《花房姑娘》就轰然响起，弥漫在了雨雾中：“我独自走过你身旁/并没有话要对你讲/我不敢抬头看着你的脸庞……”

21）雨后的长安街。夜。

［雨后的夜。雨后的长安街。

［“切诺基”在映着灯影的湿润的街道上行驶着。崔健的歌衬底。

李　玫　（OS）那一天的感觉真是又熟悉又陌生，熟悉的是那种轻松和快乐，陌生的是杨飞看我的感觉。被那种目光注视着，就像是被仲春时节的太阳照着，心里暖暖的，痒痒的，好像马上要长出好多小草的芽芽……

［“切诺基”上，李玫和杨飞开心地大声唱歌：“我就要回到老地方/我就要走在老路上/这时我才知道离不开你（噢）/姑娘。”

［杨飞以为“姑娘”是最后一句，就用了结束的最高的调门，可是歌并没有完，也没有高调，杨飞下意识地慌忙降调，声音听上去很奇怪。

［李玫大笑。

［杨飞做了个自嘲的鬼脸。

［四目相对，目光里都充满了快乐和温情。

［只剩下崔健一个人在执着地唱：“我就要回到老地方/我就要走在老路上……”

杨　飞　（清了清嗓子）我这回休假，领导还给我布置了一个任务……

李　玫　（聪明地替他说）让你一定要在回去之前找个女朋友？

［看到杨飞被猜中了的表情，李玫夸张地表示嗤之以鼻。

李　玫　真令我失望。台词太缺乏想象力了！

［杨飞乐了。

杨　飞　那我就直说了：我想知道，在我离开北京之前，是不是可以随时见到你、请你吃饭什么的，像今天一样……

［李玫以否定的句式表达着肯定的意思。

李　玫　上班的时候不行。

［杨飞会意，喜形于色。

杨　飞　明白。

22）保龄球馆。夜。

［在球道上滚动的球——一个“满贯”。

［李玫欢呼着，与刚得了个满分的杨飞击掌庆祝。

李　玫　（OS）我觉得杨飞就像是一块磁铁，时时处处都在吸引着我。他机敏、稳健、有思想，又充满了活力和情趣……

［李玫掷出球，一个目标也没有打中，忍不住冲杨飞做了个鬼脸。

23）医院门口。早晨。

［李玫脚步急促地赶着上班，迎面被姚朋挡住了去路。

李　玫　（没事人似的）你怎么还没回家睡觉？

姚　朋　（一副家长面孔）等你呢。

李　玫　什么事儿重要到这种程度？

［俩人一前一后走着、说着。

姚　朋　瞧你这几天疯的，连你的影子都见不着！这个星期天呀……

李　玫　我可不去相亲啊！

姚　朋　不是相亲，是会友！上次让你弄得臊眉耷眼的石先生，没忘吧？星期天想请你吃饭……

李　玫　不吃！

姚　朋　人家可是特别诚心诚意……

［一看李玫的表情，姚朋自己就放弃了游说。

姚　朋　　好吧好吧，我替你回了就是。

［李玫亲热地搂了姚朋一下。

李　玫　　天底下最好的老妖精！

姚　朋　　（酸溜溜地）得啦，好不过你最近遇上的那个男妖精！魂儿都让人家勾跑了！

24）李玫住处门口—起居室。日。

［王吉提着盛满食品、日用品的超市塑料袋敲门，姚朋打开门。

［姚朋接过王吉手上的东西。

王　吉　　李玫呢？

姚　朋　　又跟那空军一起出去了。（叹气）跟我年轻时候一样傻！

王　吉　　（嬉皮笑脸地）这叫爱情！

姚　朋　　（白了王吉一眼）光爱有什么用啊？能当饭吃？

李　玫　　（OS）王吉毕业于中文系，跟老妖刚认识那会儿，每天都写一封情书，沉醉在浪漫中的老妖只注意到自己遇到了一位才子，不到一个月老妖就死心踏地了。只是，当他们尽享浪漫的时候没有考虑过现实问题。时至今日，老妖实在不舍得跟“穷文人”王吉分手，又不甘心跟王吉凑和着过日子，所以王吉就成了——鸡肋。

［王吉殷勤地替姚朋倒了杯水。

王　吉　　我说，你到底打算什么时候嫁给我？

姚　朋　　（没好气地）嫁给你？住哪儿？还跟人家李玫挤在一块儿？

王　吉　　先住我那儿呗……

姚　朋　　十几平米的简易房？墙不隔音没后窗，上个厕所来回得跑二里地？

王　吉　　暂时的嘛，等李玫出了嫁……

姚　朋　　（一甩手）少跟我说这个！

［望着姚朋的后背，王吉的神色黯了一下。

25）一高档电子游戏厅。夜。

［穿着衬衣的杨飞在玩电子游戏机里的空战游戏，简直是势不可当。李玫趴在他背后观战，不时为他欢呼。

［游戏机房老板心疼万分地将一只可爱的毛绒玩具交到李玫手里。

老　板　已经超过最高分了。这是给你们的奖品。

李　玫　谢谢。

老　板　（小声地问李玫）您这位先生是不是天天在家玩电子游戏？

李　玫　（不太肯定地）没有吧？

老　板　不可能！

李　玫　（得意地）那有什么不可能的？（得意地）他是空军，开战斗机的！

［老板恍然大悟的表情。

李　玫　怎么样？厉害吧？

老　板　（苦笑）厉害！太厉害了！要我说呀，咱根本就不用在台湾海峡搞什么军事演习呀，导弹试射什么的，那成本多高呀！

［李玫瞪着老板，不知道他想说什么。

老　板　（煞有介事地）只要把各国大使馆的武官都叫到我这儿来，让他（指杨飞）这么表演一通……

［游戏机屏幕里的"敌机"被杨飞一架接着一架地歼灭掉了。

老　板　（咽了口唾沫）瞧见了吗？不费一枪一弹，就足以扬我军威，扬我国威，吓死那些想跟咱们叫板的帝国主义、分裂主义分子！

［李玫噗的一声被逗乐了。

26）李玫住处楼下。夜。

［杨飞送李玫走向楼口。

杨　飞　我从不知道香水能当武器。医生是不是都胆大心细？

李　玫　我天生胆大。我妈说，我刚会走道就把院子里的三条大狗追得到处跑……

［杨飞笑了起来。

杨　飞　（叹息般地）今天晚上收获不小。

李　玫　什么收获？

杨　飞　又增加了不少对你的认识。

李　玫　彼此彼此。

杨　飞　你对我也有新的认识吗？

李　玫　对呀。你的游戏打得不错。

［俩人大笑。

李　玫　而且，很军人。

［杨飞深深地望着李玫。

杨　飞　多谢夸奖。

杨　飞　你到家了。

［李玫抬头看看自己的窗户，犹豫了一下。

李　玫　今天……太晚了，改日请你上去坐。我的室友说了，让我哪天把你带回来看看。

杨　飞　听上去，你这室友怎么像是你妈妈……

李　玫　差不多，就是这种感觉。她最喜欢替我相亲。

杨　飞　（目光灼灼地盯着李玫）相亲？

［李玫突然有些不好意思。

李　玫　好啦好啦，不跟你说了，回见。

［说完，抱着毛绒玩具跑进楼门。

［杨飞含笑望着她的背影。

杨　飞　（轻声地）回见。

27）医生办公室。中午。

［一名年轻小伙子，手捧一大束香水百合出现在办公室门口。

小伙子　哪位是李玫小姐？

［李玫迎过来。

李　玫　我是。

［小伙子将手里的花交给李玫，同时掏出一张单子。

小伙子　这是送您的花。请在这里签个字。

李　玫　送我的？谁送的？

［小伙子看了看手里的单子。

小伙子　这里写的是——没写名字。

［李玫惊奇的表情。

［李玫身后的吴医生凑过来。

吴医生　哎呀，这花可真漂亮。真香。哎呀，现在的年轻人可真是浪漫！

［那束百合花被姚朋抱在面前使劲地闻着。

姚　朋　真香！瞧这花送的，这才叫大手笔！哪像我们家鸡肋，顶多在路边花两块钱买把打蔫的玫瑰。

李　玫　玫瑰代表爱情嘛！

姚　朋　（自嘲地）是朴素的爱情。五把玫瑰才够买你这一枝百合的！我说的还是批发市场的价！

李　玫　你别那么实际好不好？

［姚朋做了个不以为然的表情。

姚　朋　这是那当兵的送你的？

李　玫　应该是吧。

姚　朋　什么叫"应该是"？

李　玫　他没有留名字嘛！

姚　朋　嗯？

28）杨飞家。日。

［杨飞跟杨翔正在家里下象棋。

杨　飞　将！

杨　翔　（不相信自己又输了）哎——

杨　飞　认输吧，你不是我的对手。

杨　翔　（推了棋盘上的棋子）再来再来。

［电话铃突然响了。

［杨翔拿起电话。

杨　翔　喂？我不是杨飞，你等一下。（将电话交给杨飞）找你的。

杨　飞　喂？（高兴地）嘿，你好！谢我？为什么？

29）医生办公室。日。

［李玫拿着电话，一脸意外的表情。

李　玫　不是你？哦……（一下子反而不知道应该说什么才好，随即又因不好意思而打着哈哈）没事没事，也许是病人送的……也许……（调皮地）是位仰慕者也难说啊……

30）杨飞家。日。

［杨飞含笑放下电话，一直在他一旁听着的杨翔关注地问。

杨　翔　是你的那位女医生？

［杨飞点头。

杨　翔　（有兴趣地）什么事啊？

杨　飞　有人给她送了一束花，她以为是我送的。（笑了笑）这倒让我有点不好意思了。

杨　翔　有什么不好意思的？明儿你也买一束送她不就得了。

杨　飞　我也正这么想。哎，你给女朋友送过花吗？

杨　翔　送。你要想哄女孩高兴，就送花。一送一个准儿。

杨　飞　（新鲜地）是吗？

［杨翔做出“那还用说”的表情。

［杨飞笑了笑，重新摆着棋子。

杨　翔　你跟这女医生到底有戏没戏？照说，她条件那么好，干吗非要找你一个当兵的？

杨　飞　（一瞪眼）嘿，你怎么说话呢？

［杨翔打了一下自己的嘴。

杨　翔　我错了，我错了。我不是那个意思，我是……那个意思……（两个“那个”重音不同）。

31）医院内花园。日。

［李玫捧着饭盒，勺子举在空中，想着心事忘了吃饭。

李　玫　（自语）奇怪，究竟是谁送的花呢？是出了院的病人？

姚　朋　肯定不是！

［说着，姚朋用自己的勺子敲了敲李玫的饭盒，像对孩子似的——

姚　朋　吃饭！

［李玫回过神，听话地吃了一大口饭。

姚　朋　让我说啊，十有八九是那个老外送你的！

李　玫　维克多？

姚　朋　（点头）我见他第一眼就看出来了，他喜欢你。

李　玫　得啦……

［姚朋向李玫示以权威的目光，李玫吐吐舌头，不再说话。

姚　朋　那个当兵的和那个老外，你喜欢哪个？

李　玫　（白了她一眼）这还用问？

姚　朋　那老外哪一点比那当兵的差？

李　玫　哎呀，不是这样比的啦！

姚　朋　我知道、我知道，这种事情，说到底只有一句话：王八看绿豆——对了眼了。

［李玫腾出手去掐姚朋的脖子，一边笑着喊着。

李　玫　你说什么——

［姚朋躲着告饶。

姚　朋　我投降。我投降。

［李玫收了手。

姚　朋　不过，我这也叫话糙理不糙……

李　玫　（神往地）你不知道，跟他在一起的时候，那种感觉……真是好极了，一切都那么纯净，好像连天空都变得特别蓝……

［姚朋摇着头，轻轻叹了口气。

李　玫　你不觉得，爱上一个军人是件很浪漫的事吗？

姚　朋　浪漫？！

32）杨飞家。日。

［杨翔摇着头。

杨　翔　反正啊，不管怎么说，我都认为你跟那女医生不会有什么结果。你想想，你会为她复员吗？不会。那你们将来怎么办？让她随军？还是两地分居？哎你跟她谈过这些问题吗？

杨　飞　还没到这一步！我总不能一见到一个女孩就先问人家愿不愿意做随军家属吧？

杨　翔　那倒也是。不过……依我的经验啊，你们现在的感觉越好，将来就会越伤心。

杨　飞　我伤心？

杨　翔　她也伤心！你还记得菲菲吗？

杨　飞　你最早的那个女朋友，后来去了美国的？

杨　翔　对呀。当时她是真爱我，也是真的不舍得放弃去美国的机会，可二者只能选其一。结果，她最后只有决定放弃我。唉，这年头，自己的前途比感情更重要——换了我大概也会跟她一样。

杨　飞　依你的意思……我应该现在就跟她谈谈以后的问题？

杨　翔　（点头）这也叫丑话说在前头。万一不成，那大家谁也别耽误谁。这也是没办法，你要是跟我一样，我肯定不这么劝你。

杨　飞　什么叫跟你一样？

杨　翔　我不是军人，所以比你自由啊……

杨　飞　是吗？可如果对方也是个军人呢？也像我一样长年生活在远离城市的地方，你会不会愿意……

杨　翔　我不愿意。我可不愿意当随军家属！我城里待得好好的干吗要自找苦吃？

杨　飞　（微微地摇头）人跟人不一样，想法也会不一样的。不是每一个女孩都会爱上军人，但也不是所有的女孩都不肯爱上军人。不过有一点你说得对，我应该跟李玫开诚布公地谈谈了。

33）外科楼道。中午。

［吃完了饭的姚朋和李玫溜溜达达地往回走。楼道里空荡而又安静。

姚　朋　（若有所思地）哎，你说，是爱一个人重要还是被一个人爱重要？要是有两个男人……一个是爱你的，一个是你爱的……

李　玫　（毫不犹豫地回答）我选我爱的。你呢？

姚　朋　我选爱我的。

李　玫　你不爱你鸡肋哥哥吗？

姚　朋　（点头）可他爱我比我爱他更多一点。（突然发问）等将来，那当兵的要是让你跟他随军去做家属，你干吗？

［李玫显然没有想过这个问题。

李　玫　这个……

姚　明　他有可能复员或者调到北京附近的机场吗？

李　玫　（完全没有经验地）我……我不知道。再说这种事情恐怕也不是他说了就算吧？

姚　明　（突然又问）那当兵的爱你吗？

李　玫　他……我想应该……

姚　明　他对你说过吗？

李　玫　他……

姚　明　（突然冲着前面努努嘴）有人找你。

［李玫闻声抬头，看见维克多正从走廊的另一头走过来。

维克多　（英语）罗丝。（不标准的汉语）你好姚朋。

姚　朋　你好。（小声对李玫）那花肯定是他送的！

［维克多听不懂姚朋的话，只是看着她们微笑。

［李玫推开办公室的门，微笑着请维克多进去。

34）医生办公室。日。

［维克多一进门就闻到花香、看到了鲜花。

维克多　（英语）美丽的花。是康复的病人送来的吗？

［李玫愣了一下，一边笑着冲维克多点头，一边小声对姚朋说——

李　玫　你也猜错了，这花不是他送的。

姚　朋　（奇怪地）那会是谁呢？

维克多　（英语）罗丝，我需要你的帮助。

［李玫扬着眉毛望着维克多，表示自己正洗耳恭听。

维克多　（英语）明天，我有一个示范手术。我希望你做我的助手。

李　玫　（高兴地）我曾经做过你的助手。

维克多　你同意啦？

李　玫　（英语）是我的荣幸！

35）手术室外。日。

［手术室的门从里面打开，穿着手术服、戴着口罩的维克多和李玫从里面走出来。两个人一边走，一边摘下口罩。他们的脸上虽然都有一丝倦容，但更多的还是轻松。

李　玫　（OS）那天的手术比预想的时间长，但却很成功。

36）消毒间。日。

［维克多和李玫一边洗手一边说话。

维克多　（英语）你知道吗，罗丝，一个出色的医生是需要天分的，就像杰出的艺术家都需要有天分一样，当你还是个学生的时候，我就知道，你一定会是一个出色的医生，而且……你比我想象的还要出色。

李　玫　（调皮地）谢谢先生。（突然看到墙上的挂钟）哦，天哪！都这么晚了！

维克多　晚了？

李　玫　是啊，我答应要去帮别人买东西的！

37）街头某茶庄门口—路边。日。

［便装的杨飞和杨翔一起从茶叶店出来，两个人手上已经提满了东西。多是些电热壶、踏花被之类的日用品。

［杨飞对照着购物清单查看着手上的东西。

杨　飞　李参谋的爱人让买的北京花茶二斤——买了。踏花被——买了……

杨　翔　（苦着脸）怎么回回都是，所有的人都托你买东西？

杨　飞　（信口地）这么多年你应该早都习惯了。

杨　翔　是！是！我就是你的使唤小子！你那女医生呢？她哪怕跟着拿点轻快的呢……

杨　飞　瞧你这种人！

［杨飞说着收起单子，朝停在路边的“切诺基”走去。

［杨翔不服气地在后面嘟哝着。

杨　翔　嘿——我是哪种人啊？我年年陪你疯逛采购一回，任劳任怨……

［杨飞等着杨翔过来开了车门，将手里的东西都放进车里。

杨　飞　好啦，你先回去吧。

杨　翔　你呢？

杨　飞　去替我们那儿的家属同志们买她们托我买的衣服。

［杨翔翻了个白眼。

杨　飞　而且，是李玫陪我一起。这下你心里平衡了吧？

杨　翔　（嘟哝着）我有什么不平衡的！（开始发动汽车）。

38）一条专卖服装的自由市场。日。

［市场口上，杨飞看着李玫跳下出租车，一溜小跑地奔向自己。

［杨飞朝李玫招手。

［李玫陪着杨飞，顺着熙熙攘攘的人群，一边走一边挑选着服装。

李　玫　（OS）我赶到服装市场的时候，杨飞已经在那里等我了。我陪着他在市场里走啊走啊，挑啊挑啊，买了那么多衣服。杨飞说，他们那里的女同志都相信他的眼光。

39）服装市场外的一处露天饮品店。日。

［李玫低头整理着两把椅子都放不下的成包的衣服，杨飞将一杯饮料推到了她的面前。

李　玫　谢谢。（仿佛在继续着方才的谈话）真没想到，你们的驻地居然那么……偏僻。

杨　飞　军用机场和民用机场完全不一样，民用机场一定要选择交通方便、接近城市的地方。而军用机场，一般正相反。我们驻地四周，完全就是农村，方圆几十里不过几十户人家，照着过去的说法，顶多算是个生产小队，还够不上大队一级呢。

李　玫　那你们平常就不买东西吗？

杨　飞　我们那儿有军人服务社，但肯定不能跟城里的商场、自由市场相比。

［杨飞看着四周的现代化建筑、车流、人流，不禁感慨。

杨　飞　就物质生活而言，我们那儿比起这儿，至少要落后十几年。

李　玫　那……你们那儿的飞行员如果结了婚，爱人怎么办？

杨　飞　（望着李玫）营以上的军官，家属可以随军。

李　玫　（想起姚朋的话，情不自禁地重复了一句）随军……只有这一种选择吗？

杨　飞　再就是两地分居。像聪聪的妈妈——刘曼那样……

［李玫点头。

杨　飞　她跟她爱人结婚以后，一直不在一起，每年各休一次探亲假。刘曼很能干，现在是法律系的教师，同时还在攻读博士学位。

李　玫　（意外）真的?!

杨　飞　（点头）所以，周京——刘曼的丈夫——只要提起刘曼，都难免由然而生景仰之情呢。

李　玫　（笑）可是……对于一个女人来说，嫁个丈夫并不只是要找一个景仰自己的人，而应该是可以朝夕相处的伴侣。难道，除了随军和两地分居以外，就没有第三条路可选择了吗？

杨　飞　第三条路？

李　玫　比如……像刘曼的丈夫，他就不能申请转业到地方吗？

［杨飞摇摇头。

李　玫　（追问）绝对不可以这样吗？

杨　飞　（想了想）结婚之后就转业离开部队的情况有是有，但非常少，而且……那一般都不是经过正常的渠道。

［李玫听懂了似的，缓缓地点点头。

杨　飞　我想……我现在应该告诉你这些……

李　玫　（不打算再谈下去）我都听懂了。

杨　飞　（以期待而忐忑的目光望着她）你都听懂了？

李　玫　（点头）但我需要时间……想一想。（站起身）我们找个地方吃东西吧。

［杨飞的脸上露出了笑容。

40）李玫卧室。夜。

［李玫在翻箱倒柜地找东西。直到找到一只放着成堆的名片的漂亮

的小盒子，并且从成堆的名片中找出一张她想找的名片。

李　玫　（OS）我所谓需要时间想一想，其实就是想找到一个完满的第三种选择。这个时候我并不知道自己犯了一个理解上的错误——也许是因为我太自信了。我以为，如果有条件的话，杨飞一定愿意飞向我的。

［李玫拿着找到的名片，拿起床头的电话。

［李玫开始拨号的时候，姚朋捧着一杯茶走进来。

［刚刚接通了电话的李玫冲她挥手致意。

李　玫　（打电话）喂，张叔叔你好，我是小玫。我挺好的。真是好久没联系了。有一件事情我想咨询您：我的一个好朋友，是空军飞行员，要是想把他调回北京的话……您就瞎猜吧……

［正准备回避的姚朋，意外地瞪大了眼睛望着李玫。

［李玫拿着电话热情地说着话……

李　玫　（OS）老妖认为我是在发疯，她说就算那当兵的愿意回来，也应该他自己去想办法！

［李玫放下电话，很高兴。

李　玫　有戏哎，我这叔叔一直都在民航局工作，他说开战斗机的是飞行员中最棒的，肯定抢手！

姚　朋　（深深地看着李玫）已经是你在追求人家了。

［李玫轻松地站起身来。

李　玫　我这也算是在为北京引进人才！

姚　朋　（轻轻摇头）真不知道那当兵的到底有什么迷人之处！

李　玫　你见到他的时候就明白了。

41）杨飞家杨飞卧室。夜。

［杨飞靠在床头，看着一本外国军事杂志。有点心不在焉。

［杨翔敲门走进来。

杨　翔　哥，还没睡吧？我刚回来。

杨　飞　又泡吧去了。

杨　翔　泡吧也是工作。哎，跟你那女医生谈得怎么样？

杨　飞　　你好奇心也太强了！

杨　翔　　关心你嘛！谁让你是我哥呢！换了别人，就算他想说，我还不想听呢！

［杨飞无可奈何地笑着，放下手里的书。

杨　翔　　（看着杨飞的表情）看来，至少没被人一口回绝。

［杨飞点头。

杨　翔　　（不相信地）她答应你了？

杨　飞　　也没有。她说她要想一想……

杨　翔　　完了！

杨　飞　　完了？

杨　翔　　她肯定是不忍心当面回绝你，所以才拿“想一想”的话作一缓兵之计。不信你瞧着，再来跟你联系的，肯定是她的朋友或是亲戚之类的人出面，替她跟你说拜拜。

杨　飞　　（哭笑不得）哪有你说的那么复杂！

杨　翔　　我说得绝对没错！最了不起是她亲自在电话里跟你说拜拜！我敢跟你打赌：要是她还会跟你见面，哥，你打我一顿！

杨　飞　　我现在就可以打你一顿！

［杨翔一愣。

杨　飞　　明天是李玫生日，她约我去她那儿，她说她会告诉我她考虑的结果。

［杨飞越说越乐观，杨翔意外的表情。

杨　飞　　怎么样？我是现在打你，还是给你存到明天？

杨　翔　　（咽了口唾沫）明天。明天等你回来再说。（嘴硬地）还不定什么结果呢！

42）一家糕饼店。日。

［糕点师熟练地在一只蛋糕上做了一圈漂亮的粉红色的玫瑰花。

［糕点师是个年轻的女孩，很活泼很俏皮的模样。她握着装奶油的纸管问杨飞。

女　孩　　上面写什么？

［杨飞把一张包装纸调了个个儿，推到她面前——纸上写着“李

玫，生日快乐！杨飞”几个字。

[女孩凑过去一看，又抬头看杨飞。

女　孩　是送女朋友的吧？

[杨飞有些不自在地胡乱点了下头：“啊。”

女　孩　那就浪漫点儿嘛，“I LOVE YOU!”怎么样？

杨　飞　（犹豫不决）太肉麻了吧？

女　孩　肉麻就对了，过电麻不麻？爱情就像过电！过电需要勇气！

杨　飞　（笑道）可光是这三个英语单词好像也达不到你说的效果，它被人用得太多了。

女　孩　那你就想一个更好的说法呀！

43）李玫住处。日。

[李玫提着大包小裹按了自家的门铃。

[门开了，一群跟她年龄相仿的女孩子冲她拍着手齐声唱起了生日歌：

“Happy birthday to you……”

[女孩子们笑闹成了团。

[姚朋像一位慈祥的家长，端着一大盘切好的水果过来。

姚　朋　谁想吃水果？

[女孩纷纷喊着：“谢谢老妖。”“谢谢老妖姐姐。”……

姚　朋　（小声问）你真的不请那老外？

李　玫　（小声回答）既然你觉得他喜欢我，那我就更不能随便招惹人家了！（见姚朋还想说什么，李玫转移话题）哎，我那鸡肋哥哥呢？

姚　朋　他不敢来，怕太黯然失色，当了人家的陪衬。

李　玫　（嚷着）那可不成！我今天是要向杨飞隆重介绍鸡肋哥哥的！

姚　朋　干吗呀？

李　玫　我一直都认为鸡肋哥哥是天底下最模范的……未婚夫。

[女孩子们听到“未婚夫”仨字时顿时尖叫、起哄。

“哇——你们听到了吗，未婚夫耶！”

[李玫再次被众女友包围了。

［女孩们："哎，听说你找了个当兵的？"

"我一听这称呼就想起了一部电影，叫《叶塞尼亚》……"

"对呀对呀，他没给你机会让你找块石头砸他的脑袋吧？"

"你当人家李玫是吉卜赛女郎呢！"

"我们今天可算是娘家人儿相亲啊！第一关。"

"他看上去是不是特别迷人？"

"要是我们全都对他着了迷怎么办？"

李　玫　（大喊了一声）Be quiet!（安静！）

［大家静了下来。

李　玫　这样，待会儿见了他，如果你们认为他不及格，等我问你们吃什么的时候，你们就说"冷面"；如果觉得还行，就说"汤面"；如果是迷死人啦，你们就说"炸酱面"。记住了吗？

［众人像小学生一样拖着调子齐声回答："记——住——啦——"

一女孩　那今天到底是给我们吃什么面呀？

姚　朋　都有。

又一女孩　男主角怎么还不来呢？

李　玫　（看了一眼表）十点半。

女　孩　已经到点了。

李　玫　还有三分钟。

［女孩们互相看了一眼。

女　孩　哇！到底是经过"军训"的人哪！

［李玫追打那女孩。

44）李玫家门口。日。

［提着大纸袋的杨飞对了对门牌号，看看手表，然后从纸袋里小心地取出了一大抱精心包扎过的粉红色玫瑰，又取出带包装的蛋糕拿在手上。戴好军帽。

45）门厅。日。

［挂钟的分针指到了6，伴随着一声半点的报时声，门铃也响了。

［女孩子当中有人叫了声“哇！”，又被有的人制止了。

［李玫打开门，杨飞正站在门口。他微笑着将那抱娇艳的鲜花举到李玫面前。

杨　飞　生日快乐！

李　玫　谢谢！请进。

［说完，李玫朝旁边一闪身。

［还抱着蛋糕的杨飞吃惊地发现，屋里有一群女孩，自己则是众目的焦点。

李　玫　（抱着花拉着杨飞）我来为大家介绍，杨飞。这是我的室友姚朋，昵称老妖……

［姚朋大大方方地上来主动跟杨飞握手。

姚　朋　很高兴终于见到了你。

［杨飞放松了一些。

李　玫　这些全是我的同学、朋友。倩倩、小宁……

［杨飞一一同她们握手、问好。女孩子们的友好热情令杨飞消除了进门时的尴尬。

［姚朋好心地上来从杨飞手里接过蛋糕。

姚　朋　别老提在手上了。

［杨飞下意识地想要回蛋糕，但已经晚了——有两个女孩马上动手拆除包装盒。

女　孩　看看上面写什么字了。

［结果，这边杨飞还没有握完手，那两个女孩子已经尖叫起来：“啊——”

［女孩们以一种唯恐天下不乱的热情全都冲向蛋糕，随即一起尖叫：“啊——（读蛋糕上的英语）你是我心中的玫瑰！啊——好浪漫！”

［忽有一人带头喊了一声：“炸酱面！”

［于是众人一起拍着手，跳着，高声喊着：“炸酱面！炸酱面！……”

［李玫无限幸福地看着杨飞，一个劲儿地笑。

［杨飞虽然猜不出具体内容，但知道这个词一定另有含意，嘴上却

仍故意要问。

杨　飞　她们是在要求开饭吗？

李　玫　（笑着冲大家喊）你们就直说了吧。

[极短暂的停顿，一女孩像领唱一样地喊：“当兵的——”

[众女孩一齐喊：“迷死人啦！”

46）李玫住处起居室—阳台。日。

[Party 式的聚会。轻柔的音乐在屋里回荡着。女孩们已经安静下来，三三两两地说话、走动、喝饮料吃零食……

[杨飞端着一杯葡萄酒，趴在阳台上远眺。

[李玫端了一盘沙拉来到杨飞身边。

李　玫　在看什么？

杨　飞　在看……我跟你的未来。

李　玫　（微微一笑）我已经想好了。

[杨飞目不转睛地望着她。

李　玫　我不愿意两地分居。如果是一对相亲相爱的人，一年当中只能有两个月在一起，那太残酷了；我也——不愿意做随军家属……

[杨飞掩饰着失望的表情，垂下眼睛。

[李玫注意着杨飞的表情变化，面露得意之色。

李　玫　可是，我更不愿意放弃我好不容易才遇到的——刚才被喊作“炸酱面”的那个人！

[杨飞蓦地抬起头，望着李玫。

李　玫　（含情脉脉地）而且，我刚刚知道我是那个人“心中的玫瑰”……就更不舍得放弃他了！

杨　飞　（眼睛再次生动起来）所以？

李　玫　所以我就找到了第三种方案！

杨　飞　（一愣）第三种方案？

李　玫　你可以回北京啊！

杨　飞　回北京?!

李　玫　（快速地、急切地告诉杨飞）你知道吗，我爸爸的好朋友在民航局工作，我昨天晚上打电话问过他了，我是觉得去民航或者去航校都可以不脱离你的专业，我那位叔叔说他可以帮忙，只要你愿意，一会儿我们就去找他……

杨　飞　对不起，等一下。你的意思……是要我转业回北京？

李　玫　对呀。

［杨飞望着李玫，目光中有意外，也有失望。

［起居室里的欢乐气氛被关门声打断了一下。

［姚朋和姑娘们闻声望去，只见刚刚带上阳台门的李玫正在门外与杨飞争论着什么。

一女孩　哟，怎么突然就吵起来了？

另一女孩　你懂什么，谈恋爱嘛，本来就是要好了吵，吵了再好。是吧，老妖姐姐？

姚　朋　（淡淡一笑）你既然那么有经验干吗还来问我？

［众女孩又来嘲笑刚才说话的女孩。

李　玫　（有些伤心地）对不起，是我误会了。我以为你是愿意跟我在一起的，只是身不由己。现在我才知道，你根本不愿意跟我在一起。

杨　飞　这是两回事。

李　玫　所以我才费尽心思地想到这么个两全其美的办法。

杨　飞　这个办法怎么能叫两全其美呢？我是军人，可你却要我放弃。你知道国家培养一名空军飞行员有多么不容易？

李　玫　（激动地）可国家培养一个医生就很容易吗？如果我放弃专业去做随军家属，难道就不是人才浪费吗？

杨　飞　我以为……在任何地方，都需要救死扶伤的医生，但并不是任何一个地方都需要一名空军飞行员。

［两个人对视着，都觉得对方的言语态度令自己失望。

［李玫一口喝完了杯里的酒，对杨飞下了逐客令。

李　玫　你走吧！

［杨飞看了她一会儿，然后拉开阳台的门。

［一见杨飞出来，所有的女孩子再次起哄：

“解放军叔叔出来了！”

“解放军叔叔把李玫哄高兴了没有啊？”

［杨飞看着大伙，调整着情绪笑了笑。

杨　飞　真对不起，我事先忘了说我下午还有事，所以……不能跟你们一起吃午饭了，也难怪李玫生气……

［女孩们发出失望的叹息声。

［李玫从屋里出来，脸上也挂着笑，她冲杨飞挥了挥手，仿佛刚才只是一场情人间的小误会。

李　玫　好啦好啦，你要走就快走吧！拜拜。

［女孩子们冲着李玫做鬼脸，用手指刮脸蛋羞她。只有姚朋，她表情冷静地、礼貌性地同杨飞点头告别。

李　玫　（OS）杨飞临走之前的表现，几乎瞒过了所有的人。只有老妖，她好像一眼就把什么都看穿了。但她这次一句话都没有问。

［姚朋替杨飞拉开房门的同时，门铃响了。又是鲜花速递的那个小伙子手捧一抱百合站在门口。

小伙子　请问，李玫小姐……

［李玫没有理送花的人，而是冲着杨飞挥挥手，看着杨飞走向楼梯口。

［杨飞离去。

［已经认识了李玫的送花小伙子将花抱到李玫面前。

小伙子　李小姐……

李　玫　（情绪欠佳地）你们怎么会找到这里来？

小伙子　我本来是送到医院的，医院的人说你在家……我们的客户委托我们，一定要把花送到您的手里……

李　玫　（气不打一处来地）对不起，我不会再收这花儿。谁让你们送来的，你们就再拿回去给谁吧。

［小伙子一愣。李玫正要回身进屋——

［王吉从楼梯口（或电梯间）匆匆走出来，看到众人，顿时喜气洋洋地跟大家打招呼。

王　吉　哟，大家伙儿是在等我吗？

［没有人说话。

王　吉　　哟，这是怎么了？

47）街道。日。

［杨飞一个人顺着街边漫无目的地走着。

［路边的音像制品店里，正传来田震的歌："望着我，抱着我，好好爱我……"

［杨飞听着，脸上露出一丝苦笑。现代都市中的一切，都令他感到既为之心动，又相距遥远。

［田震的歌继续传来，唱得那么殷切，一句一句地继续打动着杨飞的心。

［杨飞像是想到了什么，快步穿过马路，叫住一辆出租车。

48）李玫住处起居室。日。

［所有的人都走了，屋里也都恢复了原状。李玫独自坐在沙发上发呆，眼前是那只没有切过的蛋糕。

李　玫　　（OS）我是因为伤心才让杨飞走的，因为我从来没有如此在意过一个男人，却又恰恰被这个男人拒绝……可是，杨飞还没有走出房门，当他强作笑脸地替我打圆场的时候，我在心里就已经原谅了他，甚至已经开始自责……不知道他现在是不是也在想我？第一次，我有点不自信。我不知道，他是不是真的在意我。

49）刘曼家（某大学里的教工宿舍）门口。日。

［杨飞在门口敲门，没有回声。

［杨飞正要转身离去，隔壁的门开了，一名老教授模样的老太太探出头来。

老教授　　您找谁？

杨　飞　　我找刘曼老师。

老教授　　您是？

杨　飞　　我是她爱人的战友。

老教授　哦。刘曼去医院啦，聪聪昨天半夜突然发烧……

杨　飞　（着急地）他们去了哪家医院？

50）李玫卧室。下午。

［李玫抱着毛绒玩具，望着电话出神。

李　玫　（OS）我不知道该不该给杨飞打电话。至少向他道歉我不应该那样赶他走。可是，只说这些又有什么意义呢？

［电话响了，李玫正要拿起电话，外屋的姚朋已经先行接听了。

姚　朋　（OS）喂？请等一下。（大声冲这边喊）李玫——维克多的电话。

［以为是杨飞来电话的李玫再度失望。

李　玫　（接过电话，英语）嘿，维克多……今天？好吧。

51）卫生间—起居室。下午。

［李玫对着镜子梳头、化妆。

李　玫　（OS）维克多约我出去吃晚饭，我答应了。不然的话，我也许会一直等候在电话前，等待着一个可以印证自己第一份情感的电话……我第一次知道这种等待有多么折磨人。

［姚朋走过来靠在卫生间门口望着李玫。

姚　朋　我觉得你可以换种更亮一点的口红。

［李玫看了她一眼，言听计从地用面巾纸擦掉涂好的口红，换另一种颜色。

［李玫涂好口红面向姚朋接受评判。

姚　朋　（点点头）不错。这才像个现代女孩。现代女孩就应该洒脱一点，别把自己弄得跟孟姜女似的。

李　玫　（翻了翻眼睛）我哭了吗？长城倒了吗？都没有。所以，我不是孟姜女！

52）儿童医院走廊—病房。日。

［杨飞急匆匆地穿过走廊，走进病房。

［病床上，聪聪熟睡着。

［刘曼坐在床边埋头读着一大厚本书。

杨　飞　（轻声地）刘曼。

刘　曼　（看到杨飞，脸上露出笑容）你怎么来了？

杨　飞　聪聪怎么样了？

刘　曼　不知道怎么没吃好，急性肠炎，半夜里上吐下泻发高烧，又把我吓坏了。不过现在已经没事儿了，明天就能出院。

杨　飞　你为什么不打电话叫我？

刘　曼　（淡笑）我可不想让自己有“依赖思想”……

53）一家五星级饭店的西餐厅。傍晚。

［柔曼的音乐，浪漫的烛光。

［先行到达的维克多一边不时地朝门口张望，一边小声地预备着自己想说的话。

维克多　（低声演练，英语）亲爱的罗丝，当你还是个学生的时候，我就爱上了你，（停顿了一下，自语一般地）是的，我爱你……（继续演练）只是，作为教师，我不能向你求婚，因为那有违教师的职业道德。而现在……

［化着淡妆、衣着美丽的李玫出现在门口。

54）儿童医院病房。夜。

［刘曼一边给聪聪喂饭，一边就李玫的问题批评着杨飞。

杨　飞　（扬着眉毛）你认为……是我做得不对？

刘　曼　（点头）李玫要不是非常爱你，绝不会这么费尽心机地替你打算、替你安排。

杨　飞　这我相信。可是……我不可能离开部队……

刘　曼　（挥手表示知道）你接不接受她的安排是一回事，你接不接受她的这份深情又是一回事……

［杨飞若有所思。

55）一家五星级饭店的西餐厅。夜。

[饭吃得差不多了，酒也喝得差不多了，维克多用一只手托着腮，含笑望着李玫。

维克多　（英语）罗丝，我今天约你出来，是因为还有两件重要的事情要告诉你。

李　玫　（英语）重要的事情？

[维克多从口袋里掏出一只信封递给李玫。

维克多　（英语）这是我今天中午才收到的。

[李玫接过纸打开，默读着。

李　玫　（意外地、英语）出国进修？

维克多　（英语）如果你愿意的话。这所学校是我的母校。

李　玫　（高兴地、英语）哦——谢谢。不过，我也许要考虑考虑。

维克多　（英语）考虑？为什么？还有什么事情比这样的进修机会更重要吗？

[一丝忧伤掠过李玫的面孔。

李　玫　对不起……

[李玫起身走开。

56）李玫住处起居室。夜。

[姚朋跟王吉坐在一起，看着电视，吃着零食，说着话。

王　吉　我说，媳妇，你是不是特高兴李玫跟那空军分手啊？

姚　朋　对啊，李玫就像是我妹妹，我希望看着她幸福。

王　吉　你不会是……一心想让李玫找个有钱有车有房的……好拿这套房招我这个驸马吧？

姚　朋　你说什么？

王　吉　（嬉皮笑脸地）你别急，我是怕你存着私心……

姚　朋　我存私心？我会对李玫那么好的女孩存私心？你也太小看我了！

王　吉　这我就放心了。

[姚朋还想说什么，电话铃响了。姚朋并没有马上接听。

王　吉　（望着电话）我猜啊，这电话，十有八九是那个空军打来负荆请罪的。哎，你不会自作主张地替李玫回绝人家吧？

姚　朋　（皮笑肉不笑地）你都猜出来啦？

王　吉　（厚道地）别，这事儿你还是让李玫自己处理比较好。

姚　朋　得了吧，李玫对他都那样了，他还那样，我要是再不杀杀他的威风……

［说着，姚朋拿起电话。

王　吉　（还想劝阻）哎……

姚　朋　（严肃地）喂？（松了一口气）咳，是你呀！

57）西餐厅柜台。夜。

［李玫在柜台前打电话。

李　玫　晚上有人打电话找我吗？

58）李玫住处起居室。夜。

姚　朋　没有。我要是他，我也不好意思打。你呀，忘了这事儿，好好玩儿吧！

59）西餐厅柜台。夜。

［李玫失望地挂上电话。

60）儿童医院病房走廊。夜。

［杨飞陪着刘曼朝外走。

刘　曼　（不放心地）你真的行吗？

杨　飞　你放心回家好好睡一觉，明天一早来接聪聪出院。

刘　曼　好吧。他只要不醒，你就不用管他。

杨　飞　我知道了。

刘　曼　你别送我了。

杨　飞　好吧。

［杨飞站住脚，目送着刘曼离去。

［刘曼的背影显得那么瘦弱。

61）一处酒吧。夜。

［幽暗的灯光，四位穿着长裙的年轻姑娘组成的室内乐队，在不大的台子上演奏着柔曼的乐曲。

［维克多和李玫坐在下面喝着咖啡。

李　玫　（OS）维克多说我看上去很累，坚持要带我出来放松、喝咖啡。可他不知道，那台上演奏的柔曼的音乐，令我的情绪更加沮丧。

［维克多发现李玫的眼睛里有泪光闪动，情不自禁地握住了李玫的手。

维克多　（英语）罗丝？

［李玫的眼泪落了下来。

［维克多递给她面巾纸。

李　玫　（OS）我忍不住告诉维克多，我失恋了……

［维克多关切的眼神。

李　玫　（OS）我无法向一个外国人讲清楚，我与杨飞之间的现实的障碍，我只能告诉他，我爱上了一个人，但我却不知道他是不是也爱我……维克多说，他有办法治疗我的心理上的痛苦……

62）一处迪厅。夜。

［喧嚣的音乐。

［迪厅里又是一番热闹场面，人声音乐声鼎沸。中国人外国人都有，十之八九是年轻人。有人喝酒有人蹦迪。

［维克多拉着李玫加入蹦迪的行列。

［维克多怪模怪样地摇摆，令李玫的脸上露出笑容。

［迪斯科音乐结束，一支舒缓的曲子在舞厅中回荡。

［维克多张开怀抱拥住李玫，两个人随着音乐轻轻摇摆。维克多温柔而又包容的怀抱，令李玫沉醉而又安心……（柔缓的音乐及慢舞延续）。

李　玫　（OS）维克多带着我不停地跳着舞，说着话，我真的感觉好多了。我问维克多，有没有病人告诉过他，他是世界上最好的医生。因为最好的医生不仅要有医术，还要像他一样善于抚慰焦虑而痛苦的心灵。而维克多却说，他宁可不是我的医生……

［坐在座位上一边擦汗一边喝饮料的李玫突然想起来问。

李　玫　（英语）维克多，你说今天晚上你有两件重要的事情要告诉我，还有另外一件是什么？

维克多　（英语）没什么。那已经不重要了。至少是暂时不重要。

［李玫望着他，仿佛已经猜到了。

［李玫充满感情地握了握维克多的手。

63）儿童医院病房。晨。

［杨飞正在给聪聪擦脸，聪聪突然对着门口大叫。

聪　聪　妈妈！妈妈！

［刘曼走进来抱起聪聪。

刘　曼　昨天晚上表现怎么样？有没有折磨杨飞叔叔？

聪　聪　没有。

杨　飞　（同时）聪聪一晚上睡得很好。

刘　曼　（感激地）谢谢你，杨飞。

杨　飞　哪儿的话。

刘　曼　还没给李玫打电话吗？

杨　飞　我……我还是决定去找她。

［刘曼的脸上露出笑容。

64）李玫家楼下。清晨。

［忙碌的早晨：楼门前人们进进出出，有的是刚买早点回来，有的正匆匆边吃东西边赶着去上班，还有背着书包去上学的学生。

［出租车停在楼口。

［李玫一边下车一边对维克多说话。

李　玫　（英语）医生，我可以请你共进早餐吗？最传统的中国早餐？

维克多　（起身下车。英语）非常愿意。

［另一辆出租车停下来，杨飞正要下车，突然顿住了。

［顺着杨飞的视线，只见李玫正跟维克多一起有说有笑地在路边便

民店门前排队买炸油条。

［杨飞目不转睛地望着李玫美丽的笑颜。

司　机　（问杨飞）您到底下不下车？

杨　飞　（重新关上车门）开车吧。

65）城内道路。晨。

［出租车行驶在城市中赶早班的人流、车流中。

［望着窗外车水马龙的景象，杨飞不断回响着弟弟杨翔和李玫的话。

［（闪回）杨翔：她条件那么好，干吗非要找你一个当兵的？

［（闪回）李玫：可是对一个女人来说，嫁个丈夫并不只是要找一个景仰自己的人。

［（闪回）杨翔：我不愿意当随军家属！我城里待得好好的干吗要自讨苦吃？

［（闪回）李玫：我不愿意两地分居。如果是一对相亲相爱的人，一年当中只能有两个月在一起，那太残酷了。

［杨飞闭上了眼睛。

66）杨飞家。日。

［杨飞在书桌前写着一封信。

杨　飞　（OS）李玫，你好！当你看到这封信的时候，我已经提前归队了。

［一身行装的杨飞在与父母告别。

杨　飞　（OS）我想，只有当我回到军营，我的心才可能重新平静下来。

67）机场高速公路上。日。

［杨翔开着“切诺基”送杨飞去机场。

［杨飞心事重重，杨翔不时地看他一眼，不忍心打扰他。

杨　飞　（OS）我想告诉你，这个短暂的假期是我度过的所有假期中最快乐、最幸福的！因为，我在这个假期里认识了你。我想告诉你，我第一次感受到归队的脚步是如此沉重，因为我知道，我正在远离你……

68）街道。日。

［骑着自行车的邮递员走在街上，车前的信兜里插着的特快专递信封上写着“李玫收”的字样。

杨　飞　（OS）李玫，你是天底下最可爱、最善良的女子，也是唯一能令我欢乐又能令我痛苦的女子。我想，这应该就是爱情的感觉。

69）李玫房门口—起居室—卧室。

［李玫从邮递员手里接过专递，看到发信人的名字的时候，脸上露出惊喜的表情。

杨　飞　（OS）如果我不是个军人，我愿意在你的目光中沉醉，愿意在你的目光中忘记方向……但，军人的使命，让我不能够向你许下一个男人通常可以向一个女人许下的诺言。

［李玫一边走过起居室，一边拆信读信。

杨　飞　（OS）昨晚，我见到了刘曼，她那坚强却瘦小的背影令我满心充满了敬意，同时也产生了不安——如果说，一个军人的生命属于国家，那么，一个爱上了军人的女人就注定要牺牲许多。我不想看到，你为了我而牺牲了自己的事业，也不忍心，让你为了我，去做第二个刘曼。

［李玫躺在自己的床上读信。

杨　飞　（OS）李玫，当我认识你的时候，你就是一朵美丽夺目的玫瑰。继续快乐地在你的花园里开放吧。我会永远地祝福你……

［李玫抹去眼角的眼泪，跳起身来抓起电话。

70）杨飞家。日。

［杨翔刚进门，就听到电话铃声。

杨　翔　（接电话）喂？杨飞已经回部队了，我是他弟弟。

71）李玫卧室。日。

李　玫　　我想知道他部队的地址和电话。

72）杨飞家。日。

杨　翔　　这个……要是他没有对您说过的话，我恐怕也不方便跟您说，万一这都属于军事秘密呢。

73）李玫卧室。日。

李　玫　　好吧，再见。（挂断电话，气哼哼地冲着电话机）可恶！怪不得杨飞要坐在你的脑袋上！

［抱起毛绒玩具，打开录音机。

［录音机里传来崔健的歌："我独自走过你身旁/并没有话要对你讲/我不敢抬头望着你的脸庞。你问我要去何方/我指着大海的方向/你的惊奇像是给我/赞扬……"

74）空军某机场。日。

［歌声里，坐在军用吉普车里的杨飞离自己的基地越来越近。

［杨飞仰起头来，望着天空中飞翔着的银鹰。

［营地，战友们看到杨飞，热情地围了上来。杨飞从包里拿出一些好吃的东西散发给大家。望着大家高兴的样子，一丝落寞的表情浮现在杨飞的脸上。

［歌声："你带我走进你的花房/我无法逃脱花的迷香/我不知不觉忘记了/方向……"

75）李玫卧室—楼道—街道—医院大门口。日。

［歌声继续："你说我世上最坚强/我说你世上最善良/我不知不觉已和花儿一样……"

［李玫突然想到了什么，她放下毛绒玩具，拿起外套冲出门去。

［李玫脚步轻快地冲下楼。

[李玫快步穿行在街道上。

[李玫一边好心情地同医院门口的同事打招呼，一边快步跑进医院。

76）医生办公室。日。

[李玫一进门，就看见满屋摆着好几大束百合。

[吴医生看到她连声说——

吴医生　李玫你可来了！咱们这办公室都快成了花市了！

李　玫　还有人天天送花？

吴医生　天天送。连收到的字都不要签！

[李玫的心思并不在花上，应了一声就去查“住院病人登记册”。

吴医生　你还是把这些花都拿走吧，放在这里太可惜了！

李　玫　（注意力都在登记册上）大家一起拿吧，权当是咱们科的福利好了。

[李玫查到了聪聪和刘曼的登记单，在小纸条上抄下刘曼的电话。

[一旁电话铃响，吴医生接电话。

吴医生　喂？找李玫啊？她在。

李　玫　（接电话）喂？哪位？石先生？为什么要向我道歉？花儿？原来这些花都是……

77）医院院内。日。

[一辆“奔驰”轿车旁边，石先生靠在车门上，摆弄着手里的大束百合花。

[李玫表情冷淡地摆弄着手里记着电话的小纸条。

[石先生的表情并不尴尬，倒是很悠然。

石先生　我一直相信那句话，叫作“精诚所至，金石为开”，我就是特想做一件让你印象特深的事儿。

李　玫　（淡然地）这个目的您肯定是达到了。

石先生　谢谢。我发现呀，这人哪，天生都是贱骨头……哎，不瞒你说，从前我什么都不是的时候，偶尔有谁说我句好话，我就会拿他当高人，打心里头敬着他；哎，自打我开始走运，开始趁俩糟钱儿、开始天天有人对我说好听的……哎，我这贱骨头劲儿就反着来了：谁越是当我面挤对我，我心里就越拿他当高人！

［李玫第一次有兴趣地看了他一眼。

石先生　哎，不瞒你说，好几年了，我一直就想遇上个铁了心不拿我当碟儿菜的女孩儿。其实，那天你一进门，就绕着弯儿地骂我有病，我心里头就把你当回事儿了。到后来，我是又想看你对我笑又怕你对我笑……哎，你说，要是靠着一份真心，把一不爱你人、更不爱你钱的女孩子，追求得爱上了你，你说那感觉得有多好！哎，我就爱看《戏说乾隆》，我要是乾隆，我也爱微服私访，你想想，那后宫的妃子再多，还不都是因为你是个皇帝才爱你？要是你穿了布衣、成了老百姓，还能遇上个女人爱你，那才叫真格的呢！

［李玫噗的一声笑了。

石先生　哎哟喂，可算又见着你笑了！我看我就差要来他一回“烽火戏诸侯”了！

李　玫　（友好地）得啦，您也不是周幽王，我也不是褒姒。

石先生　对不住，对不住，我又言过其实了。

李　玫　（脸上挂了笑）您今天说的话，比吃海鲜那天说的，有意思多了。

石先生　（不失时机地）你是不是觉得，我这个人还是有些可爱之处的？

李　玫　（大大方方地）很可爱！

石先生　（喜形于色）真的？那我就接茬儿说：有道是量变可以产生质变，说不定有一天，你就会发现我可爱得有可能成为你的男朋友……

李　玫　（忙打断他）真抱歉，我已经有男朋友了。

石先生　（打量着她）是在跟我认识之后？（见李玫点头，叹息）我紧赶慢赶还是晚了一步？（李玫又点头）什么人？你要想让我死心，总得让我明白吧？

李　玫　是一军人……

石先生　特大一干部？

李　玫　少校。

石先生　那他爹是特大一干部？

李　玫　（含笑摇头）不是。

石先生　（一摆手）什么都甭说了，越这么着，我越知道我没戏。哎，说句你不爱听的，你这也叫贱骨头，你承认不承认？再说句你爱听的，凡是愿意找着去当贱骨头的，那都是高人！

［李玫哈哈大笑。

石先生　得咧，我看我也该走了，要是不嫌弃，就当我是个俗朋友，有什么俗事儿需要我帮忙的，尽管说。想听人说点俗话开开心，你就打个电话！

李　玫　（脆声地）唉！

［石先生说着，再次把那束百合花递过来。

［李玫欣然接受。

李　玫　谢谢石哥。

［正打算开车门的石先生，手停在了半道上，脸冲着车喊了声——

石先生　真好听！

李　玫　（笑着又叫了一声）石哥！

石先生　（大声应着）唉！

［石先生坐进车里，摇下车窗。

石先生　哪天，带那当兵的，给哥看看，哥请客。

李　玫　（点头）唉。

［石先生发动着车，又说——

石先生　要是万一，那当兵的惹了你，你把他给踹了……别忘了先告诉哥一声。走啦。

［话音未落，车已经开走了。

［李玫望着远去的汽车，目光中充满温情。

［汽车走远了，李玫看了看手上的纸条，跑开。

78）大学校园内操场一角。日。

［操场上大学生们做着各种运动，充满青春活力。

［站在刘曼旁边的李玫，正在本子上记下杨飞的地址和电话。

刘　曼　地址和电话都记好了？

［李玫点头。

刘　曼　你打算怎么办？

李　玫　我还没有想好。但至少，我不打算现在就跟杨飞互相说一声：“珍重，再见！”

［刘曼笑了。

李　玫　这么多年，你觉得苦吗？

刘　曼　（点头）但我并不后悔。

［李玫望着她。

刘　曼　你相信那个神话吗？男人和女人本来是一个整体，上帝因为惧怕，便将他们分开，所以每一个男人和女人，都要在这世界上寻找着本来就应该属于自己的另一半。

李　玫　我愿意相信。

刘　曼　只要你确认那个人就是你要找的，不管他离你有多远，只要想到他，你就会感到安心。就会感到幸福。

［李玫深深地点头。

79）李玫住处门口—起居室。日。

［李玫哼唱着《花房姑娘》，来到自己房门前。

李　玫　（唱）你说我世上最坚强，我说你世上最善良……

维克多　（OS，英语）罗丝。

［李玫回过头，看到维克多正朝自己走来。

李　玫　嘿，维克多！

维克多　（英语）我的病人今天怎么样了？

［维克多说着，走过来看着她。

维克多　（英语）看来，那个快乐的女孩又回来了！只是……我想知道，是我这个医生的作用，还是你的天空雨过天晴？

李　玫　（英语）是……好医生加上好天气。

［维克多的表情好像在说：“是吗？”

［李玫打开房门，请维克多进来。

李　玫　（幸福地、英语）至少，我知道，他像我爱他一样地爱我。

维克多　（英语）我真羡慕那个幸运的人！

［李玫感觉到了维克多复杂的感受，温柔地对维克多笑了笑。

维克多　（英语）既然“病人”已经痊愈了，我这个医生也就可以放心了。不过，我还是希望，你的爱情不会令你放弃出国进修的机会。罗丝，人的一生中有两件事情是不能缺少的：事业、爱情。如果你两样都想要，那就要让它们像一对好朋友一样，彼此付出一些又彼此得到。

李　玫　我记住了。谢谢你，维克多。

80）空军某部机场。日。

［杨飞正在操场上做着大运动量锻炼。周京跑过来。

周　京　杨飞——有人找！

［大汗淋漓的杨飞停下来。

杨　飞　谁呀？

81）杨飞宿舍外及内。日。

［杨飞随着周京走回宿舍。

杨　飞　到底是谁呀，这么神神秘秘的？

周　京　不认识。反正说是找你的。

［周京说着，将杨飞推进房间。

［杨飞一进门，顿时愣住了。

［李玫正向他微笑。

杨　飞　（不敢相信地）李玫？

李　玫　我一直在想，不管是选择做随军家属，还是选择两地分居，我总得先到这偏远的军营里视察视察才行。顺便……（举起一张CD盘）把我刚买到的一张CD盘送给那个穿军装的发烧友，这里头有他最喜欢的歌。

［说着，李玫将CD盘放入CD机，按下“PLAY”健。

[崔健的《花房姑娘》轰然响起：“你说我世上最坚强，我说你世上最善良……”

[李玫跟杨飞在音乐声中深情凝视，走向对方……

剧　终

今　语

这个剧本动意于西安电影制片厂文学部的约稿，大约在1995年前后，西影厂本来是想让我改别人的一个剧本，我看过说不如我重新写一个。他们同意了，要求很宽泛：写一个好看的都市爱情故事。

对于年轻的编剧来说，有预约而后没有投拍、不了了之的写作很常见，也没有人需要给出具体解释。我算是此类经历非常少的幸运编剧。

这个剧本我自己是喜欢的，没有下文就自己存起来了，然后就忘了。再打开，发现这二十多年间我曾经修改过这个剧本——应该是为拍电视电影的可能性改的。原稿中的电影“动静”比这一版大，后面是有飞行员驾机参与重大救援……只是，原始剧本已佚。

当年若有数字电影、网络电影这类“低成本制作”模式，说不定这个本子已经被拍出来了。

这剧本作为大电影的确简单了，但故事不难看。或许，更容易给九十年代度过中青年的读者，带来一些心驰神往……

为什么男主角会是个空军军官呢？因为我家有位这样的朋友，我爱人的发小是位飞行员，最后成了将军，因为熟悉，便自然对空军这个人群有些了解，写起来很顺手。而且，这样的剧中人身份，对观众来说或许也会有些新鲜感。

2020年4月

电影文学剧本

警徽警诫

（原名《我甘愿低下高贵的头》）

中央电视台电影频道 2007 年杭州首映播出

2007 年 9 月，杭州首映

2007 年 10 月 12 日，作为“十七大献礼片”，电影频道播出

2007 年 12 月 11 日、2008 年 1 月 1 日，电影频道黄金时间重播

导演：王加宾

演员：曹蓬　郑卫莉 等

人物表：

1. 王永军——四十多岁，北园区社区民警。

   王永军老成持重、温和忠厚，从心里热爱警察这个职业。该说话的时候很会婆婆妈妈，平常则话很少。曾是副营级军官，转业后当了一名社区警察，每周担当一天 110 出警任务。

2. 张亭玉——四十出头，王永军的妻子。

   张亭玉看上去总是衣着整洁，盘着头发，化着淡妆。虽然有时会挂出些疲劳相，但说话举止利索、精明强干，是那种善于用充实感取代劳累感，善于把负面情绪转化为正面行为的人。她为了挣钱给儿子提早享受人生，辞了工作打着三份工，是个坚强、好强、倔强的女强人。

3. 王聪——十九岁，王永军和张亭玉的儿子。

   王聪患有进行性肌营养不良症，这种病是先天性的，一般在十岁左右发病，患者的寿命一般不超过二十岁，是一种同癌症一样的不治之症。

   王聪看上去非常消瘦苍白，没有生活自理能力，但精神状态却非常健康，目光纯洁、善良，对人充满信任，热爱母亲，崇拜父亲，人生的唯一理想也是自知不可能实现的理想就是做一名警察。

4. 陈志国——三十岁左右。派出所民警。
5. 小常——十九岁。警校实习生。
6. 派出所李所长。
7. 派出所徐政委。

8. 居委会李主任。
9. 社区积极分子柏阿姨。
10. 社区居民蔡大爷、儿子小蔡。
11. 协警小方。
12. 凶手钟化伟。
13. 死者段小柱。
14. 省厅督察局甄厅长。
15. 分局、市局、省厅各级警官。
16. 群众演员若干。

片头1 街道。

路边停着一辆闪着警灯的110警车。地上躺着一位昏倒的老人。正在出警的警察王永军用对讲机向指挥中心报告情况。

王永军："C25，C25，6402。"

周围不断聚拢围观群众。

指挥中心画外音："6402请讲。"

王永军："6402已到达现场，一位老太太昏倒在地，病情不明。"

指挥中心："C25明白。请拨打120。注意现场秩序，有结果报告。"

围观人群这边——

有中年男子凑近围观的人群，打听着："怎么了？出什么事了？"

没有人应声。

中年男子看了一眼地上的老人和王永军在内的两名警察、一名协警："打什么电话呀这警察，还不赶紧把人送医院去！"

群众甲："就是！有打电话扯淡的工夫都把人送去了。"

群众乙："没办法，现在的警察就这样！"

有年轻人跨坐在自行车上，丢出一句："什么有求必应！这叫见死不救！"

这时，有个女人的声音从年轻人身后响起："怎么叫见死不救啊？"——正好路过此处的张亭玉"路见不平"，为警察仗义执言。

年轻人回头瞪着张亭玉："你谁啊？我说话跟你有什么关系？便衣

警察啊你？”

张亭玉性格泼辣地：“要是你妈突然倒在地上了，你敢抱起她就走吗？”

年轻人梗着脖子：“甭说是我妈，就是我街坊大妈突然倒地上，我肯定也会抱起来送医院，绝不会跟那傻警察似的，只管站在那儿打电话！”

张亭玉：“万一是心脏病发作呢？万一是脑溢血病人呢？你也抱起来就走？”

年轻人不服气地反问张亭玉：“你怎么知道那老太太是心脏病、脑溢血？”

张亭玉：“我不知道！问题是，警察也不知道，警察又不是医生。警车也不是救护车。要是你们家有人病了，你会放着救护车不叫叫警车吗？”

年轻人不爱听地：“你别老拿我们家打比方。”

张亭玉自顾往下讲着：“要知道那老太太是病人！需要的是医生！如果是犯罪分子，警察早把她拉走了。”

围观的群众都笑了起来。

中年男人跟周围人议论：“她说得有道理。警车里头既没有医生，也没有设备，是应该等 120 来。”

群众甲附和着：“有些病还真是不能随便搬动，不然反倒出人命了。”

群众乙：“我说嘛，当着这么多人，警察不会见死不救。”问张亭玉：“你是女警察吧？”

张亭玉：“不是。”

年轻人没好气地：“她肯定是警察家属！”

张亭玉犹豫了一下，肯定地说：“还真不是。”

年轻人不信：“那你干吗护着警察跟护着你们家人似的？”

中年人猜测：“一定是警察帮过你。”

张亭玉不自觉地叹息了一声，淡淡一笑：“我还真没得过警察的什么好处。”面对众人不解的目光，张亭玉反问一句：“我说的是不是公道话？”

大家纷纷点头——

“是。没错。”

[120 救护车响着笛声驰来。

群众：“120 来了。”“救护车来了。”

医护人员从车上跳下来给病人检查。

[张亭玉悄然离去。

[医护人员将病人抬上救护车。

警察王永军用对讲机向指挥中心报告：“C25，C25，6402 报告，生病老人已由急救中心收治，现场收队。”

指挥中心画外音：“C25 明白。”

主题音乐。

推出片名《我甘愿低下高贵的头》。

片头 2 音乐中的一组镜头。

以下一组镜头衬底，在音乐中，滚动出主创人员字幕——

警灯闪烁。

王永军开 110 车载着两位同伴，行驶在街道上。

王永军用对讲机接警。

警车掉转车头。

1）一处高档美发厅。

两名男性小工挡着门，一位显然是刚做过头发的女子在拨打电话（类似顾客不满意，不肯付钱，美发店不肯让顾客离开这样的纠纷）。

王永军带人一进门，女顾客就冲过来向警察报告自己的自由受到限制，店里的大工小工（都是年轻孩子）都过来反驳她。女顾客向警察寻求保护。双方各说各的理，王永军耐心地让双方冷静，两头做工作。

2）一家美容院里。

穿着粉红色工作服的张亭玉在给客人做美容按摩。

3）某处刚建成的居民住宅楼。

王永军三人沿着堆着装修材料和建筑垃圾的楼道上楼（显然是刚刚交付使用的新楼）。

一业主模样的人迎上来，向警察指着屋里。

刚刚装修过但还未做过保洁的屋里，几个民工坐在地上的铺盖卷上一声不吭（类似业主对装修不满意，不付工钱，民工没有拿到工钱，不肯离开屋子这样的纠纷）。

王永军走到民工面前，蹲下来跟那些看起来无助又倔强的民工问话。

4）某装修建材市场。

张亭玉在挑选各种开关、把手。

建材市场外。

张亭玉两手提着沉甸甸的大小袋子吃力地走向公共汽车站，一路上不停地换手。旁边出来采买装修材料的多是男人或是成对的夫妻，只有她一个孤身女人。

5）北园小区。夜。

王永军在小区里巡逻。

6）王永军家。夜。

张亭玉独自坐在桌前做手工——用丝线和玉石珠子编成项链。

镜头摇起，张亭玉身后的墙上挂着一张全家福，年轻几岁的张亭玉和身着解放军军官服的王永军肩并肩、头挨头，他们中间是儿子王聪。

字幕结束。

1. 街心花园。日。

坐在轮椅上的王聪在跟园林工人攀谈："我爸爸是警察。"

园林工人一边在花圃边忙着，一边跟王聪搭着话。虽然素昧平生，但人们对那些看起来孤独或是弱势的孩子总会多一些关注和耐心，愿意陪他们说说话。

园林工人："真的？是什么警啊？交通警？"

王聪的神情单纯、明朗得像个健康的孩子，因为跟外界接触的机会少，王聪的眼神中更多一些天真稚气。

王聪："是社区民警。也经常开着110车在外面出任务。"

园林工人哄孩子似的："嗬，那么神气。"

王聪："我爸爸以前是解放军！"

园林工人："真的？"

王聪："真的。我爸爸是转业以后才当警察的。"

园林工人："那，你是喜欢爸爸当解放军还是喜欢他当警察？"

王聪："喜欢我爸爸当警察。"

园林工人："为什么呀？"

王聪："因为，我小时候的理想就是做警察。"

园林工人忍不住看了一眼轮椅。

王聪很敏感，主动跟着解释："我小时候不这样，这病是十岁的时候才发现的。"

园林工人小心地问："你这是……小儿麻痹吧？"

王聪："这叫'进行性肌营养不良症'。好多人都没听说过。"

园林工人："真没听说过。"

王聪："这种病是先天的，但一般都是十岁左右才会发病。开始老是摔跤，慢慢慢慢地，就走不了路了。"

园林工人同情地望着他："你有十五六岁了吧？"

王聪："我都快十九了。"

园林工人叹息般地："以后的日子还长着呢。"

王聪像在说不相干的人："不会很长，得这种病的人一般活不过二十岁。"

园林工人呆住了，既有些不相信，又有些不知道该说什么好。

王聪望着花园入口处，脸上露出笑容："我妈妈来了。"

园林工人回头，看着提着购物袋的张亭玉正满面笑容地跟儿子招手。

园林工人暗自赞叹这母子二人的精神状态："你妈妈看起来真年轻。"

王聪自豪地笑。突然想起来提醒对方："对了，一会儿见了我妈妈，你可千万别说什么同情的话。我妈妈最不爱听了。"

园林工人："你妈妈真好强。"

2. 王永军家。晨

张亭玉一边从这屋到那屋地忙着，一边跟王永军和王聪说话。

只有两居室的家被张亭玉操持得井井有条，充满温馨。

王永军给坐在轮椅上的儿子喂饭。

张亭玉："聪聪，妈妈做了你最爱吃的三明治，放在桌子边儿啦。"

王聪："谢谢妈妈。"

张亭玉："不客气。"

张亭玉同儿子之间说话的方式仿佛是小男孩与母亲之间的，但听起来很自然。也许，在儿子失去了生活自理能力之后，他对母亲的依赖感也被"定格"了。

张亭玉手脚麻利地将桌上摊着的精美手编项链收进大大的手提包里，对王永军："你今天不出警吧？"

王永军摇头："我在社区。"

张亭玉："等儿子吃好饭再走。"

王永军："哦。"

张亭玉走过来亲着儿子的面颊："好儿子，妈妈走了。"

王聪："妈妈再见。"

张亭玉伸手解开系在儿子身上的安全带："松开一会儿吧，待会儿想着让爸爸帮你系好。"

父子二人同时答应："哦。"

3. 王永军家楼下。

张亭玉提着大包匆匆地走，柔弱的身体里仿佛有着巨大的能量。只有生活目标极明确的人才会有这种风风火火的劲头。

4. 王永军家。

王永军还没有喂完饭，身上的手机响了起来。

王永军几乎是在第一声铃里接起电话：“你好，我是王警官。”

5. 蔡大爷家楼下的电话亭。

两个小学生在打磁卡电话：“王叔叔，黄手巾搭出来了。”

顺着两个小学生的视线，只见一栋居民楼四楼的窗口搭出一条黄布条，黄布条随风飘扬。

6. 王永军家。

王永军一手端着饭碗一手举着手机：“我知道了。谢谢你。”

儿子马上明白、非常配合地：“爸爸你快走吧。”

王永军看着儿子没有吃完的饭，有些犹豫。

儿子安慰父亲：“我已经吃饱了。”

王永军抱歉地笑了笑，放下碗，飞快地把儿子推到电脑前。

7. 街道。

穿着警察制服的王永军飞快地骑着自行车。

8. 北园社区。

王永军的自行车一进社区，路边就不时有人跟王永军打招呼：

“早啊，王警官。”

“早。”

9. 蔡大爷家楼下。

王永军来到楼下，抬头看到黄布条仍在飘，忙飞身下车，把自行车朝墙边一靠，拔腿就往楼上跑。

10. 蔡大爷家。

蔡大爷刚把一只煺过毛的鸡放在案板上，听到急促的敲门声。

蔡大爷湿着手打开门，王永军气喘吁吁地：“蔡大爷……”

蔡大爷一脸是笑：“哎呀，你来得还真早！”

王永军擦着脑门上的汗：“您没事儿吧？”

蔡大爷：“有事儿。今天是我的生日，我就想一早跟你打个招呼，请你中午过来跟我一起吃长寿面。这不，我正准备炖鸡汤呢。”

王永军既感动又有些哭笑不得：“……那我先祝您生日快乐。”

11. 一家工艺礼品店。

女店主——也是张亭玉的好友——多多正把张亭玉拿来的手工项链收起来。

张亭玉：“你不验收？”

多多：“你干的活我还信不过？工钱还是打到你的存折上。”

张亭玉：“谢啦。”

多多把一大袋子散着的各种玉石珠子和彩色丝线递给张亭玉：“你真行，一个人打着三份工，照顾着病儿子，还整天这么精神。”

张亭玉豁达地：“哭咧咧的是过，笑呵呵的也是过，再说了，我要是不打起精神，儿子怎么办？”

多多：“新房子装修好啦？”

张亭玉点头：“再散散味，下个月就能搬进去了。对了，这两天我该带聪聪去看新房子了。”

多多：“你一直都没带他去看过？”

张亭玉摇头：“新装修过的房子对身体不好。”

多多感叹地：“聪聪也算有福啦，赶上你这个妈。从电脑到 MP3 到新房子……所能享受的都提前让他享受上了。”

张亭玉情不自禁地轻叹了一声：“聪聪马上就十九岁了。”

多多明白她的担忧，只能安慰地拍拍张亭玉的肩膀。

张亭玉突发奇想似的：“我想给聪聪上网征婚。”

多多吃惊地叫起来：“征婚?!”

张亭玉："说不定谁家的女孩也得了什么绝症，也生命有限……这样的话两个孩子在一起不也有伴儿了嘛。"

多多心疼好友，频频摇头："你呀，一个聪聪在你背上长了八九年，你还想再找个女孩抱着？"

张亭玉："真有哪个女孩肯嫁给我儿子，我绝对愿意背一个，抱一个。万一他们再给我生个孙子，我就胳肢窝里再夹一个。"

多多笑了，钦佩地："真服了你！"

12. 蔡大爷家。

王永军把切好的鸡块放进锅里，倒好水，放在炉子上。之后又顺手提了提旁边的煤气罐，确定里头还有多少气。

蔡大爷在一旁唠唠叨叨："那个六亲不认的忤逆！照着老年间的说法，遗弃亲爹，够判他个十恶不赦的砍头罪！"

王永军笑了笑："今天是好日子，不说这些不高兴的。鸡我替您放在炉子上了，您可别忘了。"

蔡大爷："唉。"

王永军："那我就走了。"

蔡大爷把王永军送到门口："中午你可得来啊！"

王永军："唉。"

蔡大爷望着王永军的背影，对正从门口走过的邻居赞叹："王警官，好人哪！"

13. 王永军家。

王聪在电脑前细心地制作电脑动画（flash），人物有三个——两个警官和一个女人。老警官的脸是父亲的，年轻警官的脸是自己的，但体格非常魁梧。女人的脸是妈妈年轻时的脸。

14. 北园小区自行车棚门口。

王永军在修理自行车棚的门，不时有小区居民热络地跟他打招呼。

一个粗俗的汉子蹬着三轮车远远经过，王永军叫住他："小蔡。小蔡。"

小蔡不情愿地停下来，坐在车上斜着眼睛看着走过来的王永军：“干吗？这月的赡养费我给过了。”

王永军：“今天是你爸爸的生日，你呀，回头买个蛋糕过去看看。”

小蔡：“凭什么？你没问问，我小的时候他给我买过蛋糕吗？”

王永军：“不管怎么说，他是你爸爸……”

小蔡：“别跟我提这个！从小他天天拿我当仇人打，临老他又为了几十块钱把我告上法院！我没这样的爸爸！”

王永军：“话不能这么说。”

小蔡抢白道：“怎么说？他不是有警察做儿子吗？你不是比他亲儿子还亲吗？干吗不干脆把他接你们家养着？免得整天在这小区里弄什么黄手帕绿手帕的，恶心的是我，金子全贴你们警察脸上了！”

说完，小蔡头也不回地走开了。

王永军无奈的脸。

15. 街道人行道上。

张亭玉一边走路一边打电话谈着“保险业务”。

张亭玉：“我替您做的那套家庭保险计划应该是非常科学的，一般人都觉得给孩子投保的额度应该最大，其实这是个误区，一个家庭的投保重点一定要放在支撑全家经济命脉的那个人身上……”

张亭玉的注意力被路边婚纱影楼的橱窗吸引了，她一边听着电话那头的人说话，一边注视着橱窗里那成双成对年轻而幸福的脸。

在张亭玉眼里，照片中新郎的脸变成了儿子聪聪的脸。

16. 王永军家。

电脑上的“王聪警官”正以李小龙、成龙的姿势与坏人打斗。

王聪看着屏幕里的自己，脸上露出笑容。

电脑上的“王聪警官”勇擒罪犯。

掌声中，“爸爸”“妈妈”手捧鲜花跑到“王聪警官”面前，三个人热烈拥抱。

王聪令画面定格，他抬头看看墙上的“全家福”，突然觉得自己做的这张更好，准备打印这张新的“全家福”。

王聪不满意打印机里的纸张，准备驱动轮椅去取另一种打印纸，结果因为没有系安全带，从轮椅上重重地摔了下来。

17. 居委会。

北园小区居委会。

李主任一进门就问：“老王来了吗？”

王永军人没到声先到：“什么事啊，李主任？

李主任回头，见王永军提着工具包走进来。

李主任：“又辛苦你了老王。”

王永军：“应该的。”

柏大妈风风火火地冲进来：“老王——老王你在太好了！11 号楼三单元五层的居民出来送客人，结果风把门给锁上了，屋里关着个不满两岁的孩子！”

王永军马上跳起来：“快走。”

18. 居民楼内。

楼下、楼道里聚了不少居民，一见王永军到了，都连忙让出一条路。

年轻女人迎过来急得直要哭：“王警官你快想想办法，宝宝一个人在里面，刚还在哭，这会儿一点动静都没有了！”

王永军快步来到门口，拉拉门把手，贴着门听了听。

年轻女人焦急地嚷着：“那么小的宝宝，厕所的马桶盖都开着，万一他一头扎进去了……”

王永军已经快步走进隔壁邻居家。

邻居一边跟着王永军朝阳台方向走一边说：“我们家阳台上有防盗窗，出不去。”

王永军站在阳台上透过金属栏杆观察着，快速转身出来。

王永军快速下到四层，敲开楼下的门。

楼下邻居也一路跟着他走向阳台：“我刚才都看了，太危险，不如把门砸开……”

王永军："动静太大，别吓着孩子。"

说着，他已打开了楼下邻居家封闭阳台的窗户，跃上窗台。

楼下邻居："王警官你等等。"

楼下邻居扯出一卷晒衣绳对折起来系在了王永军的脚脖子上："当个保险绳吧。"

王永军："谢谢。"

楼下的人全都仰着头、伸着脖子、屏息静气地看着王永军像壁虎一样地沿着玻璃窗朝楼上的阳台攀爬。

19. 王永军家。

电脑前空着，轮椅歪倒在地上。

王聪趴在地上动弹不得——他除了手能做幅度很小的动作之外，完全无法控制身体其他部位的肌肉。王聪无奈地用眼睛在周围扫视着，距离他很近的茶几下面扣着一本杂志。王聪费力地想要拿到它。常人举手之劳的事，对于他却是如此艰难。

20. 居民楼。

在居民们的欢呼声中，王永军翻进了五楼的阳台。

王永军快步进屋，发现不到两岁的孩子趴在地上一动不动。王永军抢上一步焦急但动作轻柔地抱起孩子——只见孩子睡得正香，一条口水正顺着嘴角流下来，扯得好长。

王永军松了一口气，无声地笑了。

门外传来急促的敲门声和年轻女人的叫声："宝宝！我宝宝怎么样了？"

王永军打开门，年轻女人一把抱过孩子。孩子被吓醒，哇哇大哭起来。

王永军："他趴在地上睡着了。"

年轻女人没头没脑地检查着孩子、亲着孩子："会哭就好！会哭就好！宝宝你吓死妈妈了！"

21. 王永军家。

王聪终于触到了那本杂志的角，累得手直颤。他一点一点地把杂志拉到面前，是妈妈的一本《美味菜谱》。王聪脸上露出无奈的笑容。

22. 居民楼。

年轻女人一边摇着怀里的孩子一边转向王永军，话说得有些没头没脑："幸亏前几天没听你的话，没安防盗窗，不然今天非急死不可！"

一旁的柏大妈不干了，呵斥年轻女人："有你这么说话的嘛！"

年轻女人不好意思地："对不起，不是，我的意思是谢谢王警官。"

王永军笑着摆摆手："应该的。"

王永军说完就要走，忘了脚脖子上还系着绳子，而绳子的另一头正被年轻女人和另一个居民踩着。

突听哎哟一声，大家回头一看，王永军正重重地摔倒在地。

众人毫无恶意地笑着，一起过来扶起王永军。柏大妈毫不见外地替他拍打着身上的土："你说说你，怎么只会做英雄的事儿，就不会做出英雄的模样儿！"

王永军不好意思地笑，弯腰解开绳子。

柏大妈："摔得厉害吗？"

王永军摆摆手："不碍事。"

23. 小小蛋糕店。

王永军膝盖的特写：一大片青肿。

坐在角落里的王永军按按伤处，轻轻地放下裤腿。

柜台里，年轻的女孩正在做一个小小的生日蛋糕。

手机响。

王永军接听："你好，我是王警官。好，我马上就过去。"

王永军对做蛋糕的女孩说："小娜，蛋糕做好以后替我送给11号楼的蔡大爷。"

女孩点头："是那个'黄手帕'吧？"

王永军笑着点头。

24. 美容院。

张亭玉匆匆走进美容院。

前台女孩对张亭玉说：“快点吧，你的老主顾正等着你呢。”

张亭玉点点头，直奔后面更衣室。

25. 小区内一处单元房内。

屋里有两男一女。女主人穿着随便地坐在桌前抽烟，男人怒气冲冲地靠着柜子站着。

听到敲门声，女主人喊：“请进。”

王永军推开虚掩的门。

女主人：“王警官，这个人我不认识，他私闯民宅，请你把他带走。”

王永军望向男人：“你好，我是社区民警……”

男人：“你好，我是她前夫。”

王永军望向女主人，女主人这回并没有否认。

王永军：“你们谁先说？”

两人都不吭声。

王永军：“你们都不说话，我怎么帮你们解决问题呢？”

女主人：“没什么可解决的，麻烦你把他请出去。既然都离婚了，他就没有权利赖在这里！”

男人：“她隐瞒财产！警察同志……她跟我离婚的时候，说自己没有地方住，我为了保住单位分给我的那套两居室，补给了她八万块钱！那可是我们全家凑的！谁知道她其实还有这套房……”

女主人：“我已经告诉过你们了，这房是我借朋友的！”

男人：“骗鬼去吧！我去你们单位问过了，这就是分给你的房子！”

女主人：“那也是我离婚以后分的。”

男人：“你胡说！”

王永军拍着男人的肩膀：“都别激动，有话好好说……”

26. 美容院。

张亭玉一边给女顾客做美容按摩，一边跟顾客聊着天儿。

张亭玉："你的皮肤保养得真好。"

顾客："还好呢，满脸都是褶子了！唉，女人哪，就算是天仙，只要生了孩子，不仅所有的水灵气都给孩子带走了，连精气神都给孩子耗尽了！"

张亭玉淡笑。

顾客："你孩子多大了？"

张亭玉："快十九了。"

顾客："读大学了吧？"

张亭玉："啊。"

顾客："那你算熬出来了。学什么？"

张亭玉："我儿子？……在读警官学校。把嘴闭上，我给你敷面膜。"

27. 单元房内。

王永军："你们的情况我已经听清楚了，这事儿说到根儿上，警察解决不了，你们得通过法律的手段解决……"

男人："法院判都判了，还解决什么？"

女主人扯扯嘴角："明知如此你还跟我闹什么？谁跟你找后账啊？"

王永军制止："话不能这么说……"

女主人："是我报警把你请来的，你怎么不向着我说话？得得得，这事儿本来也就没什么好说的，你赶紧把他请出去吧，我要休息了。"

王永军看那男人。

男人："我不走，这房子本来就有我的份。"

女主人："王警官，我是这社区的居民，你得保护我的权利……"

男人："警察更应该讲公道！还是刚才那话，你把钱退给我，就算退不了八万，退六万也行。"

女主人："做梦！"

男人："真是歹毒莫过妇人心，你要不退我钱，以后我天天堵到你门口……"

女主人："王警官……"

王永军去拉男人："你刚才的话可不对啊，不管怎么说，干扰别人正常生活都是不对的……”

男人不语。

王永军：“你们总算是夫妻一场，既然分手了，就好说好散，彼此留个念想……”

女主人：“谁跟他留念想啊！”

男人再次被激怒：“你不是人！”

王永军拉住男人：“哎，咱不骂人。男同志嘛，大度一点……”

女主人还火上浇油：“问题是他根本就不是男人……”

王永军回头想制止女人的时候，那男人已忍无可忍地操起手边的一只杯子丢向女人。

女主人尖叫着捂住了头：“哎哟！”

王永军转向男人，男人一甩王永军的手：“你别老拉着我！”

男人指着女主人：“有本事你就找警察天天来给你站岗，不然的话我天天都来找你！”

女主人捂着头：“我告你人身伤害！”

男人头也没回地离开。

王永军问女人：“你没事吧？”

女主人捂着头冲着王永军发泄怒气：“找你们警察有什么用？还要保一方平安，你们连个女人都保护不了！”

28. 王永军家。

桌角放着的无绳电话响了起来，却无人接听。

王聪趴在刚才摔倒的地方无法动弹，他看着《美味菜谱》里的美味，下意识地咬着自己的手背，身子下面湿了一大片。

无人接听的电话旁，放着张亭玉为儿子精心准备的三明治。

29. 美容院。

客人敷着面膜躺在美容床上养神，张亭玉举着手机，听着无人接听的长音。

张亭玉不安地起身走出来，拨打王永军电话，占线的声音。

30. 小区楼下——美容院。

王永军站在楼下正接电话："是，是，我一定赔礼道歉……是……我知道。"

王永军挂上电话，回身走向楼门。

电话铃又响了。

王永军看了一眼来电显示："亭玉……我在班儿上，儿子？在家呀……"

美容院。

张亭玉焦急地："可家里电话没人接！你赶快回去看看……你随便吧！我的儿子我去看！"

张亭玉愤愤地挂上电话。

小区楼下。

王永军举着电话，心里很矛盾，但最终还是收起电话，回身走向楼门。

31. 美容院外街道。

衣服都没换的张亭玉一路小跑从美容院里出来，叫住一辆出租车。

张亭玉跳上出租车。出租车在她的催促下急急掉头。

32. 单元房门口。

刚才那女人用一块裹着冰块的毛巾敷着脑门打开房门，门口站着王永军。

女人冷淡地："有事吗？"

王永军站在门口："我来向你道歉。因为我的工作失误，让你在家里受了伤，刚才所领导已经来电话批评我了。我是专门回来向你道歉的。"

女人："反应还真快，我刚照着你们的便民卡打了个投诉电话，你就拐回来了。挨批评了吧？"

王永军："挨批评是应该的。我既然在场，就没有让当事人受伤的道理。"

女人："要不我生气呢！哎，我这样告你一状，派出所得扣你奖金吧?"

王永军："那倒不是主要的。"

女人："那什么是主要的?"

王永军："主要的是，警察的作为应该让群众满意。"

女人笑起来："行啦，王警官，害得你站在这里背书真是不好意思……"

王永军："不是背书，是真心实意地向你表示歉意。另外，你受伤不方便，如果有什么需要的，比如出门买菜什么的……请尽管说。"

女人有些受感动了："那倒不用。说实话我现在最担心的，是他如果明天还来闹怎么办？你是不是也觉得我特别不讲理?"

王永军："那倒不是。只是……我觉得，做人做事，要是能反过来为别人想一想，两边都合适了，就能少好多不必要的痛苦。"

女人若有所思。

33. 王永军家门口。

张亭玉飞快地上楼，一边上楼一边掏钥匙。

张亭玉一边开门一边焦急地喊："聪聪！儿子!"

屋里的地上传来儿子的声音："妈妈。"

张亭玉扑过去抱趴在地上的儿子："好宝贝……"

王聪："妈妈，小心你的衣服，我尿湿了。"

张亭玉慈爱无比地安抚着儿子："没关系，妈妈这就帮你洗澡换衣服，告诉妈妈你怎么会摔了呢？摔疼了吗?"

王聪："没事儿。"

张亭玉半抱半拖地把儿子抱回轮椅上："来!"

王聪一边被妈妈拖着一边抱歉地说："我要是不长这么高就好了。"

张亭玉："为什么?"

王聪："你抱我的时候太费劲了。"

张亭玉用轻松的口气说："谁说的，别忘了妈妈是大力士、女金刚!"

张亭玉的手碰到轮椅上的安全带的时候，猛然意识到儿子摔倒的原因："你爸爸走的时候忘了给你系安全带了吧?"

王聪想替爸爸隐瞒，一时又想不出合适的说法。

这时，张亭玉的手机响了起来。

张亭玉看了一眼来电显示，没好气地接起电话："你要是帮不上什么忙，至少不要再添乱！"

张亭玉挂断电话，脸上的表情又回到柔和："好儿子，我们去洗澡。"

王聪："妈妈我饿了……"

34. 小区楼下。

王永军一手扶着自行车，一手收起电话。虽然被张亭玉抢白，但知道她已经回到家里，王永军还是松了一口气。

王永军的手机又响起来。

王永军接听："你好，我是王警官，好，我马上来。"

35. 王永军家。

王聪吃着三明治，张亭玉已帮他脱下尿湿了的裤子，在他腰上盖上毯子。

王聪："妈妈，你别生爸爸的气，是我催着他走的……"

张亭玉明明生气但嘴上却说："妈妈才不会生气呢。拿别人的错误处罚自己，妈妈才不会那么傻呢！"

王聪笑了，同时打了个喷嚏。

张亭玉紧张地："好儿子，你可千万别感冒！快，妈妈这就给你洗个热水澡。"

36. 某居民家。

满地都是水，王永军正帮着把地上的水盛进水盆倒掉。

居民家女主人过意不去地："王警官，我们自己来。"

王永军："没关系，多一个人收拾得快些。"

这家男主人在门口跟楼下邻居赔不是："对不起啊，是我们不小心……"

楼下邻居："好嘛，你们一个不小心，我们家就成水帘洞了！要不是王警官把你们找回来，等到下班，我们家就得成通天河了。"

男主人："对不起，对不起……哎呀，王警官，你快把扫帚放下，我们自己来……"

男主人跑过去抢下王永军的扫帚。

37. 王永军家。夜。

晚上。客厅里，张亭玉捶着腰，放下正编着的项链，走向卫生间。

卧室——王聪同张亭玉共用的卧室。王聪因为难受而睡不着，但也动不了。

随着张亭玉的脚步声，外面的灯关上了，张亭玉走进屋来。

王聪尽量做出安详的样子闭上眼睛。

张亭玉在床边看了看儿子，轻轻走到自己床前上床睡觉。

这时，外面传来轻轻的开门声。

张亭玉背转过身去。

晚归的王永军蹑手蹑脚地来到卧室门口朝里面看了看，见俩人都睡了，放心地退了出去。

背朝外的张亭玉睁开了眼睛。

仰身躺着的聪聪也睁开了眼睛。

38. 空镜。

小城的早晨。

39. 派出所会议室。

所长李雨正在给民警们开例会："……这个月市局转过来的跟我们所有关的110投诉只有一起，陈志国同志……"

陈志国是名年轻警察，听到点自己的名字，脸上出现郁闷的表情。

李所长："绿枫小区拆迁户投诉民警执勤时态度粗暴……经查情况属实，所领导已经跟投诉人通过电话，向对方赔礼道歉。"

陈志国在身上摸烟，坐在他身边的王永军把烟递给他。

李所长的声音继续传来："根据我所《目标管理考核责任书》的规

定，扣除陈志国同志 50 分……”

年轻气盛的陈志国忽地站起来：“我想不通！”

李所长：“你有什么想不通的？”

陈志国：“当时我在执行扫黄统一行动，他们夫妻拿不出结婚证，我怎么就不应该多盘问两句？他们说刚刚搬过家，结婚证找不着，这话也可以是编的！”

李所长：“那一片平房是人家拆迁单位统一包租的，周围的街坊邻居都来证明人家是合法夫妻，你为什么不能态度好一点？”

陈志国梗着脖子不语。

李所长：“你这是什么态度？”

陈志国：“态度态度！我就不明白，我们警察到底算是什么？”

李所长：“你说警察算什么？”

陈志国吸了一口气，决定一吐为快：“我当时是在执行任务，发现疑点我当然要追究！如果那俩人就是卖淫嫖娼的，我也要先微笑、先说对不起吗？就像咱们的交通警，他纠正违章违法的时候，为什么要敬礼？为什么要微笑服务？您都违法了我还敬什么礼、微什么笑？我们是警察！不是售货员、服务员！”

陈志国说完，屋里一片寂静，看得出大多数人都是同意陈志国的意见的。

李所长望向徐政委。

徐政委：“警察的确不是服务员，但警察的责任同样是为人民服务。维护社会安定、保卫人民生命财产不受侵犯是我们的职责，满腔热情地为人民服务也是我们的职责。用雷锋的话说，对待敌人要像严冬一样无情，对待同志要像春天一般温暖。这两条一样也不能少。”

陈志国不再说话。

徐政委环顾大家：“我调来咱们所的时候，就听说过一件事，一位民警在路边遇到一个老大爷在遛一只没有戴狗牌的狗，这位民警就走上去问：‘大爷，您这狗办证了吧？’老大爷反问：‘你给我敬礼了吗？’我们的民警马上立正，向老大爷敬礼，又问：‘大爷，请问您这狗办证了吗？’老大爷指着民警说：‘你戴帽子了吗？’我们的民警马上说了声对不起，回到车上戴好帽子，回来再次向大爷敬礼，心平气和地问：‘大爷，请问您办准养证了吗？’老大爷看了我们民警半天，突然笑了，说：‘我这就跟你去办狗证。’据说，那位老大爷仗着自己上了岁数，街道、社区几拨人去找他办狗证都被他撅了回来，而我们的这位刚刚转业来的民警，却以耐心、微笑令老大爷心悦诚服地照章办事了……”

徐政委刚说了没几句，所有的人便将目光投向王永军——显然，这是所里广为人知的故事。王永军不自在的表情——如同所有性格内向的人听到表扬的时候一样。

徐政委：“大家都知道我说的是王永军同志，几年来，王永军做到了零投诉。”

王永军不安地想说什么。

徐政委替他说出来：“然而昨天，却有人投诉了王永军，当然，不是向 110，而是直接向所值班室……”

大家意外的目光再度投向王永军。

40. 王永军家。

张亭玉一边在厨房忙着，一边兴致勃勃地跟儿子大声说着新房子：“你的房间最大，里面的电视机也是新买的，液晶的，挂在墙上，你躺在床上看电视就方便啦……”

王聪坐在电脑前，看上去很难受，但为了不让妈妈担心，他硬撑着。

张亭玉端着做好的早饭走过来：“吃饭啦……聪聪？怎么满头都是汗？”

王聪：“没事。”

张亭玉心里一沉：“我们去医院。”

41. 派出所。

徐政委继续说着：“其实是财产纠纷，王永军用了将近一个小时来调解，但由于女方出言不逊激怒了男方，男方操起桌上的水杯砸伤了女人的头。女方马上以‘民警不能保护居民安全、不作为’向所值班室投诉，如果我们不能解决，她还要继续向 110 投诉。”

民警们纷纷摇头，充满无奈。

徐政委："老王，你跟大家说说，后来是怎么跟对方达成谅解的?"

王永军连连摆手。

李所长："让你说你就说说吧。"

王永军："没啥好说的。赔不是呗。不管怎么说，都是我在场的时候发生了人身伤害，我就……诚心诚意地跟人家道歉呗。"

徐政委："你心里委屈吗?"

王永军笑而不语。

42. 王永军家楼下。

张亭玉推着儿子坐着的轮椅，站在路边焦急地打车。

也不知道怎么了，今天的出租车这么少。

张亭玉焦急的脸。

43. 派出所院内。

陈志国把车钥匙丢给王永军："让我在家反省，太好了！你受累。"

王永军接过钥匙，只是憨厚地笑笑，什么也没说。

陈志国指着旁边的实习警察："小常，今天你跟王警官，多学着点儿。"

小常答应着，叫了声："王警官。"

陈志国对王永军："警校来实习的。"

王永军："哦。"

对讲机里响起指挥中心的声音："4401，4401，C25。"

王永军接听："C25 请讲。"

指挥中心的声音："四海物流公司有人报警，公司老板在殴打打工者，C25。"

王永军："请说明具体地点。"

指挥中心的声音："在北厢物流中心院内。报警电话是67758453，C25。"

王永军："4401 明白。"

44. 四海物流中心院内。

这是一个很大的空场，四周密密麻麻地挂满了大大小小的物流公司的牌子。

王永军从车窗里伸出头来，在成百个牌子里找着“四海物流中心”。

110 警车绕场一周，也没看到要找的公司。

王永军又一次拨打车载电话：“喂，我是派出所，你们公司在哪儿呢？啊？不是你报的警。那报警的人呢？噢，我看到了。”

王永军已经摇下车窗，一个年轻人一边朝这边跑，一边朝他们挥手。

王永军：“是你报的警吧？”

年轻人：“是。”

王永军：“你们公司在哪儿？”

年轻人指前方一个角落里的一个小小的牌子，上面果然写着“四海物流中心”字样。

王永军：“是怎么回事？”

年轻人：“老板本来说好一个月给我六百块钱工资，可到了发钱的时候，却无故扣了我二百块，我跟他一说，他就不高兴，今天一来就找茬儿骂我，我说要辞工，他揪住我就打，还不让我取行李。”

王永军：“那你现在主要是想解决什么问题？是讨要工钱还是取行李。”

年轻人：“工钱我认了。挨打我也认了，只要能让我取了行李离开，这种人，离他越远越好。”

王永军：“老板在吗？”

年轻人：“在。”

年轻人在前面带路，王永军开车缓行跟上，一边拿起对讲机：“C25，C25。”

指挥中心的声音：“4401 请讲。”

王永军：“我们已经到达现场，已见到报警人。没有人受伤。初步判断是劳资纠纷，正在工作中。情况续报。”

指挥中心的声音：“C25 明白。”

45. 四海物流中心办公室。

一间二十平米左右的房子用玻璃隔成里外两间，里面是老板的一张办公桌，外面有两张对放的办公桌，每个桌上都有电脑。其中一个桌前坐着一名年轻职员。

见警察进来，老板起身迎接，态度平静。

王永军："你好，我们是派出所的。"

老板："请坐。"

王永军指身后年轻人："这小伙子报了警，你们谁先说说，到底发生了什么事？"

老板："既然是他报的案，就让他先说吧。"

年轻人仰起下巴："你是老板你先说。"

老板："那就我先说。其实什么事也没有，我刚才从外面一进来，看到他在上网，我就问他：'谁让你上网的？'结果他就这么一拍桌子，跳起来就跟我叫：'我不上网干什么?!'你说我这么大岁数，好歹也算是他的老板，他怎么能这么跟我说话？就这么着，我一急，说他两句，结果他比我还横，就吵起来，没吵两句他就说他不干了，我说你不干拉倒，他让我现在就给他取行李，我说现在没人，等下了班再给他取……"

一直面带不屑的年轻人突然冷笑一声："下了班？我不敢，我怕到时候你会找人打死我！"

老板："谁会打死你？"

年轻人："你！你刚才不是说要打死我吗？"

老板："我说你不能现在拿行李！你就说你要报警，报警就报呗。"

年轻人咬牙切齿地："你就说谎吧！刚才是谁揪着我的领子，从外面拎起砖头就往我身上拍？"

老板一脸意外地："我拿砖拍你？我什么时候拿砖拍你了？"

一直站在里外屋门口旁听的年轻职员说年轻人："你要这么说就不对了。"

王永军像长辈对年轻人一样地对年轻职员说："你别说话。这里没你什么事。"

年轻职员笑着说："我说的是公道话。"

王永军："你向着他（指老板）说，我分不清是不是公道话。因为他是你老板！要是你向着他（指年轻人）说，我就知道肯定是公道话。"

年轻职员还想出声，被小常拉着胳膊带向外屋。

王永军问老板："这个事儿啊，我们就不要去追究它了，既然他要辞职，你同意不同意？"

老板："我同意。这种员工我哪用得起。"老板突然愤愤不平地指着年轻人："像你这样的，混到哪儿你也混不出来！"

王永军："好啦好啦，既然一个要走一个不留，咱们就先把这事儿处理好喽。你们有劳务合同吗？"

两个人同时："没有。"

王永军："有没有押着身份证？"

老板："没有。"

年轻人马上又说："我有身份证复印件在他这儿。"

老板咧了咧嘴，大概本想说"一个破复印件也值得一说"一类的话，但终究还是把话咽了回去，开始在桌上不多的几个夹子里翻找。

王永军对年轻人："好啦，下面的事情就是取行李。"又对老板："现在能取他的行李吗？"

老板看了玻璃窗外面一眼，点头："能。"

王永军问年轻人："你的行李在哪儿？"

年轻人："在我们住的地方，离这儿有两站地。"

老板举着一份复印件："这是你的身份证复印件。你可以走了。"

年轻人却说："你把工钱给我！"

老板："什么工钱？"

年轻人："这个月的工钱！"

老板："这个月的工钱？今天是四号，一号二号是周末，三号你无故旷工，今天是四号你辞职，我给你什么钱？"

年轻人："一号二号我在加班！三号是你说上午可以晚来一会儿的！"

老板："一号二号你加什么班了？"

年轻人因为有警察在场，仿佛有了撑腰的，站起来指着老板嚷着："像你这种吸血鬼，哪一天非有人宰了你不可！"

王永军："哎！"

小常拍他的肩膀："坐下坐下，好好说。"

王永军语重心长地："年轻人，出门在外，遇到事就处理事，该说的话说，不该说的话不能说！不管怎么样，你在老板这里打工一场，这也是缘分，缘分尽了就各走各的路，不能说这种无法无天的话，听到没有？"

年轻人点头。

王永军对老板："那你派个人，我们陪着一起去取他的行李，然后再把你们的人送回来，怎么样？"

46. 出租平房。

110 车七拐八拐在一个小院前停了下来。

年轻职员在前，年轻人和王永军、小常跟着走进院子，走进院内的一间小屋。

小屋有十多平米，摆着两张架子床。

年轻人进门就开始收拾东西。

王永军问："这屋住的是两个人吧？"

年轻人："嗯。"

王永军对年轻职员："你的责任就是看清楚，他拿的都是自己的东西。"

年轻职员笑笑："这不会有问题。"

年轻人："这屋就住的我们俩。"

王永军点头。

年轻人跑到院里收衣服，年轻职员朝他努努嘴："他就是太那个了，其实我们老板那个人还行……"

王永军也当闲聊："说实话，你们老板到底打没打人？"

年轻职员："我那会儿真的不在。"

王永军："那刚才你跟着瞎掺和什么？"

年轻职员："我是觉得他说得太夸张了，说得我们这儿好像黑社会似的。"

王永军："年纪轻轻的，你们出来打工也都不容易。"

年轻职员轻轻点头，说："我以前只见过 110 的车，还真没跟 110 警察打过交道，没想到你们居然会为了这么一个电话就赶过来。下次再遇到什么事，我也知道打 110 了。”

王永军哭笑不得地：“哪有盼这种事的？你最好一辈子都不用打 110。”

年轻职员笑：“这就跟买人寿保险一样，谁都希望自己一辈子不用保险公司来出险，可不管怎么样，知道有保险，心里总是踏实，现在知道有你们 110，我心里也觉得特别踏实。”

王永军笑：“你这小伙子，真会说话。回头我把这话学给我爱人听，她就给人家做保险。”

47. 医院。

张亭玉紧张地望着大夫问：“你说不发烧反倒不是好事？”

医生点头：“发烧是人体有防御能力的表现，而王聪目前的情况，是他完全没有了免疫力，还是住院观察吧。”

张亭玉心事重重地点头。

48. 出租平房院门口。

年轻人把自己的东西都搬上了一辆三轮车（俗称“摩的”），回头向王永军鞠躬。

王永军摆手，年轻人上车离去。

小常举着对讲机跑来：“C25 呼叫，又有警情了。”

王永军回头对年轻职员道：“走吧，我们送你回公司。”

49. 医院病房。

张亭玉看着儿子打点滴。这是一间单人病房。

王聪：“妈妈，你没有给爸爸打电话吧？”

张亭玉：“没有。”

王聪：“也是，爸爸是警察，不是医生。”

张亭玉笑了一下：“你倒记得清楚。这会儿舒服些了吧？”

王聪微微点头：“妈妈，这种单人病房贵吧？”

张亭玉用轻松的口吻说：“妈妈现在有钱。”

王聪："妈妈……"

张亭玉："什么?"

王聪叹息般地："要是没有我，你就不会活得这么辛苦了。"

张亭玉一下子闭上眼睛捂住了嘴。她知道儿子没有办法回头看自己，一边飞快地擦着怎么也擦不干的眼泪，一边用活泼的声音说："你这臭小子，什么时候学会跟妈妈说这种肉麻兮兮的话了?"

50. 某公司办公室。

王永军出示证件："我是派出所民警，有人报警说这里发生了抢劫?"

男人甲站起身，显然这是他的办公室。他指着闲坐在沙发上的男人乙："警察同志，他抢了我的公文包。"

王永军望向男人乙。

男人乙："你先问问他欠了我多少钱?"

对讲机内传来指挥中心的声音："4401，你们赶到现场了吗？请速报。C25。"

王永军："4401 已经到达现场。看样子不是刑事案件，而是债务纠纷。正要进行处置。"

指挥中心的声音："C25 明白。"

男人乙对男人甲："瞧见没有？警察一来就看出来了，这叫债务纠纷，不叫抢劫！警察同志，像他这样'谎报军情'的，是不是应该按'妨碍公务'治罪啊?"

王永军："我也可以说你非法侵占他人财产!"

男人乙："……"

男人甲对男人乙："听到没有？你非法侵占……"

王永军："你们俩都别急着说话！解决债务纠纷应该有解决债务纠纷的渠道和办法。对不对？抢人家的东西肯定不对!"问男人乙："你手上的包是他的吗?"

男人乙："是。可是……"

王永军："还给他。"

男人乙："可是他欠了我三十多万，我那小厂子都快倒闭了!"

王永军："那你就更应该通过法律程序来维护自己的权利。拿人家的包算什么呀？这种做法只能让你从有理变成没理。"

男人乙想着王永军的话，将手里的公文包扔给男人甲："咱们法院见！"

男人乙正要离去，突然又停下脚，以不标准的美国大兵敬礼的姿势向王永军挥手致礼："警察同志，为了你刚才那句话我谢谢你！咱有理咱怕什么？有理走遍天下，犯不上跟他胡闹，把有理变成没理！"

51. 街道、车内。

110 警车行驶在街道上。

小常坐在王永军身旁："王老师……"

王永军笑了："哎哟，参加工作这么多年，今天还是第一次听到有人叫老师呢。你今年多大了？"

小常："十九。"

眼前小常的脸突然幻化为王聪的脸，穿着警服戴着警徽……

王永军摇了摇头，叹息般地："你跟我儿子一般大。还没毕业吧？"

小常："还有半年。"

王永军："你来实习多长时间了？"

小常："今天是第二天。昨天是陈警官带我的。"

王永军："陈警官可是好样的，去年他是全所完成刑事拘留、破获刑事案件最多的人。有一回抓捕，犯罪嫌疑人为了夺路而逃，在他胳膊上砍了三刀，他还一直揪着那家伙，直到大家赶到……"

小常仿佛很意外。

王永军："没看出来？"

小常笑了笑："我只是觉得，陈警官的情绪有点……郁闷。王老师，为什么陈警官会被停职反省呢？"

对讲机里传来指挥中心的声音："4401，4401，C25 呼叫。"

王永军："C25 请讲。"

指挥中心的声音："中山路十七号楼有人因失恋问题要跳楼。请务必在五分钟内赶到现场。"

王永军："4401 明白。"

110 车急速转弯、掉头。

52. 中山路十七号楼楼下。

楼下聚集了很多围观的人。

楼顶上站着一个年轻男子，在边缘处徘徊，生死一线间。

远远望去，王永军正蹲在离他不远的地方劝说着，虽然听不见王永军说了些什么，但显然是王永军的话绊住了男子随时都可能跨向死亡的脚步。

人们仰脸看着，议论着——

"警察跟他可是说了老半天了。"

"怎么还说啊？"

"老这么僵持着也不是事儿啊。"

人们议论的工夫，已有消防车和救护车悄悄地赶到，消防战士在楼下拉起了大网。

人们这下放了心——

"这下好了，就是跳下来也摔不着了。"

"楼上那警察够棒的，这就叫争取到了宝贵时间！"

"快看快看。"

大家仰头望去，只见王永军正伸出手来，拉住了那个男子的手，把他拉离顶楼的边缘。

围观人群中响起掌声。

53. 街道、车内。

坐在王永军身边的小常兴奋不已地说："王老师你真棒！"

王永军笑了笑。

小常："你都说了什么居然说服了他？"

王永军："我……我给他讲啊，有的人，跟他一样年纪轻轻的，却残疾了，走不了路，躺在床上连身子都翻不了，还在努力好好活着，他这么好的条件，怎么可以轻生呢？再者说，如果你真爱你女朋友，你死了，等于害人家一辈子良心不安、一辈子不幸福，哪有这样爱人的？如果你就是因为恨，那报复的办法应该是让她看到你活得更好，哪有先把自己干掉的？我说你想想，你从这儿跳下去，如果她痛苦，说明她也爱你，那你死得太不值了。如果她不在乎，那你死得更不值……”

小常：“您说得太好了。下次再遇到这种情况，我也会这么说。”

王永军又笑笑：“所以我要告诉你。”

小常：“谢谢。哎呀，今天总算是找到警察的感觉了。”

王永军：“什么感觉。”

小常：“危难之处显身手啊。”

王永军笑。

小常：“刚才那个跟老板辞工的，您觉得他们谁说的是真话？”

王永军：“都不完全。”

小常：“我没想到你会护送那男孩。那老板应该不至于让人打死他。”

王永军：“问题是，一旦动起手来，后果就很难预料了。好多时候出人命都不是主观故意，而是失手。今天能这么散了，他们也许一辈子都没有机会再见面，可如果我们不在旁护着，有时候话赶话，互相一拱火，真说不准会闹出什么后果。”

小常点头：“我喜欢跟你一起送他取行李的感觉，那会真感觉，就好像你是蝙蝠侠，我是罗宾……”

王永军发自内心地笑了：“到底是年轻人，我儿子也经常会说我像什么侠。除了蝙蝠侠还有什么侠？”

小常：“还有蜘蛛侠……”

对讲机里传来指挥中心的声音：“4401，4401，C25 呼叫。”

王永军：“C25 请讲。”

指挥中心的声音：“北斜街有纠纷，请速去现场。”

王永军：“C25 明白。”

54. 北斜街。

小街里，一外地人模样的清洁工正蹲在地上呜呜地哭。他的清洁工服被人撕破了。有几个居民在一旁看着，面露同情之色。

旁边，一满脸酒气的粗鲁汉子正扯着嗓门、口齿不清地骂街：“这他妈的城里人都还吃不上饭呢，你们他妈的放着好好的地不种，一个个地跑到城里抢饭碗！你们他妈的有这个本事吗？”

一看见警车，粗鲁汉子马上迎上去，恶人先告状：“警察同志，你们得保护我！我在这路边走得好好的，他拉着车子就撞我腿上了，你看这血道子！”

外地人蹲在地上说着很难懂的话（可以是安徽某地区的土话），意思是我刚刚做这个工作，车子没有拉稳，不是故意的。

粗鲁汉子：“你听听，他连话都说不明白就敢撞我！还想跑呢！要不是我把他这气门芯儿都拔了，他他妈的早逃啦！”

王永军：“谁报的警？”

粗鲁汉子：“我。”

王永军：“喝酒了吧？”

粗鲁汉子：“就一小口。”

王永军：“那就早点回去休息吧，他一个外地人，也不容易……”

粗鲁汉子：“他不容易？我才不容易呢！凭什么好好的他就把我腿撞破了？”

王永军：“哎呀，男子汉大丈夫，这点小伤算什么。睡一觉就长好啦，啊！”

粗鲁汉子：“说得轻松！这是外面看得见的！我怎么知道我有没有内伤？我可是心脏病、高血压、糖尿病，平常我们家人全都把我像神仙一样地捧着，凭什么他就随便撞我？”

王永军：“人家不是说过了不小心吗！”对民工：“来来来，给这位大哥赔个不是……”

民工声音低低地：“对不起。”

粗鲁汉子：“光说对不起就行啦？没那么便宜！”

王永军：“那你说怎么解决？”

粗鲁汉子：“让他赔我钱。我也不多要，给五百吧。再不然你们就把他带走、判刑！遣返！押送回乡……”

外地民工完全被吓住了，一边在身上翻出零钱一边哭着说，意思是我真的没有钱，进城一个星期，我昨天刚找到工作，身上最后一点钱都当押金交给保洁公司了，求求你们，别抓我。

王永军安抚民工：“你别怕，我们不会随便抓人的。”

粗鲁汉子同时喊着：“你呜噜什么？别在这儿装可怜！”

王永军对小常使了个眼色，扭头对粗鲁汉子说：“这样吧，留下我们这位年轻同志现场处理，我先送你回家，需要的话也好让你们家人陪着去医院检查。”

粗鲁汉子：“那不行，我去检查这钱谁出啊？”

王永军：“他一个刚来打工的，你指望他有多少钱赔你？”

“没钱？”粗鲁汉子打量着外地民工，“你把衣服给我扒下来！”

王永军压着火，没有马上说话。

外地民工屈辱而无奈地脱下了上衣。

粗鲁汉子：“都脱下来！还有裤子、鞋！”

外地民工迟疑了。

王永军：“你不能让他光着吧？”

粗鲁汉子：“那我管不着，谁让他撞了我呢，谁让他没钱呢，我拿这衣服卖破烂去！脱！”

外地民工穿着破破烂烂的内衣，抱着膀子蹲在地上呜呜地哭。

王永军：“这样吧，在这儿既然解决不了，你们就一起跟我去所里说……”

粗鲁汉子：“我凭什么去公安局啊？那不成了有‘前科’了？我不去！”

王永军：“咱们去所里解决问题。到时候让他（指民工）在那儿等着，然后找人陪你去医院检查，真的有问题，他肯定得负责赔你……怎么样？”

粗鲁汉子连连摇头：“不去！我没那工夫！”

王永军息事宁人地：“那就算啦，反正人家也跟你说对不起啦，也就是一小道红印子，睡一觉起来就什么事儿也没有了。来，把衣服还给人家……”

粗鲁汉子将民工的外衣一角扔在地上用脚踩住用力一扯，外衣被扯成了两片。粗鲁汉子飞起一脚把外衣踢到路边。

小常冲动地想对粗鲁汉子喊，被王永军拉了一下。

粗鲁汉子对王永军："就算是给你一个面子，拜拜——"

说完，粗鲁汉子扬长而去。

王永军走过去捡起外衣交给民工。

民工接过外衣千恩万谢："谢谢。谢谢。"民工说着，披上被撕成两片的外衣，拉车离开。

55. 小巷里。

民工拉着车拐过弯，停在一处无人的墙角，蹲下来，压抑地哭出声来，哭得那么委屈、那么无助。

有人在背后拍他肩膀，是王永军。

民工慌忙站起来。

王永军："前面拐弯的地方有家小裁缝店，我跟他们说好了，帮你把衣服缝好，紧挨着还有一家修车铺，你可以在那儿补个气门芯，打足气。"说着，王永军把十块钱塞到他手里，"拿着"。

民工错愕地望着王永军。

王永军又拍了拍他的肩膀："我知道你是被人欺侮的，可我们没有办法把他怎么样，毕竟，他没有什么违法行为，请你谅解。"

民工使劲点头。

王永军："别伤心，你只是遇到了个醉鬼，哪儿的醉鬼都不讲理是不是?"

民工点点头。

王永军："不是所有城里的人都这样。"

民工连连点头，再次流下泪水，只是，这次的泪水是因为心头的温暖。

王永军看着民工拉车离去，一回头，看到站在身后看着自己的小常，有些不好意思。

王永军："我这是个人行为……"

小常充满敬意地："我知道。"

王永军走过来："其实，有的时候，警察也很无奈……"

小常点点头："如果不是穿着这身制服，我非好好修理刚才那无赖不可！”

王永军回到车上。小常上车。

王永军：“当警察的，不怕流血牺牲，不怕吃苦受累，只是……更多的时候，需要我们付出的，不是这些……”

王永军一边踩下油门一边对小常说：“你知道日常出警最不愿意遇到什么吗？”

小常：“醉鬼。”

王永军：“陈警官告诉你的？”

小常点头，不平地：“我们对这些喝酒闹事的人真的就没有办法吗？”

王永军：“一般没什么办法，劝散、就地化解。不过记住，遇到酒后闹事的，不是不得已，不要跟他发生肢体接触，一是保护自己，过年的时候咱们所的一个警察就让一喝醉的打伤了，虽然酒醒了之后他直道歉，也受到了惩罚，但毕竟咱这伤受得太冤枉。不跟醉酒的人发生肢体接触的另一个原因就是……”

小常：“免得被人倒打一耙，说是警察打人。”

王永军点点头。

小常郁闷地：“我毕业之后一定要去当刑警！”

王永军笑。

小常：“现在是不是我们的服务太好了？大家都不怕警察了。”

王永军笑而不语。

小常自己反省：“坏人见了警察应该怕，好人当然应该不怕，可是……刚才那种无赖算是好人吗？”

警车驰出小巷，小常的声音留在空中，没有答案。

56. 王永军家。傍晚。

桌上的电话空响着，无人接听。

57. 派出所餐厅。傍晚。

坐在餐桌前的王永军挂上电话，拨打另一个号码。

58. 医院住院部盥洗室、派出所餐厅。傍晚。

张亭玉正在病房的水房里洗碗，手机响。

王永军：“你带儿子出去散步了？”

张亭玉：“我带儿子在医院住院！”

王永军着急地：“怎么了？”

张亭玉声调平静地：“儿子得肺炎了。”

王永军：“怎么会呢？昨天不还好好的吗？”

张亭玉：“没错，昨天早上还好好的，结果他那个当警察的爸爸居然走的时候没有给他系安全带，孩子不小心掉了下来，在水泥地上、在他自己的尿窝里，湿乎乎地趴了四个多小时！”

王永军懊悔的表情：“……聪聪……没事儿吧？”

张亭玉：“不知道。”

王永军：“你先好好陪着聪聪……”

张亭玉抢白：“用你说！”

王永军：“明天一早交过班我就过来……”

张亭玉：“你随便！”

说完，张亭玉挂断电话。

派出所餐厅。王永军怔了半天，缓缓地收起电话。

外面有人喊：“4401，出警啦！”

王永军应着，拿起帽子跑了出去。

59. 护城河桥边。傍晚。

远远望去，桥边围着一堆人，有女人的哭声和男人的口齿不清的叫声。

110 警车停下来，王永军从车上下来，身后跟着小常和协警小方。

有围观的人回过头来：“警察来啦！”

群众：“快管管吧，那男的喝醉了酒正追着老婆打呢！”

顺着声音望去，影影绰绰地有个男人在追打一个女人。

王永军他们还没走到跟前，就听到“哎哟！”“扑通”，有人掉进河里了。

围观的人中有人喊：“醉鬼掉河里了！”

群众：“这回该清醒了吧。”

醉鬼在水里扑腾着。

女人的声音：“快救救他吧，他不会水！”

围观者的声音：“到底是夫妻，这会儿又心疼上了。”

群众：“顶多多喝几口水，淹不死。”

群众冲着水里的人喊：“你站起来就没事啦，水不深。”

可那醉汉却漂在水里像是睡着了一样，一动不动。

群众：“怎么没动静啦？”

群众：“淹死啦？”

群众：“不会。水也就齐腰深。”

群众：“那可难说，搞不好，一口水就能呛死人。”

女人焦急的声音：“老公！老公！”

群众：“有人下水了！有人下水了！”

王永军已经从桥边下了水，走进齐腰深的水里，拖着那个又湿又沉的胖子回到岸边。

人们围过来。女人也叫着“老公”跑过去。

王永军摸摸那人的脉博，拍着那人的脸：“哎，你没事吧？你没事吧？”

那人睁开眼睛：“有事！这河里的水真臭！”

女人见丈夫无恙，欣喜地呼唤：“老公！”

那人：“老婆——”

众人大笑。

哇的一声，醉汉吐了，正在他身边的王永军也被吐了一身。

女人的声音：“你看看你……警察同志，对不起啊……”

60. 派出所卫生间。夜。

换上另一身制服的王永军把脏了的衣服按在水里洗了几把，小常举着对讲机跑进来：“王老师——”

61. 楼群里。夜。

警车驰在楼群里，通过对讲机的对话。

110指挥中心的声音："4401，4401，我是C25，你们是否已到达现场?"

王永军："C25，4401已到达楼下。"

62. 居民楼内。夜。

王永军带着协警小方快速跑上楼。

王永军敲着1501的房门，没有声音。

王永军拿对讲机："C25，4401已到达现场，敲门没有人回答。屋里肯定有人吗?"

指挥中心的声音："报警人怀疑屋里人已服药自杀。"

王永军："4401明白。"

指挥中心："如果必须破门，请征得物业同意至少是在场见证，C25。"

王永军："4401明白。"

小常带着物业人员赶来："物业的人来了。"

小常接着说："他们也没有客户钥匙。"

物业人员点头。

王永军拨打报警人电话："喂，你好，刚才是你报的警吗？现在我们已到达现场，敲门没有回声。物业公司也没有钥匙……破门？你是这个房主人的什么人？一个朋友？是恋人吗？不是，只是普通朋友……"

正在这时，1501的门突然打开了，从里面走出一年轻男子："干吗呀大晚上不让人家睡觉?"

王永军迅速迎上去："我是派出所民警。你这屋里有叫李小玲的吗?"

一女子应声而出："我是李小玲。"

王永军："请出示一下你的身份证好吗?"

王永军把身份证还给那女子："你认识叫周峰的人吗?"

李小玲犹豫了一下："认识。"

王永军："他跟你是什么关系?"

李小玲瞟了身边男子，不悦地："怎么啦？我跟他什么关系也没有!"

王永军："是他向我们报的警，说你可能会在这屋里服药自杀。"

李小玲叫起来："什么？好好的我干吗要自杀，这不成心恶心我嘛!"

年轻男子："警察同志，那姓周的是小玲从前的男朋友……"

李小玲："那就是一流氓！要不我怎么会跟他分手！"

年轻男子："是啊，没错。没想到这流氓居然会利用报警，利用警察……"

物业人员匪夷所思地挠着头。

王永军不动声色地："我可以进屋看看吗？"

李小玲没好气地："看吧看吧，看看我是不是准备吃老鼠药！"

年轻男人劝她："哎，警察同志也是在执行公务。"

李小玲迁怒地："那也不能不问青红皂白地就冲到这儿来呀，不知道的还真以为我干了什么坏事，把警察都招来了！"

63. 街道、车内。夜。

王永军开着车以巡逻的速度驰过街道。

小常郁闷地："那个叫周峰的报案人不开机就算了？"

王永军："总有办法找到他的。"

小常："这警出的，真窝囊！"

王永军："别这么想。"

高大建筑上面的大钟显示——快十一点了。

对讲机又响了起来："4401，4401，C25 呼叫。"

王永军："C25 请讲。"

指挥中心的声音："星斗街 23 号有人打架，请前去处置。"

王永军："C25 明白。"

64. 小巷口。夜。

因巷口狭窄，警车只能停在小巷口。

王永军和小常下车，找着门牌号。

王永军："这边的门牌号可真乱，刚才是 53 号，一下就成了 17 号。小方，你留在车上，我们进去看看。"

王永军带着小常打着手电筒朝巷子里面走去。

这是一片旧城区的杂乱小平房，王永军一路走一路举着手电筒看着门牌号。

小常："这里面可真乱。"

王永军："都是老房子。我也不熟。"

65. 星斗街23号门口。夜。

手电筒的光柱照到了"星斗街23号"的牌子。

王永军关掉手电，站在门口听了听，只听到电视的声音。

王永军敲门。

里面有女人的声音问："谁呀？"

王永军："110警察。"

片刻，门打开了，一个三十岁出头的女人露出脸来。她身后站着她的丈夫。

王永军出示证件："有人报警说这里有人打架。"

女人回头看丈夫。

丈夫说话带着点外地口音："没有人打架。"

王永军朝屋里看了一眼，屋里的光线很暗，电视机开着，正声音很大地播放着。再看看这两个人，也都很平静，不像是发生过激烈冲突的样子。

王永军："我们接到报警。"

丈夫："咳，是我们两口子闹点小别扭。"

王永军点点头："两口子有什么不同意见，坐下来好好商量嘛，吵架本身就不对，影响了别人休息就更不对了。"

男人："是是是，我们注意。"

王永军："电视也该放小点声，时候不早了，这房子跟房子挨得近，声音大了肯定会影响别人休息，让邻居们有意见。"

男人答应着，对妻子："去把电视机关小声。"

女人应着退回屋里。

王永军："谢谢你们的合作。"

男人："你慢走。你慢走。"

66. 小巷口。夜。

王永军回到车上，向指挥中心回复。

王永军："C25，我是 4401，星斗街 23 号是夫妻吵架，已经不吵了。现场收队。"

指挥中心的声音："C25 明白。"

王永军收好对讲机，发动汽车。

指挥中心的声音："4401，4401，C25。"

王永军："C25 请讲。"

指挥中心的声音："刚才报警的人又在报警，说星斗街 23 号不是夫妻吵架，是打架，而且现在还在打。"

王永军："我刚才在现场看到的情况很平静，不像是发生过激烈争吵。"

指挥中心的声音："C25 明白，待进一步核实情况再与你联系。"

王永军只是放慢车速，并没有打算掉转车头。

指挥中心的声音："4401，4401。"

王永军："C25 请讲。"

指挥中心的声音："报案人坚持说有人打架，希望警察再去仔细看看。你要不要跟报案人直接通话？"

王永军："好的。"

对讲机里的声音换成一个混浊的男声："喂？"

王永军："喂，你好，刚才我去星斗街 23 号看过了，他们只是夫妻吵架。"

混浊的男声："不是夫妻吵架，是打架！"

王永军："现在还在打吗？"

混浊的男声："还在打。都快打出人命了！"

王永军难以置信地："都快打出人命了？"

混浊的男声："你自己去看看就知道了！"

王永军："好吧。"

王永军挂上电话，掉转车头。

67. 星斗街23号门口。夜。

门再次打开，再次露出女人的脸。

王永军再次出示证件："对不起，我第二次接到报警，说你们还在打架。"

男人从后面走出来："没有的事。我们早都不打了。"

王永军探身朝屋里看："家里只有你们两个人吗？"

男人："还有两个孩子，都睡觉了。"

王永军进屋，借着电视机的光线，王永军看到屋里有一大一小两张床，小床上躺着两个小孩子，好像一直在看电视。

王永军问其中大一些的孩子（五六岁）："刚才有人打架吗？"

孩子摇头。

王永军："是不是爸爸妈妈吵架了？"

孩子摇头又点头。

男人在王永军身后说："我们已经不吵了，绝对不会再吵了。"

王永军温和而又郑重地："你们要是再吵，惹得邻居报警，再来我可要罚你款啊。"

男人："不吵了。不吵了。绝对不吵了。"

王永军点头，朝门外走去。

男人把王永军送到门口："警察同志你慢走。这么晚了让你跑了两趟。"

王永军："那倒没关系。你回去吧。"

68. 小巷里。夜。

男人刚一离去，就有一个黑影拦在王永军面前。

黑影用压低了的混浊的声音对王永军说："他们家真的是在打人，都快打出人命了。"

王永军像是被酒气熏到，微微皱了皱眉头："你是？"

黑影："我是报警的。"

王永军："我已经看过两次了，什么事也没有。"

黑影："你好好看过了吗？呃。"

黑影打了个酒嗝，王永军又皱了皱眉头，但声音依然平静地："我都看过了。要不你跟我一起去看一看？”

黑影连连朝后躲：“我不去……”

王永军也没有过多追究，径直走回到警车里。

小常问：“怎么样？”

王永军面带倦容地：“没事。”

王永军拿起对讲机：“C25，C25，我是4401，第二次去现场，一切正常。路上也遇到了报警人，是酒喝多了。”

指挥中心的声音：“C25 明白。”

王永军放下对讲机，开车。

69. 空镜。夜。

小城市的夜，非常静谧。高大建筑上的钟表显示已是凌晨 1 点 30 分。

一辆 120 救护车响着笛从街道上驰过。

70. 急救中心。夜。

杂沓的脚步，担架车、医护人员跑过，另有两双脚由停顿而退后而转向离开。

一名伤者被抬到病床上。电击心脏恢复。

值班医生翻开伤者眼皮，瞳孔已放大了。

71. 派出所院内。夜。

王永军带着小常和协警小方飞快地跑向警车。

警车闪着警灯冲出派出所。

72. 急救中心。夜。

王永军看着医生把白布单重新盖回死者脸上。

医生：“拉来的时候已经是个死人了。”

王永军：“什么时候送来的？”

医生：“一点二十接到的电话，说二马路口上有人倒在地上。我们这边发车过去，回来的时候差不多是一点四十。”

王永军："有人一起来吗？"

医生："好像有，可一转身就离开了。哦，有电话录音。"

电话录音回放。一个男声："120 急救中心吗？二马路口有人昏倒了，你们赶紧来人救他。"

王永军敏感地察觉到什么，再次倒回去听第二遍："120 急救中心吗？二马路口有人昏倒了，你们赶紧来人救他。"

医生："就这么两句。好像是外地口音。"

王永军点头，有些心事重重，但没有作声。

73. 街道。夜。

王永军开着车，眉头紧锁，他耳边回响着刚才电话录音的声音和在星斗街 23 号听到的声音——

"120 急救中心吗？二马路口有人昏倒了，你们赶紧来人救他。"

"警察同志你慢走。这么晚了让你跑了两趟。"

"警察同志你慢走。这么晚了让你跑了两趟。"

74. 派出所。夜。

车一拐进派出所，王永军就看出所里的气氛不同寻常，值班民警们紧张地进进出出地忙碌着。

王永军问门口值班室的人："有大案子了？"

值班的人："有人来自首了，说打死了人。"

王永军凭着某种感觉匆匆跑向讯问室。

75. 讯问室。夜。

王永军推开一道门缝朝里望去，只见星斗街 23 号的那个"丈夫"正坐在那里交代："我就是让我手下的伙计教训他，没想到真就把人给打死了……"

王永军推门进去，没有跟值班的李所长打招呼，而是直接问那男人："你到底把什么人给打死了？"

男人看了王永军一眼，被王永军的眼神吓坏了："是……我店里的伙计。”

王永军：“在哪儿打死的？”

男人：“我家后院。”

王永军：“星斗街23号有后院？”

男人瑟缩地点头。

王永军以前所未有的大声喊着：“后院在哪儿？”

男子更加瑟缩地：“电视机旁边有个门，门一开就是。”

王永军颓然地闭上了眼睛。

76. 派出所会议室。夜。

王永军独自一人坐在偌大的黑暗里，脑门一下一下地磕在桌面上，心头有说不出的懊悔。

他身后的窗外是深沉的夜色。

窗外的夜色由暗而亮。

画外音传来威严的声音：“王永军同志——”

王永军抬起头来，双眼充满血丝。

77. 医院病房。日。

医护人员在忙着给王聪挂点滴、插氧气，气氛有些紧张。

张亭玉满面倦容地走到门口拨打手机，听到的是电子留言：“对不起，您呼叫的用户已关机。”

78. 公安分局。

派出所李所长、徐政委在向分局领导汇报。

李所长：“打人的是拉面馆老板，叫钟化伟，被打死的是伙计，叫段小柱，只有十九岁。店里丢了二百块钱，老板怀疑是伙计干的，挨个审问。后来就怀疑到段小柱，可段小柱死不承认，钟化伟就用棍棒毒打段小柱，除了自己打，还要求其他伙计都上手……王永军第一次出警的时候，他们住的手，据钟化伟交代，王永军离开之后，他又过去踢了段小柱一脚，让他好好反省。大约十二点多钟，钟化伟的老婆发现躺在后院的段小柱情况不对，赶紧叫他进屋，段小柱爬进屋里不久就昏迷了。钟化伟本想送他去医院，走到半路发现段小柱已经没有了呼吸，怕了，便把段小柱丢在路边，用公用电话拨打了120，120来的时候，他还心存侥幸，跟着一起去了一趟医院……”

徐政委：“我们已经去现场看过了，那一片的房子及门牌号非常乱。如果报警人报的是红营巷11号就好了，那才是后院的门牌号，王永军照着这个地址找的话，一推门就能看到打人的现场。”

分局张局长：“当时，王永军为什么没有进屋仔细查看呢?”

徐政委：“王永军进屋了，只是没有发现还有一个门。王永军对那一带的地形并不是很熟悉。”

79. 派出所。

王永军抱着自己的头无限懊悔地：“我真后悔！我真后悔!”

在一旁的陈志国却说：“这不是你的事！两次出警你该问的都问了，该看的都看了，全都符合程序……”

王永军轻轻摇头：“我要是再多个心眼，再看得仔细点就好了……要是那样，那孩子也许就死不了……”

陈志国：“你走了之后他们就没再打！那孩子受的所有致命伤都发生在你接警之前!”

王永军依然抱着自己的头，陈志国的这些话都无法令他释怀。

陈志国继续劝着他：“这种事情，防不胜防！昨天去出警的人如果是我，我的做法和结果肯定跟你的一样……”

有几个人敲门走进来。

男人甲：“哪位是王永军?”

王永军抬起头，困惑地望着陌生人：“我是。”

男人甲出示身份：“我们是检察院的。针对昨晚发生在星斗街23号的伤害致死事件，现在对你进行刑事传唤。”

王永军意外的脸。

陈志国激动的声音：“你们凭什么传唤王永军？你们以什么罪名立案?”

来人：“玩忽职守。”

80. 居委会。

柏大妈一进门就跟李主任说：“老王画的那张图可真准，五十八个需要换的灭火器，数字、位置都准确无误!”

李主任：“可不，有老王在，咱们省太多心了!”

有人敲门。

李主任：“请进。”

记者：“您好，我是晚报记者，请问哪位是居委会主任?”

李主任：“我是。”

记者坐下：“咱们这儿的社区民警是叫王永军吗?”

柏大妈高兴地：“你是来采访王警官的?”

记者：“啊。”

李主任：“不巧得很，他今天没有来。”

记者：“我就是来采访你们的。”

李主任：“好好好，哎，柏大妈，您也别走，一起说说吧。”

李主任对记者介绍道：“柏大妈是我们的积极分子，是咱们市上评出的十佳义工，你们晚报也登过的，‘百管大妈’!”

记者：“哦——有印象，有印象。”

柏大妈走过来递给记者一杯水：“请坐请坐。”

李主任开始接受采访：“王警官这个人啊，说起来也没有什么特别轰轰烈烈的事情，可他就是一个非常称职、非常热心、非常好的社区民警……”

柏大妈插话：“我给你举个例子，从前，我们小区总丢自行车，丢得大家都寒了心，王警官来了以后，他就天天在小区蹲守，去二手车市场替居民找车，想办法修了自行车棚……”

记者打断了她的话：“对不起，大妈，我今天不是来采访先进的，你们都还不知道吧?”

柏大妈：“知道什么?”

记者：“王永军昨天值勤的时候，见死不救，一个不到二十岁的民工就在他眼皮子底下被活活打死了!”

柏大妈直接反应：“不可能!”

记者："你们上网上看一眼就知道了。"

柏大妈看李主任，李主任走到电脑前。

81. 检察院内的两间问讯室。

两间问讯室里分别坐着昨天晚上的报案人和王永军。

报案人正激动地对检察官说着："我明明告诉他有人打架，要打出人命了，可那个警察居然连屋子都没有进！"

王永军垂着眼睛，摇头："第二次我进屋了，床上有两个孩子在看电视，看上去气氛非常平静、安详，所以我就没有进一步查看，也没有发现还有一扇门。"

报案人："我喝酒啦，但我没有醉！"

王永军："报警人身上有酒气，口齿也不太清楚，而且他不肯跟我一起去现场，所以，我对他拦着我说的那番话没有过多重视。"

报案人："我为什么要跟他一起进去？姓钟的那小子可不是个善茬儿，我是看不下去他把人往死里打才报警的，可我并不想让他记恨我。本来跟他住邻居就没有安全感。"

王永军："我承认我的判断有误，但我没有主观故意。我没有玩忽职守……"

报案人："要是换个负责任的警察，那可怜的孩子就不会死！这个倒好，接到报案，门都不进就对付过去了，现在的警察就是太差劲了！这话走到哪儿我都敢说！"

82. 居委会。

李主任和柏大妈一个坐在电脑前，一个站在电脑前，全都傻了眼。

记者："不是我造谣吧？你们对这件事情怎么看？"

李主任："这、这上面不是说情况还在进一步调查之中吗？"

柏大妈："我不信！我要去派出所问问去！"

说着，柏大妈起身就往外走。

记者："你现在什么也问不出来！"

83. 派出所。夜。

陈志国跟所长、政委拍着桌子：“凭什么检察院就把人带走了?”

徐政委：“陈志国，你先冷静一下。”

陈志国：“我冷静不了！这回就算是开除我，我也要把这话说明白！老王出警的过程没毛病！警察也是人，不是神，出现判断错误也是难免的，更何况老王去星斗街出警的时候已经是半夜了，从早上算起，他已经出警九次了！人又不是机器，总有疲劳的时候吧？总有麻木的时候吧？再者说老王去了之后还是起作用了，那老板就没再接着打人了……”

陈志国背后的门开了，分局局长和政委走进来。

李所长、徐政委站起来：“局长！政委!”

陈志国住了声，但并没有离开的意思。

局长、政委神色凝重地刚刚坐下来，一名女民警敲门进来：“所长，刚才王永军家属来电话，说他们的儿子已经报病危了……”

大家交换了一个意外的眼神。

女民警接着说：“她让问问所领导，如果王永军是在执行任务，能不能替换一下让他去医院看看孩子。”

分局局长：“王永军的孩子怎么了?”

没有人能回答上来。

局政委：“王永军家属知道昨天的事了吗?”

徐政委：“王永军不让通知。他说，他跟他家属已经离婚了。”

李所长：“之前我们还真不了解这个情况。”

局长对徐政委：“你先去接电话。”

84. 医院，病房走廊。夜。

张亭玉举着手机踱步等待。对方终于有人说话了。

张亭玉：“喂？政委，我是王永军的家属。我儿子现在已经出现心衰、肾衰，再不来我怕……就算他王永军不在乎儿子，但儿子在乎他！我不想让儿子带着念想……”张亭玉泣不成声：“你们当警察的也应该有点人性吧！我知道王永军是个好警察，平常他把好处都给了别人，现在，请你们劝劝他，让他顾及一回自己的亲生儿子，不会占用他太多时间……”

85. 检察院门口。日。

王永军从大门里走出来，看到李所长、徐政委和陈志国在门口接他。

王永军想对大家笑，但却没有笑出来。

陈志国快步迎过来握住他的手，半晌才说：“老王，快去医院看看儿子，他现在情况不好。”

王永军一僵。

86. 医院病房。

躺在床上的王聪，身上插着各种管子。

张亭玉在用棉花湿润着儿子的嘴唇。

王聪望着门口突然眼睛一亮：“爸爸……”

张亭玉回头，只见又黑又瘦的王永军出现在门口。

王永军来到床前坐下，抓起儿子的手贴在自己的脸上。王永军闭上眼睛，他那上下滚动着的喉节泄露了他此时用了多么大的力量在克制着自己。

张亭玉扭头走了出去。

王聪虚弱地：“爸爸，这两天你去哪儿了？”

王永军无言以对。

王聪：“又有大行动了吧？”

王永军点头。

王聪：“都累瘦了。”

王永军的眼圈红了，虽然他拼命克制着，但泪水还是流了出来。

王聪久久地看着父亲，轻声地：“爸爸，我快死了是吗？”

王永军：“别瞎说！”

王聪：“你哭了。”

王永军避重就轻地：“那是因为……如果，不是爸爸忘了给你系上安全带，你就不至于掉到地上，在地上趴了四个多钟头……”

王聪微微笑了。

王永军终于控制住了自己的情绪，他换了轻松的口气对王聪说：“你知道那天早上的黄手帕是怎么回事吗？”

王聪望着父亲等待着。

王永军：“什么事儿也没有！是蔡大爷想叫我去吃他的长寿面。”

王聪又笑了笑，吃力地冲爸爸竖起大拇哥。

王永军用力地握了握儿子的手，用另一只手抚摸着儿子的头：“好儿子……”

王聪虚弱地闭上了眼睛。

王永军继续抚摸着儿子的头：“好儿子，睡会儿吧，睡会儿吧……”

在病房外的连椅上的张亭玉打了个盹，差点从椅子上摔下来。她一下清醒过来。

天色已晚。

张亭玉起身走进病房，看到王永军依然趴在床前，抚着儿子的头，脸贴在儿子的床上睡着了。

张亭玉望向床头的心电监护仪，一下子捂住了嘴。

心电图显示的是一条静静的直线。

张亭玉声嘶力竭地喊了一声：“聪聪——”

王永军猛醒，见张亭玉已扑在了儿子身上放声大哭。

王永军呆呆地望着眼前的一切，如同一截木头。

87. 殡仪馆。

多多扶着张亭玉，张亭玉怀里抱着骨灰盒，骨灰盒上有白花和王聪的照片。照片上的王聪带着单纯的笑容。

王永军木然地走在张亭玉身后。陈志国和小常眼睛红肿地陪着他。

包括李所长、徐政委的几十名派出所民警肃立在空地上。

张亭玉走到民警们中间：“谢谢你们。以后，老王可以一门心思地做他的警察……什么拖累也没有了……”

所有的民警都流着眼泪，没有人说话。

王永军垂着头，肩膀一耸一耸的。

张亭玉抱着骨灰盒快步离开，上了多多的车。

王永军垂着头，缓缓地蹲在了地上。

88. 王永军家。

多多吃惊地望着张亭玉："你们……都离婚两年了?"

张亭玉倚在沙发上，因为心灰意冷而显得特别平静："当时想，离了婚，至少可以强迫他分担一些照顾儿子的任务。不然，他只管他的工作，家里的什么事都天经地义是我的。"苦笑："离了婚，他分担的也很有限。"

多多："聪聪……不知道吧?"

张亭玉望了一眼儿子的遗像："当然不知道。不然就不用一直挤在一个屋檐下了。现在，聪聪走了，什么都没了，我们俩的缘分也算尽了……"

门铃响。

多多起身去开门。

居委会李主任、柏大妈等人拿着素色鲜花站在门口。

李主任："请问，您是王警官的家属吧?"

多多连忙摆手："噢，她在里面。"

李主任等人进屋，张亭玉站起身来，他们彼此并不认识。

李主任："你好，我们是北园小区居委会的。"

张亭玉礼貌地："你们好。"

李主任："你看，王警官在我们社区工作这么多年，他对我们的情况都了解，可我们却一点也不知道你们家的情况……"

柏大妈："是啊，整天就见他乐呵呵地为大家忙……我们今天是特意来看看你……"

张亭玉淡淡地："谢谢。这么多年，能为孩子做的我全都做了，所以也心安了。有机会，你们多安慰安慰老王……他当兵的时候，没有时间跟儿子亲近，转业后当了民警，还是顾不上儿子……"

李主任："你可不能这么说，不然王警官听了更难受了!"

柏大妈："是啊，本来单位里出的那件事就够他受的了，听说那个被打死的孩子也是只有十九岁……"

张亭玉第一次听说："你们在说什么？谁的孩子被打死了?"

这回轮到李主任他们意外了：原来张亭玉什么都不知道。

89. 护城河边。傍晚。

夕阳下，水波粼粼。王永军独自一人枯坐在河边默默地吸着烟。

周围有不少带着孩子一起出来散步的三口之家，王永军望着那一个个在父母膝下承欢的孩子，再一次垂下了头。

王永军耳边响起儿子的声音。

王聪的画外音："爸爸，你当警察吧。"

闪回——

90. 闪回——王永军家。

大约是四五年前。

王永军一家三口坐在饭桌前，王永军穿着没有领花的军装。

王聪坐在轮椅上说："爸爸，你当警察吧。"

张亭玉："小孩子懂什么？"

王永军："我也想当警察。"

王聪高兴得欢呼。

张亭玉看丈夫："你是说着玩的吧？进机关多好。"

王永军转向儿子："聪聪，你为什么希望爸爸当警察？"

王聪："因为警察可以抓坏人。"

王永军点头："你知道爸爸为什么想当警察吗？"

王聪望着王永军。

王永军："因为警察能保护好人。"

石头投进水面的画外音，将王永军拉回现实。

91. 护城河边。傍晚。

一个小男孩正站在王永军身边朝水里投石子。他的爸爸手里捧着一把小石子走过来，蹲在孩子跟前一颗一颗地递到孩子手里。父子情深的场面令王永军想起儿子，他起身离开。

92. 王永军家。夜。

张亭玉独自坐在儿子的电脑前发呆。

屏幕“桌面”上是王聪做的“警官之家”的全家福。

门一响，张亭玉没有回头。

王永军进来，走到沙发前坐下，一脸倦容。

半晌，两个人谁也没有说话。

张亭玉起身，倒了一杯水放在王永军面前。

王永军百感交集地低下头，生怕张亭玉看到自己眼里的泪花。

张亭玉：“吃饭了吗？”

王永军摇摇头，低着头说：“小区里……有不少出租房，价钱也不贵……这处房子和那套新房子都归你……这么多年，我也没为这个家做什么……”

张亭玉：“先不说这个。那个被老板打死的男孩……是怎么回事？”

王永军吃惊地抬起头：“你怎么知道？”

张亭玉：“我上网看了，好像都是你的错。”

王永军愣愣地看着张亭玉。

张亭玉：“真的都是你的错吗？”

93. 公安分局会议室。夜。

分局局长、政委、纪委书记等领导同派出所的李所长、徐政委在开会。

李所长：“媒体上的报道情绪化的东西太多，对王永军很不利，现在检察院又对王永军提出公诉，但许多基层民警都在为王永军鸣不平。”

徐政委：“以王永军平常的工作表现，他的这次失误是判断上的失误，绝没有玩忽职守的主观故意。我们所里认为——王永军有错，无罪。”

分局局长：“分局的意见跟你们的基本相同，明天我们会专门向市局做汇报。”

李所长激动地：“局长，基层民警很不容易。现在，老百姓的维权意识越来越强，稍有不满意就可以投诉民警……咱们的纪委、督察除了监督管理的职能之外，不是还有替民警维权的职能吗？王永军这件事，我们内部可以处分他，但无论如何都不应该判他的罪。”

徐政委：“如果市局解决不了问题，我们就去省厅替王永军申诉。省厅不行，我们就向公安部申诉。”

分局局长：“你们的心情我们理解，但情绪解决不了问题。”

纪委书记：“维权的事情，有组织上来做；深刻的反省检查，是他本人需要做的。”

这时，有人敲门，所有的人闻声望去，只见陈志国站在门口。

陈志国看了一脸吃惊的李所长、徐政委一眼：“诸位领导，我是派出所民警陈志国，王永军出事的那天是在替我当班……”

94. 王永军家。夜。

泪流满面的张亭玉无限难过地：“可怜的孩子……他的父母怎么受得了……”

王永军垂下头。

张亭玉追问着王永军：“要是你当时进了屋，发现了那孩子，他就不会死吗？”

王永军：“我不知道。”

张亭玉：“这件事上你到底有多少错？”

王永军：“我的错就在于……没有及时发现他。”

张亭玉：“要是换了别人就肯定能发现吗？”

95. 分局会议室。夜。

陈志国在激烈地表述自己的看法：“换了谁也不敢说在那种情况下不犯错。说难听的，这事儿就是谁赶上谁倒霉！”

分局局长反问：“如果当时王永军进了屋，打开灯，也许就会看到那个通往后院的门，也许……”

陈志国：“对不起，这种假设很难成立。人家两次告诉你是两口子吵架，屋里还有孩子在看电视，而且也表示不再吵了，这种时候我们民警有什么理由非要进屋搜查？这是出事了，如果没事，人家又可以向 110 投诉我们民警态度生硬。结果呢？民警又得挨批评、扣分，影响所在单位的考评成绩！这种里外不讨好的事情哪个民警没遇到过？”

见李所长看了自己一眼，陈志国说：“没关系，我现在什么话都敢说。王永军这次如果被判刑，我这身警服也不打算穿了！”

分局政委：“那要照你的看法，王永军没错？”

陈志国：“王永军没错！他在执行任务的时候，一切都是按程序走的！这就好比检察院办的案子，他们也不可能所有的案子都能破吧？如果有人举报了一个贪官，检察院照着工作程序做了调查，但是没有查出来，回头那个贪官又犯了更大的罪，终于被发现了，那前面那个接到举报、做了调查，但却没有查出名堂的检察官是不是也应该被判个玩忽职守罪啊？”

领导们互相看了一眼，无法回答这个问题。

陈志国：“基层民警天天在外头出警办案子，其实时时刻刻都有可能掉进这种说不清道不白的陷阱里头，这实际上就是法律的盲区。不出事则已，出了事，错全成了民警的，这公平吗？”

96. 王永军家。夜。

张亭玉：“你会受处分吗？”

王永军点头：“不管给我什么样的处分，我都接受。只是……”

张亭玉：“什么？”

王永军欲言又止：“没什么。”

97. 派出所院内。晨。

哗哗哗，穿便服的王永军在打扫院子。

一辆110警车驰回，陈志国从车上走了下来。

陈志国：“老王。”

王永军：“唉。”

陈志国递给王永军一根烟：“本来，这次受处分的人应该是我……”

王永军：“处分我是应该的。”

陈志国点点头：“现在检察院、法院都揪住这件事情不放，咱们这边都在帮你说话……可我就不明白，第一次庭审的时候，你为什么一言不发？为什么不替自己辩护？”

王永军不语。

陈志国叹了一口气：“你这个人哪！该说话的时候就得说话，不光是为你自己，这其实也是在为所有的基层民警辩护！”

王永军看着陈志国，仿佛从来没有想到过此事还有这样重要的意义。

陈志国起急地：“你到底是怎么想的？”

王永军：“我……我不想脱警服。”

98. 黑底。

黑底上打出字幕：三个月后，区人民法院以玩忽职守罪对王永军作出判处有期徒刑六个月，缓刑一年的一审判决。市中级人民法院终审裁决维持原判。这判决意味着王永军将永远离开警察队伍。

99. 北园小区。

一把瓦刀蘸着水泥在涂抹着地面。

柏大妈远远看到穿着警服的王永军蹲在地上干活。

柏大妈面带惊喜地：“老王！你今天怎么过来了？”

王永军抬头看了一眼柏大妈，目光有些呆滞：“啊，这个地方……下雨就连水带泥的，不好走路……”

柏大妈：“这事你比谁记得都清楚……哎，你的事情解决啦？”

王永军茫然地看着柏大妈。

柏大妈看着他身上的警服：“太好啦！我就知道不可能判你有罪……”

王永军正要说话，柏大妈却扭过头去——小蔡骑着三轮车过来，柏大妈叫住他：“小蔡，过来！你不是有话要对王警官说吗？”

小蔡走过来，有些不好意思地挠挠头：“王警官，对不住啊，那天要不是我爸爸的黄手帕，你们儿子也不至于……孩子‘七七’的时候，我跟我爸都给孩子烧了纸……”

王永军难过得说不出话，只是摆摆手。

小蔡：“以前都是我不知好歹，你别跟我这么个浑人一般见识。”

王永军抬头看着小蔡，恍惚中产生了一种幻象——在小蔡身后，儿子王聪正冲着自己竖起大拇指头。

王永军冲着小蔡身后露出最会心的微笑。

小蔡下意识地回头看了看，身后没人。

再看向王永军，王永军喃喃地说："没有……爸爸不疼儿子的，要是……没做到的，肯定也是……不得已……"

说着，王永军捂住了自己的胸口，脸上露出痛苦的表情。

柏大妈："老王你怎么了？老王——"

一片漆黑。

100. 医院走廊。

李所长、徐政委以及分局领导匆匆赶来。

守在急救室门口的是柏大妈和小蔡。柏大妈迎着公安人员们走过来，情绪激动："李所长，徐政委，你们连自己的一个民警都保护不了，还说什么保一方平安？这回老王要是抢救不过来，我们小区的居民都跟你们没完！"

徐政委："柏大妈，您先别激动……"

柏大妈指着分局领导："你们是上一级组织的吧？"

李所长连忙介绍："这是我们分局的领导……"

柏大妈对分局领导："我父亲是军人，我老头也是军人，我知道共产党的干部应该是什么样的！王永军是我见过的最好的民警！这样的人都要判刑，别说他想不通，我们也想不通！老王要是救不回来，他可真是窝囊死的！"

101. 急救室内。

王永军昏睡着，身上插着管子。

幻觉中他好像听到有人叫"爸爸、爸爸……"

102. 王永军的幻觉。

王聪趴在地上，无助地叫着："爸爸。"

挥舞着的木棒，木棒打在人身体上的闷声。（死去的那个男孩）段小柱在棍棒下痛苦地挣扎着。

王聪趴在地上，无助地叫着"爸爸"。

段小柱绝望的眼睛。残酷的棍棒抡到段小柱的眼睛上。

一片漆黑。

王聪的脸充满惊恐。

再现段小柱被殴打的残酷场面。

王聪尖叫："爸爸——你快救救他！你快救救他呀！"

王永军想冲上去，却发现自己身陷囹圄，他拼命地想要挣脱出去。

103. 急救室。

王永军在昏睡中挣扎着，满头大汗。

李所长推着王永军："老王，老王……"

王永军缓缓地睁开眼睛，模糊地看到眼前站着的上级领导，喃喃地说："没有机会了……再也没有机会了……"

闻讯赶来的张亭玉冲进来："老王——"

政委："老王已经脱离危险了，你放心……"

张亭玉站住脚，望着所、分局领导，情绪激动地冲着床上的王永军指桑骂槐："我就知道你这个人没用！当不了好丈夫！当不了好父亲！一直以为你是个好警察，结果还让人家判了刑，你连死都死不漂亮！"

王永军力竭声嘶地喊了一声："够啦——"

徐政委对张亭玉："我们了解你们的心情……"

张亭玉扭头望着他们，目光中充满敌意："你们了解什么？为了平息医患纠纷，让别的病人能正常看病，王永军替医院出面，步行几十里地把停在门诊大楼里的棺材抬回去，给人家出殡送葬当孝子你们知道吗？为了不让醉鬼伤了周围的群众，王永军拦到前面被醉鬼踢到命根子，大半年走路都不利索你们知道吗？这些年他背过多少自杀的人、生病的人去医院，可却从来没有机会背过自己的儿子……打死那个孩子的，不是王永军！凭什么检察院一句话就判了王永军的罪？医院明明说了那孩子死于致命毒打，凭什么死因突然就变成了是王永军延误了抢救时机？王永军在法庭上不肯为自己辩解是因为他太有良心！在那个死去的孩子面前他说不出'与自己无关'的话，但越有良心就越要成为牺牲品吗？"

在场的人无人能够回答。

病房门外，泪流满面的陈志国悄然退出，回头对同样泪流满面的小常说："我们走吧。"

104. 黑底。

黑底上打出字幕：王永军的案子在社会上和基层民警中间引起了正反两方面的强烈反响。很快，关于王永军案件的所有材料，包括北园小区上千名居民签字的请愿书被送到了公安部警务督察局，引起督察局领导的高度重视。

105. 市局会议室。

派出所李所长和徐政委依次走进门来，向已经到达的分局领导敬礼、握手。

分局政委："一会儿，省厅领导来了之后，我们分局这边主要由赵局长发言。"

徐政委："这下就有希望了吧？"

分局政委："但愿省厅能通过部里，出面跟高法、高检做工作，把王永军的案子翻过来。"

门一响，省厅甄厅长一行人走了进来。

全体起立。

市局领导："我给大家介绍一下，这是省厅甄厅长、邓书记、刘处长，反向介绍：这是分局的赵局长、陈政委、纪委纪书记，派出所李所长、徐政委。"

双方互相握手，落座。

市局领导："赵局长，你来向省厅领导介绍一下情况吧。"

赵局长："整体的情况，我们在向上汇报的材料里都写得很清楚了。目前，王永军还在医院，身体恢复情况尚好，但精神状况并不好。王永军的家属虽然早已与王永军离婚，但情绪一直非常激动，再三表示要卖掉房子进京上访、宁可倾家荡产也要替王永军维权。目前我们都有专人陪着他们，做他们的思想工作。"

甄厅长点头、记录。

赵局长："基层民警普遍对王永军的遭遇非常同情，对这种判决非常抵触。从派出所到我们分局，都希望上级领导能通过跟高检、高法协商，给王永军翻案，否则，以后这支队伍就没法带了。"

甄厅长抬起头："为什么？"

赵局长："因为，社会也好、司法机关也好，对我们公安的要求太高！公安民警是人，不是神！一个人主观判断的错误应该是被允许的，但它跟犯罪是两码事！一个完全按照规范执行任务的民警如果被判刑的话，那以后谁还愿意出警？谁还肯去作为？"

甄厅长："'保护人民生命财产'难道不是我们警察的承诺吗？"

赵局长愣了一下，欲言又止。

甄厅长："没关系，大家可以畅所欲言。"

赵局长看了看身边的人，继续说了下去："没错，我们的承诺很多。'有警必接、有险必求、有难必帮、有求必应。'也是我们的承诺，可类似于煤气罐没气了，水管漏水了，孩子放学没人接，钥匙落在了屋里，感情矛盾、财产债务纠纷，甚至家里有了病人不想花钱叫 120……这些都是我们应该解决、我们能够解决的吗？在警力不足的情况下，有多少警力是用来做了这些？王永军出事当天如果没有九次出警的疲劳，也许当晚他的判断会更准确。可是没有人表扬他做得好的，却有人追究他没做好的！全社会戴大盖帽的只有警察有承诺。法院、检察院办错案子有人追究吗？所有职业的职责范围都是有限的，唯独我们却必然是'无限警察'！"

甄厅长："这些话我们都听过，也想过。的确，社会上没有哪个职业像我们一样自己做出这么多的承诺，但这不正是我们的光荣吗？"

赵局长："我们承诺得是不是太多了？所以才会一旦做不到、做不好，就成了众矢之的，包括 110 接警后必须五分钟之内到达现场的这种承诺，有的时候老百姓会因为我们晚了三五分钟而投诉我们！"

甄厅长："投诉得对啊。承诺五分钟就应该是五分钟！换位思考一下：如果你家里有人需要急救，你希望 120 有承诺吗？如果你的孩子被暴力和死亡威胁着，你能谅解姗姗来迟的警察吗？就像王永军的这个案子，无论客观原因是什么，无论执勤的过程多么规范，如果死去的是你的孩子，你能谅解民警的判断失误吗？”

所有的人都不出声。

甄厅长：“为了王永军的案子，公安部的领导、督察局的领导都非常重视。专门开了两次会，他们的心里也非常矛盾。从你们的材料还有社区居民的请愿书上，部领导也说王永军是个爱岗敬业的好警察，但是，‘警察这个职业的残酷性就体现在这里，就是要彻底，身为警察，就是不能有闪失，一辈子不能有闪失，一年三百六十五天不能有闪失，一天二十四小时不能有闪失，一分钟一秒钟也不能有闪失。警察的闪失就会造成人民生命财产无法弥补的损失！人民是什么？人民是战争年代把自己的儿子、丈夫送上战场的人，没有他们，就没有我们的今天。而今天，保卫他们的生活安宁就是我们警察的责任。无论什么原因，做不好就是不可原谅的’！这番话是督察长含着眼泪说的。”

大家互相看着，为这段话所震动和感动。

甄厅长：“省厅对王永军事件的处理原则依然是我们一贯的原则：‘严到位，爱到位’。严，体现在我们对法律的尊重上，帮助王永军面对判决、接受判决；爱，体现在我们的思想工作和善后工作上，要给王永军鼓起生活的勇气，找到生活的出路。同时，我们也要以此为契机，推进有关法律的健全和建设，减少法律界定的盲区对警务工作构成的陷阱，从根本上做到以人为本、维护自身权利……”

在座的人纷纷点头。

甄厅长：“我这次来，既是代表省厅，也是代表部领导，除了跟王永军谈心、同你们一起，在可能的情况下，妥善安排好王永军缓刑期间和之后的工作，也希望能够通过做他爱人的工作，促成两个人的复婚。”

106. 王永军家。

张亭玉摇着头说：“我不跟他复婚！但我要为他翻案！”

甄厅长已经来到了王永军家，有各级领导陪同着。

张亭玉：“这个案子如果翻不过来，王永军这一辈子就完了！就算是活着，也跟死了一样。”

甄厅长：“王永军跟你这样说的吗？”

张亭玉："还用他说！一看他的眼神你就知道了。"

甄厅长："你既然这么关心他，说明你们是有感情的，为什么不能重新在一起生活？"

张亭玉哭了："他不会跟我复婚的。一个一无所有的但又偏偏还有骨气和自尊的男人，他怎么会跟我复婚呢！"

甄厅长："说实话我很佩服你，这么多年你一个人拉扯着孩子不容易，老王出了事，你不嫌弃反倒守在他的身边……"

张亭玉抹去眼泪："人嘛，活到我这份儿上还有什么看不透的。要论人性，老王的心是金子的。他不该得这样的报应。"

甄厅长深情地看着张亭玉。

107. 病房。

王永军从床上起来，跟甄厅长握手。

甄厅长对陪同来的人们说："我想跟老王单独谈谈。"

众人点头。退出。

甄厅长在王永军的床边坐下来："老王啊，你是不是觉得心里特别委屈啊？"

王永军低头不语。

甄厅长："现在无论是我们的民警，还是社区居民，同情你的人可真不少呢。可你心里要明白一件事：大家同情你是因为你一贯的表现，是你从前为大家做的好事，换句话说，是你从前积下的德，而不是为了这件事情。"

王永军点头。

108. 病房外。

从病房里退出来的各级干部都坐在门外的椅子上。这时，只见陈志国和小常风尘仆仆地走了过来。

看到门口坐着这么多领导，两个人吓了一跳。

分局长先看到了他俩，对身边的徐政委说："那不是你们所里的民警吗？"

李所长迎过去："陈志国，你超假一天啊！去哪儿了你们这是？"

陈志国担心地："老王没事吧？"

李所长："没事。"

陈志国小声地："怎么来了这么多人？"

109. 病房。

王永军望着甄厅长终于开了口："你是说，我应该认罪是吗？"

甄厅长轻轻点头："也许我们的法律是不完善的，也许这个判决也不够公平合理，但毕竟，有一个鲜活的生命、一个无辜的年轻的生命这样死去了，作为警察，我们应该接受现在的判决。"

王永军伸出手来握住甄厅长的手："谢谢你。谢谢你。"

甄厅长愣住了。

王永军："出事之后，我身边所有的人都在告诉我：我是有错无罪，我的心里却始终摆脱不了这种负罪感，我甚至……当然我也盼着无罪的结果，不是为了逃脱制裁，而是有机会用我的后半生在工作中赎罪……"

有人敲门进来，王永军一抬头，首先看到的是跟在陈志国身后的小常。

王永军："小常?!"

随后进来的是省厅、市局、分局、派出所的领导们。

甄厅长意外地看着大家。

分局赵局长对甄厅长说："派出所民警陈志国和警校实习生小常刚刚替王永军去了一趟段小柱的老家……"

甄厅长："段小柱？那个被打死的孩子？"

王永军意外地看着陈志国："志国你……"

分局赵局长示意小常："你们给甄厅长讲一讲吧。"

王永军："小常……"

小常跟王永军点点头，开始向在场的人讲述："王老师犯病的那天早上，他到我们学校找到了我……"

（闪回——）

110. 警校一角。（闪回）

小常看到王永军很意外："王老师，您不是……"

王永军点点头："维持原判。"

小常难过地点点头。

王永军："我来是想求你点事。"

小常："你说吧。"

王永军："你能请假外出几天吗？"

小常点头。

王永军："我在缓刑期满之前是不能离开的，所以我想求你帮我去一趟甘肃的安西……"

小常："安西？"

王永军："对，那个死去的段小柱的家就在安西附近，这是他家的地址。这包里有我写给他父母的一封信，请你一定要代替我当面交给他们。"

小常犹豫着："可是……"

王永军："求你了小常！"

小常轻轻点了一下头："好吧。"

小常望着王永军离去的背影。

小常的画外音："王老师的事对我刺激很大，有一阵子我甚至都想要退学。警官学校的几年，我做好的是流血牺牲的准备，而不是因为工作失误而被处分、被起诉的准备。"

111. 警校门口。

小常走出学校，本想右转去车站，犹豫了一下还是左转了。

小常的画外音："王老师的表情令我感到责任重大。请了假，我本想直接去车站，可突然又觉得应该去跟陈老师打个招呼。"

112. 派出所。

陈志国皱着眉头看着小常："让你去看段小柱父母？这个老王……把那个包给我。"

小常将王永军交给自己的包递给陈志国："我觉得这里面装的应该是钱。陈老师！"

陈志国已经擅自打开了小包。

小常生气地："您怎么能……"

包里果然是钱，差不多有一两万，陈志国没理小常，直接打开里面的那封信读了起来："段小柱的爸爸、妈妈，我叫王永军，是在你们的儿子出事的那一天到过现场却未能有所作为的警察……"

113. 一组镜头。

陈志国开车带着小常去找王永军。小常一路上看着那封信。

小常的画外音："王老师在信中讲述了整个事件的过程，再三说这是自己个人的失误，而不是有些媒体上说的'警察见死不救'。"

陈志国带小常冲到一间出租小屋前敲门，没有回声。推开虚掩的门，小屋的墙上挂着王聪用电脑做的全家福——显然这是王永军独居的小屋。屋里没人。

小常的画外音："王老师说本来自己是想亲自上门，当面向他们说一声对不起，当面把自己的全部财产赔偿给他们，但是，自己此时无法完成此行……"

陈志国带着小常开车在北园小区内寻找。

小常的画外音："王老师说法律的判决使他必然永远跟警察这个职业告别，却又没有判得更重。既然自己再也没有机会在警察的岗位上立功赎罪，但他在心里早已判了自己的罪……"

陈志国和小常在小区内寻找着王永军的身影。

小常的画外音："王老师请他们不要丧失对人民警察的信任，不要丧失对公道、正义的信心。因为，警察对老百姓从来都没有见死不救的。"

李主任跟陈志国说了句什么，陈志国转身就往车前跑。

小常的画外音："王老师还说，等他缓刑期满，一定还会亲自前去请罪，甚至愿意为段小柱抵命。"

陈志国带着小常在病房走廊里疾行，在病房门口戛然而止。

病房里正传来张亭玉的声音："……打死那个孩子的，不是王永军！

凭什么检察院一句话就判了王永军的罪？医院明明说了那孩子死于致命毒打，凭什么死因突然就变成了是王永军延误了抢救时机？王永军在法庭上不肯为自己辩解是因为他太有良心！在那个死去的孩子面前他说不出‘与自己无关’的话，但越有良心就越要成为牺牲品吗？”

泪流满面的陈志国回头对同样泪流满面的小常说：“我们走吧。”

114. 大漠戈壁。

一辆破旧的汽车行进在大漠戈壁的公路上。

陈志国和小常坐在车上。

小常的画外音：“本来，陈老师找王老师是要劝他打消这种赎罪的念头，可听说王老师突然出现心梗，又听到了王老师爱人的那番话，陈老师突然决定同我一起踏上西行的旅程，一路上，陈老师只告诉我说他要替王老师完成心愿。”

115. 西部小村庄。

陈志国在村口站住，回身对小常说：“小常，你只是陪我一起来的警校实习生，回头无论发生什么事，你都不要插手，只许旁观。”

小常不安地：“陈老师，你到底要做什么？”

陈志国没有回答，径自朝前走去。

116. 段小柱家门口。

这是一户贫穷的小村庄里的贫穷人家。一个中年男人和一个中年女人在晾晒粮食。

陈志国和小常的出现令他们面带疑惑地站直身子。

陈志国：“这是段小柱的家吗？”

男人木然点头。

陈志国指小常：“他是送我来的警校学生，我是王永军。”

段家夫妻惊诧的表情。

陈志国：“对，我就是出事那天去过现场的警察。我是向你们赎罪来的。”

陈志国说着，向他们深深地低下了头："虽然，我当时并不知道段小柱就在后院被打成重伤，不是见死不救，但我还是要来向你们说一声对不起……"

女人掩住了嘴巴，男人操起铁锹。

小常要张嘴，被陈志国反手拉住。

望着垂头站立着的陈志国，半晌，男人丢下手里的铁锹，捂着脸蹲在了地上。

两边的四个人就这样原样不动仿佛不是活人，而是雕像。

小常的话画音："不知道过了多久，段小柱的父亲终于开口，要求把段小柱死亡的前前后后说给他们听。"

117. 乡村小酒馆。夜。

小酒馆里的桌子被摆在一起，陈志国和小常被很多村民簇拥着坐在中央。

小常的画外音："后来我才知道，陈老师是做好了替王老师向段小柱偿命的思想准备的。陈老师说是王老师教育了他，警察不仅要流血流汗，忍辱负重，更要有勇气去捍卫警察的名誉和光荣。"

酒桌上，一位当地的乡村教师举杯起身："我是这里的中学教员，段小柱的父母虽然没有来，但他们托我替他们说几句话。段小柱的死，大家都知道。凶手嘛是咱邻村的钟家老大，从前我们都听说，钟家老大把段小柱往死里打的时候，警察来了，可就是不管，结果是眼睁睁地看着把孩子打死了，为了这，我们全村人都骂警察不是人。今天，王警官自己来了，不仅跟段家夫妻说明了当时的情况，还向段家夫妇道歉。乡亲们，这年头有谁肯轻易向别人道歉？那钟家老大打死了人，被判了刑，可钟家从来没有人来过段家。前一阵子我们村有个人让医院误诊，治成了傻子，人家医院里的医生连面都没露一下，更别说给个说法。可是今天，王警官你千里迢迢地来到这儿，就为了说一声对不起……段小柱的爸妈也没什么文化，就托我——我呢，就跟村上的几个长辈商量，请大家一起，一来是给你们接个风，洗个尘；二来，是想把这面锦旗送给你们……"

乡村教师说着一挥手，两个半大孩子扯出一面锦旗，上面写着：“永远相信人民警察，永远热爱人民警察。”

118. 病房。

锦旗的特写。

在场的所有人都湿了眼眶。

王永军望着那十六个字更是泪如泉涌：“志国，谢谢你……谢谢你……”

甄厅长紧紧地握住了王永军的手：“谢谢你啊，老王，你是我们的骄傲！”又握住陈志国的手：“还有你……”

119. 婚礼。

鞭炮声中，甄厅长主持了王永军与张亭玉的复婚仪式。各级领导包括柏大妈、居委会李主任、多多、蔡大爷、小蔡等人也到场祝贺。

热闹的婚礼上画面配字幕：在部领导关怀和省厅、市局以及战友们的关爱下，王永军和张亭玉履行了复婚手续，举行了第二次婚礼。王永军事件更催生引发了公安系统的“维权试点”，加速了“维权委员会”的建立。

剧　终

今 语

看过这个剧本或看过这部电影的民警都会认为编剧是名老警察，我为此骄傲。

当年，这部电影几乎全国的民警都看过。在杭州首映结束时，全场民警们都眼睛通红，神情凝重。

导演王加宾第一次看到剧本的时候，铁了心认为剧本通不过审查。而我告诉他，这个剧本就是公安部邀我写的，已经通过了审查还得到了高度认可。为此他由衷地为公安部点了一个大大的赞。加宾导演的二度摄制完成得非常好，特别有生活质感。两位主要演员也完成得如此质朴又动人。

写这个剧本的过程是我第一次较深入地走近普通民警的日常工作，同时又始终保持了老百姓立场，于是，这其中的许多矛盾和情感表达就具有了来自两个立场的坚持和理解所带来的力度和温度。

我曾到原故事发生地的公安系统采风，回来后觉得还是抓不到警察的特质，于是又申请在北京深入生活，获得全力支持。于是，有好几个月，我下班后和周末的时间都在北京城里不同的地方跟着警察出警、执勤，还有一阵子甚至就在中国煤矿文工团附近。当年我的同事不会想到，他们的副团长在结束了一天的剧院工作之后，会乘着110警车在文工团附近巡逻。没有这样深入的体验，这个剧本完成不到这个程度。

我刚接到这个创作任务的时候，心里满是抵触，而所有的转变发生在见到主人公原型人物——那个在家属、战友都在为自己辩护的过程中始终沉默的中年民警，他让我放下了抵触，让我对这个真实事件产生了想去了解和挖掘的欲望。后来，我明白了，他的沉默让我感受到的是一个人的良知——在复杂的两难境遇中仍然保持的良知。

2020年12月

冯俐电视剧作品简表

（下列作品均未收入本套剧作选）

大型情境喜剧《我爱我家》编剧之一

全国各大电视台播出

大型情境喜剧《临时家庭》主要编剧之一

凤凰卫视全球首播

9 集电视喜剧短剧《家庭趣事》独立编剧

中央电视台录制、播出

4 集电视连续剧《学车记》独立编剧

中国电视剧制作中心制作，中央电视台播出

20 集电视连续剧《影后胡蝶》独立编剧

北京电视台制作。1996 年 8 月封镜

全国各大电视台播出

20 集电视连续剧《北京夏天》独立编剧

中国电影公司制作。1996 年 9 月封镜

全国各大电视台播出

20 集电视连续剧《旱鸭子下海》编剧之一

甘肃省电视艺术中心制作

全国各大电视台播出

6 集儿童电视连续剧《家有小丑》独立编剧

中国电视剧制作中心制作

1998 年 1 月，中央电视台二套节目黄金时间首播

获中国电视剧“飞天奖”少儿题材三等奖

6 集电视连续剧《墙外面是海》编剧（合作）

中国电视艺术交流协会制作

1997 年 12 月中央电视台一套节目播出

13 集电视连续剧《陈景润》编剧（联合）

中国电影公司制作

2004 年 7 月中央电视台八套播出

20 集电视喜剧《善有善报》独立编剧

西安电影制片厂制作。全国各大电视台播出

28 集电视连续剧《穿越时空的爱恋》独立编剧

全国各大电视台播出。北京及多家电视台收视第一

8 集电视连续剧《冼夫人》编剧（合作）

广东电视台制作。2003 年 1 月中央电视台八套节目播出

26 集青春偶像电视剧《水晶之恋》独立编剧

全国各大电视台播出。

上下集电视剧《让我们记住》编剧之一

2003 年 7 月北京电视台首播

30 集电视连续剧《爱了散了》编剧（合作）

2007 年北京电视台及全国各大电视台播出

34 集电视连续剧《等待绽放》总编剧

2013 年 5 月深圳卫视首播。土豆网收视第一

作品影像集

《人跟人不一样》

编剧的话：煤矿是个艰苦的地方，但那更是一个可爱的地方，是一个值得留恋的地方。因为，那里的人不仅能够共患难，还能共生死。上哪儿能找到这样的朋友！如果您是煤矿工人的一员，我愿意您与我一起为自己的这种身份而自豪；如果您不曾了解过煤矿，我愿意您同我一起为我们的黑哥们儿感动……

冯　俐

导演的话：不去国外继承家产，却一心留在矿山挖煤。不管生活欠他多少，他却永远心存感激。当上了劳模，他觉得欠工友们的，因为别人少了一次机会。出国定居，他觉得欠妻子的，因为妻子不愿意去。苏天林——一个普普通通的煤矿工人。我们想扮演他，可他却不给我们一句豪言壮语。我们想歌颂他，可他却从来不承认惊天动地。我们急切，我们焦躁，我们不知所措。苏天林，你真的没有一点特殊奇妙的理由说服我们吗？你出场的时候，让我们怎么亮起五彩缤纷的灯光，你救人的时候，让我怎么响起震耳欲聋的音响……观众朋友们，我们戏的主人公，就那么悄悄地出现，又无声地退场了，他就那么安静，那么稳定，坚强得像一座山，只剩下我们，从追问他变成了追问自己：人跟人倒底哪不一样……

娄逦鸣　96.10.25

《中华士兵》

《中华士兵》

《中华士兵》

《在那遥远的地方》

这是关于音乐，
关于生命、关于理想、关于寻找的故事。
中国歌剧舞剧院
大型歌舞剧
在那遥远的地方
出品人：林文增
总导演：夏广兴
作　曲：张宏光
编　剧：冯　俐
作　词：宋晓明
主办单位：中国歌剧舞剧院
演出单位：歌剧团\舞剧团\管弦乐团
协办单位：北京中传时代公关策划有限公司
网络媒体支持
Bai娱乐
腾讯网
QQ.com

中国歌剧舞剧院
大型歌舞剧
中国歌剧舞剧院出品

《六祖慧能》

原创音乐剧

六祖惠能

Experimental Musical
The Sixth Patriarch

菩提本無樹 明鏡亦非臺 本來無一物 何處惹塵埃

南方歌舞团演出

首届全国民营艺术院团优秀剧目展演
中南卡通　演出
魔幻仙踪
Magic Wonderland
（中国首部大型原创动漫歌舞剧）
主　办：中华人民共和国文化部
承　办：文化部艺术司　政策法规司　文化产业司
2010年6-7月　北京

《魔幻仙踪》

animation
中南卡通
大型動漫情景歌舞劇
魔幻仙踪
Magic Wonderland
首演
2010年4月29日-5月3号 杭州大剧院
隆重上演

救

《天使的祝福》

无场次诗剧
《天使的祝福》
主办单位：中华人民共和国民政部
承办单位：中国社会新闻出版总社（中国社会报社）
演出单位：中国煤矿文工团

《好人丛飞》

戏剧呈现 难忘60

话剧《好人丛飞》

编剧：冯俐　导演：由二群（特邀）

演员：郭凯敏　贾雨岚　白蓓　狄凤荣　李保义等

参加中国文联“明荣辱、树新风、促和谐”展演

无场次话剧
好人丛飞
——根据丛飞真实事迹创作
他是一名歌手，曾经有令人羡慕的歌喉，可以成为百万富翁，却甘心过着清贫的生活。他有两个女儿，却是150多个贫困孩子的代理爸爸。他10年里参加了400多场义演，捐赠钱物300多万元，自己却负债累累。在病魔缠身，面对死神的时候，他想的最多的是如何实现自己救助贫困孩子的承诺。他被赞为“爱心大使”、“超乎寻常的好人”、“圣人”，也被讥为傻子、出风头、神经病。他的故事令人感动，发人沉思，拷问着每一个现代人的良知……
倡议支持单位：中华人民共和国民政部
主办单位：中华慈善总会
协办单位：共青团中央青年志愿者工作部
中国社会工作协会
广东省民政厅
深圳市民政局
承办单位：中国社会报社
演出单位：中国煤矿文工团
特别支持单位：北京市民政局
2005·11·21 北京
搜狐
SOHU.com

《好人丛飞》

无场次话剧
好人丛飞
——根据丛飞真实事迹创作
他是一名歌手，曾经有令人羡慕的歌喉，可以成为百万富翁，却甘心过着清贫的生活。他有两个女儿，却是150多个贫困孩子的代理爸爸。他10年里参加了400多场义演，捐赠钱物300多万元，自己却负债累累。在病魔缠身、面对死神的时候，他想得最多的是如何实现自己救助贫困孩子的承诺。他被赞为"爱心大使"、"超乎寻常的好人"、"圣人"，也被讥为傻子、出风头、神经病，他的故事令人感动、发人深思、拷问着每一个现代人的良知……
倡议支持单位：中华人民共和国民政部
主办单位：中华慈善总会
协办单位：共青团中央青年志愿者工作部
中国社会工作协会
承办单位：中国社会报社
演出单位：中国煤矿文工团
搜狐
SOHU.com
网易 NETEASE
tom.com

▲本团排演的皮兰·德娄名剧《高山巨人》获意大利第32届皮兰·德娄戏剧节最高奖——“皮兰·德娄艺术大奖”。

《高山巨人》

意大利名剧《高山巨人》(1995年)

作 者:皮兰德娄

译 者:吕同六

改 编:冯 俐

导 演:丁瑞华 贾雨岚

设 计:周海平

作 曲:赵石军(特邀)

演 员:贾雨岚 瞿弦和 陆今龙 杨迺煌等

GIGANTI DELLA MONTAGNA, a well-known Italian play (1995)

Play Writer: Pirandello

Translator: Lu Tongliu

Rearranger: Feng Li

Directors: Ding Ruihua, Jia Yulan

Designer: Zhou Haiping

Composer: Zhao Shijun (specially invited)

Performers: Jia Yulan, Qu Xianhe, Lu Jinlong, Yang Naihuang, etc.

本团创作剧(节)目

Plays and Programs Created by the Troupe

无场次话剧《人跟人不一样》(1996年)
编　剧:冯　俐
导　演:娄乃鸣(特邀)
设　计:易立明(特邀)
演　员:王　栋　杜宁林　贾雨岚　许文广
陆今龙　杨迺煌　马继增等

A Modern Drama of No Scene: People Are Not All the Same (1996)
Scenarist: Feng Li
Director: Lou Naiming (specially invited)
Designer: Yi Liming (specially invited)
Performers: Wang Dong, Du Ninglin, Jia Yulan, Xu Wenguang, Lu Jinlong, Yang Naihuang, Ma Jizeng, etc.

izeng, etc.